花海波

著

刺桑朗月

上

百花洲文艺出版社
BAIHUAZHOU LITERATURE AND ARTPRESS

图书在版编目（CIP）数据

刺桑明月／花海波著. —— 南昌：百花洲文艺出版社，2020.12
ISBN 978-7-5500-3952-0

Ⅰ.①刺… Ⅱ.①花… Ⅲ.①长篇历史小说－中国－当代 Ⅳ.①I247.5

中国版本图书馆CIP数据核字（2020）第232399号

刺桑明月
CISANG MINGYUE

花海波　著

出 版 人	章华荣
责任编辑	叶　姗
书籍设计	方　方
制　　作	何　丹
出版发行	百花洲文艺出版社
社　　址	南昌市红谷滩世贸路898号博能中心一期A座20楼
邮　　编	330038
经　　销	全国新华书店
印　　刷	江西千叶彩印有限公司
开　　本	710mm×1000mm 1/16
印　　张	58.5
版　　次	2020年12月第1版第1次印刷
字　　数	850千字
书　　号	ISBN 978-7-5500-3952-0
定　　价	88.00元（上下册）

赣版权登字　05-2020-239
邮购联系　0791-86895108
网　　址　http://www.bhzwy.com
图书若有印装错误，影响阅读，可向承印厂联系调换。

序

（一）

明朝近三百年，无汉唐之和亲，无两宋之岁币，天子守国门，君王死社稷，这是大明王朝的血性。然而，就是这个最具血性的朝代，却出现了史上最多的奇葩皇帝：宣德皇帝热衷玩乐，被人戏称"蟋蟀天子"；正德皇帝修建豹房，荒淫无度玩死自己；嘉靖皇帝潜心修道，二十余年不早朝；天启皇帝好弄斧锯，木工手艺堪称大师……

不得不说，谭纶所处的时代，是个充满腐朽，却又极富创造的时代。

朝廷昏庸腐败，百姓暗无天日。奸臣当道，残害忠良，贪腐之风盛行。海瑞一身正气，却被罢官削职；曾铣、张经战功赫赫，最后惨遭杀害。严嵩专权时，就连未来的皇帝裕王都要向他们行贿。严嵩被抄家时，搜出黄金1万多两，白银200多万两，玉器、古画等奇珍异宝更是数不胜数。数年后，继任首辅徐阶被抄家，光田产就达20多万亩，敛财手段丝毫不亚于严嵩家族。据坊间传闻，严世蕃发明的美人盂、肛狗、玉屏风、温柔椅等逆天之物，更是到了令人发指的地步。嘉靖时期，瘟疫、水灾和战乱不断，天灾与人祸并发，社会矛盾激化，终于汇聚成汹涌澎湃的农民起义。

社会风云激荡，抗战波澜壮阔。"南倭北虏内乱"是当时社会的写照。海禁之下，大量来自日本、葡萄牙的东西方商人与沿海豪强相互勾结，逐渐演变出为祸数十年的"嘉靖倭患"。蒙元政权被推翻后分裂成鞑靼、朵颜、瓦剌三大势力，屡次大规模南侵。与此同时，国内兵变、土司之乱、农民起义风起云涌。整个嘉靖朝刀兵四起，战火纷飞。1555年，53名倭寇奔袭数千里，杀伤官军近四千，一直打到了南京城下。就在国家风雨飘摇的危亡之际，王阳明、海瑞、谭纶、戚继光、俞大猷等一批旷世奇才横空出世，每个名字的背后，都有一段荡气回肠的铁血传奇，文死谏、武死战，他们把忠诚和气节推到了极致。

思想空前活跃，名人缔造传奇。从王阳明的"心学"，到李贽的"尊法"；从"大礼议"到"开海通市"；从"嘉靖七子"到"嘉靖八才子"。可以说，这是中国历史上思想极为活跃开放的一个时期，许多家喻户晓的传奇人物接连涌现：著名权臣严嵩、张居正，大明铁吏杨继盛，一代清官海瑞，传奇海寇汪直，千古名医李时珍，戏剧宗师汤显祖，著名才子杨慎、徐渭、王世贞、吴承恩。《西游记》《金瓶梅》等奇书的问世与流传，昆剧、海盐腔、宜黄戏的形成与发展，见证了民间文艺的兴盛与繁荣；造船工业的进步、先进火器的使用，促进了海上贸易的兴起，进而刺激丝绸、瓷器、茶叶等工商业的快速发展。文学创作和民间创造，在这一时期达到了顶峰。

（二）

谭纶的一生，无疑是传奇和奉献的一生。

《明史》记载："纶终始兵事垂三十年，积首功二万一千五百。尝战酣，刃血渍腕。"谭纶入仕之后，参与和领导了东南沿海的抗倭战争，遇到了一生的战友——著名抗倭名将戚继光，谭纶慧眼识英，大力推荐和提携戚继光，二人联手彻底平定了为害多年的倭乱，世人称为"谭戚"。

平定倭乱之后，谭纶带领戚继光北上戍边，整饬军纪、选将练兵，制造先进火器、战车，修筑大名鼎鼎的明长城，有力地阻止了北虏南侵，捍卫了国家安全。由于战功显赫，谭纶深受北方军民的爱戴，在今天的昌平、延庆等长城脚下的一些地方，还有人把谭纶画像制作成门神以祈求平安。

长期的抗倭斗争，让谭纶深切意识到，海禁政策阻断了对外交往的通道，切断了沿海百姓的生路，海寇猖獗就成为必然。他用一个生动的比喻向朝廷建议开海和通市："弊源如鼠穴，也须留一个；若还都塞了，好处俱穿破。"这一建议，在隆庆元年得到了重视和采纳，在福建月港、广东澳门设立贸易港，史称"隆庆开关"。从"隆庆开关"到明朝灭亡的70余年，全世界约有三分之一的白银涌入中国，大明由此获得"白银帝国"的称号。

谭纶时刻关心家乡的发展，包括他的家人在内，做出了许多贡献。宜黄的第一本县志和第二本县志，分别是谭纶的父亲谭镐、弟弟谭纲主持修编的。宜黄的第一座城墙，是在谭纶的支持和帮助下修建起来的。流坑董氏与黄山寺僧发生田产纷争，谭纶亲自协调并撰写《黄山议约》，平息了长达30年的诉案。宜黄棠阴夏布非常有名，严嵩把支持夏布发展的优惠政策改派到了自己的家乡分宜，谭纶写信给江西布政使侯一元，将优惠政策又争取回到宜黄。隆庆初年，省里将高安县浮粮摊派至各县，谭纶立即写信给江西巡抚刘光济要求停止这一做法。谭纶回乡丁忧期间，让军中戏班教本地艺人学习海盐腔，并将弋阳腔融入其中，形成宜黄腔，在全国各地广为流传，汤显祖的"临川四梦"，均由宜黄戏班首演。

谭纶的官德和人品，无疑是当时官场的一个标杆。与谭纶同期的有流芳千古的清官海瑞、杨继盛，也有遗臭万年的严嵩、严世蕃，还有争议不断的张居正、胡宗宪。不管清官还是贪官，多数人的下场都很惨。这是因为嘉靖生性多疑，残暴无常。在这么险恶的政治环境下，谭纶居然一生未受任何处分，并以极高礼遇得以善终，这无疑创造了大明官场的一个奇迹。

心系苍生，以民为本。儒家廉政思想认为，廉政的最高境界是"爱民"。谭纶每到一个地方，都会发动群众修筑城墙，兴修水利和学堂，实行了一系列的休养生息政策。他主持修筑了临海长城和八达岭长城，疏浚了成都金水河，至今还留下了许多佳话和传说。台州人民感恩于他，在他离任后兴建了一座纪念生祠；他在宁波去职后，百姓自发为他树了一座"去思碑"。

为官清廉，守住底线。朝廷曾派人查核抗倭以来诸臣侵吞军需的数字，高者十余万，少的也有三五万，唯独谭纶没有任何贪腐行为。任四川巡抚期间，家乡有个老人带着两个儿子给他送信，一路上冒充是他的老师，引得沿途官员酒肉迎送、金银相赠。谭纶得知后将三人逮住各打二十大板，命人押送出境。任两广总督期间，有个官员托人置办一桌酒席宴请谭纶以求升迁，谭纶得知后在酒桌上拂袖而去。

率先垂范，严束家人。谭纶经常教育家人要洁身自好，不招惹是非。弟弟科举失利，他写信劝慰：大丈夫立身天地间，自有许多事业可做；文章气节，已不足言，况下此如功名富贵耶。在另一封寄弟的书信中，他教育弟弟要胸襟开阔，勿屑屑与人计较，要学会以德报怨。谭纶因病回乡调养，特意写信叮嘱家人要低调节省，切莫张扬。谭纶去世前，还为弟弟定下了"十七戒"，涵盖了为人、处世、交友、情趣等方方面面，这些告诫于今人从政处世而言也称得上是"警世恒言"。

　　勤勉忠诚，甘于奉献。谭纶的一生，都在扮演大明王朝救火队长的角色，哪里有动乱，就去哪里平乱，天南地北，马不停蹄，身体付出了巨大代价。据载："讨虏征倭，或竟日不食，或连朝披甲，或数月不得卧榻，或终朝马上而待旦，或一日走数百里之遥，或一月而涉千万里之远，任风雨霜露，身无干衣，悬性命于呼吸……"谭纶晚年，更是身心俱疲，数病缠身。万历五年，这位驰骋疆场、戎马一生的中华将星在任上与世长辞。

　　谭纶死后，万历皇帝十分伤心，追赠其为太子太保，曾祖、祖父、父母、兄弟、妻儿全部封赏，万历亲撰祭文，把他与三国时期的诸葛亮相提并论。当时的一些巨公名流也纷纷写文哀悼，给予了极高的评价。

（三）

　　今年是谭纶500周年诞辰，家乡人民准备为此举办一场纪念活动，筹备时才发现，人们对谭纶的生平与功绩，真是知之甚少。

　　造成这一现象，主要有三个原因。一是抗倭史上最富传奇色彩的台州大战发生在嘉靖四十年（1561）四五月，明军以少胜多十三连捷，戚继光由此被奉为"大明军神"。遗憾的是当年三月，抗倭总指挥谭纶便因父亲去世而回乡丁忧，错失了这个名垂青史的机会。二是谭纶奉命镇压了多起农民起义，影响了其声名的宣扬。三是谭纶镇守蓟辽和入主兵部期间，极力阻止和打压了努尔哈赤等北方势力的崛起，清军入关后对其恨之入骨。

　　时至今日，谭纶的英名竟远不及麾下的戚继光等人。清代宜黄诗人黄兰陵感叹："戚俞勋业垂青史，附尾居然享盛名。"诗中表达了对谭纶的敬佩和历史对他不公的叹息。

为了迎接这场纪念活动的到来，为了探寻遗忘已久的历史足迹，作者于举国抗疫、居家隔离的庚子年正月十二，翻阅浩如烟海的史籍书册，开始了艰辛的挖掘与探索。一开始，仅仅是为了收集纪念活动所需的资料，然而随着探寻的一步步深入，那些惊心动魄、铁马金戈的场面扑面而来，立刻就有了一种挑战自我的冲动。

谭纶一生经历正德、嘉靖、隆庆、万历四朝，宁王之乱、大礼议、争贡之役、宫婢之变、北虏南倭……一件件重大的历史事件仿佛让人穿越了500年的历史时光，置身于光怪陆离、色彩斑斓的大明王朝。

朝堂党争不断，内阁杀机四伏。严嵩为了上位，不惜害死同乡加恩师夏言；徐阶为了扳倒严嵩，示弱隐忍数十年；高拱利用了海瑞的硬气与耿直，最终打倒了徐阶；张居正与宦官冯保联手，无情地驱逐了高拱。

历史事件和宫斗令人瞠目，可以满足一些猎奇的需求，但作者最大的心愿，还是想通过抗倭这条主线，以真实历史事件为背景，还原那些保家卫国、可歌可泣的战争场面，展现那些舍生忘死、铁骨铮铮的英雄事迹。

中华民族历经外族凌辱和无数苦难，谁不渴望有谭纶这样的护国卫士？谁不景仰、热爱、怀念谭纶这样文武双全、清正廉洁的民族英雄？

此书，便是景仰、热爱、怀念、致敬之种种感情的表达。

花海波

2020年11月12日

目　录

楔
子

一连几天的暴雨，终于停了，太阳从厚厚的云层里钻了出来，射出刺眼的光。

这是嘉靖初年，浙东的一处渔港。

空气里弥漫着海的味道，咸咸的、淡淡的鱼腥味随着海风迎面扑来，忽现忽逝，似有若无。渔港的身后，是一座石块垒起的老城，老城与山冈相接，犹如一条戏水的巨龙。

海边总是不缺石头的，老城里也是。从破落的城门口，一直到城内的街巷里弄，都用石阶、石板铺砌，就山依势，梯级递升。

老城的入口处，有一座古寺，曰"江心寺"，石板构筑的山门与黄墙黑瓦相映，在清晨的烟雨中，显得格外醒目。从寺门口往街心望去，沿街两边全是烟灰色的商铺，屋檐从街的两面披下来，把灰蒙蒙的天空裁剪得修长狭窄，像晾在空中长长的白色的渔网。

"快看！"一个惊讶的声音在码头上传来，"那都是些什么人？"

有人顺着声音朝着海的方向望去，一艘长八九丈的海船，不知道什么时候侧歪在了海滩上。船上无帆无舵，船舱的盖子也不知所终。

"肯定是哪里失事的海船，昨晚漂到这里来了……"

码头上，有人议论了起来。

说话间，船上下来六十余个身材矮小的怪人，赤裸着上身，髡头鸟音，每个人都带着枪刀弓矢。

"嗨……你们打哪来？"

离那艘海船最近的，是"同福号"渔船，船老大佟宝大声地跟那群怪人打着招呼。

一个怪人走了过来，手脚比画呜啦呜啦地说了一通。

"唉……"佟宝失望地发出叹息，"咋一句也听不懂？"

佟宝往船身上狠狠地敲进了最后一块木楔，从自家船上跳了下来，皱着眉头对着怪人上下打量了一番，回头连喊了几声："乔三！乔三！"

"哎……"水手乔三从船舷后面露出半个头。

佟宝："去，跟官府说一下，这些人莫不是外洋来的？"

"好嘞！"乔三应了一声，飞快地向千户所跑去。

怪人们在海滩上围坐了一圈，圈子中间坐着一个看似是首领的人，长相阴狠，尤其是一双眼睛凶光闪烁，让佟宝感到不寒而栗。

不一会儿，乔三回来了，领着王千户，还有百余名卫所官兵。怪人们站了起来，手持刀剑，虎视眈眈地看着官兵。

王千户手一挥，官兵便把怪人团团围住。

张把总拨开人群，走到那首领面前询问了半天，又摇头退了回来。

"不知道哪里蹦出来的。"张把总无奈地做了个手势。

"莫非是倭人？"一个士兵叫了出来。

正在这时，怪人里挤出来一个人，手脚比画地索要什么。

"谁有纸笔？"王千户冲"同福号"的水手们问了一句。

佟宝赶紧爬上船，找来了纸笔，给他们送了过去。

那人在纸上写道："吾日本人也，以失舵，愿假粮食，修吾舵，即返。若逼吾，则死生未判也。"

海滩上，已聚起了许多看热闹的人。

"原来是倭人，怪不得听不懂。"老百姓指指点点，嘻嘻哈哈地笑了起来。

"他们要粮食和木料，给不给？"张把总眼睛瞅着王千户。

王千户犹豫了片刻，没有直接回话，径直踱到那群怪人中间，拿眼冷冷地扫视了一遍。

怪人首领目光淡定，看着他的眼睛。

王千户与他对视，良久，转过身来，道："给二百斤粮食，木料三方，限今日太阳下山之前离开，否则，统统抓起来！"

"是！"张把总应了一声，在纸上写了下来，又递给对方。那人把纸条拿到首领的面前，叽里呱啦地低头说了一通。

那人回来，写了个字："可！"

王千户又一挥手，留下十余人看着倭人，其他的官军跟着他走了。

黄昏时分，倭人的船修好了。桅帆升了起来，船舱、桨舵焕然一新，日本人的脸上露出欢乐的笑。

船舱里，倭人首领和七八个头目在窃窃私语。

一名倭人进来，用日本话说道："首领，他们要我们走了！"

首领透过船舱的小窗，往外面望去。

沙滩上，只有三三两两的围观百姓，十余个看守的官兵在不耐烦地走来走去，一个伍长模样的人，探头探脑地往船舱里观望。

一倭人头目说道："他们只是给了一些木料和粮食，但咱们这么多人，漂到海上还不得饿死？"

还有一倭人头目说道："首领，下决心吧！"

首领身子后靠，闭上双眼，沉默不语。

船舱里寂静无声，但明显，每个人都感到紧张与不安。

突然，首领睁开双眼，嘴巴里吐了两个字："行动！"

头目们相互点头，鱼贯走出了船舱。

一头目走到了伍长的跟前，似乎想要跟他说些什么，伍长把头凑了过去，头目顺势将他搂在了怀里，一把寒光闪闪的匕首狠狠地捅进了他的胸口，伍长挣扎着想要推开，无奈脑袋被对方死死摁着，又被捅了两下，伍长的身子软软地瘫倒在地。

还没等其他官兵反应过来，一番刀光剑影，那些官兵全都倒在了血泊之中。

反应过来的那几个百姓吓得呀呀乱叫，仓皇向码头上奔去，几个日本人张弓搭箭，燕尾利箭嗖嗖射出，那奔逃的几个人接连倒地。

首领在船头上看得真切，大喊一声："冲！"

六十余个倭人手执长刀利剑，风一样向岸上跑去。不多时，老城里火光冲天，百姓们四处逃窜。

等王千户带着官兵赶来的时候，那艘倭船已扬帆起航。

月亮从海面上升了起来，冷冷地照在了王千户和官兵们绝望的脸上。

他们的身后，是一片通红的火光，一阵"毕毕剥剥"的响声过后，又有一栋民房轰然倒塌。

天雷惊龙

正德十五年（1520年）春，扬州城西。

平静的乡间突然卷起滚滚红尘，一队身着黄金胄甲的骑士向前疾驰。

道路的两边，是大片开阔青翠的稻田，前方不远处的白羊山上，郁郁葱葱的峰峦绵延不绝。

马队的速度太快，乡道上几个行走的百姓躲之不及，被开道的马兵用长鞭掀翻在地，连滚带爬地逃进稻田。

马队里忽然有人叫了一句："看哪！"

山脚下，一只黄麂被惊得窜出草丛，拼命地向山谷方向奔去。

马队瞬间呈外八字形向两边散开，一匹汗血宝马从马队中间冲出，无数只马蹄后面跟着，排山倒海般踏下农田。

黄麂越过一道田埂，马队紧追不舍，踏过一丘苗田又排山倒海般踏向另一丘苗田，马蹄过处是一片片倒伏零乱的青苗。

眼看黄麂就要消失在山谷当中，前方斜刺里突然窜出一支马队，拦住了黄麂的去路。黄麂折返往东边的山脚下奔跑，东边又出现一支马队，马上的士兵们大声驱赶着黄麂往回跑。

如此反复，黄麂陷入了重重包围。

汗血宝马上的黄衣男子张弓搭箭，箭声呼啸，没中！

男子再搭箭，还是没中。

　　一名拦截的军官拍马上前，长枪当棍，用力往黄麂下身一扫，黄麂应声倒地，在地上打了几个滚，又一瘸一拐挣扎着往前跑。

　　黄衣男子赶上了黄麂，三丈开外再次张弓搭箭，黄麂终于中箭倒地。

　　马队顿时爆发震天的欢呼，齐声高喊："圣上威武！圣上威武！"

　　黄衣男子得意扬扬地策马绕着黄麂走了两圈，喊了一声："走！"

　　马鞭挥过，汗血宝马迅速往山谷方向奔去。

　　一名士兵拾起黄麂，所有人跟着黄衣男子往山谷里呼啸而去。

　　九华山上，奇峰峻峭，落霞满天。

　　插霄峰之巅，一块巨大的岩石突兀耸立，岩石底下是风光无限的九华山水。相传，地藏王菩萨升天之前常在此坐禅修炼，于是，这块岩石被人称为"东崖宴坐"。

　　东崖上，一中年儒士闭目危坐。岩石下面，一个和尚与一位青年儒生正下着围棋，旁边还有几位青年儒生全神贯注地观战。

　　凉风习习，松涛阵阵，闲云野鹤，如梦如仙。

　　突然，对弈的青年儒生把两颗棋子往棋盘的右下角一放，以手拍额，呵呵一笑："禅师棋高一着，在下输了。"

　　那和尚不语，只是微笑。

　　一旁头戴方巾的青年儒生迷惑不解："宗道攻势凌厉，何以中盘认输？"

　　旁边另一青袍儒生揶揄道："小孩子道行未深，慢慢悟去。"

　　方巾儒生十分委屈，冲岩石上打坐的中年儒士喊叫："先生，先生，他们又欺负我了！"

　　委屈而清脆的声音，打破了山上的宁静。

　　中年儒士睁开眼睛，张口吟了一首诗："尽日岩头坐落花，不知何处是吾家；静听谷鸟迁乔木，闲看林蜂散午衙；翠壁泉声穿乱石，碧潭云影透晴沙；痴儿公事真难了，须信吾生自有涯。"

和尚击掌大笑："好诗，好诗！"

中年儒士是南赣巡抚王守仁，人称阳明先生；和尚是东崖寺住持周经，下棋的儒生是王守仁的学生施宗道，青袍叫柯乔，方巾是江学曾。

连日来，王守仁与弟子们聚众讲学，打坐修行，览尽九华的奇山秀水。

王守仁起身下岩来到围棋桌前，一边认真地看着对弈双方的棋子布局，一边听着施宗道讲述下棋的经过。

半晌，王守仁叹了一句："中盘已空，无力回天了！"

见江学曾还是不解，王守仁手指棋盘又说道："本局由宗道执黑先行，开局后双方行棋平稳，宗道在连续抢夺右下、左下两个角地后，还在左上角隐约形成模样。至第四十手，黑胜率已经升至六成，随后进入黑白胶着状态。由于黑实地较多，白也尽力在右边围地，黑七十九扳下时被白七十五巧手一刺然后度过，白围住边空，开始占据上风。接下来黑接回又受阻，原因在于整块战斗虎头蛇尾，黑子在攻击途中只顾抢空左下和右边，结果被白子把左上黑子连根拔出，至此白不仅空多还全盘厚实，胜率已达九成，故中盘认输已成定局。"

江学曾恍然大悟，周经抚掌大笑："阳明先生真是高人，隔岸观火都能一语中的啊。"

王守仁亦笑道："禅师才是高人，轻而易举化解汹汹攻势，逆境下绝地反击，妙啊。"

周经："阳明先生平定宸濠之乱，如此不世功勋却未获朝廷奖赏，反招奸佞小人的嫉恨和陷害，甚至陷入危险处境，你怎么不去绝地反击呢？"

施宗道："是啊先生，这个时候您不去面见圣上辟谣辩诬，却来九华山中做闲云野鹤？"

王阳明："逆境常有，良知难致。所谓棋局如人生啊！"

柯乔问了一句："先生，他们为什么要陷害你？"

王阳明微微笑了笑："这个说来话长，归根结底，终究是功利心使然。"

江学曾好奇心大起，说："先生，给我们讲讲，给我们讲讲！"

王阳明笑而不语,周经替他说了起来:"去年宸濠之乱,先生仅用四十三天的时间平息了这次叛乱,就因为这个,权臣嫉恨。圣上听说有人谋反十分兴奋,当即就要御驾亲征,他认为打仗是很好玩的事情。太监刘瑾、大将军江彬也极力支持,借着这个机会他们也想捞点军功,顺便跟圣上一道巡游江南,搜刮民脂。然而他们没想到,这边圣上还没出宫,那边平定叛乱捷报就送到了朝廷,把圣上的南巡计划都打乱了,刘瑾、江彬十分不满,再加上早年先生曾得罪过这两人,他们竟多次向圣上进谗言要罢去先生的官职,先生功劳越大,他们的嫉恨就越大。"

江学曾:"那后来呢?"

王阳明:"圣上南巡心意已决,收到捷报后要我把朱宸濠放归鄱阳湖上,等他御驾亲征捉拿叛党,如此一来,江西又要遭受一次兵灾。我哪肯应允,坚持要将反贼押解送京。刘瑾、江彬便四处散布谣言,说我王守仁最初和朱宸濠是同党,只是听说朝廷要派兵征伐,这才抓捕朱宸濠以求自保。"

周经:"这波谣言造得非常高超,将您和反贼绑在一起,将平乱之功歪曲为自保和邀功。您纵有百张嘴,也难以消除圣上猜疑。"

王守仁:"是,圣上听信谗言,派出锦衣卫暗中调查,一旦查出我与叛党勾结,立即抓捕进京。十二月,圣上抵达南京,江彬他们再次诬陷我有谋反之心,圣上下诏让我赴南京面见,待我赶到芜湖,他们又派人赶到芜湖阻止,说圣上有口谕,不让我去南京面圣。弄得我进退两难。进,则说我抗旨;退,则坐实畏罪拒诏之罪。我一想,啥也别做了,干脆上九华山来散心。"

施宗道:"听说先生要来,东南士子纷纷奔走相告,都要来九华山看您。"

柯乔:"先生,您现在是进之不得,退又不能,这个局该如何破之?"

王守仁:"这些天,我也一直在想这个问题。要破这个局必须放弃一些东西,那就是功劳和地位。如果执着于功劳和地位,那么就进了谣言背后的局,不但百口莫辩,而且可能死于非命。"

江学曾:"我懂了,就比如施宗道中盘认输,既然抵抗已是于事无补,不如暂时偃甲息兵，以图东山再起。"

王守仁："从棋局来说，识起伏，知进退，方有胜算。但人生不是一个简单的起伏退让的问题，为师常讲致良知，良知是修为的方向，致是行的实现，致良知，是知行合一的升华。只有荣辱不惊，守住本心，才能获得大智慧。"

施宗道："先生，良知在哪里？什么又是本心？"

王守仁口中吟道："人人自有定盘针，万化根源总在心；却笑从前颠倒见，枝枝叶叶外头寻。"

周经："先生这是在告诉我们，良知就藏在心中，就像定盘针那样给我们指示方向。良知即天理，万事万物皆有定理，不可陷入外求的迷惘。您刚才所说，'却笑从前颠倒见，枝枝叶叶外头寻'，是否是对朱子'存天理，灭人欲'的理学观点不认同？"

王守仁微微一笑："这就是我方才在东崖上悟出的道理，与朱子理学有所不同，谓之'心学'！"

柯乔："先生，那如何放弃功劳？再说，您将功劳推让给这些奸佞小人，岂不是让有功者寒心，助长小人之势？"

王守仁："功劳于我如过眼浮云，但在有些人手上，却可发挥意想不到的作用。太监张永也是圣上身边的红人，且与刘瑾、江彬之流针锋相对。这次圣上南巡，张永作为先头部队已经抵达江西，我已命人将朱宸濠等叛党交与张永，并重新上奏朝廷，就说是张永剿灭的叛党，与我王守仁无关。"

施宗道："此计甚妙，张永白捡大功，自然不胜欢喜；而刘瑾、江彬对您陷构的谣言也不攻自破了，他们若再抢功，那就是张永跟他们的事了。"

王守仁哈哈大笑，口中吟道："吾其鞭风霆而骑日月，被九霞之翠袍。抟鹏翼于北溟，钓三山之巨鳌。道昆仑而息驾，听王母之云璈。呼浮丘于子晋，招句曲之三茅。长遨游于碧落，共太虚而逍遥。"

吟完，衣袂飘飘地下山了。

雨，一直在下。

从四月到五月，天仿佛就像塌了一般，一直就没有晴过。沃野千里的赣江抚河两岸，已是一片汪洋。

正德十五年（1520年）五月十五日，北京紫禁城深邃的宫里传来一个遥远的声音："南赣巡抚都御史王守仁启奏：江西诸府发生大水，千里为壑，街巷皆可行船，民栖于树木，室庐漂荡无存，烟火断绝，为数十年来所未有……"

这声音传得很远很远，透过层层雨幕，穿越江南的千里泽国。

…………

五月的宜黄，乍暖还寒。

斜风细雨中，一群难民走在宜黄城外的官道上，一个个蓬头垢面，面带饥色，混浊的眼里一片迷茫。

宜黄县城瑶里庙前的菜市口人头攒动，蓑衣斗笠挤了一大片，一个个表情惊奇，夹杂着兴奋。

人群围住的是一个衣衫褴褛的犯人，趴在长长的条凳上，粗粗的麻绳把犯人的手脚和条凳紧紧地捆在一起。

他的两边是四个身形彪悍的衙役，各握一根巨大的刑杖。挡住围观人群的，是一圈腰下挎刀的兵丁。

"最后问你一次，"声音从犯人身后不远处传来，县衙张捕头厉声发问，"你的同伙在哪里？"

"我入伙不到一个月，他们居无定所，小民实在不知。"犯人一口的南昌口音，声音微弱。

"大家都听着，"张捕头清了清嗓子，对围观群众大声说，"南昌流民刘二喜，正月窜至我县，与同伙专做些鸡鸣狗盗、坑蒙拐骗的勾当，屡屡犯案，大家说，要不要严厉责罚？"

群众骚动了起来，有人高喊："打煞他去！"

年初以来，已经有不少南昌、鄱阳湖一带的流民成群结队进入宜黄，或乞讨，或打散工，或偷盗。县民不胜其烦。

"人群中但凡有刘二喜的同伙，望早投案自首，我们知县鲍大人宅心仁厚，或可轻判。胆敢拒捕或再犯，罪加一等，从重发落。这里我也希望，宜黄乡民踊跃检举，但凡有流民犯案线索，速到衙门报案！"

张捕头看了大家一眼，继续说道："今查明，犯人刘二喜伙同逃犯李子财等人，在我县偷盗鸡五只、鸭三只、衣物油盐若干，经县衙当众审理，判决杖打四十，逐出宜黄县境，如再回头，重责不饶！"

张捕头宣读完罪状，喝了一声："行杖！"

一名衙役上前，将刘二喜破烂的裤子扒至小腿以下，四个行杖者开始打了起来，一人一下，重重地落在白花花的屁股上，瞬时，刘二喜杀猪般的号叫响了起来。

"打得好！"围观人群高声喝彩。还有人一下一下数着杖次。

半炷香的工夫，杖刑结束，刘二喜疼得昏死过去，衙役将麻绳去除，条凳往后一抽，他整个身子趴在了菜市口的地上。

有胆大者上前，啐了几口唾沫，旁边的人骂骂咧咧，人群渐渐散去。

傍晚时分，雨又大了起来。

街道和房屋皆笼罩在朦朦胧胧的雨雾之中，屋檐上的雨柱倾泻直下，砸在地面上，溅起了半尺高的水花。

县衙大门口的灯笼亮了，紧接着院内和大堂的灯也次第地亮了起来，而院外，已是一片无尽的黑。

几个撑着油纸伞的衙役站在衙门口张望，白天的时候鲍知县就吩咐了下去，晚上来开一个紧急的会议，参会的人员有县丞、主簿、三班六房的头头以及县里有头有脸的乡绅。

一顶轿子冒雨抬了过来，一名衙役赶紧撑着伞迎了上去。

"这该死的天气。"来人一边抱怨，一边哈腰钻进雨伞走了进去。

又过了一会儿，开会的人一个一个地进来，议事大厅顿时热闹了起来。

议事大厅的正中设的是紫檀木案几，案几上摆放一铁磬。知县鲍凤端坐大堂，身后的墙中央挂着一幅高山流水的中堂画，两旁挂一副对联："报国当存清政志，为民可效廉明臣。"对联左下方小楷书写着"大明正德十四年"。落款的底下是一方大红印章，上镌"鲍凤"两个篆字。

人员陆续来齐，鲍凤轻敲铁磬，宣布："开始议事了。"

鲍凤开口先说："漏夜把大家请来，四样事迫在眼前。第一，去年宁王造反，幸赖天子圣明，南赣巡抚王守仁大人用兵如神，及时平叛，护佑社稷。然而兵乱导致流民四起，加之今年鄱阳湖大水，又有不少百姓流离失所，大量难民不断涌入宜黄，给我县百姓带来极大惊扰，如何处之，请诸位商议。第二，自四月以来，大雨不停，宜黄河两岸堤坝饱受雨水侵浸，看天势，似乎会有更大的雨要来，防堤固坝十分紧急，也请诸位出出主意。第三，县学年久失修，连日大雨将一间学堂横梁压垮，本县拟拆除原址，在县衙左侧新修县学。教育乃功在千秋的大计，还望诸乡绅鼎力相助。第四，抚州知府新近下达指令，各县要修县志，我县自开县以来从未有志，须穷经皓首，费时费力，各方都要参与！"

"仰赖皇天后土和县民齐心协力，宜黄相比外面的兵乱和灾荒安定不少。"县丞赵锦峰接着说话了，"但我们目前面临的要事难事也不少，譬如今年汛期提前，防洪物资的供应不足；重修县学与修志的人力物力财力耗费甚巨，县衙压力巨大。如何共渡时艰，请大家有一说一，多提建议。"

张捕头站了起来，道："鲍大人，各位大人，我只说一事，流民入境，还须当机立断。我是捕头，深知管控之艰难，若是坐等事态发展，这些流民迟早是要聚啸山林，酿成大祸。所以在下还是那句话：内驱外堵。将那些无亲无故且无谋生手段者，驱逐出县境；同时，在县界上设卡，阻止流民进入。"

张捕头的话得到了很多人的支持，许多人七嘴八舌诉说流民入境的烦恼，乡绅们更是频频点头。

鲍凤等众人讨论完毕，开口问了一句："诸位可知流民的'流'是何意？"

众人皆愕然，面面相觑。

"流民与流水同一个意思，大禹治水胜在一个'疏'字，而他父亲鲧之所以失败，则在一个'堵'字上。"鲍凤清了清嗓子，接着说，"宜黄四边皆有县境，而士卒不过百余，都派至县界卡口，县里的治安防务如何保障？"

张捕头："卡口上，可以派些乡勇值哨。"

鲍凤："设卡真有用吗？我看未必。流民少则三五，多则数十成群，即便是堵，也是收效甚微。一来他们可走小径入境，二来越堵他们越是要来，管束严了，势必引起激变。"

众人皆默不作声。

鲍凤又说道："堵完之后，让这些流民去哪？他们也是大明的子民，就因为兵乱和水灾，就该承受流离失所之痛？"

张捕头憋了半天："我们这不也是没有办法嘛。"

鲍凤道："办法总是人想出来的。昔日王守仁平定南赣匪患仅用三招，便人心得服，地方安定。第一，十家牌法。十家共一牌，遇面生可疑之人，即时报官；如有隐匿罪犯，十家连坐。第二，安抚之策。划出若干山林土地安置流民，有饭吃有事做谁愿意做流寇？第三，教化之风。所谓'破山中贼易，破心中贼难'，王守仁在南赣大兴学堂乡馆，选拔学术明正、行止端方者为教师，教授儒家经典，被及乡里，化民成俗，形成良好乡风。"

众人窃窃私语，频频点头。

鲍凤："请赵大人差人先摸底，确属兵乱遭灾且无亲无业的，安置到大户人家做帮佣。不从安置及管教者，限日驱逐出县。对于一些缺衣少食者，希望众乡绅伸把手，给灾民施舍一些粥米，捐些衣物，不强求多少，量力而为就行，大家以为如何？"

县丞赵锦峰应道："下官明日就去安排。"

众乡绅也纷纷应和："我等遵从鲍大人的倡议。"

鲍凤："这第二桩事，也是十分紧迫的事，宜黄河堤被雨水浸淫已久，一些地方先后已出现险情。请赵大人多筹集一些沙袋、石头、木料，配送至各重要堤段，确保防汛所需。沿河保甲要组织人员上堤日夜巡防，一有汛警，即全力修固，力争不死人、不毁屋田。这事，也请赵大人多多费心。"

赵锦峰点头："这是自然。"

鲍凤："第三桩事，是关乎我县文脉存续的千秋大计。前宋皇祐年间，宜黄第一所县学就是县衙与县民们共同出钱出力修建起来的，大儒曾巩亲撰《宜黄县学记》，流芳千古。这次还是希望能发动全县有识之士出钱出力，大家一起努力，早日把新县学搬迁重建，让宜黄的娃娃们能有一个读书的好地方。"

乡绅廖泉生道："鲍大人所言极是，防洪赈灾与新修县学是关乎国计民生、县民福祉的大事，但凡有一寸良知，都应积极支持。请大人放心，我等愿意捐助一二，略尽绵薄之力。"

鲍凤满意地点了点头："这第四桩事嘛，修志在我们县属头一遭，也是一件名垂千秋的大事。大家推荐一下，宜黄的秀才学子中哪些人的文笔较好，我们必须要选最好的人做这次修志的主笔。"

众人纷纷发言，你说一个我说一个，但说得最多的是两个人的名字，一个是谭坊的诸生谭镐，一个是廖泉生的公子廖澄。

这两人是宜黄公认的才子，饱读诗书，才思敏捷。大家很快形成统一意见，就定这两人了。

第二天一早，廖澄就找谭镐来了。

久雨初晴的空气特别清新，山腰边环绕一层薄薄的雾霭，恍如仙境。山脚下是一片葱郁的桑林，一眼望去看不到边，田涧溪水潺潺不停。

桑林尽头有一处村庄，那便是刺桑谭家。

南北朝时刘宋主爵都尉谭衍昌谪官江右抚州，迁居宜黄。在村前一棵桑树上刺了一个"谭"字，随着桑树的成长那个"谭"字也越来越大，谭氏在此繁衍生息，枝繁叶茂，成为当地一大望族，子孙遍及四海，尊宜黄谭氏为其源流之一，是为"刺桑谭"。

谭家洲的罗氏挺着大肚子，一边翻着桑叶一边嘀咕："昨夜又有一批蚕儿拉稀，这阴雨天气，还不知要到几时。"

小姑子谭巧儿在厨下安慰她："嫂子，天要落雨，娘要嫁人，由不得我们。人家乌斗村的蚕儿都死了八九成，我们家才死了三成，这都是没办法的事情啊！"

罗氏叹了口气："这年景，怕是要出大事哟。"

谭巧儿说："有啥大事要出的，我们宜黄有清源师保佑，从来都没有大灾大难什么的，嫂子莫要杞人忧天。"

她说的清源师是当地随处可见的社公庙里供奉的傩神，传说是二郎神的化身，专门驱邪纳福、保境安民的。

罗氏说："你道我是杞人忧天，去年宁王造反，多少人成为流民；今年到处都听说发大水，又不知道多少人家要遭灾了。"

谭巧儿说："咱们都是妇道人家，国家大事莫要妄议。哥哥不是在跟廖秀才说大事吗，等下我们去听听他们商量什么。"

罗氏笑了笑，抚着圆滚滚的腰身，站在那里歇息。

厢房内，两个大男人已经坐了一个下午。

廖澄的声音从房间里传了出来："修志，已是全县诸生最关注的事情，鲍大人让吴教谕牵头，选我们两个做主笔。"

谭镐呵呵一笑："宜黄自古文风鼎盛，人才辈出，可惜从未有志记载，实为憾事。今鲍大人如此开明重视，此志必成宜黄千秋之盛典。这么重要的任务，谭某恐怕难以胜任。"

廖澄："论才学谭兄是我辈翘楚，此番盛举，主笔非谭兄莫属。"

谭镐摇手："廖兄有所不知，贱内身怀六甲，私塾里还教了那么多孩子，哪有那么多的时间坐在那里修志？这事我可以参与，但切不可主笔。"

廖澄道："谭兄多虑了，修志并不影响生计。鲍大人一向尊师重学，现将县学迁徙至县衙左侧，新修翻建，书院先生俸酬增至三成。谭兄若肯执教，仅一人俸酬可使全家生计无忧。"

谭镐精神一振："好事是好事，怕只怕才疏学浅，误人子弟。"

廖澄大笑："谭兄耕读世家，聪慧过人，才学人品堪为一流。若是肯出山执教，修志与教学可以兼得也。"

谭镐笑着说："内人尚有三月即可临盆，家中蚕桑生计也需一段时间处理，劳烦廖兄通报鲍大人和吴教谕，如若抬举，八月定来县学执教。"

廖澄回道："那是自然，在下一定转告。得了贵子，可别忘记请我来吃酒哦。"

谭镐听了，哈哈大笑。

说话间，罗氏与谭巧儿陆续将酒菜端上，谭镐一扫近日忧心郁闷，叫巧儿把几位族兄弟也请了过来，一起陪廖秀才饮酒，一桌人把酒言欢，吃到戌时三刻，春蛙齐鸣方才散去。

转眼间，就到了七月下旬。

一连下了几天的暴雨，宜黄河猛涨。

七月二十一日这天，大水漫过河堤，谭镐家门前的晒谷场上，已浸水一尺有余。

"啊……"

卧榻上，罗氏正满头大汗抬起了上身，痛得大叫了一声，一只手死死地握住身旁巧儿的手臂。

"沉住气！"谭巧儿也是满头大汗，"往下使劲！"

罗氏咬紧了牙，呻吟着努力往下使劲。

外面的厅堂里，谭廷用、谭镐父子面容焦虑，望望门外的天，又看看内室的门，不安地来回走动。

内室的叫喊声还在不时传来，而外面的雨，似乎越下越大。

"当当当……"几声急促的锣响，门外跑过几个村里的后生。

这是示警的锣声，一听到锣声，就知道坝上出现了险情，各家各户的青壮年都要上坝固堤。

谭廷用紧张地说了一句："兴许是要溃坝了，你留家里，我去堤上看看！"

谭镐"嗯"了一声，使劲点头。

晒谷场上的水，已漫过了门前的第一道台阶。

村里一些地势低矮处的人家，开始往高处搬运值钱物品，村里一些年长的阿嫂阿婆聚在谭镐的家中，但大家似乎都束手无策。

一个阿婆说，房内的水再高一尺，就要把罗氏背到族叔谭敬家中去生了，他家地势更高，水再大都不会到他家里去。

谭镐听了，更是焦虑。

这个时候，谭镐十六岁的大儿子谭经从外面跑来："爹，姨娘生了没？堤挡上出现溃口，族长说，让各家随时做好撤退的准备。"

阿嫂阿婆听了个个面色惊惧，口中不停念叨："阿弥陀佛，菩萨保佑！阿弥陀佛，菩萨保佑……"

谭经说完，又往村里跑去。

谭镐大声问了一句："你去哪？"

谭经边跑边回答："我还要去通知别家。"

内室中，罗氏又尖叫了一声，晕厥了过去，湿漉漉的头发贴在脸上，她的嘴唇开始干裂而发紫。

"不得了啦！"旁边的巧儿惊吓得哭叫起来。

"喂参汤！快喂参汤！"那接生阿婆满头大汗，吩咐巧儿赶紧端参汤来。

不一会儿，罗氏虽然被参汤喂得苏醒了，但脸色更加苍白，呻吟的力气都已经没有了，冷汗不断地从发际流了下来。

谭镐忍不住冲进内室，抓住了她的手："不着急，不着急，大水等下就退了。"

十分虚弱的罗氏，这时已痛得说不出话来，睁大眼睛看着谭镐，大口大口地喘气。

谭镐紧握着她的手，心乱如麻，但他极力装作轻松的样子，鼓励道："不怕不怕，我们都在，不会有事的……"

又歇了一会儿，罗氏突然又开始发力，两腿伸直，指甲深深地嵌在了谭镐的肉里。

"出来了，出来了……不要停……再使劲！"接生婆大声地指挥着。

外面大雨仍在下，暴雨如注。

突然，天空中炸响了一阵惊雷，数道闪电在雨幕中划过。

惊雷过后，屋子里传来一阵呱呱的啼声，啼声清晰有力，透过如注的暴雨。

罗氏全身一松，虚弱地闭上了双眼。

"上天保佑！恭喜恭喜，是个儿子！"接生婆婆迅速用褓褓把孩子包了起来，谭镐接过孩子，喜极而泣。

"是儿子，又是一个大胖小子！"巧儿大声地报喜。

屋外阿嫂阿婆都喜笑颜开，纷纷涌了进来，七嘴八舌地说："老天保佑，老天保佑！咱们老谭家又添丁了！"

"这孩子一脸的福相，将来呀，怕是要做大官！"

"哈哈哈……"

说来也怪，刚刚还雷鸣电闪倾盆大雨，竟然渐渐地歇了。

村里的青年后生，陆续地从堤坝上退了下来，谭廷用浑身湿透地回到家里。

"爹，坝堵上了？"谭镐问。

谭廷用："差点就堵不住了，鲍知县得知我们谭家洲堤坝出现险情，派了一百多个乡勇民夫紧急驰援，现在溃口的地方已经堵上了，堤坝暂时无忧了。"

全屋子的人都长长地舒了一口气。

巧儿一脸欢喜地把孩子抱了出来："爹，你看这是谁？"

谭廷用惊喜万分，嘴里嚷道："哟哟哟，我的大孙子哎！"

说着，伸手就要去抱。

巧儿不给，嗔道："瞧你那一身的泥水，换身衣服再来！"

谭廷用反应过来，哈哈大笑。

谭镐："爹，咱们给孩子取个名字吧！"

谭廷用喜得新孙子，满脸乐开了花："咱们刺桑谭家以养蚕取丝为业，老大叫谭经，老二就叫谭纶吧。"

谭镐："这个名好，咱们谭家世代书香，咱不求孩子将来大富大贵，只愿他做个满腹经纶、知书明理之人。听爹爹的，就叫谭纶，字子理。"

巧儿说："你们都把名和字取好了，小名我来取。这孩子排行老二，就叫二华吧。"

屋内众人哄堂大笑。

黑压压的云层终于散去，天空放晴，一年一度的汛期就此结束，村上人都说，这孩子生得命好，一来大水就退了。

这天夜晚，婴儿清脆的啼哭声在村子里回荡，久雨的天空月朗星稀，一轮明晃晃的月亮挂在天上。

一年以后，谭家洲。

"搬到这边来……"

戏台上，班主邹润生大声指挥着，几名武生抬着一个巨大的樟木箱子，吃力地往戏台后面移动，里面装满了各式服装道具。

谭廷用捧着一碗凉茶，给邹润生递了过去，巧儿手里端着一果盒，里面盛满了各种花生点心，也送到了戏台上。

"今年怎么不见德顺班、紫云班来乡下演戏？"谭廷用问。

邹润生喝了一口茶，掀起短褂的衣角抹了抹头上的汗水："你都不知道，现在宜黄戏班有几火！名头响一点的，都被请到南昌抚州演戏去了。"

谭廷用："宜黄那么多戏班都忙不过来？"

　　邹润生："单就我们乔坑班，单子都排到了明年三月，要不是你提前三个月就订好，我们都没空来你这演了。"

　　谭廷用赶紧大声地招呼那些干活的武生："各位师傅，着累着累，赶紧过来吃茶！"

　　按照乡俗，小孩周岁必要摆酒抓周，殷实一点的人家，还要唱上几天的戏，热热闹闹庆祝一番。

　　还有三天，孙儿谭纶就要满周岁了，谭廷用老早就在筹划着给孙儿办酒席的事情。

　　七月二十一日，正席开始了。

　　谭氏宗祠堂挤满了看戏和庆生的人群，大戏演了三天，谭家洲上热闹得不行。

　　这天一早，罗氏给谭纶穿上了一件富贵长春的宝石蓝缎面棉袄，他脚蹬虎头鞋，再戴上一个银晃晃的项圈，项圈上挂了一个长命富贵锁，罗氏抱着小谭纶逐一给家族的老人磕头讨喜。

　　老人们都给谭纶带了礼物过来，衣帽、鞋袜、项圈、拨浪鼓等一大堆，东西都不贵，但心意却是到了。

　　谭氏宗祠张灯结彩，红色的鞭炮纸屑满地都是。

　　戏台上，正演着《八仙过海》，这是宜黄戏最经典的剧目，让人百看不厌。

　　戏台下，吃酒的人陆续就位，酒菜已经摆上，就等开席。

　　主桌上，摆放着一个木制的托盘，盘内依次陈列笔、墨、书砚、算盘、戥子、针线、鸡蛋、糕点，还有官印、刀剑等玩具。

　　按照宜黄人的乡俗，抓到笔墨书砚意味着会读书，抓到算盘戥子意味着会赚钱，抓到官印刀剑意味着将来会当官，抓到食物意味着贪吃，抓到针线说明"男做女工，一世没用"，将来没大出息。

　　一通震天的爆竹声响过，抓周开始了。

　　众目睽睽之下，小谭纶爬在桌子上，瞪着好奇的双眼，东看看西摸摸。

　　客人七嘴八舌，鼓动着他抓官印和笔墨。

　　小谭纶自顾自地一件一件把玩，也不定哪样，客人开心地逗着他，谭镐和罗氏则急得满头大汗。

　　终于，小谭纶突然咧嘴一乐，一手抓着一支笔，一手抓着一个鸡蛋再不松手。

　　在场的人喜忧参半，罗氏嗔了一句："一看就知道是个好吃鬼。"

　　谭廷用则开心地说："不会不会，我这个孙子，可是文曲星下凡哪！"满屋子的人哈哈大笑。

入夜的扬州城，华灯初上。

九里长街，一栋接一栋的青楼上，笙歌曼舞，绛纱灯无数；烟花巷陌，嫖客云集。

一阵急促的马蹄踏过街心的青石板，发出嗒嗒的声音。

马队过处，行人纷纷避让。

马队在一处高大的青楼前停了下来，士兵们迅速将楼围了起来，四处戒严，一队士兵则冲进里面。

不一会儿，青楼里的嫖客便被一个一个地赶了出来。

青楼的牌匾上，是黑底金漆"广陵春"三个大字。

正德翻身下马，嘴里嚷嚷道："刘美人，刘美人，朕来了！"

青楼里楼上楼下的过道边跪满了袒胸露肩的青楼女子。

二楼过道的房门前，一个娇滴滴的声音应声答道："圣上，奴婢在这呢。"

正德兴冲冲地奔上楼梯，一把抱起刘美人，门也不关，就把刘美人扔在了帷帐之中，放浪的笑声随即从帷帐中传出。

第二天中午，广陵春外的街巷中仍是三步一岗五步一哨。

近七十岁的内阁首辅梁储率兵科都给事中汪元锡等人跪在二楼的走道上，梁储口中大声奏道："叛贼朱宸濠已押解到南京，请圣上处置。"

房间里寂静无声。

梁储提高嗓门再次奏报："叛贼朱宸濠已押解到南京，请圣上处置。"

又过了许久，里面终于传出一个不耐烦的声音："知道了，退下吧！"

汪元锡跪在地上泪如雨下："圣上，咱们回去吧。此次南巡人马不下数万，供应之费累及数省，官兵扰民已颇有怨声。望圣上明鉴！"

正德愤怒地吼了一句："来人，把汪元锡拖出去，杖责五十！"

几个如狼似虎的御林军随即冲上前来，一把抓住汪元锡的双臂就要往外拖。

梁储等人齐声说道："圣上，汪元锡所说，句句是肺腑忠言哪，请圣上明鉴！"

里面又悄无声息。

御林军拖着汪元锡来到街面上，板子重重打在汪元锡的屁股上，汪元锡发出痛苦的呼号："圣上明鉴，圣上明鉴啊！"

日头西沉，夜色渐渐降临。

广陵春里，梁储和一众大臣还跪地不起。

梁储毕竟年岁已高，扑通一声，倒在了地上，周边大臣惊呼："阁老，阁老你怎么了？"

有人喊道："圣上，梁阁老昏倒了！"

又有人抱起梁储掐人中，众人惊慌失措："阁老你醒醒！"

房间里，正德正在喂刘美人吃着荔枝，两人嬉笑打闹玩得正欢。

听得外面人声嘈杂，正德不禁皱了皱眉，悻悻地骂了一句："这个老东西！"

刘美人嘴里含着一颗荔枝，侧耳听了一下："圣上，您还是回去吧，那梁阁老都跪老半天了，可别让他死在这儿。"

正德嬉皮笑脸地拧了一把刘美人的小脸："好吧，朕在这里待一天，也该出去透透气了。"

刘美人撒着娇："圣上您走了，奴婢怎么办呀！"

正德："跟朕回宫就是了。"

刘美人嘟嘴撒娇："圣上此次南巡，一路上搜罗的天下美女不下千人，只怕三天一过，就把奴婢抛到脑后去了！"

正德一把揽过她的杨柳腰，淫笑着道："不会不会，刘美人色艺双绝，是朕的最爱，抛了谁也不会抛了你！"

刘美人眼里放出喜悦的光："圣上说话算话，可不许骗我。"

正德大笑："天子说话一言九鼎，当然算话。"

在众臣的望眼欲穿中，正德终于心满意足地走出了广陵春。

南京城外，旌旗遮天蔽日。

正德全身披甲策马走在队伍中间，身后一面大大的"威武大将军"大黄旗迎风招展。

正德扭头问梁储："反贼在哪里？"

梁储："关在南京江口，圣上一直无暇顾及，至今还未处置。"

正德哈哈大笑："那咱们今天就玩个抓虏的游戏。"

说罢，挥鞭策马向前疾驰。

梁储一愣，随即策马跟了上去。

南京江口大狱，朱宸濠披头散发躺在角落里，面如死灰。

牢门忽然咣当一声打开，几名狱卒走了进来，给朱宸濠戴上枷锁押着往外走。

火辣辣的太阳从天上照射下来，让久未看到日光的朱宸濠倍感刺眼，禁不住闭上了眼睛。

待缓过神来，他看见自己的几个儿子、亲信侍卫及家属数百人也戴着枷锁跟在后面。

朱宸濠悲从中来，脑袋眩晕，狱卒大声驱赶着他们往前走，朱宸濠脚下踉踉跄跄。

正这时，一阵伐鼓鸣金的声音传来。朱宸濠抬眼望去，前方数里外上万大军陈列于前，仿佛是要与什么强敌进行交战。

朱宸濠等人面面相觑，茫然不知所措。

一名军官匆匆来到正德的面前，大声喊到："报！"

正德一脸严肃："何事？"

军官："启禀大将军，前方发现敌人！"

正德："来了多少？"

军官："情况不明，但据探马回报，似乎都是一等一的高手。"

正德："再探！"

军官："是！"军官匆匆转身离去。

朱宸濠这边，有人上前给他们一一解开枷锁，众人一边活动筋骨，一边迟疑不定地望着对面的兵马。

过了一会儿，军官又匆匆来报："大将军，敌人要发动攻击了！"

正德令旗一挥："放箭！"

队前士兵迅速摆开阵形，一时间，炮号连天。

朱宸濠见势不妙，撒腿就往回跑。

无数支响箭呼啸而来，但并未落在朱宸濠的身上。

朱宸濠回头一看，惊慌的心平静了下来，他们离射程还远着呢，官军射出的箭矢落在地上，密密麻麻地插了一地。

足足射了半天，军官来到正德面前，大声报告："大将军，敌人前锋已被我击溃，可否出击？"

正德令旗一挥："冲阵！"

太监刘瑾率一支兵马从中军冲出，径直奔向朱宸濠等人。

待朱宸濠等人反应过来，顿时乱作一团，兵马越来越近，朱宸濠等人仓皇逃窜。

两脚毕竟难敌四腿，马队很快冲入人群，士兵并不用武器刺砍，而是用手中马鞭狠狠地抽在俘虏的身上。朱宸濠拼命奔跑躲闪，但还是被抽得皮开肉绽。有数十人被兵马冲撞倒下，无数马蹄在身上践踏，瞬间血肉模糊，当场毙命。

就在快要支撑不住的时候，中军帐里终于响起了鸣金的声音，刘瑾用尖细的嗓门扯了一句："撤！"

马队潮水般退去。

惊魂未定的朱宸濠全身瘫软，一屁股坐在地上，脸色苍白，大口大口喘着粗气。

中军阵前，官军又报："敌军被我杀得丢盔卸甲，可否乘胜追击？"正德闻言令旗一挥，大声喊道："好！本大将军要亲自上阵杀敌，众将士，杀！"

锣鼓大作，炮号连天。

正德一骑绝尘，一支御林军紧紧跟在后面。朱宸濠等人迫不得已，只得再次起身奔逃。

正德似乎并不着急，猫捉老鼠般驱赶着朱宸濠，围着朱宸濠转着圈圈，时不时用鞭子在朱宸濠身上抽几下。

朱宸濠浑身是血，脚下如灌满了沉铅，跑着跑着，便跑不动了，干脆躺在地上，闭目等死。

众军士围着朱宸濠，哈哈大笑了起来。

正德一看，这游戏玩不起来了，于是让军士绑住朱宸濠的双手，一头系在自己的马鞍上。

其余俘虏也被御林军系在马的后头，众人拖着俘虏凯旋。

中军帐前，刘瑾率众下马跪下："逆贼朱宸濠谋反，圣皇威武大将军御驾亲征，血战沙场，力擒贼首。吾皇威武！吾皇圣明！"

众人山呼："吾皇威武！吾皇圣明！"

马背上，正德得意扬扬："反贼被朕彻底剿灭，传令，明日班师回朝！"

众人再拜："吾皇万岁万岁万万岁！"

淮安清江浦，是京杭大运河上重要的交通枢纽，两岸青山相对出，帆影点点两边来，风景十分优美。

水面上，无数只皇家官船依次排开，一眼望不到头。

班师回朝的圣旨传下，大明官军押着朱宸濠一路浩浩荡荡，往京城赶去。与来时一样，正德游镇江，登金山，从瓜洲过长江，一路上狩猎巡游，好不自在。

龙船上，正德带着刘美人欣赏着水面的风景，但见平排细浪，水接遥天；芦花飞攒，怪树列千。船底下水质清澈，鱼翔浅底，追逐嬉戏。

正德不禁玩兴大起，命人放下一艘小船，带了一个会驾船的侍卫下到小船上亲自撒网捕鱼。

一网下去，居然捞回来好几条半尺长的鲤鱼，还有一些不知名的野鱼。

正德龙颜大悦，连撒数网，网网不空。

每打一网，龙船上的大臣和侍卫都要大声地欢呼，这让正德兴致更浓。

突然，一网下去感觉沉甸甸的，正德连忙加大力道，渔网刚拉出一半，就看到网里全是活蹦乱跳的鱼儿。

正德大喜，深吸一口气，左脚蹬住船舷，手上猛地发力，船体突然失去平衡，扑通一声翻转倒扣在水面上，正德和侍卫双双跌落水中。

可怜正德并不会游水，入水后只会仓皇扑腾，四肢乱动，口鼻灌水。

"圣上落水了！"侍卫惊叫了起来。

"快救圣上！"大臣们乱成一团。

龙船上，会水的扑通扑通往水里跳，众人七手八脚忙活了半天，才把正德救回大船上来。

正德双眼紧闭，脸色青紫，奄奄一息。

御医赶了过来，让侍卫们把正德抬到一长板凳上，肚子朝下掌击后背。

过了好一会儿，正德终于张口哇的一声吐出了肚子里的水来，之后又是一阵剧烈的咳嗽。

水呛入肺，加之惶恐惊悸，正德终于病倒了。

一连数日浑身乏力，时而咳嗽，时而发烧。

行至通州，病情加重了起来，不得已就地休息静养，直到十二月，正德才缓过神来。

朱宸濠等人得知正德落水生病，无不幸灾乐祸，正德闻听大怒，下令就地处死朱宸濠等一众反贼。这还不算，正德让人架起柴火把尸首烧成灰，挫骨扬灰。

官军进入德胜门，文武百官列队跪伏在地迎接正德。马路街道两旁都已挤满热闹的人群，这让正德苍白的脸上有了几许笑意。

回到久别的豹房，正德的心情终于好转了起来，一切都是那么熟悉、亲切。

正德二年，正德在刘瑾的蛊惑下，在西华门外太液池南岸建造了这座富丽堂皇的宫殿，虽说户部已经入不敷出，但在正德的坚持下，耗费巨资的豹房建了五年终于完成。

豹房其实不仅仅有豹，还有虎、象、熊、鹰等大量的奇珍异兽。二百余间房里，住着番僧、教坊乐人和无数美女。豹房修建好后，正德吃住都在豹房，很少上朝。

这天正德在豹房与美人嬉闹，忽见十余个年轻漂亮的女子，被江彬领进了豹房。

正德问："你从哪儿弄来的这么多美人？"

江彬神秘地一笑说："这是微臣从叛军家属中为圣上挑选的，如果圣上看不上，奴才就把她们卖到青楼去。"

"哪有英雄不爱美人的道理？"正德大笑，"这么多貌美如花的仙子，朕岂忍心拒之宫外？统统留下！"

尽管有病在身，怎奈正德色心太重，对于女色却是终日不断。每日须服十丸还春丹药，御五女才得以安睡。

　　按每年的规矩，皇帝祭天的日子又来了。

　　首辅大臣梁储年岁已高，告老还乡。正德诏回前任首辅杨廷和接任梁储之职。

　　这天，正德将杨廷和传到豹房，问："今年祭天该当如何？"

　　杨廷和："祭天是件大事，还得圣上亲自主持才是。"

　　正德："不去不行吗？"

　　杨廷和低头禀报："去好！圣上已过而立之年，虽然后宫佳丽三千，至今却未诞下一个龙子，这是太后和臣子们的心病。恳请圣上亲临，诚心祈求上天眷顾！"

　　为了自己早日康复，也为了早生龙子，正德不得不同意了杨廷和的祭天安排。

　　这天清早，红云缥缈，残星犹在。

　　从午门到天坛，两边三军旗子如林，号声震天，文武百官早早云集天坛。

　　按规矩，祭天前三日皇帝就要开始斋戒。祭天这天，正德寅时就被人叫起，滴米未进。

　　日出之前，斋宫鸣响了太和钟，武宗起驾至圜丘坛。

　　钟声止，鼓乐声起，大典正式开始。

　　迎帝神、奠玉帛、进俎、行初献礼、行亚献礼、行终献礼、送帝神、撤馔、望燎，行三跪九拜礼，奏熙平之章，十余道程序下来，正德疲惫不堪。

　　强撑着把各道程序走完，刚下天坛，正德感到一阵天地旋转，扑通一声摔倒在地。

　　几个御医慌忙向上就地抢救，折腾了大半天才把正德抬回皇宫，这一病就卧床不起。

　　众美人在刘美人的带领下一个一个来到龙寝前问候请安。

　　"奴婢给圣上请安。"

　　"平身……"

正德话音已很弱了，他以手示意，让美人坐在他身边。

正德手摸这个，手摸那个，把众美人都摸了一遍，没有美人侍寝，他哪能睡着？

可是摸归摸，毕竟是有些心有余而力不足了，也或许这些美人他都临幸过，挑不起兴致来。

正这时，门外传来一阵低低的嘤嘤啜泣的声音。

"什么人在外面？"正德问道。

"陛下，一个叫王满堂的女子，竟然死活不肯进来！"一小太监对正德说，"这女子已有三个月身孕……"

那意思是劝圣上换一个，正德摇了摇头，道："带进。"

太监领着王满堂进了龙寝，放倒在床上，抽去裹在身上的绸巾，关好寝室门退了出去。

女子肚子微鼓，却貌若天仙。

正德御女无数，却从未临幸过怀孕的女人，一时色心大起，眼睛里放出兴奋的光。

刘美人识趣地把众美人带了出去，正德爬起来，直接就把王满堂扑在了身下，一通尽兴地折腾。

第二天五更刚过，王满堂醒来感觉不对劲，推了推身边人，却发现早已四肢僵硬浑身冰凉，没有半丝气儿，顿时魂飞魄散，惊叫了起来。

原来，正德皇帝耗尽了最后的元气，终因病体难支，撒手去了另外一个世界。

临去之前赤身裸体，嘴歪眼斜。

御医赶来把脉，哪还有半点动静。

"圣上驾崩了！"

太监们尖厉的呼喊，从宫廷内一层一层往外传递。宫里到处是慌乱跑动的宫人。

圣上驾崩的消息，震惊了朝野。

不仅因为英年早逝，还因为正德膝下无子，这新帝的人选，一时成为权力斗争的焦点。

最伤心的是正德的生母张太后，每日以泪洗面，痛不欲生。

张太后是弘治皇帝朱祐樘的结发妻子，两人感情非常好，每天同起同卧。朱祐樘是个专一的人，为了张氏，终生没有纳妾，两人就只剩正德这么一个儿子。

弘治临终时，正德只有十五岁。丈夫死得早，张太后对少年皇帝十分宠爱，正德自小顽劣，又没人管，任着性子胡来。结果玩来玩去，把自己命都玩丢了。

正德尸骨未寒，围绕新帝之争，朝堂内暗流涌动，江彬、刘瑾等人手握重兵，蠢蠢欲动。

深夜，张太后诏首辅杨廷和入宫商议。

杨廷和："依照祖制，先帝无子应按'兄终弟及'的规定来选新帝。若论血脉，安陆小献王最近，当为首要人选。"

张太后："可江彬等人却认为朱厚熜自小远离京城，恐承不起驾驭天下的大任，欲另选新君。"

杨廷和："问题就在这里，江彬恃兵骄纵，有挟天子以令诸侯之贪念。若让他得手，必天下大乱。小献王虽然年轻，但处事精明果断，可担大任。再说了，依祖制行事，谁也无话可说！"

张太后："江彬、刘瑾密谋久矣，当快刀斩乱麻，除掉奸党，匡扶社稷。"

杨廷和："臣有一计，擒贼先擒王，先把江彬捉住方可计议。"

张太后："可是，锦衣卫、东厂、西厂都在江彬手中，我们没有兵权，如何捕他？"

杨廷和："这个简单，就说太后有事找江彬商议，把江彬诓进宫，乘其不备，一举拿下！"

烛台上火烛摇曳，发出轻微的"毕毕剥剥"的声响。

张太后沉吟半晌，抬眼望着杨廷和，下定了决心，道："好！就这么办！"

第二天一早，张太后让人把江彬带到后宫。

江彬带着侍卫前来，到了后宫，侍卫被御林军拦住，只放江彬一人进去，还下了江彬的兵器。这是宫中规矩，江彬自恃身强力大，不把太后放在眼中，一人进了仁寿宫。

江彬跪拜："微臣给太后请安！"

张太后："起来吧。赐座！"

江彬坐下，问："不知太后诏臣有何事？"

张太后叹了口气，道："先帝驾崩，群臣推荐小献王为新皇，哀家妇道人家，一时拿不定主意，想听听将军意见。"

江彬："臣以为，立新君是大事，来不得半点马虎。小献王出自僻壤乡野，只怕难当重任。"

张太后："可现朝廷重臣皆言应按祖制来，哀家该当如何？"

江彬："太后想过没有，小献王与自己的母亲感情很深。如若登基，不可能像对亲娘一样对待太后，待羽翼丰满，必冷落太后，冷落咱们这帮前朝老臣。臣是这么想的，在众亲王里选一幼小世子作为新君，太后可视为己出，垂帘听政悉心辅佐，岂不是更好？"

张太后："不按祖制行事，朝臣必竭力反对，若是针锋相对，必会让朝堂动荡，天下大乱。"

江彬得意地一笑："太后无须忧虑，只要臣在，就由不得他们！"

见太后还在犹豫，又道："微臣手握重兵，我看谁敢螳臂当车，敢反对者，我江彬第一个就拿他开刀！"

说这话的时候，江彬的眼里透露出一种凶光。

这凶光，让张太后不寒而栗。

再问了一句："将军心意已决？"

江彬十分坚定："微臣也是为太后好，为天下好，望太后深思！"

张太后："那好。来人呀！"

门外涌进来一群手执兵器的御林军，为首的居然是杨廷和。

江彬脸色大变，手指杨廷和："你你你……"

杨廷和厉声喝道："拿下！"

御林军一拥而上，将江彬五花大绑给捆了起来。

江彬大叫："太后……"

张太后："江彬，你作恶多端，诱惑圣上，陷害忠良，贪污受贿，扰乱朝纲，还有什么话说？"

江彬咬牙切齿："杨廷和，老子做鬼都不会放过你！"

杨廷和："带走！"

一场抓捕江彬余党的行动在杨廷和的指挥下迅速展开，刘瑾、张雄、萧敬等人一个个落网。与此同时，杨廷和果断罢遣边兵入京，又将豹房番僧、教坊乐人及四方进献女子全部放遣。

扫清一切障碍，杨廷和率群臣赴湖北安陆，迎接小献王进京。

北京城外。

迎接新君的队伍停在城外的行殿，等着礼部的安排。

从安陆到京城，献王朱厚熜跟做梦一样。以前他以为，安陆就是他的家，生于斯长于斯，生生死死不离开。突然张太后的一纸诏书，把他接到京城来承继皇位，他对于宫廷及朝中诸事，毫无准备也毫无经验。

他唯一可依靠的，只有从安陆州一路随从而来的家臣袁宗皋。申时三刻，杨廷和、礼部尚书毛澄等人来到行殿。

众人磕头跪拜，朱厚熜道："都起来吧！"

众人起身，毛澄禀报："殿下一路舟车劳顿，十分辛苦，请尽早入宫歇息，等选出一好日子再行登极大典。"

朱厚熜："这些日子，你们也辛苦了！以后朝堂诸事，还请多多费心。"

杨廷和："这些都是臣子的本分，该当如此。"

袁宗皋："殿下起居可都安排妥当？"

毛澄："都商议过了，从东安门入，宿文华殿。"

袁宗皋："从东安门进，宿文华殿？这是皇帝的礼遇还是藩王的礼遇？"

毛澄："殿下目前还是藩王，登极后才能走大明门，进奉天殿。"

袁宗皋不再说话，拿眼望着朱厚熜。

其实一路走来，朱厚熜无数次憧憬从紫禁城中门进入，享受文武百官跪列两旁山呼万岁的场景。

突然说以藩王身份入宫，朱厚熜有种被涮的感觉。

顿时心中无名火起，生气地说了一句："奉诏进京，可不是让我来当藩王的，是要我来当皇帝的。"

杨廷和连忙说道："按祖制，只有皇帝才可走中门，进奉天殿。这是祖宗规矩，谁也无法改变。"

朱厚熜随即就戗了一句："你们不是请我来当皇帝的吗？到了连中门都不让进还怎么当皇帝？"

杨廷和与毛澄面面相觑，十分尴尬。

杨廷和："这违反祖制的事，我们做臣子的做不了主，还得奏请太后定夺。"

朱厚熜冷冷应了一句，拂袖离去。

刚诏小献王入宫，就遇到这么一个棘手的问题，张太后也是十分为难。她没想到，这个新君人选，竟然这么固执。

"依诸位的意思，该如何处置？"张太后问。

毛澄："自古只有皇帝才能入中门，小献王毕竟还不是皇帝，咱们可不能坏了祖宗的规矩。"

杨廷和："可是这么僵着也不是办法，总不能又叫他回去。"

张太后长长地叹了口气："叫他回去又何尝不是违反祖制？既然双方都坚

持，看来只有一个办法。"

杨廷和、毛澄几乎同时问："什么办法？"

张太后："就让小献王在行殿登极即位，以皇帝身份入宫，这样不就符合祖制了？"

杨廷和犹豫了一下："这办法好是好，只是就这样仓促地登基，是不是太草率了？"

张太后手执一串佛珠，两眼微闭，喃喃自语："天意如此，只能这样了。"

二人诺诺退下。

傍晚时分，一顶八人抬的大轿自天街走来，八名排衙仪仗在前张伞举牌，十六名军校左右护卫。

只看这个架势，就知道是内阁大学士下值回家，天街上一些官轿慌忙避让，避之不及的只好出轿跪在路旁。

大轿里坐的是当今的内阁首辅杨廷和。

明朝自永乐皇帝以后，历代新君嗣位，多由皇太后协助掌理政事。新君继位后，还须观察学习一段时间，待各方情况掌握清楚，才能上朝决断。

嘉靖上位以来，一直由阁臣杨廷和奉太后懿旨综揽朝政，内阁不再仅是司票拟旨的文臣，而是号令天下的中枢。

大轿一直抬到了杨府大门内的轿厅里才缓缓落轿，杨夫人率全家侍妾仆役迎了上来："恭迎老爷回府！"

心事重重的杨廷和走下轿子，只回了一声："嗯！"

杨夫人："老爷可曾用过饭？"

"哦，方才已在值房里用过了。"杨廷和家规甚严，便是对结发几十年的妻子也是不苟言笑，只这般简单应了一声，就朝内院书房方向走去。

"老爷，"杨夫人赶紧叫住他，道，"适才翰林院编修王元正、给事中张翀过府拜访，慎儿陪着他们在客厅里等老爷。"

"好！"杨廷和应了一声，转身向另一侧的客厅走去。

自打回京复任内阁首辅，每天来府上拜访的人就络绎不绝，有人来攀乡谊，有人投拜门下，杨廷和不胜其烦，就干脆下了逐客令，除了知交好友和为数不多的门生故吏，其他人等一概不见。

只是这翰林院王元正、给事中张翀近期一直保持同心同向，跟他的儿子杨慎又是同科进士，一起在翰林院共事，所以这二人也是他们家的常客。

一进客厅，杨廷和便抢先拱手向二人作揖："政务缠身，让二位久等了。"

王元正、张翀慌忙拱手回礼："冒昧前来，还请阁老恕罪。"

见礼之后，四人分宾主坐定，王元正从袍袖之中拿出一份奏疏，说："阁老交办的事情，我们两个反复磋商，写了个初稿，请阁老过目。"

一个月前，杨廷和就布置了翰林院的这两名才子起草诏书，要对朝野积愤已久的弊政进行裁革。

诏书长达八千八百余言，所列兴革诸事，包罗巨细，其中包括：正德朝因忠直谏言降调的官员起复原职；该纳官钱粮物件，拖久未征者，尽数捐免；查禁各地镇守中官科敛财物，查办王府、卫所的冒籍投充人员，禁止盐商投托势要等等。

足足看了半个多时辰，杨廷和才把全文读完，点头称赞："二位不愧是才子，面面俱到，思虑周全！"

王元正不好意思地搓了搓手："学生才疏学浅，还望恩师多多指点。"

杨廷和："条理十分清晰，分析也很透彻，只是重点还不突出。"

三人认真地看着杨廷和，倾听他的见解。

杨廷和："新政的重点在三要事。第一是除恶宦。正德朝宠信奸佞，刘瑾虽然伏诛，但仍有许多宦官牢牢把持着一方朝政，威胁着大明皇权、朝堂的政权。第二是诛奸党。江彬、刘瑾之流培植了大量的心腹党羽，这二人还在诏狱，就有无数人蠢蠢欲动想为之翻案，奸党不除，朝堂难安。第三是清庄园。仅京畿一带，就有大量民田被侵占，借投献皇庄之名中饱私囊。而全国各地，还不知道有多少民田被官宦强占。所以，我们不但要废除皇庄，还要将天下被侵夺霸占的庄田，全部归还本主。"

杨慎："父亲，新政对革除积弊固然是一剂猛药，但父亲想过没有，剂量过猛，必掀起一股腥风血雨，您会成为很多人的眼中钉、肉中刺了。"

杨廷和："沉疴就当用猛药。有新政就会有牺牲，昔商鞅变法，虽商鞅惨遭车裂，但换来了大秦的强盛。如果新政会换来大明的强盛，牺牲我杨廷和又何足挂齿！"

张翀闻言激动地站了起来："阁老真乃高义之人，学生佩服。您为国事不顾个人安危，不计得失进退，学生甘做您的马前卒，无论明枪冷箭，我张翀都先上。"

杨廷和深为感动也十分欣慰，眼睛里透露着坚定的光。

史载，正德十六年（1521年）四月，小献王朱厚熜在行殿宣告即位，以皇帝身份从大明门入宫，次年改年号为嘉靖。新帝即位诏书一经颁布，天下无不延颈以望太平，后世称为"嘉靖新政"。

宜黄县衙，忙碌的差役进进出出。

今天是个好日子，历时两年多的县志终于完工付印，新修的县学也即将封顶。知县鲍凤心情大好，选在今天这个黄道吉日，举办一个隆重的上梁仪式。

一大早，县衙外挤满了许多看热闹的人。

三班六房的官吏都来了，乡绅和秀才们聚在一起喝茶。孩童们最为兴奋，人群里钻进钻出，嬉戏打闹。

工匠们正在紧张筹备上梁前的最后工序，各梁柱上贴上了红纸，红枣、花生、米、糍、糖果、糕点一应齐全。

县学前五丈外已清出了一个空场地，县学里的老教师方英先生带了几个差役在外围拦着，防止围观的人群挤到梁下来，人群中但凡有孕妇、寡妇等不吉之人，便会遭到严厉的呵斥与驱逐。

　　正梁是鲍大人亲自到东陂黄金岭大山里选取的杉木，直径二尺左右，树干笔直。

　　正梁从砍伐到上梁全过程都有专人守护，妇女是绝对不可以触摸的。

　　工匠们用红布扎在梁上，香烛已点上，猪、鱼、鸡三牲祭品陆续摆到了供桌上。

　　这一天，罗氏挺着个大肚子，带着两个儿子谭经、谭纶也来看热闹了。谭镐在县学一边教书一边修志，已经好几个月没有回家，大儿子谭经十九岁、老二谭纶三岁，而肚子里又有了四个月的身孕。看到妻子和儿子，谭镐分外高兴，抱住小谭纶猛亲。

　　谭纶挣脱父亲的怀抱，拉着哥哥谭经的手就往外跑。

　　吉时已到，鲍大人来到场地中央，乡绅、教师们环列四周。

　　鲍大人清了清嗓子，朗声道："凤承乏宜黄三年，狮石之雄，凤冈之胜，山川人物令人仰止。乐史地理，叔献治水，邹极公明，皆邑人之楷模。县无专志，其何以资化理？吏无载册，何以明古鉴今？今幸有谭镐、廖澄等士子，遍求残篇断简，反复考证其详，凡典章制度、地理山川、民事俗风，无不精详。历时三载，纲举二十四章，方始德政有碑、文苑有传、劝学有记、举贤有方。实乃宜黄之幸、百姓之福也。"

　　谭镐听到知县大人点名表扬，谦恭的脸上抑制不住地欢喜。

　　鲍凤接着又说："宜黄尊师重教，自古亦然。前朝大儒曾巩亦有记载。如今天下虽然安定，然县民草莽之气尤在，粗鄙之风仍存，亟待学风修正。宜黄县学，自前宋迄今垂四百八十载，虽屡经修葺，然栋础已朽，椽烂风漏。幸有乡绅廖公等人踊跃捐助，新修县学于衙府近侧，可谓是功在当代，利在千秋，诸君当记。"

　　此番言辞，让众乡绅个个脸上放光。

　　廖泉生抱拳向鲍大人及乡亲频频示意："鲍大人真是我们的父母官，亲政爱民，实心办事，我等幸甚，宜黄幸甚！"

这个时候，只听得县丞赵锦峰朗声宣告："吉时已到，鸣炮！"

一时间鞭炮齐鸣，震耳欲聋。

木匠作头罗三清开始祭梁，只见他左手提鸡，右手持斧，以斧割冠而血洒梁上："吉星高照，福地呈祥；旭日悬顶，紫微绕梁。"

众人高声应彩："好啊！"

"学堂落成乐呵呵，各位师傅唱彩歌；木匠唱来石匠应，引得凤凰百鸟和。"

"好啊！"

"一根栋梁架正中，红日高照满堂红；书院焕彩桃李秀，宜黄才子迎春风！"

"好啊！"

冠血祭梁之后，石匠作头胡要高接过金鸡，将鸡血洒在柱头上，唱道："手提金鸡凤凰叫，堂开瑞气焕春光；吉日立柱聚瑞祥，个个都是状元郎。"

"好啊！"

"堂前两排金石磉，托起柱子架横梁；团结起来力量大，一县公益百家上！"

"好啊！"

祭柱完毕，罗三清开始给新梁敬酒，将酒从梁头浇到梁尾。罗三清唱道："花开富贵人开眼，日上中天屋上梁。"

"好啊！"

敬酒完毕，开始上梁。

匠人们用麻绳将梁拉上去，梁上师傅高喊："上啊，大吉大利！"两边人等齐用力，徐徐将梁平平稳稳往上抬。

"上梁正遇幸运时，学童该当步步高。"

"好啊！"

"千秋事业从今起，宜黄才子走四方！"

"好啊！"

正梁升至顶部镶入已准备好的隼中，接下来就是最热闹的环节——"抛梁"。

梁上的匠人们将红枣、花生、米、糍、糖果、糕点、铜钱等从梁上抛向四周，让前来看热闹的男女老幼争抢。

梁上师傅大声喝道："抛梁抛到东，东方日出满堂红；抛梁抛到西，麒麟送子挂双喜；抛梁抛到南，子孙代代做状元；抛梁抛到北，囤囤白米年年满。"

糖果、糕点从空中撒落，人们便在下面哄抢。谭纶年幼，跟在一群大哥哥的屁股后面，又惊又喜又急，小脸憋得通红。

谭镐看着两个儿子争抢糖果，开心地大笑。

突然，他想起一事，对罗氏说："娘子，跟你商量个事。"

"嗯。"罗氏笑眯眯地应道。

"鲍大人今年又给我加了薪酬，我想把你和孩子接到县城来。如今你又有身孕，带着两个孩子十分不易。谭纶日渐长大，需要读书识字；谭经就要科考了，再不努力就晚了。"

罗氏回道："全听相公安排，我在乡下累点苦点都没什么，关键是孩子长大了，读书是最紧要的。"

谭镐说："你回家拾掇拾掇，下个月就搬过来。"

罗氏连连点头："嗯。"

空场地上，又响起了一阵急促而欢快的鞭炮声。

第 二 章

清晨的阳光，照映在紫禁城上。

奉天殿里，肃穆庄重的气氛里夹杂着一丝不安。

兵部尚书李承勋出列奏道："启奏陛下，近日，佛郎机人接连占据广东屯门、香港、新会等地，筑堡垒城，劫夺财货，百姓深受其害，广东告急，请旨派兵驱逐洋虏！"

嘉靖："杨阁老，你怎么看？"

内阁首辅杨廷和上前："陛下，去年佛郎机人派出使者火者亚三来朝，与奸臣江彬沆瀣一气，妄图占岛通市。依臣看来，佛郎机人狼子野心，他们谋的不仅是财，更是在窥视我大明的万里江山。趁他们尚未坐大成势，驱逐出境方为上策。"

朝堂上，众大臣频频点头。

嘉靖："依阁老所言，即令广东水师合力剿之！"

李承勋："遵旨！"

礼部尚书毛澄上前："臣，有本要奏！"

嘉靖："准奏！"

毛澄："陛下已登大极，按例，应祭祀宗庙，以谢天下。臣在筹办此事之时有一疑问，陛下应是遵弘治皇帝为皇考，还是尊兴献王为皇考？"

嘉靖听出来了，毛澄的意思是要他认弘治皇帝做父。

嘉靖："依你们的意思，朕当如何？"

　　毛澄的声音恳切而坚定："自古以来，继统不继嗣是尽人所知的常识。小宗入继大宗，大宗是为正统，先帝即为皇父，太后即为皇母。这既是祖宗规矩，也是儒家礼仪，恳请圣上三思！"

　　嘉靖："照你这个说法，我得叫我父亲为叔叔，改称母后为叔母了，怎么我突然就不是他们的儿子了？"

　　见嘉靖不悦，杨廷和奏道："圣人云：'不学礼，无以立。'正所谓'非礼勿言，非礼勿行'。如今圣上继承大统，就当尊弘治为皇考，认太后为皇母。只有尊礼守制，才能威仪四海，德服天下！"

　　少年天子面无表情地看着这位四朝元老，眼眸中寒光涌动。

　　毛澄："圣上，臣认为杨阁老言辞恳切，遵从大统才是正理。"

　　一唱一和，在暗中已是带动群臣，旋即半数大臣长跪，口呼："臣等望圣上遵从大统。"

　　暗藏在嘉靖眼中的怒火愈发炽热，但他清楚，自己能从偏远的安陆小城到京城来执掌皇权，杨廷和这帮老臣功不可没，新政的实施和声名的取得，也全仗着他们的鼎力相助。

　　嘉靖突然平静地说了一句："朕累了，此事改日再议，退朝！"群臣看着圣上拂袖离去，面面相觑，退朝散去。

　　广州府，海道副使汪鋐一脸的凝重。

　　大堂内，坐着东莞知县吴大训，大明水师将领，以及海商领袖吴瑗、郑志锐。

　　汪鋐："佛朗机人串通奸党江彬狼狈为奸，假借使团之名挟货通市，占据屯门、香港，烧杀抢掠，残害百姓，朝廷命我们立即驱逐洋虏。"

　　吴瑗："佛郎机人生性狡诈，近年吞并了满刺加，又频频造访我大明沿海，名为通贡贸易，实则图我大明江山。"

　　郑志锐："屯门岛洋酋叫阿尔瓦雷斯，有八艘船；香港岛洋酋叫皮雷斯，有三艘船。这些西洋战船体形巨大，每艘船上都配备了佛朗机炮，威力十分惊人，一发炮弹过来，便可击沉一艘大船。"

吴大训倒吸了一口冷气："怪不得，他们的一支船队便可灭掉一个国家！"

汪铉："佛郎机人的实力不容小觑。对于这么一个强大的对手，我们必须做好充分的准备才是。吴知县！"

吴大训："下官在！"

汪铉："立即加强东莞一带的防卫，严密关注他们的一举一动，一有异动，立即上报！"

吴大训："是！"

汪铉转头又对吴瑗、郑志锐道："你们二位是海商领袖，烦请收集商船及渔船，以备军用。把那些渔民都组织起来，建一支海上乡兵队伍，配合官兵保家卫国，驱逐洋虏。"

吴瑗："保家卫国是我们的应有之责，请大人放心！"

屯门海域，八艘西洋战船侧着身子一字排开，船舷上，一座座火炮装填好了弹药，黑漆漆的炮口对准着大明战船。

五十六岁的广东海道副使汪铉站在"帅"字旗下，二十余艘福船蓄势待发。

一声令下，锣鼓声大作，六艘福船率先冲向敌船。

西洋船上的火炮率先响了，巨大的炮口吐着一团团火光，发出轰隆巨响，一发发炮弹落在海面上，激起冲天的水柱。

一发炮弹呼啸而过，击中了冲在最前面的福船，甲板上的桅帆和士兵被炸得飞向半空。紧接着第二发炮弹又呼啸而至，正中船身，福船瞬间出现了一个巨大的洞口，不一会儿，整艘船只拦腰折断，沉入海底。

另外五艘福船上的官兵吓坏了，掉头就往回跑。

佛朗机人迅速调整了射程，装填弹药，又是一轮猛轰。三艘福船先后中弹，渐渐沉入了海底。海面上，漂起了片片木板和官兵的尸体。只有两艘福船侥幸逃回。

汪铉面容冷峻，大吼一声："攻首尾两端！"

令旗一挥，又有六艘福船驶出，拉开距离，绕着西洋船游弋，伺机攻击他们的船头部位。

佛朗机人很快就看穿了汪铉的意图，将火枪手安排在船首船尾，待福船近前，即用火枪射击。

官兵只有挨打的份，没有还手的余地。福船不敢进前，围着西洋船绕圈圈。

汪铉无奈，下令："撤！"

入夜，东莞县衙灯火通明。

首战失利，众皆黯然。汪铉环视帐堂下，沉痛地说："久闻佛朗机人船坚炮利，今日一战果然厉害。以我大明的武器装备，根本不是佛朗机人的对手。各位都说说，有什么好办法？"

众将领也是一脸无奈，七嘴八舌："佛朗机炮着实厉害，大明战船连边都挨不到，这仗还怎么打？"

沉默了半晌，吴瑗说："西洋舰船虽然厉害，但也不是没有软肋，船大笨拙不便掉头，这就是软肋。"

大家望着吴瑗，期待着他的破敌之策。

吴瑗说："赤壁之战，吴蜀联军以小船胜魏国大船，靠的是什么？火攻！"

一席话，令大家豁然开朗。

汪铉一声叹息："想我大明天朝上国，居然落后西洋这么多，实在令人震惊，要是我们也能造出他们的坚船利炮就好了。"

东莞县白沙巡检何儒突然一拍大腿："大人，这个不难！"

众人齐刷刷地看着何儒。

何儒："我曾多次奉命到佛朗机船上检视贸易货品，船上有不少中国人在做苦力，我认得其中两个，一个叫杨三，一个叫戴明。他们在西洋船上干了十余年，熟知西洋造船、铸炮之法。"

汪铉大喜："不惜一切代价，把这两人找来。"

何儒点头称道："我去试试。"

屯门海域，佛朗机人在船上彻夜狂欢。

初次对战大明官军，没想到对手是那么不堪一击，这仿佛跟十二年前的满刺加人一样，凭着坚船利炮，几百个佛朗机人就控制了一个国家。

佛朗机人畅饮着葡萄美酒，满刺加人和中国人正忙碌地端菜送酒。

突然，哐当一声。满屋子的人循声望去，一名中国人忙中出错，失手摔碎了一瓶葡萄酒。

玻璃碎片四散，红红的葡萄酒淌了一地。

旁边一名佛朗机人抬脚便踢了过去，那名中国人惨叫了一声，捂着肚子蹲了下去；又有一名佛朗机人揪住他的衣领把他拎了起来，劈头盖脸地一顿耳光，最后飞起一脚，把他踹出老远去。

中国人被打得鼻青脸肿，连滚带爬地跑了。

佛朗机海船头目卡尔佛举杯迎向屯门岛主阿尔瓦雷斯，用葡萄表示安慰和祝贺。

阿尔瓦雷斯踌躇满志："我早说了，中国人跟满刺加人没有什么区别，都是落后的民族，用不了多久，我会带你杀到北京城去，把他们的皇帝捉来玩玩。"

卡尔佛狂放地大笑起来："我不捉他们的皇帝，我只要他们的美女，东方美女别有风情哦。"

西洋人放肆的笑声，在海面上飘荡。

此时漆黑的海面上，一盏渔火由远而近荡了过来。

西洋船上，佛朗机士兵用葡语厉声地喝问："干什么的？"

"送货的。"小船上的一个中国汉子回答，见听不懂，用手势比画着。

佛朗机士兵俯身用火把照着，看清楚了，小船上装的全是肉类、水果、美酒。除了答话的汉子，还有一名船夫。

士兵挥了挥手，放下舷梯，示意他们把货搬运上来。

中国汉子爬上西洋船，放下绳子，把小船上的酒肉水果一件一件地吊到大船上，又一件一件地搬到船上的伙房。

正这时，船上一个嘤嘤哭泣的声音引起他的注意，观察四下无人，循着哭声找了过来，一个低矮的舱里透着光，从窗外朝里望去，一个满身是血鼻青脸肿的中国人躺在铺板上，几名中国人正围在他的身边不停地安慰。

几下轻轻的叩门声，屋子里顿时鸦雀无声，一个警觉的声音问道："谁？"

门被轻轻推开，一个中国人出现在大家的眼前。

一名水手惊讶地叫了一声："何……"

来人以手示意大家不要作声，低声说道："杨兄弟可否借一步说话？"

水手跟着那名汉子来到屋外，找了个四周无人的角落。

"何巡检，你来做什么？"杨三压低了嗓门，"现在两国正在交战，你就不怕佛朗机人把你杀了？"

何儒："怕我就不来了！"说着话，从怀里掏出一锭金子。

杨三伸手掂了掂，沉甸甸的，不禁倒吸了一口冷气："您这是什么意思？"

何儒："广东海道副使汪大人让我专程前来跟你谈一件事情，这是汪大人给你的见面礼。"

杨三紧张地望了一下四周，赶紧往怀里揣："何大人有什么吩咐尽管说。"

何儒："杨三，我来问你，你还是不是咱中国人？"

杨三："何大人，我杨三虽说从小父母双亡漂泊海外，但我一直都是中国人，到西洋船上做事，也是迫于生计，我可没做过伤天害理的事情。"

何儒："这就对了，西洋人霸占大明的土地，欺凌咱们的百姓，是中国人都要站出来抵御外虏。现在有个立功的机会，只要你办好了这件事，就是大功一件，朝廷重重有赏！"

杨三："办什么事？"

何儒："汪大人久闻你精通西洋造船铸炮之术，想请你上岸，帮助咱中国人制造坚船利炮。只要你愿意，从此便不用再过海上漂泊的生活，还有享受不尽的荣华富贵。"

杨三一听这话，眼泪都快流出来了："中国人在西洋船上猪狗都不如，每天干着脏活累活，还常遭受他们的毒打和欺负，船上的中国人恨不得扒他们的皮，吃他们的肉。我们做梦都想上岸找个能安身的地方。"

何儒："那好，现在就跟我走。"

杨三："不行！"

见何儒不解，杨三解释道："船上还有十二个中国人，都是生死与共的兄弟，我们一起发过誓的，要走一起走，要留一起留。"

何儒面露难色："不行，我的小船只能坐下三五个人。"

杨三眼里流露出了一丝失望："那怎么办？我这一走，兄弟们又要被佛朗机人毒打一番，说不定还要丢到海里喂鱼。"

何儒沉吟了一下："三天后，汪大人将调兵遣将对佛朗机人发起总攻。要么你们先留下来，到时来个里应外合。"

杨三："怎么个里应外合？"

何儒："总攻发起后，你们悄悄下水给船身上凿洞，得手后迅速游往西面的避风塘，我会派船在那边接应。"

杨三点头："好，一言为定！"

三天后，海上突然刮起了一阵猛烈的南风，吹得桅杆呼呼作响。瞭望塔上，两名佛朗机哨兵靠在背风位置，无聊地打着瞌睡。

一艘小舟出现在海面上，一根长长的引线燃着细微的火苗，引线的另一端，是浸满了油料的棉被和柴草。

紧接着又出现一艘，不一会儿，一艘接着一艘的小舟出现在海面上。这些小舟趁着大风，径直往西洋船这边漂了过来。

突然，有人用葡语惊叫了一声："快看，那是什么？"

离大船不远的海面上，几艘小舟燃着熊熊大火快速漂了过来，后面还有无数火舟跟在后面。

西洋船上，佛郎机人先是惊住了。随即，无数人慌乱了起来。

"快快快！转舵！转舵！"指挥官大声命令道。

一艘火船，晃晃悠悠靠近西洋船，风助火势，贴着西洋船身烧了起来。西洋船身巨大，转动缓慢，无法躲开火舟进攻。

很快，一艘接一艘的火舟靠了过来，又有几艘西洋船燃起熊熊大火。

西洋船上一片混乱。

远远的海上，锣鼓声大作，海面上无数大明战船杀了过来。

混乱之中，杨三早已秘密召集了船上的中国人，每个手里拿着斧头和凿子。

"下水！"杨三轻声喝道。十三个中国水手一起跳入海里，拼命地凿向那些还未起火的西洋战船。

顷刻间，西洋船只纷纷起火和漏水下沉，佛朗机人争先恐后跳海逃命。

汪铉一声令下，大明战船迅速向西洋船只靠拢，箭矢和标枪雨点般落在佛朗机人的身上，海面上，漂满了佛朗机人的尸体。

屯门岛上，数百名大明官军迅速登岸上岛，杀进了水寨，佛朗机人大败。

阿尔瓦雷斯带着二十余名贴身侍卫，趁着天黑驾着三艘小船逃到附近岛屿藏身。天亮后，风向逆转，惊弓之鸟般的佛朗机人才借强劲的北风勉强逃过明军的追击，逃回了满剌加。

汪铉乘胜追击，又一举收复了香港岛，剿灭了盘踞在新会县茜草湾佛朗机巢穴。

东西方的第一次战争，以大明水师全胜而告终。

屯门海战捷报，以最快的速度送到了京城。

"万世之功！万世之功！"黄锦激动的声音从长廊里传到了御书房，可等他跨进御书房的大门便怔了一下，安静了下来。

书案前，铺了一张宣纸，纸上墨迹未干，嘉靖正提笔站在那里想着什么。

黄锦凑过去一看，那是一首诗："楚王宫里旧娥眉，家住石城汉水西；可惜铅华易衰歇，独余村落最清凄；一溪草色碧如剪，万树桃花醉欲迷；尤物自来为国累，国风三复戒柔荑。"

黄锦念完，由衷地赞叹："陛下好文采，这诗写得真好！"

嘉靖淡淡地说："这是我父王的诗作。当年父王受封安陆，母亲远在京城，父亲常写诗思念我的母亲。"

黄锦："陛下想母亲了？"

嘉靖："天下人都说九五之尊好，可有谁知皇帝的苦恼呀！"

黄锦："奴才愿去安陆，把太后接过来。"

嘉靖进京时身边仅带了王府长吏袁宗皋跟随左右，登基后本来安排他入阁辅政，谁知他年迈多病，不到半年便死去。身边的这个小太监黄锦知冷知热，成了他身边唯一的贴心人。

嘉靖心里一热，问："你刚才说什么？什么捷报？"

黄锦："陛下，广东水师一战屯门，二战香港，三战茜草湾，彻底击溃佛郎机人，缴获大量的佛郎机炮和火铳，大捷啊！"

嘉靖接过捷报，迅速地浏览了一遍，一扫连日的阴霾，脸上露出了欢喜。

嘉靖拿着捷报，在御书房里走来走去，道："此战，不仅仅是赶跑了佛朗机人，重要的是，我们还学会了佛朗机炮、火铳和蜈蚣船的制造，这些新式武器，将来就是护卫我大明海防疆防的利器。"

嘉靖转过身来，激动不已："传旨，广东海道副使汪铉知兵善战，战功卓著，特擢升为广东右布政使，敕加一品俸禄。还有，让他带着佛朗机炮、火铳送至京城，朕要亲眼看看西洋人的发明。"

黄锦："遵旨！"

北京城东郊，宽阔无际的演武场上，前排摆着三座佛朗机铜炮，炮身擦得油光锃亮，在太阳下发出耀眼的金光。

铜炮的后面，整齐站列着一排身背火铳的官兵。

嘉靖皇帝在兵部尚书李承勋、广东右布政使汪鋐等人的陪同下，兴致勃勃地来到了演武场。

黑黝黝的佛朗机炮口高抬，前方二百步左右，是临时搭建的几座兵营，那是专为实弹演练所做的靶子。

嘉靖东摸摸西瞅瞅，啧啧称奇。

汪鋐领着嘉靖一边参观，一边介绍："咱们中国人发明火药，只会制作些烟花爆竹，而西洋人学得我火药技术，却用在了武器制造上。陛下请看！"

嘉靖俯身朝他手指的方向看去。

汪鋐继续说道："这些佛朗机炮由母炮和子炮构成，母炮身管细长，炮身配有准星、照门，用于瞄准。炮身两侧有炮耳，铳身置于支架上，俯仰调整射击角度。每一母炮备有五至九枚子炮，击发时轮流装入母炮发射，大大加快了发射速度。"

嘉靖有点急不可待了，命令汪鋐："那还等什么？赶紧放几炮试试！"

汪鋐："遵旨！"

汪鋐挥了挥手，几名炮手上前，装填弹药，调整炮口，开始点火。令旗一挥，刹那间，炮口喷出火舌，发出一声声地动山摇般的巨响。

但见远处的临时兵营被炸得凌空飞起，四分五裂，噼里啪啦燃烧起来。

嘉靖先是惊骇，继而露出了满意的笑容。

炮声过后，一名校尉大声喊道："上靶人！"

士兵们将十余个木制的靶人插在五十步开外，火铳手上前，站成一排。

校尉大喊一声："放！"

随着一排铳响，靶人全部倒地。

嘉靖大喜，这些佛朗机火器着实凶猛，这要是用在战场上，武艺再强也敌不过火铳一枪。

嘉靖："这样的火器，咱们有多少？"

汪铉："这些都是缴获佛朗机人的实物，尚未仿制。"

嘉靖："你不是上疏说要大量仿制吗？朕几个月前就应允了呀，怎么还没动手？"

汪铉犹豫了一下，低头没有说话。

嘉靖的脸唰地拉了下来，目光盯着兵部尚书李承勋，问："怎么回事？"

见皇帝变了脸，李承勋赶紧上前回答："陛下，臣以为，决定战争胜利的关键是人不是物，咱们兵部军费紧张，建造西洋炮船耗费巨大，还是把人先训练好，武器慢慢改造提升。"

李承勋是守旧派坚定的支持者，屡次与杨廷和一唱一和，没把少年天子放在眼里。再说他也从未见过什么佛朗机炮，认为这是少年天子的心血来潮，所以故意拖着不办。

嘉靖心头顿时燃起了熊熊烈火，不但内阁老臣居功自傲欺负他，连这兵部尚书也不把他放在眼里。

嘉靖几乎要吼叫起来，在杨廷和面前不敢发泄的怒火，顷刻间找到了突破口："朕的谕旨，你也敢拖着不办！来人哪，罢了他的官职！"

几名如狼似虎的御林军上前，扒了李承勋的官服，拖着往外面就走。

此刻的通州，浩浩荡荡的皇家卫队与安陆王府的亲兵正停在官道上。

队伍中间是一顶大轿，轿前礼部尚书毛澄正跪地奏报："老臣毛澄，恭迎王后入宫！"

一个女人的声音，从轿子里传来："谁是王后？我儿是藩王还是皇帝？"

毛澄不慌不忙，解释道："启禀王后，圣上继承大统，当尊先帝弘治为皇父，张太后为皇母，您自然是王后了。"

蒋氏勃然大怒："他当皇帝才几天，就认他人作父母了？"

毛澄："请王后息怒，圣上还是您儿子，只是换了称呼，王后大可不必纠结。"

蒋氏冷冷地说了一句："不必纠结？儿不认母，我回安陆就是。"

轿夫起轿，做出一副返回的样子。

毛澄赶紧爬起来，拦在轿前，苦口婆心地劝慰蒋氏。蒋氏不理，双方僵持在通州。

嘉靖回到后宫，兀自生着闷气。

与朝中这帮老顽固的争斗，从他入宫的第一天就开始了，往后还不定会闹出什么事端来。

嘉靖长长地叹了口气，躺在摇椅上，陷入了沉思。

也不知道过了多久，黄锦惊慌失措地跑了过来。

"陛下……"黄锦上气不接下气，"大事不好，太后和毛澄吵了起来！"

嘉靖一愣："哪个太后？"

黄锦："当然是蒋太后。毛澄说，蒋太后不是太后，只能以王后之礼相待，太后一听就怒了，当场跟他吵了起来！"

嘉靖倏地站了起来，眼眶当时就红了，虽然自己贵为天子，可连自己的母亲都要受此等委屈，这是何等令人心酸。

"欺人太甚！欺人太甚！"嘉靖像一头发怒的雄狮，暴躁地在房里走来走去。

黄锦惴惴不安地说道："他们这么做，想必是为了保证弘治先皇和张太后的正统之位。依奴才看，解铃还须系铃人，这事还是找张太后去说说。"

嘉靖一想也没其他的办法了，抬腿就往仁寿宫走去。

后宫回廊，宫女纷纷避让，太监高喊一声："圣上驾到！"

张太后疑惑不解地走了出来，但见嘉靖泪流满脸，跪地不起。

张太后大惊，连忙上前给扶了起来，道："陛下快快请起，何事让你如此伤心？"

嘉靖流着泪对张太后说："母亲十月怀胎含辛茹苦把儿拉扯长大，如今却不能随儿享福，这样的天子，不做也罢。恳请太后另选新君，儿臣愿与母亲一道返回安陆。"

张太后："这话从何说起？"

嘉靖："当了皇帝，就不能认自己的亲生父母，只能以叔婶相称，这是哪家的道理？如今我母亲就在通州，得知了这个消息不肯认我这个儿子，求太后成全，让我与母亲同返安陆。"

张太后长长地叹了口气："哀家也无意刁难你和你的母亲，只是朝中这帮老臣死守祖制不肯让步。这样吧，哀家下一道懿旨，尊你母后为兴献后，跟皇后一样，从大明门入宫。"

嘉靖赶紧跪地磕头："谢太后懿旨，儿臣一定把您当亲生母亲一样看待！"

张太后慈祥地挥了挥手："去吧，赶紧把你的母后接过来。"

乾清宫，龙案前，嘉靖一手拿着奏疏，另一手捏着茶盖，在茶盏上来回蹭动。

生母蒋氏是进宫了，可嘉靖的烦心事却接二连三地来了。

这不是一个十六岁孩子应有的烦闷，一封一封的奏疏，都是苦口婆心奉劝他要尊礼守制。

嘉靖心烦意乱地在奏疏里胡乱拨弄，突然，三个漂亮的楷体映入了眼帘：大礼疏。

上疏人是新科进士、礼部观政张璁。

奏疏一开头，便提出了继统不继嗣的观点。这让嘉靖十分惊喜，赶紧放下茶盖，直起身子认真地看了起来。

"先帝驾崩，廷臣遵祖训、奉遗诏，迎取圣上入继大统。遗诏直曰'兴献王长子伦序当立'，据此表明，依诏即位，就是守制，就是大统。"

这份"大礼疏"引经据典、旁征博引，充分驳斥了继统不继嗣的观点，不能因为当了皇帝，就不能认自己的父母。

嘉靖扬起手中的奏疏，朝黄锦嚷嚷道："非忠无以事国，非孝无以奉亲。你看看，你看看，朝堂终于有人仗义执言了。"

少年嘉靖十分兴奋，这是他第一次看到朝中有人为他站了出来，与杨廷和等顽固派针锋相对。

黄锦微笑着说道："陛下，不仅是张璁，兵部职方司主事霍韬也上了道奏疏，竭力反驳杨廷和、毛澄等人的廷议。朝堂中也不全是杨廷和的门徒，有些人只是敢怒不敢言罢了。"

嘉靖的心里好似大夏天吃了一片西瓜，浑身舒服，道："这两份奏疏，敢于直言，据理力争，真乃明事理的真君子也！"

抑制不住内心的激动，嘉靖当即提笔写了一封手谕，命令内阁立即起草一份诏书，他要册封自己的父母为太上皇和皇太后。

万万没想到的是，他的这份手谕发出去之后如泥牛入海，杳无音信。

嘉靖又连发手谕催促，内阁还是当没看见一般，置之不理。

嘉靖十分恼怒，问黄锦："你是不是贪懒，没把朕的手谕送到内阁去？"

黄锦说："奴才冤枉，那三份手谕，我可是亲手交与杨阁老的！"

嘉靖气咻咻地叫道："圣谕也敢置之不理，他想抗旨不成？"

黄锦哭丧着脸："他这可不是抗旨，依大明律，内阁如认为圣上的意见不对，可以拒绝执行或把圣谕退回来，这叫'封驳'。"

嘉靖恨得牙根痒痒，却又无可奈何。

更令嘉靖愤怒和惊讶的是，张璁、霍韬双双离开了京城。

黄锦："张璁、霍韬上疏后，朝中大臣纷纷指责他们炮制邪说，蛊惑圣上，那霍韬脸上挂不住，遂告病回家去了。张璁则被杨廷和调到南京任刑部主事，并且传话给张璁，说'你本不应当做南官，别再作大礼说与我为难'！"

嘉靖大叫："立即让杨廷和过来见朕！"

黄锦："遵旨！"

黄锦匆匆跑了出去。不一会儿，领着杨廷和进来。

　　杨廷和跪地磕头："臣杨廷和觐见陛下，万岁万岁万万岁！"

　　嘉靖强压着心头的愤怒，问："杨阁老，听说张璁、霍韬都离职了，这事，朕怎么不知道？"

　　杨廷和："启禀陛下，张璁、霍韬只是六品官员，称病离职、调任新职只要吏部同意即可，无须惊动圣上。"

　　嘉靖一脸的愠怒："这天下还是不是朕的天下？你们调动官员可以，可知会朕一二不行吗？"

　　杨廷和听完，半天不语，伏地告罪，默默地离去。

　　第二天，杨廷和请求告老还乡，辞呈恳切，说自己年老体弱，无法再为圣上分忧。

　　几天后，朝中大臣纷纷请求致仕。

　　这招果然厉害，少年天子羽翼未丰，大臣一个一个提出辞呈，这一大摊子的事谁来应付？

　　嘉靖无奈，只好下诏抚慰挽留，最后杨廷和勉强奉诏留任。然而，老臣与新帝之间的矛盾，却日益加深了。

　　仁寿宫后花园，正值各花盛开时节，姹紫嫣红，香风扑鼻。

　　杨廷和闭着眼感受，好一阵沉默不语。

　　张太后拿着一把剪刀，专心致志地修剪着枝条。

　　见杨廷和许久不讲话，便知道他又遇到苦恼的事情。过去立新君、撤团营、除江彬等大事，杨廷和总会找张太后汇报商量。

　　"阁老是不是又遇上什么难事了？"张太后一边剪着枝条，一边问。

　　杨廷和轻轻地叹了口气："圣上长大了，有了自己的主见，老臣已是江郎才尽，常常感觉心有余而力不足了。"

　　张太后："阁老这话从何说起？你辅佐圣上推新政、除奸党，才有了天下太平，万物安宁。阁老政绩卓著，有口皆碑的呀。"

　　杨廷和："唉……圣上如今脾气越来越倔了，臣说什么，他反对什么，臣等反对什么，他偏要做什么……"

　　张太后："圣上青春年少，血气方刚，你们这帮老头子总是跟他对着干，当然得跟你拧着来了。"

　　杨廷和："老臣受点委屈倒没什么，只是圣上这么一再闹腾，只怕是扰乱了朝政，国家受损哪！"

　　张太后笑笑："对付年轻人，哀家还真有一个绝妙之招数。"

　　杨廷和喜出望外："太后有什么绝招？"

　　张太后："你想呀，圣上正青春萌动，没准美貌的女人能拴住他的心。咱们为圣上选一个称心如意的皇后，有了温顺的女子伴于左右，他的脾气就不会再那么倔强了。"

　　一句话，让杨廷和茅塞顿开："太后说得是。有了皇后，能不能改变圣上的性格还不敢说，不过，圣上婚事还真是当务之急。"

　　张太后："那就差人到各地选秀去吧。"

　　杨廷和："老臣这就去办。"

　　张太后："选后是大事，得慎重，这娘家三代以上要清白，女孩子要乖巧懂事，知书达礼。最关键的是八字要合，去找个天师给两人测测八字。"

　　杨廷和："江西龙虎山有个天师叫邵元节，据说道法高深，可召来一试。"

　　张太后点头："这事，就交给你办去吧。"

　　杨廷和："是！老臣一定尽心尽力，为圣上选个好皇后。"

　　一株盆栽的海棠树上，一枝又黑又粗的枯枝垂在主干上，在葱郁的新枝对比下，显得十分扎眼。

　　张太后伸出手去，用力地把那枯枝剪了下来。突然问了一句："阁老今年高寿？"

　　杨廷和："回太后，老臣今年六十有四了。"

　　张太后："你瞧这海棠花，春天总要发新芽，不把这些枯枝、弱枝、病虫枝剪去，新芽就长不起来，这来年呀，也就开不了这许多花来了。"

杨廷和心头一颤："太后提点得是，新苗当立，禾老当割，这是万古不变的自然规律也。"

仁寿宫，道士邵元节双目微闭，一动不动，恍若灵魂离开了躯体。

张太后、嘉靖、杨廷和等人围坐四周，静静地看着。

足有半炷香的工夫，突然，邵元节打了几个冷战，长长地吐了口气，睁开双眼。

杨廷和："道长，如何？"

邵元节："方才小道神游四方，突见西南方向三百余里，轻烟缭绕，薄雾蒸腾，祥光闪烁，好一派云蒸霞蔚的缥缈仙境。小道仔细观察，此乃凤巢之所也。"

张太后略一思索，说："西南三百里，那不就是大名府吗？"

邵元节点头："是了。"

确定了方向，宫廷选美活动在大名府如火如荼上演了。但凡有一点姿色的女孩，都参与了这场选美，因为一旦选上，那可就是国母了。

很快，精心挑选的三百名美女就送到了宫里。

太监黄锦高喊一声："进！"

一个年轻女子迈着碎步袅袅而来，先是对着一把空着的龙椅跪拜，献茶，绕着大殿走上一圈。

珠帘后面，张太后眯着眼睛，对女子的行为举止、容貌气质进行全面的考察。

被选中的，张太后命人取一尺红绳套在其手臂上作为记号，参与下一轮的选拔；未选上的，将十两银子当场递上，遣返原籍。

经过层层筛选，最终锁定元城县学教授陈万言之女陈淑兰。

陈氏年方十五，容貌才学自然就不用说了，四书五经篇篇熟读，琴棋书画样样精通，更为重要的是，八字与嘉靖的十分相配。

洞房花烛，大红灯笼高高挂起。

少年嘉靖眼眸流光，情意绵绵，牵着皇后步入洞房。

按捺不住内心的欣喜，嘉靖轻轻地掀开陈氏的盖头，果然国色天香。

红烛之下，陈氏粉嫩的脸上早已羞得红霞满天。

嘉靖皇帝顿时热血沸腾，迫不及待地解开陈氏的衣裙，陈氏伸出雪白的手臂，一把扯下帷帐。

洞房里，红烛摇曳，春情涌动……

正月过后，又有一批老臣提出要告老还乡。

态度最坚决的是护礼派的老顽固毛澄，嘉靖打心眼里巴望着他走，然而他知道，毛澄和杨廷和一样，属于风向标式的人物，大家都走了，自己就成光杆皇帝了。

嘉靖耐着性子对毛澄再三挽留，而毛澄此次的确是重病在身，六十三岁的老臣已是强弩之末，苟延残喘。

嘉靖心生怜悯，同意了他的辞呈。

这日早朝，嘉靖提到一个事情："昨日听后宫议论，宫内今年要更换新装，但库房短缺上等绸布，派人到宫外购买，整个北京城都缺货。因此有人提议，遣内官提督苏杭织造，此事该当如何？"

杨廷和上前陈奏："此事不可。近年苏杭诸府连年遭灾，饥寒交迫、流离失所者无数，若再提督织造，犹如雪上加霜啊！"

嘉靖原本只是随口一问，见杨廷和想都不想就反对，心里很不痛快了。

嘉靖："提督苏杭织造，对缓解京城绸布之需，提高江浙桑农收入大有益处，怎么反倒成扰民的坏事了？"

杨廷和："圣上有所不知，成化年间曾差遣内官提督苏杭织造，然而提督太监低价收丝，高价卖布，桑农苦不堪言，地方官员深受其害，后弘治皇帝恤民节财，罢撤提督织造。前车之鉴，还望圣上三思！"

嘉靖轻描淡写地说："提督织造，跟欺民扰民是两回事，朕下旨严令管束就是。"

又有不少大臣站了出来，力挺杨廷和的观点，纷纷劝告嘉靖收回成命。

少年嘉靖越辩越火，朕只是想做这么一件小事，居然都有这么多阻力。想想礼仪之争上的种种委屈，嘉靖脸渐渐沉了下来。

"朕意已决，诸位不必多说。退朝！"嘉靖起身，拂袖而去，早朝不欢而散。

夜已深，御书房里。

嘉靖还在灯下批阅着奏疏，黄锦一旁侍立，两人的影子被四面的烛光投射在地砖上。

黄锦双眼微闭，时不时地打着瞌睡。

"这个史道是什么人？"嘉靖突然问道。

"哦哦！"黄锦从瞌睡中惊醒，回过神来，凑在奏疏前看了一眼。

黄锦："启禀陛下，此人是兵科给事中！"

嘉靖百思不得其解："杨廷和提拔他出任山西宣抚司佥事，此人不思感恩，却要弹劾他，这是何故？"

黄锦歪着脑袋想了一想，突然说道："此人与兵部职方司主事霍韬私交甚密，支持张璁、霍韬的论礼说。奴才猜测，杨廷和必是采取明升暗降的办法，把他外放到山西为官。您想呀，那山西宣抚司佥事可是个苦差使，比当京官可差远了。"

嘉靖点头："你说的有点道理，明天我让他们两个当廷对质。"

黄锦有点担心："这样一来，会不会让他们两个撕破了脸皮？"

嘉靖呵呵一笑："朕就是要敲打敲打杨廷和。"

第二天早朝，嘉靖在龙椅上端坐。群臣山呼万岁，各归其位。

嘉靖首先开口："杨阁老！"

杨廷和出列："臣在！"

嘉靖沉声说道："昨日朕收到一封密奏，想请阁老当众念一下！"

杨廷和："臣，遵旨！"

接过奏疏，杨廷和脸色大变，但嘉靖正目光如炬地看着他。

杨廷和无奈，硬着头皮念道："首辅杨廷和大奸若忠，于先帝驾崩之后大肆剪除异己，以求独揽朝纲。先帝南巡他未曾力谏，今为新君礼仪家事却不遗余力，实为欺君年幼，专制跋扈，是可忍孰不可忍，请圣上治罪！"

杨廷和念完，文武百官目瞪口呆。

嘉靖："杨阁老，史道定是对你有所误解，不妨当朕说来，朕还你清白。"

杨廷和一直以功臣自居，为新帝登极劳苦功高，为维护祖宗规矩不惜得罪当朝圣上，这么一个大公无私的人，岂容他人污蔑？

杨廷和愤怒异常，声音颤抖："陛下，勿信史道之谗言。此人德品低劣，挟私怨望，排陷大臣，变乱国是。"一边自辩，一边历数史道的种种不是。

嘉靖耐着性子等他说完，道："史道，你说说！"

史道见他一口气说了自己那么多的"罪行"，毫不客气地反问道："依首辅大人所言，下官似乎罪行累累、恶贯满盈，那我来问你，你明知下官坏得透顶，为何还要提拔下官？居心何在？如果说重用坏人也是一种罪的话，你首辅大人又添加了一条欺君罔上的罪名。圣上，微臣所说是否有理？"

嘉靖心里就像明镜一样，他知道杨廷和与史道都没有他们说的那么坏，他就是想坐山观虎斗，借史道来挫挫杨廷和的锐气。

见嘉靖皇帝不表态，兵部尚书彭泽出列疏报："陛下，史道所言万不可信。此人在我兵部，一贯心气浮躁做事不实，把他调任山西，也是想让他到下面去历练历练，增长些才干和见识。不料他心怀怨气，无中生有迁怒于首辅杨大人。实在可恨！"

彭泽说完，又有一些大小官员站了出来，纷纷指责史道忘恩负义，甚至有人强烈要求，要将史道下狱问罪。

眼见史道都快被众人的口水淹没了，嘉靖打了个圆场："杨阁老在先帝驾崩的危难之时，除奸党、振朝纲，又辅佐朕推行新政，使得天下苍生休养生息，各业井然，这些都是有目共睹的。至于是否与奸党暗中勾结，切不可妄议，外调史道山西任职，想必也是为大局考虑，这事就不必纠结了。"

见圣上发话了，大家便不再言。

嘉靖突然话锋一转："只是杨阁老，你对兴献帝加一'皇'字，却一再地认个死理坚决反对，这让朕很难理解！"

杨廷和立马明白，圣上这是借题发挥，逼迫他在礼仪之争上做出让步。

杨廷和于是再以辞职相胁："圣上，老臣世受皇恩，读圣贤诗书，食朝廷俸禄，只认祖宗规矩这一死理，老臣愚昧，还望圣上恕罪。老臣承蒙天恩入仕四十余载，如今已是风烛残年，恳请圣上恩准致仕归里，以养天年！"

嘉靖心里很不舒服，但又不愿当廷得罪他，好言安慰一番，宣布散朝。

下朝的时候，杨廷和脸色铁青，一个人低头匆匆前行。

户部尚书、内阁大学士蒋冕小步快跑追到了他的身后，小声说道："阁老，圣上这是借题发挥，我们怎么办？"

杨廷和："我已是告老还乡的人，你们该怎么办怎么办！"

蒋冕："阁老明日要是不来，我们也只好不来了。"

杨廷和不语，径自上了轿。

第二天，值房内无人当值，一大堆的奏疏静静地摆在案几上，无人处理。嘉靖命人数次请众臣入值，众臣仍不出，朝政大事一时陷入瘫痪状态。

嘉靖二年（1523年）正月，嘉靖皇帝要带众官员到南郊天地坛祭天地，杨廷和仍旧称病不出。

"真是岂有此理！"嘉靖怒火中烧，拍案而起，"黄锦！"

黄锦过来："奴才在！"

嘉靖冷着个脸："传话杨廷和，身为首辅，朝政不理，祭天不出，意欲何为？"

黄锦："奴才遵旨！"

过了半天黄锦回来了，言语中透露着丧气："陛下，看来杨廷和是铁了心杠到底了，不但杨廷和，内阁大臣都提出了辞呈，现在内阁里空无一人。"

嘉靖背着双手，在屋子里走来走去，烦闷地说了一句："各地的奏疏每天雪片一样飞来，这么多事都在等着朝廷决断。他们不理政，这怎么能行？"

黄锦："陛下，为今之计，只有丢卒保车了！"

嘉靖睁大了眼睛，问："什么意思？"

黄锦："护礼派的人都说，杨廷和为匡扶新帝登极，力推新政，天下太平，政绩卓著。史道颠倒黑白污蔑功臣，让百官寒心。不严惩史道，不足以平众怒！"

"他们这是要逼朕啊！"嘉靖垂头丧气地坐在龙椅里，身子后仰，半天不语，像只斗败的公鸡。

黄锦犹豫了一下："有句话，奴才不知当讲不当讲。"

嘉靖："说！"

黄锦："杨廷和这次真的过了，圣上您都服软了，他还带头罢值，鼓动一帮人不理朝政，他若真是位好首辅，怎能为一己之私而不顾国家政事？"

嘉靖不语。

黄锦越说越来气："也就圣上您仁慈，这要是放在洪武朝，他杨廷和可是要掉脑袋的呀。这么为所欲为，我看就是欺负您势单力孤，少不经事。"

嘉靖蓦地睁开了眼睛，黄锦的话，不啻敲响了一记警钟。

杨廷和能一呼百应，公然抗旨，最根本的还是权力。一种大权旁落的危机让嘉靖有点不寒而栗。

嘉靖："传旨，宣安陆王府的朱宸、骆安、王佐、陈寅、陆炳进京，让他们到锦衣卫、御林军中掌职。"

黄锦："奴才这就去办！"

嘉靖："还有，近来张璁在干什么？自杨廷和把他贬到南京，一直也没个消息。"

黄锦："张璁在南京已联系了一批志同道合者，对护礼派的迂腐顽固和杨廷和豪强做派颇有微词，只是人数不多，且官阶较低，不敢公开与护礼派相抗衡。"

过了许久，嘉靖幽幽地说了一句："传旨，将史道下狱问罪。让杨廷和率内阁入值，各部按时点卯办差，不得有误！"

黄锦："奴才遵旨！"

就在礼仪之争愈演愈烈之际，远在宁波的市舶司署，却惹出了一个天大祸端。

四月下旬，东海的天空一碧如洗，各种水鸟在自由飞翔。一望无际的海面上，帆影点点，海浪奔涌过来，卷起一阵阵银花。当霞光渐次染透天际，渔夫驾驶着渔船满载而归，夕阳下，那满舱的带鱼、鲳鱼泛着银光。

暮色里，三艘大船在定海县南薰门前登岸，船上下来一个身着花布衣、头顶短髻、腰上挎着有点夸张的长刀的人，嘴里呜啦呜啦说着什么。不一会儿，三艘船上又涌下来数百个穿着怪异、身材矮小的男子。或许是在海上漂荡久了，这些人一着陆地，一个个兴奋得在松软广阔的沙滩上欢呼跳跃。

一个身材稍高的男子紧随花衣男子，两人呜啦呜啦地说着什么，花衣男子从怀里掏出一份黄纸公文，公文的封面，暮色里隐约可见"异国渡海朱印状"七个汉字。

高个男子双手接过，往定海县城方向匆匆走去。

离海滩不远处是高大的石制牌楼，上书"朝宗坊"三个榜书大字，进入朝宗坊可看见宁海鼓楼，鼓楼下的南大街直通县衙。

明永乐二年（1404年）起，明朝与日本建立起名为"勘合贸易"的朝贡体系。日本遣明船来中国，必先至定海南薰门前登岸，然后经水路到达宁波府城，验查勘合表文无误后，才可以在官府主持下同市民交易。使团通常还会一路向西，到京城朝觐大明天子后方才返回。

掌灯时分，定海县衙已大门紧闭，高个男子拿起衙门口的鼓槌咚咚咚敲击三下。

少顷，里面传来匆匆的脚步和厉声呵斥："什么人？"

门开了，一个衙役对着高个男子怒目而视："是你击的鼓？"

高个男子躬身施礼："鄙人乃日本国使者，奉国主之命遣明，烦请官爷通报一下。"

衙役闻听态度立马缓和了下来，双手接过高个男子递过来的文书，匆匆往里面禀报去了。

又过了一会儿，一知县模样的人迎了出来，后面跟着几个衙役，知县边走边吩咐手下："先准备豕一只、米三包、酒二坛、鹅四只、果四篓、柴六担，一会儿就给使团送过去。"

说话间，知县与那男子打了个照面："这位可是日本国使者？"

高个男子深施一礼："在下是日本国使节宗设谦道的翻译官谢昌，今次勘合朝贡使团来船三艘，共三百人，现停靠在南薰门码头，有劳县君安顿。"

知县："今日已晚，先到城中驿馆歇息，明早我就派人给宁波市舶司署报信，你们可水路前往宁波！烦请谢翻译官带路，下官这就去迎接使团。"

几名衙役举着灯笼，知县和谢昌匆匆消失在夜色当中。

是夜，冷清的定海县城热闹了起来。数百名日本人的到来，让定海的百姓眼界大开。而异国的风情，也让这些日本人瞪大了眼睛，好奇而惊喜地徜徉在异国的街头。

第二天一早，日本使团的消息，就送到了宁波市舶提举司署提举太监赖恩的案头。

宁波市舶提举司专门负责日本的朝贡贸易，验证勘合资质，采买、验货、估价，都要通过市舶提举司来完成。作为对外交往的重要窗口，大明自永乐以来，一直由皇帝钦点的太监担任提举。

每年夏天，北赤道暖流从宁波港流过进入日本沿海，冬春季节，北冰洋寒流绕经日本流入东海，这样有规律的洋流，为中日两国之间开辟了天然航线。

四月二十七日中午，宁波三江口一带，桅樯林立、千帆竞渡。

码头上，提举太监赖恩端坐在太师椅上，望着远方，一名太监手举黄伞为赖恩遮着太阳，数十名太监和衙役在码头上静静等候。

突然有人喊了一句："来了，来了！"

赖恩定睛望去，但见三艘中国式帆船徐徐靠近码头，可与中国帆船不一样的是，巨大的船身上建造了一个方形盒状的屋子，上面遍布用来射箭、放枪的孔洞。懂行的人一眼就认出，这是日本国特有的安宅船。船上有两张帆，高高的桅杆上，"大内"二字迎风飘扬。

"怎么是大内家？"赖恩自言自语，满眼狐疑。

翻译官谢昌领着使节宗设谦道率先下船，早有太监上前，领着二人来到赖恩的黄伞跟前。

宗设谦道踩着木屐，朝赖恩深鞠一躬，嘴里念叨了一句什么，谢昌在旁翻译："日本国使节宗设谦道参见大明提举赖公公！"

赖恩下位抱拳回礼："宁波市舶提举司赖恩见过使节大人！"

宗设谦道从怀里掏出一份泛黄的公文，上书"勘合"两个大字，勘合公文一种编有字号，骑缝中间加盖印信，使用时依缝裁开，双方各执一半。

赖恩手里有这份勘合的另一半，那是正德六年（1511年）皇帝亲手颁布的对日勘合文书。

但赖恩清楚记得，这份勘合系武宗皇帝正德颁给日本高僧了庵桂悟的，他是日本国主足利义澄派出的使节。

日本国主的勘合怎么会落入大内家的手上，赖恩不得而知。但这几年日本国内战四起，细川家族和大内家族分庭抗礼，日本国主足利义澄早就沦为傀儡。

赖恩长期对日交往，与这些倭人相处得熟了，知道背后的政治博弈和经济利益。

谢昌在旁继续翻译："请公公查验勘合文书！"

赖恩伸手接过勘合随即又还给了使节，呵呵笑了一声："使节远道而来，舟车劳顿，先行安顿下来，吃饱喝足再办事！"

明朝有规定，只要是日本贡船来宁波，宁波市舶提举司的官员要亲自前去迎接，日本贡船在宁波停留期间，宁波方面要管他们的衣食住行，大米白面一样不少。日本贡船要回国时，宁波方面也要计算出他们在海上需要的口粮和饮用水。

谢昌对着宗设谦道翻译赖恩的意思，宗设谦道连连点头，不住地鞠躬："多谢！多谢！"

赖恩转头吩咐身边的太监黄坤："把使团领到驿馆去歇息，柴米酒肉都准备好了吗？"

黄坤躬身回道："都准备好了！"

谢昌心里犯嘀咕，以往的日本使团都安置在嘉宾楼，这次怎么把他们安顿到一般的驿馆当中？但初来乍到，也不好多问。

宗设谦道与绝大多数使团成员一样是第一次来华，他们不明就里，一个个欢天喜地地跟着太监们在驿馆中安顿了下来。

夜晚的宁波街头与昨晚的定海县城大不相同，华灯初上，街铺鳞次栉比，贩夫沿街吆喝，一派繁华景象。日本使团游走宁波街头，不住地惊叹和羡慕。

市舶司署书房的窗棂印着两个人影，油灯下，坐在太师椅上的是赖恩，站在他一旁的是黄坤。

赖恩："都安顿好了？"

黄坤："按照干爹的吩咐，都安排妥当！"

赖恩："他们说什么了没？"

黄坤："这些人基本上是第一次来华，但那个翻译官似乎不解，问怎么没把他们安顿到嘉宾楼。"

不要说翻译官不解，黄坤自己也不解。

赖恩没说话，从桌上抽出一份公函拿给黄坤，黄坤打开一看，是定海县衙来信，说宗设谦道的使团前脚刚走，又有一批日本使团到来，约一百余人，也拿着勘合和通关文书。信中还说，这批使团是细川家派来的，翻译官是宋素卿。

黄坤看完信函，愣在当场，一脸迷惑地看着赖恩。

赖恩："两批日本使团几乎同时抵达，这里必有蹊跷。细川家的使团马上就到，你随我去码头迎接，不要惊动大内家！"

黄坤："是！"

赖恩："把细川家使团安排到嘉宾楼！"

黄坤不敢多问，应了一句："我这就去安排！"

驿馆贵宾楼，驿馆中最好的独栋小院。驿馆中的大多数使团成员都出门逛宁波夜市去了，只有宗设谦道、谢昌以及几名随身侍卫未出门。

贵宾楼的会客厅，宗设谦道的眉头紧锁，一个突如其来的消息扰乱了他的内心。站在旁边的谢昌一样眉头紧锁。

武士头目兼贴身侍卫辛太郎用日语在汇报："刚刚我们守船人员密报，细川家的船今晚也到了宁波，赖恩到码头亲自迎接。"

谢昌："来了多少人？"

辛太郎："一艘船，约莫一百人。"

宗设谦道自言自语："他们来干什么？"

辛太郎："不像是来寻仇的，应该也是来勘合交易的。"

宗设谦道："他们手上没有勘合文书，怎么交易？"

谢昌："他们是没有勘合文书，但之前他们来过几次大明，应该跟这些市舶司的官员都十分熟悉，或许重金贿赂之下，跟他们做交易也是有可能的。他们这个时段到来，应该是尾随我们而至，这万里之遥，没有一定的把握是不敢来的。"

宗设谦道和辛太郎一时沉默，都在思忖细川家的意图是什么。谢昌突然问了一句："他们现在住宿何处？"

辛太郎："我们的人一路跟踪，他们今晚住在一个叫嘉宾楼的地方。"

谢昌脸色大变："嘉宾楼？怪不得没有安置我们去那里住！"

宗设谦道和辛太郎都用不解的眼光看着谢昌。

谢昌解释道："以往的日本国使团都安排在嘉宾楼接待，这是宁波的最高礼遇。今天赖恩没把我们安排在嘉宾楼，我就感觉十分奇怪。"

宗设谦道脸色一沉："你意思是他们没把我们作为日本国使团来对待？"

谢昌："这个还不清楚，毕竟我们手上有大明天子颁发的勘合文书，料他们也不敢公然拒绝。但他们把细川家安排在嘉宾楼，我们先至，却安排在驿馆，这里面必有文章！"

辛太郎："大人，我们如何应对？"

宗设谦道："静观其变，大家多留一个心眼。命令下去，所有人从明天起不得出门，一律在驿馆待命！"

辛太郎："是！"

此时的嘉宾楼，楼上楼下灯火通明。细川家使团的成员们正忙碌地搬运着各类物品家什。主楼客房，使节鸾冈瑞佐和市舶司提举赖恩分别在上首左右落座，使团翻译官宋素卿，市舶司总管太监黄坤分坐两旁。

鸾冈瑞佐双手向赖恩递上一份勘合文书，赖恩只一眼扫去，就知道这是一份过期的文书，那是弘治八年（1495年）颁发给日本遣明使尧夫寿莫的，上一次勘合交易的时候就已废止了。

赖恩微微一笑，将那份过期的勘合文书还了回去："这份勘合，早在十二年前就失效了，使节大人就用这份文书来朝贡？"

翻译官宋素卿赶紧站了起来："公公，您是知道的，宗设谦道手上的那份勘合文书是正德皇帝赐予我们细川家的，无奈回国途中被大内家的人连船带人一并抢去，真正能代表日本国出使的可是我们细川家啊！"

赖恩的脸上看不出表情，仿佛这些来龙去脉都与他无关。但这个翻译官的底细，他倒是十分清楚。

宋素卿原名朱缟，浙江郸县人，其父朱漆匠做生意失败欠了日本商人一屁股债，遂让朱缟赴日抵债。朱缟头脑灵光，又是个中国人，很快受到大军阀细川家族的赏识。朱缟自此改名宋素卿，在日本遣明使团中担任翻译官。正德四年（1509年），宋素卿以黄金千两贿赂太监刘理，让细川家获得了勘合文书。

黄坤在旁边搭腔："宋翻译官的意思我们明白，但那份圣上亲手颁发的勘合在他们手里，我们总不能不认。"

宋素卿："其实也不是让你们不认他们手上的勘合，这次我们尾随他们一路而至，就是想让赖公公给我们一个机会，让我们跟大内家一样，作为一个使团出使大明。以前几次遣明使中不都有大内家细川家，这次跟他们一起出使有何不可？"

赖恩慢悠悠地说话了："前几次你们一同前来是不假，但那是在一个国主的名号下组成的一个使团。你们这次要跟他们一起出使，那你们先得问问大内家肯不肯了！"

宋素卿："公公，您是清楚的，这几年日本国主几无说话的权力，细川家和大内家势同水火，实际上怎么可能走在一起！"

赖恩一脸不悦："那你让我怎么办？我去跟大内家说？"

鸾冈瑞佐虽然不知道他们在说什么，但他看到赖恩的脸上不悦，就知道该换种方式了，于是冲宋素卿轻声喝了一句，宋素卿赶紧回头，鸾冈瑞佐呜啦呜啦跟他说了一通，宋素卿连连点头。

随后他从屋子的一角搬过来一个沉甸甸的金丝楠木的箱子，一手将箱子打开，足有一千多两的黄金闪闪发光。

宋素卿："刚才我们使节说了，这是孝敬赖公公的，这次勘合如能顺利完成，我们使节还要重谢！"

说着他从屋角又搬出一个箱子，箱子打开，上千两的白银明晃晃。宋素卿对黄坤说："这是孝敬黄公公的，不成敬意，请黄公公笑纳！"

虽然远比赖恩的那份少，但黄坤心里还是十分知足，脸上乐开了花。他一激动，就得意地卖弄了一句："这事成不成还不是我干爹的一句话！"

赖恩脸色一沉："你懂个屁，一国两使同时抵达，他们有勘合文书，这边没有，你认哪个是正统？"

黄坤知道自己多嘴了，但忍不住又说了一句："两家都勘合，让一家进京就是。"

赖恩瞪了他一眼："说得轻巧，让哪家进京？人家大内家手执的可是合法文书，你敢让他不进京？要不，你们细川家勘合就回，让大内家进京面圣，我只能帮你们到这里了！"

宋素卿弯腰对着鸾冈瑞佐嘀咕了几句，鸾冈瑞佐听完也不说话，将手上的那个大大的发着绿光的翡翠扳指卸了下来，递给了赖恩。赖恩接过一看，这翡翠扳指的里面，居然还镶着一层金子，金子上清晰可见四个汉字：足利义澄。

赖恩不禁倒吸了一口冷气，这扳指，可比那箱金子值钱多了。

宋素卿媚笑地对赖恩说道："这是我们日本国主赏赐给使节大人的扳指，请公公笑纳，还望公公成全！"

赖恩沉吟半晌："也罢，使节大人这般诚意，赖恩只好勉力为之。"

回头吩咐黄坤："明天先跟他们勘合，后天再与大内家勘合，五月初一在嘉宾楼宴请两家使团，我来跟他们两家说和说和。"

宋素卿大喜，赶紧向赖恩施礼道谢，又对鸾冈瑞佐耳语一番，鸾冈瑞佐听着听着，连连点头，脸上泛起了兴奋的光。

接下来的两天，码头上一片繁忙，市舶司分别给两家使团查验、定价、收货。日本来华商货主要有刀、剑、铠、屏风等工艺品，还有硫黄、黄铜等矿物；大明这边输出的主要有铜钱、丝织品、茶叶、药材、书画等物。

日本遣明使每次来华都要赚得盆满钵满，大明朝本着宣扬权威与压制民间贸易的需要，一直对日本使团施以优惠政策，日本使团的每次勘合贸易都有极高的利润。加上本身有外交人员身份，在宁波和北京两地的花销都不用自掏腰包，皇帝诏见的时候还会有些贵重的赏赐，巨大的政治意义和经济利益，这就是日本各大势力为争来华资格打得头破血流的根本原因。

四月二十九日晚，驿馆贵宾楼内，宗设谦道没有一丝的喜悦。

虽然勘合今日顺利完成，但品次、定价均远低于细川家，不仅如此，白天的时候总管太监黄坤暗示他，让他们与细川家合成一团，一起去京城面圣。宗设谦道心里清楚，细川家没有勘合文书，根本没有进京资格，因此想都未想便断然拒绝了。

宗设谦道问谢昌："赖恩明日在嘉宾楼宴请我们两家使节，你估计他们会不会正式提出合团的要求？"

谢昌："这个完全有可能，那宋素卿跟赖恩关系不一般，赖恩肯定会向着他们说话。"

宗设谦道："这两日的情况完全不对，我们手上有合法文书，却让他们在嘉宾楼以国使身份入住；明明是我们先来，却先跟他们勘合，我们其后。我看这里面，都是那个赖恩在搞鬼。"

谢昌忧心忡忡："如果明日宴会上我们拒绝合团的要求，你说他们会不会强令我们回去？"

辛太郎吼叫了一句："他敢！"

宗设谦道："他赖恩要是敢做出这样的事情，休怪我当场翻脸！"

谢昌还是忧心忡忡："翻脸又如何？这是在人家的地盘上，搞砸了吃亏的还是我们。"

宗设谦道面色一沉："细川家与我们大内家誓不两立，他细川家想取代我们的使团地位，门都没有！"

辛太郎："我们一下船，兵器就被大明官府收押在仓库，赤手空拳如何跟他们叫板？"

宗设谦道："我们赤手空拳，难道细川家就能带兵器赴宴？"

辛太郎："那倒没有，细川家下船后也被收缴了兵器。"

宗设谦道略一思索："传令下去，明日派一部分人埋伏在仓库，一旦宴会上翻脸，即刻让他们抢夺仓库取出兵器；再派一部分人埋伏在细川家的船边，一把火把他们的船烧了；其余人等埋伏在嘉宾楼外，杀了细川家的狗贼，我们就登船返回。"

谢昌还是一脸的忧虑："这样做，可就闯了大祸了。"

宗设谦道毅然决然："日本国武士宁为玉碎不为瓦全。这事就这么定了，让大家都打起精神，看我的号令行事！"

辛太郎大声应了一句："是！"

五月初一，嘉宾楼，楼上楼下热闹非凡，酒肉飘香。

宗设谦道率十余名随从来到嘉宾楼，赖恩、鸾冈瑞佐他们早早在此等候。宗设谦道冷眼一扫，细川家除了守船的船员，剩下的全在嘉宾楼里准备开怀畅饮。而他们接到宴请通知的时候，只说使节大人和随从参加。

宗设谦道心里升起了一丝不快，但表面上啥也没说，笑呵呵地跟赖恩他们打着招呼。

一旁的小太监领着宗设谦道一行入席，宗设谦道心里又凉了半截，赖恩和宁波方面的官员与鸾冈瑞佐、宋素卿居首席，而他这一边，全都安排在了次席。自己可是有合法的勘合公文在手，而没有公文的细川家却被安排在主宾席，接受了这种安排，就等于是承认细川家的正使地位。这要是传到了日本国，他宗设谦道可以直接切腹谢罪了。

他的脸色阴沉，知道今天这道坎是过不去了，冲着辛太郎使了个眼色，辛太郎立即会意，转头轻声对一名随从耳语了几句，随从乘人不备，悄悄地溜了出去。

宗设谦道一行在次席入座。

这时候，下人们将各种美酒佳肴源源不断地端了上来，宴会开始，嘉宾楼里欢声笑语。

能够坐在主桌和大明高官开怀畅饮，于鸢冈瑞佐而言，似乎胜利在望。心里清楚，这次来华勘合贸易，赚多赚少是小事，真正目的还是为细川家争取大明朝的支持。近年大内和细川两家争斗日趋白热化，如果有了大明的支持，细川家的胜算就更足了。

与出身武家的宗设谦道等人不同，鸢冈瑞佐本就生于豪商之家，做生意的本事比打仗的本事强得多。今天这个酒席，就是故意来打大内家那些人的脸，只要把脸打得响一些，把宗设谦道激怒，最好是当场翻脸，这帮人就肯定会被赖恩赶出大明。

有了这种想法，鸢冈瑞佐在主桌上故意谈笑风生，不时用日语冲着次席的宗设谦道一行冷嘲热讽，发出得意的笑声。

而宗设谦道这一桌，闷着头一言不发地吃喝，仿佛眼前摆的不是美酒，而是毒药。

宗设谦道他们入住的驿馆外面，负责监视日本来使的几名暗探横七竖八地倒在角落里，大内家的武士把他们一一拖进驿馆内，这一切，都是在悄无声息之中完成的。

府衙仓库，负责值守的只有几名懒懒散散的库兵。仓库外通往街市的通道上冷冷清清，数十名日本武士突然出现在仓库的后面，四周观望了一阵，确认无人发现，一名为首的武士右手一挥，几名武士瞬息窜至库兵跟前，只在刹那间，几名库兵已被放倒。

后面的武士一拥而上，从库兵身上搜出钥匙把库门打开。库房里，一口口锋利的倭刀闪烁着可怕的寒光。

为首的武士抽出一把宝刀，喊道："大内武士，让我们用手中的刀来洗刷自己的耻辱。立即赶往嘉宾楼，杀！"

大家都快速行动了起来，每个人身上都背负着一捆一捆的刀剑，急速往嘉宾楼跑。

主桌上，觥筹交错，赖恩率宁波官员与鸢冈瑞佐他们把酒言欢。终于，他们来到了宗设谦道的次席上，这是中国人的礼仪，主人下位逐桌向其他客人敬酒。

宗设谦道一行也站了起来，举着酒杯。

赖恩的脸上泛着酒兴，也透露着一种高高在上的得意，这种得意让宗设谦道有如吞了一只苍蝇，只感觉阵阵恶心。

赖恩举着杯："这一杯，敬大内家的使团，这几天招待不周，还望诸位多多包涵。"说完，一饮而尽。

谢昌在一旁翻译，宗设谦道点头，双手端杯冲赖恩以示感谢，率众也将杯中酒一饮而尽。

旁边的小太监赶紧向赖恩手中杯斟满了酒，又给其他人也斟满了酒。

赖恩再次举着杯："这一杯，单敬我们的使节大人，赖恩在这里有个不情之请，不知使节可否愿意。"

谢昌在一旁做同声翻译，宗设谦道弄懂他的意思后，心里明白了几分，脸上不动声色："赖公公请讲！"

赖恩接着说："以往你们大内家与细川家也曾合团出使，这次既然一同抵达，再次组团前往京城，如何？"

宗设谦道大笑："勘合公文只有一份，如何能两家共享之？再说了，我们进京面圣，圣上是认他们为正使，还是认我们呀？"

赖恩眼睛盯着手中酒杯，哂笑："这份勘合公文当年可是圣上颁给细川家的，至于怎么到了你们手上，使节大人比我清楚。只要你们精诚团结，这些都可以不予追究。"

赖恩转头让谢昌翻译，待翻译毕，接着又说："认不认你们的使团资格都还难说，正使之争我看就没必要了吧。"

宗设谦道收起笑容："赖公公，如果我没记错的话，勘合公文可没有指定哪家是使团。谁有合法文书，自然就是合法！"

赖恩脸色亦是一沉："在我赖恩这里，我只认当年圣上颁发的对象，这种来路不明的，如何能成为堂堂大明的来使！"

气氛霎时剑拔弩张，宗设谦道将手中酒杯重重一放："赖公公这么说来，是要赶我们走了？"

黄坤见势不妙挤上前来，打了个圆场："大内家要是肯与细川家合团出使，一切都好商量！"

宗设谦道冷冷说了一句："恕难从命！"

赖恩脸上挂不住了，气急败坏，端杯的手微微发抖，另一只手指着宗设谦道："好！好！好！敬酒不吃吃罚酒！"

说罢，一仰脖兀自干了杯中酒，扭头拂袖而去。

宗设谦道手掌往桌上重重一拍："狗阉人，不要欺人太甚！"这句话，谢昌没有翻译，也用不着翻译。

鸾冈瑞佐、宋素卿看得真切，内心抑制不住地欢喜，两人情不自禁地举杯庆祝。

宗设谦道怒目圆睁，牙根咬得咔嘣响。

就在这个时候，楼下忽然响起了一声尖厉的呼哨，宗设谦道一听就知道，这是兵器得手的暗号。

宗设谦道定了定神，端上杯中酒，迈步来到主桌，众人都以为他想通了，向赖恩赔罪来了。

赖恩眼睛看也不看，坐在位置上喘着粗气。鸾冈瑞佐在赖恩的旁边，也是正襟危坐，头也不抬。

可就在经过鸢冈瑞佐身后的那一刹那，宗设谦道扔掉手中杯，一手摁着他的脑袋，一手掏出一把匕首，闪电般地往他的脖子上一抹。鲜血喷涌，鸢冈瑞佐两手乱抓了几下，软软地倒在地下。

黄坤见状狂呼："杀人了！杀人了！"拖着赖恩就往后堂跑。

辛太郎见状猛地掀翻了次席的桌子，大喝一声："动手！" 桌椅杯碗倒地，发出轰的一声巨响。

楼梯上，瞬间响起嗵嗵嗵嗵急促的脚步声，大内家的武士全副武装手执利刃涌了上来。

细川家的武士急了，抄起桌凳与之对战了起来。

赖恩在慌乱中回过魂来，大喊着："走后门！快从后门出去！"

首席宾客皆往后疾跑。一马当先的，竟是宋素卿，在生死关头，他的身手异常矫健，脱兔一般跑在了最前面，连滚带爬地撞出了后门。

黄坤披头散发，扯开喉咙大喊着："来人啊！快来人啊！倭人造反了！"

袭杀鸢冈瑞佐得手，宗设谦道扭头便追宋素卿。

宴会厅，已变成了演武场，酒桌飞起，杯盘满天。

细川家的人都没带武器，而大内家全副武装而来，细川家几乎没有还手之力，稍作抵抗，便四散而逃。

大内家的武士从门口一路杀将过去，刀光到处，血流成河！

赖恩、宋素卿逃出，在府卫军卒的保护下暂避于城外十里的青田湖，后又避至绍兴城中。

宗设谦道率众纵火焚毁嘉宾堂，沿灵桥北经东渡门至和义门外，烧毁泊于该处的细川家的船。其后，追寻宋素卿至余姚江岸，又迫近绍兴城下。

绍兴城上早有防备，墙高城厚，大内武士奈何不得，便折返宁波，一路上烧杀抢掠，发泄着连日的愤怒。

宁波卫有临山、观海、定海和昌国四个卫所，总兵力五千六百余人。大内武士从绍兴返回宁波的路上，附近卫所官兵纷纷前来围剿。

　　然而令人意想不到的是，所有围剿官兵无不一触即溃。大内武士也是感到十分意外，一路上如入无人之境连杀数百名官兵，大内武士却无一人战亡。

　　宁波城外，备倭都指挥刘锦亲率一千余名官兵前来堵截。千户张铠跃马挺枪冲在最前面，宗设谦道一声怒喝高高跃起，凌空对着张铠劈头砍下。寒光一闪，张铠一只手臂被倭刀砍落在地，惨叫一声跌落马下，片刻之间，十几柄倭刀就刺入张铠体内。

　　备倭都指挥刘锦一看急了，指挥百户胡源和刘思带人冲了上去，又是不到几个回合，胡源战死，刘思被俘。

　　大明官兵吓了一跳，畏缩一团再也不敢向前。宗设谦道倭刀一指，大内武士猛虎一般冲向官兵，官兵扭头便跑。

　　一千多人的官兵队伍被二百余人的大内武士追得哭爹喊娘拼命奔逃。混乱中，又有数十名官兵被砍翻，还有数十名官兵做了俘虏，成为人质被挟持到了宁波城内。

　　大内使团的成员们就此顺利登船，沿江而下。

　　定海官兵严阵以待封锁江面，刘锦带人乘船在后面紧紧追赶，大战在江面上爆发，十数艘大明战船把三艘日本安宅船围在江心。

　　大内使团藏身于坚固的安宅船内，火铳和箭矢从一个个射击孔中射出，火力全开。

　　令人瞠目结舌的一幕再次发生，大明水师以多敌寡被杀得晕头转向。混乱中，备倭都指挥刘锦被流弹击中战死当场。

　　三艘日本安宅船击败大明官船，扬帆直奔大海，损失惨重的明军则根本无力再追，坐看一行人远去。

　　五千多人的大明官军竟然奈何不了三百人的日本使团，堪称闹剧的"争贡之役"，在明军的惨败中结束，这使得大明王朝十分震惊和愤怒。

　　"争贡之役"最终演变成了严重的外交事件，肇事者赖恩、宋素卿在秋后被问斩，宁波市舶提举司被直接取消，中日朝贡贸易结束了。然而，中国财富遍地、官军腐败无能的声名却在海外广泛传播。大量来自日本、琉球甚至葡萄牙、马六甲的东西方商人赶赴中国,与中国沿海豪族、官员和商人相互勾结,逐渐演变成规模庞大的武装走私集团和海寇倭寇势力。

"争贡之役"拉开了"嘉靖倭乱"的序幕,大明王朝的东南沿海,由此开始了旷日持久而又波澜壮阔的抗倭战争。

转眼就快新年，京城的年味越来越浓了。

皇宫里，太监们搬梯扫尘，宫女们洗窗擦地。各门柱上，辞旧迎新的春联龙飞凤舞，一派欢乐祥和的喜庆场面。

大殿里，几只铜炉里发出青红色的火苗，火炉向外散发着阵阵暖意。一脸倦容的杨廷和坐在绣墩上，他对面的龙椅上，嘉靖平静地坐在那里。

此时嘉靖的脑海里，还在回荡着南京刑部主事桂萼的声音："圣人有云，历来开明君主，皆孝敬父母，长幼有顺，上下有治。今圣上贵为天子，也应孝尊父母，祭祀宗庙，不忘双亲。而今礼部官员失考典章，遏制断绝圣上的纯孝之心，礼仪之尽，三纲顿废，数典忘宗，企图陷圣上于不忠不孝之境也。张璁、霍韬挺身而出，敢说真话，却遭朝中大臣排挤，令人震愕。自古礼乐自天子出，非天子不议礼，如何能让这些昏官堵塞视听呢？臣愿在朝堂上当面跟他们辩论，理越辩越明，望圣上裁决！"

桂萼的奏疏让杨廷和大怒，与护礼派先后上了数十道奏疏进行驳斥，然而这数十道奏疏有如石沉大海，嘉靖不置一词。

两人都没有说话，争执的过往，都在脑海里一幕一幕闪现。

从扶新帝登极到新政实施，杨廷和心里充满了许多不舍。

但从桂萼的奏疏和圣上的态度，杨廷和意识到，眼前十八岁的嘉靖长大了，已不是他能左右的少年天子了。自己的确是老了，再跟皇帝斗下去恐是不自量力了，该是要走了。

嘉靖皇帝对杨廷和的状态显然有些吃惊，虽然请辞不是第一次了，但杨廷和面容枯槁，发须全白，足以看出老头深受打击。

"阁老，真的要走了吗？"嘉靖用火筷拨弄了一下炉里的红炭，问道。

杨廷和一脸坚定："臣想明白了，天下是年轻人的天下，有老臣在，这天下虽不至于烂了，但却注定会暮气沉沉。"

"唉……"嘉靖长叹一声，随后便不再言语。

君臣二人相对无语，大殿里陷入了沉默，即使地上掉下一根针也能听到声音。

从内心讲，嘉靖的确不喜欢杨廷和。但眼下，这朝廷离开了杨廷和还行吗？嘉靖心里是真的没底。

终于，杨廷和幽幽地说道："叶落总要归根。臣的确是老了，又诸病缠身，再不走，恐怕要跟毛澄一样，死在半道上了。"

提起毛澄，嘉靖心里咯噔了一下，这老顽固为朝廷效力一生，却在告老还乡的时候半途而逝。

"朕，准了！"嘉靖沉吟半晌，忽然说了一句。

其时嘉靖心里也考虑了很久，这杨廷和三番五次提出辞职，他就不信了，莫非我大明王朝离开了你杨廷和还真就不行了吗？

年轻人血气方刚，就想挑战一把。

一听说准奏，杨廷和从绣墩上起身，扑通一声跪下了，用颤抖的声音说道："臣叩谢天恩！"

实际上，真要放弃高位告老回乡了，杨廷和的心里突然产生巨大落差，眼眶一红，几滴老泪也滚落下来。这些年，朝野都称他是一代贤相。真就这么走了，又有万千的不舍。

嘉靖起身下位，把杨廷和给扶了起来，饱含深情地说道："阁老鞠躬尽瘁，政绩卓著，朕实在不舍。既然决意隐退，赐你加盖玉玺的书卷，按照常例供给车马、钱粮、护卫人员，荫封一子锦衣卫指挥使。"

"皇恩浩荡！老臣叩谢圣上隆恩……"杨廷和匍匐于地，老泪纵横，泣不成声。

杨廷和退下了，嘉靖一个人孤零零地坐在大殿里，神情落寞。

宫城外，隐约传来老百姓过年放爆竹的声音。

黄锦适时出现在嘉靖身边，柔声细语宽慰道："圣上，新年就要到了。古人说得好啊，'爆竹声中一岁除，春风送暖入屠苏。千门万户曈曈日，总把新桃换旧符'。杨阁老回家了，您不还有朱宸、陆炳、张璁一帮青年才俊吗？在奴才看来，忠诚比才干更重要。"

嘉靖若有所思，突然像是想起了什么，说："宣张璁、桂萼进京，朕想听听他们的想法。"

黄锦："遵旨！"

正月里，杨府拜年和送行的人一拨接一拨。身居高位数十年，朝中超过半数的大臣都是杨廷和一手提拔上来的。听说恩师就要卸任归乡，门生和下属都赶来送行。

很多人伤心落泪："阁老，您这一走，我们可就群龙无首了，圣上要是再提起大礼之事，我们怎么应对呀？"

杨廷和一个一个地劝慰："新苗当立，禾老当割。没有我杨廷和，年轻人会更快成长。有蒋冕、毛纪、汪俊一班德高望重的老臣在，张璁、桂萼他们翻不起多大的风浪。"

众官都说："阁老放心，我等誓死守护祖制，维护皇脉大统！"

杨廷和走了，但礼仪之争还在继续。

张璁、桂萼再出手，上疏请求改称弘治为皇伯考，称兴献帝为皇考。这等于全盘否定了护礼派坚持了三年的主张，比嘉靖仅在兴献帝牌位上加一个"皇"字的做法更加激进。

新任内阁首辅蒋冕、内阁大学士毛纪、礼部尚书汪俊等七十三人联名上奏，声称他们已经取得了二百五十名大臣的支持，要嘉靖皇帝还原到继嗣孝宗一脉的立场上来。

面对铺天盖地的反对奏疏，嘉靖皇帝心里也开始犯疑惑了。

御书房，嘉靖问黄锦："朕只是想孝尊自己的生父，这么简单的伦理纲常，怎么大臣们都反对呢！难道真是朕错了？"

黄锦："还是出身论作祟，他们总感觉弘治这一支才是大统，圣上您这一支是小统，小统继位得按大统的子嗣来论。"

嘉靖愤愤不平："大统小统，不都是洪武爷的子嗣？当年永乐帝把大统赶下帝位，这帮老迂腐怎么不说？依照他们的理论，弘治这一支又岂能算作大统？"

黄锦："是，这帮老顽固，自视清高，看重名节，实则迂腐也！"

嘉靖："张璁、桂萼何在？"

黄锦："已在来京的路上。刚收到他们的加急快报，说南京官员纷纷支持圣上的主张，就算朝中百官罢值，还有陪都这个地方等着圣上的临朝。"

嘉靖心里有了少许的安慰。

黄锦："进京前，他们还联络了吏部员外郎方献夫、湖广巡抚席书、武定侯郭勋等志同道合者，联名上疏驳斥护礼派的主张。"

嘉靖面露喜色："张、桂二人确是实心用事，只不过仅有这么些人还是不够，护礼派毕竟占了多数。"

黄锦："陛下莫急，这些天又有京外官员陆续上疏，有楚王朱荣滅、南京都察院经历黄绾、锦衣卫千户聂能迁，都是支持陛下您的。"

这让嘉靖皇帝的信心更足了，以前还怕朝廷没人办差瘫痪了，现在有了这么多人的支持，不怕那些官员造反了。

嘉靖突然想起一事，问："给父皇建庙的事，他们办了没？"

黄锦郁闷地说："奴才催了几次，可他们始终认为，给兴献帝单独建庙，其待遇比弘治还要高，因此固不奉诏。"

嘉靖大怒："他们不让我父亲的牌位进奉先殿，我依了，单独建个庙方便祭祀一下，他们还要反对，这是要逼朕做不孝之子呀？"

黄锦吓得一时不敢作声。嘉靖气得脸色发白："传旨，停发这二百五十名官员一年之俸禄，再敢阻挠，定责不饶！"

第二天，嘉靖气冲冲地在早朝上亲自下令：尊称亲生父亲兴献帝为"本生皇考恭穆献皇帝"，兴献太后蒋氏为"本生母章圣皇太后"，慈寿皇太后张氏为"昭圣太后"。并下令动工在奉先殿西侧修建庙宇，供奉"本生皇考恭穆献皇帝"神主。

护礼派们早料到会有这么一天。礼部尚书汪俊率先出列，引经据典，极力谏止圣上建庙之举。

内阁首辅蒋冕紧随其后，坚决反对将兴献帝牌位不远千里从安陆兴献王府迎到京城来。

众官纷纷出列，试图劝阻嘉靖皇帝。

他们的这套说辞，让嘉靖的耳朵里都起茧子了，他虎着个脸，就是不松口。

蒋冕、汪俊没有办法，只好请辞，嘉靖假装挽留不住，批准二人罢归。

朝堂风云激荡，很快传到张璁、桂萼这里。

二人快马加鞭，星夜赶到京城。他们深知，这次纷争皆因自己而起，引起了朝堂重臣的公愤，若是圣上顶不住了，说不定会把他们作为顶罪羊下大狱以息众怒。

御书房，嘉靖亲自诏见张璁、桂萼二人。

嘉靖："礼仪之争历时三年，有人固执己见，鸡犬不宁，是该做了断了。"

张璁："那些大臣口口声声地说尊重陛下的意见，实则陷陛下于不忠不孝之地。称生父为'本生皇考'，实质还是把圣上当作弘治之子，与称生父为'皇叔父'无区别，这样一来，您就无法对自己的父亲尽到人子之孝。他们用心险恶呀陛下！"

桂萼："陛下，臣等愿与他们对质朝堂，驳'本生'之非，论欺妄之罪！"

见两人口若悬河，头头是道，嘉靖更加坚定了信心："好！就依你们的意见来！"

他吩咐黄锦："你代表朕，亲自督办观德殿的营建事宜，六月之前，必须完工。但凡阻止者，重责！传旨，让礼部左侍郎吴一鹏和司礼监太监赖义、京山侯崔元明日前往安陆州，奉迎兴献帝牌位来京供奉。"

黄锦连忙应道："奴才遵旨！"

而护礼派这边，见圣上一意孤行，更是群情激愤。朝堂上，护礼派与议礼派展开激烈的辩论。吵了一个多月，还是不见分晓。

嘉靖厌烦之极，屡次要求大学士毛纪拟旨，去掉册文中的"本生"二字，颁诏天下。

但是，以毛纪为首的护礼派们拒不执行。

嘉靖冲毛纪吼道："你们不把朕当圣上，朕岂能不把朕的生父当父亲？"

话说到这种份上了，毛纪等人没再敢言。

七月，观德殿竣工。

嘉靖决定，七月十六日恭上册文，祭告天地、宗庙、社稷。

七月十五日这天，眼看明天就要上尊号了，护礼派们如丧考妣，情绪异常激动。这天上完早朝，众官从里面出来，一边走一边议论着。

大理寺少卿徐文华："明天圣上就要日恭上册文、祭告天地了，咱们怎么办啊！"

吏部侍郎何孟春："大家不如跪在宫门外，以死抗争！"

翰林院修撰杨慎一听十分激动，大声说道："国家养士百五十年，仗节死义，正在今日啊！"

翰林院编修王元正赶紧跑到金水桥南，拦住下朝的众臣："今日有不力争者，日后众臣必共击之。"

见群臣都停住了脚步，兵部尚书金献民、吏部侍郎何孟春、大理寺少卿徐文华带头，百官们群情激昂，皆愿力争大礼。

浩浩荡荡行到左顺门前，呼啦啦一起跪伏在了地上，高呼："请陛下收回成命，请陛下收回成命！"

喊声此起彼伏，响彻宫廷内外。

御书房，嘉靖一边喝着茶，一边翻阅着奏折，黄锦惊慌失措地跑了进来："陛下，大事不好了，文武百官都跪在左顺门前，请求收回成命啊！"

嘉靖侧耳倾听，果然，左顺门方向人声嘈杂。

嘉靖脸色一沉："这是要逼朕啊！他们要跪，就让他们跪好了。"说完，气呼呼地把手中的奏疏丢得飞了起来。

过了半个时辰，黄锦又来报："圣上，首辅大人毛纪、文渊阁大学士石瑶闻听百官跪于朝堂外，也赶过来了，他们不但没劝退众人，还跟众人一样跪在外面请命了！"

嘉靖："都有哪些人？"

黄锦："九卿、六部、三法司都有，足有二百多人。"

嘉靖："传旨，让他们都回去！"

黄锦："奴才说了，可他们说圣上不收回成命，坚决不回。"

嘉靖一时无策，眉头紧锁，在御书房来回走着。

奉劝众臣退下的太监就像走马灯似的来回得命，可那些人仍然不为所动，从早上一直跪到午时，仍然不起。

嘉靖终于发怒了，大吼一声："叫朱宸前来见朕！"

朱宸自安陆王府调到京城，嘉靖让他执掌令人闻风丧胆的锦衣卫，这也是皇权最有力的武器。听到圣上召唤，朱宸当即率领数百名锦衣卫进宫。

　　少年嘉靖，第一次眼里透出了一种可怕的杀机，恨恨地说道："去跟他们说最后一次，奉旨离开。如再抗命，锦衣卫拿人！"

　　黄锦、朱宸得旨，匆匆出门。

　　左顺门外，锦衣卫早将跪地的百官围在中间。

　　高台上，黄锦大声宣布圣上的指令："众人再不离开，五品以下官员将逮捕入狱，四品以上官员强行拖离。"

　　有几个胆小的小声嘀咕："看来这是要抓人啊。"

　　但更多的人仍趴在地上，不予理会，没有人第一个起身离开。黄锦叹了口气，看着朱宸，说："动手吧！"

　　几个如狼似虎的锦衣卫冲到众人面前，跪在外围的十余人首先被逮捕入狱。这一来，有如一滴冷水落到了油锅里，顿时沸腾起来。杨慎、王元正起身冲到左顺门前，以头撞门，放声大哭。

　　众官跟着放声痛哭。朱宸神情冷酷，一挥手，几名锦衣卫冲上前，把杨慎、王元正又抓走了。紧接着，锦衣卫们全都涌了过来，毛纪、石瑶等重臣被强制拖走，一百三十四人被捕下狱，八十六人待罪。

　　左顺门外乌云惨淡，哭喊声震天。

　　抓捕了那么多官员，嘉靖余恨未消，当即下旨："四品以上者停俸，五品以下者当行廷杖责。"

　　午门外，司礼太监周正、锦衣卫指挥使站在刑仗的中间，数十名锦衣卫校尉身穿襞衣，手执木杖，整齐地立在两旁。

　　五品以下的官员一个一个地被拖到了午门外，一名校尉负责扒去官服，一名校尉手持麻布兜从犯人肩背套下，直至腰边，连两手一起绑定，使之动弹不得；一名校尉上前，将犯人按倒在地，缚紧两足，四面有人牵住，犯人露出两边屁股准备受杖。

　　一名校官高喝一声："打！"

　　一时间，血肉横飞。每打完一个，必折数根刑杖。杖毕，还要把受刑人的四肢抬起后再重重摔下，有的人还大喊一声"哎呀"，有的人头面触地，尘埃满口，就算不死，也去了半条性命。

这些校尉都是平时受过严格训练的，技艺纯熟，被杖人是死是活，还要看司礼太监和锦衣卫指挥使的两脚摆放的形状行事，两脚的脚尖朝内，证明此等受刑人小命难保；两脚摆成了八字形，证明他们可以杖下逃生。平日里得罪过司礼太监和锦衣卫的官员，这个时候，他们的寿期就到了。

廷杖过后，杖下毙命者十七人；棒下逃生者，皆遭戍边疆，贬降废黜者多达一百八十人。

史载，左顺门事件，内阁首辅毛纪引咎致仕，费宏成为首辅。张璁在大礼议中力挺尊父论，从而平步青云，议礼派骨干方献夫、桂萼、席书、霍韬、黄绾等均得到重用。嘉靖七年（1528年），嘉靖下旨将告老还乡的杨廷和削职为民，其子杨慎流放云南戍边，终生不用。

宜黄县城，四堡街上人来人往，门庭若市。一些无事的人坐在茶铺里，听着戏文，品着香茶，听客官们家长里短，街谈巷议。

"都听说了吧，这次圣上可是动怒了，关了一百多号人，还当场打死了十多个人，那惨状，啧啧啧……"

"我听说他们都是奸臣，欺负圣上年轻，老是跟圣上作对。"

"不对不对，那些人都是忠臣，他们都是劝告圣上要守祖宗规矩，圣上不听，他们死谏。"

朝政大事，百姓道听途说，津津有味。

东风茶楼的雅间，诸生廖澄摇头晃脑，念着一首新词："滚滚长江东逝水，浪花淘尽英雄。是非成败转头空。青山依旧在，几度夕阳红。　　白发渔樵江渚上，惯看秋月春风。一壶浊酒喜相逢。古今多少事，都付笑谈中。"

雅间里，众书生拍案叫好："好词！好词！"

谭镐问了一句："这是廖秀才写的？"

廖澄讪讪一笑："我廖澄哪有这个本事，这可是当朝状元郎杨慎的大作！"

谭镐："可是前首辅杨廷和之子杨慎？"

廖澄："正是。"

书生贾庆说："杨氏父子不是倒台了吗，我听说杨慎硬要参与那个大礼仪之争，被圣上重打八十大板发配云南去了。"

廖澄叹了口气："是的，一个名动天下的大才子，偏要卷入大礼仪之争的旋涡，弄得一个凄凄惨惨的下场。"

书生张义："那你们说，这到底哪边是忠，哪边是奸哪？"

书生贾庆："是啊，这坊间都闹得沸沸扬扬。"

众书生也是众说纷纭。

谭镐突然冒了一句："没有奸，两边都是忠。"

众书生问："为何？"

谭镐："他们争的不是名利，而是名节。杨廷和主阁期间，除奸党、推新政，革除许多顽疾积弊，稳固了大明江山社稷。张璁、方献夫入阁以后，继续辅佐圣上推新政，天下百姓安居乐业。你说，他们不是忠臣吗？"

众人纷纷点头："是啊是啊，谭先生说得有理。嘉靖新政，得利的还是我们这些老百姓。"

正月十五闹元宵，宜黄县的街头巷尾人山人海。

棠阴的花灯、梨溪的花轿、四都的走马灯、县城的大龙灯，各式灯火彻夜不熄，整个宜黄县城成了欢乐的海洋。

一群孩童举着皮灯笼，兴奋地在人群里钻来钻去。县衙门口张灯结彩，左右两边大鼓分外耀眼。

一个十岁左右的孩童上前，东摸摸，西看看，感觉十分稀奇。拿起鼓边大槌，咚咚咚击起鼓来。正击得起劲，衙门呀的一声打开，出来两个衙役，见是小孩子击鼓，凶巴巴地吼了一句："做甚！"那群孩童呼啦一下退到一边，怯生生地看着衙役。

只有那个击鼓的小孩毫不畏惧，咧开嘴回了一句："好玩！"

衙役上前揪住他的衣领，手高高扬起，作势要揍他。

县丞赵锦峰闻听鼓声走了出来，见是小孩玩闹，喝住了衙役。那小孩并不害怕，小脑瓜高高昂起，一副满不在乎的样子。

赵锦峰见小孩眉清目秀，很是可爱，忍不住想逗他："我来出个对子，你若答得上来，我便放了你，不然，就重重打你的屁股。"

小孩嘻嘻笑道："好呀，咱们一言为定！"

赵锦峰略一思索，出题："元宵月无光，点花灯数盏，为乾坤着色。"

小孩歪着脖子，食指敲击腮帮，想了一下，对道："新春雷未动，擂皮鼓三通，替天地张威。"

对仗工整，气势非凡。赵锦峰大惊，张口又出一题："千年老树为衣架。"

小孩答："万里长江作浴盆。"

赵锦峰："姜太公钓周家天下。"

小孩："张留侯定汉室乾坤。"

小孩与县丞一对一答，丝毫不落下风。

赵锦峰感到十分意外和惊喜，问："这是哪家的小孩？"

人群中有人认了出来，大声说道："这是县学先生谭镐的二公子，谭纶。"

赵锦峰恍然大悟："怪不得。将门出虎子，名师出高徒，此乃神童也！"

皇宫内观德殿，钟磬鼓钹、笙管笛箫等法器大作，道士云集。

法坛上，安放着诸如香炉、烛台等各种供器，以及水果、花、灯等各种供养，还有如意、玉册、宝剑、令旗等各种法器以及铃、铛、鼓、螺等各种乐器。坛上坛下，站着手执各种法器的道士。

法坛正中的前台上，龙虎山上清宫道士邵元节盘膝而坐，一手执拂尘，一手竖胸前，两眼微闭，口念咒语。

　　嘉靖身穿镶嵌金丝银线的青色道袍，手拿拂尘，活脱脱的道家弟子。后宫嫔妃、宫女们也都身着道袍，扎起了发髻，头戴黑色混元帽，变成了一个个俏生生的小道姑。

　　张璁领着兵科给事中夏言脚步匆匆地赶往观德殿，值守太监远远见他过来，赶紧施礼相迎，恭声道："参见张阁老、夏大人！"

　　一看这情形，张璁不由暗叹了一声，不消说，嘉靖又在观德殿举行斋醮，这个当值太监是出来挡他的驾。

　　果然，司礼太监麦福匆匆迎了上来，施了一礼，轻声问："圣上正在里面斋醮，就快结束了，二位大人是等等还是先回值房？"

　　张璁静听了一阵，《紫清上圣道曲》已接近尾声了，便说道："等等吧。"

　　麦福："那二位大人稍候，在下等斋醮完毕马上禀报圣上。"

　　张璁、夏言赶紧施礼致谢。麦福走后，张璁问了一句："今天又是十五？"

　　夏言："是。下官不明白，圣上为什么初一、十五都要斋醮。"

　　张璁："自观德殿建成以来，每到初一、十五和兴献帝的生辰忌日，圣上都要举办一场法事。兴献帝生前最信奉道教，圣上认为，祭祀父亲最好的方式就是斋醮。"

　　夏言："圣上可真是个孝子啊！"

　　张璁："是啊，圣上若不是孝子，就没有那场旷日持久的礼仪之争了。"

　　夏言："那邵元节什么来头？圣上为甚这么宠他？"

　　张璁："圣上出身荆楚之地，自古道教昌盛，打小耳濡目染，自然信奉。圣上御极之初，常因病无法视朝，邵元节进言，修道可以强身健体，并给他服食了些丹药，果然有效，自此就离不开了。这些年，圣上封他为致一真人，赐蟒服、紫衣玉带和辅国玉印，总领全国道教，一时风光无两啊！"

　　夏言不无忧虑："圣上在宫内设坛斋醮之后，朝堂大臣纷纷仿效，举国上下习经学道蔚然成风。全国道观达三千六百家，什么剑术、符水、金丹、辟谷之类的道术林林总总，让人咋舌。"

对于道风盛行，张璁亦是颇有微词。门坛、封匭皆用金书，光是玉牒的封印就要用许多金子削屑成泥，与水银混合做成印泥，供器供养、香火灯烛都是价值不菲，一次斋醮最少耗银万两。

开始也有一些大臣进谏，让圣上罢彻斋醮，然而都被嘉靖斥责，谏得急了，还要挨受责罚。

对夏言的忧虑，张璁其实深有同感，但他深知嘉靖的固执，即便不喜，也不敢开口进言。

两人当下沉默不语。

不多时，麦福便匆匆回转，躬身道："让二位大人久等了，圣上宣二位在西苑觐见。"

二人跟在麦福的后面快步进了西苑，嘉靖连道袍都未换，二人忙上前跪下见礼，嘉靖心情不错，俟其礼毕，便含笑道："免礼，平身！"

张璁躬身奏报："启禀陛下，十一月二十九日，南京兵部尚书左都御史王守仁卒于南赣。"

嘉靖诧异："怎么死的？"

张璁："王守仁奉旨平定广西瑶乱，返回南赣，途中身染恶疾，遍身肿毒，一路腹泻不止，客死南安青龙铺。"

嘉靖叹息不已："素闻这个王守仁集心学之大成，军功卓著，门徒无数，百年一遇的全能大儒也！"

张璁："是，他的门徒扶枢自南赣返回余姚老家，沿途远近士民闻风而至，章、赣两岸哭声恸人，有人身穿缟素驾舟江上，拦船哭吊。浙江境内，每日来吊者不下千人，如丧考妣，莫不交涕。"

嘉靖甚是动容："逝前可有遗言？"

张璁："只说了八个字：此心光明，亦复何言！"

嘉靖咨嗟叹息："王爱卿一生立德、立功、立言，真三不朽者！"

"启禀陛下，臣有事要奏。"夏言躬身上前。

嘉靖："说！"

夏言："微臣奉旨查办顺天八府所属通州、大兴等六十七州县勋戚、内臣寺观庄田四百一十九处，所占田亩共四万四千余顷。"说完将《勘报皇庄疏》双手举过头顶呈了上来。

嘉靖接过奏疏，问："那些庄田的来龙去脉弄清楚了没有？"

夏言："多数都是非正当手段扩充的，其中尤以建昌侯张延龄侵田最多。"

嘉靖皇帝皱起了眉头，建昌侯张延龄是张皇太后的亲弟弟。

夏言："自洪武而今一百多年，天下额田已减大半，原因都是王公贵族、宦官地主依仗权势，强占百姓农田。微臣以为，可利用裁革镇守宦官之机，将宦官占田全部上收，归还原主。"

张璁："宦官领兵镇守各地，积弊重重。一来，宦官执掌兵权，养成骄横跋扈之态，扰民扰官甚重；二来，宦官大都不懂军事，但凡有战事，武将兵权受到牵制，往往延误军机。革除宦官镇守之弊，已是刻不容缓！"

嘉靖："杨廷和辅政期间，就提出剪除内宦势力之主张，今张阁老再议，可见已成积弊。准奏，官田只留顺义庄田做亲蚕厂、公桑园。古者天子亲耕，皇后亲蚕。自今岁始，朕与皇后也要亲事农桑，以劝天下。"

张璁、夏言赶紧再拜："吾皇圣明！"

嘉靖微微一笑，对自己的英明决策颇为自得。

张璁再奏："微臣还有奏报。"

嘉靖："说。"

"天下额田已不到开国时的一半，"张璁躬身道，"民间徭役，也得重新编审了。"

嘉靖："这个是要的。"

张璁："御史傅汉臣提出了'一条鞭法'的设想，臣以为，应是可行。"

嘉靖："怎么改？"

张璁："皇粮税赋，各省统筹调度，每亩粮税与丁役交银若干，一体征收，以求均平。因田地肥瘠不同、人丁贫富不同，须取殷厚之产，补贫瘠之地。这样，才能让徭役税赋更加合理。"

嘉靖沉吟片刻，说："税赋改革涉及千家万户的切身利益，施行不当，适得其反，弄得不好天下动荡。不过，张阁老可选一二州县试行一段时间，权当一种探索。"

张璁也深知改革失败可能产生的严重后果，遂躬身谢恩："吾皇圣明，臣遵旨！"

谭镐一家在县学不知不觉过了十余年，一晃，谭纶就十七岁了。十七岁的少年眉清目秀，身板挺拔，器宇轩昂。县学里开了文童班和武童班，谭纶文武兼修，科科都是优秀，一套荆楚剑法在他手里舞得虎虎生风。

七月半到了，棠阴连续三天庙会。罗氏弟弟罗元儿在棠阴开了一家夏布行，谭纶和十三岁的弟弟谭綵软磨硬泡，父亲同意让他们去棠阴玩几天。

棠阴古镇，江右最负盛名的商埠和夏布产地。嘉靖年间已是"五里长街，商店栉比；十里河埠，商船云集；三万六千烟火，九岭十三巷"，故有"小小宜黄县，大大棠阴镇"一说。

每年一次的棠阴庙会，人山人海。

三天庙会，是棠阴镇上最繁忙的时候，胜过大年。全国各地的夏布商贩都会赶来棠阴交易，各种各样的小吃食铺、把戏杂耍、北货南货都会来。

长街上，神岗傩舞正在边走边演。舞者头戴天兵天将和鬼神的面具，一长者模样人口吟："开山生得眼瞳胧，地子生得似英雄。手拿长枪街前走，拿起长枪搜鬼王。"

锣鼓响起，哐哐咚哐哐。一群戴着鬼神面具的人边走边跳，煞是吓人。

长街上是一间接着一间的夏布行，正应了那句俚语"棠阴九岭十三巷，家家都开夏布行"。

元和记夏布行，是谭纶舅舅罗元儿开的夏布行。从大清早到现在，罗元儿及店里的伙计就一刻也没停过。

新丰李坊的端仔送来了二百斤新麻，罗元儿一边指挥伙计搬运到后面的库房里，一边招呼端仔喝茶。

端仔是罗元儿多年的供货商，也是新丰李坊一带比较活络的商贩，自己种麻，也贩麻。棠阴夏布七成以上的麻都是新丰过来的，正所谓"谭坊丝，新丰麻，棠阴夏布走天下"。

"罗老板，你不用管我，我吃筒烟就走。"端仔一边喝茶，一边吧嗒吧嗒抽着水烟袋。

"吃昼饭再走！"罗元儿说。

"不用，你今天没得闲，等下我到街上看下德顺班的戏，再随便吃点什么。"端仔是德顺班当家花旦郑飞飞发了狂的戏迷，只要他来棠阴或是县城，郑飞飞的戏是每场必看。

罗元儿："好，那我就不留你了，下次来好好陪你吃几盅酒。"

端仔抬起脚拿烟袋朝鞋底上敲了敲烟屎，双手抱拳："罗老板发财，下次找你吃酒。"

长街上，谭纶兄弟在熙熙攘攘的人群里挤来挤去。

新街口，是一处高大的木制牌坊，顶脊为鲤鱼跳龙门的造型，左右两端鱼尾上翘呈跳跃状。脊下伸出飞檐翘角，正中牌匾精镂榜书"承恩"二字，门楣镂刻"中宪大夫通政司右通政吴余庆"。坊侧有一小屋，里面安放《承恩坊碑记》，此坊为宣德年宜黄县知事谭政为受皇恩荣归故里的通政大夫吴余庆而立。

一见此坊，谭纶肃然起敬，吴余庆是永乐年间的大书法家，皇帝的诰敕、御文多出自他手，谭纶在学堂里常临摹他的字。

端仔刚出元和记，两个操赣西口音的商人便走了进来，罗元儿一眼认出，这是宜春张记夏布行的张维芳、张松鹤叔侄俩，上个月他们送来一批夏布半成品托元和记漂染，今天是取货来了。

棠阴河里的水富含硫黄等矿物质，且漂麻方式与别地不同，一般地方是先漂麻再织布，棠阴则是先织布再漂洗，故棠阴夏布绵软洁白，是远近闻名的上品，江右一直就有"药不到樟树不灵，夏布不到棠阴不白"一说，宜春、万载、鄱阳等地不少夏布商贩将当地的半成品送到棠阴来漂染。

罗元儿满脸堆笑，将客人迎进茶房，沏茶、上点心，又差伙计去取布。

承恩坊的前面，就是镇里最大的戏台万芳楼，此戏台是棠阴吴氏宗祠戏台，雕梁画栋，十分精美。

宜黄人称"戏窝子"，全县四十多个戏班，几乎村村都有戏台。棠阴庙会，自然少不了要唱戏。

德顺班台柱子郑飞飞、武旦康明、须生章剑东全来了，这是宜黄戏的黄金搭档，顶级水平。

谭纶兄弟打小就爱看戏，特别是德顺班，声腔动作无一不让他们痴迷。

照例是戏班子祭拜清源祖师，之后连演三天。谭氏三兄弟来得晚，没有座位，只能在人群后面远远观望。

锣鼓开场，一声悠扬的唱腔自台上响起，谭纶以前从未听过这种唱法。之前宜黄戏班几乎都是弋阳高腔，平直高亢，谭纶不喜欢，认为缺乏韵律和抑扬感。新近流行昆腔，较之弋阳高腔绵软婉转。德顺班不愧是宜黄第一戏班，新唱腔一学就会。

戏的名字叫《紫玄记》，说的是王、郭二仙遇浮丘公的事情。人们嗑着瓜子，抽着烟袋，摇头晃脑，好不热闹。

临近晌午，从各地前来赶庙会的人越聚越多，十里河埠、九岭十三巷密密麻麻全是人。瑶下码头上，一艘接一艘的商船在上货下货，对面沙洲上，从渣浦至白马洲十余里的河岸上全是漂制的夏布，白花花一眼望不到边，蔚为壮观。

郑飞飞一曲唱罢，喝彩声如雷。

也就在这个时候，谭纶身后的人群突然骚动了起来。

"抓贼！抓贼啊！"一个妇女在嘶哑呼喊。

长街上，一个高大壮实的络腮胡手提一个花布包袱夺路狂奔，一个中年妇人在后面惊魂失魄地追赶着。

谭纶从人群里冲了出来，拦着络腮胡去路，厉声喝道："站住！"

络腮胡一看，一个愣头青挡住了自己的去路，一时急了，捡起路边的一根木棍，二话不说就照谭纶的脑门上抡来。

谭纶蹲身侧头躲过木棍，顺势操起地摊上的一根扁担，与络腮胡对打了起来，只几回合，络腮胡便被他打倒在地。

络腮胡从地下爬起还想再打，谭纶单手挥扁担做砍刀状，扬在络腮胡的脖子上方："信不信我一刀砍了你？"

络腮胡立马吓得不敢还手，丢下花布包袱，屁滚尿流地跑了。妇女气喘吁吁地跑上前来，千恩万谢。

谭纶正欲离开，旁边一位老道士过来搭话："刚才这位公子使的莫不是荆楚剑法？"

谭纶："是！我们县学教官教的。"

老道士连连点头："怪不得如此眼熟，年轻时我也习过此剑法，只是略懂些皮毛，没有这位公子舞弄得这么纯熟刚猛。"

谭纶："哪里哪里，我们也只是学了一点皮毛，让您见笑了。"

围观的人群纷纷散去。

七月半的棠阴，晚上到处灯火通明。这跟别处不一样，一般到七月半，晚上家家户户闭门不出，人们都说："七月半，鬼乱窜。"

棠阴庙会偏偏选在七月半这几天，四面八方的客人商贩聚集到了这里，晚上自然就少不了五光十色的夜生活了。晚饭过后，不少人家开始放起了烟花，夜空中一片璀璨，煞是好看。

舅舅："晚上带你们去万芳楼看戏。"

谭纶："不去，白天都看过了。"

舅舅："德顺班连演三天，每场都不一样。"

　　谭綵："德顺班是我们县城的戏班子，想看随时都可以去看。我们来棠阴难得，要看就看其他一些没看过的东西。"

　　舅母符氏："说得也是，要么我们去看戏，让平儿带哥哥们去别处玩耍。"

　　平儿十二岁，罗元儿的儿子。

　　"好哦！"平儿巴不得跟表哥一块玩儿。

　　待出了门，平儿神神秘秘地说："今晚咱们去一个好玩的地儿。"

　　谭氏兄弟急切地问："哪儿？"

　　平儿："带你们去看请钟馗，千万别让我爹娘知道！"

　　谭氏兄弟拍胸脯保证："打死都不说。"

　　平儿领着他们七拐八拐，来到了一处道观，墙角处闪烁着纸钱烧出来的火，显得十分诡异。

　　平儿说："请钟馗是不让小孩看的，我们趴在墙头上看吧。"

　　西南角有一棵歪脖子树斜伸在墙头，三个小伙伴猴一样蹿上去，明晃晃的月光下，院子里亮如白昼。

　　院子正中摆放着供桌供品，点着一对蜡烛。白天那老道士正在烧纸，供桌前，一个青年道士神情肃然，他的身后，同样肃立的还有七八个老人。

　　"那个老道叫玄英师父。"平儿指着老道士说，"那个年轻的道士叫神峰子，茅山道士，可厉害了。"

　　"有什么可厉害的？"谭纶撇了撇嘴，有点不屑。

　　"你莫看神峰子年轻，玄英师父都要叫他师叔。"的确是，那年轻道士在作法祭坛，老道士只有跑腿打下手的份。

　　"咱们镇上的老人请他每年七月十五来棠阴捉鬼驱魔，保一年的清净。去年七月半我就想来看一下他是怎么捉鬼的，爹娘不让，说我小孩子火焰低，容易撞着鬼。"

　　七月十五，民间称之为鬼节，百鬼从奈何桥上过来，冥司点起大红灯笼引领他们，接受人间香火。有些鬼魂因受不了地狱之苦，趁鬼差不备逃离，等鬼门关关闭，这些鬼魂便成为孤魂野鬼游荡于阳间。因此这一天的子夜时分，火焰低的会看到百鬼夜行的奇观，体弱多病或阳寿将尽者，会被游魂当作替身投胎转世，故而这个晚上出行是极其危险的。

谭纶："不怕，两个哥哥保护你呀。"

院子当中那个神峰子念念有词，桃木剑左一下右一下挥舞。树上几个人感觉阴风阵阵。

这时，只见神峰子右手食指在地上画一"十"字，屈膝而坐，左腿压在"十"字上，右腿压在左腿上，口中咒语不断。

玄英师父和镇上几位老人也跟着盘腿坐在地上。

神峰子一边念着咒语，一边右手剑挑桃符，伸向烛台。

又有一阵风从树边拂过，平儿吓得闭上了眼睛，瑟瑟发抖。谭纶睁大了眼睛，什么也没看到。

突然，神峰子念咒语的声音大了起来，神情与声调完全像变了一个人："湛湛青天紫云开，朱李二仙送魂来。三魂回来归本体，七魄回来护本身，青帝护魂，白帝侍魄，赤帝养气，黑帝通血，黄帝中主，万神无越，生魂速来，死魂速去。是阳魂，是阴魂。阳魂阴魂何处存，虚惊异怪坟墓山林。今请山神五道路将军、当方土地家宅灶君、查落真魂，收回附体，筑起精神。天门开来地门开，千里童子送魂来。吾奉太上老君急急如律令！"

桃剑往西南方向一挥，燃烧的桃符飘在空中。神峰子双眼微闭，口中继续念着咒语，如此反复。

四周是死一般的寂静，院子里没有人敢作声，树上的人更是大气不敢出。一阵乌云遮住了月光，风似乎更大了些，院里的烛光摇曳，鬼火一般。

半炷香的时间，神峰子突然站了起来，剑挑第二张燃烧的桃符，口中念道："太上老君教我杀鬼，与我神方。上呼玉女，收摄不祥。登山石裂，佩带印章。头戴华盖，足蹑魁罡，左扶六甲，右卫六丁。前有黄神，后有越章。神师杀伐，不避豪强，先杀恶鬼，后斩夜光。何神不伏，何鬼敢当？急急如律令。"

边念边舞，左冲右杀。院中人匍匐于地，战战兢兢，磕头如捣蒜。

子夜的打更声远远地传来，嘣……嘣嘣！

神峰子突然跌落在地，汗如雨下，头顶冒起了白烟。

呆坐许久，又念："太上敕令，超汝孤魂，鬼魅一切，四生沾恩。有头者超，无头者升，枪诛刀杀，跳水悬绳。明死暗死，冤曲屈亡，债主冤家，讨命儿郎。跪吾台前，八卦放光，站坎而出，超生他方。为男为女，自身承当，富贵贫穷，由汝自招。敕救等众，急急超生，敕救等众，急急超生！"

少顷，云开风消，夜空重又月朗星稀了起来。

谭纶这才发现，躲树上待了半天，腿都压麻了。

他推了推平儿："该回家了。"

半天没动静，借着月光，平儿眼睛木直，裤子都尿湿了。

谭纶再用力地推了一把平儿，平儿哇的一声，哭了出来。

哭声惊动了院里的人，有人高声喝问："哪家的娃娃？"

谭氏兄弟跳下树来欲跑，怎奈平儿瘫坐在树上哭声尖厉。

院中人打开观门循声而来，神峰子伸手拍了拍平儿的鞋帮。说来也怪，平儿立马止住了哭声，自己从树上跳了下来。

谭纶拉着平儿准备离开，神峰子开口说话了："朋友，稍等！"

谭纶问道："道长还有何事？"

神峰子："这位小友今晚遇到不祥，受到了惊吓，请几位移步道观，喝杯清茶，让这位小友压压惊再走。"

谭纶略显老成，抱手作揖："那就有劳了！"

一行人来到观内的厢房，道童端上了热气腾腾的茶水。神峰子烧一纸符，轻念咒语，事毕，用指捻了一些符灰，撒在了几个茶杯里面。自己端了一杯，颔首示意。

大家举杯，道："多谢道长！"

一饮而尽，一股暖流从腹中升起，经络瞬间舒畅了起来。

借着灯光，神峰子把几个年轻人打量了一番："七月半你们也敢出来，真是胆大包天。"

谭纶："是我们失礼，望道长多多见谅！"

神峰子盯着谭纶半天，突然问："敢问这位小友生辰八字是？"

谭纶愣了会儿，答道："正德庚辰七月二十一日，午时。"

"庚辰甲申丁未丙午？"神峰子左手掐指，来回踱步。

突然，他停下脚步，面露惊骇，脱口而出："七杀之命？"

谭氏兄弟吓了一跳，他们不知道什么是"七杀之命"，但从字义上理解肯定是非常不祥的命理。

神峰子没有回答，只是再问："你出生当日，天晴还是落雨？"

谭纶回答："天降暴雨。"

神峰子不再问话，兀自喃喃自语："身强杀浅之命也。"

口中吟道："丁火生申水气微，杀轻身旺贵何凝。水轻喜入汪洋运，职掌兵权震外夷。"

谭纶合掌揖首："请道长详解。"

神峰子沉吟半晌："丁生申月，伏火尚有余炎，盖喜年月合成杀局。依时辰推算，这位小友本当为七杀之命，主大凶。正所谓：年上七杀命不佳，上克公来下克爷，父母命硬克不动，凶险之事本身加。"

一席话，说得谭氏兄弟忐忑不安。

神峰子继续说道："然小道观之小友，天庭饱满，地阁方圆，身强体健，正气凛然，显然属身强杀浅之相，此相喜行煞旺之地。"

谭纶："何为喜行煞旺之地？"

"偏好冒险犯难之境。"神峰子解释道，"小友属龙，得丁未日丙午时，本当丁火生申，伏火伤身，但出生当日天降暴雨，此命谓之龙奔天河，以龙遇水为极贵。"

谭纶松了口气，神峰子："命理有云：七杀有制为偏官，杀刃会印有实权；

身弱劫多是为病，七杀众聚多伤残。杀刃两全威风凛，杀印相生功名深；日坐独杀是将才，威武刚强有气派。七杀有制衣食足，杀印相生人豪迈。小友将来能文能武，运行北方，万户封侯。"

谭纶："感谢道长吉言，万户封侯，眠个梦罢了。"

众人皆笑。

第二日，罗元儿依旧在店里忙碌，谭氏兄弟与平儿四处游玩，从九岭到十三巷，从瑶里杨家到白马洲，不亦乐乎，日落时分方才到家。

晚饭毕，罗元儿坐在厅堂，一手翻阅账本，一手飞快地拨着算盘。随口问了一句："你们昨晚上到哪疯去了，半夜才回？"

谭纶抢先答道："看了一夜的花灯。"

罗元儿将信将疑，道："今晚上还出去不？"

谭纶："平儿说带我们去看傩舞。"

罗元儿："最多玩个把时辰，早去早回。"

谭纶突然问了一句："舅舅，万寿宫是不是有个神峰子道士？"

罗元儿有点诧异："你怎知道？"

谭纶撒了个谎："昨天看戏的时候听人说的。"

罗元儿："听说那道士有点本事，会茅山道法，懂易经八卦、奇门遁甲什么的。"

谭纶嘀咕了一句："这么神奇？"便不再说话。

这时，平儿斜背挎包，里面装了瓜子糖果，兴冲冲地召两位哥哥去看傩。待出得门来，谭纶说："咱们不去看傩。"

谭綵和平儿有点发蒙："咋了？"

谭纶说："我还想去下道观，再会会那个神峰子。"

二人睁大眼睛："还去呀？"

谭纶："我去看看那道士还有啥本事。"

平儿："那好吧，我们陪你一块去。"

　　道观里，依旧那么静谧，十六的月光洒在院墙上，琉璃瓦上泛着点点星光。见谭纶兄弟重又造访，神峰子似乎一点都不感到意外。

　　沏茶焚香，茶香和檀香在空气中弥漫。

　　神峰子："几位小友今又造访，所为何事？"

　　谭纶说："道长法术甚是神奇，在下佩服，只是命理之术玄幻莫测，我等疑惑，望道长赐教一二。"

　　神峰子："小友莫要一口一个'道长'，小道正德九年生人，虚长小友六岁而已。"

　　谭纶："听神峰兄口音，莫不是临川人士？"

　　神峰子："小道姓张，名楠，字神峰，临川西溪人士。"

　　谭纶："神峰兄昨晚命理之术甚为神奇，从何习之？"

　　神峰子："小道本也耕读人家，祖业杏林，世代从医。打小不喜四书好黄老。家父悬壶为业，却精研易经，家中命理之书甚多。"

　　谭纶："在下在县学受习四书五经，但易经八卦、黄老之术深涩难懂。"

　　神峰子："易学乃一切命理、术数之根本。医、卜、星、相皆源于阴阳五行。宋初徐子平与麻衣道人一起隐居华山，创研了子平术。小道尝以乡邻好友生辰试子平术的真伪，应验者十之八九。"

　　谭纶："这捉鬼驱魔、奇门遁甲何解？"

　　神峰子："小道尝游学龙虎山，幸得张天师张顗的教诲，后到句容茅山，习得一些雕虫小技。"

　　谭纶："可否详解？"

　　神峰子摆一摆手："不可，不可，天机不可泄露也。"

　　不过，神峰子转而又说："在下看小友命理非凡，当为将相之才，日后必习奇门遁甲之术，或有大用。所谓奇门遁甲，乃利用洛书轨迹、九宫八卦、五行相生相克的道理，预测地理方向的优劣，形成最周全之计策，达到对己最有利之意图。"

厢房内鸦雀无声，每个人都竖起耳朵倾听。

神峰子说："此术原为帝王之学，昔日黄帝打败蚩尤，姜太公打败纣王，张良扶高祖得天下，都得益于奇门。早先奇门遁甲有四千三百二十局，一年三百六十五日，一日十二时，一时定一局。后张良改阳遁九局，阴遁九局，共十八局。诸葛孔明、刘伯温的神机妙算，也都源于此术。"

神峰子缓缓喝了口茶，接着说："奇门遁甲又分法术与奇阵，法术如借东风、召唤蚁兵六甲神、穿墙术、隐身术等等；奇阵如诸葛八卦阵、北斗七星阵，堪称历代兵家绝妙之学。"

谭纶好奇心大起，插了一句："道兄法术高明，可否演示一二？"

神峰子沉默半晌："天机不可泄露，其实今日就已话多，折寿也。不过此番在棠阴得与小友相识，这是机缘，也是你我命里该有的一劫。在下演示一召唤丁甲之术，徒添笑耳。"

神峰子命道童找了张四方桌子放在院子里，桌子翻转面朝下四脚朝天，桌面置一圆钵上。让谭氏兄弟、平儿和道童四人各自握一桌脚，静立不动。一切布置妥当后，神峰子开始点香念咒，须臾，四人只觉握着的桌脚仿佛有人在推，力道由缓而重，整个桌子顺时针方向缓缓转动。四人抓握不住，迷迷糊糊跟着桌子转圈跑了起来，越跑越快。约莫转了十来圈，只听得神峰子大喝一声："定！"桌脚的力道瞬间消失，桌子旋转的速度立即慢了下来，一圈之后完全静止了。

扶桌腿的几个人像梦游了一番，站在原地目瞪口呆。

紫禁城东部，文渊阁。

这座看似并不起眼的房子，却是声名显赫的秘阁禁地。

张璁因病致仕以后，礼部尚书夏言接任了首辅。此时的嘉靖皇帝已彻底迷恋上了修道，上朝的次数越来越少了，朝政大事交由内阁票拟，司礼监批红，然后下旨到各地执行。

巨烛灯笼下，礼部尚书严嵩的案前堆了一沓高高的奏疏，严嵩时而冥思，时而奋笔，他已经完全沉浸在青词的一推一敲之中，以至于首辅夏言从门外进来也没有觉察。

夏言走到他的身后，伸头瞧了一会儿，眼睛里顿时喷出了一股怒火："我道是严尚书加班加点处理政务，原来又是在写青词，真是用功啊！"

青词是嘉靖祷告时候用的词，全文用赋体，要求对仗工整、辞藻华丽，而且又必须把握道家宗旨、准确传达天子心声，所以没有相当高的文学造诣者不能胜任。写青词的纸和笔很讲究，必须用笔蘸朱砂，在青藤上写，故称之为"青词"。

正专注写词的严嵩，突然被背后的声音吓了一大跳，扭过头，夏言双目如电，一脸的怒容。

"阁老，这是圣上祭天要用的，政务是大事，圣上祭天也是大事。"严嵩一脸讨好的笑，连忙解释。

　　夏言身材高大，仪表堂堂，在夏言面前，严嵩显得十分猥琐。

　　"我来问你，南方数省蝗灾、旱涝不断，北方俺答屡次入侵，无数百姓流离失所，各地奏疏都跟雪片一样飞到京城，下面等着朝廷回复如同热锅上的蚂蚁。你倒好，天天不办政事写青词。"夏言非常生气，劈头盖脸地呵斥严嵩。

　　对于夏言的严厉呵斥，严嵩倒是一点也不介意，依旧低头哈腰，赔着笑脸说道："朝堂大事，下官可是一刻也不敢耽搁，只是没有阁老的明示，下官岂敢擅自做主？"

　　严嵩的这种奴才德行，让夏言像是吞了一只苍蝇，十分恶心。

　　夏言和严嵩都是江西人，自夏言入阁成为朝廷重臣，严嵩变着花样地讨好巴结夏言，虽然年长夏言两岁，却自甘拜在夏言门下以门生自居，又加同乡的情分，得到了夏言的屡次提携。

　　但相处久了，严嵩身上那种工于心计、厚颜无耻的品性逐渐暴露了出来，让夏言颇为不耻。

　　他紧皱眉头，摇摇头，一副恨铁不成钢的样子，然后回到自己的案前，拿起奏疏，一件一件认真地看了起来。

　　近期坏消息接二连三，夏言愁得寝食难安。可他不明白，大明百姓在遭灾，身为大明天子的嘉靖却不问苍天问鬼神。

　　夏言曾多次劝谏皇帝不要迷信祭天修道，可皇帝不仅不听，反而把夏言革职过两次。而让他哭笑不得的是，每次很快复职，又都与他的青词有关，嘉靖皇帝找不到一个比夏言更能写的人。

　　因此有人戏言他是青词首辅，这让夏言倍感耻辱。

　　然而在朝堂中，能为皇帝撰写青词却是一份极为荣耀的事情。为了这一机会，严嵩一直勤学苦练，就等着有一天，他的青词能进入嘉靖的法眼。

　　窗外电闪雷鸣，窗内两个人的身影摇曳着。

　　钦安殿，百官云集，鼓乐大作。

这一次，百官入宫可不是为朝政之事而来，为的是嘉靖皇帝的天罗大醮。嘉靖年过三十仍无子嗣，正德皇帝的教训历历在目，这让嘉靖和众官员十分着急。

天师邵元节建议，在钦安殿启建祈嗣醮事，为圣上求子。

嘉靖发话了："兹醮事非诸斋可比，实朕祈天祷神求嗣为国重典。内阁大臣率百官每日轮流进香行礼，首终二日朕亲行之。"

历史上动用大臣轮值醮坛尚属首次，拿出求子这个沉重的理由，没有人敢提出异议。

嘉靖头梳道髻，身穿道袍，盘腿闭目。

"青词呢？"嘉靖突然睁眼，问了一句。

黄锦赶紧把青词递了上去。

嘉靖只是扫了一眼，问："谁写的？"

嘉靖的青词大多数是夏言和内阁成员写的，今日的青词，一看就知道不是他们的笔迹。

黄锦："新入阁的礼部尚书严嵩。"

嘉靖："夏言的青词呢？"

黄锦："回陛下，夏阁老这几天都在忙着处理南方赈灾和北方御房事宜，还未来得及写。"

嘉靖闻言心头不悦，但坐在莲花台上，又不好发作。

黄锦连忙宽慰："夏阁老虽然未写，但这严嵩用了几日几夜的心思，依奴才看，他的青词不在夏言之下。"

这是实话，从字面来看，严嵩的书法飘逸，较夏言更胜一筹，虽然内容没有夏言那么有文采，但辞藻华丽，极尽奉承，令嘉靖十分受用，这是夏言所不能及的。

嘉靖没有说话，拿起严嵩的青词又看了一遍，随后按青词祷告了起来。

黄锦见状，暗自松了一口气。

作法完毕，邵元节从坛上取下若干药丸，双手举过头顶，移步嘉靖面前：
"陛下，臣新近又研制了一些仙丹，可增强功力，定期服用，必有奇效！"

嘉靖大喜，双手接过。

按照邵元节的方法定期服用，果然威力大增。说来也奇，自从邵元节设坛作
法，嘉靖服用仙丹之后，后宫几个妃子竟然先后有了身孕。

这天嘉靖闲来无事，在后花园四处走走。

几个妙龄少女正荡着秋千玩耍，欢声笑语玩得十分开心。一个十五六岁少女
在秋千上高高甩了两下，绳儿突然断了，女子跌跌撞撞后退了几步，冲进了嘉靖
的怀里。

嘉靖双手接住，女孩皮肤娇嫩，脸蛋晕红，长长的睫毛下，一双水汪汪的大
眼睛忽闪忽闪，十分可爱。

也就在那一刹那，嘉靖春情勃发，拉着少女的小手就往就近的一栋房子里
奔去。

黄锦赶紧上前驱散众人，太监们背向那房，不让任何人靠近。

或许是丹药的作用，嘉靖感觉自己分外生猛，从未有过的尽兴，让他全身无
比舒爽。

事毕，嘉靖无比怜爱地抚摸女孩香肩，问："叫什么名字？今年几岁了？"

文儿："奴婢名唤文儿，今年十五。"

嘉靖："文儿是何方人氏？家中还有何人？"

文儿："奴婢浙江山阴人氏，家中尚有父母和两个弟弟，父亲身体不好，不
能下地干活。由于家境贫困，十三岁那年参加选秀被送入宫来。"

嘉靖："朕赏赐些金银，让你家人过上好日子。"

文儿赶紧爬起来，跪在床上磕头："奴婢谢主隆恩！"

嘉靖："听说民间的一些女子，一听选秀都很害怕，去年你们江浙选秀，竟
然引起提前婚嫁风潮。朕就纳闷了，侍候圣上不比侍候民间的丈夫强？"

文儿："那可不一样，后宫佳丽三千，能受到圣上恩宠的毕竟凤毛麟角，多数秀女连圣上的面都见不着，一辈子老死在宫中。有些人家女子被选上做秀女，知道再也不能相见了，直接在家里立个衣冠冢就当女儿死了，这其中的伤感与悲痛圣上如何知道。"

嘉靖听完心里一动，想起了自己与父母的生离死别，不由得涌起了一阵伤感。

沉默许久，嘉靖说道："朕下道圣旨，让宫中二十以上尚未被宠幸者，一律发放金银遣回原籍，令其父母自行择配。"

文儿喜出望外，磕头再拜："皇恩浩荡，奴婢代宫内姐妹们谢过陛下！"

文渊阁，又是严嵩当值的日子。

刚坐下没多久，嘉靖让人递出一张纸条："奉天，何解？"

严嵩看了一眼，轻轻一笑，提笔写下几行字："奉天，乃奉行天命之意也。所谓天命有德，天讨有罪，告诫人们要顺应天理，奉天行事。"

写毕，又看了几眼，突然感觉过于简单了。犹豫再三，却又想不出来更好的解释，正搜肠刮肚间，太监又来催，严嵩无法，只得交了上去。

果然，就在严嵩惴惴不安的时候，小太监又出来："圣上不满，烦请大人再想想。"

严嵩感觉汗都快下来了。

他在纸上写写画画弄了半天，始终想不出更好的解释。

无奈，他想到了自己的儿子严世蕃，让人拿着纸条去问他，说不定他能解答得比自己好。

当值送信的人飞马赶去严府，然而，严世蕃却不在家里，一家人急得团团转。

此时的严世蕃，正在武定桥边的青楼里开怀畅饮。

一众公子哥和妓女轮番向严世蕃敬酒，严世蕃是来者不拒，豪气冲天。

　　严世蕃承袭了母亲的基因，体阔腰圆，身体肥胖，粗短脖子皮肤白嫩。小时候生病发高烧，一只眼睛被烧坏成了独眼龙。

　　别看严世蕃长得丑，在京城里却鼎鼎有名。首先是酒量大，几乎夜夜笙歌艳舞，不醉不归；其次是妻妾众多，一夜连御数女是常事；更为惊人的是有着超强的记忆力，绝顶聪明。不但对四书五经过目不忘，即使是浩如烟海的经史子集或者当朝法令典故，他都如数家珍，甚至连当朝许多官员的履历和任职地点，他都能倒背如流，被称为嘉靖朝"第一鬼才"。

　　外面夜色正浓，而屋内酒兴正浓。

　　"公子，公子，可找到您了！"外面冲进来一个严府的家丁，一脸焦急。

　　"什么事，跟火烧屁股一样。"严世蕃打了一个酒嗝，大着舌头问道。

　　家丁从怀里掏出一张小纸条："老爷从宫里传来了一张纸条，公子赶紧看看，里面催得很急。"

　　严世蕃踉跄了几步，伸手左抓右捞，就是拿不到近在眼前的纸条。

　　看严世蕃都醉成这个样子，家丁赶紧上前搀扶，将纸条塞到他的手里。

　　严世蕃手握纸条，趔趄了几下，嘴里喷着酒气。

　　"公子，圣上急着要呢。"家丁又说了一句。

　　一听到"圣上"二字，严世蕃的酒醒了三分，怒道："不早说！"

　　"是是是，都是小的的错。"家丁忙不迭地认起错来。

　　"快去，给爷端盆热水来，还有毛巾。误了爷的事，老子剥了你的皮！"严世蕃摇着脑袋催促道。

　　家丁应了一声便快步跑了出去，很快便端着一盆滚烫的冒着热气的水走了过来，手里拿着一条毛巾。

　　严世蕃接过毛巾，在热水中浸泡了一下，趁热提出，将毛巾拧出水后，抹了一把脸，然后折成条状，缠在头上。

　　不一会儿，严世蕃脸上的酡红也渐渐消散了几分。

　　待毛巾热度稍减，严世蕃又将其取下，再次浸没在热水当中，重新取出再次缠在头上。

如此反复几次，严世蕃脸色渐渐恢复了常态，几乎看不到一点醉意了。

严世蕃将众人轰出门去，让人取来纸笔。他一个人在房里将纸条缓缓展开，闭上眼睛凝神冥想了起来。这是他遇到紧要事的习惯，也许他想两只眼睛都闭上，但结果那只坏了的眼睛怎么也闭不拢。

少顷，他睁开眼，提笔写道："天子至尊无上，人君其尊如天，曰奉天。既受命于天，乃天意之所予也，故视君主如父，即听天命尽孝道也。"

严嵩自送出纸条后，心急如焚，自己也想做出更好的解释，但翻遍了值房里的辞章经典，就是找不到灵感。

正焦虑间，送信的回来了。严嵩打开纸条一看，露出了宽慰的笑容。于是马上抄写了一遍，让门口的太监送到了宫里。

就在严嵩忐忑不安之际，太监出来了，严嵩急切地迎上前，问："如何？"

太监笑吟吟地回道："圣上很满意，特赐点心一份，让严大人品尝。"

严嵩心里顿时乐开了花，连忙跪地谢恩。

一缕阳光洒进了严府，小鸟在枝头欢快地鸣唱。

内寝房，欧阳氏端坐梳妆台前，一丫头正在给她轻柔地梳理着发髻。

丫头："夫人，您为这个家也是太操劳了，您看，这白头发又多了许多！"欧阳氏叹了一句："能不叫我操心吗，你们家老爷呀，天天为国事劳心劳力的，家里啥事也不管了。少爷天天在外面花天酒地，也不知道帮衬帮衬，唉……"

欧阳氏比严嵩还大一岁，从小受父母之命嫁到严家，几十年相夫教子，勤恳持家，是个娴熟的女人。别看严世蕃那么花心，小妾娶了一个又一个，严嵩却对发妻始终如一，没有讨过二房。

"娘，你又在背后说我的不是了。"人未到，严世蕃的声音先到了。

丫头连忙冲严世蕃施了一礼。

欧阳氏的头也没动，愠恼道："昨晚又上哪鬼混去了？那么多人找了半天才找到了你。你要是再找不到啊，你父亲可就被你急出病来！"

"爹呢，还没回来？"严世蕃也不回答，自顾左看又看。

欧阳氏撇了撇嘴，白了他一眼："你爹哪像你，当值还没回来呢。说，昨晚干吗去了？"

严世蕃："昨晚跟几个朋友在一起喝酒，爹的事我办好了，我来问问圣上还满意不。"

欧阳氏斥了一句："喝酒喝酒，那种地方是你去的吗？"

严世蕃满脸堆笑："娘，我也就喝喝酒，没干什么坏事。"

欧阳氏气急，手指着严世蕃："还说没干坏事，你都娶了那么多老婆，还在外面花天酒地，一晚上家也不回。"

严世蕃连忙上前手抚欧阳氏的后背："莫气莫气，昨晚喝醉了，就留在朋友处睡着了，下次不会了。"

欧阳氏哼了一声："还有下次，看我不打断你的腿！"

正说着，严嵩进来了，一脸的春风："哟，都在呀。"

严世蕃急切地问："爹，昨晚那纸条，圣上还满意不？"

严嵩笑容满面，掏出一份点心："这是圣上恩赐的点心，我不舍得吃，拿回家让你们尝尝。"

欧阳氏喜出望外："这可是天大的福分啊，咱们老严家可是长脸了。"

严世蕃得意地说："我就说了吧，孩儿用功着呢，就等着有朝一日，能为爹分忧，能为圣上分忧。"

严嵩冲严世蕃点了点头："你随我来。"

父子俩来到书房。

"圣上要出宫南巡了。"严嵩说。

"南巡？"严世蕃很是惊讶。

严嵩："蒋太后已经去世好几个月了，圣上决定亲自护灵，送去安陆州与父亲合葬。"

严世蕃："圣上真是孝子，那显陵自圣上登基那年开始修起，现在都还没完工，据说十分气派。"

严嵩："是。大礼仪之争，他能不顾众臣的反对坚持己见，说明事亲尽孝这事是他的底线，什么人都不能反对。"

严世蕃："可我听说那夏老头就不识好歹，谏了几次说显陵耗费巨资，还说太后就葬在北京，不要兴师动众送到安陆去。"

严嵩："他从来都是那么自以为是，不光是在圣上面前不知好歹，就是满朝文武，有几个没被他骂过？"

严世蕃："哦？那老头又得罪圣上了？"

严嵩："圣上此次南巡，他又说耗费巨大劝圣上别去，见劝不动圣上竟然称病不去随同。这回陛下可生气了，他那个首辅位置又要让出来了。"

严世蕃："夏老头能力虽强，但人缘不好，被圣上罢官三次都不知道悔改，这是他的死穴，总有一天他会死无葬身之地！"

严嵩："夏言虽然屡次罢官，却又很快官复原职，心腹党羽众多，我们还须处处小心。"

严世蕃："爹，您随圣驾南巡，可是千载难逢的机会。跟在圣上身边的，可都是心腹宠臣，您多结交几个，日后必有大用。"

严嵩："这个为父考虑了，要想取得圣上的宠信，三个人至关重要。一个是司礼监掌印太监黄锦，圣上身边的红人，内阁票拟都要他批红；一个是锦衣卫指挥使陆炳，圣上从安陆州带过来的亲信，更重要的是他是圣上奶娘的儿子，跟圣上好得跟亲兄弟一样；还有一个是道士陶仲文，邵元节因为老迈，不能随圣上远行，于是向圣上推荐了这个陶仲文，此人察言观色，能说会道，法术不在邵元节之下，日后圣上恐怕会对他言听计从。"

严世蕃："这三个人，的确是当朝说话最管用的人，尤其是那个陶仲文，挟天命于天子，这个人必须牢牢握在手心。"

他一边说着话，一边攥紧拳头，一只眼睛里透露出一种狠劲。严嵩急忙以手示意，让他轻点。

　　书房是严府的禁地，未经严氏父子的许可，任何人都不能擅自靠近。虽然这样，严嵩还是走到门口，非常谨慎地探头张望了一阵，确认无人后方才掩门放下心来。

　　严嵩："任何时候，你都要记住三个字：忍、藏、智。能忍，方有出头之日；能藏，就是示弱，隐藏锋芒，一旦出击就必须一招制胜；所谓智，就是在咱们力量尚弱的情况下，必须巧借外力，智慧周旋。这官场上想要有出头之日，必须牢记这三字，这不仅是为仕途，也是为了保命啊！"

　　严世蕃点点头："爹，孩儿记下了。"

　　嘉靖十八年（1539年）二月，一支庞大的队伍出现在官道上。

　　扈行的锦衣卫有八千人，护驾官军六千人，驾前驾后把嘉靖帝紧紧地围在当中，真可谓万无一失。随同的有成国公朱希忠、礼部尚书严嵩、左都御史王廷相等一干大员，以及江西龙虎山道士陶仲文。

　　车驾进入河南卫辉地面，一股旋风突然刮来，绕着圣驾来回地旋转。嘉靖帝心生疑惑，便问道士陶仲文："此何兆也？"

　　陶仲文默默地算了一下，回答："主火。"

　　一听主火，嘉靖心中不免恐慌："烦请天师作法，驱除此等无妄之灾！"

　　陶仲文躬身施礼："刚刚微臣算过了，圣上此行必有此劫，虽不可免，但微臣可设法护佑圣体，确保无恙。"

　　嘉靖和陶仲文的这番对话，被扈从在车驾旁边掌管南镇抚司事务的锦衣卫署指挥使陆炳听到了，他开始暗自留心，随时应付可能发生的危险。

　　当天下午，车驾驻跸卫辉，由于旅途疲劳，嘉靖及随驾南行的侍从人员很快进入了梦乡。

　　天交四鼓，不知从行殿的哪一处突然冒出火花，由于这些行殿都是用木材、苇席、毡帐所搭盖，且又是干燥的天气，顷刻之间整个行殿陷入一片火海之中，那凶猛的火舌使人望而生畏。从睡梦中惊醒的侍从们奔跑着、呼喊着，可是谁也闹不清楚皇帝睡在哪座行宫，只见那些被困在火海中的人挣扎、翻滚的身影。

嘉靖自己被烈火惊醒，身边的宦官、宫女跑得一个都不剩，在熊熊烈火的包围之中，嘉靖皇帝不知如何是好了。

正在这危急的关头，只见陆炳头上顶着一床淋湿的棉被，从火海中冲进行宫，他将湿棉被蒙在嘉靖身上，背起嘉靖转身冲出火海。待远离了火海，陆炳扑通倒在地上。

大伙上前一看，他身上的衣服已被火烧尽，全身出现了一个一个的水泡，特别是那双大脚，已被烫得皮开肉绽，筋骨暴露，焦味熏人。

用手一摸陆炳的鼻气，他已奄奄一息，不省人事。

御医赶来切脉听诊，向嘉靖奏报："陆指挥一时急火攻心，又受烟熏气塞，一时昏厥，无大碍。倒是身上烧伤多处，特别是足下烧得严重，一个月内不能下地，需要用心调理。"

嘉靖大吼："陆炳救驾有功，尔等必须全力医治，但凡出半点差错，定斩不饶！"

御医吓得连连磕头称是。

这时，卫士们赶紧迎上前去，把嘉靖搀扶到乘舆之中歇息。

嘉靖皇帝获救了，可是后宫的嫔妃、宫女、宦官等有很多人却葬身火海之中，离京时所携带的很多法物、宝玉也多被焚毁，损失十分惨重。

严嵩第一个赶到了嘉靖的乘舆旁边，跪地泣不成声："陛下受惊了……"

随行的各官员也纷纷赶来，安慰和陪伴嘉靖皇帝。

卫辉的行宫之火，本是宫人所遗烛引起的，但是嘉靖帝却迁怒于河南地方官员，最倒霉的要数卫辉知府王聘和汲县署印知县侯郡，他们戴上枷锁，由锦衣卫押着行走在嘉靖皇帝的驾前，受惩戒示众。

一直到了承天，二人又被施以杖刑，发配到边外充军。

清晨的第一缕阳光从天际倾泻到人间，透过乘舆花窗照在正中的八卦图案上。嘉靖端坐乘舆龙椅上，他的对面，盘膝而坐的是身披道袍发须皆白的道长陶仲文。

嘉靖："朕昨夜突然梦到了太祖高皇帝他老人家，朕惶恐，赶紧下跪拜见太祖。太祖一言不发，羽化飞仙而去。朕刚梦醒，外面就起大火了。你给朕说说，这梦何解？"

听了嘉靖的询问，陶仲文向嘉靖帝行了一个礼，然后闭上双眼，将右手从道袍中伸了出来，曲起五指掐算起来。一边掐算，一边口中念念有词。

突然，陶仲文睁开双眼，一脸喜色，向嘉靖帝行了一个大礼，奏报："大喜啊圣上！"

嘉靖紧张的情绪顿时舒缓了下来，连忙问："喜从何来？"

"离中虚，坎中满，兑上缺，巽下断。此大吉大利、江山永固之象。"陶仲文捋着胡须摇头晃脑。

嘉靖又问："那怎么又会突发大火？"

陶仲文："所谓祸福相依，否极泰来。陛下经此一劫，从此便能事事顺意，天下太平！"

嘉靖喜笑颜开："此番劫难，你跟陆炳都是功臣，朕重重有赏。"

陶仲文："谢主隆恩。我看那礼部尚书严嵩一路走来，对陛下的服侍也是无微不至，要论奖赏，不妨也奖他一份。"

嘉靖点头："天师说得有理，严嵩确实不错，刚才在舆前哭得那个伤心，真比对自己的老子还要亲一些。朕准了，一道封赏！"

陶仲文定睛又瞅了嘉靖一眼，忽然说话："陛下骨骼清奇，仙气自成，必是天尊上神转世。"

嘉靖："哦？"

陶仲文一挥拂尘，答："每天抱朴自守，清幽正一，上通于天，得悟大道，遂求长生。以陛下天资，很快就能登堂入室。"

"何谓'登堂入室'？"嘉靖不解地望着他。

陶仲文："跨火不焦，入水不濡，能存能亡，长乐无忧，道成德就，潜伏俟时。"

嘉靖瞪大了眼睛："可是，人终究难逃一死。如何才能长乐无忧呢？"

陶仲文："人终将一死，指的是普通人。真人不会，真人有长生不老之术，可以羽化登仙。真人有七重境界。一者天真，谓体合自然，内外纯静。二者神仙，谓变化不测，超离凡界。三者幽逸，谓含光藏辉，不拘世累。四者山居，谓幽潜学道，仁智自安。五者出家，谓舍诸有爱，脱落嚣尘。六者在家，谓和光同尘，抱道怀德。七者祭酒，谓屈己尘凡，救度危苦。"

嘉靖恭恭敬敬说了一句："劳烦天师授我以长生之术。"

陶仲文连忙施礼："这是臣的荣幸。"

嘉靖突然想起了一事："天师道法高深，朕有一事不解，还请天师指点。"

陶仲文："陛下请讲。"

嘉靖："早先邵天师为朕祈嗣求子，果然应验，然皇子出生不久却不幸夭折，这是何故？"

陶仲文又掐指，嘴里念叨道："陛下八字为丁卯己酉辛巳己亥，主木火之运，火旺……"

突然，陶仲文脸色大变，不敢说话。

嘉靖看出异常："天师，如何？"

陶仲文跪地磕头："臣不敢说。"

嘉靖越发急切地想要知道："但说无妨，赐你无罪！"

陶仲文："陛下乃强龙之命，与亲人相克，一生中当有破父、克妻、冲子之劫数。"

嘉靖大惊，问："当如何破解？"

陶仲文："皇长子夭折就是因为父子相克，破解此劫，唯有二龙不相见！"

嘉靖："朕不能与皇子相见？"

陶仲文："是！"

嘉靖脸色戚然，半晌无语。

南巡归来，嘉靖路过一处荷塘，荷花青翠，蜻蜓绕飞。

嘉靖童心大起，摘下一顶荷叶盖在自己头上，往荷塘里瞧去，只见水中倒影荷叶道袍，仙风飘飘，顿时心情大悦。

嘉靖回宫后亲自动手，以竹片为冠骨，以绿纱为冠面，正前面还绣着黑白相间的太极八卦图案，外面绕着用香叶做成的花环，戴在头上有一股浓郁的香叶味道。

嘉靖试了一下，十分满意。

旁边的黄锦好奇地问了一句："陛下，这是什么帽冠？"

嘉靖："嗯……就叫香叶冠吧！"

黄锦感叹了一句："陛下连日焚香净手精心制作，真是虔诚啊！"

嘉靖："祭天之物，岂容他人污手？"

说完又冲镜子照了几下，甚是满意。

朝堂上，身着杏黄道袍、头戴香叶冠的嘉靖皇帝出现在了众人的面前。

夏言和文武百官看得目瞪口呆。

"众位爱卿，朕今天这身装扮如何？"嘉靖有点自得的声音在空旷的大厅里回荡，众臣面面相觑，沉默不语。

夏言怒火中烧，圣上近几年来不愿上朝，一心只想着修玄悟道，既不关心南方灾情，也不记挂北虏，这跟前些年意气风发的少年皇帝大不相同。但看圣上在兴头上，夏言又不好说些什么，躬着身子一言不发。

嘉靖在龙廷自顾踱步，突然吟哦："香叶轻纱杏黄袍，青词金纸送烟高；乘龙飞仙九万里，炼石成金是吾曹。"

吟完，嘉靖扫视了一下廷前重臣，说："度人度己，功德无量。朕亲手做了五顶香叶冠，赐予你们几位，如何？"

　　夏言的嘴巴动了动，正想拒绝。话还没说出口，突见严嵩上前几步，跪地磕头："上天有德，皇恩浩荡！吾皇万岁万岁万万岁！"

　　众臣一看，跟着跪下，齐呼："吾皇万岁万岁万万岁！"

　　只有夏言的身子未动，目不斜视，在群臣中显得尤为突兀。

　　嘉靖冷冷地看了夏言一眼，冲群臣说道："众爱卿平身！"

　　待大家起身站好，又说了一句："赐冠！"

　　五位太监手端托盘，托盘里各放一顶香叶冠，从夏言开始，一人一顶。

　　夏言仍旧像根木头一样立在那里，一言不发，一动不动。

　　嘉靖的眼睛依旧冷冷地看着夏言，两个人都没有说话。

　　大家的心提到了嗓子眼，他们心里都清楚，两个生性倔强的人杠上了。

　　又是严嵩率先打破僵局，伸手恭恭敬敬接过，取下官帽，戴上香叶冠，喜不自胜之情溢于言表。

　　几位阁员先后接过香叶冠，跟严嵩一样，取下官帽戴在头上。

　　夏言面前的小太监轻轻地说了一句："阁老，这可是圣上所赐之物，还请恭迎！"

　　夏言明白，再僵持下去的话，势必犯下抗旨不遵之罪。无奈，伸手取过香叶冠，拿在手上。

　　嘉靖愠怒的表情有了缓和，冲严嵩问了一句："感觉如何？"

　　严嵩如同捡到了宝贝，一脸的谄媚："回陛下，果然香气扑鼻。臣立等神清目明，恍如仙气护体！"

　　嘉靖龙颜大悦："好！朕也是这般感觉，以后朕要天天戴着它！"

　　"启禀陛下！"嘉靖话音刚落，夏言上前一步，"臣以为，天子威仪，朝堂衣冠，自当遵循祖制和礼节。着道士衣冠，难免有失体统！"

　　嘉靖的脸色唰地沉了下来，恼怒地说了一句："退朝！"

　　见圣上拂袖而去，群臣纷纷围了上来。夏言的脾气大家都知道，也知道是为圣上好，但当庭触怒圣上，未免不值当。

人群里，严嵩暗自欢喜，他预感到这位上司恐怕做不了多久又要走人。

夏言长叹一声，掉头就往外面走去。

次辅翟銮紧跑两步追了上去："阁老啊阁老，您这样硬生生地顶撞圣上，何苦来哉！"

夏言黑着个脸："大不了不干了，罢官去职，回乡养老去！"

翟銮嘟囔了一句："罢官罢官，您都罢了三回了，这朝政大事，还不得指望您给拿主意。"

夏言冲不远处的严嵩投去鄙夷的眼神，大声说了一句："我夏言宁可不要乌纱帽，也不戴这种香叶冠！"

严嵩闻言并不生气，低头哈腰冲夏言笑了一笑，头戴香叶冠匆匆离去。

"这个夏言，处处跟朕作对，总有一日，朕要砍了他的脑袋！"后宫里，嘉靖愤怒地吼道。

黄锦："圣上息怒，夏言虽然无礼，但对朝政还是能秉公办事，生性耿直率真。真要砍了他的脑袋，唯恐天下人议论。"

不消黄锦提醒，嘉靖其实心里非常清楚，砍了夏言，天下人势必要说他嘉靖皇帝昏庸。只是他屡次违背圣意，嘉靖心里十分恼怒，恨恨地说了一句："这个老倔驴，看我怎么收拾他！"

严嵩回到家，下人们都惊奇地看着他。严嵩也不说话，小心翼翼地把香叶冠从头上取下，挂在之前挂官帽的地方。他时不时地亲自端水轻轻地洒到香叶上去，生怕枯了，黄了。

他心里深知，香叶冠是皇帝亲赐的，必须要戴给圣上看，所以每次上朝和当值，严嵩总要戴着香叶冠去。

这天，严嵩当值，又在灯下琢磨着青词。

嘉靖突然来到了他的身后，盯着他的香叶冠，惊奇地问了一句："严爱卿，你这冠上罩一层轻纱，所为何故？"

严嵩见圣上进来，赶紧站起来，恭恭敬敬地回答："此冠乃圣上亲手所制，必须要精心呵护。臣恐日晒雨淋污了圣物，故罩了一层轻纱。"

嘉靖感到十分意外，感叹了一句："还是你知朕的心啊！"

严嵩拿起案上的青词，双手举过头顶："微臣刚刚写了一篇青词，请圣上阅示！"

嘉靖伸手取了过来，黄锦赶紧拿灯举在青词上方，"景云赋"三个大字映入眼帘，赋曰："天宇澄霁，有五色云气抱日，光采绚烂，熠耀如绮……"

嘉靖叹了一句："严分宜的字写得凝重，笔势强健而不笨拙，真好书法也，当朝文武鲜有出其右者。"

严嵩："谢陛下夸奖！"

嘉靖："你的这篇《景云赋》，对仗工整，辞藻华丽，堪称佳作，即使是夏言出手，也不过如此。"

严嵩："夏阁老是微臣的楷模，以后还要多多向他讨教才是。"

嘉靖嗤之以鼻："青词可以讨教，他那自以为是的臭脾气，你还是少学点好！"

严嵩连声应道："那是那是，臣谨记圣上教诲，圣意才是臣的一切行动指南，臣永远都唯圣上的旨意是瞻。"

嘉靖："听说朕赏赐他的香叶冠，他一次都没戴？"

严嵩闻言惴惴不安，似乎害怕什么。

嘉靖："怎么，不敢说？你方才还说唯朕的旨意是瞻？"

严嵩吓得扑通一声跪地上了："臣不敢说啊陛下！"

嘉靖："赐你无罪，说！"

严嵩磕头如捣蒜："自圣上赐臣香叶冠之后，臣日日戴在头上，每次遇见夏首辅，他总要冷嘲热讽一番，他是臣的同乡，又是上司，哪敢得罪，臣是有苦难言哪陛下！"

嘉靖先是一愣，之后哈哈大笑："不消你说，朕都经常被他气得半死。说说，他还怎么欺负你了？"

严嵩："臣自进京之后，感怀他的提点之恩，一直待他如师长父兄。他却一直把臣当作一条狗，呼来喝去，动辄斥责，臣从来都不去计较。陛下赐与香叶冠之后，为了缓解与他的关系，臣置办一桌酒席，邀请了几个同乡好友请他出来吃饭。那请柬是臣亲自送到他府上的，好说歹说他才答应了下来。没承想，宴会当日，他夏言左等右等不来，臣为了表示诚意，又亲自到他府上，跪在门口求他出来见一下，他不但不赴宴，而且当众羞辱……"

说着说着，严嵩禁不住泪流满面。

嘉靖听完，又是一阵大笑："你说的一点都不差，这就是夏言干的事，也只有他才会这么做，哈哈哈……"

严嵩听了一阵心凉，但他接着又说了一番话，让嘉靖的脸色瞬间黑了下来。

"夏言侮辱臣下都没什么，但圣上赐给他的香叶冠，他却弃如敝屣，也不知道在哪个腌臜的角落腐了、烂了，枉负了陛下亲手制作的拳拳圣意。藐视君上，鄙弃圣物，臣以为，这可是罪大恶极的事情啊！"

这句话，像一记重拳，击打在嘉靖的心口上，种种被夏言激怒的往事又涌上心头。

嘉靖啥也不说，扭头就走。严嵩抬头望着圣上离去的背影，故作悲伤的脸上露出了一丝窃喜。

果然没过几天，夏言又被罢职。这一次，嘉靖没再让他赋闲在家，而是让他致仕还乡，颐养天年。

次辅翟銮再次接替了首辅的位置，严嵩离首辅之位，又近了一步。

宫婢之变

陈皇后入宫后，随着嘉靖生母蒋太后的去世，后宫逐渐被她掌控在手中。让她最开心的是，数年未孕的肚子也渐渐地大了起来。

这日陈皇后备下了茶水果品，让贴身丫鬟云儿去请嘉靖过来陪她聊天喝茶。然而过了半天云儿才回来禀报，圣上正在张顺妃的房里半天没出来。

陈皇后登时醋意大发。

云儿说："顺妃新近可得到了万岁爷的恩宠，一个月就要去她那里好几回。"

陈皇后恨恨地说："怪不得圣上这么久都没来看我，原来是被那狐狸精迷惑住了。"

云儿吞吞吐吐："皇后娘娘……我看万岁爷的心，一时半会儿回不来了。"

陈皇后吃惊地望着云儿："哦？"

云儿望着陈皇后，肯定地点了点头。

陈皇后沉默了半晌，站起身来，说："不行，本宫得亲自去请圣上，不能任由这些狐狸精胡来。"

云儿劝阻道："娘娘，还是让奴婢再去请一下。再怎么说，娘娘也是后宫之主，万一圣上不来，您还跟他吵架不成？"

　　陈皇后叹了口气："好吧，你再去跑一趟，就说本宫胎气躁动，十分难受，让圣上赶紧过来一下。"

　　云儿施了施礼，转身出去了。

　　果然，不一会儿，嘉靖神色紧张地带着御医匆匆赶了过来。早有太监高声喊道："圣上驾到——"

　　宫女们像花朵一样从四面飘然而来，给皇帝跪安。

　　然而令嘉靖感到意外的是，陈皇后一点都没有难受的样子，喜笑颜开地对身旁的宫女说："就说圣上最心疼本宫吧，一说本宫难受，放下国事就来了。"

　　嘉靖惊讶地问了一句："朕听说你身体难受，二话不说就赶了过来，你……没事儿？"

　　陈皇后赶紧迎了上来，拉着嘉靖的手，撒着娇："臣妾不过是想圣上了，想让圣上来陪臣妾一起吃点东西，还请圣上恕罪。"

　　嘉靖心里暗自生气，沉着脸挥了挥手，让御医退了下去。

　　陈皇后赶紧让嘉靖坐下，云儿端上来一杯芳香四溢的热茶。陈皇后剥了一颗龙眼，要喂到嘉靖的嘴里去。

　　嘉靖皱了皱眉，头一歪，伸手取过嘴边的龙眼自己吃了下去，说："既然没事，朕就放心了。待会儿还要斋醮，坐一会儿就走。"

　　陈皇后脸上赔着笑："臣妾不敢耽误圣上的大事，只是恳请圣上，无事来臣妾这儿坐坐。您都多久没来坤宁宫了，可别有了新人忘却旧人。"

　　嘉靖没有搭腔，自顾自地拿起桌上的水果吃了起来。

　　见圣上的态度这么冷淡，陈皇后心里的委屈渐渐升了起来，开始喋喋不休地述说着自己被冷落的感觉。

　　嘉靖的脸，越来越沉。才喝了两盏茶，便起身要走。

　　"圣上怎么这就走了？臣妾的话还没说完呢。"陈皇后嘟着嘴说道，要拦住嘉靖的去路。

　　嘉靖将她一把拨开，甩开袖子头也不回就往外走，陈皇后慌忙跟在屁股后面。

门口麦福轻声禀报："顺妃和文妃请求觐见，要给圣上奉茶。"

自陈皇后把圣上从自己身边骗过去之后，顺妃急得像热锅上的蚂蚁，一刻不停地让人打听坤宁宫这边的动静，并让人告诉麦福，她要给圣上奉茶。

而文妃就是从秋千上撞到嘉靖身边的文儿，嘉靖临幸过几回后，把她册封为贵妃，后又渐渐地淡忘了。这日恰巧文儿忍不住心中的思念，欲借奉茶之由见上圣上一面。

嘉靖脚步未停，吩咐麦福："等朕斋醮完了之后，叫她们来西苑见我。"

麦福低头应了一声。

嘉靖没有想到，两个人的对话，被跟在身后的陈皇后听到了。陈皇后停住脚步，脸上青一阵，白一阵，愤怒的火在心里熊熊燃烧，胸脯在激烈地一起一伏。

西苑里，嘉靖一身道袍坐在宽大的龙椅上。

顺妃和文妃殷勤地给嘉靖奉上新茶。的确是好久都没看到文妃了，嘉靖喝着茶，兴致勃勃地朝她身上打量。想是见到圣上太激动了，文妃眼睛一红，扭过头去，细嫩光滑的脸上恍若梨花带雨，越发地楚楚动人。

嘉靖心生爱怜，让文妃把头转过来。

文妃跪在嘉靖的跟前，低头含羞，一对雪白的双乳半露，浑圆而尖挺。

说实话，这么久没见到她，嘉靖真快忘了文妃长什么样了。想起初见时二话不说就拉到房间里临幸的那幅场景，一种久违的冲动在嘉靖的心里涌了上来。

他忍不住用手托起文妃的下巴，另一只手伸进她的酥胸，色眯眯地摸了起来。

文妃大惊，却不敢反抗，假装拒绝地扭来扭去，发出轻声的惊呼。

顺妃见状，也撒着娇坐在嘉靖的腿上，风情万种地让嘉靖在她身上摸来摸去。

嘉靖春情涌动，逗弄得两个妃子娇喘连连。

西苑门外的大树后面，陈皇后已等候多时。眼见两个妃子在圣上面前发浪，忍不住怒火中烧。

她怒气冲冲地来到嘉靖的面前，屋里三个人愣在当场。

陈皇后操起桌上的茶杯泼到顺妃和文妃的身上，然后冲上去就给了两人一巴掌。

滚烫的茶水劈头盖脸地浇在两个爱妃的身上，惊叫和惨叫在西苑里响起，更为要命的是，泼在顺妃身上的热茶也溅到了嘉靖的脸上，烫得嘉靖捂着脸火辣辣地疼。

嘉靖先是震惊万分，而后猛然从椅子上站了起来，迅速地冲到陈皇后的面前，抬腿就往她的身上踹去。

这一脚，正中陈皇后的腹部，只见陈皇后的身子飞了起来，重重地落在了地上。

陈皇后痛得说不出话来，捂着肚子在地上打滚。嘉靖似乎失去了理智，想都没想就冲了上去，对陈皇后又狠狠地踢了几脚，见陈皇后不再动弹，方才怒火冲天扬长而去。

见嘉靖走了，顺妃和文妃也如梦初醒，在宫人的搀扶下仓皇离去。

云儿和一众女婢围了上来，只见陈皇后的下身流血不止，连声呼唤："皇后娘娘，皇后娘娘……"

可怜陈皇后奄奄一息，对云儿的呼唤没有一丝反应。

"传御医，快传御医……"云儿哭喊着叫人去请御医，女婢们手忙脚乱地把陈皇后抬回坤宁宫。

毓德宫里，御医给张顺妃敷上了一些治烫伤的药膏。

顺妃的心里是又喜又怕，喜的是嘉靖皇帝居然对陈皇后大打出手，这对久受陈皇后欺负的顺妃来说无疑是出了一口恶气；怕的是这陈皇后受此大辱，日后难免要对她更加疯狂地打击报复。毕竟她是后宫之主，在这后宫之中，想要报复一个嫔妃还是一件很容易的事情。

　　御医刚走，顺妃吩咐身边的贴心宫娥翠儿："到坤宁宫去打探消息，看皇后那边怎么样了。"

　　翠儿应了一声，匆匆出门。

　　此时的坤宁宫内愁云密布，气氛十分紧张。

　　三个御医正在进行紧张的施救，几个宫女躲在一旁嘤嘤抽泣。陈皇后脸色惨白，牙关紧咬，双眼紧闭，一动不动。

　　她的下身，红红的鲜血浸透了厚厚的被褥。

　　下半夜，一个御医伸手给陈皇后把脉，吓了一大跳。转头示意另外一个御医再把把，那御医上前，把过之后也是摇了摇头，不敢再吭一声。

　　一直守在床边的云儿见神情不对，就问："御医，皇后娘娘有无大碍？"

　　一位御医叹了口气："我们已是尽力了，娘娘能不能渡过此劫，就看造化了。"

　　云儿听了当时就呆住了，大脑里一片空白。

　　五更时分，陈皇后突然坐起，双眼圆睁，口里噗呲噗呲地喘着粗气。云儿叫道："娘娘，娘娘您醒了？"

　　一位御医急忙上前把脉，但觉陈皇后的脉搏异常激烈地跳动着，身上如发烧一般滚烫。再看她的额头，一层细细的汗珠密密麻麻地渗了出来。

　　陈皇后喘了一会儿粗气，突然哇的一声吐了一口鲜血，复又闭上双眼，喘息声渐渐小了，额头上的细汗渐渐退去。

　　三个御医见状齐刷刷地跪在地上，叫道："娘娘升天了！"

　　坤宁宫里，顿时哭声一片。

　　二十一岁的陈皇后和腹中胎儿死去，一尸两命。出殡的那天，没有隆重的悼念仪式，规格和礼仪都降了许多，根本不像是皇后的葬礼，而像普通妃子的。

　　京城的雨，一连下了十日。有人说陈皇后死得冤枉，老天爷都哭了。

　　一场秋雨一场凉。等雨下完了，天气逐渐冷了下来，北方的人又都穿上了厚厚衣裳。

奉天殿，嘉靖与文武百官正在上着早朝。

首辅翟銮出列，朗声奏报这几年清庄园取得的成果。

"据各地奏报，原先被强占的农田十之八九都退还到百姓手上，但据说还有少数权贵隐瞒了庄田的数量，百姓很有意见。"

"这少数是指哪些人？"嘉靖打断了他的话。

翟銮奏道："寿宁侯张鹤龄、建昌侯张延龄尚有数千顷未退！"

嘉靖闻听皱了皱眉头。这张鹤龄、张延龄是先帝正德皇帝的亲舅舅，也就是张皇太后的两个弟弟。正德时期，兄弟俩仗着自己是国舅爷，在当地横行霸道，无恶不作。当地官员也曾上疏朝廷惩治这两个恶棍，但张皇太后总是对两个弟弟百般庇护。

嘉靖新政推行以来，各地闻风而动。唯这兄弟俩依然我行我素，以为有张皇太后在，他们在朝廷的势力不可动摇。

翟銮继续说道："今年开春，张延龄府上有一名小丫鬟给上门化缘的和尚施舍了几两银子，被张延龄看见了，硬说是偷了他们家的银子，活活地把那小丫鬟给打死了。小丫鬟的家人气愤不过就告到县衙，县衙不敢受理，他们一路告到了京城。"

嘉靖勃然大怒："就为几两银子打死一条性命，天下竟有这种狠毒之人？"

翟銮将讼状往头上一举，太监黄锦上前取过，呈给了嘉靖。

嘉靖皇帝看着那染着鲜血的诉状，想起张家的所作所为，心里涌出一股愤恨。

嘉靖皇帝与张皇太后的矛盾从他一进京城就开始了，并且双方一直在暗中较量。自己入京的时候，张太后和杨廷和让他走偏门入宫；后来生母蒋氏进京也是，气得差点就要掉头回安陆。礼仪之争，那些老臣就是为张皇太后争一个名分。

最可气的是，嘉靖抄了几名显贵官宦的家，却被张氏兄弟压低价格收购了去，然后他们又以高出十几倍的价格出手，既贪朝廷之财又搜刮百姓。早年根基未稳，又碍于张皇太后的情面，嘉靖一直隐忍未发作。这纸讼状，让嘉靖有了发难的理由。

嘉靖放下讼状，手在龙案上重重一拍，声色俱厉："来人呀，将张鹤龄、张延龄逮捕入狱。"

张氏兄弟被捕的消息传到后宫，张皇太后一听顿时昏倒在地。

抱着对嘉靖皇帝最后一丝希望，张皇太后多次试图向嘉靖求情，但都被他无情拒绝。

陈皇后去世，皇宫不可无主，册封皇后的事情，就摆到了嘉靖的面前。

适逢张顺妃最为受宠，陈皇后的后事一处理完，嘉靖就与顺妃快快乐乐地住在了一起。

顺妃聪颖早慧，机敏异常，在这千载难逢的机遇面前，当然不会放过登上皇后宝座的机会。

顺妃使出了浑身的解数，想要留住嘉靖的心。

这日晌午，嘉靖皇帝正在顺妃的房里午休。天空突然轰隆隆直打炸雷，从宫殿的黄瓦上滚滚而过，把嘉靖和顺妃吓了一大跳。

顺妃紧紧箍着嘉靖的脖颈，一个劲地往他怀里躲，娇声颤道："圣上，圣上，臣妾好怕……"

嘉靖历来敬畏神灵，听了炸雷在头顶上翻滚，也是瑟瑟发抖。心想难道是陈皇后死不瞑目，化作惊雷吓朕？

但他强作镇静，哄着顺妃说道："心肝宝贝，不要怕，有朕在，保你平安无事。"

话音未落，又是一道闪电划过，炸雷在头顶上响起。

嘉靖吓得跳了起来，从床上一跃而起，跑到大殿的法坛上，跪在神像前烧香叩头，求神保佑！

说来也怪，一炷香未完，果然雨歇云散，滚滚惊雷远去，天空中又恢复了往日的平静。

嘉靖当下便传陶仲文进宫求解此事。

陶仲文掐指一算，说："圣上，皇后之位，不可久虚。陈皇后惊驾而死，确有冤屈，化作天雷惊吓圣上。然而圣上祈神祷告之后，天雷立马平息，这说明张顺妃有宜男之相，当早日立她为后。"

这话，正合嘉靖的心意。自陈皇后去世后，朝中大臣们都情意切切地劝说皇帝，尽早在妃嫔中择善立后。陶仲文的话让嘉靖坚定了信心，诏谕礼部，正式册立张顺妃为第二任皇后。

乾清宫内，嘉靖埋头翻看着奏疏。

黄锦悄无声息地走了过来，轻声向嘉靖禀报："圣上，张皇太后又来了，见还是不见？"

嘉靖皇帝一听到张皇太后就心烦，连连摆手："不见不见，就说朕不在。没有朕的允许，谁也不许让她进来。"

张皇太后这些天，为了两个弟弟的事情把所有的方法都用尽了，嘉靖皇帝就是不答应见她。

她知道嘉靖就在乾清宫内，黄锦传话说皇帝不在，她也不争辩，转身来到宫外，在一棵大树底下静静地守着。

半天过去了，嘉靖批阅完一天的奏章，伸了伸懒腰，踱步来到了殿外。突然一棵大树后面有人冲嘉靖走了过来，把嘉靖吓了一大跳。

正待发作，来人期期艾艾地说了一句："圣上，是我。"

嘉靖定睛一看，原来是张皇太后。只见张皇太后面容憔悴，神情枯槁，怯懦而痛苦地站在自己的面前。

嘉靖皇帝不知所措地说："皇伯母您……"他的话还没说完，张皇太后就扑通一下子跪到地上："圣上，我知道张家的人做了很多错事，恳请圣上看在老身的分上，网开一面，给他们留一条生路吧。求求你了，圣上……"张皇太后边哭边哀求，砰砰砰地给皇帝磕着响头。

"错事？强占民田视人命如草芥也叫做错事？你去问问那两个国舅爷，这些年有多少条人命死在他们的手上，有多少老百姓被他们弄得无家可归！"嘉靖恼怒不已，厉声驳斥。

张皇太后知道嘉靖所说皆是事实，也不争辩，只是一个劲地磕头哭求。

"身为皇亲国戚，一点都不知道礼仪廉耻，他还把自己当国舅爷呀！"嘉靖的话里有话，明显是冲着张皇太后来的。

张皇太后跪地磕头，她一句也不敢申辩。

嘉靖厌恶地看了看脚下的张皇太后，一甩衣袖，头也不回地走了。

张皇太后瘫倒在地，泪眼婆娑望着嘉靖的背影，绝望地哭泣。

西苑，道士陶仲文正盘膝在蒲团上打坐，突然听到有人高呼："圣上驾到！"

陶仲文赶紧起身，来到门外迎驾。

嘉靖客客气气地冲陶仲文说了一句："天师辛苦了！"

陶仲文回礼："与圣上同修是臣的福气，为圣上早入仙道臣万死不辞！"

嘉靖："长生不老之药，天师可有所进展？"

陶仲文从怀里掏出一小葫芦瓶，从中倒出几粒丹药，说："这是臣七七四十九天炼制的元性纯血丹，长期服用，可长生不老！"

嘉靖大喜，双手接过，凑在鼻子前闻了闻，一股馨香钻入鼻孔，夹杂着淡淡的乳香。

一仰脖，几粒仙丹顺着喉咙滚落了下去，一种清凉的味道窜入咽喉，嘉靖登时就有一种神清气爽的感觉。

嘉靖乐得合不拢嘴："好！好！好！天师赶紧为朕多炼几味仙丹，朕重重有赏！"

陶仲文却为难了起来："回陛下，这个很难。药引子十分不易，恐难大量炼制！"

嘉靖一脸的惊讶："哦？"

陶仲文："此丹乃上天神方，非凡物所能炼制。须广罗天下奇珍异草，配以秋石红铅，还要甘露和初乳配合服用，方能奏效。"

嘉靖："何谓秋石红铅、甘露初乳？"

陶仲文："秋石乃满月男童在清晨的第一泡尿，红铅系处女首次月经的经血，甘露必须是五更天芭蕉叶上的露珠，初乳还得是初为人母的第一滴乳汁。这任何一样，都天下难寻。"

嘉靖哈哈大笑："这个对普通百姓而言的确是比登天还难，但在朕这里却是唾手可得！"

他转头吩咐黄锦："传旨各地，广罗天下奇珍异草，凡被天师选中者，有赏。至于秋石红铅、甘露初乳，让各地给朕选送三百名初潮未起的少女、三百名不满月的男童、三百名头胎孕妇入宫，再让奴才们在御花园中种几百株芭蕉树，这甘露自然就有了。天师只需安心炼丹，药引子保管够用！"

陶仲文："圣上，药引子还是其一，这炼丹也是十分不易。童女来月事的那几天，必须要保持绝对的洁净，除了饮些甘露，严禁吃喝拉撒。还有，炼丹过程中须经九九八十一难，一不注意可就前功尽弃，有时还须以童男童女祭炉……"

嘉靖好奇心又起："何为祭炉？"

陶仲文："就是以童男童女为祭物，祭祀神灵之后直接送入炉内炼丹！"

黄锦站在一旁倒吸了一口冷气，嘉靖却开心地笑了起来，连声叫好："好！越难得的东西，才是越珍贵的东西！这些都不是问题，天师若有任何需求，朕都一一满足！"

沉寂许久的仁寿宫里，有了难得的一丝喜庆。

下人们忙碌地张罗着丰盛的酒菜，张皇太后要请嘉靖新册立的小张皇后吃饭。

张皇太后几次苦苦哀求，嘉靖避而不见，张皇太后一筹莫展。

她突然想到小张皇后与自己娘家同族，论起辈分，张皇太后还是小张皇后姑奶奶辈，让新皇后在嘉靖枕边吹吹风，说不定能有奇效。

张皇太后独自坐在寝宫里，手上拿着一个和田玉制成的长命锁，暗自垂泪。

门外传来宫人的高喊："皇后驾到！"

张皇太后赶紧抹去脸上的泪花，打起精神强颜欢笑来到门外迎接。

小张皇后见张皇太后，连忙上前万福："儿臣见过太后！"

张皇太后亲热地拉着小张皇后的手："自上次一别，咱娘俩都有好几个月没见面了，来来来，里边说话！"

小张皇后笑得一脸灿烂："近来宫里发生的事情太多，圣上烦闷，儿臣不敢分心，天天待在圣上的身边小心侍候着。今日难得清闲，听闻太后诏见，儿臣哪敢怠慢，即刻就赶过来了。"

张皇太后乐呵呵地说："圣上近来都忙些啥呢？"

小张皇后："他呀，每天雷打不动要修玄，还要处理朝政、批阅奏折什么的，可忙了。"

张皇太后："听宫里传言，圣上又要到天下选美？"

小张皇后："也不尽是选美，陶天师说要给圣上炼丹，需要些药引子，让各地选送些奇珍异草、童男童女什么的进宫。"

张皇太后："哦……哀家久居后宫，对天下事早已孤陋寡闻了。"

张皇太后把小张皇后引进内寝，两人入座。张皇太后从枕头下取出一个黄绸缎包裹的物件，一层一层打开，和田玉长命锁出现在了小张皇后的眼前。

小张皇后从张皇太后的手里接过来，这是一块和田羊脂玉雕刻而成的长命锁，锁的正面是一对龙凤呈祥的图案，栩栩如生，背面刻了几个文字。

小张皇后拿在手里翻来覆去地看，啧啧称奇："真好看！"

张皇太后脸上笑眯眯："好看就行，送给你的！"

小张皇后又惊又喜："真的？儿臣怎么好意思！"

"这是哀家的传家宝。这块锁的背面，镌刻的是先帝和哀家的名字。人都说后宫佳丽三千，然而先帝爷一生只娶了哀家一个，一生只疼哀家一个。正德皇帝出生那一年，先帝亲笔撰写了我们两个人的名字刻在这块玉上，希冀能一代一代传下去，护佑我皇子皇孙长命百岁，祈愿我大明江山代代永固。"

说着说着，张皇太后的眼睛就红了，声音也哽咽了起来："可惜哀家福薄，到正德这一脉就断了，这传家宝啊，哀家就传给你了，希望你跟圣上同心同德，相亲相爱，也不负了先帝爷和列祖列宗的期盼了。"

小张皇后一听是传家宝，慌忙推辞："太后，这可使不得，使不得……"

张皇太后使劲地把玉锁塞到小张皇后的手里："哀家没有子嗣，皇后要是不嫌弃，就当是哀家的儿媳妇吧。"

小张皇后推辞不过，只好收下。

张皇太后："哀家有一事相求，还请皇后斡旋！"

小张皇后："太后，您有什么事尽管吩咐，儿臣要是办得到的，一定全力而为！"

张皇太后："哀家有两个不争气的弟弟，前几日犯了点事，被圣上下旨入狱了。别人都说不上话，也只有你跟圣上去说说，保住我那两个兄弟的性命，从今往后，他们再不惹是生非。"

入宫才几年的小张皇后，哪里知道嘉靖与张皇太后的恩怨纠葛和宫中权势的微妙。她不知天高地厚地答应了张皇太后的请求，兴冲冲地回到了坤宁宫。

这一天，嘉靖皇帝感到疲劳，退朝后出人意料地回到坤宁宫。实际上，嘉靖已经好久没来坤宁宫了。近期嘉靖又迷恋上了方妃，那方妃生得花容月貌，娇艳欲滴，嘉靖在她房里一连住了二十多天，终于感到体力不支，今天回到坤宁宫，便是想到皇后那儿躲一躲。

张皇后一看嘉靖的模样就知道纵欲过度，亲自到御膳房为皇帝端来人参燕窝汤，一口一口地喂他喝下。

　　嘉靖草草喝了几口，倒头便睡。

　　小张皇后心疼不已，虽然心里极度渴望与嘉靖亲热缠绵，但又怕伤了龙体，还是心不甘情不愿地搂着嘉靖入眠。

　　五更时分，小张皇后被一只大手摸醒。睁开眼，嘉靖睡得正沉，一只手却在小张皇后的身上乱摸，嘴里嘟囔着："爱妃，爱妃，我的心肝宝贝！"

　　小张皇后知道，圣上这时正在梦里跟哪个妃子翻云覆雨，纵欲欢乐。

　　心里虽然生气，但嘉靖的大手在她身上游走，她忍不住地扭动和配合，轻轻地呻吟了起来。进而她也伸出自己的手，在嘉靖身上抚摸。

　　嘉靖此时正如梦似幻，春情涌动。

　　小张皇后顺势翻身上马，一下就骑在嘉靖的身上，一番龙飞凤舞，云雨销魂。

　　也不知道过了多久，嘉靖大吼一声，激情喷薄而出，少顷，复又沉沉睡去。小张皇后云散雨消，她的身子还骑在嘉靖的身上。长发笼罩着嘉靖的脸，一双大眼俯视着嘉靖，细长白嫩的手指轻轻地在嘉靖的嘴唇边上画着圈圈，一种久违的快乐和满足，写在了她的脸上。

　　嘉靖这一觉睡得很沉，直到日上三竿，方才从睡梦中醒来。

　　睁开眼，小张皇后已经端来了早膳，喜笑颜开地等着侍候嘉靖起床。

　　嘉靖起床，更衣，洗漱完毕，端起桌上的碗进膳。

　　小张皇后以手托腮，入了迷似的看着嘉靖进膳。

　　嘉靖："怎么不一起吃？"

　　小张皇后撒着娇："臣妾不饿，想喂圣上进膳！"

　　嘉靖的激情早已过去，淡淡地说了一句："不用，朕自己吃！"

　　看着看着，小张皇后来到嘉靖的身后，一双粉嫩修长的玉臂紧紧地搂着皇帝的脖子，将嘴贴着他的耳根说："圣上，臣妾有一事相求。"

　　嘉靖头也没回："说！"

　　小张皇后："臣妾听说，圣上把先帝的两个国舅爷给抓了起来，毕竟还是皇亲国戚，能否看在张皇太后的分上，把他们放了？"

一听张皇太后的名字，嘉靖手中的筷子停了下来，脸色突变，但小张皇后在背后并没有察觉。

"张皇太后找你求情了？"嘉靖忍着心里的不快，问。

小张皇后兀自撒着娇："再怎么说，张皇太后也是咱们的长辈，为了她的这两个弟弟，张皇太后的眼都快哭瞎了。不看僧面看佛面，万岁爷就放他们一条生路吧……"

嘉靖不动声色，继续问："她还对你说什么了？"

小张皇后："也没有说什么，就是拉拉家常，说些往日的事情。你知道不，正德皇帝驾崩那会儿，张皇太后力排众议，除奸党、稳朝纲，一步一步扶着圣上登极。"

末了儿，小张皇后还感叹了一句："在那样的日子里，她一个女人家，那得有多难。"

一提到当初入宫的往事，嘉靖再也忍不住心头的怒火，重重地放下手中的碗筷，倏地站了起来。

"住嘴！"他的眼睛里喷火，怒斥小张皇后，"妇道人家乱嚼舌根，干涉朝廷政事，该当何罪？"

小张皇后被吓得花容失色，不知所措："臣妾没有乱嚼舌根，张皇太后也是臣妾的本家，圣上不为太后着想也该为臣妾着想啊！"

一听小张皇后是张皇太后的本家，嘉靖更是怒不可遏，双手一用力，整个桌子瞬间翻了个底朝天，随后怒气冲冲走出坤宁宫。

看到圣上怒成了这个样子，小张皇后吓得跌坐在地上，脸色惨白，泪水无声地涌了出来。

还没到当天中午，皇帝的诏书就下到了坤宁宫，废除张氏皇后之位，打入冷宫；同时，册封方妃为皇后，即日起搬进坤宁宫。

霜降过后，气肃而凝，露结为霜，冬天就要来了。

北京城的初冬，清晨的屋顶、树上覆了一层薄薄的白霜。

城里的贵人们纷纷穿着厚厚的裘皮大衣，兴致勃勃地欣赏着银装素裹的美景。

而对采甘露的宫女来说，无异于人间炼狱。

宫女杨金英实在难忍腹中的饥饿，趁着夜色溜进厨房。厨柜里，还有几笼尚有余温的馒头。

杨金英两眼放光，一手一个，拼命地往嘴里塞。

由于塞得太猛，馒头堵在喉咙咽不下去，噎得她两眼发直。杨金英惊慌失措地舀了一瓢水，就着凉水猛地吞了下去。

厨房外，走来了一队巡夜的太监。厨房的动静让他们十分警觉，悄悄地贴在窗格外仔细地听着里面的动静。

杨金英回到厨柜前，又拿起半只尚未啃完的馒头埋头就吃。太监们一脚踢开房门冲了进来，把杨金英围在了中间。

一只灯笼照在了杨金英的脸上，灯笼后面，露出一张狰狞凶恶的脸，吼道："杨金英！又是你，连续两天都没完成采露的任务，竟然还敢跑到这里来偷吃，我看你是活腻了！"

那张脸从灯笼的后面隐去，黑暗中一声令下："给我打！"

几根皮鞭子劈头盖脸地往杨金英的身上抽来，杨金英被抽得皮开肉绽，哭爹喊娘。

毒打完后，太监们拽着她的头发，硬生生地把她拖回住宿的地方，打开门，一脚把她踹了进去。

一个阴森森的声音响起："明日再交不出甘露，就把你打死喂狗去。"

同寝室的姐妹杨莲香、姚淑翠过来，吃力地把她扶到了床上。姚淑翠又打来了一盆热水，给她擦洗身子。

杨莲香只有十二岁，与年长三岁的杨金英同村，两人情同姐妹。看见姐姐被打成这个样子，杨莲香的眼泪扑簌簌落了下来。

杨金英吃力地睁开双眼，用手抹去杨莲香满脸的泪花，挤出一丝勉强的笑容，安慰道："姐姐死不了，不要吓着了！"

杨莲香哭着说："明天采甘露，我跟淑翠姐姐多采一点儿，咱们一起来完成任务。"

姚淑翠用力地点了点头："嗯！"

杨金英咧开嘴，冲她俩欣慰地笑了一下，闭上眼睛，两颗斗大的泪珠滚落了下来。

北方的寒风，在屋顶上呼啸。

透过重重夜幕，穿过西厢房的大殿，满屋子刚出生不久的婴儿正在呱呱鸣啼。

而东厢房的大殿里，十几个少女站成一排褪下内裤，两腿分开，由小太监手端阔口蓝边的青花瓷碗，抵在少女的裆下接血。

在初潮未来之前，每天都有老宫女查看她们的下体，一有迹象，即让她们早晚喝下蟾蜍蛇骨熬的汤药，这使得少女的经血比正常人增加了许多。

终于，有几个少女发出尖叫，鲜血从大腿间豪雨般滴落，当场即有人因为惊吓和出血过多昏倒在地，站在一旁的太监立即上前将其抬了出去。

走廊里，几名太监抬着几具宫女的尸体往外走去。

一名手执账册毛笔的太监站在旁边数着数："一百八十五、一百八十六、一百八十七……"一边扭头向大太监麦福汇报，"截至今日，亡殁采露宫女一百八十七名，采经宫女一百二十一名，秋石男婴七十三名，初乳妇人三名。"

麦福的脸上看不出任何表情，冷冷地说了一句："传令各地镇守太监，加大宫女遴选的力度，务必保证炼丹的需要！"

汇报的太监向麦福施了一礼："是！"躬身退去。

天刚蒙蒙亮，芭蕉园里白雾茫茫，到处是影影绰绰的采露宫女的身影。霜降来了，采露难了，饮露就更难了。

宫女们每天只能以露水充饥，许多人饿极了，摘下一把桑叶就往嘴巴里塞。可是桑叶也不能救她们的命，一些人采着采着，一头栽倒在地下，就再也没有起来。

杨金英的头上挂满了白霜，她的动作十分迟缓，挣扎着趴在一棵芭蕉树上，努力地采集着每一滴露珠。虽然有伤在身，但她不敢不来，她知道，今天要是再不完成采露的任务，她真要死在太监们的皮鞭子底下。

杨金英的寝室里原本住着十个人，现在只剩下三个了，那七个人不是饿死，就是因为完不成任务而被打死了。

离她不远处的一棵树上，杨莲香的头上同样挂满了白霜，一双小手已经冻得麻木，不听使唤了。

她呵了口气，两只手用力地搓了几下，踮起脚尖，颤颤巍巍地伸出手去，想要采集最近一片叶子上的露珠。

然而，连续十多天未进一粒米饭的身子终是过于虚弱，眼前一发黑，身子重重地倒在了地下。

杨金英惊叫了一声，连滚带爬地来到了杨莲香的身边，一把将她抱起紧紧地搂在了怀里，一边呼喊着她的名字，一边以手搓她的小脸。

好半天，小莲香才无力地睁开了双眼，虚弱而惭愧地跟杨金英说了一句："姐姐……我又不能帮你完成任务了，对不起了……"

杨金英瞬间泪如雨下，两人抱头痛哭。

翊坤宫，沐浴房里蒸雾缭绕。

浴盆里，曹妃半截身子露在水面上，酥胸雪白，臂如玉藕。五颜六色的花瓣围在她的四周，满屋子芳香扑鼻。

宫女关梅秀、张金莲跪在浴盆边上，一勺一勺地舀着热汤淋在曹妃的身上。

门外突然传来一声高呼："圣上驾到！"

门帘一掀，一个高大的身影径直走了进来。

关梅秀、张金莲连忙磕头，口中呼道："奴婢参见万岁爷！"

曹妃喜出望外，急忙从浴盆中站了起来，光滑如玉的身子一览无余。

"你们二人先下去。"嘉靖帝见了，忽然涌起一股冲动，顿时来了兴致。

关梅秀和张金莲深谙这男女之事，闻言一声不吭地退了出去。

"叫门口那两个也出去！"嘉靖转头对关梅秀和张金莲吩咐道。

两人应了一声，出去把门带上。

几个人的脚步声远去，浴房里不一会儿就传出了男欢女爱的嬉闹之声。

下房里，十三个宫女围坐在炕上。

关梅秀："狗皇帝就住在乾清宫，侍卫和宫女们都睡去了，要起事，今晚就是最好的机会。"

别看关梅秀、张金莲是曹妃身边的婢女，但她们都有亲姐妹死于采露采经。同命相怜的这十三个人，早已结为异姓姐妹。

为了这次起事，杨金英已做了好久的精心准备。

杨金英："大家都看到了，咱们一起入宫的姐妹只剩下一半都不到，再熬下去，谁也不能活着离开这里。与其就这么痛苦地死去，还不如拼个鱼死网破，大不了同样是一死！"

众人郑重地点了点头。

十三个人把手搭在一起，杨金英的目光炯炯有神："成败在此一举，大家不要忘了结拜的誓言，不能同年同月同日生，但求同年同月同日死。愿苍天保佑，让我们同心，共同铲除这作恶多端的狗皇帝，以我们的死，来挽救天下无数姐妹的性命！"

杨金英说完，将手指咬破，滴在一只盛满水的碗里。杨莲香、姚淑翠、邢翠莲、苏川药等人一一默默地把指头咬破。

血水入碗，整碗水逐渐变红。

杨金英带头喝了一口，递给杨莲香，一人一口，把碗里的血水全部喝干。喝完血水，宫女们莫名地兴奋了起来，勇气在每个人的心头升腾。

曹妃的寝宫与她们只一墙之隔。

一行人悄悄地来到屋里，嘉靖和曹妃沉睡的呼噜声清晰地传了过来。

杨金英的脑袋里一片空白，上下牙齿碰撞得厉害，心跳声如鼓震动着耳膜。她停下脚步，站在那里深深地吸了一口气，复又紧咬牙关。

回过头，那几个宫女也是面如土色，浑身发抖。

杨金英冲大家又深吸了几口气，双手示意她们放松。终于，宫女们渐渐地恢复了常态。

"杨……姐，他们睡得很死！"关梅秀悄悄地说道。

"再……等等……"杨金英使劲地咽了一下。她极力平息自己的紧张，同时也让大家舒缓紧张的情绪。

又过了一会儿，杨金英把寝宫的门轻轻地推开了一条缝。灯光下，雕金砌玉的大床上，嘉靖与曹贵妃相拥而眠。

想起身边姐妹一个个惨死的场景，杨金英怒火中烧，也不知道哪里来的勇气，拿着绸布绳子就往床上扑了过去。

嘉靖从梦中惊醒，双手本能地拉扯脖子上的绳索，两脚乱蹬。

宫女们跟着扑了上去，七八个宫女按手的按手，按脚的按脚，死死地把嘉靖按在床上。

曹妃被突如其来的动静给惊醒，一掀被子坐了起来，正待大叫，几个宫女又把她扑倒，捂住她的嘴巴，用被子压住她的身子，让她动弹不得。

嘉靖此时完全清醒了过来，他的手脚猛地发力，几个宫女被他甩到了一边，宫女们爬起，又奋力地把他压制在了身下。

可谁也没想到，做事一向稳重的杨金英居然在慌乱中系了一个死结，绳子两边的宫女像拔河一样死劲地拉，而绳子越拉越死，贴着嘉靖的脖子形成了空环。

嘉靖嘴里含糊不清地呼救，双手扯绳，两脚用力地蹬在床面上。杨金英见状骑在嘉靖的身上双手掐住他的脖子。

嘉靖用力一推，杨金英倒在了一边。她又迅速地爬起，再次掐住嘉靖的脖子。

旁边的宫女们扳手的扳手，按腿的按腿，掐的掐，拧的拧，有的脱下绣花鞋往嘉靖的身子上拍打，可是嘉靖仍然挣扎得厉害。

也不知过了多久，小宫女张金莲终于害怕了，要是弄不死嘉靖，她们这些人的下场都非常惨。于是她想到了要将功补过，悄悄地退出屋外，飞也似的向方皇后的寝宫跑去。

嘉靖终究是抵挡不住人多，脸涨成了猪肝色，渐渐地被杨金英掐得昏死了过去。

紫禁城的更鼓声咚咚咚地响了五下，天边泛起了一丝鱼肚白。

杂乱的灯笼和匆匆的脚步打乱了黎明前的宁静，一群鸟儿被惊起飞过皇宫的屋脊。

脚步声由远及近，沿着曲折的廊庑传来。

有人用脚踹开翊坤宫的大门，张金莲领着方皇后和一大帮太监、宫女涌了进来。

里面的宫女们惊住了，一个个呆若木鸡。

"快快，把她们全部拿下。"方皇后见状高喊，太监们如狼似虎地冲上前去，杨金英她们面如死灰瘫倒在地。

曹妃趁机从被窝里爬起，也不顾得羞耻，顺手扯了一件衣物遮在自己的身上，狼狈不堪地逃到床下去了。

嘉靖躺在床上一动不动，太监们将套在他脖子上的绳索剪开，方皇后大声地叫道："传御医！传御医！"

正在这时，陆炳带着锦衣卫赶来了，到处是手执火把全副武装的士兵，急切的脚步声响彻各个殿宇，一些妃子和宫女还不知道发生了什么天大的事情，惊惧地躲在门缝后面观望。

御医赶到的时候，嘉靖已经气若游丝，生命危在旦夕。

御医连忙上前把脉，掐人中，拍后背。

一番折腾之后，嘉靖缓缓睁开双眼，突然腹中如翻江倒海，吐出数升紫血，复又昏了过去。

日上三竿，嘉靖才缓过劲来。

方皇后一直守在床前，见嘉靖醒来，方皇后抱着他放声大哭。

嘉靖瞅了一眼陆炳："反贼都抓起来了吗？"

陆炳："全抓起来了，正在审理！"

嘉靖"嗯"了一声，没有说话。

方皇后咬牙切齿："审出幕后主使，诛九族！"

史载，"宫婢之变"，殒命者多至二百余人，这场宫变又发生在曹妃宫中，方皇后借机把嫉恨已久的端妃曹氏等情敌一并处死。"宫婢之变"的次日，嘉靖即迁出大内，移居西苑长住，一心静摄修玄，同时处理朝政。

此后二十余年，嘉靖再也不上朝了。

夏夜的宜黄，萤光点点，知了都已睡去，只有蛐蛐偶尔在墙角啾鸣。

青灯下，谭纶翻阅着张神峰赠送的《渊海子平》孜孜不倦，回宜黄后，他对黄老之学以及兵书兵法产生了浓厚的兴趣。

罗氏蹑手蹑脚回到自己的卧房，道："二华那孩子还在用功，莫不要读成书呆子了。"

谭镐嗤之以鼻："他那是不务正业。自打从棠阴回来之后，成天琢磨些易经八卦、奇门遁甲之类，还自号'空明道人'，我看他都快走火入魔了。"

罗氏："我听绥儿说，他们在棠阴认识了一个叫张神峰的道士，他们对张道士可佩服了，临了道士还送了几本书给二华。"

谭镐叹息了一声："放着四书五经不读，偏就喜好黄老术，我就怕他误入了歧途。"

罗氏："下个月你就要去归安上任，几个孩子没人管，怕是要成野人了。"

谭镐："我想好了，老大已经中了举人，让他留在家里，一来帮衬你分担些家事，二来努力读书，争取考个进士。二华正是长知识长身体的时候，我带他去归安上学，顺便也长长见识开开眼界。其他孩子都随你留在家里，你好生带好他们。"

罗氏重重地点头："嗯！"

湖州归安，县学院前。

谭镐撩起前袍，快步上了台阶。自任归安训导以来，他每天都要在各课堂巡视一番。

有些课堂上，先生摇头晃脑，向学生传授经史子集；有些课堂，则是学生跟着先生朗读诗词。

学堂里书声琅琅，翰墨飘香。

突然，谭镐在一间课堂的窗棂下停下脚步，透过窗棂的格栅，往里面瞅去。课堂里，一位先生正在教授经史，谭纶和他的一帮新学友在台下正襟危坐。

"先生，陆王心学与程朱理学到底谁是儒家真理？"学子茅坤突然向先生发问。

先生呵呵一笑："昔日鹅湖之会都不能分出高下，我们在这里能轻言谁是真理？"

众学子发出轻笑。

先生收起笑容，注视了茅坤片刻："你在乡试名列十一，经史应是不错了。"

茅坤谦虚道："学生愚钝，经史虽有苦读，但是知其然不知其所以然。"

"好！"先生道，"那我问你，程朱理学的精髓是什么？"

茅坤毫不犹豫道："朱子曰，《中庸》之致中和、尊德性、道问学，《大学》之明明德，《尚书》之'人心惟危，道心惟微，惟精惟一，允执厥中'，圣贤千言万语，只是教人明天理，灭人欲。"

先生："何解？"

茅坤："人心危险难安，道心幽微难明，只有精心一意，诚恳地秉执其中正之道，才能治理好国家。"

先生："'危'，你说是人心危险？"

"是！"茅坤道，"人心叵测，难以捉摸。"

"呵呵呵，果然是知其然不知其所以然。"先生笑道，"朱子在《中庸章句集注》中说：'君子之心，常存敬畏。''危'，是敬畏的意思，敬畏神灵，敬畏人言，敬畏权力，敬畏道德。心存敬畏者，必身有所正，言有所归，行有所止。这也就告诉了我们，君子不仅要自强不息，勤奋谨慎，还要慎独、慎言、慎行、慎微、慎欲，一日三省吾身，如履薄冰，这样才不致招惹祸灾。"

茅坤有一种顿悟的感觉，问："敢问先生，'明天理，灭人欲'又作何解？"

先生："程颐注解，道心是'一阳复于下，乃天地生物之心也'。每个人都有基本的生存需求，这就是所谓'天理'。超出人的基本需求的欲望比如私欲、淫欲、贪欲等，就是要灭除的。"

茅坤："阳明先生也曾说过'存天理，灭人欲'。这一点，似乎都是共通的。"

先生："说得好，其实，圣人们的思想都是同源的，目的都是一样的，他们最大的分歧在于，修为的方式和理解不同。"

学子们频频点头，认真地听着先生道来："且就拿'道心惟微'这句来说，陆王认为，人的自然禀赋叫作'性'，顺着本性行事叫作'道'，人的本心与万事万物合而为一就叫作'天人合一'。"

"简言之，所谓'天由心明，地由心察，物由心造'，"先生道，"就是心外无物，心即理，明白吗？"

学子陆稳插了一句："他们的区别，是否就是'格物致知'与'致良知'的区别？"

先生点头："朱子主张'格物致知'，强调学习知识的重要性，认为人的道德水准必将随着知识的增长而增进。而陆九渊则认为要明心，强调为学的目的并不仅是增进知识，而且是为了实现道德的至高境界。王阳明提出的'致良知'，是对陆学的继承和发展。"

陆稳："当年'格物致知'，让王阳明大病了一场。"

课堂上，学子们发出一阵哄笑。

等大家笑完，陆稳继续问道："先生，所谓'心即理'，是否可以认为，只要理存在于心中，人人便可成尧舜，即使平民百姓，也可以成为圣人，是吗？"

先生："不错，人的良知需要不断地学习与修炼，从书本上学，从师长处受，方能拂去心头的遮蔽之物，帮你发掘真正的良知。"

一直未说话的谭纶忍不住站了起来，向先生问了一个问题："先生，阳明先生说'致良知'，'不假外求'，意思是说最高的道理不须外求，而从自己心里即可得到。而依先生刚才所言，良知需要从书本上学，从师长处受。这可否视作假借外物，外求于道？这样一来，岂不是与阳明先生的主张相悖？"

"这个……"先生突遭此问，竟然一时语塞。

先生干咳了几下掩饰心中的尴尬，反问谭纶："那依你之见，该当何解？"

谭纶见先生答不上来，不由有了一丝得意，朗声回答："其实我觉得，阳明先生最伟大的主张，不是'心即理'，而是'知行合一'。知必然要表现为行，不行则不能算真知。真理须实践检验，实践之下才能出真理。这才是陆王心学最精华的所在，不是吗？"

台下学子们闻言，仿佛豁然开朗，禁不住爆发出热烈的掌声。先生目光微动，突然问了一句："你是谭训导的公子？"

谭纶鞠躬示礼："是！学生谭纶。"

先生点头赞许："果然是书香门第，后生可畏！后生可畏呀！"窗外谭镐的脸上，漾起了欣慰的笑容。

梅雨天气，加上一连几天寒潮的侵扰，还不到酉正时分，天色便已黑尽，风大雨冷，天一黑，京师大街小巷便行人稀少。

不过，南城的东、西长安街却是例外，不时可见一顶顶暖轿打着灯笼匆匆而过，行内人一看就知道这些都是前往朝中各位大员府邸拜访的官员。

京官大多都在南城择屋而居，尤以东、西长安街最为集中，翟銮的府邸便是在东长安街中段。

一进东长安街，八抬大轿上的翟銮便习惯性地掀起轿帘的一角，往外张望着。

自打夏言致仕还乡他接任内阁首辅以来，每逢朝中有大动静，他府中来访者皆是络绎不绝，虽然明知这不是好事，但他却磨不开脸面驱赶或是拒见。

此刻，一路上有不少为他让路而停靠在街边的轿子，他自然清楚这些人的身份，他知道自己府中指定又有不少官员正在恭候他的到来。

不多时，大轿稳稳地停了下来。

翟銮弓身出轿，管家翟通快步上前，一把雨伞罩在了翟銮的头上。

翟通的脸上洋溢着难以自抑的欢喜："老爷可回来了，客厅全是朝中大员，都是给咱家贺喜来的！"

翟銮边走边问："他们消息这么灵通？"

翟通跟着回道："兄弟同登科，这一早就传遍了朝野。"说着，他微微一顿，"今天来的不光有六部的官员，还有不少是老爷的同年和故交……"

"不见！"翟銮果断地说。

翟通一脸的诧异："他们来都来了！"

翟銮黑着个脸："你懂个屁！汝俭、汝孝在乡试、会试中接连高中，已经导致流言汹汹，蜚语不断。殿试的结果虽然出来了，但圣上还未做最后的钦点，有甚可喜的？"

翟通顿时语塞："那……"

翟銮停下脚步，微微沉吟："告诉他们，就说我当值未归，请他们改日再来。"

"是，小的这就去转告各位大人。"翟通忙躬身道。

"还有。"翟銮又嘱咐了一句，"叫两位公子不要抛头露面，这个时候更要沉住气，切莫张扬！"说完，绕过前厅，转身急步进了后堂。

严嵩的书房，严世蕃的声音低沉而兴奋。

"孩儿让人查过了，顺天府乡试主考官秦鸣夏早就想攀上高枝，所以我怀疑，翟氏兄弟参加的乡试科考上，秦鸣夏有循私的嫌疑。到了会试的时候，主考官张潮刚进贡院即病死了，副主考官江汝璧主持考试。据可靠消息，江汝璧把翟氏兄弟和他的恩师、亲戚共四人的座位安排在一起。除了在座次上做了手脚，江汝璧还串通考官沈坤、彭凤、欧阳、高节等人，通过暗中辨认试卷留下的符号和字迹来选定录取人。"

严世蕃一口气说完，一只独眼泛着光："爹，这可是天赐良机！"

严嵩的脸上，也满是欢喜："好！我让人上本弹劾翟銮，称其中必有私弊；圣上那边，再让陶天师给圣上吹吹风。双管齐下，够他翟銮喝一壶的了！"

严世蕃："爹，事不宜迟，圣上马上就要钦点名次了，下手晚了，可就生米煮成熟饭了。"

严嵩："放心，翟氏父子的阴谋是不会得逞的！"

严世蕃："扳倒翟銮老儿，您就是当仁不让的内阁首辅，咱们老严家，终于有了出头之日了！"

严嵩被他的激情所感染，也禁不住踌躇满志了起来。

严嵩虽然入阁，并且成为皇帝身边的红人，但班位却仍在首辅翟銮之下，所以入阁后便与翟銮展开了明争暗斗，这次有了扳倒翟銮的绝好机会，严嵩岂能放过？

次日一早，严嵩便来到了陶仲文的府上，二百两黄金奉上，又耳语了一番，陶仲文连连点头。

紧接着严嵩又马不停蹄，分别召见了自己的心腹党羽六科给事中汪蛟、王尧日二人，如此这番做好交代。

等一切都办妥，严嵩方才进宫入值，继续写他的青词。在严嵩之前，只有夏言所撰能满足皇帝的要求，夏言被罢黜之后，严嵩就成了天子眼中独一无二的青词高手。

他要赶在圣上钦点一甲名次之前，为圣上的斋醮准备一篇青词，顺便找机会提一下科考循私的事情。

自从经历了"壬寅宫变"，大难不死的嘉靖越发相信这是神仙保佑的结果。他离开了大内，搬到了西苑，从此深居简出，更加沉迷到修玄悟道中去。朝中再大的事情都是由内阁提出票拟，报请嘉靖后由太监批红下旨。

所以这年的钦点状元，也是在西苑完成的。

按惯例，钦点状元之前皇帝少不得焚香祭拜，感谢上天赐予朝廷英才。

嘉靖读着严嵩撰写的青词，声情并茂，抑扬顿挫。

陶仲文在一旁双目微闭，念念有词。

斋醮完，太监黄锦手捧三卷策论答卷，要请圣上过目，这是殿试十七名读卷官一致推选出来的前三名。

拆卷时，嘉靖忽然来了兴致，想考考陶仲文："天师，你猜今年何方人士独占鳌头？"

陶仲文气定神闲，掐指推算。

忽然，只见他神色大变，眉头紧锁，望着嘉靖欲言又止。

嘉靖见此十分奇怪，问："如何？"

陶仲文扑通一声跪在地上，头伏于地："圣上，卦相异常，臣不敢言。"

嘉靖大惊："恕尔无罪，说！"

陶仲文："臣连算几卦，都是青冥欲夺文曲之势！"

嘉靖吓了一跳："青冥不是灾星吗？"

陶仲文："臣近日夜观天象，文曲星象混浊，疑云密布，今年科考怕是有私弊。"

嘉靖深吸了一口气："怪不得，会试主考官张潮一进贡院就暴毙，看来真是不祥之兆啊！"

陶仲文闭目不语。

嘉靖伸手欲将试卷打开，想想不对，把第一甲第一名后移到第三名，而将第三名置于二甲中排名第四。等试卷全部打开，嘉靖赫然发现，原拟的第一名居然是翟銮之子翟汝孝，嘉靖惊得目瞪口呆，顿时似乎明白了什么。

这时太监黄锦呈上两封奏疏，分别是六科给事中汪蛟、王尧日二人的，奏疏中均言今年科考中疑雾重重，首辅翟銮的两个儿子一路联袂高中，必是有人循私枉法，恳请圣上彻查。

嘉靖再也抑制不住心中的愤怒，手掌啪的一声重重地拍在了案几上面，吼了一声："令三司会审，彻查此案！"

怒吼声，在空空的大殿里回荡。

明朝嘉靖二十三年（1544年）四月，拖了半个多月的殿试终于放榜了。

皇城根下人头攒动，应试的举子们争相观看红底金漆的皇榜。榜上有名的，当即欢呼振臂，手足舞蹈，喜不自禁，有人甚至当场落下泪来。朝为田舍郎，暮登天子堂。这是多少读书人的梦想。

那些榜上无名的，黯然神伤，抹泪返乡，希冀来年再战。

密密麻麻的皇榜上，一甲状元秦鸣雷、榜眼翟景淳、探花吴情位列前三。谭纶的眼睛在榜单上急切地搜寻，终于，二甲六十六名，"谭纶"二字赫然在列。他似乎有点不敢相信地揉了揉眼睛，确认自己的名字无误，脸上漾起了欣慰的笑容。

五月初三，京城费府。

费府主人礼部尚书、掌詹事府事费采刚刚送走了一批客人。自四月底放榜以来，他家就车水马龙，门庭络绎。新科进士、各省进京的官员接踵而至。

家人拿一帖子来报："老爷，新科进士谭纶求见。"

费采瞅了瞅天色："让他明日再来吧。"

"谭进士二十八日就来了，连续在门外等了四天。"家人跟在费采的身后，小心翼翼地说。

"哦？"费采停下脚步，"叫他进来吧。"

家人领着谭纶走过前院，来到费府客厅。见主人端坐正中，赶紧上前几步，撩袍屈膝施礼："谭纶拜见尚书大人！"

费采起身双手端起谭纶双臂："谭进士快快请起！"

寒暄毕，双方落座，上茶。

谭纶："门生乃抚州府宜黄县人士，费大人是我江西人之翘楚，特来求见，恳请教诲。"

费采摆了摆手："谭进士此言差矣，尔等皆天子门生，我辈岂敢贪功？"

谭纶谦逊说道："大人叫我子理好了，琼林宴上，子理跟大人斟过酒的。"

费采突然间想了起来，皇榜公示的第二天，天子赐琼林宴，登科进士及读卷官参与，以示恩荣。琼林宴由费采所属的礼部操办，费采又是殿试读卷官之一，自然成为众人敬酒的主要对象。

那天各桌的新科进士都围着费采不放，特别是几个江西籍进士乘兴起哄，把费采喝得晕头转向，幸亏有个小进士看出端倪，主动跟在他后面为他斟酒挡酒，每次都斟一点点，让他得以解围。

一提这事，费采口气瞬间温和了许多："子理庚年几何？似乎很年轻啊！"

谭纶答道："今年二十五，属龙。"

费采："三十老明经，五十少进士。今年登科进士共三百九十八人，平均年龄为三十二岁，子理年仅二十五，真可谓才华出众，少年得志。"

谭纶："惭愧，学生才疏学浅，仅列二甲六十六位。"

费采："今年殿试有点运气成分。策论是圣上钦定的题，近年鞑靼人不断骚扰劫掠我大明边境，官兵屡战屡败疲于应对，圣上为解决这一边患，以殿试策问征询边防之策。子理是南方人，又是文人，对北方边境、军备皆不熟，答题之前你就输了。新科状元秦鸣雷乃台州人，抗倭第一线，秦鸣雷是以军籍参加科举，边境防务了然于心。再者，其伯父秦文曾领贵州兵备，其兄秦鸣夏是这次会试的主考官，所以他文武兼具。其殿试策论观点独特，切中时弊，也难怪圣上对他青眼有加。"

谭纶："学生听坊间传闻，此番科考出了弊案，才轮到秦鸣雷中了魁元；也有人说秦鸣雷的名字取得好，圣上正为求雨不得而烦恼，秦鸣雷这个名字天示祥瑞，大雨前兆，因而得了状元。坊间一时竟说：'无情举子无情帝，鸣雷恰巧捡便宜。'"

费采叹了口气："科考弊案不是传闻，是事实。首辅翟銮的两个公子参加科举，连捷乡试、会试，有人怀疑其中有诈，奏疏圣上，圣上命人彻查，结果一查，果真查出了惊天大案。乡试主考秦鸣夏、浦应麒，会试时主考江汝璧等人循私舞弊，帮助翟銮的两个公子接连考取。"

谭纶倒吸了口冷气："怪不得殿试成绩迟迟不张榜公布。"

费采："甲辰科考大案，令龙颜大怒，翟銮及其二子被削职为民，江汝璧、秦鸣夏、浦应麒等人均被惩处。"

谭纶："那现在的首辅是严嵩严大人？"

费采："是。严首辅也是我们江西人。"

谭纶有点兴奋地说："咱们江西是才子之乡，群贤辈出，这朝廷上下，江西籍的官员怕是要超过半数。"

费采神情黯然："自前宋以来，江西人考取功名朝堂为官的确不在少数，然很多人并不团结，为一己之私相互诋毁中伤的有之，为攫取功利斗得你死我活的有之……这些不说也罢，咱们身居庙堂，自当为上分忧，为下解难，这权力纷争，切莫卷入。同乡之间，相互提点和关心即可，切勿成为晋升和内斗的手段，否则，伤人又伤己！"

谭纶隐隐觉得，他这是在说夏言和严嵩的事，两个江西籍老乡在权力的顶端，斗得你死我活，这在京师中的同乡圈里早已不是什么秘密。

谭纶赶紧作揖："老师教诲得是，谭纶日后定当发奋努力，不负圣上恩典，不负老师期盼。"

也不管费采同不同意，他这边先认起老师来。

费采沉吟片刻，说："眼下朝廷空缺不多，二甲进士一般只能安排从七品，你要么耐心等一段时间，我荐举你到南京去任职。南京是陪都，你在北京最多只能安排七品官职，去那边却可授职正六品主事。子理意下如何？"

谭纶暗暗心生欢喜，跪地磕头："谭纶初出茅庐，一切但凭老师做主。"

这一年，年仅二十六岁的谭纶被朝廷授职南京礼部祠祭清吏司主事。谭纶一边办差一边研究学问，倒也自得其乐。

翟銮倒台，严嵩就顺理成章地成了首辅。

入主内阁之后，严嵩专权的一面即暴露无遗，先是排挤了吏部尚书许赞，不到一年的时间，另一个阁臣张璧也以老病为由致仕返乡。

就在严嵩得意扬扬地认为自己从此就能在大明的政坛上一人独大、一手遮天的时候，一个他最不想看见的人却又悄悄回到了内阁，并且恢复了少师之衔，班位列于严嵩之上。

这个人，就是夏言。

看来嘉靖皇帝要比严嵩想象的聪明得多，无论在斋醮祈福，还是在后宫里纵情声色，嘉靖的眼睛始终没有离开过朝堂。所以当阁臣许赞、张璧先后被严嵩排挤出局之后，嘉靖便断然起用夏言，防止严嵩独霸朝纲。

夏言一复出，便将依附严嵩的朝臣尽数驱逐，并且总揽政务，一切批答全出己意，完全把严嵩晾在一边。同时嘉靖似乎也开始有意疏远严嵩了。

严嵩知道，夏言接下来还有更猛的招数。

果不其然，一个鲜少登门的贵客——锦衣卫指挥使陆炳来了。严嵩一脸惊诧，赶紧把陆炳请到了内书房。

"陆指挥登门，稀客稀客，真是让我严某的寒舍生辉啊！"严嵩打了个哈哈。

陆炳却没有心情跟他打哈哈，一脸阴郁。

　　两人落座，陆炳直奔主题："严大人，近期朝廷严查各部各司经费粮饷的使用情况，阁老可曾听到什么消息？"

　　严嵩一副事不关己高高挂起的架势："圣上起用夏言以来，严某每天也就练练书法写写青词，这朝政大事，一切皆由首辅做主。"

　　陆炳："夏言复任首辅的第一件事，就是清查各处经费粮饷。在下看来，这可是醉翁之意不在酒哦。"

　　"哦？"严嵩假装一副局外人的样子。

　　陆炳："夏言名为清廉行动，实则排除异己。现在六部、三司、东西两厂、锦衣卫、御林军全都被他搞得风声鹤唳。据可靠消息，有一份贪污官员的名单，已送至他的案头。"

　　严嵩虽然并未搭话，但这次全面的清查活动，他时刻都在关注着进展。

　　陆炳见他还是不动声色，有点按捺不住："恕在下直言，夏言已经掌握了贵公子贪污受贿的确切证据，随时可能在皇帝面前参您一本。"

　　严嵩还想装傻充愣，但内心的焦急出卖了他。其实前两天，严嵩就得到了消息，身为尚宝司少卿的严世蕃被夏言的人查到贪污的确凿证据，他这两天都处于一种神经紧绷心惊肉跳的状态。

　　"严某对犬子一向是严加管教，贪污之事，从未耳闻。想是夏言重新掌权，趁机打击报复，无端诬陷我家东楼。"严嵩还在嘴上硬道。

　　陆炳冷冷一笑："严阁老这么想，就错了。那份资料我是亲眼看过的，严公子何时何地受人贿赂，何时何地贪污饷银，每分每毫都说得清清楚楚。"

　　严嵩有点坐不住了："圣上可知道此事？"

　　陆炳："一些证据还在搜集当中，估计这两三天，夏言就要向圣上单独汇报了。"

　　严嵩："陆指挥缘何知道得这么清楚？"

　　陆炳："实不相瞒，陆某的名字，也出现在这份名单当中。朝中这么大的事情，又岂能逃过锦衣卫的耳目？"

严嵩下位，深施一礼："感谢陆指挥的提醒。如此说来，咱们两家现在是一条绳上的蚱蜢，还须同舟共济，一起渡过此劫才是！"

陆炳："陆某深夜前来，就想跟大人商议一个万全之策。"

严嵩："圣上一心修玄悟道，对朝中大臣贪污受贿之事睁一只眼闭一只眼。但现在的形势已经非同往日，夏言亲自部署这场反贪腐的行动，如今证据确凿，这对我们十分不利。"

陆炳："是，那夏言桀骜不驯，就是在皇帝面前，他也敢直言不讳。硬碰硬，恐怕难有胜算。"

严嵩："夏言仗着有几分才气，一贯嚣张跋扈。严某在其手下做事，可以说是备受欺凌之苦。这次他假借清查贪腐，实则是要把我们往死里整啊！"

陆炳："清查贪腐，是剪除异己最有力的武器，咱们可不能坐以待毙啊！"

严嵩："夏言不除，你我恐怕都要大难临头。"

陆炳："可是，我们目前并没有置他于死地的把柄，铲除夏言，我看还是要从长计议。"

那怎么办？严嵩急得像热锅上的蚂蚁，背着双手在房间里走来走去。终于，他长长地叹了口气："为今之计，只有一个办法。"

陆炳充满期待地问："什么办法？"

严嵩："哭！"

严嵩与夏言共事多年，深知他的软肋——吃软不吃硬。

危险已经迫在眉睫，容不得迟疑了，严嵩决定立刻采取行动。

第二天早上，严嵩叫上儿子严世蕃，让他跟着走一趟。

严世蕃一脸茫然，问："爹，这一大早的是去哪呀？"

严嵩说："去找夏言。"

严世蕃："找他干什么？"

严嵩没好气地斥责道："都是你做下的好事！"

严世蕃纳闷地愣了半天，见严嵩气呼呼地走远，才慌不迭地跟在后面。

生死关头，只能再次采用当年的那个办法——在夏言面前低头下跪。除此之外别无选择。也许很多人都认为这是个下策，也许人们会认为夏言不可能再被严嵩的虚伪所迷惑，就如同不可能在同一个坑里跌倒两次。

可事实表明，夏言的确再度被严嵩感动了，放了严嵩一马，并最终死在了严氏父子的手上。

父子二人来到夏府，夏府的门人毫不犹豫地给他们一个闭门羹："我家主人身体不适，任何人不得打扰！"

严嵩早有准备，从怀里摸出一锭黄澄澄的金子，不由分说塞了过去。

"我父子二人不是外人，阁老对我如再生父母，听说阁老身体不适，特来探望，还请通融一二。"

门人立刻两眼放光，笑得十分灿烂，可嘴里却说："严大人求见，小的哪敢挡驾。只是主人早有交代，任何人求见恕不接待。您是知道他的脾气的，这发下话来，小的不敢不从啊。"

严嵩说："这个无妨，我去见夏阁老自有话说。你只需放我进这个门，一切都包在我身上。"

门人掂量了下金子，真个是钱壮尿人胆。一咬牙，领着严氏父子前往夏言的书房。

夏言远远瞥见，急忙避入内室，躺在榻上蹙眉抚胸做不适状。

严嵩拉着儿子的手径直走到榻前，两人跪地磕头，严嵩嘴里说道："恩师在上，门生严嵩叩见恩师！"

夏言闭着眼睛装作没有听见。严嵩提高音量，再次叩拜。

连拜数下，夏言方才翻过身来，睡眼惺忪地问道："榻下何人？"严嵩说："恩师，是我，严嵩，这是您的侄儿东楼啊！"

夏言这才坐起，佯装惊讶地说："严大学士突然造访，夏某有失远迎，失敬，失敬！"说完，作势就要下地。

严嵩连忙扶住他，说："学生素蒙恩师的提携栽培，恩情没齿难忘。阁老尽管躺着说话，莫要把我父子当作外人。"

　　夏言闻言，欣欣然地再次躺下，说："你们两个都坐下说话。" 严嵩父子谢过，起身搬凳坐在夏言的床前。

　　夏言："老朽近日偶染风寒，身体不适，卧床已有多日矣。"

　　严世蕃心里暗暗骂道，这个老狐狸，前几日还生龙活虎地指挥着按察使把他的尚宝司查了个底朝天，这个时候倒来装病卧床。

　　严嵩："学生惊闻阁老欠安，心一急，径直闯入府中探望，冒昧惊扰，还望恩师恕罪！"说着，他用一种关切的眼神看着夏言，"恩师日夜操劳国事，一点都不爱惜自己的身子，未能为恩师分忧，学生有愧啊！"

　　夏言斜斜地瞥了他一眼，嘴角挂着一丝不易觉察的讽笑，忽然话里有话："方才太医来我这看过了，说是邪气浸淫，伤了元气。这邪气一日不除，元气一日不复，须下猛药攻邪啊！"

　　严嵩心头一震，立刻抓住儿子的手扑通一声双双跪地。

　　夏言故作惊愕，忙说："这……这是为何？快快请起！"

　　严嵩一声不响，两行老泪夺眶而出，严世蕃跟着哭了起来。

　　夏言心软，最是看不得人在他面前哭泣，下床搀扶严氏父子两人起来。

　　严嵩父子执意不从，趴在地上说："阁老不肯饶恕，我父子二人不敢起来！"

　　夏言明知故问地说："严大人犯了何事，要我饶恕？"

　　严嵩："东楼少不经事，大手大脚惯了，俸禄不够用就挪动了一些公款。学生知道之后，狠狠地将他臭骂了一顿，东拼西凑地筹集了一些家财，把挪用的公款给补上了。恳请恩师放他一马，给他一个改过自新的机会吧。"

　　严嵩不住地磕头哀求，严世蕃的哭泣也恰到好处，父子俩演戏一般，硬生生地将夏言的心哭得柔软了起来。

　　夏言长叹了一口气："我也是昨日才看到调查的奏章，正为东楼的事发愁。这样吧，你们既已补上了窟窿，这事我可以不向圣上奏报，但日后东楼务必低调行事，切不可一错再错。"

压在心头的千钧之石瞬间落地，严嵩暗暗地松了一口气。

夏言是个恃才傲物的人，从根子里有种自负和清高。夏言见严嵩父子跪在自己的脚下苦苦哀求，陶醉在了眼前的胜利之中，致仕多年的怨恨，仿佛在这一刻烟消云散。

就在夏言那志得意满的笑声响起之时，严嵩就知道，他们父子已经逃过一劫了。

严嵩不放心地又问了一句："恩师，那东楼的名字，可否在您的那份名单中删除？"

夏言爽朗地笑了起来："那是自然，小事一桩！"

严嵩终于长长地吁了一口气，父子两人千恩万谢，告辞回家。

严嵩父子刚走，陆炳就带着三千两黄金来到了夏言的府上。

但他很快发现，夏言并不是一个贪财的人，三千两黄金，让夏言感到更加地愤怒和不齿。

陆炳无奈，只得抱着夏言的大腿痛哭，也是哭到夏言承诺不弹劾为止。

这一劫总算是有惊无险地躲过去了。但是夏言不除，严嵩父子势必永无宁日。

扳倒夏言，成了严氏父子和陆炳最强烈的心愿。

虽然在严氏父子苦苦哀求之下，夏言放过了严世蕃一马，然而也不知怎的，就传到了嘉靖的耳朵里去了。

嘉靖疑心很重，虽然不上朝，却很喜欢窥探朝中大臣的一举一动，并时不时地敲打一番。

这一日，严嵩与吏部尚书熊浃汇报完工作，正准备离开。

嘉靖突然说了一句："朕近日得到了一句上联，一时未有合适下联，你们两个来对对。"

二人不明就里，只当是皇帝来了雅兴，竖起耳朵静听。嘉靖口出上联："阁老心高高似阁。"

严嵩心里咯噔了一下，他不知道，这个"心高"的阁老是指夏言还是自己，一时不敢说话。

熊浃亦是云里雾里，伏地不语。

嘉靖看他们两个迟迟不敢对出下联，笑道："你们对不出来，朕却想到一个下联。"

二人仍旧不敢说话。

嘉靖："天官胆大大如天。"末了又问："你们看，这下联如何？"吏部尚书又称"天官"，嘉靖分明是指他们有不臣之心。

严嵩和熊浃吓得直冒冷汗，跪在地上磕头不停，不敢抬头。嘉靖双目如电，看着脚下瑟瑟发抖的臣子。

严嵩磕头不止："陛下，微臣有负皇恩，羞愧难当，就请罢官去职，遣返原籍！"

嘉靖的脸上阴晴不定，好一会儿，才哈哈大笑起来："朕不过是跟你们开个玩笑，没有别的意思，都起来吧。"

严嵩伏地，颤言："臣有负皇恩，万不敢起！"

嘉靖正色道："宋时陈璠有首绝命诗，或是为官者的警世恒言：'积玉堆金官又祟，祸来倏忽变成空。五年荣贵今何在，不异南柯一梦中。'严阁老！"

严嵩："臣在！"

嘉靖："万事皆有个度，不然竹篮打水一场空。"

严嵩听了，字字戳心。

嘉靖将身子靠在了龙椅上，双目微闭："朕要斋醮了，你们都下去吧！"

严嵩和熊浃，几乎是七神掉了六魄，惶惶退了出去。

寂静空阔的深宫，四更已过。

值房门外的屋檐下几盏巨烛灯笼依然亮着，文渊阁内外灯火通明。

曲折绵长的青石板上，值班太监麦福提着个灯笼，向值房走了过来。

内阁大臣值房期间，嘉靖经常会派侍从太监来到他们当值的地方，名义上是奉旨前来慰勉，实际上是在窥探和监视他们。

夏言早已趴在案头呼呼大睡。一向自负的夏言重掌大权，其桀骜不驯的性格便表露无遗，困了，天塌下来都要睡一会儿。

麦福摇了摇头，轻手轻脚地退了出去。他知道老爷子的脾气，无事惊扰了他的春梦，弄得不好就是一顿臭骂。

从首辅那出来，隔壁值房也是一片透亮，堆积如山的案头上，严嵩露出半个脑袋，埋头正写着什么。

麦福在敞开的门上轻敲三下，严嵩抬起头来一看，赶紧起身，拱手施礼："麦公公！"

严嵩是内阁大臣，而麦福只是司礼监太监，麦福慌忙还礼："阁老真是晨兢夕厉，废寝忘食啊！"

严嵩热情地握着麦福的手，毕恭毕敬地请他入座，顺势把两根金条塞入了他的袖中。麦福作势推辞一番，继而假装勉强笑纳。

与一贯强势的夏言形成鲜明对比的是，严嵩表现得十分谦恭。心高气傲的夏言打心眼里瞧不起天子身边的这些奴才，所以总是在他们面前摆出一副臭架子。而严嵩则不同，每当这些宦官来到他当值的朝房，总是毕恭毕敬地请他们入座，将其奉为上宾。

所以每当轮到严嵩入朝值宿，太监们总能看到他在夜深人静时仍然孜孜不倦地处理公文，或者秉烛撰文，所撰之文不是别的，正是嘉靖最为看重的青词。

严嵩打了个哈哈："圣上宵衣旰食，做臣子的又岂敢懈怠！"

麦福："圣上明早就要青词，奴才过来看看，二位大人的青词写好了没。"

严嵩从案头拿着早已写好的几页青词奉上："忙乎了大半宿，写是写好了。只是才疏学浅，恐怕难入圣上的法眼。"

麦福接过，只一眼扫过，谄笑："谁不知你严阁老才高八斗，这满朝文武，也就夏阁老的青词能出其右了。"

严嵩谦虚地说道："夏阁老那是字字珠玑，严某岂敢比肩。"

麦福在他耳边悄悄地说："玉不琢，再好的珠也出不来！"

夏言回朝后，天子斋醮所需的青词就由他和严嵩同时撰写。很显然，这对严嵩来讲无异于一场生死攸关的比拼。谁在这场青词大赛中落败，谁就会失去天子的宠幸，失去手中的权力。

而让严嵩不住窃喜的是，夏言照旧没把它当回事。

夏言整天被繁忙的政务搞得焦头烂额，所以每次撰写青词都是硬着头皮敷衍了事，甚至经常叫手下人捉刀代笔。

严嵩亦是放低声音："不可这么说，但凡他用心一二也能超出严某八九。"

麦福悄声耳语："实话跟您说了吧，圣上对他的青词极为不满，常弃掷于地，而对严阁老所撰的青词，几乎篇篇爱不释手，甚至每字每句都赞不绝口。这不是水平的问题，而是态度问题。"

严嵩赶紧再拜："能够博得圣上的恩宠，全赖公公们的美言，但凡有一丝不满，还望公公及时提点提点才是。"

麦福轻轻一笑："这是自然。对了，此次你三辞官职，圣上也是十分赞许，说，严分宜辅政多年，著绩伟懋，堪为梁柱。"

严嵩大喜："真的？"

前不久，严嵩一品任期满九年，嘉靖命人赐银币羊酒钞贯，并设宴于礼部。按惯例，严嵩谦词上疏，请求隐退。在皇帝面前即便有再大功劳也要谦恭礼让，否则便是自大，会遭来皇帝的猜忌和群臣的非议，这叫辞免。

有时辞一次还不行，要再辞、三辞。皇帝就在这辞的过程中考察臣子的忠谨。如果真准辞了，这官便当不成，致仕返乡去了。

严嵩行事一向谦恭谨慎，这次三辞官职，也博得了嘉靖皇帝的称赞，于是嘉靖对这个老臣渐渐又器重了起来。

华灯初上，万家灯火。

一台大轿停在了夏府门前。

夏府虽然贵为相府，但其实与普通人家的院落并无太多的区别，除了飘散在房中各处的顶级檀香外，没有太多奢华的摆设。

轿中人掀帘下轿，门人认得，那是夏言小妾苏氏的父亲苏纲，赶紧领着苏纲进门。

苏纲虽然是夏言的岳父，但却比夏言还小十余岁。不到花甲年纪，显得十分干练。

"贤婿，一向可好？"一进门，苏纲便笑吟吟地向夏言打起了招呼。

苏纲虽然只是举人出身，但两个女儿却被朝廷高官纳为妾室，一个是当朝首辅夏言，一个是陕西三边总督曾铣。

夏言一看小丈人来了，赶紧起身，嘴里客客气气地说道："大老远的前来，也不知会一声，我好派人前去迎接。"

一边说着，一边请小丈人落座。

苏纲笑着说："此番来得匆忙，也顾不上那些礼节。曾铣让我给你带了一奏疏，请你转奏圣上。"

夏言有些讶异："哦？"

苏纲与曾铣同是台州黄岩人，两人原本是无话不谈的莫逆知己，后将小女嫁与曾铣为妾，就一直在曾铣身边充当他的幕僚。

苏纲说着，从行囊中取出奏疏，递给了夏言。

夏言双手取过，看完，大惊："收复河套？"

苏纲坚定地点了点头，眼睛里闪烁着炽热的光："此番到京城来，就是想促成二位贤婿联手做件大事。"

夏言有些忧虑："河套被鞑靼人占据已有百数十年，要想收回来……难啊！"

苏纲："是很难，不难便不来找你了。大明开国以来，曾铣是第一个敢提收复河套的人，为了这一梦想，他已做了多年的准备，就差圣上点头了。"

夏言："历朝帝王和边将都想收复河套，但都未能实现，主要是因为战线太长，不利后勤补给与援兵。再者，边塞已经形成以防为主的防御体系，大举北伐，缺乏草原作战的经验，更缺乏朝廷的财力支持。打虎不成，反受其害。"

苏纲："困难是很多，其实也不是不能。曾铣反复推演过了，只需精兵六万，加以山东枪手二千，携带五十天粮饷，水陆交进，步骑齐发，直捣鞑靼的巢穴。"

夏言："这是件大事，牵一发而动全身，咱们还得好好合计合计才行。"

苏纲："自开春以来，俺答率兵屡次犯境，河套是他们南侵的重点据点，不拔除这个据点，边境永无宁日。王师北上，已是万众期盼。我的两位贤婿，一个是当朝首辅，一个是边塞总督，大权在掌，历史机遇当前，此时不建奇功，更待何时？"

他的话，深深打动了夏言的心。一向心高气傲的他，一直想做件惊天动地的大事。特别是这次时隔多年后官复原职，夏言立功的愿望更加强烈。

夏言："明早我就进宫，向圣上当面陈奏！"

第二天，夏言早早地赶到了西苑，将曾铣的奏疏亲手呈送给了嘉靖。

嘉靖处事历来果断，然而在这件事上，他没有立即表态。毕竟牵一发而动全身，前任那么多皇帝都没办成，哪能轻易地就下这么大的决心？

阅完奏疏，嘉靖沉默不语。

夏言知道，他在权衡这件大事的利弊。

"夏阁老，你怎么看？"沉默了半天，嘉靖突然发问。

夏言："回禀陛下，臣以为，曾铣收复河套的设想切实可行，也势在必行。其一，河套地区水草丰美，原本是我陕甘沃野和粮仓，如今却给北虏南侵带来源源不断的粮草和给养。其二，鞑靼窃取河套多年，屯重兵而据之，屡次犯我大同、宣府，甚至京畿，就是因为有了河套这个后方，北虏才能一再地有恃无恐。其三，河套乃我大明祖宗之地，百姓期盼王师久矣。还望圣上痛下决心！"

嘉靖："河套若能收回，当然是不世之功。然而打仗讲究天时、地利、人和，而我大明当前三者皆不占优。天时，大明连年天灾不断，百姓困苦，财政窘迫，此时出兵恐怕不是最好的时机；地利，我军长期处于守势，鞑靼骑兵在草原上有着天然的优势；人和，朝堂里反对收复河套的人不在少数，恐难做到万众一心。"

夏言："圣上明鉴。不如将这份奏疏发至京城六品以上官员讨论，集中大家的智慧供圣上决断，可否？"

嘉靖点头："这个可以，多听听大家的声音。"

严嵩府，巨烛映射的光，照在了兵部尚书翁万达和户部尚书王杲略显激动的脸上。

朝廷大臣对河套问题并不陌生，近百十年来，收复的争议持续不断。对于曾铣的提议，反对最激烈的是户部和兵部。

翁万达："阁老，内阁将曾铣的奏疏下发百官讨论。不知严阁老怎么看？"

严嵩呵呵一笑："让百官讨论，是圣上的意思，你们大可各抒己见，仁者见仁，智者见智。"

　　翁万达："下官以为，收复河套虽然利于千秋，但以我军目前实力还不到时候。如果这样可行的话，大明何必要等这么久？历代先帝都未能做成，他曾铣区区六万兵就能收复河套？我看那曾铣就是好大喜功之徒。"

　　王杲："如果仅仅是好大喜功倒也罢了，可是曾铣提出，要从陕西定边营到山西黄甫川，修筑一条长达一千五百余里的边墙来防御敌寇，请求朝廷给银百万，三年完工。户部这几年，能入库的税赋收入也就二百来万两，他又是打仗又是修边城，全国一半的收入就要砸在里面了。再者说了，收复河套又不是一朝一夕的事情，要是短时间内收不回来，那无疑是掉进了一个泥潭，这大明的财政可就被他拖垮了。"

　　翁万达嗤之以鼻："想短时间内收复河套，我看是痴人说梦。你想，数万人马深入千里之野，地理天气、粮草补给、水土不服，这些都成问题。还有，我方千里跋涉，而鞑靼兵以逸待劳，呼哨之下便可聚拢十数万之众，他曾铣哪有优势可言？"

　　王杲："翁尚书所言甚是有理，我方如大军突进，敌虏必作鸟兽散，避其锋芒；一旦孤军深入，他们又蜂拥而来分而围之，我军必危矣！"

　　翁万达："所以我们认为，这种毫无胜算又劳民伤财的举动，不可行也！"

　　严嵩静静地听着，也不搭话，自顾自地喝茶。

　　王杲沉不住气了："阁老，您倒是表个态，这事行还是不行？"

　　严嵩悠悠地开了口："收复河套，乃三边总督提的议，首辅大人极力主张，圣上一时拿捏不定，先听下诸位的意见。所以此事无须我表什么态，你们还是把想法如实地向圣上禀明，行与不行，还得由圣上说了算。"

　　两人的脸上写满了失望，相视苦笑。

　　就在群臣讨论最激烈的时候，曾铣通过岳丈苏纲将新写的奏疏及亲手绘制的八幅阵营图送到了夏言的手中，夏言径直赶到西苑，将奏疏和阵营图呈报给了嘉靖。

嘉靖先是看了收复河套的详尽方略，涉及十八件事：收复河套、修复边墙、选择将才、选练士卒、买补马缨、进兵机宜、转运粮饷、申明赏罚、多置大器、招降用间、审时度势、防守河套、营地储饷、明职守、息讹言、宽文法、处孳畜。

这十八议，对收复河套以及后续的管理进行了全方位的考量。嘉靖看完，感叹了一句："这份奏议，考虑得倒是十分周全。"

夏言："曾铣久在边地，对敌我双方地形风俗了然于心，这份奏议是他多年的心得，臣看完之后，感觉针砭时弊，切中要害，或可一试。"

嘉靖默默点头，又拿起那几张阵营图。

第一张是立营总图，虽然图上内容不多，但寥寥几行字的解说，让人感觉数万兵马都跃然纸上，让人豪气顿生。

第二张图是遇敌驻战图，仓促遇敌之下，如何采取有效措施予以化解。

接下来是先锋车战图、骑兵逐战图、步兵搏战图、行营进攻图、渡营长驱图……从战斗开始到整场战役的运动和指挥，曾铣用图文并茂的方式，给嘉靖上了一堂通俗易懂的军事课。嘉靖仿若亲临战场，感受着破冰踏雪、铁马金戈的战斗场面，一股自信与豪迈油然生起。

"这个曾铣还真是个人才，看得出来，实战和理论均有一定的造诣。"嘉靖边看边发出感慨。

阵营图的最后一张，是获功收兵图。战场上，各式说不上来名字的兵器整齐排列，嘉靖的脸上满是惊奇。

"这是什么？"嘉靖忽然手指图面问了夏言。

夏言看了看，说："滚地雷！"

嘉靖："滚地雷？"

夏言："这个铁球里面装满了火药、石子、铁屑，可置于地下数月而有效，一旦踩中即刻爆炸，杀伤力十分惊人！"

嘉靖哈哈大笑："这曾铣还会些奇技淫巧啊！"

　　夏言："别看曾铣进士出身，入仕后醉心兵法，发明极多，什么连珠炮、霹雳枪、手把铳、装甲车等等，实用性强，威力巨大。"

　　嘉靖连连点头："边关年年报警，文武百官只会纸上谈兵。如此详尽的方略和实战绘图，曾铣可是独一份啊！"

　　夏言一听，趁热打铁："朝廷里真没几个能像曾铣这样，上马能打仗，下马能治国，对圣上还忠心耿耿。有他的辅佐，圣上定能收复河套，建一番不朽功勋！"

　　夏言的话，撩拨了嘉靖青史留名的雄心。嘉靖转头唤道："黄锦！"

　　黄锦应道："奴婢在！"

　　嘉靖："传旨，着户部拨发白银二十万两，作为修建边墙之用；授曾铣尚方宝剑，全权决断调兵进兵事宜！"

　　夏言大喜，跪地磕头："吾皇圣明！吾皇万岁万岁万万岁！"

　　塞上边城，旌旗猎猎，尘土飞扬。

　　曾铣率兵出发了，遥想当年霍去病八百铁骑纵横漠北，他的脸上充满了慷慨与激昂。

　　"仇鸾和杨博的兵出发了没？"曾铣转头问身边的参将王环。

　　"回大人，还没有！"王环回答。王环是沧州回族人，自幼精练武艺，后来追随曾铣，在沙场上出生入死，成为名噪一时的武将。

　　"什么原因？"曾铣不解。

　　王环："仇总兵说是他的兵力不足，无法远征；杨大人说是要修筑边墙，手无余兵。"

　　曾铣的脸，唰地沉了下来。

　　王环："说好的六万精兵，现在只有咱们的两万人马，这仗还打不打了？"

　　曾铣："打！你怕了？"

　　王环："跟随大人九死一生，末将眼里，早已没有了'怕'字！"

曾铣："仇鸾是严嵩的义子，严嵩在内阁与夏言明争暗斗，临阵抗命，料是严嵩的主意。"

王环："那咱们怎么办？兵力不足、粮草不济，真要学霍去病八百铁骑闯漠北？"

曾铣沉声说道："开弓没有回头箭！来人！"传令兵过来。

曾铣："传令三军，务必速战速决，不可拖延！"传令兵："是！"

部队迅速跑动了起来。

两大主力不听调遣，这令曾铣大为恼火，他给嘉靖上疏，罗列了仇鸾的十条罪状，告他欺怠朝廷、克扣军饷、冒功请赏等罪。同时对杨博不遵将令一事也参奏了一本。

嘉靖大怒，下旨将仇鸾逮捕查办，对杨博采取停俸的处分。

一眼望不到边的大草原，碧蓝的天空中飘着如棉花糖一般的白云。

曾铣和他的士兵已是蓬头垢面，深一脚浅一脚地行进在草原上。王环策马追了上去，与曾铣并驾齐驱。

王环："大人，都一个月了，鞑靼人忽东忽西，根本没法找到他们的主力。"

曾铣："这是诱敌深入之计，牵着我们的鼻子在草原里游荡。"

王环："那怎么办？粮草都快供不上了！"

曾铣："这样下去终究不是办法，传令下去，专寻小股敌军聚而围歼之，抢夺粮草，再寻机与敌主力决战！"

王环："是！"

正这时，一探子匆匆前来。

"报！前方山谷有一鞑靼的部落，士兵与妇孺不足千人，牛羊无数。"

曾铣大喜，吩咐王环："冲上去，围歼他们！"

王环："是！"

率领一支人马，风一样往山谷方向奔去。

牧民赶着牛羊悠闲地在蓝天白云下，羊毛毡围裹而成的蒙古包里，妇女们正煮着牛奶擀着面条。他们做梦也没想到，有一支汉军已经悄悄地把他们包围了起来。

王环一声令下，数千铁骑铺天盖地般冲了出去。

鞑靼人被突如其来的袭击打得措手不及，士兵匆匆上马仓促应战，妇孺吓得东奔西逃。

不到一个时辰，曾铣终于收获了一场久违的胜利。尽管这只是上万官军对阵数百人的小胜，但对长途奔袭的大明官军来说，无疑极大地提振了信心。

皇宫西苑，夏言喜不自胜地向嘉靖报喜："四月初三日，曾铣率兵深入河套地区，斩首三百余人，生擒鞑靼头目脱脱虎，缴获马、牛、骆驼九百五十余匹，器械六百五十三件……"

夏言洪亮的声音，在大殿里回荡。

嘉靖脸上洋溢着春风和笑意。

大明北境，受鞑靼侵扰久矣，能主动出击深入河套腹地打击敌军，许多人不敢想的事，曾铣做到了。

嘉靖突然想起了一首诗，张口吟哦："拥旄为汉将，汗马出长城；长城地势险，万里与云平。凉秋八九月，房骑入幽并；飞狐白日晚，瀚海愁云生。羽书时断绝，刁斗昼夜惊；乘墉挥宝剑，蔽日引高旍。"

夏言一听，这是一首咏霍去病将军北伐的诗句。他略一思索，也吟诵了一首："溢浦庐山几度秋，长江万折向东流；男儿立志扶王室，圣主专师灭虏酋。功业要刊燕石上，归休终伴赤松游；丁宁寄语东林老，莲社从此着力修。"

嘉靖哈哈大笑："朕把曾铣比作霍去病，阁老把他比作岳飞，都是汉军北伐的功臣啊！"

夏言亦笑："男儿立志扶王室，圣主专师灭虏酋。他曾铣就算有再大的抱负，没有圣主的支持，一切都是镜中月，水中花！"

既表扬了曾铣，又对嘉靖拍了一通马屁。嘉靖的心里跟喝了蜜一般，脸上乐开了花。

"不过……"还没等嘉靖笑完，夏言脸色沉重了起来，欲言又止。

"夏阁老但说无妨！"嘉靖说道。

夏言："圣上虽然责罚了仇鸾、杨博，但曾铣毕竟孤军深入，缺粮断草，后无援兵，随时都有覆灭的危险。前方将士望眼欲穿，而兵部、户部却迟迟没有动静。"

嘉靖："我不是把翁万达、王杲罢职了吗？怎么还有人反对？"

夏言："陈经任兵部尚书不久，对兵事还不熟悉，而属下的侍郎、郎中皆是反对收复河套的，因而不知道如何处置；户部这边，刘储秀推托财政一年收入才二百来万，朝廷的用度已是不够，拿不出余钱来支持前方打仗。"

嘉靖的脸，顿时黑了起来："这两个人不知道轻重缓急，把前方将士的性命当儿戏。传旨，罢免陈经、刘储秀的尚书之位，另选贤人接任！"

夏言："工部尚书王以旗力主收复河套，此人一向识大体、顾大局，可为兵部尚书；都察院右都御史夏邦漠精通财赋、算计，曾五次带兵平息内乱，可为户部尚书。请圣上决断！"

嘉靖略一思考："夏阁老所荐之人，应是实心用事之人。就依阁老所奏，内阁拟旨，三日之内调任到位！"

夏言大喜，跪地山呼："吾皇圣明，吾皇万岁万岁万万岁！"

严嵩书房，红烛摇曳。

"突然撤换兵部、户部两个尚书，这么大的事情，在座的居然没有一个事先知情。"这是严世蕃的声音。

"不见费宏，不知道相大；不见夏言，不知道相尊！"陆炳幽幽地说道。

费宏、夏言和严嵩一样都是江西人，费宏二十岁中了状元，少年得志，目空一切，担任首辅之后更是盛气凌人，除了皇帝，谁都不放在眼里；夏言是个直臣，其强势专断、自负傲慢不在费宏之下。因而这两人，在朝廷里得罪了不少人，但两个人都因身居高位且才华横溢，人们又不得不服。

严嵩："陆大人不必忧虑，夏言放恣欺慢、强直骄倨，圣上忍他久矣，总有一天要栽倒下来。"

陆炳："圣上是忍受不了他那臭脾气，罢免了他四次，可每次不都很快复职？这次回到内阁还当首辅，连他自己都觉得，似乎朝廷没他就转不起来。入值大臣到西苑斋宫只能以马代步，只有圣上才能乘肩舆出入，你瞧他夏言，公然违反规定乘坐肩舆出入，总有一天我要将他告到圣上那里去。"

严世蕃："那算什么，夏言不仅对我们驱使呵斥，就连圣上也没放眼里。圣上不上朝，他也经常不赴阁办公，只要是他不想做的事情，即使圣上下了钦命他也故意拖延或是抵制，圣上又何尝不是深受其害？"

陶仲文："那夏言的确是讨人嫌，圣上在宫中设坛修玄，他都敢公然反对。见我得了圣上的恩宠竟然眼红，屡次三番地向圣上告知封赏过厚，我看他就是见不得圣上对别人好！"

严世蕃："既然大家都饱受他的欺凌，抱怨是没有用的，不如联起手来，一举扳倒这个狂妄的家伙！"

陆炳："怎么扳？他夏言不贪不腐，除了脾气臭点，架子大点，也没什么大的过错。这朝里不少重臣都是他的亲信门生，哪有那么容易的事情？"

严嵩："硬碰硬，当然是没有任何胜算，咱们得从其他地方下手，拔掉他的牙齿，老虎再威风都抖不起来！"

众人一听，感觉这里面有戏，于是都睁大眼睛看着严嵩。陆炳问："严大人有何高见？"

严嵩："夏言和曾铣不是扬言收复河套吗？好几个人因为反对被罢官免职甚至下狱。扳倒夏言，就要从曾铣入手。"

众人屏住呼吸，静听严嵩的高见。

严嵩："曾铣孤军深入，兵员粮草在短时间内很难得到补充，就凭他带去的那些人，料定支撑不了多久。我们先隔岸观火，等他溃败归来，再参他一本。"

陆炳的脸在烛光中有点兴奋："没错！河套战事失利，我们先拿曾铣开刀，再拽上夏言，这就叫连带！"

众人点头。

严嵩微微一笑："我们还要再找一个人来，由他出面，事情就好办多了。"

严世蕃急忙问道："是谁？"

严嵩："仇鸾！他与曾铣有不共戴天之仇，有他指证，曾铣在劫难逃！"

陶仲文："那仇鸾已经下狱了，怎么能让他出面指证呢？"

陆炳摆手道："诏狱由锦衣卫掌管，他的事由我来办，陶天师只要在圣上面前吹风就行了。"

严嵩一抱拳："一切请诸位费心了，众志成城，夏言必倒。"

几天后，前线失利的消息接连传回了朝廷。

曾铣几次偷袭得手后，俺答组织了大军对这支孤军深入的大明官军进行了围剿堵截。曾铣盼望已久的后援迟迟没有出现，人困马乏、缺粮断草的压力让他们逐渐陷入了困境，无奈只好带着残部退回陕西。

更糟糕的是，嘉靖对他们的信任，出现了动摇。几次下诏让群臣讨论收复河套的事，反对者居多。

这一日，陆炳匆匆走进了嘉靖的西苑。

"启禀陛下，锦衣卫派去前线的密探陆续回来了！"陆炳上前轻声密奏。

八卦炉边，嘉靖端坐蒲团翻阅经书，头没回，只是轻轻"嗯"了一声。

陆炳："情况很不乐观，曾铣偷袭了鞑靼的小股部落，就敢谎报大捷；吃了几次败仗，却又轻描淡写。截至目前，远征军死伤过半，被敌人打得如丧家之犬，严重有损我大明的天威！"

嘉靖翻书的手定了下来，眼睛直直地盯着丹炉，一声不吭。

陆炳："昨日我们提审了仇鸾，仇鸾说，他并非有意抗命，而是与曾铣共事多年，深知其人刚愎自用，好大喜功。他说跟着曾铣一起北伐，那就是一个'死'字，白白牺牲大明将士的性命。所以他宁愿抗命下狱也不愿随曾铣去做无谓的牺牲。"

嘉靖合上手中的书卷，闭上了眼睛，喃喃自语："难道是朕误信了谗言？"

一阵怪风，在西苑的屋顶上刮过，发出窸窸窣窣的声音。

嘉靖蓦地睁开右眼，问："这是什么声音？"

黄锦躬身上前："沙尘暴，北方来的。"

一听是北边刮过来的，嘉靖心有不安，转头问侍立一旁的陶仲文："天师，你来占卜一下，这怪风来袭，是主何意？"

陶仲文不敢怠慢，连占三卦，卦象皆相同。

陶仲文的脸上灰暗。

嘉靖看出异样，问："如何？"

陶仲文："不吉之象！这些沙子上面沾满了怨气，似有冤魂前来叫屈！"

"哦？"嘉靖大惊失色，"屈从何来？"

陶仲文："从卦象上看，主兵灾。兵火下枉死的怨魂化为一粒粒沙子，从西北方向而来，请求圣上为他们申冤做主。"

嘉靖："西北方向？那不就是河套地区？"

陶仲文："正是！上月发生在陕西澄城的山崩，也是怨魂撼动所致，这是上天在示警，河套战事或为祸首也！"

嘉靖的脸黑沉沉的。

正这时，麦福进来奏报："启禀圣上，严嵩求见！"

嘉靖："让他进来！"

严嵩低头弯腰，诚惶诚恐地来到嘉靖面前："启禀陛下，臣有急事要奏！"

嘉靖："说！"

严嵩："刚刚户部梳理全年的收支，收复河套之举耗费巨大，国库钱粮不仅拨用殆尽，而且负债三百多万两银子，现在朝廷用度举步维艰。"

嘉靖的脸更黑了："那怎么办？"

严嵩："为今之计，只有寅吃卯粮，让各地把明年的税赋先征上来，但是这样，民间就苦不堪言……"

嘉靖心烦意乱："这事，你们内阁和户部去拿主意，既要保证朝廷的运转，又不能让老百姓不堪重负！"

"臣，遵旨！"严嵩接着说，"还有一事，仇鸾托人从狱中带出来一份奏疏。臣粗略看了一下，感觉或有冤情！"说完，他将一份奏疏，举过头顶。

嘉靖打开奏疏，仇鸾的辩词言辞恳切，声泪俱下，反诉曾铣五大罪状：一、刚愎自用，专权误军，自己无能却嫁祸于人；二、欺上瞒下，冒功请赏，兵败而谎报胜绩；三、吸食兵血，黑吃空饷，大发国难之财；四、治军不严，纵兵抢掠，中饱私囊；五、暗通内阁重臣，企图掌控朝纲。

最后这一条，让嘉靖惊诧不已，他最忌讳的是边帅与内阁重臣勾结，这是他不可触碰的底线。

陆炳适时地补了一句："曾铣为了巴结夏言，把小妾的妹妹送给了夏言做妾，两人已结成连襟了。"

嘉靖勃然大怒，手掌啪的一声重重地拍在了案几上，指着陆炳的鼻子，厉声吼道："去，把曾铣给我抓起来！"

陆炳大声回答："臣，遵旨！"

嘉靖二十七年（1548年）正月，大雪纷飞。

奉命逮捕曾铣的锦衣卫宣读完皇帝手谕，准备押解曾铣回京。当他们走出营帐，立即被眼前的场景惊呆了，三军将士们全部跪倒在营门外。

锦衣卫强行押着曾铣又走了几步，大家站起来齐刷刷抽出佩刀，明晃晃一片，有人振臂高呼："不准带走大帅！"

锦衣卫吓得又退了回去。

不管天寒地冻，将士们死守营帐不退，一站便是三天。

　　曾铣来到众将士面前，道："收复河套，因我曾铣而起，如今损兵折将，让朝廷蒙羞，我曾铣有不可推卸的责任。一人做事一人当，请诸位不要参与进来，相信圣上一定会秉公处理，大家都回去吧，回去吧！"

　　曾铣说完，主动走进了囚车，闭目不语。

　　三军齐声恸哭，目送曾铣的囚车远去。

　　夜雨滂沱，淅淅沥沥的水珠从房檐落下，汇聚成一道道小河。巨烛之下，三颗脑袋在烛光下晃动。

　　严世蕃的神情有点沮丧："曾铣下狱后，三法司会审一致认为仇鸾指控查无实据，无法定罪。"

　　严嵩："三法司在夏言的掌控之下，会审无罪，却也是预料之中的事情。"

　　严世蕃："那怎么办？眼睁睁看着曾铣放出来？"

　　陆炳睁大了眼睛："放出来？他还出得来吗？"

　　严世蕃："陆指挥的意思是？"

　　陆炳："圣上抓他，既不是因为冒功请赏、谎报胜绩，也不是因为什么克扣军饷、贪墨巨万，而是因为暗通内阁、凯觎朝纲！"

　　严嵩点头："陆指挥一语中的！"

　　陆炳："三法司审不出什么来，我们就将他拥兵自重、妄图谋逆的罪状坐实，只要圣上信了，他就死无葬身之地了！"

　　严世蕃："这无中生有的事，怎么才能坐实？"

　　陆炳哈哈大笑："这个是我锦衣卫擅长的。雁北地区白莲教盛行，白莲教主赵全等人率教民越境叛逃河套丰州地区，依附俺答。曾铣拥兵自重，另有图谋，故而纵其坐大成势……"

　　严世蕃："这个新鲜，倒是头一回听说。"

　　陆炳嘿嘿地说道："边将与内阁暗通款曲，圣上已是疑心大起，再来个边将与反贼同心，他曾铣不死也得脱一层皮。"

严嵩眼眸一动："陆指挥的点子，胜过百万雄兵！"

严世蕃有点迫不及待："事不宜迟，咱们现在就写奏疏！"

严嵩："以仇鸾的名义！"

严世蕃铺开纸，提笔，应了一句："我们写好，再让仇鸾抄一份送上去。"

严世蕃执笔疾书，严嵩和陆炳左一句右一句地指指点点，晃动的烛光将三个人的脸映照得扭曲变形。

夜半时分，一张完美的、毫无破绽的、陷害三边总督曾铣的状纸，在三人的手中慢慢地诞生了。

严世蕃将写好的状纸交给严嵩和陆炳，两人拿过一看，连连点头，可以了。这些罪状已经足够了，尤其是最后一条。

"外勾反贼，内通辅臣，拥兵自重，皇权危矣！"陆炳念完，感叹了一句，"有了这份状纸，曾铣必死无疑了！"

清晨，雨停了。

司礼监正堂，值班太监陈洪正眉头紧锁地看着一张奏疏。

这是今天刚刚送来的，前镇边将军、世袭咸宁侯仇鸾状告三边总督曾铣的状纸。陈洪将这张状纸仔细地看了一遍，陷入了沉思中。

他感觉有些奇怪，以他对仇鸾的了解，断是不能写出这样有文采的奏疏来。明面上是告曾铣，实际上却是冲着夏言来。

实际上陈洪并不喜欢夏言，觉得他太高傲了，总是给人高高在上的感觉。但他又觉得朝廷就应该要有夏言这样的人，清廉正直，刚正不阿！

陈洪感觉有点矛盾而又复杂，他知道这张状纸递上去，曾铣固然难逃一死，恐怕夏言也是凶多吉少。

正想着，门外进来一个小太监，躬身禀报："公公，圣上那边打坐完毕，请公公拿奏疏过去批阅。"

陈洪应了一声，问："圣上今天的心情如何？"

小太监："回公公，圣上方才进了一颗丹药，心情好着呢。"

"哦！"陈洪连连点头，这就好。自己做不了什么，只能挑个好时候送上去，保不齐皇上一高兴，就有可能留曾铣一条命，曾铣死不了，夏言自然也不会有什么大事。

陈洪脚步放轻，来到嘉靖旁边。但见他面色红润，精神饱满。

嘉靖起身，走到窗前，深深吸了口新鲜空气，问："今日又有什么折子？"

陈洪忙走近前："启禀陛下，刚刚收到一份奏疏，咸宁侯仇鸾又写了一张状纸，状告陕西三边总督曾铣。"

说完从怀里把状纸拿出来，递给了嘉靖。

嘉靖一听是告曾铣，心头一震，收复河套一事已经成了他的一块心病了，朝野上下闹得沸沸扬扬。

嘉靖冷哼一声接过状纸看了起来，不看还好，一看吓一跳，这个曾铣，居然干过这么多坏事！越看，嘉靖脸上越生气。

正这时，宫外进来一个小太监，走到嘉靖面前跪倒："启禀陛下，严阁老求见。"

嘉靖一皱眉："叫他进来吧！"

小太监答应一声出去了，不一会儿严嵩进来，走到近前跪倒磕头："臣严嵩叩见皇上，吾皇万岁万岁万万岁！"

嘉靖一摆手："罢了，严阁老平身，赐座！"

严嵩忙道："谢陛下！"

嘉靖问道："严阁老这么急着见朕有何事？"

严嵩忙站起身："回陛下，边关送来报急的文书，臣不敢怠慢，赶快给皇上送来，请圣上拿个主意。"说完从袖口中拿出一份奏本，双手呈给嘉靖。

嘉靖一听是大为头痛，真是烦什么来什么。打开一看，是宣大总督王时古的报急文书：六月十二日，俺答率兵三万进犯宣大防区，直逼北京，望圣上做好准备，以防万一。

嘉靖帝气得把奏本用力扔到地上,厉声说道:"俺答怎么突然就杀过来了?到底怎么回事!"

大殿内的空气仿佛凝固了一般,一时间无人答话。

严嵩心怦怦乱跳,咬咬牙壮着胆子,跪倒在地说道:"陛下,臣以为……"

嘉靖看他吞吞吐吐有些不高兴,怒道:"说!"

严嵩咽了一口唾沫,接着说道:"臣以为,这是俺答的报复。"

"哦?"嘉靖帝疑惑地看着严嵩,"说下去!"

严嵩接着说道:"俺答此次突然进犯宣大,就是想表明态度,如果我们坚持收复河套,他就来攻打我们的北京。以牙还牙,让大家都不得安宁。"

嘉靖咬牙切齿:"这个曾铣,闯大祸了!"

就在这时,宫外小太监又进来禀报:"圣上,陆指挥求见。"

嘉靖:"宣!"

陆炳进来,跪地磕头。

嘉靖问:"你又有何事?"

陆炳神色紧张:"启禀陛下,大事不好!"

嘉靖心里一紧:"什么事?"

陆炳:"据锦衣卫侦知,这些天,京城混入了不少白莲教的人,据说是要把他们的同伙曾铣给抢回去。"

嘉靖怒气冲天,大吼:"这还了得!传旨,即刻将曾铣腰斩示众,妻儿家眷流放三千里!"

北风过处,无边落木萧萧下。

嘉靖二十七年(1548年)三月十八日,北京城黄云蔽日,飞沙走石。正午,西市,曾铣被五花大绑押至行刑台前。

面对台下哭成一片的部属和民众,曾铣仰天长叹:"袁公本为百年计,晁错翻罹七国危!"一行热泪潸然而下。

曾铣，一个威震边关的大明名帅，一个天生的军事奇才、忠君爱国的儒士，就这样不明不白地惨遭冤杀。

在腰斩的痛苦折磨中，一颗将星不甘地闭上了双眼。同他所敬重的岳飞一样，遇害时年仅三十九岁。

明人将曾铣被杀列为奇冤之一，在百姓眼中，曾铣就是大明朝的岳飞。

而在这场内阁权力之争中，夏言最终彻头彻尾败下阵来。曾铣下狱的同时，夏言被褫夺全部官衔，再一次致仕返乡。

然而严嵩和陆炳却不想放过他，就在曾铣人头落地的当日，陆炳再次神色匆匆地进宫，面见嘉靖。

陆炳："启禀陛下，曾铣伏诛之日，夏言痛哭流涕，说圣上冤杀了忠臣。"

嘉靖脸上的肌肉跳了一下，没有说话。

陆炳："臣闻夏言离京之时，曾当众放言，收复河套皆圣上首肯，今出尔反尔，让人心寒！出言如此狂悖，随意中伤圣上，不严加惩治，恐天威受损，众心难服！"

陆炳的话，让嘉靖心里猛然升起了一股熊熊烈火，转身怒吼："夏言现走到哪里？立刻派锦衣卫，快马追他回来！"

圣旨一下，锦衣卫如风驰电掣一般冲出京城，捉拿夏言。

丹阳城外的白杨林里，夏言一家正在树底下歇息。

嗒嗒的马蹄响过，一大群锦衣卫突然围了上来，马上一头领高叫："前面可是夏言？"

夏言满脸狐疑，抱拳拱手："正是老夫，不知几位是……"

锦衣卫没说话，向两边一分，中间走出一人，正是锦衣卫指挥使陆炳。

陆炳面无表情，取出圣旨："夏言接旨！"

夏言忙跪倒在地，陆炳高声宣旨："奉天承运皇帝，制曰：夏言身为辅臣，不思报效朝廷，强君胁众，横行不法，以首辅之职，勾结边将，其心叵测，深负朕恩。着即由锦衣卫押送回京，交大理寺审议定罪。钦此！"

夏言跪地磕头："臣，领旨！"

"对不住了！"陆炳看着脚下的夏言，大喊一声，"上刑！"

早有人过来，用大枷将夏言枷上，一旁有人把囚车推了过来。

夏言知道，此去京师凶多吉少，他对着路旁的一棵白杨树仰天长叹："白杨，白杨，尔能知我此去不返乎？"

白杨不语，一家人挥泪返京。

一路无话，行至通州时，押解的锦衣卫接到了嘉靖圣旨，夏言被就地斩首，时年六十七岁。

扳倒了夏言，严嵩接任了首辅的位置，大权在握。

严氏父子权倾朝野近二十年，招致祸事连连，天下怨恨。

初夏时节，宜黄。

一叶小舟，从宜黄河顺流而下，两岸青山隐隐，林鸟啾鸣。

处死夏言的时候，谭纶已在南京礼部祠祭清吏司主事的位置上干了四年。这一年，他的生母罗氏病逝，谭纶辞官回乡丁忧。

办完母亲的丧事，谭纶郁郁寡欢了好一阵，整天萎靡不振。弟弟谭绠见二哥闷闷不乐，遂邀了几个伙伴春游踏青，散心解愁。

小船过了乌斗，绕过鲤鱼山就到了戈坪。戈坪历来是莲花之乡，但见十里莲塘，小荷尖尖，花蕾初露，挨挨挤挤的莲叶与莲花连成一片，可谓是"接天莲叶无穷碧，映日荷花别样红"。

上得岸来，谭纶俯身细瞧，一个个骨朵像烟花炸开一样，花瓣尖尖的，洁白无瑕，外面紫红的花筋衬托着蕊白，整个花朵显得神秘梦幻。

一阵风吹过，荷叶轻轻摇摆，莲花轻盈点头。偶有蜻蜓落在苞尖，又构成另一幅"小荷才露尖尖角，早有蜻蜓立上头"的美丽画卷。

满塘翠绿，心香一瓣，谭纶一行人心情大好。

戈坪对岸有一矮山，山顶隐隐有一座寺庙。谭纶率众乘兴而上，花木扶疏，曲径通幽。

山顶上，但见"法水寺"三个遒劲大字闪着金光，一白眉白须方丈模样的老僧迎了上来。

谭绖不无骄傲地对方丈说道："我二哥是南京礼部主事，今日游山，想请些茶来喝喝。"

方丈见是贵客到访，忙合掌施礼，让进客堂，端上香茗。

谭纶饶有兴致地问方丈："师父，这法水寺缘从何来呀？"

方丈说："此地名为马岭山，寺庙原本是座古书院，宜黄人称法水书院，历史上曾出过很多秀才举人，故有'秀才名山，法水禅林'之称。"

谭纶呵呵笑道："师父在秀才山上修行，想必也是饱读诗书的学士。"

方丈谦虚地说道："谭大人是人中龙凤，将相良才，老衲怎敢在大人面前言书？年轻时老衲倒也枉读几年诗书，中了个秀才，之后连考了七八次也没落个举人，只好来此躲避红尘。"

谭纶说："此处真是修行的福地，身住秀才名山，远收十里荷塘，人间仙境也！"

方丈脱口而出："四月折荷好时节，鱼山春毫吐清香。"

谭纶也吟诗一首："凌波仙子艳群芳，山川盘郁心气畅。饮之纵未作诗佛，情到深处书茶香。"

笑谈中，不觉红日西坠，银蟾初升，方丈提议众生在寺用斋，大家欣然应允。看着初夏的朗月，闻着戈坪荷塘莲花飘来的一阵阵沁人心脾的清香，谭纶诗兴大发，于是叫小和尚取来笔墨，即兴题诗《莲塘夜月》：

"一鉴塘开竹槛边，种莲几本绿漪然；风生细细香穿户，月照溶溶白满天。飞鸟知还唯犬吠，游鱼不饵傍凫眠；烧残玉烛清如许，也有余光对壁鲜。"

众人看后连连喊好，兴之所至，谭纶想起自己身为朝廷命官，背井离乡，能为国家效力，也不枉人世一遭，触景生情，于是又提笔写道："方塘一鉴浸虚空，一叶流光万叶同；却为素娥情意厚，笑谈唾落锦囊中。"

夜色已晚，谭纶等人辞别方丈，一路闻着莲香，踏月而归。

油灯下，谭纶掩起一份邸报，眉头紧锁。

尽管在家丁忧，谭纶时时刻刻关注天下大事。邸报上，全是坏消息。首辅夏言被斩，东南沿海血雨腥风，时有倭寇进犯。身处江湖之远，国家大事插不上手，谭纶时常感觉焦虑。

咯咯咯……一阵清脆的敲门声，打断了谭纶的思绪。

谭绲进来，问了一声："哥，还没睡啊？"

谭纶示意："坐！"

见谭绲一头的汗水，就问："你怎么也没睡？"

谭绲："刚练习了一套拳法，睡不着。"

谭绲小谭纶四岁，打小不爱诗书爱刀枪，在父亲的严厉管教下，中了个秀才便不肯读书，在家种桑养蚕，闲时舞刀弄枪。

谭纶："咱老谭家世代书香门弟，你怎不去用功读书？好歹中个举人，也算是为咱谭家光宗耀祖。"

谭绲："二哥天生就是个读书人，弟弟天生愚钝，自是比不得。这十里八乡的，就你官最大，有你光宗耀祖足矣。"

谭纶："无冥冥之志者，无昭昭之明；无惛惛之事者，无赫赫之功。你既不喜欢读书，又好舞刀弄枪，何不去考个武举？"

谭绲："弟弟考了几场，名落孙山，实在艰辛，不如做个乡村野人自在。"

谭纶劝导弟弟："好男儿当志在千里，怎能自甘颓废，空负大好年华？"

谭绲："我也想跟哥哥一样能有一番作为，但宜黄这穷乡僻壤的，我能去做什么？"

谭纶："眼下北虏屡屡南侵，江南倭患猖獗，官兵屡战屡败，究其原因是卫所兵制弊端重重，世兵不堪一击。战事频发，朝廷必是要改革兵制，大量招募民兵。"

　　谭綵："二哥意思是让弟弟投军？"

　　谭纶："目前投军时机还不成熟，但国家正是用人之时，不妨潜心练习武艺，精研兵法，将来必有大用！"

　　谭綵两眼放光："我也能为朝廷效力？"

　　谭纶呵呵一笑："只要肯努力，能当大将军。"

　　谭綵："如此说来，我去召集十里八乡的有志青年，天天习武练兵，只要朝廷招兵，众人一起投军去。"

　　谭纶再激他："昔杨家将、岳家军子弟兵上阵，匡扶天下，名垂青史。你若拉起一支队伍，也能造就谭家军了！"

　　谭綵激动得脸都红了，他兴奋地说道："明天我就去召集人手。"

　　不到半月，谭綵就召到了数十号人马，都是空有抱负无处施展的愣头青年。谭纶亲任教官，日日教习他们刀枪骑射、排兵布阵之术。

　　谭纶的丁忧时光，平静倒也充实。

倭寇来了

湛蓝的海面上，几只水鸟掠过，发出嘎嘎的叫声。微风拂过岸上的蒿草，飘起了缕缕雪白的絮花。

海滩很空旷，渔船都出海了，只有一艘受损的渔船被拖至岸边修理，锯子、榔头和木板摆了一地，哐哐哐的敲击声不时响起。蓝天白云下，一渔夫赤裸着上身从船舷后面直起身来，抹了一把汗水，用手当扇使劲地摇。不远处，他的女人抱着几块木板正朝他走了过来。

突然，渔夫的眼光被海的方向所吸引。

几艘大船，从远处驶了过来。在海边生活了一辈子的渔夫一眼就看出，这绝不是普通的渔船，也不像是大明的官船。

大船泊在离岸不远的地方停下，放下十数艘小船划向岸边。看着看着，渔夫的心猛地一沉，一股不祥的预感涌上心头。

看那阵仗，要么是官军的水师，要么是海寇。水师是不可能的，泗门附近可没有水师驻扎。

这时，他的女人也发现了异样，两人半蹲在渔船后面，偷偷地往外张望，小船渐渐近了，船上的人渐渐地清晰了起来，这些人身材矮小，头顶发髻，手执明晃晃的兵器，一个个凶神恶煞。

"不好，海寇来了！"渔夫突然失口惊叫，脸色陡然吓得苍白。旋即拉着还愣着的女人，转身拼了命地跑。

此时海面上的倭寇也看见了这一幕，有人指着那对渔民夫妻，哇哇乱叫着，小船加快了速度，飞快向岸边驶来。

渔夫拉着女人在前面跌跌撞撞地跑，倭寇举着刀枪在后面疯狂地追。突然，一支箭矢嗖地从背后射来，正中渔夫的背心，他扑通一声倒在地下。

女人慌了，哭喊着抱住男人的身子。

转眼间，海寇就冲了过来。

一名倭寇伸手想要拽那女人，女人奋力挣扎，抱住那只伸过来的手狠狠咬了一口，那倭寇痛得嗷嗷大叫。随即，手中的倭刀捅进了女人的身子，汩汩的鲜血流了出来，女人无力地松开双手，身子软软地倒在了地上。

倭寇跨过了他们的尸体，喊杀着冲进了村子。

很快，整个村子火光冲天，惨叫声不绝于耳。

一个身材矮小的海寇一脚踹开了一户人家紧闭的房门，狞笑着走了进去，躲在门后的男主人颤抖地握着菜刀冲了上来，海寇只是侧身一闪，随即倭刀划出一道寒光，男主人前襟一道血线，延伸至腹下，继而血液溅射，整个人轰然倒地。

"啊……"屋内传出一声尖叫和绝望的哭泣。

海寇抬起头，看着缩在角落里尖叫的女主人，狰狞地笑了。他刚刚劈杀男主人时被溅一脸鲜血，显得十分骇人。

海寇在女主人的尖叫声中，嘴里呜啦呜啦地说着听不懂的话，淫笑着走向了女主人……

继而，尖叫、哭泣、撕打声响起，海寇恼羞成怒，抡起拳头狠狠砸在女主人的脑门上，女主人"嗯"了一声，软软地倒在了头上。

海寇用力地撕开女主人的衣衫，雪白的酥胸露了出来，海寇咽了下口水，手忙脚乱地脱下自己的衣裤……

好一会儿，这名海寇才一手提着裤带，一手提着染血的长刀，心满意足地走出了民舍。

身后的房舍，男人倒在了门口，身下淌满了鲜血；屋子里的女人趴在床上，衣衫不整，后背一道斜长血线，汩汩鲜血染红了被子，滴答滴答地沿着床腿滴落在地上，汇成一片小溪。

同样的惨剧，在村里其他的屋子里上演，哭声和哀号声此起彼伏。海寇烧杀抢掠尽兴后，陆陆续续地赶到村口集合。

海寇们俱是满载而归，没有一个空手的，怀里塞满了抢来的金银首饰和铜钱，肩上扛着鸡鸭鹅，牵着牛羊，还有一些海寇手里牵着一根根绳子，绳子那头拴着年轻貌美的女子，像是牵牲口一样。

不仅如此，十余位村里的年轻后生被五花大绑地一并抓走。

一个后生不断挣扎，嘴里一口浓痰狠狠地啐在一头目脸上，喊骂不止。

"八嘎！"

那头目顿时怒极，拔刀就往后生劈了过去，冲天而起的鲜血喷了附近的几个后生一身。头目凶狠地将长刀在那几个后生的眼前晃了晃，那几个后生早被吓破了胆，有人裤子都尿湿了，扑通一声跪在地上，连连求饶。

劫掠持续了好半天，海寇们才登船扬长而去。

杭州巡抚衙门外大街，店铺关门，沿街两旁全是手执火把戒严的兵士，整条街安静异常，看不到行人的踪影。

从街口往里望去，是一根高大的旗杆，再往前，便是偌大的府衙。府衙里透出的灯火一直亮到大门外，亮到门楣上那块红底金字的大匾：浙江巡抚署。

巡抚品级略低于总督，但衙门的规制和总督府等同。

中门里一直到辕门外都站满了军士，辕门内摆满了官轿，灯笼与火把，把院内院外照得一片透亮。

数匹快马风驰而来，快捷的马蹄声在静寂的街头嗒嗒作响，将至辕门前，一名军官迅速上前拦截，喝道："站住！"

来人一勒缰绳，马嘶长鸣。

军官："什么人，骑着马就往里闯？下来下来！"

来人翻身下马，为首的一男子从衣襟里掏出官牒，递给那军官："余姚知县胡宗宪，奉巡抚大人之命前来议事。"

军官接过官牒，瞅了一眼，一脸狐疑："省府议事，要一个知县前来？"虽是不解，但还是转身往里面通报去了。

胡宗宪双手往身后一背，静静地候着。

不多时，那军官慌里慌张地跑了出来，道："还不快去！各位大人等你都等候多时了！"

胡宗宪听了，忙整整官帽，跟在军官的后面疾步进去。

堂上火烛辉煌，映得大堂雪亮。左右两排案桌坐满了红袍紫袍，齐刷刷坐的全是省府各大衙门的官员。

一进门，胡宗宪冲众官员拱手施礼，朗声道："余姚知县胡宗宪，见过各位大人！"

大堂的正中，端坐着浙江巡抚朱纨，神色肃重。

朱纨示意胡宗宪入座。军官把胡宗宪领到靠近门边的一个空座上，一名衙役端来了茶水。

待胡宗宪坐定，朱纨沉声说道："都来齐了，议事吧！胡宗宪！"

胡宗宪赶紧站了起来。

朱纨："余姚屠村事件，惊动了朝野，天子震怒，责令我们迅速彻查此案。你说说，谢家那个案子到底是怎么回事？"

胡宗宪："回禀大人，九月初三日，一股海寇血洗余姚泗门谢家村，谢氏族长满门皆死，整个村子被杀和失踪的人口超过百人，焚毁房屋十余栋，凄惨无比。经查证，谢家和海商合伙走私，欠了他们大笔货款，债主讨债不成就起了杀心。杀人者是海商雇佣的倭寇，卑职现在正四处结网，缉拿他们。"

朱纨冷冷地说道："案子发生在你的地界，拿不到人，我可要拿你是问！"

胡宗宪："是，大人。"

朱纨示意他坐下，沉痛地说道："为了一个'利'字，他们就敢屠村，可见猖狂到了何种地步！张副使，你说说，这些倭人从哪来，又到哪里去了？"

海道副使张一厚接言："接到匪警后，水师即派出战船追踪。这伙海寇进入舟山海域的双屿港附近即消失。我朝厉行禁海政策，舟山岛民都被强令上岸长住，许多岛屿成了无人岛，寇贼趁机踞岛筑巢，在海上兴风作浪。"

朱纨痛心疾首地说道："双屿港现在已是海寇们的天堂。每天都有上万艘海船云集，大肆走私贸易，劫掠过往的船只，这颗毒瘤不除，终成东南沿海心头大患！"

张一厚："双屿岛分为上庄和下庄两岛，徽商许栋占据了上庄岛，闽商李光头便占据下庄岛，他们与倭人、南洋人甚至西洋人做走私生意。有些人明为海商，暗地是寇，这边与人做完交易，那边就安排人在半道上抢掠财货。海寇之所以猖獗，是因为许多官绅豪族参与其中，与海商沆瀣一气，狼狈为奸。"

朱纨："俗话说得好，没有内鬼引不来外贼！如果不是有人内外勾结，贼寇又怎会如此猖獗，屡禁不绝？谢家被灭门，有些人也该醒醒了，再和那些海寇纠缠不清，说不定就是下一个谢家！"

堂下有些官员感觉如芒在背，心虚地把头低了下去。

朱纨："这次谢家屠村事件，究竟是何人所为？"

张一厚："根据耳目侦测，谢家族长欠了李光头的钱不还，还以上告官府相威胁，李光头气恨不过，叫来倭人将谢家洗劫一空。这些倭人久居海上，凶残无比，一上到岸来就烧杀劫掠，导致整个村子的百姓都遭了殃。"

胡宗宪腾地站了起来："请大人下令，胡宗宪愿出兵剿贼！"

朱纨示意他坐下，沉声说道："出兵已是势在必行，我们要剿灭那些横行海上的海商海寇，更要铲除背后的各种豪强势力，再有利益勾结，一律以通倭论处！"

朱纨此言一出，有些官员坐不住了，窃窃私语。

一官员慢慢地站起来："大人，容卑职说两句。血洗谢家的那些亡命徒不过是少数。多数海商还是安分守己，循规蹈矩。去年海上闹倭寇，还是许栋他们出面帮着官府把他们打了下去。要说全都剿杀，好像也不近人情。"

此话一出，一些官员都拿眼看着朱纨。

朱纨："荒谬。靠贼捉贼，你还想蛇鼠一窝不成？"

官员面红耳赤，辩解道："海面那么大，不靠些豪强帮着维持，官府哪能都管得过来！"

朱纨双手抱拳，空中一举："圣上有旨，钦命本官提督浙闽军务，彻底剿灭海商流寇，还我东南沿海朗朗乾坤！自今日起，浙闽两省所有双桅以上船只统统销毁，严禁出海！凡与藩国买卖、私通海贼劫掠良民者，皆处以极刑，全家发配充军！"

此语一出，大堂上顿时鸦雀无声。

朱纨："张副使！"

张一厚："下官在！"

朱纨："你去摸清楚双屿海寇的情况，尽快拿出剿寇策略，还浙东海面之朗朗乾坤！"

张一厚站起来，拱手："下官谨遵巡抚大人令谕！"

议完事，堂会散去。

巡抚衙门的侍卫在前掌着大红官灯，官员在后面鱼贯走出衙门。不一会儿，衙门前的辕门前停满的那些大轿旁站满了窃窃私语的地方官员，官袍簇动，一些人的表情十分愤慨。

一官员道："我看出来了，他这次来，可是要断人财路的。"

旁边一官员附和："可不是，浙闽从上到下，哪一个离得了海上？不在海上发财，我们岂不是都要天天吃白水豆腐，两袖清风？"

另一官员："朱纨贵为巡抚，咱们胳膊扭得过大腿吗？"

胡宗宪跟张一厚拱手告别，与随从上马疾驰而去。

张一厚反身扫了一眼那些窃窃私语的官员，一脸阴郁地向自己的官轿走去。

暗影中，一个军官从衙门里面大步跑出来，冲到众官员面前，东张西望，大声喊道："张副使，张副使在吗？"

张一厚举手："我在这儿。"

军官："巡抚大人找你呢。"

众官员停住议论，看着军官带着张一厚匆匆返回衙门。

张一厚步入内堂，朱纨正坐在案前灯下披阅案卷。

朱纨没有抬头，手中笔犹未停，道："本月有一批日本朝贡使团到达宁波水域，共四艘双桅大帆船，六百余人。"

张一厚："日本国使团？不是还有两年才能来的吗？"

嘉靖初年，朝廷就因"争贡之役"取消了宁波市舶提举司，中止了中日官方的勘合贸易。直至嘉靖十七年（1538年），日本国主再次派遣使团入华朝贡，勘合贸易才得以重启。

朱纨停笔，抬头："这次日本派出的正使，叫策彦周良。根据上次颁发的勘合文书，确实应在两年后才能入贡。朝廷有令，使团'人无过三百，舟无过三艘'，可如今他们船多了一艘，人超过一倍。宁波方面不敢擅自做主，急件飞报巡抚衙门请示如何处置。"

张一厚："大人，我看得慎重。日本使团成员复杂，有僧侣、商人、官员，还有一些武士浪人，他们携带兵器装备漂洋过海而来，不可不防！还有，既然朝廷有规定，他们就得按规定来，不可任其想来就来，想怎么来就怎么来，不然，我大明的天威何在？"

朱纨点头："是这个理，通知宁波府，让日本使团即刻回国，待时间到了再来。来了，也要遵守要求，这是规矩！"

张一厚不无忧虑："下官担心，那些日本人好不容易才来到大明，岂能甘心空手而归？他们要是转投双屿港了，恐怕又要惹出什么祸端。"

朱纨："这个不是没有可能，他们若是驻扎双屿港，六百多人的吃喝补给都成问题，要是上岸骚扰百姓，或者与海寇因争利火拼，哪一样都不能叫人省心。传令水师，密切关注双屿港水域海商海寇们的动向，一有异动，立即出兵！"

张一厚拱手："是！"

定海县南薰门码头，四艘巨大的双桅大帆船一字排开，日本使团既没有得到大明官府的补给，也没有得到上岸的许可。几百人耗在码头上待了一个多月，一种焦躁与不安，在使团成员们之间弥漫。

这一天，他们盼望已久的大明官府终于派人来了。

不准上岸，即刻返回。这消息无异于晴天霹雳，在使团成员中炸开了锅。有人在群情激愤下欲找官府评理，策彦周良不允，严令各船管束好自己的成员，切不可闹出什么事情来。

正无助间，一艘商船主动找上门来，来人自称是徽商许栋的手下。

策彦周良命人让其上船，一个青帽锦袍儒生模样的男子来到他的面前，躬身施礼，用一口纯熟的日本话说道："在下汪直，受我家船主许栋之命，前来邀请使团去水寨一叙！"

策彦周良回礼："大名鼎鼎的许大船主？如雷贯耳，失敬失敬！"

汪直不无得意："我家船主纵横海上十数年，跟你们日本国主都有过多次往来。听闻你们来华朝贡，特命在下前来迎候。怎么，官府还是不让你们上岸？"

策彦周良长叹一声："我们生怕错过朝贡时节，提前两年来了。没想到浙江官员以不合规矩为由，让我们返回国内，到期再来。"

汪直："使节莫要烦恼，既然如此，不如先到我家水寨暂泊，朝贡的事寻找机会再与官府沟通，如何？"

策彦周良沉吟片刻，点头："也好！只是这样一来，就给你们添麻烦了！"

汪直豪爽一笑："中国有句古话：有朋自远方来，不亦乐乎。我们与日本国多有贸易往来，略尽地主之谊，也是我们分内之事。"

在汪直的带领下，策彦周良率四艘朝贡使船来到了双屿港。

　　许栋是双屿港内最大的势力，二号人物汪直饱读诗书，精于谋略和算计，是许栋最得力的助手。

　　住了几天，汪直的意思终于暴露了出来，他想让策彦周良把四艘船上的商货，交由他们来交易。但是，不管汪直如何鼓动，策彦周良却始终没有松口。因为国主要他们与大明朝廷进行贸易，与民间商人交易，如何回去跟国主交代？

　　"您请放心！"汪直拍胸担保，"我汪直清楚你们日本国的市场需求，我会替你们办好回去的商货，包您一回去就会受国主的重赏。"

　　策彦周良从这个热情而精明的生意人身上，感到了某种不安。

　　"我要与大家商议。"策彦周良开口了，"稍后给你答复！"

　　汪直无奈："好吧，静候您的佳音！"

　　日本这次遣派到明朝的正副贡使，从"京都五山"的僧侣中遴选。所谓"五山"，指寺而言，而"京都五山"则实有六寺，按等级依序为天龙寺、相国寺、建仁寺、东福寺、万寿寺，之外另以南禅寺冠于五山之上。策彦周良就是南禅寺的僧侣，选派僧侣充任贡使，不仅因为他们与室町幕府有特殊的关系，而且也因为他们饱读诗书，同时了解明朝的国情。

　　他的副使选自相国寺，法名钓云。

　　送走汪直，策彦周良一声叹息："国主委以我们重任，然而大明的官府却不让我们上岸，进之不得，退又不甘，这该如何是好？唉……"

　　"正使不必烦恼，既来之则安之，目前这种状况只有想法子应付。"钓云沉吟了一会，自信地说，"今日之事，决不能无功而返。否则，不但对幕府及各地诸侯无法交代，只说四条船上的人，历经千辛万苦漂洋过海而来，怎甘心就这样无功而返？"

　　策彦周良默然，忧心忡忡地说道："那接下来我们怎么办？六百多人困在这里，光是吃饭就是一笔巨大的开支。再说，如果真要等过两年才能上岸朝贡，这些武士浪人还不得憋疯了？"

　　钓云："为今之计，咱们必须先养活自己。这些船上有这么多货物，跟这些商人交易一部分，保住给养开支再说。"

策彦周良："货款呢？收不回又如何？"

钓云："那怎么可能？一手交钱一手交货！"

策彦周良："不可掉以轻心，这些人亦商亦匪，往往货一到手就避而不见。一些海商交易完后甚至半道上又劫持，把钱、货再抢了回去，这样的事多了。他们人多势众，我们能奈他们何？"

策彦周良的担心不无道理，早先日本商船与他们交易，被黑吃黑吞没私货亦是常有之事。

如果遇到这样的情形，那些日本的货主自然在近岛坐索，舶主的供应渐渐不足，逼他们上岸掳掠，这就是最初倭患的由来。

"这，我就不明白了！"钓云困惑地问，"那些商人为什么要使这样卑鄙下流的手段？大明的官兵难道不管他们了吗？"

策彦周良："参与海上贸易的大多与当地豪强串通一气，与官府亦有千丝万缕的关系，多方利益勾结，使得他们有恃无恐！"

钓云惊讶得张大了嘴巴："这……也太黑了。"

策彦周良点头不语。

钓云："那我们进也不是，退也不是，卖也不是，不卖也不是，这该如何是好？"

策彦周良："问得好！这就是我找你来商量的原因，现在我们身处这样的境地，下一步该怎么办？"

钓云："我们这些使团成员中，僧人、官员都还好说，只是那些商人、武士浪人难以管束。他们漂泊海上久矣，忍耐度已到了极点，忍无可忍的时候，只怕会失去理智。"

"我担心的也是这个！"策彦周良点点头说，"大明海禁，打压的是正当的经商贸易，得利的是豪强和盗匪。我们远道而来，一切都要忍，先解决这些人的生存问题，再想办法争取早日上岸朝贡。不然，咱们底下的这些人可真管束不住，与这些海商海寇硬碰硬，万一死在异国他乡成为孤魂野鬼，何苦！"

钓云："正使大人说的有理！"

"你去跟汪直谈谈。"策彦周良道，"那汪直如果真肯帮我们的忙，我倒想请他做一件事。"

钓云："正使请讲！"

策彦周良："我想写一封信给浙江巡抚朱纨，请他体谅我们千辛万苦远道而来，让我们早日上岸朝贡。这里要请汪直做的事就是帮我们斡旋和通融，打通朱纨这个环节。"

钓云："这个办法可以一试，汪直这边一心想与我们通商贸易，肯帮这个忙，我们可以与他交易部分商货。"

策彦周良点头："就是这个意思！"

杭州府，华灯初上，万家灯火。

三匹快马急匆匆地穿过城区街道，径直来到了巡抚衙门的前面。领头的上前递上帖子，衙役接过，急忙往里送去了。

不一会儿，里面出来一名校尉，把三人领了进去。

三人跟在校尉的后面，领头的边走边问："巡抚大人可在？"

校尉："巡抚大人从下午起就不断在问你们到了没有，此刻还在签押房批阅公文。"

听得这话，三人不敢怠慢，加紧了脚下的步伐。

然而校尉带着他们七拐八拐，没有来到他们预想的签押房，却带他们来到了巡抚衙门的后膳房。

三人感觉奇怪，其中有个人问了一句："不是说，巡抚大人在签押房吗？"

校尉："巡抚大人早有吩咐，几位大人日夜兼程，这个点到，肯定是没吃晚饭，已关照厨房预留了一些酒菜，请各位先用饭，休息一会再谈公事。"

大家顿时感动不已，领头的说："巡抚大人如此体恤下属，让人感佩不已。

也不知紧急召见，所为何事。"

校尉："这个下官真的不知，巡抚大人一向严谨，但凡重大事情都不会让我们这些下人轻易知道。"

领头的呵呵一笑："生怕你们走漏了风声。"

校尉谦逊地回答："是是是！"

吃完饭，三人被领到签押房与朱纨相见。

三人排成一列，大声报告："福建备倭指挥刘恩至、福建都指挥卢铠、福建海道副使魏一恭参见朱大人！"

朱纨迎上前去，说："好！好！诸位辛苦了！"

刘恩至高大魁梧，朱纨不胜欢喜："刘指挥果然一表人才，去年考中武状元，今年就被委以重任，前程无量啊！"

刘恩至："皇恩浩荡，刘恩至一定鞠躬尽瘁，死而后已。"

朱纨："有刘状元这番话，我对浙闽防务就更有信心了！"

众人落座，上茶。

刘恩至忍不住问了一句："大人紧急召见，所为何事？"

朱纨示意家丁和那名校尉："你们都下去吧，没有招呼，不得进来！"待他们都出去了，方才脸色凝重地说道："舟山的双屿港，已成为海寇的天堂，东洋人、西洋人与海上豪强非法贸易，杀人越货，无所不为。上个月，一支海寇侵犯余姚谢家，一百多号人被杀被掳，朝廷震怒，令我们尽早铲除这颗毒瘤。调你们福建水师前来，意在扫平双屿港，铲除各种非法势力。"

刘恩至大惑不解："浙江沿海均有水师，大人何故舍近求远？"

朱纨："这些海上势力，多与陆上豪强勾结，往往军令还没出门，那边就已得到消息。此前浙江水师也数次围剿双屿港，都因消息提前泄露，海寇从容逃逸，我军无功而返。"

刘恩至倒吸了一口冷气："难怪如此……末将愿听从大人的调遣，只是福建水师对舟山水域不甚熟，还需些日子好好侦察一番。"

朱纨："这个要的。"

说着从果盒里取出几枚核桃，将案几上的书本账册推开，放上一枚核桃，说："这是舟山。"又放一粒，"这是六横岛……"

三人把头伸了过去。

朱纨一边摆着核桃一边说："六横岛东北，舟山之南，有个小岛，便是双屿岛。周边礁岩洲屿星罗棋布，水路交通错综复杂，合围聚歼有一定的难度。所以你们福建水师主要负责双屿港核心区域的清剿，周边水路由宁波、舟山、台州水师扼制，伺机围追堵截。"

三人认真倾听，频频点头。

朱纨："双屿水域，除许栋、李光头两大势力，还有许多东洋倭人、西洋番人、马六甲商人各据一隅，形成数百支大小不一的武装势力，港内船只上千，泊客过万。"

卢镗："末将追踪李光头多年，做梦都想将他绳之以法！"

朱纨："此战关系重大，务必严守机密，小心行事。寒食节在磐石卫完成集结，等我号令全面攻击。到时候浙江水师这边也同时行动，配合你们清剿和堵截！"

三人领命："遵命！"

朱纨面容肃穆，对三人施礼，说道："成败在此一举，请诸位多多费心！"

三人赶紧还礼："大人言重，我等必当全力杀敌！"

黄昏的双屿港，一艘小船迎着夕阳驶进了上庄岛，一个精干的汉子下船登岸，迈着匆匆的脚步来到水寨。

此人叫毛海峰，汪直的得力干将，胆大心细，头脑精明，更难得的是，他在浙江官场、军队、豪强等圈子中，均有非常不错的人脉关系。

汪直派他到杭州去为策彦周良投书，绝不是投书送信这么简单，更重要的是打探官府的动向和机密。

议事厅前，许栋、汪直端坐上首，听着毛海峰从岸上带来的各种消息。

毛海峰："启禀二位船主，这次奉命去杭州投书，朱纨先是断然拒绝，我只好通过一些官场的朋友出面，他才勉强答应将日本人的请求上报朝廷。不日即可得到朝廷方面的答复。"

许栋点头赞许："这事要是办妥了，那些日本的商货才肯交由咱们交易，这可是一笔大买卖！"

汪直："这事朝廷怎么说还不一定，只是没有得到朝廷的答复前，那些日本人死活都不同意跟我们交易，那些人里有不少是战斗力极强的日本武士，强行动手难免两败俱伤。"

许栋："前些日子，李光头的船到日本船周边晃悠了好几次，见他们武器精良、戒备森严，都不敢下手。"

汪直："为今之计，只有耐心等候一段时间，看朝廷方面怎么答复再说。"

毛海峰："船主，这次上岸，小的还打听到两件事情。"

许栋、汪直睁大了眼睛，异口同声地"哦？"了一声。

毛海峰："第一件事情，朱纨定在寒食节前去宁波犒赏戍守沿海的卫所官兵。巡抚衙门已行文杭、温等地官府，征购黄酒、毛猪、月饼等物，限中秋节前三天，各派数百军士运至宁波。"

毛海峰歇了口气，接着说："第二件事，巡抚衙门下令杭州各县定铸两种铁牌，一种是挂腰带上的，上有一个'勇'字，铸三千面；另一种比较大，不知道挂哪用的，上有'保境安民'四个字，共二百面。"

一直在倾听的汪直，起先声色不动，听到这里，突然神色骤变："他们铸这么多牌子是何意？"

毛海峰："小的通过多方打听，大家也是一头雾水，但据官场朋友的分析，应是近期会有出兵，不然铸那么多铁牌何用？"

汪直："官府可曾规定什么时候铸好？"

毛海峰："有，限各县寒食节前交货，迟交一天知县要挨责罚。"

　　汪直转头对许栋说道："船主，这两件事情串起来，恐怕是有大事发生！"

　　许栋的脸上有了一丝紧张："哦？"

　　汪直："在下怀疑，他们这是明修栈道，暗度陈仓。朱纨选在寒食节前视察宁波，然而又让各地官军以运送犒赏物品为名奔赴宁波，这分明就是增兵宁波。其二，铸那么多铁牌何用？不就是为了号令各军所需吗！"

　　许栋："你的意思，他这是要出兵打仗了？"

　　汪直："很有可能。你想，三千'勇'字铁牌，就是三千兵士，二百面'保境安民'的大铁牌，猜测是挂船头的，也就是说要出动二百艘船只！"

　　毛海峰惊叫了一声："那么多的船？难道是来打我们的？"

　　汪直肯定地点了点头。

　　毛海峰："如果这样的话，咱们还是赶紧撤离的好。"

　　许栋沉默不语。

　　汪直、毛海峰两人定定地看着许栋，等着他的决定。

　　许栋沉默半晌，道："再过个把月，有两艘西洋船会按照契约来双屿港跟我们交易，都是些珠宝、象牙、龙涎香等贵重物品，这两船商货，最少也能赚数万两银子。我在想，双屿港水域这么大，他区区二百艘船能把我们吃了不成？"

　　汪直："话是这么说，但我们也不得不防。"

　　许栋："你们刚才推断，寒食节或是他们的攻击日，距今还有一个多月的时间，我们可以再等等，看能不能等到西洋船的到来。官军可能围剿的消息咱们暂时不要泄露出去，官军来了，李光头他们还可以挡上一阵。当然，我们这边也要加强防范，一有风吹草动即刻撤退！"

　　汪直点头："咱们这里还有日本国的朝贡使团，官军不可能把他们也一锅端了。"

　　许栋："是，那四艘朝贡船，也要给我牢牢盯着，有他们在，官军必然投鼠忌器，即使是要攻打我们，还有一个缓冲的时机。"

　　汪直："在下一直在考虑一个问题，日本国的四艘船上，有数百名武艺高强的日本武士和浪人，他们尚武好斗，放浪不羁，如今在船上被两个僧人管束这么久，早憋坏了。属下对他们只需略施一点恩惠，带他们上岸快活几次，这些人自然肯为咱们效力了。"

许栋大喜："这是好主意，你去把他们当中的武士和浪人收买过来，充当我们的护商队，官军来了，也好多些帮手。"

汪直："请船主放心，在下这就去安排！"

四月初七这天，平静的海面上骤然冒出了遮天蔽日的帆船，有大明水师的福船，也有临时征调来的大型渔船。

朱纨亲率宁波、舟山、台州以及各地调来的三千人马，分乘二百艘船，将双屿港外围海面紧紧包围。

按照朱纨的部署，福建水师于四月初四抵达磐石卫，休整一晚后，第二天天刚蒙蒙亮，福建水师战船便直扑双屿港。

当数百艘船只突然出现在海面时，双屿港内一片慌乱。徽商的二当家汪直闻讯立即爬上箭楼一看，瞬时大吃一惊。

无数战船向这边扑来，每艘大船都有闪闪发亮的火炮。

再往日本朝贡使团的停泊点看过去，港湾内空空如也，四艘大船不知所终。汪直大惊，问身边的哨卫："那四艘日本船哪去了？"

众人面面相觑，汪直的脸色黑了下来，一个哨卫犹犹豫豫地说："昨日下午还在，也不知道咋回事，这一早就不见了。"

汪直预感大事不好，大吼一声："官军来了，通知船主撤离！"

说完，他自己仓皇爬下箭楼，带着数十名心腹开船就跑。

等许栋得到信，福建水师已经杀到近处，炮火连天，水柱冲天而起，海寇的船只猝不及防，哭爹喊妈仓皇逃窜。

与此同时，浙江水师完成了外围水路的包围，上百门火炮同时咆哮，怒喷火舌，硝烟弥漫。

　　许栋的双桅大船装备了最精良的佛郎机炮，船舷两侧各探出了十几门火炮，疯狂地往外轰炸，那射速竟比明军的火炮快了数倍不止。

　　顷刻间，几艘挡在面前的明军战船被炸起火，封锁线撕开了一道口子，许栋等人率船奋力外逃。

　　下庄岛上，卢镗亲率数百名官兵冲进被炮火轰成一堆的废墟，几乎未遇到任何抵抗，剩余的残匪不是被杀就是被俘。

　　突然，一名高大魁梧的光头汉子从一堵残垣断壁后面冲了出来，几名士兵把他围在中间，光头大汉毫无惧色，左冲右突，士兵连连倒地。

　　卢镗面色一沉，大喝一声："都给我退下！"

　　人群中空开一条道路，卢镗大步向前。

　　光头汉子冷冷地盯着卢镗，倭刀上，鲜血顺着刀锋往下滴落。卢镗在他对面站定，厉声喝道："李光头，还不束手就擒？"

　　光头汉子："我道是谁，原来是卢指挥。"

　　卢镗："天网恢恢，疏而不漏。李光头，你残害百姓，罪恶滔天，纵是逃到天涯海角，我卢镗也要将你绳之以法！"

　　李光头："那要看我手上的宝刀答不答应！"

　　卢镗一振手中长剑，指着李光头，说："雕虫小技，也敢班门弄斧！"

　　李光头也不说话，双手紧握手中倭刀，寒光一闪，照着卢镗的面门就砍了过来。

　　说时迟，那时快，卢镗剑气如虹，飞身避开刀锋，顺势挥剑侧击倭刀的背面，刀剑撞击发出清脆的金属声音。

　　李光头的倭刀还没收回，卢镗的剑锋已经顺着刀背滑了过来，速度极快。李光头大惊，整个身子迅速往后一仰，剑锋贴着鼻尖抹了过去。

　　刀剑飞舞，两人战作一团。

　　李光头虽然身强力壮，但始终处于下风。只听得卢镗暴喝一声："着！"

李光头持刀的右臂被利剑刺中，倭刀哐当一声掉在了地下，霎时鲜血把衣服都浸湿了。

卢铠飞起一脚，把李光头踹翻在地，喝道："捆起来！"

几名士兵一拥而上，把浑身是血的李光头按倒在地，五花大绑了起来。

海面上，许栋的大船杀开一条血路，没命地往东边的大海深处逃窜。跟他们一起外逃的，还有一条蜈蚣形状的西洋船。

一名大胡子洋番站在船头紧张地张望，桅杆上负责警戒的一名水兵忽然大声发出警告。

大胡子急忙举起望远镜望去，只见远处的海面竟然出现了无数艘大小船只，把外海的航道封了个严严实实。

大胡子用番语吼叫着，水兵们把甲板上的炮口对准前方。西洋船上，一片慌乱。

与此同时，许栋也发现不妙。一名哨卫惊慌失措地冲到许栋的面前，大声叫道："船主，前方水师设下了埋伏！"

许栋："慌什么，放慢船速，让西洋人先冲！"

果然，西洋人的船速一点不减，径直往前冲去，数十门佛朗机炮同时发射，炮声咆哮，火舌喷出。

佛朗机炮是后装弹的滑膛加农炮，采用子母铳的方式，一个母铳配数个子铳，所以换弹非常快。

离得最近的几艘福船中弹了，明军官兵的尸首横飞。

但是，更多的福船围了过来，数百门火炮同时击发，威力也是相当惊人。海面上硝烟弥漫，炮声震耳欲聋。

终究是双拳难敌四手，恶虎架不住群狼。佛郎机炮再厉害，也敌不过铺天盖地的炮火攻击。

不到一炷香的工夫，西洋船身中多枚炮弹，甲板上火光冲天。

"开炮！开炮！"许栋声嘶力竭地高叫着。

他的周围，已有无数只福船围了上来。

退无可退，唯有拼死向前。

然而，纵横海上数十年的许大船主这回再也无力回天。

几发炮弹接连命中船体，火光中，许栋的尸首飞上了半空，巨大的船只被炸成了两半，迅速下沉。

轰轰轰……

炮战还在继续，一柱一柱的水花冲天而起。 弹雨和水柱之间，无数只海船四处仓皇逃窜。

朱纨自杀

汪直凭着地理优势，七拐八弯，绕开了层层堵截。

眼看就要冲出包围圈，两艘水师福船兀然出现在了正前方。

"转舵，快转舵！"汪直嘶吼着，几十个水手手忙脚乱地调整了方向，拼命地往西南方向逃离。

此时，有更多的商船冒了出来，他们跟在汪直的屁股后面。水师福船对着就近的船只追着打，缠斗之间，汪直已逃出去好远。

由于是顺风，双桅帆船鼓足了风帆，行驶得飞快，这让汪直彷徨不安的心情得以稍稍平稳。然而在此时，身后的海面竟又出现了一片帆影，汪直不由大吃一惊，急忙取出一支单筒望远镜来仔细观察。

好一会儿，汪直长吁了一口气，跟在身后的大船明显是蜈蚣形状，那是西洋人的船只。

汪直重重地跌坐在甲板上，头发散乱，双眼无光。

战斗结束的时候，已是晚霞满天，海面上金蛇乱舞，海岸上炊烟袅袅。

朱纨、刘恩至站在码头上，看着水兵们骄傲地昂首挺胸，肩上扛着各式各样的战利品，脸上露出了开心的笑容。

卢镗押着李光头来到近前，大声报告："禀报巡抚大人，抓获匪首李光头！"

朱纨抬头打量了捆得像粽子一样的李光头一番，只见他脸色苍白，两眼无光，整个人都耷拉了下来。

朱纨将手一摆："带下去！"

刘恩至抑制不住内心的激动，向朱纨汇报战绩："大人，大获全胜，大获全胜啊！许栋被当场打死，汪直下落不明，活捉海寇头领李光头、许六、姚大总、顾良玉、祝良贵等十四人，击毙一千二百余人，焚毁大小战船七十七艘，缴获的佛朗机炮、火铳、铅弹、刀枪无数。还有，在匪巢和贼船上搜出的金锭、胡椒、檀香、丁香等商货，总价值超过两百万两白银。"

朱纨身子一震："这可是我大明一年的收入！"

刘恩至："是！巨大的利益驱动，才使得这么多的海商海寇铤而走险！"

朱纨："立即上报朝廷，为将士们请功！"

刘恩至："双屿港如何处置？巢穴虽捣，但恐卷土重来。下官建议，派水师驻守此处，不然，这里迟早还会成为海寇的巢穴。"

朱纨沉吟了一会，道："双屿港四面都是大洋，形势孤立，如有大批海寇卷土重来，官军很难抵挡，不如把它毁了，一了百了！"

刘恩至："毁了？"

朱纨一指前方："到周边岛上调取石头，填塞港口和通航水道，从此这里就是一个死港，再无死灰复燃的可能。"

刘恩至："好的，下官这就去安排！"

宁波港，四艘日本的朝贡船静静地停泊在港湾。

就在大明官军向双屿港发起总攻的前一天，宁波官府派人悄悄地来到日本使团的船上面见策彦周良，说是浙江巡抚朱纨召见正副贡使策彦周良和钓云，面商朝贡勘合的相关事宜。

　　策彦周良听了当然是满心欢喜，立即表示愿意听从官府的安排，随后在宁波官员的引导下，四条双桅大帆船驶入甬江停靠在宁波港。正副使被安排前往北京朝贡，其他人仍旧住在船上。

　　然而在清点人数的时候，六百多人的使团只剩下了三百多人，已有半数人在汪直鼓动下，投到许栋的麾下干海寇的营生去了。双屿港之役，使那些幸存的武士浪人漂泊海上，成为居无定所、以劫掠为生的倭寇。

　　汪直往西南方向一路逃窜，趁着天黑躲进金塘岛的一个岔港暂时栖身。随后几天，陆续有被打散的各股势力聚拢了过来，短短几天时间，汪直的手下又聚起千人之众。

　　金塘岛上，汪直迎来了自立门户后的第一位客人，一艘西洋船，满船的佛郎机炮、火铳和西洋物件。

　　石块和木头搭建起来的棚屋里，汪直和一名满脸大胡子的红发番人罗伯特对席而坐，两人一边喝酒一边谈着生意。

　　"我们许大船主去年不是跟你们约好了来两艘船吗？怎么就你们一艘前来？"汪直问道。

　　"我们到达双屿港后，见那里已经被毁掉，另外一艘船掉头转往马六甲去了。我们在港湾休整了一晚，本来也准备在第二天前往马六甲，没想到遇上一艘商船，他们说你在金塘岛上，我们就找到这里来了。"罗伯特用半生不熟的汉语说道。

　　汪直："双屿港那么繁华的贸易港口，那朱纨说毁就毁了，唉……"

　　"法克……"罗伯特一边喝酒，一边含混不清地骂着什么。

　　汪直一仰脖，一口老酒下肚，闷声说道："如今浙闽海面风声鹤唳，官兵日夜巡视海岸，大量的民船被毁，那些士绅商贾都不敢跟我们做买卖了，所以你要的那些丝绸、瓷器和茶叶在短时间里实在难以凑足。不过，你要是信得过我，可以先给我一部分珠宝、象牙、香料，让我去岸上换货。你在这里待上两三个月，我保证备齐你们所需的所有货物。至于价格嘛，我汪直做生意从来都是童叟无欺。"

罗伯特皱了皱眉头，头摇得像拨浪鼓："不行不行，两三个月时间太长，官军天天清剿，随时都有可能把我们消灭。我只能给你几天的时间，拿到货我们就走。"

汪直："官军清剿是不假，但我们对这里的海岛水域十分熟悉，他们来了我们就躲起来，你跟着我们一起，保证毫发无损！"

罗伯特也想转去马六甲海峡，但那里已经是佛郎机人的天下，去那边交易的话几乎无利可图。所以他还是希望，能在汪直这里完成交易，只要能弄到满满一船的瓷器、丝绸、茶叶回去，必定要发大财。

汪直看出了他的犹豫："兄弟，中国有句老话，富贵险中求。只要你给我几件东西，我确保你在这里高枕无忧！"

罗伯特眼珠一转道："说来听听！"

"给我几门佛郎机炮、五十支火绳枪。"汪直沉声道。

罗伯特只顾喝着酒，也不回话。他心里清楚，火绳枪和佛朗机炮是西洋人的最大优势，西洋人之间互有约定，火绳枪和佛朗机炮不能卖给东方人。毕竟西洋人远渡重洋而来，人少船少，要是连武器的优势都没有了，难免被海寇海商黑吃黑。

汪直："中国有个著名的故事，叫唇亡齿寒。"

罗伯特："什么意思？"

汪直："中国古代有个晋国想从虞国借道去攻打虢国。虢国劝阻虞公说，虞、虢两国就像嘴唇和牙齿，虢国灭亡了，虞国一定跟着亡国。结果，虞国的国王不听，答应了晋国的要求。晋国通过虞国灭掉了虢国，军队回来的时候又乘其不备攻打虞国，最后虞、虢两个国家都灭亡了。"

罗伯特："噢，你意思是说，咱们两个也是嘴唇与牙齿的关系？"

汪直："是的。如今大明的官府厉行禁海，把我们这些人搞得都没活路了，你们西洋人找谁做生意？你把先进的武器卖给我们，至少还可以和官军拼一把。

只要有我们在，你们就不愁没钱赚。"

罗伯特目光闪烁，显然有点心动了，再加上他急于完成交易离开这个是非之地。

想了半天，罗伯特下定决心："好，我给你两门佛朗机炮、五十支火绳枪，每门大炮三百两银子，一支火绳枪二十两银子。总共一千六百两银子。"

汪直伸出右手竖起大拇指和食指，表示只能给八百两银子。

罗伯特装出一副很为难的样子，不断地摇头。

汪直："我汪直做生意从来不让人吃亏，要不是家底被人抄了，这一千六百两我会一分不少地给你。这样，再给你加二百，一千两银子，再多我也拿不出来。以后我翻身了，绝不会在意这区区数百两银子，给你补上就是。"

罗伯特无奈地说："好吧，看在朋友的分上，成交！"

二人达成交易，罗伯特给了汪直两门大炮、五十支火绳枪，又给了他一些珠宝、象牙、香料之类的商货，让他到岸上去换些他想要的瓷器、丝绸、茶叶回来。

凭着这单生意，汪直的势力迅速在海上崛起。

宁波府，朱纨坚定的声音在大堂内回响："在双屿港被捣毁后的近两个月里，余寇四处逃窜，不断袭扰浙闽沿海，必须加大清剿的力度。传令：温州往南，由卢镗率福建水师进行拉网式清剿；温州往北，由张一厚率浙江水师进行全面清剿，海面不清，决不收兵！"

众人朗声回答："是！"

朱纨部署的再清剿行动，在浙、闽海上轰轰烈烈地拉开了序幕。伴随着清剿行动的深入，捷报不断传来。

巡抚衙门签押房，张一厚的声音充满了兴奋："大人，拉网式的清剿，取得了立竿见影的效果：八月初三，多艘牛头战船和哨船闯入温州海域，福州左卫指挥使陈言率部杀死倭寇十五名、暹罗国海寇七人，缴获哨船一只、叭喇唬船一只。八月初八，福建都指挥使卢镗追赶倭寇至浙江金乡卫，四十七名倭寇被烧死，俘房倭首一名，夺回被掳男女七人。九月初六，镇下门海域缴获倭寇船两艘，船上十八名倭寇被活捉，还有数十人溺毙水中……"

听着这些捷报，朱纨也是满脸欣喜："如今海寇惶惶不可终日，各部要一鼓作气，一举将这些海寇全部歼灭！"

张一厚："余寇已是日渐式微，翻不起多大的风浪。唯有汪直盘踞在金塘岛一带，贼势日炽，恐要再行一次大规模的清剿！"

朱纨点头："汪直漏网，贻害无穷。等清剿完了沿海的流寇，我们再集中兵力给他来个全面的清扫和围剿！"

张一厚："是！把汪直剿了，沿海就平静了。"

正说着，一名衙役飞奔到了签押房，一进门就叫道："大人，朝廷派钦差传旨来了！"

朱纨一愣，霍地起身迅疾往外走，边走边吩咐那衙役："快快快，赶紧摆案焚香！"

张一厚紧紧地跟在朱纨的后面，一脸欢喜："大人，莫不是圣上收到咱们的捷报，派人封赏来了？"

朱纨只顾往前走，应了一句："不知道。"

待朱纨等人慌忙地来到了大堂，此刻的巡抚衙门外正涌进来一群人。

领头的是一个身着绯红圆领袍，头戴厂公帽，面白无须，看似年轻的一名太监。

他身后跟着的是数名腰挎绣春刀的锦衣卫，看他们身材和气度，一般兵丁没有他们那样的气势。

朱纨抢前几步跪下，口呼："下官拜见钦差大人！"

张一厚和衙门里的人齐刷刷地跪倒在地。

传旨太监行至中堂案前，回过身来，眼睛威严地扫视了一遍堂下众人，转身从锦衣卫手捧的托盘内，启出圣旨缓缓展开，扯着嗓子喊道："圣旨到！"

众人跪伏于地，大气不敢出。

传旨太监："奉天承运皇帝，制曰：朱纨剿寇有功，本当嘉奖，但尔等不分青红皂白，贼寇与民众不辨，纵兵滥杀无辜，骚扰百姓。着即改浙江巡抚为浙江巡视，以示惩戒。钦此！"

朱纨跪在那里愣了半天，怎么都没想到会是这样一个结果。就在恍惚之间，传旨太监的声音把他拉回了现实："朱纨上前领旨！"

朱纨回过神来，急忙叩首："臣朱纨谢主隆恩，万岁，万岁，万万岁！"

送走了传旨太监，朱纨和张一厚回到了签押房。

张一厚的脸上，也是一阵戚然："大人，下官怎么也想不通，您在剿寇上取得了这么大的功绩，朝廷非但没有奖赏，反要责罚？"

朱纨沉默了半天，缓缓地说道："咱们对海商势力的打压，想必是触犯了豪族利益。他们在圣上面前进谗言，对我朱纨进行打击和报复。"

张一厚："那怎么办？清剿行动还要不要继续？"

"要！当然要！"朱纨抬起头来，一脸坚毅，"本官虽然被降了职务，但是清剿行动怎么可能在这关键时刻停下来？严令各部，不得有任何扰民害民之举，但凡侵害百姓资财者，斩！"

张一厚严肃地答道："是！"

嘉靖二十八年（1549年）春节，朱纨和浙江水师在船上度过了一个特殊的新年。

仅仅休整了一天，围剿金塘岛的战役全面拉开。

朱纨的船队在南麂岛附近的官岙巡逻时，正好碰上一支外出的海寇的船队。朱纨当机立断，命令船队散开，将敌船迅速包围。

海寇们发现自己被官军的主力船队包围，顿时慌乱起来。

顷刻间，火炮与鸟铳齐发，最前面的那艘海寇船被炸得支离破碎，船上数十人全部沉入海底。海寇们左冲右突，水师紧咬不舍……终究是力量悬殊，一阵激烈厮杀过后，倭船全部被击沉。

朱纨一鼓作气，率领水师直扑金塘岛。

此时的汪直早已得到消息，召集叶宗满、毛海峰、徐海、陈东以及日本武士辛五郎商量对策。

汪直脸色阴郁："自去年四月以来，我们就没过过一天好日子，天天被官军追得东躲西藏。这大过年的，他们也不让我们安生！"

陈东："船主，与其这样，还不如跟他们拼了！"

毛海峰："说得轻巧，就凭咱们现在的实力，能打败官军的坚船利炮？"

陈东："那咱们就该像过街老鼠一样躲来躲去？"

一直没作声的辛五郎说话了，他用生硬的汉语跟大家提了一个建议："诸位，官军现在追得这么紧，不如先暂时避下风头，去日本国躲避一段时间，等恢复了元气，再杀回来！"

辛五郎的话，大家都觉得有理，于是齐刷刷地看着汪直。汪直沉吟了片刻，点头："以目前时局，暂避日本是最好的选择。日本那边我也有不少官场和商道的朋友，大家都赶紧回去收拾一下，明天天一亮就出发！"

福建东山岛西南部诏安湾有一条小溪，潺潺流水一直通到海里，当地老百姓称之为"走马溪"。走马溪是古梅岭港海域的重要口岸之一，这里地处闽粤边陲海域，没有任何官府机构，双屿港被捣毁之后，一些海上势力逃到这里落脚，一时间，走马溪的匪患达到了顶峰。

清剿完浙江海面的匪患，朱纨亲率大军入闽平倭。

漳州知府衙门里，朱纨在进行最后的战前部署。环列两厢的，是漳州知府卢璧，福建备倭指挥刘恩至，都指挥使卢镗，海道副使魏一恭、柯乔、冯璋等人。

朱纨："浙江海寇南下，给你们这边造成不小的压力，大家都说说，福建这边要怎么打？"

刘恩至："双屿港被我们捣毁了之后，残寇南下福建，一些海寇与山寇遥相呼应，占岛为王，横行海上。其中，月港、浯屿和走马溪成为最大的匪巢。"

卢璧："诏安梅岭一带几乎成了匪窝，他们在江浙杀人放火的时候是海寇，还乡则变成普通百姓。这些人蠢蠢欲动，随时可能聚啸山林和海上，已然成为漳州的一大隐患。"

卢镗："二月初三，有一伙海寇在走马溪的岐下、宫前、山南等村庄打家劫舍。二月十一日，又有一股海寇在宫前、下安登陆，大肆抢劫掳掠，漳州百姓苦矣！"

朱纨："匪患猖獗，我等一日不可掉以轻心。传令，集中优势兵力，先除掉月港、浯屿两颗毒瘤，再围歼走马溪之敌！"

众人领命："是！"

静悄悄的海面上，一轮红日跃出了海平线。

万道金光照射在梅岭港内，停泊着横七竖八、密密麻麻的船只，有西洋的蜈蚣船、日本的安宅船、海商的双桅帆船，五花八门的旗帜迎风飘扬。

离此不远处的布袋澳，上百艘水师的战船排列整齐。

朱纨和卢镗站在帅船上，朱纨冲卢镗点头示意，卢镗大喊一声："出发！"

各艘战船的水兵们迅速忙碌了起来，起锚、转帆……战船鱼贯驶出港口，向梅岭港方向进军。

梅岭港内，各艘船上陆续冒起了炊烟，伙夫们正做着早饭，一些早起的人站在船头东张西望，更多的商人和海寇还在舱里呼呼大睡。

突然，有人手搭凉棚朝着港口的方向惊惧地望去，海平面上，遮天蔽日的帆影从港口方向涌了过来。

有人惊叫一声，转身拔腿就跑，同时大声呼喊："官军来了！官军来了！"

不一会儿，海寇的船上骚动了起来，有人边跑边穿衣服，有人呼喊着奔跑，乱作一团。

水师的战船转眼就到了近前，紧接着枪炮声大作，呐喊声惊天动地。

　　海寇们慌了，出港的海路被官军的战船死死地堵住了，他们别无选择，要么拼死抵抗，要么弃船上岸。

　　一场混战开始了，最外边的几艘船只被水师团团包围，两边开始了持续不断的对射，很快，就有几艘贼船被明军大炮击沉。

　　几艘西洋蜈蚣船排成一支纵队，船上的佛朗机炮和火绳枪喷出一道道火舌，加速向港口冲去。

　　拦在港口的水师也摆开了阵势，极力想要把西洋人打回去。

　　双方展开了极为惨烈的攻防战。久经沙场的西洋人深知，冲不过这道关口，他们就要命丧当场。所以每艘西洋船都奋力向前，那些先进的火器毫不保留地向明军的战船上倾泻。

　　在牺牲了两艘蜈蚣船后，西洋人终于撕开了一个口子，后面的西洋船开足马力全速驶出。

　　港口里面，已乱成了一锅粥。慌不择路的海寇们像下饺子一般往水里跳，拼命地向岸边游去。

　　一道道白色的水柱冲天而起，海面上尸首漂得到处都是。

　　临近晌午，枪炮声终于逐渐稀落了下来。

　　"报！"卢铠的声音洪亮，"残余的盗匪分陆路和海上逃窜，官兵已在围追堵截！"

　　朱纨："传令，在这周边岸上挨家挨户地搜查，让百姓指认通匪人家，凡有为匪、通匪行为的，一律抓起来严厉查处！"

　　漳州知府卢璧不无忧虑："大人，这样做的话，会不会打击面太大了？毕竟福建沿海，在海上讨生活的人太多，势力大的，还不就是那些豪族官绅，这要是深挖下去，难免要牵连出更多的人！"

　　朱纨脸色一沉："正是那些豪族官绅与海寇勾结，东南沿海才有这么多的盗匪，帮凶不除，我大明海疆永无宁日！"

　　卢璧见他心意已决，也不好再说什么。

三月的北京城，春暖花开。

严府客房，几名浙闽官员时而交头接耳，时而叹息摇头，个个脸上充满了焦急。终于，门外传来一阵脚步声，管家严年快步来到门前，轻声通报："老爷来了！"

大家精神为之一振，面露喜色。少顷，严嵩一袭青衫便袍，迈着轻快的步子来到了客房。

众人纷纷迎上前来，躬身施礼："见过严阁老！"

严嵩淡淡地一笑，招呼众人落座看茶。

御史陈九德率先说话了："阁老，朱纨在浙闽两省借剿寇之名，无端没收民间船只财物，高压之下，人人自危。我们几人商议，准备联名上奏罢免朱纨，还浙闽两省之清宁！"

严嵩静静地听着，颔首不语。

刑部尚书屠侨接过话头："我老家那边也是，朱纨纵容手下强闯民宅，借查倭之名，行扰民之实。特别是那些豪族官绅，似乎家家都有通倭嫌疑！"

南京大理寺卿林希元："上个月，有士兵来我家盘查，问一名林姓的匪寇与我们家有什么关系。真是岂有此理，我林家世受皇恩，公忠体国，岂容他们质疑和乱来？"

严嵩："你们把朱纨说得如此不堪，可我又听说，他在浙闽两地屡破海寇，捷报接二连三，这又何解？"

御史周亮说："阁老有所不知，朱纨斩杀的所谓贼寇，绝大部分是漳州当地的平民百姓。我等恳请朝廷速将罪臣朱纨捉拿归案，论其罪恶给予处罚，以示朝廷纲纪不容践踏。"

周亮有一个好朋友张德熹的叔父张珠，就是因为与海商合伙在走马溪进行走私交易而被朱纨处死的。张德熹对朱纨恨之入骨，但是张德熹没有能力为叔父报仇，于是请求周亮替叔父报仇雪恨。周亮知道自己的实力不够，又联络了在京浙闽官员一起弹劾朱纨。

陈九德："朱纨嚣张跋扈，借剿倭之名凌辱知府，绑缚知县，两省士民对他无不怨入骨髓。"

众人你一言我一语痛批起了朱纨，一时间群情激愤，恨不得立马就把朱纨抓来北京下狱问审。

严嵩始终静静地听着，他不是不想查办朱纨，而是想让众人的激愤提得再高一些。朱纨是夏言一手提拔起来的，严嵩早就对朱纨欲除之而后快。

严嵩看了一眼一直没吭声的赵文华，赵文华是他的干儿子，对他向来言听计从："元质，你这个通政使怎么看？"

通政使是专门收受、检查内外奏疏和申诉文书的官职，而且他也是浙江宁波的官员，对朱纨的所为应该有个清楚的认识。

赵文华："回禀义父，为慎重起见，应该派官员到浙闽两省实地勘查，不管怎么处置，我认为还是要用事实说话！"

严嵩听完颇为欣慰："元质说得在理，明日你把手上的奏疏梳理一下，我去西苑面见圣上，请求派人下去查核，若真如大家所言，必严加惩处！"

众人闻言，纷纷表示感谢，随后散去。

西苑内，首辅严嵩跪伏在地。

珠帘内，嘉靖的案头上摆着一份份奏疏。

严嵩："御史陈九德劾浙江巡视朱纨任意妄为，滥杀无辜。双屿港、走马溪等役，朱纨谎称大捷，实则杀良冒功。据浙闽地方官员反映，所谓浙江金乡卫大捷、镇下门大捷、走马溪大捷等等，被杀者十有八九是安分守己的百姓。臣恳请圣上速将罪臣朱纨捉拿归案，严加审讯。"

嘉靖看完陈九德的上疏，心中疑虑，前段时间还高奏凯歌，怎么一下子就冒出来杀良冒功的行径？

正疑虑间，嘉靖再拿起第二份奏疏，御史周亮奏疏："朱纨毁双屿港，已致闽浙沿海合法商民怨声载道，闽地再起骚动，皆欲生啖朱纨以报仇雪恨。臣乃福建人，闻家乡父老遭此涂炭，无法安睡，故而向圣上提出恳请，速将罪臣朱纨捉拿，量刑以正典刑，则闽浙沿海百姓幸甚，大明天下幸甚！"

接下来，给事中叶镗、兵部尚书翁万建、兵部侍郎詹荣、南京大理寺卿林希元、同安进士许福、莆田人户部主事宋日仁、闽县人礼科给事中黄宗概、闽县人礼部郎中林懋和、福清人宁波府推事张德熹等朝廷和地方官员纷纷上疏弹劾朱纨，罪名是擅杀。

嘉靖不知道的是，这些浙闽籍官员，都与海商海寇有着千丝万缕的关系。林希元是福建同安人，在家乡组织私家船队进行货物运输，并把货船出租给他人，从中获利分成。许福是同安籍进士，有个妹妹被海寇掳去，竟然与海寇联姻，全家从此大富。宋日仁家中有八艘船贩卖违禁物品。黄宗概与倭寇交往密切，从中牟取暴利。张德熹的叔叔张珠勾结双屿岛倭寇，被官军杀了。

这一份份弹劾的奏疏，让嘉靖十分震动。但上疏人无一例外都是浙闽籍官员，而朱纨也曾多次痛心疾首地说，浙闽沿海不少官宦豪族与海商巨匪有勾结，导致海上非法势力日益猖獗。究竟哪一方的话更为可信？嘉靖一时摇摆不定。

沉默了半天，嘉靖问："严阁老，这事你怎么看？"

严嵩抬起头，说："启禀陛下，微臣与众内阁大员也曾讨论过，两边的奏疏针锋相对，真假难辨。臣以为，当派专人赴浙闽两省，实地查核朱纨的所作所为，方好定论！"

嘉靖："阁老言之有理！那派谁去好呢？"

严嵩："微臣以为，兵科给事中杜汝祯、福建巡按御史陈宗夔可堪重任。此二人都不是浙闽籍，没有偏袒哪方之嫌；且二人都在浙闽供过职，对两省情况非常熟悉，当为合适人选。"

嘉靖："就依阁老所言，安排下去，尽早将调查结果上报！"

严嵩磕头："臣，遵旨！"

圣旨一下，各地豪族官绅无不欢欣鼓舞，早早地做好了准备。

温州府，地方官员众星捧月为钦差杜汝祯和陈宗夔接风洗尘。

正吃得高兴，温州府外一阵骚动。广场上聚集了黑压压的人群，看到官员们现身，众人齐刷刷地跪地哭诉。

杜汝祯伸手示意众人平静下来，扶起跪在正中的一名老者："老人家有何冤屈，要来官府来喊冤？"

老者哭着说："钦差大老爷，我们是瑞安岑氏族人，朱纨借剿寇为名，硬说我们通倭，抓走了我们的族人，没收了我们的田产，我们已经无法生活下去了，求钦差大老爷为我们做主啊！"

旁边的人群也纷纷喊冤："冤枉啊，救救我们吧！救救我们吧！"

杜汝祯大声说道："众位父老乡亲，大家都起来吧，起来吧！本官奉旨查访民间疾苦。如确有冤情，请派出代表，明日到衙门来陈述，我给大家足够的时间，一个一个地说。请大家放心，我们一定会还大家一个公道，都回去吧！"

温州的官员也纷纷下台阶劝慰人群，请愿的人逐渐回去了。

一连数日，聚在温州府前的告状人挤了个满满当当。

在温州府待了几天后，杜汝祯和陈宗夔二位钦差大臣又来到福建诏安。

在离县城数里外的官道上，突然白幡和哭声一片，把整个官道都堵得水泄不通。杜汝祯和陈宗夔弃轿步行，距离越来越近，哭声也越来越大。官道的一侧，赫然停放着十多具棺材，每一具棺材旁边都有许多人身着缟衣白冠在哀声哭泣。

陈宗夔首先发问："敢问乡亲父老，这是怎么回事？怎死了这么多人？"

他这一问，哭的人更加伤心，撕心裂肺的号啕声令人心惊。

一位老者悲愤地说："福建要遭大难了，朝廷派了一个酷吏到我们福建来，硬说我们这里家家通匪，大肆搜捕我们的青壮男丁，残害我们的亲人！"

陈宗夔："那酷吏叫什么名字？"

老者咬牙切齿地说："他叫朱纨！"

陈宗夔："你们的亲人有没有参与海上走私？或者是不是有什么通匪的行

为？要不然，他朱纨怎么敢草菅人命呢？"

老者："朱纨和他的手下为了立功受奖，把我们无辜的百姓抓去砍头，冒充贼寇的首级；一人为匪，全村以通匪论处，轻者坐牢，重者砍头。"

老者旁边的一位村民插话："二位客官，你们是外地来的吧，我劝你们还是速速离开，这里人人自危，个个都有通匪的嫌疑。"

又有一个村民大声说道："官府也不问个青红皂白，到处去抓人，你看看这里停放的棺材，都是被朱纨手下杀死的。"

老者的话音刚落，村民们的哭喊声又此起彼伏。

孩童在哭喊："爹爹，你死得好惨啊！"

妇人呼天抢地："夫君，你就这么狠心地走了，让我们孤儿寡母的可怎么活呀！"

还有一些白发苍苍的老人老泪横流。

杜汝祯轻叹一声，扭头对陈宗夔轻声说道："看来事实已是非常清楚了，咱们得立即返京向圣上禀报，不然会有更多的百姓被朱纨等人所残害了。"

陈宗夔点头赞同，二人随即启程返京。

四月，细雨纷纷。

漳州府，卢镗的快马穿城而过，兴冲冲地来到了知府衙门。

一进签押房就喊："大人！大人！昨夜我们突袭东山岛，抓到三十多个海寇……"

然而，朱纨并没有他想象中的那么欣喜，甚至头也没抬。

卢镗伸头一看，朱纨正埋头写着一份奏疏，脸色看上去十分难看。卢镗吓得不敢作声，静静地站在一边等候着。

终于，朱纨口中发出了悲怆的声音："去外国盗易，去中国盗难。去中国濒海之盗易，去中国衣冠盗实难！"

卢镗感到奇怪地看着朱纨。

朱纨抬头，定定地注视着卢镗，缓缓开口："圣上下旨，已罢免了我的官职，令我即日返乡等候查办。"

卢镗惊得合不拢嘴："查办？为什么要查办？"

朱纨："浙闽籍官员联名把咱们告了，说我们滥杀无辜，专横霸道，杀良冒功。"

卢镗气愤地说道："这分明是颠倒黑白，凭空诬陷。这样的话，圣上也会相信？"

朱纨："圣上已于上月派出了钦差杜汝祯、陈宗夔到浙闽两省调查，前不久回京复命，说是调查结果与浙闽官员反映一致。"

卢镗："真是岂有此理，他们调查也不来跟我们见面，怎么能相信他人的一面之词？"

朱纨："我明日就要启程返乡，你跟柯乔准备一下，朝廷已经派人过来，下午就要逮你二人下狱。"

卢镗急了："我们犯什么法了？凭什么抓我们下狱？"

朱纨眼睛一红："是我害了你们。你们跟着我出生入死，到了被人诬陷成助纣为虐，我朱纨对不起你们！"

朱纨说着，突然单膝跪地，老泪纵横。

卢镗赶紧上前一把搀起朱纨："大人，可千万不要这么说，您披肝沥胆、忠心为国，卢镗钦佩不已，跟着大人出生入死，我卢镗肝脑涂地死无怨言。让他们逮我下狱，我要把那些人的丑事一股脑端出来，定要还您一个清白！"

朱纨闭上眼，仰天长叹，摇了摇头，道："唉……没用了，就算圣上不杀我，那些浙闽官员也不会放过我！你们好自为之吧！"

他无力地垂下头颅，拍了拍卢镗的肩膀，转身默默地离去了。

嘉靖二十八年（1549）七月，朱纨与家人举行了一场晚宴，然后洗浴了，把自己关在寝房里，为自己写好了墓志铭，并作了一首绝命词："纠邪定乱，不负天子。功成身退，不负君子。吉凶祸福，命而已矣。命如之何，丹心青史。一家非之，一国非之。人孰无死，维成吾是。"

做好了这一切，朱纨将一杯鸩酒一饮而尽，上床就寝，在安睡中离开了这个纷乱的世界。

朱纨的死，令举国震动。朝廷上下官员不敢再讨论有关打击走私的行为。

被朱纨赶出闽浙沿海的佛朗机人因为地方官员态度的转变，在广东外海的一个小岛上重新站稳了脚跟。

这个小岛，名叫"澳门"。

朱纨死后，浙闽巡视大臣四年空缺，海禁再度放松，朱纨苦心整顿的武备也再度废弛。浙江的四十一处卫所中，官兵逃离半数以上；浙江水师拥有的四百三十九艘战船，全部被拆除或遣散。汪直率领日本倭寇卷土重来，最终酿成了祸延十数年的"嘉靖大倭寇"事件。

汪直崛起

第十二章

日本萨摩国平户岛，这是日本本土上最西端的地方。

岛上最大的房子是一栋徽派建筑式样的官邸，五进五重，飞檐翘角，气势恢弘。

石制牌坊的上头，写着"徽王府"三个鎏金大字。大门外，六名手执火铳的侍卫挺直腰板地站着岗。

这是"徽王"汪直的官邸，双屿港之战后，汪直在辛五郎的建议下，带领手下一千多人远赴日本退避明军的打击。在日本军阀大名松浦隆信的大力支持下，汪直在平户岛上建立了"宋国"，自称"徽王"，并按照明朝王府的规格设置官署和文武官员，周边三十六岛武装力量皆由汪直统领。

汪直在平户岛立足后，在印山邸址大举修建中国式房屋，并花巨资修筑了泊港和码头，他以前的老客户闻风而至，不远万里东渡日本来跟他做生意，没过几年，西洋、南洋、大明的商船来往不绝，世界各地的珍奇异宝漂洋过海来到平户津，再贩卖到日本各地，因而京都、堺港等日本各地商人也云集此地。一时间，平户津名声大噪，日本人称平户为"西都"，而汪直徽王府前面的那条长街，则被称为"大唐街"。

此时的日本，正进入最混乱的"战国时代"，各路诸侯在兼并的战争中大打出手，互有胜败，一些因落败而失掉军职的武士，沦落成萍踪无定的浪人，汪直利用自己在日本的强大影响力与威望，将部分日本落魄武士浪人招入麾下，汪直由此成了周边三十六岛最大的武装势力。

徽王府外，定海侯、镇海大将军汪滶拾阶而上，站岗的侍卫纷纷朝他拱手施礼。汪滶原名叫毛海峰，一直是汪直手下的得力干将，追随汪直来日本之后拜在他名下做义子，此刻他行色匆匆，径直穿过三重天井，来到徽王府的内书房。

汪直平日里处理完公务，一般都在内书房看书写字，打发无聊的时间。

"父王，好消息！"一进门，汪滶喜不自禁地对着汪直说道。

"哦？"汪直放下手里的书，抬眼望着汪滶。

汪滶："朱纨死了！"

汪直："朱纨死了？怎么死的？"

汪滶："朱纨在东南沿海的清剿行动触怒了浙闽的豪族官绅，他们联手向嘉靖皇帝告状，说他专横霸道、杀良冒功、滥杀无辜，嘉靖皇帝震怒，想要抓他下狱查办，没承想，朱纨得到消息，竟在自己家中饮毒自尽了。"

汪直哈哈大笑："真是大快人心！这么说来，他是咎由自取了！"

汪滶也是一脸欢喜："是！现在，我们又可大展身手了！"

汪直双手背在身后，在书房里来回地踱步。

突然，他转过身来吩咐汪滶："你去，拿我的帖子去邀请大名松浦隆信、大内义长、大友宗麟、平户岛松浦津、萨摩国当主宇久盛定等诸侯王，后天中午，请他们来我徽王府饮酒，就说我有要事与他们相商！"

汪滶："是！孩儿这就去安排！"

这一天，徽王府喜气洋洋。

大堂内，脸涂厚厚脂粉、身着日本和服的歌伎在表演日本舞蹈，下人们穿梭在各宴席之间，来回送酒上菜。

主桌上，汪直满面春风，招呼着客人们饮酒；而他的那些客人，也是频频向汪直敬酒致意。

众人把酒言欢，大殿里觥筹交错。

汪直一向讲义气、重信用、慷慨好施，再加上为日本各岛带来了巨大的财富，因而博得日本人的信任和推崇，上至国主和各府大将军，下至武士浪人平民百姓，皆以能跟他交往为荣。

所以汪直的帖子一发出去，没有一个不来。

汪直所邀请的，全都是日本国赫赫有名的人物。

酒过三巡，汪直切入了正题。

"各位诸侯国主、大将军，我汪直久居日本，承蒙大家的襄助和厚爱，汪直感激涕零，无以言表。我们中国有句老话，大恩不言谢。在这里，我向大家敬酒一杯，聊表感激之情！"汪直用流利的日语朗声说完，站起来一仰脖，将杯中酒一饮而尽。

大家也站了起来，松浦隆信："徽王客气了，自打你来到我们日本国，不仅给我们带来了金银珠宝，还带来了先进的火器，让我们的军备武力有了翻天覆地的变化，我代表松浦氏谢您了！"说完，也将杯中酒一饮而尽，其他人也跟着爽快地把酒干了。

大家重新落座，汪直说："汪直今天请大家来，想要与各位分享一个巨大的商机，不知道各位有没有兴趣？"

大家一听"财神爷"有巨大商机一起分享，个个兴致盎然，纷纷催他说来听听。

汪直："诸位只知道我汪直来了以后，平户津突然来了许多前来交易贩卖的商船，殊不知，这与我们当年在大明的双屿岛差距有多大。"

大家鸦雀无声，静听汪直道来。

"双屿岛被大明官军突然摧毁，外海不知，外番和沿海其他地方商船仍源源不断涌来。据大明邸报消息，从四月初七双屿被破到五月初十，仅外洋来的商船竟有一千二百九十余艘，其贸易规模之大可想而知。我们在平户津一年到来的商船，也达不到一千艘！这说明了什么？"汪直问大家。

"说明我们平户津离外洋太远了！"

"说明我们的知名度还不够,外洋的商人还不知道。"

…………

众人七嘴八舌,纷纷发表着自己的见解。

汪直一边自斟自饮,一边听着大家的发言。

等大家都说完了,汪直方才说道:"大家说得都有道理,但不是最根本的原因。从事海上贸易,往往九死一生,没有巨额回报何人敢来?巨额回报又从何而来?当然是各种名贵的珍奇异宝。日本国小人少,土地贫瘠,物产不丰,这是海上贸易先天的不足。咱们在这里小打小闹可以,但要盆满钵满,我看难!"

松浦隆信:"徽王,那依你的意思……"

汪直手指西方,慷慨激昂:"我的家乡,大明。几千年文化,九万里江山,数不尽的金银珠宝、穿不完的绫罗绸缎、精美绝伦的陶瓷器皿、唇齿留香的绿茶红茶,等等等等。这些上天宝物,丰腴物产,是我们取之不尽、用之不完的财富源泉!试问,大家对此能不动心?"

汪直越说越激动,甚至站了起来手舞足蹈。

大家几乎是如梦方醒,连连点头。

汪直逐渐恢复了平静,兀自坐了下来,用眼睛扫视了众人一遍,说:"大明朝廷实行严厉的海禁政策,浙江巡抚朱纨毫不留情地捣毁了我们的双屿岛,要把我们赶尽杀绝,我汪直不得已,才流落到你们日本来了。好在上天眷顾,那朱纨突然死了,是被大明的官员逼死的,朝廷里再也没人敢说禁海的事情,沿海的战船全遣散了,现在,咱们大显身手的时候到了!"

大内义长腾地站了起来:"徽王,你就直接说要我们怎么做吧!"

汪直:"立刻组织船队和兵力前去大明,舟山海域有一处叫金塘岛的地方,天然的深水良港,背靠大山做屏障,用不了多久,我们就能打造一个全新的海上贸易王国!"

这个宏伟的计划,把众人的欲火熊熊燃烧了起来,大家异口同声地说道:"我们愿与徽王共进退!"

　　汪直："诸位都是日本国的诸侯、将军，断不可跟我一起去大明。大明目前虽然没有招惹日本的想法，但一旦有日本正规军队的参与，势必让两国交恶，甚至会远涉重洋前来讨伐，到时，恐怕于己于彼都不是好事。大家若有兴趣，可跟我汪直入伙，你们只需出钱出兵，做甩手掌柜就行，赚到的钱，我给你们分红。"

　　岛津义久："徽王言之有理，需要什么尽管开口！"

　　汪直："做这么大的事情，必须财力和人员充足。首先说钱吧，修筑金塘岛的深港、码头，要跟全世界的商人做贸易，必须打造数十艘大型的商船，有了港口、船队还不够，我们要有足够的兵力护卫，造战船、养军士也是一笔巨大的开销。"

　　松浦隆信："这些都不是问题，我们有钱出钱没钱出人！"

　　汪直环视大家，道："既然不是问题，大家就合起伙来干，有意加入者，一律按股分红。如何？"

　　松浦隆信："这个可以，我赞成！"

　　大家也一致表示同意。

　　汪直往自己杯中倒满酒，站起来大声说："为了咱们的贸易王国，干杯！"

　　众人也纷纷站起端起酒杯："干杯！"

　　一个月后，汪直调集人马，购买武器装备，组织了一支庞大的船队浩浩荡荡地向大明东南沿海驶来。

　　船队停泊在宁波港东北部海域的金塘岛，汪直以这里为据点，筑深港，收海商，造巨舰，他造的一种名为"联舫"的巨船长达一百二十步，可容二千人，上可驰马，这比永乐年间郑和的宝船还大。

　　接下来，他又差人到各地联络海商团伙，并把被朱纨捣毁的沿海各处的基地建立起来，迅速恢复贸易秩序。

　　做完这些事情，汪直又开始恢复与闽浙沿海地方官的关系，金银开路、武力相胁双管齐下，东南沿海官府大员纷纷跟汪直合作，甚至他还通过官场关系，将支持朱纨主张的漳州知府卢璧、通判翁灿、浙江参将汪大受等官员撤掉职务或者调出闽浙。

此外，他还与官府合作，把此前横行在海面上的海盗团伙卢七、沈九、陈思盼等势力打垮和收编，至此，汪直成了大明海上唯一的霸主。

嘉靖三十一年（1552年）初冬，舟山沥港建成。

宽阔无比的港口，威武雄壮的炮台，鳞次栉比的集市，甚至还有西洋人的教堂。

这一切，都比当初的双屿港还要辉煌。

沥港建成这天，海上霸主汪直在沥港举办了盛大的宴会，受邀前来的有盘踞在澳门的佛郎机人，也有沿海豪族官绅和汪直麾下的倭寇首领，甚至浙闽参与走私的官员也派了代表出席这场宴席。

沥港海湾内，各种船只停泊靠岸，帆影遮天蔽日。

码头上，汪直站在登岸处迎候远道而来的贵客，但见他身着鎏金刺绣金蟒绯袍，腰系玉带，头顶五檐黄伞，在他身侧六个美貌侍女随侍，身后五十位壮硕的金甲银盔侍卫如扇形排开。

从码头到岛上，一路都是身材高大的红发西洋番人、身材矮小的东洋武士、面容黝黑的南洋马六甲人，还有身披红绸喜气洋洋的中国人，小岛上摩肩擦踵、熙熙攘攘。

岛上正中间的徽王行宫，昆剧艺人咿咿呀呀调试着胡琴，行宫内摆满了酒席，美味佳肴引诱着众人的味蕾，让人垂涎欲滴。

正等待间，在屋内齐聚。戏台上一通鼓响，徽王登场了。

"诸位，安静！安静！"待场内静了下来，汪直继续说道，"在万众瞩目和大家的关心支持下，今日沥港终于建成，海上贸易再次有了一个新家。今日宴请诸位，一来，欲与诸位同喜共贺；二来是要告诉大家，从今往后，但凡有什么奇珍异宝、值钱商货，都可以来此买卖交易，本王郑重保证，无论是来往的商贾还是游玩的客人，一律确保人身安全，所有交易童叟无欺！"

台下人群中，爆发出了热烈的欢呼，掌声雷动。

闽商首领叶宗满大声说道："徽王运筹帷幄，为我们建了这么一个贸易的天堂，我们敬徽王一杯！"

众人皆喊："多谢徽王！多谢徽王！"

戏台上，汪直举起杯中酒，对众人说道："为了沥港的繁荣，为了诸位的商业，我们共饮杯中酒，来日共享荣华富贵。干杯！"

汪直意气风发地举杯，一饮而尽。

众人举杯示意，纷纷一饮而尽。

汪直："今日诸位尽开怀情畅饮，我们专程请来昆曲头牌王翠翘为大家助兴。"

众人又一阵欢呼，锣鼓开场，一个涂脂抹粉的绝色女子出现在了戏台的中央，身姿曼妙，如柳扶风；音如天籁，如痴如醉。

宴席上，场面火热了起来。有人逐桌敬酒，借机认识新朋友；有人高谈阔论，指点江山。

"徽王，我们这沥港不会再遭双屿港之祸吧？！"首席上，粤商首领萧显挨着汪直而坐，他曾亲身经历双屿港之祸，当日惨景仍历历在目，不免有些担忧。

汪直："萧船主多虑了！朱纨一死，朝廷对海上贸易睁一只眼闭一只眼，连官兵的战船都悉数遣散了，哪里还有什么祸事？"

佛郎机人罗伯特："上个月，我们的一艘船只在潮州登岸，采买了一批瓷器、布匹，码头的官兵、潮州的府衙连问都不问。"

众人哈哈大笑，闽商头领叶宗满："时过境迁，咱们又可以宏图大展了！"

萧显依然一副忧心忡忡的样子："话虽如此，然而私市毕竟是私市，指不定哪天嘉靖皇帝恼了，又要取缔私市厉行海禁，咱们终究是无根之萍啊！"

有人不屑一顾地说："萧船主，而今不同往日了。现在不仅是民间心向海贸，朝廷不少官员都建议开放海禁呢，我看哪，开海通市是迟早的事情，这叫大势所趋！"

汪直摆了摆手，示意大家安静："其实我认为，萧船主的话不无道理。私市终究躲躲藏藏，难见阳光，这可不是长久之计。唯有让朝廷开海通市，我辈方能尽显神通。"

"开海通市？朝廷能答应吗？"有人问。

汪直："开海通市，于大明朝廷，于我辈海商，乃至于黎民百姓都是一件大好事。大明幅员辽阔，物产丰饶，通商贸易可使朝廷增加税赋，百姓增加收入，人尽其才，物尽其用，何乐而不为？我们不能光顾着埋头经商，更要结交朝堂大员，那上上下下的官府要员为我们奔走呼吁，我相信，嘉靖皇帝必然动心，彻底地开放海禁、恢复贸易为时不远矣！"

萧显心领神会："徽王的意思我懂了，大家都要动用一些官场资源，一起来为开海通市摇旗呐喊！"

汪直："是了！"

众人信心满满，叶宗满说："这个不是问题，每个商船的背后，几乎都有豪族官绅的支持，咱们发动方方面面的关系，去游说朝廷，争取政策！"

汪直："精诚团结是当下最重要的事情，大家再不可为争地盘争商利而相互争斗，特别是要管束好各自手下，不要惹出什么抢劫祸害百姓的事来，不然，咱们所做的这些努力都要白费。"

众人连连点头，萧显与叶宗满相互看了一眼，平日里他们闽粤两帮势力争斗得厉害。

叶宗满主动地站起来，端着酒杯，说："萧船主，叶某平日多有得罪，还请多多包涵！"

萧显也跟着站了起来："今日在徽王这里，咱们一笑泯恩仇，大家都冲一个目标：开海通市！"

汪直哈哈大笑："说得好！开海通市，一切也都合法了，双屿港之祸再也不会发生了！我们的盛世就要来了！希望你们两家相互合作，相互帮衬，大家干了！"

众人举起酒杯，踌躇满志，再次豪情满怀地一饮而尽。戏台上，演出进入了高潮。

昆剧头牌王翠翘饰演的李亚仙正声俱泪下地唱道："他如痴如醉劝不醒，只怪我错生丹凤眼；手拈花针剔双目，免得你意惹情又牵。"

男主角郑元和见状大哭："亚仙两眼血泪淌，泼天大祸起萧墙，天生美目毁一旦，呼天抢地痛断肠。亚仙呀，剖腹掏心表不尽我的悔与恨，金山银海换不回你的眼一双，我有罪罪难赦，遗恨终生难补偿……"

这是昆剧《绣襦记》最精彩的选段"剔目"，说的是唐代官家子郑元和，热恋长安名妓李亚仙，因金钱荡尽，被鸨母逐出，流落下层为歌郎。被其父郑北海发现，其父认为这有辱家门，对其鞭笞并弃于荒郊，后被叫花子李四救活。一日，元和行乞市上，被亚仙遇见带归，劝其苦读。但元和恋情，用心不专。亚仙剔目以激励，元和遂发奋攻书，终于中试做官。父子、夫妻、翁媳尽释前嫌，合家团圆。

由于入戏太深，演戏的人泪如雨下，看戏的人跟着纷纷抹泪。

观众席上，有一双大眼，始终目不转睛地注视着王翠翘。

这是一位身材高大的和尚，本名叫徐海，徽州歙县人，年少时跟叔叔徐惟学漂洋过海做生意，后叔叔生意失败欠下了一屁股的债，徐海走投无路就在杭州虎跑寺出家，法名"普净"，又称"明山和尚"。但明山和尚毕竟六根未净，常跑出来喝酒嫖妓，被寺庙赶了出来，于是投在汪直的手下混饭吃。

徐海天赋异禀，有着过人的军事才能和组织才干，没过几年，就被汪直提拔为护商总领。

王翠翘的到来，让徐海的心里生起了一股熊熊烈火，从一开始起，他的眼睛就没离开过她的身上。

好不容易熬到了演戏结束，徐海迫不及待地来到了后台，他想结识这位心中的女神。

戏班人员忙碌地收拾着道具服装，伶人们聚在一起卸装，徐海一眼就看到了王翠翘，即便卸了装，她也是那么美丽和优雅，美得让徐海心醉。

徐海靠在墙上，一边痴痴地看着，一边静静地等着，他在等能和王翠翘单独说话的机会。

正这时，几个五大三粗的汉子闯了进来，粗鲁地拨开卸装的伶人，径直走到王翠翘的身后，说："王小姐，我们家侯爷有请！"

王翠翘闻声回头，惊讶地望着这几位，拒绝道："我不认识什么侯爷！"

带头的汉子猥琐地笑了："去了就认识了。"

"不去！"王翠翘斩钉截铁地说。

班主一看不妙，连忙挤了过来，满脸堆笑地对那几个人说："各位爷，各位爷，我们还要赶着回苏州唱戏，请各位爷多多担待！"

说着，就往几个人的手里塞了点碎银。

带头的汉子掂了掂手中的银子，说了一句："今天恐怕是走不了了，她必须跟我们走，不去也得去。"

几个人狞笑着把银子揣进了怀里，伸手就要拉扯王翠翘。

王翠翘惊叫着推搡，伶人们也慌作了一团。

班主仍然赔着笑脸："你们家主人是哪位爷？我去跟他说说。"

一个小喽啰瞪了他一眼："定海侯、镇海大将军，是你想见就能见的吗？"

班主哈着个腰："是是是，小的有眼无珠，恳请放我们一马！"

喽啰们再也不耐烦了，把班主狠狠地推倒在地，又踏上一脚："去你的！"

喽啰们拉着王翠翘就要往外走。

徐海终于忍不住了，大吼了一声："住手！"

喽啰们吓了一大跳，等看清了是徐海，带头的那位阴阳怪气地说："我道是哪位爷，半路上杀出个程咬金哪。这是我们家侯爷点名要的女人，徐总领不会是英雄救美吧！"

徐海冷冷地说道："这个美我还真救定了，怎么着？"

几个喽啰面面相觑，他们没有想到，徐海会有这么豪横。

带头的赔着笑脸："徐爷，别让我们为难，我们只是底下跑腿办差的，有什么话，你跟我们家侯爷说去。"

徐海："先把他们几个放了，人家是徽王请来的客人，岂容你们想怎样就怎样？"

喽啰们一听把徽王搬了出来，顿时像泄了气的皮球。几个人对视了一眼，放下王翠翘，飞也似的向汪激报信去了。

徐海冲班主喊："还愣着干什么？赶紧跑啊！"

班主六神无主："这……这东西都没收拾好。"

徐海："你们人先走，东西我叫人随后送到苏州来。"

班主这才缓过神来，仓皇招呼众人："走，走，赶紧走！"

在徐海的帮助下，王翠翘逃过了一劫。

汪激对此怒不可遏，虽然他贵为侯爷，但徐海手下喽啰众多，汪激一时还不好公然翻脸。

但两个人的梁子，算是结下了。

七月的盛夏，烈日炎炎，酷暑难耐。

这一日，南京兵部职方清吏司员外郎谭纶忽然接到通知，说南京兵部侍郎屠大山请他过去议事。

谭纶放下手中的工作，穿过长长曲曲的走廊，来到了屠大山的官署。

一进门，谭纶就看到，一个头束簪缨、身穿灰色轻纱单袍的男子坐在屠大山的对面。

谭纶冲屠大山施礼，屠大山站了起来，说："来来来，介绍一下，这位是新任的浙江巡抚王忬王大人，提督浙闽两省军务。"

谭纶赶紧地向王忬施礼。

屠大山说："这位是南京兵部职方清吏司员外郎谭纶谭子理，以前在南京礼部任职，前些年回乡丁忧，去年年底才守制期满，补北京兵部主事，五月份提任南京兵部。不到两个月的时间，他就跑遍了海防要塞，东南军情，他最有发言权。"

王忬不苟言笑，微微点头。

谭纶谦虚地说道："这些都是下官应该做的，不到各地跑跑，怎知一线的实情？"

王忬："这次接到朝廷的任命，我星夜就从山东出发。这一路走来，海寇似乎遍地都是，谭员外你说说，东南一带情势如何？"

谭纶："朱纨任职浙江巡抚期间，捣毁双屿、浯屿、走马溪之巢穴，重创海寇，海上各种势力几乎清剿干净。然而自朱纨死后，海防废弛，走私商船和海寇卷土重来，大有愈演愈烈之势。"

屠大山插话："势力最大的海寇首领名叫汪直，从日本带来数千倭人，占据金塘，修筑沥港，各种海商海寇纷纷依附其名下，自号'徽王'！"

谭纶："沥港建成之后，他们成群结队地往岸上跑，吃喝嫖赌、花天酒地，有些人手头紧了，直接就入室抢劫。由此一来，东南沿海的警讯不断，这两年，抢劫罪犯多以倭人为主，人们都把他们称为倭寇。"

王忬："这些我都听说了，倭寇肆虐，朝野震惊。圣上命我前来，就是要整顿海防，平息倭乱。"

谭纶："如今浙闽沿海兵备堪忧，卫所官兵逃离大半，水师战船悉数遣散，倭寇入侵恍入无人之境。"

谭纶说着，从怀里掏出一份倭情汇要。

嘉靖三十年（1551年）春，一股倭寇登岸劫掠平阳墨城、钱仓，攻陷瑞安县城，一路烧杀抢掠，惨不忍睹。

同年四月初，数百名倭寇杀入沙角、岐头、太平、永嘉，数千名官兵与之苦战数日方才退去。四月二十三日，漳州和泉州的大股倭寇万余人，驾船千余艘自浙江舟山、象山等处登岸，劫掠台、温、宁、绍等地，杀死或者活捉居民无数。五月初七，十三艘倭船登陆瑞安东浦，兵民合力抗击，打死倭寇数十人。五月初八，又有倭寇杀入瑞安东山，一百多人被杀。

嘉靖三十一年（1552年）三月，倭寇数次杀入乐清黄华、温州永嘉、上海虹桥等地，哀鸿遍地。六月，倭寇在太仓、上海县、江阴、乍浦等地大肆烧杀抢掠，沿海多地皆有示警。

王忬看完倭情汇要，倒吸了一口冷气："倭寇如此猖獗，实出乎我意料！"

谭纶："浙闽两省受朱纨案的影响，对抗倭之事噤若寒蝉。大人到任之后，首要的是解决人的问题。抗倭名将卢镗至今还被关押在福建监狱，不妨上疏朝廷，放他出来戴罪立功。浙江参将汤克宽出身将门，熟知兵法屡立战功，可堪一用。"

王忬点头："这个我已经想到了，在路上的时候就已向朝廷呈请调崖州参将俞大猷来浙江抗倭，明日再上疏恳请让卢镗出狱戴罪立功，让他们与汤克宽一道上阵杀敌，平息倭寇。"

屠大山："俞大猷这人我认识，是员虎将。"

王忬："谭员外熟知兵事，对东南军情又这么熟悉，不去抗倭一线任职，甚为可惜了！"

屠大山哈哈大笑："谭员外是青年才俊，在我南京兵部同样有用武之地，将来必是前途无量啊！"

谭纶赶紧欠身施礼："谢谢二位大人的夸奖！"

杭州巡抚衙门，高官云集。

海警频频，让浙江三司官员坐卧不安，焦急等待中，终于迎来了王忬。

王忬一来，立刻召集沿海将领和官员到巡抚衙门，共商御敌之策。

"倭寇猖獗，百姓遭殃！"王忬环视一圈，沉声道，"汪直在你们眼皮底下聚众上万，试问，官府何在？尔等的职责何在？"

　　浙江布政使吴伯宗站起来请罪："下官枉为一省父母，不能保护子民，难辞其咎，难辞其咎！"

　　王忬知道他是严嵩的人，一个只会溜须拍马之徒，忍住心头的厌恶，说："布政使大人，你是一省之长，与倭寇周旋最久，如今倭患遍地，请吴大人告诉我该如何应对。"

　　吴伯宗："倭乱风起云涌，我军船敝伍虚，无力作战，与敌对战只能倚靠一些渔船，与一些临时招募的兵。官兵们坐视汪直等寇东驰西骛而一筹莫展。巡抚大人携天子之威，调度两省军马，定能运筹帷幄，平定倭乱。"

　　王忬哼了一声，转头对汤克宽道："汤将军，你是抗倭主力，军情你更熟悉，说说你的想法吧！"

　　汤克宽眼中充满了焦虑："祸害沿海的贼寇，十之有三是真倭，十之有七是假倭，其实皆是中国人，多为浙江、福建一带的沿海走私商人和海寇。据可靠消息，近期将有一伙海寇劫掠台州、象山一带，为首的名叫沈南山，漳州人，此人非常狡诈，常出其不意，我与他交手过几次，深知不好对付。"

　　王忬："我听说倭寇势力中，最有名的是汪直、叶宗满、萧显之流，却不知这漳州沈南山是何许人也。"

　　汤克宽："汪直、叶宗满、萧显确是实力最强的，除了他们，还有福建的邓文俊、林碧川，广东的吴平、曾一本等。沈南山是漳州人，他们村子里的人平日为民，下海即寇。"

　　王忬："这个沈南山手下有多少人？"

　　"下官和沈南山打过多次交道。"汤克宽道，"他兵力时多时少，多的时候有两三千人，少的时候也有上百人，专爱劫掠浙江沿海一带的百姓。这些人就像地痞无赖一样，等到官军围剿的时候，就一哄而散；等到官军走了，又返过来劫掠。"

　　王忬霍然站起来："打掉这伙寇贼，以正士气。汤克宽！"

　　汤克宽："在！"

王忬："明日率部随我一同去宁波，剿灭这股来犯之敌！"

汤克宽不无忧虑："大人，沈南山此番恐怕不止一两千人。"

王忬意识到了情况严峻，面色沉肃道："不管他来了一千还是一万，本官都要叫他有来无回。"

汤克宽身子一震："是！"

漆黑深夜里，余姚知县胡宗宪沮丧地望着眼前的一片火海，守城官兵和百姓的尸体到处都是，带着火焰的箭矢还在一支接一支地从城楼下射了上来，有木头的地方全都燃起了大火。

破门声、尖叫声，还有倭寇从城门涌入后满街奔跑的呐喊声。

城楼上，不断有倭寇爬了上来，而胡宗宪身边只剩二十个人不到。

胡宗宪的眼里充满了怒火，他身边的一个军官喊叫："大人，撤吧，再不撤就来不及了！"

胡宗宪手执长剑一动不动，火光照映在他阴郁的脸上，仿佛一尊雕塑。

两边的倭寇越来越近了，军官高喊："保护胡大人，撤！"

"撤！"几名士兵一咬牙一跺脚，不由分说拉着胡宗宪就往城下跑。

大家抹着眼泪撤到了城外树林里，实力悬殊，这仗实在是没法再打了。

黑暗中，谁也没有开口说话，悲伤笼罩在众人心头，只有风的呜咽。

也不知过了多久，余姚城外，一支火把突然出现在众人的视野里，紧接着就听到了急促的马蹄声，再接着火把越来越多，马蹄越来越急。

胡宗宪钻出树林仔细一看，火把下一支大明官军神兵般地出现在眼前。

大家欣喜若狂地冲了上去，大声地跟他们打着招呼。

很快，这支大明官军把胡宗宪几人团团围住，几匹高头大马出现在了胡宗宪的身边，王忬威严地喝问："来者何人？"

胡宗宪双手抱拳："下官余姚知县胡宗宪！"

汤克宽："胡宗宪，这是新来的浙江巡抚王大人，你这里怎么回事？"

胡宗宪赶紧对王忬行礼："参见巡抚大人！下半夜，大股倭寇突然来袭，守兵抵挡不住，最后只剩下我们这十几个人杀出重围。"

王忬："这股倭寇有多少人？"

胡宗宪："有一千以上，而我余姚守兵仅有二百，又是半夜突袭，根本无力还击。"

王忬："汤将军，倭寇全部都在城里，咱们正好来个瓮中捉鳖，把住四门，叫这股倭寇有来无回！"

胡宗宪主动请缨："大人，下官愿领一支兵马杀入城中，戴罪立功，一雪夺城之耻！"

王忬点头："你是知县，街巷道路你最熟悉，给你五百兵马从东门杀入，我们在其余三门合力围剿！"

胡宗宪大声领命："遵令！"

城中的倭寇做梦也没想到突然被神兵天将般的大军重重包围，一场满城的混战突然爆发。

一直打到天亮，最后剩下的数百名倭寇死命冲击南门，南门失守，倭寇仓皇逃遁。

余姚城内，尸横遍地。

王忬站在城楼，冲着汤克宽高喊："汤将军，残寇已是强弩之末，你部迅速追击！"

汤克宽在马上抱拳领命："是！"

胡宗宪再请命："下官愿与汤将军一起追击！"

王忬对胡宗宪的勇气很欣赏："先前以为你不过是个手无缚鸡之力的文弱书生，现在看来分明是位临危不乱的将军！"

胡宗宪："失城之责刻骨铭心，下官誓要铲除倭寇，方解心头之恨！"

王忬："好！你与汤克宽一起追击，务必尽剿余寇！"

二人领命，率领部队向城外疾驰。

官兵一路追击，来到了天台城下，此时倭寇不过二百余人，前有城池挡着，后有追兵来袭，倭寇慌乱不已。

汤克宽下令射箭，霎时间百箭齐发，又有不少倭寇射中倒地。

箭雨过后，汤克宽命令部队列队冲锋，大明官军排山倒海般向倭寇杀去，倭寇四散而逃。

战斗很快结束，汤克宽这才看到，天台县城门紧闭，城上官兵却袖手旁观，城上的滚石檑木都没动一下。

汤克宽非常不满，对着城楼上大声喊话："我们追击倭寇至此，你们天台县却闭门不出，是要做缩头乌龟吗？"

"惭愧，惭愧！"城墙上出现了一个身穿官袍的人，似乎是天台的知县，他朝城下拱了拱手，道："非是本官不肯相助，只是得了布政司的传讯，当前敌众我寡，各县务必要守好自己的城池，不可轻易开门迎敌。"

汤克宽冷冷地说道："如此贪生怕死，怪不得倭寇猖獗！"

正这时，一名快马匆匆来到汤克宽的近前，大声禀报："报！新昌、嵊州被围，巡抚大人命令我部迅速前往剿倭！"

汤克宽与胡宗宪对视了一眼，策马率兵北上救援。

浙东首战，这股倭寇大部分被剿灭，只有沈南山在数十名亲信的掩护下仓皇入海逃遁。

这是王忬上任以来，取得的剿倭之战首场胜利。

嘉靖三十一年（1552年）九月，入秋的南京，有了一丝凉意。

南京兵部副使梁进兴冲冲地跑进南京兵部职方清吏司署衙门，衙门里没什么人，谭纶的衙署也是空着的，一衙役说，谭大人在后院大树底下呢，三天没挪地儿。

来到后院，远远地看见谭纶一个人蹲在后院的大槐树底下，全神贯注，梁进近前也没发觉。

梁进没敢作声，往地下一看，只见一大片黑压压密密麻麻的蚂蚁厮杀，难分难解，有的抱成一团相互叮咬，有的躺在地上奄奄一息，有的缩成一团做垂死挣扎状，大部分则已死亡，尸体堆积如山。

梁进捅了捅谭纶："大人，看蚂蚁打架啊。"

谭纶望了眼梁进，示意他不要打扰："这两伙蚂蚁已经缠斗了三天三夜，现在还没分出胜负。"

东南角，双方都有大型兵蚁、巨首蚁身上驮着一些工蚁，类似运兵车。大兵蚁身上如果没有工蚁指挥，攻击对手准头很差，如果有工蚁在身上指挥，命中率会提高。战场中心，但见数十只黑色大头蚁，被密密麻麻的淡黄色工蚁咬住腿脚，使之不能动弹，淡黄色兵蚁过来，用大腭逐个斩首。场内成千上万只蚂蚁不停地厮杀，场外不断涌进新的援兵，一拨又一拨。

槐树下战事正酣，突然却见一队黑蚁急冲冲往西北角的墙角开去。几只蜈蚣不知道什么时候溜了进来，围住一队黑蚁援兵大快朵颐。几只情报黑蚁冲出蜈蚣的层层包围，往槐树下的黑蚁大部队报信，过了一会儿，赶过去支援的大批黑蚁又把蜈蚣层层包围了起来，形成了反包围。这些蚂蚁又开始来了一个里应外合，把所有的蜈蚣一举消灭了。

一场集中优势兵力打歼灭战的大戏，让梁进也看呆了。

正这时，天空中响起了一阵闷雷，不一会儿黑云密布。缠斗不息的蚂蚁们突然停止了厮杀，即便是黄黑双方面对面撞在一起，也互不理会。一些蚂蚁撤退不忘拖着一些散碎的树叶匆匆离开，这是以备雨水到来之时做舟用。一阵响雷过后，大雨倾盆。院墙内除了一堆堆蚂蚁尸体，活着的全都无影无踪。

谭纶和梁进跑回衙署，顾不得身上的泥水，谭纶掏出一个本子和笔，就在上面记了起来。梁进伸头一看，一场只有小儿才感兴趣的蚂蚁打架在谭大人的笔下居然成了兵法：誓死不降，战车蚁阵，分兵回援，未雨绸缪。

半晌，写毕，谭纶才想起来屋里还有一个梁进。

谭纶问："有事？"

梁进嬉皮笑脸："谭大人今早没听见喜鹊在叫？"

谭纶一愣，问："喜从何来？"

梁进："谭大人学识渊博，精研兵法，南京城人皆知。早上我听兵部人都在议论，谭大人又要提拔了。"

谭纶："尽捕风捉影，这事我一点消息都没收到。"

嘉靖三十年（1551）十二月，谭纶守制期满，朝廷授予兵部武库清吏司主事一职，仍为正六品。没过半年，谭纶仍调回南京，任南京兵部职方清吏司员外郎，升为从五品衔。

刚提拔不久又要提拔，谭纶自己都有点不相信。

梁进："我听兵部侍郎屠大山说的，还能有假？任命公文不几日即到，到时候可得好好提携提携我哦！"

梁进是台州黄岩人氏，武举出身，任南京兵部副使，虽仅八品小官，但与谭纶同住一个街坊，二人年龄相仿，公务之余常聚在一起玩耍，故成私交好友。谭纶能升职，梁进当然十分高兴。

梁进此番议论，实则并非空穴来风。嘉靖二十九年（1550年），鞑靼人入侵，在京城周边肆掠八日，嘉靖以御寇无策、守备不严将兵部尚书丁汝夔处死。兵部尚书一死，所有兵部上下人事大调整，勤学上进、热衷兵法的兵部官员谭纶进入了上级的视野。

果不其然，没多久，朝廷一纸任命书，谭纶再升南京兵部武库清吏司署郎中事，正五品衔。

虽然还是在南京的清水衙门，但这个升迁却非同小可，南京的衙门，绝大多数是闲职，唯独不清闲的，却是执掌江南兵权的南京兵部，武库清吏司是其中极其重要的衙门，日常掌管各地军备物资，负责军队训练和后勤保障，工作琐碎辛苦。

浙江巡抚衙门，终于迎来了两位虎将，俞大猷和卢镗。

几年的牢狱生涯，让卢镗的双鬓平添了几许斑白；而俞大猷正值壮年，又打了几场胜仗，英姿勃发。

王忬立即召集浙江海道副使李文进、参将汤克宽和俞大猷、浙江都指挥使卢镗、福建都指挥使刘恩至等人商议，集中剿灭沥港倭巢。

汤克宽汇报："据安插在沥港的耳目打探到，汪直手下最大的两股势力正在闹内讧。一伙是汪直的义子汪滶，另一伙是汪直的护商队长徐海，两人为争一个女人差点打了起来，此后徐海就成了汪滶的眼中钉、肉中刺，处处给他穿小鞋，经常克扣护商队的军饷、物资，徐海和他的手下日子过得紧巴巴。"

卢镗："这个徐海我知道，之前围剿双屿岛的时候跟他有过几次交手，为人阴险狡诈，善于收买人心，又很会带兵打仗，在倭寇中的威望极高。"

汤克宽："得罪了汪滶之后，徐海带着自己手下的几个兄弟陈东、麻叶，伙同了辛五郎等一群日本武士，经常出海洗劫来往船只。有一日他们洗劫汪直的一商户，汪直大怒，命令汪滶前去查办，汪滶拿着鸡毛当令箭，绑了陈东、麻叶等人，说是要枭首示众，以正法纪。徐海一怒之下带人要与汪滶火拼，幸亏汪直赶到，徐海和汪滶二人暂时握手言和。"

王忬大喜："好事！倭寇内讧，我们正好分头击破。"

汤克宽："是。汪滶和徐海翻脸后，虽然在汪直的调解下暂时和好，但徐海去意已决，带着手下一帮兄弟以及辛五郎等数百个倭寇离开沥港，与老东家汪直分道扬镳了。如今沥港势力已然分化，汪直、汪滶驻守沥港，徐海暂泊普陀，咱们可以集中优势兵力，分而破之，围而歼之！"

王忬："传令：下月初三攻击沥港，由李文进统领，俞大猷负责从烈表门正面进攻，汤克宽从西后门出击，防其奔逸，刘恩至率船在海面上堵截！"

卢镗见没安排自己，心里着急，问："大人，那我呢？"

王忬："你有更重要的任务！沥港往东不到百里就是普陀山，若是顺风顺水的话，从普陀山出发最快只需几天便可抵达日本五岛列岛。所以你率船警戒沥港与普陀之间的海面，阻断沥港之援兵，防止沥港之敌东逃！"

卢镗："是！"

刘恩至："大人，浙闽沿海这几年水师战船尽数遣散，倭寇船坚炮利，海战于我方十分不利！"

王忬："这也是我最大的担心，造船现在已来不及，唯有在浙闽两省征集各种民船，安装火炮火器，集数量之优势来与之对抗。"

俞大猷："我部擅长陆战，可以乘夜上岸偷袭，借机破坏敌船，与之在岛上展开激战。"

王忬点头："可以，将在外君命有所不受，你们相机行事！"

沥港位于舟山金塘岛与大鹏山之间，海域险要，离宁波北仑港仅数里之遥，晴好天气，站在沥港，北仑港历历在目。

　　嘉靖三十二年（1553年）闰三月，经过精心的准备，王忬发起对沥港的总攻。

　　汪直自恃兵强马壮，船坚炮利，根本没把官军放在眼里，他们倚仗海防工事以逸待劳，击退了俞大猷、汤克宽的一次次进攻。

　　俞大猷战船刚进沥港海域，就被倭寇设置的缆绳缠住，进退不得，倭寇趁机拼命攻击。

　　港湾内炮火连天，倭寇的佛郎机炮威力巨大，官军们乘坐的渔船承受不起炮火的打击，很快就有几艘船中弹下沉。

　　俞大猷很是焦急，亲自指挥帅船冲到了一线。

　　然而，意外发生了，靠近码头的海域里，狡猾的倭寇们在水下安装了纵横交错的缆网，帅船突然被缆网绊住，进退不得，活像一个靶子，炮弹雨点般地在船边落下，形势变得十分危急。

　　关键时刻，舟山籍士兵叶七大吼一声："下水砍缆！"不顾个人安危，率先跳入海中砍缆。

　　倭寇见了，火炮火铳一齐向帅船和周边水面进攻，叶七头上和身上被弹片击中七处，血流不止，但他仍奋力地把缆绳砍断。

　　与他一同下水的官兵也个个舍生忘死，冒着枪林弹雨拼命地砍缆绳。

　　终于，俞大猷的战船脱险了，但是叶七和那些水下士兵全部壮烈牺牲。

　　望着水面上漂起的一具具尸首，俞大猷虎目含泪，他命令战船强行抢滩登陆。

　　官兵们杀得眼睛都红了，一艘艘船只向码头边上冲去。又有十数艘船只中弹下沉，但终究架不住轮番冲击，码头被官军攻陷，倭寇退守岛上的工事要塞，阻击官军的进攻。

　　烈表门前，俞大猷一脸阴郁，进攻再次受阻。炮声中，哨长李东明大声报告："将军，烈表门易守难攻，士兵伤亡很大！"

　　俞大猷看看天色，太阳已渐渐西沉，夜色就要降临，于是命令："修筑工事，就地扎营，明日再战！"

李东明回道："是！"

深夜的油灯下，俞大猷还在案头研究着那份舟山全岛的地图，眉头紧锁。

行军帐篷外，突然传来值哨士兵的喝问："什么人？"

来人答道："哨长李东明，有事求见俞将军！"

还未等哨兵回话，俞大猷径直地说："让他进来吧！"

李东明进来，拱手施礼："大人，下官有一要事汇报！"

俞大猷："说。"

李东明："今日有两名士兵偷偷捞了几具官兵的尸首，砍下首级谎报军功，其中一名死者的弟弟就在船上，见状当场戳穿，群情激愤，这两名士兵杀良冒功本当问斩，然而他们说愿意请命赎死，下官不敢做主，请将军示下！"

俞大猷："哦？怎么个赎死法？"

李东明："这两人水性极好，愿乘夜渡海翻山，绕过关卡潜入营寨，烧毁弹药仓库和营寨，我军便可乘机攻击！"

俞大猷大喜："好，此役若是成功，不但免其一死，还为其请功封赏！"

李东明抱拳："是！"

是夜，两名士兵渡海翻山，悄悄潜入营寨，当时夜近四鼓，岛上的守敌均困极昏睡，两名士兵寻找到倭寇的火药库并将其点燃，顿时火药横发，群寨俱燃。

烈表门外，俞大猷看见火焰冲天，立即命令大军发动全面攻击。

深夜突如其来的炮火和震天的喊杀声，把驻守西后门外的汤克宽给震醒了。汤克宽立即判断出，俞大猷已经攻进了岛上，随即下令全军冲锋。

岛上的守敌内外交困，又措手不及，登时大乱。

汪直在睡梦中被惊醒，衣服都来不及穿上，汪激就匆匆跑了进来，惊慌失措地喊："父王，父王，大事不好，官军攻进了岛上！"

汪直一听也是惊慌不已，胡乱地披了一件长袍，跟在汪激的后面向外面跑去。

很快，俞大猷与汤克宽兵合一处，两支队伍士气高涨，一举捣毁汪直苦心经营了两年的沥港巢穴。倭寇被斩首和生俘数百人，落入水中溺毙的达两三千人。

汪直父子一路向东，径直往外洋驶去，一路逃回了日本。

萧山城外，运河两岸杨柳轻摆，秋蝉嘶鸣，澄澈平静的河水缓缓流淌。

已经过了收割的季节，河堤外一望无际的稻田只剩下一茬一茬的稻桩，可是沿着河堤宽达五丈的农田里，依然是金黄的稻浪。

今年官府早就通告，浙江巡抚王大人命令，所有州县都要修筑城池来抵御倭寇。因此萧山县衙要在运河的内侧征用五丈以内的土地，等秋收一过便修筑新城。

正如有一句话说的，要让大部分人受益，必然会侵害到少部分人的利益。那些被征占农田的田主，此刻与官府对抗上了。

萧山运河边上的大堤上，站满了挎刀执枪的士兵，还有衙役，正中是几个面色凝重的官员。

与他们对峙的是站成黑压压一片的百姓，是一张张愤怒的脸！

田里的稻子早过了收割的季节，枯黄的尖叶低垂，一些稻穗已经发黑。百姓宁愿让稻子发霉，也不让官府强征。

一排列队整齐的衙役在稻田里依次排开，每人的手上都拿着一支燃烧着的火把！

"烧稻！"吼声是县衙捕头刘荆发出的。

衙役的火把点燃稻穗，瞬间浓烟滚滚！

人群骚动了起来，一些人发疯似的又哭又喊跑到稻田挡在杂役的面前。

毕竟，那是他们一年的口粮。

河堤上的士兵也动了，他们挽手组成人墙阻止骚动的人群；还有一些士兵冲下河堤，粗暴地拖走阻拦的田主。

尖叫和哭喊声中，几丘稻田焚烧殆尽。

大堤旁的稻田里，火还在一处一处地点燃，火星过后是蹿起来的火光和浓浓的黑烟。

"住手！"河堤上，突然传来一声怒吼。

人们往河堤上望去，数名青年男子对着衙役们怒目而视。

刘捕头拨开人群来到近前，上下打量了一番，问："刚才是谁说的住手？"

"是我！"为首的青年儒生脸色铁青地回道。

刘捕头："你是什么人，敢来这里撒野？"

青年儒生大声地质问："又是烧稻，又是打人！你们究竟是官，还是匪？"

刘捕头冷笑一声："我看你们贼眉鼠眼，不会是倭寇的同党吧。"

青年儒生身后一名魁悟的汉子上前，厉声喝道："放肆！"

刘捕头愣了片刻，那汉子从腰间掏出一面牌子，在刘捕头的面前一晃："南京兵部谭大人在此，还不跪地磕头！"

刘捕头眼里满是狐疑，然而还是不情愿地跪下了，口里称道："下官参见谭大人！"

谭纶哼了一声："烧稻的事你也干得出？"

刘捕头一凛："征地的通告都过去一个月了，他们就是不割稻……"

谭纶冲稻田里的衙役喊道："还不快把火都给我灭了！"

稻田里的衙役赶紧将手中的火把戳在水沟里弄灭了，又跑进稻田七手八脚地打起火来，堤上的衙役也冲下稻田帮着灭火。

等灭掉了火，衙役们一个个垂头丧气地上了大堤。

正这时，大堤上传来了一阵急促的马蹄声，数匹快马风驰电掣地奔了过来。

突然，一名衙役的目光中露出了惊色，随即大叫了一声："是知县大人！"

奔马越来越近了，知县在人群的前方翻身下马，堤上的几名衙役立刻迎上前去，指着谭纶这边，神情紧张地说着什么。

知县来到谭纶近前，深施一礼："萧山知县施尧臣拜见谭大人！"

谭纶冷冷地说道："这些都是你的属下？"

施尧臣满脸的羞愧："下官管束不力，甘受大人责罚！"

谭纶："本官不责罚你，但你必须给这些百姓一个交代！"

施尧臣起身："是！"

他转身面向衙役，厉声说道："都给我站好了！"

衙役过来，整齐地站成两排。

啪的一声，施尧臣手中的皮鞭狠狠地抽在了一名衙役的身上，那衙役痛得当场一声尖叫。

施尧臣脸色铁青从排列整齐的衙役面前走过，手上的马鞭上下飞舞，一鞭一道血印！

每个被抽的衙役痛得惊叫，有的人捂着脸后退了几步。一旁观看的人惊呆了。

施尧臣手中的马鞭停了，大声问道："你们身上穿的、吃的，哪样不是百姓辛辛苦苦种出来的？"

刘捕头嘴巴嚅动了几下，没敢吭声。

被抽的衙役更是大气不敢出，一个个低头不敢看他。

施尧臣："欺压百姓，我看你们一个个都是土匪的行径！"

末了，施大人来到百姓的跟前，单膝跪地双手抱拳，大声说道："列位乡亲父老，萧山知县施尧臣给你们赔罪了！"

老百姓们着实感到意外，那老人颤颤巍巍地伸出双手，把施知县给搀扶了起来，连连说道："使不得，使不得呀！"

施尧臣满脸羞愧，说："征地筑城，是上头的命令，本意也是为保境安民，抵御倭寇。浙江巡抚王大人到各地视察，发现很多地方都没有城墙，倭寇如入无人之境，百姓惨遭荼毒。所以就要求，各县都要筑城御倭。"

老人说："并非我等不支持官府的决定，怎奈这几亩薄田都是我们的救命田，没了这些土地，我们吃什么喝什么？"

施尧臣："这些本县都考虑过了，每征一亩农田补银十两，足够大家在其他地方买田。"

老人:"可是,买的田都离咱们世代居住的家好远,乡亲们祖祖辈辈在这里耕作惯了,别处买田甚为不便呀!"

施尧臣点点头:"这些都是实情!这样,不愿别处买田的,本县出面,就近调出一些田地来,让你们就近耕种,这样可行?"

老人:"知县大人费心了,小民们还有一个担心,年轻人都巴不得卖田,拿了钱好去吃喝玩乐。上了年纪的普遍都不舍得,这要是卖了田,子孙后代吃什么?"

施尧臣:"老人家,新城筑起来后,官府少不得招募一些兵丁和杂役,本县承诺,凡征地农户,优先安置做事,这样即便不种田也确保你们无后顾之忧!"

那些老百姓一听,个个兴奋了起来:"施大人所说可当真?"

施尧臣沉声答道:"君子一言,驷马难追!"

老人:"好!就冲知县大人的这句话,我们的田给你们征了!"

施尧臣转身大声冲刘捕头和众衙役喊:"下地丈田,被焚毁的稻谷按价赔偿,未收割的稻田我们帮着收割。以后再有扰民之举,定重责不饶!"

刘捕头身子一挺,大声回道:"是!"

人群中又开始涌动了,这一次,不是衙役和百姓对峙,是百姓配合官府丈田,衙役帮着百姓割稻。

谭纶的脸上,终于有了一丝笑容。

东南沿海府县,在谭纶的建议和王忬的要求下,大兴修城自保之风。各地城墙修筑完后,在抗倭斗争中发挥了重要的军事作用。嘉靖三十四年(1555)六月二十三日,倭寇大举入侵,突至萧山城下,见萧山城墙坚固,兵民有备,大惊而退。

打跑了汪直之后,浙江沿海并不平静。倭寇分裂成为许多小股势力,分掠四方。

徐海率领手下移舟向北，至松江府华亭县的柘林为据点招兵买马，自号"天差平海大将军"。

海商萧显没了贸易的生计，干脆带着手下人劫掠四方，他们四处杀人放火，残虐生灵。最终，还是明将卢镗率部掩击，阵中斩杀萧显，其残余倭众遁入浙江。

一些失去贸易生计的船队也纷纷加入了海盗行列，一时间，浙闽沿海狼烟四起，倭寇横生。

就连闽粤沿海的西洋人也蠢蠢欲动。

嘉靖三十二年（1553年），一伙佛郎机人在澳门靠岸停泊，说自己是贡使，船上的贡物让海水打湿了，希望当地官府允许他们上岸晾晒。

当时的澳门官员收受了贿银，就答应了这些人的请求。但佛郎机人上岸后，就赖着不走了。开始是搭帐设营，看官府没什么动静，又改成固定房屋，官府还没什么动静，慢慢扩大规模，成为永久居民。由于地方官员收了贿赂，一直对此姑息纵容，使得佛郎机人在澳门窃居成为事实。

王忬严格监察沿海通倭的豪族官绅，各县加快修筑城墙堡垒的进度，各地官民每户都必须安排人丁登城轮值守卫，使得倭寇很难摸清岸上明兵布置的虚实，往往乘船漫无目的漂于海上。

就在王忬调兵遣将准备更大力度地清剿，浙闽两省的告状信再次雪片似的飞到了北京城。

北京城，严府。

严世蕃拿着浙江布政使吴伯宗的密信，匆匆来到严嵩的书房。

"我早说了，那个王忬不是什么好人！"一进门，严世蕃就嚷嚷开了。

严嵩打开信件，迅速地浏览了一遍，说："王忬在浙江扰民、纵倭？"

严世蕃："信里不都说了吗，还能有假？近期朝廷不也收到各地的奏疏，说王忬一意孤行大建城池，强令豪族官绅捐款捐物，又逼着百姓卖地征田。这还不算，他在浙闽抗倭一年多，倭患未见消减，反而愈演愈烈，可不就是抗倭不力，致倭横行？"

严嵩没有说话，眯着个眼睛，仿佛在想些什么。

严世蕃："王忬明明知道吴伯宗是咱们的人，居然刚一到任，就参他一本，这打狗还得看主人，他王忬算是哪棵葱？"

严嵩："王忬的告状信虽然很多，但都不具备罢官去职的理由，既然跟吴伯宗两相不和，那就把他调离好了。"

严世蕃："那真是便宜了这厮，父亲把他调哪好呢？"

严嵩："大同！"

严世蕃一听立即就懂了："庚戌之变过后，朝堂无人敢去对战俺答骑兵，就让这个王忬去，兴许还能抵挡一阵！"

严嵩点头不语。

嘉兴，血色残阳，百姓悲号，狼藉遍地。

王忬的离去，让浙闽沿海的血雨腥风愈演愈烈。

东南沿海倭患严重，浙江受害最深，仅嘉善就遭侵掠十七次。倭寇到处横行，烧杀抢掠，灭绝人性，甚至用开水烫死婴儿，以听其啼哭为乐，剖孕妇腹看胎儿是男是女，无比残暴。其蹂躏之处，庐舍为墟。

谭纶带着梁进和几个兵丁走进一个余火未尽的村庄，这个村庄刚刚被倭寇血洗，村子里的人被倭寇全部杀光。谭纶翻开一具村民的尸体，死者双眼圆睁，面容十分恐怖，胸口被利器一刀剖开，肠子和血流了一地。

在武库清吏这个岗位上，谭纶做得非常认真，为什么会有倭乱，大明军备的实际情况，是这位青年官员一直苦苦思考的问题。

一路看过来，谭纶脸色凝重，悲愤不已。

天色渐晚，谭纶和随从飞身上马，继续前行。未及五里，突见前方山头窜出一伙青壮男丁，约莫十来人，一个个手持锄头砍刀，怒目而视。

谭纶勒住受惊的战马，梁进立刻上前，厉声喝问："来者何人？"

领头模样的是一位虎背熊腰的青年男子，裤腿衣袖上挽，背负弓箭，手持精钢猎叉。

男子以叉指着梁进："你们是什么人？"

听到这伙人以嘉善本地方言发问，谭纶一行紧绷的弦稍稍缓了下来。

梁进双手抱拳往左上方一举："南京兵部谭大人亲自勘察倭情，你们何故拦路？"

手持钢叉的男子神情悲愤道："当今倭寇肆虐，生灵涂炭，而堂堂大明官兵望风而逃，置我百姓于水火不顾。前晌百余名倭寇在此烧杀抢掠，怎不见你们耀武扬威？"

梁进又气又急："放肆！"欲策马上前给其教训。

谭纶伸手制止呵斥："退下！"随即甩镫下马，来到那伙人的面前，神情和蔼地问持钢叉的男子："叫什么名字？"

持钢叉的男子见他毫无戒备，态度也缓和了下来："小民林大鹏，双桥猎户。"

"大运河上的双桥？"谭纶这几年绘制作战地图，对嘉兴这一带的地形了如指掌。

林大鹏答："正是。"突然间泪水涌了出来。

后面有个人接话："我们几个都是双桥的，村子里遭倭寇反复洗劫，乡亲们死的死逃的逃，就剩下我们几个人了。"

谭纶心里清楚，京杭大运河在王江泾穿镇而过，秋茂桥和杨家桥是运河南北两个交通要道，故倭寇频繁光顾。

"那接下来你们打算怎么办？"谭纶问道。

"我们也不知道怎么办，大股的倭寇来了我们就躲，如若遇上小股的或是落单的，我们就痛击之。"

谭纶说："国难当前，生灵涂炭，天子忧心。你们既然无家可归，何不随我一起从军，同仇敌忾，奋勇杀敌，为天子分忧，为百姓解难，更为咱们死去的亲人报仇？"

林大鹏抹了抹眼泪："只要能为亲人报仇，我们愿随大人一起从军杀敌。"

有人问："大人，我等非军籍，也可入伍？"

谭纶正色回道："当然。平息倭患，必是要招兵的。"

看暮色将至，林大鹏等人随谭纶一起回到了嘉兴县城。

县城里十室九空，死一般寂静。衙门里也是人去楼空，知县衙役早已跑得不知所终。

谭纶吩咐梁进洗刷锅灶，又从随身携带的干粮里拿出米面，烧水做饭。自己点起昏黄的松油灯，摊开地图研究了起来。

夜色深沉，谭纶不知不觉趴在地图上睡着了，而屋里十多个人早已鼾声如雷，两个兵丁在门口警戒放哨。

也不知过了多久，谭纶在睡梦中突然被嘶鸣的马叫和嘈杂的声音惊醒，门口哨兵大声喝问："什么人？"

有人答道："南京兵部尚书在此，何人敢造次！"

谭纶翻身一跃而起，蓦地从桌上拔出宝剑，正欲出门查看。

正在这时，一个高大魁梧的身影出现在他面前，后面还跟了数名彪悍的侍卫。谭纶一眼认出，来人是他顶头上司张经，上个月刚从南京户部尚书调任南京兵部尚书。

这个顶头上司可是个传奇人物。张经秉性刚直，不畏权贵。嘉靖四年（1525年），大明兵部尚书金献民接受宁夏总兵官种勋的贿赂，被时任吏科给事中张经弹劾罢职；河南巡抚潘埙匿灾情不报，也被蔡经弹劾去职。明代锦衣卫和东、西厂的官校们挟势勒索，大为民害。张经上疏建议予以撤除，嘉靖帝采纳建议下旨罢去厂卫校官。张经由此名声大噪，人称"铁头御史"。

张经不但性格豪爽，为人正直，且文武兼备，军功卓著。嘉靖十六年（1537年）任兵部右侍郎，总督两广军务，平定了断藤峡地区持续了一百六十年的动乱，朝廷此前先后派去了几十名将领和数十万人的军队围剿，都没能剿成功。张经因此官升一级，授兵部左侍郎。

此后不久，西南又冒出了安南（今越南）莫登庸篡位事件，张经奏请朝廷，一边派大兵压境，一边给莫登庸许了个明朝二品高官的位置，莫登庸受不起惊吓，接受了朝廷的招安。再后来，广西又发生思恩土司的大规模叛乱，张经再次大显神威，很快平定叛乱。

谭纶对这名新来的上司充满了敬意，赶紧上前参拜："属下谭纶见过尚书大人。"

张经对在嘉兴县城遇到谭纶也颇觉意外，此前谭纶自告奋勇要去一线了解情况，但没想到在这里碰到了。

张经："子理连日冒死赶赴前线侦察，辛苦了。"

谭纶："属下寸功未立，不敢言苦。大人不辞劳苦不惧凶险，让我等汗颜。"这倒是大实话，张经自到任以来，风尘仆仆到各辖区调查了解情况。

张经叹了口气："三十六年前，本官入仕的第一站即嘉兴，如今重回第二故乡，一路上的惨状让人颇多感伤。"看到桌子上铺着一张谭纶自己手绘的地图，饶有兴致，问，"子理可知倭寇为何荼毒嘉兴最盛？"

谭纶手指地图："嘉兴有江南运河穿境而过，北通苏、松、常、镇，南连杭、绍、金，交通要塞自然为兵家必争之地，这是其一；其二，江浙土地肥沃，商贾富庶，历来为朝廷钱仓米袋，倭寇垂涎久矣。"

张经问："倭寇何以成势，以至成为大明之心腹大患？"

谭纶答道："倭寇自我朝开国之初就已生乱，然历朝严厉镇压，倭寇难以成势。争贡之役后，一些不法商人对抗海禁政策，聚众成匪，与倭寇同流合污，形成巨匪。"

张经对谭纶的回答表示赞许："我大明百万雄师，对战倭匪却屡战屡败，这又是何解？"

谭纶面色凝重，神情郁闷："在下近年多处查访倭患猖獗之地，三个原因令人忧心。其一，我朝卫所及世兵制弊端重重。一些户口纳入军籍，世代为兵，这些军户平时下田种地，战时上马击敌。由于承平日久，卫所官兵战力低下，有的世袭将领连马都不会骑，连旗帜信号也弄不清楚，将找不到兵，兵找不到将，未战先乱。其二，倭寇战力惊人。真倭多为东夷武士或浪人，个个武艺高强，在下在临海，曾闻残兵口诉，我大明官兵射出的箭矢，竟有倭寇徒手接之，这不仅说明倭寇武艺高强，同时也证明我军射击的力度和精度太差，军士缺乏训练和武备松弛可见一斑。倭寇聚众进犯，常以长蛇阵、蝴蝶阵冲杀或伏击，我军对阵往往一触即溃。"

谭纶从随身携带的包裹里取出一扇子状的东西递给张经："大人，在下前日在路边拾得一倭寇遗弃的信号旗，应为倭首所用。"

张经接过扇子一看，就觉得很不一般，扇骨为精细铁杆，扇面为薄铁皮制成，上面画着一些神鬼图像，煞是吓人。铁杆有尖刺露出扇面，不仅能发挥"信号旗"的作用，还可以用来攻击或者防御。

张经说："倭寇有奇技淫巧，我大明就没有坚利火器吗？"

谭纶说："这就是我要说的其三，大明官兵确是配发了一些火器，但时下火铳用材和做工都非常粗糙，火铳铳管必须用精铁制造，一斤精铁需要十斤粗铁才能提炼出来，费时过多，成本高昂，难以大量制造。这就使精制火铳仅配发给御林军、锦衣卫，而配发给府衙卫所的鸟铳往往粗制滥造，击发时铳管开裂现象司空见惯。除此之外，我大明军的鸟铳还有个致命的问题，即发射一枪程序太多，一套动作做下来费时不少，实战中一支火铳往往刚放出一枪，倭寇就冲到眼前来了。"

张经频频点头："子理说的皆是事实，洞之甚微。既然积弊如此严重，又当如何破之？"

谭纶侃侃而谈："抗倭无非上中下三途：下策是陆上抗倭，中策是海上抗倭，上策是直接出兵东夷。然而洪武年间就定下了祖制，把日本列为不征之国，上策是没法执行了。中策实施海上拦截倭寇。关键问题在于，当今圣上不会同意，理由也很简单：真正危及大明王朝统治的威胁来自北方，倭患是疥癣之疾，北虏才是心腹之患。为此，眼下我们唯有下策可施。"

谭纶继续说道："针砭时弊，方能击而破之。下策若能做到四点，也不失为权宜之计。第一，推行招兵。大明自开国以来，为解决上百万将士的出路问题，解日后兵源之忧，实行了军户卫所制度，世袭百余年来，军户早已成为农民。第二，改革卫所。当以立束伍法，自裨将以下节节相制。分数既明，进止齐一，不久即可成精锐。第三，精研兵法。广布耳目，搜罗敌方信息，针对倭寇战法特点制定我方阵法战法，知已知彼方能克敌制胜。第四，改良火器。倭寇武艺再高强，火器一击即可毙命。"

张经以手击掌："素闻子理饱读诗书，精通韬略，对蚂蚁打架、蜘蛛结网都能研究半天，今得一见，果然有诸葛之智、张良之才！"

谭纶慌忙施了个礼："大人过奖。大人身经百战，战功卓著，阅历传奇，天下人皆敬佩，属下才疏学浅，竭全力也不及大人之万一。"

张经连连点头，两人聊着聊着，竟然天明。

嘉靖三十三年（1554年）五月，驿道上，几匹快马如飞。南京兵部，南京其他各部尚书，直隶、浙江、福建三省巡抚齐聚大堂。

骤然听得门外一声高喊："圣旨到！"

大堂里的官员赶紧一个个跪地恭迎。

太监陈洪左手托旨右手拂尘，扫了一眼跪着的人群，开始念道："奉天承运皇帝，诏曰：倭寇猖獗，直隶、浙闽等地深受其害，着南京兵部尚书、参赞机务张经解除原职，提督南京、直隶、浙江、福建等处军务。战斗兵员，由张经在山东、两广、湖广等地直接行文调取，巡抚、都御史、总兵完全听从节制。临阵不用命者，武官都指挥以下，文官五品以下，许以军法从事。着兵部侍郎张时彻任南京兵部尚书，擢李天宠为左金都御史巡抚浙江，二人共佐张经协从江南军务。钦此！"

新任南直隶闽浙总督张经、南京兵部尚书张时彻、浙江巡抚李天宠三人磕头谢恩："谢主隆恩，吾皇万岁万岁万万岁！"

众人也跟着磕头呼："吾皇万岁万岁万万岁！"

传旨毕，张经请陈洪落座喝茶。

陈洪："近期倭寇猖獗，朝野震动，经徐阁老推荐，圣上钦点，特新设江南军务总督一职，着张大人于多事之秋勇挑重担，以期力挽狂澜，尽早平定江南倭患。"

张经："圣上恩典，臣定当肝脑涂地，万死不辞。"

陈洪："眼前战事吃紧，江南防务准备得怎么样了？"

张经："自去年受命南京兵部尚书以来，月月有警。官兵偶有小胜，但多数为败绩。卫所官军怯懦，一触即溃，下官拟重金悬赏捉拿汪直、徐海等倭寇首领，同时，征调广西狼兵和湖广土兵等来，协兵进剿。"

陈洪："广西狼兵和湖广土兵战力强悍，对战倭寇不落下风。只是两广来此甚远，且多为土著蛮夷，如何肯听从张大人的调遣？"

张经："这个公公不必担心，张经在任两广总督期间，与当地土司头领交往甚密。下官一纸调令，狼兵土兵必应召而至。"

陈洪："果如大人所言，平倭指日可待，举朝上下静候大人捷报佳音。"

张经率众人再拜，送陈洪离开。

广西田州，壮族军寨。

纷飞的大雪让整个田州银装素裹，屋檐下挂满了一根一根晶莹剔透的冰凌。

朝廷的征调令和张经的亲笔信摆在瓦氏夫人案头。

瓦氏夫人原名岑花，广西靖西人，是当地土官岑璋的女儿，后来嫁给了广西田州的土官岑猛，才改了"瓦氏"这个称号。嘉靖六年（1527年），岑猛被指控有叛乱嫌疑，被朝廷讨伐，岑猛兵败，岑猛与儿子战死，田州归顺朝廷。土官一职就传给孙子岑芝。岑芝在嘉靖二十九年（1550年）被朝廷调去海南平乱不幸战死。当时瓦氏的重孙岑大寿年仅四岁，其弟岑大禄还在襁褓之中，五十三岁的瓦氏夫人不得不担起了治理地方的重任。

寨子里的议事厅被人挤得满满当当，有田州府的各级州官，也有下属的各土司头目。应召派和拒召派吵得不可开交，但从吵声中来看，拒召派占据了上风。拒召派认为，早先朝廷诬陷我田州谋反，致使土官岑猛和儿子岑邦彦惨死。归顺朝廷后，小土官岑芝又战死，现在大寿仅八岁，如何担当得起征召的重任？朝廷怪罪下来，大不了再打。

应召派认为，自归顺朝廷以来，朝廷对我田州不薄，减免税赋，让百姓安居乐业。况张经任两广总督期间，对我田州子民厚爱有加。今朝廷有难，受倭寇欺凌，我华夏子孙当同仇敌忾，报效国家。

争论整整进行了一天。

瓦氏夫人半晌没有作声，她用铁筷拨了拨炭盆里的火，快要熄灭的炭火渐渐又红了起来，屋子里头暖和了许多。

瓦氏缓缓开口："早年我田州府血雨腥风数十年，主因并非朝廷要剿灭我们，而是家族内斗。王守仁、张经二位总督在两广期间，官府对田州的支持和帮助有目共睹，我们才得以在险象环生中化险为夷，赢得了数十年来的太平。"

一屋子的人静静地听瓦氏说话，这些都是实话。

"如今田州百姓安定，政经发展，诸业颇有建树，我等应感朝廷恩德。社稷兴则我田州兴，社稷乱则我田州乱，诸位应知唇亡齿寒的道理。今倭寇肆虐，掠夺财物、焚烧房舍、屠杀百姓、奸淫妇女，所到之处令人发指，人神共愤。我等怎可安于一隅，袖手旁观？"

众人频频点头。

"汉民历来称我壮族为蛮夷，今朝廷不远千里征调我军，实乃圣上及张经大人对我等的信任和倚重。振我壮族声誉，耀我祖宗门庭，建功于国家危难之际，是时也！"

那地州头目罗堂道："眼下年关将至，上下人等莫不期盼欢喜团圆。"

瓦氏夫人道："朝廷征调令六百里加急传书，足见军情十分紧急。行大事者自当少儿女情长，我军十日以后即准备开拔。"

田州统领钟富问："此去江浙三千里之遥，数月风餐露宿，粮草如何解决？"

瓦氏夫人兀自站了起来，眼睛炯炯有神："我们自备军粮。不立寸功，何以归见乡党？我将亲自挂帅，携大寿、大禄一起远征，是行也，誓不与贼俱生。"

这番话，众人听得热血沸腾。瓦氏夫人时年五十七岁，大寿年仅八岁。

归顺州土司头目黄虎仁站起来慷慨陈词："夫人年近六旬，尚有此雄心壮志，我等七尺男儿又焉敢退缩！"

瓦氏从小喜读兵法，练就了一手好枪法和拳术。长大后，她既习书礼，又通兵法，武艺高强，可谓智勇兼备，女中豪杰。十多斤重的长矛叫她舞起来轻如棍条，百把斤重的石磨，一手提起毫不费力。在前些年的历次战争中，她带兵打仗，身先士卒，骁勇无双。大家都记得瓦氏夫人当年的威武英姿：胯下枣红战马，手中闪光长矛，背负待哺婴孩。

在座众人群情激昂纷纷表态："愿唯夫人马首是瞻，东征抗倭！"

嘉靖三十三年（1554年）十二月十二日，田州土司衙门外，旌旗猎猎，号角嘶鸣。来自九溪十八峒的数千名壮、苗、瑶等军士整装待发。

瓦氏夫人骑马缓缓巡过排列整齐的队伍，至帅旗下，帅旗正中"女官参将总兵"六个黄澄澄的金字异常显眼，这是嘉靖特授瓦氏夫人的军衔。

统领钟富策马来到瓦氏夫人跟前，大声报告："禀夫人，州府部兵四千一百名，战马四百五十匹，勇将二十四员，随从女兵四十名；归顺州黄虎仁所部八百六十名；南丹州莫昆、莫从舜所部五百五十名；那地州罗堂所部五百九十名；东兰州岑褐所部七百五十名，总共七千多人马全部集结完毕，请夫人号令！"

瓦氏夫人点点头，作战前动员，并正告三军："此去远征，前路凶险，无严明军纪，则九死一生。众军切记：一勿骚扰百姓，欺压人民；二勿奸淫掳掠；三勿马踏禾田；四勿违犯军令。如若有犯，必重责之！"

旁边有军士把一碗酒呈上，瓦氏夫人端酒，疾呼："生死与共，奋勇杀敌！"

众人喊声震天："生死与共，奋勇杀敌！生死与共，奋勇杀敌！生死与共，奋勇杀敌！"

瓦氏夫人一饮而尽，将碗摔于地，率众义无反顾地踏上了出征的路。

远远的群山里有丝竹之声响起，女声唱："阿妹送郎去远征，千叮万嘱要记清。晚上莫忘把被盖，日里莫忘扎头巾。"

队伍里有男声回应："阿哥出门去远征，阿妹在家要放心。瓦氏叫人把被盖，日里又叫扎头巾。"

…………

南京兵部职方司内一片忙碌，职方司郎中谭纶忙着统计各军人马兵备，绘制行军路线，协调沿线州府支持配合。

兵部衙门外，有军士飞马来报："报！田州狼兵已到梧州。"

谭纶命令："令田州狼兵三日内抵达南雄，过大庾岭，坐船至南昌，转江苏京口、丹阳。再令，沿途各州府全力配合南兵东进，提供车马舟船等辎重方便！"

接着又问："湖广永顺、保靖土兵动向如何？"

军士回答："均已集结完毕，永顺兵除夕前夜起程，保靖兵大年三十日开拔。"

谭纶眼圈一红，差点溢出了眼泪，将士们保家卫国连年都不过了，随即大声说道："通告沿途州府，给永顺、保靖同等优待！"

军士："得令！"

雨雪交加，北风呼号，一支长长的队伍艰难跋涉在漫漫征途。

瓦氏夫人身披风衣抬眼望了望漫天的风雪，又回望身后这群疲惫不堪的人，表情肃穆而坚定："传令，加快行军速度，天黑之前赶到前面的镇子宿营！"

转眼冬去春来，就到了第二年的三月初一。

南京练兵场，军士正在训练，喊杀声此起彼伏，满场热火朝天的景象。总督张经在谭纶的陪同下，视察练兵情况。

张经："此次招募到了多少新兵？"

谭纶："自去年底开始招兵到现在已募五千余人，这些新兵身体强健，又听话吃苦，只训练了三个月，就有了一定的战力。"

张经点点头，以示满意。

张经："倭酋徐海聚集二万余人盘踞在南直隶松江的两个巢穴，一曰'柘林'，一曰'川沙洼'，以此为基地，分道劫掠。沿海各卫所要抓紧招兵和训练，待狼兵土兵一到，合力捣毁倭巢。"

谭纶："作战计划已经拟定，回衙后就送督台过目。"

张经再点了点头。

这时，有军士前来禀报："报！田州狼兵已过丹阳，今日可抵达苏州。"

张经和谭纶一脸的喜色，张经招呼谭纶："终于来了！走，看看去。"

江苏百姓听到狼兵到来的消息个个奔走相告，认为骁勇无敌的狼兵一到，倭寇必将败亡。然而，出于对客兵的畏惧，瓦氏部队行军到江苏丹阳，丹阳知县避而不出，居民一个个闭户不纳。

千里迢迢赶赴前线的狼兵被泼了第一盆冷水，疲惫的将士只有打消歇息的念头，继续前行。

瓦氏到了苏州被泼了第二盆冷水，苏州知府林懋举把城门紧闭，不许狼兵入城，让他们在城外搭帐篷。

此时田州狼兵已历经数月跋涉，人困马乏，极度疲惫。见丹阳城和苏州城如此冷漠，士兵们群情激愤。

苏州府衙，瓦氏带着几名将官脸色阴沉，林懋举显得十分为难。

林懋举知道总督府早有令谕，征调之兵沿途州府要提供方便，竭力配合。然而州府一方面需要狼兵解燃眉之急，一方面又担心狼兵会剽掠祸害地方，地方官有地方官的苦衷。所以对瓦氏的到来，林懋举十分客气。

林懋举微笑着说道："夫人奉诏远来，一路跋山涉水，林某钦佩不已，准备了些肉食粮草已送到了城外，以示诚意和慰问。"

瓦氏："我部自广西而来，一路风餐露宿，好不容易到了苏州，却连城都进不了。将士们就想问了，我们是来抗倭的，还是来讨饭的？"

林懋举赔着笑脸："当然是来帮助我们抗倭的！只是苏州地方狭小，一时容不了这么多的客兵，只好委屈你们，暂时在城外安营扎寨。"

瓦氏十分不悦，道："田州狼兵军纪严明，绝不会动苏州百姓的一草一木。丹阳苏州接连不让进城，士兵们已是一片哗然。再这样下去，如何能够做到同仇敌忾，奋勇杀敌？"

林懋举一时语塞，气氛十分尴尬。

正这时，苏州府衙有衙役跑进来报告："总督大人到！"

林懋举和瓦氏夫人急忙到门口把张经、谭纶等人迎了进来。

林懋举正要解释，见张经脸色铁青，又犹豫了一下不敢说话。

张经客客气气地让瓦氏就座："夫人为驰援江浙，从田州风雨兼程，经数九寒冬，过十九郡府，越千山万水，历万苦千辛，我张经及万千江浙子民对您说一声：谢谢了！"

瓦氏起身施了一礼，重又落座。

张经说："这一路走来，沿途州府日日都报，夫人治军有方，所部军纪严明，奖惩分明，将士团结，所至之处，秋毫无犯，深得当地百姓爱戴，无不箪食壶浆，以迎义师。"

这话既是对瓦氏的肯定，也是对林懋举的敲打。

张经继续言道："江南百姓慕抗倭之胜久矣。狼兵万里远来，借以靖难，当以诚待之，若防范如寇，焉能得其心也！"

一席话把林懋举说得惭愧得低下头去。

张经望了一眼林懋举，突然提高音量："去年圣上传旨，州府官必须听从本官的节制，临阵不用命者，武官都指挥以下，文官五品以下，许以军法从事。"

林懋举突然汗如雨下，扑通一声跪下："苏州府诚意邀请田州将士入驻。"

苏州城外，长号呜呜响起，田州狼兵抖擞精神，齐刷刷进入苏州城。

府衙内，谭纶打开军事地图，跟众人讲解作战部署："田州狼兵此行的目的地是金山卫，瓦氏土兵由俞大猷指挥；东兰、那地、南丹之狼兵由游击将军邹继芳统辖；归顺、思恩及东莞之兵让参将汤克宽统辖。三军分别屯聚于金山卫、闵港和乍浦三地，形成掎角之势。"

张经："金山卫、闵港和乍浦三地皆已部署妥当，只等待湖广的永顺、保靖土兵一到，即可伺机与倭寇展开决战。瓦氏夫人！"

瓦氏："末将在！"

张经："你部远道而来，先在苏州休整几日，十三日之前赶到金山卫。"

瓦氏："是！"

严府，鎏金溢彩，金碧辉煌，那气派不输大明皇宫。

在东南前线紧锣密鼓调兵遣将的同时，朝廷上下也没闲着，抗倭已不仅仅是对外的战事，更是内阁争斗的主题。

此时的严家如日中天，严嵩执掌内阁，深得嘉靖皇帝的宠爱，严世蕃去年刚刚升任工部尚书。一批身居高位的政敌被严氏父子下狱或诛杀，这其中就包括大名鼎鼎的前内阁首辅、严嵩前任领导加同乡夏言。

一记一记的堂鼓，一曲婉转的竹笛，仿若天籁之音。

严世蕃短颈肥白，球一样斜卧在躺椅上，一边侍女正在给他倒酒。堂下是昆山请来的第一戏班，头牌花旦叫清儿。

清儿身姿曼妙婀娜，长袖飘飘，舞动的轻风里送来阵阵幽香，拂在严世蕃的脸上，长歌作伴，酒色相随，令人感到虚幻如梦。

严世蕃用一只眼睛盯着清儿的小脸，咧着嘴呵呵地笑。他的另一只眼睛生下来是残疾，故看上去显得有点狰狞。

清儿在堂鼓声和曲笛声的伴奏中将这支曲牌演绎得精妙绝伦，严世蕃将酒杯里的酒一饮而尽，清儿的一曲歌舞也刚刚终了。

"好！"严世蕃的对面响起了喝彩声和击掌声，那是他的死党，严嵩的义子赵文华。

清儿低头娇羞地向两位大人道了个福，与乐师先行退下。

严世蕃和赵文华都含笑站起来了，恋恋不舍地看着清儿离去。

赵文华吞咽了一口水，谄笑地对严世蕃道："真乃人间尤物，哥哥好眼力。"

严世蕃白了他一眼："你哪个嫂嫂不是人间尤物？"

的确，莫看严世蕃人丑心黑，他讨的二十七房妻妾可是个个美若天仙。

赵文华赶紧拍他的马屁："那是那是，哥哥天纵英才，五百年也难得出一个，绝世英雄当配绝世美女。"

赵文华是严嵩最器重的干将，胆大心黑，极尽察言观色阿谀奉承之能。

严世蕃明知那是过了头的奉承之词，仍然感觉十分受用，笑道："元质此去江南，又收获不少吧。"

严嵩上月派赵文华到江南督办稻田改桑事务，沿途地方官员闻风而动，纷纷送钱送物，各种金银珠宝珍奇异玩满载而归。

身为严党的得力干将，赵文华敛财水平更是一流。

他命手下抬进来一个金丝楠木的盒子，取出一金光闪闪的东西。严世蕃伸头欲看，严府的下人赶紧把烛台举了过来。

灯光下，这物件越发金灿灿，除了一缕一缕的金丝，还悬挂了不少雕刻精美的金帛，人物神态真可以称得上是巧夺天工。

赵文华："这是江南织造局差能工巧匠花三年工夫才做成的，原本想送给圣上，听说哥哥派我督办江南，故托我送您了。"

严世蕃没有一丝的惊讶，尽管这东西价值连城，但他家地库里奇珍异宝多了去了。

赵文华又叫人抬上一个更大的箱子，打开一看，满满的珠宝首饰。

赵文华："这是我给每位嫂嫂特别准备的，每套都不一样，希望嫂嫂们能够喜欢。"一套首饰至少得上千两银子，二十七个妻妾就二十七套，怎么也得好几万两。

严世蕃嘴角才露出一丝笑意："难得元质有心，来来来，喝酒。"

两人重新落座，赵文华问："当下江南倭寇贼势日炽，圣上忧心，义父可有破敌之策？"

严世蕃道："抗倭大事，父亲本有自己打算，然而徐阶横插一手，举荐张经那厮总督江南军务。"

严党父子对徐阶举荐张经任职东南总督一事一直耿耿于怀。

严世蕃素来睚眦必报，说到张经的时候那只独眼透出一股杀气，虽然只是一瞬间，赵文华还是敏锐地发现了。

赵文华："还有一事，想与哥哥商量。"

严世蕃："说！"

赵文华："此番前往江南督办稻田改桑事宜，发现桑蚕产出较稻米高数倍，稻农却担忧市场波动会导致收成减少，故而有顾虑不愿改桑。而不少官绅却看出其中商机，借机大举购田买地，兼并山林，这可是置业的绝好机会呀。"

听到发财的商机，严世蕃兴致起来了。

严世蕃："元质有何打算？"

赵文华："我欲再下一次江南，仔细勘测土地良田，伺机购进。另外张经他们在东南折腾，也须有人去盯着。"

严世蕃："这主意甚好，只是你刚刚回来，怎好又让你去？"

赵文华："当以祭海神的名义前往，方好兼顾其他。"

严世蕃："这理由极好，明天我找陶天师先给圣上吹吹风。你拟一折子奏上，剩下的事我和父亲来斡旋。"

嘉靖潜心道术，陶天师是嘉靖专门请到宫里修道和炼丹的师父，只要他提出祭海请神之事，皇帝肯定同意。

严世蕃平时在陶天师身上花了重金，一来好打听宫里的动向，揣摩嘉靖皇帝的心思；二来好让陶天师为他父子实现政治意图推波助澜。

严世蕃找到陶天师，道："近年倭患四起，水灾频繁，民间传闻是惹怒了海神。工部欲请道长派些弟子前去江南祭海，还请道长支持。"

"派人去江南祭海，这可是利国利民的好事！"陶天师想到这里巨大的油水，与严世蕃一拍即合。

严世蕃："费用一事我工部会负责安排，只是动静太大，怕朝中一些大臣反对，所以你必须做好圣上那边的工作。"

陶天师："这个没有问题，你就听好消息吧。"

内宫西苑，严嵩跪地奏道："启禀陛下，臣有事奏报！"

嘉靖："阁老请讲！"

严嵩："近期东南沿海倭患频频，臣寝食难安。这一年之计在于春，今年的抗倭大计，还是早作主张的好！"

嘉靖近期被倭患搅得心烦意乱，听严嵩这么一说，抗倭的确是刻不容缓的大事。

嘉靖对兵部尚书聂豹说道："聂尚书，你有何良策？"

聂豹："禀陛下，张经已在全力备战，我们还是静观其变的好！"

嘉靖脸上有一些不悦。

工部右侍郎赵文华奏道："启禀陛下，臣有本要奏！"

嘉靖："说！"

赵文华："去年奉旨下江南，民间皆言，海寇丛生都因世人冷落了海神，对天不敬。所以臣斗胆建言，所谓良策，无非七事：祀海神、降德音、增水军、差田赋、募余力、遣视师、察贼情。七事俱毕，平倭有望矣。"

嘉靖心里一动："哦？具体说来！"

赵文华："一是遣官至东海祭海神。二是令有司收埋因战乱死亡人员的尸骨，减轻徭役。三是增募江淮壮男为水军，大修战船，以固海防。四是增收江南田赋，苏、松、常、镇四府民田一夫过百亩者，重科其赋，同时预征官田税粮三年。五是令富人输财力自效，平息倭患之后论功，或予免罪。六是派重臣督视江南军情。七是招抚通番旧党、盐徒打入倭寇内部，侦察敌情。"

因早先就有陶天师的吹风洗脑，加上刚刚对聂豹的不满，赵文华的话让嘉靖眼睛一亮。

嘉靖问严嵩："严阁老以为如何？"

严嵩："江南倭患愈演愈烈，朝野震动，臣子们无不殚精竭虑为圣上分忧。赵文华深入民间疾苦，细勘一线之实情，所言七事皆为当下抗倭之要义，应予支持。"

嘉靖微微点头，又问徐阶："徐阁老怎么看？"

徐阶是何人，能跻身内阁足见其耳听八方之机敏，从赵文华与严嵩的言辞中他已明白了几分。但他的过人之处就在于从来不与严嵩正面争执。

徐阶道："臣以为，兵事还须征询兵部意见，聂尚书、赵侍郎的建议可妥？"

聂豹入仕初年在松江华亭担任知县，遇见了当时乡试落榜的徐阶，对他进行过财力上的资助和学业上的帮助，徐阶入仕后一直对聂豹感激涕零，聂豹进兵部先后任左右侍郎再到尚书，都是徐阶一手推荐。聂豹听徐阶点名，立马明白他的意图，赶紧出列。

"臣以为，七事中六事无异议，但遣视师慎行，令总督张经奖率诸军即可，不必别遣。"聂豹清楚，严党只要派人出去，必会借机搜刮民膏，令老百姓怨声载道。再者，这次出去极重要的内容是"遣视师、察贼情"，这就是对兵部横插一手，扰乱前线部署。

见聂豹开了头，徐阶上前进言："亲出督师，备极劳苦，主客不协，未克成功，而傍观者不相谅，致摇圣心，中间委曲讵使者能道。"他的意思是赵文华此去，必主客难以协调，还是不要让赵文华打扰前方部署为好。

赵文华反驳："倭寇之乱，举国愤之，忠义之士何敢傍之？前线督军，只会明真情、正视听，何来致摇圣心？"

严嵩讥讽聂豹："刚才聂尚书侃侃而言，似乎胜券在握。但你执掌兵部一年有余，倭患未见消停，反有愈演愈烈之势。海神不敬，天怒人怨，长此以往，我大明江山忧矣！"

严嵩的话，更让聂豹的心头掠过一丝寒意，他必须据理力争："连年倭患，军费开支浩大，应当省事省官，减少地方负担。且天灾人祸，江南百姓贫困至极，若祭海神、差田赋，是徒滋劳费，必是劳民伤财，重扰地方。"

严嵩："世人皆知因缘相生之理。倭患水灾频频，无非两因：要么，天怒人怨；要么，用人不察。祭海拜神，请神力助我大明平倭，必事半功倍，何以徒滋劳费？对于前线战事，数万大军进剿倭寇，却是屡战屡败，不督不查，焉能鉴前车、师后事？"

聂豹辩道："天道至善，良知自明。吾皇天纵圣明，众臣只须勠力同心，何用假以天道？"

聂豹是王守仁的忠实信徒，他用心学之说反击严嵩。但他不信天道信良知的理论显然触怒了嘉靖。

话音刚落，就听得嘉靖厉声呵斥："住口，一派胡言。倭贼侵扰苏、松诸府为时已经两年，调兵无见实效，奏报或多失实。兵部抗倭无策，海患未见消停，聂豹实属无能也。着降俸二级，闭门思过。"

见皇帝震怒，众人噤若寒蝉。

嘉靖面容冷峻地扫视着大家，突然他把眼睛定在陶仲文的身上，此刻陶天师手抱拂尘，长袖飘飘，双眼微闭，仿佛大殿内一切都与他无关。

"天师，祭海一事，你怎么看？"嘉靖问。

陶仲文睁开眼，唱了个喏："无上天尊！"

"凡事皆有因，有因即有果！"陶仲文说道，"舟山是东海龙王故乡，岑港的白老龙、马岙的龙潭坑、嵊泗的龙王输棋……可以说，龙迹无处不在。如今东南沿海倭患水灾频发，必是民间有人对神灵不敬，惹怒了海神，引来了报应。那些倭寇，实则龙王的虾兵蟹将是也！"

嘉靖恍然大悟，深感有理。

陶仲文继续说道："平息东南沿海倭患，祭海是首要之事。圣上亲拟祭文，派人到东海祭祀，可立见抗倭之奇效！"

嘉靖大喜："天师说的在理，就依严嵩所奏，赵文华代朕祭海，督军东南！"

众人赶紧跪伏在地，山呼："吾皇圣明，万岁万岁万万岁！"

嘉靖三十四年（1555年）四月初七，阳光明媚，草长莺飞。

然而，谭纶却无心欣赏眼前的美景，张经派他来松江陪同钦差大臣赵文华祭海。

国家有难，不问苍生问鬼神。谭纶从心里厌恶之，但张经总督有令，他不得不早早赶到松江。

天蒙蒙亮，入海口已是人山人海，前来看热闹的人把道路挤得水泄不通。从松江府衙至入海口新铺就了一条青石板路，前有府兵开道，后有数千随从跟着，赵文华的八抬大轿甚是威风。

江口岸边，临时搭起了一个可容数百人站立的大台子，这是为赵文华及江南各府衙官员们准备的。台子正前方中央，摆着祭海所用的香烛纸钱、天书和玉如意、猪牛羊等祭品，官员们早早在此等候。

台子正前方有一条道径直伸向大海，入海则是用一艘艘船并排连接成的浮桥，台子上和入海通道上铺设着猩红色的地毯，整个外围旌旗林立，煞是好看。

浮桥的尽头是一艘巨大的海船，仅船上楼阁就达三层，第三层是为作法而设置的祭坛。巨船四周同样是旌旗招展，气派非凡。

海船上香火缭绕，身披彩带的鹿麋牛羊等活物拴在船的边缘，各地送来的金银珠宝奇珍异玩以及各种各样的祭品堆积如山。

赵文华的官轿行至台前，两名大员随即慌忙跑上前帮助掀帘，小心地恭迎赵文华出轿。

赵文华在一众官员的前呼后拥下，迈着官步来到台前中央。

少时，只听得司仪高声宣布："吉时已到！"三十六响礼炮震耳欲聋，鞭炮声四起。

数十名道士来到台前，手舞桃剑，口念咒语。海船上，一位须发皆白的年老道长缓步登上三层阁楼，盘膝坐于祭坛。一时间，法器大作，船上岸上同时作法。道士们手执桃木剑、拂尘，各占一方位，口中念念有词，纸钱、神符烧过后的灰漫天飞舞。法事做了足足两个时辰。

作法完毕，司仪请赵文华上海船，高声唱道："念祭文。"

赵文华先是执香拜天拜地拜海，再以美酒洒地，手捧祭文朗声宣读："钦奉上命，东海祭神，祈福消灾，恩泽四海。圣皇仁慈，体恤黎民，乐求仙道，敬畏神灵。倭夷来犯，乱我海滨，生灵涂炭，人神愤之。黎庶疾苦，祈神怜惜，海神龙王，佑我社稷，水精诸灵，赐我神力。千宝献上，香火不停，国家庙祀，万民零涕。仰荷神佑，早降福音，风调雨顺，四海升平。"

赵文华读完祭文跪倒地下，三拜九叩之后，将祭文点燃焚烧。再拜，磕头不止，口中念念有词，祈求海神保佑。

岸上官员与数万看热闹的百姓齐刷刷跪地磕头，一起祈祷："菩萨显灵，海神保佑！菩萨显灵！海神保佑！"

礼毕，赵文华携众人回到岸边，司仪高声唱道："祭海神。"

又只听得三十六炮巨响惊天动地，道士们敲打法器，烧符念咒，做起了最后的法事。

一个时辰之后，海船上的水兵起锚扬帆，船缓缓驶向海中央，水兵们再拔开船上事先凿好的口子，让海水从底舱涌入，再全部乘小船返回岸边。这是要把祭神的海船以及金银器皿、牲口蔬果等等物品通通沉入海底，以确保海中诸灵收到这些礼物。

无人驾驶的海船向海中央漂去，渐渐下沉，约莫半个时辰，整艘船全部沉入海底。

　　祭完海神，谭纶领着赵文华及其随从，马不停蹄赶往余杭见张经。

　　张经此时正在余杭城练兵，军务倥偬，忙得连吃饭睡觉的时间也没有。

　　暮色中，张经率众在校场外等候赵文华的到来。

　　张经虽对赵文华小人行径颇为不齿，但既然是圣上的钦差大臣，也不好怠慢。

　　但见官道上尘土飞扬，前有官兵高头大马开道，中间"钦差"黄牌高高举起，后有衙役执幡持旗，浩浩荡荡，好不威风。

　　"南直隶闽浙总督见过钦差大臣！"论官衔，张经是二品大员，赵文华才三品；论权势，张经总督六省抗倭，乃是一等一的封疆大吏，而赵文华虽贵为钦差，其实职也不过是户部侍郎。但张经还是谦逊地先行施礼，这是对皇帝钦差表示尊敬。

　　赵文华之前就对张经未亲往松江陪他祭海而颇为不快，此时有意摆了个架子，待张经行完礼，才不慌不忙下马回礼。

　　张经的下属几乎要怒目而视。

　　赵文华说道："江南倭患，令圣上寝食难安。特遣赵某为钦差，祭海神，督军务。救江南黎庶于水火，振我大明之天威。望廷彝兄及诸将士，与我等勠力同心，共攘倭寇。"

　　赵文华在严嵩父子的庇护下早已养成了飞扬跋扈的性子，除内阁重臣及严党高层，一品以下官员他几乎都直呼其名。

　　张经："前日因公务繁忙，未能出席钦差大人的祭海盛典，只好安排谭郎中全程陪同，望钦差大人海涵。张某略备薄酒，为钦差大人接风洗尘。"

　　赵文华心里又是好大一阵不爽，心说我堂堂朝廷钦差，御点的督军，你二品大员都要听从我差遣，只派一名五品小官陪同，分明是没把我赵文华放在眼里。

　　赵文华忍住心头郁闷，他知道张经是个硬汉子，性格耿直。晚宴毕，赵文华示意其他人都下去，他与张经正面交锋。

待兵丁上完茶退下，赵文华先开口："廷彝兄自去年总督南直浙闽军务以来，迟迟未见任何动静。倒是倭寇主动袭扰，三月底俞大猷一败于普陀山，四月初卢镗再败于孟家堰。廷彝兄何以拥兵不战，放任倭寇横行？"

张经回道："倭寇狡猾且势众，虽征调外兵前来，仅有狼兵先至。本地士兵战力薄弱。此时用兵，时机未熟，万一失利，将极大地打击我军士气。姑且等保靖、永顺土兵至，合力夹攻，庶保万全。"

赵文华受严嵩指使南下督军，很想张经在这个时候上阵打一仗，给他挣个面子，证明他老人家的祭海措施其效如神。可张经按兵不动，让赵文华干着急没办法。

听见张经这番说辞，赵文华很不高兴，冷嘲热讽道："张大总督，你总督江南剿倭军务。现匪情日紧一日，圣上被扰得心神不宁，只盼倭患早平。你与倭寇干耗，每日闭门练兵，徒费朝廷钱米，难道等圣上降旨怪罪不成？"

张经心说你书生意气，哪知领兵打仗凶险？也懒得跟他解释，轻描淡写说了一句："目前情势敌强我弱，唯凭城自固，坚守为上。"

赵文华口气有点不善："如此说来，请廷彝兄召各地诸将于帐前，吾要亲自听取当前军务，会商平倭策略。"

张经知道赵文华平日只会溜须拍马，带兵打仗一窍不通。故不予理会，说："平倭策略已经制定，外地征调兵马不日即可到位，只待湖广永顺、保靖土兵一到，就可全面开战。召集众将于帐前，一则怕各防区群龙无首，二则兵机贵密，策略泄露前功尽弃。"

赵文华见他这点面子都不给，心里好生恼怒。但初来乍到又不好发作，只好黑着个脸悻悻地坐在那里。

见场面尴尬，张经打破沉默："钦差大人不辞劳苦，跋涉千里而来，足见一片忠君爱民之心。请钦差先视察各防区，情势熟了以后再做商议。"

去年赵文华借督办江南稻田改桑之机，肆意索贿敛财，中饱私囊。《明史》

记载，赵文华"凭宠自肆，所睚眦即立摧朴，百司无不望风震慴，奔走供奉恐后，时公私财贿填入室，江南为之困敝焉"。

张经也是投其所好，让赵文华去别处晃悠，不要打扰他的既定部署。

见张经这么一说，赵文华话锋一转："此番冒死东来前线，实非情愿。然圣上钦点，则万死不辞。抗倭大事非一蹴而就，圣上一再交代要做好长远打算。"

张经说："那是。"

赵文华顺势说道："既然长远打算，文华属下几百号兄弟千里奔波，一路上损耗颇大，希望廷彝兄襄助一二。"

张经呵呵一笑："钦差大人多虑了，钦差奉圣上旨意前线督战，所行之处官府自然竭尽全力提供餐宿方便。钦差个人头寸不便，张经差人取之便是。"

赵文华亦呵呵一笑："文华个人哪有头寸不便，诸事皆公务开支，先取白银二万可好？"这哪是援助，分明是赤裸裸地索贿。

一听对方狮子大开口，张经淡淡一笑："江南军事一向凭户部和严阁老票拟，一钱一厘皆有出处，何来二万盈余？"

眼见张经油盐不进，赵文华心生怒火："既然总督大人不便，改日再商，告辞。"

说罢拂袖悻悻而去。

嘉兴大捷

第十五章

嘉靖三十四年（1555年）四月十一日，狼兵大营。

指挥使俞大猷与狼兵头领瓦氏恭请钦差大人坐到中军帐前。在张经处未占到一点便宜的赵文华悻悻离开余杭，径直来到金山卫。

赵文华居中而坐，俞大猷和瓦氏分座两旁，诸将士威风凛凛站列帐下。从未进过军营的赵文华好生得意，仿佛自己就是指挥千军万马的大将军。

寒暄毕，赵文华说："养兵千日，用兵一时。今见狼兵之威风，平倭信心倍增。"

瓦氏说："我田州狼兵自三月十三抵达金山卫，养精蓄锐多时，个个摩拳擦掌，跃跃欲试。"

赵文华问："这里倭情如何？"

俞大猷汇报道："倭巢盘踞柘林、川沙洼，有寇二万余人，我军驻防金山卫、闵港和乍浦三地，形成掎角之势。三卫所十里处皆有倭寇设营，形成对峙。"

赵文华说："眼下倭寇近在眼前，然狼兵虎狼之师却迟迟按兵不动，做缩头乌龟，放任倭寇兴风作浪，祸害地方，是可忍，孰不可忍！"

俞大猷解释道："制台张大人已制定周全御敌之策，只待保靖、永顺土兵一至，便可全面出击。"

瓦氏也说："非我军按兵不动，然军令所致也。"

赵文华嗤之以鼻："将在外，君命有所不受，何况总督？战场瞬息万变，战机稍纵即逝，难不成倭寇持刀架你脖子上，还要等上级号令？"

俞大猷和瓦氏不敢说话。

赵文华问："金山卫有多少兵力？对面倭营有多少兵力？"

俞大猷答："我军八千余人，对面千余人。"

赵文华："敌寡我众，何不聚而歼之？"

俞大猷："对面倭寇仅是前哨，一有攻击则倭巢兵力蜂拥而至。"

赵文华："既不能轻举妄动，何不小股袭扰，削其锐气？"

这时，狼兵头目钟富说话了："大人，末将观察敌寇月余，每三天会有一二百名倭寇往前面大营运送粮草，依其规律，明早又有一批粮草将至。"

赵文华大喜："今晚就拿这股倭寇开刀，大营保持不动，依旧如常，狼兵派八百人马半道截之，务必全歼。"

俞大猷心有顾虑："这调兵遣将之事，好歹得请示上级。军令未允，怎好擅自出兵？"

赵文华脸色一沉："吾奉上命前来督军，即便张经在此，也得听我号令。"

一看钦差大人搬出圣上来了，俞大猷便不敢再说话，将令旗端至赵文华的跟前："恭请钦差大人发号施令。"

赵文华也不客气，令旗一举："女官参将总兵听令。"

瓦氏出列："末将在。"

赵文华："令你率八百精兵趁着夜色前往运粮必经之路埋伏，不可举灯响铃，待倭寇前至，勠力杀之，不漏一人。"

瓦氏应道："遵令！"

赵文华环伺帐下："田州来此千山万水，只为抗击倭寇，为圣上分忧。今建功立业的时机到了，期盼诸位旗开得胜，马到成功。取一首级，赏银十两，功勋卓著，还有重赏。"

众人高呼："击杀倭寇，万死不辞！"

当下，瓦氏率众悄悄出营。

中军帐下，赵文华和俞大猷一夜未眠。

天蒙蒙亮，有飞马来报："报！我军于辰时漕泾镇截击运粮倭寇，斩敌首级百余。"

赵文华倏地站了起来："可否全歼？"

"我军地形不熟，有数名倭寇乘着夜色逃遁，女官正在追击。"

"再探！"

"是！"

赵文华面露喜色，喃喃自语："狼兵果可用。"

又过了一个时辰，飞马又来报："报！我军遭遇倭寇前哨反击，岑匡被围，钟富、黄维战死，我军正在全力反击。"

"再探！"

"是！"

此时赵文华有点坐不住了，在中军大帐走来走去。

俞大猷更是焦虑，未经总督军令擅自出兵，首战便失利，上头怪罪下来可担待不起。

他向赵文华请示："大人，可否派兵援助？"

赵文华此时有点乱了方寸，派援兵出去，又怕其他倭寇乘机攻击大营，他一文弱书生，万一遭遇倭寇那是必死无疑。

他让俞大猷再等等。

狼兵其他头目坐不住了，纷纷嚷着要去救援。俞大猷急得汗如雨下。

终于，飞马急匆匆来报："报！我军已脱离险境，瓦氏夫人平安归来。"

众人赶紧到营房前相迎，但见瓦氏夫人披头散发，手持双刀，血渍染红了战袍。

一清点，头目战死十四名，兵士死伤过半。瓦氏夫人的侄子岑匡力战杀贼，直至人马俱毙。

赵文华上前抓住瓦氏夫人的双手："回来就好，回来就好。"

漕泾一战，引来了倭寇疯狂反扑，更打乱了张经的战略部署。

倭寇一面增强柘林总巢兵力，一面派多股小队四处出击，以牵制对方。

松江一带，乱成了一锅粥。

四月十七日，松江府。

张经脸色铁青，谭纶、俞大猷、瓦氏夫人等神情肃穆，个个垂头无言。

张经背着双手在大堂走来走去，突然声色俱厉："为捣毁倭寇总巢，朝廷不远千里征调田州永顺之兵，兵部酝酿数月，终成合围之势，只待各地兵勇到位，即可展开攻击，你倒好，脑门一热坏我大事！"

俞大猷知道自己错了，主动请罪："一切皆因末将而起，愿受军令责罚。"

张经倏地转过身来："擅自出兵，邀阵失利，依律当斩。责罚，你担待得起吗？"

俞大猷单膝跪下："末将愿以死谢罪。"

瓦氏跪下："末将恳请同罚。"

张经闭上眼睛，仰天长叹了口气，背对两人挥了挥手，示意他们起来："罢了，这也不能全怪你们，钦差大人越俎代庖，你们也奈何不得。"

谭纶问："赵钦差现在何处？"

俞大猷："往杭州去了。"

官道上，赵文华的队伍行色匆匆，全然没有来时的张扬。赵文华不过就是来敛财和立功的，金山之行差点就直接卷入战场，现在他还心有余悸。一寻思，还是到离战场远点的地方安全。

松江府，飞马来报："报！永顺、保靖土兵抵达松江。"

张经大喜："传令，速传永顺宣慰使彭翼南、保靖宣慰使彭荩臣前来！"

府衙外，旌旗猎猎。永顺、保靖两地军马一字排开，长街上一眼望不到头。永顺宣慰使彭翼南大声向张经报告："永顺宣慰使彭翼南率五千精兵前来报到！"

保靖宣慰使彭荩臣报告："保靖宣慰使彭荩臣率六千精兵前来报到！"

张经一手拉着彭荩臣，一手牵着彭翼南，激动得说不出话来，只是一个劲地点头："好……好……"

整理了一下情绪，张经站在府衙台阶上，大声讲话："将士们，湖广本偏安一隅，尔等本当事母奉亲，乐享天伦。可恶倭夷东来，烧杀淫掳，残害妇婴，劫掠江南，乱我华夏。是可忍，孰不可忍也。国家危亡，匹夫有责。皇庭震怒，征诏王师于千里，湖广将士抛家弃子，甘洒热血，忠义肝胆，必名垂青史，千秋永记。"

听了张经的话，全体将士无不热血沸腾。

保靖宣慰使彭荩臣率先高喊："不逐倭寇，誓不还乡！"

保靖、永顺将士喊声震天："不逐倭寇，誓不还乡！不逐倭寇，誓不还乡！不逐倭寇，誓不还乡！"

谭纶望着这些热血男儿，再一次眼角湿润。

十九岁的彭翼南因父病逝刚刚接任宣慰使，六十五岁的爷爷彭明辅放心不下，携另一孙儿率家兵尾随而来；四十五岁的彭荩臣与儿子彭守忠一对父子兵，枕戈待旦，眠风宿雪，义无反顾；五十八岁的瓦氏夫人带着年幼的孙子岑大寿、岑大禄共赴战场。在国家蒙羞、黎民蒙难的紧要关头，他们竟能自带粮草，万里赴戎，这是一种怎样的忠勇和无畏！

杭州府，路人行色匆匆。

还在杭州城十八里外，赵文华便派出随从手持公文前往巡抚衙门通报。怎奈过了半天，随从回报说，巡抚李天宠在兵营视察兵备，没见着人。

赵文华本以为到了杭州不说万人空巷热烈欢迎，最起码杭州各级官员前呼后拥的场面还是有的。

赵文华无奈，只得下令进城。

他一路走着，一路愤恨，一桩不愉快的往事又涌上了心头。去年赵文华的儿子赵慎思参加乡试，依仗其父位高权重，在贡院门前无故殴打一贡院衙役，正好被视察考场的巡抚李天宠撞见，李天宠明知赵慎思是赵文华的儿子，仍严厉训斥了赵慎思，并杖责二十大板，赵文华对此耿耿于怀。

杭州兵营里的李天宠正在吃午饭，因将士训练有成，李天宠这天心情大好，在兵营里与将官饮了点酒。

赵文华径直闯进大营，眼见酒菜喷香，一桌子的人有说有笑，而自己身为朝廷钦差，此刻却无人搭理，饥肠辘辘。一路上的愤恨顷刻间爆发，他厉声指着李天宠叫道："李天宠，你好大的胆子！眼下战事正酣，你却在此饮酒作乐。"

李天宠闻声抬头，先是一脸的诧异望着赵文华，随即连忙起身："原来是钦差大人驾到，下官有失远迎，失敬失敬！"

赵文华两眼喷火："李天宠，你可知罪？"

李天宠一脸的惊讶："钦差何出此言？下官何罪之有？"

赵文华厉言驳斥："大敌当前，不思破敌之策，却在军营聚众饮酒，不是罪是什么？"

李天宠："钦差大人误会了。下官与众将士今晨起练兵至晌午，将士们十分卖力也十分辛苦，喝点酒解解乏。"

众将纷纷站了起来，证言："李大人说的都是实言。"

赵文华更加恼怒："倭寇肆虐，李大人不在一线指挥，却在后方喝酒练兵，这可否认为贪生怕死、故意不前？"

李天宠淡定地说："行军打仗，须通盘考虑。后方不勤加练兵，上阵焉能打胜仗？"

赵文华见没占到一点便宜，脚一跺，气急败坏转头就走。

刚出得门来，赵文华与一人迎面相撞，正待发火，那人却扑通跪下，又惊又喜地说了一句："原来是钦差大人！浙江巡按胡宗宪见过钦差大人！"

赵文华抬眼细瞅，想起来了，这个都察院的胡宗宪官阶不大，但谨慎小心，行事圆滑，能力和口碑都非常不错，最关键的是朝廷党争不断，他却左右逢源。

赵文华口气较缓，问了一句："汝贞也来杭州了？"

胡宗宪说："奉旨巡按浙江，来浙一月有余。"

浙江巡按是都察院下派的巡察官员，每年巡察数月，之后回京述职。

见赵文华的随从都在外面，而赵文华自己却气急败坏从里面出来，机敏的胡宗宪心里明白了几分。

胡宗宪："钦差大人是我等平日里请都请不来的贵人，难得在这里有幸遇见，请大人到舍下一叙，万望莫要推辞。"

赵文华之前因李天宠的事饭都没吃，当即应允。

酒菜端上，赵文华的话语不多，只是低头喝着闷酒，不一会儿，脸色赤红。胡宗宪也不敢多问，一个劲地夹菜斟酒。

半晌，赵文华问了一句："汝贞赴浙巡按可否顺心？"

胡宗宪说："总督衙门和巡抚衙门未去，基本都是在下面州县衙巡察。"

赵文华："总督衙门和巡抚衙门缘何未去？"

胡宗宪："南直闽浙总督及浙江巡抚二位大人皆公务繁忙，不敢打扰。"

赵文华："你跟此二人私交可深？"

胡宗宪："之前未曾共事，没有私交。"

酒酣耳热，赵文华突然问了一句："当今朝廷中谁说了算？"

胡宗宪忙回答："当然是圣上说了算。"

赵文华摆了摆手："那是自然，圣上除外谁说了算？"

胡宗宪双手抱拳，空中一举："当然是赵大人的义父首辅严阁老了，这朝廷上下谁不知道？"

赵文华满意地点了点头："此番奉旨来江南，既是圣上钦点，也是我义父的意思，奈何张经李天宠，恃权傲物，专横跋扈，实可恨然也。"

借着酒劲，他把这一个多月的愤怨和不满全跟胡宗宪说了，想我赵文华何等人物，京城多少人卑躬屈膝，想巴结都巴结不过来。去年下江南督办稻田改桑的事宜，到哪里不是前呼后拥，八面威风？没承想在江浙却接连碰上张经、李天宠这等货色。

胡宗宪听出意思来了，故作惊叫："钦差大人来此月余，那花销不菲呀！"

赵文华瞥了他一眼，用眼神告诉他，那还用说吗？

胡宗宪一副难为情的样子："巡按府这边清水衙门，下官身边只攒了四千两银子，钦差大人若不嫌弃，先让人支使着用，不够后续下官叫人再取。"

赵文华心里升起了一股暖意，这么多天，也就今天碰到一个懂事的。

赵文华呵呵一笑，端杯向胡宗宪致谢。

又吃了半晌，赵文华的脸上泛起了猪肝色，脖子粗红，口齿也不利索了："都说上有天堂，下有苏杭。江浙富甲天下，苏杭美女如云，然文华来江浙一月有余，如何未见一美女乎？"

胡宗宪心中暗骂，明知江浙倭寇猖獗民不聊生，还不忘搜刮民脂，贪恋淫欲。

但他清楚不满足赵文华会有何等下场，经验老成的他绝不会犯这样的错误。胡宗宪笑呵呵地回答道："钦差大人为国事劳碌奔波，哪有雅兴欣赏苏杭美景丽人？难得今日消闲下来，下官安排昆山歌妓为大人消困解乏。"

不多时，杭州青楼头牌李珍儿就送到了胡宗宪的官邸，接下来的几天，赵文华几乎足不出户，沉浸在美酒美人之中。

四月十九日，松江府。

数千倭寇气势汹汹兵分两路袭击金山卫、嘉兴。俞大猷上前拒敌，却被倭寇杀得狼狈而逃。多亏瓦氏夫人出营相救，俞大猷才得以生还。

仅仅三天后，倭寇再度袭扰金山，都司白泫率兵迎敌，被两千多倭寇包围，又是瓦氏夫人奋不顾身纵马冲入敌阵，冲散了倭寇，救了白泫。

东南战事，已进入白热化状态。

赵文华虽蜗居杭州，但也没闲着，他把对张经和李天宠的愤恨写成了奏疏，快马加鞭差人上报了朝廷。

对胡宗宪，他自然吃人嘴短，拿人手软，况且江浙富庶之地，他必须要有靠得住的自己人把持军政，不然会像张经李天宠一样让他无从下手。然而胡宗宪只是一小小巡按，无权插手地方军政，赵文华以督军和钦差的身份，命令嘉兴一带防务由胡宗宪统领，直接参与抗倭事宜。

当赵文华疏劾张经、李天宠之时，前线各条战线全面开花。

四月二十九日，嘉兴府。

城门紧闭，守兵不停地来回巡逻。从城楼上一眼望去，商铺家家歇业关门，偌大的街市空无一人。

府衙里，胡宗宪、谭纶及嘉兴知府赵瀛一脸冷峻。

赵瀛："自漕泾一战以来，倭寇密集袭扰我防区。二十五日，一股倭寇流窜至石塘湾，参将卢镗与海盐兵士两军夹击，杀敌数百。余倭向北逃窜，俞大猷率永顺兵迎击，倭寇连连失败，纷纷逃往王江泾。"

谭纶："倭首徐海、麻叶得知张制台将嘉兴、杭州之兵调往松江作战，命数千倭寇水陆并进，杭州城防御空虚，嘉兴无兵可守，形势万分危急。"

胡宗宪沉吟半晌，道："欲保杭州，必先守住嘉兴。张总督和李巡抚现在何处？"

谭纶道："李巡抚在杭州留守，张总督昨日在松江华亭击溃来犯之敌，得知倭寇将集中攻击我嘉兴杭州的秘报后，已率俞大猷星夜驰往苏州调永顺兵前来。"

胡宗宪："倭寇何时能到嘉兴？"

谭纶："嘉善方向有股倭寇正向嘉兴赶来，与柘林倭寇明日午时会合，两股倭寇会合后超过四千人马，而我嘉兴城内可用之兵不足二百，苏州永顺兵最快三日才能抵达。"

府衙内，死一般地寂静。

沉默许久，胡宗宪道："既如此，嘉兴百姓还须疏散才好？"

嘉兴知府赵瀛答道："百姓均闻风撤离，嘉兴府几乎空城。"

胡宗宪心头舒了口气，即便嘉兴沦陷也不至于遭受倭寇屠城。

突然，胡宗宪猛地抬头："城中酒店药铺可曾关门？"

赵瀛："关门十之八九。"

胡宗宪语气急促："快，速去各酒店寻找上等好酒，另外到药铺找钩藤、砒霜等毒物，越毒越好。"

谭纶也迅速明白了他要干什么，对赵瀛说道："还有米铺、肉铺，多取些美食来，日后加倍赔偿。"

几个人在欲进无兵、欲退无守的情况下，急中生智地想出了毒酒、毒米杀敌的妙计。

胡宗宪："今晚必须连夜赶制毒酒两百瓮、毒肉三百斤、毒米百包以上，明天天亮之前，置于倭寇进城必经之路上的酒店、饭庄以及逃脱出去的大户人家，见寇便回，不可纠缠。"

天蒙蒙亮，府兵沈坤、王彪及百余名敢死队员身着百姓便装，分两路用车载着毒米、毒酒、毒肉向倭寇的城外驶去。

日上三竿，数千倭寇大摇大摆地出现在嘉兴城外，探子已经探明，嘉兴府除了知府和一二百名兵丁，几乎是座空城。

走了一天一夜，倭寇们早已人困马乏，看见大户人家就进去大肆搜刮，见了美酒肉食蜂拥争抢，压根就没怀疑酒中投毒，一个个开怀畅饮，结果几百人中毒而亡。

其余倭寇惊魂未定，在城外二十里暂时休整，这为苏州援兵到来争取到了宝贵的时间。

五月初一，嘉兴府城门紧闭。城楼上府兵们正在巡防，突然一府兵发出惊叫："倭寇来了。"

胡宗宪、谭纶等远远望去，尘烟四起，一支长长的倭寇队伍出现在人们的视野里。

胡宗宪大喊："准备！"兵士们一起拉弓。

城墙一里开外，一头扎小辫的倭首摆了摆手，示意队伍停下，手搭额前往城楼上观望。约莫一袋烟的工夫，他从腰里抽出腰刀，往前一指："杀！"

数十列手抬云梯的倭寇就要攻城。胡宗宪大喊："放箭！"

冲在最前的几名云梯手应声倒地，但更多的倭寇又涌了上来。城上的滚石檑木倾泻而下。

守兵顶住了压力，一次一次地打退倭寇的进攻，但城上毕竟人少，眼看就有倭寇爬上城楼。

危急关头，只听得不远处鼓声大作，参将卢镗率三千狼兵从左侧冲出，保靖宣慰使彭荩臣率三千保靖土兵从右侧冲出。

倭寇腹背受敌，一下乱了阵脚，城楼外喊杀声震天。

赵瀛激动得胡须颤抖，手指前方："援兵来了，援兵来了。"

胡宗宪和谭纶相视一笑。

不到半个时辰，倭寇招架不住，纷纷往城北方向溃败。卢镗率保靖土兵穷追不舍。

彭荩臣率兵来到城下，胡宗宪命人打开城门迎至城门前，下马行礼："宣慰使彭荩臣见过赵大人、谭大人、胡大人。"

众人寒暄毕，胡宗宪问："张总督何在？"

彭荩臣说："张总督已率俞大猷追敌至王江泾，瓦氏夫人、卢镗等部也在向王江泾进击，张总督已布下天罗地网，欲将流窜倭寇一网打尽。"

胡宗宪："王江泾那边倭寇多少？"

彭荩臣："石塘、平望、嘉兴之余寇皆败往王江泾，合拢后有五千余人。"

胡宗宪道："请赵大人紧闭城门，我与谭大人随彭将军一起赶赴王江泾。"

王江泾镇秋茂桥侧行营外，黑压压的倭寇摆开一字长蛇阵，准备突围。

张经部署最后的搏杀。胡宗宪、谭纶、俞大猷、卢镗、汤克宽、瓦氏夫人、彭荩臣、彭翼南等一众人等立于帐前。

张经："众将士，现倭寇已被我两万人马重重包围，苟延残喘，困兽犹斗。传我将令，瓦氏夫人中军杀入，彭荩臣、彭翼南左右夹击，汤克宽率水师攻击水路倭寇，俞大猷断敌后路，卢镗帐前机动，伺机冲阵掩杀。"

众将："得令！"

瓦氏夫人引兵向前，举号旗，大呼："前锋，摆开野战法。"

千余狼兵迅速两人一组，执枪者突前，执弓弩者在后，口衔刀手持矢，矢射尽，扔掉弓弩抓起刀，与枪兵一起战斗。

不多时，倭寇一字长蛇阵被狼兵的野战法冲得乱作一团。

瓦氏夫人又举旗高呼："七星阵法。"

但见二千狼兵冲入敌阵，七人为伍，六人击刺，一人割首级。

瓦氏夫人又高声呼喊："一人赴敌，一伍争救，若没一人，必斩一伍，所获功绩，七人共分。"

狼兵喊杀声震天，猛虎下山冲向倭寇。

左右两侧，永顺、保靖土兵也骁勇异常，反复冲杀。

然倭寇毕竟是倭寇，这些亡命之徒个个身经百战、武艺高强，阵形冲乱之后立即就地散开，各自为战。

战斗持续了一天一夜。瓦氏夫人手舞双刀，往来冲突阵中，所乘马尾鬃几乎被倭寇拔光，鲜血染红了战甲。

卢镗的预备部队也与倭寇杀得难分难解。

至五月下旬，倭寇连日疲于奔命，军死伤者甚众，无心恋战，在明军和永顺、保靖土兵的水陆夹击下大败。

谭纶主动请战，率一千人马追败兵于秋母亭。

中军帐前，捷报频传："报！倭寇溃败，阵前斩首一千九百八十级，抓获俘虏一千五百余名。"

"报！倭首麻叶逃往松江。"

"报！俞大猷擒倭寇大头目光和尚。"

"报！逃往柘林的三百多倭寇，在金山卫遇到我军截击，余寇全军覆没，三十多艘贼船被烧成灰烬。"

张经的脸上，露出了久违的笑容。

北京城，天色灰暗。

内阁首辅严嵩、次辅徐阶和兵部尚书杨博三大重臣垂首肃立，静静地等候帷幔里传来那一声铜磬声。

三人的目光都望向了黄锦，希望从他的目光和脸色中看出一点圣上的信息。可黄锦这一天显得比平日更为沉默，两眼只望着下方的地面。

大殿更沉寂了，远处的蝉声更响亮了。

众多的目光都悄悄地斜望向外那两道纱幔。终于，里面有了脚步声，纱幔也慢慢被一只手撩开了，嘉靖面容冷漠地从里面走了出来。

"吾皇万岁！"三人跪了下去。

"都起来吧。"嘉靖声音有些沉闷，自顾在那张宽大的龙椅前坐了下来。

"万岁！万万岁！"三个人磕了头都站了起来。

嘉靖照例扫视了一遍所有的人，脸色阴沉。

嘉靖："朕手上有三份奏疏。第一份，是半月前赵文华报上来的，弹劾张经、李天宠贪生怕死、屡失战机。第二份，是三天前赵文华报上来的，具言张经、李天宠备战不力，赵文华亲率浙江巡按胡宗宪抗击来犯之敌，接连取得嘉兴、王江泾大捷。第三份奏疏，是昨日张经报上来的，言指挥四路人马围堵倭寇于王江泾，取得兵团围剿之大捷。"

徐阶心里一沉，感觉有事要发生。

嘉靖的目光落在了新任的兵部尚书杨博的身上。前任尚书聂豹因阻止赵文华去江南祭海督军，被嘉靖斥责罢官。

嘉靖："杨博！"

杨博："臣在！"

嘉靖："前线出了这等大事，你们兵部应如何处置？"

杨博："启禀陛下，兵部不日即派人赴东南调查，果如赵钦差所言，再依律处置。"

嘉靖："朕对江南倭乱愈演愈烈一直心存疑虑，这三份奏疏，或可说明一个事实：将官贪生怕死不敢拒敌，只会伸手要钱要粮说是练兵。还有那个小小的参将汤克宽，居然敢把俘虏拖出去又假装捉回来骗取军功。如果真有此事，那就是欺天哪！"

嘉靖愤怒的声音，在大殿内嗡嗡作响。

杨博："在未详实调查之前，臣不敢妄言。"

嘉靖鼻子里哼了一声："调查？我看就该抓来法办！"

杨博："刚刚取得大捷，倭寇的嚣张气焰被遏制住，宜乘势捣柘林、川沙洼之巢，以歼丑类。临阵易帅乃兵家大忌，待进兵后视其功过，再逮张经问罪也为时不晚。"

嘉靖眼睛看着严嵩、徐阶，问："二位阁老，你们也来说说。" 徐阶犹豫地看了一眼严嵩，严嵩垂首不语，明显是等待徐阶先说。

徐阶奏报："臣以为，两边奏疏言辞不一，宜召赵文华、张经一干人等回京，双方对质以清视听！"

等徐阶说完，严嵩不慌不忙地奏道："老臣没有记错的话，徐阁老应是松江华亭的吧？"

徐阶一愣，他不知道严嵩此时突然问起这个尽人皆知的问题是何用意。

徐阶："是！"

严嵩："老臣听闻，江浙一带，受倭寇荼毒甚深，华亭一带，已成倭巢，有此事吧？"

徐阶："是！不光华亭，整个东南沿海都水深火热。"

严嵩："圣上，抗倭一线真实的状况，不能听赵文华的奏疏，也不能听张经的陈辞，那些江浙籍的官员，才有发言权。他们的家，在水深火热的抗倭一线，他们的眼，无时无刻不在关注着抗倭的进展。有不少江浙籍官员亲口对我说，王江泾大捷，非张经之功，实乃张经养寇不战之危急情势下，赵文华、胡宗宪冒死进剿的结果，张经只不过是冒功邀赏罢了。"

嘉靖大怒，拉长了脸："徐阶！"

徐阶："臣在！"

嘉靖："你是江浙官员，又是你推荐的张经，这到底怎么回事？"

徐阶依靠隐忍和示弱，受到严嵩的提携进入内阁，然而随着羽翼的丰满，两人日生嫌隙。

此时的徐阶万万没有想到，严嵩居然会置大明东南的安危于不顾，罔顾事实颠倒黑白。听到嘉靖的问话，徐阶回答："圣上，据臣所知，张经在东南整饬兵备，领兵抗倭，已经取得显著的成效，王江泾一战……"

他正想为张经据理力争，然而话没说完，却见严嵩默不作声出列，双手拿着一大沓厚厚的奏疏举在头顶，黄锦走下台阶取过奏折，呈给了嘉靖。

严嵩："陛下，这些都是苦大仇深的江浙籍官员的奏疏，他们的话，我认为更为可信。"

嘉靖随手拿起一本奏章，念道："吏科给事中周怡参张经欺诞不忠事，名为抗倭，实则养寇、损威、糜饷，不逮问无以正法。"

说完扔到一边，又拿起一本："浙江巡按胡宗宪参张经、李天宠贻误军机……"

一连七八本，全是参劾张经的奏疏。最后一本，是刑部尚书何鳌的奏疏，称张经拥兵自重，有觊觎南京之嫌疑。

嘉靖再也忍不住了，大吼一声："来人！"

陆炳上前。

嘉靖："把张经、李天宠、汤克宽逮捕入京，打入大狱，严加审讯！"

陆炳："臣，领旨！"

徐阶眨巴着眼睛还想说些什么，嘉靖阴着脸说道："都下去吧！" 徐阶虽然心里十分不甘，但还是乖乖躬身行礼退下。

一朵朵零星的雪花从他的头顶飘落下来，渐渐地将整座西苑、整个北京城都笼罩在一片白茫茫之中。

徐阶深深地叹了口气，想：张经那里，今夜下雪了吗？

嘉靖三十四年（1555年）五月二十三日，杭州府。

三天前这里还是李天宠的衙署，现在这里的主人换成了胡宗宪。赵文华与胡宗宪推杯换盏，频频举杯庆功。

嘉靖采纳了他的所有建议，初战告捷，赵文华踌躇满志。

"这杯酒，下官再敬钦差大人，此番建勋擢升，全仗大人栽培，下官感激涕零，无以回报。"胡宗宪打心眼里感激赵文华，一个小小的都察院巡按，来浙江不到两月就接替封疆大吏李天宠的位置，兵部左侍郎兼都察院左佥都御史兼浙江巡抚，从七品跃升至二品，这是做梦都想不来的好事。

赵文华一脸得意："区区小事，汝贞不必放在心上。有我义父在，你大可平步青云，盛享隆恩！"

胡宗宪拍胸表态："烦请大人禀报严阁老，下官承蒙厚爱，铭记于心，若不嫌弃，愿为阁老牵马执鞭，永效犬马之劳！"

在胡宗宪的吹捧之下，赵文华的狂妄之态溢于言表："汝贞只需赤胆忠心，就是那总督之位，不日也将取来给你。"

胡宗宪吓了一跳，刚刚火速升到浙江巡抚的位置，又许他晋升总督，一时间心脏怦怦乱跳。

悠扬的昆曲，从内堂那边遥遥传来。

严嵩坐在书房里，双目微闭，右手轻敲桌面，与传来的高低婉转的胡琴声相应和，思绪在天际神游。

门外传来一阵轻快的脚步声。

门开了，严世蕃一脸喜悦地走了进来，喊了一句："爹！"

严嵩睁开眼，皱眉，愠道："一身的酒气，又上哪鬼混去了？"

严世蕃嬉皮笑脸："我能去哪鬼混？办正事去了！"

严嵩一脸的不屑："就你，也能办什么正事？"

严世蕃收起笑脸："今日拜访了两位朝堂重臣，算不算正事？"

严嵩："哦？"

严世蕃："张经他们已被押解到京，我让刑部尚书何鳌亲自盯着。此案，要做就做成铁案！"

严嵩脸上舒缓了许多："嗯！"

严世蕃："今天我还见了另外一个重要人物，可惜此人不是与我们同一条心的。"

严嵩："你是说李默？"

严世蕃："是，这个吏部尚书，处处与我们作对，不换上我们的人，人事上很难掌控。"

严嵩："也怪赵文华他们太心急，周琉上任南直隶闽浙总督仅三十天，赵文华就把他弹劾了，李默身为吏部尚书心里能舒服吗？"

严世蕃："张经等人下狱后，田州狼兵，永顺、保靖土兵消极怠战，皆言退兵。周琉无能，压制不住，倭寇趁机作乱，五月二十四日，倭寇攻打常熟，知县王铁被倭寇伏兵所杀。六月十三日，倭寇再犯江阴，知县钱锌中伏身死。倭寇四处袭扰，周琉只会固防坚拒，做缩头乌龟，弹劾他，也是情理之中的事。"

严嵩："周琉去职势在必行，关键是谁来接替周琉，李默也向圣上举荐了一人，但圣上未准。"

严世蕃："谁？"

严嵩："兵部左侍郎王诰。"

严世蕃："怪不得，我向他举荐胡宗宪，他总说不行。"

严嵩："赵文华极力举荐胡宗宪，奏疏递了上去，圣上压了三天，批了六个字：'宪似速，宜如何？'为父一时想不明白，这六个字到底是什么意思？"

严世蕃在房间里冥思苦想，喃喃自语："宪似速，宜如何？"

突然他恍然大悟，道："爹，您老别费心思了，总督人选有了。"

"谁？"严嵩惊问。

严世蕃长叹一口气："'宪似速'，是说胡宗宪升得太快；'宜如何'，是名字中有个带'宜'的人，问此人怎样。"

严嵩："名字中带'宜'的人？"

严世蕃："满朝文武中，名字中带'宜'且有资格任总督的只有一个人，前任河南巡抚，如今的南京户部右侍郎杨宜！"

严嵩："是他？"

严世蕃："杨宜也好，王诰也罢，都不是我们的人，这么看来，陛下还是不放心把东南交给我们啊！"

严嵩身陷在太师椅里，一脸的黯然。

严世蕃叹了口气，道："费了这么大劲赶走张经，就是为了把富庶的东南拿在手里，为什么就不能如愿呢！"

严嵩："既然圣上有意让杨宜去当这个总督，我们何不顺水推舟，主动荐举杨宜？胡宗宪那边，下次再做计议。"

严世蕃也是颇感无奈："只能如此了……"

第十六章

嘉靖三十四年（1555年）七月底的一天，盛夏的南京。

烈日当空，热浪滚滚，知了在树梢此起彼伏地鸣叫。

大安德门外一里处的哨卡，行人稀少。两个兵丁在哨卡前打着瞌睡，三三两两的兵丁躲在旁边的树荫下，不远处的兵营里，还有三百余名官兵们正在消暑纳凉。

突然，七八个头戴斗笠、衣衫褴褛乞丐模样的人出现在哨卡的前面。

两名兵丁上前伸手拦截："站住，干什么的？"

话音未落，只见一道寒光闪过，两个兵丁的头颅瞬间飞了起来，脖子上鲜红的血喷涌而出，兵丁直直倒在了地下。

那群人也不说话，迅速奔向树荫底下，那几名避暑的兵丁还未反应过来，懵懵懂懂间被一刀毙命。

与此同时，兵营四周突然涌出数十名身着单衣、下身只穿兜裆裤、光着脚丫的矮人，他们每个人行动悄无声息，快如闪电。

不多时，兵营内刀光飞舞，鲜血四溅，惨叫声此起彼伏，数十名衣冠不整披头散发的兵丁仓皇从营房里夺路而逃。

南京城楼上，巡逻的兵丁朝着鸣锣的方向望了望，但见远处逃命的兵丁四散狂奔，有人边跑边喊："倭寇来了，倭寇来了！"一群倭寇骑马在后面紧追不放。

不多时，逃命的兵丁接二连三倒在血泊当中。

城楼上乱作一团，凄厉的锣声打破了午后的宁静，官兵们七手八脚把吊桥拉起。

一转眼，倭寇就冲到了城楼底下，为首的身穿红衣，后面还有几个背负黄旗。

见吊桥高悬，冲在前面的倭寇们飞快地搭起了人墙，后面的倭寇欲借人墙往城楼上爬。

城楼上的兵丁慌忙拉弓放箭，然而射出去的箭居然被倭寇用手接住了，兵丁大惊，正在这时，一支火铳队赶了过来，远远地开了一枪，倭寇一看形势不妙，一声呼哨，朝小安德门方向一阵风样地跑了。

兵部衙门，尚书张时彻帽子都戴歪了，惊慌失措地跑了出来，声嘶力竭地吩咐衙役："快快，关闭所有城楼。"

南京城内乱作一团，到处是慌张的人群，店铺和百姓家纷纷关门。

一队一队的兵马飞驰而过，一名官兵大声地呼叫："奉南京兵部尚书张大人令，倭寇来犯，令全城戒严，闲杂人等，通通不许上街！"

过惯了江南安宁富庶生活的南京百姓，突然感受到了兵火的威胁，无数双惊恐的眼睛，躲在门缝后面观望。

南京兵部，各府衙七品以上官员齐聚，大堂里充满了紧张与不安。

"今日，一股倭寇突然窜至南京城下，斩杀哨卡守兵三百，强攻大小安德门、夹岗门，杀守城官兵二百余名，攻城未遂，向南往秣陵关方向逃窜。"张时彻有点惊魂未定，声音带着嘶哑，他扫了大家一眼，"今日召集诸位，意在通报军情，商讨御敌之策。先请谭郎中汇报各地报来的情势。"

谭纶汇报："六月初七，一股倭寇自上虞爵溪所登陆，突犯会稽，流劫杭州，突徽州歙县，至绩溪、旌德，屠掠过泾县，趋南陵，至芜湖。烧南岸，趋太平府，犯江宁镇，直趋南京。"

南京吏部尚书杨行中问："多少来敌进犯？"

谭纶："各县报数不一，有报七十二名，有报五十三名。"

南京工部尚书马坤大吃一惊："沿途府县兵力数万，居然不能歼灭数十倭寇？"

谭纶："沿途兵力数万不假，然而这股倭寇专门袭击小县城，遇城防坚厚绕城就走，流窜速度极快。这伙人十分奇怪，善乔装、善伏击，屡屡扮成乞丐、农夫，或暗处埋伏，或突然袭杀头目继而屠兵，绝非一般倭寇。"

大家倒吸了一口冷气。

南京兵部侍郎陈洙："倭寇踪迹飘忽不定，防不胜防，闭门坚守是上策。"

马坤："南京城内有多少兵马？"

谭纶："有两万五千名御林军，还有数万府兵。"

马坤："我赞同张大人的意见，不管倭寇如何兴风作浪，南京城不容一点点闪失，应该戒严和坚守。"

南京吏部尚书杨行中说："张大人所言极是，南京乃龙兴之地，陵寝所在，城高墙厚，料倭寇不敢攻城。即便攻城，不消说数十倭寇进犯，即便数千也难以得手！"

南京户部右侍郎王浩连连点头："倭寇势单力薄，见绝无可能必自去。"

大家似乎都倾向闭门坚守。

这时谭纶说道："各位大人，下官以为，应速派兵搜剿这股倭寇，将他们一网打尽，以免周边府县再遭残害，荼毒四方。"

张时彻发话了："谭郎中虽言之有理，但南京城乃我大明陪都，军机要地，不容有丝毫闪失。况且能上阵杀敌的只有御林军，依大明律，无圣谕允许擅用一兵一卒，皆死罪！"

大家一时沉默不语。

谭纶打破僵局："诸公可记得张经之鉴否？"

一提到张经，众人心里顿时泛起一股寒意。大家都知道张经被捕的罪名是"养寇糜饷，贻误战机"。官场险恶，况且有赵文华这个瘟神在后面盯着，稍有不慎即万劫不复。

大家又是一阵沉默。

谭纶见大家都不作声，就说："诸位大人，下官倒有一策，不知当讲不当讲。"

张时彻："谭郎中请讲。"

谭纶："下官近日清点武库，里面尚有一批崭新火器，比卫所火器更加精湛，可堪大用。倭寇武艺再高，也敌不过火器一枪。"

众人眼睛一亮。

谭纶继续说道："既然御林军不能动用，不妨招募城内各府衙家兵、民间义勇出城击敌。近期下官在流民难民当中已招募一些苦大仇深的勇武之士，能与倭寇一搏。"

张时彻："这个法子可行。"又问，"只是，何人愿领兵出战？"

谭纶朗声答道："下官愿领兵出战！"

张时彻不无担心："谭郎中忠勇可嘉，但倭寇如此强悍，而你从未上阵杀敌，领着一群临时拼凑的人马能有胜算？"

谭纶眼里透着坚毅的光："狭路相逢，勇者胜！"

张时彻沉默了半晌，道："准了，谭纶自去招兵，出城迎敌。南京十三城门全部关闭，全城戒严，百姓一律不得上街。通知各户青壮男子，自备粮械，随时登城守卫。"

月光下，数百精壮汉子穿着青灰色的便装，装备整齐，神情肃穆。谭纶站在兵部衙门的台阶上，一脸沉着、坚毅。

梁进一路小跑过来报告："大人，四百名府兵、一百名新兵已集结完毕！"

谭纶问道："兵备与教习准备得如何？"

梁进："白天已进行了数轮演练，这些人本就刀枪娴熟，火铳也是人人皆会。"

谭纶："好！"

谭纶扫视众人，先问："众将士，倭患近年频繁为害四方烧杀淫掳，无恶不作，手段之残忍，危害之惨烈，让人触目惊心。多少百姓流离失所，多少亲人阴阳两隔，我不知道诸位当中，可有人有过切肤之痛？"

林大鹏出列，大声哭着说："大人，我家一家六口被倭寇杀害，就我一个人逃了出来！"

又有人说："我原籍舟山，村里一百八十号人，全部被杀。"还有人说："我一岁大的孩子，被倭寇用开水活活烫死！"

许多人咬牙切齿，失声痛哭。

谭纶大声说道："倭寇孽行，天地不容，是条汉子，就当以血还血，以牙还牙！"

林大鹏高呼："请大人带我们上阵杀敌，我们要报仇雪恨！"

众人皆喊："报仇雪恨！报仇雪恨！"

谭纶招了招手，示意大家静下来："今日，一撮倭寇不知天高地厚流窜到我南京城下，挑衅我大明之威严，践踏我等之脸面，是可忍，孰不可忍！"

众皆振臂高呼："杀！杀！杀！"

谭纶喊道："众将士，杀父夺子之仇，乃血海深仇，不报枉为七尺男儿。今夜，我将带领诸位奔赴沙场，诸位当中若有贪生怕死之徒，现在就给我出列！"

众皆不语，无人出列。

谭纶欣慰地点点头："林大鹏！"

林大鹏出列："在！"

"令你率二十名机灵兵勇前锋侦察，与主力保持十里距离，切不可打草惊蛇，发现敌踪即刻前来报告！"

林大鹏接令，翻身上马。

谭纶大喊："出发！"

皎洁的月光下，伴随着吱吱呀呀的声音城门缓缓打开，一队快马率先冲出，不一会儿，又有大队人马疾驶而过。

谭纶乘着月光一路向南。

约莫一个时辰，前锋飞马来报："报！倭寇已过秣陵关！"

谭纶挥鞭策马："去秣陵关！"

秣陵关内，空空如也，地下横七竖八地丢弃了一些兵器、盔甲。林大鹏及前锋队员在关下等候，谭纶问："守军何在？"

林大鹏回道："刚刚到百姓家中打探，守军风闻江宁镇朱襄战死，今日倭寇又攻击南京，吓得奔溃而逃。"

谭纶气得咬牙切齿："秣陵关由应天推官罗节卿、指挥徐承宗负责镇守，麾下有守军一千余人，居然如此怕死，罪人也！"

他问林大鹏："倭寇向何方逃逸？"

林大鹏："一路向南，溧水方向！"

谭纶："追！"

追兵狂奔上百里路，天亮时分赶到了溧水。前锋回报，溧水县城城门紧闭，林大鹏等人无法入城。

谭纶策马来到城前，远远地听到城楼上有人高喊："站住，什么人？"

"南京兵部谭纶。"谭纶掏出军令腰牌，单手高高举起，单枪匹马来到城门口。

楼上有人认出来了："是谭大人！"

城门放下，一队人马跑了出来。

领头的躬身施礼："溧水典史林文景见过谭大人！"

谭纶问："溧水可有倭寇进犯？"

林文景答道："回谭大人，昨晚接到北边警报，下官率五百人在城外二十里伏击，前半夜一股倭寇窜至，虽早有防备，但倭寇实在凶猛，缠斗半个时辰冲破我防线，不知所终。"

谭纶吩咐："小心防范，倭寇或许折返！"

林文景答："是！"

谭纶率兵进城暂作休息，派人四处打探。

林大鹏率队一路往南搜寻，夜晚时分来到署县，但见城门洞开，看不到一个兵丁。林大鹏等人把马拴在县衙后院的马厩内，藏好长枪兵器，头裹黑巾，悄然四散往内街寻去。

县城内黑灯瞎火，死一般地沉寂。

突然，前方有阵狂浪喧哗的声音，在寂静的夜里传得很远。

林大鹏顺着声音的方向悄然疾行，声音越来越近，一座高大的酒楼出现在他面前，酒楼里灯火通明，人影攒动。酒楼门口拴满了高头大马。

林大鹏侧耳仔细倾听，倭寇们正在里面饮酒，一些人在得意地说着叽里呱啦的日本话，时而惹得满屋子的人哄堂大笑。

林大鹏几个人悄悄来到酒楼的后面，后院的门是虚掩的，正准备推门，却听院内突然响起叽里呱啦的呵斥声。

林大鹏屏住呼吸，透过门缝往里面看去，三个倭寇推搡着店家、伙计等十来个人来到后院，店家、伙计吓得瑟瑟发抖，被倭寇们推得跟跟跄跄。

倭寇身上充满了酒气，林大鹏在门后都能闻到。前面推搡的面目狰狞，后面跟着的哈哈大笑。

在院子中间，倭寇用脚往一年轻伙计的后腿猛踹了过去，那伙计扑通一声跪在地下。另外一个倭寇拔出长刀，指着其他几个人，另外几个人也扑通扑通跪下了。

只见三个倭寇长刀挥舞，跪倒的几个人纷纷人头落地，刹那间，鲜血流了一地。

林大鹏紧握双拳，口不能言，目眦欲裂，几次想冲进去砍了这三名倭寇，想想谭大人的交代又咬紧牙关悄悄地退了回来。

酒楼上，有女人挣扎的声音和凄厉的嘶喊，在夜空传得好远，让人毛骨悚然。

天边刚刚露出一丝鱼肚白，一匹快马疾驰到溧水县衙，谭纶和衣斜靠在椅子上，怀里抱着宝剑，两眼微闭。蓦然听到快马急蹄和嘶鸣的声音，从椅子上一跃而起。

来人急匆匆来到他的面前："报！发现倭寇踪迹！"

"在哪？"谭纶急切地问。

来人："倭寇在署县过夜，目前正在严密监视。"

谭纶："再探！"

来人："是！"

点齐人马，谭纶率众往署县疾驰。

来到署县这家酒楼，已是人去楼空。谭纶带着林大鹏、梁进心情沉重地勘察现场。满屋子凌乱不堪，桌上残羹剩饭引来苍蝇飞来飞去，店家和伙计等人的尸首躺在后院，满地的血渍已经干涸，变成了黑色。

来到楼上，老板娘躺在大堂中央，年龄三十出头，全身一丝不挂，胸前的乳房被残忍地割去，十指呈张牙舞爪状，指甲缝里抓有倭寇的皮肉和血。零乱的头发遮掩了半边脸，两眼圆睁，面目十分骇人。

三楼房间也是一片狼藉，一个两岁左右的孩子肚子上被捅了一个洞，洞口边流满了血，一个六七岁孩子倒在墙角，刀口从左往右斜切；另外一间房子里是一个十二三岁的女孩子全身赤裸地倒在血泊当中。

谭纶两眼紧闭，紧紧地握着拳头，胡须微微颤抖。

转身急匆匆下楼，林大鹏告诉他："署县县丞赵珠臣昨日弃城而逃，衙役兵丁争相逃命。倭寇在这家酒楼逗留了一个晚上，今早往宜兴方向去了。我们的人正在紧密跟踪。"

谭纶翻身上马："追！"

马队飞奔，扬起黄尘滚滚。

天边上，日落西山，残阳如血。

身着红衣的倭首率领数十名倭寇在山道上逶迤而行，一名探子来报，前方到达宜兴县城。

红衣倭首漫不经心地策马来到城前三里处远远观望，吊桥高悬，城门紧闭，城楼偃旗息鼓，偶有三三两两的兵士走来走去。

倭首后面一个头扎冲天辫、满脸络腮胡的倭寇咧嘴笑了笑，叽里呱啦冲后面的人说着什么，一行人哈哈大笑了起来，意思是这县城没有准备，大家可放心尽情劫掠一番。

红衣倭首看了半天，手一挥，身后的倭寇竞相冲了出去。

就在快要冲到城下的时候，城楼上突然锣鼓大作，黑压压的兵丁从墙后站了出来，箭矢齐射。城外两侧鼓声如雷，两队人马如猛虎下山般从两翼杀出，喊杀声震天。

红衣倭首见势不妙，急勒马头大吼一声，掉头就往东北方向逃窜，后面围堵官兵穷追不舍。

原来，谭纶从署县沿平坦的官道一路追击，午后便已到达宜兴。而倭寇从小路上过来，比谭纶晚了一个多时辰。

眼见进入埋伏圈的倭寇要跑，谭纶哪肯放过，一马当先紧紧追赶，然而倭寇速度太快，伏兵抵挡不住，一溜烟消失在众人的视野当中。

月亮高高悬挂在夜空，宛如白昼。

谭纶的大队人马来到一个十字路口，倭寇不见踪迹。

谭纶等人下马，兵士们举着火把，一张简易的作战地图前，传来了梁进的声音："大人，我们已经到了武进县境，往前是无锡，往南是太湖。"

谭纶："倭寇要是窜入太湖，那就是纵虎归山了。"

梁进点头："是！"

谭纶："离此处最近的码头在哪？"

梁进手指地图上的一个小点："这里，漕桥镇。"

谭纶收起地图，传令："向南，火速赶往漕桥镇！"

众人翻身上马，一路狂奔来到了漕桥镇。

码头上三五艘船只，船家正在船上安歇，几名士兵举着火把上前，叫起了船家。

谭纶和蔼地问了一句："老人家，有没有倭寇打这里经过？"老人忐忑不安地看着谭纶，摇头。

谭纶又问："镇上还有多少船只？"

一船家道："十几只。"

谭纶："有倭寇可能会来，请老人家速去通知所有船家，把船划到隐秘处藏起来，切莫让倭寇夺船出逃！"

船家听了，点头，迅速驾船离去。

等船家走远，谭纶命令："熄火，隐蔽！"

士兵们立即熄灭了手中的火把，在码头上埋伏起来。

下半夜，三五人影鬼鬼祟祟出现在码头边上。

这一行人十分谨慎，一人走在最前，其他四人则在原地等候。那人蹑手蹑脚，径直来到江边。水面上空空荡荡，寂静无声，那人有点迷惑不解。招了招手，后面的人轻捷迅速地跑了过来，几个人指指点点，窃窃私语。

谭纶率人悄悄地包围了上来。潜至十丈开外，一人忽然听到动静，其他几个人也转身回望。谭纶一跃而起，朝着最近的人猛扑过去。那人猝不及防，重重摔倒在地。谭纶正欲再扑，那人就地打滚躲过了谭纶，一个鲤鱼打挺跳了起来，寒光一闪，一把长长的倭刀抓在了手上。

另外一边，梁进和数十名兵丁也把几个倭寇团团围住。

谭纶从腰间拔出宝剑，劈砍挑刺与倭寇打作一团。力战了一百多个回合，双方不分高下。

只听得梁进那边一声大吼，一个倭寇被死死压在身下，一队人马上前七手八脚牢牢按住。

与谭纶对战的倭寇一个分神，被谭纶刺中前胸。谭纶顺势抬脚把倭寇手中的长刀踢飞。倭寇血流如注，踉跄后退几步，单膝跪地，左手捂胸，右手支撑着身子，眼睛里露出凶光。

两个兵士前来助战，倭寇突然扫地而起，两个士兵被扫得飞身倒地，倭寇抢过士兵手上的长矛猛地向谭纶飞掷过来。就在电光石火之间，旁边一个士兵惊呼："小心！"伸手把谭纶往右边一推，只听得扑通一声，长矛扎进了士兵的身体，士兵睁大双眼，直直倒在了地下。

谭纶一声怒吼，快跑两步腾空而起，长剑狠狠朝倭寇的头上砍去。那倭寇躲避不及，剑锋过处，头颅落地。另外三名倭寇一见大惊，掉头就跑。

谭纶率兵追过去，怎奈那几个倭寇实在跑得太快，追了一会儿就不见了踪影。

返回到码头上，梁进把倭寇五花大绑。那倭寇虽然被捉，但嚣张气焰一点不减，嘴里用生涩的中国话不干不净地叫骂。

谭纶盯着那名倭寇，沉声喝道："带下去，严加审讯！"

梁进："是！"

天亮时分，梁进兴冲冲地前来汇报："大人，难怪这股倭寇如此厉害，原来是日本派出来的战术教官，皆是以一当十的高手。今年四月从日本出发，准备援助柘林倭寇攻打杭州嘉兴，不料在海上遇到台风，一直被吹到福建海域才折返，途经上虞船只损毁，被迫上岸流窜。"

谭纶讶异地道了一声："哦！"

梁进："他们原本要从漕桥登船，从水路入海，最后抵达柘林。如今太湖水路被我们堵死，他们将从陆路过无锡，越太仓，走嘉定，最后去柘林。"

正在这个时候，远远地听到有鸡鸣的声音，一轮红日跃上云层，天亮了起来。

谭纶翻身上马："传令，去无锡！"

梁进问："俘虏如何处置？"

谭纶毫不犹豫："斩！"

无锡惠山寺，尘烟滚滚。倭寇占据高处，与无锡官兵打得难分难解。山脚下，又有一队人马飞驰而来。

谭纶在马上高喊："将士们，倭寇就在前面，给我杀！"

山上山下，喊杀声震天。

倭寇一看援兵到来，料是不敌，扭头就跑。

惠山寺前，一个知县模样的人整理了一下衣冠，来到谭纶马前，冲谭纶深施一礼，道："在下无锡知县王其勤，敢问阁下何人？"

谭纶下马，回礼："南京兵部武库清吏司郎中谭纶，奉命追剿倭寇。"

王其勤："原来是谭大人，失敬失敬！"

谭纶呵呵一笑："倭寇兵临城下，王知县不畏生死，身先士卒勇斗顽寇，可钦，可敬也！"

王其勤回道："感谢大人夸奖。倭寇实在强悍，围了半天还是让他们逃脱了。"

谭纶笑道："不妨事，倭寇连日狼奔豕突，已是强弩之末，各府县布下了天罗地网，定能叫他们有来无回！"

正说话间，飞马来报："报！前方倭寇失去踪迹，追兵正在全力搜寻。"

王其勤吩咐手下："传令各关哨卡，严密侦测倭寇动向，一有风吹草动即来报告。"

"得令！"手下得令翻身上马疾驰而去。

又过了半天，快马再报："报！倭寇出现在相城望亭，赶跑了驿站差役，抢夺了一处酒楼饭庄正在吃喝。"

王其勤："过了望亭，就到了苏州地界了。"

谭纶翻身上马，大声对王其勤说道："请王知县速派人通知苏州府，让他们发兵围剿，务必把这股倭寇剿灭在苏州境内！"

"遵命！"王其勤抱拳，翻身上马匆匆而去。

黄昏日暮，望亭驿站空空如也，谭纶拿起酒杯，杯子里的酒还是热的。

谭纶转身就走："倭寇走不久远，众将士一鼓作气，追！"

官兵们精神振作，快马扬鞭消失在黑夜之中。

苏州吴林庙，倭寇已是人困马乏，狼狈不堪。

连日狂奔与激战，倭寇们早已没了几日前的张狂。

后面嗒嗒的马蹄声清晰可闻，红衣倭首驻马侧耳倾听，其他倭寇都停了下来。

月光下，两军虎视眈眈。

谭纶大喊："列阵！"众人四下散开。

谭纶："传令，十人为一伍，最前者为伍长，两火铳手尾随，火铳手身后设两盾牌手，掩护后队前行，其余持长矛击敌，不可与敌近战。记着，每伍必须同进共退，一人犯纪，十人连坐；若队长战死，其余九人无斩获，九人皆斩首！"

无数人在夜色里齐喊："是！"

梁进率兵首先杀了出去，盾牌手护卫着队长和火铳手往前靠近，长矛手紧紧跟随。

倭寇的一字长蛇阵也向这边冲来，冲在最前面的倭寇膀大腰圆，手持一把长长的倭刀，倭刀在月光底下闪着寒光。

一道寒光闪过，最前面的伍长人头落地。与此同时，官军火铳的巨响也炸裂开来，对方几名倭寇倒在了地上。

红衣倭首用日本话高喊了一声，倭寇迅速变换阵形，两人一组对抗明军十人小组，双方打得难解难分。

就在这个时候，倭寇后面的山上锣鼓大作，灯火骤亮，林大鹏率一路人马杀出，喊杀声震天。

红衣倭首一看后路都被人抄了，一声呼哨，倭寇杀开一条血路狂奔而去。追至平望南边的杨林桥，倭寇不见踪迹。

清晨的灵岩码头，七八只渔船停靠在水面上，渔家正在生火做饭，再远一点的湖面有几只渔船正在撒网捕鱼。朝阳洒在水面上，微风吹过，荡起阵阵波澜。

湖边的芦苇丛中，几个贼头贼脑的倭寇探出了头，四周打量了半天，倭寇一声呼哨，芦苇丛中又探出来一排脑袋。

窃窃私语片刻，二十余名倭寇迅速蹿上两条渔船，引起了阵阵惊叫。倭寇用刀指着船家的脑袋，逼迫着船家往太湖深处划去。

一名倭寇手持利刃站在船头，眼睛四处观望，其余倭寇躲在船舱里面，抢过船里的馒头狼吞虎咽了起来。船家的女人紧紧地抱着孩子蜷缩在船舱另一头，母子俩惊恐地望着这伙不速之客。

一炷香的工夫，两条船来到了一狭窄的水面，原来泊船的地方是个港湾，出了这个狭窄水面就是广阔无垠的太湖。

突然，站立船头的倭寇惊呼了一声，倭寇们探出头去，但见狭窄水面上几只大船拦住了去路，船头上大明水师的军旗迎风飘扬，穿着大明水军铠甲的官员隐约可见。

船里的倭寇顿时紧张了起来，小船对抗大船无异于以卵击石。

倭寇惊慌失措地指挥船家迅速向湖边靠岸，远处的战船发现了异样，船上有人高声喊叫，示意前面的渔船停下来。

船头上的倭寇把刀架在了船家的脖子上，小船飞快地摇到了岸边。倭寇们挟持两名船家，仓皇上岸。

湖面那边，大船飞速地向小船边上驶来。

官兵跳下船来往岸上搜寻，只见到处是高高的庄稼，阡陌小道四通八达，倭寇早没了踪影。领头的将官把手一挥，官兵们四散开来分头找寻。

倭寇们逼着两名船家前头带路，深一脚浅一脚地穿行在田埂上，四野风声鹤唳。

　　前面不远处有个村庄，炊烟袅袅。穿过村庄就有一条直直的大路通往前方。两名船家低头放慢了脚步，他们怕倭寇到村庄里祸害人家。后面倭寇似乎看出了他们两人的心思，用力向其中一人踹了一脚，那船家踉跄几步跌倒在路边，一块锋利的石头割伤了他的手。

　　倭寇将他一把拎起，逼迫船家快点在前面带路。

　　那船家爬起来加快了脚步，边走边在手心偷偷地写画着什么。

　　路人看见这一帮人走来，眼里无不有诧异的表情，前头带路的船家把手掌偷偷张开，手心里是一个用血写成的"倭"字，见人便用眼神示意。

　　平望杨林桥边，一队人马向谭纶他们开了过来。

　　有人在马上高喊："苏松巡抚曹大人在此，你们是什么人？"

　　谭纶听了大喜，策马上前："南京兵部谭纶，参见曹大人！"

　　苏松巡抚曹邦辅策马过来，哈哈大笑："原来是谭大人哪，这倭寇一路上被你追得如丧家之犬，我们接到消息后特地赶来增援。"

　　谭纶有点遗憾地说道："可惜还是被他们逃脱了！"

　　曹邦辅："不妨事，我们的人已经把他们堵在了前马桥。"

　　谭纶听了精神一振："走！"

　　两军会合，直奔前马桥而来。

　　前马桥上，两名百姓倒在地上，身上被砍了几刀，早已没有了呼吸。苏松副使王崇古前来汇报："禀报二位大人，倭寇窜至灵岩，夺了几艘民船欲从太湖逃走，被水师拦住转而弃船步行，我军一路追踪至此，已将倭寇围困在前方的一处农舍当中。"

　　曹邦辅手指地下："死者何人？"

　　王崇古："这两人是太湖边上的船家，被倭寇一路挟持到这里带路，一名船家手心里书写一个'倭'字，使得乡民报警，把官兵引到这儿来了。"

王崇古边说边翻开一名死者的手心，那血写成的"倭"字已成了黑褐色。两名死者身上皮开肉绽，有一名船家的手都被剁了下来，只剩下一丝衣角还连在身体上。

谭纶下马默默地抹上了两人圆睁的双眼，官兵们皆下马致哀。

前马桥一里外的一处孤零零的农家院子，芦苇编织的屋顶，院墙内堆了两垛高高的干柴。

院门紧闭，倭寇们在做最后的挣扎。

官兵取来棉絮旧衣绑在干柴上，再蘸上松油点上火，数十名官兵持火往农舍掷去，顷刻间火光冲天。

几名倭寇破门而出，被一排排的火铳击倒，又有倭寇向外奔逃，官兵的箭矢、标枪如飞，又有几名倭寇倒地。

正这时，农舍后面的院墙轰然倒塌，红衣倭首带着剩下的几名倭寇从后面撤出，官兵正欲用火铳、弓箭射去。

只听谭纶大喊一声："住手！"

只见倭寇们抓着几名百姓挡在前面，百姓的身后被刀抵着。

官兵团团围了上去，房子后面有一处宽阔的农田，农田里的高粱比人还高，倭寇突然一松手，转身钻进了高高的高粱地里。

有几名官兵率先冲进高粱地，不一会儿惨叫连连，没有了一丝动静。谭纶示意大家把整个地块围住，屏住呼吸，侧耳倾听地里的声响。倭寇躲在高粱地里，也是大气不敢出。

谭纶眉头一皱计上心来，他吩咐几名官兵站在四面角落，突然一齐喊叫："在这里在这里。"

后面的官兵随即用坷垃石块向高粱地里乱掷。

倭寇们被突如其来的变故吓了一跳，以为自己藏身的地方被发现了，纷纷窜出高粱地就要奔逃。

一时间，火铳巨响，箭矢如飞，有几名倭寇倒地，还有几名被官兵长矛大刀杀死。

八月十二日，这是红衣倭首看到太阳的最后一天。

夕阳西下，残阳如血。

一处农田上，红衣倭首被官兵团团围住，手舞滴血的长刀。

谭纶趋步上前，锋利的眼神如刀一般盯着红衣倭首，背后"谭"字帅旗迎风飘扬。

红衣倭首嘶喊了一声快跑两步腾空而起，长刀欲向谭纶砍来。梁进等手持数十支长矛奋力向前刺去，但见红衣倭首瞬间被扎成了刺猬，汩汩鲜血从身体里流出，慢慢倒地。

八月十八日，秋风送爽，丹桂飘香。

这是南京一年中最美好的时节。张时彻下令解除全城戒严，市民们蜂拥至各街市，呼吸自由的空气。

城门外锣鼓喧天，鞭炮齐鸣，南京的官员在城外列队相迎平倭勇士凯旋。城门内外挤满了看热闹的人群。

谭纶率部雄赳赳气昂昂地走过金水桥，他们脸上充满了兴奋与自豪。

一围观的官员："这才是我大明官兵的本色，危难时刻显身手，千里追敌，不畏生死，不胜不归。"

另一官员连连点头："是啊，不像某些朝廷重臣，执掌数万官兵，却被几十个倭寇肆无忌惮地羞辱。"

南京翰林院，群儒激愤。

一儒生大声发言："某些高官平日里前呼后拥、威风十足，可是几十个倭寇一来，就把他们吓得城门紧闭，倭寇跑了一个月还不敢解除戒严，真是岂有此理！"

翰林院孔目何良俊恨恨发言："南京城军卒每月光吃粮就八万石，养兵千日不就是为用兵一时？可几十个倭寇上门，就把他们打得屁滚尿流，真是我大明的耻辱！"

国子监生吴承恩发言："红尘内，翻翻覆覆，孰为豪杰？我看哪，也只有谭纶这样的人才称得上豪杰。"

不但南京官员不齿，甚至街头巷尾也议论纷纷。不仅是南京，就京城上下也是十分震惊。

大明皇宫，青烟缭绕。嘉靖皇帝一身道士装扮，手拿拂尘，躺在龙椅上两眼微闭。

黄锦："今收江南三省奏疏十余份，皆言七月倭患之事。数十名倭寇暴走三千余里，杀戮官兵四五千，一名御史、一名县丞、两名把总先后殉国，两座县城被倭攻陷，历时八十天，方被南京兵部武库清吏司郎中谭纶、苏松巡抚曹邦辅合兵剿灭。"

嘉靖微闭的双眼突然睁开，手拿拂尘指着黄锦："数十倭寇，死伤数千官兵，我大明官兵难不成都是酒囊饭袋？"

黄锦低头："各府县皆言倭寇十分凶悍，沿途府兵皆不能敌。"

"不能敌？"嘉靖倏地站了起来，围着黄锦转了一圈，狠狠地问道，"数十倭寇就敢攻打南京城，数万精锐之师就任其打脸？"

黄锦小心翼翼地回道："倭寇进犯南京，张时彻下令闭门坚守，内外守备等皆惧敌不出。"

嘉靖手往桌上重重一拍，咬牙切齿恨恨地说道："蠢材！废物！传旨，着刑部即刻派人赴江南调查核实，有功则奖，有过则罚，为国殉难死者家眷，厚恤！"

黄锦："遵旨！"

第十七章

嘉靖三十四年（1555年）九月十二日，南京兵部。

张时彻、杨宜、谭纶等一众官员齐刷刷地跪伏在地上。

司礼太监陈洪高声传旨："奉天承运皇帝，诏曰：南京陪都乃龙兴根本，军机之重地。朕委以张时彻重任，然而数十倭寇流劫苏杭，纵横数千里，军民惨遭屠戮。张时彻畏敌怯战，贻误战机，即日起革去官职，削籍为民。着刑部左侍郎张鏊接任南京兵部尚书、参赞机务。南京兵部武库清吏司郎中谭纶，剿寇有功，升任台州知府。其余功过人等，着刑部逐一核实，另行赏罚。钦此！"

众人山呼："谢主隆恩，吾皇万岁万岁万万岁！"

官道上，三匹快马风尘仆仆地来到台州府衙。

守门衙役急上去拦截："什么人？"

梁进呵斥一声："瞎了你的狗眼，这是新来的知府谭大人。"

衙役闻言连忙躬身赔罪："小的有眼不识泰山，还请大人见谅！"

进得府衙，空空如也，谭纶感到有点奇怪："人都去哪了？"

梁进："回大人，半个月前柘林倭寇外出劫掠而返，被台风所阻，停泊台州外海，前任知府宋大人率兵剿倭去了。"

谭纶闻言转身就往外面走："走，看看去。"

梁进、林大鹏急匆匆地跟在后面，梁进道："大人，不歇息一下再走吗？"

谭纶瞪了他一眼："少废话，备船！"

一望无际的大海上，天空飘浮着朵朵白云，滔滔海浪拍打着船身，腾空溅起白色浪花。

谭纶和梁进、林大鹏站在船头，急切地眺望着远方。

大陈岛上，绿树隐隐，幡旗猎猎。山脚下，三艘巨大的海寇船倾斜在沙滩上，船身火光冲天，滚滚黑烟腾起有数十丈高。

沙滩边上，几艘大明水师的舰艇在海上游弋。

谭纶乘坐的船刚要靠岸，就有舰艇过来堵截。船头上有人高喝一声："什么人？"

谭纶亮出黄澄澄的朝廷敕书："新任台州知府在此，来者何人？"

对方定睛瞧了一下，抱拳施礼："我们是浙江备倭都指挥王沛的部下，追剿倭寇到此。"

谭纶问："王指挥何在？"

对方回答："在大陈岛上。"

梁进手指前方一岛屿："在那边！"

谭纶抬头只见前方不远处有一大一小两个岛屿，大岛上烟雾弥漫，满山都是大明官兵。

"下面那个小岛叫下大陈岛。"梁进又补了一句。他是本地人，对这里的山川水域了如指掌。

谭纶一行下船上山，直奔半山腰的中军行营。

山路上三步一岗五步一哨，早有兵士飞奔往山上报信。临时搭建的行营外，参将卢镗、台州前任知府宋治、备倭都指挥王沛等人正在帐前迎候。

"素闻谭大人文武双全，胆识过人，今日一见，果然英雄气概！"宋治打了个哈哈，"未在府衙等候，还望谭大人恕罪！"

谭纶："哪里哪里，谭某久在陪都，只会舞文弄墨，哪里比得上宋大人亲临沙场，运筹帷幄。"

众人寒暄毕，说起了正事。九月十六日，一伙倭寇从柘林总巢出发，劫掠舟山、温州一带数日，满载而归欲返回老巢。不料在海上遇到台风，三艘海寇船先后受损，停泊在螺门准备休整。卢镗派遣王沛率战船追击，余寇仓皇驾船逃到大陈岛海域，帆桅尽损，只好弃船逃往山上负隅顽抗。

谭纶："山上倭寇有多少人？"

孙宏轼："有一两百人。我方虽有上千兵力，奈何山势险峻，易守难攻。"

谭纶："此山势险要，官兵强攻胜算不大。为今之计，唯有封山围死等候援兵。倭寇弹尽粮绝，自然手到擒来。"

旁边的宋治点了点头："倭船已被我们焚毁，倭寇插翅难逃。"

谭纶又道："封山围困不是一两天的事情，还须防范柘林倭巢派兵增援，腹背受敌我军危矣。"

卢镗笑道："这个谭大人不必担心，我已传令松江、温州、舟山等地沿海水师封锁周边海域，柘林倭巢鞭长莫及。"

谭纶点头："还是卢将军想得周全。"

宋治说："台州靠海，近年是倭乱频发的重灾区，谭大人临危受命，任重道远。"

谭纶呵呵一笑："宋大人执掌台州数年，殚精竭虑，政声卓越，谭某仰慕久矣。此番前去嘉兴赴任，肩膀上的担子也不轻啊。上半年数千倭寇攻打嘉兴府，要不是卢将军率兵救援，谭某早就在嘉兴做了刀下之鬼了。"

众人哈哈大笑，卢镗："嘉兴一别，卢某与谭大人已有半年未见。圣上钦点你到台州来，咱们又要并肩战斗，还望谭大人大力支持！"

谭纶亦笑："哪里哪里，谭纶初来乍到，更是少不了卢将军的支持。"

九月底，被困近半个月的倭寇终于崩溃了。

这天清晨，一个倭寇蓬头垢面地出现在山顶，面向大海，呜呜咽咽唱了一曲东夷的歌，歌声飘荡在海面上，充满了悲伤。

未几，倭寇突然拔出长刀，对着自己的肚子狠狠捅了进去，又用力地转了两下，身子缓缓地倒在了地下。

过了一会儿，倭寇突然发了疯一样嗷嗷直叫往山下冲来。

早有准备的大明官兵奋力拼杀，饿得头脚都已发软的倭寇哪有回手之力，不一会儿，倭寇接连倒下。

漫山遍野的官兵们冲上山去，山顶上的倭寇招架不住，举起了白旗。

中军帐前，都指挥王沛匆匆前来报告："报！山上倭寇全部剿灭，共斩首三十八级，抓获倭寇头目武陆卫太郎和海寇头目林碧川等八十四人。"

山头上，满是官兵胜利的呼声。

一轮巨大的红日正从海面升起，发出耀眼的光。

日上三竿，台州府的街道上商铺林立，熙熙攘攘，做买卖的大声吆喝。

城门外来了二三十个斜背包袱头戴斗笠的青壮男子，大家伙东瞅瞅西看看，满是兴奋与惊奇。

城门边围了一大群人正在看着墙上的告示，为首的青年挤进去，这是一张招兵告示，旁边有人在大声念叨："近年倭患频发，张皇日炽，台州饱受侵害，尤为深重。今台州知府谭大人号令，热血男儿，当怒而愤起，驱逐倭寇，保家卫国。凡应诏参军者，每人发安家银五两，月饷足额发放，杀敌立功另有重赏！"

静静的签押房里，谭纶认真地批阅着公文。

一段文字，让谭纶轻轻地念了出来："南北驱驰报主情，江花边草笑平生。一年三百六十日，多是横戈马上行。"

一边念，一边若有所思。突然问了一句："这个戚继光，是什么人？"

站在谭纶身边的台州通判上官倬回道："回大人，戚继光是两个月前从山东调来的浙江都司佥事，分管司内屯田事务。"

谭纶说道："这个都司佥事似乎有点不简单。"

上官倬说："戚继光世袭祖上的卫指挥佥事出身，好读诗书，武艺也好。来台州不久，他就跑遍了郡属六县，写了十余篇兵备纪要。只是这个人有点不知天高地厚，居然接连给浙江巡抚胡大人上书建议，胡大人未予理睬。"

谭纶沉吟半晌："明天叫戚继光前来见我！"

上官倬应答："是！"

两人正说话间，门口传来一阵喧哗的声音。

有衙役匆匆跑进来汇报："大人，门口来了一伙青壮男子，有个人说是您的弟弟。"

谭纶惊讶地说道："哦？"连忙起身向门外走去。

大门外，谭綵甩开阻拦的衙役，冲着谭纶高喊："二哥！"

谭纶上前，兄弟二人抱在一起，百感交集。

"你怎么来了？"谭纶问道。

"上个月在家里得知了你到台州任知府的消息，需要招募大量的兵士，我跟父亲商量，带着村里几个后生投军来了。"

谭纶连连点头："父亲一向可好？"

谭綵说道："父亲好着呢，平日里教习私塾学生，闲暇伺弄桑田，每天自得其乐，二哥大可放心。"

谭纶："家里其他人呢？"

谭綵说："都好着，敬芳叔的儿子柱子今年县试名列第三，咱老谭家人才辈出啊。"

谭纶乐得眼睛都眯成了一条线，连连说好。

谭綵："哥，我这次带了三十名谭姓子弟过来投军，只要二哥招呼一声，家里还有许多人要来。"

谭纶："好！好！这才是我谭家子弟。梁进！"

梁进过来，谭纶吩咐道："去，带他们先休息，明日到招兵处去，把他们编入新兵营。"

梁进应了一句："是！"但身子未动。

谭纶："你有事？"

梁进有些腼腆："大人，等忙完了这阵，我想回趟黄岩老家，家里来信说母亲患病在身，需要回去照料。"

谭纶说："那是应该的，百善孝为先。况且你都好多年没回去了，回去好好看下父母，代我向二老问好。"

梁进不胜欢喜："感谢大人关心！"说完对着谭纶躬身施礼，带着谭绥离去。

谭纶问上官倬："这几天招兵情况如何？"

上官倬应道："禀报大人，告示贴出去已十余天，报名者踊跃，月底可望招满一千人。"

谭纶点点头："练兵事宜筹备得怎么样了？"

上官倬回答："正在筹备兵饷粮草，校场器械也安排妥当，不日即可开始练兵。"

谭纶又问："台州饱受倭寇侵扰，兵士恐倭久矣，这练兵首当练胆，从根本上去除惶恐、畏惧之心。"

上官倬："大人所言甚是有理。近年倭寇流袭，台州受侵扰最为频繁和惨烈。嘉靖初年，倭寇进犯芦花港、茶山，台州八百勇士壮烈殉国。嘉靖三十一年（1552年），倭寇进袭临海，知事武昕带兵迎击，激战一夜力竭身死。自倭乱以来数十年，抗倭战斗不下百场，台州军民死伤无数。"

谭纶："台州乃朱子传经地，樵夫殉节乡，台州士子自古就有家国情怀，民族硬气。"

上官倬连连点头："大人说得是。"

谭纶转头吩咐："通知下去，明天一早视察各兵备城防。"

上官倬答："是！"

桃渚城，临海卫所最重要的城防。

桃渚城一面临海，三面环山，城高二丈一尺，城长约二里七十步、宽约六步，设城门三道，城池前有护城河。谭纶率林大鹏等人拾阶而上，但见后山摩崖"眺远"二字遒劲刚健，煞是气派。

谭纶："桃渚千户所现有多少兵马？"

千户翟铨紧紧跟随在谭纶的后面，答道："籍册世兵原本一千一百二十人，然因倭患四起，战事频繁，不少世兵举家逃离。现八百人不到。"

谭纶："临阵脱逃死罪也！因何不严厉追究？"

翟铨："世兵逃离现象由来已久，不仅仅是因为战乱，和平年代也有大量世兵逃离。普通百姓可以种田经商，通过努力可以发财；而军户世世代代只能靠务农为生，一遇天灾，连饭都吃不饱，打仗的时候还得自带路费，太苦了……"

临海知县黄诰在后面插了一句话："世兵逃离已成为各卫所的普遍情况，桃渚已算好的了。其他很多卫所的良田为官豪所占，军士无地可耕，世兵逃离的占了七成。有的地方甚至一卫不满千人，一所不过百人。"

谭纶："那世兵逃离兵源不足如何补充？"

黄诰："通常有两种：一种是因兵乱和天灾产生的难民，另一种是朝廷发配充军的犯人。"

"世兵良莠不齐，奸淫偷盗之事时有发生。"翟铨道，"训练找不到人，打仗闻风而逃。"

谭纶叹了一口气："平时卫所只是屯兵务农，一有战事上头才派将军过来指挥，兵不识将、将不识兵，战无章法，纪不责众，这就是当下大明官兵屡战屡败的根本所在。"

黄诰："世兵制在我朝已实行百余年，下官以为，已到了非改不可的地步了，不然倭患无法根除，百姓难有安宁！"

　　谭纶："世兵制的弊端已引起了朝廷的重视，目前朝廷已经同意招新兵补充兵源的不足。你们要抓紧加固城防，勤奋练兵，为其他卫所做榜样！"

　　翟铨："遵命！"

　　正说着话，一个二十七八岁的青年军官骑马赶了过来。

　　见到谭纶等人即滚鞍下马，上前施礼："浙江都司佥事戚继光参见谭大人！"

　　谭纶想起来了，昨日吩咐上官倬叫他前来见自己。

　　但见戚继光身材魁梧，气宇轩昂，谭纶心里暗暗喜欢。

　　戚继光："在下今天一早就去了知府衙门，差役说大人到桃渚来了，下官不敢怠慢，急忙就往这边赶。"

　　谭纶笑着说："不着急，先到城墙上看看去。"

　　众人告别翟铨，离开桃渚直奔临海城墙。

　　临海古城墙依着青山蜿蜒而进，依山就势，俯视大江，形若巨龙。站在高高的城墙上向南望去，城墙沿山而去，一座郁郁葱葱的山峰挺然而立，山上两座宝塔像一对姐妹，亭亭玉立，风姿绰约，让人心旷神怡。

　　黄诰："临海古城始建于晋，兼作城区防洪与御敌之用，历来是台州府的天然屏障。城墙东起揽胜门，沿龙顾山山脊逶迤至烟霞阁，直抵灵江东岸，全长共十二里。"

　　"御敌屏障？"谭纶手指前面的一处溃口，"临海城墙到处都有这样的溃口，倭寇徒手都可攀爬上来，怎么御敌？"

　　黄诰有点尴尬地说道："这确实是，大人洞察细微。"

　　这时戚继光说话了："在下看来，临海城墙自晋以来已历千年，虽依托山势险峻，然年久失修，基础不稳，兵毁严重，全然不足以御敌。"

　　谭纶："哦？"

　　得到允许，戚继光精神振奋："修筑城墙，当因地制宜。山势低矮处，加高城墙；山势高峻处，修建敌楼，这样才能使城墙更加牢固，可攻可守。"

谭纶饶有兴致："接着说！"

戚继光："我们一路走来，未见一个敌楼，一则，不利于观察敌情；二则，不利于狼烟示警，雨雪天气，遇火即灭；三则，不利于将士战斗休憩，烈日暴晒，冰雪侵袭，兵士断无坚守之意。"

黄诰问："城墙上场地狭小，如何修筑敌楼？"

戚继光："场地狭小可修筑圆形二层空心敌台，一里设一处，狭小处可适当往外拓延，不影响御敌之功效。"

戚继光随即以指代笔，在地面上写写画画，口中一边解释："空心敌台由上、中、下三部分组成。下部为基座，用大条石砌成，高与城墙相同，中部为空心部分，供士兵驻守，存放粮秣和兵器。上部为台顶，供燃烟举火以报警。"

通俗易懂，众人皆解其意。

黄诰："戚大人主意甚好，只是如此耗资巨大，资金怕是一时难以筹集。"

谭纶："临海城防乃是台州最后的屏障，耗费再大，也要全力为之。府县一齐来想想办法，实在不足还可以发动各县乡绅捐助。"

黄诰："是！"

离开城墙，谭纶马不停蹄，带着戚继光和林大鹏匆匆来到招兵安置的演兵场。

空旷的演兵场上，新兵们正三五成群聚在一起嬉戏聊天。

台州备倭把总李超迎上前来，深施一礼："末将参见谭大人！"

谭纶："招兵一事可还顺利？"

李超："大人定下的一千名额，已经满了。"

谭纶满意地点了点头。

一行人又来到了兵营的伙房，谭纶掀开灶台锅盖，香喷喷的菜味扑面而来，问："新兵对伙食可还满意？"

李超："饭菜管饱，虽不能顿顿大鱼大肉，但很多人说，比他们家里吃的都好。"

谭纶点头以示满意。

出门来，迎面撞见谭綵急匆匆跑了过来，兴奋地喊道："哥！"

谭纶脸色一沉："这里没有哥哥，只有谭大人。"

谭綵愣了一下，随即俏皮地施了一礼："小的拜见谭大人。"

众人皆乐。

谭纶严肃地说道："今后在这里要严格服从军纪，不得仗着有我这哥哥胡作非为。"

谭綵说："二哥放心……"发现不对随即改口，"请谭大人放心，我谭綵知书达礼，严守军纪，尊敬长官，保证不给你丢脸。"

李超也在旁边帮着说好话："谭綵虽然只来了两天，但古道热肠，注重礼节，在新兵中有很高的威望！"

谭綵得意地说："那是……"

众人正聊着，突然听得前边喧哗了起来。练兵场上，几名新兵围着一个赤裸着上身、膀大腰圆的新兵正在厮打，还有一大帮新兵围成一圈在旁边起哄。

李超顿时脸色一黑，急匆匆拨开人群，大吼："都给我住手！"那几个围殴的新兵闻声悻悻退在一边，没有说话。

李超狠狠地扫了一遍众人："刚进来几天就打起架来，是不是皮痒痒了！"

众人没敢搭腔，李超问："是谁先动的手？"

参与围殴的新兵里有个人指着那光膀子新兵，说："刚才那厮在练拳，我们只是吹了个口哨，他便说要以一敌五。"

光膀子新兵并没有反驳，耸了耸肩，轻蔑地看了他们一眼。

李超厉声呵斥："你们来的第一天便背诵了军中训诫，不许奸淫赌博，不许滋事斗殴，都当耳边风了？通通给我关禁闭，罚一天不得吃饭。"

几个人垂头丧气往回走，光膀子新兵经过李超身边的时候停顿了一下，斜眼瞧了瞧李超，鼻子里还不服气地哼了一下。

李超顿时心头火起，抬腿就往那新兵身上踹去。

新兵受此一踹就地打了个滚，迅速跳将起来一副还手的架势。李超眼睛里喷火："怎么的，还想打我？"

不想光膀子新兵不亢不卑来了一句："打你不敢，想跟长官讨教几招倒是真的。"

李超本欲冲过去教训他一番，但突然想起谭大人在，不好造次，紧握双拳看着谭纶。

谭纶气定神闲，不置可否，李超仿佛得到他的默许，不再犹豫冲过去就跟那光膀子新兵打了起来。

李超出身军人世家，自幼习骑射，娴韬略，原本以为只需三两下便能将他放倒，不料大战数十回合，居然不分高下。

李超脸上有点挂不住了，新任的顶头上司谭大人在旁边看着，这个面子哪丢得起，禁不住急躁了起来。

一个没注意，李超被光膀子新兵一个过肩摔，重重地摔在了地上。李超又羞又恼，正欲站起来跟他再打。

光膀子新兵冷冷地看了他一眼，说："长官，你输了！"

李超怒吼了一声："你混蛋！"抓起马鞭就要打过去。

光膀子新兵伸手示意让他罢手："要打就换个人来打吧，我倒想看看长官们有多少斤两。"

林大鹏、谭绲闻言忍不住了，怒目圆瞪就要上前。

谭纶伸手止住了他们，径直上前："后生可畏，哪里人？"

光膀子新兵看谭纶那架势，官位估计要比李超大了不少，双手抱拳："小的杨文，临海杜桥人氏。"

谭纶呵呵一笑："杨家将的后代，果然是初生牛犊不怕虎。"接着又问，"为何投军呀？"

杨文说："村子里几次被倭寇祸害，家里房子都烧光了，活不下去，只好投军来了。"

谭纶问："会杨家枪法吗？"

杨文说："打小练习，略知一二。"

谭纶笑着说："我来跟你切磋切磋如何？"

李超闻言大惊，连忙过来阻止，呵斥杨文："还不快退下，不知天高地厚，这是新来的知府谭大人。"

谭纶摆一摆手，道："军人触犯军纪，自当依律处罚。这杨文已经错了，不妨让他再错一次。输了，加倍处罚；要是赢了，免关禁闭。"

杨文眼睛一亮："大人说话算话？"

谭纶："君子一言，驷马难追！"

杨文摩拳擦掌，跃跃欲试。

谭纶说："上阵杀敌不仅仅靠拳脚，还要靠兵器制胜。咱们不妨比比兵器如何？"

杨文："比兵器大人可要吃亏哦！"

谭纶："比试完了方可定论。"

说罢令人取来一支训练用的秃头长枪和一把木剑，将长枪抛给杨文，自己只取木剑。

杨文有点不敢相信，说了一声："大人你先来。"

只见谭纶也不说话，气沉丹田，一招仙人指路就跟杨文战在了一起。杨文枪法果然了得，腾挪闪躲，刺劈绞拦，十分犀利。

这边谭纶舞动荆楚剑法，一点也不落下风。一两百回合不分胜负，众人皆看呆了。

又过了一炷香的工夫，但听见谭纶大喝一声："着！"

杨文一枪抢空，剑头直直捅在了他的心窝上，这要是真剑，他的小命可就玩完。

"好！"众人喝彩声掌声如雷。

杨文把枪一扔，单膝跪地抱拳："大人武艺高超，小的认输，甘愿受大人处罚！"

谭纶哈哈大笑："久未动筋骨，痛快！"

他把手中长剑一扔："愿赌服输，是条汉子，老老实实接受军纪处罚。从今往后，切不可争强斗狠，须知一山还有一山高。一身的好武艺须用在杀敌上，恃强凌弱可不是大丈夫所为。"

杨文双腿跪下，恭恭敬敬地对谭纶磕头请罪："谨听大人教诲。"

谭纶回头又对李超说："练兵者，首先练将。所谓兵熊熊一个，将熊熊一窝。没有过人的胆识、出众的武艺，何以领兵打仗？何以降服这些烈马？"

李超惭愧地低下了头："大人教训得是，下官一定带头勤学苦练，竭力做好士兵示范表率。"

谭纶点点头，冲大家说了一句："大家都做好准备，严加训练。"

众人大声答道："是！"

夜已深，台州府衙。

内书房里，谭纶和戚继光还在秉烛夜谈。

戚继光："大人一个读书人，剑法怎么如此了得？"

谭纶笑道："此乃荆楚剑法，相传为一代'剑神'李良钦所创。虽名为剑，但实际上是棍、大刀及长枪结合的武技，后又融合荆楚长剑、杨家枪的优点，出神入化，实战性很强。"

戚继光："怪不得杨文都不是对手，大人有空教习下官，也好增进技艺。"

谭纶："苦练杀敌本领是好事，不光是你要练习，我已交代李超，新兵中每人都必须学会荆楚剑法。"

戚继光连连点头，见谭纶桌上放着一本《孙子兵法》，饶有兴趣："大人也喜读兵法？"

谭纶："带兵打仗，岂有不读兵书之理？"

戚继光："怪不得人都说谭大人用兵如神，八月进犯南京的倭寇被谭大人追击千里最后全歼，下官着实钦佩不已。"

谭论神情黯然："那是大明的耻辱，数十倭寇纵横三省数千里，杀我官兵四五千，几路人马历时八十天方才剿灭。"

戚继光："我朝兵制有大问题，已到了非改不可的地步了。"

谭纶："这就是我今天想跟你探讨的话题。"

他从桌上拿出一沓厚厚的书信，举在手里扬了扬，问戚继光："这些书信都是你写的？"

戚继光："是。下官自调任浙江都司佥事以来，由于屯田公务所需，经常要下到各县走访，调查民情并视察军情兵备，然而所到之处无不触目惊心，民间疾苦、军心涣散，凡此种种，心里焦急，故而斗胆上书给巡抚大人。"

谭纶："胡大人将这些书信全部转到我这里来了，让我结合台州的实际情况酌情处理。"

戚继光："以目前形势和兵备，下官认为，抗倭任重道远。"

谭纶："倭患不除，兵制必改。"

戚继光侃侃而谈："强军需要具备四个条件。首先是兵源，少量倭寇即可击溃大批的官兵，这就是兵源上出了问题。行军打仗，市井混混不可用，年纪过四十不可用，胆小之人不可用，细皮嫩肉不可用。一句话，只有四肢强健、遵规守纪、敢打硬仗、不畏生死的硬汉才打得了胜仗。"

谭纶很认真地听着，表示赞同："大明虽号称有二百八十余万官兵，但军民混用久矣，世兵早已成为事农的农夫。"

戚继光："再说军纪。光有悍不畏死的精神，还不足以锤炼出一支强大的军队。赏罚分明，军纪严明，这才是强军的灵魂。"

谭纶："昔日瓦氏狼兵队长若战死，而手下士兵没有斩获，其手下士兵皆斩首。不斩敌必斩己，这一点值得借鉴。"

戚继光："强军的第三个条件，就是兵器。倭寇刀法娴熟，大明刀枪难以匹敌，必要改良兵器，广推火器，这样才有胜算。"

窗棂外，一轮明月高高挂在天上，谭纶没有插话，静静听着戚继光的强兵理念。

戚继光："有了强健兵员、严明军纪、合理战术这还不够，最后还要落实到练兵上，否则一切都是纸上谈兵。只有严格训练，实战中方能不畏强敌，勇猛向前。"

戚继光最后朗声而言："我大明官兵若能以少胜多打败倭寇，就是沿海倭乱平息之时。"

谭纶哈哈大笑："听君一席话，胜读十年书。"

戚继光搓了搓手："下官也只是纸上谈兵而已，夸夸其谈，不妥之处还望大人海涵。"

谭纶起身，吟哦了一首诗："云护牙签满，星含宝剑横。封侯非我意，但愿海波平。"吟毕，问，"这是你写的？"

戚继光有点不好意思，回道："年少轻狂，胡言乱语。"

谭纶哈哈大笑："鸿鹄之志啊！胡大人让你屯田也未免太可惜了，我即刻向胡大人陈请，让你领兵打仗，把你的气魄与才学，用到抗倭的大事上来。"

戚继光精神大振，大声回道："保证不辜负大人厚望！"

在台州，戚继光的才学得到了谭纶的高度赏识，由于谭纶的鼎力推荐，戚继光于嘉靖三十五年（1556年）七月出任宁绍台参将，两人成为生死与共的亲密战友，结下了深厚友谊。在台州，谭纶完成了文官向军事家的过渡，而戚继光则开始了他一生辉煌的军事历程。

就在谭纶和戚继光准备在台州大干一场的时候，杭州城里赵文华正生着闷气。

八月份谭纶与曹邦辅合力围剿进犯南京的那股倭寇，赵文华日夜兼程欲抢功劳，行至杨家桥，寇已尽歼，捷报已上报给了朝廷。赵文华寸功未立，气得一个多月都闷闷不乐。

　　胡宗宪当然知道他的心思，每天美女美食玩着花样让其开心，一边寻找着机会，让赵文华捡个功勋。

　　清晨的第一缕阳光透过雕花窗棂上的窗纸，照进了这间雍容华贵的大房。赵文华躺在一张悬着锦缎帷帐的红木架子床上，枕着缎面的锦绣软枕，眯着眼睛看看窗外的天光，下了很大的决心，才从缎面锦被中钻出来，一双白嫩嫩的玉臂从被子下面伸了出来，嘟囔了一句："这么早……"

　　赵文华"嗯"了一声，开始穿衣起床。

　　听见响动，屋外的围屏后面走出来两个侍女，一个从衣架上取下缎面锦袍，轻轻披在他的身上，另一个从暖笼上提起铜水壶，往茶盅里倒一碗酽茶送到赵文华的手中，柔声说道："大人请漱口。"

　　待他漱口之后，另一个侍女上前，将他的衣襟衣领整理得一丝不乱，淡淡的少女芬芳，让他不禁有些心猿意马。

　　侍女帮他将衣衫整理好，又拿梳子将他头发细细地梳理了一遍，动作轻柔无比。做完这一切，侍女道："大人请到隔壁用膳。"

　　赵文华点点头，对于这种无微不至的贴身服务他很是受用。

　　膳厅里，胡宗宪已早早地在那等候，桌子上，摆满了参汤、燕窝以及粽子、酥饼之类的点心。

　　胡宗宪拱手请安："大人昨晚睡得可好？"

　　赵文华哈哈一笑："好！好着呢！"

　　胡宗宪压低声音："大人但凡有一点不满意，下官立马换人。"

　　赵文华瞥了他一眼："满意，挺满意，哈哈哈……"

　　二人边吃边聊，赵文华心情大好。

　　正吃着，一校尉急匆匆跑了进来，俯在胡宗宪的耳边轻声汇报些什么。

　　胡宗宪听完让他退下，对赵文华说道："大人，一股倭寇十余人窜犯松江，占据华亭陶宅镇；另有一股倭寇在海上遭台风损毁船只，被俞大猷追击，也在向陶宅方向靠拢……"

赵文华："哦？"

胡宗宪："两股倭寇合拢共有三百余人，曹邦辅率兵进剿，遇伏战败，死伤溃逃者一千多人。"

赵文华一听立即表态："带几千精锐过去，与曹邦辅合力进击。"

胡宗宪点头："明白！"

华亭陶家，松江府首富。

有人盛赞陶家："陶饶于资，北宅千灶，珠履三千，钟鸣会食，击鼓传更。"到嘉靖年间，陶宅也不再是陶氏一姓之宅地，许多松江富户名人都在此居住，陶宅镇因而兴盛，也因富裕让倭寇垂涎。

可当赵文华率兵来到陶宅附近的青村，映入眼帘的却是满目疮痍。两年前，海上巨寇林碧川、沈南山屯巢柘林，数次进犯距离陶宅不远的青村，居民奔窜，积骸成丘。

正唏嘘间，前方飞马前来："报！曹邦辅率部已将陶宅团团围住，镇里百姓被倭寇裹挟，曹邦辅不敢轻举妄动，已围镇多日。"

赵文华令："再探！"

"得令！"探马飞奔而去。

赵文华令胡宗宪："我军就此扎营，静观其变。"

他就想着一旦差不多了就前去收拾残局。胡宗宪点头会意。

双方僵持的第七天夜里，下起了雨，伸手不见五指。围镇守军东倒西歪地打着瞌睡。

下半夜，赵文华突然被一阵骚乱惊醒，侍卫进来："大人，子夜时分，倭寇突然发起夜袭，曹邦辅正与他们厮杀。"

赵文华大惊，这时胡宗宪也急匆匆赶了过来，两人走出营房，但见陶宅方向火光冲天。

胡宗宪请示赵文华："大人，我们要不要前去增援？"

赵文华白了他一眼："这黑灯瞎火的，泥泞路滑，官兵前去岂不是白白送死？"

胡宗宪没敢吭声，赵文华："天亮以后视情定夺，命令各营打起精神，以防倭寇偷袭！"

胡宗宪点头称是。

天明时分，围镇官兵四下溃散，倭寇如入无人之境，杀至天亮又退回陶宅，官军自相践踏而死者甚多，伤亡一千余人。

赵文华闻言大惊失色，速召胡宗宪前来商议。

胡宗宪："倭寇战力实在强悍，曹邦辅看来独力难支，我军当分兵二千前去增援，再调些兵马前来合围。"

赵文华点头："等曹邦辅的人马都拼光了，我们这边也不好交代。传令，浙江兵备副使刘焘即刻前来增援！"

又过了几日，刘焘率五千兵马日夜赶来。中军帐前，赵文华战前动员："三百倭寇盘踞陶宅一月有余，官兵死伤竟达二千人，实乃我大明之耻也。今日大军云集，剿寇在此一举。传令，曹邦辅为中路，刘焘侧翼包抄，胡宗宪负责外围堵截，各军齐心协力，务必把这股倭寇全歼于陶宅。"

众人接令："是！"

总攻开始，中军帐前灯火明亮。

"报！刘焘攻打陶宅失利，二十余骑被倭寇围困，幸援兵奋力相助，方得以脱身。"

赵文华如热锅上的蚂蚁，坐立不安。

又过几个时辰："报！曹邦辅已攻进街心，倭寇死伤二三十人。"

赵文华心里松了口气，辛苦了这么多天，终于有所斩获。

战斗持续到深夜，倭寇抵挡不住，撤离陶宅。

"报！曹邦辅已攻进盘踞据点，倭寇逃往周浦方向。"

赵文华和胡宗宪打开地图，胡宗宪指着地图说："周浦方向，参将俞大猷、游击将军曹克新正在附近。"

赵文华下令："速令俞大猷、曹克新围追堵截！"

"是！"

赵文华和胡宗宪率兵匆匆赶往周浦，路上探报不断。

"报！倭寇占据周浦永定寺，曹邦辅、刘焘所部全力攻打，倭寇不敌，正往川沙洼方向逃窜！"

过了一个时辰，又有飞马来报："报！倭寇遭到游击将军曹克新的拦截，斩首一百三十级，其余倭寇逃往川沙洼。"

此时的曹邦辅蓬头垢面，胡须发白，身上沾满了血迹。

正策马急驰，前方探子来报："报！川沙洼纠合倭船四十余艘，前来接应这股倭寇。"

曹邦辅大惊："金山卫俞大猷为何不去阻击？"

探子："俞大猷没有去川沙洼堵敌，钦差大人命他来周浦剿寇。"

曹邦辅愤怒地叫了一声："误大事了！"

天亮了，大明官兵各路兵马陆续来到川沙洼。

倭巢火光冲天，倭寇们自己烧毁营地，乘船扬长而去。

赵文华满脸沮丧，他没想到在他的亲自指挥下，几乎集中了所有可用的机动兵力，五路人马上万官兵以持续不断的人海战术持续攻击，最后还是让这股几百人的倭寇逃之夭夭。

这一仗，足以让他这个钦差大臣威望扫地，抗倭不知何时才是尽头。一种悲伤从他的心里莫名升起，他半晌没有说话。

胡宗宪、曹邦辅、俞大猷、刘焘、曹克新等人皆默然不语，火光映照在每个人的脸上，发出噼里啪啦的声响。

北风呼号，冬天要来了。

十月的北京城，落叶飘零，树干草枯，冷风带来阵阵寒意，还有肃杀。

阴暗潮湿的诏狱牢房里，杨继盛早已瘦得没了人形，头发蓬乱，胡子也长长地杂乱地垂着，眼窝深陷。

他的两腿早已被打断，瘀血使腿部肿粗，不能屈伸，毫无知觉。深夜里，杨继盛被腿上的剧痛疼醒了，他叫来一个看守狱卒为他掌灯。

杨继盛将手边的碗摔在地上，颤颤巍巍地捡起破碎的碗片，仔细地割着腿上的烂肉，他没有麻醉药，没有手术刀，只有那并不锋利的破碗片在腿上来回地磨切！

这种剧痛必定令人难以忍受，可是杨继盛没有发出丝毫的声音。剔除完烂肉后，他又开始用手撕断，这一幕，让狱卒看得魂飞魄散，双腿打战不听使唤。

就在这时候，又听到杨继盛的低沉声音："别动，我看不清！"

狱卒连忙定住了神，双手端稳了油灯。

又过了一炷香的工夫，只听到杨继盛低低地嘶吼了一声，昏死过去了。

黎明的阳光斜斜地照在杨继盛的身上，哐当一声狱卒推门进来，手上拿了一张纸和一支笔："杨继盛，今天是最后一天，还有什么遗言你尽管写下来，我保证送到你家人手上。"说完，将纸笔放在狱中的小方桌上，转身离去。

杨继盛的身体蠕动了一下，疼痛让他禁不住倒吸了一口冷气。歇了稍许，用两手支撑着身体，一寸一寸挪到了小方桌前。

他伸出颤颤巍巍的双手，将纸笔取下，努力地将纸铺在地下，脑海里想起三年前，他向嘉靖皇帝冒死弹劾严嵩的场景，当他奏道"圣上或问二王，令其面陈嵩恶；或询诸阁臣，谕以勿畏嵩威"，只见嘉靖皇帝突然当场震怒，不由分说喊廷前卫士："来人，将这奸佞诬蔑之徒拖出去，重责一百大板，打入天牢！"

他又想起，严嵩在他杖刑之后，指着他鼻子大骂："天下人都可以弹劾我，唯独你杨继盛不行！你杨继盛出身贫寒，在官场无依无靠，是我严嵩，提拔你这员外郎，你这个忘恩负义的东西，屁股没热就要掀翻主人的桌子。"

他还想起，好友王世贞前来探狱的时候，长吁短叹："洋洋洒洒六千字的《请诛贼臣疏》，差点就成功了，坏就坏在四个字上。"

杨继盛问："哪四个字？"

王世贞道："或问二王！"

见杨继盛不解，王世贞跟他说道："你傻呀，那裕王朱载垕、景王朱载圳这两个人必有一个是未来的天子，当今圣上修道多年，一向信奉'二龙不相见'，你这是犯了大忌呀。"

王世贞转身又说道："按照祖制，藩王不经皇帝特许是不得干政的，圣上对权力的敏感超乎常人，你杨继盛说这些事情'二王'都可以为你作证，这摆明了就是说弹劾严嵩的事早已和两个王爷通过气，这是圣上不能容忍的。多一个贪腐的严嵩他可以不管，但大臣和藩王走得太近，他决不会坐视不理。"

往事在杨继盛的脑海里一幕幕闪过，监狱过道里，传来了一阵嘈杂的脚步声。

杨继盛缓缓闭上眼睛，沉思片刻之后开始奋笔疾书："浩气还太虚，丹心照千古。生平未报国，留作忠魂补！"

写完最后一个字，他又昏死了过去。

十月的最后一天，金黄的树叶铺满了一地，空中飞舞的落叶像撒给亡者的纸钱，让人感觉异常苍凉。

北京西市，张经、李天宠、杨继盛被五花大绑，一字排开跪在地下。

今天是问斩的日子，三个人的衣衫都成了片片烂缕，血迹斑斑，头发和胡须混在了一起，看不到脸。

看热闹的人群里三层外三层包了个严严实实，没有人脸上带着喜悦，甚至有人趴在身边家人的怀里恸哭。

有不明就里的人问："这三个人都是什么人？"

有人答道："一个是抗倭有功反被冤杀的东南总督张经，一个是得罪严家的浙江巡抚李天宠，还有一个是弹劾严嵩的兵部武选司员外郎杨继盛。"

有人轻声而愤怒地说："这些都是忠臣哪，老天爷，你开开眼吧！"

人群中弥漫着不祥与悲伤。

午时三刻，只听得监斩官大喊一声："时辰已到，立即行刑。"

三名刽子手高高举起大砍刀，寒光闪过，血溅起一丈多高。

松江府，狼兵军营。

军士们三三两两地晒着太阳，瓦氏夫人的孙儿岑大寿、岑大禄正在玩捉迷藏。

东兰州岑褐脚步匆匆从外面走了进来，神情有着一丝紧张："大事不好了夫人！"

瓦氏夫人有点诧异地问道："什么事？"

岑褐说："张经大人被斩于北京西市！"

瓦氏夫人惊得差点下巴都掉到地上，问："消息准确？"

岑褐说："千真万确，文书下到了各地军营，说是要以儆效尤。"

　　瓦氏夫人跌坐在椅子上，愣了半天，沉痛地说了一句："张大人一心抗倭，舍生忘死，万万没想到会落到这个结果。"

　　岑褐问："我们现在何去何从？"

　　瓦氏夫人沉默半晌，毅然决然地说："回家！"

　　岑大寿、岑大禄闻言欢呼雀跃："喔，回家啰，回家啰！"

　　岑褐说："我们也该回家了，这几个月来我军没有抗倭战事，士兵们闲极无聊，整天偷鸡摸狗，酗酒赌博，搞得乌烟瘴气。"

　　瓦氏夫人说："士兵们思乡日久，与江南民风民俗不融，难免寻衅滋事，时间一长，更难管制。"

　　岑褐说："我们这边还算是管教严厉，杨宜从外面调来的那些客兵更是放肆，有劫掠百姓的，有奸淫妇女的，还有甚者直接加入倭寇下海为寇的。"

　　瓦氏夫人说："我听说杨宜把什么涿州铁棍手、保定弓箭手、辽东虎头枪手、河南毛葫芦兵、汉中矿徒兵都调来了，他们中有些人亦兵亦匪，私底下杀人越货，不出事才怪。"

　　岑褐说："已经出了不少事，前几天四川兵和山东兵打起来，差点把前线将领都杀了。"

　　瓦氏夫人若有所思："是到了该回去的时候，传令各营做好准备，三天以后启程回家。"

　　岑褐点点头："遵令！"

　　杭州府，雪花飘飘，西湖边上银装素裹，好似一幅绝妙精美的画卷。

　　浙江巡抚的府衙内，差役们忙忙碌碌地搬运着一个个沉重的箱子，车队一字排开，足有半里路长。

　　赵文华穿着一貂皮大衣从里面出来，手臂上还挽了一名年轻娇美的女子。

　　胡宗宪早早地站在车旁等候着。

　　赵文华抬眼望了望满天的飞雪，感叹了一句："来时才芳菲四月，春暖花开，一转眼就数九寒冬，雪花飞舞了。"

胡宗宪亦是感叹："是啊，真是日月如梭啊。"

赵文华："此番下江南，多亏有汝贞关心照应，不然这半年多的日子都不知道怎么熬哦！"他边说边拍了拍身边女子的手，三人哈哈大笑了起来。

胡宗宪："属下伺候大人，那是分内之事。只是没把抗倭大事处理好，下官实在惭愧。"

赵文华宽容地笑道："不妨事，军功对我而言仅是锦上添花而已，没有军功圣上一样恩宠。"

胡宗宪连连点头说："那是那是。"

赵文华不无得意地说："陶宅兵败，曹邦辅要负主要责任，我已经上书奏了他一本，将他下狱问罪。"

胡宗宪："我听说那曹邦辅把陶宅兵败之过又推给了俞大猷，说他未去川沙洼堵截倭寇，纵贼海上逃脱？"

赵文华说："确有此事，想那俞大猷也是听我调遣才到周浦剿倭的，这事我会为他从轻开脱。"

正在这时，一军官匆匆跑了过来："报二位大人，刚接到宁波府急报，定海、余姚的一百多客兵劫掠百姓，事发投奔倭寇去了。"

赵文华大吃一惊，恨恨地说了一句："杨宜这个笨蛋，真是成事不足败事有余！"

胡宗宪叹了口气："杨宜千里迢迢调来的援兵，现在都成了地方一害，百姓苦不堪言，皆言'宁遇倭贼，毋遇客兵；遇倭犹可避，遇兵不得生'。"

赵文华："那杨宜滚蛋是迟早的事情，回去我就找我义父，让你来当这个总督。"

胡宗宪赶紧深施一礼："多谢大人提携。"

赵文华："我回京之后，江南诸事，汝贞还须精心打理。"

胡宗宪赶紧表态："请大人放心，首辅之事、大人之事就是我胡宗宪的事，纵刀山火海也万死不辞！"

赵文华满意地点了点头。

风雪中，赵文华一行逶迤而行，堆满金银珠宝的车队跟在后面，仿佛凯旋。

北京严嵩府书房，火炉里通红透亮，巨大的灯烛高高悬挂，尽管外面风雪呼号，屋子里却温暖如春。

中堂下，巨大的官帽椅摆放中间，屋子里的人都在等待椅子的主人。

司礼监掌印太监黄锦、工部尚书严世蕃、锦衣卫都指挥使陆炳依次坐在椅子左侧，吏部尚书欧阳必进、工部左侍郎赵文华、刑部右侍郎鄢懋卿居右而坐。

大家都在听赵文华奉旨下江南的种种见闻与趣事，时而被逗得哄堂大笑。伴随着一阵轻咳的声音和隐隐约约的身影，管家前头躬身打着灯笼，引着严嵩来到了书房。

众人急忙站起，躬身给严嵩施礼。

严世蕃和赵文华一边一个搀着严嵩在中间椅子上坐下。

严嵩："你们也坐下吧。"

大家回到各自位置上坐了下来。

黄锦："阁老真是呕心沥血，这么晚还为国事操劳。"

严嵩叹了口气："唉……圣上要的青词还没着落，少不得又要搜肠刮肚一番。"

鄢懋卿谄媚道："阁老是大手笔，这写青词的事还真非您莫属。"

严嵩问黄锦："圣上那边一向可好？"

黄锦摇了摇头："不大好，近期几桩事让圣上烦心，时有动怒。"

众人皆不插话，静听黄锦道来："就说斋宫营建的事吧，眼见平地起高楼，诸事顺利，却有好事者嚼舌根，说什么倾尽国库，动至亿万，奢靡至极。"

严世蕃有点愤怒："圣上忧心天下，虔诚祈求神灵庇护苍生，斋宫乃圣上修仙练丹之所，嚼舌根的难道不怕上天报应？"

黄锦："还有问斩张经、李天宠、杨继盛三人，也闹得沸沸扬扬，皆说冤杀忠魂，流言蜚语让圣上甚是心烦。"

严嵩："他们经过三堂会审，证据确凿，死有应得，如何冤屈？"

黄锦："我也是这么宽慰圣上，可是架不住说闲话的人多，圣上也有点自责是否量刑过重了。"

陆炳说："流言蜚语的确可怕，我听说关中地震这事出来以后，就有人造谣说是圣上斩杀忠臣引来天怒人怨，真是人心叵测啊！"

欧阳必进："关中大地震死亡八十多万人口，祸延十省九十七个县，无数灾民流离失所，实属千百年未见之灾也。"

黄锦："圣上接到关中地震奏疏以来，寝食难安，日夜请神祈祷消灾，神形消瘦了不少。"

严嵩："圣上乃圣明君主，无时无刻不心系天下，怜悯苍生。我等做臣子的没能为圣上分忧解难，皆是失职啊。"

黄锦："阁老前日上疏圣上拨发地震灾银的事，圣上已经恩准，令户部拨银四万两，赈济陕西华县、山西平阳府。受灾较重的陕西、山西、甘肃等地减免税赋。"

严嵩叹了口气："也只能拿这么多了，朝廷一年税赋也就二百万两白银，这官员俸禄、兵备诸事支出耗费巨大，近年灾祸不断，国库是连年亏空啊。"

转头又吩咐严世蕃："这赈灾之事非同小可，切不可挪作他用，明日你亲自到户部过问一下，必须尽快悉数下拨！"

严世蕃回道："谨遵父亲吩咐。"

严嵩又问赵文华："元质奉旨督军，战事可还顺利？"

赵文华在椅子上坐直了身子，道："一切都好。接到圣谕即马不停蹄赶往东南，先是代圣上于东海松江祭祀海神，再到各地督军，五月王江泾一战取得大捷。后与浙江巡抚胡宗宪，在松江华亭重创倭寇，目前东南倭寇不敢来犯，战事基本平息。"

严嵩满意地点了点头："深受隆恩，就当实心用事。"

黄锦："那个南直隶闽浙总督杨宜，圣上似乎对他不大满意。"

赵文华："恕下官直言，杨宜打仗打不赢，带兵兵不行，能力实属平庸。"

严嵩："近期常有人上疏，说他在各地征调的十余客兵难以管束，以至于不少客兵劫掠祸害百姓，成了当地一害。"

赵文华："确有此事。"

严嵩："那杨宜果真如此不堪，明日我就向圣上请旨，罢了他的官职，换能者上。"

赵文华："如此甚好，浙江巡抚胡宗宪德才兼备，勇武有加，且对朝廷忠心耿耿，是个人才，恳请义父酌情重用！"

严嵩点头，若有所思："唔……"

赵文华赶紧深施一礼："感谢义父大人成全。有义父大人的提携，胡宗宪必感激涕零，誓死效忠圣上，效忠朝廷。"

他虽然没说要效忠严嵩，但谁都知道那层意思。严嵩那深不可测的眼睛里，露出了一丝笑意。

过了几天，司礼太监陈洪突然来到严嵩府上："圣上口谕，着严嵩立刻进宫觐见！"

嘉靖已经很久未上早朝，只有遇到重要事情才会诏见内阁大臣进宫议事。严嵩一时拿不准皇帝要跟他说什么，于是磕头谢恩完毕就问："陈公公，圣上这次宣微臣进宫，不知所为何事。"

陈洪："这军机大事，咱们做奴才的怎么知道？不过，我听说还宣徐阶、李本二位大人一同前往。"

"哦……谢公公提点！"严嵩猜测，可能是近期一些奏疏让圣上决断不下，要找他们几个商议。

严嵩不耽搁，立即简单盥洗一番，匆匆出门。

几乎是同一时刻，徐阶、李本也来到了万寿宫前。

黄锦在宫门口早已迎候多时。见三人近前，赶紧上前寒暄，领着大家就往里面走，严嵩、李本、徐阶也不敢说话，跟在后面轻足疾行。

大殿的正中是宽大的龙椅，龙椅后面摆着一尊偌大的三足加盖的铜香炉，炉盖上按八卦图像镂空，镂空处不断向外飘出淡淡的檀香。

中堂后面的墙上，高高悬挂着"上善若水"的金字牌匾，落款的底下是一大朱印，上镌"象一真人"四个篆字。一副对联挂在中堂两边："我来问道无余说，云在青天水在瓶。"中堂的下方是一长条案几，左右两边各置一尊二尺高的青花瓷葫芦瓶，中间是雕漆的七星方斗，方斗内盛满了蟠桃仙果。

中堂的两边各摆着几条紫檀木长案，右边两柱间也摆着一条紫檀木长案，案上都堆满了账册文书、八行空笺和笔砚。

黄锦引着三人来到龙椅前，三人面对空着的龙椅跪了下去，三拜之后到西边的长案后面坐定。

大家的目光望向了大厅东面的那道纱幔，目光虔诚而肃穆，没有人说话，殿内十分安静，只偶尔有鸟鸣和风的声音。

也不知道过了多久，一阵轻咳的声音从纱幔后面传了过来。仿佛是听到某种号令，三个人迅疾起身，来到纱幔前跪下。

"东南又在告急，这倭患难道真如疥癣一样，驱之不尽，死而复生？"嘉靖皇帝的声音不大，但却透露着无上的威严。

一时没有人敢接腔。

"赵文华不是说，王江泾大捷之后，倭寇基本上清剿完了，怎么又会告急呢？"

提到赵文华，严嵩赶紧回话："去年王江泾大捷，的确是重创了东南倭寇。然而倭寇贼心不死，东南巨匪汪直、徐海卷土重来。"

嘉靖皇帝有些不悦："那你们说，倭患何时能够平息？"

李本："圣上，这前线战事时而大捷时而告急，也不知道哪个可信，依臣之见，还是得派人代圣上督师为好。"

嘉靖："那以你们之见，派谁好？"

徐阶："剿倭乃兵事，还是由兵部派人为好。以臣所见，兵部侍郎沈良才忠诚机敏，督师较为合适。"

嘉靖没有吭声，他想听听有没有不同的声音。

严嵩："圣上，臣以为，督师乃代天子巡狩，除了忠诚机敏，还须老成持重，调度有方。"

嘉靖："那以你之见，何人合适？"

严嵩："臣以为，还是赵文华去更好。去年赵文华奉旨督师，在杭嘉湖一带取得赫赫战功，特别是王江泾一战，令倭寇闻风丧胆，数月不敢进犯我东南沿海。南直闽浙总督胡宗宪与他团结共事，通力协作相得益彰。如果让沈良才去，有三不如：第一，对江浙风物地理之了解不如赵文华；第二，对东南战事的把握和调度不如赵文华；第三，与东南总督的配合支持不如赵文华。"

见严嵩侃侃而谈，徐阶一时不知用什么话语来对应，正思虑间，却不想严嵩又抛出了一个重弹。

"赵文华走后，浙江百姓无不扼腕叹惜，日前就有一松江府生员徐藻，代表乡民特地来京，说是江浙百姓期盼朝廷再派赵文华这样的贤臣赴东南主持前线战事，尽快扫平东南倭患。"

嘉靖大为惊讶："有这等事？"

严嵩从怀里掏出一份请愿书交与黄锦，黄锦双手取过，弯腰轻脚送了进去。

徐阶比嘉靖更为震惊，这个徐藻是他松江老乡，他老家的人就这么盼着赵文华去东南？

半晌，嘉靖说话了，言辞中充满了赞许："这个赵文华，果然不负朕意。督师之事，就是他了！"

严嵩："臣以为，抗倭乃当前最大的事情，仅派赵文华去督师还是不够，赵文华再能干，手下将士不得力，还是徒劳，有两件事恳请圣上支持。"

嘉靖："阁老请讲！"

严嵩："第一件事，东南战场最有战斗力的田州狼兵、永顺土兵和保靖土兵均已回乡，杨宜征调的那些客兵已成了地方一害，宜尽早遣归，另派兵马。"

嘉靖："准奏！调兵之事，着赵文华全权处置，兵部配合。那狼兵、土兵在东南战场军功显赫，也应予以封赏。"

众人皆呼："吾皇圣明！"

严嵩："这第二件事，光有兵还不行，还得有忠勇善谋之人带领。杨宜总督军务一事无成，赵文华、胡宗宪取得的平倭成就付之东流，倭患死灰复燃，微臣考虑，是不是该换个人了？"

嘉靖："以杨宜当前的表现，的确过于平庸。以严阁老所见，可有合适人选？"

严嵩："以微臣看来，无论德才、谋略还是功绩，浙江巡抚胡宗宪都堪称东南抗倭中流砥柱，可胜任之。"

徐阶："这胡宗宪两年不到连升五级，只怕是不能服众！"

严嵩："徐阁老此言差矣，东南军务关乎我东南之稳定、朝廷之税赋，岂可论资排辈？臣以为，确属栋梁之材，就当不拘一格！"

嘉靖："严阁老言之有理。拟旨，敕谕太子太保工部尚书兼都察院右副都御使赵文华，提督东南军务，总领河南、山东、江西、福建、湖广、北直隶等兵，入东南平倭。所经过地方，三司、卫所悉听调遣，如有抗令，文官四品、武官参将以下，可即时拿问。此外，罢除杨宜南直隶闽浙总督之位，由胡宗宪代之。本敕尚未载明事宜，由赵文华视情随机处置。"

末了又嘱咐严嵩："告诉赵文华，上次受命督师，忠直不欺，成绩卓然。这次更要斗志昂扬，殚精竭虑，尽早剿平倭寇，不负朕的重托，不负百姓期盼。"

严嵩叩头："吾皇圣明，臣谨遵圣谕！"

嘉靖沉默半晌，没有说话，轻轻地敲打了一下手中的磬锤。

“当……”的一声，清脆的铜磬声从里面传出，余音绕梁，经久不散。

三个人都明白，圣上这是要让他们走了，于是赶紧磕头山呼：“吾皇万岁万岁万万岁！”

大明嘉靖三十五年（1556年），四月。

总督衙门的凤尾兰、茉莉花次第开放，发出淡淡的幽香。正厅里，前来议事的官员已齐聚一堂，中间黑色案几的上方，赫然悬挂着一块崭新的黑底金漆牌匾，“宣芬散馥”四个金字闪闪发光，这是首辅严嵩亲笔所书。

此刻端坐在大堂之上的，是刚刚走马上任南直隶闽浙总督的胡宗宪。官员在窃窃私语，胡宗宪百感交集。喜的是赵文华回京才三个月，新任总督的诏书就下来了；忧的是这个位置并不好坐，他的前几任不是砍头就是下狱，跟走马灯一样换了几茬。这不，新官上任的喜悦还没开始，胡宗宪就得到一个令人沮丧的消息，消停了好几个月的倭寇又卷土重来，兵分几路袭扰江浙沿海。

胡宗宪面色凝重，轻咳两声，严肃地说了一句：“议事吧！”

众人立刻停止了交头接耳，目光齐刷刷地投向了胡宗宪。“近期倭寇疯狂袭扰，大有愈演愈烈之势，江浙沿海，已是流寇遍地，烽烟四起。”胡宗宪扫视众人，声音低沉，“诸位都说说，各地的倭乱局势和应对的措施。”

俞大猷率先发言：“四月初，倭首陈东率一万余人攻打慈溪，慈溪失守，指挥副使王镕、知府钱焕战死；四月十三日，三千倭寇劫掠瓜洲、仪真、芜湖，无为州同知齐恩率兵拒敌，死战殉职。”

参将卢镗：“十五日，二千余倭寇进攻金山卫，千户沈宗玉、王世臣，百户戚继爵先后战死，官兵困守金山卫不敢出兵拒敌。”

浙江海道副使曹金：“十八日，倭寇攻陷定海、余姚，官兵伤亡惨重。倭寇随后进攻海宁、松门、温州等地，海宁卫指挥使徐行健、松门卫指挥使程禄、温州同知黄钏先后战死。”

台州知府谭纶：“去年底，倭寇频繁袭扰台州各县，黄岩、仙居一带警讯连连。"

嘉兴知府宋治："有动向表明，几股倭寇正有形成合流之势，直逼嘉兴、桐乡，兵锋直指杭州。"

杭州知府孙孟："桐乡、嘉兴若有闪失，则大门洞开省府危矣！"

胡宗宪："倭寇疯狂反扑，人数之多，攻城之猖獗，实属罕见。各州府要全力阻击各路来犯之敌，做到守土尽责，共卫省府安全！"

众人回道："谨遵制台令谕！"

督府衙门外，一支马队嗒嗒地从远处驰来，领头的是一名身着札甲器宇轩昂的青年将军。

辕门外，青年将军用力勒住缰绳，胯下的高头大马就地打了两个转，马嘶长鸣。

"什么人？"守在辕门外的军官拦在马前喝问。

青年将军从怀里掏出一纸公文，抱拳施礼，朗声答道："河北燕中参将宗礼参见总督胡大人！"

军官伸手接过，匆匆往里报信。

不一会儿，军官出来，道："胡大人正在堂前议事，请将军即刻过去。"说完，领着宗礼往里走。

二堂正厅，众人正为分兵的事争论着。

胡宗宪："杭、嘉、桐是倭寇进攻的重点，就请兵分三路，阮巡抚、孙知府镇守杭州，俞总兵协防桐乡，卢参将随我嘉兴迎敌。"

浙江巡抚阮鹗："大人，杭州乃前朝古都，江南重镇，杭州若有事，必举国震动。大战在即，制台切不可离开杭州。协防嘉兴，我阮鹗前往即可。"

胡宗宪："阮巡抚刚刚调任浙江，情况不熟，还是我去为好。"

俞大猷："二位大人都别争了，我一人去就够了。目前倭寇是桐乡官兵的数倍，且锐气正盛，万一制台或巡抚大人遭遇不测，谁来主持东南大局？"

阮鹗："大明朝历来天子守社稷，倭寇犯我浙江，我作为一省巡抚不去前方御敌，大明颜面何在？胡总督总理东南七省军务，当然不能冒险前往，还请胡制台三思！"

胡宗宪见阮鹗目光坚定，沉吟不语。

正这时，军官领着宗礼来到堂前。众人停下说话，齐刷刷地看着宗礼。

宗礼迈步上前，抱拳冲众人施礼，大声报告："河北燕中参将宗礼参见胡制台，参见各位大人！"

胡宗宪站起身来，众人跟着起身。

胡宗宪乐呵呵地抱拳还礼，问："宗将军此行入闽抗倭？"

宗礼："回制台大人，奉兵部调令，我部从河北燕中出发赴闽抗倭，今路过杭州，特来总督衙门报告！"

胡宗宪示意他坐到一空缺的位置上去，众人重又落座。

胡宗宪："宗将军是南宋名臣宗泽的后裔，科举武试第一名，熟读兵法，善骑射，号称'猿臂王'。兵部令你南下抗倭，也是拔犀擢象了。"

宗礼谦逊地答道："制台大人过奖了，末将这些虚名，与在座诸公相比实在不足挂齿。今南倭北虏，兵火燹灾，作为一名军人，百战沙场，马革裹尸才是应有之责。"

胡宗宪呵呵一笑："不愧是名门之后。如今江浙已是倭寇遍地，宗将军可愿意留下来，打完这阵倭寇再走？"

宗礼毫不犹豫地回答："当然！末将手下十八裨将、九百兵士，悉数听从制台调遣！"

胡宗宪："好！众人听令！"

堂下齐呼："在！"

胡宗宪："各地知府即刻回去，阻敌于各自防区，不得有误！"

谭纶、宋治等人应声答道："是！"

胡宗宪："再令，阮鹗、宗礼协防嘉兴，俞大猷援兵桐乡，卢镗进驻塘栖，三处互为掎角。"

众人接令，分头行动。

四月二十日，崇德县北三里桥。

阮鹗命宗礼为前锋，率兵沿大运河北上东进。刚要过桥，一名军士大叫："快看！"

但见嘉兴方向，尘烟滚滚，一股倭寇突然出现在了眼前。

宗礼沉声喝道："准备战斗！"

面对强敌，青年将军目光坚定，充满了斗志。将士们迅速跑动了起来。

宗礼大喊："火铳手准备！"数十火铳手排成了一排排的横队，前排单膝跪地，后排持铳瞄准。

倭寇愣住了，但只是片刻之后，螺号吹得呜呜作响，数十名倭寇手执藤牌开始冲锋。

等进入了射程，宗礼下令："放！"

一排排火铳响起，弹丸带着火光无情地扫向蜂拥上前的敌寇。

前排火铳手射击完毕迅速后退，后排的火铳手迅速上前补位。

首轮进攻，倭寇丢下数十具尸首败退下去。没过多久，螺号再度呜呜响起，数百名倭寇发起了第二波攻势。

宗礼见状摆开阵形，令人守住桥头，自己亲率数百精兵奋力冲杀。青年将军表现神勇，左冲右突如入无人之境，士兵们精神振作，攻桥的倭寇大乱，又被斩首一百余级。

三里桥上，宗礼一连打退了倭寇的数次进攻。

激战一日一夜，倭寇丢盔卸甲，往皂林方向逃窜。

宗礼岂肯放过，大喝一声："追！"

桐乡县，城头上的旗帜迎风飘扬，城楼上下，守兵们正紧张地忙着准备石块木料。一队兵丁靠在墙边歇息，显得十分疲惫。

烟尘滚滚中，一支军队出现在桐乡县城门外。

俞大猷勒住缰绳，全军在城门口停住了，桐乡知县率众急急迎了上来，拱手施礼："桐乡知县金燕拜见总兵大人。"

俞大猷从马上纵身跃下，问："守城防卫如何？"

金燕："接到警讯，全县的兵民都动员了起来，各户的青壮男丁，轮流上城守卫。"

俞大猷："倭寇已从金山登陆，过平湖、攻海盐、掠嘉兴，沿运河而下，来势汹汹，大家都要做好死战的准备。"

金燕："明白。下官已将方圆数十里的百姓疏散一空，粮食、牲畜、石块、木料、铁器悉数运至城里，可满足半年之需。"

俞大猷点头，大踏步地往里走，全军鱼贯入城。

大运河边，一匹快马匆匆来到阮鹗的面前："报！宗将军在三里桥堵截来犯之敌，激战一天一夜，三战三捷。"

阮鹗面露惊喜："我军伤亡如何？宗将军可无恙？"

快马回道："我军伤亡五六十人，宗将军勇冠三军，无人可挡。"

"好！"阮鹗下令，"迅速向宗将军靠拢！"

"不行啊大人！"快马有点着急。

阮鹗："什么？"

快马："三里桥只是倭寇前锋，徐海亲率主力部队一万余人正从嘉兴方向赶来。"

阮鹗勒住战马："宗礼再是神勇，也难阻挡徐海的主力部队。命令宗礼迅速回防，进驻桐乡城。"

快马应了一声，策马远去。

阮鹗掉转马头，率部往桐乡方向急行。

宗礼穷追不舍，却在皂林一带与徐海主力部队遭遇，残敌得了救兵，反身再度与明军对峙。

快马飞奔来到了宗礼的面前，气喘吁吁："将军，巡抚大人有令，命你部急速回撤，进驻桐乡！"

宗礼眼睛里布满了血丝，身子未动。快马催促："将军……"

宗礼猛地抬起右手，示意他不要说话。

与此同时，呜呜的螺号声响起，倭寇从四面八方涌了过来。宗礼大喝一声："结阵，准备迎敌！"

倭寇越来越近，一个个露出狰狞的面孔。

"杀！"宗礼一声暴喝，一抖手中长枪，跨下战马如闪电一般直奔倭寇而去，以强大的力道瞬间将两个倭寇刺翻。

一名倭寇策马向宗礼冲过来，寒光一闪，宗礼身子后仰，弯腰躲过一击。两马相交的电光石火间，宗礼腾出一只手来，屈指成爪，如一只雄鹰扑向猎物一般，一把抓住那名倭寇的脖子，一用力，扑通一声，倭寇被拽到了马下。后面的明军手起刀落后，倭寇血溅当场登时丧命。

宗礼一上来就干净利落地解决了三人，明军士气大涨，开始扑向了倭寇，双方血战在了一起。

阮鹗刚刚进入桐乡城，城外黄尘漫天，螺号大作。徐海手下的一号头目陈东率五千人马杀到了城下。

"倭寇攻城了！"

城墙上值守的青壮百姓大喊了起来，当当当当的锣声响起，将士们迅速拿起武器，进入防守位置。

一架架云梯靠近了城墙，倭寇们沿着云梯迅速攀爬。

城上弓箭和火铳全开，石块滚木兜头砸下，攀爬攻城梯的倭寇被砸得纷纷跌落城下，地上早已血糊糊一片。

"冲上去，不要停！"陈东挥着倭刀大叫，亲率督战队驱赶倭寇攻城。

城楼下，堆满了倭寇的尸体。

皂林战场，徐洪兴冲冲地来到了徐海的马前："哥，抓到了几名俘虏。"

徐海："哦？"

徐洪："经审讯，这支官兵只带了一天的粮草，而他们打了三天都不肯走，桐乡城现在已被陈东团团包围，这支官军正处于内无粮草外无援兵的状态。"

徐海大喜，命令："掐断所有退路，把他们牢牢困在中间，轮番攻击！"

徐洪身子一挺："是！"

见已没有了退路，宗礼只得拼死血战，然而官兵再神勇，也架不住人多势众的车轮大战。

终于，宗礼浑身是血，精疲力竭，倒在了血泊之中。数十支长矛插在胸口，宗礼怒目圆睁，长枪始终牢牢地攥在手心。

是役，宗礼和他的十八名裨将、九百名兵士，无一人后退，全部战死，世人称为"抗倭血战第一功"。

桐乡攻防战，打得十分惨烈。

徐海与陈东兵合一处，气焰嚣张。

为攻破水门，徐海让人把一艘艘小船翻过来扣在水面上，倭寇们藏身于小船底下躲避石块箭矢的攻击。俞大猷命人搬来大石一通猛砸，小船经受不住纷纷破碎，水下倭寇死的死，伤的伤。

徐海一计不成又生一计，在大船上用木头架起比城墙高的小楼，逼近城墙，准备从楼上攻城。

俞大猷命人将桐乡城内的炼铁炉抬上城来，等大船逼近时，把烧红的铁水泼到船上，船和楼台登时大火熊熊，烧死烫死倭寇无数。

徐海命人砍来巨大的圆木，数十人抬着巨木喊着口号撞击城门，守军制作绞索，悬在巨木撞来之处，把木头套住拉上城来。一排排的火铳手轮番向下猛轰，城墙上滚木檑石俱下，打退了倭寇的又一次进攻。

倭寇抬来一座铜炮，守军望见，先架起佛郎机火炮，抢在倭寇之前开炮，打得倭寇狼狈逃跑。

守军将几十担瓦砾抬到被撞过的城上，等天黑后倒入城下，倭寇听到声音，以为城墙塌了，一窝蜂冲到城下，城上军民把早已准备好的大石块扔下去，又砸死许多倭寇……

双方你来我往打了几天几夜，虽然徐海攻势猛烈，但官兵倚仗城墙优势拼死坚守，徐海一时也无计可施。

西风猎猎，残阳如血。桐乡城内城外，到处是残垣、烽火，尸横遍地。

桐乡解围

杭州总督衙门，胡宗宪悬着的心一刻也没放下来。

参将宗礼九百余人阵前战死，浙江巡抚阮鹗、总兵俞大猷被困桐乡城十余天，每天传来的战报，都让胡宗宪坐卧不安。

签押房，胡宗宪吩咐管家胡忠："去，把茅坤他们几个叫过来！"

胡宗宪非常爱才，任浙江巡抚期间，他就注重网罗天下才子俊杰，其幕府人才济济，声名颇盛。麾下不但有名闻天下的大才子徐渭徐文长、布衣诗人沈明臣、文武全才茅坤、武举人出身的朱先，还有罗龙文、蒋洲、陈可愿等一批能纵横捭阖的辩才谋士。

不一会儿，他的幕僚接二连三地进来，胡宗宪长叹一声："倭寇围困桐乡多日，军民损失惨重，请诸位来商议，如何破之。"

沈明臣："倭寇兵锋正盛，宜避开其锋芒，让桐乡坚守一段时间，待敌疲惫，再引兵合围。"

茅坤："不可。前方战事瞬息万变，浙江巡抚、总兵皆在桐乡城内，一旦有失，那就是震惊朝野的大事。制台身为东南军备最高指挥，坐失剿敌之战机，恐难承受后果之重。"

沈明臣："你的意思是？"

茅坤："可调集州府兵力，对乍浦、柘林等处倭巢发起攻击，巢穴被围，徐海必分兵回援，我们再围点打援，以解桐乡之围。"

朱先说话了："围点打援好是好，只是各州府随时都要防范来犯之敌，兵力不充裕，难以在短时间内迅速集结。"

大家各抒己见，见仁见智，胡宗宪一时难以决断。

徐渭看了大家一眼，冷冷地冒出了一句："各位干吗非要在'打'字上面纠结？"

出其不意，这是他一贯的口气。大家一愣，瞬间安静了下来。

见徐渭开了口，胡宗宪突然踏实了许多，问："文长有何高见？"

徐渭兀自专注地用左手指甲抠右手指甲里的污垢，头也没抬，回了八个字："剿抚并用，借刀杀人！"

众人一头雾水，不知道这借刀杀人怎么个借法。

胡宗宪感觉这事有了点眉目，急切地催促："具体说来！"

徐渭还是那德行，眼皮都没动一下："让罗龙文出马就好了。"

大家齐刷刷地看着罗龙文。罗龙文被大家看得有点不好意思，手指着徐渭："好你个徐文长，你这是要把我往火坑里推呀。"

胡宗宪呵呵一笑："你就别卖关子了，赶紧说。"

罗龙文与徐海、汪直都是安徽歙县人，此人有一手绝活，善用桐油烟制造上品墨，年纪轻轻就成为制墨行业的佼佼者，攒下了万贯家财。徐海的叔叔徐惟学就是罗龙文墨业的贩卖商，长期与罗龙文有着商业往来，小时候徐海经常跟着叔父做生意，自然也跟罗龙文十分熟络。

罗龙文说："刚才徐文长的意思是，让我以同乡情谊进行招安。"

茅坤："你跟倭寇首领们很熟，这我们都知道，那借刀杀人又是怎么个借法？"

罗龙文白了他一眼："徐文长这厮坏得很，他让我去挑拨离间，引起内讧，相互残杀。这事哪么容易做成？稍不留神就掉了脑袋。即便做成了，我的那些歙县同乡还不吃了我，今后回去还怎么见江东父老？"

徐渭还是冷冷地回了一句："你跟王翠翘的风流韵事怎不给大伙说说！"

罗龙文脸上红一阵白一阵，又羞又气，指着徐渭捶胸顿足："徐文长啊徐文长，枉我罗龙文待你如手足，你是硬要在我胸口上捅一刀，不白刀子进红刀子出你是誓不罢休啊！"

众人看他那恼羞成怒的样子，哄堂大笑了起来，越发迫切地想知道罗龙文的风流韵事。

胡宗宪见罗龙文尴尬，便出来打圆场："古语有云：人不风流枉少年。何况罗龙文风流倜傥，腰缠万贯，有个三妻四妾不是很正常？说说，那王翠翘是怎么回事？"

见总督大人发话了，罗龙文有点腼腆地说了起来："王翠翘原是官家子弟，年幼时父亲犯事被抄家问斩，家道从此中落。她先是在苏州的一个戏班子里唱昆曲，后由于得罪了倭寇头子汪激，四处逃难，被人拐卖到杭州青楼。因才貌双绝，一时名满江南。"

胡宗宪一听也来了兴致，忍不住插了一嘴："这么个绝世尤物，你罗龙文是怎么弄到手的？"

罗龙文讪讪答道："老鸨经常对她斥责殴打，王翠翘不堪忍受，迫切想要从良。"

沈明臣恍然大悟，打趣道："于是罗老爷便一掷千金，帮绝世美人从了良？"

徐渭这时抬起了头，眯着个小眼睛，冲罗龙文皮笑肉不笑："还有更稀奇的事情在后头呢！"

众人一时兴起，纷纷起哄："你跟那王翠翘后来怎么了？"

罗龙文犹豫半晌没有作声。

徐渭悠悠地说了一句："那围攻桐乡的倭寇首领徐海，他的压寨夫人就叫王翠翘。"

众人一个个惊掉了下巴。

罗龙文无奈，道："帮王翠翘赎身后，我要去北京做生意，就把她安置在嘉兴的一座深宅大院里。没承想倭首麻叶偷袭嘉兴得手，在城里大肆抢劫，把王翠翘也给掳走了。徐海与王翠翘在倭寇大营里重逢，把她带走做了压寨夫人。"

胡宗宪："那么说来，你跟徐海还有夺妻之恨了？"

罗龙文倒是坦然地笑了笑："女人如衣服，天下好女人多的是，也不差她这一个。"

徐渭："好像还不止一个吧！"

罗龙文有些尴尬："其实我与那徐海也是老相识。当年徐海走投无路在杭州虎跑寺出家，时常来我墨铺走动，偶尔也一起喝酒嫖妓。我见他根本不是真心出家，就给了他一笔银子让他做点小生意，还把一丫鬟绿珠送给他做老婆。"

众人又是一阵哄笑："果然是好事成双啊。"

桐乡城外，死一般地寂静。

守城的官兵和攻城的倭寇又战了一天，双方精疲力竭，早早入睡歇息，只有值哨的队伍还在认真地来回巡逻。

夜已深，徐海还在帐中自斟自饮。围攻桐乡已半月有余，仍没有丝毫的进展，心里自是十分烦闷。

正这时，一个亲兵匆匆跑了进来："报告大首领，外面有一个人带了十余车粮草，说是要跟您做笔交易。"

徐海心情烦闷，脱口说了一句："把东西留下，把人砍掉不就完事，这事还来问我？"

"这人一口的家乡话，说跟我们一样都是歙县人，还说跟您是旧交故识，特意过来看望您的。"

"哦？"徐海倒是感到有点意外，"把他带进来！"

不一会儿，人未进门声音先进来了："徐大首领好快活呀！"

徐海抬头，一眼就认出了罗龙文。人家罗龙文当年可待他不薄，落难的时候送钱送人，自己却把人家的小妾掳走做压寨夫人，这可是很不地道的行径。

徐海的心里瞬时像打翻了五味瓶，这么多年来，他一向杀人不眨眼，心里从来没有"悔"与"怕"字，唯独一直感觉有愧于罗龙文。

他赶紧迎上前去，深施一礼："原来是罗大老爷驾到，徐海有失远迎，恕罪恕罪！"

罗龙文打了个哈哈："徐大首领数年未见，风采依旧，豪情不减当年哪！"

徐海不好意思地说道："哪里哪里，罗大老爷家财雄厚，手眼通天。徐某实属无奈，混不下去只好干这落草的营生。"

罗龙文摆一摆手："徐大首领此言差矣，这如今是乱世出英雄，落草为寇能混到你这般模样也算是凤毛麟角了。"

徐海赶紧让座，又令人上了副碗筷，两人斟酒边饮边聊。徐海问："听说你一直在京城，跟严嵩都搭上关系了？"

罗龙文："严嵩写得一手好青词，让我专门为他调了几年的墨。在京城待了几年，北方的生活很不习惯，转回到杭州来了。"

徐海感叹："还是罗大老爷有本事，正当生意做得风生水起，不像我，提着脑袋干刀尖上舔血的营生，吃了今日还不知能不能活到明日。"

罗龙文："徐大首领何故这般悲观？现如今那嘉靖皇帝都拿你没有办法，岂是想杀就能杀成的事情？"

徐海："罗大老爷深夜来访，不知有何贵干。"

罗龙文示意他屏退左右，从怀里掏出一封信来。

徐海接信拆开，突然惊叫了一声："是胡宗宪叫你来的？"

罗龙文："正是。"

徐海打量了罗龙文半天，忽然冷笑了一声："胡宗宪送钱送粮于我，他安的是什么心？"

罗龙文正色劝告："安的可是一片苦心。"

徐海："这些年，他胡宗宪杀了我手下那么多人，我徐海跟他誓不两立，什么心也甭想在这打主意。"

罗龙文："徐大首领你好糊涂，胡宗宪杀你手下是不假，但你不也杀了他的许多手下？古话说得好：'各谋其政，各为其主。'他胡宗宪拿一天的俸禄就要为朝廷做一天的事情，你们之间无冤无仇，哪来的什么誓不两立！"

徐海："纵然他胡宗宪巧舌如簧，我也不会上他的当。"

罗龙文也不搭话，径直给徐海倒了一杯酒，给自己也满上，两人一口喝干。"今天我不是给胡宗宪充当说客来的，我是以同乡加旧友的身份专程来看你的，帮胡宗宪传个话，那也只是顺水推舟的事情。"见罗龙文突然改口，气氛又缓和了起来。

徐海也跟罗龙文倒了杯酒，双手端杯，恭恭敬敬地向罗龙文敬了杯酒："罗大老爷义薄云天，徐海当初落难之际，罗大老爷没少帮我，徐海没齿难忘。这一杯，敬罗大老爷雪中送炭之恩！"

罗龙文拍了拍他的肩膀："都是自家兄弟，无须一口一个'罗大老爷'，叫我含章好了。"

徐海："那可不成，徐海再不懂事，也不敢直呼罗老爷的大名，那我叫你哥哥好了。"

罗龙文哈哈大笑："痛快！干了！"

又喝了一会，两人都有点酒酣耳热，罗龙文揶揄徐海："大兄弟，压寨夫人一向可好？"

徐海瞬间脸涨成猪肝色，只顾喝酒掩饰心中的尴尬。

也不待他答话，罗龙文自顾充当起娘家人来了："王翠翘可是仙女下凡，我罗龙文是无福消受，大兄弟可要好生呵护才是，不能让她受一点点委屈，不然我这个娘家人可要带她回去的哦！"

徐海讪讪一笑："我和王翠翘也是阴差阳错，那日手下人把她掳上山，她说好几年都没有你的消息，这兵荒马乱的，也只能随我相依为命了。"

罗龙文："她这是有福，如果不是遇上你徐海，落到你那帮喽啰手上，她的小命早玩完了。"

这话倒是事实，如果不是遇上徐海，王翠翘恐怕早不在人世。

徐海老老实实地说："这些年，我徐海杀人如麻，心早坚硬如铁，唯一对不起的是哥哥你，时常总觉亏欠和不安。"

罗龙文大气地说："女人如衣服，兄弟如手足。哥哥走南闯北，什么样的女子没见过？你和她过得快乐，我罗龙文真心祝福。"

徐海感动得什么话也说不出来，只是一个劲地敬酒。

罗龙文把话转回到了正题："刚才我说胡大人对你一片苦心，你还不知其意？"

徐海不解："哥哥请讲。"

罗龙文："那胡宗宪是我在严嵩府上认识的，严嵩什么人物，成天在皇帝面前说他的好话，你道这是为何？"

徐海久在江湖，对朝廷大事充满了好奇："为何？"

罗龙文："皆因那胡宗宪有三会：会做事、会做官、会做人。"

徐海："哦？"

罗龙文："首先会做事，他所任职的地方，无不井井有条，当年在山东益都当知县，离任时当地百姓哭着拦路不让他走。"

徐海："有这等事，那确属能才。"

罗龙文："再说会做官，这东南总督浙江巡抚走马灯一样换了一茬又一茬，你看人家胡宗宪，几年时间从七品升到了二品。你说，这满朝文武能有几人？"

徐海连连点头："那是那是。"

罗龙文："最关键的还要说这第三会，会做人。对朋友赤胆忠心，能为朋友两肋插刀。"

徐海一拍大腿："这不跟我徐海做匪一个道理吗？'义'字当头，为朋友两肋插刀。"

罗龙文："兄弟这话说到点子上了。胡大人爱惜人才，想交你这个朋友，你们两人要是在一起，那也算是英雄相惜。"

徐海："他胡宗宪是官，我是匪，如何能坐到一起？"

罗龙文神神秘秘说了句："简单，只需两个字。"

见徐海听得入神，罗龙文用眼睛看了一下周围，确认没人，轻轻地在徐海的耳边说了两个字："招安！"

徐海一脸震惊："我徐海杀了那么多人，朝廷能放过我？"

罗龙文："不仅是你徐海，人家汪直也担心，胡大人早就想到了这一层。把你们招安了之后，让朝廷许以功名，并划一块地方给你们自治。就算退一万步讲，哪天皇帝老儿翻脸，你们也可以继续下海为寇，有什么损失？"

徐海："没有那么简单吧，皇帝老儿能同意？"

罗龙文呵呵一笑："这你就不懂了。其一，年年闹倭患，东南沿海一半的税赋都收不上来；其二，朝廷为了平息倭患，调动大量兵马征剿，每年开销少说都在百万两以上，你说年年打下去，这得花多少银子？"

徐海调侃了一句："罗兄真是个生意人，朝廷的账都被你算得这么精！"

罗龙文："胡大人摸准了皇帝的心思，只要能平息东南倭患，嘉靖皇帝保准同意，给个功名划块地算什么？每年省下来的可是实打实的真金白银。"

徐海："我现在就已经很逍遥自在了，那皇帝老儿能拿我怎样？"

罗龙文："兄弟此言差矣。你说人活着到底为什么，为的不是个人的逍遥快活，为的是光宗耀祖，子嗣发达。你若当官，子孙世袭为官；你若做匪，子孙世代为匪。眼下一个天大的光耀门楣的机会就摆在眼前你不要，非要去当万世唾弃让子孙都抬不起头来的寇贼，你列祖列宗何安？你子子孙孙脸面何存？"

一席话说得徐海有点惭愧，这一点不是没想过，只是境遇所迫不敢想。

罗龙文："你刚才说朝廷拿你没办法，这说明你根本没看清楚时势。对朝廷来说，最大的担忧并不是东南倭患，而是北方的俺答。倭寇只是疥癣之痒，北虏才是心腹之患。大明的精锐部队都在北边，一旦你们坐大成势，真正威胁到大明江山，朝廷那数百万军队要剿灭你们还不是手到擒来。"

　　罗龙文一席话字字有理，徐海不得不同意。

　　见徐海低头不语，罗龙文心里有了几分把握，趁热打铁："兄弟可知被围困在桐乡城里的是什么人？"

　　"阮鹗和俞大猷啊，若不是因为他们，我也不用这么拼命攻城了！"徐海面露凶光，恨恨地说道。

　　罗龙文："兄弟你好糊涂。朝廷两个二品大员要是死在你手上，你将要闯多大的祸，举国震动不说，嘉靖皇帝恐怕在睡梦中都要想起你来，他要是痛下决心，哪怕是跑到天边都要把你灭掉，你这是何必呢？"

　　见徐海眼中的凶光稍敛，罗龙文又道："桐乡不过一座小城，破了它能得多少财物？这样损人不利己的买卖你亏大了！桐乡被围，朝廷已派钦差大臣赵文华征调十万兵马前来，各路大军一到，恐怕你连撤离的机会也没有了。"

　　徐海沉默许久，说："就算我徐海接受招安，那汪直远在日本，他能接受招安？"

　　罗龙文："你错了！汪直自小发奋读书，一直渴望功名，下海为寇也是无奈之举。实话跟你说了吧，胡大人早就派人赴日本国与汪直面晤，双方一拍即合，招安一事指日可待。"

　　徐海将信将疑，罗龙文说："如若不信，只需派人去汪直那边打听打听，看看有没有大明官员出使日本国就知道了。"

　　徐海手把酒杯，沉思良久，道："招安事关重大，我们必须合计合计。"

　　罗龙文："招安一事先不着急，你赶紧把围城的兵退了，后续再做商议。"

　　徐海不肯："就这么退兵了，我怎么跟陈东、麻叶他们交代？"

　　罗龙文："你是大首领，退不退兵还不是你说了算？"

　　徐海："我虽然是首领，但他们也有各自的势力，大家都是为财而聚在一起，若是闹了不和，随时都会散伙。退兵这事，容我想个适当的理由。"

　　罗龙文呵呵一笑："好吧。外面十车粮食下面藏了黄金一千两、绫罗绸缎数十箱，这是胡大人的见面礼。以后跟胡大人干，不须打家劫舍就有赏银，发财的机会有的是。"

两人哈哈大笑，杯中的酒一饮而尽。

五月二十日，桐乡城外果然偃旗息鼓。罗龙文兴冲冲地来见胡宗宪："大人，好消息！徐海他们退兵了。现徐海盘踞乍浦，陈东退守柘林，麻叶在川沙洼，三股倭寇互为犄角。"

胡宗宪大喜："即刻令阮巡抚、俞总兵回师杭州，可别再出什么岔子。"

罗龙文喜滋滋地去了。

三天后，被围困二十多天的阮鹗与俞大猷一起回到杭州。

胡宗宪拉住阮鹗的手道："这次倭寇进犯，全靠二位大人拼死一战，保住了桐乡，护卫了杭州！"

阮鹗面容憔悴，二十多天没睡上一个好觉："眼看桐乡就快守不住了，倭寇却突然退去，后来才知道，是胡制台用智计退了倭寇，这次桐乡能顺利解围，全是大人的功劳。"

胡宗宪呵呵大笑："好戏还在后头呢。"

嘉靖三十五年（1556年）七月，杭州总督衙门。赵文华与胡宗宪在书房里密谈，两人相见甚欢。

胡宗宪激动地说："钦差大人二度东南督师，还带来了十万虎狼之师，下官真是感激不尽！"

赵文华："这次督师可不比上次，圣上是要我们剿平倭患的，不建功立业，我赵文华回去都不好交差。"

胡宗宪："大人尽管放心，下官与倭寇缠斗多年，已有了一些心得，有圣上的支持、钦差大人的亲为，平倭指日可待。"

赵文华："汝贞都有什么打算？说来听听。"

胡宗宪："剿抚并用，借刀杀人。"

赵文华："具体何解？"

胡宗宪笑了笑，问："大人可知汪直、徐海是哪里人氏？"

赵文华："徽州歙县人啊，跟你是同乡。"

胡宗宪："大人说对了。汪直本名汪直，因入海为寇怕祸及家人，故而用其母姓化名汪直。沥港被破之后，汪直在日本收残部、造巨舰，成为海上最大的武装势力。"

赵文华："那徐海又是什么来头？"

胡宗宪："此人早年因躲债跑到杭州虎跑寺出家，人称'明山和尚'，因好青楼酒肉被逐出佛门，混迹市井旧习不改，专干鸡鸣狗盗、奸淫妇女之事，后被官府通缉，干脆入海为盗，投靠了汪直。此人心狠手辣，又颇有心计，拉拢了陈东与麻叶两股海寇入伙，成为仅次于汪直的第二大势力。"

赵文华："那你准备怎么个剿抚法？"

胡宗宪："徐海当年混迹青楼，与我的幕僚罗龙文相识并结为知己，此二人有着非同寻常的关系，这就是下官剿抚并用、借刀杀人的切入点，咱们要在倭寇内部做文章，让他们之间相互猜忌，进而内讧争斗，所谓'鹬蚌相争，渔翁得利'！"

赵文华抚掌大笑："那罗龙文我认识，以前在我义父手下办过差，精明机灵，胆大心黑，跟着你对付这帮倭寇，是块好料。"

胡宗宪："钦差大人为国事不辞劳苦长途跋涉，下官实在敬佩，专门为大人找了一个海盐戏班，那台柱子艳儿年方十八，色艺双绝，大人好生休养一段时间。"

赵文华听了，眼里放着兴奋的光。

柘林倭寇大营，灯火明亮。

灯光下，陈东与麻叶已喝得两眼迷离。

麻叶："兄弟，你说咱这是为啥呢？总尿不到一壶去，还不如散了伙，咱哥俩跟他分道扬镳，省得受这窝囊气。"

　　陈东："你以为我想啊，徽王撮合我们把我们绑在一起，说是要抱团取暖，人多力量大。"

　　麻叶："你说这合就合吧，他徐海什么事都不跟咱们商量，仗着人多势众，处处挤对我们。打头送死的活，让我们先上，轮到分东西了，他拿得最多。"

　　陈东："那没办法，谁让他是首领呢。"

　　麻叶："你说这钱财吧，倒也罢了，可那个王翠翘明明是我的人掳来的，被他硬生生地抢走了，这口气，实在是难以咽下！"

　　陈东："这天底下的美女多的是，哥哥喜欢明天我叫人弄几个过来就是。"

　　麻叶伸出手，头摇晃得像拨浪鼓："不行不行。那些女人哪比得上王翠翘一根脚指头，人长得跟天仙似的，琴棋书画样样精通，关键还知书达礼，温柔体贴……"

　　说着说着，麻叶的口水似乎就要流出来了，猛一仰头喝干了杯中的酒。

　　"你说徐海为何突然撤兵？"陈东给麻叶斟满了酒，忽然问。

　　麻叶："我也正纳闷呢，好不容易围了那么多天，眼看就要破城了，他徐海冷不丁地就退了兵，说是接到消息，赵文华带了十万官兵前来增援。"

　　陈东："这事没这么简单，据说那天有个陌生人带着十多车的粮草到了他的营帐，两人密谈到半夜，隔天便退兵了。"

　　麻叶瞪大了眼睛："有这事？"

　　陈东："千真万确，不知道那是什么人，他们都谈了些什么。"

　　麻叶："我突然想起一事，据传闻胡宗宪准备招安我们这些人，不知道是真是假。"

　　陈东点点头："我也得到这个消息。"

　　麻叶："那跟徐海密谈的那个人，会不会是胡宗宪派来的？"

　　陈东："很有这个可能，胡宗宪跟汪直、徐海都是徽州人，有同乡之谊。"

　　麻叶："那若果真如此，兄弟你怎么看？"

　　陈东："要是果真如此，你我就要大难临头了。"

麻叶："此话怎讲？"

陈东："我来问你，朝廷招安，你可愿意？"

麻叶："我手上沾满了这么多人的鲜血，朝廷能够放过我？"

陈东："即便朝廷放过你，别人又岂会放过你？这朝中江浙籍的高官那么多，被我们祸害的不在少数，现在我们是匪，他们奈何不了，一旦从良，要想捏死我们还不跟捏死一只蚂蚁一样？"

麻叶："那他徐海还不是一样！"

陈东："所以我说就要大难临头，他徐海要想从良，必须戴罪立功，将功补过，只有这条路才能让朝廷免他死罪。"

麻叶："提我们的人头将功补过？"

陈东："你说呢？徐海的毒辣和奸诈你又不是不知道，为了他的私欲，什么事干不出来？"

麻叶面露凶光："果真这样，我就先下手为强。"

陈东摆了摆手："这事不急，一切都没浮出水面，是真是假还不好说。我们须用心观察，小心提防才是。"

麻叶连连点头。

那边乍浦倭巢，徐海他们也没闲着。

徐海与弟弟徐洪、压寨夫人王翠翘商议招安的事。徐洪、王翠翘都赞成接受朝廷的招安。

徐洪："自从我们下海为寇之后，咱们徐家祖宗八代都被人唾骂，老家的亲人躲的躲藏的藏，每天都同过街老鼠一般，咱们把徐氏宗亲全连累了。"

王翠翘："这做匪是一时痛快，可咱们也得为孩子想一想，一人为匪，世代为匪。假若朝廷能够不计前嫌，说不定封赏一个世袭功名，咱们可就造福子孙了。"

徐海："咱们杀了那么多人，朝廷又岂肯轻易放过我们？"

　　王翠翘："这个就要做两手打算：第一，必须要有退路，即便朝廷翻脸，咱们也要有万全之策；第二，投诚之前，必须要有重大奇功进献，朝廷才有免罪赏功的理由。"

　　徐海："退路好办，那边都说了，可以跟田州、保靖的边民一样，划一块地给我们自治，保留一定的武装，一有风吹草动，我们就下海逃生。只是这立功之事比较难办，毕竟罪孽太深，一点点功劳掩盖不住滔天罪行。"

　　王翠翘："这就要看朝廷最迫切需要的是什么了。"

　　徐海："彻底平息东南倭患！"

　　王翠翘："说对了。目前整个东南沿海，势力最大的就是汪直和我们徐家。如果两家都投诚了，江浙倭乱基本上就平息了。"

　　徐海兄弟俩点头表示同意，但还是不知道怎么才能立功。

　　王翠翘："我们这一支若是投诚，陈东、麻叶不一定会同意，即便他们同意了，随时都有反悔的可能，他们生来即匪，不可能甘受朝廷的约束，将来他们犯了错，板子还是要打到我们头上。"

　　徐海："你的意思是，把他们……"做出一个砍头的动作。

　　王翠翘点点头，压低声音："这两人罪恶滔天，不杀不足以平民愤，不杀也必定会给我们带来无穷后患。为了表示将功赎罪的诚意，也为了解决日后的隐忧，我们必须要给朝廷一个大礼。"

　　徐海沉吟了半晌："这样做，会不会中了胡宗宪的离间计？"

　　王翠翘："即便是离间计那又如何？陈东和麻叶跟咱们一直面和心不和，翻脸是迟早的事情。"

　　徐洪："陈东仗着跟日本国的关系，总不把我们放眼里，要不是咱们人多心齐，早被他们弄死了。那麻叶上个月到咱们这来，当众就敢调戏嫂子。"

　　徐海心头怒火噌地冒了起来："你说啥？"

　　王翠翘脸色绯红："那麻叶就是个臭无赖，对我言语轻佻也不是一次两次了，总说我应该是属于他的，被你硬生生夺走了。"

"放他娘的狗屁！"徐海手掌往桌子上重重一拍，倏地站了起来，咬牙切齿，"他这是在找死！"

这一天黄昏，胡宗宪正同幕僚们在大堂议事，一名军官匆匆走了进来，在胡宗宪耳边悄声汇报，胡宗宪听完眼睛一亮，脸上抑制不住地喜悦，吩咐军官，赶紧把俞总兵请来。

不一会，俞大猷匆匆进来，只见胡宗宪在那兴奋地走来走去。

胡宗宪："据探子密报，麻叶明天晚上要乘船去海盐县私会绮园花旦蓝铃儿，身边只带几个随从。"

俞大猷："消息可靠？"

胡宗宪："千真万确，徐海那边传来的消息。"

俞大猷："那我这就去安排。"

胡宗宪："记着，半道上截击，务必要生擒，一个都不能放过。"

俞大猷点头："大人放心，一定把这事办得妥妥的。"

三天后消息传来，麻叶捉到了。

阴森森的重犯刑讯室，墙上点着两支巨大的火把，照亮了锁链、皮鞭等吓人的刑具。

麻叶身材魁梧，脚上戴着铁铐被五花大绑在柱子上，被打得遍体鳞伤，两眼露着凶光。

胡宗宪凝视麻叶，问："你就是麻叶？"

麻叶鼻子哼了一下，怒目圆睁："要杀要剐，悉听尊便，大爷要是叫个'不'字，枉在世上为人。"

胡宗宪并不生气，自个儿在椅子上坐了下来："麻叶船主果然是条好汉，这川沙洼待得好好的，怎么跑海盐去了？"

麻叶把头扭在一边，也不答话。

胡宗宪也不着急，呵呵一笑："常言说得好啊，英雄难过美人关。蓝铃儿天生的美人坯子，明眸皓齿，娇艳欲滴，哪个男人见了，怕是都要动心。"

麻叶蓦地睁开了眼睛："怎么，你们把她也抓来了？"

胡宗宪摇了摇头："抓她何用？人家一小妮子又没犯法。"

麻叶又闭上眼睛不作声。

胡宗宪："你这几年在她身上没少砸钱吧，上次在松江抢到了一对景泰蓝红珊瑚耳环，第二天就到了蓝铃儿的手上了。"

麻叶一愣，这胡宗宪怎么知道得这么清楚？那蓝铃儿都不知道耳环是松江抢来的："要杀便杀，这啰里啰唆的做什么！"

胡宗宪兀自说道："六月初三，你到柘林找徐海商量军务，顺便还把压寨夫人调戏了一把，你麻叶可真是色胆包天哪。"

麻叶眼睛瞪得跟铜铃一样，冲胡宗宪凶巴巴地叫道："你怎么知道？"

胡宗宪乐了："我不知道你能到我这来？"

麻叶瞬间明白了："徐海那狗贼要借刀杀人？"

胡宗宪没有直接回答："想死很容易，把你拖出去咔嚓一下就完事，你就不想想那娇滴滴的蓝铃儿还在闺房里等着你呀。"

麻叶："你想怎么样？"

胡宗宪："徐海想借刀杀你，你就不想借刀杀他？"

麻叶："那徐海狗贼是不是已经被你们招安了？"

胡宗宪嘿嘿一笑："徐海是朝廷的二号重犯，杀人无数，即便归顺了也是要砍头的。而你麻叶不同，你仅是从犯，要是把徐海的人头拿来，你可就立了大功，不但死罪可免，还重重有赏。"

麻叶喜出望外："你说的可都算话？"

胡宗宪："当然。"

麻叶："你把我放了，三日内保证提徐海的人头来见。"

胡宗宪大笑："麻叶，你当我是三岁小儿？有本事你让陈东去杀他，你走了我上哪找你去？"

麻叶一咬牙："好，我这就写信给陈东，不杀徐海狗贼，麻叶誓不为人！"

胡宗宪有点不相信："那陈东会听你的？"

麻叶："我和陈东是过命的交情，我给陈东写信，保证让他提徐海的人头来见！"

胡宗宪一拍大腿："好，陈东要是肯降朝廷，同样免除死罪，重重奖赏。来人，快快给叶壮士松绑！"

钦差别院，赵文华的书房。

赵文华坐在灯下，一字一句地研读着麻叶写给陈东的信。胡宗宪、俞大猷在旁边站着。

赵文华连连点头，面露喜色："不错不错。"

俞大猷："按照制台的意思，我都让麻叶改了三遍了。"

赵文华："好，立刻派人送给陈东。"

胡宗宪却说："不，这信不能给陈东，得交给徐海。"

赵文华先是一愣，随即恍然大悟。

胡宗宪："这信交给陈东，他未必信也未必肯发兵。但这信要是交给徐海，徐海心里有鬼必会一不做二不休，下手把陈东干掉！"

赵文华击掌叫好："汝贞这连环计，妙！妙！"

趁着夜色，罗龙文匆匆来到徐海的大营。看到麻叶的信，徐海大惊失色："这信怎么落到了你们手上？"

罗龙文："麻叶买通了监牢里的一个牢狱，他偷偷写信让人送了出来，亏被我们及时发现，把送信的给逮住了。"

徐洪问："信里都说了些什么？"

徐海咬牙切齿："这狗贼对我早就怀恨在心，要陈东血洗我柘林水寨，提头去邀功请赏。"

罗龙文："我是怕你们吃亏，连夜赶来通风报信，晚了就怕你们惨遭不测。"

徐海一脚踏在虎皮榻上，眼里射出凶光："既然如此，就别怪我不客气了。徐洪，你明天亲自去请陈东过来，就说有要事相商。"

徐洪点头称是。

徐海："开弓没有回头箭。罗兄，我这条命就交给你了！"

罗龙文："兄弟只管放心，你跟胡大人升官发财了，我还指着你赏我口汤喝！"

徐海："那就有劳罗兄回报胡总督，事成之后，我马上去见他。"

罗龙文连夜赶回，把乍浦之行跟赵文华、胡宗宪详细汇报。

赵文华大喜："终于等到这一天了！"

胡宗宪向赵文华请示："大人，您带来的那些兵马可以上阵杀敌了，从嘉兴派两万客兵，分两路悄悄进驻松江、金山，待时机成熟，以迅雷不及掩耳之势攻击三处倭巢？"

赵文华点头："可以。"

胡宗宪对罗龙文说："传话徐海，一旦得手，带陈东前来杭州受降。记着，只能率五百兵马，其余在乍浦待命，不得妄动。"

罗龙文领命。

胡宗宪吩咐俞大猷："徐海一旦离开乍浦，即令宁绍台水师封锁周边海域，截断倭寇水上后路。"

俞大猷连连点头，出门而去。

乍浦倭巢，徐海心事重重。陈东和麻叶不过是为了抵抗官兵的围剿才跟他走到一起的，他跟这二人并没什么深厚感情，杀了他们，徐海心里没有一丝内疚。他担心的是，投诚之后，朝廷会不会免他的死罪，真要是中了胡宗宪的离间计，他徐海可就死无葬身之地了。

王翠翘看出了他的心思，柔声宽慰他："即便是赌，咱们今天也要赌一把，为了咱以后不再过这种担惊受怕、刀尖舔血的日子，也为了咱肚子里的孩子。"

一看到王翠翘隆起的肚子，徐海心一横："对，咱们豁出去了。"

快到晌午，徐洪匆匆进来汇报："大哥、大嫂，陈东过来了，正在前厅喝茶。"

徐海："来了多少人？"

徐洪："只带了二十几个侍卫，我安排他们在耳房喝茶。"

徐海："好，我这就去见他。"

两人一见面，徐海打了个哈哈："三弟别来无恙？"

陈东起身回了个礼，问："大哥把我叫来，所为何事？"

徐海把笑脸一收："我听说麻叶投靠胡宗宪去了，可有此事？"

陈东："正想找大哥商量，可我听说麻叶是被官兵半道上截获的，据说咱们内部有人告密。"

徐海脸上的横肉抽搐了一下："谁告的密？"

陈东："那日麻叶只跟大哥这边告假，我都不知道他要去海盐。"

徐海一脸不悦："三弟意思是我这边告的密了？"

陈东："我不是这个意思，但二哥事出有因，还望大哥明查。"

徐海："可我听到的消息跟三弟说的完全不一样，有人说他早跟官府勾结，正准备私底下接受招安。这事出有因恐怕没那么简单吧，抓捕是假，投诚才是真的。"

陈东反唇相讥："大哥还不知道麻叶的为人，砍他十次头也不会去投诚。兄弟近日也听了些谣言，说大哥跟官府的人见了面。"

徐海怒火上升，本欲发作，转念一想，先探探口风再说，于是装着若无其事地说道："我也听说了官府想招安的事，但我不知道他们找你了没。"

陈东一听，心里明白了几分："大哥，官府的话岂能相信？这些年我们杀了那么多官兵，抢了那么多百姓，你真信官府会放过我们？别说他们没找我，就是找我了，我也一刀送他去上西天！"

徐海冷冷地说："他们要是找我了,你也一刀把我送上西天?"

陈东心里似乎全明白了,脸色一沉："人各有志,不必强求。大哥若是有异心,你走你的阳关道,我走我的独木桥。告辞!"

徐海高声叫了一句："慢着,不喝杯酒再走?"说话间,手中的杯子往地上一扔,茶杯落地,发出清脆的碎裂声音。

陈东头也没回,疾步往外走。只见门外涌进十余个壮汉,迎面就把他扑倒在地,七手八脚把他绑了个结结实实。

陈东冲徐海吐了口痰,高声叫骂："徐海你这卑鄙小人,有种你杀了爷爷,爷爷做鬼都不会放过你!"

徐海也不理他,让人把他押下去,问:"外面几个解决了没?"

徐洪答道:"全做了,一个不留。"

徐海:"好,把首级砍了,我带人去杭州,你守着大营。记着,做好一切突发准备,提防有人偷袭,万一打不过,赶紧下海逃生!"

徐洪急切地问道:"那你怎么办?"

徐海声音低沉:"事到如今别无选择,哥去杭州赌一把。"

徐洪眼眶一红,匆匆出去安排。

徐海突然有种不祥的预感,浑身无力跌坐在椅子上,两眼失神地望着远方。

杭州总督府，钦差赵文华、总督胡宗宪、巡抚阮鹗及徐渭、茅坤等幕僚们正在商议下一步的安排，大战将至，空气中弥漫着紧张的气息。

罗龙文在总督府前翻身下马，连走带跑地来到大堂，匆匆施了一礼："徐海带五百人马抵达杭州城外！"

赵文华："陈东可曾抓来？"

罗龙文："抓来了，我确认过，是陈东。"

赵文华大喜："让他进来，只准带几名随身侍卫。"

罗龙文："这恐怕不行，徐海现如惊弓之鸟，没有足够把握不敢单身前来。"

赵文华有点为难："那怎么办？他那五百人马全部进城？"

阮鹗急忙说道："大人，千万不可，徐海凶悍狡猾，这五百倭寇一旦入城，无异于虎入群羊，不可不防啊！"

胡宗宪："我出城去见他，安排他们驻杭州远一点的地方。"

赵文华："要不要多带几个人去？"

胡宗宪看着罗龙文，罗龙文明白他的心思："大人，徐海已经到了这一步了，断然不敢对大人不利。"

胡宗宪哈哈大笑："料他也没那个胆子。"

杭州城上，官兵们如临大敌，严阵以待。

城外徐海的人马兵不卸甲，马不离鞍，随时做好逃跑的准备。

陈东被五花大绑地捆在囚车里，头发零乱，两眼微闭。

徐海在队伍前面走来走去，时而远望杭州城，时而顿足沉思，心里充满了焦急与不安。

一匹快马急匆匆地来到他的跟前："来了，来了！"

徐海蓦地停住脚步："来了多少人？"

快马回道："就十余人。"

"十几个人？"徐海心有狐疑。

不一会，两匹高头大马来到近前，一匹枣红马，一匹黑鬃驹，后面跟着十余持刀侍卫。

徐海定眼望去，黑鬃驹上坐的是罗龙文，那枣红马上端坐一大官模样的人物，头戴金边忠靖冠，身着织云仙鹤袍，腰缠彩绣束带，足蹬白袜玄履，长得是额阔口丰，玉堂圆润，十分威严。

正瞅着发愣，罗龙文在马上厉声喊了一句："徐海还不快快拜见胡制台！"

徐海闻言大惊，传说中的胡宗宪胡大人此刻就在他眼前，吓得两腿发抖扑通一声就跪下了，砰砰磕头："罪民徐海叩见制台！"

等他磕完响头，胡宗宪命他抬起头来，犀利的眼神如刀锋一样，穿透了徐海的心脏。

胡宗宪："你就是徐海？"

徐海点头："罪民徐海，承蒙制台宽恕，率部投诚来了。"

胡宗宪厉声喝问："徐海，你可知罪？"

徐海磕头如捣蒜："徐海罪该万死，请制台治罪！"

胡宗宪哈哈大笑："既已知罪，起来吧！"

见徐海跪地不敢动弹，遂下马将他扶起。

胡宗宪："你虽有罪，姑念你悬崖勒马，为朝廷捕获麻叶、陈东，立了大功。本官一向赏罚分明，只要你率部投诚，助朝廷剿灭残余倭寇，本官定奏请圣上，不但免你一死，还要加官进爵！"

徐海大喜，一颗悬着的心稍稍安定了下来，赶紧伏地表态："感谢不杀之恩，徐海誓死效忠圣上，效忠制台，刀山火海万死不辞！"

胡宗宪再次把他扶了起来："刚刚归顺朝廷，先安顿下来再说。"

徐海："恳请大人赐我一地方，让我手下这些兄弟有个安身之所，也好为朝廷尽忠效力。"

胡宗宪点点头："你手下这些人野性未改，杭州城是暂时不能入驻，你自己选个地方，我给你安排。"

这话正中徐海下怀，他顺势说道："在下驻守平湖沈庄可好？沈庄离海防近，便于协防，与官兵一同剿倭。"沈庄那地方靠海，进可以攻，退可以下海逃跑，徐海早就想好了这个地方。

胡宗宪爽快地说："可以，传令乍浦剩余人马尽快到沈庄集合，我会尽快让人给你们调配军服器械，纳入官兵序列。"

徐海喜出望外，把陈东交给胡宗宪，引人马径往沈庄。

总督衙门大堂，赵文华端坐上首，胡宗宪、阮鹗、俞大猷分坐两旁，三人正在商议下一步的行动。

赵文华："目前乍浦、柘林、川沙洼三股倭巢皆群龙无首，宜迅速调兵分处围剿，一鼓作气把这些倭寇一网打尽。"

胡宗宪："大人，我认为目前还不可让官兵前去围剿。徐海在沈庄与乍浦倭巢保持密切的联系，一有风吹草动即全体反水，前期的努力付之东流。"

赵文华："那怎么办？"

胡宗宪："大人莫急，今天我就演一场戏给陈东看，让他们自己人打自己人，差不多了再来收拾残局。"

赵文华点点头，胡宗宪吩咐："把陈东带上来！"

　　不一会儿，几名士兵把陈东推了进来，陈东抬头挺胸，斜眼望着上方。赵文华一拍惊堂木："大胆倭贼，死到临头还嚣张跋扈。"

　　两个士兵上前，抓住他的臂膀，用脚往他的后腿一蹬，陈东扑通跪在地下。陈东死命想要挣扎着站起来，无奈双肩被士兵死死摁住，嘴里呼哧呼哧喘着粗气，眼睛凶狠地盯着赵文华。

　　赵文华气急败坏，又重重地拍了一下惊堂木："陈东，你可知我是谁？"

　　陈东："要杀便杀，啰唆什么，皱一下眉头我叫你爷爷！"

　　胡宗宪厉声呵斥："大胆狂徒，此乃圣上亲点的钦差大臣，你能见到钦差大臣，那是天大的面子！"

　　陈东冷冷一笑："不要说钦差大臣，就是皇帝老儿在此，我陈东一样宁死不屈。"

　　赵文华脸色煞白："好你个逆贼，来人呀，拖出去砍了。"

　　胡宗宪连忙起身："大人且慢！容下官问他几句话，再杀不迟。"

　　赵文华点头默许。

　　胡宗宪面对陈东："陈东，想死容易，你烂命一条，杀你如同踩死一只蚂蚁。但你有没有想过麻叶，想过你手下那些兄弟？"

　　陈东依然斜眼望着上方，不搭腔。

　　胡宗宪："今天你也看到了，只要接受招安，即便像徐海那样恶贯满盈的巨匪，朝廷也宽宏大量免除死罪。你死了不打紧，你和麻叶手下那几千个兄弟岂不都成了刀下之鬼？"

　　陈东还是不说话，但脸上的凶劲已有所缓和。

　　胡宗宪："今天本官在此，就问你一句话：愿立功免罪，还是一死了之？"

　　陈东沉默半晌："我犯下那么大的罪过，朝廷能放过我？"

　　胡宗宪脸色一沉："本官统领东南七省军务，岂能信口开河？你再狗眼看上方，钦差大人代天子巡狩，他的话，可是一言九鼎！"

　　陈东用余光扫了赵文华一眼，就这一眼，胡宗宪敏锐地捕捉到了他内心的挣扎。

陈东："他徐海可以把麻叶和我诱捕给你们邀功领赏，我陈东能做什么？"

胡宗宪呵呵一笑："你同样可以拿人来邀功领赏。"

陈东不解，疑惑地看着胡宗宪。

胡宗宪："你们三个首领虽然落网，但你们的手下还在外面为寇作乱。没有了你陈东，还会有李东黄东，这些漏网之鱼日后发展壮大，我们招安所做的努力全部付之东流。本官希望你们三人把旧部都收拢过来从良，彻底平息倭乱。你们只要是接受招安，一律免除死罪，同样划一块地方让你们自治。"

陈东情不自禁地点了点头，胡宗宪的分析不无道理，想了一下，说："我要见麻叶。"

胡宗宪点头："把麻叶带进来！"

不一会儿，麻叶带了进来。但见他衣着整齐，精神抖擞，除了脚上还戴着镣铐，一点也看不出蹲大狱的样子，实在感到有点意外。

"三弟，你怎么来了？"麻叶一眼瞅见陈东，又惊又喜。

陈东："二哥，他们没把你怎样吧？"

麻叶："没怎样，胡大人让人对我特别关照，每天有酒有肉，你瞅我精神着呢。"

陈东："我被徐海狗贼诱捕，送来杭州邀功领赏了。"

"那狗娘养的，老子出去以后非宰了他不可！"麻叶恨恨地说道，"我也是他告的密，偷偷把我诱捕到官府，那狗贼早有异心。"

胡宗宪哈哈一笑："好了，你兄弟两人也团聚了，说说，准备怎样立功赎罪？"

麻叶："大人，你招安徐海不如招安我们，那徐海反复无常，诡计多端，就是一个十足的小人，日后必要反的。"

胡宗宪："那陈东意下如何呀？"

陈东："大人要是信得过，我哥俩出去把手下收拢来，全部向朝廷投诚。"

胡宗宪："那可不成，你哥俩一出去那就是鱼入大海鸟遁山林，再说了，你俩寸功未立，我如何向朝廷恳请免除你们的死罪？"

陈东、麻叶正想说些什么，只见门外匆匆进来一个军官，神情紧张："报告三位大人，大事不好，那徐海在沈庄大肆诱捕村民，强逼他们加入倭寇。"

赵文华一惊："怎么回事？"

军官说："徐海在沈庄大摆酒席，说是要搞好邻里关系，邀请百姓来喝酒。第一天来了二三十人，徐海请他们好吃好喝，临走还送银钱。第二天再摆酒时，附近村庄来了几百人，酒喝到一半，倭寇抽出刀来，把他们的头发全剃成倭寇模样，逼他们当了倭寇。"

胡宗宪气得浑身发抖，拍案而起："徐海真是狗改不了吃屎，来人呀，集合人马，我胡宗宪亲自去砍了他的狗头。"

陈东一看，感觉机会来了："且慢！大人，这徐海出尔反尔，不用劳驾大人亲自动手，我陈东去把他的狗头取来。"

胡宗宪转过身，用怀疑的眼光看着他："你去？你怎么去？"

陈东："大人要是不放心，我写信让手下人去攻打徐海的人马。"

麻叶也说："大人，我也可以写信让手下去打徐海，事成之后，免除我俩死罪就行。"

胡宗宪沉吟半晌："这个我得请示钦差大人。"

他用征询的目光看着赵文华，赵文华明白他的意思，点头："我看行，可以一试。"

胡宗宪："好，就依你们两个，要是把徐海干掉，我和钦差大人一定奏请圣上，不但免去你们死罪，还要论功行赏！"

陈东、麻叶两人连连点头，胡宗宪命人解开陈东身上的绳索，又取来纸笔，让他们两个分别写信。

写毕，先呈赵文华看，赵文华看完让胡宗宪看，胡宗宪看完给阮鹗看。三人相互对视了一下，没有问题。

胡宗宪对陈东、麻叶说："这信是没问题，但问题是你们手下人看到信不肯动手怎么办？"

陈东说："这好办，我取个信物放在里面，他们一定照办。"只见陈东从怀里掏出一对占卜用的爻，那爻是象牙做的，看上去十分精美。

陈东拿其中一块交给胡宗宪："这对爻是我随身之物，占卜、传令都用此爻。看到此爻，我手下人不敢不从。"

麻叶见状，从脖子上取下一串玛瑙项链，交给胡宗宪："把这件东西和信交给我手下，保管有用！"

胡宗宪心里大喜，但表面上仍旧不动声色："好吧，估且试试，不行我们再派官兵剿灭他们。你俩先下去歇着，就看你们手下人争不争气了。"

等陈东、麻叶下去，胡宗宪立即紧张了起来，命人叫来茅坤、朱先，神情严肃地对他们说："这两封信事关重大，成败在此一举，你俩务必亲自前往，让陈东旧部、麻叶旧部兵合一处，全力攻打乍浦大营。得手后迅速转战沈庄，将徐海所部全歼！"

茅坤、朱先接过信件，重重地点了点头，匆匆而去。

八月初四，乍浦大营一片忙碌。

徐洪安排一支二百余人的队伍护送两个嫂子王翠翘、王绿珠以及其他家眷前往沈庄，他将乍浦营里的东西处理完毕后，也去沈庄与他们会合。

刚刚送走王翠翘一行，一个头目惊慌失措跑了进来："报告二当家的，大事不好，陈东、麻叶的人马杀了过来！"

徐洪大惊失色，赶紧命令："关紧寨门，给我守住！"说话间，陈东、麻叶旧部数千人马潮水般向这边杀来。

杭州总督衙门，一名军官匆匆进来，报："刚刚收到前方战报，陈东旧部和麻叶旧部已将乍浦倭巢团团围住，两边正打得难分难解。"

赵文华一拍桌子，大声叫了一句："好！让他们狗咬狗！"

军官接着又说："开战之前，乍浦一支二百余人的队伍前往沈庄，据探子观察，似乎是乍浦倭寇的家眷。"

胡宗宪说："传令俞大猷，放家眷进来，待乍浦方向倭寇过来也一并放进去，沈庄一乱，立刻全面攻击！"

军官正欲出去，胡宗宪又问了一句："茅坤、朱先两人在哪？"

军官回报："茅坤、朱先两人安然无恙，已在回杭州的路上。"

胡宗宪舒了一口气，赵文华则兴奋地在大堂上走来走去。

乍浦大营这边火光冲天，战斗整整持续了一天，到处都是倭寇的尸体。

徐洪率部拼死抵抗，无奈寡不敌众，且战且退，几支乱箭射来，正中他的前胸，徐洪两眼圆睁，缓缓倒在地上。

陈东和麻叶的旧部一拥而上，瞬间把他身边的几个手下砍成了肉酱。徐洪手下的其他人一看，大势已去，纷纷四散奔逃。

沈庄这边，徐海让人在外围挖掘深沟，并用木桩竖起几道高大的栅栏。

一支人马出现在沈庄外面，徐海匆匆出来迎接。见王翠翘、王绿珠安然无恙，徐海一颗悬着的心放了下来。

然而他还没来得及高兴，几匹快马就冲到了营前，几名手下浑身是血滚鞍落马，跌跌撞撞："大当家的，不好了，陈东、麻叶的部下突然攻打乍浦大营，我们猝不及防，乍浦大营，没了……"

徐海、王翠翘大惊失色："二当家的呢？"

来人哭了出来："二当家拼死抵抗，寡不敌众，被杀死了。"

徐洪是他唯一的弟弟，两人相依为命。徐海气血攻心，差点昏厥过去。

王绿珠和其他人也都吓得乱作一团，王翠翘命人赶紧把徐海扶进大营，所有人做好战斗准备。

待徐海缓过气来，王翠翘的眼泪扑簌簌掉了下来："都怪我，相信了胡宗宪的话，一再劝你接受招安，却不料是这个结果。"

徐海长长叹了口气："这都是命……怪只怪我们当年罪孽深重，今天落到这个下场，也只能说是报应。"说到这里时，徐海神色黯然。而王翠翘更是泣不成声，不住地摇头，说不出话来。

徐海伸手，轻柔地摸了摸王翠翘圆鼓鼓的肚子，无限伤感："我徐海刀尖舐血，早已将生死置之度外，只是咱们孩子，还未出生便要受此大难。"

王翠翘："都是我拖累了你……"

突然，徐海腾地坐了起来："要不，你带绿珠他们找个地方先躲躲。我在南京城还有些关系，躲上几个月，等孩子生出来了，我就去找你。"

王翠翘："不，要走咱们一起走。"

徐海："我不能跟你们一起走，目标太大，走哪都是一个'死'字。"

王翠翘神色坚毅："结发那天我就说了，这辈子我生是你的人，死是你的鬼，就算一起上刑场挨那千刀万剐，我也无怨无悔。"

徐海叹了口气，想要开口再劝，却突然看到远处的海平面上扬起了一阵帆影。

王翠翘惊喜地说道："你快看哪……船，船来了，打的是官军的旗号，一定是官府知道我们的处境，来救咱们了！"

徐海一直紧锁的眉头也舒展了开来，他手搭凉棚，仔细地看了一眼越来越近的那些海船，脸上露出一丝惊疑："怎么回事，船上一个人都没有？"

正在这时，却突然听到海上那些船上响起了一阵紧密的梆子声，许多人从船舱里涌了出来。徐海一看，脸色骤变，高声叫道："不好，中计了！"

话音未落，正在进港的七八条船的船头挡板突然放了下来，几百支火铳一齐对准了岸边上站着的徐海的人，火铳上的火绳在嘶嘶地燃烧着，在他们的身后，麻叶的弟弟叶明一脸的狞笑，站起身，高举的右手猛地向下一挥："射击！"

一阵震天动地般的枪声响起，这些快船瞬间被浓浓的烟雾所覆盖，码头上的一些喽啰便倒了下去。

徐海声嘶力竭地喊："防守！防守！"

杭州总督衙门，灯火通明，赵文华、胡宗宪、阮鹗焦急地等着前方的消息。一名军官匆匆来报："陈东和麻叶旧部已攻入乍浦倭巢，徐海旧部溃散，现场死伤二千余人，陈东和麻叶旧部掉头杀往沈庄。"

胡宗宪："命令卢镗收紧口袋，一个都不要放过。让俞大猷等陈东、麻叶旧部进攻沈庄，立即把周边所有通道死死堵住，两边火拼完了，再全面出击围剿。"

又过了一会儿，军官再次匆匆来报："松江、金山官兵正在围剿残敌，副总兵卢镗率部追至沥港，斩获倭寇五百余级，生擒倭酋辛五郎。"

众人欢呼雀跃，赵文华兴奋地在屋子里走来走去："好！好哇！"

当晚，沈庄的两股倭寇再次大打出手，徐海倚仗深沟、栅栏和工事死守不出，双方打得难分难解。

毕竟寡不敌众，外围的栅栏终于被攻破，陈东和麻叶的旧部越战越勇，徐海这边且战且退。

徐海带人把家眷紧紧围在中间，从后庄杀开一条血路突围。

黎明的第一缕阳光升起，徐海带着身边的残兵败将出现在了数十里外的梁庄。

一些百姓还未起床，便被嘭的一声巨响惊醒，睁眼一看，凶神恶煞的倭寇出现在了眼前。

很快，惊恐万分的百姓被集中到了一起，庄子四周，站着同样惊恐的倭寇。这时候，四面八方响起了震耳欲聋的锣鼓声和喊杀声，但见旌旗林立，官兵如潮水般向沈庄涌来。

有人尖叫："官兵！官兵来了！"

徐海大喜。"救兵终于来了！"他喃喃说道，准备往官兵方向靠拢。王翠翘拉了拉他的衣袖，用手往庄口指去，只见官兵见人就砍，徐海顿时明白了过来，官府这是要把他们一网打尽了。

王绿珠慌得手足无措，哭道："怎么办？这可怎么办？"

徐海高声叫道："把百姓押过去，抵挡一阵！"庄内的百姓被倭寇逼着往庄口走去。

"迅速往海边撤退，夺船出海！"徐海带着身边侍卫，拼死向庄外冲去。

杭州总督府内，赵文华、胡宗宪、阮鹗一夜未眠，焦急地等着前方的战报。一名军官进来汇报："卢镗部率松江、金山官兵清剿柘林、乍浦、川沙洼三处倭巢，现场全部捣毁，除攻打沈庄的倭寇，从海上逃走两三千人。"

赵文华不悦："那海上陆地上早围得严严实实，怎么还让那么多的倭寇跑了？"

军官："倭寇四下溃散，船小灵活，官兵大船未能全部堵住。"

众人正在惋惜，又有战报："官兵攻入沈庄，斩首一千六百余级，倭寇溃败四散。"

胡宗宪着急地问道："徐海可抓到？"

快马回道："徐海身边只剩一二百人，现在逃窜到了梁庄，俞总兵已将梁庄团团围住，徐海插翅难逃。"

胡宗宪大叫了一声："好！命令俞总兵，一个都不要放过！"

梁庄这边，胡宗宪精心设计的连环计终于进入了尾声。

徐海带着家眷及二三十名侍卫欲出庄夺船，怎奈外边已被俞大猷的人马围了个里三层外三层，根本无法脱身。

徐海一边挟持庄内百姓作困兽斗，一边派人向俞大猷传话要求见胡宗宪和罗龙文。但俞大猷接到的命令是剿灭这股倭寇，让官兵不停地攻打。

一些倭寇躲进民房，大明官兵顺风放火，风大火烈，倭寇被烧得鬼哭狼嚎，纷纷夺路奔逃。

官兵守在外面，出来一个杀死一个。

徐海走投无路，带着家眷逃到了梁庄外面的一条小河边，一群手持火铳的官兵突然出现，冲了过来。

徐海大惊，高声叫道："撤！撤！"

还没来得及转身，身上就被轰出了几十个血洞，血液就像被打穿的沙包中的沙子一样，从他的伤口里喷涌而出。

徐海返身，双眼圆睁，手往空中抓了几下，嘴里艰难地喊了一句："夫人……"

身后不远处的河堤上，王翠翘披头散发，手捂肚子正喘着粗气，她一张樱口，哇的一声喷出一口鲜血，声嘶力竭地惨叫道："阿海，阿海！"眼前一黑，晕死过去。

杭州总督衙门，又一名军官来报："麻叶与陈东的旧部还剩八百余人，正往慈溪龙山方向溃逃，卢参将正率水师追击。俞大猷在梁庄全歼徐海所部，无一人一船漏网，王翠翘和家眷被捉！"

赵文华、胡宗宪、阮鹗终于长长地出了口气，三人额手称庆。

阮鹗："这次剿灭海寇，二位大人指挥有方，功不可没，下官实在佩服。"

胡宗宪："阮大人此话差矣，这些完全是钦差大人的功劳，运筹帷幄，居功至伟，没有钦差大人哪有今日之辉煌？"

赵文华得意与欣喜之情溢于言表，故作谦虚地说："诸位齐心协力，才有此次大捷。各位都是有功之臣，我一定会禀报圣上，重重行赏。"

阮鹗问那名军官："龙山那边兵力如何？"

军官回答："龙山所原本只是一个千户所，制台怕有闪失，早安排游击将军尹秉衡率三千兵马在龙山阻敌。目前，浙东参将卢镗、副使许东望、王询，把总卢锜各率二千兵马往龙山赶。"

赵文华："命令龙山所官兵坚决阻击，俞大猷、卢镗加速向龙山合围，务必把这股倭寇尽歼于龙山！"

阮鹗："这股倭寇虽是残匪，但真倭居多，战斗力非常强悍，各部援兵尚未到达之前，龙山官兵未必是其对手。下官愿领兵即刻前往龙山指挥，不让倭寇有可乘之机。"

胡宗宪点头："可以，那就有劳阮大人了。把台州谭纶、戚继光的兵马也一块调去，让这些年轻的将士也历练历练！"

阮鹗："是！"

嘉靖三十五年（1556年）九月，慈溪龙山所。

龙山所处在浙东和宁绍台辖区的交界地，北面临海，东面是伏龙山，是浙东海上通往杭州的门户。

海滩上，士兵正在紧张有序地筑垒着工事，游击将军尹秉衡双手拄剑，端坐在一边的小高地上，神情严肃地看着士兵忙碌。

海面上远远地漂来十数艘船只，有本地渔船样式的，也有日本安宅船。

海边上巡逻的士兵停下了脚步，朝船的方向仔细观望，突然就有人喊了一句："倭寇来了！"锣鼓的声音瞬间响彻整个海滩。

尹秉衡扭头往海面上望去，他的亲兵也往海面上望去。修筑工事的士兵们都停了下来，一齐往海面上望去。

尹秉衡大吼了一声："准备战斗！"

士兵们才惊觉回神，慌忙地放下手中的活计，操起武器趴在工事后面。

一艘艘倭船靠近了海滩，数百名倭寇涌下船来。倭寇首领还在船上，一言不发看着龙山方向。

"拿下龙山卫所！"首领突然下令。

一头目随即高喊："进攻！"

沙滩上的倭寇突然摆开阵形，分三路长蛇进攻尹秉衡的工事，一点一点地靠近。

尹秉衡耐心地等待着倭寇们进入攻击范围，突然现身，挥刀指向前方，命令："射！"

隐身在工事后面的士兵齐刷刷地举弓就射，一时间万箭齐发。冲在前面的倭寇用藤盾护住身体，队形不变加速向阵前掠来。

大明士兵仅仅射了两轮，倭寇的身影就出现在了工事的前面。尹秉衡大喝一声："出击！"

士兵们操起长矛大刀跃出工事，与冲上来的倭寇战作一团。

刀光剑影处，血肉横飞，倒下的全是大明士兵，大明的官兵惨叫连连。

后面的士兵愣住了，倭寇长刀一挥往前扑来，士兵们转头就跑。尹秉衡怎么呵斥都没用，无奈之下，跟着溃败而逃的士兵一起跑回了卫所。

等倭寇冲到卫所的下面，吊桥已高高挂起，城墙上的士兵严阵以待。逃回的官兵与城上的官兵一起，死死地守在城墙的上面。

倭寇虽然勇猛，但龙山卫所城高墙厚，天渐渐黑了下来，倭寇们一时也无计可施。

天刚亮，阮鹗、谭纶、戚继光、许东望、王询、卢锜的队伍出现在了西面的凤凰山，居高临下地看着龙山卫所。

许东望看了半晌，向阮鹗请战："大人，下令吧！"

阮鹗摆一摆手："不急。"

许东望不解，阮鹗道："我们从陆地上发起进攻，倭寇肯定要往海面败逃。俞总兵和卢参将的水师正靠近龙山方向，最快今日上午就可抵达，届时我们陆地、水上两边齐攻，才能最大限度地歼灭敌军！"

许东望点头，没有说话。他的身后，上万名大明将士隐身凤凰山的大树底下和石头后面，一个个神情肃穆。

时间在沉默的等待中过去了半天。一名负责瞭望的军官匆匆来到阮鹗的面前，轻声而清晰地说了一句："来了！"

闭目养神的阮鹗、谭纶等人一激灵，探头往海的方向瞭望。但见远远的海面上船帆林立。

不多时，海面上传来震天的巨响，火光升起，大明水师向海面上的倭寇发起了攻击。

阮鹗下令："戚继光！"

戚继光："末将在！"

阮鹗："你率三千兵马前去攻击陆上之敌，务必尽歼！"

戚继光精神一振，朗声应道："是！"

率领三千人马如猛虎下山，喊杀声震天地冲了出去。

但是，面对超过十倍于己的官军，倭寇们似乎一点也不慌乱，兵分三路向官兵们直接冲了过来。

明军前锋象征性地挥舞了几下刀枪就开始溃败，接着中军也开始动摇，接下来即将出现雪崩式的集体大溃逃了。

半山腰上，阮鹗、谭纶一脸错愕。

山脚下，败兵如潮水般往戚继光的身后退去。戚继光手执利剑毫不犹豫地斩杀了几名溃逃的士兵，但士兵们逃跑的脚步并没有因此停止下来，这时候督阵已经起不了作用。

三路倭寇在三名首领的指挥下，如虎入羊群，满山遍野地追逐着大明的官兵。

惊愕的戚继光冷静下来，在败军阵中取出弓箭，张弓搭箭，拉满了弓弦，眼睛跟着箭头移动寻找倭寇头领。

当一名倭首进入他的射程，戚继光毫不犹豫地射出了第一箭，那名倭首被穿喉夺命。接着弓弦连响，第二、三箭接连发出，无一落空，三个倭寇头领全部中箭倒下。

骤然失去了指挥的倭寇一时不知发生了什么事，本能地停止攻击，开始慌乱。

戚继光身边的亲兵大声喊叫了起来："倭寇败了，倭寇败了！"

大明官军中的一些指挥官也终于缓过劲来，指挥自己的手下聚拢在一起，后兵驱动着前兵杀向了混乱中的敌人。

阮鹗令旗一挥："许东望、王询、卢锜！你们各部迅速出击，协同戚继光部剿敌！"

三人帐前听令，各率兵马杀往山下。上万士兵从山头上漫山遍野冲下来，场面十分震撼。倭寇没有了头领指挥，惊慌失措之下锐气不再，开始往后逃去。

可让戚继光想不到的事情发生了，最前线的明军却渐渐停止了追击，只是鼓噪地目送对方逃窜，相距不过百米，士兵们开始陆续自动返回。

戚继光十分纳闷，一把扯过一名士兵，大声地质询："为何不乘胜追击？"

士兵大声地回答："怕有埋伏！"

戚继光怒不可遏，一脚踹倒士兵，拔剑就要斩他。身边一名百户长抱住了他："将军！将军！"

百户长说："将军，这些士兵都是可怜的军户，家里人都等着他们回去养家糊口。把敌人赶跑了就可以啦，犯不着去玩命。"

戚继光厉声骂道："你放屁！"一脚踹倒这名百户长，百户长和那名士兵连滚带爬地跑远了。

戚继光喘着粗气，嘶吼着组织士兵再战。

倭寇见官兵冲来，回身便逃，等官兵冲到身边，倭寇反身再战，官兵又退，如此反复，官兵就是不敢上前。

海面上，大明水师与倭寇船打得难分难解，但水师官兵倚仗数量上的绝对优势，始终控制着战局。

阮鹗一脸焦虑。

谭纶："大人，下官前去助阵！"阮鹗沉默半晌，点头。

阵地上，悲愤的戚继光在风中凌乱。刚刚倭寇反身又冲了一次，阵地上丢了数十具官军的尸体。要不是他与手下数十位亲兵死战，他手下的三千人马恐怕早就逃之夭夭了。

山腰上，冲锋的锣鼓响了起来。谭纶居中，李超、梁进左右策应，三路人马潮水般向阵地上杀来。

倭寇做了做样子，想要把这股官兵吓退，但出乎意料的是，这股官兵仿佛天不怕地不怕，打起来还十分有章法。两军一接触，就将倭寇接二连三地砍翻在地。战斗仅仅一炷香的工夫，倭寇就开始全面撤退。

戚继光和许东望等人精神大振，满山遍野的官兵又鼓足了勇气，再次冲向沙滩上的数百名倭寇。

终于，倭寇抵挡不住了，开始往海滩上靠拢。

夜色里，战斗终于结束。二万大明官军围剿八百倭寇，以半数倭寇趁夜逃遁而告终。

夜幕下，谭纶和俞大猷、戚继光并肩在海边，三人一动也不动。东南倭寇之乱，官兵战力之弱，让他们感到无比震惊和无奈。

嘉靖三十五年（1556年）十月，一个风和日丽的日子。

胡宗宪穿着便服，蹲在花圃里细细为几棵果树剪枝。这段日子似乎太平无事，官署中也清静下来，尤其与前一阵的急风猛雨相比，这两个月更显得静如止水了。

这时，管家引着赵文华从外面进来，管家正要上前通报，被赵文华做了个手势制止了。

赵文华冲胡宗宪笑着说了一句："汝贞好兴致！"

胡宗宪闻声回头，连忙站起来笑着迎上去："下官也是难得浮生半日闲。再不修剪修剪，这些野枝蔓藤怕是要爬进来了。"

赵文华笑了笑："那是你手底下人偷懒，该打！"

胡宗宪看赵文华满面春风，问："大人莫不是有什么喜事？"

赵文华："被你猜中了！梁庄大捷，一战平定徐海、陈东、麻叶三股倭寇，圣心大悦，已传旨让兵部对有功人员论功行赏，圣旨这两天就会下来。"

胡宗宪感激之情无以言表："感谢钦差大人的提携，没有您的举荐和栽培，就没有我胡宗宪的今天！"

赵文华："因为汝贞的连环妙计，才有了这场大胜。如果还是周琉、杨宜在，断然不会有今天的战绩。"

胡宗宪赶紧谦虚地说："这都仰仗钦差大人的运筹帷幄，阁老在朝廷里帮我们说话，才得以将士受命，诸事顺畅。"

赵文华："此战过后，仍有很多贼寇逍遥法外，汝贞下一步打算怎么办？"

胡宗宪面色凝重："龙山所一战，要不是谭纶与俞大猷、戚继光冒死上前，这一仗不知道如何收场。此战过后，他们即多次提出招兵和练兵，下官以为，改革世兵制度，已是势在必行！"

赵文华："这个台州知府，似乎不简单哪！"

胡宗宪："谭纶虽是进士出身，但军事上颇有才干。去年十一月，倭寇犯仙居、宁海、天台，谭纶率兵在山涧密林中激战十余日，斩倭一百七十余级，取得清风岭大捷。今年六月仙居沦陷，谭纶歼敌于断桥、彭溪、林横桥，斩首二百余级。任职不久，就已屡建军功。"

赵文华："你主持东南大局，得有一批能人干才辅佐才行！"

胡宗宪："谭纶、俞大猷、戚继光这三个人，无论是军事才能还是文才人品都十分出众，堪称我东南抗倭中流砥柱，还望朝廷能厚爱三分。"

赵文华："这三人出身草根，朝廷里面没有什么背景。让他们在一线多多锻炼，有了军功，自然就有擢升的机会。"

胡宗宪："感谢大人的关心，我替他们三个谢谢您了！"

赵文华呵呵一笑："汝贞见外了。"随即又叹了口气，"仗打完了，京师那边也催我回去了……"

胡宗宪讶异地停住了脚步："大人，您这就要走？"

赵文华："圣上诏我回京祭告郊庙，工部一大摊子的事，许多营建等着我去督办。义父年纪大了，少不得我去帮衬帮衬。"

胡宗宪："现在招抚汪直到了关键时刻，您这一走，又不知会遇到什么样的困难和不测。"

赵文华："这个无须多虑，我和义父就是你坚强的靠山，只要有我们在，没人动得了你。"

胡宗宪："大人回京之后，务必要奏明圣上剿抚的重要性。不然对付汪直可就难了。"

"这是自然。"赵文华满口答应，"下一步你的主要精力，就放在汪直身上，攻心为上，乡情、亲情都可利用。"

胡宗宪："大人所言极是，我和汪直是同乡，会好好利用这层关系。"

赵文华："汪直是我大明心腹之患，圣上寝食难安，铲除了汪直，你胡宗宪可就立下了不世功勋。"

胡宗宪："汪直财力雄厚，兵多将广，大本营设在东瀛，咱们官军再厉害，总不能打到日本国去。所以下官认为，兵备武力固然重要，但对付汪直一党，还是要用剿抚并用策略才行。"

赵文华："剿抚我支持，但这里也有一点需要注意，剿抚不能治本，那些寇贼得了好处便来，吃完好处就走，弄不好会竹篮打水一场空。"

胡宗宪："这个下官也考虑到了。四月份的时候已派人出使日本，已经跟汪直见上面了，初步洽商还算顺利。"

赵文华大喜："汪直那边怎么说？"

胡宗宪："比预想中的顺利，一听说老母妻儿安然无恙，汪直当下千恩万谢。"

二人正说着，管家匆匆进来："老爷，蒋洲、陈可愿来了。"

胡宗宪大喜，拉着赵文华的手："说曹操曹操到。这两个人原是我府中幕僚，精通纵横捭阖之策，前日已在宁波靠岸，今日返回杭州。请大人与我一起去见见这两个人。"

总督府大堂，一胖一瘦两个儒生端坐在那。见赵文华、胡宗宪进来，两人赶紧站起身来。

胡宗宪手指其中一胖子："这位是蒋洲，好游侠，精通经史，高谈不倦，是这次赴日的正使。"

又指另外那个："这位是陈可愿，知海情、有谋略，作为副使协助蒋洲。"

赵文华对着二人上下打量了一番，十分满意，道："坐下说！"

胡宗宪："这次让他们出使日本，下官也是做足了功课。年前就把汪直的老母妻儿从金华的监狱里释放出来，安置在杭州一处干净住宅中监视居住，在生活上给予优厚的待遇。只要他们接受朝廷招安，下官承诺奏请圣上免除罪责。"

蒋洲："六月份我们抵达了日本，见到了汪直。汪直是个孝子，一听说母亲妻儿都安然无恙，当即表态愿意归顺朝廷。"

陈可愿："这次我们回国，汪直派他的义子汪滶全程护送，同时他也是汪直的特使，专程来杭跟制台面商具体细节。"

胡宗宪："汪滶现在何处？"

陈可愿："在杭州驿馆里等着。"

赵文华有点不放心地问道："汪直真敢来？"

蒋洲："汪直还真有回来的打算。其一，他的巢穴已经不稳了，近几年日本九州的岛津贵久强势崛起，目前已占领大隅、日向两国的大部分地区，开始平定南九州，汪直在日本国的生存空间越来越小了。其二，汪直想借招安这个机会跟朝廷谈条件，开海通市，把走私变为合法贸易，这样就不用跟大朝天子对着干了。"

胡宗宪："汪直是个有远见的商人，他的想法和要求不无道理。"

赵文华："让这个汪滶过来，听听他的想法和要求，我们再行商量！"

陈可愿点点头："是！"

权臣末路

"招安可以，但是有条件。"汪澂三十余岁，精明果敢。总督衙门大堂上，他的目光迎候着胡宗宪犀利的眼神，十分坚定。

"说！"胡宗宪右手用杯盖拂了拂热水上的茶，淡淡地说。

"乞通贡互市，愿杀贼自效。"汪澂一字一顿。

胡宗宪吹了吹杯里的热气，没有说话，眼睛看着赵文华。

赵文华："通贡互市？你可知片板不准下海？"

汪澂："片板不准下海，已是积弊深重。断了渔民生路，渔民不得不反；断了商人财路，商人不得不反。海禁愈严，贼伙愈盛。"

赵文华脸色一沉："大胆刁民，也敢妄议朝政！"

汪澂辩道："草民所说，都是事实。"

胡宗宪鼓励他："继续说！"

汪澂："朝廷若能答应通贡互市这一条件，保留我部原有武装，我义父愿做大明麾下的净海王，护卫海防安全。"

胡宗宪："汪直若肯归顺，自然是利国利民的好事。然而开海通市我们说了不算，须奏请圣上裁决。"

汪澂："这个草民明白。你们这边先议着，有什么结果通知我方，到时我们再行洽商。"

赵文华、胡宗宪对视了一下，点头。

汪激走后，总督府大堂围绕招安的事，商议还在继续。

胡宗宪："汪直久居海外，难以角胜于舟楫之间，只要把他诱出来，就如虎失负隅之势，乃可成擒耳。为促成汪直来杭，我们还有些事情要做。"

众人凝神静听胡宗宪说话。

胡宗宪："第一件事，关乎成败与否，还须钦差大人斡旋！"

赵文华："汝贞请讲！"

胡宗宪："汪直最大的担心是朝廷秋后算账，这颗定心丸，我们给不了，只有圣上能给。"

赵文华闻毕，点头答应："这个我全力支持，我会专门奏请圣上，并请我义父斡旋，尽力满足汪直的要求。"

胡宗宪："第二件事，是要让汪直安心。令汪直的儿子写封信给汪直，直陈归顺之利弊，以亲情打动汪直来投。"

蒋洲："这个下官已找了汪直的儿子王澄，王澄十分配合，当即写了一封血书，汪直的母亲在血书上按了手印，苦劝汪直回头。"

胡宗宪点头赞许："这第三件事，让汪直提前介入一些东南战事，立些军功，也好让圣上和朝廷重臣对其有个减罪的理由。"

陈可愿："这事我去跟汪激说。"

茅坤："日前有一小股倭寇流窜台州，谭纶正组织兵力前往围剿，可否通知谭纶，让汪直派人登岸剿灭？"

胡宗宪："可以。你去交代谭纶，既要严密监视，又要密切配合，让汪直立个功，给朝廷一个惊喜。"

茅坤点头："下官这就去安排。"

胡宗宪："这第四件事，是要让汪直放心。前些时日，蒋洲、陈可愿在与汪直的人接洽时，他们提到要派一个有分量的官员前去汪直军中做人质，确保归顺期间汪直安然无恙。这个人选，不仅仅是人质，还要是我方的说客和联络人，既要赤胆忠心，又要具有一定官阶，起码五品。大家推荐一下，谁去合适？"

大家你一言我一语推荐了起来。

指挥使夏正倏地站了起来，朗声道："大人，下官愿意前往！"

夏正是杭州卫指挥使，官居四品，有勇有谋，的确是人质的最佳人选。

胡宗宪沉吟了一下："此去倭巢凶多吉少，随时可能身首异处，夏指挥可要想好了。"

夏正："下官世袭军职，久受皇恩，为圣上分忧是我等做臣子的本分，恳请大人成全！"

赵文华大喜："夏指挥忠勇可嘉，事成之后，我定奏请圣上，为你请功封赏！"

夏正："谢钦差大人栽培！"

白水洋，谭纶、戚继光率领上千官兵把一支二百来人的倭寇团团围住。一排排的军士排成列阵，火铳林立，刀光闪闪。

前方倭寇蛇形蠕动，随着距离的拉近，可以看清那是倭寇突围的敢死队。渐渐地，倭寇张牙舞爪的样貌都清晰了起来。

李超立于官兵队列的正前方，缓缓举起手中令旗，黑洞洞的火铳瞄准前方，李超喊道："点火……射！"

嘭！嘭！嘭！一排火铳响过，硝烟弥漫，冲在前排的倭寇倒在地下。

硝烟未散，第二排火铳手也准备好了。"齐射！"

又是一排火铳响起，又有倭寇倒下。

倭寇继续往前冲，第三排火铳手还没来得及准备，但弓箭手早已就位。

箭矢如飞，又有倭寇纷纷倒下，只剩射程之外的数十名倭寇在风中凌乱。

戚继光对谭纶说道："出击吧！"

谭纶没有作声，右手举起，做出暂停的手势。

戚继光不解，李超也不解。

官军火铳手和弓箭手端着武器瞄准前方，谭纶仍如雕塑般屹立不动。

李超策马来到谭纶的跟前："大人，倭寇已是强弩之末，何不一鼓作气将其歼灭？"

谭纶："再等等！"

"等？"李超、戚继光面面相觑，他们不知道要等谁。

天色渐渐暗了下来，一探马匆匆来到军前："报！海面上出现二十余艘来历不明的船队。"

戚继光脸色一沉："莫不是倭寇的援兵来了？"

台州地面上，任何官军的调动，谭纶和戚继光肯定是知道的。这些来历不明的船队突然出现，只有一种可能，那就是倭寇。

谭纶脸上依然平静如水，转头吩咐梁进："你带几个人过去看看，如果是汪直的人，把他们的头目叫过来。"

梁进应了一声，带人往大海方向疾驰。

约莫一炷香的工夫，梁进回来了，还带了几个人，为首的膀大腰圆，身材魁梧。那人下马冲谭纶施礼，口中说道："草民毛海龙参见知府大人！"

谭纶于马上问了一句："你是汪直的人？"

毛海龙："是！汪岛主派我们来协助官军剿灭流寇。"

谭纶点头："好，倭寇就在前方，全是些穷凶极恶之徒，你们就此杀过去，一个不留！"

毛海龙口中应好，但并不动身，似乎欲言又止。

谭纶看出了他的顾虑，道："毛海龙，你只管去杀敌立功，我部一定会遵照诺言，绝不动你一根汗毛，任你来去自由！"

毛海龙等的就是这句话，虽然这次协助官军剿倭是汪直与胡宗宪相约好的，但也怕被官军断了后路，把他们一并端了。

毛海龙振声答道："好！请大人一旁观战，草民一定凯旋！"

谭纶大声吩咐李超："让开一条道路，让他们进阵杀敌！"

李超令旗一挥，大明官军呼啦啦让开一条道路。

毛海龙一声呼哨，海寇们向倭寇发起了攻击。

那支倭寇本来就被谭纶他们杀得死伤过半，人困马乏，被毛海龙这股生猛海寇一冲，一个个做了刀下之鬼。

戚继光："大人，汪直怎么会派兵协助官军剿倭？"

谭纶："胡制台向朝廷奏报，请求招安汪直。汪直已经有了归顺的意向，并打算在和谈期间协助官军剿灭流寇，立些军功，也好有些谈判的砝码。"

戚继光恍然大悟。

北京城皇宫西苑，掌印太监黄锦悠长的声音在大殿里回荡："圣上有旨，赵文华东南督师有功，加太子太保，领从一品俸禄，获赏银三十两，荫一子为锦衣卫千户；胡宗宪升南京兵部尚书，领二品俸禄，获赏银三十两，荫一子为锦衣卫千户；其余各有功者，一律论功赏赐。着礼部择吉日祭祀太庙，告慰先祖。钦此！"

殿堂下，严嵩领着内阁成员山呼："吾皇万岁万岁万万岁！"

暮色里，严府的书房。

严嵩非常高兴，这个得意门生这次又立了大功，为他在圣上面前又挣了一把面子。

严嵩诗兴大发，挥笔写下了一首七律："江海称兵四载余，每劳宸札问何如；老臣报国无他枝，喜接门生破敌书；帝授兵将遣视师，庙谟神略有谁知？淮西功业称惟断，安得韩公为勒碑。"

若要将赵文华、胡宗宪比作平定淮西的李愬，还得借助韩愈这样的大手笔为之写碑铭。严嵩将此诗题名为《闻赵尚书平倭奏捷志喜》，落上自己的款，转身递给站在后边的赵文华。

赵文华眼里泛着激动的泪花："谢义父墨宝。能有今日成就，全靠义父的支持、激励和指点。您的大恩大德，孩儿没齿难忘！"

严嵩语重心长地说："元质啊，义父老了，朝廷重担，终究是要落到你们的肩上。咱们严家，虽说是权倾朝野，风光无限，但这一路走来，可以说树敌无数，危机四伏。所谓打虎亲兄弟，上阵父子兵。你和东楼要精诚团结，像亲兄弟一样相互帮衬着，千万不可让人有可乘之机，不然的话，一着不慎，万劫不复。"

赵文华："孩儿明白，我会和东楼同心协力，决不辜负您老人家的期望与厚爱。"

严嵩："你现在是一品大员了，进内阁只有一步之遥。徐阶那边正在拉拢高拱、张居正，这两人都是实力干将。你必须要在一两年内，再做出一些功绩，我好向圣上力荐你入阁。"

赵文华激动地说："请义父放心，文华一定抓住机会，争取再立新功。"

这时，严嵩的夫人欧阳淑端从里间出来，嘴里嘟囔着："你们两个，还吃不吃饭了？"

赵文华放下手中的字帖，亲热地叫了声："干娘。"

欧阳淑端甜甜地应了一声，道："今天来得正好，尝尝新出的百花仙酒。"

三个人来到饭桌上，香喷喷的菜肴摆满了一桌。

管家严年为三人各斟了一杯酒，严嵩说："这酒是由一位高人进献的秘方所配制的，老夫每天都要小酌两杯。"

赵文华尝了一口，直舔嘴咋舌，赞叹不已："这酒确实好！义父高寿安康，莫非得益于此酒？"

严嵩点头："这位高人精通医术、玄学，对延年益寿颇有研究。此酒浸有多种补品，补五脏，调气血，聪耳明目，比那什么仙丹神丸强多了。来来来，再喝一杯。"

赵文华喝完这杯酒后，连声称赞："不错不错，口味香醇，唇齿留香。日饮三杯酒，活到九十九。干爹，你这配方能否给我一份？我想照这方子多配制一些，一来敬献给干爹、干娘，二来自己留着慢慢品尝。"

欧阳淑端笑道："元质也不年轻了，身子骨早该保养保养了。"

严嵩转头吩咐管家："严年，你去书房抄一份，给元质送过来。"

管家严年应了一声，抄配方去了。

就在严嵩为赵文华写诗的同时，胡宗宪的幕僚沈明臣也写了一首名为《凯歌》的诗，墨迹未干，茅坤便迫不及待地取过来，大声地诵读："衔枚夜度五千兵，密领军符号令明；狭巷短兵相接处，杀人如草不闻声。"

总督府衙内，叫好声一片。

茅坤："好个沈嘉则，不愧是江南才子。我看你那几千首诗里面，这首《凯歌》无疑是最好的一首。"

沈明臣平生作诗七千余首，他对胡宗宪极为钦佩。胡宗宪后来含恨离世，他饱洒热泪，充满感激与愤慨之情，为胡宗宪立了传，保存了许多珍贵的史料。

这时有人忽然叫了一声："看看徐文长写了啥。"

茅坤转过身去，只见徐文长的案头上刚刚写就一首新诗，龙飞凤舞，诗名《武夷道中嘲嘉则堕马》："沈郎多病瘦腰支，跨马登山怯路歧。马上如何忽不见，见时惟有一身泥。"

徐渭与沈明臣等幕僚参与谋划多项战事，跟随胡宗宪转战东南各地。有一次，他与徐渭一起骑马行走在武夷山道上，因骑术太差而从马背上跌了下来，沾上一身泥巴，徐渭为此写诗调笑。

徐渭的诗，惹得大家哄堂大笑。

徐渭与沈明臣都是当世不可多得的才子，经常诗酒唱和，不拘小节。沈明臣被大家笑得羞红了脸，恼怒地说了一句："徐文长，最尖酸刻薄了。"

正说笑间，胡宗宪一脸的严肃拿着一份邸报走了进来。

邸报是一种公告性新闻，由通政司负责采编和发行。朝廷每有什么重要新闻，可以通过官方驿道传递到全国四面八方。

陈东、麻叶、辛五郎被押解到京城后，嘉靖皇帝立即下令把他们枭首示众。特号邸报，很快就传到杭州。

看完邸报，茅坤、徐渭、沈明臣等幕僚们面面相觑。

胡宗宪："我们与汪直的和谈迫在眉睫，如果汪直知道陈东他们在接受招抚的情况下被问斩，他还敢来归顺吗？他若不来，咱们前期的努力岂不是付之东流？"

徐渭："邸报已经发至各州县，倭寇到处都有眼目，瞒是瞒不住了，不如在消息上做文章。"

茅坤一点就通，说："是哦，我们另发一条消息，就说陈东、麻叶、辛五郎不是因为投诚才被捉来的，是打仗被俘虏的。"

沈明臣幽幽地插了一句："可是，我们怎么好发邸报？邸报只有朝廷才能刊发。"

徐渭白了他一眼："这有何难，朝廷发朝廷的，我们发我们的，邸报前面加'东南'二字不就与朝廷邸报区别开来了？大明律有哪条说地方不能出邸报了？"

众人恍然，拍手称绝。

胡宗宪笑呵呵地说："这活还是文长拿手，你编个故事，绘声绘色地讲述战事经过，让老百姓都知道，这三个人是顽抗拒捕才被我们捉到的。"

茅坤笑道："对对对，徐文长可以写一个剧本，名字就叫《王翠翘传奇》，百姓就爱听奇闻逸事了。"

皇宫西苑，嘉靖皇帝心情大好。

工部尚书赵文华送来了两坛精心酿制的美酒，里面加了许多延年益寿的药材，口感极佳，最关键的是按照这个方子长期饮用能长生不老。

嘉靖尝了几口，十分高兴，问："朕从来没喝过这等好酒！赵文华，你是从哪里弄来的？"

赵文华伏地禀奏："此酒名为百花仙酒，是严阁老常饮之酒，配方得自仙家，我照抄仿制，得此佳酿，请圣上常饮，定可延年益寿。"

赵文华从严嵩那得了配方之后，按配方用上等好酒，又加了几味补药，酿制了一大坛子，自己尝了后，觉得与在严嵩家喝的味道差不多，便生出一种心思来：给圣上献上两坛，岂不很好？于是，屁颠屁颠地送到皇宫来了。

嘉靖皇帝原本挺高兴，被他这么一说，心里反倒生出几许不痛快来。这严嵩经常在内阁当值，却从来没跟他提起过有这等好东西。怪不得他这么大的年纪，还如此安康，原来是常饮此酒。有这等好酒，只顾自己享受，都说严嵩忠贞，这能叫忠吗？

赵文华从圣上由晴转阴的脸色中看出了他的心思，后悔不该说是严府所有，吓得赶紧退出了西苑。

站在一旁的太监黄锦，将这一举一动看得清清楚楚。第二天，严嵩入值，黄锦就悄悄地告诉了严嵩这尴尬的一幕。

严嵩这下可发了火，好个赵文华，你怎么如此忘恩负义？为了讨好圣上，把我卖了，让圣上怨恨我。

回到家，严嵩怒气冲天，吩咐严年："从今天起，不准赵文华进这个门！"

严年不知就里，吓了一跳。

这一日，礼部尚书吴山加衔太子太保，特来向严嵩道谢。吴山与严嵩同乡，平日里遵严嵩为师长。此番升迁，少不了盛赞严嵩，既代表江西同乡，也代表平民百姓，赞佩之情，溢于言表。

严嵩心情大好，在严府设宴款待，又邀请了在京的江西籍官员前来喝酒。以往这样的场合，自然少不了赵文华，但是这一次，他门都进不了。

厅堂上，严府上下如过年般热闹，欧阳淑端忽然发话："大家都来了，元质怎么没来？"

严世蕃："他早就在门外等着，爹爹不让他进来。"

欧阳淑端："老爷，毕竟父子一场，何苦来哉，让他进来吧。"严嵩这天心情大好，气早消了，点头应允。

欧阳淑端便对家丁说："快去叫赵大人进来，他们爷俩到书房里说话。"

赵文华来到书房，伏地磕头："对不起，干爹，干娘，孩儿不懂事，让您老人家生气了。"

严嵩把一本写好的奏疏甩在他的脸上，黑着个脸，半天不语。赵文华捡起来一看，是《荐用赵文华入值文学疏》，顿时痛哭不已。

严嵩："这次你从东南督师回来，给你加太子太保衔，就是为你今后入阁铺路，推荐你入值的奏疏都写好了，你倒好，翅膀硬了就想单飞，眼里还有没有我这个义父了？"

赵文华："我也不是有意为之，都是为了取悦龙颜，一时糊涂做了错事，请义父原谅我吧。"

欧阳淑端："元质这孩子这么多年对咱老严家忠心耿耿，人非圣贤，孰能无过？"

赵文华是严嵩多年来最得力的助手，离了他，确实是一大损失。严嵩长叹一声："知错必改，善莫大焉。起来吧！"

嘉靖三十六年（1557年）四月，翻滚的乌云笼罩上空，北京的天空，狂风大作，电闪雷鸣，十分可怕。

一道闪电扑向紫禁城，只听得一声巨响，奉天殿的西北角上瞬间冒出一股黑烟，不一会儿，屋顶上腾起了一团火球。

有人惊叫："着火了！"

皇宫里，锣鼓声大作。

"快快快！"黄锦指挥着慌乱的太监和宫女们取水灭火。

火借风势，发出噼里啪啦的声音。

刹那间，浓烟滚滚，火光冲天，奉天殿、华盖殿、谨身殿成了一片火海，烈焰翻腾，火势连绵，不一会儿，文武两楼以及奉天门、午门、左侧门、右侧门等十五门都烧起来了，这是明朝开国以来最大的火灾。

半夜里，终于下起了瓢泼大雨，大雨浇在着火的残柱上，发出嗞嗞的声音，至天光大亮，火才渐渐地熄灭。

嘉靖皇帝一夜未睡，在黄锦等人的搀扶下，神情颓丧地看着残垣断壁。严嵩、徐阶等一众大臣也闻讯赶来了，匍匐在嘉靖的脚下："圣上受惊了！"

嘉靖示意他们起来，众人问："火从何来？怎么烧得这么厉害？"

黄锦："昨晚一道雷电劈到了奉天殿上，引起了一场大火。"

一听说是雷电劈的，众人一脸诧异，噤若寒蝉。雷劈是天谴，通常都是犯下逆天罪行才会遭雷劈。这皇宫遭受雷劈，不啻是对当今圣上的惩罚。

见众人惊惧不言，嘉靖就知道他们的心思，越发郁闷了起来。

徐阶看嘉靖闷闷不乐，问了一句："昨晚圣上是不是修玄？"

黄锦："是，昨晚圣上幸好在西苑设醮，不然定是惊到了龙颜。"

徐阶呵呵一笑："这就是了，圣上是总掌五雷的大真人，一定是昨晚设醮修玄，引得雷公亲自拜访。"

严嵩一听就明白了，徐阶这小子太会拍马屁了，这节骨眼上，也只有这种马屁才拍得舒服。

严嵩赶紧跪倒，大臣们心里也明白了几分，呼啦啦跪倒在地："圣上一统雷霆，修仙有成，可喜可贺！"

嘉靖何尝不是聪明人，再不借坡下驴就要写罪己诏了。他佯装满心欢喜："都起来吧。旧的不去新的不来，着工部速速备料选人，重修大殿！"

严嵩："修建大殿是件大事，最好的办法是在原址上兴建，省工又省时。如果另打墙脚，扩大规模，则要多花费几倍的钱。"

徐阶明白，严嵩提出来在原址上兴建，无非是让工部修建起来省钱省力，贪污腐败的空间更大，于是进言："既然都已焚毁，就应该择地重建，所谓推陈出新。"

嘉靖点头，表示同意。又问："三座大殿重新修建，得多少时日可成？"

严嵩刚想说建成三座大殿少说也要三年五载，却见徐阶抢先回话："臣以为，大殿晚点竣工没关系，但奉天门要在圣上寿诞之前完工，不然百官朝贺连座门楼都没有，成何体统？"

嘉靖点头："徐阶说得有理。"

严嵩吓了一跳，嘉靖的生日在八月，到现在只有三个月多一点的时间，赵文华纵是使出浑身解数，也难以完成。于是连忙奏道："营建之兴，必得材集。可这石材砖瓦均未具备，光是备料就需数月。所以，这三个月的时间实难完成这一任务。"

嘉靖听了心里很不高兴，自己过生日这么大的事，还要强调困难，真不如徐阶贴心。

嘉靖黑着个脸："着工部速办，三个月内，朕必须要在奉天门前接见各国使节和群臣。"

接到修建任务，赵文华一点也高兴不起来。以前但凡有营建工程，赵文华无不雁过拔毛，大捞特捞。然而这次，要在这么短的工期内完成三座大殿的建设，那无异于登天。

赵文华整天都在工地上转悠，数千工匠加班加点，一刻也不得停歇。眼见工期越来越紧，赵文华心急如焚。

这一天，严世蕃做东，邀请了赵文华、鄢懋卿、吴鹏几个人喝酒，开导和安慰赵文华。

赵文华心中有事，喝着喝着就醉了。

下人们抬着烂醉如泥的赵文华回到家，他沉醉中睡得正酣，家人来禀报说："圣旨来了！"

家人慌忙七手八脚地把赵文华扶到厅堂，司礼监秉笔太监陈洪扯着细长的声音高喊："赵文华接旨！"

严嵩与掌印太监黄锦一向交好，而徐阶在陈洪身上花了不少工夫。赵文华瘫倒在地下，含糊不清地回道："臣接旨！"

陈洪见他一身酒气，皱着眉头宣旨："圣上谕旨：八月圣诞，普天同庆，着工部尚书赵文华，务必在一个月内修建完成奉天门，以谢皇恩，钦此！"

赵文华卷着大舌头斜了陈洪一眼："就只有一个月了？"

陈洪："怎么，你天天在工地上，会不知道工期？"

赵文华质问陈洪："这是谁向圣上进谗言，要我一个月内完工？"

陈洪怒道："什么谗言？这是圣上的旨意！"

赵文华很不客气地戗了一句："你别拿圣上来压我，没有奸人使坏，圣上是不会下这样的旨意的！"

陈洪："赵文华，你说圣上身边有奸人？谁是奸人？"

赵文华："你们心里清楚，无须我多说。"

赵文华的儿子听了，吓出一身冷汗来，赶紧上前塞给陈洪一包银子："我父亲今日喝醉了，请公公多多包涵。"

陈洪接过银两，不再说话，冷笑一声悻悻离去。

紫禁城上，嘉靖皇帝在西苑里修了一天的道，踱步城上散散心，陈洪等几个内宫太监小心翼翼地在后面跟着。

城内繁忙的奉天门工地上，工匠们在紧张地忙活，整个门楼已初具雏形，但离完工似乎差距甚远。

嘉靖："奉天殿什么时候可以完工？"

陈洪："那天到赵文华家中宣旨，赵文华说，谁有本事一个月内完工，他那个工部尚书的位置让给谁当。"

嘉靖脸上十分惊讶："哦？以他的意思，是朕逼他了？"

陈洪："赵文华还说了，圣上身边有奸人，圣上听信了奸人的谗言，才这么往死里逼他的。"

一股怒火从嘉靖的心里升起，他恨恨地说道："他赵文华干不了就别干了！"

说话间，几个人来到了城楼上，一眼望去，棋盘天街，公侯府邸，民居星罗棋布，尽收眼底。

突然，一座气势恢宏的高大建筑出现在了众人的眼前，五步一楼，十步一阁，廊腰缦回，檐牙高啄，各抱地势，飞檐翘角……

好一座精美的府邸，比一般将相王侯的府邸都要气派许多。

嘉靖手指前方，问："那是谁家的宅子？"

陈洪："这座宅子是前不久才修建完工的，我们也不知道是谁家的，看样式规模，不是裕王府，就是景王府。"

嘉靖的脸，瞬间就黑了："那不是王府！"

众人吓得大气不敢出，陈洪诺诺问了一声："要不要宣锦衣卫陆炳？"锦衣卫耳目众多，消息灵通。

嘉靖："宣！"

不一会儿，陆炳匆匆赶来："臣陆炳拜见圣上！"

嘉靖："那处新盖的宅子，是谁家的？"

陆炳抬眼望了一会儿："启奏圣上，是赵文华的。"

嘉靖："你怎么知道？"

陆炳："前不久新屋落成乔迁，朝中许多大臣都前去贺喜，连裕王、景王都送了厚礼。"

嘉靖皱了皱眉："王爷都要巴结他？"

陈洪："裕王、景王的王府都要翻修，不跟赵文华搞好关系，王府也修不成。"

嘉靖："真是好大的胆子，好大的威风！欺骗朕不算，还欺负朕的儿子！"

陈洪："严阁老主持内阁，王府的各项开销都要各部汇总最后由内阁确认，没有他老人家的点头王府也没钱。"

嘉靖："赵文华总说材料未到材料未到，那他家盖房子的材料哪来的？"

陈洪："我听说咱们新殿的柱子和房梁都是普通的杉木，原先都是楠木，这还不算，咱们的木料都是由小块木料拼凑而成的，估计上好的材料都给赵文华拿回家盖私宅去了。"

嘉靖听陈洪这么一说，当时就火了："好啊！朕修宫殿没钱，你们盖房子有钱！口口声声要朕体恤民情，省吃俭用，不光是朕的宫殿偷工减料，裕王景王也总说没钱修缮王府，原来都叫这帮蛀虫给贪了。"

嘉靖对臣子贪污是很宽容的，他认为无官不贪，可是贪也要有个限度，不能太过了。做臣子做到这个地步，简直不杀不足以平民愤！

嘉靖越想越怒，眼眸闪烁着骇人的幽光，手指着陆炳："去，把赵文华的家给我抄了！"

陆炳猛地一震："臣，遵旨！"

赵文华被抄家，不啻于惊天新闻，在京城里传得沸沸扬扬。赵文华那可是严党的第一干将，人们都纷纷传说赵文华马上就要进入内阁，成为朝廷最核心的重臣。

过去的几年，东南的官场就成了韭菜地，被赵文华残忍割了一茬又一茬，张经、李天宠、周琉、杨宜都倒在了他的手里，直到胡宗宪上台，才算结束。

只是万万没想到，如日中天的赵文华说被抄家就被抄了。陆炳带着锦衣卫，凶神恶煞地冲进赵文华的府邸。

此时的赵尚书正饮着美酒，摇头晃脑地听着戏曲。这段时间被奉天门的事弄得焦头烂额，赵文华十分怀念在东南督师的好日子，威风八面，日日笙歌，真如太上皇一般。

正想着心事，大门外突然传来一阵喧哗。

赵文华问下人："怎么回事？出什么事了？"

话音刚落，迎面看见一伙身着飞鱼服、手执绣春刀的人冲了进来，赵文华倒吸了一口冷气："锦衣卫！"

在赵文华的跟前，只见锦衣卫列成两排，陆炳身着猩红披风，腰挎弯刀，大踏步地走了过来。

赵文华："陆太保，你带这么多人来本府，所为何事？"

陆炳黑着脸，一字一顿："奉圣上旨意，抄家！"

赵文华的脑袋倏地清醒了："为……为什么？"

陆炳并不搭话："来人，动手！"

锦衣卫立马就动起手来，赵府顷刻间一片狼藉。

赵文华赶紧叫人跑去严府，向义父严嵩报信去。

严府内，欧阳淑端偶染风寒，严嵩命人做了姜汤水，一口一口喂她。

欧阳淑端算不上美女，甚至可以说是长相平平，小时候不幸染上了天花，脸上有很多麻点。但严嵩对这个老伴感情却非常深，两人相敬如宾近六十年，严嵩一生都没有纳过妾。

严嵩一边喂着姜汤水，一边笑着安慰老伴："御医说了，只是偶染风寒，捂两天就好了。"

欧阳淑端感叹了一句："这年纪大了就是不行，不是这里有毛病，就是那里出问题。"

严嵩："是哦，你看东楼都做爷爷了，咱们还不要老？"

欧阳淑端点了点头："儿孙满堂，荣华富贵。咱们家该有的都有了，哪怕现在闭眼，我也没什么遗憾了。"

"别胡说！"严嵩把眼睛一瞪，佯怒道，"我们还要长命百岁，等着五世同堂呢！"

正说着话，管家严年慌里慌张地跑了进来："老爷，出事了！"

严嵩："出啥大事，看把你吓的。"

严年："赵文华家被抄了！"

"啊！"严嵩和欧阳淑端几乎异口同声地惊呼。

"因何被抄的家？"严嵩问。

"目前还不清楚，只知道圣上亲口下的谕旨，带头的是锦衣卫陆炳。"

严嵩脸色十分凝重，抄了赵文华的家，没准就是冲他严嵩来的。更为震惊的是，身为首辅大臣，他事先居然没得到一点消息。

严嵩吩咐严年："赶紧把东楼给我叫来！"

陆炳动用了数百名锦衣卫，前后花了十余天的时间，总算把赵文华的家产清点完了。

金银珠宝、古玩字画、绫罗绸缎、房产地契，整整拉了数百车才拉完。仅去年东南督师半年，赵文华就贪污军饷十四万两。

工部执掌天下营建，这可是一夜暴富的肥差。赵文华在工部的任上，通过受贿、侵吞、冒领等种种手段，让朝廷的银子流入私人的腰包。

赵家新宅柱梁所用木材，果然是上等的金丝楠木，每一根都价值不菲。看着厚厚的清单，嘉靖脸色铁青。

难怪修建皇宫大殿进展缓慢，原来值钱的物料都搬到赵家去了，嘉靖两眼喷火："传旨，将赵文华削籍为民，令三司彻查。"

严府，严嵩的书房。

严氏父子面容严峻，这是自扳倒夏言之后，面临的最大危机。

严世蕃："圣上对赵文华的家产极为震惊，直言一个工部尚书就已富可敌国，令人发指。他这话，莫不是要敲打我们严家？"

严嵩："完全有这个可能，这些年我们掌控内阁，得罪了不少人，别看我们表面风光，背地里不知道有多少人磨刀霍霍，就等着有一天来砍向我们严家。"

严世蕃："圣上此番拿赵文华开刀，咱们可不能掉以轻心。"

严嵩："从修建新殿开始，就有人给我们下好了套子，重新选址、三个月完工，一步一步等着我们入套。"

严世蕃咬牙切齿："徐阶那狗贼，决不能放过他！"

严嵩："这件事没那么简单，徐阶固然可恨，但没有圣上的旨意，谁敢向我们严家下手？"

严世蕃："圣上真无情啊，赵文华不管怎么说也是忠心耿耿，两次督师东南，擒斩倭首，劳苦功高。文华虽说喜欢贪点小便宜，但办起皇差毫不含糊，宫殿道观，外城内防，该修的都给修了，如果换成了那帮清流，他们或是不贪，可他们能给圣上修宫殿吗？只有我们这些人不计毁誉，实心为圣上办差，这个时候就像对待草纸一般，擦过了随手就扔，怎么连一点情面都不讲？"

严嵩默默坐在灯下，一语不发。

严世蕃："圣上已下旨让三司彻查，您得招呼一下，这把火，无论如何也不能烧到我们这边来。"

严嵩长叹一口气："这些年，我们严家树敌太多，赵文华一倒，不光三司，那些言官们也在蠢蠢欲动！"

严世蕃蓦然想起杨继盛犀利的眼神，禁不住打了个寒战，那些言官铁骨铮铮，油盐不进，可不是那么好对付的。

严世蕃："父亲，那我们该怎么办？"

严嵩心里何尝不是恐惧与悲哀，除了痛失一个助手之外，更让人有种兔死狐悲的伤感。

严嵩："自古人生最忌满，半贫半富半自安。贪污受贿，迟早都要倒回去的……咱们又何尝不是？东楼！"

严世蕃："爹！"

严嵩："以后咱们都要夹起尾巴做人，千万别再惹出什么是非，让人抓住了把柄。"

严世蕃知道这是爹在提醒他。要说起来，他贪得比赵文华多得多，名声比赵文华还臭。说不定哪一天圣上怒了，一道圣旨下来，他严世蕃也会死得很惨。想到这里，一种恐惧不可遏制地涌了上来，他连连点头。

严嵩："墙倒众人推。赵文华的案子，你必须盯紧盯牢，千万不可让人顺藤摸瓜，查到咱们这儿来了！"

严世蕃眼睛里冒着凶光："明白，万不得已的时候，我们也要丢车保帅。"

严嵩不置可否，身子陷在宽大的椅中，两眼微闭，尽显疲态。

皇宫西苑，青烟袅袅。一声铜磬响过，内阁开始议事了。

"赵文华的案子，审得怎么样了？"嘉靖悠悠地问了一句。

"回陛下，都审清楚了。"徐阶回道，"抄家所得，金银珠宝折价就有三百多万两，各种地契两万多亩，房产店铺一百多间。皇宫营修的上等材料，也被他拿回家不少。"

嘉靖："我听说他还贪了军饷？"

徐阶："是，赵文华东南督师，一次就贪污军饷十四万两。若是深挖彻查，恐怕还有更大的事情。"

嘉靖怒道："让他们赵家填补窟窿，儿子还不清孙子还，直到全部还清为止！"

徐阶："还有人密报，前年嘉兴王江泾抗倭大捷，首功是张经，却被赵文华伙同胡宗宪诬陷养寇自重，两人贪冒军功，把有功之臣诬告致死。"

嘉靖沉吟半晌，问："严阁老，这事你怎么看？"

严嵩立马明白圣上的心思。如果肯定王江泾大捷是张经和李天宠的功劳，那么意味着这两人是被冤杀的，这样下令处死张经和李天宠的嘉靖皇帝就成了忠奸不分的昏君，内阁首辅严嵩自己也脱不了干系。

严嵩："启奏圣上，张经、李天宠经三司会审，证据确凿，该当处死，一些捕风捉影的事不可轻信。赵文华贪墨是不假，但咱们有一说一，二次督师均凯旋，倭首陈东、麻叶、辛五郎不就是他亲手缚到京城来的吗？这些难道不是事实？"

嘉靖点头不语，他压根不想为张经、李天宠翻案。

严嵩痛心疾首："老臣愧对圣上的隆恩。赵文华平时做什么，向来都不会告诉我，特别是当上一品大员后，我们在一起的时间更少了。赵文华是我的门生，没有把他教育好、培养好，辜负了圣上的信任与厚爱，老臣对不起圣上，请圣上责罚。"

嘉靖皇帝是个聪明人，他其实并不想深究，淡淡地说了一句："赵文华虽然是你的义子，但丁是丁，卯是卯，朕还是分得清楚的。出了这档子事，阁老也不要放在心上，只要一如既往地实心用事，这责罚就免了。"

严嵩心里一块石头落地了，长跪不起，感动得痛哭流涕。

这让站在一旁的徐阶深感失望，突然面前的帷幔无风自动，嘉靖皇帝握着一柄玉如意，走了出来，眼睛看着徐阶："方才你说深挖彻查？"

徐阶只能硬着头皮说道："是！不过臣觉得赵文华之罪，罪在一人，似乎不应该牵连过多，这个案子，应该可以了结了。"

徐阶不愧是人精，三言两语间，就看出了嘉靖的心思。

嘉靖笑了一声："徐阶宅心仁厚，就依你的意思办。"

又望了望跪伏在地下的严嵩："严阁老起来吧，奉天门还未完工，你得抓紧帮我建成，可不要误了朕的大事。"

严嵩叩头信誓旦旦："老臣一定亲自督办，要是误了圣上的大事，拿老臣是问。"

嘉靖哈哈大笑，突然吟了一句："白云黄鹤道人家，一琴一剑一杯茶，羽衣常带烟霞色，不染人间桃李花。"

吟完，衣袖飘飘地往外面走了。

再说赵文华在大牢里被关了两个多月罢黜为民，在官兵押解下离开京城。这日，他们来到一处码头等船，官兵们吃着酒肉，而他们只有糙饭咸菜，赵文华几时吃过这种东西？跟在身边的妻妾也跟着嘤嘤哭泣，气得赵文华一甩袖子，饿着肚子睡了一夜。

第二天早上，忽然有人送来了香喷喷的米饭和酒肉，赵文华饿了一夜，闻到了酒肉香，也没多想，狼吞虎咽地吃了下去。

　　刚上船，赵文华就感到肚子隐隐作痛，于是用手揉着肚子。船还没行上十里，赵文华突然倒在地上，不断用手撕扯着肚脐，押解的官兵吓了一跳，还没来得及阻止，赵文华就像发疯了一般，用力扯开肚皮，肠肚一起涌出，血流满地，臭气熏天。

　　赵文华瞪着牛眼，从眼眶里涌出一股黑血，肠穿肚烂，七窍流血，死得非常凄惨。

盛夏时节，天格外蓝。

田间的水稻进入了长穗期，高温多雨，农人们在田间忙着放水、除草，这是田间管理最重要的时节。

谭纶身着青衣便服，头戴斗笠，赤脚走在田埂上。黄诰、梁进亦是同样的装扮跟在后面。谭纶走走停停，时而手搭凉棚远看，时而俯身近观，时而又回过头来跟黄诰说着什么。

一个农人正在田边费力地挖掘着水沟，稻田里积满了水，他的妻子和一个七八岁的孩子正在田里拔草。

谭纶来到稻田，俯身仔细看了下稻穗，道："老乡，你这稻穗长势不佳，收成恐怕是要大打折扣哦！"

农人停下手中的活计，回了一句："是哦，今年收成估计只有往年的六成，过了这个冬，一家人又要饿肚子了。"

谭纶起身抬头看了看："我看其他农田也差不多，莫非有什么病害？"

农人："岂止病害，问题多着呢。连年兵乱，田里的沟渠全部被毁坏，下雨就积水，天晴则干旱，这稻苗哪经得起这般折腾。"

谭纶点点头，深有同感："眼下正是长穗期，最需要匀称浇灌，时满时旱，这是丰产的大忌。"

农人："眼下高温多雨，杂草疯长，病虫害又特别多。"

农人的妻儿一边拔着草，一边忙着捉虫，满头大汗。

谭纶："这季节虫害厉害，徒手捕捉费时费力。我家乡一到稻苗长穗期就把家鸭赶至田里，那家鸭捕食蟛蜞、蝗螂有奇效。"

农人："这法子好，我们也可以试试。"

谭纶说："我们那防治病虫害还有个法子，把菊叶烧成灰，然后撒在农作物上，病虫害立减。"

农人问："官人哪里人氏，对农事如此熟悉？"

谭纶笑而不语，旁边梁进忍耐不住了："这是台州知府谭大人，还不快快磕头拜见！"

农人大吃一惊，双腿一软赶紧就要跪下，他的老婆孩子也是愣在当场不知所措。

谭纶赶紧伸手搀住农人，黑着脸呵斥梁进："百姓乃是我们的衣食父母，不是给你欺凌吓唬的！"

梁进快快退在一边，不敢说话。

那农人有点激动，语无伦次："小民拜见知府大人！"

谭纶摆手示意他免礼，神情伤感："这连年兵乱，遭殃的还是咱们这些老实巴交的老百姓……"

农人眼眶红了起来，哽咽道："天下就数庄稼汉最苦，即便丰产之年，这田赋、徭役林林总总算下来，剩下的余粮最多也仅够吃。遇上兵乱天灾什么的，基本上是朝不保夕，夜无余粮了。"

谭纶面色戚然，没有说话。

黄诰近前悄悄地对谭纶说："近年台州灾祸连连，士绅们都说能不能向朝廷申请减赋降税，让地方休养生息……"

农人闻言插话了，神情有点愤慨："他们还要减赋降税，年年赋税我们少不得一厘一毫，他们总有法子拖着欠着。"

见大家没有作声，农人的胆子更大了。

"这减赋降税说了多少年，朝廷是减了我们的，可到了地方上不又巧立名目变相加码，堤内损失堤外补，怎么减都减不到我们老百姓的头上。受益的都是那些乡绅土豪，平时都拖着欠着，朝廷一减税，他们拖欠的一股脑全部勾销。"

黄诰脸色铁青："你一农夫哪里懂得国政大计？休要在这里胡言乱语。"

农人有点急了："我没有胡言乱语，大人不信可以调查！"

黄诰正欲发作，见谭纶正犀利地看着他，用眼神告诉他站一边莫说话，他只得悻悻退在一边垂首不语。

谭纶对黄诰说道："国政大计，我们当然不能妄议。但解决民间疾苦，让民休养生息可不是简单一句减赋降税就能解决问题的。足额交税者吃亏，拖欠赋税者得利。就等于劣币驱逐良币，鼓励赋税拖欠总量越来越大。"

谭纶转头又对农人说："地方赋税名目繁多，官府决策的随意性大，这才是百姓赋税减不下来、朝廷收入增长不了的根本所在，肥了的，只是那些官绅土豪。改革税赋政策关乎民生国计，朝廷会有总体考量。我们也会向朝廷积极建议，让浩荡皇恩更多地泽被民间百姓。"

农人赶紧跪下："多谢知府大人的关心！"

谭纶伸手把他扶了起来："你刚才说的水利失修的事，等过了这稻田收割季节，官府会组织一次全面的水利冬修，你们老百姓可要支持哟，每户男丁抽取徭役，物料府衙解决，你们不会有异议吧？"

农人激动地说："老百姓早就盼望着修水利了，但是官府不牵头，老百姓自己又修不起来。这抽徭役修水利的事，保管大家都同意。"

谭纶呵呵一笑，转身就走，大声说了一句："记得把鸭子赶来田里吃虫！"

望着谭纶一行远去的背影，农人嘴唇嚅动了几下，眼里含着泪花。

刚回到府衙，戚继光就走了进来。

上官悼和黄诰相视一笑，乐呵呵地站起来跟戚继光道喜。

戚继光一脸懵懂："戚某喜从何来？"

上官倬："还跟我们打马虎眼哈，上头的公文都拟出来了，将择期宣布。"

戚继光正欲辩解什么，只听谭纶替他解释："元敬在龙山所一战力挽狂澜，表现十分神勇，圣上特升你为宁绍台参将。"

戚继光赶紧施礼："谢胡制台的栽培，谢谭大人的举荐。"

谭纶说："先不忙着谢，重任在肩，还当倍加努力。眼下日本国各路军阀势力争斗不止，大量败兵逃窜海上，与东南沿海的海商、海寇势力相互勾结，狼狈为奸。抗倭形势日趋严峻，你这个宁绍台参将不好当呀！"

戚继光说："末将明白。龙山所一战，二万官兵居然奈何不了八百倭寇，可见卫所军户制度已经烂透，必须重起炉灶招募新兵严格训练，以振我大明之军威。"

谭纶："上头也意识到了这一点，朝廷里关于海防的争论很多，有的主张歼之于海，御敌于国门之外；有的主张歼敌于陆地，凭借陆地纵深和城高墙厚，剿灭倭寇；还有人主张水陆并重，可谓众说纷纭，莫衷一是。"

戚继光："这些主张，看似都有一定的道理，但朝堂重臣多数未直接参与抗倭战事，没有抗倭一线的切身感受，许多人只会纸上谈兵而已。"

谭纶："无论陆战还是海战，这仅是军事层面的考虑。彻底剿灭倭寇，还是要从海禁政策、兵备制度着手。胡制台已向朝廷建议，要采取剿抚策略招安汪直，此事若成，可达到事半功倍的效果，每年节省军费百万两之巨，朝廷幸甚，百姓幸甚！"

戚继光："倭首汪直自号'徽王'，拥有船只二百多艘，官军莫敢撄其锋。对这个乘巨舰往来于茫茫东洋、神龙见首不见尾的倭寇首领，大明官员百姓除了恐惧痛恨外，还有一种无可奈何的佩服。这等人物，恐怕没那么容易接受招安。"

谭纶："招安的事，自有胡制台他们运筹帷幄。我们把台州的事做好，让百姓少受兵灾之苦就好了。"

众人连连称是。

谭纶正色道："说正事吧。再有个把两个月，稻子陆续要收割了，你们从这月起，就要征调筑城的役工了。"

黄诰："往年征调役工，一般是采用了三丁抽一的办法，这次府城修筑，五千役工足矣，三丁抽一可满足筑城的要求。"

谭纶："前期筹备，大家都很尽心。对于后期的伙食和住宿，你们还要用心安排，筑城很辛苦，千万别让役工受苦而怨恨。"

黄诰："下官明白。"

谭纶："戚继光！"

戚继光："大人请讲。"

谭纶说："上官大人和黄知县经过一年的筹备，钱粮物料和人力都已准备妥当，就等开工修筑了。"

戚继光："这可是件大好事，利在当代，功在千秋。"

谭纶："原本安排黄知县负责筑城的具体事宜，然而他对你的空心敌台一窍不通，思虑再三，还是想让你负责筑城，黄知县负责物料和役工的饮食起居，你们看妥否？"

戚继光朗声说道："戚继光谨遵大人令谕！"

黄诰也表态："请大人放心，下官一定竭力配合。"

大堂前，忽然听到梁进的声音，不一会儿，梁进来到了签押房，一脸激动和喜悦："大人，我回来了。"

谭纶从椅子上站了起来，呵呵笑道："可算回来了，家中二老可安好？"

梁进："都好，都好，母亲患病半年多，梁进寸步不离侍候着，上个月完全好了，下官寻思，也该回来了。"

谭纶拍了拍他的肩膀，连声说道："好，好，回来就好。"

梁进："大人，还有一个好消息告诉你。"

谭纶："哦？"

梁进："村里的一些青壮跟我前来投军，都是些勇武有力不怕死的汉子。"

谭纶："这个好哇，欢迎他们来投军，国难当头好男儿就当杀敌建功。"

梁进："我这次带来的人不多，只有二十几个。我们那里经常受倭寇的侵扰，地方上组织了民团，多数青壮进了民团，不然投军的人会更多。"

谭纶："在哪抗倭都一样，地方民团力量薄弱，我们州府县衙、卫所官兵还得多多帮助才是。"

梁进："是是是，他们要我带话，希望知府大人派些实战经验丰富的将官去帮助练兵，提高士兵们的杀敌本领。"

谭纶："这个没问题，等下叫李超安排一下。"

谭纶对戚继光说道："黄知县去忙自己的事，元敬随我一起去军营看看，也不知新兵训练得怎么样了。"

梁进忙不迭地出去备马，与谭纶、戚继光一起去往练兵场。

练兵场上，一片热气腾腾，有练刀枪棍棒的，有练跑走跳跃的，有练骑马射击的，李超带着新兵忙得不亦乐乎。

见谭纶亲自前来视察，李超赶紧放下手中的事情跑了过来。

"末将见过知府大人！"李超拱手施礼。

谭纶问："都教习得如何？"

李超："禀报谭大人，下官编排了刀枪棍棒、跑走跳跃、骑马射击等内容，每日令各营勤加练习。"

谭纶边走边看，眉头渐渐皱了起来："将与兵之间如何节制？"

李超有点愕然："以军纪来节制。"

谭纶摇头，面色凝重。

李超："请大人指点！"

谭纶："练兵之要，当立伍法，自将以下节节相制，职责分明，进退如一。"他稍微停顿了一下，对李超说，"传令，尽数集合！"

练兵场上鼓声骤然响起，有人高喊："三通鼓毕，不到者斩。"

士兵们呼啦啦跑了过来，不一会儿便列队整齐。

谭纶站在高处，面向大家高声说话："大家离家别子，只为抗倭杀敌。但是，杀敌必须要有杀敌的本领，不然一上战场，敌没杀死自己先死。今天看了大家的练兵效果，不太理想，我们沿袭以前的练兵方式，断然练不出不怯战、能杀敌的虎狼之师，必须从头来过，彻底改变！"

谭纶继续说道："今日之改变，就是为将来能保全自己消灭敌人，大家务必认真听好了！

"第一，立伍法。每十人为一伍，四伍为一队，四队为一营，四营为一总，四总为一将，层层节制。每伍设伍长一名，盾牌手两名，火铳手两名，长枪手四名，擅长短兵器近战者三名，分工协作，相互配合，大家按各自职责去勤加练习。

"第二，改用人。每一伍当中，由士兵推选能力强者担任伍长。伍长以上，自上而下反选。将官选把总，把总选营长，营长选队长，队长选伍长。选定之后，非战死不可再变。

"第三，明军纪。凡伍长以上，若有倾陷妒忌，妄传军令，贻误军机者，斩。战场上，一人赴敌，一伍争救，若伍长战死，全伍没有任何所获，一伍全斩，所获功绩，全伍共分。其余军纪，依律执行。"

李超大吼一声："大家都听清楚没有？"

大家齐声回答："听清楚了！"

谭纶吩咐李超："开始选兵吧！"

夕阳下，谭纶和梁进赤脚走在灵江的沙滩上，抬头远看城墙上，到处是修城役工忙碌穿梭的身影。

谭纶处理完一天的公务，难得有闲心来江边走走。

江边上芦苇丛丛，清风习习，灵江水清澈见底。

有几只铜钱大小的螃蟹在芦苇边上打架，你追我赶，好不热闹；老蟹们则安静地待在大石头下面，躲着夏日的阳光。时常有小蟹从赤脚上爬过，让人顿时产生酥酥麻麻的感觉。

梁进指着山上那些忙碌的役工："大人你看，这个戚继光办事果然干练，每天都有数千名役工上山，每天不到日落不收工。"

谭纶："戚继光志向高远，文武兼备，是个人才。"又问梁进："李超那边兵将选得怎么样了？"

梁进："都选出来了，谭绥、林大鹏还有杨文都被选上了伍长。"

谭纶问："这几个人是否还服从军纪？没有无事生非吧？"

梁进："这几个人在新兵中的威信高着呢，训练积极，素质又高，豪爽义气，都是兵与兵之间选出来的，跟教官们也相处甚好。"

"相处甚好？"谭纶停下脚步，"那杨文一来就跟李超干了一架，李超没给他小鞋穿？"

梁进："没有，李超也是个讲义气重情分的豪爽人，不但没给杨文小鞋穿，还经常向他讨教杨家枪法，两个人现在好得跟兄弟似的。"

谭纶满脸欣慰地点了点头，吩咐梁进："新兵营那边的事你给我好生盯着，特别是谭绥，大家都知道他是我弟弟，遇事都会礼让三分，叫他切不可狂妄自大，惹是生非。"

梁进："这个大人无须多虑，谭绥好歹也中过举人，在新兵中算是最有文化的人了，说话办事很有分寸。"

谭纶点点头，没有说话，两人又沿江边走了一段，日落黄昏，天色逐渐地暗了下来。

远远的临海城里，传来了锣鼓的声音，不多时，又听到隐隐的戏曲唱腔，在晚风里婉转悠扬。

倭乱频繁，已经很少见有戏班子唱戏了。

谭纶感觉很是新奇："哪来唱戏的声音？"

"大人，这是咱们临海状元郎秦鸣雷的伯母过六十大寿，他们家请来了海盐的戏班子，吹吹打打要唱上三天。"

谭纶恍然想起来什么："秦鸣雷与我同科，算起来也是同门师兄弟，前几日还下了请柬，这事我差点忘了。"

梁进："状元郎是个出了名的孝子，台州人无不夸赞。"

谭纶："哦，怎么个孝法？说来听听。"

梁进："秦鸣雷自小父母双亡，他兄弟三个由伯父伯母养育，不久伯父又去世，是伯母一个人把他们拉扯大，所以他对待伯母就像对他亲生母亲一样。现如今他几兄弟发达了，伯母做寿当然是热热闹闹大办一下。因为状元郎的孝顺，咱们台州人都时兴正月十四过元宵节了。"

谭纶："这其中又有何典故？"

梁进："秦状元对伯母极为孝顺，他的伯母初一、十五都要戒荤吃素，为了使伯母也能吃到元宵筵席，秦状元提议将元宵节提前一天。这事传开以后，台州府县百姓争相仿效，有人还作诗：'十五月亮十六圆，台州百姓庆团圆。竹枝歌词到处唱，民间争说秦状元。'"

谭纶感叹道："这个秦状元，真是个大孝子呀！"

此刻秦鸣雷的状元府上，正张灯结彩，喜气洋洋。

厅堂前，秦鸣雷和哥哥秦鸣春、秦鸣夏正跟伯母杨氏商议寿宴的事。

伯母："咱们做寿，你们三个孩子就不要铺张，毕竟老大、老三还在朝中做官，排场过大，容易招惹是非。"

秦鸣夏："这个我们三个商量过了，只是要来的人实在太多，七算八算，最少还是要摆百十来桌。"

秦鸣春："我们也不是成心铺张排场。一来，伯父伯母一手拉扯我们兄弟几个成人，比亲生父母还亲，尽孝道是我们的本分；二来，我们兄弟三人在官场这么多年，即便我们不讲排场，人家也是要来，总不能叫人家空着肚子来我们家祝寿吧。"

伯母："这又是摆酒又是唱戏的，得闹出多大动静啊！"

秦鸣夏说："这厨师伙计戏班啥的，我们都安排妥当，您老就安安心心当寿星吧。"

众人皆开心地笑了起来，屋子里洋溢着幸福与欢乐。

灵江边，夜幕降临。

"大人……"梁进犹豫了一下说，"有件事不知当讲不当讲。"

谭纶："但说无妨。"

梁进："新兵们日日操练，白天还好打发，一到晚上都没事可做，有些士兵偷偷溜出去喝酒赌博，偶尔还干些偷鸡摸狗的事情。"

谭纶脸色一沉："为何不严厉处罚？"

梁进："每次发现都会严厉处罚，但士兵们一到晚上实在无聊，整天关在营房里也容易生事。"

谭纶生气地说道："他们现在是军人，军人就必须遵守军营规矩，不然这跟乌合之众有什么区别？"

梁进看了一眼谭纶，小心翼翼地说道："大人，依下官来看，完全堵之也不是个办法，毕竟在军营里不是一天两天，长此以往会憋出事来！"

谭纶："你有什么想法？"

梁进："既然堵不死，不如以疏代堵，就像治水一样，疏堵有方，才能让士兵们安下心来，不惹是非。"

谭纶没有作声，梁进继续说道："这主意不是我想出来的，是谭绹说的。"

谭纶听他这么一说饶有兴致："他怎么说的？"

梁进说："他说，要在军营里设置随军戏班子，士兵们可看戏听戏，也可学戏唱戏，这样就不会去做那些偷鸡摸狗的事了。"

谭纶点点头，若有所思。

天空中传来几声闷雷，起风了，夹杂着咸咸的海水的味道。

梁进抬头望了半晌天空，喃喃说了一句："看这天象，似乎有飓风要来。"

谭纶看了看天，说："那咱们回去吧。"

第二天早上，风似乎更大了，城墙上的旗被吹得猎猎作响。

临海城墙的修筑现场依旧人来人往，山脚下、垛口边上全摆满了砖、石、木材等建筑用料。

谭纶上得山来，远远地见戚继光和黄诰正趴在城墙的一垛口上，垛口上铺了几张图纸，两人正指指点点地说着什么。

走近一听，两人正在说着飓风的事情。见到谭纶，二人忙过来施礼，戚继光："大人，筑城的事看来得缓一缓了，飓风要来了。"

谭纶："以你判断，这飓风几时会来？"

戚继光："末将从小在海边长大，这风浪之事还是略知一二。"

他从怀里取出一面小旗，往前面举着："大人你看。"

他手中的那面小旗，被风吹得直往北飘。

"这风从北面刮来，渔民有句谚语：夏月北风，水浸鸡笼。昨夜都还是西南风，今日突转北风，这风要是持续半天以上，就是飓风来临的前兆。"

他收起小旗，接着说道："按照飓风将发的规律，一般先刮风，之后有微风细雨，先缓后急。以目前风势而言，慢则三五天，快则两三天即到。"

黄诰："飓风一来，百姓又要遭灾。北宋庆历五年（1045年），大水毁城郭，溺死者过千；南宋绍定二年（1229年），海水从括苍城门涌入，水淹三日后方才退去，遇难者逾二万。"

谭纶："如此说来，御洪确是当务之急，必须先保行洪安全。"

黄诰："每年飓风季节，飓风夹着暴雨，导致山洪暴发，上游洪水下泄直冲城区，加上灵江下游大潮水顶托，江水、潮水汇合抬高水位，导致城区屡遭水淹。"他用手指山下，"所以我们心里非常焦急，刚刚跟戚将军商量，先把山上的工程停掉，组织役工全力加固、加高山下的江堤。"

谭纶顺着黄诰手指的方向，看到山下段的临海城墙有三分之一的长度是沿着灵江修筑，既是城墙，也是护卫台州府治的江堤。

谭纶道："迅速组织全体役工集中到江堤上，将筑城物料用于加高加固江堤，严防大水漫城。还有，通知各家各户，做好应对大水来袭的准备！"

三人得令，迅速安排去了。

是夜，龙顾山畔的状元府异常热闹。宽大的厅堂、客房摆满了宴席，处处人头攒动。

"快快快！"张管家不停地在前厅后堂张罗着。

一个杂役焦急地跑过来汇报："张管家，酒席已坐满了，还不断有人来，有些客人都站到门外去了。"

"都愣着干什么，还不赶紧添凳加桌！"张管家喊道。

秦氏三兄弟满面春风地站在府前台阶上迎候着各路来客，不停拱手作揖。这时，谭纶的轿子来到了府前，早有人通报："台州知府谭大人到！"

秦鸣春率秦鸣夏、秦鸣雷赶紧下台阶迎接："父母官亲临寒舍，秦某有失远迎，失敬失敬！"

谭纶客气地回道："谭某姗姗来迟，还望各位多多海涵。子平兄乃我朝刑部员外郎，身居高位，谭某安敢劳驾远迎？子章兄是甲辰科乡试主考，子豫兄是同科状元，学仕前辈，进士楷模，让谭某自惭形秽呀。"

这三个谭纶都认得，都是当地名人。

秦鸣夏："谭大人休得再提科考之事，惭愧惭愧！"

众人哈哈一笑，秦鸣雷："酒菜已上多时，子理往里面请！"

秦氏三兄弟引着谭纶到主桌上就座，主桌在戏台下面的正中位置，艺人们正在搬运着道具，有人在调试着乐器，发出咿咿呀呀的声音。

待主客坐定，其他客人纷纷入席。同桌有台州通判上官倬、推官边毅等府衙官员，以及黄岩知县汪汝达、仙居知县姚本崇、海宁知县辛自修、天台知县冯兰等各县主官。

谭纶边上还空着两个位置，秦鸣春问道："戚继光和黄诰怎么还没来？"

管家还未回话，谭纶替他们解释道："今日突然刮起北风，恐有飓风骤雨，他们两个在布置御洪之事还未回来。"

秦鸣春："年年飓风时节，沿海百姓都得遭殃。"

谭纶："我已通告全城百姓做好御洪准备，秦府也要及时准备才是。"

秦鸣雷："秦府地处龙顾山畔，地势比其他地方都高，再大的水都涨不到这里来，只是这城内百姓倒是要严密提防才是。"

秦鸣春："看这天象，似乎有暴雨来袭，各位知县我就不留你们了，晚宴后即回各县组织县民御洪，千万不可耽误大事！"

各县主官连连点头。这时戚继光和黄诰匆匆走了进来，来到主桌前。

秦鸣春起身相迎："二位真是日理万机，这个时候才来，再不来我这边都不好开席。"

两人赶紧向秦氏兄弟致歉："我二人来晚，耽误各位开席，抱歉抱歉！"

众人呵呵大笑，复落座。管家高喊一声："贵客来齐，上酒菜！"

下人们手端菜盘鱼贯而出，各桌觥筹交错，状元府里一片欢声笑语。

酒至半酣，一阵欢快的鼓锣声响起，夹杂着古筝和长笛的声音，让人感觉清心悦耳。

众人抬眼望去，戏台上的艺人们正在做着开演前的最后准备，各乐器响起，也是预示着主角即将登场。

戏台对面的楼上，寿星老太太在众人的搀扶和簇拥下来到了二楼看台正中位置，待老太太坐定，锣响三下，主角唱着戏文缓步登场。

谭纶从来没有听过这种唱腔，跟自己家乡的戏完全不一样，就问秦鸣春："这是什么戏？"

秦鸣春："这是嘉兴的海盐腔，近年非常受欢迎，有些人爱海盐腔胜过爱昆腔。"

谭纶打小就是个戏迷，一讲戏来了精神："我家乡也是个戏窝子，我们那以前学的是弋阳腔，近年昆腔流传颇盛，老百姓纷纷喜好上了昆腔，这种海盐腔还没听过。"

"海盐腔乃前朝戏曲家杨梓所创，融合南北歌调，渐成腔调清柔婉转的新唱腔。相传杨梓乃海盐巨富，为人豪侠风流，精通音律，曾盖楼十间养了数十妻妾，皆能歌善舞，妻妾将洗下的胭脂剩水倾入楼旁池中，久之水尽染色，人称胭脂湖。海盐腔一出即备受推崇，一般宴饮集会多用海盐戏娱乐宾客。"秦鸣雷毕竟是状元出身，学识渊博，一张口，众人皆不作声。

戏台上，主角们纷纷登场，戏台的左侧挂着今天的剧目，上书"连环记"三个大字。

秦鸣雷边看边跟大伙聊着："这戏叫《连环记》，说的是东汉末年董卓专权，曹操谋刺不成，集刘、关、张与吕布战于虎牢关。这个剧目共有三十三折，现在演的是第一折'起布'，全部演完足足需要三天。"

谭纶看得非常陶醉，时而闭上眼睛跟随乐曲拍打节奏，一副完全入戏的样子。

戚继光摇头晃脑："这唱腔轻柔婉转，紧慢有致，疾徐相错，好听好听！"

一曲唱罢，只听得场内欢声如雷，齐声喝彩。

悠扬婉转的旋律伴着咿咿呀呀的唱腔，从状元府的灯光里穿过，一直传到很远的夜幕深处。

令人担忧的雨终于来了，起北风的第三天，雷鸣电闪，暴雨如注，一连下了两天两夜。

丰溪、永安、大田、义城的水汹涌而来，注入灵江，海面上风起浪涌，潮水像奔腾的野马呼啸而来。江水漫过沙滩、芦苇，凶猛地扑向城墙。

一眼望不到边的城墙上，沿着垛口堆满了一排麻布沙袋，足有三尺多高。风雨里，谭纶在城头俯身仔细观察水位，江水还在不停上涨。

城楼下，士卒和役工们在暴雨中紧张地搬运着沙袋，戚继光亲自扛着沙袋，与士兵们一道在风雨里奔跑。

城内西大街，水已漫过了膝盖。

随处可见的民宅内，家家都在把地面的东西往高处挪。一个杂货铺的伙计在忙乱中失手摔碎了神案前的供佛，引来老板捶胸顿足的叫骂和责怪。

暴雨连下了两个晚上，终于停了。

子夜时分，谭纶带人还在查看各城门的抗洪情况，两个士兵举着灯笼。

靖越门下，士兵们已三五一堆，东倒西歪地靠在麻袋上面，戚继光自己打着灯笼，蹚在淹至大腿的水中，一处一处地检查着城门漏水的情况。谭纶在城楼上大声问着戚继光："你这边可有大的险情？"

戚继光回道："上半夜城门顶上的暗板被水冲开，幸被发现及时堵上。"

谭纶："麻袋沙石可否够用？"

戚继光："下午差点全部用完了，上官大人又紧急派人送来了几百条。"

谭纶："下半夜警醒一点，千万不可大意。"

戚继光大声回道："是！"

天光大亮，洪水终于一寸一寸地回落。天空中的乌云散去，一缕阳光透了出来。

秦氏三兄弟带着家丁数十人抬着一桶一桶的酒肉、米饭前来，走在前头的家丁敲着锣，边走边喊："开饭了，有酒有肉，大家尽管吃饱喝好！"

士兵和役工们闻声爬起，聚到桶子边上，家丁们将饭菜一个一个盛好，大家狼吞虎咽地吃了起来。

谭纶迎着秦氏三兄弟走了过去，双手抱拳："秦家一大早就来犒赏大家，谭某真是感激不尽。"

秦鸣春："谭大人此言差矣，你带着大家日夜奋战，只为保护我们临海百姓的安全，我们兄弟几个代临海的父老乡亲谢谢了！"

三兄弟一齐向谭纶拱手施礼。

秦鸣春："台州历年饱受洪涝之苦，这次大水如此凶猛，幸有子理预警，调度有方，才使我临海免受水毁之灾。"

谭纶："为官一任，就当守土尽责。这些都是分内之事，不足挂齿。这次大水还多亏提前固堤堵门，不然后果不堪设想。"

秦鸣春说："我在京城就听说谭大人一来就操心城防的事情，还发动士绅乡贤捐款捐物，秦某一直深表敬意，我们兄弟准备捐银三千两，也算是为家乡的建设尽绵薄之力。"

谭纶赶紧再施一礼："秦家此义举真是功德无量，令人佩服，临海人民定会感激涕零，铭记于心！"

第二天，水终于退了，城内城外一片狼藉，家家户户都在忙着清洗和整理东西。太阳高挂天空，热辣辣且刺眼。

城外，筑城所需的物料堆前，各种物件横七竖八。

谭纶拿着一块半截的城砖举在手里，只见此砖外层青灰，断面处则黄灰相间，沙砾粗孔清晰可见，谭纶持砖敲了一下，发出沉闷的声音，半块砖又分成了两截。

谭纶面色凝重，吩咐随从："把戚将军和黄知县叫过来！"

不多时，两人匆匆赶了过来。

谭纶也不说话，径直将砖递给戚继光。

戚继光端详了半天，转手又递给黄诰。

谭纶严肃地说道："此砖取材过于粗糙，火候又有欠缺，烧制后无论形状还是坚固度均不合格。"

他又拿起一块新砖，在另外一砖上敲击，砖又断成两截："你们看，不费吹灰之力，一敲即碎。"

黄诰脸上发白，惴惴不安，半晌才说："这砖是有问题，可是为我们提供城砖的窑厂有五六家，也不知道是哪个窑烧的这个砖。"

谭纶目光严厉地说道："这城防能否发挥作用，最关键还是看筑城的取材合格与否，这种砖用上去，用不了几年即风化脱落，轻轻一捏即碎，如何能够抵御倭寇和滚滚洪水？"

黄诰脸上直冒汗。

谭纶铁青着脸："通知各窑停工，所有泥坯毁掉重新来过！"

黄诰连连称是。

谭纶："让每个窑厂在砖上刻上厂家、时间，还有烧窑匠、制砖人的名字。交砖时，让窑工抱砖相击，城砖不脱皮、不破碎，声音清脆，视为合格；如果城砖掉皮、破碎，有裂缝或声音沉闷者，一律退回！还有，所有材料必须严格检验，任何环节如有徇私舞弊、中饱私囊之行径，依律严惩！"

黄诰连连点头，大气不敢出。

转眼春去秋来，树叶金黄，稻禾飘香。

嘉靖三十五年（1556年）秋，历时一年多的城墙修筑终于完工了。

城墙上彩旗飘飘，游人如织。戚继光主导设计并修建的十三座双层空心敌台，既便于瞭望、防守，又能给驻兵提供避雨御寒的地方，极大地提升了防御能力。

临海城百姓登上敌台，纷纷竖指赞叹不已。府衙内，谭纶心情大好。

谭纶："诸位，修筑城墙历时一年多，在大家的艰苦努力下，今天终于完成，戚将军、黄知县功不可没，本府决定，给二人记功，并赏银五十两。"

戚继光、黄诰连忙起身向谭纶躬身施礼："感谢大人勉励！"

李超："大人，还有一件喜事。"

众人皆愣，催促李超快说。

李超："大人去年亲自改革练兵之策，到今天刚好一年。"

谭纶点点头："这算是件喜事。"

李超嘻嘻一笑："大人，这怎么也得庆祝一下吧！"

谭纶："怎么个庆祝法？"

李超："士兵们早就盼望着能看一台大戏，今日双喜之日，大人看能不能成全……"

上官倬也说："役工和士兵们辛苦一年，也该犒劳犒劳，下官建议，不如到练兵场搭个大戏台，让海盐永春班来演一台戏，请筑城的役工、捐助的乡绅、兵营的官兵都来看戏，热闹热闹。"

听到有戏看，大家都兴奋了起来，纷纷响应。见大家兴致高昂，谭纶爽气地说："那就依大家的意思，请永春班来唱台大戏。"

练兵场上人山人海，官员们坐在戏台的正对面，士兵们在操场上席地而坐，场地外还挤满了看热闹的人群，偌大的练兵场座无虚席，欢乐映在每个人的脸上。

当晚的演出，引来一阵阵的欢呼声和喝彩声。

谭纶转头对李超说道："散场后你去找班头洽商，请他们来兵营教习官兵们唱戏，每营可成立一个随军戏班，专为官兵消闷解乏。"

李超大喜："那可太好了，官兵们有了消遣的地方，肯定不去惹是生非。这事，下官一定办得妥妥当当。"

台州府衙，谭纶与府衙官员，还有各县的知县正在议事。

谭纶："今召集诸公，主要是商议水灾后百姓安居、生产之大计，大家有什么困难，今天一并商议解决。"

仙居知县姚本崇："去年倭寇流袭仙居、黄岩，我县百姓服从坚壁清野的号令，一百多户城外百姓自己焚毁民居。如今倭寇退去，部分百姓陆续开始建房，但有半数以上的人因为缺钱无力建房。"

临海知县黄诰："今年水灾，我县三百多栋民居被毁，数千人无家可归。"

各县知县频频点头，交头接耳，述说着各县百姓的苦楚。

通判上官倬："坚壁清野，府衙对焚毁的民房不是已经按价补偿了吗？怎么还会建不起房？"

　　姚本崇："补是补了，但当时情况紧急，百姓只抢出来少量财物，多年的积攒尽毁。这重建新房，势必又要花费一大笔银子才能置办齐全。"

　　上官倬："补偿款是少了点，但建小一点、结构简单点的还是足够，总不能指着这点补偿款建出高楼大厦吧。"

　　黄诰："当初焚毁百姓房屋，也没说可新建几楼几间，百姓现在都想建高建大一点，可一动工，都觉银子不够用，大呼上了官府的当了。"

　　上官倬有点不悦："照价补偿，官府已是仁至义尽，不坚壁清野，倭寇一把火烧掉，何来一毛钱补偿？"

　　姚本崇："理是这个理，但百姓毕竟困苦，实际上也没多高的诉求，就是想多要一点点银子，对付一下青黄不接的饥寒。"

　　黄诰："兵乱水灾交替，许多百姓沦为难民，大片农田荒芜。这夏秋尚能对付，年关一过，十有八九人家要饿肚子。"

　　其他几个知县也纷纷点头，表示附和。

　　上官倬有点急了："那么多百姓没有饭吃，官府都能包了不成？要做好人，你们县衙拿银子出来赈济！"

　　众知县面面相觑，皆不敢说话。

　　这时，谭纶发话了："连年兵乱，又加上水灾，百姓贫苦，税赋减收，各县衙的日子也不好过。府衙虽然钱紧，但头寸调度的空间比县衙还是好一点。记得当年寒窗苦读的时候，我时常会想，如果科举入仕，我一定要心系社稷、造福苍生。可是入仕这么多年，我们扪心自问，我们做了什么？我们能做什么？在座诸位都是百姓寄以厚望的一方父母官，如今百姓有难，咱们能伸把手是把手，大家咬咬牙挺一挺，百姓兴许就缓过来了。把百姓都饿死了，谁来帮我们种田？谁来帮我们打仗？"

　　谭纶："没钱大家可以一起商议，共同渡过难关。上官大人！"

　　上官倬："下官在！"

　　谭纶："凡坚壁清野建房不够者，适当增加补偿银两，必须确保这些人家都有房过冬；对那些因灾流离失所、家无余粮的人家造册登记，每户人家都须妥善安置。"

上官倬："记下了！"

谭纶："各县迅速盘点库银，合理安排赈济事宜，县衙不足府衙承担，府衙不足本府再到周边府县去借。哪个县要是出现饿死人的现象，休怪我摘了你的乌纱帽！"

大家连声称是。

黄岩知县汪汝达："大人，我这里还有一事。倭寇不但劫掠焚房，最可恨的是连书院也不放过，我县多所学堂被付之一炬，学童读书都成了问题。"

谭纶："国将兴，必贵师而重傅。台州府历来尊师重教，文脉流芳，到了咱们手上，再苦再难也不能荒废教育。兴教之事，本府全力支持，如有资金不足，府衙拨银解决。各县也要充分发动乡绅富豪兴建书院或者捐资助学，但凡个人建书院者，以民办官助方式给予支持。兵乱所毁学堂，抓紧时间修复，确保每个学童都能有书读。"

黄诰："不光学堂，农田水利也损毁严重，这些都要银子。"

谭纶："兴水利，而后有农功；有农功，而后裕国。秋收一过，各县都要动工，来年春汛之前，府衙要派人下去验收，拖延或不力者，严肃责罚！"

众人正议着，外面忽然传来阵阵喧哗之声。

谭纶问："何人在外面喧哗？"

有衙役匆匆跑了进来："大人，一群百姓聚在门口，说是要见知府大人。"

谭纶："所为何事？"

衙役："说是街市米贵，要请知府大人做主。"

上官倬脸色一沉："没看到大人们正在议事吗？这种琐事也来烦扰，打将出去！"

衙役："小的们是要将他们赶走，但他们都不肯走，在府衙前跪着呢。"

上官倬正欲发作，谭纶冲衙役说："走，看看去。"

府衙前，数十个老百姓齐刷刷地跪在台阶下。

谭纶："我就是台州知府，大家有什么事起来说话！"

一个老者抬起头："大人，这米价天天涨，还让不让我们小老百姓活呀！"

谭纶："怎么回事？"

老者颤颤巍巍，扯着嘶哑的嗓子："这几个月，米价不停地涨，先是五钱一斗，再是每斗八钱，现如今都涨到一两一斗了。即便这样，一些米铺还闭门歇业，还想等价格再上去才肯卖，这不是把我们往死里逼吗？"

众人七嘴八舌："官府再不管管，我们都得饿死街头了！"

谭纶上前，把老者搀扶起来，心情沉重："大家都起来说话。"

大家都不肯起，纷纷喊道："求大人为我们做主，求大人为我们做主！"

谭纶："米价一事，本府一定做主。府衙和各县刚刚还在商议，我们准备开仓放粮，赈济灾民；对市面上趁乱哄抬物价行为，官府将严厉查处。请诸位放心，三日内，米价一定降下来！"

老百姓纷纷磕头："谢谢知府大人，谢谢知府大人哪！"

老者正欲与众人一起离开，忽然手按额头踉跄了几步，眼看就要跌倒。

谭纶赶紧上前搀扶着老者的身子，但见老人脸如黄蜡，气若游丝，嘴皮干裂，急忙把他扶往衙门里，众人七手八脚过来帮忙。

谭纶吩咐衙役："去端碗热水来，再跟老人家煮碗面。"

有衙役飞快地搬来一把靠背椅，让老人斜躺在椅子上。一碗水下肚，老人神情缓和了许多，环顾四周，见自己坐在府衙的高头大椅上，知府大人和一众官员正急切地注视着他，他赶紧挣扎着要跪到地上："草民该死，草民该死，草民脏了官家的地面！"

谭纶再次把他扶了起来，亲切地说："老人家不必惶恐，这官员身上穿的，每天吃的，哪样不是老百姓辛辛苦苦生产出来的？这椅子我们坐得，您老人家更坐得！"

黄诰："老人家哪里不舒服？"

　　旁边有老百姓说："他三天都没吃一粒米了，好不容易讨到一点点吃的，都给两个孙子吃了。"

　　也有人说："这老人家真是可怜，三个儿子有两个投军在前线战死，还有一个在家里被倭寇杀死，家里只留下两个年幼的孙子。"

　　老人微闭的眼睛，突然无声流出了许多泪水，有些人跟着抹起了眼泪。

　　谭纶眼圈一红，强忍着自己的情绪，单膝跪地要给老人家喂面吃。老人惊慌失措，双手直摇："这可使不得，使不得呀大人！"

　　谭纶哽咽道："老人家两个儿子为国捐躯，没有把他们的身后事安置好，是我谭纶失职。今天我喂您吃碗面，就算作我替您的两个儿子尽孝。"

　　老人流着泪，吃了谭纶喂的两口便坚决不再张口，梁进赶紧过来抢过谭纶手里的碗："大人我来！"

　　谭纶吩咐上官倬："从我俸银里拿二十两给老人家，两个孙子的读书费用由我承担。"

　　老百姓都倒地磕头不止："青天大老爷，青天大老爷呀！"

　　百姓散去，谭纶大声说道："吩咐下去，今后若有百姓找上门来，一律不得把人阻在门外，任何诉求，都可直接进来找我，听明白没有？"

　　衙役："听明白了。"

　　谭纶又吩咐："取纸笔来。"

　　衙役取来纸笔，黄诰赶紧上前研墨。

　　谭纶沉思稍顷，开始下笔，大家凑上前，"劝粜书"三个大字映入眼帘。谭纶下笔如飞，一袋烟的工夫就写好了，黄诰拿起，大声念了起来："连年兵乱月，又逢灾祸生；饿殍遍四野，流民苦难深。忆昨艰难时，抗倭皆同气；倭患尚未歇，富室争谋利。只图价日高，恤民无高义；池水皆干涸，池鱼安得息。顽然铁石心，何异患风痹；不仁而多财，聚易散亦易。惟有种德家，福禄可长世；不闻眉山苏，盛美光传记。仁义救年荒，生子为国器；积谷幸年荒，生子遭黥隶。天道极昭明，勿作幽远视；谁欤为斯谣，台州谭子理。"

众人连连称好，黄诰念完拍了个马屁："府台大人不愧是天子门生，龙飞凤舞，张弛有度，那些富室看了，岂有不从之理？"

谭纶："开仓济粮还不单单是州官的事，各县也要做好乡绅富室的工作。明日即张榜劝谕各地富室，动员他们赈济饥民做慈善，最起码不得惜米抬价，不然，本府从严查处。饥荒之年，人患无米，不患无钱。"

日上三竿，临海城里热闹非凡。

紫阳街上的药铺、染布坊、茶馆、酒楼鳞次栉比，幡旗林立，麦饼摊前的老板大声招揽着生意，王记糕铺人头攒动，刚出锅的梅花糕分外诱人。

孩童成群结队地奔跑在纵横交错的小巷，而街头巷尾的井边，妇人们一边洗衣洗菜，一边大声地说笑着什么。

谭纶与梁进一身儒生打扮，在街市上东走西看。

陈记米铺是临海城最大的米铺，掌柜正和伙计忙着称米装袋，门口排起了长长的队伍。

谭纶挤到前头，大声询问："老板，今日早米卖什么价？"

一伙计抬头回了一句："五钱一斗。"

谭纶故作惊讶："咦，我前日都要一两银子，今日怎么跌价了？"

那伙计说："官府有令，不得乱涨价，咱东家心地慈善，还按以前价格出售。大家都别急，仓库里的粮有的是，每人都能买到。后面的把队排排好，别乱了秩序。"

后面的人乖乖排好了队，每个人的脸上都布满了喜悦。

临海城北玄妙观的右侧，一所高大院落出现在了眼前。谭纶手搭凉棚仔细看去，"上蔡书院"四个颜体大字映入眼帘。

前厅两边的墙壁上，镶嵌着捐资助学的石碑，有捐田亩的，有捐银两的，有捐店铺的，还有捐石材木料的，芳名录上挤满了名字。

谭纶饶有兴致地看了起来，有前朝礼部尚书泰不华、嘉议大夫陈孚，也有不少近代士绅乡贤，有同科状元秦鸣雷、任江西提学副使的王宗沐。

谭纶对这个在其家乡任职的临海乡贤赞不绝口："这个王宗沐，在江西修王阳明祠，建正学、怀玉书院，还经常在白鹿洞聚集诸生，亲自答疑、讲学，不容易啊……"

课堂里书声琅琅，八间学堂座无虚席。有学生在背诵课文，有老师摇头晃脑教授着经义。

见有人来，一个五十余岁的山长模样的人迎了过来，谦恭地施了一礼："在下上蔡山长，二位来访所为何事？"

梁进斥责他："知府大人驾到，还不跪下磕头！"

山长闻言慌忙跪倒在地："老朽有眼不识泰山，还请知府大人海涵！"

谭纶赶紧把山长扶了起来，呵呵一笑："书院乃授业释惑之所，教师只能拜圣人，不拜官员。在此受拜，这是要折煞我谭纶也。"

山长紧张的心情顿时缓解了下来："大人微服私访，老朽有失远迎，恕罪恕罪！"

谭纶："不妨事，休要惊动学生，本府只是随便看看。"

山长陪着谭纶在书院里慢慢看着，边走边聊着书院的情况。

谭纶："这书院似乎有点年头？"

山长："本院为前朝景定年间台州知府王华甫所建，乃为纪念前朝著名理学家、河南上蔡人谢良佐而立。初创于城内东湖，后移至此处。现有正堂八间，门有二重，系我台州最早也是最大的官办书院。"

谭纶："这办学之费用可够用？"

山长："教师薪水及各项开支，均由学田所得支出，历年也有些乡绅捐款捐物，勉强够用。"

谭纶："上蔡学田总共多少？"

山长："一千二百余亩，供养教师二十余名，每年有学生一百五十余名。"

谭纶："教育是关乎国运兴衰的头等大事，钱粮物品必须做到足额供应，切不可耽误学童上学。有什么难事尽管来府衙找我，我一定及时给你解决。"

山长赶紧施礼："感谢知府大人的关心。"

谭纶从窗子里望去，一个年长的教师正在讲授中庸之义："所谓'君子尊德性而道问学'，朱子精妙概括两句话，'圣人之教学者，不过博文约礼两事耳'。'博文'，是'道问学'之事，于天下事物之理，皆欲知之；'约礼'，是'尊德性'之事，于吾心固有之理，无一息而不存。此乃真理也！"

谭纶侧耳仔细听了半天，时而有些皱眉，一言不发离开窗边。

山长不明就里，匆匆跟在后面。

谭纶："所谓'道统之争'，昔日'鹅湖之辩'就对此有过深入探讨，所以才有了程朱理学、陆王心学。教师不管观点如何，都应该兼听博采，引导学生辩论探讨，而不是以填鸭式强输给学生自己的观点。"

山长频频点头："大人批评得是。"

谭纶："上蔡书院乃台州第一县学，当有名家大儒为学子解疑释惑，也要有辩论之形式讲学，所谓真理越辩越明。书院必须聘请一些大儒常年教学，每年举办一两次辩论大会，在这方面要不惜重金，所需费用由府衙解决。"

山长神情肃穆，行了个大礼："大人如此重学，老朽替台州子民谢过了！"

谭纶朝他摆了摆手："先不忙着谢，你把事办好。本府若是无事，也来凑合着跟学子研讨经义，论时砭弊……"

望着谭纶远去的背影，山长喃喃自语："有谭大人这样的父母官，我台州幸甚，天下幸甚！"

汪直之死

日本平户岛上的徽王府，宽大的黑色案几上，摆着一份明廷悬赏的榜文，汪直高声念道："但有能主设奇谋擒斩汪直者，封伯爵，赏万金……"

汪直呵呵大笑："嘉靖老儿也是大方，大名鼎鼎的开国功臣刘伯温也不过封了个伯爵，那么多战功赫赫的将士都没有封爵。而擒斩我一个汪直居然开出了封伯爵赏万金的厚赏，可见嘉靖老儿对我汪直忌恨已到何等地步！"

叶宗满轻蔑地一笑："朝廷那帮废物是痴人说梦，徽王纵横四海，人中龙凤，岂是他们想拿就能拿到的人物。"

这时，汪激匆匆走了进来。汪直眼睛一亮，站起来问："回来了！"

汪激："胡宗宪让我给您带个话。"

汪直睁大了眼睛："哦？"

汪激："十月份他会在宁波巡防兵备，想邀请您过去见个面。"

汪直背过身去，望着中堂那块巨大的黑漆牌匾，牌匾上面是他三年前亲手所书的四个字——"百川归海"。

汪直："三年前，我就断了回去的念想，这个胡宗宪，又在诱我回去。"

汪激："胡宗宪说了，徽王如果有意，就在定海见面。一来，显示官府的诚意，定海以前都是日本使团登岸的地方；二来，我们来去自由，谈不成也没关系，可以从海上全身而退，岑港就有我们的大营。"

汪直沉默半天，说了一句："可以一试，不行就回来。"

嘉靖三十六年（1557年）十月初七，一望无际的海面上突然出现十余艘巨大双桅帆船。这些双桅帆船比大明官军的福船更大、更长。船头上，一面面金黄色的"徽"字旗迎风招展。

定海县里，官兵也突然多了起来，街巷内三步一岗五步一哨，城楼上幡旗林立。俞大猷持单筒望远镜朝海上观望，胡宗宪和阮鹗站在一旁。

"圣上已将赵文华革职查办了，咱们这招抚策略，朝廷还会不会支持？"阮鹗不无忧虑地说了一句。

胡宗宪："招抚关乎东南倭患平息的大计，朝廷应该不会反对。"

阮鹗："可是，开海、封王这两件事，没有内阁重臣在圣上面前说合，很难得到圣上恩准的呀。"

胡宗宪："先不管那么多了，走一步是一步。跟汪直谈完之后，我们把当前的实情、招抚的利弊跟圣上和朝堂重臣汇报清楚，争取他们的支持。"

阮鹗叹了口气："但愿吧。"

一名军官匆匆前来："大人，汪直抵近前海，携大船十一艘，人数不详。"

单筒望远镜里，十一艘大船一字排开，船队中间一艘巨舰上，有一人身着绯袍玉带，金顶五檐黄伞，就连身边的头目人等俱大帽袍带，银顶青伞，侍卫数十人，皆金甲银盔，出鞘明刀。

"一个投顺逆贼，摆这么大阵仗是何居心？"俞大猷看罢，一脸不悦。

胡宗宪："告诉汪直的人，只允许十人上岸，其余人在船上等着。"

一炷香的工夫，一名军官带着一人来到城头，这是汪直的养子汪滶。

汪滶见了礼，神情有点不悦："各位大人，我们受邀前来和谈，可是水面、岸上全是官军，这哪像是和谈，分明是要把我们一口吃掉。"

俞大猷冷冷一笑："请你们过来和谈，你们却兴师动众地带了这么多人来，做点必要的防备，这有什么错吗？"

汪滶："既然双方都不相信，我看这和谈就没有必要了吧。"

胡宗宪笑道："我们怎么会没有诚意？南直隶闽浙总督、浙江巡抚、浙江总兵都在这里会见，这个诚意难道还不够？"

汪滶冷冷地说："不够。只限十人上岸，谈得好就谈，谈不好就抓人，我们还有谈的余地吗！"

胡宗宪微笑道："这个无须担心，我已经奏报朝廷，把岛主开海、封王的想法如实上报，圣上说只要能平息东南倭乱，一切都好商量。"说着从怀里掏出一封信递了过去，"只要岛主愿上岸来谈，这些官兵我都可以撤去。"

汪滶接过信："这个我回去如实禀报，至于来不来要看他老人家的意思。"

胡宗宪："我胡宗宪不是背信弃义的小人，说过确保他的安全，就一定能够做到，请你们岛主大可放心！"

"多谢大人，但愿官府不要失信！"汪滶行完礼，出城而去。

海船上，汪直在甲板上踱步，焦急地等着汪滶回来。一名喽啰跑了过来："启禀徽王，侯爷回来了。"

汪直转身来到船头，只见不远处一艘小船飞快地向大船靠拢，不多时，小船靠近，汪滶登上大船，匆匆来到汪直的跟前。

汪直急切地问了一句："怎么样？"

汪滶："胡宗宪说，还是想请您上岸详谈。他说嘉靖皇帝的意思是，只要能平息东南战乱，一切都好商量。"

汪直："嘉靖皇帝的意思？你看到圣旨了？"

汪滶："这个倒没有，不过我看胡宗宪那样子，不像是骗我们。"说着，从怀里掏出一封底信来，道，"胡宗宪说了，和谈期间，他会把周边水域的官兵全部撤掉，确保我们的安全。"

汪直拆开一看，那是他亲生儿子王澄的劝降血书，血书上还有汪直母亲的手印。汪直呵呵笑道："我的傻儿子，朝廷不杀你们，是因为我还在外面。我要是被朝廷抓了，你们一个都出不来。"

"掉头，先回岑港。"汪直下令，船队扬帆启程，渐渐消失在了海面上。

定海城上，俞大猷惊叫了一句："汪直撤了！"

胡宗宪和阮鹗不约而同地站起身来，阮鹗拿过俞大猷手中的单筒望远镜看了半天，喃喃自语："煮熟的鸭子难道就这么飞了？"

一个军官匆匆跑上城楼，手里拿着两封信，呈报："汪直的人临走前向我方投书两封，请大人阅示。"

胡宗宪拆开信函，一封是汪直写给家人的，说自己跟朝廷积怨已深，一时难以解开，请他们安心度日。他要是弃海上岸，全家离灭门就不远了！另一封信是写给胡宗宪的，汪直感谢总督大人的邀约，只可惜并未看到朝廷的诚意。请总督先回杭州，待时机成熟，他自会上岸与总督相见。

胡宗宪看完，叹了口气："这个汪直，真是老奸巨滑。"

俞大猷："大人，打不打？这可是捉拿汪直千载难逢的机会！"

胡宗宪："汪直是个商人，商人无利不起早。他从日本远道而来，绝不可能就这么空手回去。我猜他们会暂泊岑港，跟我们谈条件、磨耐心。"

俞大猷："那我们该怎么办？"

胡宗宪："先回杭州，传话给汪直，让他们派人过来相商。"

又过了几日，前方果然来报，汪直的船队退居岑港，很明显，他并没有放弃这次和谈。经过胡宗宪再三邀请，汪直又派出养子汪滶来到了杭州。

杭州府，汪滶得到了胡宗宪的盛情款待。胡宗宪的幕僚们天天陪着他在杭州城里转悠，莺歌燕舞，逍遥快活，对和谈的事似乎一点也不着急。

这一日，胡宗宪忙完公务，在总督府衙设宴请汪滶吃饭，一桌子的人谈笑风生，很是尽兴。酒宴之后，胡宗宪似乎彻底喝醉了，他拉着汪滶的手，一定要汪激去他的书房喝茶。管家胡忠与汪激扶着烂醉如泥的胡宗宪来到总督府书房，胡忠说："我去给老爷沏壶茶。"说完关门径自去了。

汪激随意打量厅中的布置，胡宗宪的书房陈设简洁，中堂上挂着一横匾，上书"忠勇可嘉"四字，这是嘉靖亲赐之物。中堂下一套宽大的酸枝木八仙桌椅，胡宗宪坐在左侧那张大椅上，脸朝下趴在桌上，鼾声大作。

中堂左侧墙下是一个高大的书架，架上摆满各种史志典籍。书架下摆着一张黑色书案，案上放着文房四宝，还有一堆公文。

汪激的心跳骤然加快。确认胡宗宪脸背对着自己，且熟睡无误后，他迅速来到书案前，装作不经意的样子随手翻阅。突然，一份奏疏映入眼帘："直等虽窃居海外，违禁私市，然无入寇之实。臣以为可即行招抚，赦前罪，俾戍海上，系番夷心……"

还想再看，院中传来脚步和说话的声音。汪激收手，疾步走到八仙桌旁，在胡宗宪的对面坐了下去。

胡忠带了几个下人进来，端了一盆热水，拿了毛巾和茶。一个下人拧了把毛巾，小心地给胡宗宪抹脸；另一个下人给汪激递了杯茶，香浓四溢。一番折腾，胡宗宪醒来，直呼："惭愧惭愧，多贪了几杯，这就醉了。"

汪激急忙站起身来施礼："制台是性情中人，草民佩服！"

胡宗宪摆手示意汪激落座："你义父还有什么顾虑，不妨直说，只要我胡宗宪做得到的，一定尽力而为。"

汪激答道："我义父想在正式和谈之前，与制台单独见个面，谈成若干意向，再到桌面上谈。"

胡宗宪："可以。他什么时候来？"

汪激："只要能确保安全，随时会来。"

胡宗宪："这个你们放心，只要他肯上岸见我，那他就是我胡宗宪的客人，断无不利岛主之念想。"

"还有一事……"汪激喝了口茶，沉吟了一下，眼睛望着胡宗宪。

胡宗宪："还有什么，尽管说！"

汪澂："之前曾向大人提出过人质的事情……"

胡宗宪爽快地说："这个我们商量过了，派指挥使夏正到你军中，招安交接完毕，他才能回来。"

汪澂："好！我明日就回去跟义父报告，请他早日上岸与制台面谈。"

岑港大营，汪澂的亲眼所见，让汪直颇为心动。

汪澂："胡宗宪为表示招安的诚意，已派指挥使夏正来我军中做人质，胡宗宪说了，如有异心，人质任凭我方处置。"

汪直："他们倒是下了血本啊，派四品大员做人质，不怕我一刀砍了他？"

汪澂："胡宗宪说了，咱徽州人之所以能誉满江湖，奉行的是'一诺千金，贾道而儒行'的处世观。惟诚待人，人自怀服；任术御物，物终不亲。"

汪直点头："这个胡宗宪，倒真有我徽州人的风骨。"

汪澂："胡宗宪手下徐渭、沈明臣、茅坤都是些桀骜不驯的才子，他们能对胡宗宪忠心耿耿，我看此人并不简单。他的话，值得相信一次。"

汪直："夏正现在何处？"

汪澂："昨日就已抵达岑港。"

汪直仰望穹顶，闭目喃喃自语："箭在弦上，不得不发了……"

半晌，汪直睁开眼睛："叫夏正过来见我！"

汪澂应了一声，准备出门。汪直又叫住了他："请他过来！"

汪澂会意："好的。"

少顷，汪澂领着一中年汉子走了进来，气宇轩昂。

汪直冷眼打量了夏正半天，忽然笑道："四品大员，果然气度不凡！"

夏正不亢不卑："久闻岛主儒士风范，今日一见，果不其然。"

汪直："我听汪澂说，胡宗宪还让你带了礼物给我？"

夏正："是，黄金一千两。胡制台仗义豪侠，想结交你这位徽州老乡。"

汪直面露凶光："金子我们收了，你，我们也收下了，哪天攻打杭州府，就拿你的脑袋祭旗！"

夏正叹了口气："岛主是个聪明人。眼下浙兵虽弱，但大明真正的主力都在北边，东南倭患一旦威胁大明江山，以我大明百万雄师对付你们还是绰绰有余的。况且岛主和胡大人都是徽州老乡，老乡见老乡，两眼泪汪汪。你们都是徽州百年难遇的人中龙凤，英雄相惜不好，何苦手足相煎？"

汪直暗暗点头，双眼微闭，沉思良久，对夏正道："我汪直并不是天生的反骨，当年也曾寒窗苦读屡试科举，一心想要报效朝廷，怎奈官场黑暗报国无门，做点小生意又屡受朝廷打压，被剥夺生计，抓走家人，逼得我们没有活路，只好流落海外。"

夏正："你既要保全家人，又要飞黄腾达，不归顺能行吗？胡大人对你们'通贡互市，杀贼自效'的建言非常重视，已多次向上转达你们的请求，并争取赦免你们以往的过错。只要肯归顺，荣华富贵就在眼前，岛主怎能错过？"

汪直不动声色，死死地盯着夏正，夏正淡定地与汪直对视，亦不动声色。

汪直："我怎么相信朝廷真有诚意？"

夏正："夏某身为指挥使，堂堂四品大员，孤身一人来你营中做人质难道还不算诚意？"

汪直又在屋中踱了几步，忽然在夏正面前停住，笑道："好吧。夏指挥使暂且在我营中住下，待我与胡大人商谈之后，是战是降再行决定。"

夏正："胡大人说了，明年二月初五是你母亲的生日，希望你能回去看望一下老母亲。夏某也想讨杯寿酒喝喝，不知岛主给不给这个面子。"

汪直突然愣住了，眼眶湿润。

夏正不动声色地说道："古话说得好，高堂在，不远行。你老母亲想你眼睛都哭瞎了，这次不去看她，说不定就再没机会了。"

汪直身子一震，眼泪差点流了下来。他背过身去，努力平复自己的心情，将眼泪又生生地憋了回去。

夏正看在眼里，淡淡地说："胡大人说了，只要肯谈，他愿下海来见你。"

汪直舒缓了一下心情，冷静了下来："胡大人真说了这话？"

夏正："是。胡大人还说了，汪岛主是个百年不遇的人才，若为朝廷所用，必成大器。对于你的安全问题，胡大人已经做了承诺，一言九鼎，你大可放心。"

汪直沉默半天，突然说道："不用胡大人下海，我上岸跟他面谈。"

夏正大喜："好！我马上跟胡大人写信。"

等夏正离去，汪滶不无忧虑："义父，您可是海中蛟龙，这一上岸，岂不成了刀俎，任人宰割？"

汪直毅然决然："昔汉高谢羽鸿门，当王者不死。若天意庇佑，纵胡公诱我，其奈我何？"

嘉靖三十六年（1557年）十一月初六，夜。

一弯明月高高挂在天上，街巷里，隐隐传来打更的声音。总督府大门外，全副武装的官兵举着灯火来往巡逻。

月光下，一顶八抬大轿来到总督衙门，轿边跟着几个随从。

两名衙役上前拦住，喝问："什么人？"

轿前一魁梧汉子掏出一封信，道："胡制台故交来杭，烦请通报一声。"

衙役看来人的阵势，就知道不是一般人。不敢怠慢，赶紧往里报信。

油灯下，胡宗宪在书房里一边品着茶，一边翻阅着当日的公文。总管胡忠轻敲两下房门，推门进来，把一封信递了过来："老爷，有客人求见！"

胡宗宪一脸狐疑，接过信函，拆开，神色大变，问："来了几个人？"

胡忠："总共十余人，都在外面等着。"

胡宗宪："汪直来了。让他到客厅来见我！"

胡忠："要不要通知营兵？"

胡宗宪摇了摇头："不用，密令府兵加强戒备就行，内紧外松，千万不要惊动任何人！"

胡忠点头，转身出去。不一会，胡忠举着灯笼引着三人进来，胡宗宪早在客厅等候多时。一进门，那三人便拜："深夜惊扰，还望制台恕罪！"

胡宗宪忙伸手一一搀扶起身，笑道："岛主远道而来，胡某未能远迎，有失礼数才是！"

汪直向胡宗宪介绍身边的两名手下："这位是叶宗满，福建商人；这位是王汝贤，徽州人。他二人自双屿被破之后就一直跟着我，是我的左右手。"

胡宗宪抱拳示礼，呵呵一笑："久仰大名！"

寒暄毕，四人落座。汪直说道："汪直虽漂泊海外，然而制台威名如雷贯耳，今日一见，果然英雄盖世，草民由衷地佩服。"

胡宗宪哈哈大笑："岛主本是一儒生，不想却成为经商行武之天才，威震东夷，纵横四海，大名如雷贯耳呀。"

汪直："惭愧惭愧，我本无意对抗朝廷，实为生计所迫，从而亡命海外。制台不计前嫌，汪直必定归顺朝廷，不求大富大贵，只求除罪还家，侍奉老母，颐养天年。"

胡宗宪："岛主若肯归顺，嫌隙一笔勾销，从轻发落。把你的聪明才智，用到平定倭患、为国效力上来。"

汪直拱手："感谢制台再造之恩。"

王汝贤在旁道："我们这次来，带了一点礼品，不成敬意。"说着取出一物件，道，"这个是西洋自鸣钟，每天分为二十四时，准点便会自动报时。"

话音刚落，时钟里面突然打开了一扇小门，一个西洋小人偶走了出来，对着门口的一面铜锣敲了十下，又返身进去，门也随即关闭。

王汝贤说："这是晚上十点，也就是我们的亥时。"

胡宗宪看得目瞪口呆，啧啧称奇。

王汝贤把西洋自鸣钟放在一边，又取出一精美宝匣，宝匣打开，里面是一顶金子做成的帽子，上面镶嵌着一些说不上来名字的宝石，帽顶上是一颗巨大的蓝宝石，十分罕见。

王汝贤："大人，这是金镶宝石帽。帽顶上这个是爪哇国的蓝宝石，周边镶嵌的是波斯钻、锡兰红、缅甸玉，这里每一颗珠宝都可以说价值连城。"

胡宗宪一边听着，一边不住地啧啧称奇。

等王汝贤说完，汪直又从怀里取出一柄镶金嵌玉的倭刀说道："此刀取材于天外坠落的陨石，日本国主命最好的工匠铸成倭刀，锋锐无比，吹毛立断，堪称神兵利器，这也是日本国主赐予我的礼物。所谓宝剑赠英雄，在我汪直的眼里，制台就是盖世英雄！"

胡宗宪连忙推辞："岛主太客气了。"

汪直呵呵一笑："一点小小的心意罢了，不成敬意，还望笑纳。"

也不容胡宗宪拒绝，王汝贤把礼物重又装好，置于胡宗宪的案几上。

汪直一招手，叶宗满双手捧一卷轴过来。汪直指着卷轴，对胡宗宪说道："大人，那些都是不足挂齿的小玩意儿，这个才是真正的无价之宝，朝廷要是把它用好了，国库税赋收入最少也得翻番。"

胡宗宪："哦？什么宝贝如此厉害？"

叶宗满、王汝贤各执轴的两端，徐徐展开，一幅巨大的海图映入眼帘。

胡宗宪从桌上取过一支烛台，凑近海图，许多异国的名字映入眼帘，国与国之间，标满各种图示和弯弯曲曲的线条。

汪直："草民下海行商数十载，行程十万里，所到之处，皆一一记录风土人情、地理位置，终绘就此万里海疆图。大人可知许栋是如何发家的吗？"

胡宗宪："岛主请说。"

汪直："许栋将东洋物品贩至沿海和南洋西洋，又从大明走私铜钱、瓷器、丝绸至世界各地，几年时间就大发了。"

胡宗宪："哦？"

汪直："浙江一亩桑田，养蚕取丝可卖多少银两？"

胡宗宪："五两左右。"

汪直："大人可知卖到海外值多少银两？"

胡宗宪摇头不语。汪直伸出三个指头："最少三十两！若是卖到更远的西洋去，那就超过五十两了。"

胡宗宪惊讶了："有这么高的利润？"

汪直："这就是海上贸易屡禁不止的根本所在。"

汪直顿了顿，接着又说："当年郑和七下西洋，用丝绸、瓷器换回来许多奇珍异宝。只可惜后来封关锁国，没把海外贸易顺势做起来，不然的话，大明的财力、百姓的富裕绝不是今日这个样子。"

胡宗宪俯身看着海图，轻轻点了点头。

汪直："郑和下西洋之后，佛郎机人率先出海，他们先是占领了黑人的领地，掠夺了黄金、象牙和黑奴，此后一路向东，占领满刺加，一直来到了大明。他们用掠夺来的财富与我们交易，获得了十倍以上的暴利。再往后，各国西洋人蜂拥而至。"

汪直说得兴起，满面红光："这些西洋人，不但给我们送来了世界各地的奇珍异宝，还有先进的火器，咱们大明受益，沿海的一些国家都受益。"

汪直手指地图上的东方："就说离我们最近的日本、朝鲜，他们丝绸、瓷器几乎全部取自中国。这么说吧，只要手中有货，任何一样卖到海外都能卖十倍的价格。若海禁一开，朝廷大规模与海外贸易，不出十年，世界霸主非我大明莫属了。"

胡宗宪暗自吃惊，点头："咱们大明朝，最缺的就是钱，能为朝廷赚钱，相信有不少大臣举双手赞成。"

汪直更加兴奋了："不仅如此，我们还要把泱泱中华的文明法度、天朝威仪昭耀天下，让四夷归化、万邦来朝，那该是多么繁华的盛景！"

胡宗宪听了也是兴奋不已，一拍大腿："好！这事，我一定全力斡旋！"

汪直翻身拜倒在地："此事若是能成，我替天下海商谢谢您了！"

送走汪直，已是下半夜了，胡宗宪回到卧房，兴奋得辗转难眠。五更过后，方才沉沉睡去。

当清晨的第一缕阳光从窗中隐隐透了进来，胡宗宪的寝室便传来一阵轻轻的敲门声，胡宗宪蓦然惊醒，问："谁？"

门口传来管家胡忠的声音："老爷，是我！"

胡宗宪翻身起床，打开门让胡忠进来，又掩上房门，问："都安排好了？"

胡忠："安排在杭州驿馆，派了几个府兵看着，我刚才也跟汪直他们再三交代，千万不要乱跑。"

胡宗宪："汪直来杭州的消息，不许跟任何人泄露，听到没？"

胡忠点头，胡宗宪又道："马上请茅坤、徐渭来，说有要事相商。"

胡忠应了一声，转身离去。

待胡宗宪洗漱完毕，吃好了早餐，茅坤、徐渭先后而至。三人在书房坐定，茅坤就问："大人，这么着急把我们叫来，可有急事？"

胡宗宪喝了一口茶，悠悠地说："昨晚，汪直来过了！"

茅坤大惊："汪直来杭州了？那他现在……"

胡宗宪没有回答，只是问他们："汪直提出开海通市，你们俩怎么看？"

茅坤："禁海这么多年，已是弊端重重。渔民自古以海为田，有人为果腹不得不铤而走险，聚众为盗。海禁还阻断了大明物产与藩国的交易，导致民间走私屡禁不绝，税赋流失巨大。在下认为，开海通市是大势所趋！"

胡宗宪点了点头，又问徐渭："文长，你怎么看？"

徐渭："在下认同茅鹿门的观点。大明丝绸、瓷器、茶叶等物为天下共求，闭关守国，终非长久之计。更重要的是，海禁一开，倭患自然可除。"

胡宗宪叹息了一句："是啊。开海若能平息倭患，东南再也不用处于水深火热中了。我现在就修书一封，请求严阁老出面，争取圣上的支持！"

杭州府，灯芯巷的钱王井边，几名妇人正在井边浣洗衣物。

　　一个老妪身着粗布衣踏在井边的青石板上，紧握着一根麻绳，双手交替用力，将一桶水从深井往上提。满满的一桶水提到了井口，她用力抓紧绳，空出另一只手抓住桶把，有些吃力地将水提了出来，倒进身边的一只空桶里。一阵风拂过，满头白发在空中飘飞。

　　倒完水，老人又将吊桶抛进井里，这时一只大手伸了过来。老人吃惊地扭头，等看清楚来人，伛偻的身子猛地一震，眼睛里透露着惊惧的神情。

　　正想说什么，男人冲他使了个眼色，说："老人家，我来帮你打水。"

　　老人没有接言，怔在当场，任男人将水提上来，倒满另外一只空桶，男人又从井边拿过扁担挑水便走。

　　老人如梦初醒，慌不迭地跟在男人后面头也不回往家走。离钱王井不远的一处民舍，柴门虚掩着，男人腾出一只手来推门，径直走了进去。

　　老人紧接着迈进柴门，反身朝门外张望了几眼，迅速将门闩闩上了。

　　男人在院子里放下担子扔掉扁担，迫不及待地双膝跪地，泪流满面地说："母亲，不肖孩儿回来了！"说完，伏在地上使劲地磕头，额头中间沾满了沙土，瞬间红了起来。

　　老人亦是泪流满面，一言不发，拉着汪直就往房间里走。

　　母子二人穿过小院来到里屋，汪直再次扑通一声跪倒在地。老人顺手抄起一把笤帚，狠狠地打在汪直的身上。

　　汪直挺直腰板，一动不动地让母亲打着。才打了两下，母亲就把笤帚丢在地下，豆大的泪珠从混浊的眼里掉落了下来，母子两人哭作了一团。

　　母亲边哭边问："官府四处抓捕你，你怎么还敢回来？"

　　汪直："孩儿可不是偷偷摸摸跑回来的，是官府的人请我回来谈和的。"

　　母亲哽咽道："娘以为一辈子都见不到你了……"

　　母子二人正唏嘘不已，虚掩着的房门吱呀一声被人推开，一个七八岁的女孩站在门口，手里拿着一只粽子，怯生生地看着眼前的一幕。

　　老人抹了一把眼泪，招手："云儿，过来，这是你爷爷，快叫爷爷！"

汪直站起，走到门口把女孩牵了进来，慈爱地抚摸她的小脸，蹲在她的面前柔声地说："云儿乖，叫爷爷，叫爷爷！"

女孩脆生生地叫了声："爷爷！"又把粽子端到汪直的面前，"爷爷不哭，我给您吃粽子。"

汪直一手接过粽子，一手抱起小女孩，用脸靠在她的小脸上，破涕为笑："云儿乖，爷爷不哭。"

汪直问母亲："家里其他人呢？"

母亲："她爹爹至今还被关在金华，她娘跟人做布鞋，出门给人送鞋去了。"

汪直眼睛又是一红，又问母亲："她奶奶呢？"

母亲："一早挑了一担青菜到街市上卖，到现在未回。"

汪直："孩儿不肖，让全家人吃苦受累了！"

母亲："苦点累点倒没什么，只是你这个做贼的名声不好，街坊邻居常在背后指指点点，云儿一般都不敢出门，一出门就受小孩子欺负。"

汪直掏出一袋沉甸甸的金子："娘，咱去置栋大一点的房子，换个地儿。"

母亲伸手拒绝："你这钱来路不正，不要！"

汪直转身将金子往屋内的柜子里塞，说："娘你放心，这是孩儿做生意攒下的，绝不会来路不正。"

母亲："娘不缺钱用，官府里的胡大人菩萨心肠，不光租了这栋房子给我们住，还经常送钱送物接济咱家。"

汪直："胡大人是咱徽州老乡，是他叫我上岸说朝廷要招安我，如果我归顺了，他们还要给孩儿封官进爵呢！"

母亲的眼睛一亮，惊喜道："真的？果真如此的话，咱们家再也不用躲躲藏藏的了。"

汪直："不光是挺直腰板做人，咱们老王家还要光宗耀祖，荫及子孙！"

母亲再一次泪如雨下，哆哆嗦嗦地来到正厅祖宗牌位前，颤颤巍巍地跪下，道："列祖列宗看到了没，咱们直儿要改邪归正，光宗耀祖了！"

汪直取来三支香点上，举香合掌跪在堂前，磕头："列祖列宗在上，不肖子孙汪直误入歧途，令母亲受难，妻儿受苦。今在朝廷感召下幡然醒悟，愿接受招安，上岸从良，请列祖列宗保佑！"

上完香，母子二人唏嘘不已，仿佛都有说不完的话。

一连刮了几天的北风，终于停了，温暖的阳光照射在驿馆的庭院当中，一切都显得那么安静祥和。

汪直正在驿馆中煮水泡茶，这时门外传来一阵脚步声，汪直回身望去，胡宗宪独自一人身着便袍走上前来。汪直连忙起身，上前行礼。

胡宗宪笑吟吟地问道："汪岛主纵横四海锦衣玉食，如今屈居这简陋的驿馆，想必憋屈得很哪。"

汪直忙道："哪里哪里，大人见笑了。汪某半生飘零，也就这几天仿佛一切都放下了，我在这呀，睡得安心又踏实！"

二人落座，胡宗宪伸手接过汪直递来的茶碗，吹了吹热气，又闻了闻："嗯，不错不错，一看就知道是咱徽州的黄山毛峰，汪岛主也好这一口？"

汪直："我一生只喝咱徽州的茶，在哪都是。这些年漂泊海外，梦里尽是儿时的事，忘不了休宁河边的十里桃花，忘不了书声琅琅的明净学堂……"

胡宗宪也感慨道："我又何尝不是，离家久了，总在梦里回到故乡。前几天，我又梦到了我的娘亲，白发苍苍，倚在门前……"

说着说着，胡宗宪的声音有点哽咽。两人对儿时的故乡充满了缅怀，几杯清茶，勾起了无数的怀念。

汪直也甚是动容，突然说了一句："昨天我见过我的娘亲了。"

胡宗宪并不感到意外："哦？"

汪直眼睛定定地看着胡宗宪，看得胡宗宪直感诧异。

只见汪直突然起身，挥舞袍袖掸了掸身上的灰尘，神情肃穆，双膝跪地，砰砰砰磕了三个响头。

胡宗宪大惊："你这是何故？"连忙下位要把汪直扶起来。

汪直不起，说："汪某误入歧途，连累家人，邻里不齿。幸有制台出手相助，保全汪某家人的性命，出手关心帮助，您的大恩大德汪某没齿难忘！"

胡宗宪呵呵一笑，说："区区小事何足挂齿，你我乃徽州老乡，鸡犬相闻，邻里相亲。咱们离乡背井地在外飘零，老乡之间更应守望相助才是！"

汪直哽咽道："大人为我汪直的事费心了！"

胡宗宪把他搀扶了起来，说："悬崖勒马为时未晚，浪子回头金不换。招安和开海禁的奏疏我已安排快马送往京城了，应该不久就会有圣谕下来。"

汪直："不管圣意如何，汪直认了。从今往后，唯胡大人马首是瞻，甘效犬马之劳！"

二人重新落座，胡宗宪说："这样说就见外了。只是开海通市，毕竟涉及大明朝的国策，朝中反对者不少，阻力很大，所以一时急不来的。"

汪直："这个我心里有数，招安和开海禁这么大的事情您一人说了不算，最终还是圣上说话才行。"

胡宗宪安慰他道："那我们就拭目以待吧，招抚不成，你还回你的日本。"

汪直："既然开海通市不是你我所能决定的，咱们也不用去想它了，顺其自然。等圣谕下来，若是不同意咱们的想法，那我汪直就远航西洋自己做贸易去，东南沿海断不来骚扰。"

胡宗宪大笑："只要你不来，我们井水不犯河水。"

汪直为胡宗宪续上茶，问："汪某有个不情之请，不知当讲不当讲。"

胡宗宪："岛主但说无妨！"

汪直："二月初五，是我老母亲的八十大寿，汪某略备薄酒想请胡大人过府聚一下，不知大人可否赏光。"

胡宗宪沉吟了一下："岛主毕竟还是朝廷的案犯，此事不宜张扬，大操大办是不能的，你们在家里悄悄弄些酒菜，请几个至亲的人相聚一下。官府的人就不好参与了！"

汪直："汪直明白，大操大办绝不可能，我们本就在家里简单安排了一下，大人确有不便汪某不敢勉强。"

胡宗宪："代我向你母亲请安，咱徽州人重情重义，你的母亲就是我的母亲，你不在的时候我会照顾好你的家人！"

汪直再次被感动得跪地磕头："认识胡大人是我汪某的福分，大恩大德改日必将厚报！"

胡宗宪哈哈大笑，起身："厚报就不必了，等招抚成功你再请我喝酒……"

汪直身子一挺："那是肯定，咱们摆酒三天，不醉不散！"

望着胡宗宪离去的背影，汪直眼含热泪，久久没有动一下。

二月初五，西湖边上灯影幢幢。

夜游西湖，是杭州的一大特色，凡有客来，必到西湖边上夜游一番。因此只要天气晴好，西湖边上总是人潮涌动。

二月初五是玄奘法师的圆寂日，二月初八，又是如来佛祖的出家日。杭州人信佛，每逢重大佛事几乎全城的成年女子都要出去，去天竺三寺、灵隐寺等寺庙烧香。官府也知这一习俗，一般都会留下涌金门不关闭任人出入。

所以初五这天傍晚，杭州人成群结队地争看出城。

轿夫举着火把，排列在湖岸等着客人。

人潮里，一名壮硕的汉子高声呼唤："来十顶轿子！"

一见来大主顾了，轿夫们喜不自禁，呼啦啦地蜂拥上前。

汉子凶巴巴地吼道："慌什么，一个一个来！"

轿夫们排好队，汉子身边的几个人始不慌不忙地上轿，轿夫们沿着西湖慢慢地走，轿子里的人掀起了帘子，贪婪地欣赏着窗外的美景。

汪直跟母亲同乘一顶大轿，云儿与娘亲同乘，汪直手下的侍卫一人一顶，一家人吃过寿酒后即到西湖边上夜游来了。

自打汪直下海为寇之后，一家人下狱受苦，东躲西藏，做梦都没想到还能像达官贵人一样坐着大轿西湖夜游。一家人一路惊叹，一路欢笑。

汪直一路上为母亲讲解着西湖的美景和故事传说，幸福洋溢在老人的脸上，让他无比满足和自豪。

月亮升上吴山，薄雾朦胧。

一家人下轿上船，侍卫催促着船夫快些赶到断桥去，湖中心灯光闪烁，到处都是游船画舫。湖上赏月，又是一番别致的美景。

汪直一家乘坐的是艘豪华画舫，有伶人抚琴弹唱，有茶水点心侍候。

云儿抓了一把点心，在船上跑来跑去；老太太眼睛眯成了一条缝，乐呵呵地看着伶人唱戏，干瘪的嘴巴跟着节拍哼着戏文。

汪直跷着二郎腿，手里端着一只宜兴紫砂壶，一手轻轻叩击桌面，一幅其乐融融的温馨场面。

西湖上，充塞着唱戏声、奏乐声和人大声说话的声音，时不时有绚烂的烟花腾空而起，引起了孩童和妇女的阵阵惊叫，湖面上热闹而欢乐。

汪直的几名侍卫站在船的四周，警惕地注视着湖面来往船只。

黑夜里，几艘小船悄悄地跟在后面，小船里全是五大三粗的彪悍男子，每个人的手里都拿着明晃晃的刀。

小船的后面紧跟着一艘大船，与其他画舫不同的是，小船上幽暗昏黄。

黑暗中，浙江巡按王本固正襟危坐，一个汉子来到近前，轻声说道："大人，他们已过了断桥，接下来恐怕就要停舟上岸了！"

王本固："通知前面的小船先行上岸设伏，待他们一上岸立即拘捕！"

汉子说道："他只带了六个保镖，且有家人在旁边，跑不脱的！"

王本固："此人是巨匪，切不可掉以轻心！"

汉子抱拳："请大人放心，今晚他插翅难逃！"

远远地更声响起，亥时已过。

终于，汪直一家人尽兴而归。画舫稳稳地停靠岸边，两名侍卫抢先跳下船扳住船舷，让船不至于晃动，老太太在汪直的搀扶下小心地走过跳板来到岸上，其他人跟在后面鱼贯上岸。

侍卫一招手，岸边的几顶轿子抬了过来。突然，轿子后面涌出一群手执刀枪和锁链的汉子，不由分说地把汪直按倒在地，戴上了枷锁和铁链。

汪直的家人和侍卫大惊，几名侍卫飞身上前想来营救，怎奈对方人多势众，不一会儿，侍卫们也被按倒五花大绑了起来。

汪直一家人都蒙了，老太太和云儿哭喊着上前，紧紧地拽着汪直衣袖，不让他们把汪直带走。

王本固从黑暗中走了过来，对汪直上下打量了一番，问："你就是汪直？"

汪直昂首反问道："你是什么人？"

王本固手抚胡须，得意地一笑："本官乃浙江巡按王本固！"

汪直："原来是巡按大人，我是你们胡制台请来的客人，速速把我放了，免得到时候上头怪罪！"

王本固也不跟他啰唆，冲手下人喊了一句："带走！"

几个人七手八脚地把汪直等人推搡着走，留下汪直的家人在岸边哭号。

天刚亮，胡宗宪穿着一身宽松的衣裤踱出寝房下到后院，正准备伸腿展腰，迎接清晨的空气，远远地瞥见管家胡忠行色匆匆地走了进来。

到了近前，胡忠面色凝重地说："老爷，大事不好了！"

胡宗宪不悦地皱眉，瞪了他一眼："什么大事不好，一大早的咋咋呼呼？"

胡忠："汪直昨晚被捕了！"

胡宗宪大惊："什么人干的？"

胡忠："浙江巡按王本固！"

胡宗宪："他怎么知道汪直来杭州了？"

胡忠："他本来是不知道的，但汪直去看望老娘，不想王本固早就在那条街上布下了耳目，汪直一出现就被他们盯上了。昨晚是他老娘八十寿诞，酒席过后，一家人夜游西湖，王本固一路尾随，汪直一上岸就被捉拿了！"

胡宗宪恨恨地说道："这个王本固，要坏我大事了！"

胡忠："老爷，咱们怎么办？"

胡宗宪："马上去找他要人，汪直是本官请来的客人，岂容他胡来！"

胡忠："王本固已经来了，就在签押房候着呢。"

胡宗宪听了，拔腿就走。刚进签押房，王本固笑容满面地站起来，胡宗宪虎着个脸，劈头就问："听说你昨晚抓捕了汪直，可有此事？"

王本固："是，下官已将汪直、王汝贤、叶宗满还有保镖捉拿归案了。"

胡宗宪："抓捕汪直那么大的事情，为什么不和我商量一下？"

王本固："汪直是巨匪，抓捕汪直是我分内之事。再说，军情紧急，也容不得有半点耽搁。"

胡宗宪冷冷地说："你知不知道汪直上岸是来跟我们谈招抚之事的？你这么一来，我胡宗宪岂不是成了言而无信的小人？"

王本固："自古兵不厌诈，敌我博弈讲究的是一个'智'字。那汪直狡诈多变，万一招抚不成，纵虎归山可就后患无穷了。再者说，汪直是海上最大的倭寇，除掉他余倭无首了，东南平倭指日可待，制台何必忧心？"

"住口！"胡宗宪厉声地冲王本固吼了一句，"汪直已经答应了招安，还向朝廷建言开海通市，为我大明开疆拓土，主导世界贸易，这等宏图伟业，岂是你辈所知悉的！"

王本固吃了一惊，沉默了片刻，又说："大人良苦用心，下官确实不知。可是大人想过没有，我朝历来奉行崇文抑武、重农轻商的国策，上至朝廷百官，下至平民百姓皆耻于经商贸易，岂是汪直的建言便改变得了的？再者说了，海禁已经施行了一百五十多年，大明士绅皆以守习祖制为荣，您能指望朝堂重臣放弃祖制改弦易张？"

王本固说的都是实情，胡宗宪一时竟然语塞。

怔了片刻，胡宗宪问："这事，你打算怎么处置？"

王本固依然赔着笑脸："大人，下官一早前来，就是想请示如何处置！"

胡宗宪反问道："那依你的意思呢？"

王本固："汪直是尽人皆知的要犯，朝廷悬赏汪直的檄文明确说了，'擒斩汪直者，封伯爵，赏万金'，昨夜军士们冲着封爵与厚赏，才个个奋勇争先擒拿的汪直。所以下官在第一时间就写了一封奏疏，星夜快马加急送往京城了，让圣上来做这个主！"

胡宗宪气得鼻子直冒烟，恼怒地说了一句："既然都上报朝廷去了，还来跟我请示什么？"

王本固强辩道："此事理应先向制台请示再行上报，可事发紧急又事关重大，擒获汪直已到了下半夜，下官写完奏疏后即赶到大人这边请示来了！"

胡宗宪："你是怕别人抢了头功，还是怕本官阻止你抓人？"

王本固："大人错怪下官了，下官只想抓捕朝廷重犯，其他都没有多想！"

胡宗宪："那我要是让你放人呢？"

王本固不亢不卑地回了一句："圣旨未下之前，下官断不敢擅作主张！"

"你！"胡宗宪手指着王本固，气得说不出话来。正这时，管家胡忠推门进来，小心翼翼地道："老爷去吃早餐吧，夫人那边已催了两遍了……"

"滚！"胡宗宪突然怒吼一声，两人吓了一大跳，灰溜溜地走了。

皇宫西苑，黄锦服侍皇帝用丹，见皇帝心情正好，于是说了一句："奴婢听说，东南那边捕捉了倭寇头子汪直，这可是天大的喜事啊！"

嘉靖："喜事是喜事，可是胡宗宪却说这个汪直杀不得，罗织了一大堆的理由，朕也是左右为难哪！"

黄锦："朝堂大事，奴婢不敢妄言，圣上还是多听听群臣的意见吧！"

嘉靖似乎在想些什么，手执拂尘两眼微闭，半天没有说话。

铜炉里青烟袅袅，大殿里寂静无声。

突然，嘉靖睁开双眼，问："今天谁当值？"

黄锦回答："是徐阶！"

嘉靖吩咐道："去，把徐阶给我叫来！"

黄锦应了一句："是！"躬身退出。

一盏茶的工夫，黄锦领着徐阶走了进来。

徐阶给嘉靖磕头请安，嘉靖让他平身落座。

嘉靖："擒获汪直的事，你都听说了吧！"

徐阶："回陛下，都听说了，人是浙江巡按王本固擒获的，王本固和胡宗宪的奏疏一前一后送到了内阁。"

嘉靖："这事你怎么看？"

徐阶："王本固虽屈居七品，却不畏权势巧施妙计擒获巨寇，忠勇可嘉，圣上宜重赏之！"

嘉靖："那胡宗宪呢？"

徐阶："胡宗宪虽然引诱汪直上岸，建了首功，但其纵寇自由出入，还跟朝廷提了一堆封赏倭寇的理由，让人实在无法理解！"

嘉靖："你说的不理解都有哪些？"

徐阶："汪直建国为宋，自立徽王，无君无父，残杀官兵，荼毒百姓，罪大恶极，不杀不足以振官威，不杀不足以平民愤。可胡宗宪执意上疏请求赦免汪直，臣不理解，这是其一。其二，胡宗宪建言朝廷放弃祖制开海通市，他将祖制国策置于何种境地，是可忍孰不可忍。其三，胡宗宪与汪直是徽州同乡，民间传得沸沸扬扬，说胡宗宪收了汪直的重金贿赂，才拼命替他开脱。臣认为，此事虽未查实，但其中难免有循私枉法之嫌。其四，那胡宗宪本来就不干净，臣可听说了，他在赵文华的包庇下总督东南大肆敛财一手遮天，人皆称其'总督银山'。所以臣认为，胡宗宪的话断不可信！"

嘉靖一边听着，一边用深不可测的眼神盯着徐阶，突然说了一句："朕知道他是严嵩的人，你跟朕说话必须公允从实！"

徐阶心中一凛，连忙回道："臣不敢有半句虚言，胡宗宪功过自有公论！"

嘉靖沉默了片刻，说："那两人的奏疏朕也看了，胡宗宪说的开海通市不是没有道理，如今我大明处处缺钱，通市贸易不失为聚财的好法子！"

徐阶："可是圣上想过没有，开海通市不是一件简单的事情，这码头要修、海船要造，每艘船还要配备许多官兵、水手和给养，一年下来的耗费不下百万之巨，咱们户部能拿出这么多的银子吗？再说了，朝廷给一个海匪巨寇配备了这么多的船只和兵力，到时候坐大成势了谁来节制？"

皇帝微微沉吟，依旧没有作声，徐阶说的不无道理，只是大明太缺钱了，要是有个既能聚财且毫无风险的法子就好了。

徐阶看出了皇帝的犹豫，说："圣上，咱们还是要在开源节流上想办法。古人云：'百姓足，君孰与不足？百姓不足，君孰与足？'开源的法子有很多，诸如兴修水利、使用良种、改良工具、修建道路，以促各业发展。一方面，要减少朝廷的用度，尽快平息各地战事，官府和兵备两大块开支减少了，朝廷支出就减少了大半。圣上您说是不是这个理？"

嘉靖听了感觉似乎有点道理，笑了笑说："那就依徐阁老所言，开源节流的事，还有劳你多多费心！"

徐阶："开源节流本就是臣的本职，请圣上放心，微臣一定竭尽全力！"

嘉靖："那汪直的事，徐阁老怎么看？"

徐阶："汪直罪恶滔天，罪不容赦，当斩！"

嘉靖沉吟了片刻，点头："准奏！即刻拟旨下达东南！"

徐阶："臣遵旨！"

十一月底，裁决终于下来了。

冬天里的杭州寒风凛冽，满目萧杀。

总督衙门的大堂上摆上了香案，堂下黑压压的官员头戴纱帽、身着朝服跪在地上，胡宗宪跪在最前面，众人大气不敢出，生怕听漏了一个字。

香案前，传旨太监威严地扫视了一眼跪地的官员，打开圣旨高声宣读："奉天承运皇帝，诏曰：汪直背华勾夷，罪逆深重，命就彼枭示，叶宗满、王汝贤既称顺报功，姑待以不死，发边卫永远充军。钦此！"

胡宗宪大吃一惊，跪在地上愣了半晌才道："臣胡宗宪，领旨！"

叩领了圣旨，将传旨太监领入内室落座，胡宗宪往他怀里塞了好大一锭金子，问："公公，下官早有上疏恳请同意招抚汪直，并建言开海通市，为大明增收，怎么等来的却是这一结果？"

传旨太监收了金子，脸上明显有了笑容，回答道："汪直就擒，胡大人本当居首功。然而你在疏中却陈请赦免汪直，开海通市，朝堂一片哗然。有人怀疑，你跟汪直串通一气，更有甚者，罗列罪名要弹劾你。幸亏圣上宅心仁厚，念你前时剿匪有功，格外开恩不予究治。圣上叫我跟你传话，命你反躬自省，速速剿灭剩余顽寇，不然，必重责！"

胡宗宪额上细汗密密麻麻地渗了出来，端茶的手抖了几下，脸色苍白。

送走传旨太监的那天晚上，胡宗宪带着胡忠来到了关押汪直的大牢。

墙上的油灯昏暗，空气里充满了腐烂的气息。每间牢房里都关着一些蓬头垢面、衣衫褴褛的囚犯。牢头拎着灯笼哈着腰在前面引路，几名狱卒跟在后面。穿过了几重铁门，一行人来到一间独立的监舍。

一狱卒掏出钥匙打开牢门，从灯笼里取出灯芯点亮了墙上的油灯，屋内瞬间亮了许多。简陋的木板床上，汪直披头散发地躺着，看不清他的脸。

胡忠提着食盒进去，取出几样酒菜和碗筷，摆放停当又躬身退了出去。

胡宗宪弯腰钻进牢房，挥了挥手，胡忠对狱卒道："都出去吧，外面候着！"等众人退去，汪直慢慢下床，走到胡宗宪面前。昏暗的烛光下，两人席地而坐，相互怔怔地看着，一言不发。

对视良久，汪直率先打破僵局，取过酒壶，给小桌子上的两只碗里倒满了酒。两人端起碗，默默地一饮而尽。

胡宗宪定定地看着汪直，忧郁地说道："开海通市，我们想得太简单了！"

汪直用衣袖揩了揩下巴，眼里充满了血丝："是大明没有这个福气……"

胡宗宪："主要是怪我，如果咱们不是老乡，或许就不会有那么多非议。"

汪直："要怪只能怪命，命里有时终会有，命里无时莫强求。我们都过于执着了！"

两人又默默地喝了会酒。汪直忍不住问了一句："大限在什么时候？"

"腊月二十五……这样的结果，谁也没想到！"胡宗宪艰难地回道。

汪直："杀我也就罢了，可怜叶宗满、王汝贤原本就是安分守己的海商，还望能从轻处理。"

胡宗宪："圣上说了，协从之贼可以从轻，首恶之贼决不放过。他二人都免除了死罪，戍边充军。"

汪直苦涩一笑："刀尖舔血这么多年，生死早已看淡。只是杀我汪直，浙闽两省的百姓可就更苦了。"

胡宗宪："这也是我最大的担心，你在的时候尚能节制各方，你不在了群龙无首必引起大乱，平定东南倭患，又不知到何年。"

汪直眼睛突然一红："我母亲半生守寡，孤苦一生，还望大人多加关照！"

胡宗宪："我说过了，你的母亲就是我的母亲，我会替你养老送终。你的那些家人，我也会尽力关照。"

汪直拿起酒壶一仰脖，咕咚咕咚地把半壶酒灌了下去。

胡宗宪起身，一言不发地朝门外走去。

汪直亦起身，抢先一步走到门前，扑通一声双膝跪地，砰砰砰地磕了三个响头。

胡宗宪站在门内，望着汪直，犹豫了一会，最后啥也没说，大踏步地往外面走了。

汪直一动不动地在地上趴了半晌，突然身子一软，瘫倒在地。

腊月二十五，年味渐浓。杭州府的港口人头攒动，大家都来争睹传奇倭首是怎么被砍头的。兵丁们围起人墙，不断地往外推搡着拥挤的人群。

人群的中间，汪直身戴枷锁脚拴铁链跪在地下，背后插着一面白色亡命牌，上面写着"王直"两个大字，这是王直的本名。

午时三刻，监斩官将桌上的令牌抽出扔下，大喊了一声："斩讫报来！"

只见法场上俩刽子手上前去开枷锁，行刑之人，执定法刀在手，王直长叹一声："不意典刑兹土！"

话音刚落，一腔鲜血喷涌而出，王直的一颗人头落地，无论净海王还是徽王，都只剩下传说。

王直的死讯传开，麇集于舟山一带等候消息的庞大的商船队顷刻间四散而去。作为人质的指挥使夏正被狂怒的汪滶活活肢解了。汪滶占据岑港，率手下倭寇疯狂袭扰江浙一带，成了一股穷凶极恶的海匪。

自此，大明倭患日甚一日。

花海波 著

刺桑朗月

下

百花洲文艺出版社
BAIHUAZHOU LITERATURE AND ART PRESS

第二十四章

嘉靖三十七年（1558年）四月，椒江栅浦。

繁华的码头上，一艘大船远远地开了过来，船上人声嘈杂，夹杂着鼓乐管弦的声音。

有人说："这一定是哪里的大官要经过我们这里。"

有人摇头："不像，官船没这么喧哗。"

人们正猜测着，大船靠岸了，百十号人涌了出来，每个人的手里都拿着明晃晃的刀枪。

突然有人大喊："是倭寇，倭寇来了！"

人们回过神来，顿时四散奔逃。

倭寇如潮水般散开，挨家挨户地上门劫掠，踹门的声音咣咣直响，一时间，镇里的惨叫声此起彼伏。

栅浦本是商贾云集之地，苏老爷是丝绸业的巨富，光家丁打手就有数十号人，但此时也如刀俎上的鱼肉，不到一炷香的工夫，苏府上下一百多号男丁全部成了刀下之鬼，只剩女眷在凄厉地哭喊尖叫。

台州府里，谭纶面色严峻。

兵备佥事李三畏的话让所有人都大吃了一惊："四月初一，有倭寇在栅浦登岸，分兵流劫台州六县，太平县城被围多日，典史蔡宗战死。"

黄诰面容焦虑："戚继光驻兵在宁波临山，台州兵力本就不多，如再分兵围剿栅浦，台州府的防卫就空了。"

谭纶在屋子里来回踱步，脑袋在紧张地思考。突然转过身来："我带李超的一千新兵去栅浦剿倭。传令，各卫所官兵加强戒备，台州府方圆百里内密集设置流哨，一有异动即刻示警。"

李三畏惊讶地喊了出来："只带一千兵马？"

谭纶："兵不在多，在于精，有一千兵马足矣。"

众人连忙分头安排去了。

仙居县东南的山道上，十五岁的顾惜宝随父亲母亲、外祖父母、舅舅和侍女阿香等人举家逃难，一路上全是仓皇奔逃的百姓。

跑着跑着，顾惜宝和阿香就跟家人逃散了，两人互相搀扶，跌跌撞撞。就在惊魂未定、上气不接下气的时候，倭寇追上来了。

倭寇见两人年轻貌美，肌滑如脂，登时色心大起，他们把两人团团围住，一个个放肆地淫笑。

阿香吓得花容失色，惊慌地叫喊躲避。顾惜宝临危不惧，委婉与之周旋，对倭寇头目说："要我顺从可以，但不能在路上，到村里再说。我又不会骑马，你们得抬着我走。"

倭寇头目马上抓来几个逃难的民夫，抬着两个女孩儿走。

山路狭窄而险峻，半山腰是一处悬崖峭壁，山下是一口深不见底的湖。顾惜宝提出要休息一下，倭寇对惜宝早已放松了戒备，答应了下来。

惜宝轻声对阿香说："白璧可碎不可有瑕，女儿死得其所矣！"

阿香回道："你能保全节，我岂能偷生！"

二人乘倭寇不备，奋力一跃，投入湖中而死。

惜宝和阿香的悲壮举动，令倭寇们措手不及，目瞪口呆。

有目睹者事后说，当时晴天白日，突然间狂风大作，飞沙走石，似在哀悼烈女。

后人把这个湖称之为烈女湖。

此刻的谭纶,正率兵赶往太平县。

李超匆匆前来:"报!仙居方向发现一股百十来人的倭寇,离太平县仅有六七十里,应该是攻打太平的援兵。"

谭纶:"此去太平还有多少里路?"

李超:"一百余里。"

谭纶打开军事地图,沉思了片刻,命令:"你带二百快马做前锋部队,抢在倭寇之前抵达仙居板桥,伏击倭寇援兵。"

李超接令,风驰电掣往板桥奔去。

倭寇做梦也没想到路上会有明军的埋伏,他们还在为两个美人投湖自尽的事懊恼不已,一口气杀了十余名难民,狠狠地宣泄内心的愤怒。

李超率部刚刚设伏完毕,倭寇就到了。

面对区区二百来名大明官兵,倭寇没有丝毫的怯意,按照以往的经验,只要他们一往前冲,再多的官兵都要闻风而逃。

然而让所有倭寇都大吃一惊的是,这股官兵没有一丝的慌乱和后退,一个个表现出争先恐后的期盼,一队一队地向他们杀来。

倭寇很快溃不成军,仓皇丢下五十多具尸体,乘夜逃遁。

松门卫,烽火台上狼烟滚滚,急促洪亮的警钟响彻全城。

攻打太平的倭寇听说援兵在板桥被大明官兵设伏击退,当即聚拢人马转往松门。

松门城下,倭寇兵分数路,每路用竹编盾牌裹牛皮挡在外围,步步为营进逼到了城底下,数十架云梯靠在墙上,倭寇们争先恐后地往上面攀爬。

城上的军民用石块还击,城中百姓结队传递石头到城上,既有身强力壮的男子,也有穿裙服的妇女,连十来岁的儿童也帮忙传递着小块的石头。军民同仇敌忾，奋起抗击，烽烟和喊杀声里，透着几许悲壮的气息。

时近晌午，一架云梯终于攻上了城楼，倭寇手起刀落，吊桥轰然落地，激起阵阵黄尘。紧接着城门洞开，倭寇如潮水般涌入。

军民溃败，倭寇满城追杀逃窜的百姓，一场屠城的悲剧就要上演。

就在这一危急时刻，城外突然传来急促的锣鼓声和激越的马蹄声，由远而近，激烈的节奏强烈冲击着人们的心脏。

李超是松门卫的人，父亲母亲还有兄弟姐妹都在城里，眼见城门被倭寇攻陷，心急如焚，奋不顾身冲在最前面。

倭首长刀狠狠往前一指，眼里全是血丝与凶光，倭寇们纷纷凶神恶煞般冲向了大明官兵。

李超不敢与倭寇缠斗，单枪匹马杀开一条血路，急匆匆地往家里赶去。

李家是世袭的千户长，城里数一数二的高墙大院，越是高墙大院，越是倭寇重点洗劫的目标。此刻，二十余个倭寇正把李家团团围住。

大门紧闭，倭寇们搭起人墙，欲翻墙进入。

一个倭寇爬上了墙头，李家的人全都站在院子里，松门卫前任的千夫长，李超的老父亲站在最前面，手持砍刀怒目而视。

倭寇面目狰狞地笑了一声，就准备往下跳。

正这时，一支利箭嗖的一声，从后背直透前胸，墙头上的倭寇扑通一声掉了下去。倭寇循着射箭的方向望去，但见一匹快马飞驰而至，还未来得及反应，一名倭寇就被长枪刺倒，胸口的鲜血汩汩而出。

倭寇蜂拥而上，与李超战在了一起。李超勇不可挡，家人危在旦夕，所有的力量和勇气都在这一刻爆发，又有几个倭寇被李超撂倒。

但倭寇毕竟人多势众，况且单兵能力非常突出，缠斗多时，李超逐渐有点体力不支。

又有数匹快马朝李家飞驰而来，谭纶与梁进及随身侍卫杀了过来，战局呈现一边倒的局势，十余个倭寇倒在了血泊当中，剩下的几个抽身便逃。

此时，巷子口的厮杀更猛了，冲在前面的伍长们英勇无比。

林大鹏手起刀落，一个倭寇的人头应声落地。

谭绿的青锋剑迎着长刀对杀，一个倭寇招架不住，被谭绿砍翻在地。

杨文的长枪虎虎生风，一连刺倒了好几个倭寇，枪头红缨浸满了鲜血。

伍长在前面奋力冲杀，后面的士兵也不甘示弱，眼前的倭寇就像一堆白花花的赏银，谁杀得多谁就能得到更多。

在如狼似虎、争先恐后的冲杀面前，倭寇们唯一剩下的出路，就是奔逃，这是一种从来没有过的惊骇与狼狈。

李府门前，李超率家人在谭纶的脚下长跪不起，惊心动魄的灭门之战让李家心有余悸。

谭纶下马，一一将他们扶起。

"留下一队人马，保护你的家人！"谭纶吩咐李超。

李超哽咽，说不出话来。容不得过多停留，简短地相聚了片刻，李超与家人挥泪告别，跟随谭纶踏上了追剿的征途。

攻打松门卫失利的倭寇仓皇翻越石牛岭，自珠村经由横山败退至南湾。人困马乏，坐下来还未歇一口气，追兵就到了。倭寇们喘息未定，抄起家伙硬着头皮再战。官兵奋起神威，倭寇接二连三倒下，有些人束手就擒。

谭家军初战栅浦，三战连捷。

舟山岛西岸，岑港。

港湾里帆船林立，战船云集。

镇上只有一条街道，从海边码头一直向东。

谭纶和戚继光带着几个侍卫穿过不长的街道，来到一座高大的建筑面前，三间宽的门脸，青砖垒就的围墙。破败的墙头长着蒿草，石阶上满是苔藓，三间门脸六扇门中有五扇都漏着风。斑驳的门牌上，赫然写着早已掉了漆色的"岑港巡检司衙署"字样。

　　这是岑港唯一的衙署，洪武年间所设，后岑港被倭寇占据多年，巡检司早已荒废，不过衙署始终还在。此时的巡检司，已成了俞大猷的临时指挥所，各路参战将领齐聚一堂。

　　大堂里，响起了浙江总兵俞大猷的声音："王直死后，汪滶固守岑港负隅顽抗，且有各地倭寇源源不断赶来增援。围剿战变成了持久战，打得越久倭寇越多。还望诸军奋力，尽歼倭寇于此。"

　　浙江副总兵卢镗禀报："岑港三面环山，一面朝海，山径崎岖狭隘，岙口众多，地形复杂，易守难攻。倭寇居高临下，据险死守，我军虽奋勇作战，踩尸而进，然而汪滶、毛烈诸寇事先绝塞诸道，止通一径，隘险难攻，我军寸步难行。"

　　参将张四维："三月份风雨交加，山洪骤发，溪涧涌溢，倭盗在山上的高处凿开溪涧，只要官兵进攻，倭寇就打决口，汹涌的洪水霎时向下倾泻，很多士兵被急流冲下山崖或者溺水而死。这仗，太难打了。"

　　正在这时，谭纶、戚继光进来。

　　众人寒暄毕，俞大猷问："你们刚才在五峙山发现倭寇？"

　　谭纶："清剿完栅浦倭寇之后，我部奉胡制台之命驰援岑港，前些日子在普陀山乌沙门击溃一股倭寇，斩首四十余级；今日又在五峙山发现倭寇二百余名，击毁倭船五艘，斩寇百余。"

　　俞大猷："刚刚接到急报，汪滶为解岑港之围，聚集了各地倭寇上万之众围攻台州、温州。你是台州知府，必须立刻回援台州！"

　　谭纶一听也是十分紧张："那我们现在就走。"

　　俞大猷点头，又令："戚继光！"

　　戚继光大声应道："末将在！"

　　俞大猷："温州已是流寇遍地，胡制台命你部迅速驰援温州，肃清流寇！"

　　戚继光振声应道："是！"

台州城外，黑云压城城欲摧。

数不清的倭寇乌压压一片，铺天盖地涌向城墙。

城楼上的谭纶来不及多想，大喝一声："迎敌！"

城墙上一片忙碌，到处是跑动的士兵。

"倭寇出门一般都不带粮草，他们的粮食给养，都来自抢。城外的坚壁清野都做好了没？"谭纶一边察看敌情一边问。

通判上官倬："按照您的安排，我们已在前些日子，就让城外方圆二十余里的百姓举家搬离，所有房屋烧毁，牛马牲畜及粮食全部运回了城里。"

谭纶点点头，表示赞许。

上官倬："坚壁清野，让倭寇很快尝到了苦头，现在他们正四处搜寻一切可以果腹的东西。"

谭纶："城防准备怎么样了？"

推官边毅回答："我们把城外所有能采集到的石头、木料、铁器都运到了城里。目前物料充足，城高墙厚，坚持一两个月应该没有问题。"

正这时，临海知县黄诰惊叫道："倭寇冲过来了！"

转眼间，倭寇就冲到了近前，距离城墙不过百步之遥，喊杀声震天。

"火炮准备，放！"谭纶高声断喝。

刹那间，数十门火炮同时咆哮，炮弹在蚁群一样的倭寇军中爆炸，倭寇成片成片地倒下。

"台州城居然拥有这么多的火炮？"眼前的一幕让倭首吉冈长野十分震惊，他大吼一声，"不要停，继续冲！"

倭寇短暂迟疑片刻，依旧疯狂地喊叫着向前冲锋。

"轰……"台州城上的火炮齐响，倭寇再次出现大量的伤亡。但在两轮火炮过后，大批的倭寇仍如潮水般涌来，一架架云梯搭了起来，倭寇们开始攻城。

"倒油！"谭纶沉着下令。

一桶桶的猛火油倾泻而下，接着一支支的火把从城上飞出，须臾间，云梯变成了火龙，正在不停往上爬的倭寇军顿时被吞噬。紧接着，火龙变成了火海，城墙下方的倭寇被烧得鬼哭狼嚎。

突如其来的灭顶之灾，顿时让倭寇惊慌失措，后面没有波及的倭寇顿时吓得掉头就跑。

就这样，倭寇一次次攻城，被一次次地击退。

五天过去了，城下堆满了倭寇的尸体。

谭纶带着几名官员在城墙上检查着每处的防务，士兵们手持武器躲在城墙垛孔中密切注视敌情，不敢有一丝的大意。

李超跟在后面汇报："这几天我们击退了十余次强攻，官兵们同仇敌忾，也得益于城高墙厚，特别是空心敌台发挥了巨大作用。"

这是事实，空心敌台里的明军如同长了眼睛，倭寇刚刚挨近，就遭到了滚檑巨石的无情攻击，一次一次无功而返。

谭纶："目前情势还不能盲目乐观，倭寇士气正盛，切不可有丝毫的麻痹大意。当务之急，还须做好三件事情。黄诰！"

黄诰应道："下官在！"

谭纶："城中不论老幼，但凡能拿武器的，全部轮流上城值守。所有人都穿上军服，分成三班日夜不停来回巡逻。"

黄诰："要不要让他们举旗击鼓，把声势弄得更大一点？"

谭纶："不用，举旗击鼓更易让人觉得是在虚张声势，命令士兵，每隔三十步扎制一丈高的稻草垛，上面插满芦苇，远看像是密密麻麻的箭矢。"

黄诰立马就明白了，赞了一句："大人高明！"

谭纶思忖了一会，又令："李超！"

李超应道："末将在！"

谭纶："你率二千人马趁夜出城，不许有一点动静和火光。行至城外十里远，队伍拉开距离，每人点燃三支火把来回穿插奔跑，齐声高呼着策马回城，城墙上的士兵负责击鼓鸣锣，动静越大越好。"

李超应道："是！"

谭纶："上官倬！"

上官倬应道："下官在！"

谭纶："放出风去，就说朝廷派了十万官兵前来助阵。"

上官倬点头："明白！"众人依计紧张筹备去了。

第六天，倭寇断粮了。

饥肠辘辘的倭寇不得不派人跑到数十里外的地方去掠夺粮草，可老百姓早已带着粮食躲起来了，一些倭寇居然挖树根掘野草，这对一向吃惯了山珍海味的倭寇来讲简直不敢想象，于是就有人开始抱怨起来，时有倭寇为抢夺粮食而打架斗殴。

这天晚上，台州城外锣鼓齐鸣喊声大作，无数官兵举着火把，源源不断地涌入城内。

这动静，让倭寇大吃一惊。吉冈长野被巨大的动静惊醒，从行军榻上一跃而起。副将门多郎次郎冲了进来："报！将军，大事不好了！"

"慌什么！"吉冈长野厉声斥道。

门多郎次郎定了定神，挺直身子，道："刚刚，有无数官兵进入了台州城内，据说是大明朝廷派了十万援兵前来。"

"十万？"吉冈长野狠狠地盯着门多郎次郎，问，"从哪来的？"

门多郎次郎："从哪来的不知道，有没有十万也难说，但看那阵势，几万人还是有的。"

吉冈长野一脸的狐疑，不语。

"将军，撤吧，好汉不吃眼前亏！"门多郎次郎建议道，"与其在这儿硬拼，不如换个地方。大明军队都聚到台州来了，其他州府必定空虚，我们正好乘机而入。"

吉冈长野思忖片刻，终于点头，命令："撤！"

门多郎次郎身子一挺："哈咿！"

　　倭寇异动的消息很快传到了台州城里，谭纶当即召来李超，耳语一番。当下，李超率部悄悄出城，在城北山上设伏。

　　不多时，城北方向响起了呜呜的螺号，这是倭寇集结的号令。倭寇们听到号令，纷纷向城北集结而来。

　　待倭寇进入伏击圈，一排排惊天动地的炮声响了起来，倭寇被炸得人仰马翻，四下逃窜。

　　台州城上锣鼓声大作，北门大开，谭纶一马当先冲出城来。

　　李超率领伏兵从草丛里一跃而起，城里城外的官兵漫山遍野杀了过来。倭寇们方寸大乱，尽弃辎重及所掠民女千余人，往温州方向逃窜。谭纶与兵备佥事李三畏率兵一直追到隘顽所的海滨，又斩杀了数百倭寇，余寇仓皇登船逃之夭夭。

　　夏夜，白水洋的花开了。

　　大雷山下的十里桃林奇峰环列，黄花红叶。白水洋镇地处临海、天台、仙居三县交界处，从山顶上一眼望去，三县风光尽收眼底。

　　镇里的永安溪上，船只穿梭往来。

　　正是码头最忙时，不光有巡逻的乡勇还有很多路人，商人和苦力们正在船上船下忙碌。

　　正在这时，忽然一支船队溯江而来，径直开往码头。等快靠岸的时候，大船上忽然伸出无数火铳，火铳齐射，岸边的人瞬间被打成筛子。岸上远处的人们先是惊住了，齐刷刷地往这边看来，紧接着大喊一声，立刻奔溃。

　　紧接着，船上下来数百个髡头鸟音、赤体提刀的倭寇。这是一支从台州溃败而来的倭寇逃窜到了白水洋，不一会儿，镇子里到处是火光冲天。

　　当浓重的红云满布天空，夕阳渐坠，上岸劫掠的倭寇方才一个个满载而归。水天之间，除了上下追逐的海鸥在嘎嘎鸣叫外，是死一般的静谧。

　　倭寇头子井边四郎放下单筒望远镜，反身钻进了船舱，船舱里一个柔弱的女子瑟瑟发抖，井边四郎的嘴角浮现出了一丝得意，丢下望眼镜，淫笑着扑了上去。

甲板上，只有几名值守的哨兵。一名哨兵往嘴里灌了一口酒，眼睛混浊地瞭望四周。突然，他的身子如同定住了一般，脸上随即浮现惊惧的表情，在他那猛然收缩的瞳孔里，数十条黑乎乎的船只，正向这边疾驰而来。

"不好！官军来了！"哨兵失声叫喊。

与此同时，其他哨兵也大喊了起来。各艘倭船上，到处是惊慌失措跑动的身影。

赤身裸体的井边四郎一拳打昏身下犹在不停挣扎哭泣的女人，手忙脚乱地穿上盔甲，噔噔地跑上甲板，大喝道："在哪？"

那名哨兵尚未开口，只听得砰的一声巨响，远远地看到火光一闪，一枚炮弹呼啸袭来。轰隆一声爆响，这枚炮弹击中了船身塔楼的一侧，几块破碎的木板立刻凌空飞起。

这一炮让倭船登时大乱，倭寇们在甲板上有如无头苍蝇一样四处乱窜。

"还炮！还炮！"井边四郎怒火中烧，厉声大吼。

喊叫间，却见官军战船已摆开阵形，从头尾两端对倭寇船只进行夹击。火光里，可清晰地看到旗上的"谭"字。旁边一名头目向他紧张说道："首领，官军船多，我军船少，撤吧！"

海战之法，不外乎以大船胜小船，以多船胜寡船。井边四郎见自己的船队已被团团包围，心下大急，喊："撤！撤！"

对面船上，谭纶喝道："给我瞄准了，专打舵手和帆。"

一排排的碗口铳与火铳接连向倭寇猛轰，大大小小的炮弹在船身上打出无数的孔洞，井边四郎的船帆瞬间破成一块烂布。

倭寇的船只立刻慢了下来。

"四船打一船，别让倭船跑了！"谭纶沉声下令。

很快，四艘战船劈波斩浪地向井边四郎的船只疾驰而来。

见战船向自己包抄过来，井边四郎失声大吼："尽快划桨，全力避开！"

　　可是来不及了，井边四郎的船只很快就被这四艘战船团团包围。这是典型的"五点梅花"明军海战战法，四艘战船把敌船夹在中间，将其消灭。

　　井边四郎脸色死灰，船上的倭寇皆是惊恐万状。

　　战船越来越近，数十名火铳手举枪齐射，一阵噼啪爆响，井边四郎的身边，不断有倭寇哀号着倒地身亡。

　　让倭寇们更为惊恐的是，很多蘸满了油料熊熊燃烧的火把扔了过来。烈焰升腾，倭寇在甲板上狼奔豕突，一片混乱。

　　"灭火！灭火！"井边四郎连声嘶喊，他手执砍刀，接连砍杀了三名准备投水逃跑的倭寇，却无法让混乱的场面稳定下来。

　　就在井边四郎兀自大喊之际，一柄冰冷锋利的直刀狠狠地扎透了他的后背。鲜血从他胸口狂喷而出，井边四郎艰难地回头，正是刚才在船舱里被他侮辱的女人。

　　"畜生，去死吧你！"女人咬牙言毕，唰地抽刀。井边四郎嘴唇翕张，却一句话也说不出，扑通一声，趴落船板上。

　　倭船上的倭寇大惊，几名倭寇朝女人飞身扑了过来。

　　正这时，官船上有人惊呼，随即两声弓弦振响，两名倭寇中箭倒地。

　　但是，仍有一名挥舞着倭刀冲了过来，女人神情恍惚，也不知道退缩，缓缓闭上眼睛，就准备赴死。

　　只听呛啷一声，一把大刀挡住了倭寇的倭刀，女人睁开眼睛，一个魁梧的汉子跟倭寇战在了一起。这时候，官兵们也纷纷纵身跳到了倭船上来。

　　女人突然感觉身子一空，再也支撑不住，眼前一黑，晕倒在了甲板上。

　　等她醒来的时候，正躺在一双粗壮有力的手臂里，浓眉下，一双焦急的大眼正看着自己。

　　"你醒来了？"汉子问道，眉眼间不胜欢喜。

　　女人喉咙里含糊不清地"嗯"了一声，一颗豆大的泪珠掉了下来。

　　汉子腾出一只手来，从腰间解下一只水囊，凑到女人的嘴边。女人犹豫了一下，张嘴喝了几口，挣扎着起来，道："感谢壮士救命之恩！"

汉子："你是哪里人氏？为什么会在这里？"

女子身子一颤，过一会儿才凄声道："小女子姓孙，名九儿，三门县海游人氏，家中被倭寇祸害，被掳到这里来了，呜呜……"

汉子："你家里还有什么人？"

女子摇摇头，戚声道："家中还有父母和一个哥哥，现在都生死未卜。"

汉子眼睛一红："我比你更惨，家人都被倭寇杀了，我们都是苦命的人。"

孙九儿听了，脸上淌满了泪水。

有人冲他俩喊了一句："林大鹏，我们要走了。"

林大鹏对九儿说道："你跟我们走，等这一仗打完，我送你回海游。"

"嗯。"孙九儿点点头。

肖林澳，海面近在眼前。

过了沙滩便是大海，可惜海面上没有船。从温州败退过来的倭寇已是强弩之末，一些人精疲力竭，倒在沙滩上一动不动。

海滩背面的群山处，谭纶坐在马上，他的马队步队静静列在那里。谭纶抽出长剑："出阵！"

马队发动了起来。李超一马当先，无数骑兵在他身后呈扇形席卷而去。

瘫软在沙滩上的倭寇还未反应过来，谭家军就风卷残云般杀到了眼前。

倭寇副将门多郎次郎猛地一挥倭刀，大吼："摆蛇阵！"

"摆蛇阵！摆蛇阵！"督战的倭寇跟着大喊。

沙滩上的倭寇纷纷爬起，最精锐、最能打的倭寇分列队首和队尾，充作蛇头和蛇尾。这是倭寇最常用的战阵，以蛇头蛇尾两个方向主攻，让明军首尾不能兼顾，顾此失彼，而一旦明军首尾露出破绽，倭寇则如毒蛇一样咬住破绽，将明军撕碎。

蛇阵一出，李超的马队放慢了脚步。

谭纶见状传令："一营二营左侧，三营四营右侧，结阵对战。"

杨文、谭绖等步队喊杀声震天，冲了出去。

步队中，十人为一伍，伍长带着两名盾牌手、两名火铳手、三名长枪手、两名短刀手。此阵是蛇阵的克星，这是谭纶针对倭寇研发的战阵。骑兵和步队相互配合，个个奋力向前。

沙滩上，喊杀声震天，血肉横飞。

两军相持正酣，一支船队悄然出现在了海面上。帅船上，"戚"字大旗迎风飘扬。

"大人快看，戚继光来了！"梁进兴奋地向谭纶报告。众人抬头望去，但见戚军战船放下无数小船，小船满载着大明将士奋力划向海滩。

倭寇腹背受敌，斗志瞬间崩溃，惶惶四下奔逃。

喊杀声渐渐沉寂了下来，谭纶和戚继光的大手，紧紧地握在了一起。

"可惜，让吉冈长野逃脱了！"戚继光不无遗憾地说道。

谭纶呵呵大笑："倭寇气数已尽，放心，跑不了的。"

戚继光："温州倭患平息了，胡制台发来急令，让我赶去岑港剿倭。"

谭纶说："是要去了，俞大猷那边急需人手。"

戚继光一脸黯然："岑港久攻不下，圣上将我和俞大猷免职，让我们戴罪立功。要是一个月再拿不下来的话，就要下狱严处了。"

"哦？"谭纶感觉很是意外，"那岑港地势险要，一个月怎么攻得下来？"

"胡制台专门上疏为我们辩解，可惜没用。朝堂大员都说我们指挥无能，浪费军饷钱粮。"戚继光颇感无奈。

"倭寇狡诈强悍，又倚仗天险，一些朝堂大员只知道纸上谈兵，哪知道战场的凶险！"谭纶替他鸣不平，"为今之计，只有横下心来全力破敌。再难打的仗都会有破绽，多动动脑筋，你熟读兵法，相信定有破解之道！"

戚继光点头，拱手告别。

此刻的俞大猷，正脸色铁青地在中军帐前走来走去，一个部将看了看他的脸色，嗫嚅地说："要不，明天我们再组织一次强攻？"

俞大猷怒吼："强攻强攻，都强攻多少次了，哪次不是被人家杀得丢盔弃甲？但凡争一点点气，也不至于落得如此下场！"

部将们都不敢说话，个个垂头丧气。

俞大猷盯着这些人，恨恨地说道："今天撤了我俞大猷的职，明天就要撤你们所有人的职，大家都等着到牢狱里过年去吧！"

正在这时，门外侍卫高喊："戚将军到！"

戚继光闪身进来，施礼："戚继光参见总兵大人！"

俞大猷苦笑一声："哪里还有什么总兵大人，你我皆被罢职，元敬可知？"

戚继光："知道！"

俞大猷重重地坐在靠椅上，长长叹了口气："胡制台限我们一个月内拿下岑港，否则，军法处置！"

戚继光朗声请命："在下愿拼死一战，保证一个月内拿下。"

俞大猷："这半年多都没有进展，你一个月能拿下？"

戚继光："来的路上就想好了，不拿下圣上也会把我们的人头拿下，与其这样不如拼死一搏。"

俞大猷："元敬勇气可嘉，但这岑港固若金汤，徒有匹夫之勇如何能稳操胜券？"

戚继光："戚某愿签军令状，一月如若不克，愿提头来见！"

俞大猷："好！"

戚继光："在下还有个请求！"

俞大猷："说！"

戚继光："一个月内，不管在下如何为之，大人不得催促干涉。"

俞大猷不知道他葫芦里卖的什么药，神情狐疑："这是为何？"

戚继光："大人不必猜测，军机不可泄露。"

俞大猷沉吟片刻，果断拍板："行，就依你。不拿下岑港，大不了你我二人一同死在这里便是。"

中军帐里弥漫着豪气与悲壮。

但是三天过去了，戚继光那边并没有一点动静，俞大猷想象中的那种前仆后继勇往直前的场面并没有出现。

他问部下："戚继光那边可有进展？"

部下："戚大人昨日带了二百人打了一阵，遇到反击就撤了。"

俞大猷："二百人？还匆匆撤了？这打的是什么仗？"

部下："下官没敢问，问了他也不会说。"

俞大猷没有说话，心里有了一种不安。

又过了几天，他又问部下："戚继光那边打得如何？"

部下："这些天似乎打得勤一点，每天都会派兵去打。"

俞大猷心里有了稍许安慰，但紧接着部下的话又让他跳了起来。

"但每次两军一接触，他们就跑了。"部下说。

俞大猷："几千兵马，每天就派二百人装模作样，其他的人都哪去了？"

部下："其他人满山跑，砍些竹子木棍什么的。"

"他可是签下了军令状的，怎可儿戏！"俞大猷几乎是吼了出来，"戚继光在干什么？没有带头冲锋陷阵吗？"

部下："他什么也没干，每日都在营房里喝酒。"

"带我去见他！"俞大猷往桌子上重重一拍，怒气冲冲就往戚继光的营房走去，部下忙不迭地跟在后面。

果然，营房里戚继光正喝着酒，营帐中间还架起火，一边喝着小酒一边烤着肉，别提有多滋润。

"戚继光，你好快活啊！"俞大猷的眼里喷着怒火。

"哟，原来是俞总兵，快快请坐。"戚继光赶紧起身让座，叫人拿杯子端给俞大猷。

俞大猷愤怒地把杯子掷在了地下，恨恨地说："你项上的人头都快不保了，还有心思在这里喝酒吃肉！"

"这不还有半个月嘛。"戚继光有点嬉皮笑脸。

俞大猷："你死了不要紧，害这帮兄弟跟着你一起遭殃？"

戚继光："大人可是答应过我的，这一个月内，不干涉我的任何事情。一个月后攻不下来，不用你动手，我自己把头卸下来。"

"好，我等着你的人头。"俞大猷一愣，什么话也说不出来，一咬牙一跺脚，恨恨地出去了。

一连好几天，戚继光还是老样子，每天喝着小酒，漫不经心，一点都没有着急上火的样子。

倭寇那边也完全放松了下来，见官兵上来，连起身都懒得起了，吹几下口哨或者大声吓唬吓唬，官兵就退了。

日子就这样一天一天过去。俞大猷的部下看不下去了，纷纷找俞大猷。

有人说："大人，这戚继光看来就是烂泥一坨，除了喝酒吹牛，啥事也不会做。"

有人说："这戚继光临阵懈怠不思战事不打紧，我们可拖不起，期限一到，大家跟着他玩完。"

也有人说："大人，事到如今，不如先把那戚继光宰了，让咱们上，死了也甘心。"

中军帐下群情激愤。

俞大猷虽然不知道戚继光要干什么，但凭对戚继光的了解，这事绝没有这么简单，何况军令状规定的时间未到，他不能就这样把戚继光给杀了。

俞大猷："既然答应了他戚继光的请求，我俞大猷决不会中途反悔。期限一到，如若不克，就地将他正法！"

"是！"众将怏怏退去。

最后的那天终于来了，山头上，倭寇们一切如常，该喝酒的喝酒，该睡觉的睡觉。

此刻戚继光军营，三千士兵正全副武装列队整齐立在营前。戚继光目光犀利地扫过每个人的脸："将士们，最后就在此一举。今日之战，不是贼死，就是我亡。大家务必给我打起精神，临阵但凡怯战、后退者，斩！"

没有人回答，但每个将士立正身姿，以示接令。

俞大猷和他的部将一大早就起来了，竖起耳朵听着外面的动静。一个军官匆匆来到俞大猷帐前："大人，戚继光那边动起来了。"

"怎么没一点动静？"俞大猷有点纳闷，一般冲锋陷阵不都有锣鼓吹号什么的？

军官："戚将军不让，说是要保持往日常态。"

俞大猷："今天有多少人进攻？"

军官："全部都上去了。每十二人一伍，每伍分别持有长矛、盾牌和砍刀，各不相同。"

"嗯。"俞大猷点了点头。

军官："最为奇特的是，每组最前面的两个人手持尖利的竹子，那竹子上面还有枝叶。他们说那叫'狼筅'，以带有枝丫的整根毛竹制成，顶端装有矛头，长一丈五左右，既可击敌，更可御敌。"

俞大猷点头赞许："看来戚继光早有准备，之前漫不经心都是为了麻痹敌人。传令，全体出动，一路，协助戚继光部强攻山寨；另一路攻击海边倭寨，焚毁倭船，不得让倭寇从水面上逃脱！"

众将正欲转身离去，俞大猷又吩咐："还有，每队安排监军，兵退斩兵，将退斩将。今日不克，大家都不用回来！"

众将接令迅速行动起来。

这一仗，打得昏天黑地，血流成河。

在毫无征兆的情况下，大明官兵突然跟疯了一样冲了上来，倭寇们都措手不及，等反应过来，第一道哨卡已经被明军冲破了。

倭寇迅速在第二道哨卡前设防，倚仗地势险要成功阻止了官兵的冲势，把官兵死死地压在狭窄的山路上，石块和箭矢飞泻。数百名官兵倒在了血泊之中，但后面的人仍拼死向前。

每个官兵都牢牢地记住了那句话："不是贼死，就是我亡。"每个人都抱着必死的信念在厮杀，人体的潜能发挥到了极致。

很快，第二道防线又被攻克了。

从拂晓杀到黄昏，一道一道的防线被官兵撕开了，山谷里堆满了尸体，喊杀声和惨叫声在山谷里回荡。

与此同时，水寨里火光冲天，官兵与倭寇也杀得难分难解；水面上，无数船只正在缠斗，倭船围着大船转圈圈，瞅准了就发射火铳或射箭。官兵驾船横冲直撞，激起阵阵浪花。水面漂浮着许多倭寇和官兵的尸体，还有一些被撞翻的破船，在海面上随波荡漾。

终于，戚继光的部队杀到了最后一道防线。

倭寇推下滚石檑木，官兵们在盾牌的掩护下用火铳和弓箭不断反击，虽然不断有人倒下，但仍旧一步步地顽强进逼。

戚继光浑身是血，冒着石块和箭矢奋力向前，第一个冲到了敌人面前。一个倭寇正要与他交战，但见寒光飞舞，那倭寇来不及反应就人头落地。倭寇们大惊失色，开始向水寨方向败退。

山上的倭寇和水寨的倭寇合兵一处，迅速登船逃跑。俞大猷虽然布下了天罗地网，但毕竟水师的战斗力太弱，还是没能挡住余寇的外逃。

但不管怎样，岑港终是拿下了。

嘉靖三十七年（1558年）七月，数匹快马匆匆穿过长街，来到一高大雄壮的官署跟前，门楣上赫然写着"分巡宁波整饬宁绍兵备道"几个大字。

几个人翻身下马，两名衙役上前查问："什么人？"

梁进上前亮出敕书："新任海道副使谭大人驾到，还不赶快跪下参见。"

衙役吓得赶紧跪倒在地，磕头便拜："小的见过谭大人。"

这时府衙里跑出来几个人，为首的是个面容粗黑的官员，他口中嚷嚷："谭大人，也不事先叫人通知一下，我曹某好去城外迎接呀！"

谭纶朝说话的官员一瞅，赶紧拱手施礼："谭纶见过曹兄！"

两人相视一笑，手挽手进了府衙。

这名官员叫曹金，前任海道副使，因性格耿直，得罪了权臣严嵩，被罢官闲住，以谭纶代之。

曹金边走边说："这里曾是市舶司署，争贡之役后，这里荒废了一段时间，嘉靖二十六年才改为海道副使官署。"

谭纶："曹兄还是那么意气风发，心态甚好呀！"

曹金尴尬地摆了摆手："我曹金修行尚浅，吃不了这碗官饭。"

谭纶："曹兄过谦了，谁不知你忠义耿直，勤勉努力。当年倭寇犯青田，曹兄力守孤城，保全了青田的数万子民。"

曹金："当年往事，不提也罢。谭大人来接我这个烂摊子，也够你喝一壶的了。"

两人边走边坐下，谭纶感慨道："朝廷将你罢官革职，实属冤枉。宁波地处抗倭最前沿，屡受侵害。而我大明官兵又实在不堪，卫所兵备颓废，客兵骄横难驭，曹兄夹在中间实在是难哪！"

一句话说到了曹金的心窝子上，他神情顿时黯然："杨宜担任总督期间，大举调入涿州铁棍手、保定弓箭手、河南毛葫芦兵、汉中矿徒兵等各地客兵，这些客兵当中，原就有不少人曾经为匪为恶，奉旨来东南剿倭，更是桀骜不驯，欺凌百姓、打架斗殴时有发生。要不是这帮客兵惹事，我也不至于遭人弹劾罢官免职。"

谭纶："这些客兵本是来保境安民的，现在反过来成了东南一害，必须尽早把他们遣送回去。东南兵备，还得从长计议才是。"

曹金："我也向上面提过几次，但上面就是不同意。理由是入浙客兵达十万之多，每天耗费惊人，再招新兵，朝廷不堪重负。"

谭纶："这是事实，但时下兵制已到了非改不可的地步，再难也要为之。"

曹金："曹某在宁波无法把事完成，相信谭大人一定能披荆斩棘，砥砺前行！"

谭纶："曹兄抬举我了，谭纶十倍之努力，不及曹兄之万一。"

曹金呵呵一笑："谭大人过谦了，你在台州三年，抗倭连战连捷，郡治井井有条，功绩都传遍了朝野。胡制台在圣上面前说你'允文允武，治行第一'。连圣上都说了：'盖谭纶之良臣，不多矣。'谭大人前途无量啊！"

谭纶："让曹兄见笑了，谭纶当下只知尽人事顺天命，飞黄腾达不去苛求，尽快平定东南之倭寇才是我最大的心愿。"

　　曹金肃然起敬："谭大人志向高远，曹某佩服！"

　　赵文华死后，严嵩敏锐地嗅到了危机。

　　最明显的感受是，嘉靖不再像以前那样事事找他商量。

　　这让严嵩很是不安，他多次乞求致仕还乡。但令他感到意外的是，嘉靖不但没有批准，反而赐予了带俸侍亲的恩宠，让严世蕃随他入阁一起处理政务。

　　严嵩感到诚惶诚恐，他一想，也许是自己多虑了，圣上根本没有不相信自己，自己更要努力回报天恩。

　　嘉靖喜欢观经史诸书，遇有不解其意的，便用朱笔写在纸片上，让太监送与内阁大臣讲解，立等回话。

　　这一天，黄锦又从西苑传来了一张条子："地上，地下，有无区别？"

　　内阁大臣都是满腹经纶的大学士，一看这"地上""地下"这么简单的词，有人呲呲地笑出声来。

　　徐阶提起笔就写："地上地下多数时候并无区别，如东西掉地上了，东西掉地下了，意思相同。但有些时候有些区别，如水往地下流，人在地上走，这就是区别！"

　　写完之后，他自己都觉得甚是有理。然而严世蕃看了，哂笑。

　　徐阶不由得心里发毛："贤侄认为有何不妥？"

　　严世蕃收起笑容："这么简单的道理谁都懂，天子岂能不懂？"

　　意思是，你把圣上当傻瓜了。

　　徐阶心头一紧："那你说，怎么解释？"

　　严世蕃提笔写下六个字："地上，人也；地下，鬼也！"

　　徐阶将信将疑，一想万一自己的答案圣上不满意，岂不丢人丢大了？于是让小太监把严世蕃的解释送了进去。

　　不一会儿，黄锦出来，乐呵呵地说："圣上很满意！"

　　徐阶："圣上怎么突然问这么简单的问题？"

黄锦从手里展开一张纸，上面写着嘉靖的手谕，严嵩徐阶他们凑过去一看："伟顷呼地上，具见忠爱。地上人也，地下鬼也。"

黄锦："你说是简单，这'地上''地下'的区别，可是关乎一条人命啊！"

徐阶大惊："请公公明示！"

黄锦："昨天圣上偶感不适，叫太医院徐伟给他诊脉。圣上坐于榻上龙袍曳地，徐伟怕踩着御袍迟迟不敢近前。圣上问：'你怎么不给朕把脉？'徐伟答：'圣上龙袍在地上，臣不敢上前。'圣上闻言，自己抻了抻袍子露出手腕，徐伟这才小心给他摸脉。"

黄锦瞅了大伙一眼，接着又说："适才圣上突然想起，这平日里大家常说的'地上''地下'到底有何区别，于是想问问你们这些大学士的意见，不想还是东楼厉害，一语就说中了圣上的心思！"

徐阶当时就惊出了一身的冷汗："徐伟若说'龙袍在地下'，岂不是把圣上当鬼了？那真是要掉脑袋的！"

黄锦："可不是吗！"众人皆嗟呀不已。

等黄锦走了，徐阶忍不住问："东楼是怎么猜到圣上心思的？"

严世蕃得意地说："我跟你们不一样，你们饱读诗书学富五车，可我偏爱三教九流，琢磨些奇妙杂学。"

徐阶笑道："还是东楼厉害！读书破万卷，出口皆文章。"

严嵩心里也是乐开了花，但嘴上仍不免贬损几句："他呀，正经书不读，尽琢磨些乱七八糟的东西。"

严世蕃不服气地说："那四书五经不也教导我们要博览群书的吗，我可不想做个读死书死读书的书呆子！"

一席话，惹得众人哈哈大笑。徐阶笑着笑着，心里却不是滋味了。这么多年隐忍和示弱，好不容易熬到了严嵩行将老去的这一天，却没想到他的儿子横空出世。严世蕃的奸诈，可不在他爹严嵩之下。

转眼又是新的一年，北京城里喜气洋洋。

一大早，皇宫里锣鼓喧天，周县县丞侯廷训带着一群人抬着大红绸布盖着的轿台，敲锣打鼓、欢天喜地地向奉天殿走来。

嘉靖坐在龙案前，喜笑颜开。

侍奉太监把那耀眼的红绸揭开，顿觉金光四射，两只通体金黄、并蒂相连的大瓜出现在眼前，更为奇特的是，瓜的头部又生出新的嫩芽，枝蔓展伸，煞是好看。

嘉靖看了心生欢喜，问："陶天师，可知此瓜有何寓意？"

陶仲文近前，情不自禁地"啊呀"一声，立即跪地拜道："恭喜圣上，此宝乃神果也！圣上请看，神果通体金黄，似有瑞气环绕，说明圣上威服四海，天下大治，吾皇是万世雄主，一代明君啊！"

陶仲文刚说完，县丞侯廷训抑制不住激动的心情，情不自禁地高呼："吾皇万岁！吾皇万岁万岁万万岁！"

在场的所有官员也立即磕头高呼："万岁万岁万万岁！"

嘉靖在一片高呼声中，陶醉得五神飞出体外，魂魄在天地间神游。

嘉靖朝，献瑞之风盛行。四川巡抚唐凤仪在乐至县发现一茎五穗的麦子，用锦绫礼盒将那株神奇的麦穗包装好，带人吹吹打打奔赴京城进献给了嘉靖。嘉靖听说是黎民百姓受皇帝修道隆恩感动天神才得到的丰收果实时，龙颜大悦，给了唐凤仪重赏。

献瑞悦上的效果像吹泡泡似的很快显现出来，不是在一个地方，而是在全国各地，各地的官员争着向嘉靖皇帝进献各种各样的祥瑞。

从奉天殿出来，严世蕃跟在父亲的后面悄悄说了一句："父亲，胡宗宪又来信了。"

严嵩没有停步，只是扭头"哦"了一声。

严世蕃："他在招抚王直这件事上，招致很多官员的不满。他来信求助咱们严家，为他在朝廷开脱。"

严嵩心里清楚，胡宗宪是赵文华一手提拔起来的，怎么说也是自己名下的人。

严世蕃："父亲，你说这个忙，咱们是帮还是不帮？"

严嵩："如今严家可不比往日，圣上对咱们处处提防，万事都不可张扬！"

严世蕃："孩儿知道！"

严嵩想了一想："给他回信，就说圣上对他已经有所猜疑，要想渡过此劫，必须想法取悦圣心，献祥瑞不失为一个好办法。"

严世蕃点头："好的！"

舟山海北的花鸟岛上，植被丰茂，鲜花盛开，各种鸟兽生活其间，恍如人间仙境。

一队官军，突然出现在这无人居住的小岛上。官军全副武装，手执刀枪，小心翼翼地搜寻岛上每个地方，官军的背后，都绣着一个斗大的"戚"字。

一名士兵嘟囔了一句："都搜了这么多天，毛也没看到一根！"

领头的瞪了他一眼："就你事多，戚将军让我们清港，跑了一个倭寇，拿你是问！"

那名士兵搔了搔头，不敢作声。又有一名士兵惊喜地叫了一声："哎哎……大伙瞧见没，之前咱们搜的几个小岛都是寸草不生，荒无人烟，看看这个岛，鸟语花香，活脱脱的人间仙境噢！"

一个舟山籍的士兵得意地说："不懂了吧，这叫花鸟岛，没有人居住，只有各种各样的花鸟走兽。前面有个猿猴洞，有人说那是孙悟空的水帘洞。"

众人起哄："那还不赶紧带我们过去看看！"

一行人说说笑笑，不一会儿来到了一个洞前，枝藤缠绕，遮遮掩掩，黝黑的洞口深不见底。突然有人惊叫道："里面不会有猛兽吧？"

众人面面相觑，不敢近前。

犹豫了半天，还是领头的发话："怕什么，咱们这么多人，进去看看。"

他手指那名舟山籍的士兵："你，前头带路！"

舟山籍士兵搔了搔头，无奈地说："好吧，你们可要跟紧点！"

几个人屏住呼吸，壮着胆子进了洞子，离洞口不远处还能看到一点光，越往里面走越是黑。

约莫走了一二十丈，什么也没有，有人便说："出去吧，怪吓人的。"

领头的掏出火镰咔咔几下，点燃了随身携带的小火烛，洞里顿时亮堂了起来。见前方还有一段平坦的路，领头的就说："再往里看看！"

于是又摸索着走了一会，突然，黑暗里传来一阵呦呦的叫声，刹时让人毛骨悚然，几名胆小的士兵瑟瑟发抖，吓得不敢动弹。

叫声过后，传来一阵杂乱的蹄声，不一会儿，一只白色的麋鹿出现在众人的面前。白鹿惊慌失措，在前方不远处不安地来回走动。

大家松了口气，领头的面露喜色，指着身后的两个人："你们两个堵住路口，其余几个跟我来，咱们把这只鹿抓回去！"

大家从来也没见过白色的鹿，一时间兴致高涨，领头的把火把举在前，几个人紧紧地跟在后面。

白鹿见有人近前，越发地不安，在洞内惊慌地来回奔跑。

怎奈洞内狭小，又堵住了出口，折腾一番，一名士兵一个猛扑，把白鹿的颈部紧紧地给抱住了。

众人一阵欢呼，又顺着原路返还，兴高采烈地回营了。

岑港水寨，戚继光正在灯下继续写着他的《纪效新书》，弟弟戚继美兴冲冲地跑了进来："哥，抓到一只白鹿了！"

戚继光一脸的懵懂："什么白鹿？"

戚继美："我手下几名士兵在花鸟岛上捉到了一只白色的麋鹿，通体雪白，十分奇异！"

戚继光讶异道："哦？有这事！"

戚继美："圣上不是喜欢祥瑞吗？咱们把白鹿献上去，准能令龙颜大悦！"

戚继光也是面露喜色："走，看看去！"

兄弟二人到了后院，一头洁净雪亮的白鹿映入眼帘，四只蹄子乌黑发亮，火红的夕阳映照下，显得十分淡定而安详，让人有种神鹿下凡之感。

戚继光大喜，连连称赞："神鹿，神鹿也！"

戚继美在一旁笑道："最难得的是，此鹿全身没有受到一点伤害，虽然有点胆小但并不怕人。"

戚继光抓了旁边一把鲜嫩的葛叶，想喂给白鹿吃，白鹿有点怯生地走开。戚继光上前，轻轻抚摸颈部的毛发，白鹿渐渐地安定了下来，用鼻子嗅了一下，伸出舌头把葛叶卷进了嘴里。

戚继光一边抚着白鹿，一边开心地笑了起来。

戚继美得意地说："哥，咱们把神鹿献给圣上，必定会有重赏！"

戚继光转身，吩咐身边的一名军官："传令下去，让人日夜看好了，任何人不得接近白鹿。要是少了一根毫毛，我拿你是问！"

军官身子一挺："是！"

戚继光："还有，找个经验丰富的猎户了解一下鹿的习性，喜欢吃什么，要怎么防病。给我好生伺候着，听到没有！"

军官身子又是一挺："大人尽管放心，这事包在我身上！"

回到营内，戚继美继续刚才的话题："哥，圣上对各种珍奇祥瑞情有独钟，这头神鹿世所罕见，必是祥瑞中的祥瑞，咱们……"

戚继光截断他的话头："咱们把它送到杭州去！"

"杭州？"戚继美不解地睁大了眼睛。

"有个人比我们更需要！"戚继光的眼睛透露着坚定。

"谁？"戚继美问。

"制台胡大人。"戚继光说，"胡大人诱捕王直有功，却差点反被弹劾责罚，他正让人四处寻找祥瑞，以求取悦圣心。"

戚继美："那我们就不要圣上的恩宠了？"

"当然要！"戚继光斩钉截铁地说，"但如果胡大人倒了，我们如何能独善其身？"

戚继美似懂非懂地点了点头。

戚继光："知道俞大猷不？"

戚继美："怎么了？"

戚继光："他从军以来立功无数，但无数的功劳都在抵过。"

戚继美："为什么？"

戚继光："因为功劳是上司的，而所有的错都是他的！"

戚继美似乎懂了："说到底，是他上面没人。"

戚继光："说对了！胡宗宪能从七品一下子升到二品，是因为他上面有人，现在这个人不在了，他同样危机四伏。所以说战场上血雨腥风，官场上同样血雨腥风，咱们每天都在刀尖上舔血，就必须要有人给我们遮挡风雨，不然怎么死的都不知道。"

戚继美："哥的意思是，胡宗宪就是为我们遮挡风雨的伞？"

戚继光："目前是！皇恩现在离我们远着呢，不能一蹴而就。这事要是成全了胡宗宪，又何尝不是成全我们？"

戚继美："一切都听哥哥的，你怎么说我就怎么做！"

接到戚继光的急递，胡宗宪对这头白鹿是望眼欲穿，虽然广撒网让浙闽两省的官员四处为他寻找祥瑞，但没有一件东西让他满意。这头白鹿的到来，无疑是场及时雨。

白鹿一到，胡宗宪便迫不及待地去看了。果然，通体雪白，恍如神兽。胡宗宪大喜过望，京城里头弹劾的折子都快堆成山，他就指着它来救命呢。

有了这个宝贝还不行，得有篇进献祥瑞的文章才行。他转身冲胡忠吩咐道：

"赶紧把徐文长找来！"

这时的徐渭刚刚迈进衙署，沈明臣就夸张地惊叫了一声，然后围着他走了一圈，嘴里不停地啧啧啧："这做了新郎官果然就不一样了哈！"

徐渭张开双臂左右看了看："哪不一样了？"

"干净得不对劲。"沈明臣在他身上闻了闻，"你身上一贯的臭味哪去了？就没见过你这么干净过！"

徐渭的脸一红，怒道："你才一身的臭味！"

"呵呵，还知道脸红了，稀奇，稀奇呀！"沈明臣更加促狭道。

"稀奇个屁！"被他一顿取笑，徐渭这才恢复如常，骂道，"饱汉子不知饿汉子饥！"

茅坤也坏坏地笑道："花开第四春，你这饥汉子可得悠着点，可别把你弱不禁风的小身板给撑坏了！"

徐渭没好气地瞪了他一眼，便不再理他。

徐渭命苦，婚姻也十分不幸。第一任妻子潘氏十九岁生下一个儿子后，便因病去世。四年以后，徐渭从杭州买回小妾胡氏，可惜生活拮据，没过多久只好忍痛将胡氏卖掉。再后来，徐渭入赘杭州王家，受尽了王家的欺凌和侮辱，愤而休妻。

这一年，穷困潦倒的徐渭进入胡宗宪府上做了幕僚，胡宗宪给他丰厚的薪酬，还为他聘定张氏为继室，并且为他出了全部的聘礼，让他又有了一个温暖的家。

正在沈明臣和徐渭二人嬉闹的时候，管家胡忠急匆匆地走了进来："三位先生，老爷请你们过去一下！"

三人看胡忠那神情，就知有重要的事情。于是不敢耽搁，匆匆来到后院。见了这头白鹿，三人也是十分惊喜，围着白鹿转了好几圈，啧啧称奇。

当下，胡宗宪亲自研墨，徐渭也不推辞，提笔沉吟片刻，文思泉涌，不消一炷香工夫，一篇二百八十五字的《代初进白牝鹿表》已写成。

胡宗宪取过来，轻声念着："乃知麇鹿之群，别有神仙之品，历一千岁始化而苍，又五百年乃更为白，自兹以往，其寿无疆……"

胡宗宪看完连声赞好，又递给沈明臣："沈大才子，你看这厮写得如何？"

别看沈明臣平时常与徐渭斗嘴，然而对徐渭的才华却是由衷地佩服，当下接过文章细细地研读了一遍，禁不住感叹："好文章！好文章！"说完又递给茅坤。

胡宗宪："哪里好了？我是要你给他挑毛病的，不是奉承他的！"

沈明臣搔首想了半天："毛病嘛不是没有，这通篇文辞华美自不必说，但一字一句皆浸透着卑躬屈膝、刻意逢迎，以徐渭之傲骨，要他写这样丝毫谈不上气节的文章，何等委屈……"

一席话说得大家哄堂大笑。

茅坤看了也是赞不绝口，交还给胡宗宪，临了不忘揶揄了一句："想不到徐渭这厮不光琴棋书画样样精通，这拍马的功夫也天下一流！"

徐渭恼怒对此二人道："那你来，你来！"

沈明臣、茅坤连连摇手："我们可没你那本事！"

"大人，你认为此文可否一用？"徐渭问道。

胡宗宪收起笑容，放下纸笺，恭恭敬敬地朝徐渭长鞠一躬。

徐渭连忙扶住："大人，使不得。"

"不，你一定要受！这不仅是为了我胡宗宪，还有两浙的百姓。"徐渭拗不过，胡宗宪一躬到地才肯抬起身来。

这篇《代初进白牝鹿表》，虽然全文只有二百余字，但胡宗宪竟然大笔一挥，给了二百二十两的报酬，创下了几乎一字一两的惊人纪录。

为了让白鹿安全进京，胡宗宪派了数百名军士，搭乘十条快船，一路悉心照料着送到了北京城。

白鹿到达京城的那天，整个北京城都轰动。嘉靖派出严嵩、徐阶两位重臣到城外迎接，路边挤满了看热闹的人，万人空巷只为一睹神兽的风采。

嘉靖更是万分惊喜，抚摸着白鹿爱不释手。可更大的惊喜还在后头，当徐渭的那篇《代初进白牝鹿表》出现在御案上，嘉靖立即被开头的几句话吸引住了："历一千岁始化而苍，又五百年乃更为白，自兹以往，其寿无疆。"

"好家伙，这白鹿岂不有一千五百岁？"他情不自禁地感叹。

辞章后面接着有这么几句："必有明圣之君，躬修玄默之道，保和性命，契合始初，然后斯祥可得而致。"这让嘉靖心里很是受用：这神兽的出现，是因为有明圣之君修玄悟道，感动了天上的神灵！

再往后看，辞藻越来越美，马屁也拍得越来越响："恭惟圣上，凝神汋穆，抱性清真，不言而时以行，无为而民自化，德迈羲皇之上，龄齐天地之长。……"嘉靖看过许多献祥瑞的贺表和奉承皇帝的文章，但从来没有一份能与这份《代初进白牝鹿表》相媲美。

嘉靖龙颜大悦，当即便沐浴焚香，感谢上天的厚赐。祈祷完毕，他还命令内侍照抄一份，以便随时翻看。

消息传到了杭州，胡宗宪悲喜交加，悲的是九死一生打了那么多胜仗，居然不比一只白鹿更能取得圣上的欢心；喜的是靠山赵文华倒了之后，他又重新获得了圣上的恩宠和严首辅的庇护。

胡宗宪当即命人备下酒菜，请来幕僚一同畅饮。

酒酣耳热之际，胡宗宪道："严阁老那边回信了，圣上非常满意，可惜一只白鹿形影孤单，要能凑上一对就好了。"

徐渭："我也在琢磨这事，上次那只白鹿是雌的，我想有雌必有雄，不妨叫人再去那地方找找，兴许会有意外的收获。"

胡宗宪："说得有理！"转头吩咐茅坤："明日传令戚继光，再派些人手去花鸟岛，看能不能再找出一头白鹿来。"

席间，众人诗酒吟唱，觥筹交错，从掌灯时分一直喝到月上中天，胡宗宪与幕僚们喝得十分尽兴，到了席散，大家行路都有些踉跄。

戚继光这边接到胡宗宪的指令，不敢怠慢，迅速组织了大队人马前往花鸟岛。也许是上天眷顾，他们在猿猴洞里蹲守了几天，果然又发现了一只白鹿，而且是雄的，应该跟之前那头母鹿是一对。

戚继光命人赶紧送到总督府，胡宗宪喜出望外。

胡宗宪对徐渭说："文长，你上次的贺表写得非常好，这次再来个锦上添花，让圣上再高兴高兴。"

徐渭欣然遵命。不愧是天下闻名的大才子，一般人对同一事物同一题材很难有新鲜感，也难以越写越好。而徐渭对此却轻车熟路，一篇《代再进白鹿表》一气呵成，比上次更精到、更美妙、更典雅，堪称明代骈文之最。

嘉靖再一次收到了胡宗宪不远千里送过来的祥瑞白鹿，兴奋得几乎都要发狂了。因为在人们看来，出现一只白鹿也许是偶然，但再出现一只，就是必然了，而且两只还能配上对，那无疑就是上天对他莫大的嘉奖。

嘉靖真的以为是自己的诚心感动了上天，放声大笑了起来，带着陶仲文及百官亲赴太庙告慰列祖列宗，说老天爷降了祥瑞，大明的江山永固了。

同时，百官的贺表如雪片般纷然而至，让嘉靖更是乐得合不拢嘴，尤其徐渭的颂表，字字都说到皇帝心坎里去了。

圣心大悦，着即传旨：晋升胡宗宪为兵部尚书，领一品俸，以一品衔领总督事。更关键的是，嘉靖一高兴，便把贪占军饷、贻误军情之类弹劾胡宗宪的奏章，一概置诸脑后。

一场仕途危机顿时烟消云散，霞光闪亮了。

巨烛下，胡宗宪悲喜交集，感慨万千："文长的笔杆子，果然赛过俞大猷戚继光的枪杆子！"

徐渭："诱获王直都没能加官晋级，二献白鹿却赢得了无限风光。这就是圣上的神道和王道！"

胡宗宪仰脖喝了一口酒，道："今天我才明白，怪不得严世蕃一再嘱咐，主要精力不要全用在打仗上！"

徐渭："功夫在诗外。"

胡宗宪给自己杯里续上酒，双手举杯，认真地说："文长！"

徐渭赶紧双手端杯，看着胡宗宪。

胡宗宪："此番渡劫，首功是戚继光和你，胡某敬你一杯！"

徐渭："大人言重了，大人于我恩重如山，我敬你！"

徐渭抢先干了杯中酒，胡宗宪亦是一饮而尽，眼里满是真诚："人情似水分高下，世事如云任卷舒。有你这帮挚友，我胡宗宪值了！"

徐渭："还有一人，大人应该感谢一下。"

胡宗宪："严阁老？"

徐渭："是！"

胡宗宪点头："上次写信专程向阁老致谢，你再辛苦一下，帮我再执笔。"

徐渭很是感动，道："大人对于阁老，真是赤忱了。"

胡宗宪深有感触："若不是严阁老的大力扶掖，我胡宗宪哪有今天啊！"

八月的一天，谭纶风尘仆仆从海防前线视察回来。

还没进府衙，衙役就上前报告："大人，浙江总兵俞大猷、宁绍台参将戚继光两位大人已等候多时。"

"哦？"谭纶闻言赶紧往里面走。

老远就听到俞大猷那洪亮的嗓门在那嚷嚷着："谭大人，谭副使，你可让我们等得好苦啊！"

谭纶赶紧赔罪："谭某来迟，恕罪恕罪！"

老友相聚，甚是欢喜。谭纶吩咐："让后厨准备几个下酒菜，我们三个边吃边聊！"

三人哈哈大笑，来到后堂。不多时，酒菜摆上。

几杯酒下肚，谭纶问："岑港战事结束了？"

俞大猷放下酒杯，心事重重："别提了，这仗打得太窝心了。死伤三千余人好不容易攻下岑港，倭寇转而占据柯梅岭，我们是疲于奔命啊。"

戚继光："这一仗我们打得很惨，圣上把我俩都罢职了，柯梅岭的残寇不灭，恐怕是要罪上加罪。"

谭纶："岑港占据天险，能拿下来实属不易。"

俞大猷："这一战还多亏了戚继光，三千死士奋力向前，这才侥幸得手。"

戚继光赶紧谦虚地说道："还是俞总兵指挥有方！"

俞大猷豪气地摆了摆手："我俞大猷岂是抢功之人。你的战术出其不意，起到了至关重要的作用。"

谭纶兴趣盎然："元敬都用了什么战术？"

戚继光："也没有啥特别之处，就是先期佯装攻击乏力，天天扰之，让敌疲惫懈怠。之后突然发力，出其不意聚全力攻之。"

谭纶斟酒，招呼了一声："来来来，喝酒！"

放下酒杯，俞大猷一声叹息："岑港一战，关键还是我军太弱了……"

戚继光："在下认为，要想打胜仗，必须要去招募强悍勇武的人来参军，用严格有效的办法强化训练，再树立严格军纪，才能成为虎狼之师。"

谈起军备之事，俞大猷深有感触："元敬所言，讲到我心里去了。要打胜仗，就必须招兵练兵，改良武器。所谓艺精则胆壮，胆壮则兵强。"

谭纶叹了口气："练兵之事，元敬两次上书制台都被驳回。说要是浙兵能练出虎狼之师，前人早就做成了。去年还是我们两个再三恳求，胡制台才勉强同意把兵备金事曹天佑手下的三千兵马拨归戚继光，由他自主练兵。"

戚继光："这支队伍虽然自由散漫惯了，陋习重重，但经属下调教训练之后，战斗力还是明显上升，岑港一战，就是这支队伍发挥了巨大的作用。然而经此一战之后，全队折损三分之二，剩下的还有不少伤兵，又要向胡大人请求增补兵员了。"

俞大猷："岑港一战，我部损失惨重，亟待增补兵员。可惜我与元敬都是戴罪之身，削官罢职，这招兵练兵之事还仰仗子理全力斡旋，主持大局。"

谭纶："这是自然。我来宁波之前，胡制台与我彻夜长谈东南剿倭谋略，我跟他提出去客兵招新兵的想法，胡大人深有同感，当即答应我招兵一千，自行训练。"他看了戚继光一眼，又说，"可是，元敬的练兵议胡大人尚未同意，我们还须进一步争取。"

俞大猷和戚继光的眼里流露出深深的失望，谭纶宽慰二人："练兵非一朝一夕之功，招兵涉及给养军饷等诸多限制条件，二位勿要操之过急。"

俞大猷和戚继光两人点头，谭纶："俞兄、元敬，你们把兵调过来，我们三支队伍一起训练，相互切磋，大家齐心协力把兵练好，如何？"

俞大猷眉毛上扬："这个当然好！"

戚继光举杯："为了合作愉快，我敬二位一杯！"

谭纶、俞大猷哈哈大笑："干杯！"

台州兵营，杨文歪着个脖子拉着二胡，谭綵敲着乐鼓，有人扯着嗓子在唱着戏文，一群小兵有滋有味地看着热闹。

中军帐里，李超在批阅着各哨报来的训练计划，耳边不时传来士兵们喝彩鼓掌的声音。一校尉匆匆来到中军帐前："海道副使大人急件！"

李超有些惊喜，命令："念！"

校尉："今奉命筹建新军，令千夫长李超率三百精兵即刻前往宁波，协助操练新军，驻防宁波。"

李超吩咐校尉："还愣着干什么，赶紧把他们几个叫过来。"

少顷，杨文、谭綵等人来到了李超的帐前，谭綵嚷嚷道："李将军，我哥哥来信了？"

李超脸上乐开了花，把信在众人面前晃了晃："谭大人命令我们挑些精兵强将，即刻去宁波驻防。"

杨文："我就说了吧，谭大人不会丢下我们这些人的。"

谭綵："几时动身？"

李超："你们先去做好准备，我跟新来的黄知府知会一声，明早就动身。"

大家顿时欢呼雀跃，谭綵问："戏班子可以带去吗？"

杨文白了他一眼，这还用说吗！

李超："都带去。宁波那边新兵刚刚筹建，也正好让他们闲暇之余能看看戏，省得那些大老粗精力旺盛惹是生非。"

大家脸上都乐开了花，谭綵："这个好，以后我们去哪戏班子就跟去哪，这行军打仗也不会寂寞了。"

宁波练兵场上，幡旗招展，人头涌动。

练兵场中央搭起了台子，谭纶、俞大猷、戚继光端坐其上，而他们眼前的桌子上，摆放着一大堆白花花的银两。

台子下面，摆着一个石碾，足有二百斤重。前来报名投军的青壮男丁把练兵场围了个里三层外三层。梁进站在台上大声地宣布选兵的规则："……凡举起这石碾者，到台前领取白银一两，获得投军资格。"

台下人群摩拳擦掌，排着队踊跃报名。

首先上来一个粗黑的汉子，膀大腰圆，只见他气沉丹田，怒吼一声，碾子稳稳举过头顶。人群里爆发出一阵欢呼，那汉子把碾子放下，雄赳赳气昂昂来到帐前领赏，黝黑的脸上乐开了花。

又有一个精瘦的汉子来到碾子前，脸憋得通红，刚刚举过前胸就支撑不住，哐当一声扔掉石碾，整个人瘫坐在地上，大口大口喘着粗气，引得人们哄堂大笑。

俞大猷一脸的惊羡："谭大人这种招兵的方式让人羡慕，能选上的尽是些力大如牛的壮士，稍加训练就能成为虎狼之师。"

谭纶："选兵还仅仅是起了个步，再有蛮力没有战术和武技，也只能算是莽夫。俞兄是荆楚剑法的高手，多年的武艺绝学还须倾囊相授才是。"

俞大猷哈哈大笑："这是自然，我已经安排好了训练教程，不仅荆楚剑法，还要请各路武林高手来教授杨家枪法、少林拳法以及各式兵器的操练之法。子理兄和元敬都是练兵专家，你们对方圆行阵诸兵法颇有心得，到时候少不了也要登台授课。"

戚继光："我已让人制作了一批竹枪、竹铳、弓弩，万事俱备，只欠东风。谭大人新兵一选完，我这边的兵器即可投入使用。"

谭纶："三个臭皮匠，抵得上一个诸葛亮。"

三人相视一乐，发出爽朗的笑声。

驿道上，两匹快马如飞。

行至一棵古樟树下，二人下马，靠在树荫底下歇息了起来。

"大鹏哥，谢谢你……"九儿满脸的歉意。

"没事，我跟谭大人请了假的。再说了，你我也算是同命相怜，患难之交了。"林大鹏说道，一边从怀里掏出一张大饼，递给了九儿一半，自己大口地吃了起来。

九儿满脸羞红地低下头，轻轻咬了一口，一双水汪汪的大眼睛看着林大鹏："嗯，好香！"

林大鹏与她对视了一眼，心里一颤，赶紧把头偏向一边道："吃完了休息一下，还有几百里路呢。"

九儿使劲点头，心情一松，困意便涌上来了，倚靠大树沉沉睡了过去。

睡没多久，两人便被一阵嘈杂的声音给惊醒了，睁眼一看，不远处，人嘶马叫，一队倭寇大摇大摆地走了过来。

林大鹏大惊，一把扯起九儿，两人飞快上马。正这时，倭寇也发现了这二人，有人叫喊了一声，倭寇策马追了过来。

林大鹏和九儿策马狂奔，也不知跑了多久，天渐渐黑了下来。两人来到一个小村落，村落里到处是残垣断壁，一些房屋被烧得只剩下了墙基和满地的碎瓦，路边上还有几具亡人的骨架，让人触目惊心。

两人下马，找了间看似完整的屋子。"就到这休息一晚，明天再赶路。"

林大鹏一边说着，一边把二人的马拴好，又找来了一些稻草铺在屋子里。

两人在稻草上席地而坐，取出干粮，林大鹏吃罢，歪头靠墙，呼呼地睡着了。九儿在林大鹏对面的墙角慢慢地坐了下来，看着他熟睡的样子，心里那些担忧害怕顷刻间消失了。

如水的月光，静静地照在这间屋子里，让人感到一种温暖和安宁。

夏去冬来，晨起的严霜打在屋顶上，宛如一层薄薄的雪。

夜色还未完全退去，天边刚刚有了几许彩霞，李超带着新兵在晨曦里列队跑步。

谭纶在住所前凝神静气，专心致志地操练着荆楚剑法。一炷香工夫，他的头部也冒了些许的热气。刚刚收势歇息，耳边传来叫好的声音。

谭纶扭头看去，俞大猷和戚继光在旁边已观望多时，两人身披亮甲，一身戎装。谭纶问："你们两个这是要去哪？"

俞大猷："胡制台急令我俩火速前往柯梅岭一带剿灭残寇。"

谭纶沉吟了一下，问："胡制台没说让我部也去？"

俞大猷："他说宁波距倭巢较近，海防不可疏忽，令你部镇守宁波，防范倭寇流袭。"

谭纶点点头："你们两个是戴罪之身，此番出兵务必全力杀敌，早日官复原职。"

两人拱手辞别，匆匆消失在黎明当中。

岑港之战以后，汪激率部从岑港退到了柯梅岭一带，凭借有利地形筑巢结寨，并砍取柯梅山丰茂的大树，就地造船。

造船的地方，是距柯梅村数里远的一个叫浦口的偏僻海滩。

海滩上建起了瞭望塔，四周布满了手执兵器的倭寇，千余个村民往来穿梭，一刻不停地赶制着海船。

靠海的一侧，数十艘高耸如巨兽般的海船已经颇具规模。

一名老者与一青壮一前一后抬着一根粗大的圆木，突然，老者一个趔趄，圆木从肩膀上滚落，老者收脚不住，重重地摔倒在了地上。青壮猝不及防，滚落的圆木猛地砸在了脚上，瞬间发出撕心裂肺的惨叫，捂脚倒在地上滚来滚去。

一名倭寇冲了过来，手中的皮鞭劈头盖脸地往老者身上抽去，老者痛得直哆嗦，蜷缩一团。

几个村民想围上来，那倭寇凶狠地吼了一声："看什么看！"

那几个村民犹豫了一下，又缩了回去。

通往海滩的陆路哨口，突然涌来一支人马，帅旗上"镇海大将军"几个字迎风猎猎。

马上为首一人，身着锁子甲，外层铁甲，脸色阴沉。此人正是王直的义子、自封定海侯、镇海大将军的汪澂。

与他并驾齐驱的，是相貌狰狞的日本国大友家家臣吉冈长野。

二人身后，跟着一群侍卫。

哨口上的倭寇见了，纷纷身板挺直，一名哨长模样的人跑上前去恭迎。汪澂和吉冈长野下马，径直往海滩上走去。

一名工头跑了过来，见了礼，恭恭敬敬地跟在汪澂的后面。

"总共造了多少艘？"汪澂问道。

"回禀侯爷，总共造了二十几艘，有十来艘基本完工了！"工头回道。

"才二十几艘？"汪澂目光严厉，"太慢了！是人手不够吗？"

工头紧张地抹了抹汗水："人是够的，不过造船也要些时间，一艘船从铺设龙骨到上漆、下水，少说也要几个月，咱们这已经是日夜不停地赶工了。"

"少废话，什么时候可以下水？"汪澂瞪了他一眼。

工头紧张地打量汪激的脸色，小心地回答："有十三艘可以下水，全部下水的话恐怕还要三个月。"

汪激冷笑了一声："三个月？官府都快打过来了，你还跟我说三个月！"

工头争辩："将军，我们已经尽力了，再逼下去，这些民夫可就造反了。"

汪激停住脚步，眼睛盯着工头，阴冷地说道："我看你是想造反吧！"

工头涨红了脸："你看看这些民夫，都累成什么样了！"

话未说完，汪激一声怒吼："放肆！"

几名侍卫冲了出来，一把将工头按倒在地上。

工头呼哧呼哧地喘着粗气："作孽太多，要遭报应的……"

汪激从腰上抽出长刀，寒光一闪，那工头惨叫了一声，顿时身首异处。

工地上的民夫们吓得胆战心惊，肩挑背扛地顿时跑动了起来。

海面上，上百艘战船迅速靠岸。

"官军来了！官军来了！"负责警戒的倭寇发出仓皇的高喊，柯梅村里，顿时乱成了一片。

造船工地上，一名快马飞驰而来，仓皇惊叫："不好了，俞大猷率兵突袭柯梅村，正往这边杀过来了。"

汪激听了脸色骤变，正这时，哨口方向卷起了阵阵黄尘，从柯梅村溃败的倭寇正从这边涌来。

海滩上，顿时慌乱了起来。

汪激和吉冈长野冲到船上，后面的倭寇也跟着奔向船来。

汪激大吼一声："起锚！"

后方的一个小旗官同样伸着脖子，大叫："升后桅中杆！"

传令的声音接连在一船又一船上响起。

"后帆起！"

"顺风！"

升帆转舵的喊叫声中，不断有倭寇从哨口边一路狂奔，涌上各船。各艘船的船舷上，站满了张弓搭箭或手持火铳的倭寇。

汪澈拿出单筒望远镜，官军已是近在眼前。

汪澈大吼一声："起航！放箭！"

箭矢如飞，阻止了官兵前进的步伐。

十三艘船只从浦口海边扬帆起航，一路向南。

宁波新兵营，李超一脸的凝重："刚刚接象山方面飞马急报，一股倭寇三百余人从象山县的何家石览登陆，据险为巢，树栅自固，四处劫掠乡民。"

谭纶："这股倭寇从哪冒出来的？"

李超："俞大猷捣毁柯梅倭巢，倭盗南奔闽广，戚继光率舟师自沈家门拦击，部分残寇逃窜到了象山。"

谭纶："紧急集合！"

李超身子一挺："是！"

刹那间，集结号呜呜响起，军营里到处是跑动的人群。

点齐人马，谭纶一马当先，大军风驰电掣地往象山奔去。

行至马冈，一匹快马匆匆来报："报！一股倭寇在金头井登岸，正向何家石览方向靠近。"

谭纶："来了多少人马？"

快马回道："大概五百余人。"

谭纶下马取出军事地图，李超伸过头去。

谭纶指着地图："何家石览在这，金头井在这，两地相距四五十里。两股倭寇一旦会合，将与我军势均力敌，破之不易。"

李超点头："距此不远有个叫落头岭的地方，是倭寇必经之地，我们可以集中兵力半道上截击。"

谭纶："传令下去，即刻赶赴落头岭，设伏截击！"

李超领命，率部急驰而去。

广袤无边的群山，草树浓密。

两面陡峭的山崖夹着一条小道，这是落头岭，通往何家石览的必经之地。蔚蓝的天空下，从远远的蜿蜒的山道上，传过来了一阵肆意的喧哗，随即，一支长长的队伍出现在了山道上。

走在前面的是被捆绑着的一个连着一个的大明百姓，无分男女，全用麻绳缚住了腰间，串成长长的一排一排。

就在倭寇走来的对面那莽莽草木浓密的林子里，一双双紧张的眼睛正望着这些倭寇。伏兵卧在草丛，一动不动。

谭纶专注地望着前方，看到百姓后面的倭寇已越来越近，髡头跣足，须眉毕现。

李超朝谭纶轻轻地问了一句："打吧！"

无数双将士的眼睛都望向了谭纶，谭纶低沉地回了一句："准备！"

一名将官从密林里牵来了谭纶那匹青鬃马，向谭纶走来。在他的身后，许多将士也都牵着马走了过来。

谭纶接过缰绳，翻身坐了上去："传令，马队随我从中路杀出，步队一二三营从两翼包抄，四营五营从半山腰截击，将倭寇与百姓分隔开来，注意不要伤了百姓！"

所有人都举起了手中的刀枪长矛，开始列队。

山道那边，百姓们被麻绳串成一排一排，倭寇们肩扛大刀长矛，有人背着抢劫来的财物，驱赶着百姓大摇大摆地走着。

谭纶倏地拔出了荆楚长剑，挥出一道寒光，大声喝道："杀！"

"杀！杀！杀！"吼声立即从莽莽群山里响起，无数将士从密林中闪电般冲了出去。喊杀声与马蹄声混杂着，发出震天动地的巨响。

　　谭纶一马当先率着马队冲了出来，两支步队迅速从山腰上杀出，把走在前面的百姓与后面的倭寇阻隔开来。

　　吉冈长野唰地拔出了倭刀，用日语大声吼叫："结阵！结阵！"所有的倭寇都举起了武器，很快结成了战阵。

　　谭家军从漫山遍野中倾泻而下，风驰电掣般冲向了战阵。

　　被掳掠来的百姓都乱了，开始四下逃窜，可每个人都被铁链麻绳缚着，很快搅作了一团。

　　谭绶率步队冲上前来，对着百姓高喊："大明的百姓伏倒！"

　　步队士兵也高声叫道："伏倒！伏倒！不要动！"

　　被掳掠的百姓很快一个一个地趴在地上，大气不敢出。吉冈长野策马执刀，迎着谭纶冲了过去。

　　谭纶双手握紧剑柄，长剑化为一杆长枪，径直往吉冈长野的面门刺来。

　　吉冈长野向挺枪驰来的谭纶大吼一声，长刀从斜刺里砍向迎面而来的剑身。刀剑相交的那一刹那，发出激越的金属碰撞之声。

　　巨响声中，谭纶和吉冈长野都感觉到了虎口发麻。两匹马交身而过，两边的马队也短兵相接了！

　　吉冈长野直接就冲到了谭军的马队里，驰飞间，倭刀挥舞，两个迎面驰来的骑士被砍翻落马！

　　而谭纶那边，也冲在了倭寇的人群里，枪尖左突右刺，已经接连挑下了三个马上的倭寇！

　　山腰上，谭军步兵已牢牢地占据了山道口。

　　谭绶大声喊道："解开百姓绳索！让他们往那边跑！"

　　百姓们立刻爬了起来，有的自行解索，有的让官兵帮着解索，一队官兵指挥和护卫着，引着他们往山背面跑去。

　　山坡上，倭寇步兵摆着一字长蛇阵，低头弯腰，步步进逼。

　　谭军横在山坡上，前排火铳手单膝跪地端铳瞄准，后排弓箭手张弓搭箭，箭已上弦。

双方距离越来越近，一名倭寇头目突然叫了一声，前面的倭寇几乎同时亮起了盾牌，向山坡上的守兵猛扑过来。

谭军手中的火铳同时开火，一排火光从铳口喷射出去，无数铁屑穿透盾牌，冲在最前面的倭寇惨叫着倒下。

铳声响过，紧接着箭矢如飞，倭寇未被盾牌护住的部位，有人中箭流血不止。然而，后面的大队倭寇依旧凶神恶煞地继续向前扑来。谭军的火铳手和弓箭手退后，一排排的长矛手涌了出来，一杆杆长枪的枪尖结成了一道锐利的防线，居高临下冲向倭寇。

山道狭小，无数杆长枪从高处下冲，山坡上的倭寇根本无从躲避，一些枪尖穿透盾牌，一直捅在了倭寇的胸口上！

谭综倏地拔出了腰间的剑，大声喊道："结阵！"

原本自顾冲杀的步队迅速集结了起来，十人一伍，在伍长的带领下相互配合着往前冲杀。

倭寇的一字长蛇阵大乱了，前面的倭寇被一片一片击倒在地，后面的倭寇开始往山下溃败。

马队里，吉冈长野已是浑身血渍，歇斯底里地吼道："退！退！"死伤过半的倭寇挥着倭刀开始向来的方向狂奔着退去！

清晨的何家石览，一队一队的倭寇哨兵在往来巡逻。

寨子三面靠山，东面临海，海面上停靠了数十艘倭寇的船只。西面山上密林深处，坐着躺着无数的谭军。

谭纶在落头岭伏击完倭寇，立刻率兵奔赴这里。

"都准备好了没？"谭纶问李超。

李超回道："休息了大半夜，又吃了些干粮，将士们精神抖擞着呢！"

谭纶指着对面的那座山："你带一队人马绕到山后，从山上往下面攻击，攻入寨子直取码头，点火烧毁船只，我从正面强攻。"

李超点头，带人悄悄绕道往对面的山上奔去。

寨子里的倭寇正在吃着早饭，突然听到寨子外面锣鼓声大作，紧接着喊杀声震天，数面大大的"谭"字帅旗出现在寨子前面，倭寇们慌忙丢下碗筷迎战。

谭纶高声喝道："架炮！"

一排排碗口铳抬了上来，架好，黑黝黝的炮口对准倭寨。

谭纶大声命令："放！"

一排排大炮喷出了红红的火光，倭寇的栅栏和哨所瞬间便被炸得粉碎，寨子里，火光冲天。

与此同时，李超率部绕道来到了倭寨后山，居高临下往下冲杀。李超一马当先，一把长枪虎虎生风，如入无人之境。

倭寇腹背受敌，大乱，仓皇向东面海滩上跑去。谭纶和李超兵合一处，紧紧追赶着倭寇来到海边。

倭寇们驾着小船，拼命地划向海船边，争先恐后地上船。

谭纶大声命令："放炮！打船！"

一架架大炮立即瞄准倭船，巨响过后，几艘倭船中弹下沉，冲天水柱中，仍有倭船成了漏网之鱼，狼狈地窜入了茫茫深海。

暖阳下，横七竖八地躺着数百具倭寇的尸体。

两千多名被解救的百姓死里逃生，相互搀扶着缓缓地向城里走去……

刚回到宁波，戚继光神情紧张地走到谭纶的面前："大人，出事了！"

谭纶一愕："出什么事了？"

戚继光："俞总兵被下旨逮捕入狱，马上就要被押往京城。"

谭纶闻言脸色突变，转身就往外走，问："为什么抓他？"

戚继光："听说是柯梅岭的事，有人状告俞总兵纵敌出逃，圣上震怒，下旨把他抓起来问罪。"

俞府门口，已围了好多看热闹的人。

俞大猷脸上充满了哀伤，戴着手铐脚链关在囚车里，他的妻子和几个年幼的孩子紧紧抓着囚车，哭喊着不让放行。

押解囚车的是一名锦衣卫官员，正指挥着手下人将俞大猷的家人驱散，一脸的不耐烦。

谭纶匆匆过去，深施了一礼："在下浙江海道副使谭纶，可否容我与俞大猷说几句话？"

那官员表情为难，谭纶见状赶紧塞了一锭银子。

官员："已经耽搁不少时间，还望谭大人拣紧要的说。"

谭纶赶紧道谢，让人把俞大猷从囚车里放了出来，俞府的人搬来几张凳子，谭纶、戚继光在凳子上落座。

俞大猷的妻儿哭成了一片。俞大猷看了看他们，一脸的愧疚："我去倒没什么，只是苦了他们几个……家里就靠我一人的俸禄生活，存银不足百两，我这一走，他们吃饭都成了问题。"

谭纶眼眶一红："俞兄做了这么多年总兵，却不想落魄成了这个样子……谭綵！"

谭綵过来，谭纶吩咐："速回家取三百两银子。"

谭綵应了一声，飞奔而去。

谭纶："怎么会这样？"

俞大猷长吁短叹："唉……一言难尽啊！汪激突围南下，陷闽广于水火。御史李瑚弹劾胡宗宪包庇王直余党，贪墨库银。李瑚与我是同乡，胡宗宪怀疑是我将内情告诉了李瑚，于是反诬我邀击不力，纵寇南奔。"

谭纶问："圣上就没派人详查？"

俞大猷："胡宗宪是总督，他要告我，我纵是长了一百张嘴也无力辩解。"

谭纶："他没怪罪元敬？"

俞大猷苦笑了一下："元敬在岑港清港，没赶上柯梅岭的战斗，因而没有纵寇南奔的责任。"

两人一齐望着戚继光，戚继光心有余悸："此事的确是阴差阳错，不然此时也跟俞总兵一样坐在牢车里了。"

谭纶："事已至此，俞兄就请安心上路，我们会向朝廷奏疏恳请查明事实，尽早让俞兄洗冤昭雪。"

俞大猷："罢了，听天由命吧。俞某十九岁从军，而今三十七年，这一生中，失事停俸、戴罪办贼、削官夺荫，甚至逮系诏狱已经记不起来多少次了，一直都在立功，一直都在赎罪！"

戚继光："俞总兵是个忠厚之人，有功不争抢，有过一人扛，你带的兵，没有一个不服你。"

谭纶："黄河尚有澄清日，岂可人无得运时？俞兄也不必烦恼，到了京城，圣上定会给你一个公断！良善之人，天必佑之。"

正说着话，谭综取了银子回来，满头的大汗。

谭纶将银子分成两份，拿出一份给俞大猷："这一路上需要打点，到了京城之后还要许多花销，这些你先拿着，稍后我到京城再来看你。"

俞大猷推辞不过，接过。

谭纶又拿出一份，交到了俞夫人的手里，对俞大猷说："家里的事你就放心吧，这些给嫂夫人先用着，有我在，就不会让他们娘儿几个饿肚子。"

戚继光也说道："还有我呢……"

俞大猷感动得说不出话来，眼里含着泪花："咨皋、咨荣！"

他的两个儿子怯生生地走了过来。

俞大猷："跪下，谢谢几位叔叔！"

两个小孩子扑通一下跪在地上："谢谢叔叔！"

谭纶和戚继光赶紧一人一个，把小孩扶了起来。俞大猷哽咽，谭纶和戚继光亦是伤感不已。

终于到了离别的时刻，锦衣卫过来，催促赶紧上路。俞大猷与众人挥泪告别，他的妻儿在囚车后面跟了十多里路，一路送一路哭。

　　三月的天，淅淅沥沥的雨下个不停，春汛来了，河水暴涨。

　　官道上，一匹快马风驰电掣般掠过驿道，马背上一官兵背负官府急件，上书"马上飞递"四个字。每过一处村庄街市，官兵都要在马上高声呼喊："倭寇进犯，备战严防。"

　　宁波兵备署，谭纶、戚继光、李超脸色凝重。

　　谭纶："自三月以来，倭寇趁着春汛水涨船高频频进犯，北起南直隶、江浙，南至闽广，皆是警报频传。温州平阳、乐清接连失陷，台州一府六邑，沿海三五百里，悉为倭穴。"

　　谭纶踱步在中堂上挂着的巨大军事地图前，道："椒江栅浦、桃渚千户所均被上千倭寇围困，胡制台急令我部前去剿倭。"

　　戚继光、李超请战："请大人下令，我等愿领兵援驰台州，不铲除倭寇，誓不罢休。"

　　谭纶点头，下达命令："戚继光！"

　　戚继光："末将在！"

　　谭纶："令你率兵一千即刻起程，前往栅浦剿倭！得手后，迅速向桃渚会合。"

　　戚继光："末将听令！"

　　谭纶："李超！"

　　李超："末将在！"

　　谭纶："随我引兵一千驰援桃渚！"

　　李超："末将听令！"

　　谭纶扫了两人一眼，表情十分严峻："此次倭乱，为首的均为日本国真倭，战斗力十分强悍，诸位必须打起精神，全力以赴。"

　　戚继光、李超亦表情严肃："保证完成任务！"

戚继光一路为前锋率先出发，日夜兼程。

阴沉沉的天空，仿佛塌了一角，瓢泼大雨不停地下着，谭家军深一脚浅一脚地奔跑在泥泞不堪的路面上。

李超来到谭纶的马前，扯着嗓门喊道："大人，都跑一天了，是不是让士兵们停下来休息一下，也好埋锅造饭？"

谭纶大声回道："不行，军情紧急，让士兵们用随身携带的柿饼、枣干充饥，天亮之前，必须赶到桃渚！"

李超在马上大声回了一句："是！"

经过两天两夜的急行军，谭家军终于赶到了桃渚。

此时的桃渚城已伤痕累累，城内守兵已死伤过半，疲惫不堪。谭家军的出现，让他们几乎是喜极而泣。

翟铨："大人，您可来了，晚来几日，翟铨只怕是来生才能见到大人了！"

谭纶："现在桃渚城还有多少人马？"

翟铨："原本卫所官兵有七百六十余人，台州知府黄大节从周边卫所调了一千兵马过来增援，加上桃渚城里一些尚能出力的家眷亲属，城墙上的防守人员不到三千人。被倭寇围攻半个多月，死伤已过半数。"

谭纶："对面倭寇什么情况？"

翟铨："倭寇的首领叫吉冈长野，是这次劫掠台州的总首领，围攻桃渚的有三四千人，吉冈长野亲自带队。"

谭纶沉吟半晌，连夜命令梁进把带来的旗帜全插在城头上。又令几道城门上埋伏数十名火铳手。全体人员养精蓄锐，就等第二天的战斗。

十七日，黑压压的倭寇又开始攻城。

刚刚靠近城边，只听得一阵密集的火铳震耳欲聋，冲在前面纷纷倒地。

倭寇首领吉冈长野抬眼望去，城墙上旌旗林立，精神抖擞的大明官兵站满了城墙。城楼上，一面"谭"字帅旗迎风招展。

"谭家军来了。"吉冈长野喃喃自语。

自去年台州一战,谭家军的名声在倭寇中如雷贯耳。

匆匆赶来汇报的阵前指挥门多郎次郎:"报告!谭纶的援兵昨夜进入了桃渚城。"

吉冈长野:"谭家军刚到,士气正盛,宜避其锋芒。传令,暂停攻击!"

门多郎次郎:"是!"

连日来,戚继光率部在桑州路口、菖埠、章安等地与倭寇激战,连战连捷,一举肃清了栅浦周边的倭寇。

二十五日这天,戚继光的队伍来到了桃渚城外,在梅澳与一小股倭寇遭遇,这是围攻桃渚的外围人马,战斗突然打响了。

中军营帐,一名倭寇头目慌慌张张来到吉冈长野跟前:"报告大将军,东北角突然有一支明军向我方阵地进攻,现已突破梅澳。"

吉冈长野蓦地起身:"来了多少人?"

倭寇头目:"估计一两千人。"

吉冈长野眼里发出凶狠的光:"立刻反攻,歼灭这股明军!"

谭纶在桃渚城上,忽然一名军官来报:"大人,城外打起来了,应该是戚继光的援兵到了!"

谭纶在城头上远望,东北角喊杀声锣鼓声隐隐约约。紧接着,三个红色信号弹冲天而起,在空中发出三声巨大的爆炸声音,谭纶大喜,这是他与戚继光约定的进攻信号。

谭纶大喜,命令:"翟铨听令!"

翟铨:"末将在!"

谭纶:"我率兵出城剿倭,令你部严防死守,不得有误!"

翟铨接令:"是!"

谭纶:"李超听令!"

李超："末将在！"

谭纶："集合人马到东门，全力直取中军！"

李超接令转身离去。

东北角上，戚继光率军再次发起攻击，楼楠、丁邦彦率部攻击两翼，卢锜直取中军。不一会儿，倭寇中军主力赶来增援，双方杀得难分难解。

桃渚城上，锣鼓声齐鸣。高大的东门吊桥吱呀吱呀缓缓落下，"谭"字帅旗一马当先，上千官兵潮水般杀向中军阵前。

前敌指挥门多郎次郎跌跌撞撞地跑到吉冈长野的面前，往脸上抹了把雨水，失魂落魄："将军，桃渚城开始大举反攻，谭纶亲自率兵杀过来了。"

吉冈长野脸上的横肉抽搐了一下："撤！"

倭寇护住中军，且战且往海边撤退。

待谭纶追至海边，瓢泼大雨中，数艘大船已扬帆起航。

海门卫，地处椒江出海处，南北牛头颈山与小圆山对峙，状如大门而得名。海门卫东门前有个石制的牌坊，上书"海门关"三个大字，字的下面有篆体落款"刘伯温"。

牌坊下，千户杨意已等候多时。见谭纶、戚继光等人翻身下马，杨意上前，施礼："海门卫千户杨意见过谭大人、戚将军！"

谭纶问："杨千户，海门这边倭情如何？"

杨意把三人往里面请，边走边汇报："海门盐业和农桑兴旺，原本商贾云集，如今倭寇屡屡劫掠，商户已外逃十之八九，村居十室九空。"

从东门进入海门卫，街道两边破败不已，冷冷清清。

谭纶感叹不已："海门历来便为浙东门户，水陆重镇，却不想如今成了这个样子。"

杨意："海门卫屯兵原有两千，近年屡遭倭寇攻击，官兵死的死逃的逃，现在剩下不到一千人。海边水寨几近荒废，倭寇一来，根本抵挡不住。"

谭纶："海门是兵家必争之地，如今惨遭劫掠，兵备几乎废弛，此战之后，宁绍台参将府要搬到这里来，以重兵保卫一方平安。"

戚继光点了点头："海门确须加强防守，只是我手下这点兵马几乎快打光了。等这一仗打完，我们还是要恳请制台，允许我们招募新兵。"

谭纶："我正有此意，等此次倭患平息，我们即刻前往杭州，面见制台。"

一个兵士匆匆来到杨意的面前："刚刚接到临海、黄岩方面的消息，有两股倭寇约三千余人从葭沚、栅浦窜来，可能分袭海门。"

李超大叫了一声："来得正好，爷爷正找他们！"

大家来到城墙上，城墙已出现多处溃口，倭寇轻易就能攻入。

谭纶对杨意说："倭寇随时可能攻城，将士经过连日的激战和行军，急需休整，养精蓄锐以便迎战，这守城的事就交给你们了。"

杨意回答："守城本就是我们应尽之责，请大人放心！"

谭纶命令戚继光和李超："即刻埋锅造饭，让大家抓紧时间吃饱睡足。海门城防薄弱，倭寇势众恐难坚守，我部充分做好巷战准备，今晚所有人员夜宿交通要道旁各民房，有警即刻巷战，有喧哗怯阵者，斩！"

众人领命分头进行安排。

夜已深，乌衣巷的一间民房内，透出一盏油灯微弱的光。

昏暗的灯光下，谭纶双脚盘膝，席地打坐，两眼微闭，双手十指交叉，手心朝上，以一种十分自然的姿势垂在双腿之间。

戚继光和衣抱剑靠在墙角，地下铺了一些稻草，也是两眼微合闭目养神。外面各间屋子里面，士兵们手持兵器整齐地靠在墙角，有些人耐不住疲倦已昏昏睡去，有些人则紧张得睡不着，耳朵使劲地倾听远处的动静。没有人说话，只有淅淅沥沥的雨在下。

也不知道过了多久，戚继光打了个盹，身体一斜差点摔倒，随即换了一个姿势，发出窸窸窣窣的声音。

这时谭纶也睁开了眼睛，两人四目相对，戚继光不由自主地问了一句："大人还没睡？"

谭纶："本来是睡了，刚刚被你吵醒了。"

戚继光："你这样打坐也能睡着？"

谭纶："我一直如此。"

戚继光好奇心大起："大人怎么会习惯打坐休息？"

谭纶："年轻时遇到过一茅山道士，传授了些打坐纳气的养生之法，这么多年坚持下来，颇有些益处。"

戚继光一脸的崇拜："大人有空时也传授传授些心法，让我也感受下纳气养生之术。"

谭纶微微一笑："元敬若有兴趣，改日有空与你切磋一二。"

戚继光沉默了一下，幽幽地说了一句："如今倭寇猖獗，年年疲于奔命，也不知何时是个尽头。"

谭纶："剿倭是场持久战，其根出在朝廷的海禁政策，其表又坏在我朝的世兵制度，不改变当下兵制，将永无宁日。"

戚继光："大人所想与在下不谋而合，改兵制必从兵员下手，挑选勇武壮士，严明军纪，严格训练，军队必会焕然一新。"

谭纶："胡制台经略浙江多年，也曾多次尝试过练兵，但收效甚微，看来他对浙兵素质早已失去了信心。"

戚继光："大人还记得龙山所之战吗？"

谭纶点点头。

戚继光："龙山所之战，两万官兵对战八百倭寇，最后竟然被他们逃脱，实为我大明的耻辱。"

谭纶面色凝重，没有说话，仿佛又想起龙山所之战那一幕。

戚继光："还有岑港之战，一万多官兵围攻不到两千倭寇，半年多才打了下来，死伤三千杀敌一千。"

谭纶静静地听着。

戚继光：“胡制台给我三千浙兵，虽然我已尽力训练他们，但在实战上，还是出现了很大问题。这些人，大多来自处州和绍兴，处州兵作战勇猛，冲锋陷阵非常积极，可是他们有个毛病。”

谭纶：“什么毛病？”

戚继光：“处州兵在打仗前喜欢探听对手的人数和装备，然后内部商议，认为能打就打，要是他们认为不能打，即使费尽口舌，他们也决不会卖力。相对而言，绍兴兵更加听从命令，无论打什么仗，他们都不会拒绝，如果敌人退却，他们还会主动追击。可是……”

谭纶：“可是什么？”

戚继光：“可是这些绍兴兵更加狡猾，敌人一旦进攻，他们就会主动撤退，一个个跑得比兔子还快。”

谭纶：“练兵最重要的不是严明军纪吗？临阵退逃者斩。”

戚继光：“话是没错，可他们一退就是全军撤退，我总不能把他们全部斩首。”说完，一声叹息，“问题最终还是出在兵员上。”

谭纶苦笑道：“兵制不改，哪里招得到好兵？”

两人沉默了半晌，戚继光突然说道：“我知道有个地方可以招到好兵！”

谭纶：“哦？”

戚继光：“去年义乌戚氏修谱，邀我到那里玩了几天，目睹了一件大事。民间传说义乌倍磊的八宝山一带有银矿，于是永康人和处州人蜂拥前来挖矿，倍磊大户陈氏族人奋起护矿，于是发生了大规模的械斗。一开始义乌人失利，被打死了好几个人。随后陈氏联络赤岸、毛店等地的义乌人都参与了进来，永康与处州也不断派人赶来，双方最多时竟达三万人，历时四个月，直到十月秋收方告结束，死伤共计两千多人。”

谭纶：“这事听说了，都惊动了朝廷。”

戚继光：“械斗现场无异于战场，义乌百姓不论男女老幼一同上阵，农夫用锄头，矿工用镢头，连家庭主妇也拿起了菜刀，父亲伤了儿子替，哥哥残了弟弟上。我戚继光征战半生，什么悍匪没见过？义乌人之彪勇横霸，善战无畏，实为前所未见，可怕！可怕！"

谭纶："这也很正常。艰苦地区的人性格比较强硬，民风彪悍，不怕死。而在肥腴富庶之地，不到万不得已，没有人愿意拼命。比如刚才说到的绍兴兵，那里农桑兴旺，商贾云集，文脉传芳，绍兴人自古就过着恬静安逸的生活，犯不着去拼死拼活。"

戚继光："这几年的实战证明，没有勇猛强悍的兵员做基础，没有纪律严明和训练有素的强大军队，是不可能完成抗倭大业的。"

谭纶："义乌大规模械斗之后，朝廷专门派人调查此事。义乌知县赵大河建议，把一些家庭生活困难又彪勇强悍的人招募到军队里当兵，让地方上安宁，让军队里增兵，一举两得。此时提出义乌招兵，必是最好时机。"

戚继光大喜，眼里充满了兴奋与憧憬。

后半夜，雨渐渐小了。一股倭寇悄悄摸到海门卫的城下。几个倭寇短衣玄裤，手持飞锚，嘴衔短刀，运作敏捷。

西门城墙上，一些官兵倚在城墙上打着瞌睡，一队官兵漫不经心地巡逻着。四处观察无人，几名倭寇把手中的飞锚往城墙上一抛，飞锚牢牢抓在雉堞上，几个人迅速往上面攀爬。

一炷香的工夫，就有二三十人登上了西门城墙。

几个守城的官兵被几声轻微的响声惊醒，懵里懵懂睁开眼睛。倭寇瞬间就窜至跟前，手起刀落，几颗人头落地。

几名倭寇立刻摇动吊桥绞车，吊桥缓缓落下，发出清脆的吱呀吱呀的声音。二十余名倭寇脚步不停，风一样向北门袭去。

吊桥落到地上，发出沉闷的扑通声音，城门外，瞬间点起了无数火把，为首的倭寇五短身材，头束东夷发髻，身着花布上衣，手持一把倭刀，眼里透出凶狠的光。

倭首右手一挥，后面的倭寇们开始往里冲，没有人叫嚷，只有飞快而密集的脚步声。

远处巡逻的官兵突然发现西门的火光，几个人正欲高声呼喊，几个黑影就掠到了眼前，寒光挥舞，几名官兵倒在了血泊当中。

兵器相接发出清脆的金属声响，终于惊动了守城的官兵，有人大声地喊叫了起来。一时间，锣鼓声大作，官兵纷纷赶来增援，城墙上乱作一团。

谭纶和戚继光几乎是同时听到了声响，两个人倏地挺直了身板，竖耳倾听动静。这时一名军官紧张地跑了进来："倭寇攻进来了！"

谭纶和戚继光同时跳了起来，谭纶沉着下令："通知各哨，以伍为单位，准备战斗！"

西门边，一些倭寇冲上城楼与守兵混战，一些人则从西门直奔向城内，三五一伙手执明晃晃的火把，蹬开路边的房门，就准备大肆洗劫一番。

嘈杂声和蹬门声在深夜的小城回荡，惹得几只家犬狂吠不止。

突然有几声惨叫，几个冲入院墙内的倭寇倒下，火把掉在地下，照亮了雨水中喷涌而来的鲜血。

倭寇做梦都没想到，屋子里隐藏着这么多的伏兵。

激烈的巷战开始了。一栋房子就有一支队伍，一条街巷就是一个战场。谭纶手舞长剑，带头冲入敌阵。戚继光挺身一刺，一名倭寇应声倒地。

战斗持续到天亮，倭寇们终于抵挡不住官兵的猛烈攻击，大队人马开始往外面退去。

一个倭寇仓皇翻过一道低矮的土墙，跳进了一户民宅的后院，房门紧紧闭着，倭寇推了几下推不开，后背紧靠在门板上，大口大口地喘着粗气。一只大黄狗突然从暗处窜出，冲着倭寇狂吠不止，倭寇惊魂未定，挥舞着手中的倭刀想要吓跑大黄狗，又不敢发出很大的动静，十分狼狈。

正这时，紧闭的房门突然开了。倭寇下意识地扭头往这边一看，女主人手上抓了一把白花花的东西迎面撒来，倭寇瞬间就被白粉迷糊了双眼，张牙舞爪什么也看不见。男主人从屋内冲出，手持一根粗大的木棍对着倭寇狠狠劈去，一声沉闷的巨响，倭寇瞬间飞了出去，倒在地上一动不动。

这时天色大亮，下起了大雨。海门城外，戚继光冒雨策马过来，大声禀报："大人，我部追击十余里，倭寇不见踪迹。"

谭纶勒住了缰绳，战马停住了，谭纶问："他们会去哪里？"

戚继光："眼下倭寇面临两个选择：一是向南继续逃窜，二是就近找出海口登船入海。以属下看来，入海逃跑的可能性较大。"

谭纶点头："这股倭寇已是惊弓之鸟，应是要入海逃跑了。传令，抄小路，立即赶赴新河堵截！"

戚继光大声回道："是！"

天阴阴沉沉，连日大雨，河水泛滥淹没了道路。

山道上，士兵拉着战马，脚底下时常打滑。谭纶以竹杖探路，艰难前行。梁进不知道从哪钻了出来，变戏法一样从怀里掏出来两个裹着箬叶的粽子，发出糯米的清香。

谭纶："哪来的粽子？"

梁进一脸得意地笑："整天行军打仗，端午节都忘了。刚刚在山下路过一户人家，挂了艾叶，包了粽子，知道我们要去打倭寇，硬是把一笼的粽子都往士兵们的怀里塞。"

梁进一边说着，一边把箬叶剥开，递到了谭纶的面前。

谭纶接过咬了一口，粽子里还裹了腊肉和板栗，香甜可口。

"嗯，真香！"谭纶赞道。

黄昏时分，雨停了，山野里蛙声四起。还有十余里路，天已经完全黑了下来，士兵们点起火把，长长的火把映在山路上，队伍蜿蜒前行。

翻过最后一道山梁，就到了新河，士兵们不由得加快了脚步。

然而这道山梁也是最险要的地方，一条陡峭的山路紧贴着山体，路边就是深不见底的山涧。谭纶手持竹杖，小心翼翼前行。突然，脚底一个打滑，谭纶手里的竹杖来不及稳住身体，整个人掉进了黑漆漆的山涧。

后面的士兵发出一声惊叫，梁进赶紧带人手拉着手往下面搜寻。幸好山涧边上有几株大树，谭纶的身子被树身挡住，士兵们奋力把他拉了上来。庆幸的是，除了手掌划了几道伤痕，其他尚无大碍。

又过了一个多时辰，终于有惊无险来到了新河。

不远的前面，突然出现了一座小桥。

小桥再远处，是一个小村庄，村庄上空浓烟滚滚，空气中隐隐传来人的喊叫。

林大鹏收住战马，九儿的马也跟着停了下来。两人牵着马进入了路旁的高粱地。"我去前头看看，你在这别动。"林大鹏在她耳边轻轻地说道。

九儿神色紧张地点了点头。借助高粱地和稻田，林大鹏时而躬身疾行，时而蹑手蹑足，靠近桥边有一处芦苇丛，林大鹏一头钻了进去，扒开一条缝隙警惕地观望。

桥面上，有几个荷枪实弹的倭寇在来回走动，桥下还停着十余艘小船。更远处的村庄里，倭寇们正在肆无忌惮地劫掠。

突然，村庄里冲出来七八个村民，往河边那条道上夺路狂奔，一队倭寇在后面紧追不放。

村民跑到河边，纷纷跳水渡河。

倭寇追至岸边，用弓箭瞄准，不慌不忙地射杀着水中的村民，在一阵得意的怪笑声中，村民们一个一个惨叫着中箭下沉，最后又成了浮尸。

河面很快被染红，林大鹏的眼里充满了怒火。

看了一会，林大鹏反身悄悄回到九儿的身边。

"前面被倭寇堵死了，我们从上游渡河过去。"林大鹏说着，牵马带着九儿往上游走去。

远离那座小桥，两人下了河堤，见四下无人，林大鹏道："下水！"

林大鹏一手牵着马，一手牵着九儿，小心翼翼地往河中淌去。

虽是初夏，但河水依然冰冷。

好一会儿，两人浑身湿透地上到了对岸。一阵风吹来，九儿忍不住打了个冷战。

林大鹏环顾四周，前边不远处有个小林子，带着九儿就往林子里走来。在一处蒿草丛前停住。"换上这身衣服再走吧。"林大鹏小声吩咐一句，一边把自己身上的斗笠摘下来递给了九儿，又将一个包袱塞到了她的手里。

九儿打开包袱，里面是一身浆洗过的粗布男装，一双布鞋，斗笠里全是浓浓的男人的味道。

"不行，还是你穿着吧，你自己也浑身湿透了……"九儿拒绝道，要将包袱还给林大鹏。

"我没事，风一吹就干了。再说了，换上男装，这一路上也可减少许多不必要的麻烦。"也不容九儿争辩，林大鹏扔下一句话，"我就在附近，换好了叫我！"说完扭头就走了。

九儿犹豫了一下，乖乖地走到蒿草丛的后面把衣服换上，鞋子穿上，斗笠戴上，将自己的身材样貌全部遮蔽起来。

"大鹏哥，可以了！"林大鹏闻声，从前面走了出来，看见九儿穿着男装，娇羞万状地看着自己。

"呵呵呵，衣服有点大，袖子挽高一点勉强能穿。不过你穿男装也挺好看的，像个美男子！"林大鹏打趣道。

"九儿不美，九儿就是一个村姑。"九儿低下头，双手摆弄着衣角。

林大鹏说道："走吧，天都快黑了！"

两人翻身上马，向三门县方向疾驰。

新河所城外，胡守仁指挥着士兵将两条废弃的大船拖至了河边，船上面的帆桨等物拆得一干二净，船的两边用粗大的缆索牢牢地拴在岸边的木桩上，两条大船横堵在河面上，河道里无法行船。

河堤上，戚继光向谭纶汇报：“报告，沿河布防完毕，河面也已堵死，倭寇若溯河而下，必在此去路被堵。”

谭纶点了点头，十分满意：“命人封锁水面，攻击倭寇舟船，全力阻止倭寇从水面逃窜！”

戚继光：“是！”

谭纶：“曹天佑！”

曹天佑：“在！”

谭纶：“你部重点锁住各陆路交通，迫使倭寇聚拢于新河所。”

曹天佑：“遵令！”

谭纶：“李超！”

李超：“在！”

谭纶：“你部防守新河所，将敌歼灭于新河城下！”

李超：“遵令！”

初八日，汪漵和吉冈长野带着倭寇乘坐数十艘大船从栅浦来到温岭泽国，只见水面上渺渺茫茫，一些河汊因水位上涨而淹没，无法分辨前行的方向。吉冈长野无奈，下令让船队开往新河金清港，准备渡过南涧入海。

初九这天，倭船浩浩荡荡来到了牛桥。

前头的大船突然停了下来，汪漵正疑惑间，有个头目慌张跑来报讯：“报告侯爷，大事不好，水面已被堵死，无法通行。”

汪漵蓦地起身，钻出舱外，只见前面河水狭窄处，两艘大船拦住了去路，官兵显然早有防备。汪漵迅速下令：“让两艘小船打前锋，想办法破开河面上的障碍船。”

　　两艘小船接令前去，汪潋手持单筒望远镜远远地观望。

　　倭船迅速靠近障碍船，几名倭寇拿刀正准备割缆绳，岸边突然冒出来数十名官兵，几声火铳和箭矢飞过，那几个倭寇应声掉在水里，瞬间被卷入船底冲得不见人影。

　　汪潋倒吸了一口冷气，他用单筒望远镜四处观察，沿岸高坡的草丛里，隐隐约约藏着许多官兵。

　　倭寇们把船停泊在牛桥，一眼望去，船队足有数里路长。

　　汪潋留下部分人马在水边构筑水寨，其余的迅速上山筑营，两地相隔三里，相互接应。

　　城楼上，谭纶望着阴暗的天空，暴雨如注。

　　林大鹏匆匆前来汇报敌情："新河前山突然出现大队的倭寇，正在据险构筑工事，估计是船队上的倭寇见水路受堵，上岸屯垒与我对峙。"

　　谭纶："来得正好，命令各部加强防守，严防倭寇趁夜偷袭。"

　　正这时，下了几天的雨终于停了，明晃晃的阳光照射在大地上，天空一片湛蓝。

　　谭纶坐镇高高的城楼上，开始下达作战命令。

　　他先令曹天佑从西面佯攻前山守敌，倭寇见明军出战，大队人马聚集西面，意图对这股官兵迎头痛击。

　　吉冈长野见这股官兵人数不多，又命令一队人马绕到曹天佑的后面试图前后夹击。

　　谭纶令旗一挥，曹天佑佯装上前攻击，两军一接触，即迅速往新河城南门败走。

　　汪潋见状大喜，这跟他以前接触的官兵一样，不堪一击，大队人马迅速往新河城南门这边追击。

　　眼看倭寇就追到了城下，谭纶令旗再挥，锣鼓声大作，南门突然打开，早摩拳擦掌的李超率领一千人马从南门涌出，以排山倒海之势冲向敌阵。

担负诱敌任务的曹天佑见状，挥兵转身迎战，两队人马气势如虹，径直杀向倭寇。

刀枪飞舞，双方战在了一起。

谭纶再挥令旗，戚继光、卢锜、张佑立即兵分三路杀向牛桥水寨。汪滶见势不妙，急令南门外的倭寇回援牛桥水寨，螺号吹得呜呜作响。

南门倭寇迅速往水寨方向靠拢，李超紧随其后，又砍翻不少倭寇。

谭纶见前山倭寇守敌空虚，命令梁进、杨文率一支人马由新河北门出发，直扑前山守敌。

从南门外退守水寨的倭寇抵挡不住官兵的猛烈攻击，纷纷登船拒守，岸上的官兵以火铳、火箭射向倭船。

倭寇被动挨打，蜂拥登岸与官兵进行混战，几番争斗之后又被赶入船中，双方反反复复地展开拉锯战。

天色逐渐地黑了起来，汪滶无心恋战，往牛桥水寨这边逃窜，侍卫拼死保护，突破好几重包围才与船上的倭寇们会合。

见进退无路，汪滶下令所有船只往南岸开去，靠岸后弃舟而逃，辎重全部丢弃。

谭纶高喊："火速令人在那两艘堵河的船只上铺设木板，让全军过河！"

士兵们纷纷动起手来，横跨新河的简易浮桥很快架好了，谭纶率军向南岸奔去。

天刚露出一丝灰青色的光亮，雨渐渐停了，但路面上又是泥泞不堪。

一匹探马匆匆来到戚继光的帐前："报！倭寇昨晚就在前面的吴岱过夜，今天下午可抵达南湾海边。"

戚继光心头一紧，倭寇窜至海边必夺船入海。立刻下令："吹号，集结！"

集结号，顿时在兵营里尖厉地响起。

　　戚继光的队伍里严格规定，第一波集结号响起，士兵们必须立刻起床收拾各人物品，伙夫们埋头造饭。第二波集结号响起，全体人员帐前列队集中，各哨开始点名。第三波集结号响毕开始放炮，炮响之后人马开拔。

　　但这次士兵们刚刚听到起床的号声，那边伙夫们还没架好锅，第二波号声又急促地响起，这是要紧急集合了。

　　一些还没睡醒的官兵极不情愿又慌里慌张地跑到帐前来，哨长已在挨个点名。一些后面的士兵开始窃窃私语，看这阵势早饭都没得吃就得开拔了。

　　不一会儿，点名完毕，有一名士兵未到。

　　戚继光命令伍长前去查看，不一会儿伍长回来了，说那名士兵累得不行，想原地休息一天再归队。

　　戚继光大怒："去，把他给我绑过来！"

　　伍长没有动身，说："士兵们连日冒雨追敌，实在是身心俱疲，无力再战，恳请将军体谅宽容，让士兵们再休息一阵吧！"

　　戚继光眼里闪过了一道寒光，令其大声背诵军法第十三条。

　　伍长嗫嚅了半天，戚继光厉声喝道："背！"

　　伍长始开口："凡临战，布阵已定，移足回头，行伍挤拶，稀密不均，俱斩其哨官长牌手并所犯。"

　　话音刚落，戚继光面无表情，命令帐前监军："来人哪，把他绑了。"

　　几名监军上前，七手八脚把伍长按在地下，五花大绑地捆上。又有几名监军跑到士兵的营帐，把那名士兵也绑了过来。

　　两个人惧怕了，跪在地上瑟瑟发抖，哀求戚将军饶过一命。

　　戚继光转身背对着他们，朝监军们挥一挥手，艰难而坚定地吐了四个字："依纪正法！"

　　两个监军手起刀落，两颗人头滚落在地下，鲜血喷涌在雨水里，汩汩直流。列队的官兵看得真切，一个个胆战心惊。

　　这时第三波集结号骤然响起，号声响毕，一声炮响，第一队官兵迅速地冲了出去。随着一声一声的炮号响起，后面的官兵也依次冲了出去。

戚继光的队伍紧追猛赶，这天中午，终于在南湾追上了倭寇。

海就近在眼前，翻过南湾的最后那道山梁就到了，海面上停靠着十几艘渔船，仿佛触手可及。

但是，戚继光的追兵到了。倭寇无奈上山，居高临下负隅顽抗，官兵往上进攻，倭寇往下猛砸石块。冲了几次，攻不上去。

又过了一个时辰，谭纶的大队人马到了，大明官兵里三层外三层把山头围了个结结实实。

强攻开始了，戚继光与弟弟戚继美身先士卒，冲在最前面，后面的士兵喊了一句："主帅冲锋了！"官兵们精神大振，个个奋勇向前。

门多郎次郎和另外一个头目指挥倭寇反击，战斗十分激烈。

又倒下数十名官兵，戚继光与戚继美终于来到了一块大石头后面，此时已距倭寇的工事不足二十步，两名倭寇头目的眉眼都看得清清楚楚。

两兄弟相视一下，深吸了一口气，不约而同张弓搭箭，戚继光嘴里数了三下："三……二……一。"

两人同时转向，两支利箭嗖地一下飞了出去，门多郎次郎和另外一个头目躲避不及，应身倒地。

戚继光振臂高呼："杀！"

官兵们士气大振，拼命往上攻击。倭寇且战且退，往海的方向突围。

好不容易突围到沙滩边上，还没等倭寇缓过气来，早已埋伏在沙滩周围的谭纶率兵掩杀过来，有几名倭寇侥幸跑到渔船边上，渔船里面又钻出来手执弓箭利器的官兵，还没等爬上船，密集的箭矢射来，又有一些倭寇倒在血泊当中。

侍卫保护着吉冈长野拼死突围，左冲右突，终于，他们在西南角上撕开了一个口子，数百名倭寇疯狂往前逃窜。

五月十九日，东海海面，风大浪急。

　　渔船里的汪澂惶惶如丧家之犬。自三月份与吉冈长野联手进犯台州以来，刚开始势如破竹，如入无人之境。然而自从谭纶来了之后，他们屡战屡败，五千人马被剿得只剩下三百人不到。

　　一个倭寇向他汇报："侯爷，这渔船上什么也没有，兄弟们都饿得发慌，得赶紧找个地方弄点吃的才好。"

　　汪澂自己也饿得两眼发花，这些天拼命逃亡，没睡过一个安稳觉，也没吃上一回饱饭。

　　汪澂："咱们现在到了什么地方？"

　　倭寇："还有半天可到三门海区。"

　　汪澂："三门湾的东面有个猫头洋渔场，那里离岸较远，我们上那避避风去。"

　　倭寇点头，眼里露出了一丝兴奋，好久没有肆意抢劫一番，憋了这些天的怨气，正好找老百姓发泄一下。

　　谭纶站在船头，目光炯炯地望着远方。

　　梁进："大人，还是回船舱里歇着吧，这里有我们盯着。"

　　谭纶："传令前方船队，注意搜寻沿岸港湾。"

　　梁进："这一路搜寻过来，都没有倭寇踪迹，也不知是一直不停地逃窜，还是躲在哪个海岛港湾。"

　　谭纶："倭寇的渔船上缺少粮食，他们必定要找个地方抢东西吃，我们到各港湾和海岛边上仔细搜寻。"

　　梁进："前面有个猫头洋渔场，是浙东沿海最大的猫头洋渔场，每年四、五月份是捕鱼旺季，在这一带捕鱼的渔船多达上千艘。"

　　谭纶皱眉："有这么多？"

　　梁进："片板不能下海，那只是禁住了老实巴交的渔民，胆大一点的，还不是都保留了自己的渔船。不下海捕鱼，他们吃什么？"

谭纶若有所思："民以食为天，这是最朴素的道理。朝廷的政策不切合民间的实际，注定也只是一纸空文。"

梁进："按照这个时间段，倭寇应该是饿得不行，猫头洋渔场必是他们的首选。"

谭纶点头："命令船队，全速朝猫头洋方向开进！"

海面上白帆点点，渔船穿梭，一些渔船在撒网打鱼。一年一度的渔汛，让许多渔民不远千里赶到这边捕鱼。船舱里，一条条的鱼儿乱跳。

港湾里有个小渔村，妇女们正在张罗着午饭。

鱼肉打碎、细磨、搓团，端上来的就是口感鲜嫩的鱼丸；将鱼肉剁匀、压扁，撒上淀粉，蒸熟爆炒，就是嫩滑爽口的鱼滋面……各种鱼肉变着花样成了渔家的美食。

突然，小岛上有人发出尖叫，一股倭寇不知从哪窜了出来。几名妇女来不及逃跑，被倭寇一把搂在怀里，人群里爆发出狂放的笑。

饿极了的倭寇冲进屋内抢夺食物，风卷残云般一扫而空。

海岸边，又有几艘渔船陆续靠岸，倭寇们恶狼一般冲向渔村。

一时间，宁静祥和的小渔村变成了地狱，惊慌的百姓四处奔逃，小渔村四面是海，逃无可逃。

倭寇们一边得意地吃着东西，一边跟百姓们玩起了猫捉老鼠的游戏。有几个青年妇女被拖进屋内，引起了一阵阵的尖叫。

海面上，官兵的船只全速向这边驶来。

汪滶吃饱喝足，斜身靠在一百姓家中的床上，闭着眼睛准备休息。一名倭寇惊慌地跑了进来："大将军……大将军，不好了，官军追过来了。"

汪滶惊闻一跃而起，拿起长刀就冲了出去。

明军的船只迅速靠岸，官兵们蜂拥而下。

汪滶率众仓皇奔向海岛另一边的渔船，驾船就跑。

官兵们紧追不舍，有几艘倭船被官兵的大船追上，一排火铳轰鸣，船上的倭寇纷纷中枪落入海中，小船随之被浪掀翻。

三门海游镇，县治的所在地。

穿过破败的街巷，一处被大火焚毁的废墟出现在了眼前。

"爹、娘……"九儿哭喊着，跪在废墟上不肯起来。

林大鹏陪她站了一会儿，道："我们去附近找找，看有没有人知道你家里人去哪了。"

说着，把她用力地搀扶了起来，两人沿着空荡荡的街面找了好几户人家，终于在一处小院里看到了一个衣衫褴褛的老头。

九儿连忙跑了过去："七阿公，七阿公，我家里人都哪去了？"

老头颤巍巍地抬起头，枯树般的脸上，眼睛惊疑未定地眨巴着，用嘶哑的声音问了一句："你是九儿？"

九儿使劲点头："是我，是我！"

老头："你不是被倭寇掳走了吗？怎么回来了呀……"

九儿泪流满面，道："九儿差点就死在外面了，是官府的人救了我。"

"哦……咳咳咳……"老头剧烈地咳嗽了起来。

林大鹏上前，拍着他的后背："不着急，慢慢说。"

老头缓了一口气："你被倭寇掳走之后，你哥偷偷潜入倭营想把你救出来，不想被倭寇发现当场杀死了。第二天，倭寇又上门劫掠，你爹你娘急火攻心，要与倭寇拼命，不料双双惨死在倭寇的刀下。倭寇将你们家洗劫一空，又放一把火把房子烧了。"

"爹、娘、哥哥……"九儿撕心裂肺地喊了一声，眼前一黑，昏倒在了地上。

林大鹏上前一把抱起她，搁在屋里的破木板床上，伸手掐着她的人中。

不一会儿，九儿醒来，放声大哭。

"唉……"老头叹了口气，两行老泪流了出来，"那天我在山上放牛，侥幸捡了一条命。可是我家里的老婆子，我的儿子孙子全死了。倭寇占据海游半个多月，镇上人死的死逃的逃，十户有九户人家都死绝了。"

"我可怜的爹爹，我可怜的娘啊……"九儿哭得，声音都哑了。

老头不停地叹息，九儿不停地哭，林大鹏不停地劝慰。

冷清的大街上，只有风的悲鸣。

茫茫的青门洋海面上，无数艘船只正在混战。

数十艘小船冲出官兵的包围圈，有几艘小船的船身已多处漏水，倭寇们不停地用勺往外舀水，水手拼命摇着橹，往岸边逃窜。

小船一靠岸，倭寇飞奔向三门县城。

年初吉冈长野率兵攻陷三门，筑巢盘踞了半个多月，三门县城防早被倭寇破坏殆尽。

倭寇突然再次出现，三门百姓猝不及防，纷纷惊叫逃窜。

屋子里，林大鹏突然惊觉，对九儿和七阿公做出了安静的手势。此时，九儿也听见了，收住了哭声。

等屋子里静了下来，外面嘈杂的声音越来越近。

林大鹏迅速窜至小屋的院外，轻轻地将院门闩上，竖耳朵倾听。哐当哐当的踹门声和不绝于耳的惨叫声，夹杂着倭寇的叫喊声。

林大鹏一惊，反身冲进了小屋，轻声喝道："不好，是倭寇来了！"

老头和九儿大惊，怔在当场不知所措。

林大鹏上前，拉着九儿的手就往外跑。老头跌跌撞撞地跟在后面，嘶哑地轻声叫喊："往后面走，往后面走。"

后院是堵低矮的院墙，林大鹏只纵身一跃，就跳到了墙上，伸手便去拉九儿。

这时，前院哐当一声巨响，大门被踹开了，倭寇嗷嗷地冲了进来。

林大鹏一使劲，将九儿拽上了墙头，又一手牵着她往下跳。等九儿落了地，他又伸手去拽老头，老头犹豫了一下，摇头拒绝了，冲林大鹏挥了挥手："我跟着你们，谁也跑不了。你们赶紧走，我老头子过去挡一阵……"

说完，转身就往前院走去。

九儿大惊，从院墙后面探出半个头来，轻声叫道："七阿公……"

林大鹏急忙捂住了她的嘴，拉着她跑到了不远处的一处断墙后面躲了起来，断墙上有处裂缝，两人从裂缝中朝院子里望去。

只见老头刚回到前院，迎面就有几个倭寇扑了过来。还没开口说话，一名倭寇手起刀落，老头"呀"的一声就倒在了血泊之中。

九儿正要挣扎，耳边传来林大鹏低沉的声音："别出声！"

声音带着不容抗拒的力量，让她不由自主地闭上嘴巴，豆大的泪珠又流了下来，双肩剧烈地颤抖。

倭寇冲进屋里，翻箱倒柜地寻找了起来。终于，倭寇在屋里一无所获，放了一把火，骂骂咧咧地走了。

九儿的身子一松，瘫倒在了地上。林大鹏伸出手臂，将九儿紧紧地搂在了怀里，两人靠在断墙后面坐下，一动不动。

"九儿……"林大鹏突然轻轻地问了一句，"你家人都不在了，往后怎么办呀？"

九儿目光无神，摇头不语。

"要不，跟我回去吧，我来照顾你……"林大鹏鼓起了勇气，说道。

九儿身子一颤，随即又摇了摇头，挣扎着要爬起来。

林大鹏心里一紧，手里不肯松手："九儿，我是真心喜欢你，从见到你的第一眼就喜欢。嫁给我吧，让我来照顾你一辈子！"

九儿又簌簌地低声哭泣了起来，林大鹏诚恳地说道："九儿，你倒是说句话呀，若是不喜欢，哥决不勉强。"

九儿哭了半晌，再次坚决地摇头："不行！"

"为什么呀！"林大鹏几乎都要叫出声来了。

"大鹏哥，你是个好人，要找个好女孩子才配得上。可是我……我的身子被倭寇糟蹋，已经不干净了……"九儿被他逼急，抽泣地说道。

"这个我不管，我喜欢你，我就是喜欢你，除了你，我谁也不要。"林大鹏急切地说道。

九儿不再挣扎，一动不动地任由他抱着。

林大鹏："只要这次大难不死，回去我就叫谭大人做媒，八抬大轿娶你。"

九儿赶紧用手捂住他的嘴巴："不许说死！"

林大鹏腾出一只手，捉住了她的小手："嗯，我们都不许死，我们还要白头偕老呢。"

被他这么一说，九儿顿时霞飞双颊，娇羞不语……

林大鹏站起身来，一面警惕地四下张望，一面小声说道："我们要走了。"

九儿："去哪？"

林大鹏："想办法出城，找我们的队伍去。"

九儿："我地方我熟，我带你走。"

三门城里，林大鹏拉着九儿的手，小心翼翼地在街巷屋檐下穿行。

然而绕了好几圈，出城的路全都被倭寇堵死，此刻的县城里，到处是倭寇的身影。

突然，城外传来震天动地的火炮声，有几发炮弹就落在距离两人不远处的城墙上，迸出冲天的火光。

林大鹏侧耳听了一会，道："官兵来了。"

九儿："会不会是你们的人？"

林大鹏："这个还不知道。"

前面不远的地方有一座烧得只剩下残垣断壁的大宅子，宅子前院里有一棵高大的老槐树。林大鹏带着九儿闪身进了院子，在残垣后面躲着，自己像猴一样攀爬上树，站在高高的枝丫上往城外眺望。

三门县城墙上，吉冈长野指挥着倭寇紧闭城门，数百名倭寇分布在城上各个溃口，据城死守与官兵打起了攻防战。而这一次，守城的一方是倭寇，攻城的是大明官兵。

城上滚石檑木和箭矢飞向官兵，官兵们用箭矢和火铳还击。

城外数里处是大片的海滩，密密麻麻的大船上放下无数的小船，源源不断的官兵划向海滩，向着海门城边冲来。

沙滩的一角，谭纶坐在马上，他的亲兵卫队整齐划一分列两边，数百名将士静静地列队站在后面。

戚继光、李超、梁进等人指挥着各自的部队正在攻城。从高处俯瞰下去，黑压压的官兵像一排排的潮水冲击着三门城墙。

谭纶的马队仍然屹立如山，谭纶面色沉毅，目光如炬，身后那个斗大的"谭"字在海风中猎猎飘扬。

林大鹏在大树上望了一会，爬下树，惊喜地说了一句："是我们的人，我们的队伍杀过来了。"

九儿也是喜不自禁，问："那我们怎么办？"

林大鹏："找个地方躲起来，等他们进城了，再跟他们会合。"

二人悄悄出了院墙，正要往外面走去，不料迎面碰到一队倭寇正开了过来，有人高喊了一声："站住！"

林大鹏拉着九儿，头也不回地就跑。两人在前头跑，倭寇在后面紧紧地追。九儿毕竟是女儿身，跑了一会，就被倭寇追上了。

林大鹏将九儿护在身后，拔出军刀，与倭寇对峙。

一名倭寇冲上前，林大鹏手中的刀快如闪电，不到三个回合，便将那名倭寇砍翻在地。

然而，更多的倭寇一拥而上，将林大鹏紧紧围在了中间。

正杀得兴起，耳边突然听到九儿的一声惊呼。林大鹏扭头一看，几名倭寇已将九儿围住。林大鹏大吼一声冲了过来，一名倭寇将刀架在了九儿的脖子上，厉声喝道："把刀放下！"

林大鹏愣住了，脚步迟疑了下来。

九儿急得大叫："大鹏哥，不要管我，你快走！"

林大鹏用刀指着那名倭寇，凶狠地说道："敢动她一根毫毛，我让你命丧当场！"

那名倭寇将刀在九儿的脖子上用力一压，瞬间，利刃陷入雪白红嫩的皮肤里，只须轻轻一划，九儿的小命就要不保了。

"把刀放下！"倭寇再次喝道。

林大鹏脸色大变，拿刀的手不由自主地垂了下来。

一名倭寇上前飞起一脚，林大鹏也不知道躲闪，一手捂着胸口，踉跄着后退了几步，军刀当啷一声，掉在了地上。

几名倭寇得意地狞笑着，向林大鹏步步紧逼。

九儿的眼里露出了绝望的神情，突然，她猛地嘶吼了一声："走！"

随即，双手捉住架在脖子上的倭刀，头部猛地一甩，一股鲜血从她的脖子上喷涌而出，身子慢慢地倒了下去。

林大鹏虎目欲裂，蓦地踹翻了近前的一名倭寇，迅速捡起军刀，疯狂地向倭寇杀去。

几名倭寇大惊，与林大鹏战作一团，但此刻的林大鹏已陷入了一种癫狂的状态，人挡杀人，佛挡杀佛，那几名倭寇一个一个死在了他的刀下。

林大鹏一把抱起九儿的身子，大声地哭喊："九儿，九儿……"

九儿吃力地睁开了眼睛，挣扎着要推开他，急促的低喊："快跑……快！"

林大鹏泪如雨下，摇头："不，要走我们一起走！"

九儿的脸色越发的苍白，气若游丝："我是走不了了……大鹏哥，你要好好活着……"

深深的喘了口气，九儿努力睁眼睛，嘴角突然泛起一丝笑意，眼里充满了安祥与满足："……忘了我……"

说完，头一歪，在林大鹏的怀里闭上了眼睛。

"啊……"林大鹏仰天长啸了一声，那声音，绝望而凄厉，甚是瘆人。

但是，更多的倭寇向他冲了过来。

林大鹏放下九儿的身体，捡起军刀，迅速向街巷里跑去了。

北门边上的城墙上有个溃口，守溃口的倭寇接连倒下好几个，谭纶令旗一挥，攻击北门的官兵的身后响起了密集的锣鼓声，这是强攻的信号。

北门边上的官兵蜂拥着往溃口爬上去，冲在最前面的是梁进，他的部下紧跟其后。

其他几处溃口，官兵的攻势越来越猛，不断有官兵在城墙下倒地，但后面的人还在往前冲。

北门上，已看不到梁进的身影，城门边上倭寇也不见了，全是往前奔跑的官兵。

紧接着，城上吊桥缓缓落下，城门洞开。

谭纶抽出长剑，往前一挥："出阵！"

身后的马队骤然发动，谭纶一马当先，径直向县城冲去。

汪激带着倭寇且战且退，依托房屋街巷与官兵展开对战。

街巷里兵刃撞击拼杀的声音由远而近，引起被掳百姓的骚动。

一户人家的院子里，数十名百姓蹲在院子中间。一名青年男子双手抱头偷偷左右观察，看守的倭寇已将注意力放在了外面街巷的动静上。男子猫腰起身，迅速窜到门边，顺势拉开大门就要冲出去。

吱呀一声大门拉开，青年愣住了，门口两个守门的倭寇回头也愣住了。

但仅仅就是那么一眨眼的时间，青年欲拨开两名倭寇往外奔逃，一名倭寇下意识地伸出双手拦截，另外一名倭寇手中的短刀刺向青年。

血从青年的胸口涌出，青年一手捂着胸口一手去抓持刀倭寇的脸，手在空中挥舞了好几下，没能够着，青年缓缓往后面倒了下去。

　　院子里有很多人刚刚起身，突然见青年被杀，吓得又赶紧退了回去，双手抱头蹲在地下，人们吓得瑟瑟发抖。

　　城楼上，戚继光狠狠地砍翻了一名倭寇。

　　"将军，快看！"身边的一名亲兵突然发出了惊叫。

　　戚继光抬头望去，竟也是一脸的惊愕，城里的一条巷子里，谭纶居然冲在最前面，包围他的，是大倭寇汪激和他的手下数十名倭寇，谭纶的亲兵卫队被倭寇堵截在后面，一时近前不得。

　　梁进在隔壁的巷子里与倭寇杀得正酣，一时无法顾及。

　　戚继光手中的银枪一挥："杀！"

　　他身后的官兵跟他一起，风驰电掣般向谭纶那边飞驰。

　　谭纶身后的亲兵也急了，一名队长大声吼道："保护副使！"

　　亲兵们拼死向前，然而涌过来的倭寇越来越多。人群后面，汪激骑在马上，手舞着倭刀，声嘶力竭地喊叫："给我上！给我上！"

　　就在汪激狂呼乱叫的时候，他身旁的一座酒肆的楼上飞身扑下来一个身影，汪激刚一抬头，那凌空而来的刀光一闪，汪激的脑袋就从脖子上飞了起来，身子扑通一下倒在地上，血溅得到处都是。

　　谭纶清楚地看到，那凌空飞下的身影正是多日未见的林大鹏。

　　林大鹏落地之后，又顺势撂倒了几个身边的倭寇，奋不顾身地向谭纶这边杀了过来。

　　倭寇一看汪激身首异处，顿时大惊，乱了起来。

　　林大鹏杀得正兴起，不想一支长枪从后面猝不及防地刺了过来，正中他的后心，鲜血瞬间从枪洞里汩汩而出。

　　林大鹏身子一震，脚步停了下来，就在此时，又有几支长枪刺进了他的身体。终于，林大鹏高大的身躯轰然倒地。

　　戚继光带人从另外一条巷子绕了过去，从倭寇后面发起攻击。

两边夹击之下，巷子里的倭寇接二连三地倒下。

谭纶走到林大鹏的尸首前，单膝跪地，伸手给他抹一抹圆睁的怒眼，泪如雨下。

接着，他又解下了自己的战袍，盖在林大鹏的身上，悲怆地叫了一声："大鹏兄弟，走好！"

他的身后，戚继光与士兵们纷纷落泪。

巷子里的喊杀声渐渐稀疏了起来，各条街巷里，全是官兵。

残倭缩进街巷里的民房，挟持百姓以作人肉盾牌抵挡一阵。

一栋单家独院，被官兵团团围住，几名官兵刚刚爬上院墙，就被箭矢射了下来。士兵们找来一根巨大的圆木，十余名官兵负责抬木撞门，准备就绪，一名队长开始数数："三……二……一！"

旁边的几名士兵同时朝里面喊话："里面的百姓听着，大门一开，立即往外面逃跑，跑出来的就能活命，躲在里面死路一条。"

数到一的时候，抬巨木的官兵一齐发力，"轰——"的一声巨响，两扇门板和门框同时倒地。守在门后的几名倭寇被巨大的冲击力撞得飞了起来。

里面的百姓一看大门洞开，猛地起身往外面跑，躲在人群后面的倭寇射出一排利箭，几名百姓倒在地上，但其他人全都跑了出来。

还没等倭寇反应过来，官兵就冲了进去，不一会儿，里面的倭寇全部被砍翻在地。

一处茅草房内，几名倭寇一人抓了一个百姓抵在身前，与官兵对峙。

士兵们取来几个浇上燃油的火把，点燃的火把划过几道弧线，瞬间就把茅草房烧着。

倭寇推开百姓，从茅草房内往外奔逃。官兵一拥而上，倭寇当场毙命。

县衙内，吉冈长野手持倭刀，两眼通红。他的底牌，就剩下这座县衙，一百来个老百姓，还有手下数十名倭寇。

县衙前院里蹲满了密密麻麻的百姓，巨大的阶沿石板将各个大门死死堵住，高大的院墙后面摆开了一溜长桌，长桌上站满了倭寇，官兵只要爬上院墙，就会被躲在后面的倭寇攻击。后院的东西两侧各有一小耳门，数十倭寇在门后守着，耳门狭小，易守难攻。

谭纶、戚继光等人站在县衙旁边的一处高楼上，居高临下地往县衙里观望。戚继光倒吸了一口冷气："大人，强攻进去，里面的百姓可能不保。"

谭纶沉吟了片刻，下令："胡守仁，你带人去砸墙掏洞，保护百姓突围！"

胡守仁应道："是！"

谭纶又令："曹天佑，你在院墙外面垒起高台，两名长牌手护卫一名长矛手，攻击院墙后面的倭寇，吸引倭寇的注意。"

曹天佑应道："是！"

谭纶扫视众人："再选两队敢死队，从后院两侧耳门进攻。"

话音刚落，将官们纷纷请战。

谭纶的目光和梁进对上了，梁进的眼里喷着怒火，大声请战："大人，这倭首就是残害我梁家一百余口的元凶，不杀此贼，梁进誓不为人！"

一个月前，梁进的三个叔叔梁述、梁健、梁生三兄弟，还有一百多个梁氏乡兵，就死在这股倭寇的手下。

谭纶点头："你和杨文各带人从东西耳门攻入，将这股倭寇悉数歼灭！"

梁进、杨文精神一振，大声回道："是！"

院墙外，官兵们紧张地把一袋一袋的沙袋叠垒起来，三袋一排，很快与院墙四面的高墙齐平。每面院墙中间留了一个口子，每个口子边上，数名手持铁镐、重锤的官兵准备破墙掏洞。

后院东西两侧的耳门外，梁进和杨文各率三十名敢死队埋伏在了门外。一切准备就绪，谭纶缓缓挥动手中的令旗。

　　三声鼓响过后，前后院官兵一齐发起攻击，沙袋上突然冒出无数官兵。

　　院墙后面的倭寇用长矛刺向官兵，官兵在长牌手的护卫下奋力反击，双方都有死伤。

　　沙袋上的官兵越来越多，倭寇们渐渐有些抵挡不住。

　　院墙下面，胡守仁指挥官兵们奋力地砸墙。一炷香的工夫，院墙终于掏出了几个一人多高的大洞，百姓们蜂拥而起，向院墙的洞外奔逃。等百姓全部逃出，外面的官兵从洞口涌入。

　　官兵把倭寇赶进了屋里，屋内狭小，施展不开，双方挤在门口拼杀。

　　突然有人吼叫了一声："都闪开！"

　　屋子门口官兵让开一条口子，数名手持火铳的官兵冲上前，对着屋内就是一阵猛轰，几声巨响后，倭寇的惨叫哀号响彻屋宇。

　　正这时，后院也接连传来两声巨响，耳门被敢死队员砸开，与守在里面的倭寇战作了一团。

　　梁进、杨文十分勇猛，一马当先左冲右突，寒光掠处，几名倭寇倒地。

　　突然，梁进的目光被一个倭寇吸引，其身着黄色上衣，下身玄裤赤脚，脑袋正中寸草不生，只有后脑勺边围了半圈黑发。

　　梁进的青锋长剑在身侧斜指着大地，目光冷冷地望着手执倭刀站在对面台阶上的倭寇头目，两人的目光碰在了一起。

　　一声长啸，吉冈长野凌空跃起，双手高举倭刀恶狠狠地向梁进劈来。

　　梁进低头身子往左侧斜窜，躲过了一击，手中的长剑在空中划了一道弧线，当的一声，刀剑撞击溅出火花，两人转换了位置，重新审视对方。

　　梁进与吉冈长野又战在了一起，刀光剑影，招招致命。

　　长剑与倭刀绞在了一起，两双眼睛相距不到一尺，双方都在加大手上的力度，就是不能再往前移动一分。

　　吉冈长野抬腿往梁进的肚子上猛踹了一脚，梁进踉踉跄跄后退了几步。

　　两人相隔几步，重又对峙了起来。这时，吉冈长野的耳边突然安静了下来，他发现，除了身边的几名侍卫，其他的全死光了，官兵们围了一个包围圈，把他们几个困在了中间。

一个个目光如刀，在他们几个人的脸上划过，令人不寒而栗。

侍卫们发出绝望的吼叫，挥舞倭刀向官兵们冲去，无数支长矛刺了过来，侍卫们的身上扎满了枪眼，全部倒在了地下。

吉冈长野眼中掠过一丝惊恐，看着官兵们慢慢朝他逼近。

"都给我退下！"梁进一声大吼。

官兵们又纷纷地退后，中间空出了一块场地。

吉冈长野双手握刀，紧盯着梁进的眼神，两人的目光再一次碰在了一起。三个叔叔惨死的一幕仿佛就在眼前，梁进的心尖上在滴血。

刀剑飞舞，二人重又战在了一起。

那吉冈长野毕竟是日本国一等一的高手，数十回合下来，梁进渐落了下风，观战的人为他捏了把汗。

吉冈长野突然身形一动，倏地扑了上来，一道寒光直接劈向梁进头部。

梁进用剑一挡，倭刀收回，一个转身又划向了梁进的前胸，观战的人发出了一声惊呼。

就在电光石火刹那间，一支长枪照着吉冈长野的面门刺了过来。吉冈长野大惊，头一偏，堪堪躲过了一击，梁进趁势躲过了一劫。杨文和梁进并肩而立，吉冈长野收刀，冷冷地打量二人。

短暂对峙过后，几乎是同一时刻，杨文和梁进出招，再次向吉冈长野扑了过来，三人战作了一团。

毕竟是好汉难敌四手，吉冈长野再厉害，也架不住杨文、梁进的联手进攻，他的眼神开始凌乱了起来，倭刀不再凌厉。

蓦然间，杨文的长枪舞出了三尺枪花。倭刀左推右挡，十分狼狈。

杨文大喝一声，枪头一挑，一声激越的金属声清脆响起，吉冈长野的长刀被杨文挑飞在了空中。

就在吉冈长野愣神的当口，梁进毫不犹豫地大踏步向前，一声暴喝，长剑深深地刺进了吉冈长野的心窝。

吉冈长野垂手而立，两眼呆直，身子慢慢向后倒了下去。

县衙内外一片死寂，谭纶的目光慢慢移向满目疮痍的县城，街巷里到处是倭寇以及大明将士陈卧的身躯。

将士们有的骑在马上，有的站在遍地的尸首旁边，都定格在那里。

自嘉靖三十八年四月初五宁波出师至五月二十日海游抗倭结束，谭纶率兵九战九捷。仅海游一战，就斩首三百余级，救出被掳百姓五千六百余人。

第二十八章

义乌招兵

台州九捷的战报，很快传到了杭州，这让胡宗宪惊喜异常。

年初以来，胡宗宪就一直心神不定。南京御史李瑚弹劾胡宗宪"岑港养寇、温台失事"等罪状，嘉靖皇帝下诏让给事中罗嘉宾、御史庞尚鹏从实核查，在核查过程中，罗、庞二人有了新的发现，胡宗宪开支极大，有人甚至说他是"总督银山"。

这份捷报，无疑是一针强心剂，甚至可以说是救命的稻草。

胡宗宪兴冲冲跨进罗嘉宾、庞尚鹏两人办公的地方，可还没来得及开口，就怔了一下，安静了下来。

屋内摆了两张办公的案几，案几上全是各种账册资料，罗嘉宾、庞尚鹏正指挥几名衙役一页一页地翻查。衙役们见总督进来，也不敢说话，只是朝他一揖，继续手中的活计。

庞尚鹏仍在翻看资料，客气地说了一声："胡少保来了，请坐！"

罗嘉宾也过来与胡宗宪寒暄施礼，胡宗宪在庞尚鹏的对面坐了下来。

"你刚才说的嘉兴府库银短缺多少？"庞尚鹏放下手中的账册，对罗嘉宾问道。

罗嘉宾瞅了一眼胡宗宪，回道："三万三千两，分两次提出，至今还没销账。"

胡宗宪听明白了，这两个人的对话是冲他来的，这笔钱，是他胡宗宪让人从嘉兴府库里提取的。

胡宗宪："这笔账我清楚，前年田州狼兵要回原籍，我让人从嘉兴府里取了一万三千两，用于补发狼兵军饷和遣散之资；另外二万两是去年提出，主要用于抗倭各项事务和抚恤伤亡士卒家属。"

庞尚鹏点点头，表示赞同，口气温和但眼神却十分犀利，问："少保大人说清楚了这笔钱的去处，但库银提取并未按正常的签批程序办理，账册上只有少保个人的签字并无公文印鉴，在下可否认为这是少保个人所为？"

胡宗宪心里倒吸了一口冷气，这两笔钱的确是没有通过正常签批拨付的程序走账，尤其是那二万两银子，有些是用于招抚徐海、王直等人，这些钱在明面上又不好走账。

胡宗宪："府库国帑，胡某断然不敢有任何贪污侵占之念想，当日支取程序上确有瑕疵，事后忘记叫人弥补，但每笔支出我督府内都有账册可查，一分一毫没有挪作个人私用。"

庞尚鹏正色道："府库国帑管制严格，所有支出必须按照程序规定办理，未有公文印鉴、详册清单，均可视为个人私用。何况该笔款项已挂账两年，大大超过手续补办的规定时间，督府内账不能说明该笔钱师出有名。"

胡宗宪心里咯噔了一下，庞尚鹏说的道理他都清楚，这事要认起真来就可以认定贪污侵占之罪。程序上明摆着有错在先，他纵有一百张嘴也辩解不清。

胡宗宪沉默半响，主动认错："明日我即命人将这些款项支出清单和详册取来给二位上差审查，不为辩解程序上的过错，只是为了证明款项支出之公用。既然有错在先，这笔款子我用个人家产填补，就当是我胡宗宪个人所用了。"

庞尚鹏看着胡宗宪的眼睛，问了句："胡少保每月禄米多少？"

胡宗宪："八十七石。"

庞尚鹏："以当前的米价，八十七石也就百把两银子，以少保个人家产何年才补得上？"

胡宗宪有点紧张："以胡某俸禄当然是无法填补，只能以多年积蓄，再向亲朋拆借若干。"

庞尚鹏拿起一本账册胡乱翻了几页，半天才慢条斯理地说了一句："我听说赵文华第一次来东南督师，胡少保光见面礼就给了他四千两银子。还有桐乡解围，据说送了一千两黄金、二十多箱绸缎，那倭首徐海方才退的兵？"

胡宗宪如鲠在喉，一时不知该如何解释。

庞尚鹏继续说道："素闻少保幕府人才济济，这些天见了，果不其然。只是……养十七位幕僚的薪资怕是不低吧。就算每人每月支米八石都要一百多石，少保一家不吃不喝也难以为继，这些开支又从何来？"

胡宗宪："上差明察秋毫，胡某确实养了一些士子，但这些人有的略有些田产，不计薪酬只为朝廷效忠；当然，其中也有些是江浙士绅襄助，不然胡某哪来那么多银两养他们？"

罗嘉宾、庞尚鹏相互看了一眼，人家就把话说到这份上了，再说下去就撕破脸了。

罗嘉宾打了个圆场："少保大人此番前来所为何事？"

胡宗宪方才缓过神来："三月春汛以来，上万倭寇进犯我东南沿海，南直隶、浙、闽均遭荼毒。各地官兵奋力抗击，目前倭患渐渐平息，尤其倭患最重的台州，九战九捷，歼敌四千余人，击毙倭首吉冈长野，可喜可贺。"

罗嘉宾："的确是大喜事，少保大人运筹帷幄，调度有方，我们自会上奏朝廷，给少保和将士们请功！"

胡宗宪："胡某只是尽了自己的本分，将士们在前线舍生忘死，还请二位大人奏请圣上重恤之。"

罗嘉宾点头："这是自然。"

胡宗宪的意思他们二人心里也清楚，无非就是要他们两个在圣上面前美言几句，不要在银钱上跟他较真。

台州大捷的战报以最快速度送到了京城，朝野上下一片欢腾，好久没有抗倭大捷的消息，更何况，这是一支以真倭为主的倭寇势力。

与捷报几乎一同而来的，还有罗嘉宾、庞尚鹏两人的奏疏，奏疏列举了胡宗宪占用嘉兴府三万三千两库银、大笔开销远超收入的事实。

嘉靖一时难以裁决，让都察院提出意见。监察御史崔栋经过查证及汇总各方面信息，认为嘉兴府银被胡宗宪用于奖赏抚恤伤亡士卒家属，且将以自己钱财填补，当不予追究。开销大并没有证据表明胡宗宪有其他贪腐行为，一时难以查证。

最后崔栋在报告中说："以臣愚见，宗宪可谅。"

七月十九日，宫里下达圣旨："宗宪有功，卒不问罪，照旧督抚地方！"

消息从京城传来，胡宗宪欣喜若狂，一直悬着的心终于落地。

幕僚署里，沈明臣刚画完了一幅枯木图，几笔长藤垂下，几根枯枝苍劲，悲壮萧索，悠远淡然，显现出不一样的情致和境界。

众人连连叫好。沈明臣一脸的谦逊："烦请鹿门兄题个跋。"

茅坤摆一摆手："我的字写到你的画上去，只怕是污了你的画。"

大家眼睛望着徐渭，徐渭也不搭理众人，自顾画着自己的水墨葡萄。他画的葡萄串串果实倒挂枝头，鲜嫩欲滴，形象生动，茂盛的叶子以大块水墨点成，不求形似，风格疏放。

见胡宗宪进来，众人纷纷拱手施礼，徐渭也赶紧停下手中的活计，给胡宗宪施礼。

徐渭谁也不服，就服胡宗宪。年少家贫，满腹才华却科举屡试不中，徐渭尝尽了人生的冷暖。是胡宗宪给了他足够的尊重和宽容，让他的才华有了用武之地，过上了从未有过的潇洒生活，打猎、嫖妓、醉酒，处处有人奉承，可谓是风光八面。

　　胡宗宪双手拿起沈明臣的画，连连称好："沈嘉则诗画俱佳，不愧为吴中才子。"

　　众人怂恿胡宗宪题字，胡宗宪说："佳画配好字，方能相得益彰，我的字断然不可。文长，你来！"

　　徐渭见胡宗宪发话了，不敢推辞，略一思索，挥毫在画上写了几行字："长幅小藤叉，题诗挂帐纱；对枝无一叶，留待雪为花。"

　　龙飞凤舞，酣畅淋漓。众人大声叫好。

　　胡宗宪："点评精妙，下笔有神。诗画珠联璧合，绝了！"

　　沈明臣平素与徐渭可谓金兰之交，经常也诗酒唱和，但有时也会受不了他那孤傲怠慢的脾气，感激之余也不免揶揄了一句："徐文长那厮岂是我等使唤得了的，若非制台发话，他怕是又要惜墨如金了。"

　　田汝成："肯帮你写字已经很好了，没捉弄你就算不错了。"

　　茅坤趁机讲了一个徐渭的笑话："那徐文长的确十分促狭，前几日逛街见着一个卖缸的，便问这缸多少钱一斤。那卖缸的以为他是外行，于是便欺诈他道一百文一斤。徐文长也不还价，让卖缸的扛着缸往家里而去。到了家门口，他让人等在外面，自己进去拿了秤砣和铁锤，出来对卖缸的说我只要两斤！卖缸的气得快吐血了，只能再搬回去。"

　　惹得众人哄堂大笑。

　　沈明臣看了大家一眼："这算啥，徐文长更促狭的事情都干过。一日见一农夫挑粪过桥，他非要帮人家抬粪过去，起初人家坚决不肯，无奈他固执地坚持一定要帮，农夫便只得同意了。当两人费力地将粪桶抬过桥，徐文长喘着气道：'我实在抬不动了，另一桶你自己看着办吧。'随即扬长而去。你们说，这个徐文长坏不坏？"

　　众人又是一阵哄堂大笑。

　　徐渭白了他一眼："以后少惹我，惹毛了一样让你难过恶心！"

　　茅坤见胡宗宪满面春风，抑制不住地欢喜，于是就问："少保大人看来有好消息要告诉我们。"

胡宗宪："刚刚接到廷寄，都察院对我的弹劾一一查证核实，没有违法乱纪行为。圣上明察秋毫，下旨不予追究。"

听了这一消息，众人一阵欢呼。

胡宗宪："前期谭纶、戚继光在台州九战九捷，斩获倭寇四千余人，东南倭患看来可以消停一段时间。"

沈明臣建议："双喜临门，值得庆贺。"

胡宗宪豪爽地发话了："今晚设宴，大家诗酒唱和，庆贺一番！"

沈明臣摩拳擦掌："今晚大家不醉不归，酒桌上好好杀杀徐文长的锐气。"

徐渭两眼一翻："但凡不服者，尽管放马过来！"

众人又是一阵大笑。

杭州府，几匹快马风尘仆仆来到茅坤的府前。这是一栋中等庭院，前院两个院子，一厅七八间房舍。

谭纶上前叩门，一个门童开门，问："几位客官找谁？"

谭纶问："这里可是茅坤府上？"

门童回答："正是。"

谭纶："不知你家主人可在，烦请通报一声，就说归安旧识谭纶求见！"

门童："几位稍等。"

少顷，门童奔出，一个洪亮的声音也随后传了过来："我正纳闷今天一大早喜鹊就在叽叽喳喳，原来是谭副使来了！"

随着话音，一个清瘦儒雅的中年男子出现在众人眼前。

谭纶赶紧上前施礼："鹿门兄，归安一别二十多年，真是岁月如梭催人老啊！"

茅坤嗔道："谭二华风华正茂，我茅坤才是老了。"

谭纶朝他介绍后面几个人："这位是宁绍台参将戚继光！"

茅坤拱手："久仰将军大名，没想到这么年轻，后生可畏，失敬失敬！"

戚继光赶紧还礼。

谭纶："这位是千户长李超，这位是把总梁进！"

茅坤跟两人一一寒暄，赶紧把众人迎进屋子里面。

房舍不大，但收拾得十分精致。庭院里种了些花草，发出阵阵幽香。

谭纶问："这是鹿门兄买下的房屋？"

茅坤摆一摆手："我来杭州不久，也不知道还能待几年，所以没有买房的打算。胡少保帮我找人租借的，暂时落脚。"

谭纶："少保幕府藏龙卧虎，想不到你茅大才子也投奔他了？"

茅坤长吁短叹："三年前，巡按庞尚鹏上疏弹劾我家人横行乡里，圣上怪我管束不力，遂褫冠带削籍为民。胡宗宪与我是同科进士，一向交好。他任总督之后倭事频繁，召我至府中参谋兵事。"

谭纶："胡少保真是个念旧之人！"

茅坤："胡少保雄才大略，爱才惜才，其门下网罗的这些名士才子，无不结草衔环以报知遇之恩。"

谭纶："怪不得有人说，胡宗宪的幕府是当今最有影响力的幕府，看来名不虚传啊！"

众人哈哈大笑。茅坤问："归安一别二十多年，令尊一向可好？"

谭纶："家父在归安做了几年训导，后又调到福建顺昌王府担任教授。如今年纪大了，辞职在家养老。"

茅坤："令尊大人治学严谨，课士有方，令人印象深刻。山高路远，无法前往拜访他老人家，代我向他问好！"

谭纶："谢谢鹿门兄的关心，我替家父表示感谢！"

门童把沏好的茶端了过来，谭纶端茶在手，但见茶叶徐徐舒展，茶汤清澈，茶香四溢，扑鼻而来。

"今年新出的龙井？"谭纶问道。

茅坤笑而不答："喝口试试！"

谭纶吹了吹热气，轻轻品尝一口，但觉唇齿留芳，疲劳顿消，不由自主地赞了一句："好茶！"

茅坤呵呵一笑："此茶取自清明龙井，雨前采摘一旗一枪，又有山僧焙炒，火候十分精妙，自然是上等的好茶。茶汤亦不平凡，取自城外十里的虎跑泉，虎跑泉煮龙井茶，杭州一绝也！"

谭纶等人忍不住又喝了几口，赞不绝口。

茅坤："二华今日突然造访，不知所为何事。"

谭纶："此番来杭主要是向胡少保呈请招兵练兵事宜，卫所官兵战力太差，客兵顽劣难以管束，招兵练兵才是最好的出路。"

茅坤："卫所官兵和客兵的确不堪一用，胡少保也非常清楚，只是各地也多次尝试过练兵，但收效甚微。"

戚继光："练兵首在兵员，义乌乡民械斗，一个个体格强健，胆大凶悍，我们恳请把他们招入军队，严加训练。"

谭纶："有劳鹿门兄帮我们斡旋！"

茅坤爽快地答应："行，我去跟少保大人说道说道。"

谭纶等人大喜，茅坤道："几位远道而来，今晚茅坤在醉白楼为你们接风洗尘，大家可要赏脸哦！"

谭纶爽朗地笑道："恭敬不如从命，事成之后，我们再好好回请茅兄痛饮几杯！"

杭州总督府衙，远远地，只见戚继光和谭纶骑马并辔而来，李超、梁进紧随其后。众人在上马石前下马，名片递了上去，静静等候。

少顷，衙役匆匆出来把众人领了进去。

胡宗宪在大堂迎客，春风满面。

谭纶率众赶紧上前几步，给胡宗宪施礼："参见胡少保！"

　　胡宗宪呵呵一笑，让众人免礼，分宾主坐定。

　　胡宗宪："诸位在台州九战九捷，龙颜大悦，已让内阁拟旨，不日即对你们论功行赏。"

　　谭纶："属下怎敢贪功，都是少保调度有方，诸将勠力同心，才有此次大捷。"

　　胡宗宪谦虚地摆了摆手："哎……我也就做些幕后的工作，抗倭前线，还得仰仗你们奋勇杀敌。"

　　谭纶："胡少保谦让了，没有你的支持，我们再奋勇恐怕也是徒劳无功。"

　　胡宗宪："我听茅坤说，你们想招兵？"

　　谭纶："是！"

　　胡宗宪："说说，你们是怎么想的。"

　　谭纶："这第一桩，就是兵员的问题。"

　　戚继光赶紧从怀里掏出《练兵议》，毕恭毕敬给胡宗宪呈了上去。胡宗宪只是拿眼扫了一遍，就知道他们的意思。

　　胡宗宪示意戚继光坐下，道："义乌知县赵大河也来信说民风彪悍，械斗不断，建议官府将一些悍徒招募至军中，严加训练和管束，既解决地方的治安问题，又能增补军队兵员，一举两得。"

　　谭纶："的确一举两得。"

　　胡宗宪："戚继光的《练兵议》，我已看了多次，写得不错，只不过……"

　　谭纶一听他话中有话，急忙说："胡少保有何顾忌不妨明示！"

　　胡宗宪沉吟了半晌："之前赵文华督师东南，征召十万客兵入浙剿倭，粮饷耗费巨大，朝堂颇有微词，说我们放着不要军饷的世兵不用，徒增开支。现在客兵虽说遣回了原籍，但重新招兵怕会有不少的阻力。"谭纶心里明白，胡宗宪的后台靠山赵文华倒了，在朝中说话的声音也没那么响了。

　　戚继光一看有点着急，忙站起身拱手施礼："大人，我部经历岑港、台州十余次大战，伤亡很大，几无兵力可用。倭寇挫败之后，很有可能卷土重来，宁绍台危矣！"

李超也忍不住插嘴："是啊，再不补充兵员，这仗真没法打了。"

胡宗宪看了李超一眼："这位是？"

谭纶赶紧再介绍一遍："这位是千户长李超，那位是把总梁进，都是跟我一起出生入死的兄弟，台州大捷，两人可是立了大功的！"

胡宗宪见两人气宇轩昂，点头赞许："不错不错！"

谭纶趁热打铁："下官想说的第二桩事，就是向少保举荐二位。李超曾单骑闯营杀敌，勇冠三军，几次战役都是由他指挥和有他参与的；梁进的三位叔叔和一百余名梁姓子弟成立乡兵抗击倭寇，全部英勇殉国，海游一战，梁进亲手击杀倭寇首领吉冈长野。"

胡宗宪："我相信子理的眼光，你看上的人绝对错不了，让他们去备倭都司府补个武职，以后会有重用。"

明代重文轻武的思想已延续百年，武将的地位很低，像李超这样的中下级军官想得到位高权重的少保大人提点，难如登天，但谭纶帮他做到了。

李超、梁进赶紧跪地拜谢："感谢少保大人提携！"

谭纶又将话题扯回："刚才戚继光所说的确是事实，你给他的三千兵马，已经打得差不多了，义乌兵既然可用，不妨让他试试。"

胡宗宪迎着众人热切的眼光，思忖了片刻："好吧，我去跟上面说说。若是没什么反对意见，这事就这么定了。"

义乌马畈，这个因驿道兴起的街市上人来人往，驿道两边酒楼食肆林立。

戚继光和备倭把总胡守仁以及几名亲兵牵着马，一路从驿道前边走了过来，一边欣赏两边的街景。

一座富丽堂皇的酒楼出现在了眼前，上书四个颜体大字——"吴记酒楼"，落款上有一描金篆体印章"吴百朋印"。

戚继光说："就这家吧，看看有什么好吃的。"

亲兵们拴好马，随戚继光来到大堂。

酒楼的伙计赶紧招呼他们入座，一册印制精美的食谱递了上来，菜名也取得挺独特，什么"东河肉饼""义亭起酥""柴叶豆腐"，众人一时食欲大起，口水都快流了出来。

不多时，好酒好菜端了上来，众人品头论足，甚是开心。

正吃得高兴，一衣衫褴褛的老头领着一个脏兮兮的小女孩走了进来，老头一手扶着竹筒，一手击打竹筒尾部，嘭嘭嘭的声音响起，随着竹筒的节奏，小女孩用稚嫩而怯弱的嗓音唱着曲儿。

一个亲兵问道："这是什么？"

胡守仁回答："这是道情，我们家乡也有。"

老头和小女孩逐桌对着客人唱，唱完了讨取赏钱。

戚继光等人正饶有兴致地边吃边看，突然邻近有桌客人不高兴了，冲掌柜的嚷了一句："还让不让人吃饭了！这脏兮兮的，真是败了爷的酒兴。"

掌柜的赶紧跑了出来，气急败坏地冲那一老一少吼叫："都出去出去，天天赶天天来，烦不烦啊！"

小女孩吓得躲在老头身后，不敢作声，老头哀求道："家里实在揭不开锅，老太婆躺在床上几天没吃饭，请掌柜开恩，让我们捡些残羹剩饭也好。"

掌柜的一脸的不耐烦，毫无商量的余地："出去出去！"

老头还是不情愿，嗫嚅了几下。一个伙计窜了过来，伸手就推那老头，老头踉跄了几步，坐倒在地上。

伙计还不解气，吼了一句"滚出去！"，抬脚就把老头的竹筒踢了出去。

小女孩眼眶通红，一颗颗的泪水滚落下来，却又不敢哭出声。

戚继光几个人看不下去了，正欲起身，这时旁边一桌上有人说话了："掌柜的，不让唱就不让唱，何苦欺负可怜人？"

伙计一脸的不屑："这穷鬼不值得同情，就是欠揍。"

客人："人人都有落难之时，你一个跑腿的伙计，凭什么瞧不起穷人？"

伙计一脸的恼怒和蛮横："伙计咋了？你不打听打听，吴记是什么地方！"

客人冷冷一笑："吴记再豪横，也不过是一饭馆酒楼，难不成比母夜叉的包子铺还吓人？"

《水浒传》中母夜叉孙二娘的人肉包子尽人皆知，这位客人的一席话，惹来了他那一桌子人的哄笑。

掌柜的非常不高兴："哪来的村夫，在这口出狂言！"

伙计也十分张狂："敢在吴记的地盘上撒野，我看你是活腻了。"

客人走到老头身边，伸手扶起老人家，从怀里掏出一锭银子，和颜悦色地说："老人家先回吧！"

老头一看那么多钱，不敢接。

客人把银子塞进老头的怀里，又把他扶到门外："回去吧！"

老头和小女孩千恩万谢，抹着眼泪消失在驿站长街。

客人转身冷冷地说："今天就在你吴记撒野了，怎么着？"

还没等掌柜开口说话，几个店里的伙计就蹿了出来，一名伙计伸手就要抓他的衣襟，嘴里不干不净："我看你是找打。"

与那客人同一桌子的人霍地站了起来，有人把桌子一掀，一桌子的饭菜碗碟顷刻间倒在地上，嘭的一声发出巨响。

那名伙计的手还未沾着客人的衣衫，客人的手已闪电般抓住伙计往身后一拉，用脚顺势钩了一下，伙计整个身子飞了出去，摔了个狗吃屎。

伙计们一看不妙，纷纷抄家伙，连厨房里的厨师也拎了把菜刀冲了出来。两边剑拔弩张，混战一触即发。

戚继光坐着没动，用眼示意了一下胡守仁。

胡守仁在桌子上重重一拍，喝了一声："都给我住手！"

满屋子的人扭头看了过来。

胡守仁来到两边人马的中间，从腰间掏出了一面腰牌，在众人面前晃了一下："光天化日之下聚众斗殴，我看你们是皮痒了！"

一见有军爷干预，紧张的态势缓和了下来。

但吴记掌柜提出要求："军爷，他打了我的人，又掀翻桌子打碎碗碟，这账怎么算？"

那个被摔得鼻青脸肿的伙计捂着脸也说："对对，不能让他白打了，要么给我揍一顿，要么赔钱！"

那名客人依然语气冰冷："赔钱？毛也没有！"

眼看又要吵起来，胡守仁拍板："把饭钱结了，碗碟照价赔偿。"

吴记掌柜阴阳怪气："军爷，这可不成，这是义乌的地界，不是你官兵营房。杀人偿命，伤人赔钱，这可是天经地义！"

意思说你一个当兵的似乎管得太宽了。

戚继光几名亲兵拍案而起，一个个虎背熊腰，面露凶光，伙计们看了心里打了个寒战。官兵的强横他们是知道的，惹火了他们无异于引火上身。

戚继光身子没动，依然自斟自饮，头也没回说了一句："义乌的地界怎么了？义乌就不是大明的江山？"

一屋子的人看他那架势，就知道不是一般人。

吴记掌柜一时拿不准什么来头："这位是？"

一名亲兵呵斥："宁绍台参将戚将军在此，我看谁敢造次！"

满屋子的人一愣，戚继光在浙江的名头太响了。

吴记掌柜随即满脸堆笑："大水冲了龙王庙，我们东家的叔叔也在朝里为官，大理寺少卿吴百朋是也。"

戚继光转过身来，表情不怒自威："重臣的家属更要严于律己，恃强凌弱，不是在给少卿脸上抹黑吗？"

吴记掌柜不敢作声。

戚继光："今日之事，就依胡总兵的调解，那位客人把饭钱结了，碗碟照价赔偿。双方休要纠缠，就此两清！"

戚继光的话，没有讨价还价的余地。

吴记掌柜无奈，好汉不吃眼前亏，只能同意。

客人也表示服从戚继光的调解，一行人结完账，匆匆离去。

义乌县衙，知县赵大河一早就在衙门口等候。

几匹高头大马出现在了县衙门口，看那阵势，赵大河估计是戚继光到了，急忙迎上前去。

戚继光坐在马上，一看赵大河的打扮，就知道是义乌知县赵大河，首先开口问道："对面可是义乌知县赵大河？"

赵大河赶紧拱手施礼："义乌知县赵大河参见戚将军！"

众人下马，赵大河引着大家往里面走。

赵大河："戚将军日理万机，这招兵的事只要知会一声，下官办好就成，何敢惊动将军亲自前来！"

戚继光："这次招兵，经历总督、兵部乃至内阁的层层审批方才得以实施，十分不容易。我们要招就招好兵，切不可招滥竽充数的。"

赵大河："将军都有什么要求，下官照办就是。"

众人在县衙落座，戚继光从怀里掏出一份文书，赵大河接过一看，是一份征兵状，口中念道："……混迹市井、性情狡猾之人不可用，花拳绣腿之人不可用，年过四十之人不可用，钻牛角尖之人不可用，好高骛远之人不可用，白净胆小之人不可用，曾任职官府谙熟官场之道者不可用。"

赵大河有点傻了眼："戚将军，以这样的条件，恐难招到人。"

戚继光呵呵一笑："练兵强军，兵员是首要的。我们要招，就招身体强健、皮糙肉厚、行动敏捷且又听话的人。"

赵大河："明天下官先让人张贴，再让各保长甲长找乡民宣扬宣扬。"

可是告示贴出之后，看的人很多，就是没有人来报名。戚继光对此百思不解，找赵大河商量。

赵大河派人调查，过了几天回来汇报："将军，有两个关键人物在暗中抵制，一个是义乌的头面人物陈大成，一个是矿工首领王如龙。他俩在百姓当中有很高的威信，所以在他们的影响下，没有人报名参军。"

戚继光沉吟了一下："此二人是什么人？"

赵大河："陈大成和王如龙是死对头，去年王如龙带人在八宝山砍树立寨，四处挖矿，陈大成聚众与他们械斗。这陈大成家大业大，威望极高，不是官府胜过官府。"

戚继光："改日我去会会他们。"

赵大河："要想顺利招兵，绕不过这两个人。但问题是，他们已是势同水火，有着血海深仇，一块招去不会窝里斗，难以管束？"

戚继光："练兵之要，在于军纪，任何违纪举止，必受严厉惩处。再者，战场残酷，敌人只有一个，那就是倭寇，你不杀他他必杀你，不做到同心协力，就无法杀敌保命，这道理上了战场他们自然就懂了。"

赵大河点了点头："明天我与戚将军一起去找他们谈谈。"

义乌倍磊，距离县城西南四十余里，村庄三面环山，北面一马平川，一条溪水穿村而过，飞珠溅玉，是风景极佳的美丽村落。

村口一座巨大石制牌坊，上书"倍磊街"三个榜书大字。

戚继光疑惑不解："这到底是村还是街市？"

旁边的赵大河回答："倍磊是义乌烟灶过千的第一大村落，商业繁华，富贾云集，故而以街为名。"

戚继光好奇心大起，又问："这个倍磊又有什么来历？"

赵大河："因村内有六块奇石，故名倍磊。"

戚继光呵呵一笑："那要是七块石头不得叫七石街？"

众人说说笑笑，沿着鹅卵石和青石板铺就的巷道径直往里面走，巷道两边开满了酒肆、客栈、药铺、肉铺、当铺、布店、酱坊、铁店等，各种店旗迎风招展。

赵大河："别看这只是一个村，光铁店就有十八家。"

果不其然，一路上叮叮当当打铁声不绝于耳。

戚继光感叹了一句："真是个大村。"

街头，一座飞檐翘角、雕梁画栋的深宅大院映入眼帘，门前还蹲着栩栩如生的石狮子和庄严的旗杆石，门楣上镶嵌一块石匾，镌刻"高瞻远瞩"四个大字，气势恢宏。

胡守仁上前叩门，门开了，一个管家模样的人出现在门前。

胡守仁客气地说道："烦请通报一声，宁绍台参将戚将军、义乌知县赵大人拜访陈庄主。"

管家一听有这么尊贵的客人前来，慌忙进去通报。不一会儿，一名红袍绿带男子跑了出来，大声说道："不知尊客驾到，有失远迎，还望恕罪！"

赵大河与陈大成早就熟识，跟陈大成介绍："这位是戚将军，这位是胡总兵。"

陈大成一一施礼，寒暄毕，把众人引到正厅。

戚继光："陈大庄主好会过日子，这倍磊村山清水秀，商贾云集，令人流连忘返哪！"

陈大成谦逊地说道："戚将军笑话了，山野僻壤，都是些村夫愚民。不知几位大人到此有何贵干。"

戚继光："受总督胡少保差遣，到义乌来招兵，听说陈大庄主在乡民中威望极高，特来拜访。"

陈大成："草民也就在陈氏族人中有点小名声，安敢惊动将军！"

戚继光面色凝重，语气随之低沉："今日看到倍磊村繁华景象，甚感欣慰。而就在距此数百里的沿海一带，倭患连年，烽火四起，凄惨之状让人触目惊心。"

陈大成："东南沿海的确是惨不忍睹，倭寇手段之残忍、心肠之歹毒，当令人神共愤。"

戚继光："可恨倭患如灭不尽的野火，年年剿年年死而复燃。"

陈大成："那草民就不解了，大明官兵只怕有二三百万之众，怎会奈何不了区区倭寇？"

戚继光："二三百万是不假，但这些官兵都是些世袭子弟，平日耕田务农，一有战事才上阵杀敌，毫无战法和军纪可言，官兵再多遇上倭寇都是一触即溃。"

陈大成："以将军所言，那就是兵制出了问题？"

戚继光："庄主说到了点子上，不改革兵制，依靠现在的这些官兵是不可能平定沿海倭患的。"

陈大成："不依靠官兵，还能靠谁？"

戚继光："只能依靠新军。"

陈大成："何为新军？"

戚继光："从本分、厚道的种田人或者是矿工当中招募新兵，加以严格训练，这样才能打造一支强大的军队，才能尽早地平定东南沿海的倭患。"

陈大成频频点头："改兵制、募新兵，势在必行了。"

戚继光十分诚恳："素闻陈大庄主乐善好施、急公好义之声名，戚某诚挚邀请庄主出山，振臂高呼，号召义乌子弟投军从戎，驱逐倭寇，救黎民于水火，匡社稷以振朝纲。"

陈大成赶紧谦虚地说道："将军言重了，草民不过一介村夫，哪敢担当如此大任？"

胡守仁激了他一下："庄主是乡民的首领，怎的还怕倭寇？"

陈大成长叹一声："实不相瞒，倍磊陈氏乃陈友谅之后，当年太祖与我先祖在鄱阳湖大战，先祖兵败身死，陈氏子弟也遭了殃，纷纷隐遁逃亡。我们也就这一二十年才敢公开身份，不是我陈大成不想报效国家，实则是祖上有训，不得入朝为官，不得显摆张扬。"

戚继光："陈友谅与太祖争夺天下，成王败寇乃命中注定。圣上恩泽四海，纵然有天大的罪过也不过是株连九族，你们祖上这事已过去了一百多年，圣上怎么可能对你陈氏后人还耿耿于怀？更何况这一百多年里你陈氏子弟安分守己，对朝廷没有任何威胁，你们就不想着为祖上恢复荣光，让你陈氏后人挺胸做人？"

陈大成低头不语。

赵大河："国家有难，正是用人之时，陈氏为国建功，光耀门庭，正当其时也。"

陈大成："此事关系重大，容我与族里宗亲商量商量，再跟你们回话。"

戚继光点点头："这个是要的，不管结果如何，三天之后到县里来吃个便饭，戚某敬重庄主的为人，喜欢结交侠义豪爽之士，还望庄主赏脸！"

陈大成："将军盛情，草民诚惶诚恐，到时一定准时赴约。"

众人哈哈一笑，又聊了些东南军事以及招兵练兵的想法打算，在陈府吃过午饭方才离去。

辞别陈大成，戚继光一行又马不停蹄找王如龙来了。

八宝山上，到处搭建了临时窝棚和村寨，衣衫褴褛的矿工和家属随处可见。山道上，两名彪形大汉拦住去路，神情警惕地问道："几位是什么人？到此有何贵干？"

赵大河："告诉王如龙，宁绍台参将戚将军到此，特来拜访。"

一名汉子满腹疑惑地报信去了。不一会儿，松林里走出几个汉子，当中快步走出一个身着粗布短衣的青年男子，拱身施礼："在下王如龙，军爷突然造访不知所为何事。"

众人下马，来到男子面前，戚继光突然感觉这人十分面熟。

倒是王如龙先开了口："几位莫非是那天在马畈吴记酒楼帮我们解围的那几位军爷？"

戚继光突然想起来了，那日打抱不平的客人就是这位王如龙。双方好感油然而生。

王如龙一扫爱理不理的神态，赶紧把几个人引进松林里面一间茅草屋内，让人端座沏茶。

戚继光："久闻王如龙是矿工首领，没想到还是个疾恶如仇的侠客，幸会幸会！"

王如龙："戚将军过奖了，要不是戚大人出手，那日王如龙怕是又要闯下大祸！"

戚继光："对付那些恃强凌弱的势利小人，就该给他们一个教训。只不过民间斗殴没有分寸，容易把小事酿成大祸，所以双方大打出手是件十分不智的事情。"

王如龙连连点头，问："听说戚将军这次来义乌是为了招兵？"

戚继光："正是。此番前来，也是特意来找你商量这事。"

王如龙惊讶道："草民不过山野矿夫，安敢跟将军商量要事？"

戚继光："我的征兵状都贴出来好几天，为何不见你这些骁勇之士前来报名参军？"

王如龙："我们这些矿夫久居深山野林，赚几个苦力钱，哪敢有吃官饭的非分之想。"

戚继光："当前东南前线抗倭战事吃紧，朝廷命我义乌招兵，不问英雄出处。但凡上阵杀敌者，一样论功行赏，战绩卓著者，还许以高官厚禄。"

王如龙笑了笑："这些对我们来说都是可遇不可求的事情，矿工只知掘矿凿石，哪会行军打仗？"

戚继光起身走了几步，看了看外面的那些矿工，又看了看王如龙，连声说："可惜，可惜！"

王如龙问："戚将军，什么可惜？"

戚继光直视王如龙，眼神犀利："我为你王如龙可惜，侠肝义胆，空有一身好武艺，却甘心委身于深山老林浑噩度日。我为你手下这些矿工可惜，一个个骁勇矫健，却只会掘矿凿石，三餐不饱，衣衫褴褛。如今倭寇横行，国家有难，百姓受苦，难得你在矿工中深孚众望，一呼百应，却不知把这种威望用于安邦定国，青史留名，只会在这里跟人械斗，杀害自己同胞，不是可惜是什么？"

一席话说得王如龙脸上一阵白一阵红，王如龙道："我们来义乌只是为了能养家糊口，谁知道后来会发展到这种地步。"

戚继光："就算械斗不是你的主要责任，可你为何阻止手下的弟兄去我部队当兵？"

王如龙说："现在的官兵还有官兵的样子吗？简直比土匪更土匪，我决不做对不起良心的事。"

戚继光长叹了一口气说："你说得对，现在的官兵确实是军纪败坏，也正是因为这个原因，我才要招募新兵严加训练，以从根本上解决这个问题。"

王如龙低头不语。

戚继光："你刚才说这些矿工不会行军打仗，可我看你们身体强健，个个都是当兵的好料，只要稍加训练定能成为虎狼之师，建功立业指日可待。"

王如龙有点心动了："我们也能吃上军粮？"

戚继光："当然。不光是你王如龙，你们当中任何人取得战功，都能晋级擢升。古人说得好，王侯将相，宁有种乎？"

王如龙大喜，一挺胸脯："在下斗胆与将军讨教几招，将军如能胜过我手中这杆大枪，我与这些兄弟任凭戚将军差遣。"

戚继光哈哈大笑，欣然答应，为了不伤害对方，戚继光让人去掉枪头，包上破布，浸上烂泥，以身上的泥点多少定输赢。

一切准备停当，二人开始比武，比了四五十招，王如龙身上出现许多泥点，而戚继光身上一个泥点也没有，王如龙心服口服。

过了几天，义乌县城的西门街招兵处人山人海。

陈大成率陈姓族人前来应招，此事轰动了全城。没过多久，王如龙也带矿工赶来应招，冷清的报名处一下子被挤得水泄不通。

　　然而让陈大成、王如龙他们没想到的是，征兵的条件非常苛刻，不是每个人都能选上，不合标准的一律不要。

　　义乌人的荣誉感很强，越是选不上越想选上，大家都把落选当成羞耻。陈大成、王如龙两边人马又暗暗较上劲了，双方你追我赶，招兵处原本定下的三千名额很快就招满了。

　　还有不少人踊跃报名，个个都是骁勇之辈，戚继光又惊又喜，优中选优，弃之不舍，左右为难。

　　胡守仁向戚继光汇报："招兵形势十分喜人，报名者踊跃，然而朝廷只给了三千名额，实在可惜。"

　　赵大河："戚将军，可否再向胡少保申请追加名额若干？"

　　戚继光思考再三："少保有少保的难处，层层申请也来不及。不如用参将府的军饷和结余资金，暂以招杂役伙夫之名再招一千人，咱们省吃俭用，日后再向胡少保追加粮饷。"

　　胡守仁："我看行！"

　　赵大河："粮饷不够我让义乌乡绅捐助一些，多招一个是一个。"

　　戚继光大喜："那就有劳赵知县了。"

　　九月到了，队伍就要开拔了。

　　义乌城外，旌旗猎猎，四千勇武的新兵雄赳赳气昂昂，列队整齐。

　　场地外，摆着数百辆装满了粮草和衣物的小车。

　　戚继光站在高台上，感慨万分，扭头对赵大河赞了一句："赵知县真是能干，不但招来了新兵，还弄来了这么多的粮草和物料。"

　　赵大河一脸的谦虚："时下义乌招兵的事已炒得沸沸扬扬，家家都以参军为荣，下官去乡绅们中间一游说，纷纷慷慨解囊。"

　　戚继光："戚某有个不情之请，处州兵与义乌兵尚有些心结未解，希望赵知县随我去军营待上一段时间，协调两边的关系。"

赵大河："下官明白，一定会让他们精诚团结，亲如一家。"

戚继光："我已向胡少保建议，把你提拔到军中来任职。"

赵大河："下官听从胡少保、戚将军的安排！"

戚继光在台上站定，高声训话："诸位都听好了，今天起，你们就是军人。军人是要拿饷银的，哪怕刮风下雨，袖手高坐，也少不得你们一分一厘，但你们要记得，这每分每毫都是从百姓身上征收来的，不去保家卫国，不去杀敌立功，养你们何用？今日，我们就要奔赴抗倭的战场，在你们这些人里面，有人会马革裹尸战死他乡，也有人会立功受勋衣锦荣归，不管结果如何，你投军了，你杀敌了，你就是顶天立地的汉子，就是保家卫国的英雄！"

将士的高呼响彻天宇："保家卫国，努力杀敌！"

戚继光一挥手："出发！"

部队浩浩荡荡往宁海进发。

杭州府，总督衙门。

大厅里宾客云集，酒肉飘香。

胡宗宪高举酒杯，示意众人安静："诸位，书画遣兴，诗酒唱和，人生乐事也。今日，大才子吴承恩与我们一同饮酒作诗，让我们且举杯，共敬吴大才子一杯！"

话音刚落，沈明臣便大声问道："可是《西游记》的作者吴承恩吴先生？"

席上一中年儒生站了起来，恭恭敬敬地向在座各位拱手施礼："正是在下，请诸公赐教！"

沈明臣："《西游记》一出，市井轰动，无不挑灯抄阅以为乐事。只可惜，你那《西游记》只写了十几回，让人意犹未尽哪，什么时候才能看到你的全本啊！"

吴承恩："诸事缠身，一直也静不下心来好好写完。承蒙诸公错爱，吴某一定尽早书成以飨读者。"

胡宗宪："吴承恩不仅有满腹的才学，还有从戎抗敌的壮志和决心。几年前，吴承恩曾给我写信，言'学剑不成，请缨有志'。只可惜，后因种种原因未能成行。要不然，他早是你们当中的一员了。"

吴承恩笑吟吟地端起酒杯，道："吴承恩此番调任长兴县丞，终于成了胡制台麾下的小吏，也算是圆了心中的夙愿。还请制台大人、在座诸公多多关照才是！"

大家纷纷举杯祝贺，将杯中酒一饮而尽。

沈明臣："今日我们这里还有一喜，郑若曾等编纂的《日本图纂》和《筹海图编》刊刻出版了，这是海防史上的一件大事，可喜可贺呀！"

众幕僚纷纷兴起，要敬郑若曾的酒。郑若曾谦虚地摆了摆手，道："若不是制台大人全力支持，哪有这些书的问世，要敬，我们敬制台大人才是！"

胡宗宪豪爽地说道："书卷问世，大家都是有功之臣，来呀，喝酒！"

众人推杯换盏，酒桌上顿时兴奋了起来。

酒至半酣，胡宗宪已有了几分醉态，道："人生得意须尽欢，莫使金樽空对月。本官听闻，那王翠翘能歌善舞，色艺双绝，今日贺功，何不令其以歌侑酒，助筵中之兴？"

众人一时兴起，纷纷叫道："喊她来，喊她来！"

不一会儿，王翠翘被人带了进来，面窗而坐，轻抚胡琴，啾啾唧唧，咽咽呜呜，与桌上欢快的气氛大不相融。众人听着听着，便听出了端倪，纷纷停杯愣在那里。

胡宗宪正襟危坐，等一曲弹罢，问："王翠翘，这是什么曲子？怎如此哀切凄惨？"

王翠翘回道："此曲乃犯妇幼时所作《薄命怨》，近日思念亡夫，故而心戚于中，声形于外。"

胡宗宪："徐海败亡，系天命不可逆转，你又何必放在心上？以你的才色，世上爱慕者众多，何须对一亡贼恋恋不舍？"

王翠翘低头不语，滑如凝脂的脸上，淌着两行清泪。

胡宗宪醉眼迷离，突然被她那楚楚可怜的模样激起了一阵心动，踉踉跄跄地走下台阶，伸手擦拭王翠翘脸上的泪痕，道："美人儿无须悲伤，我与你偕老便是。"

王翠翘又惊又羞，慌忙把脸别了过去，胡宗宪的手在空中晃了一下，扑了个空，愠道："本官有心恩泽雨露，怎就不肯为我一笑？"

王翠翘抬头，回禀："亡命犯妇，怎敢侍奉制台。"

这张俏脸与他相隔如此之近，明眸皓齿，梨花带雨，夺人心魄。酒劲之下，胡宗宪更加心动，手持酒杯，道："美人既是不肯，那就喝了这杯酒吧。"说完，把杯子递到了王翠翘的眼前。

王翠翘先是不肯伸手，无奈胡宗宪的手执意将酒举到了她的面前，僵持了片刻，只好双手接过，低头浅啜。

胡宗宪大笑，忍不住伸手揽住了她的蜂腰，另一只手捉住她的手，欲灌杯中酒至王翠翘的口中。

王翠翘大惊，挣脱胡宗宪的怀抱就走，胡宗宪哪肯放过，拉拉扯扯在堂上追逐。

众幕僚惊诧不已，纷纷躲避，一时间，酒席上乱作一团。

次日天明，胡宗宪从醉酒中醒来，依稀记起昨夜发生的事，叫来管家胡忠相问，胡忠不敢隐瞒，悉数告之。

胡宗宪听完，呆坐在那半晌无语，后悔不已："昨夜之事，岂是大臣所为？若是收了此妇，有碍官声；若将她放归，又毁我清誉，这该如何是好……"

胡忠低声耳语："老爷，不如暗地里杀之，以灭其口。"

胡宗宪睁大了眼睛："不可！剿灭徐海倭贼，大家都知道王翠翘有功，就这样把她杀了，何以服人心？"

胡忠："既留之不可，又杀之不忍，那不如将她赏赐给他人，让他带她远走高飞，这流言非议不就自然消除了？"

胡宗宪点头："这个法子可行。前些日子，永顺土兵要求返乡，我来将她许配给永顺土官，让她此去不再复返。去，把王翠翘给我叫过来。"

胡忠应了一声，不一会儿，把王翠翘带了进来。

胡宗宪："你助朝廷灭寇有功，故免你一死。本官有意将你许配给永顺土官彭志显之子，如何？"

王翠翘垂泪，道："犯妇命薄，早年失身于罗龙文，后委身于徐海。如今徐海已死，腹中胎儿也不幸夭折，妾身万念俱灰，早已断了嫁人的念头。只求制台大人开恩，把翠翘放归，还妾身一个自由之身。"

胡宗宪："永顺土兵奉调东南剿倭，大败倭寇于淮安梅口，忠勇可嘉，战勋卓著，圣上下旨犒赏班师。土官彭志显之子彭启忠乃是一青年才俊，相貌堂堂，你嫁给他，也算是有了终老归所。本官做主，这事就这么定了。"

王翠翘拒绝不得，只好含泪从之。

当下，胡宗宪即召永顺土官彭志显、彭启忠过府，重赏了三军，并将王翠翘赐与彭启忠为妻，令其婚后即返归永顺故里。彭志显、彭启忠听了喜不自胜，当即千恩万谢。

港湾内，数十艘军船停泊在码头上，每艘船只披红挂彩，喜气非凡。

土官彭志显在船上大摆宴席，庆贺儿子彭启忠大婚。婚宴整整热闹了一天，直到夜深人静，众人闹罢了洞房，方才各自散去。

土官彭志显一声令下，满载土兵的船队启航，浩浩荡荡顺流直下。

红烛下，王翠翘低头端坐在床榻，彭启忠过去轻轻给她掀了盖头，一张俏脸露了出来。彭启忠压抑不住心头的欢喜，问："不早了，娘子歇息吧！"

王翠翘面色忧郁，半晌回道："官人先睡，妾身再坐一会。"

彭启忠见她脸上没有半点欢娱，想是被迫成婚，也不敢勉强，一个人自斟自饮，任她呆呆地坐着。

挨至三更，忽听江面上波涛如闷雷般轰隆隆响，桅帆猎猎，船身颠簸摇晃得厉害。

王翠翘突然抬头，问："这是什么声音？"

彭启忠侧耳倾听了一会，道："这叫潮信。"

王翠翘："潮信？这么说来，到钱塘江了？"

彭启忠："嗯，应是到钱塘江了。"

王翠翘喃喃自语："该结束了……"眼见桌上摆着纸笔，于是起身坐到了桌前，沉吟片刻，写了一首诗："十五年前有约，今朝方到钱塘；百世光阴火烁，一生身事黄粱；潮信催人去也，等闲了却断肠。"

彭启忠把头凑了过去，不解，问："娘子，这十五年之约，所约何事？"

王翠翘淡淡一笑："十五年前，一麻衣术士为我算命，说我的心愿将了结于钱塘江上。官人，船身摇晃剧烈，可否为我寻一些晕船的药来？"

彭启忠连忙起身，翻箱倒柜地找了起来。

就在这时，王翠翘突然跌跌撞撞地跑到了舱外，仰天大哭："亡夫徐海待我不薄，而我却一心劝其投顺朝廷，致他惨遭诱杀。害死亡夫而再嫁他人，我王翠翘有何脸面存活于世？阿海哥，黄泉路远，地下寒冷，贱妾陪你来了。"说罢，飞身跃入江中。

彭启忠大惊，赶紧追到船舷边上，王翠翘早被汹涌的波涛卷起，瞬间不见了人影。彭启忠急得大叫，船上侍卫和下人纷纷惊醒冲了过来。怎奈时值潮头正涨，船上人立脚不住，怎能打捞救人？

彭氏父子无奈，只得懊恼还乡。

宁海练兵场，一队一队的士兵正在操练。

练兵场的一角，矗立着一块巨大的石头，一丈多高，这是一个"跳崖"的项目，主要是为了练胆。一个士兵胆战心惊爬上去，犹豫了几下，不敢往下跳。哨长爬了上去，骂骂咧咧，用脚一蹬士兵的屁股，士兵惊呼一声跌落了下去，众人发出一阵哄笑。

戚继光远远地看着，直皱眉。

正在这时，手下一名士兵匆匆跑过来："报！谭大人到了，就在营门外。"

戚继光"哦"了声，三步并作两步走，远远看到谭纶带着几个人站在辕门外，戚继光高声嚷道："来也不提前知会一声，把大人拦在门外岂不是要羞煞下官？"

谭纶呵呵一笑："元敬现在是心满意足了，瞅瞅这营帐上下，一个个膀大腰圆，精神饱满，官军面貌焕然一新啊！"

戚继光来到近前躬身施礼："全仗大人的协调和争取，没有胡少保和谭大人的支持，我戚继光本事再大也无济于事。"

谭纶："这位是右佥都御史唐顺之唐大人，准备去凤阳接任巡抚之职，听说你戚继光招到几千好兵，特意来你这看看。"

戚继光这才发现，谭纶旁边还站着一个清瘦的官员，去年与俞大猷围剿柯梅岭的时候唐顺之是督军，戚继光见过他几次。

戚继光赶紧深施一礼："不知唐大人驾到，有失远迎，失敬失敬！"

唐顺之呵呵笑着回礼，寒暄毕，戚继光引着众人入内。

谭纶对戚继光说道："招兵的事，现如你所愿了，接下来准备如何训练？"

戚继光："下官写了本《纪效新书》，拟从队列、军纪、武技、阵法、车船、兵器各个方面综合训练。"

谭纶："论武技兵法，唐大人可是高人，文武全才，元敬好好留他几日，让他把毕生绝学倾囊相授。"

唐顺之："谭大人见笑了，二位才是文武全才，在你们面前唐某不敢班门弄斧。"

谭纶："唐大人太谦虚了，你们唐家祖孙三代都是进士，唐大人二十三岁便取得会试第一的成绩。"

戚继光等人纷纷流露敬佩的眼神："厉害厉害！"

唐顺之连连称道："惭愧惭愧，好汉不提当年勇。"

谭纶："唐大人为人耿直，不畏权贵，要不是那年直言触怒圣上，早就是朝中一品重臣了。"

戚继光忍不住插话了："触怒圣上？"

唐顺之叹了口气："年轻气盛，上疏劝圣上不要沉迷修道，被削职还乡。"

谭纶："唐大人是我朝百十年来少有的才子，不光儒学经典，天文、乐律、地理、兵法皆有很深的造诣。隐居陈渡草堂十六年，著书三百卷，天下士子莫不推崇。勾股算数，破解了失传上百年的郭守敬算法，天文地理，更是让人难以望其项背。"

著书三百余卷！光那数字就足以让人震撼。戚继光对他瞬间肃然起敬。

谭纶："元敬只知唐大人文学杂艺精通，却不知道他武技上也是一等一的高手，一杆枪法，天下罕有敌手。"

戚继光是武将出身，最喜欢跟人切磋武技了，当即就说："唐大人可否赐教一二？"

唐顺之勉强不过，笑着答应。戚继光命人取来两支训练用的枪，枪头用布包扎，两人持枪站定。

戚继光率先发动攻击，手中枪一抖，直刺唐顺之的面门。唐顺之迅疾侧身避开攻势，长枪一拨，躲过一击。

戚继光回身抽枪，晃了一下，枪头划出一道弧线，钩、挑、切一气呵成。唐顺之沉着拆招，两人大战数十回合。

戚继光不愧是枪法大师，一杆长枪在他手里虎虎生风，唐顺之一直处于防守状态，但却不落下风。众人大声叫起好来。

突然听得戚继光大喝一声，身周爆起一团枪光，这团枪光如同旋转的银白巨伞一般，向唐顺之罩去。

众人的心一下子都提到了嗓子眼，瞪大了眼睛，都为唐顺之捏了把汗。

令众人更惊惧的是，唐顺之并不避开，轻啸一声，手中枪一颤，枪头瞬间化成一朵一尺左右的枪花，直向银白巨伞的中心挺进。

"啪——"的一声巨响，一杆枪飞向了天空。

戚继光的长枪脱手，愣在当场，而唐顺之的长枪则抵在他的前胸，现场所有人都惊呆了，个个脸上极具夸张的表情，没人相信自己的眼睛。

寂静片刻，谭纶率先缓过神来，击掌大喊了一句："好！"

众人醒过神来，纷纷叫好。

戚继光征战无数，自认为枪法了得，今天却败在一个文官手下，立马感觉羞愧难当，单膝跪地抱拳："唐大人枪法高超，戚某真心佩服，还望不吝赐教！"

唐顺之扔枪哈哈大笑："戚将军快快请起，承让承让！"

戚继光："这是什么枪法？怎么这么厉害？"

唐顺之："这是心意六合枪，河南枪法名家杨松所创，我拜他为师，学到了这套枪法。"

戚继光："我见高手用枪，枪花一般三尺左右，而唐大人却练出一尺枪花，这是什么道理？"

唐顺之："人身侧影只有七八寸，枪花一尺杀伤力最大也最为有效；长枪舞出枪花需要极大的臂力和耐力，但枪花大体力耗费极大且目标并不集中，不如小枪花力道集中和精准。"

戚继光："我苦练半生，仅能达三尺，唐大人这一尺练了多久？"

唐顺之："光这一尺枪花就练了十多年，一艺之精，其难如此！"

说完他让随从取来一本书，递给戚继光："这本《武编》记叙了心意六合枪法要诀，还有些阵战队形，戚将军无事翻阅，或许有用。"

戚继光如获至宝，连声称谢。

谭纶："元敬此次练兵多长时间可成？"

戚继光："三年！"

唐顺之："三年时间虽长了点，但一支强大的军队的确需要综合全面的训练才行。"

谭纶豪气地说道："磨刀不误砍柴工。三年就三年，这三年你专心练兵，倭寇来了我先应付着。三年之后，剿倭重任就靠你了。"

戚继光朗声应道："请谭大人放心，属下一定专心训练，三年之后，交给大人一份满意答卷！"

谭纶呵呵笑道："好。难得唐大人百忙中前来，今晚设宴为唐大人接风洗尘，咱们几个不醉不归。"

京城诏狱，俞大猷就像是做梦一般，领兵出海大半年，连续捣毁了十几处窝巢，回到陆地上刚过了个春节，朝廷就把他抓捕直接押送进京。

诏狱是锦衣卫北镇抚司掌执，可以不经三法司开堂会审，直接就能定罪或打死，惨死在各种酷刑之下的冤魂无数。对于一般人来说，这里就是人间地狱。

但俞大猷的命大，因为锦衣卫的头领是陆炳。

陆炳是浙江平湖县人，俞大猷任职浙江总兵期间，对陆炳平湖老家关怀备至，因此俞大猷跟陆炳交往甚密，甚至可以说，陆炳是俞大猷在朝廷中少有的密友兼靠山。

因此，进了诏狱，俞大猷十分幸运，他没受到任何屈辱和酷刑，每天好吃好喝，悠然自得。

这天，狱头突然来提俞大猷："俞大猷！"

俞大猷："在！"

狱头："刑部官员要来问讯，跟我走吧！"

说完给俞大猷戴上脚铐，把他带到诏狱的刑讯室，四周墙壁上全是各种骇人的刑具，刑讯室的中间，端坐着一名官员。

那官员见俞大猷进来，赶紧上前抱拳施了一礼："俞总兵，下官是刑部主事董传策，久闻将军威名。"

俞大猷礼貌地回道："鄙人戴罪之身，何来威名，大人说笑了。"

"将军所言差矣！"董传策道，"将军军功卓著，熟知兵事，朝廷尽人皆知，这次入狱实则是被人陷害了。"

俞大猷不知其用意，默不作声。

董传策："胡宗宪是岑港、柯梅岭的最高指挥，纵倭南奔他应该要负主要责任。"

俞大猷淡淡一笑："俞某是前敌主帅，不敢推诿。"

董传策："将军心胸宽广，着实让人钦佩。"

董传策是徐阶的门生，在京城为官多年，却迟迟得不到升迁。胡宗宪靠着赵文华上位，自然被划入严党一派，眼下徐阶与严嵩正斗得火热，搞倒严党任何一人，都会得到徐阶这边的赏识和重用。胡宗宪把"纵寇南奔"的罪责推给了俞大猷，身为刑部主事的董传策敏锐地捕捉到了立功的机会。

董传策话锋一转，问："将军可知罗嘉宾、庞尚鹏弹劾胡宗宪一事？"

俞大猷："俞某入狱数月，外面之事一概不知。"

董传策："将军入狱后，不断有人向圣上反映将军冤屈，遂派罗嘉宾、庞尚鹏从实核查，这一查不要紧，居然查出了贪墨，人皆言其'总督银山'之号。将军只要愿意作证，牢狱之灾没了，还能升官发财，何乐而不为啊！"

俞大猷是个厚道之人，他实话实说："俞某只管行军打仗，未知之事不敢乱说。"

董传策认定，俞大猷无端被关进大牢，一定会怨恨胡宗宪，于是引诱道："俞将军，当下朝中出了奸臣，舞弊贪墨，陷害忠良，害人无数。你是受害者，更应奋起反抗惩奸除恶，无须担忧，只要把胡宗宪之流的不法之事说出来，一定会有人替你做主！"

胡宗宪把"纵寇南奔"的罪责推给自己，俞大猷心知肚明，可是他更清楚，抗倭大业不能没有胡宗宪。更何况，胡宗宪是否贪墨，他俞大猷真不清楚，不清楚的事他决不会胡说八道。

俞大猷："这些事俞某的确不知，大人还是转问其他。"

董传策脸色一沉："俞总兵，你与胡宗宪共事多年，那么多的事情，你岂能一概不知？也罢，本官就提醒你一下，胡宗宪光侵吞嘉兴府官帑就达三万多两，扣侵边饷已是常事，天网恢恢，疏而不漏，朝廷这也是给你一个戴罪立功的机会，错过这个村，可就再没这个店了！"

俞大猷淡淡说道："有没有这个店，我都不能昧着良心乱说，不知道就是不知道，我俞大猷无须遮遮掩掩。"

董传策有点气急败坏，没想到俞大猷居然这般冥顽不灵，几乎吼了出来："俞大猷，识时务者为俊杰。本官最后问你一句，愿不愿意指证胡宗宪？"

俞大猷气定神闲："我俞大猷未参与不知道的事情，无法凭空捏造！"

董传策脸都绿了，一拍案几，拂袖而去。

牢狱生活，极其无聊。

俞大猷是个闲不住的人，他在狱中把一辈子练武的心得写了出来，又自创了一套拳法。

这天，他在狱中又练起拳来，正推敲一招一式的时候，突然外面有人咳嗽了一声，紧接着推开牢门，一个熟悉的声音传了过来："俞兄好自在，我们在前线拼命，你却在这里享受清静。"

俞大猷抬头一看，原来是谭纶，又惊又喜，赶紧起身相迎。

"一个阶下之囚，享受什么清静，你这是挖苦我了！"俞大猷白了谭纶一眼。两人相视哈哈大笑，俞大猷搬来一张小板凳让谭纶坐下。

俞大猷问："今日怎么有空跑京城来了？"

谭纶上下打量俞大猷，欣慰而满意："进京述职，顺道过来看看你。嗯，比我想象的要好，原以为你会被打得遍体鳞伤，没想到毫发未损。"

俞大猷："是我俞大猷命好，得到了锦衣卫指挥使陆炳的处处关照，让我在这里没吃一点苦头。"

谭纶往门外一招手，一个下人挑着一担子的酒菜走了进来，酒肉香味顿时飘满了整个牢房，让人垂涎欲滴。

俞大猷用鼻子猛吸了一口："好酒！"

谭纶呵呵一笑："就知道你憋坏了，陪你喝两盅！"

酒菜摆上，两人就着简陋的桌凳边吃边聊。

俞大猷首先把两人的酒杯满上，端起杯，很认真地说："当初起解入京时，子理慷慨解囊雪中送炭，我俞大猷没齿难忘，这一杯，我敬你！"

谭纶也举杯："举手之劳，俞兄休要再提。"

两人一饮而尽。

俞大猷再把两人的酒杯满上，端起杯："这一杯，敬子理照料我家人之恩，这几个月来，若不是你悉心关照，我家那几个只怕是要流落街头了。"

谭纶："俞兄与我一同出生入死，情同手足，你的妻儿自然就是我的嫂嫂、侄子，照顾他们是我分内之事。"

俞大猷眼眶一红，一仰头把杯中酒一饮而尽。

俞大猷又把两人的酒杯斟满，端起杯："这第三杯，感谢你不远千里来京城看我，还有这么多好酒好肉，千言万语就一句话：谢谢你！"

谭纶："咱们兄弟言谢就见外了，为了这次相会，干了！"

俞大猷："干！"

两人边吃边聊，谭纶感慨："此次纵倭南逃主因并不在你，却要你来扛起整个过失的责任。"

俞大猷淡淡一笑："怎么说纵倭南逃也是一个过错，总有人来承担，我俞大猷身为总兵难辞其咎，怨谁不得。"

谭纶和俞大猷心里其实都清楚，这一切都跟他们的顶头上司胡宗宪有关，但是都不好明说。

谭纶："此番进京，听说朝中不少大员为俞兄鸣不平，我也上了一道奏疏，恳请圣上对你从轻发落。"

俞大猷："公道自在人心，我相信圣上会查明事实，无论结果如何，我都将坦然面对之。"

谭纶："但愿吧，俞兄为人忠厚，吉人自有天佑。"

俞大猷："这几个月东南战事如何？"

谭纶："你入京后，倭寇大举进犯台州、温州、徽宁一带，经过一个多月的努力方得以剿平。"

俞大猷点点头："王直死了之后，倭寇群龙无首四处流窜为害更烈，平倭路漫道远，子理需更多的努力。"

谭纶："你是抗倭的功臣，沙场百战，抗倭大业不能没有你啊。"

俞大猷："抗倭要举国上下同心，更要有不畏生死的将士，我俞大猷沧海一粟，不足挂齿。"

谭纶："戚继光在义乌招了四千新兵，为兵制改革开了个好头，朝廷若按照这个思路推进下去，必能打造出一支强大的军队，重振我大明的天威！"

俞大猷大喜："好事！来来来，喝酒！"

又干完一杯酒，谭纶放下酒杯，忧心忡忡："朝廷内阁争斗不休，这也是大明内忧外患的根本所在。我听说他们现在把你也作为争斗的棋子，俞兄务必要慎言慎行，切不可卷入是非旋涡。"

俞大猷："这个我知道，近日不断有人找我，我都一一装傻充愣敷衍了过去。"

谭纶点头："这样最好，得罪哪一方，都担待不起！"

俞大猷："这个你就放心吧，我心里明白着呢！"

谭纶重又喜笑颜开："不说政事，喝酒喝酒！"

夜空已是满天星斗，树枝随风轻拂，虫儿在墙角鸣叫，严世蕃书房的窗棂上，映着两个隐约的身影。

"今日刑部那边又有人来提审俞大猷，逼问胡宗宪的事。"这是锦衣卫指挥使陆炳的声音。

"他们这是要扳倒胡宗宪，进而顺藤摸瓜呀。"灯光下，严世蕃脸上的横肉抽搐了一下。

"项庄舞剑，意在沛公，小阁老不得不防啊！"陆炳说道。

严世蕃："俞大猷说什么了没？"

陆炳："没有，俞大猷一口咬定什么都不知道，那董传策问不出什么来，悻悻地走了。"

严世蕃眼里流露出一丝惊奇："俞大猷是胡宗宪给弄进去的，他就一点都不记恨胡宗宪？"

陆炳："俞大猷生性忠厚，或许真不知道，或者不想以怨报怨。"

严世蕃皮笑肉不笑："这厮倒是蠢得可爱！"忽然又说了一句："也或许他担心那些人扳不倒胡宗宪，不敢轻易亮出底牌。"

陆炳："我看不会，据我所知，那俞大猷只会埋头做事，胡宗宪搞出来的那些事情，他一概没有参与。"

严世蕃："那边又想在这件事上做文章，用心险恶，我们不得不防。烦请陆大人帮我们死盯着，可别让人套出什么把柄来！"

陆炳点头："小阁老放心，我锦衣卫什么地方，哪怕一只苍蝇都逃不出我的眼睛。只是……"

严世蕃："陆大人有何顾虑？"

陆炳："只是俞大猷总关在那里也不是个事，时间长了难免会沦落为一枚棋子，既然大家都知道他没什么大的过失，何不让他早点出来，断了那些人在他身上做文章的念想。"

俞大猷本来就一地方总兵，在朝中没有参与党争，严世蕃原本是事不关己高高挂起的心态，听陆炳这么一说，感觉也确实不是个事。

严世蕃："那依陆大人的意思，俞大猷该如何处置？"

陆炳从身后端出一个沉甸甸的箱子："这是在下的一点点心意，请小阁老笑纳，希望小阁老斡旋一二，把俞大猷给放了。"

严世蕃打开一看，足有三千多两白银，不免有点惊讶："陆大人何故为这俞大猷这么上心？"

陆炳实话实说："俞大猷任浙江总兵期间，对我老家关照不少，此番落难纯属替人受罪，无论于公于私，我都希望他能躲过此劫。"

严世蕃呵呵一笑："想不到陆大人也是侠肝义胆之人，朝中已有不少人为俞大猷鸣不平，这个忙我帮定了。"

陆炳赶紧谢道："我替俞大猷谢谢您了，改日再让俞大猷亲自上门拜谢！"

嘉靖三十八年（1559年）十一月，宁海卫的冬天，寒风呼啸，又下了几场雨，又冷又湿。

海面上，帆影点点，数十艘渔船载着新兵正在海训，小渔船经不起风浪，总是偏离了航向。

海岸边，谭纶眉头紧锁："怎么都是渔船？干吗不用战船？"

戚继光："卫所的战船在朱纨自杀之后被尽数遣散，这十多年来，水师只能征用渔船。"

谭纶："平倭剿寇，没有战船是万万不能。他们驾海船而来，咱们用渔船对战，还未交手就已败了。"

戚继光："这也是我的心头之痛，只是一无海战经验丰富的教官，二无造船的银两，干着急啊。"

旁边的李超说话了："我知道有个人，会观天象、熟海事，是个人才。"

谭纶和戚继光几乎异口同声："谁？"

李超："松门卫世袭指挥同知葛浩，从祖上开始一直负责海防海事工作，无论造船、海训、实战均有很高的造诣。"

谭纶："嗯，的确是个人才。"

戚继光点头："下官这就把他调过来。"

谭纶："至于造船费用，我兵备署出一点，再向胡少保申请一点，你要亲自设计，亲自督造，先造个三四十艘，没有战船何来强大水师？"

戚继光大喜："有胡少保和谭大人的支持，我宁海官军水陆具备，可就如虎添翼了。"

陆上练兵场紧靠着海边，官兵们在热火朝天地分队操练。

谭纶等人边走边看，一脸的欣慰，问了一句："唐顺之的兵书可有实用？"

戚继光："唐大人真不愧是一代兵法大师，他对倭寇的双刀阵研究出了鸳鸯伍，可谓找到了克敌的命门。我将鸳鸯伍又化为三五人一伍的三才阵，十二人一伍的鸳鸯伍，不管是双刀阵还是一字长蛇阵，都能有效应对。"

谭纶："鸳鸯伍和瓦氏阵法异曲同工，我在台州练兵的时候就汲取了瓦氏阵法的精妙，十人一伍，各执不同兵器，分工协作，共同进退，在实战中取得很好的效果。"

戚继光："分工协作、共同进退非常重要，属下每月组织一次团队评比，优胜团队每人都有奖赏，团队的凝聚力得到增强。"

大家对戚继光的训练方式极为赞许。

李超突然惊讶地问了一句："那是什么兵器？"

只见几名士兵手执一竹竿制成的兵器，械首尖锐如枪头，械端有数层多刃形附枝，呈节密枝坚状。附枝长的有二尺，短的一尺左右。杆长一丈六尺，头与杆均为铁制成。

戚继光："这叫狼筅，用大毛竹制成，上有四旁附枝，节节丫杈，可遮蔽攻击者前行，也可当成长矛刺杀，有拦、挑、架、缠、铲等功用，是应对倭寇长刀的利器。"

李超："看那狼筅似乎挺沉，没有力气是使不了的。"

戚继光："那是，非力大者根本舞不动。"

练兵场的一角，是官兵们的住宿地，一排排的土坯墙茅草铺的窝棚，四面还漏着风。

李超感慨道："这里寒风刺骨，戚将军怎么忍受得了？"

戚继光："天降大任于是人也。倭寇未除，岂可贪图安逸享受？"

谭纶由衷地赞了一句："大家都能像元敬这样，何愁倭患不平！"

第二天，天终于晴了，冬日的阳光照在身上，令人倍感温暖。

一大早，戚继光兴冲冲来找谭纶："大人，难得这么好的天气，军中事务已安排有序，咱们上天台山游玩一番，如何？"

谭纶笑道："素闻天台山风景秀美，今日就放个假，跟元敬一块游天台去。"

梁进是黄岩人，多次上过天台山，自告奋勇当向导。

大家说走就走，迎着冬日的暖阳，一路过筋竹庵，游天封寺到华顶，心情十分舒畅。

天台山的山形弯弯曲曲如巨龙，狭窄之处只有一尺多宽，到处都有茂密的野草覆盖，从山顶俯视山下，千沟万壑，看不到头。

石梁飞瀑是景区内一大奇观。石梁长约二丈，梁面宽不盈尺，如苍龙耸脊，横亘在两山峭壁上，飞瀑历经三折穿梁而过，再从数十丈高的悬崖奔腾而下，像是崩塌的白色霜雪，轰然乍响的声势有如雷鸣一般。

山顶上，面对着天台山秀美风光，戚继光感慨万千："天台山真乃大自然的鬼斧神工，美景浑然天成。一登绝顶，则旁蹊曲径无不洞见。学亦如是，求学如登山般艰辛，学业有成一览众山小的感觉油然而生。"

谭纶呵呵笑道："元敬且慢感慨，风景秀丽仅是其中之一，此处文化昌盛，天台祖庭、道家南宗皆出于此。"

戚继光惊讶地说了一句："是吗？"

日落时分，一行人来到了国清寺，众人下马解鞍，准备在此歇息一宿。

梁进领着众人在寺院转悠，从圆洞门进去，大雄宝殿右侧，一株高大的梅树映入眼帘，树身苍遒，老枝横斜，枝繁叶茂，高踞墙头。时值花开时节，那开满枝头的梅花暗香浮动，摇曳生姿，那鲜艳的花蕊和古老的枝干映衬在一起，令人叹为观止。

谭纶使劲闻了闻空气中的芳香，赞了句："真香！"

梁进："这株梅树相传为隋代高僧、天台宗五祖灌顶大师手植，迄今已有九百多年的历史。今天我们来得巧了，适逢花开。"

谭纶感叹："名山古刹果然不同凡响，国清寺乃天台宗的发源地，鉴真和尚东渡时曾朝拜国清寺，宋代道济和尚也曾在此熏修。唐代日本僧人最澄到天台山取经，回国后弘扬天台法门，尊国清寺为祖庭。近年倭寇虽肆虐台州，却从来不犯天台山，何也，这天台山是他们的佛门圣地。"

戚继光："读万卷书如行万里路，果然是也。"

一夜无话，第二日天刚蒙蒙亮，众人启程，前往赤城山。

天台山横亘绵延数百里，以古清奇幽冠绝天下。出国清寺数里，有一山孤峰兀立，山上石屏赤列如城，望之如霞，紫光笼罩，光彩夺目，是为赤城山。山上有天然形成的岩洞数十处，山顶高耸赤城塔，历代禅师、道人独垂青之，在此修心修道，精进用功。

谭纶问梁进："这个时节可有人打坐修行？"

梁进："难说，我们不妨到后山白云洞看看去，那里是打坐的好去处。"

不多时，众人来到后山白云洞，洞口不深，里面一床一帐，帐里一道士模样的人正闭目静坐，谭纶仔细瞅去，但觉十分面熟，又不敢打扰他的清修，只好屏息静气地在洞外静静地等待。

也不知过了多久，道士终于下座了，谭纶上前，拱手施礼，问："道长何方人氏？缘何来此打坐？"

道士身形清瘦，仙风道骨，衣袂飘飘。谭纶越看越觉面熟。

道士回道："贫道江西临川人氏，小姓张，号神峰子。"

谭纶大惊："道兄可记得宜黄谭二华否？"

神峰子睁大眼睛，努力回忆。

谭纶："嘉靖十四年七月半，你在棠阴万寿宫修行，我们几个年少无知，在树上偷看道长作法，你给我算了八字，还送了些奇门遁甲的书籍。"

神峰子恍然大悟，哈哈大笑："谭二华？想起来了，刺桑谭家！"

谭纶："这一别就是二十四年，青涩少年一晃就四十不惑了！"

神峰子呵呵一笑，手抚轻髯："二华兄弟如今在哪高就？"

梁进："我们谭大人可是浙江海道副使！"

神峰子一脸惊愕："贫道不知谭大人驾到，失敬失敬！"

谭纶微笑伸手搀扶神峰子："道兄这是要折煞我了，还是叫我二华好了。"

谭纶："万万没想到，时隔这么多年，你我还能在此相遇，真是缘分啊！"

神峰子："贫道长年云游四海，居无定所，今天能遇到真是一种缘分，跟二华应该是有大缘分！"

他乡遇故知，人生一大喜事。几个人在洞口的大石头上落座，也没有茶水，梁进拿碗给每人舀了些山泉水，谭纶和神峰子久别重逢，迫不及待地聊了各自的经历，又相互问了许多问题。

谭纶："今日幸遇道长，有些事，还望指点一下迷津。"

神峰子："二华兄弟客气了。"

谭纶："当朝重臣包括天子纷纷修道，然，何为道？"

神峰子："老子有云：道可道，非常道，名可名，非常名。道，就是万事万物之规律。人法地，地法天，天法道，道法自然。天人合一、大道至简是道法的真谛。"

谭纶："今日在场诸位没有外人，都是谭纶的生死兄弟。心里一直有个疑问或者心结，当今圣上沉迷修道，各方褒贬不一，这修道真能手眼通天、长命百岁？"

神峰子："道法本无错，错在修道之人的功利心。修道即修炼人的心性，所谓'观真心，证真性，以得道'。儒家修的是正心，佛徒修的是明心，而道士修的是存心，心存善念方可以变化自身的气质，进而可以影响到周围的一切，包括运数，这就是教化的力量。《易经》云：'积善之家必有余庆，积不善之家必有余殃。'一语点破存心厚道的人必有后福，存心狭小刻薄的人，固然当前兴旺，但不久必会衰退，就是这个道理。"

众人屏息静气，津津有味地听神峰子说道。

神峰子："圣上沉迷修道，不外三个原因。一是求嗣。结婚三年，纵然后宫佳丽三千，愣是没生出一男半女。后来龙虎山道士邵元节辅佐圣上修玄，几年时间就让圣上添了八男五女，你说圣上能不信道吗？二是长生。天子综核于上，百执事振刷于下，诸事顺心，岂能不想江山永固，长生不老？三是驭臣。道法精深，道术玄妙，道家有御统雷霆之术，圣上不也想有御统三界之力？"

众人恍然大悟。又聊了许久，方才依依不舍地告别。

北虏南倭

第二十章

嘉靖三十九年（1560年）正月，山西大同。

过年的喜庆还未退去，鞑靼土默特部大汗俺答率领把都儿、辛爱所部十万余骑兵包围大同。

六百里加急快马，把大同被围的警讯一路送到了京城。

嘉靖坐在一尊巨大的铜炉前，一手拿着奏疏，一手伸在火炉上，炉里燃烧着寸长的银炭，火红里透着青，没有一丝烟。

嘉靖的脸色十分凝重。

西苑前殿，严嵩、徐阶和兵部尚书许论跪伏地上。

大堂里设了四尊同样巨大的铜炉，铜炉透出来的红火，让屋子里多了许多暖意。

但三个人听到嘉靖从里面传出来的话，却与室外的温度一样，充满着冰寒："这东南的倭患还没消停，北边的鞑靼又来进犯，还有广东的张琏，居然叫嚣着称帝，你们这些内阁重臣怎么坐得住？"

三人点头如捣蒜："臣等无能，让圣上担忧。"

"还有，南京振武营兵变，南京户部右侍郎黄懋官被杀，堂堂三品大员裸尸于市，大明脸面何存、天威何在？"嘉靖几乎要吼了出来。

三人噤若寒蝉，伏在地上大气不敢出。

"严阁老！"嘉靖突然点名。

"臣在！"严嵩赶紧回道。

嘉靖："你说说，这一桩桩一件件，你们准备怎么给我分忧？"

严嵩："按照旧制，南京军士有妻室者月给粮饷一石，无妻室者六斗。后来南京户部尚书马坤、侍郎黄懋官革除军士妻室之月粮，引起军士怨愤。继而拖延发饷时间，引起了振武营官兵的哗变。军变者有罪，但南京户部施策不当在先，双方皆有罪责。为今之计，应责成南京守备速调取库银十万两，安定诸军。嗣后再追究闹事者罪责，严肃法纪，以振天威。"

嘉靖："此事不能再拖，即刻拟旨执行。"

严嵩："臣，遵旨！"

嘉靖："广东张琏谋反，已是愈演愈烈，为何剿而不灭？"

许论："张琏假借天意，愚民一呼百应。兵部已调度广东、福建、江西三省官兵进兵围剿，闽广山高林密，一时难以奏捷。"

嘉靖冷冷地说了一声："让他们限期剿贼，如若不克，一律削官罢职！"

许论赶紧磕头："臣，遵旨！"

严嵩："圣上，北虏是我大明的心腹大患，今围大同十余天，兵锋直指京畿，情势危急，宜派能臣重兵征剿。"

嘉靖毫不客气地讥讽道："能臣，这朝中还有能臣吗？"

众人伏地不敢说话。

嘉靖叹了口气，道："胡宗宪、唐顺之屡次向朕举荐一人，浙江海道副使谭纶，大家以为如何？"

徐阶沉默了片刻，奏道："陛下，浙江乃抗倭最前线，近年倭患甚烈，谭纶统兵能力虽强，但抗倭一线不能没有他。微臣建议，还是另选能者前往大同。"

徐阶说完，跪在徐阶身边的许论说话了："臣愿领兵前往大同！"

众人皆愕然。

许论朗声说道："微臣身为兵部尚书，率兵讨伐乃我分内之事；许论深受皇恩，唯有马革裹尸方能不负圣恩，恳请圣上恩准！"

嘉靖："许尚书年近七十还能主动请缨，让人感动。只是俺答狡诈，北虏凶悍，你一把年纪如何能够克敌？"

许论："有一人可辅臣克敌，恳请圣上恩准！"

嘉靖："什么人？"

许论："此人熟知兵法，身经百战，勇武过人，只是目前戴罪之身，关在诏狱里等候发落，臣愿带他军前效力。"

严嵩、徐阶脱口而出："俞大猷？"

许论："正是。俞大猷去年因柯梅岭纵寇南逃而下狱。当下正值用人之际，望圣上开恩，让他前往大同立功赎罪。"

严嵩也附议："俞大猷确是难得的将才，望圣上恩准。"

嘉靖点头："准奏！"

铜磬响起，众人诺诺退下。

广袤无边的田野，刚刚下了几场春雪，薄雪覆盖在枯枝、屋顶上，依然感觉十分严寒。

被围一月有余，大同城内粮草奇缺，军民得不到支援与给养，开始拆屋取木做饭或是取暖。

大同城外，鞑靼人的蒙古包密密麻麻。

左侧一处蒙古包内捆绑着被掳来的大明百姓，青壮男人都用铁链锁着；隔壁的蒙古包里关着的全是女人，长绳套住每个人的左臂，串成一行一行。

一个鞑靼头目坐在蒙古包里，两眼既凶且淫地在一串女人的脸上和胸前扫视。突然，他指了指其中的一个女人，招了招手。

手下两个士兵马上过来解开那女人臂上的绳索，一把将她扯了出来。

那女人尖叫哭号，拼命抗拒。其他女人吓得缩作了一团，惊叫和哭声混在了一起。

鞑靼头目狞笑着，揪住女人长发向帐中拖去，女人发出了凄厉的哭号！

天是灰蒙蒙的天，风还是那么寒。

鞑靼营帐对面那莽莽群山里，数千兵马静静地隐蔽在了那里！ 这是俞大猷和他的三千将士。

寂静的远方，突然响起了轻微吱呀的声音，无数双将士的眼睛都望向了山道外，俞大猷在大树底下慢慢站起了，一个把总模样的人匆匆向俞大猷走来。

山道上，无数辆独轮车出现了。

把总向俞大猷拱手施礼：“将军，您要的三百辆独轮车已经到了，请将军调遣！”

战马牵了过来，俞大猷接过亲兵递过来的缰绳，翻身坐了上去，抽出长剑：“准备！”

鞑靼寨中最大的蒙古包里，传来一名将官的声音：“报告大汗，明援兵已到了镇川堡，距此仅有五十余里，带兵的是兵部尚书许论。”

辛爱咧嘴笑了一下：“嘉靖老儿怕是身边没人了，派个近七十岁的老头来。”

堂下一阵哄笑。

俺答：“众将切莫轻敌，许论虽说是上了些年纪，但统兵多年，也是一员沙场老将了。再说他身为兵部尚书，手下自然猛将如云，我们还须周全部署，全力应对！”

众人收起笑声，静听俺答的安排。

俺答：“把都儿，你率五千人马前去迎敌，试探对方底细，见好就收，不可恋战！”

把都儿接令转身离去。

俺答：“传令各营，筑牢工事全力迎敌。辛爱负责盯守大同城内，防止敌人前后夹击。”

三通鼓响，一支骑兵从鞑靼人的寨中涌出，瞬间沙尘滚滚，旌旗飞扬，把都儿一马当先，杀气腾腾地奔在最前面。

密林里，俞大猷长剑一挥，下令："出击！"

将士们如潮水般向山下扑来。

把都儿做梦都没想到眼皮底下居然会有官军的埋伏，惊诧之余，蓦地拔出了弯刀，大叫："迎敌！"

两军如快速流动的箭头，迅速相接。

鞑靼人的骑术都非常了得，人在马背上策马飞驰，手中的腰刀高高地举起，在太阳下闪烁着让人胆寒的光芒。

"着！"俞大猷冲到把都儿的马前，长剑飞舞迎着把都儿的面门劈去，后者咧嘴狞笑，举起弯刀相迎。

两人的刀剑碰撞到了一起，只听一声巨响，两马错身而过，把都儿手中的弯刀差点被击落，连人都差点被振下马。

容不得再战第二回合，两人身后的马队汹涌而至，二人随即从对方的马队中一路杀了过去。

俞大猷勇猛无比，手中荆楚长剑横扫直斩，一众鞑靼骑兵不仅没把他拦住，而且还被他连续砍翻了好几个人。

双方一时杀得难分难解。

马队在前方厮杀，独轮车队也从群山的三面围了过来，中间留下一条通道。俞大猷一声高呼："撤！"

明军马队迅速往独轮车队空出的通道奔去。鞑靼马队紧随其后追杀。

待明军马队通过，独轮战车迅速合拢，战车后面的士兵举起了手中的火铳同时开火，火光从一支支铳口喷射了出去，鞑靼骑兵刹那间人仰马翻。后面的大队马队狂吼着举着弯刀又冲杀过来！

战车上，一杆杆长枪的枪尖结成了一道锐利的防线，全斜指向冲杀过来的鞑鞑靼骑兵。

这种独轮战车是俞大猷的首创，每车前面插上三四个矛头，阻挡鞑靼骑兵的冲击。若是鞑靼骑兵敢撞上来，直接就被车前的三四个矛头给捅穿了。而独轮车后面两个支架，深深地扎在土里，使得独轮车不会被撞开。这样一来，率先冲上来的鞑靼战马就会被扎死在车前，而骑兵摔下马后，也会被明军杀死。

事实也的确跟俞大猷预想的那样，前排的鞑靼兵倒下了，后排又被阻止不前，大明官兵躲在独轮战车阵后面，不住地用火枪和弓箭射击，失去速度的鞑靼骑兵束手无策，拥堵在中间进退不得，成了一个一个活靶子。

把都儿见势不妙，歇斯底里地吼道："撤！撤！"

大队的鞑靼骑兵开始后退！

矗立在独轮车阵中间的俞大猷高喊一声："追！"

独轮车阵立刻出现了数道口子，明军的马队闪电般冲出，在混乱的鞑靼骑兵后面追杀，鞑靼骑兵被一片一片击倒在地。

俺答压根没想到把都儿会这么快就败逃回来，容不得犹豫和思考，明军的马队就杀到了阵前。

鞑靼各营前竖着栅栏和沙袋，鞑靼士兵在工事后面举着盾牌和长枪，弓箭雨点般射向冲阵的明军马队。

俞大猷在马上高举着剑："停止进攻！"

马队撤回弓箭射程之外。

就在这个时候，许论的主力部队到了。

大同城外，旌旗猎猎。

大同城内的百姓奔走相告，军心大振。

"帅"字旗下，许论沉毅下令："架炮！"

三十多台佛郎机推到了阵前，佛郎机是兵部最先进的武器，这也是许论的看家宝贝。

佛郎机在阵前排成了两排，炮头高昂，直指鞑靼中军营帐。佛郎机已架好了。

许论大声令道："放炮！打中军！"

第一排佛郎机齐声轰鸣，发出惊天动地的怒吼，一团团炮火落在鞑靼中军阵地上，立刻便有几个蒙古包被炸得飞向了天空，中军大营火光冲天，鞑靼士兵和军马突然受惊，寨子里乱作一团！

一个炮点就落在俺答的不远处，巨大的冲击波差点把他震落下马，马儿收缰不住，嘶鸣一声，就要蹿出去，几名亲兵上前死命护卫，半天才收住了受惊的马儿。

还没等回过神来，第二排佛郎机炮又响了起来，震耳欲聋，血肉横飞。

俺答率兵头也不回，仓皇往西北方向退去。

许论令旗再挥，独轮车阵让开数道口子，俞大猷率部杀向鞑靼阵前，步兵搬开栅栏，骑兵潮水般涌入。

大同城内，总兵刘汉见状立即率兵从城内杀出。

鞑靼腹背受敌抵挡不住，俺答率部往蓟州方向退去，许论命刘汉率大同兵马乘胜追击，自己指挥援军紧随其后。大军东渡滦河，出镇河堡，追至灰河，一路追到冷口关，连战连捷，鞑靼一路向西败回大草原。

嘉靖三十九年（1560年）早春，宁海卫。

戚继光手上拿着一份邸报，脸上充满了喜悦："大捷，大捷！俞大猷设计的独轮战车，成了克制鞑靼骑兵的法宝，俺答都被他们赶回了草原。"

谭纶："是金子在哪都会发光。只要把他放在战场上，他就一定能够杀敌立功。"

戚继光："我听说这次出狱，很多重臣都在帮他说话？"

谭纶："是！北虏围攻大同，圣上问计内阁，连严阁老都举荐俞大猷军中效力。"

戚继光讪讪一笑："这看来自身勤勉努力是一方面，朝中有人还是更重要的一面。"

谭纶正色道："朝中有人好做官这话不假，但我认为，自身的努力和忠直才是最好的护身符。如今内阁斗得厉害，我们地方官员最好避免卷入其中，无论你站哪边，一荣俱荣，一损俱损。"

戚继光赶紧收起笑容："大人说得是，参与党争保不准哪天引祸上身。"

谭纶起身往外面走，边走边问："那批战船造得怎么样了？"

戚继光紧随其后，边走边说："葛浩在造船、水战上确实有些本事，这批战船总共造了四十四艘，大小不一，混编后将进驻各水师防区。"

谭纶点头："用人就当用其所长。葛浩在松门卫当指挥同知是埋没了人才，你把他留在军中，好好打造一支强大的水师！"

戚继光："明白！"

海滩上，数十艘成形和未成形的船只一字排开，上千名士兵和役工正在热火朝天地赶制着战船。

戚继光的水师船队包括海沧船、开浪船、连环船和八桨船四种船型。

海沧船和最大的战船福船相比，船体略小，但吃水也达六尺多，也能凭借体型冲撞较小的倭寇船只。

开浪船船头是尖的，吃水三尺左右，可以容纳三五十人。它凭借四桨一橹，在逆风、逆潮中也可以行进，同样也是近海作战的利器。

八桨船更是配置了八桨和一橹，船速更快，更灵活，在水师中作为侦察、通信之用。

连环船是戚家军水师中比较奇特的一种轻型船只，看起来是一条船，实际可以分为前后两船，中间用铁环相连。前船上堆满火球、神烟、神沙、毒火等火器，后船载乘士兵并安有船桨。作战时冲入敌阵，将前船钉于敌船上，点燃各种火器，同时解脱铁环，后船返航。

戚继光："火攻是水战的最重要手段。我们根据战船木质结构的特性，在每艘战船上配置了一半以上的火器，既有大发贡、大佛郎机、碗口铳等远战火器，也有鸟嘴铳、震天雷、火箭、火砖等近战火器。这些火器组合起来，可使水师在远、中、近各距离都拥有强大的战斗力。"

谭纶："对战船的设计，你们可谓是独具匠心。只是你只招了四千陆地兵，水兵如何解决？"

戚继光："大人问到了点子上，有了船还要有人来操控。在造船的时候，我挑选了一些渔民加入水师，又让葛浩写了个水师操练大纲，先在陆上让他们熟悉基本的阵法，再在近岸的水寨中进行演练，最后才到海上进行实际操演。这样由陆到海，由简到繁，迅速形成了战斗力。"

谭纶频频点头。

说话间，葛浩衣袖高高挽起，一路小跑着过来，站定拱手，朗声报告："松门卫指挥同知葛浩参见谭大人、戚将军！"

谭纶笑吟吟地问道："葛浩，这批战船何时能入海？"

葛浩躬身答道："回禀谭大人，船体虽初步成形，但要下海，最快还要两个月的时间。"

谭纶："务必严加警戒，这些战船不容有半点闪失。"

葛浩："请大人放心，沿海各城的老百姓都勒紧了裤腰带捐钱造船，在下绝不敢掉以轻心。"

谭纶看了看天色，道："时候不早了，我该回去了！"

戚继光："不住些日子再走？"

谭纶："不了，宁波那边还有一大摊子的事情。"

戚继光："大人公务如此繁忙，我这里就不留您了，抽空常来！"

谭纶哈哈大笑："一定来！"

众人拱手辞别。

清晨，浓雾还未完全散去，隐隐约约的船只在海面上穿梭。

这是嘉靖三十九年（1560）四月，四十余艘倭船突然袭击海门，戚继光的水师战船奋起还击。

倭船上，一个个黑洞洞的炮口火光喷射。

炮火在戚军水师的战船前方，在他们的左右两侧，有些甚至就在他们的身边炸起一个个冲天的水柱。

开浪船打头阵，四桨一橹迅速靠了上去，高大的福船紧随其后，迎着倭寇的炮火冲了上去。

"距离一里！"在桅杆上的观测哨吼叫道。

葛浩下令："左侧舷炮开火！"

一尊尊的巨炮怒吼，发出震天动地的轰鸣。

海船开炮的命中率很低，但葛浩的战船居然九炮打中了三炮，分别击中了三条倭船，其中一条倭船立即打横。

"好！"葛浩的拳头狠狠地击打在船舷上，大叫，"给我狠狠地打！"

指挥船上，戚继光举着单筒望远镜，全神贯注。

大批的倭船越来越近，从单筒望远镜里已经可以清晰地看到，弥漫的雾气和冲天的水柱间，每艘倭船的甲板上，都跪着许多捆绑着的大明百姓。

"停止放炮！"戚继光突然大吼了一声。

呜呜的号角立刻吹响了。

开浪船上，葛浩大声下令："停止放炮！"

开浪船停止了放炮，福船也接二连三地停止了放炮，水师们不解地望着指挥船。

倭寇的炮火却没有停，仍然在水师战船的四周炸起了冲天的水柱。有一发炮击中了一条水师战船。船上燃起了大火！

"后撤！后撤！"指挥船上发出了指令。

几艘开浪船断后，其余战船陆续后撤。

葛浩的船只靠了过来："将军，怎么不打了！"

戚继光放下了望远镜，低沉地说道："倭船上有百姓，不可伤及无辜。"

"那怎么办？"葛浩大声地问道。

戚继光迎着猎猎的海风，一字一顿："此战，不求杀敌立功，只求救出百姓。没有我的军令，谁也不许放炮！"

战船上的水师大声回应："是！"

也许是为了节约炮弹，见戚家军退了，倭船那边的炮火也渐渐地停了。

双方就这样对峙，海水冲刷着船体，发出哗哗的声音。

海面上，一股浓雾又吹了过来，两边的船只都笼罩在了大雾当中，不一会儿，便已模糊不清。

葛浩突然大声请战："将军，末将愿带敢死队靠上去，强行登船击敌！"

大雾茫茫中，戚继光立刻做出了判断，大声下令："集中所有喇叭船、开浪船、八桨船，登船击敌！"

小船速度极快，八桨一橹，排桨齐飞，一转眼，连船带人就消失在了大雾之中。

冲在最前面的那艘快船上，二十名敢死队员每人身上背负一支火铳，手握一把钢刀，队长葛浩手里捏着一只飞锚，目光紧盯着越来越大的倭船。

很快，十多条快船已经划到了倭船的船舷下部。众人抬头望去，倭船的船舷比快船高约一丈多。葛浩把刀插在了腰间，双手提着飞锚站了起来。

快船上的敢死队员都把刀插在腰间，手里拿起了带有长绳的飞锚，全都站起了。

"上！"葛浩一声轻喝，一只只飞锚抛向了空中，向倭船的船舷上落去。飞锚钩住了，敢死队员抓紧长绳飞快地向船上爬去。

船上立刻传来了喊杀声、火铳声、兵刃撞击声和百姓的呼救哭喊声！

"全体出击！"福船上的戚继光挥剑大喊。

所有的水师战船也立刻迎着倭船的方向驶去。一艘一艘的战船靠了上去，战船和倭船相互碰撞，大船都在波涛中剧烈地晃动。

大明官军一个一个地从战船上飞跃而起，倭寇显然被这突如其来的神兵吓慌了，声嘶力竭地吼叫着还击。

厮杀声在朦胧的雾中响彻整个海面，接二连三有人从船上掉落下来，海面上飘满了官军和倭寇的尸体，鲜血将大片大片的海水染红！

太阳越升越高，水面被阳光照得五彩斑斓，雾气彻底消散，露出了远远的海岸，那里有郁郁葱葱的山林草地，还有农田村庄。

戚继光的水师战船第一次出击，以大获全胜而告终。

嘉靖三十九年（1560年）金秋，台州稻田一片金黄，农夫在田里忙碌，水田边上的沟渠纵横，潺潺流水滋润沃野千里。

乡绅杨景威用汗巾擦了擦脸上的汗，大声地指挥佃户抢收。从开镰的那天起，他就没睡过一个好觉。

临海知县黄诰的车马一到了地里，就有农夫认了出来，其中一些农夫都是兵祸的灾民，他们不想外出逃荒，黄诰就安排他们在这里种稻了。

农夫们看到黄诰来了之后，立马就围了上来。

有人说："要不是大老爷把我们安置在这里，我们早死在倭寇的刀下了。"

更多的人说："谢谢大老爷的救命之恩！"

黄诰笑吟吟地一一打着招呼，问："今年收成可好？"

一老者大声地回道："好着呢，你看！"

黄诰顺着老者手指的方向望去，脚下的一片农田长势正旺，黄诰俯身捞起一把稻穗，颗粒饱满。

老者说道："今年真是个难得的丰收之年，滋润均匀，少虫少病，多收三五斗肯定没问题。"

与黄诰隔着数丘稻田的田埂上，大户杨景威远远地见了人群聚集，眯着眼睛张望了一阵，问身边的管家："谁来了？"

管家踮起脚尖，打量了半响："哟，好像是黄知县来了……"

"哦？"杨景威将信将疑，放下汗巾就往这边来了。

"杨东家，你也在呢！"还没到近前，黄诰先瞧见了杨景威，大声地打起了招呼。

杨景威闻言，慌不迭地跑了几步，来到了黄诰的面前，弯腰深鞠了一躬，口中说道："草民杨景威见过知县大人！"

黄诰笑着问道："杨景威，你家的五百亩地，怕是产量不低吧？"

杨景威腼腆地回道："托大老爷的福，还好，还好！"

旁边一农夫嚷嚷道："什么叫还好，他家的田都在水渠边上，这水一来，第一个浇灌的就是他家农田，人家多收三斗，他家最少多收五斗。"

杨景威白了他一眼，转头满脸堆笑地看着黄诰说："这要感谢府县筹巨资疏浚河道兴修水利，没有这些水利工程，断不能有这么好的收成。"

农夫们一个个附和："是是是！"

黄诰："这些都是前任知府谭大人的功劳，修城墙、兴水利、重教学、恤民情，抵御倭寇犯境，百姓休养生息。没有他的努力，就没有台州今日之安宁！"

杨景威连连点头："大老爷说的极是，台州百姓纷纷称颂谭大人是青天大老爷，都说要建一个谭公生祠，以兹纪念。"

所谓的生祠，就是给活着的人建立的祠庙，用以奉祀。

黄诰："这提议甚好，喝水不忘挖井人。新近谭大人又升布政使司右参政了，你去张罗一下，选处好地方建祠。"

杨景威："不瞒大老爷，县民早就选好了，县城东湖小瀛洲风景秀丽，建祠甚好。"

黄诰沉吟一下："东湖小瀛洲……嗯，这地方不错！"

杨景威："建成之日，大老爷可要来主持典礼哦！"

黄诰呵呵大笑："来，一定来！"

宁波海道兵备府，谭纶一脸不悦。

梁进惴惴不安地咂巴了一下嘴唇，问："那咱去还是不去啊？"

"不去！"谭纶黑着个脸，手中大红请柬往案几上一扔，兀自喝起茶来。

大红请柬是临海知县黄诰寄来的，谭纶生祠行将落成，想请他回去参加落成典礼。

立生祠对于谭纶来说是万万不能接受的，建祠塑像让人祭拜，这也未免太张扬了。

梁进见他满脸的不高兴，还是硬着头皮说道："宁波百姓风闻台州给你建了生祠，他们也正琢磨着，跟你建座功德碑。"

谭纶霍地起身："告诉他们，立碑就免了，我谭纶消受不起。他们若是有那闲钱，倒不如去建座学堂，让孩子们都能上学。"

"这……"梁进面有难色，"话我可以给他们说去，但愿不愿意那是他们自己的事情，毕竟建祠立碑是百姓发自内心的举动，既然是百姓的好意，我们最多不去干预、不去参与也就是了……"

谭纶截断他的话头："胡闹！"

梁进不敢再说什么，转头正欲出去，却突然听到谭纶吩咐了一句："去，把王医官给我请来！"

梁进一怔，迈出去的腿又收了回来。

"王医官？"梁进转身回道，"前日他不是说要告假回乡省亲的吗，估计这会儿都走得好远了！"

谭纶脸色忧郁："我家里又来信了，家父病重卧床不起，县上的郎中都束手无策，让我跟谭综两个能早点回去。这边手头事多，一下又走不开，我想让王医官去趟宜黄，他医术高超，或有办法。"

梁进："那我去把他追回来！"

"你让谭综去追王医官，追到了立即往家里赶回，这几日我处理完公务稍后也告假返乡，探望我那可怜的老父亲。"谭纶说着，眼眶潮红。

梁进点点头，转身离去。

一场大雨过后，晴空万里如洗，清晨的空气中带着夏秋之交特有的乍暖还寒，让人不知如何着衣。

定海招宝山巅的威远城，大旗猎猎，每个城垛后，都立着个手持戈矛的兵丁，城门口下、大道两边，也布起了防线，三步一岗，五步一哨，尽是全副武装的兵丁，将看热闹的百姓和中间的道路分隔开来。

兵士们全都穿着浆洗得笔挺的甲袄，紧紧握着长枪，昂首腆肚，显得威武森严。

顺着大道往山上走，一路都身穿山文甲、头戴红缨盔，肩后还披着猩红的斗篷的校尉军官，一个个手按剑柄，挺立不动。

条石堆砌的拱门上，写有"威远城"三个大字，浙江总兵卢镗带着几个亲兵于城门下，不时地眺望着远方。

终于，一队人马蜿蜒而来，在招宝山下翻身下马，拾级而上。"来了来了！"有士兵轻声叫道。

卢镗见了，赶紧走下台阶，对着来人迎了上去。

"参政大人，你让我等得好苦啊！"来到近前，卢镗嚷嚷开了。

谭纶和卢镗的手，紧紧地握在了一起。

"下了一路的雨，走走停停。"谭纶满怀歉意地解释道。

"赶紧里边请！"卢镗大声招呼，众人穿过门洞直达山顶。

定海素有"海天雄镇""浙东门户"之称，招宝山雄踞甬江出海口，与南岸金鸡山对峙。

威远城以招宝山天然峭壁为城基，环山顶筑建，似雄狮盘踞甬江之滨，扼江控海。

谭纶站在城楼远望，甬江就在脚下，对岸的金鸡山尽在眼里，两山锁着甬江，是绝佳的防守隘口。

谭纶脸上露出欣慰的笑容，赞叹了一句："好地方，真不愧是镇海关隘、甬江咽喉！"

卢镗："没有你谭大人的支持，这威远城哪能建得这么顺利？"

这年卢镗镇守定海，看到招宝山雄踞甬江出海口，与南岸金鸡山对峙，便与谭纶商议在招宝山巅筑建城堡。谭纶一听当即表示极大的支持，两人经过数月的努力，城堡竣工，城周长二百丈，高二丈二尺，厚一丈，设雉堞一百六十个。

谭纶："现在火器配备如何？"

卢镗："炮台置五千斤铁发贡四座，三百斤铜发贡一百二十座。对面金鸡山也铸火器若干座，隔江相望，钳制海口。"

谭纶点头："两山锁喉，形成天险，再以战船布防甬江口，与县城呈掎角之势，形势益固。"

卢镗："我也是这么想的。新城刚筑，下一步我就想把战船和水师配置好，山上山下，构筑坚强的镇海堡垒！"

谭纶也是充满了兴奋："这样一来，定海方向可就有了坚实的防卫保障！"

众人呵呵大笑。

嘉靖四十年（1561）三月十九日，谭纶刚从定海视察回来，一衙役神色紧张前来通报，以低低的声音在他身旁说道："大人，您府上有人前来报丧！"

声音虽小，却无异于晴天霹雳。不一会儿，一个素衣缟服的人出现在衙署大堂，远远地向谭纶跑了过来，扑通一声跪下："二少爷，您可回来了，老爷他……升天了！"

谭纶闻言脸色骤变，大颗大颗的泪珠突然掉落，双腿也扑通一声，往老家的方向长跪不起，突然哇的一口鲜血从口中喷出，直直地倒了下去。

谭纶想起了父亲的音容笑貌还如在眼前，然而在父亲病重期间，他都没来得及送上最后一程！

这世间最痛的，就是至亲离世、骨肉死别，谭纶一下子就受不住了。

见谭纶倒下了，亲兵随从一片大乱。有人大喊："叫大夫！叫大夫！"

众人七手八脚地把谭纶抬到卧房内，不一会儿，大夫匆匆赶来，亲兵随从们在门外窃窃私语，一个个神情戚然。

过了好久，大夫才缓步走出了大帐，对守在门外的几人微微点了点头。

随从们纷纷围了上来，问道："怎么样了？"

大夫皱了皱眉："谭大人急火攻心，性命无碍，只是需要休养一段时日。"

又过了一会，梁进从卧房内走了出来，对着周围的随从道："赶紧备轿，谭大人即刻启程回乡奔丧。"

随从们涌进卧房，谭纶试图说什么，却发现自己喉咙干涩，什么也说不出来。只能呜咽着，眼泪不止。

众人见到谭纶这个样子，也心疼不已。

谭纶一向威严冷静，无论遇到什么事情，都能处理得妥妥当当。这些年来，众人就没有见过他这么脆弱悲伤，仿佛整个人的精气都被抽走了一样，只剩下哭泣。

谭纶是梁进又敬又尊的人，现在他的父亲过世了，梁进心里也极为难受，劝道："大人，快别伤心了，养好精神，我们明日一早就出发，老家那边还等着您呢。"

谭纶一听明日才走，心里大急，掀开被子赤脚就往外走，梁进苦劝不住，慌忙叫了起来："快快！备马，备马！"

滦河边上，密密麻麻躺满了尸体。

两万多明军出战鞑靼铁骑，三千将士以身殉国，血战一天一夜之后，鞑靼人引兵退往会州。

满身血渍的王忬立在风中，腥风扑面而来。

现场是极其惨烈的，找不到一具全尸，碎肉和残肢将战场铺了整整一层。

王忬的身后，是同样满身血渍的数千将士。

"我要吃饭，我想回家……"终于有人忍受不住，哭泣声、叫嚷声响了起来。

"啪……"，监军的皮鞭飞舞，士兵们的叫喊声戛然而止。但，只是短时间错愕惊讶，不少人的脸上随即露出了怒色。

"老子不干！"忽然一个粗壮的士兵大声地叫嚷着，"反正都是死，不干了！"

身边立刻有人呼应："兄弟们，不干了！反正都是死，要死也不做饿死鬼！"

有人开了头，长久郁结在心头的恨意像火山一般爆发开来，由点及面，骚动迅速在三千将士中蔓延开来。

负责监军的数十名校尉，很快就淹没在愤怒的人群中。

这时，纵使有些人不想反抗，在周围同伴的注视和那激烈情绪的带动下，也不由自主跟着往外走。

这突如其来的变化，让王忬吓了一大跳，转头愤怒地望着身边的蓟镇总兵欧阳安："怎么回事？"

欧阳安回道："启禀制台，上面已数月未发粮草军饷，将士们连饭都吃不饱，颇有怨气。"

王忬冷着个脸："为什么不早说？"

欧阳安："我打听了，其他边镇都按时发了，就我们蓟镇迟迟未发。上个月我就想给您汇报此事，但上头要我们发兵的军令又催得急，只好带了三天的粮草出来，现在都已经六天了，将士们都快扛不住了！"

王忬抬眼望去，官军们交头接耳，议论纷纷，军心已经明显不稳。临阵兵变，这是战场上最为可怕的事情。

"传令，任何人都不许煽动议论！胆敢临阵脱逃者，立斩不赦！"王忬毕竟是久经沙场，立刻冷静下来。

欧阳安迅速派出数十个亲兵从人群里拖出了几个闹得最凶的士兵，不由分说按倒在地，咔嚓几下，那几个士兵人头落地。

所有的士兵都被震慑住了，刚刚被激起的愤怒与血性，被一盆冷水泼下来，浇熄了。

他们中的绝大多数人，都有家人留在蓟镇各营，纵使他们不惜生命，拼死一搏，那他们的家人该怎么办？

众人正面面相觑，王忬登上旁边的一个土台，大声说道："将士们，大家舍生忘死，奋勇杀敌，为的是什么？为的是保家卫国，为的是建功立业、荫及子孙，绝不是来临阵倒戈，让家人遭灾、子孙蒙羞！刚才总兵大人跟我说了，军饷未发，粮草不济，我王忬在这里给诸位谢罪了！"

王忬说着，扑通一下单膝跪地，给大家赔罪致礼。

将士们面面相觑，逐渐安静了下来。

王忬站起，接着又大声地说："前面二十里就是滦州，大家先到城里休整，吃饱喝足，驱逐鞑虏。至于军饷的事，我王忭在此保证，将会一文不少地发放到各位的手中！"

欧阳安跟着上到高台，对大家说道："都给我听好了，把力气用在鞑子身上，再有动摇军心者，斩立决！听我号令，迅速点齐人马，向滦州进发！"

黑压压的队伍开始动了起来。

北京城，严府。

左副都御史鄢懋卿从箱子里取出一摞卷轴摊在案上，每轴都发黑泛黄，看上去已有好长的年份。

严世蕃取出一轴，打开，众人的脑袋也凑了过来。

兵部右侍郎魏谦吉一看落款，惊叫了一声："柳公权的《度人经帖》？"

鄢懋卿嘿嘿一笑："都说柳公权一字百金，非虚语也。我鄢某也是颇费了一番周折，才把此书弄到了手。"

长长的经卷上，密密麻麻地布满了千字左右的柳书小楷，后面还附注了不少藏家的题字。

众人看得啧啧称奇。

严嵩眯着老眼，贪婪地细看每一处细节，口中喃喃念叨："右军曾写换鹅经，珠黍仙书骨气清；看到柳公心正处，千年笔谏尚驰名。……好字，好词！"严嵩本就是当朝书法大家，其榜书、碑文、卷轴、印文堪称四绝，就连皇宫里的不少牌坊门楼上的题字，都出自他的手。

"阁老，此书可是真迹？"鄢懋卿问道。

严嵩："柳字以骨力劲健见长。此书遒劲有致，韵趣一炉，神气清健，不落尘俗，非柳公断难有如此笔力！"

鄢懋卿，松了一口气，露出得意的笑，连忙道："阁老再看看其他几幅！"

几个人帮着一起打开，全是一些名家的字，有王羲之的，也有颜真卿、怀素、蔡襄、米芾等的。

经过严嵩仔细辨认，剩下只有一幅是真迹，即王羲之的《月半帖》。

鄢懋卿把赝品收拢起来，复又放回到木箱子里，道："赝品我拿回去，这两幅真迹就孝敬阁老了！"

严嵩眉眼里全是笑，但仍谦虚地说道："君子不夺人所好，如此难得的宝物，你还是拿回去吧！"

鄢懋卿呵呵一笑："这些书法佳作，学生才疏学浅，欣赏不来，放我那里就是糟蹋了，在阁老这里才能体现真正的价值！"

严嵩听了便不再言语，鄢懋卿把两幅真迹重新卷好，放到案几的上面。

这时，光禄寺少卿白启常把自己带来的一幅画展开，大声道："大家看看，这是谁人的画作？"

众人的目光立即被他手中的画吸引，白启常故意将落款部分遮掩住。

画面上群山环抱，树林掩映，亭台楼阁，端庄森严。别墅外，云水流长，舟楫往还，游人、渔夫逸然自乐，呈现出悠然超尘的意境。

众人正苦思冥想，严世蕃睁着一只眼睛东看西看，说了一句："这是王维的《辋川图》！"

白启常将遮掩部分打开，果然是唐代著名诗人兼画家王维的《辋川图》。

白启常拍了下他的马屁："小阁老的眼睛真毒，让人佩服得五体投地！"

魏谦吉跟着接了一句："要论古画鉴赏，除了小阁老，谁人敢排第一？"

众人纷纷附和。严氏父子听了，很是受用。

白启常学着鄢懋卿的样，不声不响地把画作卷起，摆到了严嵩的案头。

由于严嵩酷爱书画，他的门生亲信无不以收罗天下名人真迹为己任，每有收获，便会兴冲冲地拿到严府敬献一番。

"要说画作，我看大家能找到的和我府里收藏的，都不如张择端的一幅画！"严嵩突然幽幽地说了一句。

众人面面相觑，严世蕃道："《清明上河图》？"

鄢懋卿："《清明上河图》自问世以来，屡遭劫难，数度易手，至今也不知道流落何方！"

严世蕃："就在北京城，王忬的家里！"

鄢懋卿："那好办，咱向他买来就是！"

严世蕃白了他一眼："有那么好说话早就买回来了！我让人找了他好几次，都被他婉拒。"

魏谦吉督办三边军务，与王忬素有不和，于是便说了一句："王忬这厮一向目中无人，我看他是敬酒不吃吃罚酒！"

说起王抒，严嵩又想起了北边的战事："今年鞑靼人又大举南侵，边塞烽烟四起，圣上忧心啊！"

魏谦吉："俺答派大将锡林阿率五万铁骑进攻长城边塞，目前正驻扎在会州，虎视眈眈与我军对峙。滦河一带频频示警，那边恰是王忬的防区。"

严嵩眼睛一动："你们兵部要密切关注边塞兵事，王忬如若抗虏不力，必军法严处！"

魏谦吉阴险地笑了笑："王忬书生意气，锡林阿诡计多端，此战，王忬必败……"

严嵩面色一沉："魏侍郎切莫挟私泄愤，国家大事岂能儿戏！"

魏谦吉讪讪一笑："阁老放心，学生自有分寸！"

滦州城，春寒料峭。

"前线战事吃紧，他们为何不拨军需粮草？"王忬黑着个脸。

欧阳安："我让人去兵部打听了，呈请一直压在内阁，严阁老没有拟票，兵部拨不了……"

"内阁不拟票？那他们总得讲讲原因吧！"游击将军张伦忍不住问道。

欧阳安："没说。但据兵部右侍郎魏谦吉透露，蓟镇去年的用度太大，今年他们想酌情削减一些。魏侍郎还说，如果不想削减得太多，王制台要与兵部、内阁大员当面沟通。"

张伦："沟通沟通，说得轻巧，鞑靼人都打到家门口了，还成天想着法子勒我们的脖子，今日大家都看到了，再不发饷，都要闹兵变了。"

欧阳安长长地叹了口气，王忤一言不发，想着心事。

正这时，一匹快马疾驰而来，一名校尉滚鞍下马，手持六百里加急快递一路狂奔，前往王忤的中军大帐。

"报！"校尉喘了一口气，道，"鞑靼兵大举进犯抚宁、迁安一带，东线告急！"

王忤："来了多少人马？"

校尉："两万，应是主力部队来了。"

欧阳安、张伦一脸焦急地看着王忤。

王忤："军需的事，一刻也等不起了。请张将军持我的亲笔信，即刻到周边府县借些粮草军需，朝廷下拨之后，再还给他们！记着，不管借到多少，七天之内必须与我们会合，不然，将士们真要断炊了！"

张伦重重地点了点头。

王忤又对欧阳安说道："命令部队，即刻前往东线迎敌！"

欧阳安、张伦得令，分头安排。

当王忤大军星夜兼程赶到抚宁县城，令人诧异的是，这里一片静悄悄。

抚宁城外，知县段廷晏率大小官员出城迎接。

段廷晏深施了一礼："抚宁知县段廷晏，参见制台大人！"

"鞑靼兵哪去了？"王忤问。

段廷晏："此前鞑靼兵来势汹汹，但奇怪的是，他们一直屯兵义院、冷口一带，围而不攻，昨日便已退去。"

欧阳安感到奇怪："围而不攻，还主动退了？"

段廷晏："是！我们也颇觉奇怪。"

欧阳安："他们唱的是哪一出？难道说风闻我们大军将至，提前跑了？"

大家一齐看着王忤。

王忬："围而不攻，必有预谋！他们往哪边走了？"

段廷晏："西面！"

王忬吩咐亲兵："拿地图来！"

亲兵取来地图，展开。王忬看图苦思冥想，众人的脑袋也凑了过来。

"遭了！"欧阳安突然惊叫了起来，"中了调虎离山计！"

欧阳安指着地图，解释道："抚宁以东，再过去就是大海；而抚宁以西，则是遵化、丰润、蓟州等重镇，一直都有我们的重兵把守，鞑靼人在抚宁县虚张声势，围而不攻，就是要把我们的主力部队吸引到最东边来，而后再掉头西去，乘虚而入！"

众人听了，也是一惊。

王忬顿时感觉一股凉意涌上心头，情知不妙，翻身上马，喝道："传令三军，火速回援！"

数万大军迅速回兵西进，然而，王忬还是晚到了一步，所到之处，已是满目疮痍，尸横遍野……

嘉靖三十八年（1559年）二月二十八日，鞑靼兵攻陷了防御兵力较弱的潘家口，迅速渡过滦河，在迁西、迁安、遵化、丰润、玉田、蓟州一带饱掠五天后，才携带所掠财物由潘家口从容退出。明军疲于奔命，百姓惨遭屠戮，史称"潘家口之战"。

北京城，王忬的府邸。

一匹快马飞驰而来，系马桩前，一名青年儒生从马上跳下，撇下缰绳，三步并作两步就往府中奔去。

门人一看，是府中的大公子、青州兵备按察副使王世贞。门人赶紧上前收住缰绳，把马儿牵入厩中。

王世贞心急，匆匆穿过前厅和中堂，径直来到母亲的卧房。人还在屋外，就听到母亲嘤嘤的哭泣，王世贞心里一紧，大踏步地迈进了屋里。

但见母亲神情憔悴，眼泡红肿。弟弟王世懋坐在母亲床前，哀戚地陪着落泪。

王世贞眼眶一红，唤了一声："母亲！"

老夫人一见，顿时又大声哭了起来："儿呀……快想法儿救救你爹爹！"

话未说完，又咳又喘，已说不下去。

王世贞忙上前给母亲轻拍后背，忍住悲伤低声劝道："孩儿回来了，自会设法搭救父亲，母亲切莫急坏了身子……"

王世懋也劝道："母亲无须多虑，爹爹只是吃了败仗，圣上责罚一下也就算了。"

老夫人一个劲地摇头，哭道："你们休要哄我，你爹爹受了奸人的陷害，这一回恐怕是性命难保……"

哭到伤心处，顿足拍腿，王氏兄弟怎么劝也劝不住。

王世贞心下恻然，问弟弟："爹爹究竟怎么回事？何以弄得这般下场？"

王世懋泪珠随即掉落下来："爹爹中了鞑靼人的调虎离山计，潘家口失守，防区内多处失陷，龙颜大怒，下旨抓捕爹爹下狱，总兵欧阳安被罢官削职……"

王世贞："怎么会这样……"

王世懋："本来胜败乃兵家常事，可是严嵩狗贼暗中陷害，爹爹才会遭此大难！"

王世贞："暗中陷害？"

王世懋："严嵩垂涎咱家的《清明上河图》，找爹爹说过几次，说是要借宝图一看，用银子买也行。你是知道的，那图是咱爹的心头肉，怎么肯相让？严嵩抢夺不得，遂怀恨在心，处处使坏。二月鞑靼南侵，他们却压着军需粮饷不发，士气不振。爹爹不幸中了敌人诡计打了败仗，严嵩乘机在圣上面前进谗言，说爹爹防卫不力，纵房南侵，要三法司查实严惩。"

王世贞："无论如何，都要想法把爹爹救出来！"

王世懋无力地摇了摇头："这些天，我已找过一些父亲旧交同僚，可都畏惧严家势力，没人敢出来仗义执言。"

王世贞长叹一声，黯然不语。

老夫人一边哭一边数落着王世贞："平日里让你夹着尾巴做人，不要与人争强，可你偏是不听，偏要招惹严家，如今生出这般祸事，害得你爹爹好苦啊！"

那年杨继盛弹劾严嵩失败，被关入大牢，无人敢接近，死了也没人收尸。唯有王世贞为他奔走呼号鸣不平，时常去诏狱探视，并为杨继盛收尸。

自那以后，严嵩便视他们一家为肉中刺、眼中钉。

王世贞慌道："孩儿知罪，孩儿这就去找人为爹爹求情。"

老夫人摇头叹道："能找的，世懋都已经找过了。为今之计，你只有备下重礼，去严嵩那里求情，他在圣上面前说句话，比找一百个人还强！"

王世贞十分为难："严嵩卑鄙小人，求他能有何用？"

老夫人怒道："你去都没去，怎知没有用处？去，把宝图取来，严嵩不是要图吗，把图给他，或许就能放过咱们王家。"

王世贞无奈，道："好好好，孩儿这就去。"

第二日，王世贞取了《清明上河图》，径直来到严府。

严府门人上前，喝道："什么人？"

王世贞从袖中取出十两银子，塞与他，又递了一张名帖，道："烦请小哥通禀一声，蓟辽总督府上的王世贞求见。"

门人一听，知道来头不小，于是收了银子，拿了帖子往里面通报去了。

少顷，严府管家严年出来，脸上看不出表情，淡淡地冲王世贞说一声："公子请随我来。"

王世贞随他进了院子，穿过三重院落，来到一后花园，园中奇花异卉绽放，引来蜂儿蝶儿成群。后花园有一厅堂，黑色匾牌上，写着"鹤年堂"三个金色榜书大字。

严年道："老爷就在里面，公子稍等。"

　　王世贞待他去后，又仔细地看起这匾上的三个字来，但见苍劲有力，笔锋端正，一看就知是严嵩所书。

　　王世贞暗道：严嵩老贼虽然奸诈，这字却让人不得不服。

　　正自寻思，严年回来，道："公子有请！"

　　迈进严嵩的书房，书柜里案牍上，全是古籍；墙隔上柱子上，全是些珍稀的名人字画。

　　王世贞抢上前，深施一礼："晚辈王世贞，见过严阁老！"

　　严嵩呵呵一笑："免礼，贤侄何以至此？"

　　王世贞赔着笑，呈上《清明上河图》，道："久闻阁老是书画大家，我家有老图一幅，想请阁老鉴赏一二。"

　　严嵩心里明白几分，捻须微笑。

　　王世贞执轴展开一角，但见疏林薄雾中，掩映着几家屋舍、木桥和扁舟，两个脚夫赶着五头驮炭的毛驴，向城里走来。在一片柳林中，枝头刚刚泛出嫩绿。路上一顶轿子，内坐一位妇人。轿后跟随着骑牛的、挑担的，从京郊踏青归来，直奔汴河畔……仅是画的序幕，便让严嵩心跳骤然加快。

　　由于画太长，王世贞请严年拿着画的另一端，二人徐徐展开，瘦金体的"清明上河图"字样映入眼帘，整幅图绢本设色，长长的画卷上，数百个人物和牛、骡、驴等牲畜，以及车、轿、船、房屋、桥梁等栩栩如生。

　　严嵩一见眼睛发直，也忘了矜持，贪婪地看着图里的每一个画面，半天没有说话。

　　王世贞看在眼里，问了一句："咋样？"

　　严嵩回过神来，方才感叹道："惊世之作，惊世之作，老夫开眼了，开眼了，哈哈哈……"

　　王世贞："阁老若是喜爱，不妨收下细细把玩，还请笑纳！"

　　严嵩心里大喜，口里却故作推辞："此图是你家父亲心头之物，岂能横刀夺爱？你还是拿回去吧。"

王世贞将图收起，置于严嵩的案头前，道："家父能得此物，纯属机缘巧合，举手之劳尔，望阁老不要推辞。"

严嵩呵呵一笑："既如此，恭敬不如从命，谢谢贤侄一番心意！哈哈哈！"

王世贞将话引入正题："晚辈至此，只为家父一事。"

严嵩长叹了一口气，道："我与令尊同朝为官，情同手足。奈何滦河事变令朝廷蒙羞，百姓蒙难，朝野哗然。言官们的弹劾奏疏雪片一般飞来，皆言令尊统帅不力，纵寇掠掳，依律当斩。"

王世贞心下骂道："好你个奸贼，不是你从中使奸，我父焉能落得如此下场！"

为了救出父亲，他只能咬牙把苦往肚里咽，赔笑央求："家父征战沙场九死一生，如今只是打了一个败仗，便要遭此大难，还望阁老慈悲，于圣上面前多多保全！"

严嵩道："言官们的奏疏上来，我已压下了许多，只等圣上平息盛怒，再帮你父亲开脱。"

王世贞："若能保得家父性命，王家永世不忘阁老恩德！"

严嵩："贤侄孝心，天地可鉴。令尊之事，老夫自当竭力争取从轻发落！"

王世贞见他答应了，千恩万谢地去了。

王世贞前脚出门，严嵩按捺不住心中的喜悦，迫不及待地让严年去叫鄢懋卿、白启常等人前来赏画。

胜客晴窗，出古人法书名画，焚香评赏，这是明代文人士子最为雅致的生活追求。

等客人们都来了，严嵩早已焚上名贵的熏香，沏好了上等花茶，《清明上河图》端端正正地摆在了香案上边，香案旁边，是严氏父子得意的笑脸。大家一面观看，一面啧啧称奇。

鄢懋卿一脸的谄媚："品读诗文书画，人生一大乐事也。此画原是东京汴梁盛年的景况，今因机缘巧合，到了严阁老的手里，莫不是暗示严阁老要带着我们一起开创大明的太平盛世呀！"

众人哈哈大笑起来。

严嵩纠正他的话："此言差矣，大明乃圣上的大明，太平盛世只有圣上才能开创，我们都只是臣子奴才罢了，休要说什么开创不开创的事情。"

严世蕃不屑地说："这是自己家里，又不到外面乱说，怕什么！"

严嵩一脸的严肃，呵斥道："无知小儿，你懂什么！隔墙有耳，伏寇在侧。祸从口出这句话，大家还须牢牢谨记！"

严世蕃翻了一下白眼，没有理他。

鄢懋卿吐了下舌头，笑嘻嘻地说道："那是那是，老师教诲得是！"

就在此时，严年又领一人进来，来人是严府的装裱匠汤臣。

严嵩吩咐："此画污渍甚多，待诸位大人赏完画后，你便拿去好生装裱！"

汤臣初见此画，也是两眼放光，然而看了良久，默然。

严嵩看出端倪，便问："如何？"

汤臣咂了咂嘴，说："此画系高手仿制，足可以假乱真。真画我见过，细微之处略有不同。"

严嵩大惊："哦？"

汤臣以手指画，道："此画看似差之毫厘，实则谬以千里。阁老请看这里……"

严嵩瞪大眼睛，随着他指的地方看去。只见图里面，有一处是四个人在掷骰子，其中两颗骰子是六点，还有一颗在旋转，围观的人都睁大眼睛张着嘴呼唤"六"的样子。

严嵩不解，问："这里怎么了？"

汤臣一笑："汴京人呼'六'为敛口，画中人却张着嘴叫'六'，说明此画作者系外地人，而非原作者张择端！"

严嵩将信将疑："是吗？"

汤臣再指一处："再看这里！"

严嵩看去，一屋角画了一只鸟雀。

汤臣解释道："此雀一脚踏二瓦，与真实的场景不符。张择端乃写实之名家，洞察甚微，纤毫毕现，断不会有如此之误。"

汤臣说完，严嵩的脸色渐渐难看了起来。

刚才还欢乐的气氛，突然紧张。大家低头喝茶，谁也不说话，这让严嵩更加尴尬。

严世蕃厉声喝问："汤臣，我知你在王忬家中留住多日，是不是拐骗人家小妾不成，空口诬陷？"

汤臣原系落魄书生，曾饿昏在王忬家的门前。王忬见其可怜便收留在家，供其食宿。却不想汤臣惦记上了王忬的小妾雪艳，几次轻薄调戏，被王忬发现赶了出来。

汤臣见严世蕃揭了他的老底，脸上一红，也不说话，径直取来一瓢水，用白巾蘸了水，在画的一旧色处擦洗了片刻，果然，旧色一擦就掉。

汤臣直起身来，说："按此画作假的手法来看，应是苏州画师黄彪所画，此人见过真画，且仿制手段高明，堪称一绝。"

严嵩终于勃然大怒："王家小儿居然如此戏我，真是可恶！"

汤臣实话实说："虽然我与王忬有过节，但王忬花八百两重金才求得此画，或许受人蒙蔽却也难说。"

严嵩气哼哼地挥了挥手，严年赶紧上前将画收了起来。

严嵩苦笑着说："各位，实在对不住了，本想邀大家鉴赏一下惊世之作，却不想弄来了一幅赝品，让各位扫兴了！"

鄢懋卿等人赶紧说道："虽然没有欣赏到真迹，但这幅名作的样貌也看了个大概，也算是饱了眼福。"

严嵩兴冲冲筹办的这场品鉴会，就这样不欢而散。

再说王世贞回到府上，跟家人说起求严嵩的经过，母亲听了略微宽心。可不想一连过去数日，一直不见动静，王世贞又去严府催问，严嵩说，一定会为王忬开脱，只是周旋环节太多，还需一些时日。

如是再三，转眼数月，已到九月下旬，案情仍然未定。

这一日，王世贞正陪母亲说着话儿，王世懋跌跌撞撞地从外面跑了进来，脸色惨白，道："大事不好，圣上下旨要将爹爹秋后问斩，时间就在下月初一……"

王世贞和母亲一听，有如一声惊雷，老夫人捂着胸口，登时就昏死过去。众人一面哭着，一面灌汤呼唤。

半晌，老夫人醒来，眼神涣散，口中喃喃："冤枉啊，冤枉……"

旋即又拍腿捶胸，号啕大哭："你可怜的爹爹，一辈子勤勉忠直，白白九死一生立下许多功劳，没死在贼兵的刀下，倒被朝廷杀害了……相公啊，你怎忍心撇下老婆子孤苦伶仃，带我一起走了吧。"说时欲往墙上撞，被兄弟二人慌忙拦下。

一家人哭作了一团。王世贞更是心如刀绞，流泪劝慰母亲："母亲，事已至此，哭也无用了，还是想想如何营救才好！"

管家王成垂泪："这么多年，王家待我恩重如山，奴才只愿替老爷一死，以报世恩。"

王世懋："不说那些没用的，即便是你死了，也换不来老爷的命。"

王成："大少爷，你不是说严嵩会出手相救吗？怎么还会落得如此下场？"

王世贞还未回话，王世懋却先开口了："莫要提画的事情，我听严府的人说，咱们送给他的那幅画是赝品，严嵩恼怒不已，说我们家不地道，怎么可能再帮我们！"

王世贞惊叫道："赝品？怎么会这样？"

王世懋："想是爹爹求画心切，中了人家的圈套。严嵩请人看过了，那画确系赝品。作伪者本人都被他们找到了，苏州画师黄彪，他亲口承认了卖假画给咱爹。"

王世贞："既然我们家也是受蒙骗的，严嵩又何必怪罪于我们？"

王世懋："严嵩怀疑，真画还在咱们手上，故意找黄彪一起制假，然后瞒天过海欺骗他们。"

王世贞："这真是天大的冤枉，我得找他们说清楚。"

王世懋："没用的，拿不出真画，说什么他们都不会相信，还是省省吧！"

老夫人又哭道："天哪，这真是天绝人路啊。没有那画也就罢了，给了幅假画，严嵩老贼恐怕更恨咱们家了……"

王世贞："娘，看来严嵩那边是靠不住了，孩儿再去求求朝中的那班重臣，或许有人帮着企求圣上，说不定能有转机。"

老夫人哭泣道："如今已是山穷水尽了，死马也要当活马医。你爹爹性命，只有靠你们兄弟想办法了。"

王世贞兄弟二人洒泪拜别母亲，匆忙出门而去。

可是一连数日，兄弟二人受尽白眼和屈辱，而他们找到的那些重臣，要么躲而不见，要么摇头晃脑，个个唯恐受到牵连。

可怜兄弟二人叫天天不应，叫地地无门，饱尝世态炎凉的凄苦，真个是彷徨无助，伤心欲绝。

九月二十七日，离处斩的日子还有三天，世贞兄弟心急如焚。

王世懋凄然说道："哥，这么多天，一点头绪也没有，这可如何是好？"

王世贞挥泪叹息："有茶有酒多兄弟，急难何曾见一人。爹爹行将处斩，你我却无能为力，真个是枉为人子。回家也是枉然，不如就跪在朝门长街，让文武百官都看看，或许有人动了恻隐之心，为我们向圣上求情……"

王世懋亦是无计可施，兄弟二人跪在金水桥外，泣不成声。

去各大衙门的人中，有人停下来品头论足一番，也有人远远地瞧见了，绕道往里面去了。

路过的人散去一拨，又来一拨，空自感慨一番，又摇头去了。秋风起，落叶遍地。

兄弟二人正跪着，伤心垂泪。耳畔忽然传来窸窸窣窣的扫地声，王世贞抬眼望去，只见两个扫地的杂役就站在对面。

一杂役手持扫把，驻足叹息："这年头官也不好做了，做得好还无事，一旦有事便要人头落地！倒不如我们下九流卖苦力的，管他风来雨来，有碗饭吃就万事大吉了！你看王总督这等人物，如今却不及扫地的洒脱自在。"

另一个道："人人都说做官好，我看做官也艰难。会做官的，见风使舵，八面玲珑，升迁有人托着，犯事有人罩着，这种人啊，天生就是做官的料。那不会做官的吧，老实巴交，战战兢兢，哪怕是一片树叶掉下来，都怕被砸破了脑，没人托着罩着，指不定哪天就阴沟里翻船，闹不好还丢了性命。"

一路过的儒生听了，说了一句："人间非净土，各有各的苦。同是红尘悲伤客，莫笑谁是可怜人。"说完，摇头叹气地走了。

王世贞本是名动一方的大才子，素来性格孤傲，平生哪受过如此屈辱，三天茶饭不思，跪地昏倒数次。

终于熬到第三天，行刑的日子到了。

兄弟早早赶到了诏狱，就在门边上等候着。

卯时刚过，就听得里面几声锣响，诏狱大门洞开，呼啦啦地涌出一队人马来。锦衣卫杀气腾腾前方开路，后面是监斩官和卫兵压阵，四名刽子手肩扛大刀跟在囚车的两边，囚车上绑缚一囚犯，正是他们的父亲王忬。

兄弟二人踉踉跄跄扑将上去，悲怆呼道："爹爹……爹爹……"

还没靠近囚车，几名如狼似虎的锦衣卫上前，三拳两脚便把他们放倒在地，拖到马路的一边。

兄弟二人爬起，仍是追着囚车哭喊呼号。囚车上，衣衫褴褛的王忬抬起乱蓬蓬的头，见是自己的两个儿子，挤出一丝凄惨的笑容："快些回去，好生侍候你们的母亲……"

世贞兄弟自是不肯，一路哭着，一路踉踉跄跄地跟着，生离死别近在眼前，如何能不悲伤？

午时三刻，王忬被斩于西市，是时狂风大作，昏天黑地飞沙走石，围观之人无不伤心凄切。

王家上下满门痛哭，哀声动地。

至半夜时分，官府才准收尸。不等天明，二人扶柩返故里。

三年后，太仓西市。

一大片苍松翠柏之中，隐隐有一小院，院墙茅舍，寂静无人。

戚继光推开柴扉，沿着长满青草的小径，带胡守仁走到院子里，但见门楣上挂着一个匾额，上书"弇山堂"三个古拙的大字，颇有些"苔痕上阶绿，草色入帘青"的陋室风范。

"主人可在？"胡守仁立在院中，高声叫道。

"进来吧，门没关。"里面传出主人的声音。

胡守仁有点尴尬地望了一眼戚继光，戚继光微微一笑："不愧是大才子，陋室透出风骨，言语带着傲气，里边请吧！"

胡守仁点点头，便跟他进去茅屋，草堂里一青衣男子正伏案写着什么。

两人进来，他头也不抬，道："茶壶里有水，要喝自取。"

二人不敢说话，只在那里静静地候着。

也不知过了多久，王世贞才搁下笔，伸了个懒腰，站起，眼睛瞅着室内的二人。

戚继光、胡守仁赶紧起身，王世贞走了过来，问："二位是？"

戚继光："在下是台金严参将戚继光，这位是守备胡守仁，特来拜访凤洲兄！"王世贞号凤洲。

王世贞深施一礼："原来是戚将军、胡守备到了，二位联袂而至，蓬荜生辉啊！"

二人还礼，戚继光："听闻了令尊大人的事情，甚感痛惜，因戎马倥偬一直未能前来吊唁，今冒昧来访，还望凤洲兄海涵。"

王世贞听了这话，心里莫名地感动，冲着二人深深地再施一礼："家父乃朝廷罪臣，二位不避猜嫌前来吊唁，着实令人钦佩！"

戚继光呵呵一笑："令尊当年主持东南抗倭，是我们的尊长，今路过这里，岂敢视而不见！"

王世贞听了，再次表示感谢。见二人还干坐在那里，赶紧烧水沏茶。两人坐着也是无聊，于是起身在屋子里东看看西瞅瞅。

戚继光走到案前，看到王世贞方才写的东西，于是问了一句："凤洲兄乃天下闻名的大才子，听说你在家守孝的这三年里，谢绝宾客奋笔疾书，该是著述了不少佳作，可否让我们先睹为快？"

王世贞将烧好的水注入茶壶，一股清香随着热气弥漫开来。

王世贞叹了口气："哪有什么佳作，王某如今山野村夫，都是些无病呻吟的诗文罢了。"

案头上堆满了各式的书籍，还有一些未完的手稿。一部手稿的封皮上写着"金瓶梅"三个大字，书名的下方，署着"兰陵笑笑生"的名字。

胡守仁心生好奇，问："兰陵笑笑生？这是何方神圣？"

王世贞淡淡一笑："在下也不知道。"

胡守仁："可否打开一观？"

王世贞："当然。"

胡守仁只是一目十行地扫了一眼，旋即只觉脸颊绯红，心跳骤快，讪讪一笑："这书，有趣得很哪……"

王世贞见状，哈哈大笑："是，的确有趣……"

戚继光见他两个都是如此表情，把那书又拿了起来，翻读了数页，亦是哈哈大笑："岂止有趣，奇书，奇书也！这个西门庆，该不会是严世蕃吧？"

胡守仁：“将军何出此言？”

戚继光：“严世蕃小名庆儿，号东楼，更关键的是，这书里的许多描写，都能跟他对上号，这西门庆，可不就是严世蕃嘛！”

王世贞哈哈大笑：“对号入座，冷暖自知。”

戚继光突然眼睛一动，问：“兰陵笑笑生，莫不就是凤洲兄？”

王世贞只是倒茶，没有回话。

戚继光：“你看这序文：‘人之处世，虽不出乎世运代谢，然不经凶祸，不蒙耻辱者，亦幸矣。’这分明在暗示，兰陵笑笑生曾历经凶祸，蒙受奇耻大辱，遂用蘸血之笔，著书以为宣泄。凤洲兄，在下猜测可有几分道理？”

王世贞打了个哈哈，不置可否。

戚继光见他不愿谈及此书的事，于是岔开话题：“凤洲兄辞官在家守制，今后怎么打算呀？”

王世贞：“家里经历了这么一场变故，王某别无他求，只想做个闲云野鹤，侍奉老母晚年。”

戚继光：“凤洲兄乃当今文坛领袖，如何能做闲云野鹤，屈没了人才。为国事分忧，为百姓解难，这才是凤洲兄该做的事情！”

王世贞苦笑：“不瞒二位，当年家父入狱，我已对做官冷了心思，断了念想。”

戚继光：“有个好消息告诉你，朝中不少正义之士纷纷向圣上建言，要为令尊翻案平反！”

王世贞摇了摇头：“难啊……斩我父亲，虽说是严嵩的主意，但那是圣上下的旨意，他会推翻自己的意思？”

戚继光：“凤洲兄不必悲观，正义的潮流浩浩汤汤，终有一天，你父亲的案子会拨云见日，你们王家，又可挺直腰杆做人！”

王世贞：“若真有那一天，王某必举杯畅饮，大醉三天！”

戚继光：“戚某相信，该来的，一定会来……”

第三十二章

嘉靖三十九年（1560年）五月，广东饶平，一个闽粤交界的偏僻贫瘠山区县城。

连日来，县民纷纷传言，天上有一宝物掉落城中的四方塘中，谁能获得此物，便是真龙天子。

每天来四方塘寻宝的人络绎不绝，水塘边到处是看热闹的人。

知县林丛槐被这个轰动全县的新闻吓了一大跳，这分明是有人蓄意谋反，故意编造出来的谣言。

于是他一边派人日夜守候四方塘，不让百姓下塘寻宝，一边派出捕快捉拿造谣之人。

但看守的衙役并没将此事当回事，这穷乡僻壤的，哪能出什么真龙天子。

因此时不时地还有人偷偷下塘碰下运气，衙役也当看把戏一样看热闹。

这天池塘边上来了一伙粗黑的汉子，为首的身姿挺拔，高颧骨阔嘴巴。

衙役们都认识，这是县衙里的库吏张琏。

张琏问："这些天有人寻到宝没？"

一衙役懒洋洋地说道："哪有什么宝贝，净他妈胡说八道。"

跟张琏来的一伙人怂恿道："张哥去碰碰运气。"

张琏连连拒绝："这不好吧，林知县都不让人下塘寻宝了，这要是让林知县知道了，非治我的罪不可。"

一衙役一脸的不屑："你们尽管去试，我就当没看见。"

那伙人跟着起哄："林知县要是知道了，顶多打几下板子，张哥向来天不怕地不怕的，挨几下板子算个啥！"

推辞不过，张琏爽朗地一笑："试试就试试，我张琏怕个鸟！"

脱了长衣长裤，扑通一声便跳进了水塘。

水塘里的水未到膝盖，水温也不冷，张琏东摸摸，西摸摸，什么也没摸着。

岸上有人叫道："张哥要是寻不到宝，抓几条泥鳅也好，给咱哥几个做下酒菜。"

张琏也不说话，又摸索了一会儿，看那神情也是十分无奈。

又过了半炷香的工夫，张琏仍是两手空空，只见他往东边的一个沟渠边上走去，沟渠上面有几块青石板，看他那样子是准备上岸。

突然，张琏似乎发现了什么，猫着身子往沟渠里钻了进去，半个身子都浸在了水里。

不一会儿，张琏从沟渠里又钻了出来，手里拿着一个锈迹斑斑的盒子，脸上放着光。

张琏将铁盒放在水里，洗了洗上面的淤泥，跳上岸。

众人围了过来，张琏把盒子打开，只见里面一枚巨大的印玺，有人仔细辨认，念了出来："飞龙人主！"

众人惊愕不已，衙役面面相觑。

在这些乡野村夫眼里，这印玺就等于上天授予的帝王符兆。

突然有人高呼了一句："真龙天子现世，还不赶紧下跪！"

乡下的百姓哪见过这阵势，直吓得腿脚发抖，不由自主地跪了下去。

那张琏也不说话，捧着宝盒就往城外奔去。

　　一时间，张琏得宝的消息传遍了整个县城。

　　知县林丛槐大惊失色，他预感到，一场惊天的变故就要来临。

　　于是他一面派人六百里加急向朝廷报信，一面派兵捉拿张琏。

　　日落黄昏，饶平县仓前村的一间屋子里，几个人正在窃窃私语，突然有人匆匆进来，轻声说了句："族长来了！"

　　不多时，族长张厚德带着几个家丁出现在了屋子里面。

　　族长对张琏径直问道："听说你在县城拾得了印玺？"

　　张琏看了他一眼道："不错！是我捡的。"

　　张厚德脸色一变："最近有谣言说得拾印者为真龙天子下凡，这分明是谋反！"

　　张琏冷冷一笑："真龙不真龙，一切都是上天注定，族长何故忧心？"

　　张厚德气急败坏："张琏，你这是要把咱老张家往火坑里推呀！来人，把这逆子绑了！"

　　几个家丁正要上前，屋子里的几个人齐身站起，张琏的弟弟张珀一拍桌子，厉声吼了一句："我看谁敢动手！"

　　张厚德一看愣了，冷笑了几声，扭头而去。

　　待张厚德一行走远，张珀说："哥，事已至此，咱反了吧！"

　　张琏等这一天已经好久了。

　　在县衙当库吏的时候，他就时不时地把库银偷回家，私底下早聚拢了一支数百人的队伍。四方塘里得到的印玺，也是他事先藏好在四方塘，他需要一个让人信服的理由。

　　张琏对张珀说："你今晚联络好各处的兄弟，明天一早攻打饶平县城，得手后前往大埔投奔白扇会首领郑八，他那里兵多将广，可抵挡官军围剿。"

　　张珀："当下各地义军风起云涌，哥哥手握真龙天子的印玺，只要振臂高呼，保准各处义军来投。"

这时门外一个负责望风的手下匆匆进来："大哥，族长派人往县城方向去了，估计是向官府报信来抓我们。"

张琏闻听恶从胆边生，那族长张厚德是他的杀父仇人，张琏七岁的时候，父亲在张厚德家中做长工，与张厚德的一个小妾私通，被张厚德抓住，他把两人双双沉塘溺死。

张珀心里一急，问："哥，怎么办？"

众人的眼睛，一齐看着张琏。

张琏望着大家："县衙接到张厚德的报信，必会趁夜派人前来捉拿，到那时，县城的兵力就空了。我们不用等到明早，今晚就攻打县城，搬走库银投奔大埔郑八。"

张珀："那张厚德那里咋办？"

张琏："从乌石去县衙报信，来回至少两个时辰。你们几个，速去联络各路兄弟，今晚子时在饶平县城会合。至于张厚德这个狗贼，我们拿他的狗头祭旗。"

众人听了，分头出去了。

是夜，一轮明月高高挂在夜空，村子里的灯光次第熄灭，只有族长张厚德家还灯火通明。

张琏带了几个人，黑衣玄裤，各执兵器，踏着夜色径直往张厚德家里走去。高墙大院外，大门紧闭。

张珀几人搭起了人墙，张琏悄无声息地爬了上去，纵身一跃跳进了院子。不一会儿，后院的小门吱呀一声轻轻地开了。

几个人鱼贯而入，跟着将门合上上闩，蹑步向内，钢刀在月色下闪着寒光。里屋点着一盏油灯，族长张厚德正和两个儿子低声地说话："官军估计下半夜就到了。"

他的一个儿子恨恨地说道："这么多年，他们对咱家一直心有怨恨，这一次，咱们旧账新账一起算！"

张厚德："你们两个都给我打起精神，官府的人一到，就带人把他们家围住，一个都不许放走！"

张琏一听，心中更加愤恨，冷笑道："老不死！当年你害死我爹爹还不够，现在又要把我们一家连根拔起才甘心？"

张琏用手轻轻试推了一下房门，门是虚掩的，房门吱呀一声开了。

屋内的父子三个惊得跳了起来，张厚德喝道："谁！"

张琏他们顺势窜了进去，张厚德刚想大声喊人，一把锋利的钢刀就架在了脖子上。

他的两个儿子刚要起身，两把明晃晃的钢刀就架在了他们的脖子上。张厚德知道已经没有反抗的余地，啪的一声跪地求饶。

张琏却不理他，吩咐一个手下："还愣在那里干什么？把他们给我绑起来！"

张厚德连道："别杀我们！别杀我们！阿琏……"没叫得几句便被捆了个结结实实，又被几块破布塞住了嘴巴。

挣扎过程中，弄出了一些动静，张德厚的管家来到门口轻声问："老爷，老爷？"

房门突然开了，一只大手抓着他的衣领生生地拖了进来。管家为虎作伥，张琏兄弟从小没少挨过管家的白眼和拳脚。

还没弄清楚发生了什么事情，刀尖深深插入了他的心口，管家嘴里含糊不清叫了一句什么，身体软软地倒在地上。

张厚德父子看了，自知在劫难逃，父子三人吓得缩作一团，老头眼里大颗的泪水滚落而下，拼命地磕头。

张琏也不说话，手起刀落，张厚德的一个儿子当场毙命；另外一个儿子站起来就要往外面跑，张珀大刀一挥，那个儿子也倒在了血泊之中。

张厚德一看急眼了，低着头就往张琏身上撞来，张琏顺势抓住他的发髻，手起刀落，张厚德的脑袋便拎在了手中。

张琏双腿扑通一下跪在地上，仰头轻啸了一声："爹，孩儿为您报仇了！"

兄弟几个也跟着跪在地上，朝着父亲坟地的方向磕头拜了三拜。

杀了族长父子三人，张琏几人又提了刀去寻张厚德的其他家人。

不到半个时辰，张厚德的妻妾、儿媳、孙子孙女还有一些家丁被杀了个精光，张琏兄弟抹抹刀上的血迹，在前房后院点了几把火，火借风势，瞬间一片火海。

下半夜，饶平县城门前突然亮起了数支火把，有人大声地叫门。

城上一名兵丁在瞌睡中被惊醒，伸出头来，恼怒地吼了一声："干什么的？大半夜号丧啊！"

城下传来期期艾艾的声音，伴随着几声干巴巴的哭泣："军爷，真说对了，我家老爷夜里去世，特到城里报丧来了。"

又哭又求，官兵弄得厌烦，就去拉动绞绳，吊桥缓缓放下，城门吱呀吱呀打开。

数百名手执各色兵器的大汉突然间冒了出来，把开门的兵丁吓了一大跳，刚要叫，被人一刀砍翻在地。

所有人把火把点亮了，城楼下顿时火光一片，耀如白昼。嘈杂的声音惊动了城楼上的兵丁，有人探了个头，惊叫了起来。

一伙人直扑城楼，杀气腾腾，兵丁见势不妙撒腿狂奔。

人群很快涌到了县衙门前，大门紧闭，有人便找来一根巨大的木头合力撞门，只听得轰的一声巨响，大门被撞开，数百人冲了进去，有几个衙役出来阻拦，被汹涌的人群一个接一个地砍翻。

突然有人在后门边上叫喊："林丛槐带着家眷跑了！"

张琏在人群中高声喝道："不管他了，去官仓！"

一群人又呼啦一下往官仓这边涌来，不多时，官仓被砸开，张琏指挥人将库银打包堆到了独轮车上，数十个人推着车子就走。

正这时，有人失魂落魄地跑了过来："大哥，围剿我们的官兵又回来了，正在逼近县城。"

张琏叫道："慌什么，往西门走！"

大队人马奔向西门，出城径直往码头去。

码头上停靠了数十艘渔船，张珀打了个呼哨，船上放下跳板，张琏指挥众人把独轮车上的库银迅速搬到船上。

天蒙蒙亮，库银全部搬完，张琏最后一个踏上船，欢喜地说道："行了行了！等出了海，就什么都不怕了！"

张珀却惊叫了一声，手指来的方向："追兵来了！"

张琏顺着他的手指望去，只见远处正有一拨兵马赶来，张琏急急地吼道："起锚，撤！"

数十艘船扬帆起航顺流而下，不一会儿就把官兵远远地甩在了身后。

张琏兄弟驾船从水上顺流而下，约莫走了两个时辰，前面江海交接处，忽然看到影影绰绰的几艘大船。

船上人大吃一惊，张珀紧张地说："莫非是海门所的水师出动了！若他们堵住了江口，我们就插翅难逃了！"

正惊疑间，但听大船上火炮大作，几发炮弹落在了渔船的周围，激起冲天的水花。

张琏心里当下一紧，喝了一声："加快速度，冲过去！"

众人拼命划起桨来，渔船与大船越来越近，他们这才看清，三艘水师战船堵在了江口，几无过去的可能。大家不禁慌乱了起来。

就在这时，远处突然传来密集的火铳声，原本攻击张琏这边的官军，全都跑到船舷的另一面去了。紧接着，水师战船上传来惊慌的叫喊："撤！撤！撤！"

三艘大船撤离江口，飞也似的往海门所方向跑了。

张琏等人惊魂未定，便见十数艘船只从海面上开了过来，待来到近前，张琏这才发现，这些船只挂着大埔白扇会的旗号，其中一艘船船头站着的人是白扇会首领郑八的得力干将萧晚。

张琏站在船头，高声呼喊。两边的船靠在了一起，张琏跳到萧晚的船上去。原来郑八接到张琏的密信之后，命萧晚率船从水路过来接应，看到水师堵截张琏他们，萧晚率船群起攻击，水师不明底细，吓得落荒而逃。

寒暄之后，萧晚问："一切都还顺利？"

张琏哈哈一笑："顺利！这次部署周密，咱们白扇会的成员全带出来了！"

萧晚："好，大当家的正在寨子里等我们呢！"

张珀大喜："走！"

日暮时分，船队顺利地来到了大埔。

码头上，八炮齐鸣，郑八亲自上前迎接。

张琏跳下船，冲郑八深施一礼："属下参见舵主！"

郑八哈哈大笑："早就盼望着你们来，有你张琏的加入，我白扇会又多了一员猛将啊！"

聚议厅里早摆上了数十桌酒席，首席上，郑八向张琏逐一介绍宾客，都是闽广两省的义军首领，有程乡的林朝曦、梁宁，大埔的罗袍、杨舜，小靖的张公佑、赖赐、李东津，连城的鲍荣、鲍虎两兄弟。

郑八清了清嗓子，道："各位兄弟，大家都是名震一方的梁山好汉，今日相聚在了我白扇会总舵，蓬荜生辉，这一杯，我先敬各位。"

众人闻言起身，一饮而尽。

重新落座，程乡林朝曦说："郑舵主，今日你这里可是英雄大会，闽广两省的通缉要犯齐聚一堂啊！"

郑八："今日邀请各位前来，就是想与大家共商大事。如今嘉靖皇帝荒淫无道，官府昏庸无能，不消说我们没了生计，多少黎民百姓都没有了活路，既然被逼上了梁山，何不趁机举事，共图大业？"

连城鲍荣："我兄弟二人早有此意，只是孤掌难鸣，一直未能做成大事！"

萧晚笑呵呵地说道："你们今日是来对了地方，我白扇会的成员遍天下，早有逐鹿中原、问鼎天下之意，大家要是不怕死的话，就跟我们一起干吧！"

林朝曦一拍桌子，大声说了一句："那还等什么，反了！"

众人纷纷响应："对，反了，反了！"

待众人安静了下来，林朝曦道："大当家的，你德高望重，就请出来当我们的盟主！"

郑八微微一笑，推辞道："我郑某行走江湖数十年，生死早已置之度外了。但我老了，领导各路义军必力不从心。依我看，今日就在你们中间选出一个首领，运筹帷幄，统御四方。"

萧晚有点着急地说道："大当家的振臂高呼，必一呼百应，你不做盟主谁敢做盟主？"

郑八笑而不语，坚辞不受。

各路叛军相互不知道底细，无人敢牵头也不好推荐他人，大家面面相觑。见大家为难，郑八又笑了，说："我来推荐一人，应是最佳人选！"

大家齐刷刷地看着他。

郑八手指下方："这位兄弟足可担纲！"

大家一看，原来是张琏。见众人不解，郑八慢条斯理地说道："替天行道，会盟起事，必须要有过人的胆略、精明的头脑、德服四方的威望。"

众人屏息静气，竖起耳朵听着。郑八接着说道："诸位都是当今英雄豪杰，胆略、精明、威望自不必说，但有一样却不具备，那就是天意。这位张琏兄弟虽然跟你们一样出身草莽，但他有衙门当差的经历，有上阵杀敌的胆色，有文武兼修的谋略，最关键的是，他有'飞龙人主'印玺，这是号令四方的天意，你们不选他，选谁？"

众人幡然醒悟，一致说好。

当下，各路歃血为盟，推选张琏为义军盟主。

当上了盟主的张琏带着队伍杀回了家乡饶平，在柏嵩关张项山筑起了宫殿，修建起了城堡。张琏在柏嵩关上祭拜天地正式称帝，号"飞龙人主"，改元"造历"，国号"飞龙"，并开科置官，封萧晚、罗袍为王，封林朝曦为大将军，其他人等皆得封赏。

"飞龙国"建立后，张琏于嘉靖四十年（1561年）兵分三路出击粤、闽、赣、浙四省，命林朝曦率军由粤东北上；命萧晚、罗袍率兵攻打闽西、赣南，他自己则率主力部队直取浙江。

一时间，飞龙军声势浩大，举国震动。

宜黄，谭家洲。

谭府外，一片白色笼罩，白灯笼、白幡，连白烛的灯光都那么惨淡。

谭府大堂正中，就是设着谭镐的灵堂。

白花圈摆满灵堂两侧，最前面的，是一副挽联："一生授业，呕心沥血，育来桑梓苗成栋；数载辛劳，家国天下，忍顾陋室羽化鹤。"

"父亲，父亲……不孝子来晚了！"谭纶跪在灵堂前面不住地叩头，声声哀号，令人潸然泪下。

巧儿赶紧上前欲扶起谭纶："二哥，切勿伤心了。父亲临终时，都还在念叨着您……您刚刚舟车劳顿，父亲肯定不愿意看到您这样伤心的……"

巧儿一边劝慰，一边自己也忍不住抹眼泪。谭纶挣脱巧儿的手，磕头不止，哭声凄然。

巧儿苦劝不住，只好跟着谭纶跪在灵前，泪水簌簌而下。

灵堂内哭声一片，谭家人不忍再劝解谭纶，任他哀伤哭号，失去亲人之痛，只有大哭才能纾解。

治丧期间，前来吊唁的人络绎不绝。

谭家书香门第，祖上出了不少官员，加上人缘极好，出殡的那天，送行的队伍排到了十里开外，成为宜黄轰动一时的奇观。

宜黄人办丧事，礼节繁缛复杂，凡大户人家举行丧礼，亲朋好友赴奠，直系亲属早中晚烧香灵前回礼。

谭纶作为三品大员，对于父亲丧事自然不能草率从事。出殡之后每七天要祭祀一番，称之为"做七"；满一个月称为小月，满四个月称为大月，要大祭；头两年的春分、秋分时节要上坟烧纸钱和衣物，称之为"挂纱"；三年内还要满周年、过冥寿、春冬祭，所以一直要到三年后的服除之日，隆重将牌位送入宗祠，整个治丧过程才算最终结束。

转眼到了四月下旬，谭纶一家刚做完"五七"，宜黄知县杨淮惊慌失措地来到谭坊，向谭纶报告了一个惊人的消息。

"谭大人！"一进门，杨淮就嚷嚷开了，"广东饶平巨贼张琏造反了，张琏联合闽广反贼十万余众进攻粤、闽、赣、浙四省，现在已有一支队伍进入江西境内，逼近宜黄县城。"

谭纶："听说了，张琏杀族长、抢库银，聚众谋反，朝野震动。"

杨淮："打到江西的这支是张琏的飞龙大将军林朝曦，他们从闽西进入赣南，一路势如破竹。十天前破了南丰，近日已有一股三千人的队伍打到了我县的新丰。"

"这么快？"谭纶大吃一惊。

杨淮："这股反贼兵分两路，沿宜水、黄水顺流而下，大肆洗劫沿岸的村庄。崇贤乡河口村李孟三率乡兵抵御，杀反贼三十余人，嗣后反贼疯狂报复，杀死乡兵八十多人。"

谭纶："县城有多少兵马可以一用？"

杨淮："宜黄本有营兵一百一十六名，一半守县，一半在抚州营操练，分班按季轮换。为应对林贼进犯，我已向抚州知府大人王度呈请，让这一百一十六名营兵全部归营。"

谭纶沉吟片刻："我从浙江带来了三十余名亲兵，谭家还有百十来名青壮男丁，可带他们一起去守城！"

杨淮十分感动，但他还是拒绝了："谭大人的赤诚令下官感动，只是反贼声势浩大，敌众我寡，县城危在旦夕。大人是朝廷重臣，千金之躯，不容任何闪失，我此番前来就是要请大人移驾抚州暂时避难，您有任何损失下官担受不起！"

谭纶坚定地说："不行，谭某在浙江抗倭，什么风险没经历过，今家乡受难，岂可临阵脱逃？"

杨淮跪地不起，哽咽道："请大人移驾抚州！"

谭纶："谭绲！"

谭绲一身孝服地过来："哥！"

谭纶："速去召集青壮子弟，跟我一块去守城去！"

巧儿眼泪滚落了下来："二哥你都丁忧去职了，还逞什么能！"

谭纶正色说道："二哥虽然去职了，但我还是大明的臣子，保境安民是我们做臣子的天职。"

巧儿一顿脚："那你们都走了，谁来保护我们这些老弱妇孺？"

谭纶对大哥谭经说道："大哥，你把他们带去抚州，县城若是守不住，我来抚州来跟你们会合！"

谭经点头："好！"

众人拗不过，只好听从了谭纶的安排，大家分头行动，平静的谭坊顿时紧张了起来。

宜黄河东，卓望山下，宜水与黄水在此交汇，宜黄因此得名，两河汇拢后变得更加宽阔。

叛军首领梁宁站在卓望山头往县城眺望，河东与县城隔河相望，贯虹、附东、通济、丰乐四桥连接两地。此刻的四座大桥上，堆起了拒马，还有高高的沙袋，沙袋上面，是严阵以待的官兵。

县城那边沿河的堤坝上，旌旗林立，戒备森严。

一名探子向梁宁报告："宜黄县本来只有营兵百十来号人，但他们动员了全城的青壮男丁，整个城里的守兵不下三千人。"

梁宁满脸的狐疑："看这些工事和布防，不像是一般人所为。"

探子："城里有个刚刚去职返乡的大官叫谭纶，他是浙江布政司使右参政兼海道副使，带了三十多个亲兵帮助守城，估计这些城防工事都是他布置的。"

"原来有高人在此！"梁宁倒吸了口冷气，又问，"这四座桥易守难攻，有没有其他路径进城？"

探子回道："有，从黄陂二都方向过来，有一条陆路通往县城。"

梁宁："陈绍禄率部沿黄水而下，现在到哪了？"

探子："驻在涂家寨上。"

梁宁点了点头："通知陈绍禄，让他们明日从南面攻城。我部从县城下游渡河，绕回来攻打北面。"

探子身子一挺，大声地说道："是！"

宜黄县城的凤凰山上，谭纶带着梁进、杨淮他们向河东这边瞭望，一河之隔的大堤上，站满了黑压压的叛军。河东桥头的村落升起了连天的烟火，那是叛军们纵的火。

谭纶面容冷峻，心情沉重。

杨淮："我已派出快马往抚州报急去了，请知府大人派兵过来增援。"

谭纶叹息了一声："没用的，抚州那边也岌岌可危，林贼兵分数路同时攻打金溪、南丰、崇仁等县，下步的目标就是抚州。以抚州现有的兵力，自身都难保，哪有兵力来支援我们。"

杨淮有点着急："可我们宜黄不一样呀，你谭大人在这里，王知府安能放手不管？"

谭纶："他不是不想管，是管不了。各县只有各自为战，等待朝廷的援军打过来！"

杨淮心里一阵茫然，无奈地叹息了一声。

这时梁进突然叫了一句："快看，反贼退了！"

谭纶他们举目望去，果然，叛军列队整齐，往宜黄棠阴方向去了。

杨淮面露喜色："定是看到我们这边戒备森严，不敢轻易进攻，转往他处去了。"

谭纶仔细看了一阵："反贼们队列整齐，士气高涨，不可能轻易退兵。东井那边有渡船可达谭坊，谭坊过来也就一二十里，咱们切不可掉以轻心。"

梁进："大人，您的意思是我们要加强北面的防守？"

谭纶点头："不光是北面，有一股反贼正从黄水方向过来，南北两面可能同时发起攻击。杨知县！"

杨淮应了一声："在！"

谭纶："你带人防守城南，反贼攻城，即刻示警！"

杨淮领命带人往城南去了。

谭纶又吩咐谭绤："你带乡兵速返谭坊，通知沿途百姓往桃陂方向转移，天黑之后，袭扰叛军。"

谭绤："好！我就在城外跟他们打游击！"

谭纶："敌众我寡，不可恋战，得手后迅速转移！"

谭绤："放心吧哥，这里的一草一木我都熟悉着呢，反贼讨不到便宜的。"

谭纶："去吧！"

梁宁从河东调头转向棠阴方向，直插东井，抢了几艘渡船，一千五百多人一拨一拨地过河。

东井对面，是一个三面环山一面临水的沿坪村，村内数十户人家早已得到谭绤的快马示警，全村人躲到了后山当中去了。

看天色将晚，梁宁命人将村民来不及带走的牲畜、值钱物品洗劫一空，就地安营扎寨，准备第二天攻城。

由于连日的奔波劳累，是夜，叛军们睡得都很沉。下半夜，一支数十人的队伍一袭黑衣短打，出现在了村子边上，为首的正是乡兵首领谭绤。

　　谭绬警惕地观察了半晌，只有四名值哨的士兵抱着长矛倚在村口的大树底下打盹，村子里行军帐篷一座连着一座，帐篷里、屋檐下全是人，老远都听得鼾声四起。

　　谭绬右手轻轻一挥，四名手执匕首的汉子闪电般窜至哨兵的跟前，手捂哨兵的嘴鼻，匕首从喉咙抹过，四名哨兵软塌塌地瘫倒在地。

　　谭绬轻声喝了一句："上！"

　　后面的人手执长刀蹑步疾行，几人一组突入村舍、营房，刹时间，寒光四起，许多人在睡梦之中掉了脑袋。

　　终于，有个人披头散发的从屋内奔出，魂飞丧胆地狂呼："杀人哪！杀人哪！快来人哪……"

　　一名黑衣男子追上前，一刀劈在了他的背部，那人扑通一下倒了地上。

　　凄厉叫喊声打破了夜的宁静，紧接着，各营房次第亮起了火把，叫喊声、脚步声乱成了一片。

　　几名黑衣汉子直奔马厩，挥刀砍翻几名放马的反贼，打开围栏，用刀背狠击几匹马的屁股上，战马受惊四蹄腾空，往门外就跑，紧接着数百匹战马紧跟后面嘶鸣着往外奔涌。

　　谭绬呼哨一声，黑衣汉子们从各个营房内奔出，一个个抓住从身边奔跑的战马，翻身跃马眨眼消失在夜色当中。

　　他们的身后，一座座营房火光冲天，叛军们如无头苍蝇一般四处乱窜。

　　天边刚露出一丝鱼肚白，梁宁一脸的阴郁走在一座座残垣剩壁之间，到处是血肉模糊的尸体。

　　一名军官近前闷声汇报："将军，昨夜我军损失惨重，伤亡七十六人，三百多匹战马失踪！"

　　看着那些被烟火熏黑、惊魂未定的士兵，梁宁怒得咬牙切齿，下令："集合队伍，立刻攻打县城！"

　　那名军官似乎有点犹豫："将军，士兵们刚刚经受一夜的惊扰，要不要吃了早饭再打？"

话音未落只听得"叭"的一声，梁宁的马鞭抽在了他的身上，军官身子斜了
一斜，又立即挺直。

"拿下县城再吃早饭话，违令者斩！"梁宁恶狠狠地说。

"是！"军官大声回道。

宜黄县北，谭绹率领黑衣汉子驱赶着三百战马奔涌而来。

此刻的丰乐桥边，早已堆起了二丈多高的沙袋，官兵严阵以待，就等着叛军
的攻城。

一个时辰之后，黑压压的叛军出现在了城南。

梁宁面露凶光，长刀一挥："杀！"叛军持刀挺枪，蜂拥向前。

谭纶大吼一声："打！"

几支火铳发出巨响，叛军顿时惨叫连连，有人返身就跑，沙袋上的官兵开弓
放箭，箭如雨飞，又有一批叛军倒在了血泊之中。

待叛军跑出了射程范围内，谭纶又喝了一声："停！"

城内青壮快速跑动了起来，源源不断地把木料石块抬了上来。

梁宁看得真切，气急败坏地吼道："冲！冲！"

返身奔逃的叛军收住了脚步，又开始往沙袋下冲。

等叛军冲到了沙袋底下，石灰和石块倾泻而下，激烈拼杀之后，谭纶又一次
地打退了叛军的进攻。

城南的庵眉山口，陈绍禄的部队几乎在同一时刻发起了攻击。

叛军们动用了数十辆独轮车，车上蒙着打湿的棉被，士兵们举着藤牌往城门
前靠拢。

距离七八丈远的地方，杨淮大喝一声："放油！"

沙袋上，立即有人手拎油桶瞅准独轮车泼了过去。

几支火把扔了过去，很快燃起熊熊大火，火舌把独轮车后的叛军士兵都吞了进去。

叛军受此惊吓，又一个个地往后退去。

县城南北两端的战斗一直持续到黄昏日暮，叛军无奈，下令后撤安营扎寨。这一晚，梁宁为防止官兵偷袭，从六里铺一带安排了流动哨，又在营帐外围了一圈竹栅栏，五步一岗三步一哨。

经历一天的恶战，叛军们一个个人困马乏，很快沉沉地睡了。

子夜时分，营帐外面突然传了一阵密集而急促的马蹄声，警报的鸣锣骤然响起。

然而马队来得实在太快，都没等梁宁他们反应过来，一支银盔亮甲的大明官军疾风骤雨般地闯进了叛军大营。

这队官军较之昨晚的偷袭者更加凶猛，一个个有如虎入羊群见人就砍。刹那间，叛军大营铁蹄翻飞寒光闪闪，叛军们被吓得魂飞胆丧四散而逃。

这场虎驱羊群的追逐足足进行了一个时辰，终于，梁宁镇定了下来，他一面收拢队伍，一面开始反击。

夜色下，只见一名白马银枪的将官喝了一句："撤！"

那些人如风一般往县城方向奔去，一下子消失得无影无踪。

台州大捷

嘉靖四十年（1561年）四月二十五日，宁海卫。

海面上起了一层薄薄的晨雾，被这海风一吹，渐渐地向着卫城飘来，很快，军营笼罩在了一片白色的雾气之中。

一阵阵清脆的号角响起，卫所官兵一边冲出营帐，一边忙乱地系着衣扣，紧张的列队出操要开始了。

而此时城外的树林里，透过薄雾隐约可见，无数影影绰绰的人向着北门这里奔来。

瞭望塔上，终于有人发出惊叫："倭寇来了！"

急促的锣声"哐哐哐"响起。

这时巡逻的士兵已经可以清楚地看到，足有上千名倭寇架着梯子，背着绳钩，蜂拥而来。

宁海卫带队出操的将官吼了一句："上城墙！"

士兵们顿时紧张起来，一个个迅速地往城墙上奔去。转眼间，倭寇们已经奔到了城下。

城头的士兵开始放箭，前面的倭寇惨叫着倒下，而其他的倭寇毫不退缩，有人搭上绳钩，有人架起云梯，拼命地往城上爬。

守城的士兵们纷纷抽出刀剑，把搭在城垛上的绳钩砍断。还有些士兵拿着长枪和钢叉，把搭上城头的梯头给推掉，

爬梯子的倭寇们往往刚刚爬上去一半，就凌空摔了下来，

倒在地上七荤八素的，被一边的同伴们拉起，然后继续向城头攀爬。

倭寇的尸体在城下已经堆积了数十具，但一个人死了，往往就会有两三人补上，双方激战僵持不下。

松门卫，戚继光一脸的冷峻。

与他一样冷峻的，还有副将胡守仁以及一众的将官。

戚继光："据可靠消息，倭首黑田义雄聚集了两万之众，准备大举进犯我浙江沿海。就在今日清晨，一千多个倭寇突然在奉化西凤岭登陆，正在攻打宁海卫。"

胡守仁："那还有那么多的人去哪了？"

戚继光："目前尚不清楚，以我的判断，台州、宁波、绍兴都有可能是他们的目标。"

胡守仁："那咱们怎么办？"

戚继光沉声回道："分兵御敌！传令，把总楼楠、指挥刘意镇守台州；胡守仁、张元勋镇守海门；兵巡金事唐尧臣协守新河；把总葛浩、任锦率水师出击海上！"

众将接令："是！"

胡守仁："那宁海卫谁去？"

戚继光："陈大成！"

陈大成大声应到："在！"

戚继光："带一千五百兵马，随我驰援宁海。"

陈大成："是！"

出发的号令呜呜响起，戚家军风驰电掣般奔了出去。

已经被围攻了三天的宁海卫，战斗进入白热化。

一架云梯终于靠上了城楼，爬在最上面的倭寇纵身一跃，从垛口里跳上了城墙，一名士兵执矛向他刺来，倭寇一个闪身躲过刺击，又顺势拔出倭刀向士兵砍去。士兵猛地低头避过刀锋，但头上藤制笠帽却被砍得飞出去老远，头发散落了下来，那士兵吓得扭头就跑。

又有几名倭寇趁机爬上了城墙，附近的守军慌忙过来阻击，垛口边乱作了一团。

就在城墙上险象环生的时候，一队铁骑突然出现在了倭寇的后方。

战马飞驰，戚继光大声喝道："杀！"

一时间，喊杀声震天。

戚继光伏身紧紧贴在马背上，大白马四蹄翻飞。

一支利箭"嗖"的一声朝戚继光飞了过来。

"将军小心！"在戚继光左侧的陈大成一声惊呼。

戚继光猛地一侧身，箭矢贴着身边飞了过去，紧随其后的一名亲兵猝不及防被射中坠马。

戚继光红通通的眼睛里，杀气四溢，须臾便冲到了敌人近前。只见他一声长啸："拿命来！"军刀在空中划了一道寒光。

一名倭寇的眼中现出一丝恐惧，这军刀去势如此之快，而他根本无法躲避，只听咔嚓一声，刀锋深深地劈入倭寇的身体，那名倭寇的手无力地在空中乱抓了几下，嘴巴一开一合，似乎想要说些什么，眼睛睁得大大的，似乎不敢相信自己就这样给杀了。

戚家军紧紧跟随在后面，战场上立刻血光冲天，刀光剑影。

戚继光一击得手战意高昂，抡起军刀左砍右劈。两名头目模样的倭寇越过了死去同伴的尸体，扑向了戚继光，两把倭刀舞出白花花的光影。

戚继光哈哈一笑，军刀入鞘，从马背上提起亮银枪，双手一抖，暴喝一声"着！"，银枪直刺一名倭寇的面门。

那名倭寇大骇，想要抽身而退，却哪还来得及，只听得惨叫声响起，亮银枪生生地扎入那名倭寇的右眼，顿时血流如注。

戚继光双眼中红光一闪，杀意四现，只见他奋力抽出亮银枪，手腕一抖，以迅雷不及掩耳之势刺向另一名倭寇，枪尖透胸而入，那人在地上滚几下，便气绝而亡。

但倭寇毕竟训练有素、身经百战，短暂的退却和惊慌之后摆开阵形，朝戚家军迎了上来。

陈大成大吼："列阵！"

戚家军十二人一伍，很快摆成了一组组的鸳鸯阵。

"放铳！"位于鸳鸯阵前列的火铳手举铳击发，一排的倭寇倒下。又有倭寇从后面冲了上来，只听数声惨叫，几名倭寇被标枪扎了个透心凉。

倭寇人多势众，继续蜂拥上前，却被迎面刺来的狼筅弄了个手忙脚乱。狼筅是用长而多节的毛竹顶端装上铁枪头，倭刀虽锋利，却砍不断软枝，竹节层层深，能挡住长枪刺入。

一些身形矫健的倭寇侥幸躲开狼筅，或是用兵器挡开借势冲向明军身前，谁料更厉害的杀招还在后头，他们劈出的倭刀被前方藤牌手挡住，盾牌后面的长枪便猛地刺了过来。

倭寇的精湛武艺在此时毫无用处，很快许多倭寇就倒在了长枪和狼筅的刺杀之下。

长牌、藤牌抵御攻击，狼筅掩护队伍前进，长枪手突刺，镗钯手警戒支援，短刀手抵御侧面的攻击，戚家军勇不可当。

倭寇们开始惊慌、畏惧，最后便是逃跑，而戚家军在后面紧追不舍。

雁门岭上，倭寇头目井边三郎眼珠子都快要掉到地上了，夜光下，戚继光威风凛凛地挡住了去路。

井边三郎狠狠地一跺脚，后半脑袋的几根毛儿在风中凌乱地飘舞，他厉声吼道："杀！"

倭寇们嘴里"呀呀"地叫唤，双手紧握倭刀，蜂拥上前。

　　陈大成率数十名侍卫呼拉上前想围护戚继光，然而戚继光已抢先一步冲了出去，戚家军一看，也跟着冲了出去。

　　井边三郎本是日本肥前国一等一的高手，刀法准确凶狠。

　　戚继光的嘴角边挂起一丝冷笑，身形一动，快得如闪电一般，迎着井边三郎就直上。

　　井边三郎举过头的倭刀对着戚继光恶狠狠地砍下，这一刀，势大力沉。

　　戚继光身形一晃，身子猛地往斜刺里蹿出，不仅轻松地避开了迎头斩下的那一刀，而且飞快地掠到了井边三郎的身侧。

　　井边三郎做梦也没有想到戚继光的动作如此之快，可自己招式已经变老，再想闪身或者撤招已经是不可能，情急之下，一个侧身右飞腿，企图把戚继光踢倒。

　　然而还没等他的右腿踢过来，戚继光已抢先一步一个旋风扫堂腿，正扫在井边三郎左腿上，只这一下，井边三郎闷哼一声身子向后倒去。

　　戚继光顺势向前抢了半步，右手的反手刀飞快地划过井边三郎的脖子，左手一探，抓住了井边三郎脑袋上的那绺冲天的束发，只轻轻一提，这颗丑陋凶恶的倭首，就从脖子上搬了家。

　　在戚继光干净利落击杀了井边三郎的同时，陈大成这边也接连斩杀了几名倭寇，激烈的刀兵相交的声音在空旷的山间响起。

　　戚继光站在高处举起井边三郎的脑袋，直面眼前这数百名倭寇，厉声吼道："再敢顽抗，就是这个下场！"

　　倭寇们一看主帅被杀，一时不知道如何是好，顿时作鸟兽散，坠入瓜陵江淹死的不计其数。

　　等打扫完战场，已是下半夜了。

　　然而还没等戚继光的兴奋劲过去，就见陈大成面色凝重前来报告："刚刚提审了几名俘虏，明日会有一股倭寇攻打新河。"

　　戚继光的眼望夜空，眉头紧锁。

陈大成有点着急："将军，新河是我军需重地，仅有数百士卒驻守，城防十分空虚。再说了，嫂夫人及官兵的家眷都在新河，赶紧发兵救援才是！"

戚继光："此事没有那么简单，倭寇主力至今都未出现，却让小股倭寇牵着我们的鼻子到处跑。"

陈大成："那新河咋办？"

戚继光呵呵一笑："放心，我家那位母大虫在，倭寇一时半会拿不下来！再说了，唐尧臣带人正在驰援新河！"

陈大成恍然大悟："哦哦……嫂夫人的确是女中豪杰，有她在，守住新河有望矣。那……我部下一步该怎么办？"

戚继光："倭寇主力还未出现，令军士们稍作休整，天亮后往台州方向靠拢！"

陈大成："是！"

新河城的初夏，天亮得很早。

戚继光的夫人王瑛一身戎装伫立城楼，犀利的眼睛正看着远远的海面上，数十艘倭船正向岸边驶来。

戚夫人是四川南溪万户侯王栋将军之女，从小不爱红妆爱武装，一身武功比戚继光还强，是新河所里出了名的母大虫。

从城楼上下来，戚夫人大声地吩咐："收拢城内所有成年男女，速到武库门口集合！"

"是！"一名亲兵策马奔了出去。

而此时的新河城则是一片慌乱，大军已经被戚继光带走，倭寇却要来袭，众人纷纷收拾行囊准备出城逃难。

"哪里去？"逃跑的群众来到城门口，被戚夫人和她的卫队一把拦住了，戚夫人大声喊道："留在城中还可以拒城而守，若是逃到野外，你们跑得过那些倭寇么？"

"戚夫人，可如今城中已经没有兵力了，我们又拿什么守城？"一名背着大包小包的百姓说道。

"谁说城中没有兵力？你看城楼上，那数百精兵不是兵么？"戚夫人手指城楼，厉声喊道。

"可是，这几百人也不是倭寇的对手呀，城一旦破了，那可是血流成河啊！"人群中有人说道，面色焦急。

"赵大河！"戚夫人一声大吼。

赵大河挤过人群，急忙应了一声："在！"

戚夫人："你去书写安民告示四处张贴，让城中所有能拿得动兵器的人都和我一起上城去。"

赵大河忙不迭地答应着，转身离去。

见百姓们还在迟疑，戚夫人厉声说道："我一个妇道人家都敢上阵杀敌，你们这些男人反倒没胆子么？你们就忍心看着自己的妻儿被倭寇屠戮？"

戚夫人的话，让一些汉子无地自容。

"反正都是一死，不如跟他们拼了！"人群中，有人突然高喊了一声，受此感染，又有更多的人喊了起来："拼了！拼了！"

群情激昂中，大家跟着戚夫人一起来到武库门口。

"开门！"戚夫人冲库兵高喊。

库兵身子未动，嘴里嗫嚅说道："没有戚将军命令，谁也不能从库中取用兵器。"

"如今倭寇都快打过来了，若是没有兵器我们那什么和倭寇打？"有性急的百姓嚷嚷开了。

"这……"守库的小吏面露难色，但最终还是摇摇头，"军令如山，小的恕难从命。"

戚夫人闻听柳眉一竖，飞起一脚，把库兵踢翻在地。

亲兵上前，一把从库兵腰间取下武库钥匙，戚夫人冷冷地说道："赶紧给我滚开，戚继光若是要责罚你，你尽管来找我好了。"

库兵从地上爬起，低头弯腰不敢说话。

亲兵把库房打开，百姓一拥而入将军械库内存放的兵器取之一空，又穿上军服，随即跟着戚夫人一起来到了新河城上。

当两千多名倭寇冲到新河城下，只见城上站满了全副武装的士兵，旌旗飘飘、人山人海。

他们不知道，这些穿着军服的人里有许多百姓，包括女人。

细川藤孝挥刀向前："冲！"

密密麻麻的倭寇喊杀声震天，很快聚集到了新河城下。一架架云梯靠在了城墙上，倭寇们争先恐后地顺着云梯往上爬。

城楼上，戚夫人厉声喝了一句："起！"

只见城墙的垛口上伸出了数十杆碗口粗的大木头，每棵木头的顶部吊着一口大铁锅，冒着腾腾的热气。铁锅靠墙的一头由一根绳子系着，士兵们往上一提，铁锅在空中翻了个个儿，锅里冒着热气的东西兜头淋了下来。

这些铁锅里全是些搅拌了生石灰和屎尿的黄汤，带着冲天的臭气，淋得城下的倭寇们满身满脸都是。

由于已是初夏，倭寇们一个个赤脚裸臂，铁锅在城头上翻转，黄汤在空中飞扬，城下的数百名倭寇几乎无人幸免。有些人痛得在地上打几个滚后，再起来时身上已经大面积地开始脱皮了，城楼下顿时惨叫声此起彼伏。

后面的倭寇正一脚深一脚浅地踩在那些前面同伴的尸体上，见大铁锅里的东西全倒完了，又咬着牙往前硬冲。

戚夫人早已指挥了城上的官兵，弯弓搭箭，许多双手高举武士刀的倭寇接二连三地中箭倒地。

一个侥幸逃回的倭寇失魂落魄地往回跑，细川藤孝怒吼一声，一刀狠狠地劈过，那名倭寇还没来得及躲闪，脑袋就给斜着劈了开来，尸体扑倒在了地面上，鲜血溅得细川藤孝满脸都是。

　　细川藤孝的倭刀在空中乱舞，声嘶力竭地吼："冲！给我冲！"

　　后面的倭寇心一横，狂叫着返身又冲。

　　此时的城楼上滚木礌石齐下，又打退了倭寇的一波进攻。

　　战斗持续了一天，暮色渐渐降临。

　　就在倭寇准备收兵之际，一支劲旅，悄然出现了倭寇的后方。

　　透过影影绰绰的暮色全是人影，也不知道冲出来了多少人，细川藤孝大吼一声："守住后面！"

　　疲惫不堪的倭寇打起精神，冲上前去。

　　城楼上守兵也注意到了这一突变，有人高喊："援兵来了！"

　　"赵大河！"戚夫人兴奋得大叫了起来，"守住城墙，我带人杀出城去！"

　　赵大河来不及阻止，戚夫人带人已奔下城楼。新河城门大开，数百名军民冲杀出去，她策动枣红马舞着柳叶刀冲在了最前面，沿途倭寇纷纷倒在她的刀下，在她手下几无一合之将。

　　那些从暮色里杀出来的，是星夜赶来唐尧臣所部，尽是些手执狼筅、长矛和火铳的大明勇士。

　　倭寇在攻打新河城的时候就已伤亡不少，这下被强敌从后面包抄，一下就乱了阵脚，争先恐后地往海边跑去。

　　然而远处的海面上，此时已燃起了熊熊的大火，倭船上的水手们早被唐尧臣的部下杀了个精光，这会儿官兵正在放火烧船。

　　上百条倭船全都被浇了桐油，又挤在一起，燃起的火光照亮了半边天空。细川藤孝大惊失色，带着数百名余寇仓皇往台州方向突围。

　　雁门岭上，横七竖八地躺着官兵的身子。

　　一棵松树下，戚继光的双手抱剑贴在胸前，睡得正香。

　　天蒙蒙亮，陈大成步履匆匆地来到戚继光跟前，轻声叫了一句："将军！"

　　戚继光的眼睛蓦地睁开了，从地上一跃而起。

陈大成："刚刚接到哨报，倭寇主力分兵三路，袭扰桃渚、新河和健跳等处。被新河所击溃的倭寇，也正往台州方向靠拢。看样子，他们的主要目标应是台州。"

戚继光："终于露出狐狸尾巴了！命令各部，立即发兵台州！"

陈大成："是！"

四月的雨，说下就下。

透过迷蒙的细雨，戚家军步履如飞。

夜幕时分，陈大成浑身湿透策马来到戚继光的马前："将军，攻打桃渚的倭寇在城下虚晃一枪，掉头奔台州方向去了，围攻健跳的倭寇也往台州方向移动！据各地传来的消息，倭寇全都在往台州方向聚集，总数估计超过一万人。"

戚继光："不能让他们在台州城下聚集，命令各部就近阻截！"

陈大成："是！"

戚继光抹了把脸上的雨水，问："这里离台州还有多远？"

陈大成："一百一十里！"

戚继光："天亮之前，我们必须赶到台州！"

"可是将军……"陈大成看了看渐黑的天色，"现在都到了晚饭时分，将士们都饿了，是不是吃了饭再走？"

戚继光面色沉毅："天亮之前未到台州者，斩！"

戚继光率先冲了出去，向着身后抛下了一句话："让他们路上用光饼干粮充饥！"

数名亲兵随之冲出雨幕，马蹄踏出翻飞浑黄的泥浆。

陈大成一咬牙，冲身边发愣的几名士兵吼道："传令下去，急速前进！"

一夜的急行军，天还未亮，一身泥水和疲惫的戚家军出现在了台州城下，这让守兵又惊又喜。

城门洞开，新任台州知府王可大三步并作两步迎上前来，紧紧地握住戚继光的手，激动不已："可算把你们盼来了……"

戚继光看了看四周，不解："倭寇还没杀过来吗？"

王可大："倭寇兵分三路来袭，距离最近的，快到花街附近了！"

花街，一个离台州府城只有三四里路的地方。

见戚继光身子未动，王可大有点着急："倭寇就要打过来了，请戚将军抓紧入城！"

戚继光一挥右手，坚定地说了一句："不行！"

王可大一脸的惊愕："怎么了？"

戚继光："守而不攻，徒劳无益，不如主动出击，消灭他们！"

王可大："敌众我寡，唯有倚城坚守方为上策啊！"

戚继光："正因为敌众我寡，才要分头击破。越守，敌人聚集越多，只能被动挨打。来人！"

陈大成匆匆跑了过来，应了一声："到！"

戚继光："传令下去，立即赶往花街阻敌！"

陈大成看了一眼饥肠辘辘疲惫不堪的将士，道："将士们都饿坏了，都以为赶到台州城里就能吃饭，你看这马上就要交战了，还不让吃饭，这怎么能行呢。"

一些伍长哨长也围了过来，纷纷诉苦："将军，就让他们吃了饭再打吧！"

这时，雨停了，天光大亮。

戚继光略一思索，向王可大说道："王大人，烦请将城里的大锅抬出来，我们就在这埋锅造饭！"

王可大很是不解，但依然照做，不一会儿，十余口大锅抬了出来。戚继光让人把米倒下去，放好水，又在锅底下生起了火。

戚继光大声地说道："将士们，饭就在这里，但倭寇却近在眼前，不是我戚继光不让你们吃饭，是倭寇不让你们吃饭。你一端起碗来，那边倭寇就杀了过来，你说这饭，还吃得下吃不下？"

人群中有人高喊："将军，那你说怎么办吧！"

戚继光："把他们打退了，咱们立刻回来吃饭！"

戚继光这么一说，将士们一个个的没了意见，吃饭的欲望立即变成了杀敌的动力。

"那还等什么，冲上去杀吧！"将士们纷纷叫嚷了起来。

戚继光对王可大说道："王大人，我们去花街杀敌，你带人好好守住这里，城外可加派兵民列阵于壕边，来往策应。"

王可大神情肃穆，重重地点了点头。

戚继光翻身上马，拔出鞘中寒光闪闪的军刀，下令："去花街！"

戚家军立即风一样地向花街奔去。

半炷香的工夫，戚家军和倭寇几乎同时到达镇子的两端。

"这么多人！"陈大成不由惊叫了起来。

戚继光放眼望去，光是髡头赤膊的真倭就有三四千人，裹挟在队伍当中的，还有四五千掳掠来的百姓。

戚继光："传令下去，注意不要伤到百姓！"

陈大成咬了咬嘴唇，点头："明白！"

倭寇队伍前头的细川藤孝愣住了，一支大明官军从对面的巷子口涌了过来。两军前锋在巷口停住了脚步，双方拔刀怒目而峙。

戚继光大声命令："丁邦彦！"

丁邦彦出列，大声应答："到！"

戚继光："命令你部为前锋左哨，从大路迎战！"

丁邦彦接令，一招手，队伍呼啦啦聚在一起。

戚继光："陈大成！"

陈大成过来。

戚继光："你部为前锋右哨，由江下前进击敌！"

陈大成身子一挺："是！"

戚继光："赵记、孙廷贤！"

赵记、孙廷贤出列。"你们两个为左右翼，分随左右前锋！"

赵记、孙廷贤领命："是！"

戚继光手举令旗，朗声宣布："众将官，胜败在此一举。临战怯战者，斩；不听号令者，斩！"

众人高呼："杀！杀！杀！"

面对数倍于己的倭寇，一千五百余名戚家军毫无惧色，风卷残云一样涌了上去。

戚家军列出的还是杀伤力巨大的鸳鸯阵，十二人为一伍，有条不紊地杀了过去。

细川藤孝一看，立即用日语高喊："一字长蛇阵！"

倭寇闻令迅速编成队列，朝着戚家军冲了过来。

这是倭寇横扫明军屡试不爽的阵法。

突前的第一伍鸳鸯阵的队长叫朱珏，膀大腰圆，步法矫健。

倭寇阵里最前面的是一名裸胸赤脚、手提双刀的粗黑汉子。

二人如仇人相见，外眼红。

双刀倭酋右手上的刀恶狠狠地照着朱珏的脑门劈了过来，朱珏侧身闪躲，倭酋的刀法十分娴熟，右手刀抢空还不等收回来，左手的刀便对着朱珏的腰身猛地砍了过来。

一劈一砍，在电光石火间一气呵成。

朱珏身后的队员一声惊呼，惊惧地睁大了眼睛。

然而，倭酋的刀快，朱珏的刀更快。只见他双手握刀迎着倭寇的单刀就砍了过去，两刀相交，发出巨大的兵器碰撞的声音。

随即，那名倭酋的长刀便飞向了空中。

朱珏也不等倭酋回过神来，顺势横地里往倭酋的脖子上抹了过去，那倭酋的脖子上瞬间割开了一道口子，一股鲜血喷涌而出。

倭酋似乎不相信自己的眼睛，失去倭刀的左手紧紧捂住了自己的脖子，直直地往后面倒了下去，尸首倒地震起了一阵黄尘。

在鸳鸯阵还没有发挥出阵法威力之前，朱珏跟倭酋的一个照面，居然就把这个倭酋给劈死了。

这让后面的倭寇惊惧不已。倭寇单打独斗的战斗力是很强的，况且还是个倭酋，那水平自然不一般，而朱珏居然能一个照面就把这个倭酋给劈死，那是极其惊人的。

就在倭寇胆战心惊之际，朱珏大发神威，在身后狼筅兵和长枪兵紧紧相随，一口气冲入倭寇的阵里连斩数人。

这一下，戚家军气势如虹，一个个如虎入羊群，奋力向前。而倭寇则在凌厉的攻击下很快阵脚大乱，节节后退。

一处房子的屋顶，戚继光俯瞰战斗的全景。花街内外全是人，每条巷子，都成了激烈搏杀的战场。

花街外围的丁邦彦、陈大成他们如砍瓜切菜般一路砍杀过去。

而巷子里的场景却让戚继光的眉头皱了起来。鸳鸯阵虽然威力巨大，在狭小的巷子里却施展不开，许多将士被挤在远远的后面干着急。

戚继光手中的令旗一挥，喝了一声："变阵！"

巷子里的鸳鸯阵瞬时演变成三人一组的小三才阵。

如果说鸳鸯阵是一把把威力巨大的大刀长矛，那么变阵之后的三才阵就可以说是一把把锋利的匕首和投枪，刺得快，刺得深，刺得如影随形。

倭寇虽然人多势众，但巷战的地形特点让人多的优势反而成了碍手碍脚的劣势，而戚家军在每一个局部战斗里其实都是以多打少。只是支撑了半个时辰，倭寇终于全线溃逃。

被掳掠的百姓也没人管，一个个抱头蹲在大路边瑟瑟发抖。

戚继光令旗一挥："传令中军，救人！"

戚家军中迅速分出一队人来，带着百姓就往台州方向跑。

倭寇在前面跑，戚家军在后面追。

乱军之中，细川藤孝和两个贴身侍卫被一队官兵团团围住。

细川藤孝和侍卫舞动倭刀，凶神恶煞地冲了上来。然而还没有冲到戚家军的跟前，他们就被狼筅挡住了，倭刀虽长但完全没办法和狼筅对攻，长长的狼筅可以尽情地刺杀他们，他们却攻击不到后面的戚家军，两名长枪手同时出枪，两名侍卫躲闪不及当场被捅死。

细川藤孝一看急眼了，怒吼一声身子腾空飞起，咔嚓一声巨响，粗大的狼筅竟然硬生生地从中间砍断。

长牌手护卫着长枪手上前，细川藤孝用刀接连荡开长枪，飞身一脚，巨大的力道将两名长牌手踢飞了出去。

细川藤孝一击得手，身形一动，快如闪电地扑向后面的几名士兵，就在此时，一声火铳的巨响，火光迎面而来，细川藤孝身子一震，扑通一声跪在当场，胸前瞬间出现了无数个弹孔，鲜血从弹孔里汩汩而出。

一名短刀手上前，一手抓住他的发髻，寒光一闪，细川藤孝的首级瞬间被提在了军士的手里，身子轰然倒地。

"命令前哨，堵住倭寇退路。"戚继光大声命令，丁邦彦的前哨立即飞奔过去，抄小道绕到了前面，堵住了倭寇的去路。

丁邦彦大喝："弓箭手准备！"

士兵们张弓搭箭，等候着倭寇的到来。

丁邦彦再喝一声："放！"

箭矢犹如雨点一般向倭寇袭去，这些倭寇身上少有铠甲挡箭，几波箭雨下去就留下了上百具尸首。

戚继光在屋顶上大喊："擂起战鼓，全军掩杀！"

震天的鼓声通通地响起，戚家军士气大振，倭寇在前面跑，他们在后面追着杀，一直把倭寇追到瓜邻江边，许多倭寇只好投江渡水逃命，这样被淹死的又不计其数。

这一战，倭寇伤亡上千人，全军溃败，戚家军解救出了五千余名大明百姓，自身仅仅伤亡了三人。

台州东北的一条乡道上，突然传来一阵塞塞窣窣的脚步奔跑声音。

透过隐隐的黄尘可以看见，一眼望不到边的乡道上出现了长长的的队伍，有的人剃着秃额月代头，头顶正中扎着一坨蒜头小辫；有的人光着上身下穿短裤，每人的手中，都握着一柄倭刀，或者其他各式的武器。眼神凶悍，像是一群凶残的恶狼。

他们奔跑时候队形整齐，速度飞快，看得出，这是一群训练有素、配合默契的冷血凶徒。

一名探马跑到倭首和泉细屋的马前大声地报告："将军，前面有个村子。"

和泉细屋勒住战马，手搭凉棚向前方观望了一会，手一挥："进村！"

命令迅速传到了各个小队，跑在前面的倭寇把整个村子围得严严实实，后面的倭寇如恶狼般冲进了村子。

顿时，到处是追逐和残杀场景，凄厉的惨叫声此起彼伏。

不到半个时辰，稍有抵抗的村民们倭寇斩杀殆尽，青壮男女被绳索串成数排，驱赶到了村中央的晒谷场上，由于惊吓过度，每个人都像是失去了元神的木偶，眼神无光，跌跌撞撞。

倭寇们将村民的财物洗劫一空，三五成群地烧鸡烤鹅，就着抢来的美酒胡吃海喝了起来。

和泉细屋和几名头目围坐在一大户人家的圆桌上，侍卫们端上来香喷喷的酒菜，一名头目仰头喝了杯中的酒，又咬了一口鸡腿，说了一句："痛快！"众倭寇纷纷喝了各自杯中的酒，厅堂上，传出了倭寇们放肆的笑声。

"今晚咱们就在这里休整一夜，明天一早赶到台州。"和泉细屋放下酒杯，说道。

"现在各路人马都在往台州聚集，拿下台州指日可待了。"一头目说道。

"攻下台州城，我第一个砍下知府的狗头，让他们的士兵闻风丧胆，再也不敢跟我们作对了。"一个头目借着酒劲，得意地说道。

"为了我们的胜利，干杯！"和泉细屋举杯，众倭寇纷纷响应。

狂欢一直持续到当天傍晚，一名探子跌跌撞撞的进来："报！"

"什么事？"和泉细屋抬着迷离的醉眼，"说！"

探子神色紧张："细川藤孝的部队在花街遭遇戚家军，几乎全军覆没，细川将军当场阵亡了……"

"什么？"和泉细屋腾地站了起来，酒醒了大半。

那几名头目也是十分震惊，一个个放下酒杯，站了起来。

探子："戚家军现在已向我方迅速靠近，距此已不到二十里了。"

"将军，怎么办？"一名头目问道。众头目的眼睛一齐看着和泉细屋。

和泉细屋在屋内来回踱了几步，转身，命令："集结部队，在山道上设伏，打他们一个措手不及！"

众头目大声应道："哈依！"

此时的山道上，晚霞退去，夜幕渐渐的降临。

花街大战之后，戚继光留下二百人助守台州城，自己率领剩下的一千三百人直奔大田。夜色里，一名士兵"咔嚓"一声点起了火把，紧接着，一支支的火把亮了起来，长长的队伍有如一条火龙，游走在山腰。

胡守仁来到戚继光的近前，报告："下了山，再有七八里就到大田了。"

戚继光止住了脚步，说："倭寇都在村里？"

胡守仁："是。据探子回报，足有两千多人。"

戚继光："咱们这么大的动静，倭寇不可能不知道。"

胡守仁："那怎么办？"

戚继光："这几天，我们来回奔跑了数百里，连轴打了三四战，硬拼伤亡很大。传令下去，熄灭火把，在山道两边设伏，以逸待劳消灭这股倭寇。"

胡守仁："是！"转身匆匆离去。

寂静的山谷里，两支部队相距数里，各自隐藏在密林里，静静地对峙。

谁也没有打的意思，谁也没有退的意思。一晃就是三天。

第四天夜里，淅淅沥沥的雨下了起来，倭寇终于熬不住了。

密林里，一名倭寇头目匆匆来到和泉细屋的面前："将军，村里的粮食都快吃光了，怎么办？"

和泉细屋一脸的阴沉："戚继光在跟我们比耐心，谁耐不住，谁先死。"

头目："派出去的探子都回来了，几支去台州攻城的部队都遭到了惨败，台州府城源源不断地加强了防守，看来咱们再去台州已无意义了。"

和泉细屋："回是回不去了，黑田将军命令我们登岸就烧船，让大家断了后路拼死向前。"

这时，雨更大了，和泉细屋返身瞅了一眼一个个浑身湿透的手下，沉闷地说道："向南是台州，戚家军挖着个大坑等着咱们，肯定不能走；向北是宁海，卢镗正在那里重兵把守，也不能走。现在能走的只有往西边去，仙居、处州方向。"

头目点头："那边的兵力薄弱，我们可以伺机往东，夺船出海。"

和泉细屋沉默了片刻，点头："传令，趁夜向西，直取仙居。"

头目应道："哈依！"

戚继光这边，胡守仁一路小跑的过来："将军，倭寇要撤了！"

戚继光蓦地抬头，问："消息可靠？"

胡守仁抹了一把脸上的雨水："我们在四周的山上布了暗哨，倭寇一有异动，即刻知道。半个时辰之前，就有部分倭寇撤出阵地转往中渡方向。"

戚继光："倭寇此去，必是向西，经上峰岭，出白水洋，偷袭仙居，窥视处州。传令，抄小路，直奔上峰岭！"

胡守仁大声回道："是！"转身欲走，戚继光又说了一句："慢着，让每个人背上一捆松枝，跑步前进！"

胡守仁怔住了："背松枝做什么？"

戚继光："去了就知道。"

第二天一早，雨还在下。

倭寇沿着上峰岭下谷地中的山道前往仙居，两边高山耸立，山路十分狭窄，仅容一人得过。

倭寇们裹挟着一千多名掳来的百姓单列行军，队伍断断续续前后绵延二十余里。一夜未眠，又饥肠辘辘，倭寇们步履蹒跚，已没有来时的张狂。

过了一个隘口，两边半山上，忽然长出了一排绿色的小树林，在光秃秃的山腰上十分显眼。

倭寇们不知道的是，这些灌木林的后面，隐藏着一双双警惕的眼睛。

"将军，打吧！"胡守仁轻声说道。

"不急，等他们队伍过半再打。"戚继光见他不解，又说道，"倭寇行军时候前锋和殿后都是精兵，就等到倭寇过半，我们再发起攻击。"

"是！"胡守仁回道。

戚家军在黎明时分到了上峰岭后，胡守仁才恍然大悟。这上峰岭虽然是个狭长的峡谷，但两边的山上光秃秃的，很难隐蔽。对此地十分熟悉的戚继光提前让大家带来松枝，松枝堆在半山腰上，马上成了一片小树林了。

终于，中段的倭寇全部进入了伏击圈，戚继光喊了一声："杀！"

一声炮响，火枪齐鸣，万箭齐发，倭寇纷纷倒下。

第一轮攻击过后，戚家军从半山腰上的松枝里钻了出来，居高临下冲入敌阵，喊杀声漫山遍野，很快就把一字长蛇的倭寇分割数段。

伏击突如其来，倭寇挤在羊肠小道上的仓促应战，将看不到兵，兵顾不到将，各自为战。而戚家军的小三才阵再次发挥了巨大威力，三人一组，有条不紊，一路势如破竹。

这时一处上山小道的路口上，几名戚家军士兵高举一面白旗，高喝："大明的百姓投奔此旗逃命！"顿时有数百人狂奔着上山。

倭寇的精锐部队从头尾两端陆续赶来，但被戚家军堵在外围，束手无策。山谷里的戚家军越战越勇，倭寇四面狼突，怎奈各个路口均被戚家军牢牢地堵死，不到一个时辰，进入山谷之中的倭寇全军覆没。

行进在队伍后方的和泉细屋一见不妙，迅速带人后退至北面的山下负隅顽抗。戚家军一拥而上，倭寇不敌，节节后退。

和泉细屋大吼一声："上山！"

倭寇们的身后是上界岭，上界岭峻削如柱，顶部虽然宽阔，却只有一条小路可以上去。必须鱼贯攀缘，才能上到顶部，否则就会掉下山涧摔死。

倭寇们掉头上山，准备抢占制高点，扼险拒守。

怎奈，戚家军的速度太快，将士用盾牌和长矛相互配合，还没等倭寇缓过神来，戚家军紧随其后就杀到了眼前。

此时的戚家军已在士气上人数上占据绝对的优势，个个都如过山猛虎，戚家军哨官娄子和率一批勇士斩关直冲，哨官吴惟忠等相继而登，众兵士蜂拥而上，倭寇只得四处逃命，被杀和悬崖上坠落者不计其数。

和泉细屋带着数百名残寇，拼死突出重围连滚带爬逃下山头，如鬼撵一般疯狂逃窜。

白水洋，朱家大院。

这是一座防卫森严的豪宅，内里有水井，还储备大量弹药粮草，外围是高墙，更有布局严密的鸟铳射击孔。

院门口，两名家丁靠在两边门柱上，懒懒地说着什么。

距朱家大院不远的一处拐角处，几名倭寇从墙角探头出来，贼头贼脑地观望了一阵。

一名头目手一挥，几名倭寇瞬间就蹿到了家丁的跟前。还没等家丁开口，两名倭寇扑上前一左一右捂住家丁的嘴巴，匕首随即捅进了家丁的心窝。其他的倭寇迅速冲了进去，惊叫和惨叫声在朱家大院里接连地响起。

不一会儿，和泉细屋带着大队人马出现在了村头，蜂拥冲进朱家大院。

等戚家军赶来的时候，和泉细屋和他的手下倭寇已牢牢占据了朱家大院，瞭望台上和射击孔里，全是一支支火铳和倭寇狰狞的脸。

"将军，怎么办？"胡守仁向戚继光请示道。

戚继光抬头观察了一会，沉声喝道："抬炮来！"

不一会儿，十余座虎蹲炮抬了上来，黑黝黝的炮口对准了高大的院墙。

戚继光下令："发射！"

震耳欲聋的炮声轰然响起，瞭望台上的倭寇被炸得凌空飞起；大院高墙几下就砸塌了一片，刚爬上墙准备开火的倭寇火铳手，全给埋了个严实。

没有了高墙的掩护，刚刚摆开防守阵势的倭寇顿时慌作了一团。

炮声一停，戚家军将士便争先恐后地杀了出去。朱家大院内负隅顽抗的倭寇纷纷被杀死。一些倭寇躲在屋顶上，或被戚家军将士用狼筅扫落，或被弓箭射死。

和泉细屋带着最后的数十名倭寇奔向后院的一座高楼，戚家军士兵围上前去，被倭寇射出的箭矢逼退。

戚家军一时奈何不得，戚继光到来后，看了一眼，命人把大捆的干稻草堆放在板车上，人躲在板车后面往倭寇躲藏的高楼底下推过去，倭寇的弓箭射在草堆上伤不到人。干草车抵达高楼下，撒上火药，点火。

瞬间，大火伴着浓烟熊熊燃起。倭寇们被烟火熏燎得涕泪横流，纷纷从高楼内蹿出夺路奔逃，被守在外面的戚家军用狼筅和长枪一一捅死。一些来不及逃出的倭寇，在高楼里就直接给烧死了。

和泉细屋满身是火地从屋里冲了出来，也辨不清楚方向，双手举刀，嘴里咿咿呀呀地狂吼着，那场面甚是骇人。见他冲到面前，将士们用长长的狼筅又把他推到场地中央，几番挣扎，和泉细屋慢慢倒下，渐渐地被烧成了一堆乌黑的焦肉。

　　史载，嘉靖四十年（1561年）四月二十六日到五月二十五日的一月时间，戚家军一战宁海，二战雁门岭，三战新河，四战花街，五战上峰岭，六战洋坑，七战长昂洋，八战沙镬洋，九战仰月沙，十战悬山，十一战小藤岭，十二战大藤岭，十三战长沙，平均约两天一战，十三战十三捷，阵亡二十人，歼敌五千五百人。此战沉重打击了沿海倭寇，一举扭转了明弱倭强的军力对比，戚家军由此声名大振。

江西宜黄县衙，突然亮起了无数支火把。

衙门前的街口外，一队官兵疾驰而来。

几名衙役举着几只灯笼，引着谭纶、杨淮等人从衙门里匆匆走了出来。

转眼，马队就到了近前，为首的一名青年将官翻身下马，抢前两步，扑通一声单膝跪地："李超来迟，见过参政大人！"

谭纶上前一把扶起，又惊又喜："你怎么来了？"

李超的脸上亦是充满是惊喜："大人刚走，浙江那边就收到了反贼进犯江西的消息，我怕大人有什么闪失，跟胡制台请了两个月的假，带了二百骑兵日夜赶来。"

梁进乐呵呵地咧着个嘴上前，冲李超的胸前捶了一拳："算你小子有良心！"

杨淮感叹地说道："李将军千里护主，这种忠勇与赤诚，真是令人钦佩！"

谭纶摆了摆手："唉……杨知县此言差矣，我与李超兄弟是战场上生死与共的兄弟，哪来什么主！"

梁进笑着对大伙儿说："咱们里面说话吧，李超兄弟日夜兼程，还不赶紧让人家休息才是！"

谭纶哈哈大笑："是是是！赶紧到里面去。"

众人在县衙内坐定，谭纶这才想起，李超他们刚刚经过叛军的营地，于是就问："你们方才是怎么通过敌营的？"

李超："傍晚我们到了桃陂，听说白天反贼攻城一天，晚上在六里铺驻扎，于是跟大家合计着趁夜偷袭，杀他一个是一个！"

谭绥笑道："昨晚我们就偷袭了他们一回，你这次再折腾，叛军们晚上可就睡不着觉了！"

李超："刚才我们粗略算了一下，至少也砍杀了数十人，我方没有一人伤亡。"

杨淮甚是欣喜："有了李将军的加入，我们宜黄守城就更有信心了！"

谭纶："我们不能光想着守城，时间一长，周边的叛军会过来增援，到时候我们还是受困于危城。"

杨淮："那怎么办？"

谭纶："在他们援兵到来之前击垮他们！"

杨淮："可是敌众我寡，怎么能击垮他们？"

谭纶呵呵一笑："经过这两日的接触，反贼虽众但毫无章法，不足为虑。谭绥、李超！"

谭绥、李超应答："在！"

谭纶："你们两个早点休息，明天一早率三百人从北关出，过四三卫，设伏在狮子山脚下，待反贼攻城返回，你们再趁机杀出，我们前后夹击剿灭这股来敌！"

杨淮闻听大惊："大人，我们真正能上阵杀敌的不到四百，而北边的敌军有一千多人，如何能够匹敌！"

谭纶笑了笑："狭路相逢勇者胜，当下反贼被我们袭扰了几次，又连日攻城不利，已是人困马乏、士气低迷。我们这边，数百勇士养精蓄锐，又挟地利之优势设伏突袭，定可以一当十！"

李超亦是哈哈大笑："杨知县就放心吧，谭大人带我们百战沙场无往不胜，昨晚我跟他们交过手了，不过一群乌合之众罢了！"

谭纶又令："梁进！"

梁进眼睛看着谭纶，拱手："大人！"

谭纶："你带二百民兵协助杨知县死守庵眉山口，不让南境反贼有丝毫可乘之机！"

梁进二人领命，朗声应答："遵命！"

谭纶目光如电，右拳坚定地砸在桌面上："等收拾了北部反贼，我们再一鼓作气，把南部反贼赶出宜黄！"

是夜无话，众人散去歇息。

第二天一早，县城南北两端的叛军再次猛烈地攻城，双方伤亡惨重。中午时分，梁宁带着手下无奈地返回六里铺行营。

叛军们又饿又乏，迈着沉重的步伐稀稀拉拉地出现在狮子山脚下。

突然间，狮子山上响起三声炮号，一队大明骑兵从山上呼啸而来，一把把军刀闪着骇人的寒光。

紧接着，叛军的后方也就是县城方向也传来三声炮号，另一队骑兵从后面冲了过来。

梁宁大惊失色，大叫了一声："不好，中埋伏了！"

还没等他下令，叛军们早已乱作一团。

两队骑兵一前一后，个个似猛虎下山，叛军不敢应战，撒丫子就跑。

梁宁连杀几个逃兵，怎奈更多的逃兵如潮水般涌来。

梁宁无奈，掉转马头就跑。

一时间，叛军在前头没命地逃窜，李超等人在后面如虎驱群羊一般追杀。狮子山下哭爹喊娘，叛军只恨自己少生了两条腿。

这时谭纶率城里的青壮男丁也杀出了城外，谭绤夜袭夺取的战马派上了用场，数百铁骑踏过官道上的青石板，发出密集而巨大的声响。

当官军追至沿坪渡口，已日暮黄昏，只剩二百不到的叛军残余渡河到东井，往南城方向退去。

宜黄城南，杨淮、梁进打退了陈绍禄部一次又一次的进攻。当天下午，叛军便得知了梁宁部溃败的消息，不待谭纶攻来，陈绍禄便率部仓皇后撤，引兵南丰，与林朝曦部会合去了。

几天之后，一个惊人的消息，让刚有了一丝安宁的宜黄县城，骤然又紧张了起来。

县衙内，杨淮手里拿着一份急件，匆匆来到谭纶的面前："刚刚抚州送来急件，林朝曦部纠集了五千人马正往宜黄开来，他们叫嚣着要拿谭大人来祭旗。王知府恳请谭大人速到抚州避一避！"

李超大声地嚷嚷："怕他们作甚，大不了鱼死网破！"

杨淮："李将军此言差矣，我们不用无谓的牺牲。宜黄山高林密，大不了遁入山林，留座空城给他们。"

谭纶沉吟片刻："宜黄无险可守，缺兵少将，若五千人马来袭确实难以抵挡，将百姓疏散到乡下山林避难，也不失为权宜之计。更重要的是，江西境内反贼猖獗，光是保全宜黄一县意义不大，只有奏请朝廷派重兵围剿，彻底平息四省之荼毒！"

杨淮："王知府也是这个意思。"

谭纶："反贼从南城过来几天能到？"

杨淮："两日便可兵临城下。"

谭纶："杨知县，请你即刻派人通知县城各户人家紧急到偏远乡下去投亲靠友，能带走的尽量带走，各乡里甲做好自保，遇敌不可对战，遁入山林为先。"

杨淮点头称是："明白，坚壁清野，反贼们无利可图，自然会早日散去。"

谭纶："反贼流袭击千里，已是烈火燎原之势。李超！"

李超："在！"

谭纶："你回一趟浙江，拿我的书信去请戚继光前来襄助！"

李超："是！"

谭纶回头对杨淮说："我们这一走，可是苦了宜黄的百姓，杨知县责任重大，还需尽力保全才是！"

杨淮悲壮而慷慨地说道："我杨淮受食皇粮俸禄，自当担起保境安民之责，请大人放心，下官誓与宜黄百姓共存亡！"

谭纶起身，毕恭毕敬地对杨淮深施一礼："谭某替父老乡亲谢谢您了！"

谭绖、李超、梁进也向杨淮鞠躬敬礼。

杨淮慌忙回礼："不敢当不敢当，大人这是要折煞下官了！"

"保重！"

"保重！"

众人恋恋不舍地道别。

谭纶等人在抚州避难两个多月，每日如坐针毡。

十月下旬，盼望许久的援兵终于迎来了。

谭纶和抚州知府王度率众出城相迎，文昌桥边，戚继光甩鞍下马，抢前几步施礼："末将来迟，还望大人恕罪！"

谭纶呵呵大笑，拉着戚继光的手："元敬千里来援，忠勇高义，我替家乡的父老乡亲谢谢了！"

戚继光："接到大人的书信后，末将不敢怠慢，只是一路上贼寇太多，这一路上剿过来费了不少工夫。"

谭纶向戚继光介绍给王度："这位是抚州知府王度王大人，我的父母官！"

戚继光向王度拱手施礼。

王度："久闻将军大名，东南抗倭声震宇内，王某佩服、佩服！"

戚继光谦虚地说道："都是胡制台、谭参政的功劳，末将何足挂齿。"

李超、杨文、张元勋等人与谭绖、梁进等人见面，兴奋得欢呼了起来。

谭纶收起笑容："抚州城四面楚歌，反贼觊觎许久，一旦发起总攻，抚城危在旦夕。"

　　戚继光：“那就不要等到他们集结，一个一个把他们击破！”

　　谭纶：“没错，擒贼先擒王。贼首林朝曦就在宜黄的棠阴、谭坊一带活动，把林贼消灭，余匪必然退去。”

　　戚继光：“你就说怎么打吧，末将愿听从大人的调遣！”

　　谭纶摆了摆手：“这可不成，我现在丁忧去职，这带兵打仗的事还是以你为主，我就在你军中做个参谋足矣。”

　　戚继光：“大人言重了，末将乃大人一手栽培，岂敢有越尊卑。再说来江西剿寇民风地理皆不熟，还有赖大人掌舵运筹！”

　　谭纶哈哈大笑：“掌舵不敢，兄弟们勠力同心，一同剿灭反贼！”

　　蜿蜒崎岖的山道上，走过来一支数百人的队伍。

　　这是林朝曦的部下，他们从宜黄县城出发，准备前往龙骨渡劫掠。由于叛军所到之处，沿途各县官军无不望风而逃，所以他们走得十分放松，有人袒露上身，有人倒拖兵器，一路说说笑笑好不快活。

　　青山隐隐，草高林密。

　　梅坊宦罗峰浓密的林子里，无数双眼睛正向这股叛军望来。

　　谭纶和戚继光在山上观察良久，静静地等着他们全部进入了包围圈。

　　“打吧！”戚继光轻声说道。

　　谭纶点头：“打！”

　　三声炮号响起，将士们瞬间冲了出去。

　　叛军们惊慌之下开始抵抗，但他们还是一如既往地杂乱无章，没有阵型，三五成群地结伙作战，而官兵们则是按着鸳鸯阵出战，每队都是把狼筅手顶在最前面，矛头隐藏在枝叶之中，盾牌长枪密切配合，叛军哪见过这个阵势，不一会儿便被杀得鬼哭狼嚎。

　　火铳手们也不甘落后，在这短兵相接的山道战场上，火铳发挥出了巨大的威力，每组的两个鸟铳兵端着鸟铳，站在狼筅手的身边，举起手中的鸟铳，隔着枝叶的间隙，也不用瞄准，就直接对着对面拥挤的人群里发射，巨响过后，成片成片的叛军倒下。

不到一个时辰，战斗全部结束。

官兵一鼓作气，迅速进击宜黄县城。

此时的宜黄县城已是一座空城，居民早已逃散，到处是残垣断壁，一片瓦砾。

涂家寨上，数十匹快马打破了山间的平静。

一个头领匆匆来到寨王府前，寨王涂七已在台阶上等候多时，那名头领大声说道："报告寨王，林将军到了！和他一起来的还有大埔涂氏三十多名宗亲！"

涂七面露惊喜，喝令："鸣炮！迎贵客！"

震天的礼炮声中，林朝曦等人出现在了夹道欢迎的人群之中。

涂七连忙下了台阶，上前握住林朝曦的手，连声叫道："涂七久闻将军大名，没想到今日才得以相见！"

林朝曦见他如此客气，脸上都多了几分暖意："林某远道而来多有叨扰，还望寨王海涵！"

涂七大笑："都是自家兄弟，还客气什么，快往里面请！"

林朝曦一挥手，几名叛军士兵从马上卸下几个沉甸甸的箱子，林朝曦逐箱打开，全是白花花的银子。

涂七连连惊叫："将军这是何意？"

林朝曦豪气地说道："这些都是给寨王的，以后咱们就是自家人了，跟着飞龙人主打天下，会有取之不尽用之不完的金银财宝！"

涂七："你们在大埔起事那天，大埔涂氏宗亲就给我们送来了密信，要我们在江西招兵买马，等待时机，如今我们寨上已聚集了三千人马，就等飞龙人主的一声令下，即刻奔赴战场！"

林朝曦大喜："有了寨主的加入，我们飞龙军在江西又有了一支生力军。"

涂七："林将军此番前来，让我们涂家寨蓬荜生辉，来人呀，杀牛宰羊，今夜就请贵客们留宿山上，咱们不醉不欢！"

众人开心地笑了起来。

叛军中的涂氏子弟忙说："将军、寨主，容我们到祠堂里祭祀先祖，然后再开饭吧！"

林朝曦点头同意，涂七道："这个要的！"

转身大声吩咐："来人呀，打开祠堂，备好三牲，涂家子弟要祭祖了！"

涂家寨上，锣鼓喧天，鞭炮齐鸣。

宜黄县城，一匹快马奔了过来，见到谭纶他们勒住了马头，翻身下马："报！反贼一半驻扎在棠阴，贼首林朝曦带了另外一半人马，此刻正在涂家寨上。"

谭纶一愣："涂家寨？"

戚继光见状，问了一句："怎么了？"

谭纶："涂家寨虽小，却是个地势险要之处，自古就有巨匪出没。前朝至正年间，涂家寨出了个乡民首领涂佐、涂佑兄弟，率领宜黄义军加入徐寿辉的红巾军，他们一路转战江西、福建等地，震动天下。后来涂氏兄弟兵败，其后人隐居广东梅州大埔，涂姓成为当地名门望族，许多涂氏子弟加入了张琏所在的白扇会，跟随飞龙军对抗朝廷。"

戚继光："大埔涂氏与宜黄涂氏同宗同源，怪不得他们要反了！"

谭纶："据说张琏在广东起事后，涂家寨这边就蠢蠢欲动，寨上人拥立涂七为寨王，他们竖起'打倒官府，杀富济贫，替天行道'的口号，寨上寨下到处招兵买马，还修建了寨王府和寨城三处。时值乱世，官军们都不敢前去征剿。"

戚继光："那我们这次正好一锅把他们端了！"

谭纶："涂家寨仅有一条山道可上，堪称一夫当关，万夫莫开。大军作战施展不开，还是周详谋划的好！"

众人点头。

涂家寨距离宜黄县城并不远，十几里的路程不消一个时辰便到了，谭纶的行营就设在山脚的罗家。

罗家的对面是一处巨大而陡峭的横峰，山上怪石林立，云缭雾绕；山下毛竹成片，翠竹泛浪。

一名向导手指前方："涂家寨就位于那道横峰的后面，进入涂家寨仅有一条山道。"

众人抬头望去，但见三山如长龙将山谷紧紧搂住，有如一把巨大的靠椅，靠椅面向东南，广阔的田野上，宜黄河蜿蜒奔腾。

"你还别说，这里真是块风水宝地！"戚继光饶有兴致地说道。

向导得意地说道："戚将军说的是。你们看，那左边的山叫玉泉山，右边叫石王山，背靠的那个山叫天子驼印山。按照风水先生的话说，这叫卧虎藏龙之地、镇妖降魔之所！"

谭纶："山上现在有多少人马？"

向导："他们招兵买马至少聚集了三千人，前几日从县城方向又来了一支队伍，驻扎在山脚的鹿塘村，有两三千人。"

谭纶："这么说来，山上山下起码五六千人？"

向导："是！"

李超："咱们先打掉山下这股反贼，再强攻山寨，我就不信，这些乌合之众能支撑多久！"

梁进："是，把山下的这支队伍打掉，就算不强攻，咱们把山下包围住，困也把山上的反贼给困死了。"

向导："山上是困不死的，涂家寨上有数百亩良田，还有无尽的森林，几千人在山上住上几年都不愁吃喝。"

众人倒吸了一口冷气。

谭纶："怪不得涂家寨上盗匪屡禁不绝，原来还有这么一个世外桃源！"

谭纶沉吟半晌："从下往上攻伤亡太大，再加上我们兵力本就少于对方，断不可取。"

戚继光："大人的意思是……从上往下攻？"

谭纶点头："敌众我寡，必出其不意方有胜算。"

谭纶摊开一张手绘的简易地图，大家把脑袋凑了过来："李超、梁进、谭绤，你们三个趁夜分三路上山包抄山寨，一路从玉泉山谷的隐秘小道攀岩上山，一路从南面玉泉寺翻山越岭进击，一路从西面的王板桥上去。天亮之后，一起发动攻击！"

李超、梁进、谭绤认真地看着，连连点头。

次日五更时分，一支官军出现在了涂家寨的山顶上。

密林里，李超下令："放信号！"

信号兵抽出三支鸣镝，装上烟火点燃，再接连往天空射出。鸣镝在空中划出三道耀眼的弧线，发出尖锐的响声。

不多时，西面、南面的天空里也出现了三支鸣镝。

李超长剑一挥："杀！"

一时间，喊杀声四起，官军们如猛虎下山，迅速冲向山寨。

此刻的涂家寨的人们还在睡梦之中，许多人甚至都没来得及穿好衣服，就成了刀下之鬼。

寨王府，林朝曦第一个被惊醒。

他从床上一跃而起，飞快地穿好衣服拿起刀枪，这时，门外传来了一阵急促的脚步声。

旋即，林朝曦的房门被拍得咣咣直响，涂七在门外急切地叫道："将军、将军，不好了，官军攻上来了！"

林朝曦打开房门，他的贴身侍卫也正从厢房里一拥而出。

涂七衣衫不整，手上拎了把大砍刀，身后跟着几个人。

林朝曦问："怎么回事？"

涂七："这些官军也不知道从哪冒出来，杀得我们措手不及。三座寨城被他们摧毁了，寨兵们抵抗不住，四散而逃！"

涂七的话还没说完，寨王府外又匆匆跑进来几个人："寨主，官军往这边杀了过来……"

林朝曦心里一紧，飞也似的从屋子里奔出，说道："快撤！"

涂七大喊一声："往后山跑！往后山跑！"

林朝曦一行刚刚离开，官军就杀到了寨王府里，前后一搜寻，到处空空如也。

李超上前一摸榻上，尚有一丝余热。于是说了一句："反贼们还未走远，给我搜！"

林朝曦在涂七的带领下狼狈逃窜，翻山越岭地来到了陈坊桥，在曹山寺里躲了一晚，第二天过崇仁，逃往南城方向。

李超率兵一鼓作气，从涂家寨上往山下进攻。

谭纶率戚继光等人从鹿塘村口往里进攻，两相夹击，再加上群龙无首，叛军很快被杀得溃不成军，往南边奔逃。

当下，谭纶、戚继光率军沿宜水、黄水分两路追击，顺利地在宜黄县境最南部的新丰廖坊关会师，宜黄全境再无叛军。

宜黄谭家洲上，一座挨一座的兵营。

谭家洲的正中央，临时搭建了一个巨大的戏台。数千将士欢聚一堂，热闹非凡。

李超在酒席上站起，冲大家大声地说："诸位静一静，诸位静一静，请谭大人给我们讲几句话！"

众人逐渐安静了下来，大家眼睛看着主桌。

谭纶端起杯中酒，面向大家："诸位，这几个月来，你们受命于危难之时，千里跋涉驰援江西，救我乡民于水火，重振天威于江右。这一杯，我代表宜黄的父老乡亲，敬大家一杯！"

当地的官员和乡绅纷纷站起："我们都来敬一下浙江的兄弟！"

戚继光连忙站起，谦逊地说："这些都是我们应该做的，食皇粮俸禄，就当为朝廷解忧，为百姓解难。"

谭纶一饮而尽，全体人员也一饮而尽。

谭纶接着说："告诉大家一个好消息，这次大家入赣平叛连战连捷，圣心大悦，下旨重赏。戚继光戚将军，功勋卓著，擢升为浙江都指挥使；李超留在江西继续平叛，授江西南湖守备之职。在座诸位，一律按功行赏！"

人群里爆发出热烈的掌声和欢呼。

戚继光腼腆地站起来，对谭纶说道："这次平叛，全倚仗胡制台运筹帷幄、谭参政指挥有方，我戚某岂敢贪功！"

谭纶呵呵大笑："我不在浙江的那段时间，你独力抗倭，打出了'戚老虎'的威名，盛名其实啊！"

戚继光对大家也大声宣布："我这里也有一个好消息，朝廷下旨，谭大人夺情起复，以浙江布政使右参政原职统领原班人马入闽平叛。广东那边，两广巡抚张臬亲率十万狼兵，南赣副总兵俞大猷、南京振武营都督刘显一同会剿张琏反贼的总巢，相信用不了多久，张琏反贼必被悉数歼灭！"

人群再次爆发出热烈的掌声和欢呼。

大家重新落座，戚继光说："反贼退往闽广，我部本应乘胜追击，怎奈浙江又现倭患，朝廷要我们回去，平叛的事就靠你们了！"

谭纶："三年守制未满，谭某夺情起复实属无奈之举。好在俞大猷、刘显都是生死与共的兄弟，相信有他们的帮助，南方四省叛乱不日即可除之！"

戚继光："不能与大人并肩战斗，实属憾事！"

谭纶："浙江抗倭也十分重要，元敬任重道远。"

李超嚷嚷道："你们两个都别光顾着说话，难得今日高兴，大家一块乐呵乐呵！"

戚继光笑道："怎么个乐呵？"

李超："谭大人是个戏迷，咱们今日就请他酒席上唱出戏，大家说好不好？"

"好——"他这一提议，众人跟着起哄。

谭纶见大家兴致高昂，于是站起来："谭某五音不全，诸位莫要见笑！今日明月当空，且献上一曲《宝剑记·夜奔》。"

《宝剑记》讲的是林冲受奸人陷害发配沧州途中，差人按高俅的指令欲暗中害死林冲，幸亏林冲的结义兄弟鲁智深及时赶到，将林冲从危难中解救出来，安全护送到沧州。高俅又派人到沧州纵火焚烧林冲看守的草料场，面对步步升级的迫害，林冲忍无可忍杀死高俅派来的人，连夜投奔梁山。

《宝剑记》问世以来，一直传唱不衰。《夜奔》一折，更是成为百年来常演的海盐腔著名折子戏。

谭纶踱步到场地中间的大戏台，清了清嗓子，伴随胡琴的弹奏，缓缓开口："欲送登高千里目，愁云低锁衡阳路。鱼书不至雁无凭，今番欲作悲秋赋。

回首西山又日斜，天涯孤客真难度。丈夫有泪不轻弹，只因未到伤心处。"

……

不愧是资深的戏迷，谭纶用地地道道的海盐腔唱曲，时而婉转低沉，时而大气磅礴，功深熔琢、气无烟火。

与此同时，台下的军士们用低沉悦耳的声音跟着和唱，"谭家班"配合得相当默契！

一曲唱完，掌声雷动。

大家都高喊说谭大人再来一曲，谭纶谦虚地抱拳示意："献丑了、献丑了！谭某一时兴起，唱支小曲博大家一乐。独乐乐不如众乐乐，下面我们不妨请戚将军也上台唱个曲儿，大家说好不好？"

众人一看有热闹看了，于是在台下齐声地起哄："戚将军，来一曲！戚将军，来一曲！"

别看戚继光平日里威风凛凛，此刻也扭扭捏捏，十分害羞。

再三推辞后，戚继光上台为大家了唱了一曲《连环计》中王允的唱词。

"汉室江山四百年，出了董卓乱朝班。相府设下百官宴，可怜我张年兄立丧席前。

"在那里我不敢倾滴泪眼，怕的是奸贼解机关。王允低头进花园，扭回头来把门关。

"见太湖石前长松柏，又观见那边厢长的穿枝莲。弯弯曲曲过甬道，绕梁燕子闹声喧。

"行过牡丹亭一座，养鱼池中水绕莲。水流千澜还相见，张年兄一见永不还。

"回首来观见树上鸟，那鸟儿绕来绕去在枝间。那鸟儿为的是嘴边食，我王允为的是汉室江山。"

跟谭纶一样，唱的也是地道的海盐腔，只是戚继光唱的时候，少了一些婉转，多了一些平叙。

但尽管如此，当他一曲唱完，台下仍然给出满堂的喝彩。

待谭纶、戚继光二人迈下戏台，宜黄知县杨淮手端酒杯乐呵呵地迎上前去："真是妙曲横生，二位大人不仅文武双全，戏都可以唱得这么好，下官真是佩服、佩服！"

两人接过酒开心地喝了。

这时戏台上锣鼓响起，"谭家班"的演员们鱼贯入场，《宝剑记》正式开演。

三人返回主桌，又饮了一会儿酒，戚继光无不伤感地说道："明日就要与大人分道扬镳，这一别又不知何时才能相见。"

谭纶呵呵一笑："葡萄美酒夜光杯，欲饮琵琶马上催。醉卧沙场君莫笑，古来征战几人回？"

戚继光："大人豪气，只是这剿寇剿寇，不知道何时是个头！"

谭纶："闽广反贼都是些乌合之众，朝廷派出重兵围剿，不日便可平息。只是东南沿海的倭患历时弥久，战力强悍，虽经数次重创，然而根子不除，很难彻底铲平！"

戚继光："根子？"

谭纶："倭患根在海禁，乱在沿海。你把倭寇驱逐出浙江，他们便南下福建，浙闽一起发力，他们又躲避到大洋，海禁国策不改，仅凭武力是难以平息的。"

戚继光点头："大人言之有理，根子不除，倭患难绝。可是，朝廷对解除海禁一直不松口，我们能奈其何？"

谭纶听了陷入深思。李超见了打破冷场："来来来，咱们不谈国事，喝酒喝酒！"

桌上重又觥筹交错了起来。

卓望山，各种花儿竞相开放。

从山上眺望，但见远山水天一色，青黛紫烟，风景十分秀美。

然而近观城内屋舍，倒塌焚毁之处比比皆是，街上人烟稀少，令人唏嘘不已。

谭纶的脸色渐渐凝重了起来。

杨淮的话，让他更是揪心："反贼虽去，但留给宜黄的创伤却十分惨烈，县邑之郊，焚掠且尽，百姓流离失所者众。"

谭纶："此次宜黄沦陷，我们吃亏在没有坚固的城墙，以至反贼如入无人之境。请知县考量一下，无论多么艰难，咱们都要把城墙修起来！"

杨淮："下官算了一下，修筑城墙须环凤山而西抵岳岭、东临宜水修至池南。全长一千三百丈，耗银两万两。宜黄历来为山区小县，地少民困，加上前期反贼入境，县乡饱受蹂躏，各业萧条，如何能筹集到那么多的筑城银两？"

谭纶："宜黄县的事，要靠宜黄人来解决。你们县衙筹措一点，发动乡绅捐助一些，争取上头拨付一些，多想些办法，总能解决。我来带个头，捐助白银三千两，你也找一些大户去游说游说，尽其所能捐资筑城。"

杨淮："谭大人慷慨之举，县民自然感激不尽，相信会有更多的乡绅大户纷纷解囊。"

谭纶："筹银之事光靠县城是没用的，咱们棠阴夏布声名鹊起，全国各地的商贾云集，全县的财赋收入还不如一个棠阴，你得把棠阴的大户鼓动起来。"

杨淮："大人有所不知，棠阴夏布自我朝开国初年兴起，已历时上百年。然而严首辅入阁掌权之后，将夏布充抵税赋田租的政策改派到他的家乡分宜县，刺激了分宜夏布的迅速崛起，打压了棠阴夏布的发展。反贼入侵宜黄之后，市面各种物价飞涨，人工费用数倍于往常，百姓的税赋更重了，许多人的生活陷入了困境，大户的余钱也不多了。"

谭纶心情十分沉重，他知道按任土作贡的原则，税赋以实物方式征收，本税连同运输及折色、存留、额办、岁办、岁派、杂办等各种税赋的抽成，让民众苦不堪言。到嘉靖年间，宜黄夏布充抵税赋的政策改派至分宜，宜黄税额超过其他县税赋的三倍。

谭纶："江西布政使侯一元是乐清人，我在南京和浙江任职期间与他有过一些交情。我来修书一封给他，请他对我的家乡多加关爱，减轻我县百姓的税赋，并与分宜夏布一样优待棠阴夏布！"

杨淮大喜："若是如此，宜黄的百姓有福了！"

嘉靖四十一年（1562年）三月，谭纶率兵直击"飞龙国"大本营柏嵩关。仅仅半年，"飞龙国"全面溃败，张琏最后率余部由云霄河引航出海，辗转南下，夺占三佛齐岛（今苏门答腊），自为国王。林朝曦从江西狼狈逃回，在程乡一带被明将徐甫宰所灭。自此，大明王朝版图上再无"飞龙国"。

巨烛灯笼下，严氏父子在书房相对而坐。

严嵩的身子深陷在宽大的丈量椅子中，眉发皆白，落寞的神情竟有了些许的沧桑。

"终于露出獠牙了！"严嵩一边说着，一边从桌上拿出三份奏疏，"刑科给事中吴时来、主事董传策、员外郎张翀，竟然同日上疏弹劾为父擅权误国。"

严世蕃拿起奏疏，逐件地看了起来。

看完，严世蕃似乎有点不以为意："这三份奏疏看似陈辞激烈，但几乎都没什么铁证作支撑，明显是诬陷。"

严嵩："明眼人都知道这是诬陷，可是没有背后主使，纵使他们有天大的胆，也不敢这么猖狂地跳出来。"

严世蕃："董传策与徐阶是松江府同乡，而张翀、吴时来都是徐阶的门生，三人同日构陷，背后的指使者除了他徐阶还能有谁。"

严嵩叹了口气："山雨欲来风满楼啊！为父担心，这只是一个开始，更阴的招数恐怕还在后头。"

严世蕃宽慰他道："爹爹无须多虑，这些年咱们家经历的风浪还少吗？就他们那几个，我看就是蝼蚁撼大树，不自量力。"

严嵩一脸的严峻："切不可掉以轻心，徐阶最近与裕王府的人来往甚密。"

严世蕃有点愕然："他们跟裕王府勾结上了？"

严嵩有点生气："你一天到晚就知道花天酒地，怎么死的都不知道。徐阶隐忍了这么多年，没有裕王的支持，他敢跳出来？"

严世蕃："他这是把宝押在了日后的皇帝身上，想联手扳倒咱们严家？"

严嵩："都说你爹我一人之下万人之上，这都是圣上给的恩宠。可权力再大，咱们始终是圣上身边的一条狗，大明王朝的看门狗。今天徐阶给咱提了一个醒，裕王一旦上位成了主子，咱们连看门狗恐怕都要做不成了！"

严世蕃："爹，您这话未免太悲观了。裕王生性懦弱，即便是登基，也未必会对咱家怎样。再说了，这地方督抚、三品以上京官六成都是您的故吏门生。谁想动咱们严家，恐怕也得掂量掂量。"

严嵩："不可低估了裕王。这么多年来，他与徐阶一样韬光养晦，隐忍不发，心思深着呢。从今日起，我们既要防着徐阶，更要交好裕王，千万不要让他们走到了一起。与谁为敌，也不能跟裕王为敌！"

严世蕃："孩儿知道了。"

严嵩两眼微闭，无力地挥了挥手。

严世蕃起身，出了书房。

永寿宫里，巨烛照映着雕窗。

寂静无声的大殿里，厚厚的一堆奏疏面前，嘉靖凝神贯注。

殿外突然传来司礼太监细长的声音："内阁首辅严嵩求见！"

嘉靖从奏疏里抬起头来，吩咐："让他进来吧！"

只见严嵩躬身进殿，扑通一声跪在地上，老泪纵横："圣上，老臣请罪来了！"

嘉靖放下手中的奏疏，惊讶地问道："严阁老何罪之有？"

严嵩的声音哽咽："臣愚钝，一向只知忠国事、报皇恩，却不知圆滑和通融，得罪了不少大臣。如今刑部三个官员同日提出要弹劾微臣，必是有些不到位的地方，他们恨不得将臣置于死地。"

嘉靖呵呵一笑："阁老多虑了，他们的奏疏朕也看了，不过是些道听途说的传言，并没有什么真凭实据。"

严嵩收起眼泪，一脸的认真："那臣就不解了，三个七品官员同日上奏同样的陈辞，没有真凭实据，他们也敢诬陷？"

嘉靖一边批阅着奏疏，一边淡淡地说了一句："此事，严阁老也无须较真。言官虽然品秩不高，但依我朝祖制，上至规谏皇帝，下至弹劾百官，都是他们分内的事。"

严嵩："这个臣知道，但是弹劾之事已在朝内弄得沸沸扬扬，不明就里的人看我严嵩的眼神都如同看待一个大奸臣，臣每天都如芒在背呀陛下。"

嘉靖放下奏疏，身子前倾，眼睛盯着严嵩："奸臣不奸臣，朕自然心里有数，还须旁人指点不成？"

严嵩一怔，迎着嘉靖捉摸不定的目光，脑袋转得飞快。

严嵩："圣上是修仙之人，这朝堂上谁是忠臣，谁是奸臣，自然是一眼洞穿。只不过……"

嘉靖对他的话似乎有点不满意，问："只不过什么？"

严嵩："刚才圣上说，言官上谏皇帝，下劾百官。这是圣上给予言官的信任与权力，但这种信任与权力，让他们有恃无恐、为所欲为。当年大礼之争，就是几个言官挑动了二百多个朝臣与圣上对抗。更有甚者，一些人竟然把骂圣上、诬重臣看作是乐事，热衷于造谣和中伤。纵容他们的所为，就是纵容他们给圣上泼脏水，纵容小人构陷忠臣啊！"

一提出大礼之争，嘉靖的脸渐渐沉了下来。

沉默了片刻，嘉靖幽幽地吐了一句："没那么严重吧！"

严嵩："恕微臣直言，有过之而无不及！"

嘉靖："哦？"

严嵩："圣上可知朝野上下怎么看此三人？"

嘉靖："什么意思？"

严嵩："他们都称这三人为戊午三子！似乎只要敢骂就是英雄，敢诬就是义举。更有甚者，把杨继盛、沈炼之流旧事重提，大有翻案叫冤之势！"

严嵩的话，激起了嘉靖心中的怒火，言官们无视皇权，对抗圣意的一桩桩一件件又涌上了心头。

"好个戊午三子！"嘉靖冷冷地说道，"既然他们想做英雄，朕就成全他们。来人呀！"

袁亨垂首躬身："奴才在！"

嘉靖眼里透出一股怒火："传旨，将张翀、吴时来、董传策三人罢官去职，廷杖六十，流放三千里！"

袁亨应道："遵旨！"

"陛下！"严嵩仍旧不依不饶，"此事恐怕没有这么简单。臣以为，他几个都只是小小的七品官员，没有后面人的指使，他们是万万不敢以下犯上的。臣认为应该把他们逮捕下狱，严刑拷问，揪出后面的主谋！"

嘉靖似乎有些不悦："阁老说的这个主谋是谁呢？"

严嵩急忙磕头："陛下明鉴！陛下可知这三人的背景？"

嘉靖："说！"

严嵩："董传策是松江华亭人，吴时来担任过松江府推官，而张翀是谁的门生，那更是人尽皆知的事实。"

嘉靖一听就心知肚明，虽然他巴不得大臣之间有不和，但他不想内阁之间整天斗得乌烟瘴气："我听说徐阶跟你结亲家了？"

为了巩固朝堂的地位，徐阶把孙女送给严嵩的孙子做妾。

严嵩闻言一时语塞，老老实实地回答："回禀陛下，确有此事！"

嘉靖："这是好事，你们二人在内阁共事，又是儿女亲家，当同心协力办好朝政，可别让朕操这些闲心！"

严嵩一听就知道没戏了，只好顺道下坡："圣上教诲的是，臣与徐阶一定同心理政，以报圣恩！"

正在这时，一阵清脆的器乐的声音从不远的地方传来，嘉靖淡淡地说了一句："朕要斋醮了，你下去吧！"

严嵩赶紧磕头谢恩，躬身退了出去。

嘉靖起身，走到祭坛中间的蒲团上盘腿坐了下去。

数十名十二三岁的少女手执法器身着道袍鱼贯进入西苑大殿。

嘉靖跟往常一样，端坐正中蒲团，念一段经文敲一下玉磬。

或许批阅公文时间较长，嘉靖有些乏了，一边念经一边打起了瞌睡。有一槌没落到玉磬上，而是敲在了一个少女的头上，那个少女痛得龇牙咧嘴却不敢吭声，而旁边一名少女却被逗得咯咯笑出声来。

嘉靖睁开昏昏欲睡的双眼，那失口笑出声来的少女如含苞待放的花朵，秀色直钻他的心里。

嘉靖强忍着心头的欲火把经文念完，一把将那少女抱起大踏步地走进内室，问："小美人儿，叫什么名字，家在哪里？"

少女经此一抱，方才有了一丝惊慌，怯生生地回答："奴婢姓尚，河间人氏。"

说完，低头抚弄自己的衣裙，那神情，可谓是闭月羞花。

刹那间，嘉靖被她娇羞的模样撩拨得春心荡漾，色心大起，当即就干起了宠幸之事，内室里传来阵阵惊呼与娇喘。

这次宠幸，让嘉靖一发不可收拾，竟日日与其相拥欢娱，不离左右。

尚美人毕竟还只是个孩子，玩心很重。

这一日，尚美人提出要玩烟火，嘉靖命人取来各式烟花，在永寿宫里燃放。宫里满是帐幔、绫罗和绸缎，五彩缤纷的烟花穿梭其间，确实好看。

尚美人一高兴，几支烟花同时燃放，漫天的花火在空中飞舞，尚美人乐得手舞足蹈。

没曾想到，飞舞的花火溅落在帐幔上，帐幔瞬间燃起了青烟。帐幔起火后又引燃了衣被，紧接着便成了熊熊大火。

待人们反应过来，大火已借风势蹿至屋顶，永寿宫顿时成了火海。大火持续烧了一夜，人们眼睁睁地看着大殿化为一堆灰烬。

然而，即便永寿宫被烧，嘉靖也没丝毫责怪尚美人的意思，只是作为天子，到哪儿住成为了大臣们讨论的一个问题。

严嵩于是召开内阁会议，六部官员也都参加了。

张居正："朝中大臣早就盼望着圣上能驾回大内，朝议奉天，我看咱们还是借着这个机会劝圣上搬回来吧！"

严嵩凝思一想："恐怕圣上不会同意。"

张居正一时想不明白："为什么？"

严嵩："当年大内发生宫婢之变，圣上耿耿于怀，再也不会回到那去了。"

工部尚书雷礼："圣上在永寿宫住了这么多年，非常有感情，我觉得还是原址重修的好。"

户部尚书高耀："工部是可以修建，但我们户部可拿不出钱来，拿什么去修？"

议了半天，都形成不了统一的意见，最后大家一齐望着严嵩。

严嵩也没什么好主意，憋了半天，说："既然都一时无法决断，不如请圣上暂住南宫，那里既宽敞又舒适，现成的空在那里，只要搬进去就是。"

徐阶一听南宫，心里吓了一大跳，那可是先帝英宗被幽禁的地方，历代皇帝都十分忌讳。他万万没想到严嵩会提出这个建议，足见老严嵩已是老朽昏庸了。

严嵩望着大家："你们意下如何？"

徐阶忍住心中的窃喜，率先表率："我同意阁老的提议！"

本来其他几个人还想说话，可是看到次辅极力的拥护首辅的提议，想说的话硬生生地憋了回来。大家你看着我，我看着你，似乎有话要说，却又没人吭声。

严嵩又问了一遍："大家还有异议没？"

徐阶："我们都听阁老的，没意见！"

大家于是跟着附和："没意见，没意见！"

严嵩满意地点了点头，他喜欢众人对他言听计从的感觉。于是说道："那我就按这个意见报圣上了！"

内阁与西苑离得近，一散了会，严嵩立即就到西苑面圣来了。

严嵩跪伏于地，言辞恳切："启禀陛下，刚刚大家商议了一下新殿的事，请陛下拿个主意。"

嘉靖："嗯，都怎么说？"

严嵩："臣等认为，陛下最好驾回大内，住乾清宫。"

嘉靖一听，立即回绝："朕修玄问道，与大内后宫大不相宜！"

严嵩知道这一提议肯定不通，于是提出第二套方案："还有一权宜之计，大内若是不妥不如暂住南宫。臣去看过了，南宫宽大阔绰，环境雅致，长期闲置十分可惜。"

一听南宫这个名字，嘉靖就感觉十分晦气，那是当年幽禁英宗的地方，住那里与住监狱无异。

嘉靖面色一沉："朕哪也不去！"

说罢，拂袖而去。

八十三岁的老严嵩吃惊地望着嘉靖远去的背影，白须颤颤巍巍，想说什么又不敢出口，艰难地从地上爬了起来，迈着沉重的步伐走了出去。

袁亨跟在嘉靖的后面，亦步亦趋。

"去，把徐阶叫来！"嘉靖挥了挥手。

袁亨："是！"

不一会儿，徐阶来了，跪地磕头："臣徐阶，叩见吾皇万岁万岁万万岁！"

嘉靖双手背在身后，头也没回，说："徐阶，这永寿宫烧了，你们内阁打算怎么办啊！"

徐阶："严阁老已召集大臣议过了！"

嘉靖："都说了什么？"

徐阶："大体持三种意见，一是张居正的意思，请陛下移住大内；二是雷礼建议，尽快重修永寿宫；三是严阁老的主意，说南宫闲置太过可惜，想请陛下移住南宫。"

嘉靖突然转过身来，眼睛盯着徐阶："你怎么看？"

徐阶早就想好了说词："回禀陛下，臣以为，前两种方式尚可考虑，但移住南宫却是万万不可，那是幽禁先帝之地，晦气得很，陛下怎么能住那种地方！"

嘉靖严肃的表情终于有了一丝舒缓："那你认为，朕应该住在哪呢？"

徐阶："最好是重修，民间有句俗话，旧的不去，新的不来。"

嘉靖心里暗喜，嘴里却说道："可是有人说，重修耗资巨费，会掏空了国库啊！"

徐阶："此话差矣。普天之下，莫非王土；率土之滨，莫非王臣。国君若是无一个栖身之所，那岂不是天大的笑话！"

嘉靖龙颜大悦："那你说，你会怎么做？"

徐阶受此鼓励，说话的声音也大了起来："集天下能工巧匠，调各地珍木奇石，奋战三个月，定让永寿宫重现往日之辉煌！"

"好！"徐阶的话音刚落，嘉靖就叫了起来，"就依爱卿所奏，给你三个月时间，重修永寿宫！"

严嵩府书房，严嵩的脸上看不出任何表情。

严世蕃有点发急："爹，雷礼他们要重修永寿宫，您干吗要反对？还让圣上移住南宫，这不是没事惹事么？"

严嵩神情黯然，似乎没有听他在说什么。

严世蕃有些不满："如今圣上让徐阶主持重修大计，明显把咱们严家撂在一边，我看朝堂大权迟早要旁落徐家！"

严嵩幽幽地说了一句："旁落就旁落吧，长江水后浪推前浪，咱们也不能独揽大权一辈子。"

严世蕃："我看爹是被他们气糊涂了，这么多年来，咱们树敌还少吗，你以为他们不想动咱严家吗。大权在握，他们才不敢动弹，要是没了权力的庇佑，那些人早跳了起来。"

严嵩闻言一怔，沉默不语。

严世蕃："爹，还是想想办法，怎么才能扳回这局！"

严嵩："徐阶这回，可是把身家性命都赌上了。他不但说服了雷礼做他的帮手，让工部全力以赴赶工，还把儿子徐璠都派到工地督工……"一想起徐阶父子在工地上火热赶工的场景，严嵩心里就一阵心烦意乱："咳咳咳……让他们闹腾去吧！"

严世蕃有点咬牙切齿："雷礼这个吃里扒外的家伙，明天我就去找他……"

严嵩叹了口气："就你那臭脾气……算了，还是我去吧，没有我严嵩，哪有他雷礼的今天。这个薄面，相信他还是要给的！"

严世蕃："爹，您也别太自信了，这年头人心不古，雷礼既然敢帮助徐阶，说明他们走得很近了！"

严嵩有点气呼呼地说："不就是看他徐阶正受圣上恩宠，想巴结。这种墙头草，必须给点颜色让他知道知道，姜，还是老的辣！"

严世蕃："是，您明天就让他选边站队，到底愿做徐阶的帮手，还是咱们严家的门生，让他自己选吧！"

两人便都不再说话，空气中，凝聚着一丝沉闷。

第二天当值，徐阶不在，严嵩把雷礼叫到了内阁。

严嵩问："近来都风传圣上让徐阶主持重修永寿宫，我怎么一点都不知道？"

雷礼回答："徐阶让我拟一个重修永寿宫的奏疏，只是谈一些计划和想法，所以未敢惊动老师。"

严嵩："上次内阁不是专门召开会议讨论过了吗，大内、南宫都是不错的选择，他徐阶也是同意了的啊，怎么又提重修的事？"

雷礼老老实实地回答："这个我也不知，徐阶说，重修是圣上的意思，我只须把奏疏报上去就行，圣上自然会批。"

严嵩脸上明显不悦："这么大的事情，你也不和我商量商量？"

雷礼赔着笑脸："这圣上的意思，我们哪敢拂逆，照做就行。"

一听拿圣上出来压他，严嵩心里更加不痛快了："可我听说，这圣上的批复还没下来，你们就急着谋划怎么开建，徐阶给你灌什么迷魂汤了？"

雷礼一听就明白了几分："其实徐阶找我也没说什么，意思就是要加快，莫要误了工期让圣上责罚。"

严嵩皮笑肉不笑："谁不知道你样式雷天下一绝，你雷礼若是想加快，他徐阶就一定能加快！"

雷礼："老师见笑了，雷礼的这点本事，只能贻笑大方！"

严嵩收起笑脸："等你们把奏疏拟好后，拿我这里来看看。"

雷礼一愣："可是昨日已经交上去了……"

严嵩心里又是一阵翻江倒海般难受，忍不住冲雷礼吼了一句："雷礼，你懂不懂规矩，朝堂奏议，哪一项不经内阁审阅便直接上报的？"

雷礼经此一吼，也忍不住动了气："圣上那边催得急，我不就直接上报了。再说了，这又不是什么见不得人的密奏，纯粹的公事而已……"

严嵩恨恨地说道："你眼里还有没有我这个老师，还有没有当朝首辅？"

雷礼不甘示弱，脱口而出："我这是公事公办，什么老师不老师的，又不是求你办什么私事……"

严嵩再也忍不住了，手掌往案几上重重一拍："给我滚出去，你这个忘恩负义的小人！"

雷礼气得胡须发抖："好！好！你是正人君子，我是小人！"说完拉开大门，头也不回地走了。

夜已深，西苑的灯还亮着。

徐阶的密奏，让嘉靖的面色凝重了起来。徐阶在密奏里把严嵩恐吓雷礼的事添油加醋地渲染了一番，最后还说，严嵩就是不满圣上重修永寿宫的决定，处处作梗。从表面看严嵩以大压小欺负雷礼，其背后实则是一手遮天，藐视皇权……

看完密奏，嘉靖一股无名之火从心里升起。

嘉靖不在乎严氏父子敛财，但对胆敢藐视皇权的人有着切肤之痛的恨。

许多弹劾严嵩的言辞渐渐又浮上了心头。

正在这时，袁亨进来禀报："锦衣卫指挥使朱希忠求见！"

嘉靖一愣："让他进来！"

不一会儿，朱希忠进来，磕头行礼毕。

嘉靖："这么晚进宫，有事？"

朱希忠："启禀陛下，臣今日清理署衙，发现陆炳生前未曾完成的调查线索，事关内阁重臣，臣深感事关重大，深夜进宫禀报。"

嘉靖抬头："哦？"

朱希忠从怀里取出一卷纸，举过头顶呈了上去。

嘉靖接过打开一看，的确是陆炳的笔迹，纸上是一份长长的严党官员名单，两京一十三省在职官员中，地方督抚有七成是严党；京官正三品以上大员，严党则占了六成。

嘉靖原本愤怒的心更加愤怒了，他只知严嵩父子拉党结派，却不知已经到了这种地步。

朱希忠："根据陆炳的调查，严氏父子家中可谓富可敌国，光是金银器就超过了大明国库一年的收入，还有田产和无数的古玩字画等稀有之物。严氏父子卖官鬻爵很有一套：七品州判，售银三百两；六品通判，售银五百两。摆明了的明码标价，朝中大臣称呼父子俩为大丞相、小丞相。"

嘉靖默默地听着，心里十分不平静。

朱希忠："更令人发指的是，严世蕃家里的什么美人盂、肛狗、玉屏风、温柔椅、淫筹、白玉杯……让人匪夷所思！"

嘉靖有点惊奇地问了一句："什么是美人盂、肛狗？"

朱希忠："美人盂，就是用美人做痰盂。"

嘉靖的脸，更加阴沉了起来，作为一国之君，他还从来没有享受过这种待遇。

朱希忠接着说："严世蕃爱喝酒，每次喝酒，他都会让姬妾们一丝不挂，三四个美姬倒伏在躺椅上，将身体充作椅子，这叫温柔椅。所谓白玉杯，就是让姬妾们口含温酒，列队而行，以口代杯喂进宾客的口中，喂完酒，美姬又将舌头伸入宾客的口中，慢慢搅动。据闻，严世蕃淫欲很盛，每次和女人房事毕，取一白巾擦拭掷于榻下，一年下来足足有上千条。"

嘉靖的目光，隐隐地透露出了一种杀机："你说的，可都属实？"

朱希忠不敢抬头："臣拿脑袋担保，句句属实！"

嘉靖的内心如同沸水在翻滚，原本只想安安逸逸地修道成仙，没想到严氏父子竟然在他的眼皮子底下猖狂到如此地步，可如果真要动了严嵩父子，那么多的严党分子会不会狗急跳墙？

想了半天，嘉靖一时也下不了这个决心，于是对朱希忠说道："朕知道了，你先下去吧！"

朱希忠低头躬腰，退了出去。

裕王府书房，裕王的两位老师高拱和张居正正襟危坐。

一声轻咳，走廊里传来一阵轻快的脚步声。随即，太监冯保细长的声音宣了一句"裕王驾到！"

冯保躬身将门帘掀开，裕王迈步进来，高拱张居正连忙起身施礼。裕王以手示意："两位老师都坐吧！"

二人坐定，高拱压低声音："徐阶那边已经动手了！"

裕王："哦？"

张居正有点儿迫不及待："是不是找人上疏弹劾？"

高拱："非也，两年前徐阶指使吴时来、董传策、张翀三人弹劾严嵩父子，却落了个廷杖流放的下场。要不是圣上有意护着徐阶，他徐阶自己也自身难保了。打那以后，圣上发话了，要是再有人以下犯上诬陷首辅，杀无赦。没有铁证，谁敢轻易上疏弹劾？"

裕王："那你说徐阶动手，都做什么了？"

高拱："严嵩也是咎由自取，让圣上去住南宫，触了圣上的霉头。徐阶敏锐地抓住了这个机会，自告奋勇重修永寿宫，还把雷礼拉到了自己的门下。严嵩气急败坏羞辱了雷礼，被徐阶参了一本，说他阻挠皇命，藐视皇权。这下好了，圣上对他一肚子意见。"

裕王："徐阶这招好是好，可严嵩毕竟树大根深，这还不足以让他倒下。"

张居正："殿下说得是，众人合力才能摧枯拉朽！"

裕王："朱希忠那边怎么样了？"

高拱："还没回话，不过估计也差不多了。"

裕王："朱希忠是父皇的亲信，也是我打小交好的密友，相信不会负了本王的一片苦心。"

张居正："咱们有朱指挥的加入，倒严更是如虎添翼了！"

正说话间，书房外轻轻传来敲门的声音，王府太监冯保在门外轻声禀报："成国公朱希忠求见！"

裕王呵呵大笑："真是说曹操曹操到，快快请他进来！"

冯保回道："是！"

不一会儿，门外又响了三声轻叩的声音："朱大人到！"

旋即，朱希忠闪身进来，先对裕王磕头行礼，再与高拱、张居正拱手寒暄。

裕王让他坐下，问："事办得怎么样了？"

朱希忠："妥了！"

裕王、高拱、张居正相视一笑。朱希忠道："殿下所托之事，微臣一刻也不敢耽搁，命人暗中调查严氏父子。也算是多行不义必自毙，昨日微臣在衙署清理陆炳的遗物，竟意外发现他在生前也暗中调查过严氏父子，留下了一些手迹，只是陆大人死得早，调查还未结束便驾鹤西去。今晚我向圣上密报了此事，圣上非常生气。"

裕王大喜："那父皇说什么了？"

朱希忠："圣上虽然生气，但并未说什么。我猜测，他在想一个万全的法子铲除严党分子。"

裕王："严嵩父子窃取朝堂这么多年，想扳倒他也不是一朝一夕的事情。"

张居正："目前这境况对咱们非常有利，圣上已动了倒严的心思，可还得再添把柴烧把火才行！"

高拱："太岳有何高见？"

张居正："倒严必先从严世蕃下手，那厮作恶多端，罄竹难书，所以破绽也就最多。只要拿下了他，大树可就倒了大半。"

高拱："这些年，冒死弹劾严党的不在少数，可每次都失败了。诸位认为，什么样的罪名才能让严世蕃永世不得翻身？"

张居正："那些人都是自下而上，当然难以撼动严党的根基。咱们要做就做大的，自上而下地连根拔起。"

朱希忠："自上而下？"

张居正："敢问圣上最看重的是什么？"

高拱、朱希忠二人几乎不假思索："那自然是修道飞仙！"

张居正得意地一笑："对了，咱们就从这里下手！"

众人几乎异口同声："蓝道行？"

两年前，八十六岁的御用天师陶仲文驾鹤西游，死前推荐蓝道行入宫，据说蓝道行法术高深，有"元始天尊"的附体，入宫两年来，深得嘉靖皇帝尊敬和信任。

裕王面露喜色："怎么才能让他帮助我们呢？"

张居正呵呵一笑，卖了个关子："这个我自有办法。"

裕王有点迫不及待了："太岳就别卖关子了，说吧，什么办法？"

张居正："我让人调查过此人，他的女婿早年与海盗通商，证据确凿，他若敢拒绝，他女婿一家可就小命不保。再者，他也深知，裕王殿下是太子，这登基是迟早的事，他不得不为自己的今后留条活路！"

众人听了，恍然大悟。

朝天观，仙乐阵阵，香烟袅袅。

被倒严问题困扰了好几天的嘉靖终于想出了一个法子：扶乩问卦。

嘉靖在朝天观内吃斋沐浴，焚香祭拜，而后开始了法事。

嘉靖在一张黄纸上写了几个字"天下为何不能大治"，装进一个密札，封好口，交予了蓝道行。

蓝道行口念咒语，以桃木剑穿过密札，挑进香炉。密札在香炉中瞬间化为一股青烟，氤氲直上。

只见蓝道行收起桃木剑，向四方天神跪拜，忽然跌坐蒲团，四肢抽搐，两眼紧闭，双腿颤抖。

片刻之后，只听得尖细的声音从他嘴里冒出："吾乃玉清紫虚高妙太上元皇大道君是也。"

嘉靖问："天尊可知朕的心事？"

蓝道行其实胸有成竹，扶乩问卦之前，裕王府的人已偷偷向袁亨打听好了圣上扶乩的目的，并这一消息已提前告知了蓝道行。

只见蓝道行双目微闭，口中吐言："治理天下之难事！"

嘉靖："因何而难？"

蓝道行："奸臣当道！"

嘉靖又问："奸臣何在？"

蓝道行："位极人臣，父子奸朋！"

嘉靖暗暗惊讶，连天神都说严嵩父子是奸臣。

于是再问：“既然如此，奸人为何不遭天谴？”

蓝道行：“留与皇帝自裁。”

嘉靖帝听了扶乩问卦的答案，再次下定了倒严的决心。

他朝着元始天尊上身的蓝道行作了一揖，这代表着扶乩问卦结束。

蓝道行轰然倒地，再次四肢抽搐，口吐白沫。一炷香工夫后，他才起身，给嘉靖帝叩首道：“启禀万寿帝君，元始天尊已归天位。”

嘉靖一言不发，移驾回宫。

转眼，三个月期限已到，永寿宫终于完工了。

在结算建造款的时候，徐阶突然有了新的发现。

这天，徐璠将一本账册交给徐阶：“爹，这是严世蕃给我们的采购账册。”

永寿宫虽是徐阶带着徐璠和雷礼指挥重建的，但所有物料的采购都是工部左侍郎严世蕃经手的。

徐阶看了看账册，又指了指大殿中的四根柱子：“光这四根顶柱就花了六万两银子？”

徐璠点点头：“严世蕃的手下人说，这红木顶柱是采自四川的上好大料，买料的钱花了四万，路上的运费又花了两万。”

徐阶沉默不语，怔了片刻，说：“去把雷礼叫来。”

徐璠转身离去，过了半个时辰，雷礼匆匆赶了过来。

徐阶：“雷尚书，你给瞧瞧，这四根木料值多少银子？”

雷礼看了看眼前的柱子：“这是四川峨眉山的金丝楠木，这一根大料从山上采下来，差不多要一万两银子。再运到京城，一两万两的银子是要的。”

徐阶点头：“这倒也合情合理。”

雷礼又绕着柱子转了一圈，又逐个仔细看了一下，脸露诧异的表情。

徐阶：“雷尚书有何新的发现？”

雷礼："这几根柱子的大小、形状，我好像在哪里见过。"

这回轮到徐阶诧异了："哦？"

雷礼突然想起："这不是五年前重修奉天殿的柱子么？"

徐阶："你怎么会记得这么清楚？"

雷礼："那年奉天殿立大柱的时候我在现场。哪曾想，圣上嫌这几根柱子不够粗，赵文华就派人把这几根柱子撤了。大人您看，这很容易就能分辨出来：其一，木料早已干透，不可能是今年采下来的新料；其二，这雕功十分老道，一看就知道是雕刻名家王远的手法，他在奉天殿修完没两年便死了，怎么可能还雕刻咱们永寿宫的柱子？"

徐阶："这可真是名副其实的偷梁换柱！一下就净赚了六万两银子！"再想想严世蕃经手的那些物料，只怕有数十万银子进了严氏腰包！

徐阶掌握了严世蕃贪墨的铁证，却不急于直接告发他，老谋深算的徐阶知道，要扳倒严嵩这棵大树，还需要一把锋利的大斧。

于是他想到了一个人，他的学生，都察院御史邹应龙。

邹应龙不仅铁骨铮铮，更重要的是，他还是被严嵩冤杀的杨继盛的侄女婿。对于杨继盛的死，邹应龙一直想要报仇。

那天下着大雨，暴雨如注，天色昏暗，徐阶突然出现在邹应龙的家里。

"严党的末日到了！"徐阶说。

"圣上要铲除严氏父子？"邹应龙问。

徐阶点头不语，一声霹雳从天空里炸裂，闪电的瞬间里，邹应龙看到徐阶浑身湿透的衣袍和坚毅的脸。

徐阶："圣上动了倒严的心思，但还差一把刀。"

邹应龙一听就明白了："要有人上疏弹劾？"

徐阶点头："怕了吗？"

邹应龙："不怕，头掉了也就碗大的疤！"

徐阶："这回不用掉脑袋，要掉，是掉严嵩的脑袋！"

第　二　十　五　章

邹应龙："老师胸有成竹？"

徐阶："我们只是推手，最关键的是圣上要他的脑袋。"

邹应龙吃惊地瞪大了眼睛，说："两年前，圣上不是下旨，再有弹劾严嵩的人，一律重责？"

徐阶："那是两年前，现在是现在。"

邹应龙："圣上那么恩宠严嵩，怎么突然想到倒严？"

徐阶："多行不义必自毙，坏事做尽了，天怒人怨。不但是圣上，裕王那边也在磨刀霍霍。现在倒严的证据确凿，万事俱备，就差你来砍最后一板斧了！"

邹应龙："哦？"

徐阶将严嵩失宠、嘉靖扶乩、严世蕃偷梁换柱的事，一五一十地告诉了邹应龙。

邹应龙一边听着，一边连连点头。

他在都察院做了六年的御史，虽然只是个从六品小人物，却学富五车、才华横溢。严党分子的所作所为他都了解，他早就想弹劾他们，只是苦于没有合适的机会。

第二天，一篇洋洋洒洒的弹劾奏疏就写好了。

徐阶拿起来，仔仔细细地看完。沉默了半晌，将折子扔到了书桌上："贤侄，你是想参严党，还是想帮严党？"

邹应龙大惑不解："老师何故这么说？"

徐阶叹了口气："二十多年来，有多少正直忠贞之士想要扳倒严嵩，但上疏弹劾者不是被砍头就是流放，知道这是为什么吗？"

邹应龙摇头："请老师指点！"

徐阶："因为他们都没悟到一个道理，严嵩所为就是圣上所为，圣上不准的，严嵩绝不敢越雷池半步，所以他才能得宠这么多年。"

徐阶拿起奏疏在手里扬了扬，继续说道："你弹劾严嵩父子十大罪、五大奸，这与当年杨继盛的折子如出一辙。可是，你历数严嵩的不是，竟然还把圣上也捎带在里面，说什么不要再沉迷修仙问道……这道折子递上去，严氏父子不但不会受到惩处，而你邹应龙却要大祸临头！"

邹应龙大惊："老师，那要怎么写？"

徐阶："只弹劾严世蕃即可，我们有他贪墨永寿宫银两的铁证！注意，弹劾的重点不在贪墨，在于拂逆圣心。圣上敬天爱民，早就该成仙长生了，可就是因为他严世蕃欺上罔下，不敬天神，才导致圣上至今无法飞仙。"

邹应龙苦笑一声："圣上不事早朝而沉迷修道，导致朝政废弛、权臣误国。我应该劝谏圣上，把心思用到朝政上，哪能奉承他修道飞仙……"

徐阶拉长了脸："书生意气！"随即口气一缓，"好了，你按我说的去写就没错！"

邹应龙搔了搔头，还是有些不解："严嵩是首恶，不告严嵩焉能除其子？"

徐阶："至于严嵩，你可以告他纵子作恶，玩弄权力，切不可涉及其他。严嵩好比一座大厦，严世蕃是这大厦的梁柱，梁柱塌了，大厦岂能不倒？"

邹应龙恍然大悟："感谢恩师提点，我这就改！"

修改后的奏疏中，他参劾严世蕃贪墨永寿宫的银两是为了阻挠嘉靖的修长生之路，他又借题发挥，说严世蕃这是图谋不轨，意图谋反。为了让圣上相信自己所言，最后还说了一句："如臣所言不实，可斩臣首以谢严嵩！"

当徐阶看到邹应龙在奏疏中给严世蕃扣上了"阻碍修仙、意图谋反"这顶大帽子时，脸上浮现了满意的笑容。

他双手端起奏疏，恭恭敬敬递给邹应龙："邹御史，你可以为民请命了！"

邹应龙慌忙双手接过，跪伏在地："学生万死不辞！"

雨，终于停了，一缕阳光透进西苑的窗格。

一缕看不见的香火，氤氲在人和人之间。堂下依次跪着首辅严嵩、次辅徐阶、户部尚书兼武英殿大学士袁炜、兵部尚书杨博、刑部尚书黄光升、工部尚书雷礼、工部侍郎严世蕃。

珠帘外左边，侍立着禀礼太监袁亨、锦衣卫指挥使朱希忠。

大殿内，竟有几许肃穆与肃杀。

邹应龙的奏疏就像一把刀子，捅到了严嵩父子身上。

人证物证俱在的事，即便严家父子想要狡辩，却也是无济于事。严嵩、严世蕃父子跪在地上，对着珠帘内的嘉靖痛哭流涕。

严嵩："陛下，老臣糊涂，老臣教子无方，犯下大错，请求圣上责罚！"

珠帘内，嘉靖用十分平淡的语气问："黄光升，贪墨六万两银子，按大明律该定何罪？"

黄光升答道："启禀陛下，依大明律，贪墨六十两银子以上者，斩立决！"

嘉靖故作惊讶的口气："哦？严世蕃，你怎么说？"

严世蕃磕头如捣蒜，眼泪一把，鼻涕一把："微臣有罪，微臣糊涂，恳请陛下饶恕！"

严嵩也在一旁边哭边磕头，嘴里含糊不清地说着什么。

徐阶心中窃喜，表面却假惺惺地求情："启奏陛下，严阁老苦心操劳，忠贞无二，还望看在多年的君臣情谊上，饶严世蕃一死！"

严嵩毕竟伺候了嘉靖数十年，看到严嵩这番模样，再加上徐阶的求情，嘉靖心中动了恻隐之心。

嘉靖问黄光升："案犯若是主动退赃，可否从轻发落？"

徐阶闻言大惊骇，有点后悔不迭，圣上竟想保全严世蕃性命？黄光升心中亦是有点失望，但他还是坦陈："当然可以！"

沉默半晌，嘉靖叹了口气："罢了，严世蕃，你把贪墨的银两悉数补上，朕饶你不死！"

严嵩父子闻言感激涕零，头都磕出血来："谢陛下不杀之恩！"

"不过……"嘉靖话锋一转，"死罪可免，活罪难逃。将严世蕃罢官削籍，发配三千里！"

"罪臣领旨谢恩！"严世蕃叩首道。

严嵩请旨："老臣教子无方，犯下大错，恳请圣上责罚。臣也老了，自请罢官致仕，回乡思过！"

珠帘内，又是一阵沉默。良久，传来了嘉靖的声音："阁老今年高寿？"

严嵩答道："老臣八十有三了。"

嘉靖叹道："世人皆言七十古来稀，阁老耄耋之年还在老骥伏枥……唉，是该让你歇歇了！准了，让严阁老致仕回乡，俸禄依旧，颐养天年！"

严嵩泪眼蒙眬，叩首："臣，领旨谢恩！"

嘉靖道："好了，你们两个先下去吧。"

严嵩和严世蕃磕完头起身，惶惶然躬身小步退了出去。

徐阶等人知道，嘉靖还有要事与他们商量，于是都屏息静气等着嘉靖的发话。

终于，珠帘内传来嘉靖的声音："广东那边叛乱刚刚停息，倭寇又在福建沿海兴风作浪。倭酋黑田义雄兵败台州，转而南下福建，劫掠四方，八闽震动。福建巡抚游震得请旨，调浙兵南下抗倭。这事，你们怎么看？"

众人不敢吭声，嘉靖直接点名："杨博，你是兵部尚书，你说！"

杨博："回陛下，台州大捷，倭寇纷纷南下，浙江一时可保无忧。调浙兵南下抗倭，可行！"

嘉靖："袁炜！"

袁炜："臣在！臣以为，杨尚书言之有理。至于派谁去，浙兵中戚继光部彪勇强悍，与倭寇缠斗屡战屡捷，所以臣认为，戚继光应是入闽抗倭的最佳人选！"

等袁炜说完，黄光升接上话题："臣，附议！"

嘉靖对这三个人的回答似乎比较满意，于是就问徐阶："徐阁老，你可有高见？"

徐阶眼睑低垂，诚惶诚恐："吾皇天纵圣明，微臣哪有什么高见。三位大人所说微臣完全赞同，只不过……"

嘉靖："徐阁老担心什么？"

徐阶："只不过戚继光手握重兵，又担负浙江抗倭大任，他这一去，福建倭寇若返浙江，岂不成两头奔命？"

徐阶担心的并不是两头奔命，而是在提醒圣上：戚继光这个武将手握重兵，与大明祖制文官节制武将的初衷相悖！

嘉靖："徐阁老的话言之有理，但是我们也别忘了，用人不疑、疑人不用。如今倭寇侵扰福建，八闽受苦，正是用人之际，咱们就不要作些无谓的担心。"

一看皇帝作出指示，徐阶便不好再说什么："臣遵旨！"

嘉靖帝又问："谭纶何在？"

杨博："谭纶夺情起复后，率兵入粤与俞大猷一同清剿了张琏等残寇，现已返回原籍继续丁忧去了！"

嘉靖似乎有点意外："又回去了……"

又问了一句："杨博，兵部仿制的那批弗朗机炮可在？"

杨博回道："都在武库放着呢！"

嘉靖帝命令："你们兵部派人押运这批火器送到戚继光的手上，让他们狠狠杀敌，不得有误！"

杨博叩首："臣遵旨！"

接到朝廷的圣旨，胡宗宪不敢怠慢，派心腹戴冲霄带领两千军马跟随戚继光一同入闽，说是帮手，其实是盯着戚继光，以防他在福建立功后留在那里任职回不来了。

戚继光对于入闽作战非常积极，除了最初的四千义乌兵，他又到义乌去招募了三千新兵，并且组建了水师，装备了先进的火炮，与戴冲霄一起，上万将士浩浩荡荡南下福建。

半个月后，戚继光部抵达福建宁德县。

刚刚安顿下来，一名军官前来禀报："报告将军，福建按察副使汪道昆求见！"

戚继光一愣："按察副使？"

大明两京一十三省，省设巡抚，巡抚下设布政使、按察使。按察副使是文官从三品，考核吏治，主管刑法。

稍作沉吟，戚继光吩咐："快快有请！"随即与军官一同到门外迎候。

大明历来重文轻武，武官在文官面前是没有身份的，同级的武官见了文官都要行礼，何况汪道昆的级别比戚继光还高。

"末将戚继光参见汪大人！"二人相见，戚继光抢先行礼。

汪道昆连忙上前搀住戚继光："戚将军，你可来了！福建百姓盼戚家军，有如大旱盼云霓啊！"

戚继光："汪大人风尘仆仆赶来宁德，不知所为何事？"

汪道昆抹了一把脑袋上的汗："所为何事，还不是因为倭寇的事！如今倭寇肆虐，福建危矣！"

戚继光："汪大人言重了，福建卫所官兵数万，岂能让倭寇横行？"

汪道昆长叹一口气："福建卫所官军是一群老爷兵，也就能扛着生了锈的长枪吓唬吓唬当地土匪。对付倭寇，实在是力不从心。"

戚继光："汪大人请里边说话！"

待主客落座，下人们端上来一壶香喷喷的龙井茶，戚继光忍不住问了一句："汪大人忧国忧民着实令人敬佩，可末将不理解的是，这用兵之事，似乎不在你们按察使的职责范围之内！"

汪道昆听了哈哈大笑："叫赵大河过来见我！"

戚继光马上吩咐身边的军士："赶紧去把赵大人请过来！"

汪道昆："我与将军虽素未谋面，却与你有很深的渊源！"

戚继光一脸的茫然："渊源？"

汪道昆："汪某徽州歙县人，与你们胡总督胡大人是同乡，你说，这算不算渊源？"

戚继光点头："算算！"

汪道昆得意地摆了摆手："这只是其一，其二嘛，汪某曾在兵部武选司署任职多年，与你们武选将官多有交集，这算不算渊源？"

戚继光肃然起敬："末将有眼无珠，还望大人多多海涵！"

汪道昆摆了摆手，接着说道："这其三嘛……"

话没说完，门口进来一人，戚家军的监军赵大河。

汪道昆起身相迎："赵大人别来无恙啊！"

赵大河定睛一看，起初狐疑的眼神顿时激动了起来："原来是汪大人，下官赵大河参见汪大人！"

汪道昆："戚将军，让赵大河讲讲我们之间的渊源！"

赵大河转向戚继光："戚将军，这位是我在义乌的前任知县，汪道昆汪大人！"

戚继光恍然大悟："怪不得汪大人这么关切我们义乌兵入闽，原来是父母官呀。来来来，吩咐下去，让后厨做几个拿手的家乡菜，为我们的汪大人接风洗尘！"

军士得令转身下去。

三个渊源一说完，戚继光与汪道昆瞬间拉近了距离。

戚继光拱手："汪大人，倭寇主要盘踞在哪几个地方？"

只见汪道昆一脸的凝重，从袍袖中拿出一卷纸，徐徐展开。

戚继光和赵大河凑过去，这是一张手绘的福建地形图，虽不十分精确，但各州各县都画在上面，每个州县上还标注了一面红旗或是白旗。

汪道昆手指地图："你们看，这些标注白旗的地方都有倭寇！"

众人一看，倒吸了一口冷气。图上北到福清，南到漳州，大部都标注上了白旗！

汪道昆："浙江倭寇蜂拥南下，福建卫所官兵措手不及，刚开始也组织了几场战役，但卫所官兵一触即溃，屡战屡败，几十个倭寇能把官兵赶着跑，个个似乎都患上了恐倭症。"

戚继光："这种场景，我当初在浙江碰到过好多回！"

赵大河："是呀，倭寇当初在浙江那么猖狂，最后还不是被我们义乌兵打得像丧家之犬？"

汪道昆点头："这就是我汪道昆迫不及待想要见你们的原因！"

戚继光："这些倭寇据点当中，最难打的地方是哪？"

汪道昆眼神一凛，一字一顿："夺命岛！"

戚继光、赵大河心里一紧。

汪道昆手指地图，继续说道："就在咱们眼皮子底下。宁德漳湾东侧十里外这个孤岛叫横屿岛，岛上盘踞的三千多个倭寇，官府前后派了几万卫所官军去清剿，却总是铩羽而归。"

赵大河在一旁惊讶道："这是为何？"

汪道昆苦笑一声："诸位有所不知，横屿岛上的倭寇首叫黑田次郎，大倭寇黑田义雄的弟弟，他的手下个个凶悍野蛮，武艺高强。再加上他们有一个天然的屏障，我军无法逾越！"

戚继光问："什么屏障？"

汪道昆："海潮！横屿岛与陆地相隔五里，涨潮之时，它与陆地被海水阻断；退潮之后，孤岛又与陆地连成一片。潮涨潮落，相隔四个时辰。本来我们选定退潮之后再行攻击，但那地方奇就奇在退潮之后道路变成烂泥，没过大腿，人一走便深陷其中，进退两难。"

戚继光："既然如此，干吗不从海上攻击？"

汪道昆："岛上四周皆山，岛中有山坳可以隐蔽，整个地形易守难攻，海上攻击更难有胜算。我军海上陆路都尝试过，虽有明军攻上岛，但最终的结果却总是全军覆没，这座小岛就被称为'夺命岛'。"

戚继光："如此看来，这的确是块难啃的硬骨头！"

汪道昆："若要从陆路上强登横屿岛，只有四个时辰的作战时间。官军在泥水中苦苦跋涉，即便上了岛，也早累成软脚虾，根本无法与倭寇对战！"

戚继光沉思良久，对赵大河说："赵大人，你怎么看？"

赵大河呵呵笑道："我们入闽的第一战，要打就打出威风，打得他们闻风丧胆，后面的仗就好打了。"

汪道昆："由于横屿岛三年都打不下来，倭寇们更加嚣张，时不时地出来劫掠宁德一带，导致宁德城乡方圆三百余里，白骨露于野，千里无鸡鸣。"

戚继光的拳头猛地砸在了案头上，斩钉截铁地说："赵大人说得对，既然要打，就要打最凶的倭寇，啃最硬的骨头。只有把他们打痛了，打怕了，他们才不敢在我中华土地上作威作福！"

汪道昆忍不住赞了一句："戚将军，真乃我大明英雄也！"

戚继光："汪大人过奖了，下官想明日就召集众将商议夺岛之事，还请汪大人留下来，多为我们出谋划策！"

　　汪道昆亦是激动地说："我汪道昆等这一天已经好久了，能与我们义乌兵并肩作战是我的荣幸，不拿下横屿岛，汪某誓不回福州！"

　　戚继光大声道："好！传令下去，明日把总以上武官大帐议事。"

　　第二天，戚继光的中军大帐，数十名武官济济一堂。

　　戚继光的声音低沉，但充满了坚毅："在横屿岛上盘踞着一伙最为凶悍的倭寇，他们比我们以前遇到的任何倭寇都难对付。因为此处潮汐复杂，从登陆，到此战结束，你们只有四个时辰。如果四个时辰后我们没有踏上归途，海潮将截断我们的退路。所以说登陆之后，不是他死，就是我亡，若各位没有决死之心和冒死一战的胆量，我戚继光绝不为难大家！"

　　大帐内陷入了死一般的寂静，戚家军自组建以来，从来都只有命令和执行，让武官们在战与不战之间选择，这还是破天荒的头一次，这也足见此战的凶险。把总王如龙倏地站了起来，粗重的声音打破了沉默："我们不远千里而来，不就是为了杀贼？今已与倭寇对垒，岂能临阵怯战？我王如龙愿打头阵，第一个冲上横屿岛！"

　　戚继光看了看王如龙，点头示意他坐下，眼睛里充满了嘉许。

　　这时又有一个人站了起来，大声说道："将军，这打头阵的事交给我，我陈大成用脑袋保证，不攻下横屿岛提头来见！"

　　陈大成和王如龙都是矿工首领，武艺高强，且极富号召力。但打仗用谋方面，陈大成略胜一筹。

　　戚继光同样示意他坐下，这时又有几个悍将站起来纷纷请战，中军大帐一时群情激昂。

　　待大家发言毕，戚继光冷竣的眼神扫了大家一眼："此战，事关我戚家军的生死，更关乎我大明的国运和荣光。传令，陈大成为先锋，率五百死士开道铺路；王如龙带两千精兵为攻击主力，涨潮之前拿下横屿岛；胡守仁率水师海上侧击，三军一鼓作气拿下横屿岛！"

　　戚继光的话，掷地有声。只见他顿了顿，说了一句令所有人都心潮澎湃的话："我们要用横屿倭寇的头颅，告诉那些肆虐沿海的倭寇，泱泱中华，不是杀人放火的乐土，而是埋葬他们的坟墓！犯我中华者，虽远必诛！"

一阵短暂的沉默过后，振聋发聩的喊声响起："犯我中华者，虽远必诛！"

一轮红日从海面上跃出，天地间洒满了万丈霞光。

八月初八这天，戚家军列队海岸。挑选这天攻岛，是因为这一天退潮时间最长，能为将士们争取尽可能多的时间登岛。

为了轻装简行，他们没有携带鸳鸯阵所需的盾牌、狼牙棒、标枪，兵士只有腰刀一口，每个人都背负着大捆的稻草。

列队的正前方，竖着一面巨大的通天鼓。

戚继光站在鼓前，犀利的眼睛扫视了一遍整装待发的将士："闻鼓而动，誓死杀倭！大家可有必胜的信心？"

所有人都高举军刀，振臂齐呼："闻鼓而动，誓死杀倭！"

戚继光大声说道："好！我就在这儿，为你们亲自擂鼓！"

"必胜！必胜！"数千军士杀气腾腾，喊杀声响彻云霄。

一通浑厚的鼓声响起，天地动容，海神听命。

大海开始退潮了，一片一望无际的淤泥滩出现在戚家军的面前。

敢死队出发了，每人身负一大捆稻草，一边前进一边用草填泥，但这片淤泥实在太难走了，有的地方淤泥很深，一不小心半个身子就陷了下去。

陈大成率敢死队奋力前行，不过走了半个时辰，就累得筋疲力尽了。

这时鼓声突然停了，戚继光的用意很明显，让大家歇口气再继续前行。

将士们踏着鼓点行进，鼓点停息，将士就地休息。

终于走走停停，敢死队员艰难跋涉到了滩头，此时已距倭寇的堡垒仅有百步之遥。

滩头的另一边，黑田次郎和一群倭寇在津津有味地看着戚家军在淤泥中艰难跋涉。按照以往的经验，等到攻岛将士筋疲力尽上到岛屿时，再将他们斩尽杀绝也不迟。

一名倭寇向他请示："将军，敌人已到了近前，打不打？"

黑田次郎轻蔑地摆了摆手："让他们再靠近一点，火铳手、弓箭手做好战斗准备！"

就在倭寇们准备大开杀戒的时候，只听得对面的通天鼓突然急促了起来，紧接着三声炮号响起，一阵惊天动地的巨响炸裂海面的天空。

黑田次郎吃惊地回头望去，身后的横屿岛上火光四起，惨叫连连。

"怎么回事？"黑田次郎吼了一声。

这时一名倭寇满身是血连滚带爬地从山上跑了过来，"报！大将军，大事不好了，明军从海上攻了过来！"

黑田次郎："有多少船只？"

倭寇："数不清，密密麻麻！"

黑田次郎看了一眼滩头的明军，喃喃自语："难道说陆路上只是佯攻，真正的攻击在海上？"

倭寇点点头："完全有可能，以前他们从陆路上进攻总是失败，这次他们肯定是想换一种方式。"

容不得多想，黑田次郎一咬牙，命令："留下一半的人守滩头，其他人跟我上岛去阻敌！"

一名倭寇小头目挺直身板："请大将军放心，我保证把对面的敌人杀个片甲不留！"

黑田次郎一挥手，滩头上近半数的倭寇跟着他往山上疾奔。

滩头上，陈大成率部稍作休息，看那样势，准备发起最后的攻击。

倭寇小头目吼了一声："准备战斗！"

此刻的滩头上，戚继光的鼓声突然变换了节奏，通天鼓雄浑激昂，鼓点直击人心，监军赵大河令旗往王如龙的阵前一挥。

摩拳擦掌等了半天的王如龙再也忍不住了，大吼一声："杀！"猛虎下山一般冲了出去。由于前面的陈大成敢死队已经一路上铺设好了稻草，王如龙的精锐部队几乎是一路小跑着冲向滩头。

待王如龙与陈大成兵合一处，潮水慢慢地涨了起来，远处的横屿又成了大海中的一个孤岛。

戚继光奋起神威，汗下如雨，一个人敲鼓三个多时辰。

震天的鼓声里，登上岛屿的戚家军摆开阵形，奋力向前，守滩的倭寇被神兵天降一般的戚家军彻底打蒙了，双方刚一接触，倭寇就被鸳鸯阵接连刺杀，守滩倭寇且战且退，往岛上溃逃。

此时经过数轮密集的炮火轰击，岛上山坳里的倭寇也被打得尸横遍野，丢魂失魄。

陈大成、王如龙他们一鼓作气，痛下杀手，孤岛上的倭寇无路可逃，横屿岛成了一个真正的夺命岛，只不过这一次夺的是倭寇的命。

喊杀声稀疏了，岛上的硝烟也渐渐散去了，从海滩上望去，岛上插满了大明的军旗，到处是欢呼雀跃的人群。

戚继光双手一松，鼓槌从手中滑落，他这才发现，自己的双手已是又酸又胀，似乎抬起都有些吃力。

赵大河面露喜色，一路小跑地来到通天鼓前，大声喊道："赢了，赢了！"

汪道昆急切地问道："倭首黑田次郎抓到了没有？我军将士伤亡如何？"

赵大河："将士们奋勇争先，斩得首级两千六百余颗，余寇要么炸死，要么赶到海里淹死，还有九十余人缴械投降。黑田次郎被杀，我方勇士阵亡十三人，伤三百余人。"

汪道昆兴奋得连连搓手："大捷、大捷啊！"

正这时，王如龙押着一队倭寇俘虏走了过来，问戚继光："将军，这些俘虏如何处理？"

戚继光冷冷地说道："就地斩首！"

汪道昆："要不要押着俘虏回京，举行一个风风光光的献俘大典？"

戚继光斩钉截铁地回答："不用！犯我大明者，虽远必诛，虽强必戮！"

夕阳西下，残阳如血。

被捆得五花大绑的俘虏们排成两列跪在沙滩上，行刑的士兵们手起刀落，一颗颗倭寇人头滚落在地。

暮色里，将士们相互搀扶着踏上了归途。不知是谁起的头，唱起了平日训练时的《凯歌》，这是戚继光亲自作词、亲自教习的一首军歌。

"万众一心兮，群山可撼。唯忠与义兮，气冲斗牛。主将亲我兮，胜如父母。干犯军法兮，身不自由。

号令明兮，赏罚信。赴水火兮，敢迟留！上报天子兮，下救黔首。杀尽倭奴兮，觅个封侯！"

全军齐唱，声动四野，连天上的明月都变得分外光亮。

横屿大捷之后，戚家军一鼓作气，九月份夜袭牛田，十月份血战林墩，杀得倭寇闻风丧胆。然而就在凯歌高奏、捷报频频之际，东南总督胡宗宪却一再下令戚家军返浙。

这让汪道昆忧心不已，连夜来找戚继光，希望能挽留戚家军多在福建待上一段时间。

"我已写信给了胡总督，恳请他缓些时日调兵回浙。"汪道昆看着戚继光，眼睛里充满了不安。

戚继光不语，汪道昆有点着急："自打戚家军入闽之后，福建抗倭形势一片大好，谭纶、俞大猷、刘显也在往这边赶，清除福建倭患指日可待。我就纳闷了，胡制台此时为何非要你们回去？"

戚继光的脸色冰冷，一字一顿："要出大事了！"

汪道昆一愣，问："出大事？出啥大事？"

戚继光："南京户科给事中陆凤仪向胡大人发难，上疏弹劾其贪污军饷、滥征赋税、按兵玩寇、宣淫无度、党庇严嵩等十大罪状，圣上责成巡按御史勘报，罢免了胡大人的一切职务，让锦衣卫押解至北京发落。"

汪道昆倒吸了口冷气："难道他也受到严嵩案的牵连？"

戚继光点头："是！"

汪道昆神情黯然："你这一走，福建的百姓又要受苦了……"

戚继光："那倒未必，谭纶、俞大猷、刘显都是当世名将，朝廷把他们调来，福建倭患一定能平！"

汪道昆喃喃自语："但愿如此……"转而又十分关切地问了一句："胡宗宪这么着急把你召去，不会牵扯到你什么事吧？"

戚继光："吏部派人到浙江勘查胡宗宪一案，需要我去核实一些情况。"

汪道昆："胡大人是东南的庭柱，没有了他，倭寇定是欢欣鼓舞，而浙闽百姓痛哭流涕，这真是亲者痛、仇者快啊！"

戚继光叹了口气："是啊，党争残酷，让人步步惊心……"

福建兴化，风雨飘摇。

自戚家军返浙后，数股被戚家军打跑的倭寇迅速聚集，短短一个月的时间便发展到了一万多人，接连攻克邵武、罗源、政和、寿宁、宁德、连江、松溪等县城，最后又包围了兴化府城。

福建巡抚游震得大为惊慌，连忙向周边各省请求援军。由于胡宗宪被罢职，浙江巡抚赵炳然总理军政大权，拒绝出兵援助。

所以，最早赶来支援的是距离最近的广东总兵刘显带来的七百先锋部队，还有四千主力部队在路上日夜兼程。

兴化城外，倭寇已围城多日，密密麻麻地围了里三层外三层。刘显站在高处朝远处眺望许久，深深地叹了口气，他带来的七百先锋部队还不够倭寇塞牙缝。思索了一会，吩咐身边的一名军官："敌众我寡，不可轻举妄动。派人去城里送信，商讨里应外合的破敌之策。告诉他们，援兵已到，务必坚定信心，严防死守！"

军官答道："是！"

夜幕降临，几名士兵乔装打扮，悄无声息地前往兴化府城。

眼看就要接近府城，前方突然亮起十数只火把，有人用倭语大声地喝问。一看遇到倭寇的巡逻兵，送信的士兵一听吓坏了，仓皇之下转身就跑。

"呜呜呜……"的海螺声四下响起，到处是围追堵截的脚步声和倭寇呜啦呜啦的说话声。

倭寇首领黑田义雄正在中军大帐独自喝酒，听得外面人声嘈杂，正纳闷中，一名侍卫掀帘进前："报告大将军，捉到八名奸细！"

黑田义雄："带过来！"

营帐外，八名粗布便装的青年汉子五花大绑地跪在地上，一名倭寇头目手里拿着一封信呈了上来，报告："他们是广东总兵刘显派来的奸细，这是从他们身上搜到的信件。"

黑田义雄拆开一看，看着看着，脸上露出了得意的笑。

只见他伸出右手，作了个砍头的示意。倭寇把八名俘虏拖了出去，不一会儿数声惨叫声响起，八名大明士兵人头落地。

营帐内，黑田义雄拿出纸笔写了一封信，封好口，交给身边的侍卫，吩咐道："派几个懂汉语的自己人，穿上明军服装混进府城，把这封信交给城里官员。注意，千万不可露出破绽！"

侍卫身子一挺："是！"

兴化府，刚刚到任仅一个月的知府奚世亮临危受命，日夜动员军民，加固城池、整修军械、筹措军粮、积极应战。

兴化府本就城高、壕深、墙固，与闽北的延平城、邵武城并称为"八闽三大坚城"，素有"铜延平，铁邵武，石兴化"之美誉。

在奚世亮指挥下，军民奋力反击，击退倭寇一次次进攻，双方激战多日，僵持不下。

这日下午，八名大明官兵模样的人策马疾驰而来，朝着城楼上大声喊话：

"我们是广东总兵刘显的手下，速速放我们进城！"

城楼上值守的是兴化府同知翁时器，他见下面的这几个士兵身着"天兵"字样的明军制服，风尘仆仆。

"你们不跟着刘总兵抗倭，来我们这里干什么？"翁时器大声地问道。

来人回答："我部接到福建巡抚游大人的急件，要我们入闽抗倭，我部不敢怠慢，日夜兼程地往这边赶！"

翁时器："刘将军现在何处？"

来人回答："在距城三十里外的江口迎仙寨驻扎，派我们几个进城联络！"

翁时器一听大喜，他伸头看了看左右，这几个人的后面并没有什么大队人马跟着，于是放心地下令开城放他们几个进来。

为首的军官从怀里取出一封信，交给了翁时器。

这是一封盖着刘显私印的信件，来信约定，刘显所部将于当天夜里进城，希望城里不要敲警报，也不要点火，更不要发出声音，以免惊动倭寇。

翁时器看完信后喜极而泣，激动不已："终于把你们盼来了，终于把你们盼来了……"

守城士兵们也七嘴八舌："再不来援兵，我们都快坚持不住了！"

翁时器吩咐手下军士："通知各门，做好刘大人进城的准备。午夜时分以响铃为号，打开城门放援军入城。"

"遵令！"军士下去安排。

翁时器又叫住了他："等等，赶紧带客人去吃饭，晚上安排去客栈休息！"

来人抱拳："谢谢翁大人！"

翁时器连忙回礼，呵呵一笑："哪里哪里，要感谢的是你们！"

月亮悄悄地升上了柳梢，兴化城内外一片寂寥。隐隐约约的夜色里，数不清的紧身黑衣人，悄无声息地穿梭在树林和山地间。

兴化府城东北角乌石山上，几名士兵在来回巡逻。

山道上，几支火把从山下逐渐地靠了过来，巡逻的士兵喝道："什么人？"

　　松明火把下，照着明晃晃的"天兵"大明制服。来人答道："我们是广东总兵刘显的手下，奉刘将军之命前来勘察地形，接应大部队入城。"

　　守兵："原来是刘将军手下，我们收到命令了，今晚放你们的队伍入城！"

　　来人："诸位弟兄辛苦了，等打跑倭寇，我们痛痛快快地喝个庆功酒！"

　　守兵："要得要得，喝他个三天三夜！"

　　谈笑间，巡逻的官兵与上山的八人几乎并肩而立，为首的那人突然眼露凶光，从怀里掏出一把匕首，一手捂住对方的嘴巴，一手持匕首狠狠地在他脖子上一抹，鲜血如注，那名士兵哼都没哼便瘫软在地上。

　　与此同时，假扮成明军的那几名倭寇也同时发力，巡逻的士兵猝不及防，瞬间倒在了血泊之中。

　　为首的倭寇手势一挥，众倭寇会意，迅疾往乌石山城下扑去。

　　城墙上只有几名放哨的官兵，不消片刻，全被倭寇放倒在地。此时已到午夜时分，城墙下面传来清脆的响铃，城墙上的倭寇击掌三下予以回应。

　　城门大开的瞬间，满城百姓等到的不是盼星星盼月亮盼来的"救星"，而是面目狰狞、杀人如麻的倭寇。

　　兴化城里，刀光剑影耀城堡，血雨腥风盈闾巷。

　　当军士跌跌撞撞前来报信的时候，同知翁时器得知中计，又惊又怕，连夜与通判李邦光、参将毕高一起逃之夭夭。

　　兴化知府奚世亮从睡梦中被喊杀声惊醒，率领府兵随从顽强抵抗，左冲右突，奋力杀敌，终因寡不敌众，身中数刀，以身殉国，年仅四十八岁。

　　跟随奚世亮十余年的捕头石汉藻，见主人身亡，便奋力杀出重围，率领数十余兵丁直奔府衙，意欲保护其家人逃命。

　　当奚家老小刚出衙门，一队倭寇赶到，一番厮杀，石汉藻血溅当场。

　　奚母深知逃生无望，转身直奔后院井台，"亮儿，为娘来也！"伴随一声凄厉呼喊，奚母扑通一声跳入井中。

　　奚世亮的妻子王氏看了看一双儿女，泪如雨下，一咬牙，抱起儿女一同投井自尽。

可怜忠勇知府一家老幼，具皆罹难。壶山为之默哀，兰水为之哽咽！

苦苦坚守了一个多月的府城就这样被攻陷了，倭寇在城内烧杀抢掠，无恶不作，百姓死伤无数，昔日繁华的兴化府毁于一旦，成为人间炼狱。

刘显率领七百先头部队就在三十里外的江口迎仙寨，他们眼睁睁看着这惨象，悲愤不已却无可奈何。

兴化府是明代倭患以来福建唯一被倭寇攻陷的府城。

消息传开，朝野大震。

紫禁城西苑，嘉靖将手中的青花瓷盏狠狠地摔在了地上，清脆的碎裂声，响彻西苑大殿。

"废物、饭桶！"嘉靖气急败坏地吼道，吓得袁亨胆战心惊。

龙案上，是福建道监察御史李邦珍告急奏疏，兴化周边州县由于害怕倭寇的洗劫，几乎把所有的财富都存放到了兴化府城。兴化沦陷之后，堆积如山的金银财宝、古董字画尽入贼手，搬不走的被一把火烧得干干净净。在这场旷古未有的浩劫中，军民被杀三万多人，除了知府奚世亮一家满门被灭，还有十九名进士、五十三名举人和三百五十八名秀才，重创了兴化府的文脉。

徐阶、袁炜及太监袁亨跪在地上，大气不敢出。

等发泄完心中的怒火，嘉靖一脸颓废地坐在龙椅上："你们说，派谁入闽平倭？"

已经晋升身为首辅的徐阶清楚，这个节骨眼上，可不能再有什么党争之心，一定得有能力超众之人才能收拾这个残局。

沉默了片刻，杨博率先发言："启奏陛下，臣举荐一人，谭纶！"

袁炜："论文才武略，谭纶当然是最佳人选。只是谭纶还在丁忧，已经夺情起复过一次，再夺情，只恐他不肯答应！"

徐阶："没有国，哪来的家？张琏叛党荼毒江西，谭纶比我们有着更加切身的体会。自古忠孝难以两全，而今又是用人之际，相信他谭纶还不至于那么迂腐！"

嘉靖点头："谭纶官声不错，实心用事。就这么定了，传旨，将罪臣游震得削官罢职，改谭纶为福建巡抚，提督浙闽抗倭军务。任俞大猷为福建总兵、戚继光为副总兵，与广东总兵刘显一起，各率原部人马入闽平倭。"

四人一齐磕头："吾皇圣明，臣等遵旨！"

嘉靖扬了扬手里一份的奏折："南京户科给事中陆凤仪上疏弹劾胡宗宪，告了他贪污军饷、滥征赋税、按兵玩寇、宣淫无度，委身严党等十大罪状，你们怎么看？"

袁炜："胡宗宪有无罪过，应派人前去核查才能定论。"

徐阶："圣上，早些年就有人说胡宗宪是银山总督，奢靡荒淫，骇人听闻！臣想起了洪武朝的一段往事。"

嘉靖问："什么往事？"

徐阶朗声答道："当初洪武爷开国时，皇侄朱文正掌大都督府，在洪都一战中立下不世之功。后来朱文正私自挪用公款，被洪武爷赐死。胡宗宪贪墨的银两比朱文正还多，不杀恐难以服众。"

徐阶心中清楚，胡宗宪是最大的严党，必须置其死地而后快。

袁炜却站出来，为胡宗宪说了一句公道话："当年洪武爷赐死朱文正，除了他挪用公款，还因为他恃功而骄，凌辱百官，甚至跟反贼张士诚暗通款曲。再说，朱文正是将公款揣进了自家腰包。胡宗宪挪用缴获，却是分给了百姓重建家园。二者本质不同。"

徐阶还想说什么，嘉靖发话了："胡宗宪虽说是严党的旧部，但他的确为东南抗倭立了不少军功，功过皆有之。命人将他锁拿进京，待审讯清楚再行发落！"

三人磕头齐呼："吾皇圣明，臣等遵旨！"

杭州府，寒风凛冽，风雪呼号。

锦衣卫指挥阎金吾摘去了胡宗宪和卢镗的乌纱、官服，收了浙直总督印和总兵印，将他们锁拿，准备启程回京。

一名锦衣卫慌慌张张进来报信："大人，大事不好，三军拦住了车马，不让我们过去！"

阎金吾脸色一沉："还有这事？"

几个人匆匆出来，但见黑压压的军士围住了阎金吾的车队。

徐渭、茅坤、沈明臣等人跪在最前面。

徐渭素来放浪不羁藐视权贵，轻易不会给别人下跪。而此刻，徐渭泪流满面地给阎金吾跪下，高呼道："胡少保、卢总兵冤枉！"

数万军士齐声高喊"冤枉"二字，那场面震天撼地。

阎金吾眼露凶光，厉声喝道："我们奉旨办差，你们想造反不成？"

三军毫无怯意，依旧高呼"冤枉、冤枉、冤枉……"

双方剑拔弩张，怒目而视。

再三恐吓和劝说均不奏效，阎金吾恨恨地跺了跺脚，无奈地返回衙内。

胡宗宪身戴枷锁，对旁边的浙江巡按御史张达泉说道：

"张大人，三军激愤恐酿兵变，劳烦张大人出面严束各将，按兵休营三天。"

张达泉闻言仰天长叹："世事不平才会如此。老天若是有眼，必不会让胡公遭此大难！"

胡宗宪面色平静，又说："严令各营设官军守把，切勿纵部下标兵出门。天大的事我胡某一人承担，不要牵连他人！"

张达泉眼眶含泪，抱拳出去。

夜已深，三军终于散去。天还未亮，押解的车队就悄悄地出发了。

然而令阎金吾等人诧异的是，杭州市民扶老携幼，填塞巷道。一见车队出现，有人悲号称冤，还有人卧辙攀辕，以身堵在车队前面不让前行。

面对此情此景，连阎金吾这个心狠手辣的锦衣卫也潸然泪下。

一名老汉颤巍巍地站起身，走到阎金吾面前，指着他的鼻子："放着那么多贪官污吏不去抓，却抓胡少保这样舍生忘死、一心抗倭的好官，你们的良心何在？"

一名侍卫在一旁拔出了绣春刀："大胆，以下犯上者杀无赦！"

阎金吾飞起一脚，踹在了侍卫的手臂上，绣春刀"当啷"一声落地。

阎金吾怒斥道："都给我听好了，这些都是大明的百姓，不是倭寇！你的刀，是用来保护这些善良的百姓的，而不是用来指着他们、吓唬他们的！"

锦衣卫个个愕然，他们没有想到，往昔凶神恶煞的"阎王爷"，竟然还有这等的善心。

那名侍卫立马拱手躬身："是是是！小的错了！"

又有几名百姓站到了阎金吾面前，七嘴八舌地说道："你们知不知道，没有胡少保，我全家就都让倭寇杀了！"

"以前我们被倭寇逼得东躲西藏，胡少保来了浙江，我们才有了安定的日子，你们要把胡少保抓捕进京，整个浙江就乱了！"

押解的人不知道该如何解释，只能装腔作势地吓唬百姓。

人群之中，不知是谁喊了一嗓子："不放胡少保，我们便砸了他的车队！"

"对！砸了车队，救胡少保啊！"群情顿时激愤了起来。

锦衣卫们紧张地举起了手中的刀枪。

阎金吾一看见势不妙，赶紧将胡宗宪从马车上放了出来。

胡宗宪弯腰钻出囚车，走到百姓的中间，抱拳拱手，大声地说道："乡亲们！我是胡宗宪！请听我说两句！"

见到胡宗宪，数万百姓齐齐跪倒在地，哭喊声震天："胡大人别走，胡大人冤枉！"

胡宗宪大声喊道："乡亲们对我的情谊，我胡宗宪感激不尽！"

人群安静了起来。胡宗宪接着说道："圣上命我回京述职，核实一些问题，请大家都回去吧！"

一个青年大声问道："胡少保，您离开了浙江，我们这些百姓可怎么办？"

胡宗宪道："朝廷会给浙江再派一位好官，没有我胡宗宪，百姓的日子会越来越好！"

"胡少保留下吧！

"留下吧，我们只要胡少保！"

胡宗宪撩起长袍前襟，双膝跪地："乡亲们，送君千里，终须一别。大家都回去吧，我胡宗宪给你们跪下了！"

说完，又给百姓重重地磕了一个头。

那些百姓见了，哭得更响了。

胡宗宪起身，朝囚车头也不回地走了，阎金吾怕再生变故，连忙将胡宗宪搀上了囚车。

百姓们纷纷后退，给车队让出了一条路。

押送胡宗宪的船只因一路上的百姓拦阻，竟然走了七天七夜。

腊月二十七，紫禁城文渊阁。

内阁首辅徐阶与次辅袁炜此刻正焦头烂额。

袁炜的声音穿过大殿，激动而忧心："今年宗藩禄米达到八百五十三万石，而朝廷的岁入却只有四百万石，尚不及宗藩禄米的半数，若再加上文武百官的俸禄、军饷、防倭御虏的开支，户部怕是要穷得揭不开锅了！"

一声长叹，这是徐阶的声音："洪武年间，我朝宗藩仅四十九人，发展到今天，宗藩人数突破了十万，再若不改，朝廷如何能够负担……"

殿内，徐阶与袁炜相对而坐，第一次掌权，徐阶就面临年终缺钱的重大考验。

袁炜："宗藩禄米要给，朝廷运转各项开支更要给。我算过了，除去必须支付的硬性开支，宗藩禄米只能给三成！"

徐阶："三成？少一成他们都不干，前些天咱们放出风去，说宗藩禄米要削减，他们就像炸了锅一样，一份份密函、奏疏，雪片般飞向了紫禁城。"

袁炜："那也没有办法，不当家不知柴米贵。就算停掉后宫的开支、朝廷的运转，也无法支付这么多的宗藩禄米！"

徐阶："圣上对宗藩负担也是无能为力，三大问题让他左右为难：其一，采取削藩之策固然可以甩掉宗藩这个负担，但是这样做就意味着否定了永乐帝借反对削藩登上帝位的做法；其二，允许宗藩子弟参加科举和自谋生路也能减轻朝廷负担，但他们参加科举又意味着恢复了宗藩的参政议政权，与祖制不符；其三，强制削减宗藩禄米也能减轻朝廷负担，但这样做必然会导致藩王、郡王的不满，甚至引发天下大乱。所以说，圣上也难啊！"

袁炜："权衡利弊择其轻。不管怎么样，年还是要过的。这样吧，只能给三成，不能再多了！"

徐阶沉默许久，无奈地说了一句："好吧，我同意。这事，不能把圣上推到风口浪尖，只有我们来做这个恶人了！"

一名官员匆匆进来："启禀徐阁老、袁阁老，锦衣卫已押解胡宗宪入京，听候发落！"

徐阶："立即送三法司严加审讯！"

袁炜：“徐阁老，有句话不知当讲不当讲？”

徐阶：“但讲无妨！”

袁炜：“据下官所知，那胡宗宪在浙直官声颇为不错，深得百姓的爱戴。自他被拘捕之后，其下属官员、京内一些大臣积极为其奔走呼号。我看对他的处置，还是慎重一些为好！”

徐阶：“这个我也有所耳闻，只是有罪无罪，我们说了不算，得看三法司审讯结果才能定论！”

袁炜欲言又止，徐阶：“眼下禄米的事已经乱成一锅粥了，咱们还是全力把这个年关度过去！”

袁炜点头，叹了口气：“好吧！”

江西分宜，一个叫介桥的地方。

一座气势恢宏的楼宇拔地而起，说是府邸，其实远没有宫殿二字来得贴切。为了修建这座大宅，全县的百姓几乎都被发动了起来，光是有灶做饭的工棚，就搭建了好几处。

这天临近晌午，民夫壮汉们都放了工在等饭吃。一个工棚内，数十个民夫聚在一起掷骰子耍钱。

人群里，有人高喊：“来来来，押了哈！”

庄主在碗里摇动骰子，“叭”的一声盖在了桌面上。

“大大大……”

“小小小……”

赌桌边上的人纷纷狂呼乱叫了起来。

正赌得兴起，一名中年儒士骑着一匹灰马缓缓经过。

见有人大白天聚众赌博，儒士好奇心大起，忍不住勒马驻足，伸头看了一眼。一个输得精光的壮汉满脸晦气地从人群中钻了出来，迎面差点就撞在了马身上。

"看什么看！"壮汉仰起头，凶巴巴地吼道。

没承想，那看似文弱的儒士居然毫无惧色，怒斥："看你咋的！"

聚赌的人群闻听一个个回过头来，齐刷刷地看着马上的儒士。

壮汉满肚的怒火正无处宣泄，厉声叫道："你再看下试试！"

儒士亦是怒目而视："试试就试试，你还想打人不成？"

壮汉气急败坏，弯腰拿起地上的一块青砖，照着儒士就砸了过来。

儒士在马上躲避不及，青砖正中前额，顿时血流不止。

那壮汉还在不依不饶、喋喋不休地叫骂着。众人一看怕惹出更大的事来，上前拉开壮汉，挥手让儒士赶紧离去。

那儒士愤怒不已，可是好汉不吃眼前亏，他一手捂着伤口，策马离去。

儒士一路地走，一路地向行人打听。穿过几条古巷，一座深宅大院出现在了眼前，门楣上，赫然写着"瑞竹堂"三个大字。

儒士下马，叩门。一个管家模样的人拉开半边大门，上下打量了一番："你是什么人？"

儒士指着自己满头是血的脑袋，对管家说："我是袁州府推官郭谏臣，你们严家民夫无理挑衅，还拿砖砸我的脑袋！"

那管家跟随严嵩多年，什么样的大官没见过，一个小小的州府推官，他压根就没放在眼里。

管家白了他一眼，不耐烦地说道："谁打你你找谁去，知道这是什么地方么？"

儒士："知道，这是严府，我就是来找严大人评理的！"

管家毫不客气地呸了一声："你算个什么东西，也敢来找我们家老爷，赶紧滚蛋，再敢找茬打得你满地找牙！"

儒士被他一顿羞辱，气得浑身发抖，一句话也说不出口。

　　管家瞪了他一眼，"哐当"一下关上了门。

　　门外的儒生又气又急，窝着一团怒火快快离开。

　　深宅大院里，严嵩躺在宽大的红木靠椅上，严世蕃坐在他的身边陪他说着话。嘉靖下旨把严世蕃发配到雷州充军，但严世蕃只在广东南雄住了两个月就溜回分宜老家了。

　　严嵩："东楼啊，自打那年出事，转眼就过去了两年。虽然你偷逃在家，但始终是个囚犯，圣上看在爹和他三十年君臣之情的分儿上，才对你法外开恩，你切忌招摇过市，徐阶、高拱那帮人，时时刻刻都盯着你呢。"

　　严世蕃："嗯，孩儿知道了！"

　　严嵩有点不高兴："你天天说知道知道，吃了这么大的亏还不知悔改，你说你不在家好好待着，盖那么大的房子干什么？"

　　严世蕃："爹，你瞅瞅咱们家这住的，还不如京城里的狗窝。不盖个舒服点的大宅子，怎么对得起爹爹您呢。再说了，咱们虽然出了点事，但毕竟也是衣锦还乡，不风光一把，还怎么光宗耀祖，激励子孙？"

　　严嵩："咱们分宜县才一万人口，被你雇佣的民夫就超过了半数，你一个逃犯这么张罗着，就不怕朝廷知道？"

　　严世蕃："爹，咱们都归隐山林了，这山高皇帝远的，他们才没兴趣知道我们在干什么呢！"

　　严嵩长叹一声，闭上双眼："唉……你这个张扬的习性，在哪都改不了了……"

　　严世蕃从严嵩那出来，心中也是一阵的郁闷，他把几个心腹亲信叫来喝酒。再也没有美人盂、肉屏风，京城里的过往，一切都那么遥远。

　　几个人一边喝着一边感慨，有个人说："主子，咱不能在这小地方待一辈子吧，您可是天上的星宿下凡，哪能就此终老此生？"

　　严世蕃喝得舌头都理不直了，说："总有一天，我严世蕃要杀回京城，砍了徐阶和邹应龙的狗头，我要让他们妻离子散，家破人亡，以泄我心头之大恨！"

几个人听了吓一大跳，赶紧给严世蕃满上："爷，喝酒，喝酒！"

阳春三月，京城东郊，一架马车停在夕阳下。

马车边，站着曾经名震东南的胡宗宪。

被关押半年多，嘉靖终于下旨：胡宗宪为朝廷效力多年，抗倭有功，罪轻一等。着其革去一切官职，遣回原籍安徽绩溪。

站在胡宗宪面前的，是当朝次辅袁炜、茅坤、沈明臣。

扫视了一遍眼前的几人，胡宗宪突然问道："文长怎么没来？"

茅坤："文长……他疯了……"

胡宗宪一愣："怎么疯的？"

茅坤："自大人被捕入狱之后，文长四处奔走，求助无门。他感觉唯一的支柱坍塌了，一病不起，病中神情恍惚数度自杀，用长钉贯入耳内，以斧头砍自己的头，以锤子锤击肚囊……虽然几次都抢救了过来，但人却疯了，经常半夜凄凉地呼啸，引来群鹤哀哀共鸣。"

胡宗宪眼眶一红，差点落泪："都是我害了他！"

沈明臣："士为知己者死，徐文长是高义之士，不是你害不害的问题。"

胡宗宪："我走了，你们两个要好生照顾他，患难之交弥足珍贵！"

茅坤、沈明臣点头："这个大人放心，我们会的！"

胡宗宪："卢镗怎样了，放出来了没？"

袁炜："卢镗忠义耿直，战功卓著，却不料也受此大难。言官们认为他是你的同党，弹劾他督师不力、作战失利等八大罪状，三法司查来查去，查无实据，圣上将他免罪遣归了。"

胡宗宪感慨："卢镗屡遭冤诬贬谪，数次戴罪都被他挺了过来。可今次遣归，怕是不能再录用了……"

茅坤："遣归了也好，解甲归田，寄情于山水，少了这许多争端和烦恼。"

袁炜："汝贞，送君千里，终须一别。时候不早了，还是早点启程吧。"

胡宗宪拱手道："感谢阁老斡旋解救，我胡宗宪没齿难忘！"

袁炜："不要谢我，最后把你救出来的还是你自己。这些天来，茅坤、沈明臣，还有谭纶、戚继光都在不断地奔走呼号，感动了朝中的大臣，感动了当今的天子。如果不是你官声好，圣上早就把你定罪了！"

胡宗宪苦笑道："这些天我在牢里也想了很多，一旦秋后算账，再大的功也抵不了过的……好了，无官一身轻，官声、功劳都是过往，功名利禄终究竹篮打水一场空。"

驿道外，一条小溪涓涓流过。小溪两侧，各样叫不出名字的野花争相开放，蜂蝶在草丛中飞舞着。

回想自己一路走来的艰辛，胡宗宪突然诗兴大发，吟哦一首："为官便已显其强，升晋总督属正常。治政应该名好手，抗倭可以冠专行。选拔能将远得益，随顺权臣近受殃。过度灵活存利弊，伤人也会自身伤。"

吟罢，胡宗宪上马，拱手："就此别过，各位保重！"

众人一一拱手："保重！"

马蹄轻启，胡宗宪渐渐消失在夕阳的余晖下。

西苑内阁值房，徐阶手边放着一本奏疏，一封密信。

奏疏是南京都察院御史林润报来的，说严世蕃未赴雷州服刑，而是逃回老家，气焰嚣张，大修豪宅还纵奴打伤朝廷命官。

那天袁州府推官郭谏臣被打之后，实在气不过，可他官儿太小，无权直接给圣上递奏疏，于是他想起了自己的好友，南京都察院御史林润。林润虽然是闲散官儿，却有给圣上递折子的权力。

郭谏臣把严世蕃在分宜的所作所为，和自己的遭遇，告诉了林润。林润看了义愤填膺，连夜写了封奏疏，差人送到京城。

而那封密信，则是徐阶安插在严府的密探写来的。密信内容让徐阶惊心：严世蕃酒后吐真言，发誓要取徐阶与邹应龙的首级，以泄心头之恨。

徐阶跪倒在永寿宫外，放声大哭。

司礼监掌印袁亨急得跳脚："徐阁老，你哭什么？小点声，圣上正在午睡呢！"徐阶也不理他，涕泪齐出，哀嚎之声响彻大殿。

大殿之内，嘉靖帝被徐阶的哭声吵醒，大怒："谁在外面嚎丧？"

袁亨慌忙走了进来，禀报："陛下，是徐阁老在哭呢。"

嘉靖皱了皱眉："让他进来。"

进得大殿，徐阶哭倒在地泣不成声："求陛下救臣一命！"

嘉靖一头雾水："谁要杀你？"

徐阶一边继续抽泣，一边从牙缝里挤出了三个字："严世蕃。"

嘉靖有些奇怪："严世蕃要杀你？"

徐阶从怀中掏出了南京都察院林润的奏疏，奏疏经徐阶的指点，又增加了一些内容：严世蕃和通倭首犯罗龙文一同逃回老家分宜，网罗江洋巨盗，私用违制车服，日夜诽谤朝廷，聚众四千余人，意图串通倭寇谋反。严世蕃和罗龙文还约定，要杀回京城，重掌朝纲，除掉徐阶和邹应龙等人，一雪前耻，报仇雪恨。

嘉靖看完奏疏直接就暴怒了："竟有这事？传旨，立即捉拿严世蕃、罗龙文，送三法司严加审讯！"

数月后，在分宜逍遥快活的严世蕃压根没想到祸从天降，当京城的耳目把消息刚刚送到，那边锦衣卫后脚就到了。

严世蕃、罗龙文来不及潜逃回雷州，在分宜被抓了个正着。

严世蕃二进宫的消息轰动了京城。许多人额手称庆，都认为严氏父子要彻底倒台了，张经、沈炼和杨继盛等一大批冤案总算可以平反了。

徐阶不敢有丝毫的懈怠，当即命令三法司抓紧会审。

这日，刑部尚书黄光升、都察院御史张永明和大理寺卿张守三人写好奏疏，一起来向徐阶汇报。

徐阶拿着他们的联名奏疏看了半天，不紧不慢地问了一句："诸位的意思，不会是想着如何救出严公子一命吧？"

黄光升大惊："阁老何出此言，严世蕃作恶多端，下官恨不得亲手将其正法！"

徐阶说："你们这份奏疏一旦送上，严世蕃必定逍遥法外，而你们几个反倒性命堪忧。"

黄光升等人听了目瞪口呆。

徐阶冷冷地说道："严氏父子祸乱朝纲数十年，多少心腹亲信还在庙堂之上，打虎不成反被虎伤的教训还少吗。既然要打，就要一棍子打死，不能让他们月丝毫的翻案之机！"

黄光升嗫嗫而言："可是……这奏疏要怎么写才好？"

徐阶也不说话，径直的取过纸笔，亲自在纸上拟了几行罪状：一、严世蕃在他老家占据了一块有王气的土地，盖了一座府邸，堪比王侯；二、严世蕃潜逃回老家后，四下聚集亡命之徒，训练武装，图谋不轨；三、严世蕃勾结倭寇，聚集海匪，企图外逃日本；四、严世蕃部下牛信，本在山海关把守边关，最近忽然抛下全队，逃往北方，企图勾结北虏南下。

黄光升一看傻了眼，讷讷了半天，说："南引日本倭寇犯海，北诱鞑靼人侵边，意图大明王权。这严世蕃十个脑袋也不够砍。只是，法司定罪，讲究的是铁板钉钉，务求一槌砸死，绝不能让案犯有翻身可能。可您拟的几条罪行，很难自圆其说。其一，严世蕃既然在家乡大兴土木，就没有必要亡命东洋！其二，严世蕃既然打算逃之夭夭，一走了之，为何还要勾结倭寇，聚集海匪？其三，牛信出走山海关，纯属犯了军纪畏罪潜逃，其勾结北虏南下的论断完全经不起推敲。"

徐阶哈哈大笑说："你们照做就行！"

黄光升不敢争辩，亲自执笔修改。

裕王府书房内，裕王、高拱、张居正已经恭候朱希忠多时了。

朱希忠直奔主题："这一回，圣上让三法司会审严世蕃。其实也没什么好审的。徐阶那边，已经为严世蕃拟好了罪名。"

说完，朱希忠掏出一份奏折，给众人传阅。

传阅过后，裕王问："大家怎么看？"

高拱："这徐阶面似忠厚，却是个凶狠至极之人！咱们今后还得提防他。"

张居正："徐阶隐忍这么多年，为的就是有朝一日扳倒严嵩。现在严嵩虽说失宠了，可严氏父子还没有死，随时都有反扑的可能，不斩草除根，他徐阶能睡得着？"

朱希忠："也是，严家害死了那么多忠臣，也该血债血偿了！"

裕王："咱们现在先不说徐阶怎样，倒严是众望所归的事情，关键时刻咱们也得出把力！"

高拱："王爷、各位大人，这几日京城的街市上到处流传着骂严的童谣。"说完他从怀里掏出一张纸，给裕王递了上去。

裕王接过，念出声来："东楼东楼，十恶九丑，招权纳贿，该为重囚，罪恶累累，理应斩首……"

裕王："这是谁写的？"

高拱："据传言，可能是王世贞写的！"

裕王："看来，严氏父子作恶太多，老天爷都不肯放过啊！"

高拱："这些童谣，要不要送与圣上看？"

裕王："要，倒严已是众望所归，你交予袁亨，上报给父皇！"

"是！"高、张、朱三人退出书房。

永寿宫大殿内，几名宫女跪在龙椅边给嘉靖捶腿，袁亨拿着份奏疏走了进来。

嘉靖刚刚吃了蓝道行献上来的仙丹，血气上涌，浑身燥热。

袁亨："启禀陛下，三法司给严世蕃定下了罪名。"

嘉靖闭着眼睛道："念！"

袁亨："经查，严世蕃占据王气宝地，修建家宅，家中藏银巨万，备作起事军饷。其从流放地雷州逃回分宜后，结交凶悍匪徒，训练死士，交通倭虏，潜谋叛逆……"

当袁亨念完了最后一个字，嘉靖兀地睁开了眼睛，厉声叫道："欺天了！"

嘉靖刚吃了金丹，正是易怒的时候。再加上他生平最忌讳"谋反"这两个字，他直接将椅边的茶盏茶碗推到了地上。

"哐当……"盏碗碎了一地。

嘉靖："严家父子罪该万死！这些年，多少大臣弹劾他们，朕处处都在维护他们，不感天恩也就罢了，竟然还想谋反，瞎了他的狗眼……"

众宫女吓得趴在地上，瑟瑟发抖，不敢吭声。

袁亨哆哆嗦嗦地从怀里掏出一张纸，说："近日京城到处流传一首童谣，请陛下过目！"

嘉靖接过一看，更是怒气冲天。

袁亨又说了一句："陛下，这可是民意啊！"

嘉靖目光一寒，咬牙切齿地说："传旨，着即将严世蕃送往西市，明正典刑！严氏家产，尽数抄没！至于严嵩那个老匹夫，断绝所有俸禄，让他乞讨为生！"

袁亨："遵旨！"

北京城，西市。

曾经斩首张经、李天宠、杨继盛、曾铣、王忬等名臣的地方，此刻，严世蕃和罗龙文蓬头垢面，五花大绑地跪在地上。

两个死囚背后，各站着一名监斩官，一名刽子手。

刽子手一身粗麻赤红行头，头裹红头巾，怀里抱着鬼头刀，刀无鞘，刃不见天，全凭一幅赤红的蒙刀布罩着，让下面的人看了不由心惊胆战。

西市上已是摩肩擦踵，水泄不通，百姓扶老携幼、拉家带口地前来。通往西市的各条路上，还有乌压压的人流从四面八方往这边涌来，就算过年赶庙会，也没这么热闹。人们都想亲眼看看，权倾朝野的大奸臣严世蕃是怎么死的。

那些冤死的大臣的后人们也来了，他们手中高举起神牌，有张经的，有杨继盛的，有王忬的，大大小小的牌子有上百块之多。

有人跪在地上哭喊："父亲，九泉之下，你可以瞑目了！"

就连一些不相干的百姓也纷纷朝着那些神牌磕头跪拜。

而严世蕃和罗龙文，在来的路上就被烂菜叶、臭鸡蛋等污物砸了一身。

谁忠谁奸，自是一目了然。

午时三刻快到，刑部尚书黄光升高声宣读圣旨。

而后，他从签筒里抽出一支火签，扔在地上："验明正身！"

为防止押赴刑场的途中被调包，监斩官要再次验明正身。

当严世蕃三个字喊出来时，刑场被震天动地的欢呼声淹没了。

这时，报时官高声道："午时三刻已到！"

场上的噪音戛然而止，数万人屏息静气，睁大了眼睛。

"应天！"黄光升又丢下火签，暴喝一声道，"开斩！"

监斩官们便手握朱笔，在各自面前的犯由牌上，把死囚的姓名上打个大大的叉，然后拔下来丢到地上！

刽子手拿起酒壶，猛灌了一口酒，喷在鬼头刀上，刽子手高高举起鬼头刀，齐齐大喊一声："上路！"

咔嚓！咔嚓！两颗人头落地。行刑台四周，又爆出了震天的欢呼，许多人甚至因此喜极而泣，抱头痛哭。

黄光升长舒了一口气，转头对大理寺卿张守说："一代巨奸伏法，终于恶有恶报了。"

张守叹了声："唉，是啊，善恶到头终有报，才应该是天理！"

紫禁城，西苑。

袁亨躬身前来汇报："陛下，严世蕃今日已经伏法了！"

嘉靖鼻子里"哼"了一声，说："他死有余辜！"

袁亨："内阁送来了严嵩、罗龙文抄家时的清单，请陛下过目！"

嘉靖拿过来一看，目瞪口呆：严府抄家清单长达数十张纸，上面密密麻麻地列着各式各样的东西，其中黄金三万多两，白银二百万两，玉器八百七十五件，古画三千二百余轴册，锦缎绢绫四万余匹，其他诸如象牙、犀角、玳瑁、玛瑙等珍奇异宝无数。

嘉靖愤怒地吼了一句："他们严家，比我大明的国库还要富有！"

袁亨："罗龙文家虽然比严府逊色了许多，但发现了一件重要的东西！"

嘉靖："什么东西？"

袁亨："嘉靖三十九年，胡宗宪先后历经了李瑚、罗嘉宾、庞尚鹏等言官的三次弹劾，为躲过这场危机，胡宗宪写信给罗龙文，请他贿求严世蕃作为内援，并自拟了圣旨一道，让严世蕃按他的意思票拟给圣上。经他们这番操作，胡宗宪最终涉险过关了。"

嘉靖气得火冒三丈，大声叫道："勾结严党、欺君矫诏！这还了得！来人呀，给我将胡宗宪锁拿进京！"

驿道上，锦衣卫鲜衣怒马地疾驰在绩溪的地面上，漫山遍野之中，尽是金灿灿的菊花。

过西镇外，一个老农穿着一身粗布旧衣，头戴斗笠，裤腿高挽，正在地里锄草。

马队在稻田边上停下，一人朝着那老农喊道："老人家，敢问前任浙直总督胡宗宪家在哪里？"

老农放下锄头，抬头眯眼瞅了半天，疑惑地问："我就是胡宗宪，找我有什么事？"

锦衣卫们一时都愣住了，曾经威震东南的一代名臣胡宗宪胡须皆白，一脸沧桑，跟当地农夫并无二致。

锦衣卫们纷纷下马，一头领大声喊话："奉圣命，传胡宗宪进京问讯！"

胡宗宪闻听沉默了片刻，扛起锄头走到了田垄上，说："容我回家收拾收拾，即跟各位进京！"

锦衣卫头领点头："可以！"众人牵着马，跟在胡宗宪的后头。

不一会儿，便到了胡府，一处普通得不能再普通的徽州民舍。

胡宗宪冲着屋里喊："老婆子，家里来客了！杀一只老母鸡来，我要招待贵客！"

"哎……"一个农家老妇笑脸盈盈地走出茅草屋，一看是锦衣卫，老妇人的脸霎时就黑了下来。

胡宗宪带人进了屋内，客厅挂着他自己的几幅字画，虽然简陋，但也十分雅致。

胡宗宪亲自动手泡茶，那是山上摘的野山茶，很是普通，山泉水泡过之后，一股清香在屋内弥漫开来。胡宗宪说道："先喝茶再吃饭，吃饱了我跟大家上路。"

锦衣卫们喝着茶，百感交集。

吃罢了饭，胡宗宪叫来了族里的几位宗亲。

胡宗宪交代他们："老婆子年纪大了，需要有人照顾，我那三个儿子又远在外地，一时半会指望不上，劳烦族里的宗亲帮忙照看一下，等我儿子回来，再让他们尽些孝道。"

宗亲一看那阵势，就知道胡宗宪此去凶多吉少，一个个眼眶含泪，十分心酸。

胡宗宪又吩咐自己的妻子："我要出一趟远门，你去给我准备些干粮。"

老妇人应了一声，抹着眼泪在屋里摸索，不一会儿，路上的干粮、换洗衣裳和生活用品装了满满的一大包袱。

胡宗宪将包袱背在身上，对锦衣卫道："行了，咱们该启程了。"

京城，北镇抚司诏狱。

昏暗的油灯下，胡宗宪几近失明的眼睛，吃力地写着什么。

他的一生，有过火箭般蹿升的高光时刻，也经历了惊心动魄的四次弹劾。第一次发生在嘉靖三十七年（1558年），胡宗宪诱降王直后，汪潋占据岑港疯狂报复，胡宗宪率兵久不能克，被南京御史李瑚、南京给事中刘尧诲弹劾，但彼时胡宗宪深得嘉靖的赏识，未予理会。

第二次，是嘉靖三十八年（1559年），奉命调查的罗嘉宾、庞尚鹏认为胡宗宪有贪墨的嫌疑，在赵文华、严世蕃的斡旋下，胡宗宪有惊无险地渡过了第二次弹劾大关。

第三次，是嘉靖三十九年（1560年），罗嘉宾和庞尚鹏再次弹劾胡宗宪，被胡宗宪以两只白鹿献上，如履薄冰般地渡过了难关。

而第四次弹劾，则让胡宗宪的政治生涯走到了尽头。嘉靖四十一年（1562年），随着内阁首辅严嵩被罢和严嵩之子严世蕃被逮，特别是东南倭患的趋于平息，南京户科给事中陆凤仪率先向胡宗宪发难，上疏弹劾其欺横贪淫十大罪状，没有了严氏父子的庇护，胡宗宪被罢官致仕。

胡宗宪本就诸病缠身，再加上进京的这一路颠沛，和牢狱中的种种苦头，让胡宗宪的身子彻底垮了下来。

每写上一段字，他都要眯上眼睛，靠在墙上歇息会儿。

一封四千余字的《辩诬疏》，足足写了一个多月。

令胡宗宪始料未及的是，《辩诬疏》送上去之后，如泥牛入海般杳无音信。每有狱吏从门外走过，胡宗宪总要问上一声："圣上回信了没？"

狱吏开始还客客气气地回道："没有！"

到了后来，一听他问这话，干脆理都不理他。

时间久了，胡宗宪也就再也不问了，每天神形枯槁地呆坐在墙一角，眼睛失明得更加厉害了。

十一月初四，是胡宗宪的五十四岁生日。

胡宗宪站起身，透过牢房的窗户，看了一眼牢房外的青天。

他突然想起四年前，他带着重病亲率数千将士从杭州出发，亲征江西、福建倭寇。就在他五十岁生日那天，队伍行军至浙江兰溪，胡宗宪旧病复发昏倒在地，数日不醒……

想想往日的艰辛努力和眼下的狼狈处境，胡宗宪不由得悲从中来。

突然，胡宗宪终于开口了，他用力地对着门外高喊："来人啊，来人啊！"

一名狱吏跑了过来，凶巴巴地冲他吼道："喊什么喊！"

胡宗宪央求："劳烦小哥替我取些纸笔来！"

狱吏极不情愿地取来纸笔，啪的一声搁在了桌子上。

胡宗宪对着纸、笔，枯坐到了深夜。

他的脑海里闪过无数人的脸：嘉靖、严嵩、严世蕃、徐阶、茅坤、徐渭、沈明臣、谭纶、戚继光、王直、徐海……

他这一生，跟太多人打过交道。这些人当中，有巨奸悍寇，有知心故交，也有忠臣良将。

十年寒窗，金榜题名，三十年宦海沉浮，从一个小小的知县，到执掌东南的南直隶闽浙总督，再到阶下囚……往事又一幕一幕又浮现在了眼前，感觉既遥远，又十分清晰。

"结束了，一切都结束了。"胡宗宪喃喃自语。

他提起笔，在纸上写上了最后的绝命诗："宝剑埋冤狱，忠魂绕白云！"

写完这十个字，胡宗宪解下腰带，绕上房梁，打了个死结，缓缓套上了自己的脖子……

嘉靖四十四年十一月初三，一代名臣胡宗宪在狱中自杀身亡，享年五十四岁。

嘉靖四十二年（1563年）正月，江西宜黄。

相对比于京城的暗涛汹涌，江南的初春则是显得春光明媚。

正月初一，宜黄知县杨淮一早便来到谭家洲，给谭纶一家拜年来了。

谭纶请他入座，呵呵一笑："今日本欲前往县衙，给父母官拜年，没承想，父母官却抢先一步地来了！"

杨淮："谭大人是二品大员，千金之躯，下官区区七品芝麻官，哪敢劳您大驾！"

谭纶："我不在县里的这一年，乡亲们的日子都还好吧？"

杨淮："托您的福，都好着呢。您写给江西布政使的信，侯大人专门派人下来调查了，对于能减免的税赋一一作了调整。还有，建城资金不足，侯大人也特批了些银两。这不，一年多一点的时间，宜黄新城就建起来了！"

谭纶脸上乐开了花，不停地点头："好！好！"

杨淮："宜黄建新城，这可是前所未有的盛事，下官斗胆，恳请大人写篇城记，昭示后人，教化子孙。"

谭纶笑着摆了摆手："新城乃知县大人殚精竭虑建造起来的，这写城记的事，非知县大人莫属！"

杨淮："谭大人的文采，岂是我辈能望项背的。再说了，没有您的支持和推动，这城能建得起来？"

再三推辞不过，谭纶笑着答应："既然如此，谭某只好勉为其难了！"

"这一年，宜黄各业是否景然？"谭纶关切地问道。

杨淮："您都带兵打到广东去了，没有了兵乱，百姓的日子渐渐好转起来。这不，村村都有戏班子，您带来的海盐腔呀，都唱到了南昌武汉去了！"

谭纶露出了欣慰的笑。杨淮问："听说谭大人又要去福建平倭？"

谭纶："是，年前就接到旨意，让我带兵入闽平倭，过了正月就要走了。"

杨淮："大人率部启程之日，下官为壮士们摆酒饯行！"

谭纶爽朗地一笑："摆酒就不用了，现在朝廷上下都在节衣缩食过紧日子，咱们一起看场宜黄戏就行！"

杨淮肃然起敬："大人真是国之干城，丁忧期间两次夺情起复。"

谭纶："国家国家，先有国才有家。倭患不除，百姓怎能安生！"

两人正说着，谭绕一路小跑地进来："哥，南京刑部侍郎董燧来了！"

谭纶与杨淮对视了一眼："他怎么来了？走，看看去！"

晒谷场上停着几顶轿子，一名白发老者带着几名随从正站在谭府门前。

"董大人！新年好呀！"谭纶抢前几步下了台阶，致礼问候。

董燧赶紧迎上前，还礼，呵呵笑道："新年好，新年好！"

众人寒暄毕，来到客厅坐定。下人端上了茶水点心，屋里茶香四溢。

谭纶："董大人今年也回家过年了？"

董燧呵呵笑道："董某此次回家可不是为了过年，是彻彻底底地回家了。"

谭纶："哦？"

董燧："董某年事已高，已向圣上提请了辞呈，皇恩浩荡，恩准了老臣的请求，这从今往后，董某就是闲云野鹤了。"

谭纶叹息了一声："无官一身轻，叶落终究是要归根的。"

董燧："董某特意从乐安赶来，本有一事相求。"

谭纶："董大人请讲！"

董燧："恳请出面帮助我们董氏调解黄山寺产纷争。"

谭纶："山前的黄山寺？"

董燧点头，喝了口茶，打开了话匣。

乐安董氏先祖原本聚居宜黄山前，唐代又称扩源。五代南吴顺义元年（921年），村中大户董清然去世，其长子董连在扩源的黄山峰脚下施田建寺守墓，其施田面积达一千三百亩，外加鱼塘八口。董清然下葬之后，神牌安放在黄山寺，四时香火供奉，诵经不断，黄山寺便成为董氏一族祭拜祖坟之地。这种性质的寺院，被称为坟寺或墓庵。董氏将所施田地的租金用来支应寺里的日常开销，叫作膳茔。

不得不说，这一寺一坟的风水确实好。董氏后来迁徙至乐安流坑，乐安县的进士、举人，一半以上都是董家人，真可谓科举史上的一大奇谈！

更为神奇的是，本为坟寺的黄山寺出了两位得道的高僧，黄山寺一度成为禅宗的圣地。

坟寺建成初始，董连请来著名高僧夹山善会的弟子月轮禅师住持黄山寺，月轮禅师驻寺十三载，授徒讲法，法侣云集，黄山寺名声大振。

月轮圆寂之后，其弟子转往郢州桐泉山修行，董氏家族又请来法眼宗开山祖师文益禅师的弟子良匡入住黄山寺，这里又成为法眼宗的祖庭之一。

时光流转，世事推移。转眼六百多年过去，本该相敬相安的董氏一族和黄山寺，却在嘉靖十二年（1533年）突然起了龃龉，彼此攻讦，爆发了一场旷日持久的纷争。

纷争的主题，是一座古寺，和一座孤坟。

由于宜黄董氏大规模迁徙至乐安，董氏后人逐渐疏于黄山祖坟的祭扫，祭扫的人越来越少，而去黄山寺上香的人却越来越多，黄山寺慢慢从一座董氏坟寺变成公众名刹。黄山寺僧早已将董氏所施的田产视为寺产，并典卖给周边百姓大开茔厝。董氏族人得知后大为气愤，找到寺僧交涉，群情激奋之下，董开尧等人将老祖坟山上的他姓坟墓尽行砸毁。这一下，董开尧等人被告到了官府下狱治罪，董氏祠碑也被愤怒的他姓百姓尽毁。

吃了官司受了委屈的董氏族人十分不服，当即向抚州府提出了上诉，不料在抚州府衙的公堂上，寺僧提交了一份反诉状，声称董氏一族看中了本寺的好风水，护坟是假，谋夺寺产是真。

这一招，打得董氏措手不及，我家祖坟先于黄山寺而起，这是板上钉钉的事实，有实物、有人证，还有县志、碑文等文献为证，怎么可能把白的说成黑的？可没想到，结果大大出乎他们的预料。

公堂上，寺僧提出了自己的主张：第一，董清然墓年代久远，早已位置含糊，真伪难辩。第二，黄山寺建成六百多年，先后多次重修。现在的黄山寺，早已不是当年的坟寺了，所以跟董氏早就没有关系。

董氏被这两条主张弄晕了，这两条主张虽是强词夺理，可一时自己拿不出有力的证据，不知如何辩驳。没等董氏辩解，寺僧又抛出了一个重磅。

这是一份洪武年间的流水保簿，大明开国初年，全国清丈土地，不光要清理民田、官田，所有寺庙道观的土地也要登记造册。黄山寺名下的所有寺产，就登记在这份文书里，并写明所属人是黄山寺院。

这样一来，事情就简单了，流水保簿是官方确认的产权证明，不管黄山寺和董氏在唐、宋、元期间有什么渊源，至少在洪武朝之后，法律上认定黄山寺是独立经营的，而非董家私产。

很快，抚州府发下判决：维持原判，董开尧和几个参与打架的董氏族人问罪发落，赔偿捣毁他姓坟墓的经济损失。

黄山寺一方大获全胜。而董氏回到流坑，越琢磨越委屈，越委屈越气愤。要知道，董氏一族里世代簪缨，人脉深厚，纷纷出钱出力，誓要将官司进行到底。

官司就这样一直打到了江西省巡府衙门，南京刑部侍郎董燧、四川大足知县董极等在外为官的董氏子弟纷纷写信呼吁，请求公正审理。案子引起了江西巡抚张静峰高度重视，指令巡抚衙门最得力的巡按接手这一案子。

巡按相当认真负责，把案卷供状、古今方志、寺碑家谱等一干卷宗调过去，细细研读，把所有里老、邻居等相关人证重新审问，还派了典史、巡检亲自赶赴黄山寺勘查现场。

结果无论文献还是乡人证言，都证明了董氏施田建寺的事实。办案人员还在黄山寺的老墙里，发现了刻有董字的青砖，更证实了曾为董氏所建。

张静峰判决：一是确认黄山寺为董氏祖上施田所建，但洪武朝全国丈量清田董氏并无人提出异议，故寺产仍为黄山寺所有；二是允许董氏在黄山寺侧盖庵一间，竖立碑记，供奉董清然神主。三是撤销董开尧人等的处罚，但铲平他姓人家坟墓，仍是有错，念已治罪且时过多年，不再追究。

这个判决，对于双方来说，又服又都不服。黄山寺僧以产权所有为由，拒绝董清然的神主入寺供奉，不仅如此，寺僧方澜还请来临川进士、浙江兰溪县知县任良贵为此案记事，力证寺方之理。

双方磕磕碰碰，中间又发生数次诬构与纷争，一晃又是多年。

"时至今日，我董氏族人都无法进山祭祀我家先祖，实为噬指之痛！"董燧说完，叹息道。

听完董燧的讲述，谭纶十分惊讶："还有这事，杨知县！"

杨淮赶紧回道："确有此事，董氏族人不服，不断地向官府申诉。这起纷争持续了三十年，一直悬而未决。"

董燧："谭大人德高望重，恳请出面调停，还我董氏一个公道。"

谭纶思忖片刻："这事牵扯到两县的官府和士民，难免众说纷纭。我来协调宜黄这边，乐安那边也须有人出面调停。"

董燧："这个请大人放心，我们那边请了前兵部尚书聂豹出面。"

谭纶："好！有聂尚书的出面，这起纷争肯定能够妥善解决。"

董燧大笑："关键还是要靠谭大人这边，寺僧协调不通，说什么也没用。"

谭纶呵呵一笑："待我福建抗倭回来，一定促成此事！"

董燧赶紧致谢："果若如此，我们董氏一族谢谢您了！"

午饭过后，众人方才散去。

正月一过，新任福建巡抚的谭纶不敢怠慢，率兵赶往福建，一面急令俞大猷、戚继光尽快入闽。

这年三月，谭纶、俞大猷的六千兵马在兴化城和刘显四千兵马合兵一处，兴化东亭，谭纶召开了第一次前敌会议。

刘显："倭寇劫掠完兴化城之后，急于把抢来的财物送回日本，遭到大明水师的拦截，未能得逞。于是他们占据了平海卫，构筑工事，凭险固守。"

谭纶："平海卫那边是怎么个情况？"

刘显："平海卫距莆田县九十里，卫城长八百多丈，宽一丈四，高二丈四，开设四个城门，卫城用石块砌成，坚固高大。平海卫与莆禧千户所城、南日水寨形成掎角之势，是为闽中门户。"

谭纶叹了一声："昔日对付倭寇的卫城，如今反倒成了倭寇的屏障……俞总兵，攻城准备得怎么样了？"

俞大猷："我部到达之后，立刻修筑壁垒、加强巡海，将倭寇可能逃跑的陆路、海路全部堵死，列营以困之。"

谭纶："既准备好了，为何还不攻击？"

俞大猷："在等戚继光！"

见大家不解，俞大猷又补了一句："我来了不打，别人都以为我胆怯了，我等戚继光，是在践行当日我们在岑港的约定：并力克敌，保家卫国！"

当年岑港久攻不下，朝廷撤去俞大猷、戚继光的职务，限令一个月内攻克岑港，后戚继光立下军令状，果然在一个月内拿下岑港，俞大猷与戚继光由此结下了生死之交。

谭纶目光一动，对两位老部下的生死情谊，他甚是感动。

沉吟片刻，谭纶又问："那戚继光现在何处？"

俞大猷："下官已写信给了戚继光，请他速至。目前他在经过义乌的时候又招募了数千名士兵，为了不贻误战机，他只得一路上边行军边训练，所以要比我们晚到一些。"

谭纶："好，就依俞总兵的部署，咱们堵死各条水路、陆路，不让倭寇出逃，等戚继光一来，再发起总攻！"

又过了二十多天，谭纶他们终于等到了风尘仆仆的戚家军，这次的戚家军，不仅人数上达到了前所未有的一万二千八百人，而且还配备了精良的佛郎机炮和火枪，战斗力十分惊人。

与他一同到达的，还有闻讯赶来的福建按察副使汪道昆。

四月二十日，谭纶召集各路将领研究作战方案。

谭纶："汪副使情况最熟，你先说说。"

汪道昆："兴化沦陷后，灾难一直持续到今年正月二十九，兴化被扫荡得空无一物，倭寇才心满意足地放弃这座空城，准备到南边的莆田东南的埭头避避风头。都指挥欧阳深咽不下这口恶气，率兵追剿，不料却再次遭遇倭寇埋伏，一次阵亡了二百多人，欧阳深以身殉国。倭寇则乘势占领了平海卫，伺机夺船出海。"

谭纶："平海卫那边倭寇有多少人？"

汪道昆："盘踞在平海卫的倭寇原本有一万多人，风闻朝廷天兵将至，他们兵分两路，一路六千余人据守平海卫，另一路为三千余人，他们带着抢夺来的财物装满了大大小小船只三十二艘准备逃往海岛，福建水师许朝光率部拦截，该股倭寇转而逃往渚林南面的许家村结寨筑巢。目前这两路倭寇互为犄角，据险死守。"

谭纶问："此处离平海卫还有多远？"

汪道昆："七十余里！"

谭纶环视帐下："诸位，朝廷命我们入闽平倭，今天不仅俞龙戚虎齐聚，还有刘总兵带来的四千虎狼之师，我大明官军的总兵力达三万多人，敌寡我众，大家有没有信心？"

众将齐声回应："有！"

谭纶："倭寇已是惊弓之鸟，随时可能弃营逃脱。要打，就必须以迅雷不及掩耳之势完成包围。首战平海卫，谁来打前锋？"

刘显率先请战："大人，兴化蒙羞，刘显寝食难安。平海卫首战，末将愿意打头阵，一雪兴化之耻！"

刘显话还未完，戚继光便站了起来："刘总兵的心情我理解，只是平海卫三面环海，城高墙厚，易守难攻。我部配备了数十门佛郎机炮，威力巨大，这主攻的事，还是由我部为好。"

刘显还想说些什么，谭纶摆了摆手，示意他坐下。

谭纶说道："大家都别争了，戚继光部有数十门佛郎机炮，这攻城拔寨的事，非他莫属。众将听令：戚继光部为先锋，攻打平海卫；刘显为左军，由陆路进攻许家村；俞大猷为右军，率水师从海上进攻。"

众将士接令："是！"

谭纶："军无财，士不来；军无赏，士不往。命令各部，张榜悬赏杀敌勇士，凡率先攻入敌阵的、斩获首级的，都重重有赏。"

众将士振臂高呼："奋勇杀敌！奋勇杀敌！"喊声响彻云霄。

此刻的平海卫，已是乌云密布。

黑田义雄几次派船出海，均遭到大明水师拦截。大明派出了谭纶、俞大猷、戚继光组成的抗倭最强阵容，此时就在数十里外的兴化东亭。

平海卫千户长的府衙内，黑田义雄与大小头目也在进行应战的准备。

情报组头目佐佐木："四月十九日，谭纶、俞大猷、刘显、戚继光部会师于兴化东亭，兵力集结三万多人，这两日就要发动总攻。据探子回报，谭纶还在各营发布悬赏杀敌勇士的公告，这个悬赏公告一出来，对方上下士气大振，人人摩拳擦掌准备大干一场，抢立功勋。"

倭寇头目井边太郎不屑一顾地叫道："来就来吧，我大日本武士纵横海上数十年，什么样的阵势没见过？"

又有几名倭寇头目跳了出来："明军敢来攻城，我们杀他个片甲不留！"

黑田义雄虎着个脸："诸君切不可轻敌，那谭纶在浙江时我们与他多次交手，他与别的明军可不一样，不但诡计多端，还能冲锋陷阵，是个难缠的对手。还有他手下的两员大将，号称俞龙戚虎，是我们的死对头。这次他们联手前来，我们即将面临的必是一场恶战！"

佐佐木："我们在福建全境还有两万多兵力，要不要调他们过来增援？"

黑田义雄摆了摆手："没用的，远水解不了近渴。再说了，平海卫只是一个小小的卫城，无法开展大规模作战。"

井边太郎："那平海卫还要不要守了？"

黑田义雄斩钉截铁地说："当然要守，不但要守，还要狠狠打击一下他们的士气，为许家村那边转移财宝争取时间！"

井边太郎："是！"

黑田义雄："传令下去，做好战斗准备！"

众倭大声保证："请大将军放心，大日本武士宁可玉碎，也不退缩半步！"

天刚放亮，一阵惊天动地的怒吼，打破了黎明前的宁静。

戚继光先头部队的火炮齐鸣，这是当时最先进的武器，一时间火星四溅炮声震天。

倭寇乱作一团，蜷缩在城墙后面不敢伸头，但就算如此，也有不少倭寇被炸得凌空飞起。

垛口后面，黑田义雄向远处观望。城外一排排的火炮不断喷射出火舌，炮阵的后面，整齐排列着杀气冲天的大明官军，"戚"字军旗铺天盖地。而白雾霭霭的海面上，布满了密密麻麻的水师战船，水路已被牢牢地堵死了。

几轮炮火过后，戚家军开始攻城。

一架架云梯靠在了被炮火轰开的豁口，攻城手奋不顾身地往上面攀爬。黑田义雄急忙下令，哪里有豁口，就到哪里去增援。

双方绞在一起，喊杀声震天。

一名倭寇惊慌失措地前来报告："将军，我们快挡不住了！"

黑田义雄大喝一声："骑兵出阵！"

卫城南门突然打开，一百多名倭寇骑兵疯了一般向戚家军的阵地上袭来，几名攻城手瞬间倒在了血泊之中。

帅字旗下，戚继光大吼一声："排阵！"

身后数列步兵冲了出去，迅速摆开了阵形，长长的狼筅迎面刺去，几名倭寇猝不及防被挑落于马下，火铳手随后击发，倭寇战马受惊四处流窜。

很快，那一百余名倭寇骑兵成了过街老鼠，被倭家军追着打，围着打。而攻城的战斗，打得更激烈了。

一个个豁口被拿下，倭寇们且战且退，戚家军步步紧逼。

黑田义雄下令："出城！"

四门突然洞开，城内的倭寇舞着长刀，凶狠地向阵前杀来。

戚继光帅旗一挥："冲阵，杀！"

"杀！杀！杀！"戚家军潮水般地冲了出去。

战斗正酣，谭纶率中军赶到，从左右两翼加入战斗，双方展开了近身肉搏战，白刃格斗。

倭寇腹背受敌，招架不住，激战一个时辰，黑田义雄往许家村方向逃窜。乱军之中，佐佐木大喊："将军，许家村外围发现敌军，是刘显的人！"

黑田义雄："井边太郎！"

井边太郎："到！"

黑田义雄："引开刘显！"

井边太郎："是！"

平海卫的倭寇刚刚进入许家村，那边谭纶、戚继光、俞大猷的追兵就到了，三路大军把许家村围了个水泄不通。

许家村全是清一色的木屋，倭寇依托木屋、栅栏，负隅顽抗。

谭纶下令："点火！"

火箭手点燃箭头上的棉布，棉布上蘸满了桐油。

谭纶大喝一声："放！"

火箭齐发，接二连三地落在了木屋上。顿时，许家村成了一片熊熊的火海。一些倭寇身上着火嘴里嘶吼着冲出屋来，被弓箭射成了刺猬。

黑田义雄无奈，带着手下的残兵往后山突围。

京城，裕王府。

后厅的四角里，都用蟠龙金盆盛上了消暑的冰块，一丝丝地冒着白气。

门外突然传来匆匆的脚步，人未进门，声音先传了过来："大捷、大捷！"

凉椅上，裕王放下手中的书籍，转头往门外瞧去。

只见高拱一头撞了进来，额头上渗出细密的汗珠。

"什么大捷？"裕王问道。

"平海卫，平海卫大捷！"高拱抬起袖子，在额头上擦了一把汗水，接着说，"五天前，我军势如破竹，一举攻克平海卫，斩杀倭寇两千二百余人，解救被掳百姓三千人，缴获战利品无数……"

裕王笑吟吟地接他的话题："圣上闻捷大喜，亲自去了一趟太庙，告慰先灵、祈求安定，对不对？"

"原来王爷早就知道了？"高拱的眉目间，似乎有些失望。

裕王笑着对他说："你呀，昨儿个我就收到消息了！"

高拱："王爷足不出户，咋这么快就知道了呢？"

裕王："是张居正告诉我的！"

"张居正？"高拱惊讶地问，"他怎么这么快就得消息了？"

裕王冲下人说了一句："给高师傅拿片冰镇西瓜来！"随后淡淡地说了一句，"戚继光投在了张居正的门下，前方战事，随时会向张居正这边报来。"

　　高拱接过西瓜，未吃，嘴却张得大大的。

　　张居正是徐阶的门生，此人不但才气过人，而且极为圆滑，同为裕王府侍学，暗地里跟高拱相交莫逆，明面上却跟徐阶、严嵩两边都有来往。

　　严党倒台之后，底下官员纷纷投靠新的门庭，戚继光投在政治新星张居正的门下，也就不足为怪了。

　　裕王见高拱那惊讶的样子，道："高师傅！"

　　高拱这才回过神来，连忙应道："在！"

　　裕王："严党倒台，各方势力重新洗牌。像戚继光这样的将才，不被别有用人的人利用是件幸事，咱们现在要做的，不就是广纳贤士，从善如流？"

　　高拱连连点头："那是，那是！"

　　裕王："还有那个谭纶，文治武功堪称了得，最关键的是，此人官声和人品都非常不错。"

　　高拱："听说了，早年胡宗宪、唐顺之屡屡推荐。"

　　裕王："嗯，本王很是看好他！让人给他传话，实心用事，奋勇杀敌，日后本王不会亏待他！"

　　高拱："是！"

　　转眼又是冬天，福建这边少雪，降了几次恶霜，薄薄的白霜像雪一样覆盖在屋顶和草地上，有风吹来，让人直觉刺骨的寒。

　　在平海卫大捷之后的半年多里，谭纶率部马不停蹄地在福建全境作战，大大小小的战斗二三十场，共斩杀倭寇五千多人。

　　倭寇杀多了，谭纶命令部队不要再割首级了，只要是杀贼就一样记功。

　　福建境内的倭寇死伤惨重，节节败退。部分倭寇再往南逃，进入了广东境内，朝廷命令俞大猷、刘显回广东抗倭，戚继光出任福建总兵，谭纶统筹闽粤军务。

　　眼看着福建倭患渐平，将士们也劳累不堪，谭纶与戚继光商议，将浙兵分为春秋两班轮流换防，一班留在福建各地戍守，一班返回浙江休整。

就在福建倭患渐平之际，一个出人意料的战事发生了。

黑田义雄带人洗劫了兴化城，然而这笔财富没能从海路上运回去，平海卫之战后，倭寇在盛传官军围攻许家村之前就偷偷转移到了仙游城。

黑田义雄不甘心失败，于十月间聚合两万七千人卷土重来。

这两万七千人，几乎是倭寇在浙、闽、粤沿海全部的兵力。先期到达的，有一万五千人，还有一万二千余人源源不断地从各地赶来。

十一月初七，一名快马跌跌撞撞地冲进了县衙，老远就喊道："报！大事不好了，倭寇进犯仙游！"

仙游知县陈大有倏地从太师椅上站起："什么？"

快马上气不接下气："昨夜，一万五千余名倭寇乘百余艘大船，趁海潮上涨时从莆田东沙登岸，其中四千多名倭寇一路烧杀淫掠，直扑仙游城下。"

陈大有大惊："哪一下子冒出来这么多人？"

快马："浙、闽、粤三省的倭寇都往这边来了。有人说，倭寇在仙游城里藏了宝！"

陈大有："命令全城军民上城，做好战斗准备。马上向谭大人、戚总兵求援，六百里加急示警！"

快马抱拳："是！"匆匆离去。

不一会儿，仙游城把总刘君芳、典史陈贤、巡检殷恭闻讯赶到了衙门，几个人聚在一起紧张商议应对之策。

把总刘君芳一脸的凝重："目前已有四千多名倭寇向我仙游城进逼，后期还有一万多人将至。而仙游城内仅有军士两百人，乡兵两百五十人，敌我对比十分悬殊，这城哪守得住？"

陈大有："我已令人六百里加急，报福建巡抚谭大人、戚总兵处请求救援，咱们要做的是，倚仗城高墙厚坚守，等待援兵！"

典史陈贤："兴化府沦陷之后，我县即发动了所有官兵日夜操练，致仕郡守徐纯以及乡绅林鸿猷、陈瑀带领各姓族人、全城民众修缮加固城墙，囤集粮草，打造军械，运集石头、石灰等。全城同仇敌忾，严阵以待，短时间应该还是守得住的。"

陈大有："通令全城百姓，十六岁以上、六十岁以下男丁全部上城，轮流把守。即日起，我们四个也分别住到东西南北四门城楼上去前线指挥，倭寇一日不退，我们一日不回家！"

刘君芳、陈贤、殷恭朗声回道："是！"

由于城内早已做好御倭准备，倭寇一时攻不下城池，就在城外四周安营扎寨，将仙游县城团团围住。

陈大有带着两个家僮，日夜守卫在南门城楼上，三餐都在城楼上用饭，晚上也在城楼上和兵士席地而坐，背靠背小睡；以燃香为记，让兵士按时轮流换岗，他自己还经常到各城楼巡视。

四千倭寇转眼就来到了仙游城下，他们的攻城非常猛烈，许多射手向城上放箭，掩护同伙登城。

南门城楼上，陈大有指挥大家用石块掷击，用石灰洒，登城的倭寇从城墙壁上摔下去，死了不少。

突然，一支毒箭射来，陈大有身边的一个家僮不幸中箭，大家眼睁睁地看着他挣扎着死去。

东门上，倭寇再次发起冲锋，有一倭寇小头目已登上城墙的垛口，疯狂嚎叫，刘君芳挥刀奋力砍杀，将登城的倭寇杀死，尸体坠下城去。

倭寇接二连三地登上城垛，刘君芳挥舞大刀，连续杀死数名倭寇，他身上虽多处受伤，却愈战愈勇，不幸被流矢射中而死。他死时仍昂然挺立，倭寇被他的雄姿所震慑，不敢靠近。

在县城西北角，战斗异常惨烈。因西北城墙较低，倭寇架梯接二连三地登上城垛，情况十分危急。乡绅施大铨带领全体族人与倭寇展开肉搏战，经过反复争夺，倭寇终于退却，但施大铨却不幸被流弹击中而殉国。

寒风凛冽中，谭纶、戚继光率部日夜兼程。

戚继光策马与谭纶并行："大人，前面三十里就到了仙游城北的铁山了。"

谭纶轻轻勒了下缰绳，战马放缓脚步，说："天黑之前赶到那里驻扎，派一些士兵入城协守，我们在外面伺机合围。"

戚继光："末将正有此意，咱们目前只有两个营一千六百人，敌众我寡，先拖住敌人再说。"

谭纶："据探子来报，仙游之战打响之后，源源不断的倭寇正往这边赶来，我已下令回浙官兵取消休整，全速驰援这边。"

戚继光："这一战，是敌我双方投入兵力最多的一次，看来是场决战了？"

谭纶点头："可以这么说，频频骚扰我东南沿海的倭寇已是强弩之末，倭首黑田义雄亲自指挥。这一战他们要是败了，估计倭患也就彻底平息了。"

戚继光："末将定要亲手斩杀黑田，全歼这股倭寇！"

谭纶："好！命令部队，全速前进！"

经历了半个多月守卫战的仙游城，此刻已是人心惶惶。

守城的军兵不断倒下，而城外的倭寇似乎一点也不见减少，源源不断的倭寇正往这边开来。

从南门城楼往外看去，全是黑压压的倭寇，和一座接一座密密麻麻的营帐。城垛的后面，全是仙游军民惊慌失措的脸。

趁着战事暂歇的时间，陈大有召集县衙各级官员、各大姓族长议事。

典史陈贤的脸上充满了悲伤："这半个月来，我县已有二百多军民伤亡，城外的倭寇只增不减。城里有些人开始害怕，抗倭护城的决心动摇了，有人想着弃城逃命……"

大家闻言交头接耳，你一言我一语地说开了。

白发苍苍的致仕郡守徐纯站了起来，以杖击地："诸位，我们都是仙游人，生于斯、长于斯、死于斯，哪怕是战至一兵一卒，我们也决不说放弃！"

大家愣愣地看着老郡守，突然安静了下来。

沉默了半晌，陈大有开口了："兴化惨案，想必大家都听说了吧。倭寇进城烧杀抢掠，奸淫妇孺，连刚出生的婴儿都不放过，覆巢之下，安有完卵？仙游城的存亡，关乎每个仙游人的安危，关乎周边各县乃至整个福建的安危，此时弃城逃走，只会让你成为家人身死、国家受难的千古罪人！"

城楼上鸦雀无声，只有陈大有的声音慷慨激昂："眼下摆在大家眼前的只有两条路：弃守，必满城遭屠；坚持，或许还有生的希望。我可以负责任地告诉大家，巡抚谭大人正带着戚总兵星夜赶来驰援，只要众人齐心协力，城池必能守住！我陈大有虽不是仙游人，但我愿与仙游城共存亡！诸位仙游士子，你们愿意眼睁睁地看着自己的家乡城破人亡？"

巡检殷恭率先喊了一句："誓与仙游共存亡！"

随即，人群爆发出了呐喊："誓与仙游共存亡！"

陈大有示意大家安静，厉声说道："既然大家决心已下，那本县可要有言在先，今后一旦发现有人弃城逃命，一经抓住，一律斩首。对守城有功者，本县绝不吝啬，凡能杀死倭寇的，本县给予重赏，杀得越多，奖励越多；因杀敌殉国者，家属从优抚恤！"

陈大有说完，老郡守徐纯也大声宣布："从今日起，我徐家开仓放粮，只要参与守城的军民，其家属免费到我家领取粮食！"

紧接着，几位族长也站起来表态："我家开仓放粮、捐款捐物！"

一场动员会，让全城军民的情绪安定下来，士气也更旺盛。陈大有命人抢修被损毁的城墙，再选一批身强力壮的人做游兵，加强城下巡逻，发现敌人爬城，游兵立即示警和攻击，城上人则用箭、石头、石灰等物击杀。

敌人连日攻城不下，只好龟缩在营寨中等待时机。

仙游城北，铁山。

谭纶、戚继光带着几个随从观察了许久，铺天盖地的倭寇营帐让他们倒吸了一口冷气。

戚继光："大人，仙游城外已聚集了两万多倭寇，而我们的人尚在路上，这一时半会，还不能跟他们硬碰硬。"

谭纶："协助守城的士兵进去了没？"

戚继光："进去了，哨官杨宇、叶应春带二百名精兵进城协防，都是以一当百的精锐，短时间内，仙游城可保无忧。"

谭纶点头："再选五百名勇士，分成两组，一旦倭寇攻城，就让他们袭扰。其余人等在附近各山头布疑兵，敲锣击鼓迷惑敌人。"

戚继光呵呵一笑："大人唱的是空城计啊！"

谭纶："兵不厌诈。多设几处营寨，山头遍插旌旗，部队往来不停，虚张声势。"

戚继光："是！"

倭寇大营，黑田义雄的脸色铁青。

井边太郎："今日我们在东门攻城，眼看就要杀上城楼，不知道从哪冒出来一股明军，他们从背后偷袭，杀了我们一百多人又逃之夭夭。"

黑田义雄一脸的疑惑："从背后杀出来的？"

井边太郎："是！现场捡到他们的一面令旗，看样子是戚继光的部队。"

黑田义雄大惊："戚继光来了？"

正在这时，佐佐木匆匆进来："将军，谭纶带着戚家军来了，他们就驻扎在城北的铁山上。"

"来了多少人？"黑田义雄几乎是吼道。

"目前还不清楚，但从他们的营寨来看，不少于四千人，各个山头上也有援兵，具体还在查探。"佐佐木嗫嚅地说。

"八嘎！"黑田义雄恶狠狠地在佐佐木的脸上扇了一个大耳光。

佐佐木后退了几步，身板又挺得笔直。黑田义雄喘着粗气："命令各地人马，全速赶来仙游，我们要与谭纶决一死战！"

佐佐木身子又是一挺："哈依！"

铁山，中军营帐。谭纶与戚继光正边喝着茶，边下着围棋。

探马来报："大人，城里传来消息，军民伤亡很大，眼看就要守不住了。"

谭纶端茶的手，停住了。

戚继光："要不要再派些人手进去？"

谭纶思忖片刻，道："不用，先和谈！"

戚继光大惊："跟倭寇和谈？"

谭纶点头："晚上再派三百精兵入城协防，告诉陈大有，让他出面跟倭寇和谈，拖上一段时间。"

戚继光恍悟："可是，那黑田义雄能信？"

谭纶："这个好办，让今晚入城的士兵带些火器弹药进去，和谈的时候让陈大有献与倭寇。现在城里这些武器奇缺，最能彰显和谈的诚意。"

戚继光脑筋一转，一拍大腿："好主意，那我来给他们制作一个大礼包！"

谭纶："什么礼包？"

戚继光神秘地说："等下就知道了。"

二人哈哈大笑，又专心地下棋。

南门城外，陈大有按照谭纶的安排，带着几个随从出城，手无寸铁地走向黑田义雄的中军营帐。

倭寇呼啦一下涌了上来，陈大有挥舞白旗，大喊："我是仙游知县陈大有，是来与你们和谈的！"

一名倭寇用蹩脚的中国话吓唬道："再嚷嚷，老子宰了你！"

陈大有淡定地说道："两军交战，不斩来使！"

几名倭寇上前，把陈大有等人全身上下搜了一遍，啥都没带。

一名倭寇头一扬，说："绑起来！"

倭寇把陈大人几人五花大绑地送到了黑田义雄的帐前。

"来和谈的？"黑田义雄皮笑肉不笑。

陈大有："是！"

黑田义雄一把抓住陈大有的前胸，凶巴巴地问道："想诈我？"

陈大有："不敢。城里已是弹尽粮绝，军民人心涣散，都不想打了。"

黑田义雄放开他的衣襟："我凭什么信你？"

陈大有："只要将军保证不屠城，我可以交出武器打开四门让你们入城。"

黑田义雄嘿嘿一笑："武器？你刚刚不都说弹尽粮绝吗，哪来的武器？"

陈大有："前些天，城外的谭纶让人偷偷送了一些火器进城，可我们不想再打了，只要你答应我们和谈的条件，我就把这批武器送出来。"

井边太郎用日语说道："将军，别听他们胡说八道，把他们杀了祭旗！"

黑田义雄一摆手："不着急。我倒要看看，他们能玩出什么花样！"转头对陈大有说道："我答应你不屠城，你去把那些武器送来给本将军瞧瞧。"

陈大有："此话当真？"

黑田义雄："当真！"

陈大有："好！明日我就差人送批火器弹药过来，几天之后，我们还有更大的礼物要送给将军？"

"哦？"黑田义雄好奇心大起："什么更大的礼物？"

陈大有附在他耳边，压低声音："火炮！"

黑田义雄不解："干吗要过几天，明天一块送来不就完了？"

陈大有继续压低声音："外面的官军每隔几天才会往城里送东西，那个谭纶发话了，几天后他们会送两门佛郎机炮过来。"

黑田义雄将信将疑，佛郎机炮可是好东西。

"好吧，就信你一次。"黑田义雄说道，"明天先看看你那批武器再说！"

陈大有："好！不过将军，我还有个条件。"

黑田义雄："什么条件？"

陈大有："我们把武器都交出来，可不许再攻打我们！"

黑田义雄哈哈大笑："行，只要你交出武器，我保证不攻打你！"

第二天，陈大有没有食言，果然给倭寇送来了一批崭新的火铳和弹药。

黑田义雄大喜，命令倭寇停止攻城，等着佛郎机炮送上门来。

左等右等，竟等了七八天。

黑田义雄等得不耐烦了，命令倭寇往城下集结，又开始攻城。

城头上，陈大有伸出长长的竹篙，上面挂着一面白旗，陈大有高喊："告诉黑田将军，礼物明日一定送到！"

黑田义雄咬牙切齿地说道："再给这狗东西一天的时间，明天要是再没看到大炮，我定要将仙游城夷为平地，把陈大有的脑袋拧下来！"

又过了一天，南门打开，两尊乌黑发亮的大炮被推出了城外，见有倭寇过来，送炮的官兵又跑回了城里。

倭寇得了两门大炮，里面还装满了火药和铁丸，顿时如获至宝。

黑田义雄得意地狞笑："对准城头，放几炮试试！"

南门城外，围满了看热闹的倭寇，几名倭寇点燃引线，对着城楼就放。

引线发出"吱吱"的声音迅速烧完，可是，两声惊天动地的巨响之后，城墙纹丝不动，而围在旁边看热闹的数十名倭寇却被炸得飞了起来。原来，这是戚继光故意送给倭寇的"大礼包"，他将两门后膛薄弱的火炮改装后，里面填上火药，表面看上去是炮，其实是两个大号的炸弹。

气急败坏的黑田义雄，愤怒地下令集中兵力猛攻仙游城。

西北水关，倭寇砍倒栅栏，挖开土城，攻入城内，壮士林志宽、陈仁挥刀迎战，不幸牺牲。倭寇用竹牌护身，架云梯登上城墙，壮士吴育、邱进修带队死战不退。游兵李以仁等人冒险冲出城外，焚毁敌人竹牌和云梯。

千钧一发之际，谭纶命令部下发炮呐喊，倭寇以为戚家军主力赶到，担心被前后夹击，急忙退回营垒。

铁山中军大营，探马报告："倭寇在乡间抓木匠制造攻城器械'吕公车'"。

谭纶好奇地问："什么'吕公车'？"

探马："吕公车就是独轮车，是用粗大木材制成，不易烧着，可省去背负肩抬的人力，车上架着云梯，进退迅速，非常方便。"

谭纶沉吟片刻："告诉城里，连夜派出壮丁，在敌人必经之处，横挖一道深沟，沟面架薄板并覆泥土伪装起来，'吕公车'一来，自然就掉下去了。"

这一天，倭寇果然推着"吕公车"，大张声势向四城门发起进攻。不一会儿，车子都陷入深沟中，云梯倾覆抬不起来。正在倭寇惊魂未定之际，城上乱箭射下，又死伤了许多，侥幸不死的，抱头鼠窜退去，城内的军民冲出，往陷阱里泼油点火，一把火将倭寇精心制造的"吕公车"全烧毁了。

腊月二十五，小年到了。

漆黑黑的夜晚，下起了连续不断的小雨，小雨中夹着雪花，打在身上刺骨地寒。

四面八方的倭寇赶来了，总兵力两万七千多人。而与此同时，分散到福建各地和从浙江出发的官军陆续赶到，共有一万多人。

按照谭纶的部署，王如龙部、胡守仁部进至新岭扎营，李超部进至天光岭扎营，陈濠部进至东门外扎营，攻击主力全部贴近倭寇扎营。

中军营帐，把总以上的军官齐聚一堂，每个人的面前放了一碗壮行酒。

谭纶用犀利的眼睛扫视了大家一眼，说："这里再说一遍，王如龙部为中左路，胡守仁部为中右路，戚继光为中军，金科率兵为策应，主力部队合力攻取南营。李超部为左翼，本府率兵为右翼，傅应嘉率兵策应，合力攻取倭寇西营。陈濠部负责攻取倭寇东营。吕崇周率兵四百设疑兵于铁山，牵制倭寇北营之兵。中军吴京押运火器军需，随军接济各部行动。"

戚继光：“大家听明白没有？”

众将齐声回答：“听明白了！”

谭纶：“看今天的雨势，明日必天晴。通令各军，雨停雾起，全线出击，一举聚歼倭寇！”

众将接令：“是！”

谭纶举杯，戚继光也举起杯，所有的将士都举起了杯。

谭纶脸上充满了悲壮与肃穆：“各位将士，明日就是我们与倭寇最后决战的日子，喝下这杯壮行酒，我们要么把倭寇送上西天，要么，把我们自己送上路。我谭纶，下辈子还与你们生死与共！”

说完，仰头一饮而尽，随后把碗砸在地上摔了个稀烂。

戚继光大喝一声：“干了！”

“干了！”将士们一饮而尽，把碗摔碎在地上，激昂的回应与帐外的雨声如天人同应，在雨幕茫茫的苍穹向四际传去！

第二天一大早，雨停了，大雾弥漫，咫尺看不见人。

待太阳从浓雾里钻出来，南营的倭寇正推着吕公车准备去攻城，然而他们惊惧地发现，戚家军仿佛神兵天降一般杀到了眼前。

紧接着，无数炮火的轰鸣声，喊杀声从四面八方铺天盖地传来！

倭寇仓皇之下开始反击，然而戚家军如猛虎下山，倭寇无力反击，大败，随即拼命地往西门方向跑。

倭寇西营，此时已被谭纶、李超率部杀得溃不成军，戚继光率兵紧随其后一路追杀，内外夹击，倭寇的西门大营被冲垮了。两营倭寇慌不择路，往北门跑去，北门大营瞬间又被冲垮了；三股倭寇往东门跑，东营已被陈濠部团团围住，这样又被冲垮了。

半天时间不到，戚家军连破倭寇四营，城中军民欢声雷动，奋勇杀出，倭寇前后受攻，死伤惨重。

黑田义雄在护卫的掩护下，夹在乱军之中仓皇逃跑。突然，一支戚家军拦住了去路。黑田义雄的护卫冲了上去，双方战在了一起。

黑田义雄看得焦虑，怒吼一声，举着倭刀就杀了过来。护卫精神大振，奋力拼杀，瞬间就有几名戚家军倒下。

黑田义雄杀得兴起，倭刀翻飞，血花四溅。当他再次举刀，劈向戚军的一名士兵，一支利箭"嗖"的一声，正中黑田义雄的前胸。

就在黑田义雄捂住伤口愣在当场的刹那，那名士兵趁势跃起，用刀狠狠地扎进黑田义雄的心窝。黑田义雄的前方，戚继光手持弓箭，目光如刀，冷冷地看着黑田义雄的倒下。

没有了首领的倭寇如无头的苍蝇，四处逃窜。

仙游四门洞开，手持锄头、菜刀、木棍的百姓源源不断地涌了出来。

西门外，军民在一座小山坡上与倭寇展开了肉搏战，双方反复冲杀了十八个回合，直杀得天昏地暗，尸横遍野。后来此地被称为"十八战"。

另一股倭寇逃到城西北的小山包上，被军民们团团包围，倭寇九次突围失败，最终全都成了无头的望乡之鬼。后来人们把此地称为"九战尾"。

五百倭寇逃到蜚山一处山谷，被漫山遍野手持各种武器的仙游军民挡住了去路，最后被全部歼灭。后人将此地命名为"五百洗"。

在逃往泉州、漳州、惠州的路上，谭纶下令各州府围追堵截，两万七千余名来势汹汹的倭寇，伤亡殆尽，只有少数倭寇夺船出海，逃回了日本。

仙游决战的胜利，彻底结束了为患中国沿海数十年的倭寇之乱，东南沿海无数百姓饱经烧杀淫掳的苦难终于熬到了尽头。

四川巡抚

嘉靖四十四年（1565年）九月，宜黄谭坊。

一大早，龙源岭上就响起了鞭炮、法器和僧人诵经的声音。

这天是丁忧的最后一次祭祀，是为禫祭。禫祭先要到坟山上祭祀，做法事，之后再到祠堂里祭祀一番。禫祭之后，也就代表三年的守孝期结束了。

乐安流坑的董燧、董极等人过来的时候，禫祭已经进入了尾声。董燧他们也没有打扰，就站在祠堂外面看着谭氏兄弟将一应规矩全部行完，才跟在谭氏亲友的后面依次上前焚香祭拜。

拜完，董燧等人走到谭纶的跟前，拱手施礼，道了一声："谭大人！"

谭纶一见，赶紧回礼："哟，你们也来了，感谢感谢！"

董燧笑吟吟地说道："谭大人入闽抗倭，建伊吕之业，弘不世之功，举国震动啊！"

谭纶谦虚地回道："谭某岂敢贪功，天威浩荡，将士奋力，才有倭患平息之新局。来来来，咱们里面说话。"

谭纶领着客人穿过人群，来到祠堂内室，宾主落座，下人们端来茶点。

董燧："我听说，谭大人丁忧制满，就赴任陕西巡抚之职？"

谭纶："是，圣旨马上就要下来了，年底就要去上任。"

董燧长长地叹了口气："唉……"

谭纶："你们还在为寺产的事忧心？"

董燧："这么多年的庙产之争，我董氏一族皆疲惫不堪，心力交瘁了。今年清明，董氏族人到山前祭祖，遭到黄山寺僧阻挠，随后发生口角，一个小和尚竟然气急之下提了两桶大粪泼到我家祖坟上，被我家族人狠狠地打了一顿，此事又闹到官府。"

谭纶："哦？"转而又宽慰道："既已闹到了官府，孰是孰非自有公断。"

董燧欲言又止，长长地叹了口气："唉……"

谭纶："又怎么了？"

董燧："你们宜黄知县俞世美，可不是什么善茬……"

谭纶愣了一下，这新来的父母官宜黄人对他的评价非常糟糕，虽然任宜黄知县不久，却已屡有贪名。

董燧："这本是两相激奋之下的群殴事件，两边都有过错。可那俞世美也不知怎么了，不仅表现出了极其露骨的偏袒，将罪责全部归究于我方，继而对我董氏立祠祭祀一事竟然全盘地否定。他说，即便你们董氏祖坟在先，佛寺在后，如今也该拆掉。"

谭纶："为什么？"

董燧："俞世美依据《大明集礼》中的规定，'庶人无祠堂，惟以二代神主置于居室之中间，或以他室奉之。'也就是说，先祖甭管哪一朝的，没有官身的话，就没有资格享受立祠祭祀的待遇，子孙只能把牌位摆自己家里拜拜。一句话，我董氏进山祭祖，打人固且有错，被打就是活该。"

谭纶嗟呀不已："想不到，事情发展到这一地步。"

董燧继续说道："俞世美这样的判决，我董氏岂能咽下这口恶气。他之所以这样判，我们断定，以这个爱财知县的品性，绝不可能无缘无故偏袒对方。于是我们偷偷暗访俞世美的劣迹，这一查，果然，他在推进'一条鞭法'丈量土地时，收受百姓贿赂六百两银子，我们有确凿的证据。这一次，我们直接将告状信递交到京城的都察院去了，都察院派人下来查核，把俞世美可吓坏了，后来据说找到了后台靠山内阁辅臣严讷，这才大事化小小事化了。"

谭纶："这事，我也听说了，俞世美只承认了受贿两百两银子，最后退赃罚俸，保住了知县之职。"

董极："是呀，俞世美虽然受到了惩罚，但我们与黄山寺的纷争，还是僵在那里。眼看冬至又要祭祖了，春冬两祭，已成了我董氏的一大心病。"

谭纶呵呵一笑："你们莫要忧心，这一回，我谭纶定要解开你们这个心结。来人哪，把极高师父请过来。"

董燧惊讶道："嵘极高在你这里？"

谭纶笑道："这次我家禫祭，请了黄山寺僧来做法事。冤家宜解不宜结，我来做个东，咱们平心静气处理这事。"

董氏几人频频点头。

不一会儿，家人领着一个白须老僧过来，给谭纶施了一礼："贫僧嵘极高，见过谭大人。"

谭纶起身，笑道："极高师父，可认得这几位？"

董燧起身，嵘极高瞅了一会，摇头，"恕贫僧眼拙，这几位是？"

谭纶一乐："你们争斗多年，却从未谋面。这位就是流坑响当当的大人物，前南京刑部侍郎董燧董大人是也。这位是四川大足知县董极，这几位是董裕、董镇国、董应义，均是流坑董氏族人。"

嵘极高一听就明白了，唱了个喏："阿弥陀佛，久仰久仰！"

董燧等人亦是谦逊地回礼："久闻大师声名，幸会幸会！"

众人重新落座，谭纶道："今日你们双方都在这里，也算是一种缘分。这世上就没有过不去的坎，解不开的结。希望你们给我谭纶一个薄面，相逢一笑泯恩仇。"

众人不说话，只是点头。

谭纶："董氏之祖葬于黄山，与月轮禅师生死相伴，这种情谊，自古罕见。只可惜数百年后，你们两家却互相诬构，争斗数十年而不决，实在让人惋惜。"

董燧："我们只是想修复祀事，田亩山林无有念想，非他所觊也。"

嵊极高："修复祀事，必然涉及产权之争。即便是董家施田建寺，那也是几百年前的事了，岂能又要夺回。"

董裕嘿嘿一笑："纵然岁月变迁，人总得讲点良心，出家人怎能改变初心，无视史实？"

嵊极高一听不乐意了："史实？我只知洪武年间就给我们颁发了流水保簿，诉讼打到省里，产权也是判给我们。"

火药味又渐渐起来了。谭纶伸手示意，让大家都安静下来，道："曾经过往，咱们今天都不提了。三十年的争斗，你们两家都已身心俱惫。今天来，不是为争个高下，而是为解决问题。董大人，你们董氏是否认同产权归属寺方，你们只是想修复祀事，确认否？"

董燧："是，产权归属，我们不会再争了。"

谭纶点头，又对嵊极高说道："极高师父！"

嵊极高双手合掌："阿弥陀佛！"

谭纶："董氏一族，书香门第，代有闻人，彬彬盛矣。今日来的这几位，都是康济天下的饱学之士，岂忍心置祖上坟墓弃之不顾，又岂会因修复祖墓而残忍夺取寺产山田，让你们冻死饿死？他们志在修复祀事，你们只是想保住物业，这两件事并不冲突，我说的是否在理？"

嵊极高点头："谭大人言之有理。"

谭纶："一桩本不冲突的事，硬生生争斗这么多年，把大家弄得两败俱伤，何苦来哉。大师刚才说洪武年间颁发了流水保簿，您可能还不知道吧，洪武年间还下过一道《归并令》，这个《归并令》，大师听说过没？"

嵊极高大惊："恕老纳孤陋寡闻，没……没。"

谭纶轻轻一笑："《归并令》要求天下寺院要进行归并，三十人以上才能成寺，不然都要归并到其他寺院，寺产上交充公。虽然董氏得不到产权，但如果他们以这个《归并令》来说事，恐怕你们那些寺产是要保不住的。"

嵊极高的老脸登时就白了，嗫嗫不敢吭声，手中佛珠不停地拨动。

谭纶："再争下去，你们两家的代价可就太大了，董氏祭祀不成，你们的寺产没了，你们两家掂量掂量，再争下去值不值当？"

嵊极高和董氏几人相互对望，百感交集。双方从嘉靖十二年斗到嘉靖四十四年，没想到会有这么一个结局，这是大家都不愿看到。

见大家都沉默了，谭纶道："为今之计，也只有你们两家和好，方能避免两败俱伤。这样吧，我来给你们起草一份议约，双方相互遵守，可否？"

董燧率先点头："我们都听谭大人的！"

董氏其他几人也频频点头，嵊极高见状，也点了点头。

终于，在谭纶的积极推动和调解下，黄山寺僧与董氏家族达成了和解，谭纶亲自撰写《黄山议约》，为这起长达三十年的宿案画上了圆满的句号。

嘉靖四十五年（1566年）正月，细雨夹着雪籽，四野外白茫茫一片。

寒风中，行军大帐的四周十余个亲兵挺立不动。

行军大帐内，一只大火盆上架着两根铁筷，铁筷上面是一只青釉的药罐，火盆里吐出的火苗不断地舔舐着药罐里的底部，白汽从药罐的药盖缝隙间冲出，透出一股浓浓的药味。

梁进站在药罐前，拿起一块湿巾揭开了药罐盖瞅了一眼，白汽瞬间把整个人都笼罩了起来。

他接着转身蹲下用铁钳夹出了火炉中的几块红炭，让小火慢慢煎着药罐中的药汤。

几声咳嗽，把他的目光吸引到了大帐的中间。

行军床上，谭纶拥着一床被子半躺半坐在那里，床侧的小方凳上，坐着一名头戴软毡帽、身着麻布粗袍的清瘦老者。

老者的左手搭在谭纶的右手上，凝神屏气地给他把脉。

终于，老者开口说话了："大人久咳不愈之症，当属肺脏虚损所致。肺脏虚损又分阴虚和阳虚二种，肺阴虚是肺部萎缩，肺阳虚主要是阳气不足。以在下的观察，大人这是肺阴虚，开些沙参麦冬汤试试，悉心调理一段时日，定有好转。"

谭纶："谭某咳嗽由来已久，天暖尚可，一到秋冬就咳得厉害。"

老者："此症在秋冬之交越发明显，所以在气候变冷之前，一定要注意防寒保暖。"

谭纶："谢谢太医！"

老者呵呵一笑："李时珍已经十年未做太医了，大人还是直呼其名的好。"

谭纶微微欠身："把先生从百里外请来，谭某着实不安。"

谭纶伸手掩了掩身上的被子，接着又说："只是这一路上请了不少郎中、试了无数方子，就是不见效，这才想起了先生来。"

李时珍一边开着方子，一边跟他说话："我听说大人是去陕西出任巡抚的，怎么又改四川了？"

谭纶："感蒙圣上恩典，三年守制期满，即让我补任陕西巡抚之缺。然而刚刚从江西老家出发，就接到改任四川的圣旨。"

李时珍停笔，扭过头来问："这是为什么？"

谭纶："云、贵、川等省推行改土归流，引起了当地土司的不满，有些土司趁机起兵反叛，对抗朝廷。"

李时珍低头继续写他的方子："谭大人真是文曲的星宿武将的命，朝廷让你去四川，肯定又是要你平叛来着。"

谭纶苦笑一两下："谭某天生的劳碌命！"

李时珍叹了一声："你这身子，应当静养调息一段才好，这种病，最怕的是长途跋涉、劳累不休……"

谭纶又是一阵苦笑："我也想歇息，可皇命在身，身不由己呀！"

李时珍摇了摇头，起身，冲梁进招了招手。

梁进过来，李时珍将方子交给他："照这方子去拣几味药来，小火煎服，早晚各一次，连服七天咳嗽可止。"

梁进对李时珍鞠躬："谢谢先生！"

李时珍转身又在谭纶的床边坐下，突然问了一句："刚刚看你腰间后背有几个红点，是不是前段时间生了疱疹？"

谭纶："是，先生真乃神医。半月前腰间突然有一处奇痒无比，以为蚊虫叮咬，可挠之又不见红包。再后来，腰间、腋下、后背生出了许多的小红包，衣袍摩擦都能感觉针刺般的痛。"

李时珍呵呵笑道："这种病，民间叫作'蟒蛇缠腰'！"

谭纶："对对对！路过黄梅的时候找了一个能治这种怪病的术士，焚香念咒，说是把蟒蛇赶跑就好了。"

李时珍："焚香念咒之后给你外敷了什么药没？"

谭纶："敷了一种不知名的草药，说来也怪，只是弄了一次，过些天还真慢慢就好了。"

李时珍一乐："这可不是什么焚香念咒之功效，是那个药起到了作用。你这病，学名叫疱疹，民间称蟒蛇缠腰，用不用药，半月左右的时间都会自然的痊愈，敷药能缩短痊愈的时间，咱们这田间地头有种叫下田菊的药草，捣碎敷汁能有显著功效！"

谭纶恍然大悟："原来如此，我还以为那术士法术高明……"

李时珍："那术士也称道医，亦真亦假，不过我认为最根本的还是药起到作用，以药效辅以法术，让人觉得神乎其神。那种术士，当年我在宫里见得多了，可惜圣上不信医师信术士……"

谭纶咧嘴笑了起来，双手撑着床板就想起来，却猛然一阵剧烈地咳嗽。

"大人！"李时珍一步跨了过来，扶住了他，望了一眼也要奔了过来的梁进，说，"汤药。"

梁进又奔回到火盆旁边，用一块布包住了药罐的把手，慢慢将汤药倒入药碗里，端起汤药边走边轻轻地吹着。

成都府，天府之国。

谭纶到达这里的时候，已经是次年三月了，冬的萧瑟刚刚收起，春柳在寒风里已经萌发出新芽。

与前任巡抚刘自强交接完，谭纶带着李超、梁进几个随从换上便装到处巡视。

连日来，他们拜谒蜀王府，游玩武侯祠，察看市井繁华，倾听百姓悲欢，戎马半生，难得有此惬意和放松。

谭纶站在成都府的城墙上，不禁思绪万千，想起了杜甫的诗："翳翳桑榆日，照我征衣裳；我行山川异，忽在天一方；但逢新人民，未卜见故乡；大江东流去，游子去日长……"

然而就在心旷神怡之际，一股浓浓的臭味却钻进了鼻子里。

梁进手指着城下："你们看那！"

大家俯身往下瞅去，城墙下面却是另外一番景象，金河、御河，因城墙的废弛也大都淤塞了，河道无存，臭气熏天。

谭纶不禁感叹道："人们都把成都比作西京，却不想城池如此凋敝……"

梁进："是该修修了。"

谭纶："通知成都府七品以上官员明日到巡抚衙门议事，就议一件事，疏浚河道，修复城墙！"

梁进打趣的说了一句："您这算不算新官上任三把火？"

谭纶瞪了他一眼："就你话多！"

金沙江，直勒渡。

通往渡口的是一个天然的隘口，两山相夹，宽不过丈。

一阵急促的马蹄声"哒哒哒"由远而近，数十匹战马疾驰而来，战马的后面，奔跑着一群身背弓箭手执短刀浑身是血的汉子。

隘口前，头领勒住了战马，举目往江上望去，江水滔滔奔流而下，江边上，两只渡船正安静地等候着客人。

头领的手向前一挥："登船！"

众人下马，牵着马儿往渡船方向走去。

又过了一会儿，隘口边上黄尘滚滚，一群官兵出现在江边上。

那两艘渡船正驶在江心，头领仰天大笑了几声，指着对岸骂道："狗汉官，老子和你们没完！"

官兵看着渡船渐渐远去，也只能望江而叹。

入夏的成都一天天地热了起来，蝉儿的嘶鸣在树上此起彼伏。

谭纶的动员令一下，成都府县都动员了起来，上万民众和驻军都加入了进来，修复城墙，重开金河故道。

白花花的太阳底下，谭纶带着梁进几个人在河岸上边走边看，一眼望不到头的城上城下，无数民夫正在忙碌地来回奔忙。

没过一会，梁进的衣袍就湿了。

"大人，找个阴凉处歇会不？"梁进问道。

谭纶瞪了他一眼："就你生得命好，手不拈四两还嫌热！"

梁进讪笑："我哪生得命好了，在下还不是怕大人您热到了嘛！"

谭纶："少废话，去把工头叫过来！"

少顷，一工头模样的人屁颠屁颠地跑了过来。

谭纶指着河道："金水河还有多久能够完工？"

工头："禀报巡抚大人，以现在的进度，年底应该可以完工！"

谭纶满意地点了点头，又说："这清淤是疏浚河道首要的工序，后续来水不足，恐怕难免沦为臭水沟。"

工头："是，原先就是来水不足，屡次疏浚又屡次淤堵，要使金水河彻底清澈，还须挖开郫江扩大来水，还要在取水口修分水石堰一道，渠上建水闸，御河边筑堤一道，这样才能解决后顾之忧。只是，如此一来，营建资费恐怕要增加许多。"

谭纶："我们可不能做重复的无用之事，明日让各卫所官军一起开挖引水渠，这样也能节省一些开支！"

工头："大人英明！"

正说着，一阵哒哒的马蹄声身后传来。几双眼睛望去，一名府兵策马疾驰而来。府兵来到谭纶跟前，翻身下马，双手上一封公文："禀报巡抚大人，云南巡抚急件！"

谭纶打开看完，眼睛望着远处，像是在思索着什么。

梁进忍不住问了一句："大人，信里说什么了？"

谭纶："武定府凤氏土司叛乱，遁入会川，请求我们发兵围剿。"

梁进："又要打仗了？"

谭纶："武定府凤氏土司家族发生内乱，凤继祖与其嫂凤索林争武定府土司印，凤继祖起兵打败了凤索林，向官府索要土司印。然而云南巡抚吕光急于推进改土归流，指派汉官郑宏去主事，凤继祖愤而起兵，攻府城，杀郑宏，并扬言要打到省城诛杀吕光。"

梁进倒吸了口冷气："这么张狂？"又问："大人，什么叫改土归流？"

谭纶："土，就是土司；流，就是朝廷派驻的流官。西南蛮荒地带，历来都是土官治土民，土司世代为官，独霸一方，专横不法，欺压黎民。土司之间为争权夺利，经常挑起争斗，甚至对朝廷也叛服无常。土司制度积弊重重，废除已是必然。"

梁进："怪不得有那么多的土司反叛，那朝廷就拿他们没辙？"

谭纶："西南地处蛮荒，山高路远。一些土司选择天险处安营扎寨，进出交通往往在群山之间，峭仄壁立，险峻无比。景泰年间，戎州四县的都掌蛮起兵反叛，战局僵持了一百多年，至今还盘踞在九丝城、凌霄城一带，依据天险与明军周旋。"

梁进："那吕巡抚那边，我们怎么回？"

谭纶："告诉他，让云南兵过江一同会剿，四川派兵全力配合！"

大凉山深处，会川凤氏土司府，猎猎幡旗。

随着呜呜的牛角声吹响，凤继祖大步上山，山道两旁，全是手执大刀长矛的土司兵。

半山处是一个开阔的平地，四周全是悬崖峭壁，有如天然的屏障，把土司寨城紧紧包围。

进了寨门，迎面而来的是一座高大的土司府，议事厅上，土司科伏端坐其中，大小头目分列两边。

凤继祖高大的身影闪进大堂，土司科伏不由自主地站了起来，大小头目也跟着站了起来。

"凤阿哥！"科伏率先开口。

凤继祖一脸的懊恼："科伏表妹，让你看笑话了……"

科伏连忙示意他坐下，让人端上来茶水，说："凤阿哥见外了，再有什么不是，我们始终都是自己人！"

凤继祖："我这次可是栽倒了，索林跟官府合起伙来，打得我是元气大伤，现在跟着我的，只剩下三十几个兄弟了！"

科伏有点不解："你跟索林争斗了那么久，先前不是一直有官府的人暗中帮着你吗，怎么又跟官府的人打起来了？"

凤继祖愤愤地说："吕光那狗贼，故意挑起我们窝里斗。之前看我势单力孤，怕我一下子被索林灭了，就暗地里帮我，后来见我打败了索林，又反过头来收拾我！"

科伏点头："我知道了，他们为了改土归流，故意引起我们内讧。"

凤继祖："是。所以我们要精诚团结，誓与汉官抗争到底！"

科伏："凤阿哥，今后都有什么打算呢？"

凤继祖："招兵买马，杀回武定府！"

科伏："会川可不是武定府，你没钱没人，拿什么招兵买马？"

凤继祖呵呵一笑："这不是找科伏表妹来了嘛！"

科伏："凤阿哥的意思，让我出兵帮你？"

凤继祖："科伏表妹，只要你肯帮我夺回武定府，今后武定一半的收入，归你会川凤氏！"

科伏叹道："你妹夫死得早，我们孤儿寡母的，哪有实力跟官府抗衡。"

凤继祖："表妹有难处，我凤继祖绝不为难。只是，恳请你让我在你的地盘上多逗留些时日，容我筹措些银两，以图东山再起！"

科伏："这个自然，凤阿哥在我这里住多久都可以。你们的一日三餐由我包了，莫嫌我家的饭菜难吃就行！"

凤继祖大喜："谢谢表妹的相助。我们也不白吃白拿，我的人跟你寨子里的下人一样，每天安排他们出工干活，自赚口粮。"

科伏："那倒不用，你们是客人，岂能让客人干活。"

凤继祖："你凤阿哥虽然落难，但我绝不吃人白食，你若不让我们干活，我宁可饿死到外面去！"

科伏呵呵笑道："瞧瞧瞧，凤阿哥还是那样倔强。好吧，就依你了，头目！"

身边的管家头目立即站了起来："主子有何吩咐？"

科伏："把凤阿哥的人编入营兵，每日站岗放哨，出勤操练！"

头目："好的主子，在下这就去安排！"

烈日下，一排排队列整齐的士兵汗流浃背。

队列的正前方，一个士兵伏在长凳上，屁股高高翘起。长凳的两边，各站着一名手执刑杖的校尉。

总教官李超背着双手，围着伏在长凳上士兵转了两圈，突然说道："再给我背诵一遍军规！"

士兵被按在长凳上，声音很小："呼名不应，点时不到，违期不至，动改师律，此谓慢军，犯者斩之。"

李超怒目而视，厉声斥道："大点声！"

士兵吃力地抬了抬前胸，声音大了起来："闻鼓不进，闻金不止，旗举不起，旗按不伏，此谓悖军，犯者斩之……"

等他背完，李超犀利的眼神缓缓地扫视了一遍列队整齐的士兵，说："国有国法，家有家规。你们进了这个军营，就必须知道军中的规矩。让你们在这练兵，还要偷奸耍滑，哪天真到战场上去，岂不是白白送死？"

士兵们身子挺直，大气不敢出。

李超转身又那名士兵说道："点时不到，已犯慢军之纪，姑且念你初犯，杖责三十大板，你可有怨言？"

长凳上的士兵低着头，说："小的知道错了，甘受军纪责罚！"

李超吩咐："打三十大板！"

刑杖校尉高高举起手中大板，又重重的落在那名士兵的屁股上，紧接着，另一名校尉也动了起来。

士兵的嚎叫声响彻整个练兵场，把一旁的士兵看得胆战心惊。

打完那名士兵，李超突然又问了一句："他的伍长、哨长是谁？"

两名军官应声出列。李超盯着两人，道："士兵犯纪，伍长哨长同责，今罚你们二十大板，可有怨言？"

两人垂头，说："属下没有怨言。"

李超喝了一声："打！"

又是一阵啪啪的响声，伍长哨长咬牙忍着巨痛，每挨一下板子，喉咙里发出痛苦的呻吟。

会川凤氏土司府，后花园里奇花异草，小鸟啾鸣。

两个孩子在回廊里打闹嬉戏，一名侍女在给科伏摇着扇子，另外一名侍女给科伏端来了茶水和点心。

伏科的对面，恭恭敬敬地站着一名土司头目。

头目轻声地说："武定府派人送信来了，要我们交出凤继祖，是走是留，还望主子早做决断！"

科伏眼睛看着她的两个儿子，沉默半晌，长长叹了口气："这事我也琢磨了好些天，让他走吧，实在于心不忍，凤阿哥和我一起长大，我与他情同手足。"

头目："主子可要想好了，这要是留他下来，就是跟朝廷作对，官府会来讨伐我们。"

科伏无语，但很显然，她也六神无主。

更让她放不下的是，从小她便对凤继祖暗生情愫，要不是父母之命，她早嫁给她的凤阿哥了。没承想，嫁过来才不到一年，土司老公就死了，留给她土司印，还有两个娃儿。

凤继祖的到来，让她心里又生起了对男人的渴望。

头目继续说："云南巡抚已向四川巡抚发函，请求四川这边发兵围剿，新来的四川巡抚谭纶可是厉害角色，在浙闽统兵抗倭，功勋卓著……"

科伏眼前又浮现出凤继祖高大健硕的身躯和年少时一起欢娱的点点滴滴，突然把茶碗在桌子上重重一放，毅然决然："管他什么巡抚，我不可能把凤阿哥交出去。"

头目迟疑了一下，说："那……，武定府的信怎么回？

科伏沉吟了一下，说："告诉他们，凤继祖不在我寨子里，让他们上山里头找去。"

头目："我明白主子的心思了。既然这样，我倒有个两全其美的办法。"

科伏急切地问："啥子办法？"

头目："围魏救赵！咱们让武定府那边闹腾起来，一时半会也就不会打到我们这里来了！"

科伏："怎么个围魏救赵法？"

头目嘿嘿一笑，手指了指南边："这个'魏'，在姚安府。"

科伏："你是说姚安的高土司？"

头目点头："对！朝廷推出改土归流后，高土司一直不满，与官府明争暗斗，摩擦不断……"

科伏有点疑虑："即便如此，高土司肯为我们起兵反叛吗？"

头目："目前是不能，但只要我们在这中间略施小计，肯定有办法让他们打起来。"

科伏："可以试试！"

成都府，新城和金水河焕发出了新的景象：坚固高大的城墙下面，金水河清澈见底，波光粼粼，百姓们有取河水煮饭的，沐浴的，解渴的，漂洗衣物的，浇灌田园的……

河边人来人往，既有濯锦的男人，也有浣花的女子……

南门外，一眼望不到头的军队迈着整齐的步伐正在出城。

帅旗下，谭纶骑在战马上，身后的"谭"字帅旗迎风飘扬。

李超策马过来："大人，云南那边急件，说姚安府土司日前叛乱，他们的兵一时来不了四川会剿……"

谭纶："凤继祖逃匿到了我们四川，就是四川的责任，云南兵来与不来我们都要去！"

李超："是！"

谭纶："大凉山山险箐深，地势复杂。派快马先期赶至会川，多找些向导，详细掌握对方军情和当地风土人情，以作万全之策！"

李超点头："这个下官想到了，已派了一批人前往！"

春宵苦短。科伏睁开双眼，凤继祖还在她的床上酣睡。俏土司满眼含春，在情郎的脸庞上轻轻一吻。凤继祖被这一吻弄醒，张开双臂揽她入怀，科伏像只猫儿一样静静地躺在他的怀里。

"头目来信了，他说服了高土司起兵反汉，现在姚安府已经乱作了一团，官府一时半会顾不得你了！"科伏轻轻地说了一句。

凤继祖扭过头，以手抚她的小脸，在她的额头上轻轻的吻了一下，说："表妹费心了！虽然暂时安全了，但留在这里终究不是长久之计，我的根在武定府，手下人思乡心切，天天盼着杀回去！"

科伏抱着凤继祖的身子撒娇，嘴里嘟囔着："怎么就不能留在这里了，我让你那些手下娶会川婆娘，这里不就是他们的家了！"

凤继祖无奈地说："这主意好是好，就怕他们不答应啊……"

科伏抬起头，幽幽地说了一句："恐怕不是他们不答应，是你心里不乐意吧！"

凤继祖连忙哄道："我乐意，我当然乐意了！"

两人又抱了一会，外面突然传来一阵嘈杂的声音。

房间外，凤继祖的土兵头目者色正与两名女侍卫推推搡搡。者色怒气冲冲，大叫："今天不把我家主子交出来，我跟你们没完！"

一名女侍卫脸色一沉："若再胡闹，休怪我翻脸！"

另一名女侍卫也说："要不是看在你家主子分上，早把你绑了！"

凤继祖侧耳听了一会，扭头说道："者色来找我肯定有什么要事，我该回去了！"

科伏的脸，瞬间黑了下来。

房间外，者色愤怒地推开挡在前面的女侍卫，一边叫骂不休："你以为我怕你呀，叫你们家主子出来，胆敢伤我家主子一根汗毛，看我不铲平了你们山寨！"

　　他无意间推搡的部位，是女侍卫的前胸。女侍卫惊讶地愣住了，俏脸倏地涨得通红，凤眼圆睁，啪地扇了者色一耳光，顺势飞起一脚，把者色踢翻在地。

　　者色在地上打了个滚，迅疾地爬了起来，手指着那名一名女侍卫，骂道："你们这些狐狸精，还敢对你家爷爷动手！"

　　正纠缠间，寝房忽然开了，科伏一脸怒气冲了出来，后面跟着凤继祖。

　　者色和两名女侍卫停止争吵，赶紧施礼："参见主子！"

　　凤继祖刚要说话，却听得科伏冷冷地问道："刚才是谁骂狐狸精来着？"

　　两名女侍卫用手指着者色，恨恨地说道："是他！"

　　科伏紧绷着脸："把他的舌头割了去喂狗！"

　　凤继祖冲者色吼道："狗奴才，还不赶快赔礼请罪！"

　　者色跪下磕头："小的错了，请科伏土司恕罪！"

　　凤继祖赔着笑脸打圆场："他知道错了！表妹大人大量，不跟下人一般见识。"

　　科伏冲凤继祖没好气地说道："这里没你说话的分！"

　　凤继祖讪讪一笑，扯了扯科伏的袖子："表妹……"

　　者色腾地站了起来，说："主子不要求她，要杀要剐冲我来！"

　　科伏一听更愤怒了，凤眼圆睁："狗奴才，看我今天不杀了你！"

　　凤继祖赶紧上前阻拦，一边厉声斥责者色："跪下！"

　　者色心不甘情不愿地又跪下了。

　　凤继祖对科伏说道："实在对不起，我这下人缺乏管教，要罚先罚我吧！"

　　科伏一看情郎满眼的歉意，心就软了，道："我可以不杀他，但不能就这么放过他。来人，拖出去打三十大板，让他长长记性！"

　　几名如狼似虎的土司兵过来，不由分说就把者色往外面拖去。

　　凤继祖扬了扬手，想说什么但最后什么也没说。

　　园子外，者色的惨叫声响彻山谷。

群山茫茫，苍翠蓊郁。

一段荒无人烟的山道上，伴随着越来越清晰的马铃声响，谭纶的队伍正从山道的一头逶迤而来。

眼看日坠西山，天色将晚，谭纶下令在前面不远的一片稀树林里安营扎寨。向导眯着个眼，上看看天，下瞅瞅地形，又对四周仔细地看了看，对谭纶说道："大人，此处不宜久留！"

谭纶不解："为什么？"

向导手指树林："以小的看来，此处凶险异常。"

谭纶："哦？"

向导："目前是什么也没有，但到了夜半，瘴气和迷雾就来了。大人你看，这里一只走兽和飞鸟都没有，这难道不奇怪吗？"

谭纶和身边的随从纷纷眼瞅四方，果然，除了风在树梢上拂过，林子里死一般的寂静。

谭纶吩咐李超："命令各军，快速穿过这片丛林，找一处开阔地方扎营！"

队伍迅速地动了起来。半个时辰之后，队伍终于走出了那片树林，一个不大的山冈出现在众人的眼前，山冈下，是一片开阔的草地。草地中间有一洼清澈见底的湖水。

跑在前面的士兵渴极了，一个个来到湖边俯身喝水。没成想，只一会儿工夫，但凡喝过水的士兵和饮过水的战马，纷纷手捂腹部倒地呻吟。

谭纶一惊："怎么回事？"

向导上前看了看，说："这水有毒。大人请看，此水看似干净，却是一潭死水，湖里一条鱼都没有，分明是受长期的瘴气浸染所致。你看那……"

谭纶顺着他手指的方向望去，湖边的不远处，躺着一些已被风干了的走兽飞鸟的尸体。

谭纶叹了口气："古人云：流水不腐，户枢不蠹。这死水潭中，果然毒得很哪！"传令："命令各部，严禁取食当地水源、草菇、野果！"

传令兵应了一声，转身离去。李超不无忧虑地说："大人，咱们这一路走来，全是高山密林，凶险异常。在这里剿贼，可是要吃些苦头！"

谭纶："如此复杂险要之地，硬取恐是不利。"

李超说："大人可有破敌之策？"

谭纶："土司营寨，大多在险要之处，易守难攻，硬取的话，肯定伤亡巨大。咱们得想想办法，最好是让他们之间打起来！"

李超："大人的意思是……让他们窝里斗？"

夜色里，谭纶轻轻地点了点头。

四川官军前来围剿的消息，很快传遍了会川各寨。

东山寨，坐落在一个险要的悬崖下，茅屋依山而筑，屋前有一处开阔的空地，四周皆是大山紧紧围住，仅有一条小道进出。

这是凤继祖手下的临时营地，者色和他的手下在这里驻扎了半年多，起初在科伏的帮助下，招募了四五百个当地土兵，然而时间一长，科伏给的资助越来越少了，凤继祖也几乎不回营，土兵跑了一大半，者色和他的手下过着有上顿没下顿的艰难日子。

屋内火塘边上，围坐着者色和他手下的头目，站在一旁说话的，是刚刚回来的探报。接二连三的坏消息，让他们极为沮丧。

探报："上个月，云南巡抚吕光亲率大军讨伐姚安府，高土司兵败退入大山，又被官府团团围住，只好率部投降了！"

众头目听了，长吁短叹，高土司可是响当当的人物，手下精兵数万，没想到仅仅几个月的时间就被官府彻底地击败。

探报："四川巡抚谭纶的大军眼下也到了会川，离我们这里不足百里了，估计三五天的时间，就能找到我们这里。"

一头目大声地说："来就来了呗，他来我们就退入大山，在莽莽大山里跟他们周旋。"

另一头目忧心忡忡地说："退入大山是不错，可我们现在没钱没粮，拿什么跟他们周旋？"

其他人也纷纷应和，是啊，士兵们都饿好几天肚子了，这些天都跑了不少人，要是再退入大山，估计都要做逃兵了。

者色听了沉默不语，他知道，这些都是科伏土司故意而为。

一头目看了看者色，小心翼翼地问："我就纳闷了，刚开始科伏土司对咱那么客气，为啥现在给的粮食越来越少了呢。近日他们的人还说了，要我们停止操练去上山采石，到田里割稻，按每人的出工赚取自己的口粮，这样一来，我们不就成了他们的土民？"

一提到科伏，者色心头腾起了一股怒火，说："那娘们把我们的主子迷住了，不让他回武定。"

有人恍然大悟，说："怪不得，她这是要撵我们走，好让主子一心一意留在她的身边！"

一头目忽然想到一事，说："我听会川的一个朋友说，谭纶正在四处张贴告示，说只要主动投顺归汉，过往一律不究。要是能帮助官府捉拿叛军首领，除免罪之外，还有重赏！"

有一人立即站了起来，怒目而视："怎么，你要把我们捉去邀功领赏？"

那头目瞥了那人一眼，说："我也就这么说说！"

者色："这个谭纶，我们也听说了一些，确实跟其他巡抚不一样。他没有急于推进改土归流，而是强化对地方的管束，增设了隆昌县、龙州府，将达州、重庆、涪州三处改为川东二道，又把全省的吏治狠狠地整肃了一遍，如今官府的影响力日益增强。"

大家面面相觑，有人就问："头领，那我们咋办？"

者色："这事我也做不了主，等我去山上禀报主子，回来再跟大家商议！"

众人不再说话，一片默然。

科伏的寨子里，松针铺地，月琴悠扬。

科伏、凤继祖并肩躺在宽大的椅子上，两人的身后，各有一名侍女手持巨伞遮荫，椅子前面是一张黑漆漆的案板，美酒、牛羊肉和各种水果摆了满满一桌。土兵头目和寨老们两边坐着，每人的座位前都摆着各种美食，鼓乐声和酒肉香飘出去很远。

一通羊皮鼓响过，一个彝家汉子来到场地中间，先是把铁犁放在火中烧红，取出后用舌去舔，用牙咬着铁犁的一头，头一甩，铁犁摔出去好远。

凤继祖大喊了一声："好！"

紧接着场地上的众人跟着叫好，鼓掌声响成一片。

那彝家汉子又取来了一支火把，点燃之后放在手心里烧，举在头上转，众人看得目瞪口呆，汉子却跟没事人一样始终笑吟吟。

一名侍卫悄悄来到科伏的身后，轻声禀报："者色来了！"

科伏的笑脸瞬间拉了下来，问："他来干什么？"

侍卫迟疑地看了一眼凤继祖，说："他说要见凤土司，有要事相商！"

科伏没说话，眼睛却定定地看着凤继祖。

凤继祖转过头来，没有一点想走的意思："什么要事？你去问问他，是没粮了，还是想家了？"

科伏："给他二百斤粮食，让他赶紧走！"

侍卫没动，说："我问过了，他说不是来要粮的……"

科伏心里一股无名火腾地升了起来："不是要粮就是要人啰？"

侍卫没说话，但明显就是那意思。

凤继祖沉默了一会儿，说："让他回去，就说我不在！"

听了这话，科伏脸色渐渐地舒展开来，吩咐道："还不快去？"

侍卫得令，使劲地点了一下头，连忙地走了出去。

咚咚咚的羊皮鼓再次响起，彝人汉子手中举起了一只活蹦乱跳的大公鸡，对着众人缓缓展示一圈，取出短刀，锋利的刀刃在鸡的脖子上一抹，鸡血喷涌而出。

彝人汉子手提鸡腿，鸡头朝下，让鸡血流在桌上的一只大碗里，随着鸡血流尽，公鸡渐渐停止了挣扎。彝人汉子把死公鸡丢在桌子上，那公鸡一动不动。

随后他又拿起公鸡，双手捧着鸡腹，用嘴凑了过去紧紧地咬住鸡身，令人意想不到的是，那鸡居然张嘴"哦哦"地叫了几声。

众人看得瞠目结舌，愣了一会，欢声雷动。

夜已深，红烛摇曳，帐幔轻拂。

房内大床上，科伏依偎在凤继祖的怀里，好长时间没有作声。

"听说，谭纶的兵到了会川？"凤继祖的声音，打破了沉默。

科伏应了一句："嗯！"

凤继祖："那咱们不得赶紧地撤？"

科伏水汪汪的大眼睛看着凤继祖，毫不在意地说了一句："没事……"

凤继祖一手搂着她的身子，一手拨弄她的长发，说："我在你寨子里这么久，他们能不知道我在这儿吗？"

科伏扑哧笑出声来，撒着娇："放心吧凤阿哥，我都安排好了！"

凤继祖一脸诧异："哦？"

科伏："那谭纶一到，就四处张贴告示捉拿你。我已经密谋好了，让头目到会川官府告诉他们，凤继祖就在山下的营寨，官府随时可以去剿。"

凤继祖大惊，说："你这不是让他们去送死么，再说了，官府剿完他们之后没找到我，还不是要上咱们这来？"

科伏双手环抱凤继祖的身子，呵呵一笑，说："怎么可能找不到你，替死鬼早物色好了，到时候会有人提着他的头，说是凤继祖的脑袋！"

凤继祖大惊："哪个替死鬼？"

科伏又撒娇："你看哪个像你就让他当替死鬼了！"

凤继祖蹙眉愣了片刻，突然哑然失声："你是说，者色……"

科伏不再撒娇，倏地坐了起来，眼睛直直的盯着凤继祖，说："怎么，不舍得了？那个狗奴才天天逼着你杀回武定府，他安的是什么心？姚安府高土司势力那么大，官府说剿就剿了！我看他就是没安好心，想着法子让你去送死！"

凤继祖沉默不语，科伏继续说道："你手下那帮人，不但成不了大事，留在这里还是个祸害，还不如一了百了，人死债消！你在我们这，就是顶天立地的汉子，就是咱们的土司老爷，会川土司不比你武定土司强？"

凤继祖静静地沉默了好一会，长叹了一声："好吧，反正我是回不去了，只是苦了下面的那些兄弟……"

科伏勾起手指，在凤继祖的鼻梁上轻轻地刮了一下，说："你可是土司老爷，他们哪配做你的兄弟！"

一对白嫩嫩的酥胸，在凤继祖的眼前晃动。

凤继祖把持不住，吹熄了床头的红烛，一把将科伏按倒……

也不知过了多久，帷帐内鼾声大作。

一把刀悄悄地从门缝里伸了进来，轻轻地拨动门后的拴。不一会儿，门开了，一个高大的身影闪了进来，悄无声息。

睡梦中，凤继祖感到了脖子上的冰凉，睁开眼，借助月亮的光，者色将匕首架在了他的脖子上，愤怒的眼神死死地盯着他。

"你想干什么？"凤继祖大惊，轻声喝道。

者色冷冷地说道："主子好快活呀！"

凤继祖："赶快把刀放下，你想弑主不成？"

者色有点痛心疾首："不是我想杀你，是你们想杀我。主子，这才多久的时间，你咋就变成这样了？"

凤继祖还在强辩："你说的是什么混账话，我怎么想杀你了？"

者色："主子，你就别争了，刚才你们说的话我全听见了，让我去当你的替死鬼，啊呸！"

凤继祖一听脸上苍白，不再说话。

者色眼泪都快流下来了，声音有点颤抖："主子，这么些年，我者色鞍前马后，忠心耿耿，只要你一句话，上刀山下火海从来不说一个不字。可如今，你将兄弟们弃之不顾，一个人躲在这里逍遥快活。这也都罢了，谁让你是咱主子呢，可你千不该万不该，把那么多的兄弟送上断头台。凤老爷，你的良心何在？"

凤继祖一听的脸色大变，结结巴巴地说道："者色兄弟，你听我说……"

者色一把按住他想要坐起来的身子，喝道："躺下！"

凤继祖无奈，只得再次躺下，无意间却重重地压在了科伏的身上。科伏睁开眼睛看到眼前的一幕，大惊失色地叫了起来："来人哪……"

话音未落，者色的匕首在她的脖子上一抹，科伏张嘴"啊"了一声，软软地瘫在那里。

凤继祖大急，想要夺过匕首。者色以肘狠击凤继祖的面部，顺势将匕首以闪电般的速度一挥，凤继祖的人头就滚到了地上。

者色用床单包了凤继祖和科伏的首级，绑在背上，轻步疾行至院墙边，迅速攀住靠墙的那棵大树，跨过院墙，纵身一跃，消失在茫茫夜色当中。

不一会儿，寨子里无数支火把游动，抓刺客的喊叫声响成了一片。

江西分宜，严嵩的老家。

几名官差风尘仆仆地走过了介桥，进入到村子，村子里的人见到他们，便都急匆匆地跑回了自己的家，然后将门砰砰关上。

村子并不大，所以官差很快就找到了严府，门楣上写着"瑞竹堂"三个大字。

但是，大门却被封条给封了。

一把总模样的人喝道："去找人。"

官差："是！"

官差们便逐个地去敲门，把总站在严府的门前，一声不语，门前的气氛十分的压抑。

很快，官差们全回来了，道："大人，他们都不开门！"

"踹门！"把总冷然道。

官差："是！"

几名差役跑到距离严府最近的一户人家，抬腿就是一脚踹了出去。

"砰！"那扇大门便被踹飞了，里面响起了惊叫声，不一会儿，差役便抓着一个老实巴交的男人从里面出来，后面一个女人连滚带爬地追着。

"老爷！人带来了。"差役将那个中年人扔在了地上。

把总望着跪在眼前的男子，冷声道："严嵩在哪儿？"

中年人吓得哆嗦："不知道……"

"叭……"的一声，男人的话没说完，把总的马鞭就抽到了他的身上，痛得他嗷的一声叫了起来。

"严嵩早就离开了村子，到外面乞讨去……"那男人的妻子哭喊道。

"去哪了？"把总犀利的眼神盯着那女人。

女人犹豫了一下，说："不知道……"

又是"叭……"的一声，马鞭再次抽打在了男人的身上。

"我说，我说，好像去河南息州，投奔他的弟子王天官去了……"那个男人吓得屁滚尿流，慌不迭地说道。

把总冷冷地看了他一眼，说："若有半句虚言，小心我扒了你的皮！"

那男人趴在地上，头都不敢抬："小的句句实言，不敢骗上差！"

把总一挥手，说："我们走！"

一行人翻身上马，疾驰出村。

男人腿一软，瘫坐在地上，滚滚黄尘把他和他的妻子淹没了。

男人所说的王天官叫王时中，曾在京城任工部大臣，得到严嵩关照和提携，此人重情重义，十分感恩。严嵩倒台之后，他也受到牵连致仕返乡。

严嵩走投无路之际，突然想到了这个曾经的属下。在族人帮助下，严嵩携孙子严鸿从家乡的袁水入赣江，穿鄱阳，又逆水而上，到黄州下船，再雇一独轮车，一路上风尘仆仆，历尽艰难，终于到达河南息州王时中家。

徐阶派来的这队官军，星夜策马赶到息州。

把总说明来意后，王时中坦然回答道："你们来得正好，我正愁严大人无处安置，就请你们把他带走吧"。

王时中带领官兵到一新修的大墓前，钻进墓道，墓室里豆光闪烁，墓室中间摆着两条长凳，长凳上架了几块铺板，铺板上挺一老者，发须没面，形如枯槁。

许是听到动静，老者在铺板上发出微弱的声音："是谁来啦？"

声如鬼魅，把总和他的手下吓了一跳。

王时中应道："严大人，是我！"

"哦……哦……是王大人哪……"严嵩欲起身相迎，无奈动弹两下，怎么也起不来。

把总见此情景，皱了皱眉。老严嵩已成了这个样子，实乃活死人一个，路上车马一颠，必死无疑，如此进京，如何说得清楚。

把总问："他怎么住墓穴里了？"

王时中："这些年，他一路乞讨到这儿来了，我家也不敢收留呀，想他来日无多，只好在此山上挖一墓穴暂时栖身。"

实际上，严嵩来到河南息州时已是重病染身，王时中虽然好生侍奉，但一直未见好转，沉疴渐重，命不久矣，行将就木。所以在得知朝廷派人通缉严嵩时，便将严嵩从居室移至新挖的墓室。

把总："那他平日里吃什么？"

王时中："这四周皆是坟山，经常有人上供，主家一走，供品就都给他捡去吃了。偶尔我也会上上山，给他送点吃的什么的。"

借助微弱的灯光，众人看到严嵩躺着的铺板上零乱地放着几个未吃完的馒头、苹果之类的供品，有些已经发了霉，发出阵阵腐朽的恶臭。

把总嗟叹不已，道："想不到大名鼎鼎的严首辅，居然落得如此下场！"

他手下一名军官问："大人，就他这样子，还能走得了吗？"

把总："上差有令，我们又能如何？"

王时中："大人，与其把他带到路上去做累赘，不如让他在这了此残生。万一在路上没了，你们如何交差？这样吧，你回去后就说严嵩死时寄食墓舍，没有棺椁，亦无吊者。"

把总思忖了片刻，说："好吧，今也别无他计，谅严嵩也难挨时日，便依王大人的意思，咱们这就回去复命。"

老严嵩耳背，也听不清楚他们在说什么，嘴里嘟囔着什么。

“你说什么？”王时中大声地问。

老严嵩浑浊的眼睛看着他，嘴唇哆嗦又说了一遍。

王时中把耳朵贴近他的嘴边，这回听清楚了，老严嵩嘴里说的居然是一句诗：“平生报国惟忠赤，生死从人说是非。”

王时中眼睛一热，用手拍了拍他的肩膀，头也不回地走了。

紫禁城，文渊阁。

高拱的小轿停在直庐外，刚从轿子上下来，就见不远处又是一顶小轿，晃晃悠悠而来。

“徐阁老！”待看清楚来人，高拱连忙迎上前去，深施了一礼。

嘉靖四十四年（1565年），景王薨于藩地，裕王作为唯一的皇子正式确立了储君的地位。

徐阶擅于察言观色，知道裕王府的人日后必有大用，因此做了个顺手人情，先是举荐高拱接任因病致仕的袁炜的礼部尚书之职，后又荐其为文渊阁大学士，入阁参政。

对于徐阶的荐举，高拱心里有说不出的滋味。

在他看来，裕王迟早是要登基的，自己入阁本是水到渠成之事，哪需要他徐阶多此一举。况且，日后想要入主内阁，徐阶可是最大的竞争对手。

“哎呦，高学士！”徐阶见到高拱，也快步迎了上来，客客气气的回礼。

不等高拱开口，徐阶就道：“高学士，你在这里就太好了，一会儿可得替老夫说几句话。”

高拱微微有些诧异，问：“怎么回事？”

徐阶携着高拱一边往西苑方向走，一边小声地说道：“昨日圣上召老夫入宫，吩咐内阁里的事务，只需留下一人打理，其余人都要在西苑候着。”

此时的嘉靖年逾六旬，精力每况愈下，分外地害怕孤独。内阁成员必须随身侍奉，为他起草青词，陪他说说话解解闷。

高拱不解："大家都去陪着圣上，那么多政事一人忙得过来？"

徐阶："就是，所以今儿个我们一起跟圣上说说，政务事一大堆，每日派一个人陪着他就行了。"

高拱不知道徐阶真实的意图是什么，便"嗯"了一声，跟在徐阶的后面往里面走。

徐阶边走边说："新近圣上还说要把几个大殿全部修缮一遍，这工部一算啊，至少都要几十万两银子，你说这国库连年亏空，哪有银子修缮大殿啊，待会你也劝劝圣上？"

高拱听着徐阶的话，微微皱起眉头，这事儿……他还真不好说。依着徐阶说话去做吧，说不定被人当了枪使；不帮着说话吧，徐阶心里肯定不痛快了。

"二位大人竟是一块儿来了。"等在西苑外的袁亨见到徐阶和高拱，满脸笑容地迎上前来。

两人与袁亨寒暄毕，跟着袁亨就往里走。

徐阶见他并不是往西苑里走，诧异地问："袁公公，这是去哪？"

袁亨在前面带着路，回头道："万岁爷没在西苑，在永寿宫里。"

两人随着袁亨，来到不远处的永寿宫，嘉靖斜身躺在龙椅上闭目养神，面容削瘦，眼袋下垂，几许口水顺着胡须流了下来，在胡须的下方形成了几粒小圆球，仿佛冬日屋檐下的冰凌。

圣上终究是老了！徐阶和高拱在心里不禁感叹。

二人怕惊动了嘉靖的好梦，跪在地上磕完头，又悄悄地退了出去，与袁亨一起站在门外等候。

"圣上近来可好？"徐阶问。

袁亨摇了摇头，叹气道："唉……龙体大不如前了，白日多数时候瞌睡，下半夜又常常睡不着，精力总是不济。"

高拱："没有给圣上服用仙丹吗？"

袁亨："服是服了，每日三次，但似乎不管用了。"

徐阶："那个蓝道行，倒是可惜了……"

蓝道行给嘉靖扶乩之后，严嵩通过宫中的耳目，很快知道了蓝道行陷害他的内情。于是买通皇帝身边的太监，让他们向嘉靖告发蓝道行每次扶乩都是先开启看过后再焚烧，嘉靖大怒，将蓝道行打入大牢，不久这个天师便在狱中被人给害死了。

袁亨："自打蓝道行死后，这后面请来的天师，圣上越发不信任了。"

高拱："那……是不是考虑让御医进来？"

袁亨："千万别，圣上最不喜那个。仙术才能长生不老、益寿延年，那凡人的方子岂能入圣上的法眼！"

徐阶没有说话，高拱心里却暗暗嗟呀不已。

也不知道过了多久，屋内终于传了动静，先是一阵低闷的咳嗽声，紧接着是一阵抖抖索索的起床和登履的声音。

三人连忙进屋。

"臣徐阶，叩见圣上！"

"臣高拱，叩见圣上！"

"嗯……"嘉靖迟缓的眼神瞅了一眼跪在地上的二人。

袁亨举着托盘躬身过来，托盘里一杯参茶，一条白巾。

嘉靖先是拿起白巾抹了一把脸和沾满口水的胡须，接着端起参茶，打开盖子用嘴吹了吹，微微啜了一小口。

半饷，嘉靖突然冒出了一句："严嵩死了？"

徐阶："臣听说了。"

嘉靖眼睛一闭："怎么死的？"

徐阶："死在一个墓穴里！"

嘉靖嘴角动了动，似乎想说什么，但最后什么也没说。

徐阶、高拱见圣上不说话，两人跪着也不敢说话，大殿里静得出奇。

终于，嘉靖想起了正事，问："营建的事筹划得怎么样了？"

徐阶："工部已经对每处大殿进行了勘察和计算，最少需要六十万两银子。我让户部议过了，全部修缮一下子还真拿不出那么多银两。微臣想，能不能先修永寿宫、奉天殿，待来年手上宽裕了，分期分批的修其他地方？"

嘉靖没有说话，但脸上明显有一丝不悦，闭上眼睛似乎在想些什么。

徐阶转过头，冲着高拱一个劲儿地眨眼，让他赶快帮自己说两句话。哪知高拱垂睑不语，眼睛看也不看他。

"高学士，高学士！"徐阶趁嘉靖回过身的功夫，小声地叫着。

高拱抬头看了眼他，用手悄悄地指了指嘉靖，意思说圣上生气了，此时不宜触怒他。徐阶心里一怔，仿佛打翻了五味瓶。

为让嘉靖心情舒缓一点，徐阶委婉而恳切地道："陛下，关于轮流入值的事，微臣也和阁员们商量过了，政务事确实一大堆，只留一个人是忙不过来的。所以微臣想，就让我一个人圣上身边随侍，他们几个专心理政，微臣实在不忍心离开陛下半步哇！"

实际上，徐阶并非真的对皇帝情深意重，他只是生怕有人跟皇帝走得太近了，抢了自己的风头。

高拱闻言颇为不齿，于是开口说话："徐阁老是内阁首辅，侍奉圣上也是应当的。下官愿意与李公、郭公二人每天到阁里轮流值班，为圣上分忧。"

郭公指的是郭朴，李公指的是李春芳，都是内阁成员。

嘉靖睁开眼，道："营建的事，你们先动起来，能做多少是多少，不要动不动就说没钱。你看看那些大殿已经破成什么样子了，你们看得下去，朕可看不下去！"

徐阶连忙磕头，表态："臣一定谨遵圣谕，全力安排好！"

嘉靖："入宫随侍的事，你们四个人分成两班，一班入宫，一班在阁，若人手还不够，增加阁员就是！"

徐阶、高拱皆有些吃惊，阁员数量少方显位极人臣的重要，他们宁愿自己累点也不愿意圣上增加阁员。于是二人心照不宣地说："圣上英明，随侍和政务，我们一定要妥善处理好！"

嘉靖的眼睛盯着二人，半饷，挥了挥手。

"吾皇万岁万岁万万岁！"二人磕头起身，退了出去。

裕王府，内书房。

"参见王爷！"张居正走进内书房。

"你来了！"见到张居正，裕王甚是欢喜，有些埋怨地说道，"你们这段时间在忙什么哪，好些天都没看到人了。"

张居正连忙说道："王爷恕罪，这些天的确是很忙，没能来早晚请安，是臣等的不是。"

裕王抚着胡子，微微笑着，道："忙好！忙好！朝堂的事多，你们也好历练历练。"

张居正："王爷，谭纶在四川筑新城、强卫所，增设州县，增强管束，民心大顺，全省上下井井有条。新近他还平定了为祸已久的凤继祖之乱，改土归流进展得非常顺利。"

裕王甚是欣慰："谭纶是位能才，你们几个在父皇面前好好举荐举荐，将来必有大用！"

张居正："捷报奏来，兵部和高学士都向圣上请功，龙颜大悦，平叛将士一律论功行赏！"

裕王："四川那边既然都平静了，叫谭纶也别闲着，让他去两广平寇，粤寇吴平猖獗着呐！"

张居正："王爷明鉴，我明日就与高学士他们几个说一下！"

裕王点头，喝了口茶，突然想起一事，问："高拱那厮，这些天也没来看我，听说最近与徐阶闹不愉快？"

张居正："确有此事，他们两人一个内敛隐忍，一个锋芒毕露，长此以往，恐生嫌隙！"

裕王："你去传我的话，让高拱隐忍着点，初入内阁，切勿心浮气躁，在朝堂内搞得乌烟瘴气！"

张居正："谨遵王爷口谕！"

裕王突然眉头微蹙："宫里传信，父皇状况一天差似一天？"

张居正也是忧心忡忡，说："是，这一个月来，圣上的神情总有些恍恍惚惚，有时竟然前言不搭后语，境况堪忧！"

裕王面容瞬间哀切了下来："父皇龙体不适，我这个当儿臣的本应床前侍候，然而父皇坚持二龙不相见，叫我如何是好啊！"

张居正宽慰道："王爷不必担忧，圣上金光护体，过了这一阵，或许又好了起来。"

裕王没有说话，屋里的氛围瞬间沉闷了起来。

"王爷……"二人正呆坐着，一个小太监从门外走了进来。

"什么事？"裕王现在心情也是不太好，沉声问道。

"袁公公来了！"小太监道。

"袁公公？"裕王急忙站起身来，袁亨是嘉靖身边的人，没有重要的事情，他是不会来自己这的。

裕王："快快有请！"

不多时，袁亨步履匆匆出现在内书房，脸色有些惊慌，额上冒着细汗！

见到裕王，袁亨急促的说道："王爷……快进宫看看吧，圣上病倒了！"

"什么！"听到这个消息，裕王身子一震，脸色苍白。

张居正冲小太监喊道："还愣着干什么，赶快去备轿！"

裕王腾地从椅子上站了起来："不！备马！"

边说边往外面冲去，众人慌忙跟在后面。

裕王府前，心急如焚的裕王不顾旁人劝说，骑上马，朝西苑奔去。

紫禁城外，御林军三步一岗五步一哨，如临大敌。

宫内到处都是身穿飞鱼服手执绣春刀的锦衣卫，太监宫女穿梭不息。

永寿宫外厅，徐阶在不安地来回走动，李春芳、郭朴和高拱则在一旁窃窃私语，空气里，充满了一种不安。

不一会儿，一名御医从里面出来。徐阶忙迎上前去，急切问道："如何？"

御医轻轻地说："邪阻清窍，气血两虚……"

徐阶："要不要试试仙丹？"

御医摇了摇头："试了，没用！"

就在这时，裕王三步并作两步地跑了进来，也顾不得跟徐阶他们寒暄，直接就冲进了内室。

龙榻上，嘉靖双目紧闭，面色腊黄，看上去已是强弩之末了。

几名御医围在榻前，一名御医正在把脉，大家虽然很着急，但似乎也没有什么好的法子。

一见裕王进来，众御医纷纷跪地请安，连床前把脉的御医也站了起来。裕王示意那御医坐下，问："张御医，父皇这是怎么了？"

张御医："已经昏睡了三天，时不时地说些胡话，大家会诊后开了些方子给圣上喂了些汤药……"

裕王："都成这个样子了，汤药能喂得下去？"

张御医："只能掰开唇齿，一点一点地灌下去！"

宫里太监给裕王搬来一把凳子，裕王坐下，以手抚摸嘉靖削瘦的脸庞，声音颤抖，说："父皇……父皇，儿臣看你来了！"

也不知过了多久，夜漏更残，裕王趴在龙榻前睡着了。

高拱进来，轻轻地拍了下他的后背，说："王爷，王爷……"

裕王睁开双眼，高拱轻声劝道："请王爷先到旁边寝宫里歇着，这日后还长着呢，王爷务必要保重身体。这里有我们盯着就行。"

裕王拒绝道："不行，我要跟父皇在一起！"

高拱："大家还指着王爷主持大局，千万别累坏了身子！"

裕王："我不累，今晚就守在这儿。你们几个排好班，每天轮值伺候着。"

高拱："这个我们已经商量好了，我跟李大人一班，御医们全天候着。"

裕王"嗯"了一声，身子没动，转头又看着嘉靖，眼睛里充满了忧伤。

高拱无奈，只得静静地陪着裕王。

天光破晓，嘉靖还未醒来。裕王在众人的劝慰下，才到隔壁的寝宫休息片刻，这样一晃又是两天。

龙榻前，一名御医翻开嘉靖的眼皮，又俯身听了听他的心跳，一个劲地叹气。寝宫外厅，内阁成员围坐在裕王身边，连日的熬夜伤神，大家都有些疲惫不堪。

"该拟遗诏了！"高拱率先开口。

徐阶、李春芳和郭朴都没有接话，眼睛定定地看着裕王。

裕王沉默了半天，喃喃自语："父皇无事……"

高拱："圣上没有事，咱们也得做好准备。"

大家心里都明白，嘉靖一心修道，就为成仙长寿万年。万一他老人家苏醒过来，后事都准备好了，不知道他老人家会怎么想。所以大家都不敢开口，急的只有高拱。

裕王不说话，前厅里鸦雀无声。

高拱心急，返身到内室把御医叫了出来："你照实说，圣上怎么样了？"

御医嗫嗫地道："难说……"

高拱瞬间拉下了脸："照实说！"

御医眼睛瞅着裕王，裕王眼睛瞅着御医，对视片刻，裕王颔首，鼓励他照实说。

御医："圣上已是油尽灯枯，以下官的判断，恐怕就在这一两天……"

裕王眼眶一红，泪又掉了下来。

房内众大臣也是长吁短叹。

高拱："王爷不必难过，圣上是仙人之躯，即便如此，也是顺天飞升。可这许多的身后事，咱们还得提前准备才是！"

裕王长叹了一声："唉……，你们还是让徐阁老拿主意吧！"

徐阶心里思虑了很久，他清楚，嘉靖恐怕是过不了这一关了，这日后必定要看裕王的脸色行事，于是点头："也好，咱们拟遗诏，其他诸事一样一样来，请礼部牵头，拟出一个清单来！"

裕王："遗诏是头等大事，就请徐阁老执笔吧！"

徐阶沉吟片刻，说："谨遵王爷的口谕！微臣可以先打个腹稿，圣驾西游之后才能正式拟出来！"

裕王表示同意："那就有劳徐阁老了！"

徐阶："遗诏事关重大，恳请王爷再选一人作助手，共同完成这件大事！"

裕王："可以，阁老想选谁呢？"

徐阶："这个还没想好，但一定要是饱学之士，诏书一出，天下尽服。"

裕王："就依阁老所言，人选一事，你自己决断。"

徐阶："谢王爷恩典！"

"咳咳咳……"

内室突然传来一阵沉闷的咳嗽声。裕王霍地站起身来，冲进了内室。

昏睡多日的嘉靖终于醒了，双眼无神，茫然地看着什么。

"父皇……父皇，儿臣在这儿！"裕王上前，急切地呼唤。

嘉靖停止了咳嗽，以手抚摸前胸，缓了缓，说："扶朕起来！"

裕王一手托着嘉靖的后背，一手握住他瘦骨嶙峋的手，把他扶了起来。

徐阶和内阁成员也都跟了进来。

"让他们都出去罢，朕有话说。"嘉靖原本灰暗腊黄的脸，此时居然有了一丝红光，这明显是回光返照之像。

"哎……大家都出去罢！"袁亨应了声，冲众人一挥手，大家跟在袁亨的后面鱼贯走出了大殿。

"父皇！"裕王抱着嘉靖，看着往日雄霸天下的父皇如今已是气若游丝，眼泪大颗大颗地掉落了下来。

"儿啊……"听到裕王的声音，嘉靖睁开无神的双眼，转过头想要坐起身，可浑身上下却是使不上力气。

"父皇……"裕王连忙应道，顺手拽了拽被子，给他紧紧地裹了起来。

"父皇老了，时日不多了。"嘉靖不住地喘着气，虚弱地道。

裕王心里一震，父皇潜心修道数十年，求的是长生不老，从来都没想到过自己会死，而今天，他竟然说出自己行将归天的话。

裕王拼命地摇头，抽泣着说："不……，父皇，父皇是神仙之躯，不会有事，不会有事的。"

嘉靖咧嘴笑了笑，用手抹去裕王脸上的眼泪。这一刻，裕王仿佛又回到了小时候。

嘉靖自打登基以来，一只眼看着仙丹，一只眼盯着文武大臣，一直很努力地想要实现长生不老的梦想，永永远远守着大明的江山。但是今天，他坚持不住了，他能够感觉到，自己身体中最后那一丝力气正在慢慢消散。

嘉靖用力地喘了口气，怜爱地说："傻孩子，这世上从来没有人长生不老，朕也不能……"

裕王抽出一只手来，从床头上取过一杯参汤水，凑在嘉靖的嘴边，哽咽道："父皇别胡思乱想了，您这就是偶染了风寒，喝些汤药，休息休息几天也就好了。"

"不要怪父皇总不见你，这都是命……"嘉靖紧紧抓住裕王的手。

裕王闻言"哇"的一声哭了出来。这些年，父皇总是对自己避而不见，虽然外面传是父皇听信了"二龙不相见"的咒语，但他总感觉不到父爱，不知道父皇在想什么，他自己心里的烦闷和委屈又无处诉说。

裕王哭泣着说："我知道，我知道父皇是爱护我的，只有忍着不与儿臣见面，才保住了儿臣的性命。"

嘉靖喉咙里动了一动，眼眶里含着泪花，说："天底下没有不爱自己儿子的父亲，朕不是绝情无义的父亲。"

嘉靖又大口地喘了口气，缓缓地说道："朕这一生，明大礼、除旧弊、恤士民、尊上苍，求的是天下太平、江山永固。如今朕累了，也该歇歇了，这往后啊，大明的江山就要靠你了！"

裕王泪流满面，拼命点头。

嘉靖："朝政复杂，人心险恶，选贤任能是最重要的。"

裕王的泪水不住地滑落着："父皇！什么才是真正的贤臣，请父皇明示！"

嘉靖笑了："哪有什么真正的贤臣，贤与不贤，不在臣子，在于圣心。"

裕王点头，又摇摇头，似懂非懂。

嘉靖："今年二月，海瑞给朕上一道奏疏，指责朕沉迷修道炼丹，任用严党奸佞祸害朝纲，你知道朕为什么没有杀他？"

裕王流泪摇头。

嘉靖："海瑞想效仿比干，但朕不愿做纣王。依照海瑞的标准，清官就是贤，贪臣即是奸，可朕不这么认为。贤佞之分，不在于他本身是什么，而在于他能为朕做什么。在朕这里，忠诚比才干更重要！"

裕王似有所悟。嘉靖的脸色渐渐灰暗了起来，他挣扎着挺直了身子，仿佛千言万语哽在喉舌。

裕王泪如雨下："父皇歇息一下，有什么话咱慢慢说！"

嘉靖盯着裕王看了老半天，满脸的不舍，长叹一声："儿啊，你始终是性子太弱了，像你母亲。有一句话，你给朕记住了，不管是清流还是浊水，你都不能让他们泛滥，一泛滥了，那就要冲垮堤坝，毁我大明万里江山……"

说着话，嘉靖帝的喘息已经越来越重了，身子蜷曲了起来，眼睛眯成一条缝，声音越来越听不清楚："杀伐要果断，莫管他是奸是贤……"

"父皇，孩儿、孩儿记住了！"裕王痛哭失声。

"记着，就好……呃！"嘉靖的身子忽然一颤，瞳孔瞬间张到了老大，仿佛看到了光芒，嘴角咧着一丝笑意，像是彻底放松的那种喜悦，随后身子无力地滑落……

"父皇！父皇！父皇！"裕王疯狂地摇晃着嘉靖的身子，嚎啕大哭。

"圣上……升天了！"袁亨和徐阶他们闻声跑了进来，一时间说不出话来，纷纷跪倒在地，哭喊声一片。

"当当当"的钟响传遍宫城，紧接着只听得钟鼓绵绵不断，悠然九响，声音彻传禁宫内外。

嘉靖四十五年（1566年）十二月十四日亥时，嘉靖驾崩，享年六十岁。

张居正是三更天被叫进宫的，这个雄心勃勃的年轻人只看到了自己以五品翰林学士参与写皇帝遗诏的荣光，没有看到徐阶背后的深厚用意。

当张居正出现在永寿宫的时候，高拱惊得下巴差点掉了下来，徐阶神神秘秘的人选，居然是他视为知已的张居正，可见他们两个的关系有多么深厚，毋庸置疑，张居正就是徐阶阵营的一员。

不管张居正怎么想，高拱从此再不可能接受张居正了。

御书房，徐阶口述遗诏的内容，张居执笔认真地写。写完，两人商量着又改。天光放亮，遗诏终于写完。

裕王看过之后，袁亨取出玉玺盖上印鉴，装进了一个锦匣内。整个京城，到处都是灵幡。

内阁大臣们则是开始张罗着嘉靖的后事，满朝文武，所有在京官员，全部聚集在西苑外面。

内官监搭设灵堂、布置宫闱，混堂司为嘉靖洁身净衣，巾帽局、针工局、内织染局为王侯公卿、各堂各部的官员准备着丧服。

大殿内的正大光明牌匾下，一切都变成了白色，白色的屏风，白色的帐幔，白色的孝服。

把守宫门的御林军将士甲胄外穿了件白衫，就连刀枪上的红缨都换上了白缨，宫禁中处处高悬白纸裱糊的灯笼，整个宫中一片愁云惨雾。

灵堂设在永寿宫外殿，殿内素幔白帏，香烟缭绕，十分庄重肃穆，中间高台供奉着嘉靖的牌位。

礼部早在嘉靖病危时拟定了治丧和新皇御极的各项程序，先大殓，再颁遗诏，然后举行登极大礼，可是其间种种繁琐杂仪可以说是五花八门。

钟声响起，大殓开始了。裕王跪在殿前，连日的悲痛，神情有些恍惚。

也不知哪位大臣起了个头，嗷的一嗓子哭出声来，裕王跟着放声大哭。刹那间，大殿内一片痛哭悲嚎。

跪在裕王身边的高拱一边哭着，一边嘶声道："殿下节哀……"

终于，大殓结束了，礼部官员大声地宣读治丧期间的禁令，亲王各自回家进行斋戒，各部院官员要到本衙门集体住宿斋戒，不许回家。至于散闲官员，则齐集于午门斋戒住宿。斋戒期满以后，在京的军民百姓要在二十七天中摘冠缨、服素缟，一个月内不准嫁娶，四十九天内不准屠宰，一百天内不准作乐。治丧期间，各部文件票拟一律用蓝笔，京城的各寺、观需鸣钟三万次。

大殓结束的第二天，要举行颁遗诏和新皇登极仪式。

各部主官凄凄惶惶地来到了奉天殿，便连许多甚少踏入宫门的公侯勋卿此时也都露面了。两行太监簇拥着一乘肩舆走来，有人高喊："裕王驾到！"

徐阶和大臣齐刷刷地跪在了地上，山呼："恭请殿下！"

裕王在一左一右的太监搀扶下来到大殿之上，面无表情："宣布遗诏吧！"随即面南背北地跪在了当中。

袁亨趋步上前，双手举着遗诏，大声宣读："奉天承运皇帝，制曰：朕以宗人入继大统，获奉宗庙四十五年。深惟享国久长，累朝未有。乃兹弗起，夫复何恨！但念朕远奉列圣之家法，近承皇考之身教，一念惓惓，本惟敬天助民是务，只缘多病，过求长生，遂致奸人乘机诳惑，祷是日举，土木岁兴，郊庙之祀不亲，明讲之仪久废，既违成宪，亦负初心。迩者天启朕衷，方图改彻，而据婴屃疾，补过无由，每思惟增愧恨……"

遗诏中，嘉靖反省自己生前的错误，鼓励天下苍生拥戴新帝，尽忠国事。诏书宣读完毕，裕王与众臣起身。

高拱有点急不可待地道："国不可一日无主，还望王爷早日继承大统。"

裕王微微皱眉："本王现在没那个心思。"

谁知高拱扑通跪倒："这是祖制，臣等恳请王爷，继任大统。"

徐阶一看，也毫不犹豫地跪了下来，文武百官也跟着跪了下来，齐呼："恳请王爷继承大统！"

见到众人如此执着，裕王有些为难，这时张居正在裕王耳边悄声道："王爷，历任圣上都是如此，王爷还是不要推辞了。"

裕王一听，知道这可不是自己要不要的事情，终于点了点头。

鸿胪寺赞礼官出班唱仪，徐阶、高拱将裕王扶上黄绸龙椅，百官鹭行鹤步趋前跪拜新君，山呼海啸般的"吾皇万岁、万岁、万万岁"声震屋宇。

新帝即位，接着就要颁布登极诏书，这也是徐阶和张居正二人共同草拟的。这份登极诏书，针对嘉靖时期存在的问题，提出了三十项兴革措施，核心是革除嘉靖朝的弊政，推行隆庆新政。

文武百官跪在地上，竖起耳朵认真地听，生怕漏了一字。这篇近乎罪己诏的遗诏昭告天下后，大家都感觉到，过去的都过去了，新政就要来了。

两广总督

日落时分，俞大猷终于赶到了端州。

谭纶就任两广总督的消息，可把俞大猷给高兴坏了。

两人自福建仙游一别，已是三年多未见了。

总督府前，是一对冲天吼叫的红砂岩石狮。

俞大猷在石狮前翻身下马，对府兵拱手，朗声道："广西总兵俞大猷求见制台！"

府兵认得俞大猷，急忙迎上前，拱手施礼："总兵大人稍等，小的这就进去禀报谭大人！"

不一会儿，里面传出一阵急促的脚步声。

谭纶人未到，声音先到了："俞兄，现在才来看我，你也太不够朋友了！"

俞大猷哈哈大笑："岂敢岂敢，一听到你来两广，我俞大猷立刻就跑过来了，怎么敢怠慢！"

两人一碰面，手拉着手相互打量半天，又是一阵爽朗的笑声。

进得前厅，二人落座。

俞大猷问："谭大人在四川才待了几天，这就调到两广来了？"

谭纶："唉……一言难尽哪。三月才到的成都，十月就调我出任两广总督，前后还不到七个月。"

俞大猷："你这是能者多劳，四川叛乱一平，就到两广来了。近年两广也是十分不平静，先是山寇吴平蠢蠢欲动，后又广西壮民起事，再加上海寇曾一本、赖清规作乱，我当这个总兵，也是疲于奔命啊！"

谭纶："两广首府历来在梧州，总督府怎么就搬到端州来了？"

俞大猷："这也是形势所迫，两广瑶民不断生事，两年前，前任总督吴桂芳以军令、战报和征调军队较困难为由，将总督府迁往端州，而我的总兵府还留在梧州，两相兼顾，互为犄角。"

谭纶："你在端州暂住几天，待我把这边的事梳理一下，过几日与你同去梧州巡视！"

俞大猷呵呵一笑："俞某正有此意，咱们兄弟多年未见，也该好好聚一聚了！"

谭纶："可惜戚继光不在，不然咱们三兄弟就齐了。"

俞大猷："戚继光在漳州，去剿灭山贼吴平了。"

谭纶感叹了不已，不由得想起了《木兰诗》中的句子，脱口念了出来："万里赴戎机，关山度若飞。朔气传金柝，寒光照铁衣。将军百战死，壮士十年归。"

俞大猷也是感慨万分："将军百战死，壮士十年归。这仗我们都打了好几十年了，也不知道何时是个头……"

谭纶："快了，裕王登基，推行了许多新政。去年十月，我本来接到两广任职的圣旨，本来想立即动身前来。但路上接到先帝驾崩的消息，张居正让我去了趟京城商量开海通市的事情。这烽火连天的日子，应该很快就要结束了！"

俞大猷："但愿如此吧！"接着又不相信似的问了一句："朝廷要开海通市了？"

谭纶点头："嗯！时下开海的呼声已是朝堂的主流，有张大人他们的推动，开海有望矣！"

俞大猷一拍大腿："好啊！终于盼到这一天了！"

谭纶呵呵一笑："先去吃饭，咱们兄弟好些年未见，今天好好喝上几杯，不醉不归哦！"

俞大猷抚掌大笑："好好！好久未与你煮酒论英雄了，咱们今天不醉不归！"

赣粤交界处，群峰耸立，丹崖绝壑，鸟道羊肠，数十里内看不到人烟。大庾山深处，一条山道直通山腰，山腰上是一处山寨。

此时的山寨里，正锣鼓喧天，酒肉飘香。

演武场上摆上了香案，香案正中是关公塑像，塑像前三牲齐备，香烟袅袅。香案前，跪着四人，居中的是龙南下历的贼首赖清规。此人生得人高马大，满脸的横肉，让人心生畏惧。

赖清规的左手边，跪着一个消瘦单薄的中年人，这是赣南高沙堡大当家谢允樟。

赖清规的右手边上是位满脸络腮胡子的中年汉子，眼睛里露着凶光，他是粤北和平县岑冈的二当家江月照。

谢允樟的左手边，跪着一名的壮硕的青年男子，裸露的手背上有道很深的疤痕，此人是粤北和平县岑冈原大当家李文彪之子李珍。俞大猷围剿岭冈，斩杀李文彪，李珍继位大当家。

朝廷大兵压境，三股叛军欲联手抗衡。

"吉时已到！"司仪扯着嗓子喊了一声。

四人依次上前，焚香祭拜天地，烧了纸钱，复又跪下。

赖清规取出锋利的匕首，在掌心划过，鲜血滴在了一只盛满酒的大碗中。其他人依照他的样子，接过刀和碗，将血滴在了酒碗当中。

赖清规大声说道："我赖清规，从即日起，自愿与谢允樟、江月耀、李珍结为异姓兄弟，不能同年同月同日生，但愿同年同月同日死！"

每个人也大声念了一遍誓词。誓词毕，赖清规带头喝了一口血，每个人也跟着喝了一口血酒。

四人对着关公塑像，恭恭敬敬又拜了三拜。

结拜完，四人回到聚义厅，一边喝酒一边议事。

赖清规举杯，满心欢喜："诸位兄弟，今天是个大喜的日子，咱们四人结为异姓兄弟，以后杀官府、破城池，可就仰仗各位兄弟齐心协力！"

谢允樟笑吟吟地说道："兄弟齐心，其利断金。咱们一路杀到北京城去，把皇帝老儿的龙椅让给大哥坐去！"

赖清规大笑："真若有那么一天，诸位兄弟可都是开国的功臣，封王封爵，泼天的富贵！"

江月照："啥也不说了，兄弟们，干杯！"

众人斗志昂扬，仰头干杯。

大家坐下，便听得谢允樟叹了口气，道："上个月，南赣巡抚吴百朋带兵把我高沙堡翻了个底朝天，现在各寨的库粮都见底了，这日子不好过呀！"

"是啊，日子真不好过呀。"江月照点点头道，"俞大猷在广东那边频繁围剿，各山寨相继被攻破……"

赖清规："诸位兄弟，日子不好过就更要抱团取暖，当务之急，还是要弄到一些粮草物资，坐吃山空可不行。"

李珍："明天我就带人下山，抢几个大户再说！"

谢允樟抿着酒，道："听说谭纶到两广来了，咱们可得小心点。"

"谭纶来了又怎样，硬碰硬咱们或许不行，在这莽莽大山里打游击，我保管叫他有来无回！"李珍满不在乎地说道。

"先派小的们下山搜寻，"赖清规拍板道，"一有机会就下手！"

四人又喝了一会酒，落日西沉方才散了。

一支大明官军，悄无声息地出现在密林深处。

谭纶居高临下注视着远处的山寨，他的身后，站着俞大猷、梁进，还有南赣巡抚吴百朋。

谭纶："都打听清楚了？"

俞大猷："都安排好了！大庾山的各个交通要道封得死死的，大人一声令下，我们就发动总攻！"

谭纶："山贼总巢地势险要，强攻伤亡太大，且一旦打草惊蛇，贼寇遁入山林就不好打了。"

吴百朋："那怎么办，粤北、南赣的三股山贼全都在那，代价再大我们也要把他们的总巢给端了！"

谭纶思忖了片刻，吐了两个字："智取！"

吴百朋和俞大猷几乎异口同声："智取？"

谭纶："对，智取！"

他对吴百朋说道："你让龙南县衙派人前去招抚，就说明日有批辎重粮草要经过大庾山，叫他们不要去动这些朝廷物资。赖贼久困山里，物资十分匮乏，肯定不会听从官府所言，必派人下山抢劫。到时候我们兵分两路，一路在山道上设伏，一路趁寨内兵力空虚发起攻击。"

吴百朋点头："此计甚好，下官这就去安排！"

不出谭纶所料，赖清规对官府的招抚毫不心动，但对这批辎重粮草产生了浓厚的兴趣。嘴上假意应承，暗地里却调兵遣将，准备半道上劫持。

第二天一早，江月照和李珍点了两千兵马，半天时间便到达运粮车必经的山谷，等待官军落入圈套。

李珍躺在大树底下，翘着二郎腿，眼睛微闭，嘴里咬着一根草梗。江月照腰挎长刀，不安地走来走去。

也不知过了多久，李珍突然说了一句："来了！"

江月照瞪大眼睛道："你咋知道？"

"我在对面山上设了消息树。"李珍得意地笑道，"山顶上的人看见车队过来，就把树放倒了。"

江月照命令身边的一头目："传令下去，做好伏击准备！"。

不一会儿，才见远处烟尘忽起，然后几骑穿着红色棉甲的官兵，从道口策马过来，一边百无聊赖地四下张望，一边肆无忌惮地高声说笑。看起来并未察觉到数十丈之外的伏兵。

江月照、李珍不由暗暗自得，只等官兵过来。

随着吱扭吱扭的车轮声，辎重车队在数百名官兵护卫下从山道上迤逦而来。李珍数了数，足有上百车之多，不由得心花怒放。

李珍高喊一声："杀！"

随即第一个冲了出去，其余山贼也跟着冲杀下去，攻击就这样开始了。

山贼们径直地冲向了辎重车队，官兵和推车的民夫受到惊吓，撂下车队就跑，不一会儿便跑得无影无踪。

江月照下得山来，用刀一捅车上的麻袋，白花花的大米瞬间涌了出来。

李珍和江月照相视一笑，招呼手下喽啰赶紧推车回寨。

刚走半个时辰，来到一个幽深的山谷，只听得三声炮响，山谷四周全是黑压压的官军。

"不好！"李珍吓得一激灵，心中涌起不祥的预感。他定睛一瞧，官军已将山谷围得严严实实，当下惊叫一声，"不好，中计了！"

官军五人一组，狼筅居中，左右各一长枪及短刀手和长牌，一伍平列。这是谭纶反复教习的三才阵，适合狭窄地域作战。

山贼们一看被包了饺子，别无选择，高举着兵刃，嗷嗷叫着冲向明军。

三才阵，曾经让无数倭寇闻风丧胆，山贼们的战斗力，比倭寇还不如，结果可想而知……李珍、江月照等人挥舞着兵器，却发现自己既攻不成，又守不住，不一会儿，地上已经躺倒一片了。

就在李珍、江月照陷入重重包围之际，攻打赖清规总巢的战斗也打响了。俞大猷带兵从正面强攻，谭纶带兵绕过山寨抄了山贼的后路。

大明官军训练有素，十二人一伍，狼筅、火铳、长枪一应俱全，这是大名鼎鼎的鸳鸯阵。

山谷里喊杀声震天，两相夹击下，满山遍野的官军奋勇向前。

就在这个时候，埋伏在山寨上方的大明官军居高临下地往山寨里射出一支支火箭，山贼栖身的茅草房很快燃起了熊熊大火。

"完了……彻底完了……"谢允樟腿一软，跪在地上。

赖清规一咬牙一跺脚，大吼一声："跟他们拼了！"

赖清规率先冲了出去，与杀上山来的官军战在了一起。只见他挥舞着大刀，凭着矫健的步伐和势大力沉的刀法，很快砍翻了几个明军，第一列鸳鸯阵被他打散了。

然而，第二列战阵又把他团团围住。

赖清规单手持刀往外一划，刀光形成一个白晃晃的圆圈，贴上近前的几名官兵瞬间倒下。

然而，就在电光石火的那一刹那，战阵里两名火铳手几乎是同一时刻抠动了扳机。

巨大的铳声响过之后，赖清规的身子一震，身上满是一个个的窟窿，鲜血从窟窿里汩汩流出。

短刀手迅速蹿上前，手起刀落，取了赖清规的首级。

跟在后面的山贼一看，登时慌乱起来，有人跪地投降，有人死命往两边山上跑，只恨爹妈少生了两条腿。

追击一直持续到黄昏日落，各路人马汇集到已烧成了废墟的山寨前。

"谭"字帅旗下，俞大猷沉声向谭纶禀报："山贼总巢悉数捣毁，匪首赖清规毙命，谢允樟投降，李珍、江月照趁乱逃脱！"

谭纶："让南赣、粤北各州县官府贴出告示，凡投诚官府者，非重罪既往不咎，编入保甲户籍。同时，重金悬赏寻找李珍、江月照踪迹，这二人主动投诚，可从轻发落；负隅顽抗，定斩不饶！"

端州旧街，游人如织。

城里的居民，占据街道两边，家家户户都开着门，全是店铺，店里店外清一色粗笨的木桌木凳，配以原始风味的墙饰。

青石板的街道，裹蒸、年糕、莲藕糖、木鞋、茶叶、银器……各种物产应有尽有。

谭纶一手牵着大儿子河图，夫人朱氏牵着二儿子洛书，在几名小厮的陪同下，一家人喜笑颜开的踱步端州街头。

眼前是嘈杂熙攘的市井，耳边是南音、木鱼、咸水歌夹杂的民间曲调。距米仓巷不远处有一古戏台，古戏台上演着大戏。

谭纶停下脚步，摇头晃脑地哼哼了起来。

朱氏侧耳听了听，忽然问了一句："相公，这粤剧怎么听上去像是咱们的宜黄戏？"

谭纶得意地一笑："呵呵呵，他们唱的是粤剧，腔调是二黄！"

一小厮忍不住插话："咱们来端州以后，这本地的戏班子天天找我们的戏班切磋，这不，粤剧给他们唱成了宜黄戏了……"

正闲逛着，总督府的一名衙役找了过来。

"大人，可把您找着了！"衙役嚷嚷着。

谭纶转身，有些惊讶："什么事？"

衙役禀报："有个人自称是您宜黄同乡，给您送信来了！"

谭纶"哦"了一声，道："走，看看去！"

河图拽着谭纶的手："爹爹别走，我要爹爹陪我玩！"

洛书亦是撒娇，拉着谭纶的手："爹爹别走，爹爹别走！"

朱氏一脸的不悦："一家人好不容易出来一趟，你却又要忙东忙西。"

谭纶赔着笑脸："你带娃儿先玩着，我先去看看怎么回事，回头再来找你们！"

朱氏知道他有公事，十头牛都拉不回来，拉着河图洛书的手，哄着去买莲藕糖吃。

谭纶跟着衙役急匆匆地往回走，自任两广总督之后，许多官员千方百计与谭纶攀扯关系。

前几日，有个官员欲送礼给谭纶。等了好久，也不见有机会献上。于是，他置办了一桌酒席，托端州知府给谭纶进言。席间，端州知府乘敬酒之机，对谭纶说："公功在海疆，荣膺天禄，固其宜也。但此得志之时，亦可为子孙计乎？"

谭纶听后很不高兴，酒也不喝话也不说，立即起身退出酒席。

谭纶最担心的是，良法尽坏于不良之官。

总督府外，一名五旬左右的男子风尘仆仆，焦急地等着谭纶的到来。谭纶上前，疑惑地问道："您是……"

老人一看谭纶的模样，脸上露出了惊喜，用一口的宜黄话说道："是谭大人吧，草民叫罗保，棠阴人，受你家表弟黄仰虚之托，给您送信来了！"

谭纶深施一礼，用家乡话回道："老人家受累了，快快里面请！"

来到前厅坐定，谭纶差人沏茶上点心。

谭纶跟罗保一边聊着家常，一边拆开信件。

写信人是他的表弟黄仰虚，打小情同手足。在外任职，因嫌官小和环境艰苦而情绪低落，尤其是他家遭不幸，一月之间连丧妻女，心情特别不好，写信给谭纶要他帮忙升迁。

看着看着，谭纶的心情沉重了起来，他非常珍惜彼此之间儿时建立的感情，更同情表弟的不幸遭遇，但在表弟要他帮忙升迁一事上，感到十分为难。

想了想，谭纶说道："老人家，你在端州住几天，我写好了回信，就让你带回去！"

罗保连连点头："好的，谭大人先忙着，我们自己出去走动走动，回信写好了，我就走。"

正说话间，衙役进来禀报："惠州知府张存义张大人求见！"

谭纶："请他进来！"

罗保拱手："谭大人有公事，我们就不叨扰了！"

谭纶点头："也好！"转头吩咐身边的下人："到城里找处干净的客栈，好吃好喝伺候着！"

下人躬身施礼："遵命！"

谭纶起身，将罗保送了出来。

天井里，迎面撞见匆匆进来的惠州知府张存义。

张存义紧走两步，深施一礼："下官张存义拜见制台！"

谭纶止步，回礼，道："先到前厅喝茶，我送送客人就来！"

张存义这才向谭纶的客人一一拱手示意，突然，他惊喜地说了一句："原来您也在，怠慢，怠慢！"

谭纶很奇怪："你们认识？"

张存义呵呵一笑："认识，当然认识！"

罗保慌忙回礼，有点心虚地说了一句："两位大人谈公事，我们先走了！"

说完，也不管谭纶送不送，自顾自地走了出去。

谭纶有点不解地笑了笑，把张存义让进前厅，问："张大人今日前来，所为何事？"

张存义回过神来，喜形于色："喜事，喜事！下官按照制台指令，张榜贴出告示，各地山贼纷纷缴械投降，编入保甲户籍。贼首李珍、江月照在山里躲不住了，萌生归顺朝廷的念头。此事关系重大，下官不敢擅自作主，特请示该如何处置？"

谭纶亦是满心欢喜："的确是好事。李珍、江月照若是主动投诚，一切从轻发落。"

张存义有点担忧："粤北民风彪悍，突然有了这么多山贼入编，下官担心，县里难以管束！"

谭纶："当年王守仁南赣平叛，有一系列好的做法可以借鉴。比如十家牌法，一家隐匿盗贼，其余九家连坐。如有人口变动，需向官府申报，不然就可认为是黑户。"

张存义醍醐灌顶："大人指点得是，下官懂了！"

谭纶满意地点了点头，突然想起刚才的事，问："张大人何故认识罗保？"

张存义一愣："哪个罗保？"

谭纶："就是方才出去的那位！"

张存义恍然大悟："哦哦！他……不是您舅舅吗？"

谭纶有些奇怪："我的舅舅？"

张存义解释道："他从江西过来，进入我惠州境内，说是制台的舅舅，沿途州县衙门闻风而动，莫不以贵客相待！"

谭纶大惊："有这事？"

张存义见他脸上陡然变色，惴惴不安，一时语塞："这个……"

谭纶见状心里明白了几分，怒从胆边生，大喝一声："来人哪！"

衙役进来。谭纶气呼呼地说道："带几个人去客栈，逮住那个罗保，搜其包裹银钱，审问事实原由。若真是招摇撞骗之徒，定责不饶！"

好一会儿，衙役匆匆回报："大人，问清楚了。罗保一路上冒充总督大人的舅舅，惹得沿途衙门官长酒肉迎送、金银相赠。"

谭纶："拿了多少好处？"

衙役："金二十余两，银有三百多两！"

谭纶大怒："所有银钱全部没收充公。将罗保杖责二十大板，给他路费，押送出境。"

张存义急忙劝道："大人，这样会不会不合情理？"

谭纶斥道："坏我名声风气，有何情理可言。本官不但要惩治这招摇撞骗之徒，那些沿途卖乖讨好的官员，也要一一通提问罪"。

张存义被他斥得面红耳赤，不敢作声。

三天后，端州总督府，七品以上官员齐聚一堂。

谭纶："前不久，有人自称是我舅舅从江西过来，一路上得到不少官员的热情招待，我想看看，都有哪些人？"

有个官员迟疑地站了起来，又有些官员跟着站了起来。

谭纶目光如电扫视了一遍："为官之人，最忌的是贪墨与附势。我谭纶虽不敢擅取，可有人却稀里糊涂地送了，我不知，这是你们的无知，还是我谭纶的悲哀。"

众官员一时不明就里，面面相觑。

谭纶："一年前我在四川，就有人自称是我的启蒙老师，带了两个儿子从我家乡来到成都，一路上招摇撞骗收受了不少官员的钱财。如今这一幕又在端州上演了，我想问诸位，你们是因为无知，上当受骗；还是想成心来坏我名声？"

官员们终于听出了其中的端倪，沉默了半晌，一位官员嗫嗫地说道："下官糊涂，请制台责罚！"

谭纶冷冷的说道："念尔等初犯，姑且训斥一番，如有再犯，休怪本官翻脸无情。今后再有人打着我谭纶旗号徇私索财，直接下狱论处！"

站起来的那几个人直冒冷汗，站立不安。

谭纶站起身来，大声说道："请问在座诸位，谁能总结这些年剿寇平乱，为什么屡战屡败，屡禁不绝？"

座下的官员和将领面露愧色，默默无言。

谭纶屈指说道："我看有三。其一，迫害百姓。官兵粮饷不足，军纪又差，便去抢掠百姓。百姓活不下去，只好落草为寇，这就是匪寇越剿越多的原因。其二，滥杀无辜。官兵打不过匪寇，又想邀功请赏，就去杀俘虏、杀平民，提着首级去报功。这就是匪寇勇猛顽强、至死不降的原因。其三，打仗怕死。当官的和当兵的是两条心，当官的只想肥己，领功靠前，打仗靠后。这就是战士不肯死战的原因。这样的军队，怎么能得民心、打胜仗？"

谭纶继续说："还有一些官员，一心只想靠大树走捷径，不会脚踏实地建功立业，己身不正，如何正民心、正军心？"

督府大堂噤若寒蝉，鸦雀无声。

"这些年，我谭纶从东到南，从南到西，两京十三省走了大半，现在是越来越清楚了，大明的心头之患不在边乱，而是在吏治，在于我们每一个官员！"谭纶铿锵有力的声音在大堂里回荡，"国家之兴，兴于民心；国家之亡，亡于贪官。我的治下，绝不允许结党营私、贪墨横行，凡有违者，严惩不怠！"

奉天殿，文武百官聚齐，匍匐在地叩拜皇帝。

隆庆端坐在龙椅之上，说道："众爱卿平身，你们都是先帝的老臣，如今海疆已经平定，蒙古鞑靼部落日渐消停，可谓是普天同庆、四海升平。百尺竿头，朕还要正士习、纠官邪、安民生、足国用，你们有何良策？"

首辅徐阶出班："陛下，臣有本奏！"

隆庆："阁老请讲！"

徐阶："今隆庆新政一出，收效立竿见影，举国四海，无不欢欣。现有二事还须圣上裁决：一是先帝手上因建言而导致的冤案，可平反矣，其中，海瑞案尤其突出；二是蛊惑先帝修玄问道、妄进药物以致害死先帝者，严加处责。"

徐阶说完，李春芳出班："陛下，想当初海瑞弹劾先帝，本该问斩，是徐阁老等人营救才没有杀他。微臣以为，海瑞是先帝留给陛下的一把利剑，斩积弊、除赃官，少不得似海瑞这般的直臣！"

隆庆叹了一句："海瑞那厮虽然性格刚直，但所谏之言无一不是为先帝好，为我大明好，是该为他平反了……就依徐阁老所奏，着刑部平反建言冤案，逮王金、陶世恩等妖人下狱论罪，斋醮、采办诸劳民事，即行停止！"

徐阶及文武百官跪地叩恩："吾皇圣明！"

这时，高拱出班奏道："启禀陛下，两广总督谭纶再次上疏，乞求宽海禁、通贸易，打开对外的通道，杜绝走私贩卖的根源，臣深以为是，此事可安民生、足国用。"

"我朝自开国以来延续一百五十年的禁海之策，到今天已是弊端重重。我看过谭纶的奏疏，他说：弊源如鼠穴，也须留一个；若都堵塞了，好处俱穿破。"

隆庆说话的时候，台下众臣窃窃私语。

隆庆继续说道："开海通市，兹事体大。今日就在这朝堂之上大家议议，开与不开，拿出个意见来！"

群臣嘤嘤嗡嗡的声音顿时大了起来，以徐阶为首的主禁派认为，祖制不可随意更改。而以高拱为首的主开派则历数禁海这一百多年来的种种弊端，争议了半天，双方势均力敌。

待大家都消停了，隆庆对殿前司礼太监冯保说道："取宝图来！"

冯保躬身退出："是！"

不一会儿，冯保从后宫取来一卷长轴。

隆庆沉声吩咐："打开！"

冯保与另外一名太监一人一边，将卷轴缓缓打开。

展现在众人眼前的，是一幅巨大的海图，卷轴的上方，书写着"万里海疆图"五个字样。

海图上绘着世界各国，国与国之间，标满各种图示和曲曲弯弯的线条。

隆庆扫视一遍目瞪口呆的群臣："诸位可知此图为何人所绘？"

众皆茫然。

隆庆："此图乃大海寇王直所绘，他往来东洋西洋数十载，足迹遍及外洋诸夷，比三宝太监郑和去的地方还多！"

隆庆从龙椅上站了起来，走到海图前，大声说道："这些外洋国家，有着各种各样的珍奇异宝，还有先进的火器，而我大明则有铜钱、瓷器、丝绸、茶叶，以及诸多丰饶的物产，这是他们梦寐以求的奇货。先不说海禁政策是否阻止了外敌的入侵，单说贸易这一项，至少让我们损失了数百万两之巨的财赋收入！"

隆庆指着图上的一个个国家，声音有点激动："海禁阻断了我朝物产与番国的交易，高额的利润却又驱使武装走私屡禁不绝，进而演变成了为害数十年的倭寇之乱，每年朝廷抗倭资费高达数百万两。这一反一顺，大家都可以去算一算！"

高拱接言："陛下，臣认为，开海通市，既可增加朝廷税赋，又可增加百姓收入，更重要的是，海禁一开，海患自然可除。守祖宗规矩，也要分清利与弊，抱陈守旧，迂腐也！"

一直未开口的张居正说话了："故步自封，就必然导致一叶障目。今看海图，多少海外国家羡慕大明天国的丰饶物产，不打开对外交往的通道，又怎么知道他们要什么，我们能得到什么。当前咱们大明朝，最缺的就是钱，能为朝廷赚钱，能为百姓谋福，我认为就应该举双手赞成。"

徐阶等禁海派一看，圣上已经下定了决心，开海已是大势所趋，于是皆默不作声。

而开海派的声音，则越来越大了。

高拱进言："海禁的目的，无非是四个字'祖制、防寇'，诸位想过没有，革除积弊，推行新政，哪样不与祖制相关或冲突？至于防寇，不用我说大家都知道，禁海只会让海寇越来越多，越来越猖獗。所以臣认为，开海通市，势在必行！"

隆庆："高学士言之有理，先朝政令若有不便者，可奏言予以修改。"

见皇帝发话了，大家于是都不作声。

隆庆一看火候已到，说出了自己的想法："海禁与开海，皆有利有弊，何不兼顾之？谭纶建言，在漳州月港设一自由港，让国内的各种贸易聚集到月港交易；同时，在广东澳门开辟自由港，允许海外商人到澳门来上岸交易。其他地方，该禁的还是要禁，这样一来，岂不是两相兼顾了？"

众人一听，恍然大悟。

"徐阁老，你说呢？"隆庆问徐阶。

徐阶跪地，所有的人全跪伏在地，山呼："圣明天纵，无过吾皇！吾皇万岁万岁万万岁！"

海风习习，帆樯林立。

战船上，士兵身着短褂短裤，背负短刀，排列于战船的两侧。

帅船上，汤克宽令旗一挥，大吼一声："跳！"

士兵们如下饺子般鱼跃入水。

战船上，鼓声如雷，催促着水里的士兵奋力向前。

帅船的指挥台上，谭纶与广西总兵俞大猷、福建总兵李锡频频点头，脸上露着欣慰的笑容。

俞大猷诗兴大发，当即吟诗一首《舟师》："倚剑东溟势独雄，扶桑今在指挥中。岛头云雾须臾净，天外旌旗上下冲。队火光摇河汉影，歌声气压虬龙宫。夕阳影里归蓬近，背水阵奇战士功！"

谭纶呵呵大笑："俞兄好文才！两广水域辽阔，必须有这样一支能驰骋海上的水师，构筑起我大明海疆的万里长城！"

俞大猷："大人远见卓识，下官佩服！抗倭这么多年来，熟知海上风色水势，甘心奋身于大海波涛之间的将领，没有一个比得上汤克宽的，应委之以重任。"

谭纶："当初王江泾大捷，汤克宽功不可没，然而受赵文华之陷害，有功未赏却差点与张经一同问斩，此公也是饱经坎坷了！"

说话间，汤克宽前来汇报："报告，水师训练已完成预定科目，请制台示下！"

谭纶："汤将军不必客气，近前说话！"

汤克宽上前，与俞大猷、李锡一一见礼。

谭纶："汤将军，海寇吴平虽灭，但余寇尚未根除，躲在近海岛屿上伺机而动。去年以来，吴平旧部曾一本再次起兵，杀广州知县刘师颜，毙澄海守备李茂才，袭扰沿海，屡败官军，广东水师任重道远！"

汤克宽："下官谨遵教诲，勤加训练，尽早剿灭海寇流寇！"

谭纶："练兵必先练胆，练胆必先教技，教兵之法，练胆为先；练胆之法，习艺为先。艺精则胆壮，胆壮则兵强。水师练兵，水性要放到第一位，今日看了你们的练兵方式，甚是欣慰！"

汤克宽："多谢总督夸奖，下官定会倍加努力，不负大人厚望！"

谭纶："曾一本狡诈而势众，不易对付，我已把广西、福建两处官兵调来一同会剿，望你们三人勠力同心，奋勇杀敌！"

汤克宽、俞大猷、李锡连忙表态。

谭纶满意的点了点头，问俞大猷："韦银豹近期动向如何？"

俞大猷："韦银豹听说谭大人来了，主动从湖南、桂林等处收兵，主力已退回到古田老巢。"

谭纶："也好，这段时间你全力协助汤克宽会剿曾一本，韦银豹那边另做打算。"

俞大猷："请制台放心，古田四周，我已分兵把守，谅韦银豹一时也不敢轻举妄动！"

谭纶："韦银豹与一般的山贼土匪不一样，他们盘踞古田数十年，天时地利人和均占优。大举讨伐，朝廷负担日重不说，还让无辜百姓跟着遭殃。所以对付韦银豹还不可下猛药，设营扼险，以静制动，分化瓦解方为上策。"

俞大猷："制台洞察细微，下官谨遵教诲！"

谭纶面对三位总兵，沉声说道："诸位，彻底平息海寇之乱指日可待了。昨天本官收到廷寄，圣上已恩准开海通市的请求，本月初九，我们一同去月港参加开关典礼！"

三人惊喜道："真的？"

初九这天，转眼就到。

月港地处九龙江入海处，因其港道"外通海潮，内接山涧"，因其状似弯月而得名。

月港东岸，新建起了督饷馆；月港西岸，则密密麻麻新建了六个专供商船停靠的码头。

港湾内，大小船只来来往往幡旗招展；码头上，鼓乐喧嚣，好不热闹。

临近东岸码头，一阵阵礼炮鸣响起来，随后只见港内飞出二十多艘小船，在谭纶的福船两边排列好，福船在两边小船的扈从之下，插着谭字旗号的总督福船缓缓驶入，沿途所过码头、船舶之上的水手、商贾、兵丁都驻足礼拜，夹道护送福船入港。

东岸码头上，福建巡抚涂泽民头戴乌纱帽、身着绯袍官服，率领福建大小官员，整整齐齐地等候着谭纶的到来。

戚继光夹在人群当中，一脸的兴奋。

谭纶、俞大猷等人下得船来，与福建官员一一见礼。

涂泽民一脸谦逊地向谭纶禀报："制台大人，月港开关的消息放出去以后，一个月的时间便收到各地请求贸易的申请数百封，今日开关大典，下官怕有闪失，只准许了四十艘船入港交易。"

谭纶哈哈大笑："这关口一开，日后必是帆船云集，你想堵都堵不住了！"

涂泽民："月港开关，全赖制台大人不断呼吁和推动，今日主持恤商与开关大典，我看非大人莫属了！"

谭纶连忙摆手推辞："月港能够开关，岂是我谭某一人能所为的，有你涂大人的功劳，还有朝堂重臣的推动，更有圣上的大力支持。谭某今日前来，就为见证一个重要的历史时刻。月港是涂大人的治下，这开关大典，必须由涂大人主持才行！"

但不管谭纶如何推辞，涂泽民和福建官员还是坚持要请他来主持。再三推辞不过，谭纶只好答应。

涂泽民示意鼓乐声稍停，大家静一静。

谭纶站在督饷馆前的台阶上，大声说道："诸位，今日我与大家共同见证这一历史时刻，百感交集。自我朝开国以来颁布的海禁令，已有一百五十余年。片板不得下海，商民困苦不堪；朝贡贸易堵塞，岁入日益艰难。海禁愈严，商货价格就愈高；价格愈高，走私贩卖就愈多；走私贩卖查处愈严，那么就只能滋生海盗了。开放海禁，化盗为商；以商富民，以富民求强国，这才是根治海寇的富民强国之道。近年来，前任福建巡抚许孚远、现任巡抚涂泽民等有识之士，以及朝堂的诸多重臣，不断地奔走呼吁，恳请开海通市，畅通贸易。我辈幸甚，天下幸甚，当今圣上天纵圣明，初御大极，便新政频出，也才有了今日开海之盛况。谭纶不才，受邀大典，愿沿海从此无倭寇，愿商货从此得畅通，愿天下苍生离苦得乐，永沐皇恩！"

谭纶讲完，场下掌声雷动。

四下鼓乐声、礼炮声再起，月港成了欢乐的海洋。

史载，隆庆元年（1567年），朝廷在漳州月港设置自由港让国内贸易聚集到此交易；同时，在澳门开辟了自由港允许海外商人上岸交易，史称"隆庆开关"。开海通市给大明王朝带来的影响巨大而深远，明朝对外交往和贸易的通道建立了起来，极大地刺激和带动了国内丝绸业、陶瓷业、茶业等商品的生产和发展，给朝廷和百姓带来了源源不断的财富。隆庆开关到明朝灭亡的七十余年间，全世界约有三分之一的白银涌入中国，大明由此获得了"白银帝国"的称号。

转眼，六年一次的京察到了。

京察制度是明代定期考察南、北两京官员的政治制度，主要考察两京官员的操守、政务、才能、身体状况等方面。

吏部尚书和都御史是负责京察的最主要官员；而吏部考功司、都察院河南道和吏科三衙门的长官，则共同承担京察的初审职责。

京察的施行包括堂审与自陈两个方面。堂审针对的是五品及以下的低级官员，自陈针对的是四品及以上的中高级官员。

二月二十八，堂审日。

按着大明的规制，所有在京应考的官员在京察日都要前往吏部述职。

这一天，吏部尚书杨博将会给予他们不同的评级，这也决定着京城诸多官员的命运。

五更天一过，杨博就早早起床，洗漱完毕吃了早餐，便穿戴整齐，乘坐轿子前往吏部衙门。隆庆皇帝登基以来，上朝的次数频繁了起来，坚持早起已是他的习惯。今日这个如此重要的日子，自然不敢有丝毫的马虎。

一顶官轿，已在门口等候多时。

四名轿夫各踞一角，府丁列队整齐跟在后面。

管家上前掀起轿帘，待杨博弯腰钻了进去，扯开嗓子叫了一句："起轿！"

四名轿夫同时发力，官轿稳稳抬起，向吏部方向走去。

杨博在轿子里面闭目养神，脑子里又浮现出围绕京察发生的一些事情。

内阁中，徐阶和高拱的争斗日趋白热化，借着这次京察，两方都恨不得把对方的党羽置于死地。吏部成了党争角斗的主战场，得罪哪边都不会有好果子吃。高拱与他的私交很好，私底下找过很多次，谁评优、打压谁都拟好了名单。徐阶那边也毫不示弱，不断通过各种关系跟吏部明说暗示。

官场向来如此，不是你算计别人，便是别人在算计你。

杨博明白，京察决定着百官的升迁与去留，党争愈激烈，他这个吏部尚书愈加难当。

所以对这次京察，他隐隐地感到了一丝忐忑。

杨博的轿子走着走着，速度渐渐慢了下来。正阳门往北到天安门之间的千步廊，吏部、户部、礼部、工部等衙署林立，这个点上，正是各衙署官员乘轿上班的高峰时期。

离吏部一里开外，杨博的轿子便停了下来，耳边传来了阵阵喧哗声。他冲轿子外面问了一句："怎么回事？"

"回禀老爷，前面有一帮人拦住了去路！"管家踮起脚尖朝着前面张望了一眼，转身对着轿中的杨博回答道。

杨博吩咐："前去看看？"

管家应了一声："是！"

少顷，管家急匆匆地跑了回来："都是些告状的人！"

杨博眉头微微蹙起，吏部历来是告状的集中地，各地百姓对官员有不满，上京后第一件事便是到吏部来提交状书。

尤其是京察的节骨眼上，各式的告状信件更是满天飞。

正是这时，有人大声地说着什么，情绪激动地向杨博的轿子挤了过来。

有人认出了杨博的官轿，于是纷纷给管家递上了状书。

管家大声喝斥："急什么，一个一个来！"

很快，管家的手上就收到了厚厚一大叠的状书。

收完状书，管家来到杨博的轿前，恭恭敬敬地呈给了杨博。

杨博只粗略地扫了一眼，有告张三的，有告李四的，俱言辞激烈，证据确凿者有之，捕风捉影诬告者亦有之。

经验告诉他，每次的京察，都是如此。

他自然不可能做出偏听偏信之举，只是这次人数之多，还是出乎了他的意料，定然是有人在背后推动这一切。

杨博冲管家打了个手势，管家会意，冲人群大吼一声："都给我让开！"

跟在后面的府丁于是冲上前去，强行把人群往两边拨开，给官轿空出一条路来。

轿夫抬着轿子加快了速度，径直地到了吏部衙门的大院当中。此时的吏部衙门的门口，挤满了等候堂审的官员。

杨博轿子经过的时候，官员们争先恐后地向杨博施礼："见过天官大人！"

杨博以手挑起轿帘的一角，把脸露了出来，脸上始终含着微微的笑意，频频向众人点头示意。

下了轿，杨博在吏部官员的簇拥下来到签押房。

不一会儿，左都御史王廷，吏部及都察院的其他参与堂审的官员陆续地来了，他们一边喝着茶，一边轻松地聊着天，等着堂审的开始。

吏部上下一片忙碌，衙役们脚尖点地，跑进跑出。

终于，大堂那边响起了一阵清脆的磬声，杨博冲王廷点点头，道："诸位，咱们开始吧！"

杨博领着众官员一起焚香拜祭了孔圣人，接着又在孔圣人像前立了誓言，随后返回吏部大堂，堂审正式开始了。

按规定，堂审要一个一个轮流进行，其他人则在堂前大院里等候叫名。

吏部衙门的四进院落，庄严而肃静。

阳春的太阳暖暖的，渐渐升了起来，照在垂手拱立的官员们的身上，一阵风拂过，几片落叶打了几个旋，晃晃悠悠地从官员们的头顶上飘过。

一个月后，京察的结果出来了。

隆庆皇帝端坐在龙椅之上，一众大臣先后奏报各自的工作。轮到杨博汇报的时候，大臣们全都安静了下来。

杨博简要地汇报了京察的过程，接着又念起了一大串长长的名单。名单分为三类。一类是表现优秀建议晋升和重用的；一类是表现平平继续留用的；还有一类是表现较差，贬官或是革职的。

杨博汇报完毕，大臣们窃窃私语。

等了一会儿，有个人跳了出来。

"敢问杨大人，不合格者何故都是南方籍官员，河南山西缘何个个优秀？"杨博一看，心里有些说不出来的滋味。质问者不是别人，而是他吏部的给事中胡应嘉。

对于这位属下，杨博心里再清楚不过，身为吏部言官，却是徐阶的马前卒和急先锋，胡宗宪就是在他的屡次弹劾之下入狱的。

不等杨博说话，胡应嘉继续说道："偌大的晋豫两省，竟没有一个不合格的官员，明显有失公允，是不是有人徇私舞弊、包庇乡里、打击异己？"

胡应嘉的话，一石两鸟。杨博是山西人，高拱是河南人，杨博和高拱的私交非常好，胡应嘉的矛头直指二人。

这次京察结果，其实大家也感到异常，凡是被判定不合格的官员都是南方人，没有一个被废黜的官员是山西人和河南人。这些被废黜的官员，都和徐阶有密切的关系。

徐阶不是傻子也注意到了，但他什么都没说。

几天前，他便拿到了京察的结果，这一结果，让徐阶党人群情激愤，就等着在朝堂上发难。

面对胡应嘉的指责，杨博冷冷地说了一句："今天提出质疑，我不知道你胡应嘉出于何种居心，京察的整个过程你都参与了，拟定优劣人员名单，你也是签字同意了的，朝堂之上出尔反尔，以下犯上，我看你这个给事中还是别当了！"

胡应嘉一愣，杨博所说的确是事实，吏部京察完毕以后，要和本部官员们商量，一致同意了后才能颁布结果。作为吏科给事中胡应嘉之前也没有深想，草草签字了事。

胡应嘉硬着头皮，强辩道："当初草案出来以后，下官并未对官员籍贯履历详加研判，所以签字同意，并未深想这其中的奥秘！"

杨博驳斥道："身为吏部官员，一派胡言乱语！京察乃吏部、都察院两部官员通力合作，经数月努力，严格按照祖制规矩得出的结果，岂容你想当然地影射污蔑？"

胡应嘉一时语塞，徐阶党人正欲反击，这时高拱开炮了："此次京察，胡应嘉是全程参与了的，并且完全同意。今日不但推翻了自己的意见，而且妄加猜测、无端污蔑，足见品行之低劣！"

高拱对胡应嘉的仇恨，已不是一天两天了。先帝嘉靖还未驾崩之前，胡应嘉就上疏弹劾高拱，说他入阁之初，就嫌弃直房狭小，把自己家搬到皇宫附近，每逢值班的晚上就偷偷溜回去，完全没有安心工作的意思。

在嘉靖皇帝病危之际，高拱私自往外搬运他在值房里的家什，这样的举动真不知用心何在。所幸，那时候嘉靖皇帝病得昏迷不醒，无所感知，所以高拱才有惊无险地过了那次的弹劾。有了反击的机会，高拱岂能错过。

还没等徐阶党反应过来，高拱向隆庆奏报："启禀陛下，胡应嘉居心叵测，诋毁京察结果，诽谤朝廷重臣，微臣恳请将其逐出朝堂，削职为民！"

隆庆一看眼前这状况，就知道其中的端倪，道："胡应嘉无凭无据，单就晋豫两省没有不合格官员，便妄加猜测，理应责罚。至于怎么责罚，你们内阁提出意见！"

徐阶奏报："胡应嘉也是为京察结果能够更加公平公正，虽事前未详加研究，后有疑点提出质疑也属正常，恳请陛下恕罪！"

次辅李春芳发言："微臣同意大家的意见！"这话等于没说。

郭朴："臣认为，胡应嘉有错，同意高大人的意见！"

轮到陈以勤，他深知两边都不好得罪，恰好过敏咳嗽，他使劲地咳了起来，摇头摆手，意思自己无法开口说话。关键时刻，他总有办法掉链子。

最后入阁的张居正不能回避，奏道："臣认为，胡应嘉出尔反尔，理应受到处罚，但是革职好像有点重……"

高拱听后暴跳如雷："这还重么？如果不是当今圣上仁慈，胡应嘉有一百个脑袋也搬家了！"

隆庆不语，眼睛看着徐阶，徐阶知道，圣上的心思明显已偏向了高拱那边，自己再若坚持，恐怕自取其辱。

徐阶无奈，只得说道："微臣以陛下的意见为准！"

隆庆沉默了片刻，道："拟旨，将胡应嘉逐出朝堂，革官罢职！"

胡应嘉面如死灰，在廷前校尉的押送下，黯然走了出去。

高拱如此轻易地就干掉了徐阶的马前卒，不禁有点飘飘然！然而，他始料未及的风暴还在后面！

胡应嘉被革职的消息传出来之后，言路沸腾了。

徐阶党人如同爆发的火山，无不恨极高拱，必欲除之而后快。

舆论风暴足足持续了三月之久，这是隆庆、徐阶、高拱都始料未及的。

内阁中，高拱看完雪片一样的弹劾奏疏，两眼无神，像是瞬间老了许多岁，喃喃自语："想不到徐党如此势大，他们这是要置我于死地啊！"

正这时，宫人过来，轻声禀报："高大人，开饭了！"

当值的内阁成员每到饭点，就聚在一起吃饭，一般都等人员到齐，方能开饭。

待高拱来到膳房，满满的酒菜已摆好，一桌子的人正说说笑笑。看到徐阶开怀大笑的老脸，高拱心里腾地升起了一团怒火。

高拱黑着个脸，一声不响地坐到徐阶的对面。

众人也是觉察到了异样，纷纷收起笑容端碗自顾自地吃饭。

高拱端起碗来，复又重重地放下，突然发难："近来，下官常常夜不能寐，按剑而起，想起某些人的所为，心气实在难平！"

众人面面相觑，郭朴愣了片刻，夹菜的手又缩了回去。

徐阶头也没抬，舀了一勺汤，旁若无人地喝了起来。

高拱冷冷地看了徐阶一眼，道："有些事高某一直不解，先帝在位时，徐公写了无数青词，向先帝邀宠献媚；先帝甫一晏驾，徐公立刻转变态度，拟定遗诏以诋毁其斋醮之事。变脸如此之快，高某不得不服啊！现在，徐公又广结言路，肆意地污蔑和攻击高某，不知意欲何为呀！"

徐阶放下碗筷，徐徐作答："高学士这样讲话，可是大误。你说我广结言路，可是言路人多口杂，岂是那么容易操纵的，又怎能唆使他们攻击你？果真那样容易，我能结好言路，难道你就不能了？由此可见，人心向背啊！"

高拱一愣，一时竟不知如何对答。

"至于遗诏的事，徐某并非背叛先帝，实是为了先帝的身后声名考虑，以先帝名义示恩天下，本是出于好意。高公指责我为先帝写青词以媚之，这确实是我的过错。但是，你难道忘了，当年你在礼部的时候，先帝曾拿着一件密函问我：'高拱上疏，希望为斋醮事宜效劳，要不要批准他？'这封密函，至今还在我手里，要不要拿给诸公拜读一下？"徐阶不愧老谋深算，他的语气虽然平淡，却举重若轻。

高拱本想当众羞辱徐阶，却不想反过来被当众揭短，面上登时挂不住，脸上红一阵白一阵。

"你你你……"高拱气急败坏，饭也不吃，起身拂袖而去。这么一闹，也没人再有心情吃饭了，一顿饭不欢而散。

第二天，徐阶称病不视事，并向皇帝上疏请求致仕返乡。高拱也向皇帝递交了辞呈，隆庆仍是各自劝慰一番，均不予批准。

第　四　十　二　章

而言路愈发汹涌，争斗日趋白热化了。

齐康等人上疏弹劾首辅徐阶为人阴险贪婪，他的子弟家丁在外为非作歹、祸害一方，都是仗着他在朝中大权在握。

这对于徐阶党人来说，无异是热油里添了一捧开水，顿时沸腾了起来。徐阶顺势称病不出，不肯视事。而内阁无主，阁员无心理事，外朝一团混乱，朝政濒于瘫痪。

六科给事中和十三道御史再次炸开了锅，聚集阙下，纷纷唾骂齐康受高拱指使、陷害徐阶。一时间，举朝上下对高拱骂声一片。九卿大臣，南北科道，无不以攻击高拱为快事，弹劾高拱的奏疏如同雪片，一封接一封地飞到了隆庆的案头。

终于，隆庆作出妥协，齐康被降级外放。

此时的高拱，众叛亲离，声名毁尽。

他知道再这样纠缠下去根本于事无补，只会牵连更多，甚至连祖护自己的皇帝也会跟着声名受损。

高拱于是再次上疏，对于被指控的种种罪状不再做任何辩解，只称自己病重，请求辞去。

隆庆见疏后惊问左右："高学士病了吗？"

左右人回答："病得很重。"

隆庆听了很难过，说："请御医为先生诊治吧。"

高拱不肯接受，坚持求去，前前后后所上的辞呈有十二道。

隆庆终于意识到不可挽留，含泪批准他的辞呈，帝师高拱黯然离京。

然而，高拱走了，徐阶的日子并不好过。

在与高拱朝堂大战的这数月里，徐阶也不断地被人揭开了老底，跟徐阶有仇的言官们抓住了机会进行弹劾，其中张齐的弹劾奏章尤其尖锐，刀刀见血、招招致命。

最让徐阶难堪的是，隆庆把逼走恩师的怨恨，统统算到了自己的头上。

"昨儿个司礼监递上来几份奏疏。"隆庆眼睛看着徐阶，缓缓地说道，"来人，将那些奏疏给徐阁老自行翻阅。"

奏疏上弹劾徐阶在老家松江府有良田数十万亩，徐家子弟恃强凌弱、作恶多端。

看完奏疏，徐阶颤抖着跪在隆庆面前："陛下，这定是小人的蓄意污蔑，陛下要为老臣做主啊！"

"阁老不必如此，快快请起。"隆庆淡淡地说道，"若是有人诬告，待朕查清了必要治那人的欺君之罪；可是这么多折子联名上奏，影响颇大，此事朕也很是为难啊！"

"陛下，老臣在朝为官数十载，树敌无数。"徐阶现在也豁出去了，毕竟这事和他有大关系，"此事必是奸佞所为。"

"朕相信你的话，清者自清，浊者自浊！"隆庆依旧不紧不慢地说道。

徐阶一时捉摸不透他的想法，正想着怎么辩解。隆庆却说了一句让他目瞪口呆的话："此事就交由礼科给事中张齐协同大理寺一同查证，还阁老一个清白。退朝！"

众人恭送走隆庆，渐渐退去。

徐阶站在那里，心都要凉透了。张齐是什么人，张齐和徐阶素有恩怨，简直恨徐阶入骨。当年徐阶任职礼部尚书期间，张齐在其手下不受待见，一直记恨于心。这次若是让张齐协同大理寺查案，还不把徐阶往死里整！

张居正看着恩师的背影，第一次发现他真的老了。

"阁老……"张居正走上前去安慰他，却又不知道如何开口。徐阶蹒跚着独自离去，一直到告老还乡，也没有再回头。

天刚放亮，应天巡抚衙门前人潮汹涌，人声鼎沸。

每天告状的人都把衙门围了个里三层外三层，有人将"冤枉"二字挂在胸前，衣衫褴褛的坐在墙角边；有人手拿状纸，拼命地往前挤；有人将状纸递上去之后，跪在地上泪流满面……

衙役早习惯了这种场面，大声吆喝："一个一个来，都有份，都有份啊！"

隆庆三年（1569年），出狱不久的海瑞在徐阶的荐举下，外放应天巡抚。应天包括苏州、常州、镇江、松江、无锡以及徽宁一带，那是一块富得流油的地方，光是赋税就占了全国的一半。

然而海瑞可不这么认为，他一来，就宣布百姓打官司全免费，这使得巡抚衙门天天被挤得像菜市场一样。

不断有人被叫到名字，到里面去对簿公堂，有人被打得鲜血淋淋哀嚎不止的出来，有人直接就被关了进去；而胜诉了的一方，则个个喜笑颜开。

掌灯时分，人潮终于散去。

师爷黄应儒神色匆忙地跑进内堂，堂前一衙役问："这么晚了，师爷不回家吃饭？"

黄应儒停住脚步，抹着头上的汗水，唉了口气，道："原本是不想麻烦老爷，可现在有一份很紧要的状纸，咱得罪不起啊，得请老爷赶紧定夺。"

衙役："老爷在后面吃饭，您还是先等一等吧。"

黄应儒："不妨事，我跟他边吃边聊。"

衙役领着黄应儒往后堂走，边走边说："你说邪门不，海老爷一来，这来喊冤告状的人不知道从哪冒出来的。这不，今天又收到了三百多份状纸，老爷忙得午饭都没吃，现在是午饭晚饭一块吃了。"

黄应儒："哪来的？还不都是下面各州县来的。很多县衙的官吏知道海青天来了应天府，吓得都卷铺盖走人了，事也没人做，案也没人审。"

衙役："呵呵，我可听说有人老爷称为'海阎王'，可我们这些下人看来，他一点也不凶。"

黄应儒："不做亏心事、不怕鬼敲门，贪墨小吏、恶霸衙役，哪个不怕'海阎王'找他们算账。我们这些人就不同了，你没看见，老爷从不吓唬老百姓，对我们这些下人也十分和蔼，他跟那些贪官污吏天生有仇。"

衙役感叹了一句："要是大明的官员都像咱老爷那样，这天下就太平了！"

二人说话之间，到了海瑞的内书房，只见海瑞坐在一书案前，一手端着半碗米粥，一手拿着一张状纸正在研究。

"老爷，黄师爷来了。"衙役轻声说道。

海瑞抬起头，放下粥碗，笑道："黄师爷，来来，坐，我正准备找你呢。"

"老朽拜见海老爷，这又有一份状纸送到了衙门，老朽怕耽误事，赶紧给您送来了。"黄师爷说着，将一份状纸递到海瑞的手里，立在了一旁。

海瑞对衙役说："你下去吧。"

衙役转身离开，海瑞从身旁拉一把凳子给黄师爷，说："坐吧，正好有些事情想问问先生。"

黄应儒谢过海瑞，拘谨地坐了下来。

海瑞："这些日子以来，松江侵田的案子就多达数千份，指向都是徐家，这中间会不会有什么蹊跷？"

黄应儒："老朽略知一二，徐阁老是我们松江华亭人，其家族深受皇恩，家大业大不足为怪。至于为什么有那么多田，缘由很复杂，有人为攀上高枝，排着队给徐家送田送物；也有人的田产是被徐家巧取豪夺侵占的。"

海瑞："从状纸和告状人的反映看来，徐家子弟倚仗权势鱼肉乡里，做下了不少伤天害理的事情？"

黄应儒："这个应该不假，徐阁老在位时，老百姓敢怒不敢言，有人受了冤屈，即便是告官了，衙门也不敢受理！现在您来了，徐阁老又退位了，告状的人自然就多了起来！"

海瑞的脸色，渐渐凝重了起来。

他将黄应儒刚刚送来的状纸凑在油灯下仔细看了起来，突然，海瑞暴怒，将状纸往桌上重重一拍，道："简直天理难容！"

随后又问了句："告状人现在哪？"

黄应儒："还在衙门口跪着呢！"

　　海瑞："把她带进来！"

　　黄应儒："是！"

　　黄应儒出去，过了一会儿，带了一蓬头垢面的妇人进来。

　　妇人一见海瑞，扑通一下就跪下了，一边哭，一边磕头如捣蒜："冤枉啊老爷，小民冤枉啊……"

　　海瑞："你是何人？"

　　妇人道："民妇叫洪阿兰，松江府华亭县人氏，首辅徐阶之子害得我家破人亡，求青天大老爷为我做主！"

　　海瑞上前，双手把妇人搀扶了起来，黄应儒赶紧搬来一把凳子让她坐下。海瑞："不着急，慢慢说来！"

　　妇人定了定神，抹了把眼泪，断断续续地诉起了冤情。

　　洪阿兰的丈夫叫赵大柱，身强力壮，脾气也犟得像头牛。

　　赵家世代农民，家里有几亩上好的水田，每年的收成还不错，赵大柱母亲去世得早，父亲赵玉山跟他们一起过活，赵大柱和洪阿兰生育了一个女儿，叫赵小兰，一家四口虽然艰难，但日子倒也凑合着过得去。

　　然而一场突如其来的横祸，降临在赵家人身上。原来他们家的几亩水田，被徐府三少爷徐瑛看上了。

　　这一年，恰巧是他们家的徭役之年。朝廷规定均徭役，县里把老百姓按户分为十甲，每年由一甲承担本县的一切徭役，包括修河堤、筑路、解运漕粮、为驿站当苦力、当马夫，甚至官府的各项临时差役等等，只要是官府需要人手的时候，都得由这一甲出人顶徭役。

　　对豪强大户来说，只需花一点小钱就能顶了徭役；而对普通老百姓来说，只能自己去当苦力。

　　让赵家奇怪的是，赵大柱先后派过两回正役了，一是送漕粮，一是修江堤，结果修江堤的时候给滚石砸伤了腰，吐了一地的血，卧床在家休息。可县衙又派活儿下来了，要征赵大柱去做轿夫。

赵大柱一听就火了，凭什么又是我家？今年不都派过两回正役了吗？

班头眼一瞪："你这一年是役年，哪有一回两回之说，有事你就得去！不出人，你们试试看！"

赵玉山一看情况不对，赶紧把班头拉到一边说好话。班头好半天脸色才稍稍好看了些，悄悄地对赵玉山说，其实，这都是徐三少爷的意思，谁叫你们赵家不识趣呢！

这个徐三少爷就是徐瑛，松江府的一霸。他最喜欢干的事就是欺男霸女，侵占别人家的田产。看中了赵家这几亩上好的水田，想法子逼着赵家到他徐家投献，可赵大柱坚决不肯。

所谓"投献"，就是农民把自己的土地送给大户。很多小老百姓无力承受繁重的苛捐杂税和徭役，在走投无路的情况下大多会选择投靠大户，宁肯向这些大户交租，也不向官府交税，因为有了豪强大户的庇护，繁重的徭役也可以免了。有了这一生财之道后，大户们也利用各种手段逼着农户投献、卖身，这样土地就越来越集中在一些大户的手中，尤其是哪户人家摊上役年，这些人家投献、卖身的情况就特别多。

徐阶家族，据说田亩多达二十多万亩。

面对徐瑛的威逼，赵大柱坚决不肯，因为他想凭自己一身的力气，来养活一家人。

然而，屋漏偏逢连夜雨。第二天，赵大柱的闺女赵小兰去给奶奶上坟，路上被徐瑛碰到，徐瑛见这女孩子年方十四五，长得如同出水的芙蓉，就上前调戏了赵小兰，说要赵小兰到徐家给他做小老婆。幸亏赵小兰的娘亲洪阿兰在一旁，徐瑛才未当场得手，临走，徐瑛放出狠话，不仅要赵小兰的人，还要赵家的地，让赵家全家都要给他当奴隶！

利用官府抽丁服役的机会，徐瑛对赵家百般刁难。

赵大柱腰伤未好，哪能又去干重活，没办法，只好雇了本村的一个泼皮无赖的光棍汉刘三儿，打了一张三钱银子的欠条，让他现在去顶这个轿夫的杂差。

　　刘三儿当完了轿夫拿着字据每天来要钱，赵家没钱，只能苦苦哀求再拖欠些日子。

　　可过了两天，刘三儿突然不来要钱了。赵家人刚刚喘了口气，宝贝女儿赵小兰却突然失踪了，一家人急得都快疯了。刘三儿来了，他说他已经把赵家欠他的那三钱银子的债转给了徐家三少爷徐瑛，现在就是你们赵家欠徐家的债了。徐家三少爷正好路上碰到你家闺女赵小兰，向赵小兰讨债，赵小兰为了替父抵债，自愿到徐家当丫鬟去了。

　　听了这个消息，让赵家人感到五雷轰顶，卧病在床的赵大柱急火攻心，大叫一声，口吐鲜血一命归西！

　　赵玉山到华亭县县衙去告状，哪知道知县王明友早已被徐瑛买通，徐瑛反诬赵玉山、赵大柱两父子通倭。

　　王明友拿了徐瑛的黑钱，当堂把赵玉山乱棍打死。赵家至此是家破人亡，人被徐瑛抢去的抢去、逼死的逼死，地也被徐家以欠债为由霸占了去。赵家就只剩一个儿媳洪阿兰，真是上天无路，下地无门！

　　海瑞听着听着，脸色就难看了起来。

　　"端两碗粥过来！"海瑞吩咐下人，转身又对黄应儒、洪阿兰说，"你们两个先喝点粥，明日就随我到华亭县去！"

　　就在海瑞去华亭的路上，朝堂里又掀起巨浪。高拱回来了。

　　这消息犹如狂风一般席卷京城，又以极快的速度向外传播。

　　高拱未回之前，内阁大学士郭朴、吏部尚书杨博、户部尚书马森相继告老还乡。

　　首辅、吏部尚书、户部尚书这三个最重要的位子空出来，张居正被看好是首辅的不二人选，隆庆也很欣赏他，甚至李皇后和秉笔太监冯保也经常为张居正美言，然而张居正却主动向隆庆向荐举次辅李春芳出任首辅。

　　而吏部尚书一职，隆庆毫不犹豫地把恩师高拱请了回来，接任吏部尚书并再次入阁；户部尚书由南京户部尚书刘体乾调任。

朝堂大洗牌，让人感觉风雨欲来。

最为恐慌的是当初弹劾高拱的徐阶党人，徐阶走了，大靠山没了，而凶猛的高拱却强势回京。

高拱也确实没有忘记被赶出朝廷之耻，他一回来，就着手对徐阶党人进行清洗，一大批人被贬或罢官。

清洗风暴，让人胆寒，朝野上下人人自危。

而当初紧跟高拱的那些下属，个个得到了重用。

文渊阁，金秋的阳光穿过窗棂，透进了空阔的大厅。

高拱的案前，堆满了来自全国各地的奏疏。高拱一边看着奏疏，一边写着票拟。

在他的隔壁，首辅李春芳也是静静地看着奏疏，静静地写着票拟。

窗外，只有秋蝉偶尔鸣叫。

一封奏疏，让高拱睁大了眼睛，继而发出了会心的微笑。

那是应天巡抚海瑞奏上来的，奏疏陈言："臣履应天巡抚之职，总理粮储，提督军务，整饬吏治，不敢有丝毫懈怠之心。近期臣在清查田亩一事中，有人举报徐阶家族豪占良田四五十万亩，引发大量失田农民的举报和诉讼。徐家子弟倚仗权势作恶乡里，欺男霸女，民愤极大。经查实，徐阶恶子徐瑛联手华亭知县打死华亭县民赵玉山，逼死其子赵大柱，强占民女赵小兰，罪大恶极，依律当诛。臣恳请清理有关土地所有权引起的诉讼，勒令大户退还占夺之田，将徐瑛等人绳之以法，依律论处！"

高拱看了，大喜过望，反攻清算的时候终于到了！

高拱提笔写了票拟，兴冲冲地来到李春芳署邸，他要与首辅取得一致，才能报圣上审阅，最后才由掌印太监冯保批红下发。

李春芳接过海瑞的奏疏和高拱的票拟，皱了皱眉。

　　李春芳生性仁厚，对高拱打击报复的做法颇为不齿。

　　沉默了片刻，李春芳道："此事，我已知晓一二。海瑞与徐阶所言出入较大，我们还须慎重对待！"

　　高拱看出了李春芳的心思："阁老，世人皆知徐阶与我有嫌隙，但我高拱岂是小肚鸡肠之人。那海瑞是他徐阶一手保全，并举荐到应天府当巡抚，海瑞本当感激涕零才是。然而连海瑞都能说出徐家的那么多罪状，可见徐家在华亭有多么嚣张！"

　　高拱在提醒李春芳，海瑞是徐阶的人，他自己提拔的人都要查处他，总不能怪我吧。

　　李春芳："徐阶与海瑞的争端，已惊动了朝中不少大臣，徐阶给我也写了信，称家下田亩，其载书册不过二万，册外又别无户，不知所谓四五十万者安顿何处？若当道诸公肯加查核，有无便立见矣。所以我想，还是另选派人公正地查实确认，方好定论。"

　　高拱毫不客气地回道："另选派他人？海瑞是徐阶的门生，他不就是最好的人选？据说，那徐阶不仅给阁老您写信喊冤，给张居正、赵贞吉他们都写信喊冤，你们也都写信给海瑞帮着徐阶说话。我还听说了，海瑞对朝中重臣的斡旋不让半步，坦言徐家产业之多令人骇异，徐家子弟罪孽罄竹难书，不查，不足以正法纪；不查，不足以平民愤！"

　　李春芳见他咄咄逼人，又确实在理，一时默然，好一会儿，才说："好吧，同意你的票拟，呈请圣上定夺！"

　　高拱揖首，转身离去。

　　窗外，一阵萧杀秋风刮起，几片落叶在空中旋转飞舞，莫名有种悲凉。

　　"看来，我也该走了！"李春芳望着高拱的背影，喃喃自语。

　　史载，海瑞的清田行动，得到了高拱和隆庆的支持，海瑞毫不手软地责令徐阶家族退还了全部的田产，把徐阶的三子徐瑛、华亭知县王明友开刀问斩；徐阶的大儿子徐璠、二儿子徐琨因作恶多端被抄家流放。然而，海瑞疾恶如仇、特立独行的性格却为朝廷百官所不容，在与徐阶家族较量的过程中，徐阶动用了大量的官场关系，对海瑞进行不断地诬告与弹劾；与此同时，被海瑞打击过的贪官污吏也对他恨之入骨，诋毁不断。终于，在查处完徐阶家族不久，海瑞便被罢官闲居。

广东南澳岛，汹涌的波涛一浪接一浪地拍打在礁石上。

三个高大的身躯面向一望无垠的大海，久久无言。

"等剿灭了曾一本部，我就想跨海东去，直捣东瀛！"许久，左边的戚继光幽幽地说了一句。

谭纶知道，戚继光跨海出战的想法也就说说而已，朝廷是断然不会允许那么大规模的军事行动。

谭纶道："先帝爷曾经说过，倭患只是疥癣之疾，北虏才是心腹之患。如今，疥癣就快清除了，而北边之患又烽烟四起。"

俞大猷惊问了一句："北边俺答又犯边了？"

谭纶："刚刚接到廷寄，隆庆元年九月，俺答寇大同，陷石州，掠交城、文水，烽火遍及山西大部分地区。同时，北蛮犯蓟镇，掠昌黎、卢龙，赶到滦河，整个北京都陷入了恐慌之中。"

俞大猷叹息道："我在大同跟俺答打过仗，马上民族，彪悍得很。此番入侵，又不知会给多少人家带来苦难。"

谭纶："塞边九镇中，最为吃紧的是辽东、蓟州、宣府、大同，兵部右侍郎王崇古已就任宣大总督，朝廷诏我回京，协理兵部戎政。但据张居正大人吹风，可能要我出任蓟辽总督。"

俞大猷、戚继光几乎异口同声："又要走了？"

谭纶亦是苦笑："是！在四川不到八个月，转到两广来了；在两广又只八个月的时候，转而就要远赴蓟辽了！"

俞大猷："朝堂那帮重臣，边事频繁吃紧，他们还在窝里争斗不休，有本事，跟俺答斗去啊！"

戚继光："制台，把我们也带去北边吧，倭患没了正好去北边派上用场！"

谭纶不无遗憾地说："接到圣旨，我立即写了一道奏疏，恳请带你们一起去北上戍边。然而内阁回复，广东海寇尚未彻底根除，韦银豹也还逍遥法外，令俞大猷镇守两广，戚继光随我北上。"

戚继光无语，俞大猷亦是黯然。

沉默良久，俞大猷突然说了一句："大丈夫生于世，欲与一代豪杰争品色，宜安于东南；欲与千古豪杰争品色，宜在于西北。"

谭纶："俞兄是金子，金子在哪都能发光！"

俞大猷苦笑道："俞大猷何德何能，你们才是大明的栋梁！"

谭纶："可别这么说，两广这边寇贼未灭，俞兄肩上的责任重大，剿灭南寇，同样是大明的栋梁！"

俞大猷呵呵大笑："俞某一心只想杀敌报国，至于栋梁不栋梁，任由他人评说！"

三人亦是哈哈大笑了起来。

又过了一会儿，俞大猷伤感地说道："又要别离了！"

谭纶亦是默然，道："是啊，这一别，又不知何时才能相见！"

谭纶和"俞龙戚虎"这两位大明王朝不世出的英雄，在南澳临海的山崖上并肩而立。

十年前，他们在浙江龙山所的山崖上也曾经这样并肩而立，当时他们立过"并力杀敌、保家卫国"的誓言，而此刻，倭乱已平，他们却又面临更加长久的别离。

夕阳渐渐沉入了海底，而崖上的三个人，久久不愿离开……

隆庆二年（1568年）四月，北京密云。

崇山峻岭上，一眼望不到边的长城随山起伏，宛如巨龙卧在群山脊上，气势磅礴。

接到朝廷的圣旨，谭纶不敢怠慢，一路星夜兼程风尘仆仆地来到了京城。与兵部交接完毕，谭纶又马不停蹄巡视各路主客官军，实地察看各处的边关要塞。

然而从蓟镇到昌平这一路走来，谭纶的眉头就没舒展过。

陪同巡视有顺天巡抚杨兆、蓟州御史房楠、昌平总兵杨四畏、黄花参将蔡勋，以及贴身侍卫梁进等人。

谭纶："密云地处京畿，距京不足百里，是护卫京城的咽喉与重镇，可这城防何至于破败如此？"

杨兆："主要还是没钱，密云县境内，从密云到怀柔，长城长达四百二十余里，这要是都以砖石砌筑，不仅需要大量役工不说，光是修城的费用，少说都要百万两银子。"

谭纶："再没钱也要想想办法！城防松弛，必会引来边寇频繁掳掠，而致百业受损，百姓受难。巩固城防，加强兵备，才是边地长治久安的上策。"

谭纶指着前边不远处的一道豁口，道："比如说这里，敌人只需趁夜从城下攀沿而入，这城就破了！这样的豁口一路上都是，还怎么防鞑靼铁骑？"

他又指着那些守城的士兵说道："还有这些士兵，天天就站在光秃秃的城墙上，也没个遮风挡雨的地方，任烈日炙烤，让风吹雨淋，自己身体都没有保证，还怎么与强敌对战？"

杨四畏："大人说的是，依城据守已是形同虚设，这些守兵只起瞭望和示警的作用，根本挡不住鞑靼人的入侵。"

梁进插话了："二位大人，早年我们在浙江临海修筑城墙，每三五十步设一空心敌台，上面可用于防守和举烽火报警；下面则储藏兵器粮食和驻军，非常实用。我看可以依葫芦画瓢，把空心敌台套搬过来。"

谭纶点头，吩咐梁进："我也正在考虑这件事情。修筑空心敌台，戚继光有经验，这事就交给他来办。"

蓟州御史房楠一愣："大人，这修筑边墙的钱都没有，再要修筑空心敌台，这得花多少银子？"

谭纶淡淡地笑了笑，指着前方："你们看，那像什么？"

众人顺着他手指的方向看去，长城依山北去，宛若一条巨龙。

"像龙！"杨兆脱口而出。

谭纶："是啊，一条巨龙。可如今这巨龙已伤痕累累，花再多的钱也要修补修补，你说，圣上能不同意吗？"

杨兆恍然大悟："我懂了，大人的意思是，说服圣上来修补这条巨龙？"

谭纶点头，突然问梁进："戚继光到哪了？"

梁进："三天前抵达通州，休整两日，计划明日就到蓟州接防。"

谭纶吩咐梁进："告诉戚继光，明日我去蓟州看他！"

梁进："是！"

蓟州镇，天色阴沉，朔风扑面。

三千浙兵奉旨北上，千里行军，抵达蓟州。

校场内，南兵和北兵面对面的列队，双方交接城防事宜。

南兵的到来，让北方士兵很是稀奇。

南兵都是江浙人，身材较北方人矮小，加上千里行军面容多少有些憔悴。北兵指指点点，品头论足了起来。

有人说："瞧瞧，瞧瞧，就这小身板也敢北上打仗？"

有人说："只怕是鞑靼人还没见着，就已经吓得屁滚尿流了！"

有人说："我看不用等鞑靼人来，光北方的寒风暴雪，就得把他们冻死！"

众人哄堂大笑了起来。

一片放肆的嘲笑声中，戚继光和他的士兵脸色铁青。

戚继光正欲发作，平地起了一声惊雷，戚继光抬头，西北方向乌云滚滚，眼看就有一场大雨要来。

不等将官发话，那些北方兵油子骚动了起来，戚继光冷眼看着乱窜的北兵，突然手指身后的三千戚家军，高喝："主将没下令，各位自行凌乱，安敢笑南兵羸弱，何谓军令如山，看我戚家将士！"

说罢，转身离去。

北兵听了有点摸不着头脑，正这时，平空里一声霹雳，瓢泼大雨倾盆而下，北方将士一哄而散。

唯有三千戚家军纹丝不动，如同三千雕塑一样，静静伫立在暴雨之中。

屋外大雨如注，屋里昏暗漆黑。

几声咔咔的火镰声，点燃了墙上的几盏油灯。

梁进从谭纶身上解下湿淋淋的斗篷，油灯下，照映着两张惊喜的面孔。

"可把你盼来了！"谭纶紧紧地握着戚继光的手。

戚继光满脸的兴奋，紧紧地握着谭纶的手不放。

寒暄毕，两人坐下。

戚继光："接到圣上的圣旨，我可是一天也不敢耽搁。漳州到蓟州四千多里，足足走了两个多月才到。"

谭纶："我从端州北上，也是走了两个多月。刚刚进营的时候，我见你的那些士兵都站在大雨之中，那是怎么回事啊？"

戚继光："我们来了之后，那些北兵似乎不大待见，不遵军令不说，还冷嘲热讽。"

谭纶呵呵一笑："所以你就让他们长长见识？"

戚继光："古人云，法无信不威，军无纪则乱。所以末将想从严肃军纪开始，整饬蓟州武备城防。"

谭纶："有三件事，你要抓紧去办：一是立即着手练兵，北兵懒散惯了，需严厉整顿；二是大量仿制佛郎机炮，制造战车、火器，加强武器装备；三是修筑长城，迅速拿出空心敌台建造方案，并到临海去调三千熟练工匠过来，充任领工、监理和技术指导。"

戚继光："是！末将这就着手办理。这些天我也注意到了，光修边墙，岁修岁圮，徒费无益，所以空心敌台必不可少。只是，长城绵延数千里，费用巨大，不知道大人准备修筑到哪里？"

谭纶："长城全线边墙加厚，两面均设垛口，使之前后都能御敌；每隔七八十个垛口置一小门，百步内筑空心敌台一座，每座可容五十个士兵。从山海关到居庸关，须筑三千座，每年修筑一千座，三年完成。你看怎样？"

戚继光："只要朝廷支持，末将定当竭尽全力！"

这时，外面的雨继续在下。从上午下到了晚上，戚家军没有一个人走开躲雨，甚至连一个动的也没有。

躲雨的北兵看傻了，从开始的嘲笑，到迟疑，到最后彻底地震撼。戚家军不仅军法如山，而且他们的身体素质，也让他们生了几分敬畏。

谭纶结束巡视回京的第三天，隆庆亲自接见这位传奇人物。

御书房里，隆庆面带微笑，道："你在东南抗倭，忠心国事，功勋卓著，有口皆碑，朕甚是欣慰。朝堂重臣屡次推荐，要让你任蓟辽总督，卿意下如何？"

谭纶："微臣不才，受此天恩浩荡，纵粉身碎骨，亦在所不辞！"

隆庆：“北虏始终是我大明心头之患，一直苦无良策破之，朕想听听你的想法！”

谭纶：“陛下明鉴！臣以为，四件大事，是为当务之急。第一，练将练兵，提升战力。边塞兵备松弛，军纪涣散，臣恳请调戚继光到蓟州来主持练兵大计，总兵官以下，悉受其节制。”

隆庆呵呵一笑：“这个容易，你接着说！”

谭纶：“这第二项大事，即是分设路区，调整部署。将蓟州、昌平二镇二千里边墙划分为十二路，每路区设将统制，分地划守。”

隆庆：“此事着兵部商议，朕无意见！”

谭纶：“第三项大事，倡用火器，建立车营。微臣在南方，常以火器与倭作战，深知中国长技为敌所畏者，无如火器。臣恳请从浙江征诏三千火铳手，教习北兵。同时，要大量制造佛郎机炮，分发蓟镇各路，每路三千架，共需三万六千架，此事须工部、户部、兵部大力支持。”

隆庆：“此事可行，朕让张居正协调工部、户部、兵部办理！”

谭纶：“这第四件事，是最难办之大事。”

隆庆：“哦？”

谭纶：“蓟州一线的长城，近年虽有修整，但并未筑台，且倒塌又多，根本无法抵挡鞑靼进攻。微臣建议，沿边十二路长城均以砖石包砌，每隔三五十步，修筑一座空心敌台，每路大约建三百座，全线总计三千座。东起山海关，西至镇边城的二千余里的边防线上，楼堞相望，声势相援。大明数千里长城，必挡鞑靼于坚墙之外！”

隆庆：“这么大的工程，必然是耗资巨费，户部断是拿不出这么多银两。”

谭纶：“这个臣考虑到了，想了两个办法来解决这个问题。其一，按照轻重缓急的原则，列出计划分年度完成。其二，让沿线驻军充当筑城的主力，兵士分春秋两班更替，一班负责练兵和防卫，一班烧窑采石，修缮墙台。若有警讯，两班一齐出马迎战。”

隆庆频频点头："这两个办法可行。但毕竟事关重大，朕将你的奏疏分发于各部讨论，再作定夺！"

谭纶跪地磕头："臣，遵旨！"

茫茫塞外，衰草连天。长城从八达岭迤逦北上，经柳沟转向西北，一直延伸到无尽的天边。

柳沟，距离延庆县城二十余里，位于居庸关正北、八达岭偏东，紧靠皇陵，历来都是兵家必争之地。

虽然已是八月，但秋老虎的余威还在，几棵大槐树下站满躲荫乘凉的民夫。而不远处的筑城工地上，一些民夫在懒懒散散地干着活。

"你们这儿什么时候完工？"一个青年将官走过来，大声地问着工头。

"回禀王千户，月底应该能完！"工头回道。

王千户很是不满："整个柳沟段，就你们进度最慢了，晚上收工晚点，不要一到饭点就跟饿鬼下山似的！"

工头有点委屈地说道："不是我们不上心，实在是太缺熟手，返工太多，影响了进度。"

王千户："熟手熟手，这九边十一镇都在修长城，哪有那么多熟手给你。你们自己多用些脑子，多多学习别人的手艺，不要一放工就去吃酒赌博！"

工头："压根就不是吃酒赌博的事，咱就是大老粗，天生的笨。"

王千户一副稀泥扶不上墙的样子，伸手指了指工头，气呼呼地转身要走。突然，王千户似乎发现了什么，弯腰在地上捡起一小块残砖。

"这是哪家的砖？"王千户沉着个脸。

工头接过砖一看，残砖的断口处，气孔粗细不一，砖的颜色也不对，青一块红一块，明显是泥坯材质欠佳，烧制的火候又未达到，属于劣质砖。

"这砖可不好说，我们只管做事，有人送来我们就用。"工头回道。

"你……"王千户气得脸色发白，厉声说道："修筑长城乃国防大事，朝廷有旨，凡偷工减料，弄虚作假者，斩！这种砖你们也敢用，我看你是活得不耐烦了！"

工头被他骂急了，小声地嘟囔了一句："砖又不是我烧的，有本事去砍乔老六的头啊！"

一说到乔老六，王千户愣住了。乔老六是参将吕正的小妾乔小莲的哥哥，开了个砖厂，专门为柳沟营的工地上送砖。

王千户恨恨地说了一句："我是砍不了他的头，但我能不用他的砖，你去告诉他，从明日起，停用他家的砖。他若是不服，叫他来找我。以后如若发现还用这样的砖，我先拿你是问！"

"好！"一个洪亮的声音，在王千户的身后响起。

众人齐齐抬眼望去，但见一匹青鬃马上，端坐着一灰衣青袍的中年汉子。青鬃马的后面，还跟着十余骑彪形大汉。

王千户有点疑惑地问道："阁下是？"

一位马上的彪形大汉喝了一句："蓟辽总督谭大人驾到，还不见礼！"

众人一愣，随即慌不迭齐刷刷地跪倒在地，头都不敢抬。

王大人磕完头，说道："下官柳沟营标兵千总王高，参见制台！"

谭纶下马，道："大家都起来吧！"

那些彪形大汉也跟着下马。

众人起身，拍了拍膝盖上的尘土，下意识地往后退了一步。

谭纶："你们柳沟营驻了多少人马，城墙建多大？"

王高脱口而出："启禀制台，柳沟营内驻参将一员，坐营一员，标兵千总一员，把总二员，马步军丁一千二百九十名，马、骡、驼六百二十六匹头只。在建的城墙东西长三百十八丈，南北长二百七十丈，高三丈五尺，设四门。"

谭纶点头，对他的回答较为满意："柳沟边汛辽阔，地属扼要，历来是兵家必争之地，修筑长城，你们这儿可是最关键的部分。"

王高："大人放心，我们一定竭尽全力，尽早完成修筑任务！"

谭纶："尽早？尽早是什么时候？"

王高一时语塞："这个……"

正在这时，几个士兵簇拥着一将官模样的人气喘吁吁地跑了过来。

那将官衣衫不整，满脸的酒气。一见面，几个人就下跪行礼："柳沟营参将吕正，拜见制台！"

谭纶："起来说话！"

吕正起身打了个酒嗝，一股浓浓的酒味扑面而来，谭纶不禁皱了皱眉。

吕正一脸谄媚，道："不知制台驾到，有失远迎，还望大人恕罪！"

谭纶黑着个脸："如果我没记错的话，你们柳沟营辖区应建造一百六十座空心敌台，我想问问吕参将，你们的空心敌台在哪？"

吕正硬着头皮答道："修筑敌台是个技术活，我们这边熟手紧缺，干不了那活，也吃不了那个苦。役工们都说，按上头要求的那样修，一年也修不了几座。"

谭纶眼神犀利地盯着吕正，毫不客气地斥道："役工吃不了那个苦？我看是你吃不了那个苦吧！役工和士兵都在工地上干活，你身为参将却在营内喝酒吃肉，这事能干得了吗？"

吕正不敢抬头，汗从额头上冒了出来。

谭纶用眼扫视了大家一遍，道："我知道，有些人认为加固长城、修筑敌台是耗费国家财力，对于防御外敌起不了多大作用。有些人畏难怕苦，拖延工期，甚至偷工减料擅自更改制式。你们知道你们这是在干什么吗？这是在自毁防线，自甘屠戮！"

谭纶声音沉痛："嘉靖二十九年，鞑靼人犯我边境如入无人之境，围困京师达八日之久，在城外烧杀掳掠，数万人死于铁蹄之下，我就想问问，你们当中，就没有家人受过鞑靼人的凌辱？"

人群中，有人嘤嘤嗡嗡地抽泣了起来："大人，我们村里被洗劫一空，房子被烧得一间都不剩……"

"大人，我全家都被鞑靼人杀死，就我一个逃了出来……"

见群情激愤，谭纶手指前方，大声地对吕正说道："你们柳沟营，是拱卫京师的重镇。你再看看你们的边城！"

吕正顺着他手指的方向望去，只见远处残破不堪的城墙上，士兵依墙而立，烈日下无处藏身。

谭纶："鞑靼铁骑马快刀利，我们唯有高筑墙、广积粮、坚壁清野，才能拒敌于国门之外。就凭你们这样的土墙，能挡住鞑靼的铁蹄？我们修筑的敌台，可驻上百人，内贮存铠甲兵器粮食，不仅可以让官兵们免受日晒雨淋之苦，还可达到以一当十之防御功效！你们这哪里是在修筑长城，分明是在视军令如儿戏，视兵士如草芥！"

吕正心虚："制台责备的是，末将定当倍加努力，迎头赶上。"

谭纶冷冷地说道："赶上？就凭你们这进度，能赶得上吗？"

吕正汗如雨下。

谭纶突然问道："乔老六是你什么人？"

吕正脸色大变，畏畏缩缩地回道："是……是末将的舅哥。"

谭纶从地上捡起一块小砖头，递给吕正，问："这是你舅哥烧的城砖？"

吕正不敢说话。

谭纶怒斥："修筑长城这么大的事，你们居然偷奸耍滑，中饱私囊，真是胆大包天！"

吕正吓得扑通一声跪下了："末将管教无方，请大人恕罪！"

谭纶黑着个脸："来人哪！"

梁进上前："在！"

谭纶："撤去吕正参将之职，标兵千总王大可代替之，报总兵官戚将军处备案。"

梁进："是！"

谭纶又道："王高，年底前完成三十座空心敌台，三年内赶上总进度，有没有信心？"

王高腰板挺直，大声回道："有！"

谭纶："好！军中无戏言，你王高要是完不成进度，照样军法处置！"

王高："是！"

谭纶："至于缺熟手的问题，我已从浙江临海调三千熟手过来，充任领工、监理和技术指导，你们用心配合。钱的问题你们无需担心，我已经将三千座敌台减少到一千五百座，还是分三年完成，每座空心敌台给官银五十两，不够的实报实销。有没有信心？"

大家一听，齐声喊："有！"

一转眼，年关就到了。

长城内外，北风呼啸，白雪皑皑。

一支长长的骑兵队伍，出现在关外的官道上。

"咱们这是到哪了？"朵颜三卫首领董呼哩勒住战马，问了一句，呼出的白汽瞬间就被风吹走。

一名哨前军官回道："禀报大首领，此去蓟州不足百里，半天就可兵临蓟州城下。"

董呼哩："听说蓟州城里的守将是戚继光？"

军官回答："是！原先在东南沿海抗倭，年初调到蓟州来了，他们的主力部队都是南方人。"

董呼哩呵呵大笑："看来明朝是没人了，竟然派南兵来守北边，这天寒地冻的，冻也会把他们冻死。"

军官："首领切莫轻敌，这戚继光可是一员猛将，带兵打仗很有一套。"

董呼哩摆了摆手："他那套在这儿不管用。"

董呼哩看了看天色，搓了搓手，道："命令部队，加快行军步伐，争取天黑前拿下蓟州城！"

军官得令，拨转马头："是！"

一声令下，朵颜骑兵顿时加快了速度，马蹄过处，溅起了阵阵雪泥。

而此时的蓟州演武场上，八千将士在雪地里肃立，有车营、骑兵、火铳手、步兵。站在三千将士面前的是同样迎着风雪肃立的戚继光。

整个演武场中充满了紧张的气氛。

不一会儿，各哨查点人数完毕。副总兵胡守仁前来汇报："禀报将军，各营集结完毕！"

戚继光沉声说道："留下二千人马守城，其他人出城迎敌！"

胡守仁大惊："将军，董呼哩的优势是骑兵，而我们的优势是城高墙厚，干吗要出城迎敌，这不是以己之短对敌所长吗？"

戚继光："城高墙厚是没错，但是我们如果只专注于防守，董呼哩打不进来，转头就跑了，根本就没什么损失。既然来了，咱们就不能放过他？"

胡守仁挠了挠头，问："咱们的骑兵，能打得过那些北蛮？"

戚继光呵呵一笑："这个本帅自有把握！"

胡守仁接令："是！"

大明官军迅速地行动了起来。

当朵颜骑兵杀到蓟州城下的时候都愣住了。

城外空阔的战场上，一支大明官军列阵相迎。

董呼哩大为疑惑，问："他们不躲在城里防守，居然出来送死？"

一军官大叫了一声："快看，那是什么？"

董呼哩和众人往前看去，明军士兵的阵前，一辆辆的铁车围了一个巨大的圆圈。

愣了半天，董呼哩也没弄那是什么东西，他直接下令："冲！"

数百骑前锋部队就冲了出去。冲到近前的时候才发现，每辆铁车前面，插着无数长矛和利器，根本无法跨越。

就在他们不知该从何处下手的时候，明军阵里一声炮响，铁车阵突然打开了很多个缺口，明军骑兵部队像开闸的洪水一样冲了出来。朵颜骑兵措手不及，顿时被砍了个七零八落。

董呼哩一看急了，大手一挥，冲锋的号角吹得呜呜作响，全军部队风卷残云般地冲了出去。

帅旗下，戚继光挥舞令旗，锣声响起，大明骑兵迅速回撤到铁车阵里面去了。

董呼哩大喝一声："破阵！"

朵颜铁骑奋力向前，手举弯刀对着铁车就砍。

等蒙古铁骑近到明军军阵边缘，明军阵里又一声炮响，紧接着巨炮轰鸣，火光不断，铁车后面埋伏的火炮、火铳齐发。

朵颜骑兵猝不及防，被杀了个人仰马翻，无数受惊的马儿四散奔逃，一个个骑兵被掀翻在地。

当火器发射完毕之后，铁车后面突然上来了一排排的步兵，他们个个手拿特制的拒马器和竹制的锐利长矛，一字排开，这长矛和拒马器向前一伸，又有许多的战马被砍翻在地。

戚继光的这招是跟岳飞学的，当年岳飞用钩镰枪拐子队大破金兀术的铁甲连环马，这个拒马器估计跟那个钩镰枪差不多。

这下朵颜骑兵可真受不了了，拨转马头掉头就跑。这时候铁车阵完全撤开了，大明骑兵全数杀出。

失魂落魄的董呼哩紧紧地伏在马背上，左冲右突，想要逃出明军追击。

然而大明骑兵的速度实在太快，跑不到十里，董呼哩和他的十余骑贴身侍卫就被官军追上了。

董呼哩的侄子长昂面露凶光，大喊一声："保护大汗！"

随即带着侍卫便与官军战在了一起，一时间，刀光剑影，血肉横飞。

其他贴身侍卫则死命护卫董呼哩奔逃。

一大明军官挺枪就刺，长昂用刀荡开，顺势伸手用力一拔，那军官收势不住，差点被扯到马下去了，赶紧松手撒枪。

只见眼前寒光一闪，长昂的刀就削了过来。

就在这电光石火的那一刹那，有人发出一声惨叫，重重地跌落在地上。

倒下的不是军官，是长昂，他的右眼插了一支利箭，长昂痛得在地上哀嚎打滚，血从眼里汩汩流出。

那名死里逃生的军官看到，戚继光在马上收了弓，飞快地奔到了近前。

侍卫急了，纷纷拥上前来想要抢人。

戚继光大喝一声："杀！"

明军刀枪并举，侍卫接连从马上掉落。

戚继光策马上前，冷冷地盯着长昂，道："绑上！"

此役，戚继光俘获董呼哩侄子长昂，董呼哩仅以身免。

戚继光的威名震动北疆，此后十六年，再无大规模北虏南侵蓟州之事。

腊月二十三，北方人的小年。

杨家庄以制作年画春联闻名，家家都会点染，户户皆善丹青。

进入腊月，每家忙忙碌碌，每户灶膛里的火是那样欢声鼓舞，"毕毕剥剥"地响个不停。

肉割好了，菜也买足了，一切办妥，该去请门神了！

街道一角，一溜儿全是卖门神年画的，孩子流连于花花绿绿的花炮，而大人的目标明确，直奔门神！

北方的门神，有捉鬼的神荼、郁垒、钟馗，也有秦琼、尉迟恭、魏徵等民间尊崇的大英雄。

而今年，杨家的年画却换了两个人。

左边那位白袍纶巾，慈眉善目，手执长戟，笑脸相迎；右边那位头戴帅字盔，身披龙鳞甲，腰缠狮兽，两狮绕肩，手持火铳，威猛慑人。

一客人问："杨掌柜的，这两个是什么人啊，怎么如此陌生？"

杨安呵呵笑道："那先要问问诸位，请门神是干什么用的？"

客人："当然是辟邪把门，祈求家宅平安！"

杨安笑而不答，提笔在左边人物下方提款"赵羾"，又在右边人物下边提款"谭纶"。

杨安写完，脸上带着一丝得意的笑："赵羾是永乐年间的兵部尚书，驱逐鞑虏，战功显赫；谭纶就不用我说了吧，筑长城、守边关，鞑子们闻风丧胆，这两位门神，满意不满意？"

众人恍然大悟，当时就有人叫起好来。

此刻的长城上，谭纶穿了厚厚的冬衣，耳朵上戴了个护耳，在戚继光等人的陪同下，巡视了几处城防。

虽然已是寒冬，但轮值的士卒们都能在空心敌台下避风取暖，生火造饭。热气腾腾的军灶边，谭纶掀开锅盖，一股香味扑面而来。

"都够吃不？"谭纶问伙头兵。

伙头兵双手在围裙上抹了两下，涨红着脸，腼腆地回答："够够……"

谭纶转头又看了看屋内那些昂首挺立的官兵，笑着说道："气色不错！"

说完，转身出门。

戚继光边走边汇报："蓟、昌两镇历时三年，终于把长城修筑完毕，空心敌台也基本完成。按照制台的指示，我们还在关外广植榆柳杂树，以延缓战马突袭之速度，关内则建果园植栗林，以充戍卒边民之饥寒。"

谭纶顺着戚继光手指的方向看去，长城内外两边，栽种了两排长长的树林，树上覆满了白雪，一眼望不到边。

这树林，谭纶可没少花心血，每年春冬，他都会带着蓟辽的大小官员亲自种树。

戚继光接着汇报："长城修好了之后，效果是显而易见的。鞑靼和北蛮虽有几次犯边，但我们的城高墙厚，戒备森严，他们吃了几次败仗，再也不敢南侵。"

谭纶："边塞无事，将士就会懈怠，兵备就会松弛。你们练兵可一天也不能松懈！"

戚继光："这个请大人放心，我们制定好了军演方案，每年都要组织若干次实兵演练，演练结果与实战等同考核！"

谭纶："听说你又写了本《练兵实纪》？"

戚继光："是！早年那本《纪效新书》还有诸多不全，与北方实训也有一定的出入，只好又写了一本，指导各部实战和操练。"

谭纶呵呵大笑："元敬练兵，放眼四海无人比肩！"

戚继光有点不好意思："哪里哪里，大人见笑了！"

回到蓟州城里，已是掌灯时分。

总兵府管家见到他们回来，有点焦急，把戚继光拉到一边："将军，你不让军士采伐柴薪，府中已无薪火可用，这饭做到一半就没柴了，咋办？"

戚继光一摆手："不妨事，我已让人到京城的抄手胡同点了华家的几个菜，晚饭前准时送达。"

戚继光喜欢吃猪头肉，抄手胡同华家的"鸿运当头"是一绝，戚继光想解馋了，往往就让百里外的华家飞马传菜。

管家一听，立马轻松了下来："那我让他们马上上菜！"

酒过三巡，谭纶对戚继光说："元敬，给你看个新鲜玩意儿！"

谭纶转头，命令梁进："让人把在那些新式火铳抬上来！"

不多时，几名兵士抬了十几支火铳上来。

戚继光下座，拿起一把火铳，铳口依然是鸟嘴，但不同的是，这些火铳的铳身全由硬木削制，只有铳管还是铁的，整支铳比之前的铜制或铁制的轻便了许多。

戚继光惊喜地叫道："制台，怎么想到用木头作铳身？"

谭纶呵呵一笑："还不是缺钱给逼的。这些木制铳身，造价不及铜制的三分之一，跟铁铳相比也只需一半的价钱。最关键的是，这些木制的轻便多了，士卒随身携带一点都不累。"

戚继光端着铳，爱不释手，啧啧称奇，感叹道："铳是好铳，就不知道准头怎样？"

谭纶指了指门外的演武场："试试就知道了！"

戚继光命人往铳管里装了火药，端了铳，兴致勃勃地来到演武场。

演武场的一角，是专供火铳手打靶的地方。

戚继光在靶前四十步左右站定，吸了一口气，举铳，瞄准，随着一声巨响，稻草扎成的人形靶应声倒地。

几名士兵飞步上前，大声报告："戚帅好枪法，全中靶心！"

戚继光大喜，对谭纶说道："这些火铳，与我们缴获的佛郎机铜铳一模一样，又远又准！"

谭纶哈哈大笑："今日拿给你的只是些样品，你们参照样式去仿制。有了这些火铳，不愁打不赢胜仗！"

戚继光："跟大人一起并肩杀敌，我戚继光就没有打不赢的仗！"

众人大笑，又回到宴席。

众人正喝着酒，戚夫人忽然来到了酒桌前，手中端着一盘菜。

戚继光见了夫人，刚才那股豪气荡然无存，宛若老鼠见了猫。

"夫……夫人！"戚继光站起来，神情似乎有点紧张。

戚夫人瞪了他一眼，转头冲谭纶笑眯眯地说道："听说制台大人来了，妾身亲自下厨弄了几个菜，还望大人多喝几杯酒，指点指点我们家元敬！"

谭纶连忙站起来，拱手施礼："有劳弟妹了，来来来，坐下来一块喝酒？"。

戚夫人嫣然一笑："不了，让我们家元敬陪着就成！"

说完，放下菜转身离去。

谭纶取笑戚继光："都道元敬惧内，我看未必吧，你看弟妹多贤惠呀！"

戚继光讪笑了几声，又喝了几杯酒，酒后吐真言："我戚继光惧内也是有原因的，这母大虫恨我在外面找人生子，自然不肯给我好脸色了……"

谭纶笑道："大丈夫三妻四妾也很正常，只是要与夫人好好商量才是！"

戚继光一仰脖，又喝了杯酒，感叹道："商量，这事我能跟她商量？她不杀了我才怪！"

一桌子的人哄堂大笑。

夜色已经暗了下来，噼里啪啦的爆竹声里，间或呼啸地蹿出一支冲天炮，在空中爆炸之后绽放出绚烂的花火。

军营里，有人高喊："过年喽，过年喽——"

隆庆四年（1570年）十月，大同城外。

一阵急促的"哒哒哒"的马蹄声由远而近，一队快马卷起漫天的黄尘疾驰到了大同城下。

"开门……开门！"来人在马上高呼。

守城官兵从垛口上瞭望，城楼下十余骑鞑靼汉子还有女人正在叫门。

"鞑靼人来了！"守兵惊慌地大叫了起来。

一时间，城上有人慌乱地跑动着。

垛口上，有人弯弓搭箭，有人搬动滚木礌石。

马上有人高喊："我是俺答孙把汉那吉，有要事特来求见巡抚大人！"

值守的官军听了，将信将疑，示意手下暂不攻击，派人赶紧跟巡抚大人汇报。

大同巡抚衙门签押房内，正在签批公文的巡抚方逢时突然被匆匆的脚步声打断。

一名军官几乎是小跑着走了进来："报告巡抚大人，城外有人叫门，称是鞑靼土默特部首领俺答汗的孙子把汉那吉，他带着妻子儿女及亲信阿力哥等十余人来到大同城下，请求归顺大明。"

方逢时一听愣住了，俺答的孙子要求降明，这鞑靼人玩的是什么把戏?

因为俺答汗可不是一般的部族首领,他是成吉思汗黄金家族一支的后裔,草原一大霸主,其部族兵强马壮,战斗力惊人,虽然不是整个蒙古的大汗,却让整个蒙古草原十分忌惮。

对于明朝来说,他更是一个劲敌。为祸明朝北方的鞑靼和瓦剌,都是元朝的残余势力,瓦剌衰微后,鞑靼却迅速崛起。嘉靖、隆庆两朝,对国家边防造成最大威胁的就是俺答汗统领的部族。

当然,不管是真是假,先看看再说。

"下了他们的武器,把他们带进来!"方逢时吩咐道。

不一会儿,军官带着十余赤手空拳的鞑靼人走进了巡抚衙门。

"堂下何人?"方逢时沉声问道。

领头的一青年汉子抱拳,答道:"在下把汉那吉,俺答汗的孙子,这些是我的家人和近侍!"

重兵在握的俺答汗如此强势,他的孙子怎么会归顺大明?

方逢时有点不信:"你说你是俺答汗的孙子,有何为证?"

把汉那吉:"刚刚你们的人收缴了我的武器,里面有一把匕首,那是我爷爷在我十岁生日时送我的礼物。"

方逢时命人把那把匕首取了过来,那是金镶玉打造的刀鞘,非常精美,匕首根部的两面,分别镌刻着蒙文。

方逢时长期在边塞任职,认得一些蒙文,一面刻的是"俺答"的落款,一面刻的是"雄鹰高飞"。

方逢时心里顿时明白了几分,问:"既然是俺答汗的孙子,为何要降我大明?"

把汉那吉接下来的一段话,让在座所有人目瞪口呆。

原来,把汉那吉是俺答汗第三个儿子铁背台吉的儿子,铁背台吉死得早,俺答汗让妻子克哈团所照顾孙子,把汉那吉自小在俺答汗眼前长大,祖孙感情非常深厚。

把汉那吉今年正满十八岁，已经有了两个妻子，但把汉那吉又看上了部落首领兀慎兔扯金的女儿，双方家长商谈随即定下了这门亲事。

就在把汉那吉欢天喜地准备第三次婚礼的时候，却不料发生了一个惊天的变故。

俺答汗有个貌若天仙的外孙女叫三娘子，擅长歌舞骑马，名动草原，已经许配给了草原勇士阿尔秃厮，结果俺答汗看到这个外孙女长得实在漂亮，忍不住占为己有，外公娶了自己的外孙女。

阿尔秃厮大怒，欲举兵讨伐。俺答汗为了补偿阿尔秃厮，便把原本许给把汉那吉的未婚妻嫁给了阿尔秃厮。把汉那吉从小一直受宠，突然把本属于他的爱人夺走，从情感上很难接受，再加上爷爷做下了人所不齿的乱伦之举，把汉那吉羞愤难当，竟然离开部落，闯出边塞，前来投奔大明。

把汉那吉含泪讲完这些原由，方逢时等大明官员简直不相信自己的耳朵，这种事情对于汉人来说，简直与畜生无异。

惊讶之余，方逢时迅速意识到，接下来将有大事发生。

方逢时思忖片刻，道："此事关系重大，本府须上报朝廷再作定夺。你们既然来了，就是我们的客人，先到驿馆歇息，我们会派兵保护你们安全！"

把汉那吉拱手告别："那就有劳巡抚大人！"

送走了把汉那吉，方逢时立即吩咐："来人哪！"

一名军官上前。

方逢时："第一，派快马六百里加急，速将此事上报给宣大总督王崇古和朝廷。第二，急调周边卫所官军前来增援，拱卫大同安全，做好俺答攻城的准备！第三，派重兵保护把汉那吉的安全，不准他们离开驿馆半步，如有任何闪失，你提头来见！"

官军应声答道："是！"转身匆匆离去。

驻扎在阳和的宣大总督王崇古接报后，也是大吃了一惊，此事非同小可，连夜就赶了过来。

他先是到驿馆与把汉那吉见面，详细地了解整个事情经过和俺答那边的情况。随后王崇古返回巡抚衙门，召集方逢时和大同各级官员开会，商讨应对之策。

王崇古扫视了大家一眼："刚才，方巡抚跟大家通报了事情经过，事发突然，我们面临两种选择：第一，留下把汉那吉，后果是俺答必定会率兵攻城和抢人；第二，将把汉那吉送还给俺答，这样的话我们将错失一个平息边患的重要契机。"

众官员纷纷表态："我们听制台的，是打是留，您发话就是！"

王崇古："来之前，方巡抚已经作好了布置，大同城里严阵以待，相信一时半会他们攻不进来。我已通令山西、阳和等地官军前来增援，我王崇古会留下来与各位共克时艰。大家有没有信心？"

众人高喊："有！"

王崇古点头："诸位既然都有信心，那么有几个原则大家必须记住：第一，不怕俺答来要人，要打就打，先别露怯。第二，敌不动，我不动，看看俺答什么态度再说。第三，把汉那吉现在是我们重要的筹码，朝廷那边我们必须取得内阁和圣上支持，争取议和与互市。"

众人应了一声，各自散去。

三天后，十万鞑靼铁骑气势汹汹地杀到了城下，这几乎是俺答的全部兵力。俺答自闹出强娶自家外孙女、逼走亲孙子的丑事之后，他的妻子彻底暴怒了，天天撕扯俺答要跟他拼命。

而实际上，俺答对这个孙子的感情非常深，心有愧疚的他发誓一定要把这个孙子找回，于是带着大军一路追到大同。

十万铁骑将大同城团团围住，双方剑拔弩张，大战一触即发。

紫禁城，承天殿。

今天朝会上，讨论异常激烈，这一件关乎大明北方边境长治久安的大事——

封贡互市。

隆庆先让张居正向众臣说了俺答汗的要求。

说完之后，隆庆问道："诸位爱卿，鞑靼人提出了封贡和互市的要求，你们怎么看？"

第一个提出反对的是御史姚继可："启禀陛下，微臣半个月前，以巡按的身份巡视宣府、大同，据地方所闻，王崇古、方逢时主政一方，却不思破敌之策，暗持怀柔之心。以臣看来，此二人有通敌之嫌疑！"

御史叶梦熊出班奏报："臣附议！鞑靼人凶残狡诈，反复无常，与他们议和，无异于与虎谋皮，枉费心机。唐玄宗封安禄山为东平郡王，招致了安史之乱；宋徽宗封郭药师为燕王，惹来了靖康之耻。前车之鉴，后事之师，封贡互市，断不可以！"

御史饶仁侃对身边的太仆寺卿武尚贤轻声说道："叶大人说得在理，大明乃天朝上国，跟胡人封贡互市，有辱我大明的天威。"

武尚贤点头，表示同意。

龙椅上的隆庆帝皱了皱眉头，没有说话。自登基以来，隆庆一向都是让朝堂大臣各抒己见的辩论，以胜出者意见为决策的依据，所以人们称他是"垂拱而治"。

户部尚书张守直也是极力地反对："鞑靼并非草原唯一部族，俺答汗能代表整个草原吗？如果给他封爵位，让他入贡，别的部落仍不安宁，我们岂不是白费劲？爵位乃国之荣耀，岂可轻易授人！再说，即便是封爵入贡，谁能保证有一百年和平吗？"

定国公徐文璧看不下去了，反驳道："这个怎么能未卜先知？我看谁都不能保证百年之事，俺答汗也不能，你能吗？"

张守直被呛得满脸通红，一时无话应答。

左都御史、新近的内阁大臣赵贞吉站了出来，道："当年庚戌之变，严嵩与仇鸾不敢同俺答开战，极力主张互市，拿我大明上乘的丝绸和大米，换来鞑靼人的劣马，教训难道还不深刻？还是先帝英明，果断取消马市，严令再言马市者，斩！诸位这是又要步奸党之后尘？"

张居正据理力争："此一时，彼一时也。当时开马市是苟安，现在是互利，有什么不可以的呢？"

说到庚戌之变，三朝老臣李春芳有话说了："赵大人的话有失偏颇。先帝取消马市，是因为仇鸾办事不力，导致边贸混乱，边塞失防。封贡互市，岂可因噎废食？"

赵贞吉不服气地回道："封贡互市，说到底就是投降议和，就是软骨头！"

说到软骨头，兵部尚书郭乾激动了："就我兵部而言，严防和死守是第一要事。谭纶为什么要在边塞修城筑墙，不就是为拒敌于长城之外？今若是开马互市，无异于自毁长城，坐等狼来！非我族类，其心必异！大明将士，誓与鞑靼血战到底！"

张居正问道："血战到底？诸位可知道，这几年为了平息内忧外患，朝廷一年的开支是多少？告诉你们，每年光军费一项，就要用去五百多万两，而太仓税入，一年也就二百来万两。试问，拿什么打，我们还能打多久？"

赵贞吉冷笑一声："国家生死存亡的大事，岂是用钱来衡量的。前朝南宋，比元朝富足万倍，不照样被人给灭了？"

张居正正色道："两国争端，不一定要靠打仗才能解决问题，我们跟鞑靼人打了一百多年，把鞑靼打服了吗？没有！既然没有，还要不要继续打下去？我看未必。兵法有云：不战而屈人之兵。如果能不打仗而让俺答归顺，接受吾皇的册封，不失为幸事。再者，互市是两国边民贸易往来的通道，有了这个通道，边民就活了，朝廷的税赋也能增加了，何乐而不为？"

赵贞吉讥讽道："跟鞑靼人做生意，你张阁老可以不顾大明的脸面，可我赵贞吉不能不要。"

张居正："这不是脸面不脸面的问题，封贡互市，带来的是边塞长久的安宁，朝廷减少支出，百姓得到生息，这有何不可？拒绝互市，其结果必然是边患不断，百姓流离失所，怨声载道！"

工部尚书朱衡慢吞吞地挪出来，道："臣认为，封贡可以，但互市有风险，断然不可。"

吏部右侍郎张四维并不同意："封贡、互市是一体的，而且有四大好处。第一，俺答汗可停止战争，边民可享太平；第二，边境有数年之太平，可乘机积蓄力量，俺答如果背盟，再打就是；第三，边境贸易往来，有利于民间百姓和睦相处，少生事端；第四，封贡互市，彰显我天朝上国胸怀如江海宽阔，其他草原蛮族必马首是瞻，万国来朝。若此，则天下幸甚，百姓有福也！"

张居正："大家争来争去，无非是面子二字。我粗略算了笔账。北边九镇去年一年的军费开支就在三百万两以上。如果议和成功，最少可以减少一半以上的军费开支。圣上早就说了，咱们不能只要面子，不要里子。什么是里子？说白了就是银子！国库多出来这笔银子，能造福多少黎民众生？"

说到银子，隆庆来了兴趣，问："张居正，你刚才说议和成功，每年能省下一百五十多万两银子？"

张居正连忙答道："是的圣上。不仅如此，户部还能多收一大笔税银。"

高拱接过话头："陛下、诸位大人，张大人刚才的话说得有道理，却没说透彻！就让臣替他把话说透彻吧！在臣看来，战争分两种。一种是必要的战争，一种是非必要的战争。譬如靖康之耻。金兵占了半个宋朝，宋朝当然该血战到底！臣说句出格的话，若是鞑靼人占了半个大明，臣愿与鞑靼人拼个你死我活！可时下，鞑靼人并未占我大明寸土，只是想要回他的孙子。再打下去，便是非必要的战争。非必要的战争的结果，无非是劳民伤财，我大明得不到任何的好处！"

见高拱表态了，隆庆的眼睛看着李春芳。李春芳知道，他这个内阁首辅是时候表明态度了。

李春芳上前，奏道："启禀陛下。臣以为，我们现在还没有必要跟鞑靼人血战到底，若能息战，不失为一件好事！臣同意议和！"四位阁臣中，就有三位支持议和。

看到这里，隆庆终于下了决心："既然诸位爱卿同意议和，那就让王崇古派人跟俺答谈谈，有什么条件再说。"

众臣纷纷叩首："吾皇圣明。"

蒙古包里，俺答一个人独自喝着闷酒。

一名军官前来："报告大汗，汉军派了使者过来，说是要与大汗谈判！"

俺答："带进来！"

不一会儿，一个气宇轩昂的男子走了进来。

俺答大帐两旁排开刀斧手，一付杀气腾腾的样子。

男子在帐篷中间站定，抱拳，道："大明使者鲍崇德参见大汗！"

俺答轻蔑地斜了他一眼："就你一个人也敢只身闯营，就不怕我一刀杀了你？"

鲍崇德哈哈大笑，说："怕，当然怕，不过你那宝贝孙子也怕我死，因为我死了，他也活也不成了。"

这一下，俺答愣住了。

鲍崇德气定神闲地说道："大汗杀我，您亲孙子是死；两边战事一开，您亲孙子还是死。难道说，大汗率重兵前来，只是为了得到把汉那吉的一具尸首？"

俺答气得大喊一声："放肆！"

鲍崇德呵呵一笑："大汗莫急。把汉那吉此次来我大同，不为兵戎相见，只是消遣和散心。大明天子非常高兴，待您的孙子如同上宾，还授了他指挥使的官职，御赐红袍一袭，这是多大的礼遇啊。我们圣上这样，还不是看着大汗您的面子吗？"

俺答听到孙子受到如此尊贵的礼遇，当下脸色就缓和了下来。

鲍崇德顺势说道："怎么，客人来了都没张凳子坐？"

俺答有点尴尬，吩咐近侍："还不快给使者赐座！"

近侍搬来一把椅子，鲍崇德也不客气，径直地坐了下去。

　　俺答切入了正题："王崇古派你前来，不知所为何事？"

　　鲍崇德："好事，天大的好事！"

　　俺答："哦？"

　　鲍崇德："大明天子如此优待您的孙子，大汗何不趁此机会，做件造福边地万千百姓的大好事？"

　　俺答："怎么说？"

　　鲍崇德："化干戈为玉帛！"

　　"可以！"俺答几乎脱口而出，"你们什么时候放我孙子回来？"

　　鲍崇德呵呵一笑，卖了个关子："这个嘛，要看大汗什么时候要您的孙子回来。"

　　俺答："现在？"

　　鲍崇德："可以！"

　　俺答见他回答如此爽快，似乎都有点不敢相信。

　　鲍崇德却不紧不慢又说了一句："不过，得有个条件。"

　　俺答问："什么条件？"

　　鲍崇德："我们制台大人说了，既然与大汗交好，把汉那吉想在我们那儿住多久就住多久，想回家我们就八抬大轿送他回家。只不过我们也希望，大汗此时能表示一下你们的诚意……"

　　俺答一听，又愣了："什么诚意？"

　　鲍崇德："把赵全那几个人交给我们！"

　　一提到赵全，俺答不由得犹豫了起来。

　　赵全是嘉靖时期著名的汉奸，诡计多端，对边境的山川地形了如指掌，屡次带着鞑靼人入侵内地，还帮着鞑靼人在边境筑城，令汉人十分不齿。

　　鲍崇德一看他在犹豫，又说了这么一段话："大汗，您不想想，天下有多少个赵全？天下又有几个把汉那吉呢？您放弃一个赵全，不仅可以换回您的孙子，后面还有天大的好处呢！"

听到后面还有天大的好处，俺答立刻睁大了眼睛，定定地看着鲍崇德。

鲍崇德故意停顿了一下，才说："圣上说了，大汗若是送还赵全一应人等，两下交好，朝廷可以答应封贡互市，从此两地百姓安居乐业，您说，这是不是天大的好处？"

俺答听了这话，眼睛亮了。鞑靼资源匮乏，很多的生活必需品自己生产不出来，必须跟汉人交换才行，特别是铜、铁器什么的，这都是打造兵器的重要原材料。因为双边不能互市，鞑靼人只能纵兵劫掠，年年来抢。

看俺答有些动摇了，鲍崇德知道火候到了，突然起身，双手一抱拳："如果大汗为难，我们也不勉强，告辞！"

"等等！"俺答连忙起身挽留。

鲍崇德："这事不急，咱们想好了再谈！"

俺答无奈："好吧，此事容我与众人商议！"

鲍崇德："在下敬候佳音。大汗英明盖世，可不要棋错一着，徒为亲人所怨、天下人耻笑！在下告辞！"

说完，转身就走。

鲍崇德走后，俺答把鲍崇德的话琢磨了好久，越琢磨越觉得鲍崇德的话句句有理。半晌，俺答突然叫道："来人哪！"

近侍进来，俺答吩咐："去，把赵军师请来！"

不多时，军师赵全迈着匆匆的脚步进来，躬身施礼，道："参见大汗！"

俺答不动声色："此番发兵大同，这一路上军师甚是辛苦！"

赵全媚笑道："不辛苦，为大汗效力，在下万死不辞！"

俺答脸上的肉跳动了一下，身子前倾，问："赵军师真肯为我万死不辞？"

赵全一愣，心里七上八下，回道："当然。自打脱离大明的第一天起，我就把草原当作了我的家，承蒙大汗不弃，救我于水火，赐我荣华，赵某无时不在感念这份恩德。"

俺答哈哈大笑："你是汉人，大明才是你的家！"

赵全："大明虽是我的母国，但皇帝昏庸，官员贪淫，百姓民不聊生。大明王朝已过这么多年，早就该改朝换代，还百姓一个清明世道。"

俺答："即使是改朝换代，汉人也只认汉人的朝代，你帮助我们鞑靼打汉人的江山，他们能够认同？"

赵全："大汗可知这么一句古话：夷狄入中国，则中国之；中国入夷狄，则夷狄之！"

俺答一愣："什么意思？"

赵全："汉人这个群体，是以文化认同为标准，而非血统、族群的认同！换句话说，只要信奉华夏文化，那么异族做中国的皇帝，也就名正言顺！"

俺答又是一乐，讥讽道："你帮异族打下母国的江山，还带人掠夺大明边境，屠杀同胞百姓，难道就没一点愧疚之心吗？"

赵全："改朝换代必然要付出代价，这些人牺牲了是为了以后更多的人能过上安乐的生活。"

俺答再次哈哈大笑了起来："赵全，你可真不要脸，为求一己之私竟然可以说得如此冠冕堂皇！为了荣华富贵，双手不惜染满同胞的鲜血，踩着族人的尸骨往上爬。你家祖宗要是地下有知，只怕是要从棺材板里钻出来。"

赵全被他这么一说，脸上刹时红一阵白一阵，嗫嚅不敢言。

俺答："你方才说，愿为我万死不辞。现在就有一个机会，不知道你愿不愿意？"

赵全的心猛地一沉，感觉凶多吉少，不知道如何回答。

俺答径直地说道："刚才大明的使者来了，说是要拿你去换把汉那吉，这让本汗十分为难，想来找你商量。"

赵全脸色大变："大汗，不可，不可呀大汗！"

俺答脸色一沉："有何不可？"

赵全："牺牲我赵全倒没什么，可是把汉那吉出走是因为您娶了自己的外孙女，如果他回来了，能保证他对您的仇恨一笔勾销？"

这真是哪壶不开提哪壶，俺答汗本来对赵全还有眷恋之情，想不到赵全戳他的痛处，再想到和明帝国议和的美好前景，更想到家中哭成泪人的大老婆，俺答怒从胆边生，大吼："住口！"

这一声怒吼，把赵全吓了一大跳。但只是愣了片刻，他又迅速回过神来，他知道，如不打消俺答的这个念头，自己定是死无全尸。

"大汗！"赵全急急地说道，"您也不想想，咱们十万大军兵临城下，拿下大同指日可待，何苦与他们讲和谈条件？"

俺答气呼呼地说道："难道你不知道我孙子还在他们手上？"

赵全："把汉那吉既然投奔大明，必是叛变投敌进而搬兵来打我们，他好坐上大汗的宝座，称霸草原！等他羽翼丰满了，就是我们的覆灭之时啊！"

俺答一听，更来气了："你这是把你的那套汉奸理论强加于我孙子身上啊，我俺答汗，平生最恨的就是你们这种贪生怕死毫无气节的软骨头！"

赵全一听愣了，双腿发抖，脸色苍白。

俺答咬牙切齿："来人，把赵全绑了！"

近侍上前，二话不说就把赵全按在了地上，赵全声嘶力竭地呼喊："大汗饶命，大汗饶命！"

寒风呼啸中，赵全一行被五花大绑地装进了囚车，一路押送到北京。

隆庆毫不犹豫地给了一个凌迟的判决。

刑场上，前来看热闹的人山人海，大家都想亲眼见证汗奸叛徒的下场。

多年来，赵全助纣为虐帮俺答屡屡入侵大明，今天终于绳之于法。

赵全在从大同去北京的途中时，王崇古已按内阁的决定，将把汉那吉送还俺答。

俺答内心有愧，又因为大老婆施加的压力，不禁抱着孙子痛哭，场景十分感人。

封贡互市，为大明带来了数十年的边境安宁。

秋八月，黄花镇里一片金黄。

黄花镇素有"京师北门"之称，拱卫着京师和皇陵。关外约两里远，是一个叫杨家庄的地方。

这里依山傍水，清澈的九渡河绕屯寨而过，河谷两岸的坡梁谷畔，长满了黄菊、黄芩、蒿类，间或有鹅黄色栗花点缀其中，每到仲夏时节，漫山遍野黄花盛开，山林村舍漫天微黄。

此刻的杨家庄里炊烟袅袅，村里人家正在准备着午饭。

山谷里，一群群牧马和牛羊正安静的吃着草儿。

突然，远处传来一阵轰隆的声响，铺天盖地的军马出现在了山坡上。

牧马和牛羊受惊，咴咴地叫着四散逃开，有的顺水而下，有的逆水狂奔，更有几匹牧马直接跑到了附近的山冈之上，一些聪明的马儿则跑回了自己屯中的马棚里，一直嘶叫不停。

这时正在村里喂羊的里长杨安听到马的嘶叫，立刻放下草料，迅速地爬上自家的屋顶，向山谷方向看去。

随即，杨安跳下屋顶，冲进屋内操起铜锣，咣咣咣地一顿猛敲，扯开嗓子高喊："鞑子来了，鞑子来了！"

人们听到锣声，起先是疑惑地站起身来，接着又竖起耳朵听了一阵，最后惊慌失措地跑动了起来，很快，整个村子乱成一片。

"往关里边跑，往关里边跑！"有人在大声地叫喊。

村子南面不到二里便是一座关口，关口上的守兵也几乎在同一时刻发出了警报。

待惊慌的百姓跑进关内，官兵们七手八脚地关上城门。

接连的炮号响起，烽火台上，一股股浓烟升了起来，锣鼓声大作。

转眼之间，数万鞑靼铁骑就涌到了城楼下。

领兵的统帅是俺答的长子辛爱，以骁勇著称，被称为鞑靼五勇士之一。

中军阵前，辛爱但见城墙上旌旗猎猎，戒备森严。新修筑的长城分外坚厚，每三五十步，就有一座敌台。垛口处，架设着一座座着黝黑的大炮。

辛爱问左右："黄花镇的守将是何人？"

一军官答道："是蓟辽总督谭纶，亲自镇守黄花镇！"

辛爱一惊："东南抗倭名将谭纶？"

军官："是！他一来就提出了要重修万里长城，还把戚继光也带了过来。朵颜部的董呼哩跟他们交手，全军覆没。"

辛爱叹了口气："怪不得防范如此严密！"

军官："大王，咱们还打不打？"

辛爱瞪了他一眼："还打个屁呀，你没看人家把炮都架上了，硬打不是自寻死路呀？"

军官："那怎么办，咱们千里而来，就这么空手回去？"

辛爱悻悻地一拨马头，喊一了声："撤！"

鞑靼人又潮水般地往北边退去。

城楼上，有人惊叫了一声："快看！"

但见杨家庄里火光冲天。

原来鞑靼人不甘心空手而归，在杨家庄里肆意抢掠，又放火烧庄。

谭纶下令："迅速集合部队，出城杀敌！"

城门洞开，数千铁骑冲了出去。

杨家庄里，鞑靼的主力部队早已退去，只有数百人的小股部队正在洗劫村庄。他们牵牛捉鸡，忙得不亦乐乎。

突然有人惊叫："谭纶来了！谭纶来了！"

鞑靼人扔下东西仓皇逃窜，谭纶带兵又追杀了一二百里，方才回城。

此战，长城固若金汤，谭纶"身当黄花"的威名不胫而走。

深秋，北方开始有了初冬的寒冽，野外的花花草草早就枯萎，偶尔有几片孤零零的叶子挂在枝头，风一吹，那干枯的叶子就发出"扑棱棱"的声响。

"还没到冬天呢，这风吹得刺骨头。"总督府前，几个站岗的士兵互相小声地嘟囔着。

大堂里，谭纶和戚继光正说着话，忽然一名校尉飞跑进来："报告制台大人、总兵大人，朝廷派人宣旨来了！"

谭纶、戚继光面面相觑，随即赶紧起身相迎。

迎面而来的，是几名官员簇拥着的司礼太监陈洪。

"圣旨到！"陈洪高声道。

谭纶和戚继光以及一众将士齐齐跪倒。

陈洪展开黄绢布圣旨，宣道："奉天承运皇帝，敕曰：谭纶自任蓟辽总督以来，修筑长城，整饬兵备，屡挫鞑虏，功勋卓著。今蓟辽二镇虏警平息，着即解除谭纶蓟辽总督之职，授兵部尚书衔，兼都察院右副都御史，协理戎政。钦此！"

谭纶磕头："臣谭纶领旨谢恩！万岁万岁万万岁！"

陈洪念完谭纶的任命，又展开一道黄绢圣旨："戚继光接旨！"

戚继光伏地静听。

陈洪高声宣道："有上谕：戚继光练兵筑城，自创车营火器，保境安民，杀敌有功。特赏白银五十两！赐绣春刀一柄！"

戚继光磕头："臣戚继光领旨谢恩！万岁万岁万万岁！"

二人接了圣旨，请陈洪内室喝茶。

陈洪感慨了一句："谭大人携手俞龙戚虎声震南北，而如今，谭大人和戚将军在人前显贵，而俞大猷却在南方又遭罪了！"

谭纶和戚继光闻言大惊，异口同声地问："俞大猷怎么了？"

陈洪："上个月，也是我到广西传的旨。俞大猷在广东荡平山贼，生擒了曾一本；后又击破广西壮民叛乱，捉住了韦银豹。然而巡按李良臣却弹劾俞大猷有贪墨军饷之嫌，虽兵部力持公论，仍诏还籍候调。"

谭纶唏嘘不已："俞大猷从伍四十余年，屡有战功，却屡失事罢官，一生都在立功赎罪！"

戚继光也感叹："那年收复兴化城，大捷平海卫，谭大人晋升右副都御史，我加封都督同知，刘显封荫一子，而俞大猷，仅获赏币银四十两。朝廷待他真是不公！"

陈洪举杯："今天是二位的大喜日子，咱不说这些扫兴的事，来来来，喝茶！"

众人纷纷举杯，以示祝贺。

正这时，却见谭纶一阵剧烈地咳嗽。他朝着众人摆了摆手，以示歉意："近期咳嗽得厉害，应该又是老毛病犯了！"

陈洪："这些年谭大人东征西讨，金戈铁马，卧雪眠霜，不知道耗费了多少心血。"

谭纶咳了一阵，苦笑道："讨虏征倭，或竟日不食，或连朝披甲，或数月不得卧榻，或终朝马上待旦，或一日走数百里之遥，或一月而涉千万里之远，任风雨霜露，身无干衣。咱们身为军人，悬性命于呼吸，冒矢石于微茫，如何顾得了身家与生死？"

戚继光亦是感慨："一年三百六十日，日日横戈马上行。"

陈洪："谭大人入主兵部，可以好生歇息一下！"

谭纶又是一阵咳嗽，梁进见状，拿出一方白手帕，走到谭纶面前，为他接了痰。

这一接不要紧，梁进竟发现，谭纶的痰中带着血！他刚要开口，谭纶却将那方手帕抓到手中，又朝着梁进摇了摇头，示意他不要声张。

送走陈洪没几天，谭纶越发咳嗽得厉害，竟然一病不起。

内寝中，谭纶半身斜靠在床头，脸肿得厉害。

王军医坐在他的床前，把了一会儿脉。

又俯身在他心口上静听了一会儿，说："大人久咳不愈，咽部与肺部皆受重创，当是劳累过度所致，虚火上升，底子虚得厉害。"

谭纶使劲地咽了一下口水，艰难地说道："八月二十二日晚吃了些胡椒，第二天起来左脸忽肿，口眼歪斜，久治不愈后竟然痰涎涌塞，两耳雷鸣，头目眩晕，右体麻木……"

王军医："这是小中风，需卧床多休息，每日针灸调治。"

谭纶微微欠身："有劳王军医了！"

然而又半个月过去了，久病在身的谭纶依旧未见好转，只好向隆庆皇帝请求回原籍调理。

隆庆五年（1571年）九月，谭府门前，三辆马车整装待发。

河图、洛书与两个妹妹洪范、九畴绕着马车欢呼雀跃："哦！回家了，回家了……"

谭纶在夫人杨氏的搀扶下，慢慢地走到一辆马前的前面，谭纶伸出手来，吃力地撑着马车的车辕，缓缓地坐了进去。

谭绬招呼着几个小孩上到后面的车上去。

等家眷们都上了马车，谭绬牵着马走到谭纶的马车旁边："哥，可以走了？"

谭纶喘了口气，应道："嗯！"车夫拉动缰绳，马车缓缓启动。

谭绬跟在马车的旁边，边走边兴奋地说道："大哥已经从武定府出发了，应该跟我们同时到家。到时候，咱们家里可得好好热闹热闹！"

他们的大哥谭经在云南武定府任推官，兄弟间已是好些年未见，听说谭纶这次回乡养病，谭经也申请了回乡省亲。

谭纶皱了皱眉，道："不可，前日我已写信给了家里的四弟，兄归家，第一要劝诸公节省，亲情骨肉相聚即可，切莫对外张扬。"

谭绬不以为然："咱们这也算是衣锦荣归了，热闹一下又何妨？"

谭纶的脸立刻拉了下来："你这么想就不要回去了！"

谭绬见他生气了，赶紧赔笑脸："好好好！依你就是！"

说完翻身上马，一溜烟跑到马车的前面去了。

　　谭纶出仕为官之后，回乡的次数极少，除了为父母守制外，其余几次均为路过，这次回籍养病，尽管父母早已不在，然而兄弟之间的骨肉亲情，儿时旧友故交的亲切关怀，依然让他感到温暖与快乐。

　　远离战场上的金戈铁马，塞北边陲的烽火狼烟，官场上的尔虞我诈，经过几个月的精心调理，谭纶的沉疴痼疾居然有了不少好转，虚弱的身体逐渐康复了。

　　第二年春天，已经可以到宜黄各地走动了。

　　这一日，谭纶在几个近侍的陪伴下登上了凤凰山。

　　缠绵的细雨裹挟着泥土的芬芳，滴落在长长的红石台阶上，山岩上，已有一些山花次第绽放。

　　山顶上，一群士子的青衫随风鼓起，不少游客正在登山踏青。

　　谭纶忍不住诗兴大发："寻春此日惬豪游，缓步登高绝岭头。山自北来蟠万叠，水从东汇曲双流。清风绕座飘雨冷，好景当怀一览收。寄语花神休睡去，野人踪迹尚能留。"

　　"兄台真是好文采，凤凰美景张口就来！"旁边一位青年儒士赞了一句。

　　谭纶抬眼望去，青年儒士身着青布长衫，头戴皂条软巾，眉目疏朗，气宇非凡，不由心生好感。

　　谭纶拱手："阁下似乎不是本地人氏？"

　　青年儒士亦是谦虚地拱手回礼："在下临川人，闲来无事，邀了几位朋友来宜黄踏青赏戏。"

　　谭纶来了兴趣，呵呵一笑："阁下也喜欢宜黄戏？"

　　青年儒士："喜欢！宜黄谭司马自浙引入海盐腔，宜黄戏名声大振。我们在临川难得看到宜黄戏，故到宜黄来了。"

　　梁进在一旁笑道："相公可知站在你面前的是何人？"

　　青年儒士一脸茫然地看着谭纶。

　　谭纶笑而不语。

　　梁进："这就是兵部尚书，谭大司马是也！"

青年儒士和他旁边的几位士子大惊，连忙跪拜磕头："临川举人汤显祖叩见尚书大人！"

谭纶笑吟吟地上前，把他们一一扶起。

意外遇见心目中的大英雄，众士子显得异常地兴奋，争先恐后地跟谭纶说话。

谭纶对汤显祖说："这位相公年纪轻轻的就中了举了，后生可畏呀！"

汤显祖不由赧然道："大司马面前，惭愧得很！"

一位士子搭话："大司马，汤显祖可是对你佩服得五体投地，读书、习武，样样都以大司马为标杆。这不，他听说您是改良宜黄戏的首功，非要拖着我们来宜黄观摩一番！"

谭纶大笑："难得各位临川才子有心，宜黄戏好听，可不要沉迷，切莫荒废了学业功名。"

汤显祖："谨听大司马教诲，在下定会用心学习！"

又说了一会话儿，汤显祖等人才依依不舍地目送谭纶归去。

明隆庆六年（1572年）七月，谭纶病愈，准备前往兵部赴职。

汤显祖闻讯，连夜作了一首《送谭尚书行边》诗，并送上五色八件的礼物，即古刀两口、凤嘴琴一张、金印章三道、扇一把、诗一首。汤显祖的礼物虽不贵重，但高雅脱俗，寓意深刻。五色八件是给尊贵的人使用的，比"九五之尊"只差一个级别。送古刀取意于"红粉送佳人，宝剑赠壮士"，而印章是官家之物，有连升三级之意，琴、扇、诗均是儒雅之士的爱物。汤显祖的诗更是衷心祝福谭纶马上建功立业。

谭纶虽官居兵部尚书，但对这个青年儒生也很尊重，礼貌地回赠了一口刀和书信。

汤显祖收到谭尚书的回礼后将刀赠还给谭纶，表示那两口刀乃一雌一雄，不能分离。

一来二往，两人俨然成为神交已久的忘年老友。

张冯驱拱

隆庆六年（1572年）正月，首辅李春芳以要侍奉风烛残年的双亲、自己又年老体衰无法辅政为由，再三地提出了辞职。

隆庆再三挽留，但李春芳坚持辞官，隆庆只好让他告老还乡。在此之前，文渊阁大学士赵贞吉在俺答封贡之后即致仕返乡，礼部尚书殷士儋入阁。至此，内阁仅有高拱、张居正、殷士儋三人。

接任首辅的高拱如日中天，再无顾忌，大肆清扫徐阶余党，就连张居正、殷士儋等人，也不时受到他的敲打。

高拱其实并不贪财。他贪的，是大明王朝至高无上的权力。

这一天，内阁里人流不息。内阁大臣如同医馆大夫，会见了一波又一波的各地官员。

高拱的案前，吏科给事中韩楫说完事情，向高拱行了一礼，正欲出门。

一转身，迎面撞上了一个高大的身影。

韩楫抬头一看，殷士儋虎着个脸看着他。韩楫心里顿时发毛，高拱想让心腹张四维入阁，挤掉殷士儋的位置，授意韩楫和几个言官联名弹劾殷士儋，这段时间两人正较着劲儿。

可殷士儋毕竟是大了他好几品的阁臣，韩楫赶紧弯腰，毕恭毕敬地拱手施礼："殷阁老！"

还没直起腰来，就听得殷士儋冷冷一笑："近日你韩楫一连向圣上参了我好几本，还放出狠话说不扳倒我殷士儋绝不罢休。怎么的，我就在这儿，你想怎么扳啊？"

内阁里的一堆人顿时都愣住了，空气中弥漫着一股浓浓的火药味。

韩楫满脸堆笑："误会，都是误会……"

殷士儋："对我不满意没关系，可你姓韩的也犯不着给别人当枪使啊！"

众人没有想到，脾气火暴的殷士儋竟有这么直接。

韩楫一下就愣住了，脸憋得通红，结结巴巴不知所措。

高拱一听这话腾地站了起来，大家都知道韩楫是高拱的门生，心腹加亲信，殷士儋说给人当枪使，这背后的主谋不就是说他吗。

高拱扯着个大嗓门："殷学士，这是内阁，指桑骂愧成何体统！"

殷士儋摆明了是冲高拱来的，见高拱跳了出来，殷士儋立刻反唇相讥："高大人，你也好意思谈体统？如果我没记错的话，你为了爬上首辅的位置，不惜跟徐阶斗得你死我活。后来你得手了，又不惜赶走陈以勤，逼走赵贞吉，最后李春芳也拱手退位，怎么，你现在看我不顺眼，又要来赶我，这内阁是你家的不成？"

高拱气得一拍桌子，指着殷士儋吼道："殷士儋，休要血口喷人！"

殷士儋冲到他的眼前，也是用手指着高拱的鼻子："你再指下试试！"

高拱一愣："怎么的，你还想打人？"

"打你又如何！"殷士儋不愧是山东大汉，只见他暴喝一声，一撸袖子，上来一把揪住高拱的衣领子，就要揍他。

这下内阁里的众人全惊呆了，这内阁里首辅跟阁员打架，前所未闻啊。

还是张居正反应快，他毫不迟疑冲上前，一把就死死地抱住了殷士儋，殷士儋这拳头最终没能落下。

"万事好商量，你这又何必呢？"张居正喘着粗气说。

然而殷士儋一点不给面子，对着张居正又是一通怒吼："张太岳，你少管闲事！"

所幸在场的人多，众人七手八脚，好言相劝，才把殷士儋和高拱拉开。

内阁打架事件，第二天就轰动了朝野。

原本就在找茬的高拱党更加群情汹汹，纷纷上疏弹劾殷士儋，就光动手打首辅这一条，就得让他卷铺盖滚蛋。殷士儋倒也是个痛快人，他知道朝廷是待不下去了，也不等别人来弹劾他，回家就上疏请辞。

高拱更是痛快，当即就写了票拟，让宫里批了红。

殷士儋就这么走了。

过了虎坊桥，就是张居正的府邸。

这座气势恢宏的大宅子原本是前任首辅严嵩的府邸，严嵩倒台之后宅子被充公，张居正把它给买了下来。

一顶官轿来到府前，官轿里弯腰走出个锦袍官员，给门人递了张名帖，恭敬的称道："劳烦通报一声，兵部右侍郎殷正茂拜见张阁老！"

门人拿了名贴进去通报。

不一会儿，管家出来，拱手施礼："殷大人，我家主子在内书房候着呢，里边有请！"

殷正茂手里拎着一锦盒，跟在管家的后面往里走，一路上奇花异草，给院子里添了不少生气。

"好久没来这座宅子了！"殷正茂感慨了一句。

管家前头带路，回道："是啊，这座宅子荒了好些年，我们来的时候就已经破败不堪，老爷拾掇了好些日子，才把这座宅子整得焕然一新！"

殷正茂："嗯！不错，不错，少了一些奢华，却平添许多高雅，张阁老真是有品位的人！"

管家乐呵呵地应和着，二人穿过长廊，径直地来到内书房。

宽大的黑色案几前，张居正一边喝着茶，一边看着这几天的邸报。

管家进来，轻叩了三下房门，禀报："老爷，殷大人来了！"

殷正茂抢步上前，施礼："殷正茂拜见张阁老！"

张居正起身，还礼，呵呵一笑："殷大人与我同科进士，何必如此拘礼，快快有请！"

二人落座，下人端茶进来。

殷正茂揭开碗盖，摇头吹了吹热气，浅尝了一口："嗯，真香！"

张居正笑道："这是我江陵的松滋碧涧茶，明前采摘，不逊龙井碧螺啊！"

殷正茂："江陵真是人杰地灵，名相故里出名茶，哈哈哈……"

张居正谦虚地说道："我也就一内阁辅臣而已，哪敢妄称名相，殷大人过奖了！"

殷正茂："我这里也有一宝贝，请阁老过目！"

说着，把手里的锦盒打开，一株闪闪发光的珊瑚树映入眼帘。

张居正伸手取出珊瑚树，只见这棵硕大的珊瑚树上，缀满了一颗颗闪亮的珍珠和宝石。

殷正茂："这些珍珠宝石，是佛郎机商人从外洋带来的珍品，珊瑚取自深海，可谓是百年难得一见的宝贝啊！"

张居正不由得啧啧称奇，爱不释手，假装欲还回殷正茂。

殷正茂笑着把宝贝装回锦盒内，放到了张居正的案几上："区区薄礼，还望阁老笑纳！"

张居正假意推辞了几下，呵呵大笑，招呼殷正茂重又坐下。

殷正茂方才切入了正题："听说两广总督李延剿匪不力，圣上非常不满，有意将他换掉，不知道有没有合适的人选？"

张居正："确有此事，朝中一些大臣也推荐了一些人，但高拱不同意，他的门生里一时又选不出合适的人选，所以就搁在那里！"

殷正茂："下官在两京任职已久，想到地方去历练历练，还望阁老成全！"

张居正沉吟片刻："这事，我说了不算，得跟高拱那边商议。"

殷正茂："我与高拱没有私交，这事只能劳烦您出面斡旋了！"

张居正："好吧，我去找他说说这事。"

殷正茂大喜，告辞回去。

第二天，张居正与高拱在内阁当值。

张居正："撤换两广总督的事，阁老考虑得怎么样了？"

高拱："还没想好，太岳的意思是……？"

张居正："广西壮民谋反，得派一得力人选镇压。殷正茂长期在兵部任职，能否当此重任？"

高拱从书案上抬起头："殷正茂？此人兵事如何暂且不论，但贪名却早已有之，怎么，太岳想荐举此人？"

张居正："殷正茂的贪名，是在江西巡抚的任上，有人举报他有贪墨行为，后来都察院派人下去核查，查无实据。所以在下认为，不能因其有贪名而不用其才！"

高拱呵呵一笑："其才？他很有才吗？我看有才是假，太岳与其有同科之谊是真吧！"

张居正听了之后一怔，心说你高拱用人，哪个不是你的门生乡党。就算他张居正荐举自己的同科好友，比起你高拱来又算得了什么。

但张居正不想把事情弄僵，赔着个笑脸道："殷正茂与我同科不假，但私交一般而已，阁老要是不满意，另选他人就是！"

张居正退步了，高拱却不依不饶："太岳啊，用人乃朝政大事，地方主官好与坏，关乎一个地方的民生大计。用得好，是一个地方的幸事；用得不好，是一个地方的灾难。可来不得一点私心。"

张居正："是是是，阁老教诲的是，下官谨记！"

高拱盯着张居正，突然发难："我听说，海瑞在松江清田的时候，你收了徐阶的三万两银子，然后帮着他们把大事化小、小事化了，可有此事？"

张居正的面色骤变，指天发誓："纯属谣传。若有这样的事，我张居正将死无葬身之地，全家人不得善终！"

高拱见他发此毒誓，也是愣了。

随即呵呵地笑了一下，拍了拍张居正的肩膀："既然是流言蜚语，太岳又何必当真！"

高拱说完扬长而去，张居正仿佛突然一下虚脱了，瘫软在地。

隆庆六年仲夏，刺目的太阳挂在天空，几只蝉儿在大树上嘶鸣，发出刺耳的声音。

"这还没到三伏天呢，日头就这么毒。"几个正忙着的太监互相小声地嘟囔着。

到了上早朝的光景，隆庆仍半闭着眼瘫坐在床上，昨晚连御两女，让他不免精疲力竭，病恹恹的没有一点生机。

司礼监掌印太监孟冲低着头、哈着腰急匆匆走进来。望着还在床上的隆庆，孟冲没敢抬头，屏着气试图让自己的呼吸匀称些，过后才小心翼翼地说："万岁爷，该上早朝了。"

"上什么上，不去！"隆庆微闭的双眼猛地睁开，把孟冲吓了一跳。

"可是……众大臣可都在奉天殿里候着呢！"孟冲小心翼翼地说了句，见隆庆满脸的不悦，赶紧又说了一句，"要不，我跟他们说说去，圣上龙体欠安，今日不上早朝？"

隆庆不耐烦地挥了挥手，孟冲赶紧出去了。

隆庆刚登基的时候，也算是一个勤奋开明的皇帝，任用了高拱、张居正等一批能臣辅佐之后，大明王朝似乎又有了兴盛的景象。但慢慢的，隆庆厌烦了没完没了的朝事，反正有内阁那帮老头去干，自己乐得寻欢作乐。

孟冲按着皇帝的意思跟奉天殿里的大臣们回了话，转身又回到了隆庆的寝宫，回报："万岁爷，今儿个不上早朝了，不如我带您去个好玩的去处？"

"哪里有好玩的地方？"隆庆缓缓睁开双眼，瞥向孟冲。

"帝子胡同！"孟冲眉飞色舞地说道，"听说最近新到了几个波斯美女，俊俏无比，充满异域风情，煞是迷人。"

这帝子胡同是京城著名的烟花之地，隆庆一听就来了兴致，虽然后宫佳丽无数，但他从没玩过外族美女。

孟冲看出了他的心思："这会儿正是白天，对圣上的名声不好。那个地方还是适合晚上去，美人红烛，更有些情趣！"

隆庆一听有道理，眯起眼又昏睡过去。

夜幕初降，孟冲和隆庆一身便装，偷偷出了宫。

帝子胡同里已是灯红酒绿，一片繁华景象。

孟冲早就让人安排好了，主仆二人一到地方就被引到了一个更为幽深的巷子里。隆庆看到那几个风情万种的异族女人，瞬间被勾住了眼。

孟冲见状，识趣地退出了房间……

独揽朝纲的高拱，让张居正越发不安。

在高拱的眼里，满朝文武中唯一的对手只有张居正，所谓一山不容二虎。但高拱不知道的是，让他卷铺盖走人的不是张居正，而是太监冯保。

隆庆登基时，高拱荐举了陈洪为司礼监掌印太监，这是内宫最高的职位，人们称之为"内相"。

这让冯保很是不爽，陈洪是嘉靖爷身边的红人，而他一直陪伴着隆庆帝皇长大，无论能力和资历，冯保都认为应该轮到自己了，而高拱却把陈洪扶上了宝座，原因很简单，当年高拱被徐阶赶下台后，是陈洪暗中帮着高拱回来，现在是还人情的时候了。

冯保虽然心中不爽，但也只能干瞪眼，高拱权势太大，招惹不得。

然而陈洪当上掌印太监不久，却因能力太差，几次批红盖印出了岔子，引起了内阁和隆庆的不满，被免去了掌印太监的位置。

冯保以为这下该轮到自己了，然而让他极度失望的是，高拱认为冯保心机太深，内宫势力强大必然不好控制，所以推荐了孟冲来接替陈洪位置。

这下冯保出离愤怒了，他突然意识到，不扳倒高拱，自己永远都没有出头之日。

终于有一天，机会来临了。夜夜笙歌的隆庆皇帝突然不行了，酒色掏空了他三十六岁的身体，他一病不起。

就在这一天，高拱接到紧急召见的谕旨，匆匆赶到宫里。

寝殿内，除了一大堆的御医，还有陈皇后、太子朱翊钧、太子生母李贵妃、内阁辅臣张居正，以及太监冯保。

隆庆病恹恹地躺在床上昏睡，陈皇后和李贵妃则一脸的愁容。

十岁的朱翊钧倚在母亲李贵妃的怀里，一会儿看着病榻上的父皇，一会儿看着忙进忙出的御医，一脸的不安。

李贵妃让冯保带朱翊钧到外边玩会儿，把陈皇后把叫到了一边，悄悄说了些话。

"姐姐，你说圣上身上怎么会有那么多的疮？"李贵妃忧心忡忡问道。

陈皇后瞥了一眼李贵妃："我问了御医，圣上得的是花柳病！"

李贵妃："已经不只是手脚，就连胳肢窝里、屁股上都长满了疮，有的疮都开始流脓水了，脓水流到哪里，哪里又长出来新疮。"

陈皇后听了也是惊诧不已，没想到圣上的病已经到了这样严重的地步。

"都是孟冲那个奸人害的，带着圣上尽去些不三不四的地方。"李贵妃怒气冲冲。

没等陈皇后回话，李贵妃又接着说："姐姐，咱们还是莫要张扬，这要是传出去了，圣上的脸面岂不是要丢尽了！"

陈皇后重重地点了点头。

"圣上醒过来了！"屋内传来张居正惊喜的声音。

陈皇后和李贵妃冲进内室，隆庆皇帝无力地睁开双眼，缓缓地扫视了床前的众人。

"圣上，臣妾在这呢！"陈皇后哽咽着。

李贵妃梨花带雨，只知道哭泣。

隆庆自知大限将至，唯一担心的是，太子尚幼，宰辅彪悍，难免主少国疑，甚至太阿倒持。

但除了高拱他们，他又能相信谁呢。

隆庆深深吸了一口气，对陈皇后、李贵妃说道："朕不在了，你们二位要相依为命，共同抚育太子长大，切不可后宫起乱，祸及江山！"

陈皇后、李贵妃顿时放声大哭。

李贵妃哭过之后，慌乱地叫道："太子呢，快叫太子过来！"

冯保慌忙把太子朱翊钧带了过来。

李贵妃哭着说道："快给父皇跪下！"

朱翊钧双膝跪地，怯生生地看着父皇。

隆庆脸上，挤出了一丝笑容。

隆庆："儿啊，你就要继承大统了，今后可不许贪玩，要听母后的话，好好念书，将来做一个万人景仰的皇帝！"

朱翊钧眨巴眨巴了小眼睛，稚声稚气地说："我不要当皇帝，我要跟父皇一起玩！"

隆庆无限爱怜地看着朱翊钧，温柔地说道："将来长大了，可不能由着性子胡来！"

朱翊钧似懂非懂地点了点头："嗯！"

隆庆复又躺回龙榻，看了一眼高拱等人，说："太子年纪还小，天下大事，就麻烦几位先生了……"

内阁大臣跪地，高拱道："我等身为宰辅，肩负社稷之责，请吾皇放心，微臣必鞠躬尽瘁，死而后已！"

隆庆满意地点了点头，缓缓地闭上了眼睛。御医见他许久都没有动静，上前把了把脉博，又翻开眼皮看了看，扑通一声跪下："圣上殡天了！"

所有人都放声大哭了起来。

隆庆六年（1572年）五月二十六日，隆庆皇帝驾崩，享年三十六。

哭过之后，遗诏是最紧要的事。

高拱抹了一把眼泪，对陈皇后说："娘娘，该拟遗诏了！"

冯保站了出来道："遗诏已经拟好了！"

高拱一愣，拟遗诏历来是辅臣的事，他身为首辅都不知道，冯保一个太监，怎么会有遗诏。

冯保看出了他的疑虑，解释道："阁老未来之时，圣上就命张阁老和我拟好了。"

高拱心里顿时升起了一种不祥的预感。他用眼睛看着张居正，张居正在那哭得昏天黑地，根本不与他对视。他又拿眼睛看了看陈皇后和李贵妃，此二人毫不犹豫地点了点头，意思是她们都知道了。

各方人等到齐了后，冯保宣读遗诏："朕不豫，皇位传给太子朱翊钧，着令司礼监掌印太监与内阁大学士共同辅政，一应礼仪自有礼部题请而行。望新帝进学修德，用贤使能，无事怠慌，保守帝业。"

冯保读完遗诏，高拱身体一震，似乎想说什么但被喉咙里一口黏痰堵住，脸色铁青。

内阁与太监共同辅政，这可是大明朝从来没有过的事情。更何况，按规定遗诏应该是首辅来拟，皇帝死得急，没来得及写，大家也都理解，现在冯保竟然拿出这样一份遗诏，真是让人惊掉了下巴！

但是愤怒归愤怒，毕竟圣上尸骨未寒，孤儿寡母在眼前，闹起来也不好看，况且遗诏也没指明冯保辅政，司礼监掌印太监还是自己人，这账慢慢算，咱们走着瞧。

然而第二天，又一个不幸的消息传来，宛如晴天霹雳。

新帝登基，发布另一条遗旨：原司礼监掌印太监孟冲退位，由秉笔太监冯保接任。这下高拱预感到，一把无形的砍刀，正往自己头上砍来。

是夜，高府充斥着紧张的气氛。

这是自高拱掌权以来，最为危急的时刻。

六月的盛夏，屋子虽然放了些冰块，然而依然那么酷热难耐，一屋子的人都在不停地摇着扇。

工科给事中高程文首先发言："先帝驾崩，遗诏当由首辅拟定，即算首辅不拟，也应由首辅指定人拟。这份遗诏明显有诈，咱们一起弹劾太监冯保私拟遗诏，这可是欺君之罪！"

高拱用白巾抹一把脸上的汗，摇了摇头："私拟遗诏是大罪，可当时陈皇后、李贵妃都在场，她们默认了，我们手中没有证据！"

刑部主事陆树德面色凝重："这饭，要一口一口吃；事，要一件一件做。现在于我们最不利的是什么，是决定权不在我们这里，在他冯保的手里。当务之急，就是把批红掌印的权力先拿回来，这样才能主动作为。"

吏科给事中雒遵："那咱们就上疏，让圣上把太监批红的权力收回，内阁自己票拟自己批红。"

高拱："太监批红掌印是我朝的祖制，与祖制不符，恐有很大的阻力。"

雒遵："老师，现在都到什么时候了，该下决心清除弊政了，太监干预朝政，满朝文武颇有微词，只是敢怒不敢言而已。新皇登基都要推行新政，我看呐，就趁这个机会，把这个弊政革掉！"

屋内几个人都纷纷附和，是啊，弊政此时不除，更待何时！

见大家都是这个意见，高拱思忖了片刻，一招手，几个脑袋凑在了一起，高拱如此这般地交代了一番。

第二天，第一波攻击开始。

一大早，司礼监掌印太监冯保便收到了几封呈交皇帝的奏疏，上疏人是几个给事中，一看名字就知道是高拱的门生。

　　冯保打开一看，惊得目瞪口呆。奏疏的内容全都指向冯保，说太监干政弊端重重，特向圣上进言，收回司礼监的权力，还政于内阁。

　　冯保懵了，他似乎嗅到了一丝危险的信号。

　　想了半天，冯保代皇帝在上面批了六个字，然后批红盖章，交还给了内阁。高拱一看这六个字，就知道这批红出自冯保的手，这正是他想要的结果。高拱对张居正说："太岳，你来看看，这批红应如何理解？"

　　张居正接过一看，轻声地念了出来："知道了，遵祖制！"

　　高拱："什么祖制，怎么遵守？这能是圣上的意思？"

　　张居正心知肚明，笑了笑说："这个应是圣上的意思，叫冯保代笔的吧！"

　　高拱冷笑了一声："十岁天子，如何治理天下？"

　　张居正摇了摇头，不置可否地笑了。

　　又过几天，言官们的奏疏又像雪片一样飞来，纷纷提出，皇帝尚幼，应以学习为重，朝政就不必亲自批阅了，把奏疏送到内阁处理就行。

　　冯保一看这言官的来势也太凶猛了，高拱不就是要批阅权吗，给你就是了。迫于高拱的强大压力，冯保不敢再擅自批红，传话让内阁自行处理。

　　这让高拱得意地笑了，因为在接下来的几天里，他的攻击将再次升级。

　　内宫里，传来了小万历银玲般的笑声。"大伴儿，驾……驾！"

　　小万历骑在冯保的背上当马骑，冯保趴在砖地上绕圈，万历玩得兴起，一刻也停不下来。

　　冯保咧着个笑脸，一圈一圈地在地上转着，膝盖都磨出了血。

　　一小太监进来，见此情形，默默跪在门边的地上陪着。

　　终于，小万历玩累了，从冯保的背上下来，几个宫女追着，要给他喂荔枝。冯保起身，扭了扭酸痛的腰身，长长地舒了一口气。

　　门边的小太监也跟着起身，上前，悄悄地递上了一张纸条。

　　冯保打开纸条一看，大吃一惊。纸条上只有短短的几行字：近日，有很多言官群起上疏，弹劾司礼监掌印太监冯保三大罪状：一是窃权矫诏，犯下欺君大罪；二是以邪燥之药蛊惑先帝，导致先帝英年早逝；三是假传圣旨，以实现掌权之野心。如此奸恶之徒，罪不可赦，应立即下狱问斩！

冯保看过之后有如五雷轰顶，他知道这三大罪状里随便哪一条，都能让他死无葬身之地。

夜幕降临，华灯初上。

张居正在家吃了晚饭，端了一杯茶，翘着个二郎腿在躺椅上歇息，隔墙飘来唱戏的声音。只见他眯着个眼睛，摇头晃脑，好不惬意。

管家匆匆来到近前，轻声禀报："老爷，高阁老来了！"

张居正一惊，立刻直起了身子，问："他怎么来了？"

随即不等管家回话，起身便往外走："还愣着干什么，赶紧给我请进来！"

"哎……"管家慌不迭地跑了出去。

还没到门前，高拱那胖嘟嘟的身子便迎面而来，张居正三步并作两步，口呼："阁老突然来访，下官有失远迎，恕罪，恕罪！"

高拱呵呵一笑："我这也是临时起意，叨扰了！"

张居正请高拱落座，待下人沏好茶，张居正示意他们都出去。

高拱："太岳，你我共事多年，可否还算真心？"

张居正连忙说道："阁老待我，如父兄之关怀，张居正能有今天，全凭阁老大力的栽培！"

高拱："那好，明人不说暗话。今日找你就为一事，冯保窃权矫诏，害死先帝，祸乱朝纲，朝野众臣群情激愤，纷纷奏疏弹劾。此事，你怎么看？"

张居正一听，这是要他表明立场。

张居正拱手道："冯保狼子野心，人人得而诛之！"

高拱满意地点了点头："时下圣上年幼，尚不能独自理政，我们内阁务必要保持意见一致。高仪那边已经完全同意，六部九卿也表态支持。太岳若无意见，明天我们三个就一起到宫里去，跟皇后娘娘、李贵妃当面陈奏！"

张居正深知，新入阁的礼部尚书高仪是个老实巴交的人，高拱的任何意见他都言听计从。

对于高拱的计划，张居正毫不迟疑地回答："下官一向以阁老马首是瞻，此事自当听从差遣！"

高拱终于放心地笑了："有太岳的支持，冯保狗贼当休矣！"

张居正奉承了一句："阁老运筹帷幄，除掉冯保，当易如反掌！"

高拱心满意足，迈着自信的步伐离开了。

高拱刚走，冯保就失魂落魄地找上门来，道："张阁老救我！"

张居正让他坐下喝茶："坐下说话！"

冯保毕竟从来没有经历过这么可怕的事情，那张纸条上的内容已经让他六神无主，道："高拱唆使那么多言官弹劾我，他是要置我于死地啊！"

张居正："不仅如此，他已经串联好了六部九卿，明天就要进宫，逼着陈皇后、李贵妃将你下狱问罪！"

冯保面色惨白："张阁老赶紧替我想想办法，眼下也就你能救我了！"

张居正："我是救不了你了，但有一个人可以救你！"

冯保有如抓到了一根救命稻草，急切地问道："谁？"

张居正："李贵妃！"

冯保恍然大悟，李贵妃是皇帝的亲娘，只要她下令解决高拱，那就一切都不成问题了。

"可是……"冯保兴奋之后，又缓过神来，"李贵妃与高拱素无过节，她凭什么来帮助我呢？"

面对着冯保的疑问，张居正胸有成竹："除掉高拱，只需要一句话而已。"

冯保："什么话？"

张居正："高拱曾公开说过，十岁天子，如何治理天下？你只须跟李贵妃说，十岁天子，如何能坐得天下。有这句话就够了！"

冯保先是一愣，仔细一琢磨，茅塞顿开。

冯保起身，毕恭毕敬地给张居正拱手，深深地鞠了一躬："张阁老于我冯保有再造之恩，如若渡过此劫，冯保必肝脑涂地，甘效犬马之劳！"

张居正的脸上洋溢着灿烂的笑容："冯公公言重了，你我同为圣上辅臣，自当同舟共济，相互提携！"

冯保再谢，转身离去。

六月十五日，天刚刚放亮。

鸟儿在窗外叽叽喳喳地叫，乾清宫里又开始了新的一天。

一宫女在侍候着小万历穿衣，李贵妃则端坐镜前，让宫女为她梳妆。

"今天可要给我好生地听话，上午去读书，下午再去玩儿！"李贵妃从镜子里面看着小万历调皮的脸，严肃地说道。

"那我可不可以叫大伴儿陪我一起去读书？"万历对着李贵妃的背影，脆生生地说道。

李贵妃："可以！"

给李贵妃梳头的宫女突然忍俊不禁，扑哧笑出声来，见李贵妃不解地望着自己，那宫女连忙解释道："圣上这几日天天要骑马，把大伴儿的膝盖都磨出血来了……"

李贵妃一想着冯保的狼狈样，也忍不住地笑了起来。

万历一听，又吵了起来："我要骑马马，我要骑马马……"

正闹着，冯保面色苍白，失魂落魄地跑了进来。

一见到李贵妃，冯保就哭开了："娘娘，大事不好了！"

李贵妃转身，骂道："什么事惊慌成这个样子，一大早哭丧哪！"

冯保收住眼泪："娘娘，那高拱串联了内阁、六部九卿要来逼宫，他说十岁孩童，如何能坐得天下！"

李贵妃大惊，简直不相信自己的耳朵，怒道："乱嚼舌根，看我不把你的头剁下来喂狗！"

冯保指天画地："奴才若有半句虚言，愿天打雷劈！"

李贵妃站了起来，缓缓地走到冯保的前面："说说，怎么回事？"

冯保："高拱在内阁，公开跟人说，圣上年岁太小，不适合治国理政，所以把批红掌印的大权揽了过去，整个朝堂内，他一个人说了算！"

李贵妃若有所思："揽权的事，哀家听说了！"

冯保："这还不算，他跟周王关系密切，联合了朝中大臣，想拥立周王上位。"

李贵妃听了心里一紧，周王是安徽凤阳的藩王，年轻有为，又挟龙兴祖地之优势，在各藩王中拥有很高的威望。

冯保："娘娘若是不信，可以去问张居正和高仪，'十岁孩童，如何能坐得天下！'这可是高拱的亲口所言！"

李贵妃愤怒异常，在屋子里走来走去："先帝尸骨未寒，高拱就来欺负我们孤儿寡母，真是让人寒心哪！"

李贵妃说着说着，泪水就止不住地落了下来。

这让小万历很是惊吓，惊慌失措地跑了过来，抱住李贵妃的腿："母后不哭，母后不哭！"

冯保："娘娘，高拱马上就要来了，咱们该如何应对？"

李贵妃怒吼一声："来就来吧，怕他们作甚？"

日上三竿，高拱进宫了，迈着小碎步，心里充满了自信和兴奋。因为一大早，宫里就传来了消息，诏令内阁、六部九卿等长官前往奉天殿里议事，在他看来，这是弹劾起了作用。

这是万历登基后的第一次朝会，也是新帝登基后高拱要办的首件大事。想到多日的筹划即将实现，高拱按捺不住心中的喜悦。

可当他进了大殿之后，一抬头，不由得心头一紧。

龙椅上坐着十岁的小万历，人一点儿大，衬着那个偌大的龙椅都显得空得慌。再顺着小万历往旁边一瞧，就看到了站在一旁得意扬扬的冯保。

高拱只跟冯保对视了一眼，就有一种不祥的预感！

等人来齐了，冯保用手悄悄地捅了捅小万历。

小万历嫩声嫩气地说了一句："传旨！"

冯保随即打开早已准备好的圣旨，高声宣布："告尔内阁、五府、六部诸臣：大学士高拱揽权擅政，夺威福自专，通不许皇帝主管，我母子日夕惊惧。……便令回籍闲住，不许停留。"

这道旨意由陈皇后、李贵妃、万历皇帝三人共同颁布。

从听到揽权擅政四个字开始，高拱就面如死灰，汗如雨下，趴在地上半天不曾动弹。他想不明白，明明是驱逐冯保之日，怎么会是自己被人赶下了台。他甚至来不及思考自己到底是哪一环出了错，立刻就有一帮锦衣卫，把高拱从地上拎了起来，带出了皇宫。

圣旨非常严厉，不容他作任何停留，仓促中老两口只得雇一辆牛车，凄凄惶惶地离开了北京。

转眼又是一年，张府大红"寿"字高高挂起，锣鼓喧天。

今天是首辅张居正的寿诞，一大早，从西大街、骡马市一直到虎坊桥，挤满了各式各样的官轿。

每顶官轿的后面，都排着一溜肩挑披红礼盒的挑夫。

张居正身着鲜亮的锦袍，笑呵呵地迎送客人。

大院和厅堂摆满了酒席，客人们相互寒暄、聊天，下人们跑进跑出地张罗着，好不热闹。

"张阁老！"一个洪亮的声音响起。

张居正转头看去，但见戚继光一身锦衣青袍，笑容满面地走了过来。

张居正乐呵呵上前两步，道："元敬来了！"

戚继光行礼，回道："阁老五十大寿，末将岂有不来之理？"

张居正嗔道："边塞军务繁忙，如何劳动大驾！"

戚继光满脸堆笑："阁老待我有再造之恩，再忙也得抽空前来。"

张居正俯身在戚继光的耳边悄声说道："你那海狗鞭，着实管用。服用数载下来，时常感觉有热气护体，血脉偾张，虽数九寒天也无须戴帽。"

戚继光抿嘴一笑："光是血脉偾张不行，还得有周身舒畅之法！"

张居正微微有些惊诧："哦？"

戚继光神秘地一笑，冲后面挥了挥手，二顶披红挂彩的轿子抬了过来。

张居正一脸的纳闷。

戚继光走到其中一顶轿前掀起帘子，一个西域女子出现在了眼前。

张居正拿眼瞅去，那女子鼻梁高耸，眼眸深邃，肌如滑脂，满眼含春地坐在里面。张居正故作不解："元敬这是……"

戚继光："阁老大喜之日，如何能少了歌舞助兴，这两位女子来自波斯，一个叫阿古丽，一个叫布丽雅，身姿妙曼，能歌擅舞，充满异域风情。末将好不容易才寻得，今日送到府上，让大家都来开开眼！"

张居正呵呵大笑："西域女子的确难得一见，客人们有眼福了！"

戚继光贴耳悄声："岂止是眼福，祝完寿后，这二位就留下来侍候您了！"

张居正会心一笑："哦？哈哈哈……元敬有心了！"

忽然又想起一事："谭纶如何未与你一起前来？"

戚继光神情有点黯然，道："今次他是来不了了，老毛病又犯，已有十多天下不了床。"

张居正亦是忧心："前日我还到他府上看望，咳嗽得厉害，脚都肿了。"

两人唏嘘着，管家扯长嗓子高喊一声："司礼监掌印冯公公到！"

张居正、戚继光转身，冯保正从一顶轿子里弯腰迈出。

"冯公公！"张居正喊了一声，笑吟吟迎了上去，戚继光紧紧跟在后面。

张府大院，鼓乐大作，鞭炮齐鸣，一支支绚烂的烟花冲天而起。

又是一年秋防，长城外，古道边，衰草复连天。

遵化西北的汤泉镇里，方圆数十里都是旌旗飘舞，战鼓隆隆，十六万大军排成各种阵势，犹如一条条巨龙卧在大地上。

天刚刚露出鱼肚白，朝霞映在了将士们的脸上。将士对面约二里远的一小山包上，是一座高三丈、长宽各六丈的观阵台。

谭纶在观阵台上放眼远望，十六万大军漫山遍野，车兵、步兵、骑兵都阵容整齐，盔甲鲜明，十分雄壮。

"集中十几万大军进行一起演练，实为千古少有之壮举。"谭纶身后的兵部右侍郎汪道昆感叹道。

在汪道昆的旁边，还有蓟辽总督刘应节、顺天巡抚杨兆、昌平总兵杨四畏等大小官员。

"开始吧！"他转头对身边的戚继光说道。

戚继光双手抱拳："遵令！"

此刻的戚继光心情十分激动，当初义乌招兵四千，到现在指挥千军万马，这圆了他人生中最大的夙愿。

戚继光令旗一挥，下面的旗子也跟着挥动，这是撤退的号令。

大军潮水一般散去，行动迅速，并且队伍一点不乱，没多久，偌大的空地上再无一个人。

不一会儿，北面远处山坡上，黄尘飞扬，数万铁骑飞驰而来。

众人看去，"敌兵"高举鞑靼旗号，骑手的服饰和兵器与鞑靼几乎无异。

"敌兵"刚一出现，城墙上立即便有三声炮号响起，其后炮号声接连响起，一眼望不到边的烽火台，次第燃起了狼烟。

守城的士兵迅速拿起武器登上长城，有搬运滚木礌石的，有肩背箭矢弹药的。有人迅速爬进敌台，严密监视；有人飞快的跑去示警处增援。

"敌军"蜂拥而至，须臾便杀到了长城脚下。

一座座云梯架起，一架架车炮架起。长城脚下，喊杀声震天。

城头上，守城官兵倾倒着飞矢和滚木礌石。

身中其一者，自动退出战场。

双方拼杀十分激烈。

"敌方指挥是谁？"谭纶问。

戚继光："李超！守军指挥是胡守仁！"

谭纶呵呵大笑："此二人倒是势均力敌！"

戚继光："是。平日练兵和筑城都以他们为主，长城全线一千五百余座敌台，他们两人就造了三百六十六座，居各路参将之首。"

谭纶："这两个人从台州一直跟着我们，如今也是身经百战的老将了！"

戚继光："是啊！一晃，都二十多年了。"

攻城持续了一个多时辰，几处低矮处，终于有人爬上了城头，紧接着，"敌兵"蜂拥而上，城门吊桥放下，一队铁骑长驱直入，往京城方向杀去。

守兵大急，长城沿线的兵民源源不断前来支援，缺口处，两军展开激战，双方各有伤亡。

附近营地的驻兵也火速赶来支援。

深入内地的"敌兵"正在前进，前面出现许多明军，挡住他们去路。

一辆辆战车排成长队，"敌兵"无法前进，"明军"躲在车后，不断发射火炮、鸟铳、弓箭。

"敌兵"无奈，只能向后撤退。正在这时，车队裂开一大口子，许多勇猛的骑兵冲出来，手使长枪，追杀"敌兵"。

长城缺口处战斗正激烈。守军越来越多，堵住"敌兵"后路。"敌军"被围，拼命突围，明军利用有利地势，奋力抵抗。

战斗至晌午，少数"敌军"冲出重围，守城的一方大获全胜。

收兵的号角吹起，士兵们敲着战鼓，唱着凯歌向城门外的校场走去。

整个攻防演练，让观阵台上的官员大开眼界。汪道昆啧啧称赞："我朝自开国以来，还从来没有过这么大规模的实战演练，开眼了，开眼了！"

观阵台上的众官员开心地笑了起来。

戚继光："请诸位大人移步校场，检阅了车、骑、步三军！"

待众人来到校场，受阅两军早已列队整齐。

谭纶率众人从受阅将士们面前走过，将士们个个精神抖擞，士气昂扬。

谭纶又检查了粮草器械，都井然有序，丝毫不差。这让他很是满意。

戚继光向谭纶介绍："今日演练的是城墙攻防，接下来还有夜战、近战、阵法，历时二十天。"

谭纶频频点头，道："很好！阅兵与演练，实为练兵之良方，以后秋防就以这样的实战演练为示范，每年一次。兵部将通令长城沿线驻军，都要推行此法！"

汪道昆："这样的话，咱们大明官军，就再也不是鞑子眼里的小绵羊了！"

一句话，惹得众人哈哈大笑了起来。

一阵剧烈的咳嗽，急促而嘶哑，打破了屋内的平静。

谭绖掀开门帘，手里端了一碗汤药，边走边吹拂上面的热气。

此时谭纶正从榻上半坐了起来，谭绖赶紧放下汤药，从床里边取过枕头，塞在了他的身后。谭纶长长地喘了几口气，喉咙间舒缓了许多。

谭绖返身又取来汤药，一手扶着谭纶，一手端碗准备喂药。

谭纶摇了摇手，伸手接过，边吹着热气，边喝了起来。

"近期咳嗽得厉害，早就劝你不要来了，演兵的事，有汪道昆、戚继光他们盯着就行。"谭綵责怪道。

谭纶轻啜了一口，叹了口气："十多万人的三军联合演练，我不来能行？"

谭綵："那也不能不顾自己的身子，身子要是垮了，什么事也做不了了！"

谭纶端碗，默不作声。

谭綵："还有几天就结束了，咱们可回京城？"

谭纶："得回！"

谭綵犹豫了一下，欲言又止。谭纶看出来了，问："你还有什么事？"

谭綵："昨日府里来信了，说洪范那丫头病了……"

谭纶愣了一下："病了？咋病的？"

谭綵："前几日突然发烧作寒，头痛，浑身乏力。"

"请了大夫没？"谭纶急切地问道。

谭綵："请了，大夫说是染了风寒，开了些方子。嫂子说，几个小孩太不省心了，让你早点儿回去！"

谭纶："家里的事再急，也要忙过了这阵才能回去。"

谭綵叹了口气，扭头出去。

北京城正阳门西，一处幽深的胡同。

谭纶的夫人杨氏正在张罗着早饭，就听到急促的敲门声，咚咚咚！

大清早的，让人听着有些心神不宁。

她赶紧了擦手，去开门，见佣人莲儿紧张地站在外面，问："怎么了？"

莲儿一把抓住杨氏的手，那神色几乎都要哭了："夫人，出事了，洪范姑娘莫不是得了天花！"

杨氏大惊失色："什么？"

莲儿："奴婢早上起来给她穿衣，她一直说痛，解开她的内衣，竟然生出了许多斑疹，这种疹我见过，跟人得的天花一模一样……"

杨氏一跺脚，放下手中的碗碟就跑。

突然回头对莲儿叫道："还不快请大夫！"

莲儿跑在后面气喘吁吁地回道："管家已经找王军医去了。"

那年头天花可是不小的病，得了天花的，可没几个能活的。

杨氏冲进内房，五岁的大女儿洪范正小脸绯红，半睡半醒地躺在床上，而三岁的小女九畴正在床上爬来爬去。

杨氏一把抱过九畴，对莲儿说道："抱到隔壁房间，任何人不得靠近这间房子！"莲儿接过小九畴，应了一声，转身离去。

杨氏一边抚摸洪范额头，一边查看她身上的疹子，眼泪簌簌掉落下来。

过了一会儿，王军医背着药箱急匆匆地走了进来。

杨氏起身，泪眼婆娑地看着他。此刻也顾不上寒暄，王军医放下药箱，掀开洪范的衣衫看了半天，又伸手把脉，看了舌苔。

半晌，王军医无语。杨氏问："是不是天花？"

王军医起身，面色凝重："夫人既然已经看出了几分，我也就不敢隐瞒，这症状的确是天花！"

杨氏哇的一声哭开了："大夫，求你救救她吧！"

王军医："以时下的医技，恐怕整个京城都没人治得好天花。眼下只能开些方子观察几日，能不能有所好转，只有看天意了……"

杨氏倾刻间就哭成了泪人儿。

王军医劝慰道："夫人切莫伤心过度，有些事还须赶紧办理！"

杨氏抬起泪眼看着王军医。

王军医："天花传染非常快，当前最紧要的，要将与洪范姑娘接触的人隔离开，切莫人传人；其二，要赶紧地消毒，凡瘟疫之处，必有秽恶之气，所以，洪范姑娘的房间要焚香熏烟，驱除秽气；其三是洪范姑娘所用之物全部换掉，举火焚烧。"

　　杨氏一想到小女儿九畴一直跟洪范居住在一起，心急如焚，也顾不得哭泣，拉着王军医就到隔壁房间去了。

　　小娃儿坐在床头，紧张地看着大人。

　　王军医用手摸摸她的额头，又切了切脉，叹了口气。

　　杨氏一看就心知不妙："大夫……"

　　王军医："已经有了感染的迹象，今日之内，发烧咳嗽就会显现，再过几日就会加剧……"

　　杨氏彻底绝望了，捂着脸呜呜地痛哭起来。

　　九月底，谭纶终于回到了北京。

　　路上就得知了女儿洪范夭折的消息，立刻就换轿骑马，心急如焚地赶回了家里。

　　还没进门，就看到了白幡林立。迎接他的，是大女儿洪范冰冷的遗体，昏死过去的杨氏，还有奄奄一息小女儿九畴。

　　两个儿子河图与洛书，已被家丁分别关在两间卧房内，不能出门半步。

　　谭纶眼前一黑，身子晃了两晃，差点就倒下。

　　众人赶紧上前，搀扶着谭纶。

　　让谭家最担心的事，还是来了，洪范夭折不久，九畴也随之西去。

　　给儿子取名河图、洛书，源于"河出图，洛出书，圣人则之"；给女儿取名洪范、九畴，谭纶的本意是要永远牢记治理国家必须遵循的九条大法。

　　然而鸿图未展，一个月内接连失去两名亲生骨肉，白发人送黑发人，谭纶痛不欲生，本就虚弱的身子，再次大病了一场。

　　一束阳光，从窗棂上透了进来。

　　在书房里，谭纶正静静地伏在案头上写着什么。

　　中堂上方，挂着"正己率属"牌匾，那是万历亲赐的牌匾。

窗外，偶有几声鸟的啾鸣。

"哥！"谭纶的身后，传来谭绲的声音。

"嗯！"谭纶应了一声，没有回头，仍旧没有放下手中的笔。

谭绲近前，白棉纸上，密密麻麻写着蝇头小楷，公文的最右边，写着"讨伐令"三个大字。

"又要打仗了？"谭绲问。

谭纶又是"嗯"了一声，继续写他的令书。

谭绲不敢打扰他，拿起案头的杯子，倒掉冷茶，又给他续了杯热水，然后坐在旁边安安静静地等着他。

终于，谭纶写完了最后一个字，又看了一遍，方才转过身来。

"哥，又要打仗了？"谭绲再问了一遍。

谭纶："是！蓟辽那边飞马传书，说朵颜三部已分裂出数股势力，相互厮杀，时不时有小股势力流窜边境，百姓不胜其扰。朝廷下旨，让我拟定作战文书，派戚继光、马芳、李成梁进击剿灭。"

谭绲："进击剿灭，就是要出塞了？"

谭纶："是！蓟辽边防苦心经营近十年，是骡子是马，也该拉出来蹓一蹓了。"

谭绲认真地说道："哥，恕我直言，军中人都盛传那李成梁虽然是打仗的一把好手，但嗜血成性，专爱做些杀良冒功的事儿，你让他出塞打仗，又不知道会有多少无辜百姓成了他的刀下冤魂。"

谭纶："这个我也听说了一二，但他军事才能非常突出，此人跟戚继光一样，是我大明不世出的名将，有他镇守辽东，北边各部族根本翻不起风浪。所以在这次作战计划中，安排了三地巡抚为督军，辽东巡抚张学颜忠诚耿直，断不会任由李成梁胡来。"

谭绲："还是哥想得周全。这次大明最强三虎将出塞讨伐，出乎所有人的意料。"

谭纶："草原部族盘踞北方数百年，也该让他们尝尝我大明的厉害了。对了，你今天找我，可有事情？"

谭绖："吏部的人找我说了，想让我去山东盐运司转任运同，我就想来问问，能去不？"

谭纶："去，当然要去。你虽然是五军都督府的参军都事，可那是一天到晚都没啥事的闲职，闲久了，整个人就废了！"

谭绖："嗯，我听哥哥的！"

谭纶："外放为官，切不可有偷奸耍滑之心，旁门左道之意！"

说着起身，取笔蘸墨，沉思了片刻，在纸上一气写下：一戒与武职官员往来；二戒与边将书柬往来及交际；三戒与乡里及内臣转说人情；四戒轻易作诗文，如能为韩柳为李杜则可，不能请罢；五戒轻信术士；六戒狂饮轻易论事；七戒纵童仆出外生事；八戒轻易去拜京堂；九戒打首饰；十戒与方外及士夫讲外事；十一戒奢侈；十二戒用小娼；十三戒说人长短；十四戒受人请托；十五戒远游；十六戒常请客人；十七戒多拜外官。

谭绖用嘴吹了吹上面的墨迹，又前前后后看了几遍，笑道："哥，你这么多的戒，弟弟还要不要做官了！"

谭纶严肃地说道："这十七戒，是为兄入仕三十多年的为官法则，更是安身立命的警世恒言。咱们在东南抗倭，那些名震一方的封疆大吏哪个不是下场凄惨，朱纨、胡宗宪自杀，王忬、张经被斩，周琉和杨宜削职为民。就是内阁首辅，从夏言到严嵩，从徐阶到高拱，不是罢官，就是抄家斩首，有几人能够笑到最后？"

谭绖的表情，逐渐沉重了起来。

谭纶："哥让你牢记这十七戒，不是让你做一个明哲保身的油滑之徒，而是要你明白，治政必正己，谋国先谋身！"

谭绖仰头，认真地说道："哥，我懂了！"

谭纶点头，继续说道："为官之道，首要的是不结党，要实心用事，所有党争都与你无关；其次是不营私，苍蝇不叮无缝的蛋，不管你有多大的功劳，只要你有循私枉法、贪污受贿的行为，就会被人盯上，秋后算账，必是功不抵过。第三是不纵容。严嵩、徐阶纵容家人贪赃枉法，鱼肉乡里，最后不得善终。"

谭绲："弟弟谨遵哥哥的教诲，今后必将此十七戒作为座右铭，慎微慎独，三省吾身！只是……"

谭纶："只是什么？"

谭绲："家里出了这么大的事，哥哥又大病初愈，我担心这一走，就不能在哥哥床前侍候了！"

谭纶笑了："府里这么多的人，还需你来侍候？"

谭纶转身望着窗，突然说了一句："人生无百岁，百岁复如何？古来英雄士，各已归山河。"

三月初五，这一天是三路大军出塞的日子，太阳还没出来，大军已经开始造饭了。吃了饭之后，人马正式开拔，出塞作战，目标直取朵颜三部。

朵颜三部之中，最强的是长秃部，然后是福余部，最弱的就是泰宁部。

李成梁看着急急忙忙赶来的努尔哈赤，脸上露出了笑容，道："好生地给我杀敌立功，这次多砍几个首级，回去娶房媳妇！"

努尔哈赤："谢主子！"

李成梁知道这家伙人狠话不多，每次出战砍的首级总是最多。

日出时分，号角吹响，辽东巡抚张学颜一声令下，李成梁率部开拔，正式开始了对朵颜泰宁部的讨伐。

这些年，辽东军一直都没闲着，不是在与泰宁部打，就是跟土蛮、女真人打，日渐式微的泰宁部根本无力与李成梁部抗衡。

李成梁两万骑兵兵分三路，直取泰宁部各个部落。

蓟州，顺天巡抚杨兆也向戚继光下达了同样的命令，各营正式出兵，目标朵颜长秃部。长秃是董呼哩的弟弟，董呼哩死后，长秃就成了大汗。

大同巡抚刘应箕与马芳带着大同人马出塞，他们的目标是朵颜福余部。

大明的三路军统帅，虽然没商量过，但是却不约而同的选择了一个战法——直捣黄龙。

北京城，兵部。

谭纶一脸严肃地站在大地图前面，自从三月初五大军出塞，整整过去半个月了，一点消息都没传回来，谭纶心里面实在是没底。

正这时，外面传来一个兴冲冲的声音："大捷，大捷！"兵部右侍郎凌云翼一路小跑着进来。

"哦！"谭纶急切地迎了上去。

"三边巡抚先后发来捷报！"凌云翼笑道，"这次出塞讨伐大获成功！"

虽然强压着，可是在场的人都看得出来，谭纶的内心也是十分激动。

"戚继光部三月十八发动攻击，活捉可汗长秃，缴获马两万匹，牛羊无算；三月二十日，李成梁部也捷报频传，阵斩泰宁部可汗，缴获牛马等牲畜五万余。三月二十二日，马芳部大获全胜，福余部全员投降。三路大军从开战到大捷不足一个月的时间，顺利的剿平了朵颜三部。"

凌云翼一气说完，整个兵部都沸腾了。

谭纶呵呵大笑，道："好，很好，打得好！速向圣上请功！"

"是！"凌云翼大声地回道，兴冲冲地走了出去。

锦州城，李府大红灯笼高高挂。

李成梁部凯旋，全城洋溢着节日般的喜庆。

油灯下，努尔哈赤与弟弟舒尔哈齐相对而坐。

"哥，你变了，变得我都认不出你来了！"沉默了半晌，舒尔哈齐幽幽地说了一句。

努尔哈赤看着他："怎么了？"

舒尔哈齐："我来问你，你还记不记得我们家的血海深仇？"

努尔哈赤一怔："还用问，当然是李成梁！"

努尔哈赤少年丧母，在家里呆不下去了，便带着同母弟弟舒尔哈齐，投奔了外祖父王杲。王杲在古勒城筑寨称王，经常率兵闯入大明地界，万历二年七月，朝廷命李成梁出兵征讨。王杲兵败被俘，被押解京师处斩。

李成梁攻陷古勒城后，纵兵烧杀抢掠，努尔哈赤的祖父觉昌安和父亲塔克死于乱军之中。十六岁的努尔哈赤见势不妙，便领着弟弟，抱李成梁马腿苦苦求饶。李成梁看这两兄弟眉清目秀，动了恻隐之心，便把他们带回了辽东总兵府。从此努尔哈赤当上了李总兵的家丁，兼书童、仆人、侍卫，而他的弟弟则在军营中效力。

舒尔哈齐恨恨地说道："当年李老贼破了古勒城，擒斩了我们的外公王杲，杀害了我们的祖父、父亲，你如今不思报仇，却认贼作父，如何对得起地下的列祖列宗！"

努尔哈赤："血海深仇，岂能相忘。可是你我兄弟二人无兵无权，这个仇，怎么能报？"

舒尔哈齐倏地站了起来："我看你是贪恋他们的荣华富贵，报仇的事，早就被你扔到一边了！"

努尔哈赤定定地看着舒尔哈齐，突然笑了。

舒尔哈齐气呼呼地说道："难道不是么？"

努尔哈赤只是笑："我的傻弟弟，哥是那样的人么？"

舒尔哈齐扭头不理。

努尔哈赤脸色一沉："这也能叫荣华富贵，充其量也就小恩小惠罢了。有一句话你听好了，生如蝼蚁，当有鸿鹄之志。今日我们就是蝼蚁，掀不起风浪，做不了大事，但我们要学会隐忍，学会顺从，让他们看不出我们有丝毫的志向。他日有了足够的力量，有了报仇的本事，我们才能一鸣惊人，冲天而起！"

舒尔哈齐心有所动，但仍是不解："那么为何，你在战场上总是那么卖命，帮助他们杀了我们那么多的同胞？"

努尔哈赤："要想做大自己的实力，目前唯一能做的，就是建立更多的功勋，升到更高的官职，拥有自己的军队。我在战场拼命杀敌，为的是在他们的统治下建功立业，出人头地。我斩杀的首级，并不是自己的同胞，是他们队伍中的那些败类！杀良冒功，这是李成梁最喜欢干的事，我这是以其人之道还治其身！"

舒尔哈齐："那你说，咱们什么时候才能有了足够的实力？"

努尔哈赤："大明数百万军队，攒够与他们抗衡的实力，一时急不来的。"

舒尔哈齐："谁是我们最大的敌人？"

努尔哈赤："谭纶、戚继光、李成梁！这三人精通兵法，极会打仗。尤其是那个谭纶，修建万里长城，改良火炮战车，训练虎狼士兵，有他在，休想撼动大明的边境。"

舒尔哈齐："这次三路大军剿灭朵颜三部，就是谭纶亲自部署指挥的？"

努尔哈赤："说是剿灭朵颜，实则是把土蛮、女真也一并纳入了剿杀范围，这一个月来，光咱们女真，就有上万同胞死于他们的铁蹄之下。"

舒尔哈齐："狗汉官，总有一天，我们要让他们血债血偿……"

努尔哈赤竖指示意他小声点，道："我要去总兵府了，你早点歇息！"

"嗯。"舒尔哈齐使劲点头，目送努尔哈赤的离去。

李府外，一身戎装的努尔哈赤拾阶而上。

"野猪皮！"身后传来一声招呼，努尔哈赤抬转头望，大门里正出来一人，是李成梁请来的江南名士徐渭，专为教授他的儿子们学习经典和兵法。

"这次又斩了多少首级？"徐渭乐呵呵地问道。

努尔哈赤赶紧停住脚步，拱手施礼，道："回禀先生，斩了八颗首级。"

徐渭指着他，大笑："好你个野猪皮，又赚了大把的银两，发财了哈！"

"野猪皮"是努尔哈赤绰号，女真人那里是坚忍不拔的意思。

努尔哈赤赶紧谦虚地说道："都是先生调教的好，明日我请客，把府里的各位公子都请来一起乐呵乐呵！"

徐渭哈哈大笑，爽快地回道："行，明天我把他们一块带来！"

努尔哈赤："明日中午，醉八仙酒楼，不见不散！"

二人打着哈哈，分头离去。

努尔哈赤天生机敏灵利，又勤奋，深得李成梁的喜爱，徐渭请来之后，李成梁让努尔哈赤陪着八个儿子一块读书，所以努尔哈赤在总兵府跟在自个家里一样。

此时的努尔哈赤，早已长成了高大威猛的汉子。辽东战事频频，凡有战事，努尔哈赤都随李成梁出征，每战必先登，屡立战功，李成梁对他越来越喜爱了。甚至每次回京师，李成梁都带着他，这让努尔哈赤见了世面，开阔了视野，对大明官军排兵布阵、战略战术有了真切的理解。

长长的回廊里，一个身姿曼妙的女子正端着汤碗前面走着。

努尔哈赤上前，悄悄地捏了她的屁股。

女子吓了一跳，转头正欲惊呼，却见努尔哈赤用指竖在嘴中间："嘘！"

女子瞬间又羞又喜，边走边悄声地说道："你也太胆大了，被人撞见咱们两个都完了！"

"喜兰姐姐，一个多月不见，想我了没？"努尔哈赤嬉皮笑脸地问道。

"不想！"喜兰故作生气，红着脸低头快走。

努尔哈赤伸手要拦她："不想就不准走！"

喜兰又惊又急，扭身绕开："这可是在外面，让人看见了老爷非剥了你的皮不可！"

努尔哈赤紧紧跟在后面："让他剥皮好了，眼睁睁地看你侍候那老头子，还不如让我死了的好。"

喜兰心头一震，但仍然没停下脚步，轻轻说了一句："今夜老头子在我那里，明晚我来找你！"

努尔哈赤大喜："老地方，不见不散哦！"

喜兰没再搭话，一扭腰身，进了自己的寝房。

李成梁共有十六个妻妾，喜兰排行十五，与努尔哈赤年龄相仿。努尔哈赤虽然年少，却常常表现出一种特别的精明，有一次，李成梁因琐事与喜兰争执，情急之下李成梁挥鞭要打喜兰，努尔哈赤以身挡在喜兰身前，称为感谢夫人一饭之恩，愿替夫人受罚。这事令李府上下对他刮目相看。

日久生情，喜兰与努尔哈赤竟然暗地里相爱了。

"老爷难得来，妾身亲手给你做了碗参汤，给老爷补补！"寝室里，传来喜兰的声音。

寝室中间，一个大大的脚盆上热气腾腾，透过热汽，李成梁坐在太师椅上，乐呵呵地瞅了过来。喜兰揭开碗盖，用嘴吹了吹碗里的热汽，用调羹舀了一勺参汤，给李成梁的嘴里喂去。

李成梁伸手，正欲去摸那娇艳欲滴的俏脸。喜兰侧脸躲开，轻声说道："努尔哈赤来了，在外面候着呢！"

李成梁"哦"了一句，道："让他进来！"

门外努尔哈赤听得真切，喊道"大帅，奴才来给您请安了！"

李成梁笑容满面："进来吧！"

努尔哈赤高大的身影闪了进来，跪地砰砰砰磕了三个响头，起身站起。

李成梁感叹道："难得你有心，天天早晚请安，嘘寒问暖，比我那几个亲生的强多了！"

努尔哈赤一边蹲在脚盆边，撸胳膊挽袖，说："大帅于我有再生之德，比我亲生的父亲强多了！"

李成梁哈哈大笑："你小子就是会说话！"

努尔哈赤双手伸进水里，给李成梁洗起脚来，这让李成梁十分地受用，歪着身子，半眯双眼，嘴里哼哼叽叽念叨："舒服……舒服！"

努尔哈赤洗着洗着，突然感觉李成梁的左脚底下有三颗肉乎乎的小疙瘩。努尔哈赤抬起他的左脚，发现在三颗豆大的肉痣。

李成梁得意地说："算命先生说了，我这三颗肉痣可是大福大贵之相，天赋异禀，哈哈哈……"

"真的？"努尔哈赤惊喜地叫了出来。

李成梁笑道："足下有痣，主大吉，三星将济，志在千里！"

努尔哈赤："大帅，那如果有七颗又怎么说？"

李成梁："七颗，哪会有七颗，真若有的话不是帝王就是神仙下凡……"

努尔哈赤从脚盆里收回了手，在身上揩了揩水渍，脱下了自己左脚上的靴子，把光脚丫子抬了起来。李成梁向前探了探身子，仔细看了会，果然，七颗肉痣像北斗七星，藏在了他的脚心里。

李成梁的身子一震，喃喃轻语："想不到你个野猪皮，还有如此福相……"

洗完脚，努尔哈赤便退下了。

偏房里，努尔哈赤的鼾声如雷。

窗棂上，传来几声轻微而急促敲击声。努尔哈赤一个激灵，从床上一跃而起。仔细侧耳倾听，敲击声再次响起，有规律的一长两短，那是他与喜兰幽会的暗号。

努尔哈赤急忙将窗户打开，一个黑影爬了进来。

努尔哈赤又惊又喜，一把抱住了她，低声说："你不是说明晚才来吗，怎么突然就来了？"说着，便要用嘴堵住她的嘴。

喜兰一把推开努尔哈赤，急切地说道："出大事了！"

努尔哈赤一愣，停止了动作，问："出什么大事了？"

喜兰："你脚底的七颗痣惹大事了。你走后，老头子立马就叫来了李如松，我在帷帐内听得真切，老头子让他准备一辆囚车，明天一早抓你进京！"

努尔哈赤一惊："凭什么抓我？"

喜兰："老头子说,你脚底下的七星痣,是帝王之相,万历皇帝此前曾经做过一个梦,说有个脚底七星痣的人会来夺取他的天下,让各地抚臣密切注意,一有发现,立刻押解进京处死!"

努尔哈赤吓出了一身冷汗,在屋内走来走去:"那可怎么办?"

喜兰哽咽道:"还能怎么办,只有先逃走再说。老头子送我一匹大青马,你把它骑走,走得远远的,再也不要回来。"

努尔哈赤心头一动:"你跟我一起走!"

喜兰心乱如麻,眼泪大颗大颗掉落下来:"不,你走,你走……"

努尔哈赤牵着喜兰的手,二人趁夜偷偷出了门,直奔马厩。

大青马咴咴一叫,努尔哈赤翻身上马,伸手抓住喜兰,一用力,把喜兰给硬生生地拽上了马,努尔哈赤一夹马肚,大青马飞也似的奔了出去。

这一跑,就跑出去了一百多里,天光大亮,大青马来到了一大梨树下。

努尔哈赤跳下马,伸手摘了几个梨子,自己咬了一口:"嗯,好甜。"说完,塞了一个大梨给喜兰吃。

吃完梨,二人又累又饿,努尔哈赤一把将喜兰揽在怀里,喃喃说道:"跟着我,你要受苦了!"

喜兰趴在他那宽阔的怀里,说:"吃苦我不怕,但你不能负了我……"

努尔哈赤在她的额头上轻吻了一下:"怎么会,我努尔哈赤对天发誓,此生如若负你,愿受天打雷劈……"

喜兰忙用手捂住了他的嘴,二人缠绵了一会,就在大树底下沉沉睡去。

也不知道过了多久,努尔哈赤突然像被什么惊醒。

喜兰也在同一时刻睁开了眼睛。

两人侧耳倾听,远处传来了隆隆的马蹄声。

努尔哈赤一惊,大叫一声:"不好,追兵来了!"

说着,拉着喜兰就往大青马那跑去。

努尔哈赤翻身上马,弯腰伸手,准备接喜兰上马。

　　然而令他意外的是，此刻的喜兰犹豫了，没有伸出手来。

　　"快走啊！"努尔哈赤焦急地叫道。

　　喜兰大颗的泪珠滚落下来："你走吧，两个人只有一匹马肯定跑不掉，与其两个人死，不如让我留下来拖住他们一阵！"

　　努尔哈赤大叫："不行，要死一起死！"

　　喜兰泪眼朦胧地看了一眼努尔哈赤，突然捡起地上的一根枝条奋力地抽打了一下马的屁股，那大青马受惊，前蹄高抬，瞬间蹿了出去。

　　努尔哈赤大惊，赶紧坐稳身子，一回头，追兵扬起的黄尘已近在眼前。努尔哈赤无奈，身子紧紧地贴在马背上，风一样消失在密林深处。

　　喜兰望着大青马远去的背影，脸含微笑，缓步来到大梨树下，解下腰带，一挥手，白色腰带穿过大树权。随后，她又搬过来几块石头，踮着脚踩了上去，将腰带打了一个死结，缓缓将头伸了进去，脚下一踢石块，眼睛一闭，整个身子在空中晃了起来。

　　当李成梁赶到的时候，喜兰的身子已冰冷。

　　李成梁怒火中烧，脸色铁青，猛地一挥马鞭，啪的一声，马鞭正中喜兰的前襟，喜兰的衣衫唰的一声朝两边散开，雪白的肌肤坦露了出来。

　　李成梁还不解气，马鞭挥舞得啪啪作响，喜兰的尸首顿时血肉横飞，衣衫裤裙落地，浑身是血一丝不挂地吊在了空中。

　　将士们不敢作声，大梨树下，风在悲鸣。

　　青灯下，传来几声咳嗽的声音。

　　门吱扭一下开了，杨氏轻手轻脚地走了进来，手里端着一汤碗，说："妾身给你炖了冰糖雪梨，你趁热喝了吧！"

　　谭纶从堆满了案牍的公文里抬头，满眼的歉意，道："娘子辛苦了，你别等我了，早些休息吧！"

　　杨氏不满地说："你身子不好，又天天熬夜，你不去睡，我哪睡得着！"

谭纶呵呵一笑："没事，你去看看两个儿子，小心又踢了被子！"

杨氏："那你先把汤喝了！"

谭纶满脸堆笑："好好好，都听夫人的！"

说着，端起碗来，一边用调羹舀着，眼睛又落在了书案上。

杨氏叹了口气，摇了摇头，转身出去。

一声鸡鸣，突然把杨氏从睡梦中惊醒。

杨氏一摸床的一侧，空空如也。

"这天都快亮了，还不来睡觉……"杨氏一边嘟囔，一边起身下床，端着一支油灯来到了后书房。

后书房里，油灯早已熄灭，黑漆漆的屋里没有一丝声响。

杨氏推门，借着手中油灯的光亮，只见谭纶趴在案几上一动不动。

杨氏上前，推了推谭纶："相公……相公……"

谭纶还是一动不动，杨氏感觉他身子死沉，忙将油灯凑在谭纶的跟前，但见谭纶双目紧闭，面色漆黑，杨氏吓了一大跳，心脏登时怦怦地乱跳。

杨氏伸出手指放在谭纶鼻子底下，冰凉的鼻子早已没了呼吸。

扑通一下，油灯落地，大院里响起了杨氏凄厉地呼喊："来人哪，快来人哪……"

万历五年（1577年）四月初三深夜，一代将星陨落。

史载，谭纶的死，举国震惊。万历皇帝封赠谭纶为太子太保，谥襄敏，并亲写祭文哀悼，礼部以超一品规制将其厚葬，其曾祖以下五代皆有封赏和追赠。谭纶死后五年，戚继光受张居正一案的牵连剥夺军权，于孤苦落魄中走完了他的一生。万历二十三年，戚家军余部被蓟镇总兵王保全体屠杀，史称"蓟州兵变"。谭戚的离去，标志着一个时代的结束，努尔哈赤在北方起兵，数十年后，他的子孙打入关内建立新朝，国号"大清"。

谭纶年表

谭纶（1520年—1577年），一字以诏，二字子理，号二华，明代江西宜黄县待贤乡谭坊人。

其先祖谭衍昌为南北朝刘宋主爵都尉，徙居宜黄观上刺桑，是为江右谭氏之始祖。宋末元初，衍昌第二十八世孙天爵定居谭坊，历数世而生世隆，是为纶之高祖。世隆生积，积生廷用，廷用生镐。

祖廷用，以孙贵累赠至兵部尚书。父镐，字宗周，号东吾。性地端严，学术正大，以选贡分教归安，升淮府教授。以子贵封兵部主事，再赠侍郎兼御史，后赠兵部尚书。娶妻黄氏，继娶罗氏、朱氏。镐有四子：长子经（1504年—1581年），字以训，初任腾越州判官，升武定推官；次子纶；三子綵（1524—1595年），字以谐，号敬吾，荫补太学生，授右军都督府经历，历官山东盐运同知，寻甸知府；四子绮（1557年—1597年），荫补国子监生。经出黄氏，纶、綵同出罗氏，绮则出朱氏。

纶初娶本县仙都乡饶氏，卒赠夫人；继娶东乡刘氏，封夫人；又娶罗氏、杨氏，俱封夫人。长子河图，字君出，号述轩，行凤七，以父功荫锦衣卫指挥千户，进升定远将军；次子洛书，字君则，行麟二，袭国子监监正，未仕；次女洪范、幼女九畴，早夭。

明武宗正德十五年庚辰（1520年）一岁

七月二十一日午时，谭纶生于宜黄谭坊的一个儒士家庭。

正德十六年辛巳（1521年）两岁

三月，武宗崩于豹房。兴献王长子朱厚熜登极，改元嘉靖，是为世宗。

四月，诏议皇帝本生父兴献王尊崇典礼，大礼议起。

世宗嘉靖元年壬午（1522年）三岁

是年，甘肃兵乱杀巡抚右副都御史许铭，北虏数犯延绥、宣大、辽东。

嘉靖二年癸未（1523年）四岁

闰四月，世宗始建醮于宫中，词臣多以青词邀宠。

五月，日本贡使宗设谦、鸾冈瑞佐道分道入贡，相互仇杀，给事中夏言言倭患起于市，遂罢之。是为"争贡之役"。

嘉靖三年甲申（1524年）五岁

七月，诏令去兴献皇"本生"二字，朝臣跪伏于左顺门抗旨。世宗命系一百三十四人于狱，并杖毙十七人。

是年，吐鲁番部两万人掠肃州。大同兵乱，杀巡抚都御史张文锦。起杨一清为兵部尚书，总制三边。

嘉靖四年乙酉（1525年）六岁

五月，张居正生。居正字叔大，号太岳，湖广江陵人。

十二月，《大礼议集》成，颁示天下。

嘉靖五年丙戌（1526年）七岁

是年，鞑靼亦卜剌犯洮州，杨一清复入阁预机务。

嘉靖六年丁亥（1527年）八岁

二月，内阁首辅费宏致仕。小王子寇宣府。

五月，总制两广军务王守仁降附田州蛮。

是年，同里邹古潭先生创私塾，谭镐入馆教学，纶就读私塾。

嘉靖七年戊子（1528年）九岁

是年，起王琼为兵都尚书，总制三边。王守仁平断藤峡瑶。戚继光生于山东济宁。继光字元敬，号南塘。

嘉靖八年己丑（1529年）十岁

正月，南京兵部尚书兼左都御史新建伯王守仁卒。

嘉靖九年庚寅（1530年）十一岁

四月，阁臣杨一清卒。

嘉靖十年辛卯（1531年）十二岁

是年，鞑靼屡犯甘肃、大同等地。

嘉靖十一年壬辰（1532年）十三岁

三月，小王子犯延绥。

嘉靖十二年癸巳（1533年）十四岁

是年，大同兵乱，总兵官李瑾被杀。鞑靼犯延绥、宣府、宁夏。

嘉靖十三年甲午（1534年）十五岁

是年，小王子犯大同，叛军内应。吉囊四万骑寇宁夏。

嘉靖十四年乙未（1535年）十六岁

是年，辽东军乱，囚巡抚都御史吕经。鞑靼犯大同。俞大猷（字志辅）登武会举第五名，升正千户，视篆金门。

嘉靖十五年丙申（1536年）十七岁

是年，以刘天和为兵部侍郎，总制三边。礼部尚书夏言兼武英殿大学士入阁。吉囊寇凉州，入庄浪，犯延绥，边将数破之。

嘉靖十六年丁酉（1537年）十八岁

是年，鞑靼寇甘州。吉囊犯宣府，指挥赵镗战死。谭镐就任浙江州归安县学训导，纶随父前往任所，入归安县学，与茅坤、陆稳诸公共课文艺。

嘉靖十七年戊戌（1538年）十九岁

是年，鞑靼寇宣府，指挥周冕败没。吉囊犯河西，总督刘天和督兵御之。世宗改太宗庙号为成祖，尊兴献帝庙号为睿宗，祔太庙。

嘉靖十八年己亥（1539年）二十岁

二月，立朱载壑为皇太子，封朱载垕为裕王，朱载圳为景王。

是秋，鞑靼两犯宣府，又犯榆林，总兵官周尚文败之。

嘉靖十九年庚子（1540年）二十一岁

七月，吉囊寇万全卫，总兵官白爵败之。

八月，世宗溺于道教，日事斋醮，谕廷臣以太子监国。太仆卿杨最切谏，下诏狱杖杀之，然监国议亦罢。

是年，王直、叶宗满至广东造海船，运硝黄、丝绵等物，与日本、暹罗、西洋诸国贸易。徐海、李光头等亦招沿海无赖，往来海中贩鬻番货。

嘉靖二十年辛丑（1541年）二十二岁

是年，吉囊犯兰州，朵颜三卫入犯开原，俺答犯山西。

嘉靖二十一年壬寅（1542年）二十三岁

六月，俺答寇朔州，入雁门关，犯太原。

七月，勒令大学士夏言闲住。

八月，礼部尚书严嵩加武殿大学士，入阁预机务。

嘉靖二十二年癸卯（1543年）二十四岁

是年，俺答两犯延绥，朵颜三卫入寇昌平州慕田峪。

是年秋，纶举于乡。

嘉靖二十三年甲辰（1544年）二十五岁

正月，俺答犯黄崖口，俺答犯大水峪。

二月，纶赴礼部会试，主考官为礼部尚书兼翰林学士张潮、左春坊左庶子兼翰林修撰江汝璧。

三月，纶殿试中进士，为二甲第六十六名，与秦鸣雷、瞿景淳等三百一十七人同赐进士及第。

八月，因首辅翟銮二子同举进士，给事中王文等劾其有弊，世宗勒銮父子为民。严嵩加太子太傅，任首辅，独专票拟。

十月，小王子寇万全右卫，毁边墙，总兵郤永不能御。

嘉靖二十四年乙巳（1545年）二十六岁

八月，鞑靼犯大同中路，总兵官张达拒却之。又犯鹁鸽峪，参将张凤、指挥刘钦、生员王帮直战死。

九月，世宗诏夏言复职，凌嵩上，凡有所拟旨，不复顾问嵩。

十二月，纶授南京礼部祠祭清吏司主事。祠祭清吏司分掌诸祀典、天文、国恤、庙讳之事。

嘉靖二十五年丙午（1546年）二十七岁

二月，总督宣大侍郎翁万达请筑大同边墙，自大同东路阳和口至宣府西阳河，凡三百余里，世宗许之。

四月，以兵部侍郎曾铣总督陕西三边军务。

五月，俺答遣使至大同求贡，明军斩杀来使。总督翁万达主张复通贡市，世宗不许。

七月，鞑靼犯宣府、保安、庆阳、环县及辽东锦义和宁夏。

十二月，总督三边侍郎曾铣建复套之议，首辅夏言实主之。

嘉靖二十六年丁未（1547年）二十八岁

正月，鞑靼犯永昌，总兵萧汉败绩。

三月，张居正中进士，选庶吉士。

四月，俺答复求贡，翁万达议“宜羁縻使毋侵扰”，世宗不允。

五月，总督三边侍郎曾铣袭套寇，败之。

七月，改巡抚南赣、汀、漳都御史朱纨巡抚浙江，兼管福、兴、漳、泉、建宁五府海道。

十二月，数千倭舟船百艘，犯宁波、台州劫，官军莫有御者。

嘉靖二十七年戊申（1548年）二十九岁

正月，首辅夏言从总督三边侍郎曾铣复套之议，被贬，严嵩再为首辅。

四月，巡视浙江右副都御史朱纨遣都指挥卢镗等捣双屿倭巢，平之；擒斩倭首稽天、许栋，栋党羽王直（王直）等败走。

是年秋，俺答再犯大同、宣府，深入永宁、怀来等处，指挥顾相等被杀，畿辅震动。鞑靼骑兵一度攻至八达岭。

是年，纶于南礼部著《礼刑一德论》。

嘉靖二十八年己酉（1549年）三十岁

二月，俺答入寇宣府滴水崖，指挥董旸及把总江瀚、唐臣、张淮皆战死；遂东犯永宁。吏部尚书徐阶改任礼部尚书。

四月，纶生母罗氏去世，丁母忧回籍。同月，朱纨罢职待勘。

七月，浙江海盗蜂起。巨奸王直、徐海、陈东等，金冠龙袍，称王海岛，倭听指挥，相煽入寇；海寇多以倭服饰旗号劫掠内地。

是年，鞑靼屡犯榆林、大同；朵颜三卫犯辽东。戚继光举山东武举乡试。张居正授翰林院编修。

嘉靖二十九年庚戌（1550年）三十一岁

五月，俺答寇大同，总兵张达、副总兵林椿战死。

七月，逮朱纨，纨仰药死。自纨死后，廷议罢巡视之官，海疆益不治。

八月，俺答犯宣府，大举寇蓟州，分掠畿甸州县，京师戒严。世宗怒，杀兵部尚书丁汝夔、侍郎杨守谦。史称"庚戌之变"。

九月，从吏部侍郎王邦瑞议，罢团营，复三大营旧制。翁万达回兵部。

是岁，纶在原籍宜黄服丧守制。

嘉靖三十年辛亥（1551年）三十二岁

三月，开马市于大同、宣府。

十二月，纶守制期满、服阕，授兵都武库清吏司主事。武库司掌戒器、符勘、尺籍、武学、薪隶之事。

是冬，俺答数犯大同等边塞。

嘉靖三十一年壬子（1552年）三十三岁

是年春，俺答犯大同、左卫、右卫、戚远卫、高卫等地。

二月，罢大同马市。王直引倭突入定海关，官兵却之，乃移巢烈港。

三月，礼部尚书徐阶兼东阁大学士，入阁预机务。

四月，倭犯台州，破黄岩，大掠象山、定海诸县，台州知事武炜战死。

同月，鞑靼犯宣大、辽东等地，仇鸾败绩于镇川堡。

五月，纶升南京兵部职方清吏司署员外郎事。职方清吏司掌舆图、军制、城隍、镇戍、简练、征讨之事。

七月，命都御史王忬巡视浙江，兼辖福建滨海诸府。

同月，以俞大猷为温台宁绍参将，汤克宽为福兴漳泉参将。

是年秋，俺答屡犯山西、宁夏，小王子寇辽东，罢各边马市。

十月，纶升南京兵部武库清吏司署郎中事。

嘉靖三十二年癸丑（1553年）三十四岁

正月，兵部侍郎聂豹任本部尚书。

二月，倭犯温州，参将汤克宽击走之。鞑靼犯宣府，参将史略败殁。

三月，吉能犯延绥攻墩台，杀副总兵李海；俺答犯宣府杀副总兵郭都。

同月，王忬命俞大猷捣烈港贼巢，王直败走马迹潭。

闰三月，王直纠群盗，勾集各岛倭夷，大举入寇，连舰百余艘，蔽海而至；台、宁、嘉、湖以及苏、松，同时告警。

四月，汤克宽等剿马迹潭倭，俞大猷追破之。

五月，汤克宽升任浙直副总兵，提督海防，驻金山卫。

六月，鞑靼犯甘肃、大同，自弘赐堡犯浑源。

七月，倭攻台州宁海县城，凡七日而解。

八月，俞大猷歼普陀山倭。俺答、吉能、小王子数度入犯。

十月，汤克宽与佥事任环于崇明南沙击倭，败绩；复于宝山击倭，败之。又有倭舟至兴化府南日寨、台州太平，登岸流劫。

十一月，倭自崇明逸至常熟，扰及上海、嘉定。

嘉靖三十三年甲寅（1554年）三十五岁

正月，倭自太仓、南沙溃围而出，转掠苏、松各县。

二月，倭寇松江府，官军败绩。

三月，倭分掠苏松，汤克宽战于采淘港，败之。俞大猷代汤克宽为浙直副总兵，卢镗为参将。倭犯苏松，薄通州、泰州、普陀山，官兵败绩。

四月，倭犯嘉兴，入乍浦，掠海宁，陷嘉善、崇明岛；俺答寇宣府。

五月，倭自崇明薄苏州，大掠至昆山。南京兵部尚书张经任总督讨倭。

六月，俺答犯大同。改王忬巡抚大同，李天宠巡抚浙江。

同月，倭自苏州转掠嘉兴，官军再溃。

七月，苏州倭寇流劫至嘉善，俞大猷败之吴淞所。

八月，倭自嘉兴还屯采淘港、柘林等处，又攻嘉定县城。

秋，俺答、把都儿等犯宣府、寇平虏城、古北口、攻蓟州诸地。

十一月，倭自柘林分掠嘉兴、湖州二府。

十二月，倭寇攻嘉兴不克，遂分劫秀水、归安，李天宠与之战，不利。

是年，纶仍任职于南京兵部，熟读三略六韬，留意方志图籍，东南兵要地志、山川险易谙熟于心。又曾数度随总督张经讨倭。浙江倭数寇台州太平、黄岩、临海、仙居诸县。

嘉靖三十四年乙卯（1555年）三十六岁

正月，倭自柘林犯乍浦、海宁，攻陷崇德；复趋杭州，攻德清，转掠塘栖、新市、横塘诸处。

二月，遣工部右侍郎赵文华祭告海神，兼督师倭事。

同月，俺答寇宣府、蓟州。

三月，总督蓟辽、保定都御史杨博任兵部尚书。兵备副使任环击败倭于南沙。张经请调广西狼、土兵至，分隶俞大猷、汤克宽、邹继方诸将。

四月，俞大猷会瓦氏兵击倭于金山卫，颇有斩获。赵文华厚犒狼兵，激之进剿，至曹泾败绩。倭犯江北淮、扬诸府。未几，复大至。

同月，俺答寇宣府，杀参将李光启等。

同月，倭分掠常熟、江阴，参政任环、游击白泫败之。有倭掠宁海。

五月，总督张经大破倭寇于王江泾。时柘林新旧倭四千余人突犯嘉兴，经遣卢镗、俞大猷督狼、土兵击之，于王江泾大败倭寇，斩首一千九百余级。自有倭患以来，战功称第一。倭千余人突犯苏州，登岸肆劫。倭攻常熟，不克。任环、俞大猷攻苏州倭于陆泾坝，败之。赵文华劾总督张经"养寇失机"，世宗怒，下诏逮张经及参将汤克宽。

六月，倭犯浙东，自上虞之爵溪所登岸，犯会稽之高埠。

同月，罢总督南直、浙闽等处周珫，以扬宜代之。罢巡抚浙江都御史李天宠，代之以胡宗宪。

七月，高埠倭流劫杭、严、徽、宁、太平，薄留都南京城下。纶请募壮士五百人逐之，由是称知兵。

同月，山东登州卫指挥佥事戚继光，调浙江都司佥书。

八月，纶升台州知府。时值倭出没台州外海，都指挥王沛败之大陈山。

九月，赵文华与浙江巡抚胡宗宪剿陶宅倭，败绩。

同月，俺答犯宣府、大同，寻犯怀来、保安，京师戒严。

十月，二百余倭自乐清歧头登岸流劫黄岩、仙居、宁海、天台等处，所过焚掠。

同月，前任总督张经、巡抚李天宠被斩。

闰十一月，副总兵俞大猷、兵备副使王崇古合兵入海，焚倭巨舰8艘。

同月，纶剿灭天台以南倭寇。纶合台州乡兵，兵发仙居、宁海、天台，在山涧密林中激战十余日，击斩无算，取清风岭大捷。

嘉靖三十五年丙辰（1556年）三十七岁

正月，闽倭犯浙。兵部尚书杨博以丁忧去，召总督宣大许纶入代。

二月，总督浙直杨宜罢，寻以胡宗宪为兵部侍郎金都御史，总督沿海军务。时值倭自临海入黄岩西乡，官军败绩。

三月，闽倭劫古田，杀备倭指挥刘玤。罢浙江总兵官刘远，大猷代之。

四月，倭舟二十余艘，自浙洋登岸，攻陷慈溪。数日后，复陷之。

同月，倭寇温州，同知黄钏被杀。

五月，复遣工部尚书赵文华提督浙直军务。俞大猷为镇守浙直总兵官。

同月，倭围浙江巡抚阮鹗于桐乡。胡宗宪遣使谕倭酋徐海，围乃解。

六月，浙江倭寇仙居县，陷之。胡宗宪集援兵三万，与谭纶所部协同进剿，歼之于断桥、彭溪、林横桥诸村。同月，俺答犯宣府。

七月，以戚继光升任分守宁、绍、台地方参将。

八月，胡宗宪破倭酋徐海于梁庄。

九月，纶督台州乡兵至慈溪，会合俞大猷、戚继光等，与倭战于龙山所。自此，谭、戚、俞三公聚会浙江，同心御倭，东南之祸，始有转机。

同月，俺答犯辽东，后犯大同。倭由温州海洋犯福宁州。

十一月，鞑靼十余万骑，深入辽东、广宁，总兵官尚质战死。

十二月，鞑靼复犯陕西环县、庆阳等处。

是年，纶守台州，惟日以练兵为事。简精卒千人，立束伍法，日躬自训练，未久即成精锐。

嘉靖三十六年丁巳（1557年）三十八岁

正月，改巡抚浙江阮鹗于福建，命胡宗宪兼理浙江巡抚事。

二月，俺答犯大同。

四月，倭攻海门卫，流劫松门、象山、桃渚。未几，新倭大至，聚攻台州府城。纶与佥事李三畏率兵剿之，歼之隘顽所海滨。

同月，江北倭势复炽，攻如皋、海门、通州。

五月，倭犯栅浦，纶督兵三战三捷。江北倭转掠徐、扬州，入山东界。

六月，俺答犯宣府。

九月，俺答子辛爱拥众数万犯大同，拆毁七十余堡。

十一月，浙直总督胡宗宪计擒倭酋王直，诛之。其余党据舟山之岑港，官军久攻不克。同月，辛爱纵掠大同，围右卫。

嘉靖三十七年戊午（1558年）三十九岁

正月，倭犯广东潮州。同月，辛爱围大同，分兵犯宣府、蓟州。

三月，倭犯福州，巡抚阮鹗赂以罗绮库银数万，于是御史宋仪望等交章论劾，上命逮至京问罪。

同月，倭犯温州、台州。胡宗宪命浙直兵攻岑港，久不克。纶率台州乡兵前往助战，旋因倭警，回防台州。

四月，倭屯临海栅浦，分掠黄岩、太平诸乡镇。未几，新倭大至，合数万人薄台州府城。纶率台州军民同仇敌忾，严密防守，迫其退兵。

同月，倭掠临海三石镇，胡宗宪遣兵击走之。

同月，倭掠象山、宁海、仙居数月，后为戚继光所败。未几，又有新倭自浙江台、温入福建之福州、兴化、泉州，皆登岸焚劫而去。

六月，浙西倭犯福清、永嘉。

同月，倭分犯福、兴、漳、泉诸府，陷南安、福清。

闰七月，纶升浙江按察司副使，兼巡视海道，治安宁波。纶在台州知府任上三年，修缮城池，训练士卒，厉兵秣马，志在平倭。又关心民瘼，存亡恤孤。政绩斐然。胡宗宪上奏朝廷，称赞其"治行第一"。

十月，命兵部郎中唐顺之视师浙江，与胡宗宪协谋剿倭。

同月，土蛮犯边。

十一月，浙江倭自柯梅出海，扬帆南奔。自是，倭患尽移于福建。

是年，纶开府宁波，与戚继光、俞大猷选练士卒，教以荆楚剑法及方圆行阵，信赏必罚，颇著绩效。

嘉靖三十八年己未（1559年）四十岁

三月，倭犯象山，纶令俞大猷率师后继，身先驰之。适倭夷800抵马冈，戒左兵遮其前，右兵截其后，而以劲卒横冲其中，夷大溃，斩首数百，余逃匿山中。翌日，纶勒兵攻何家石览倭巢，夷奔舟，举火焚之，歼焉。

同月，柯梅倭扬帆出海，胡宗宪委罪总兵俞大猷以自解，遂逮大猷至京师，以副总兵卢镗代之。

四月，江北倭寇通州，兵备副使刘景韶御之于如皋、海门、丁堰。有倭数千人劫掠台州、温州。台州之倭，攻桃渚所、楚门所及海门卫。胡宗宪檄副使谭纶率戚继光往救，纶率兵冒雨急行三百余里，及时解桃渚之围。

同月，福建新倭大至，攻福宁、连江、罗源等，围福州，陷福安县。

五月，纶与戚继光守海门卫。一日夜四鼓，倭果袭西门，杀守者登矣。纶闻喧声，率卫卒而出，疾斩数十人。又计贼不北走海门，则南出深门，于是以舟师截深门，而与戚继光走新河城，败之新河城下，旋又败之南湾。贼溃而西，尽陷淖泽中歼焉。

同月，凤阳巡抚李遂，督江北攻倭于庙湾。

是年，俺答犯大同、土木堡、宣府。上召兵部尚书杨博还，理部事。

嘉靖三十九年庚申（1560年）四十一岁

正月，右通政唐顺之在升任凤阳巡抚前，荐纶疏，宜重用。

同月，俺答犯宣府。

二月，继光改台金参将，大猷除罪录用。六千倭寇劫潮州。

三月，鞑靼犯蓟州、辽东。

九月，纶升浙江布政使司右参政，仍兼副使，巡视如故。此前，浙直总督胡宗宪，“荐其海上效劳，宜加衔久任”。世宗揽疏大悦，批云：“谭纶宜从重擢用。”同月，俺答犯朔州、广武。

是年，台州吏民念谭纶保全台州之功，建谭公生祠。

嘉靖四十年辛酉（1561年）四十二岁

正月，吉能寇山西。

三月，纶丁父忧回籍，时在三月十九日。离任后，宁波百姓特立“去思碑”，鄞县丰坊撰碑文，表彰其抗倭功绩。

四月，倭掠台州宁海、太平及郡城，戚继光次第败之。总兵卢镗、海道副使王春泽御倭于温州、宁波诸处，颇有斩获。浙江倭患，终告平息。

闰五月，广东张琏、林朝曦义军分道攻入江西，势如破竹，先后攻入赣东南十余县境，在泰和杀副使汪一中、指挥王应鹏等。宜黄、崇仁等县皆在其中，纶被迫至抚州避难。

七月，浙直总督胡宗宪兼节制江西，发兵应援。

同月，鞑靼犯宣府。

八月，林朝曦率部万余从广昌入抚州，破乐安、宜黄、崇仁。

十月，戚继光率兵援江西，入宜黄，击败林朝曦，旋班师回浙。纶夺情起复，与南赣副总兵俞大猷、都督刘显围剿起义军。

十一月，福建巡抚刘焘调外，代之以游震得。

嘉靖四十一年壬戌（1562年）四十三岁

二月，提督两广张臬请调狼兵10万，会剿广东起义军。

四月，土蛮犯辽东。

五月，纶率所部浙兵，参与镇压广东张琏起义。时俞大猷、刘显等统兵20余万，平定广东起义，张琏、萧雪峰被俘，余部2万余人被遣散。后林朝曦复败于广东程乡。

同月，江西巡抚胡松延纶入府商讨善后事宜。严嵩罢职，徐阶晋首辅。

六月，纶改授福建布政使司右参政。未抵任，即以原职奏请终制，朝廷许之。戚继光援闽，破倭于横屿、牛田、林墩诸处。

七月，鞑靼数犯宁夏。

十月，纶以平张琏之功，获赏银币。福建新倭大至，陷寿宁、政和、宁德等县及玄钟所，蔓延及松溪、大田、古田之境。

十一月，倭陷福建兴化府，参将毕高、参政翁时器缒城而走，同知奚世亮被杀。改南赣神威营副总兵俞大猷为镇守福建总兵官。

同月，逮浙直总督兼兵部尚书胡宗宪入京。北寇数犯宁夏。

十二月，命分守台金严参将戚继光充副总兵官，分守福建。

嘉靖四十二年癸亥（1563年）四十四岁

正月，纶再夺情起用，以原职兼按察金事，统浙兵一千二百人援闽。同月，鞑靼犯宣府、固原等处。

二月，兴化倭攻陷平海卫，都指挥欧阳深中伏身亡。

同月，罢福建巡抚、右金都御史游震得。张臬总督广闽军务。

同月，俺答犯辽阳。

三月，擢纶右金都御史，巡抚福建。纶赴浙江督发浙兵援闽。

三月十八日，纶率军进抵江西铅山，乃致书李邦珍、俞大猷、刘显等，言"未可轻战，只宜严防"，以免重蹈欧阳深败亡之覆辙。

四月初八日，戚继光率戚家军万余人抵达福建。

四月十一日，纶会同整饬福建备按察副使汪道昆，前往平海卫视师。

四月二十一日，纶至俞大猷军中，召集诸将部署机宜。指令戚继光军为中哨，刘显军为左哨，俞大猷军为右哨，聚攻兴化倭寇，歼敌二千二百余人，取得平海卫大捷。捷闻，进都察院右副都御史，赏以银币。

同月，复遣兵击倭于神前澳、北岭诸处，屡战皆捷。

五月，纶命戚继光进兵连江，扫清北路倭寇。

同月，谭纶有《倭寇暂宁条陈善后事宜以治安疏》，所议有复水寨、处兵将、缓征课、明职守、修军政等十二事。又荐戚继光为总兵官，镇守福建。

八月，辽东总兵杨照，出塞掩击，中流矢死。

十月，新旧倭两万余，分乘大小船只，分犯福、兴、漳、泉诸处，闽地沿海烽烟再起。世宗诏戚继光充总兵官，镇守全闽，俞大猷移镇南赣。

同月，鞑靼从墙子岭、磨子岭入，大掠顺义、三河、通州，京师戒严。

十一月初四日，纶料定倭寇必然觊觎城池，乃与戚继光提兵南下寻机歼敌，又调拨镇抚叶应春入仙游协守。

十一月初七日，倭两万余人大举围攻仙游县城，知县陈大有督率军民昼夜登城防守。纶与戚继光进兵至仙游外围，因兵力不足未贸然决战。

十二月十六日，从浙江赶来的戚家军抵达仙游战场。其时，倭围仙游月余，久未攻下，已成强弩之末。

十二月二十六日，纶与戚继光以少击众，合兵攻破仙游倭寇南巢，继之乘胜扫荡其他三巢之敌，遂解仙游之围。

嘉靖四十三年甲子（1564年）四十五岁

正月，仙游余倭万余败遁南下。同月，土蛮寇辽东。

二月初二日，纶与戚继光统大军，下同安、漳浦，追歼残倭。

二月初四，明军歼倭于同安王仓坪，斩获首级一百七十余颗，堕崖而死者甚众，收回被掳男女三千余人。

二月十二日，纶亲诣漳浦明军大营，召集各营将官会议。

二月十六日，纶督戚继光败倭于漳浦蔡丕岭，歼敌无数；余倭或逃向广东，或掠渔舟入海。福建倭平。

闰二月，鞑靼犯辽东。

三月，广东官军败潮州倭贼。

四月，纶以福建倭患平息，疏请终丧，朝廷许之。

五月，纶回原籍补制。此前《条陈善后未尽事宜以备远略以图治安疏》，议兵、议将、议有司、议食、宽海禁、增县治等六事。

六月，惠潮总兵俞大猷与参将汤克宽大破倭于海丰，擒斩一千二百人，各哨零星斩获千余人。

十二月，鞑靼犯山西太原等处。

嘉靖四十四年乙丑（1565年）四十六岁

是年春，鞑靼犯宁夏，土蛮寇辽东。

四月，吏部尚书严讷、礼部尚书李春芳兼武英殿大学士，入阁预机务。

八月，俺答子黄台吉犯宣府。

九月，纶守制期满，服阕。

十月，起纶右副都御史，巡抚陕西。

十二月，改纶巡抚四川。其时，四川大足县爆发蔡伯贯白莲教起义，连破大足等七州县，急需重臣主持军事，朝廷故有是命。

嘉靖四十五年丙寅（1566年）四十七岁

正月，纶在赴新任途中染疾，在湖北黄州调治。

同月，四川官兵平定蔡伯贯起义。

三月，纶抵成都，与原任巡抚刘自强办理交接。俺答犯宣府。

四月，闽广官军追击海寇吴平，大败之。

七月，辛爱犯万全右卫，复犯延绥。

八月，南赣巡抚吴百朋剿广东和平、江西龙南等地的起义军。

九月，纶督四川官军万余人，在云南官兵的配合下，平定了土官凤继祖叛乱，朝延复赐银币。先是，云南武定府土官凤继祖发动叛乱，攻围武定府城，旋遭云南巡抚吕光洵商定会讨之策，重用兵备副使叶应乾、经历黄清、土妇凤氏，迅速平定了凤继祖叛乱。

同月，以俞大猷为广西总兵官。

十月，纶升任两广总督，兼巡抚广西。江西布政司右参政李佑巡抚广东。改兵部尚书杨博于吏部，命戎政尚书赵炳然回兵部管事。复设广东总兵官，以原惠潮参将汤克宽任之。俺答犯固原，复犯偏头关。

十二月，世宗崩于乾清宫，裕王朱载垕即位，改元隆庆，是为明穆宗。

是年，纶悉心经略川务，如改施州于支罗卫，设隆昌县于隆桥驿，改龙州为龙安府，蜀赖以安。

穆宗隆庆元年丁卯（1567年）四十八岁

二月，以陈以勤为礼部尚书兼文渊大学士，张居正为吏部左侍郎兼东阁大学士，并直阁。

三月，土蛮寇辽东。

四月，兵部尚书赵炳然以疾乞休，南京兵部尚书郭乾代之。同月重录《永乐大典》成，进张居正礼部尚书兼武英殿大学士。

五月，纶至广东南雄，与原任提督两广都御吴桂芳交接，旋至肇庆任所，复往广西梧州巡视。同月，内阁大学士高拱乞休。

六月，俺答犯朔州。

八月，召纶与戚继光入朝。此前，给事中吴时来建议召纶与继光、大猷"专督练边兵，以省诸镇征调之扰"，兵部言"大猷才宜于南"，不宜于北，故仅召纶与继光北上练兵。

九月，俺答大举入犯大同，长驱长直入，男妇死者数万人。

同月，朵颜三卫勾土蛮同时入寇蓟州。

十月，兵部尚书郭乾为给事中王治、欧阳一敬所劾，遂坐罢，召总督三边右侍郎霍冀代之。

十一月，命纶以原职回兵部管事。

十二月，纶坐镇梧州咨会俞大猷，设营扼险，兵分把守要害，弹压广西民族起义。在广东招降义军首领江月照，又调兵马严防海贼曾一本内犯。

隆庆二年戊辰（1568年）四十九岁

二月，鞑靼犯柴沟堡。

三月，升纶兵部左侍郎兼都察院右佥都御史，总督蓟辽保定军务，兼理粮饷。诏俞大猷讨广东海寇曾一本。

四月，纶至密云履任新职，有《早定庙谟以图安攘疏》。疏中请调蓟州大名、井陉及督抚标兵三万人，分为三营，由诸将分统训练；建议授戚继光以总理练兵之职；请调浙江鸟铳手三千人，作为冲锋破敌之用。

五月，戚继光以都督同知总理蓟州、昌平、保定三镇练兵事。

六月，上奏《分立三大营事宜疏》，略谓："请于蓟昌十路练兵三万人，列为三营。遵化一营，巡抚都御史刘应节提督之；三屯一营，镇守总兵官郭琥提督之；密云一营，练兵都督戚继光提督之。悉受制于总督，不得矛盾同异。"后又有《条陈蓟州未尽事宜以重秋防疏》，所奏凡七事：一曰议应援，二曰明节制，三曰议功赏，四曰议修守，五曰革冒滥，六曰禁虚诈，七曰广利器。

七月，大学士徐阶致仕，李春芳进首辅。

十一月，宣府总兵官击俺答于塞外，败之。

十二月，朵颜部酋长董呼哩纠集三千余众，进犯蓟州铁门关、董家口、青山口、榆木岭、擦子崖等处，纶调兵遣将，严督防御，将其击退。数日后，董呼哩远遁塞外。

隆庆三年己巳（1569年）五十岁

正月，纶上奏《增设重险以保万世治安疏》：请筑墩台三千座，台高五丈，周20丈，约可住百人；阶三重，预储刍械，若攻垣则两台火矢交及。计周垣两千四百余里，先其要害，筑台一千二百座，后渐加筑，为期三年而成。延议从之。俺答犯弘赐堡，大同总兵赵岢击却之。

同月，改总理练兵都督戚继光为蓟州总兵官。

二月，有《感激非常恩遇披诚请兵备战守以图补报疏》，议于蓟昌之间设车营七座，分驻建昌、遵化、密云、石匣、三屯、昌平，极言"车骑合练堪用"，"为得制胜之长策"。

四月，辽阳副总兵李成梁，击俺答别部于夹河山城。

七月，有《恳乞圣明讲求大经大法以足国用以图安攘以建久安长治疏》，议通钱法、严吏治、重蠲征、查额粮、肃屯政五事。

八月，请设车营于辽东广宁。广西总兵官俞大猷、广东总兵官郭成、福建总兵官李锡败曾一本于柘林澳等处，三战三捷，生擒一本，广寇悉平。

同月，礼部尚书赵吉入阁预机务。

九月，俺答犯大同。

十二月，召高拱复入阁，吏部尚书杨博致仕。

隆庆四年庚午（1570年）五十一岁

正月，王崇古总督宣大、山西军务。

二月，更定京营之制。兵部尚书霍冀议营制与辅臣赵贞吉不合，被勒令闲住，起故兵部尚书郭乾代之。

四月，纶上《沿边缺乏火器速乞请发以充边备疏》。

八月，鞑靼谋大举入犯蓟州，纶督戚继光、李超、胡守仁、杨四畏等列墙而守，相互策应，又请调保定援兵兼程而至。敌知有备，遁去。俺答与其子辛爱大举入寇，宣大告警。

九月，俺答犯大同，辛爱复犯锦州，杀总兵官王治道、参将郎得功。擢副总兵李成梁镇守辽东。罢京营文武提督，仍置总理、协理二臣如旧。

十月，升纶都察院右都御史兼兵部左侍郎，协理京营戎政。临淮侯李庭竹总督京营戎政。同月，俺答孙把汉那吉求内附，许之。

十一月，俺答遣使乞封，求互市，宣大总督王崇古以闻，诏悉许之。

隆庆五年辛未（1571年）五十二岁

二月，总督京营戎政李庭竹罢，镇远侯顾寰仍总督京营。

三月，兵部尚书郭乾免，杨博以吏部尚书掌兵部事。

同月，诏封俺答为顺义王，隆庆和议成。

五月，土蛮犯辽东，李成梁败之于卓山。

七月，广西总兵俞大猷劾罢。

八月，哨报鞑靼合谋大举，纶以黄花镇为陵寝重地，自将密营一营合昌平标兵，专扼黄花镇一路，"身当黄花"，传为美谈。蓟州昌平敌台成，进纶兵部尚书兼都察院右副都御史，协理戎政如故。纶染重疾。

十月，纶以病乞归，回籍调理。

隆庆六年壬申（1572年）五十三岁

三月，土蛮寇辽东长胜堡、清河堡。纶在原籍调理，疾愈。

五月，穆宗驾崩。

六月，神宗朱翊钧即位。旋罢高拱，居正升首辅，杨博回吏部任尚书。

七月，起纶兵部尚书，入掌部事。

九月，建州卫王杲、阿革犯抚顺、宁前、锦义。土蛮万余骑犯中后所。

十月，命兵部侍郎王遴、吴百朋、汪道昆分阅边防。遴陕西四镇，百朋宣大、山西、道昆蓟辽。道昆至蓟州镇，与戚继光合十六万众，演练于汤泉。事毕，汪道昆撰《燕山勒功铭》，极赞纶选将练兵、修墙筑台之功。

同月，李成梁拒土蛮于宁远堡。广西怀远爆发民族起义。

十一月，兵部奏"北虏三镇贡市事竣"，纶获赐银币。

十二月，张居正进《帝鉴图说》，专供御览，纶预其事。

同月，兵科都给事中李已，疏论纶处分将官"与抚按异同"。纶上疏乞罢，不允。蓟辽总督刘应节议设三辅重营，兵部复行之。

神宗万历元年癸酉（1573年）五十四岁

正月，兵部因春防事上言："套虏尚位西海，恐乘春东归，经由内地，假道之谋，机当先识；东虏屡窥边镜，久未得利，豕突之患，更宜早防。"纶条陈备患事宜六：仿保甲以诘奸究，清捕伍以重巡缉，严加责成以信法守，申明赏格以励人心，整宿卫以振威武，严门禁以慎稽查。

同月，给事中雒遵劾纶不称职，纶引疾乞休，不允。

同月，广西总兵李锡平定广西府江起义。

二月，阅视侍郎吴百朋请修宣大边墙，兵部复议，从之。福建道监察御史景嵩等劾纶陪祭咳嗽，纶再三乞罢，仍不允辞。是年春，朵颜部董呼哩入犯喜峰口，遭戚继光败之。

四月，从戚继光等议，增筑蓟州、昌平敌台。因广东官兵平蓝一清、赖元爵起义，纶获赐银币。同月，土蛮犯铁岭镇西等堡。

五月，汪道昆奏蓟州等事宜，罗列十余条，兵部复行之。纶与张居正议讨都掌蛮，召前总兵官郭成、安大朝，与四川部兵刘显合攻之。

七月，纶劾车驾司主事熊敦朴，谪其两浙盐运司判官。

九月，四川官兵先后克凌霄城、都都寨、九丝城，平都掌蛮。

十二月，兵部奏行查未完本部事件立限奏报，各部院纷效之。

是年，戚继光败董呼哩、长昂于界岭、桃林。兀鲁思罕犯辽东，李成梁拒却之。

万历二年甲戌（1574年）五十五岁

正月，兵部从浙江巡抚方弘静海防六事。蓟州总兵官戚继光升左都督。

二月，王崇古等请修大同边墙，报可。同月，蓟辽总督刘应节等题修辽东西台墙，兵部议先行筑台。

三月，命纶等充殿试读卷官。神宗赐纶等"正己率属"匾。

六月，纶子河图荫入监读书。朵颜部董呼哩悔罪，复其抚赏。

七月，刘应节请于紫荆关一带添设车骑二营，部议从之。

同月，建州右卫王杲诱杀守备裴承祖，诏绝其贡市。

十月，前吏部尚书杨博卒。建州右卫王杲举犯辽东，李成梁败之，斩首1100余个。哈达部王台执杲以献，斩之。

十二月，内阁首辅张居正与兵部尚书谭纶等，进职官书屏，中绘天下疆域，旁列公候而下、郡守以上文武百官姓名。诏设于文华殿，以便省览。蓟辽总督杨兆请于昌平镇立车营，部议从之。

是年，进纶太子少保，获赐麒麟蟒衣及银币。

万历三年乙亥（1575年）五十六岁

二月，兵部复总督京营戎政杨炳议，打造战车一千四百辆，以备京营操练。

同月，土蛮入犯，兵部命蓟、辽二镇，"严加防御，蓟西兵马渐移而东，相机应援"。朵颜部长昂纠众入犯，蓟州兵击之，获其叔长秃，其亲属部落叩关请罪，乞通贡。李成梁袭土蛮营，破之。

四月，纶条陈数事，含设险练兵、积饷储器、更置将领、抚谕熟番等。未几，纶复疏言："宜移文总督，申饬兵备将领，虏犯辽，则总兵李成梁率锐师出战，蓟昌亦出师以佐之；虏分犯蓟州，则总兵戚继光出奇邀击，宣府、保定兵马不俟调遣，亦发锐师以佐之。虏素易我，出其不意，必大创。"

六月，纶因秋防事疏言："秋防届期，边备可虞。乞饬当事臣工预言战守，以图万全。"

十月，以辽东有警，兵部言："在蓟州专以固守为主，辽东则先坚壁清野，而后言战。"

十一月，山西巡按有移总兵于偏头关之议，督抚以为不便；兵部议，总兵仍驻宁武，秋防移驻阳方口，冬防移驻偏关。

十二月，泰宁部酋长炒花率众南掠，李成梁大败之，击斩以数百计。

万历四年丙子（1576年）五十七岁

正月，兵部从戚继光议，增蓟州三路协守副总兵，给关防。

二月，增银修筑辽东墙台。

三月，土蛮犯辽东、黑石炭、大委正等犯锦义，李成梁出塞击破。

六月，泰宁部酋长炒花犯古北口，汤克宽等追至十八盘山，遇伏战死。

七月，兵部条上秋防事宜，谓"备御西虏，惟在酌处抚赏，亟图战守，蓟辽东相为唇齿，宜大合车骑，出关夹击，务收全功"。

十一月，土蛮速把亥部犯威远堡，辽阳副总兵曹簠御却之。

万历五年丁丑（1577年）五十八岁

三月，兵部职方司主事曹慎条上经略保定事宜，俱如议行。

四月初三日，纶卒于京师，享年五十八岁。神宗下诏"从厚治葬有仪"，赠太子太保，予祭葬，谥襄敏。长子河图世袭锦衣卫指挥，次子洛书世袭国子监监正。

九月，神宗命中书营葬事，遣兵部一主事护丧，偕其弟谭绹扶柩还乡。

两年后，纶葬于宜黄县待贤乡麓塘村玉泉山麓庞家畲，南京兵部尚书凌云翼撰神道碑，兵部侍郎曾省吾撰墓志铭。

（本年表参考了胡长春的《谭纶评传》，江西人民出版社出版）